Katherine
Scholes

Die Traumtänzerin

Die Regenkönigin

Zwei Romane in einem Band

Weltbild

Die englische Originalausgabe von *Die Traumtänzerin* erschien 1996 unter dem Titel *Make Me an Idol* bei Pan Macmillan Australia, Sydney.

Die englische Originalausgabe von *Die Regenkönigin* erschien 2001 unter dem Titel *The Rain Queen* bei Pan Macmillan Australia.

Besuchen Sie uns im Internet:
www.weltbild.de

Genehmigte Lizenzausgabe für Verlagsgruppe Weltbild GmbH,
Steinerne Furt, 86167 Augsburg
Die Traumtänzerin

Übersetzung: Grace Pampus
Die Regenkönigin

Übersetzung: Margarethe von Pée
Umschlaggestaltung: Hauptmann und Kompanie, München - Zürich
Umschlagmotiv: Getty Images, München (© Jean-Marc Truchet)
Gesamtherstellung: CPI Moravia Books s.r.o., Pohorelice
Printed in the EU

ISBN 978-3-8289-8669-5

2010 2009 2008 2007
Die letzte Jahreszahl gibt die aktuelle Lizenzausgabe an.

Katherine

Scholes

Die Traumtänzerin

Roman

Aus dem Englischen
von Grace Pampus

Weltbild

Für Brian C. Robinson,
der mich gelehrt hat, das
Leben zu genießen.

Teil eins

1

Flinders Island, Tasmanien 1993

Zelda stand auf dem Vorderdeck des Fischerboots und zerteilte Kängurukadaver mit dem Beil. Wie eine Axt hob sie es mit beiden Händen hoch und ließ es mit Schwung hinuntersausen. Sauber durchtrennte es Fell, Fleisch und Knochen. Überall lagen die abgetrennten Stücke wie ein kaputtes Spielzeug herum: Köpfe mit Ohren, Oberkörper mit kleinen Armen, Rümpfe mit langen kräftigen Hinterbeinen und Schwänze.

Als sie den letzten Kadaver zerteilt hatte, warf sie die Stücke in einen Ködereimer und trug ihn nach achtern, wo ihr Vater Krebsreusen mit Ködern bestückte.

»Denk bitte daran, dass ich um sechs Uhr zurückfahren möchte«, sagte sie. »Ich gehe heute aus.«

James sah sie aus den Augenwinkeln kurz an und fuhr mit seiner Arbeit fort. »Also räumst du jetzt wohl auf«, antwortete er.

Zelda schaute ihn einen Moment schweigend an. Dann machte sie sich an die Arbeit, das Wirrwarr von Netzen und Tauen auf dem Deck zu ordnen. Ärgerlich kniff sie die Lippen zu einem dünnen Strich zusammen. Sie wusste genau, dass sie nichts tun oder sagen konnte, was James daran hindern würde, erst spät zurückzufahren.

Die tief stehende Sonne ließ ihre Strahlen über die Wellenkronen tanzen. Große Albatrosse zogen majestätisch ihre Kreise über dem Boot. Mit ruhigem Flügelschlag und gesenktem Schnabel hielten sie Ausschau nach Futter. Zelda betrachtete sie mit Unbehagen. Erst letzte Woche hatte sie einen der Vögel dabei beobachtet, wie er einen Köder samt Thunfischhaken schnappte und mit der Nylonschnur davonfliegen wollte. Mit zitternden Händen hatte sie die Angel genommen und ihn wie einen Fisch eingeholt. Sie musste tief in seinen roten Schlund greifen, um den Haken zu entfernen, während der Vogel heisere Schreie ausstieß und mit den scharfen Krallen wild um sich schlug. Sie war allein auf dem Boot gewesen, und niemand konnte ihr helfen. Schließlich musste sie die Leine abschneiden und den Vogel freilassen. Er ließ sich auf dem Wasser treiben, hielt den krummen Schnabel seitwärts und starrte sie an. Zelda konnte sich gut an den Ausdruck seiner Augen erinnern: ein kindlich überraschter und angsterfüllter Blick.

»Du hättest ihn besser gleich erschossen«, sagte James, als sie es ihm später erzählte. »Du weißt doch, dass er mit einem Haken im Leib nicht überleben wird.«

Endlich ging James ins Führerhaus und ließ den Motor an. Langsam tuckerte das Boot um ein langes schmales Riff. Während James in kurzen Abständen vorsichtig Gas gab, damit das Boot nicht zu schnell wurde, hob Zelda die mit Ködern bestückten Reusen über die Bordwand. Sie sanken schnell und verschwanden im Tang. Über jeder Reuse hüpfte eine schwarz beflaggte Boje auf den Wellen. Als die letzte Reuse gesetzt war, steuerte James das Boot in Richtung Heimathafen, einem weißen halbmondförmigen Strand zwischen felsigen Landzungen.

Zelda stieg ins Führerhaus und schloss die Tür, die sie vor der Gischt schützte. Das Führerhaus war eng. Sie lehnte sich in eine Ecke und hielt, so gut es ging, Abstand. Schweigend standen sie da, während das Boot gegen die kabbelige See anstampfte.

Nach einer Weile sagte Zelda: »Du hast es absichtlich spät werden lassen!« Sie machte eine Pause, aber James antwortete nicht. »Ich möchte mir auch einmal etwas vornehmen dürfen, schließlich bin ich kein Kind mehr.«

»Du kennst die Arbeit«, antwortete James. »Es dauert so lange, wie es dauert. Das war schon immer so und wird immer so bleiben.«

Zelda starrte minutenlang aus dem Fenster und folgte den Konturen eines Felsens, der vor der blutrot untergehenden Sonne aus dem Meer ragte.

Schließlich sagte sie: »Was hast du eigentlich gegen Dana?«

James trat einen Schritt vor, um auf die Benzinuhr zu sehen, und schob sie zur Seite.

»Es ist wegen der Tanzstunden, nicht wahr? Du kannst sie nicht leiden, weil sie mir das Tanzen beibringt.«

James runzelte die Stirn und schwieg.

»Was ist daran nicht in Ordnung?« Zelda gab nicht auf.

»Es ist reine Zeitverschwendung.«

Zelda holte tief Luft. »Du magst es nicht, weil es dich an … Ellen erinnert …« Beim Namen ihrer Mutter versagte es ihr fast die Stimme. Ellen. Der Name stand zwischen ihnen, ein kleiner abgewürgter Laut.

James starrte aufs Meer. Ängstlich betrachtete Zelda sein Gesicht und wartete. Als er zu sprechen begann, war seine Stimme ruhig, fast gelassen.

»Nein, du irrst. Ich will nur nicht, dass du dich auf solche Dinge einlässt.«

»Das ist doch nur zum Spaß«, widersprach Zelda. »Ich lasse mich auf gar nichts ein.«

»Und was ist mit heute Abend?«

Zelda zuckte die Schultern. »Dana bekommt Besuch von ein paar Freunden vom Festland. Es ist eine Gelegenheit, neue Leute kennen zu lernen.«

»Toll! Neue Leute vom Festland!«, imitierte James sie.

Zelda senkte den Blick und betrachtete die frischen Blutspuren und Fischschuppen. Nach einer Weile spürte sie James' Hand warm und schwer auf der Schulter.

»Hör auf mich, Zel«, sagte er sanft. »Gib dich nicht mit solchen Dingen ab. Bleib bei dem, was du kennst. Einverstanden?«

Zelda warf ihrem Vater einen Seitenblick zu. Ihre Blicke trafen sich. Dann wandte sie sich ab und schaute aus dem salzverkrusteten Kajütenfenster.

Als sie am Steg anlegten, der aus dem geschützten Teil der Landzunge vorragte, sprang sie an Land und machte die Leinen fest.

»Ich nehme den Jeep«, rief sie James zu. »Es kann spät werden, in Ordnung?«

James stellte sich taub und packte langsam und sorgfältig sein Ölzeug ein. Sie sah auf die Uhr und seufzte. Dann lief sie den Steg entlang und sprang hinunter in den weißen Sand. Die schweren Stiefel versanken im Sand und bremsten ihren Schritt.

Schon bald tauchte das Dach der kleinen Blockhütte auf. Graue Granitblöcke bildeten die Grenze zum Strand. Noch bevor sie die Hütte erreichte, zog sie das Gummiband aus dem langen dunklen Haar. Voll und schwer fiel es ihr über die Schultern. Dann zog sie sich das Arbeitshemd über den Kopf. Darunter trug sie ein Herrenunterhemd, das lose an ihrem Körper hing und die Brust nur spärlich bedeckte. Sie warf es über die vor der Hütte gespannte Wäscheleine.

Ihr Blick fiel auf einen kleinen weißen Brief, der vor der Haustür auf dem Boden lag. Lizzie hat wohl die Post gebracht, dachte sie und hob den Umschlag auf. Sie überflog die Adresse. Er war für James. In der oberen rechten Ecke befand sich der Stempel der tasmanischen Regierung. Wahrscheinlich ging es um Wahlen, Gebühren oder Fischereibestimmungen – nichts Interessantes.

Mit dem Brief unter dem Arm drückte sie die Tür mit der Schulter auf. Im Haus roch es nach Holz und Öl. Sie ließ den Brief auf den Tisch fallen und griff nach einem Handtuch, das über dem Kaminsims zum Trocknen hing. Dann ging sie über den Hof und verschwand in der Badehütte.

Sie zog sich aus. Die untergehende Sonne drang durch die Ritzen der Holzwand und malte ein Muster auf ihre nackte Haut. Sie wappnete sich innerlich gegen das kalte Wasser und goss es sich über den Körper. Dabei achtete sie darauf, dass die hochgesteckten Haare nicht nass wurden. Dünne Bäche liefen über Schultern, Hüften und Füße. Sorgfältig seifte sie sich mit einem abgebrochenen Stück Seife ein und schrubbte die Haut mit einer Hand voll kleiner Meeresschwämme. Sie gab sich viel Mühe, Schweiß, Salz und Reste von rohem Fisch zu entfernen.

Ob James schon heraufgekommen war? Würde sie ihm noch begegnen, bevor sie das Haus verließ? Sie wurde wütend. Ich bin einundzwanzig Jahre alt, hatte sie ihm gesagt. Es geht dich nichts an, wohin ich gehe und mit wem ich mich treffe. In seinen Augen standen Wut und tiefer Schmerz.

»Er hängt zu sehr an dir«, hatten ihr Freunde oft gesagt. »Das ist kein Wunder, ihr seid allein. Er musste dir Vater *und* Mutter sein und will nur dein Bestes ...«

Aber Zelda wusste, dass mehr dahinter steckte. Es war etwas anderes, was sie verband. Mit ihrer Entwicklung vom Kind zur jungen Frau wurde es immer stärker. Sie war ihrer Mutter so ähnlich, dass man sagte, sie hätten Zwillinge sein können. James sprach nie darüber. Aber Zelda ahnte, wie schwer es für ihn sein musste, stets an Ellen erinnert zu werden. Eines Tages hatte er überraschend die Badehütte betreten – der kleine Raum mit dem Wassereimer und dem Holzrost, der als Dusche diente. In diesem Augenblick hatte sie begriffen, wie tief es ihn berührte.

»O entschuldige«, hatte er verlegen gesagt, »ich dachte, du bist schon fertig.«

Aber anstatt die Hütte sofort wieder zu verlassen, war er wie angewurzelt stehen geblieben. Stumm hatten sie sich angesehen. Dann war sein Blick langsam über ihren nackten Körper gewandert. Das lange nasse Haar war ihr lose über die Brust gefallen, nur die rosa Spitzen waren zu sehen gewesen. Zwischen den Beinen hatte sich das schwarz behaarte Dreieck von der hellen Haut abgehoben. Zelda hatte mit Erstaunen bemerkt, dass die sonnengebräunte Haut verblasst war und die Konturen ihres Bikinis gerade noch zu erkennen waren. Als sie den Kopf hob, hatte sie Tränen in James' Augen bemerkt. Er hatte sich vor Schmerz auf die Lippen gebissen.

Der Gedanke daran war ihr unangenehm. Hastig spritzte Zelda sich Wasser ins Gesicht und wusch die Erinnerungen fort.

Nach einiger Zeit stand sie sauber gewaschen und angezogen vor der Hütte. Die Sonne war schon im Meer versunken. Rasch wurde es dunkel. James war immer noch in der Badehütte. Sie warf einen Blick aufs Meer und rannte zu dem alten Jeep, der neben dem Wasserspeicher parkte. Ein Satz und sie saß hinterm Steuer, ließ den Motor aufheulen und fuhr auf dem holprigen Buschpfad davon.

Sie fuhr vorsichtig auf dem schmalen Weg, wich den Schlaglöchern aus und achtete auf Tiere, die plötzlich im Scheinwerferlicht auftauchen konnten. Sie versuchte, die Gedanken an James zu verdrängen, der Erinnerung an sein Missfallen zu entfliehen. Aber stattdessen musste sie an Drew denken, der später in der Hütte auftauchen und seine Sorge über ihren Besuch bei Dana, bei dem sie ihn nicht mitnehmen wollte, äußern würde. Beide, Vater und Geliebter, würden bestürzt und verärgert den Kopf über ihr Verhalten schütteln.

Vor Jahren waren sie einmal Rivalen gewesen, fast schon Feinde. Aber irgendwann hatten sie beschlossen, sich Zelda zu teilen. Niemand außer ihnen durfte sie bekommen.

Trotzig riss sie das Steuer herum und schleuderte um eine Kurve. Als sie den Wagen wieder unter Kontrolle hatte, schämte sie sich für ihr kindisches Verhalten.

Sie war mit den Gedanken bereits beim bevorstehenden Abend, als sie die Hauptstraße erreichte. Sie hatte sich schon seit Tagen darauf gefreut. Danas Haus lag hoch oben auf dem Berg. Sie sah Dana nur zu den wöchentlichen Tanzstunden im Gemeindehaus und hatte noch nie eine Einladung zu ihr nach Hause erhalten. Dana schloss immer ab, wenn alle gegangen waren. Drew, der Zelda abholte, kam häufig zu spät. Also ergab es sich, dass die beiden Frauen im bläulichen Schein der Neonröhre vor dem Haus standen und sich unterhielten.

Beide kamen aus völlig verschiedenen Welten. Zelda kannte nur das Leben auf der Insel. Dana schien nach Lust und Laune in der Welt herumzureisen, nach Belieben in das Leben verschiedener Männer hinein- oder herauszuspazieren, neue Jobs auszuprobieren oder wegen der besseren Aussicht umzuziehen. Einhandsegler, nannte sich Dana lachend. Zelda beneidete sie um ihr Leben – das Tempo, die Erlebnisse, die neuen Gesichter. Trotzdem, es war sicher ein einsames Leben.

»Ganz und gar nicht«, widersprach Dana. Ihr gefiel dieses Leben.

Zelda war an der Kreuzung angekommen und bog langsam in die steile Zufahrt zu Danas Haus ein. Sie betrachtete ihre weiße Seidenbluse, die kühl und weich auf der Haut lag. Es fühlte sich ungewohnt an – so erwachsen. So etwas hätte sie anderswo nie angezogen. Es war schon eine Weile her, als Lizzie, Drews Mutter, die Bluse aus einer Truhe gezogen hatte, in der sie alte Babykleidung und unerwünschte Geschenke aufhob, die sie vielleicht weiterverschenken konnte.

»Deine Mutter hat sie mir geschenkt«, hatte Lizzie gesagt und mit ihren rauen Händen ein letztes Mal über die weiche Seide gestrichen. »So etwas Hübsches habe ich noch nie besessen. Aber es passt nicht zu mir. Du sollst sie tragen.« Wie ein weiches weißes Leichenhemd lag die Bluse ausgebreitet auf dem Bett. »Sie ist aus Frankreich, wie fast alles, was Ellen trug. Siehst du das Schild? Christian Dior. Christian, ein merkwürdiger Name.«

Zelda trug zu der Bluse Jeans und blank geputzte Reitstiefel. Neben ihr auf dem Beifahrersitz lag ein knielanger Rock aus blassblauem Leinen. Beides war für den Abend sowieso nicht passend. Wie waren Danas Freunde wohl gekleidet? Im Geiste sah sie gesichtslose, schnell sprechende Gäste in Abendkleidern und hohen Absätzen. Warum, um Himmels willen, hatte sie die Einladung zu der Party nur angenommen? Sie wusste nicht, was sie sagen sollte oder wie sie sich zu benehmen hatte. Aber sie hatte nicht fest zugesagt, also musste sie nicht erscheinen. Sie konnte abwarten und sich später entscheiden.

Vor der letzten Kurve parkte sie den Wagen und ging zu Fuß weiter. Die Stiefel zog sie aus und trug sie, damit sie nicht schmutzig wurden. Barfuß ging sie vorsichtig über den steinigen Boden.

An einer dicken Eiche blieb sie stehen; sie war näher am Haus, als sie dachte. Die großen nackten Fenster waren hell erleuchtet. Sie duckte sich, um nicht gesehen zu werden, und schlich sich näher heran. Vorsichtig reckte sie den Hals und schaute hinein. Es kam ihr vor wie Fernsehen ohne Ton: weit geöffnete lachende Münder, in der Luft schwebende Ringe aus Zigarettenrauch, volle Weingläser, vier oder fünf Gäste, die so unterschiedlich gekleidet waren, als wären sie auf verschiedenen Veranstaltungen.

Direkt vor ihr stand eine große grazile Dame in einem langen roten Kleid, das Haar zu einem buttergelben Turban hochgesteckt. Zelda betrachtete sie eingehend. Unter einer dicken Schicht Puder bemerkte sie erstaunt ein faltiges, zerfurchtes Gesicht. Die Frau war alt. Auch die Hand, die das Glas umschloss, war faltig und mit braunen Altersflecken übersät. Daneben stand Dana, ganz in Schwarz, das Gesicht weiß, die Lippen dunkelrot. Sie lehnte an einen Sessel. Das ärmellose Top war so tief ausgeschnitten, dass man die kleinen Brüste und den schwarzen Spitzenbüstenhalter sah. Hinter ihr stand ein Mann mit schmalen Hüften, der einen eleganten dunkelblauen Anzug trug. Ein anderer hatte Khakihosen und einen Pullover an. Es schien, als hätten sie nichts gemein, und doch spürte Zelda ihre Unbekümmertheit. Sie ließ Gesichtszüge, Blicke und Lächeln weicher erscheinen.

Plötzlich verspürte Zelda den Drang, sich in den Büschen zu verstecken, zum Jeep zu laufen und nach Hause zu fahren. James und Drew, die ein Bier miteinander tranken, würden sich sicher freuen. Aber dann hörte sie Schritte. Sie blieb, wo sie war, und lauschte gespannt. Als sie näher kamen, duckte sie sich und lehnte sich mit dem Rücken an die dunkle Wand. Ein Mann schlenderte mit einem Weinglas in der Hand über den Rasen. Er blieb stehen, betrachtete einen Moment den Sternenhimmel, drehte sich dann um und kam direkt auf sie zu. Sie erschrak. Sollte sie aufstehen und auf ihn zugehen oder weglaufen? Aber sie rührte sich nicht und starrte ihn an. Als er fast in Reichweite war, drehte sie wie ein Kind, das glaubte, es würde nicht entdeckt, wenn es die Augen schloss, das Gesicht zur Wand.

Sie hörte, wie er direkt über ihrem Kopf das Glas auf den Fenstersims stellte und sich entfernte. Erleichtert atmete sie auf. Am Wegrand blieb er stehen, betrachtete das im Mondschein schimmernde Meer, öffnete den Hosenschlitz und pinkelte in den Busch. Geräuschvoll traf der Strahl auf trockene Blätter und Gras. Zelda wurde heiß. Wenn man sie nun entdeckte? Jeder würde denken, sie hätte sich hier versteckt, um ihn zu beobachten. Verzweifelt suchte sie nach einer Möglichkeit, unbemerkt zu verschwinden. Aber es war bereits zu spät. Er steckte das Hemd in die Hose und drehte sich wieder um.

Das blasse Mondlicht fiel auf sein Gesicht. Er hatte

gleichmäßige markante Gesichtszüge und dunkles, kurz geschnittenes Haar. Die graugrünen Augen suchten nach dem Glas auf dem Sims und entdeckten die dunkle Gestalt, die sich an die Mauer kauerte. Als traute er seinen Augen nicht, sah er genauer hin.

»Hallo«, sagte Zelda und stand mühsam lächelnd auf.

»O hallo«, antwortete der Mann und wich erstaunt einen Schritt zurück.

Mit weit aufgerissenen fragenden Augen sah er sie an. »Dana hat mich zum Tee eingeladen«, erklärte Zelda hastig. »Nun ja, eigentlich zum Dinner.« Ihre Seidenbluse glänzte im Licht, das durch das Fenster fiel.

Der Mann war groß und blickte auf sie herab. »Wahrscheinlich kommt man auch auf diesem Weg zur Tür«, sagte er mit einem Akzent, der weder australisch noch englisch noch amerikanisch war. »Übrigens, ich heiße Rye«, stellte er sich vor und streckte ihr die Hand entgegen.

Zelda starrte sie entgeistert an – nur Männer begrüßten sich mit Handschlag, Frauen lächelten lediglich. Schüchtern gab sie ihm die Hand und spürte seine Wärme.

»Und wer sind Sie?«

»Ich heiße Zelda.«

»Aha, Danas Schützling.«

Zelda runzelte erstaunt die Stirn. »Wie bitte?«

»Dana bringt Ihnen das Tanzen bei, nicht wahr?«

»Ja«, antwortete Zelda zögernd, »es macht sehr viel Spaß.«

Einen Augenblick sagte keiner von beiden etwas, und peinliches Schweigen entstand. Dann zeigte Rye in Richtung Hintertür. »Sollen wir hineingehen?«

Als sie nebeneinander zur Tür gingen, spürte Zelda Ryes Blick. Plötzlich bemerkte sie, dass sie immer noch die Stiefel unterm Arm trug. Sie blieb stehen, balancierte auf einem Bein und versuchte, die Stiefel anzuziehen.

Dabei verlor sie auf dem weichen unebenen Weg das Gleichgewicht. Rye hielt sie an der Schulter fest. Sie spürte seinen festen warmen Griff durch die Bluse hindurch auf der Haut.

»Danke.« Unbeholfen zog sie die Stiefel an und ging schnell weiter.

Dana empfing sie an der Tür. »Du hast es ja doch geschafft, Zelda! Komm herein.« Sie drehte sich um und rief den anderen Gästen zu: »Sie ist hier!« Dann entdeckte sie Rye. »Rye hast du ja bereits kennen gelernt. Rye, wo hast du sie entdeckt?«

Er grinste. »Sie hat mich entdeckt, als ich mich gerade etwas erleichterte.«

Zelda schluckte verlegen, aber Dana lachte nur, legte den Arm um Zeldas Schultern und schob sie ins Wohnzimmer. »Ich bin froh, dass du doch noch kommen konntest«, sagte sie herzlich. »Ich hoffe, James ist nicht sehr ...«

»Nein, es ist schon in Ordnung.« Jäh stand Zelda vor den anderen Gästen und wünschte sich zurück in Danas schützenden Arm.

»Das ist Cassie aus Amerika«, stellte Dana die Dame in Rot vor. »Sie ist sehr berühmt.«

»Das ist vorbei«, lachte Cassie, drückte rasch ihre Zigarette im Aschenbecher aus und gab Zelda die Hand. Doch plötzlich gefror das Lächeln, die Augen zogen sich verblüfft zusammen. Nach langem Schweigen fand sie ihre Fassung wieder und lachte gezwungen. »Entschuldigen Sie, meine Liebe. Ich habe den Eindruck, Sie zu kennen.« Wieder betrachtete sie Zelda und neigte dabei den Kopf.

»Ihr Gesicht kommt mir so bekannt vor. Ich war sicher, Sie schon einmal getroffen zu haben.« Hilfe suchend blickte sie zu Dana hinüber.

»Das ist ziemlich unwahrscheinlich«, meinte Dana. »Sie hat die Insel noch nie verlassen. Nicht wahr, Zelda?«

Zelda nickte wortlos.

»Ich vergesse nie ein Gesicht«, beharrte Cassie. Als Zelda der nächste Gast vorgestellt wurde, ließ die alte Dame sie nicht aus den Augen.

Es war ein Freund aus Sydney, der behauptete, Maler zu sein. Zelda sah ihn schon mit Tapeziertisch und Eimer vor sich, als Dana auf ein buntes Gemälde über dem Kamin deutete. Die nächsten zwei Frauen stellte Dana als Designerinnen vor. Abgelenkt von ihrer absonderlichen Kleidung und ihrem Make-up, überhörte Zelda ihre Namen.

Mit dem entrückten Blick einer Frau, die ihr Gedächtnis nach Anhaltspunkten durchsucht, schaute ihr Cassie immer noch nach. Als beschuldige man sie der Lüge, wandte Zelda sich verlegen ab und ging zu den Muscheln auf dem Kaminsims hinüber. Sie täuschte Interesse vor, nahm eine große Ohrschnecke in die Hand und strich mit steifen Fingern über die vertraute Form. Dann betrachtete sie die gerahmten Fotos an der Wand. Eines zeigte eine Frau mit einem Turban. Sie stand mitten in der Wüste neben einem Kamel. Beim näheren Hinsehen erkannte Zelda Dana.

Plötzlich fiel ihr auf, dass alle sie ansahen. Cassie brach das Schweigen. »Zelda – was für ein schöner Name. Ich hatte eine Cousine, die Zelda May hieß«, erzählte sie lächelnd. Erleichtert stellte Zelda fest, dass das Erstaunen aus ihren Augen verschwunden war. Sie hatte wohl den absurden Gedanken, dass ein Mädchen von der Insel sie an jemanden erinnere, aufgegeben. »In der weißen Bluse sieht sie wie ein Engel aus«, fuhr Cassie fort, »und ausgesprochen hübsch. Herrgott, schau sie an! Und du sagst, sie kann tanzen, Dana?«

»Cassie!«, lachte Dana. »Du bringst sie in Verlegenheit. Ja, sie kann tanzen. Ihr Körper ist makellos. Zelda, du musst unbedingt Tanzunterricht nehmen.«

»Ich weiß«, murmelte Zelda. »Aber ich habe ziemlich viel zu tun. Du weißt doch, die Arbeit. Außerdem will James nicht, dass ich tanze.«

»Was machen Sie denn, meine Liebe?« Cassie lächelte ihr aufmunternd zu.

Rye, der etwas abseits stand, drehte sich neugierig um.

»Mein Dad ist Krebsfischer, und ich arbeite als Matrose auf seinem Boot.« Sie sah sich um, aber die anderen waren mit ihrer Antwort nicht zufrieden. »Wir setzen an der Küste Reusen mit Ködern aus. Am nächsten Tag ziehen wir sie herauf, nehmen die Krebse heraus, legen neue Köder hinein und lassen sie wieder auf den Grund.«

»Jeden Tag?«, fragte Cassie.

»Ja, wenn es nicht zu stürmisch ist, und natürlich nur in der Saison.« Ihr war nicht wohl in ihrer Haut. Wahrscheinlich interessierte das niemanden, und sie bildeten sich ihre Meinung nach anderen Kriterien.

Sie spielte mit einer Haarsträhne, die sie immer wieder durch die Finger gleiten ließ.

»Wo arbeiten Sie?«, fragte Rye. »An welchem Teil der Küste?«

Zelda warf ihm einen kurzen Blick zu. »Südost.«

»Ich war heute zufällig in der Nautilus Bay.«

»Dort wohnen wir«, antwortete sie. »Das ist unsere Bucht.«

Rye überlegte kurz. »Sie leben in der Blockhütte direkt am Strand?«

»Ja.«

»Es ist ... wunderschön dort«, sagte er merkwürdig abwesend.

»Ich bin dort geboren«, ergänzte Zelda.

Cassies Blick wanderte zwischen Rye und Zelda hin und her wie bei einem Tennisspiel. Dann ergriff sie das Wort. »Aber doch wohl nicht in der Hütte?«

»Doch. Meine Mutter hasste Krankenhäuser. Sie hat für die Niederkunft ein falsches Datum angegeben. Also kam ich zwei Wochen zu früh, und Doktor Ben musste in aller Eile zu uns herauskommen.«

Überrascht klatschte Cassie in die Hände. Zelda hatte keine Lust, noch mehr zu erzählen, und ging um Dana herum ans Fenster. Dort betrachtete sie sich in der Fensterscheibe – das errötete Gesicht über der glänzend weißen Bluse. Dahinter Rye. Er hatte einen Fuß auf den Holzkorb gesetzt und drehte das Weinglas in der Hand, wobei er sie unentwegt ansah. Auf seinem Gesicht lag ein Schatten, als mache er sich Gedanken über sie. Aber das war unmöglich, denn sie hatten sich gerade erst kennen gelernt.

Dana kam aus der Küche und servierte das Essen. Zelda ging ihr zur Hand und trug ein Gericht nach dem anderen auf. Prüfend betrachtete sie den langen Holztisch voller Fleischplatten, Brot, Salaten, Oliven, Fisch, Essiggurken und Aufschnitt. Vermutlich hatten die Gäste vom Festland alles mitgebracht. In den Regalen der hiesigen Läden fand man nichts dergleichen, auch nicht im neuen Supermarkt, der in einer Ecke des Futtermittelgeschäfts eingerichtet worden war. Offensichtlich war es kein offizielles Dinner. Zelda war erleichtert. Alle tranken Wein und bedienten sich selbst.

»Hilf mir mal, Zelda«, rief Dana, die am Spülbecken stand. »Das habe ich von Mr. Lohrey bekommen. Gott sei Dank ist es schon zubereitet. Aber was soll ich damit machen?«

Es waren gebratene Möwen. Braun gebraten, kalt und fett lagen sie in der aufgerissenen Papiertüte. Zelda zögerte. Alle Leute, die sie kannte, liebten den fischigen Lammgeschmack der fleischigen Seevögel. Am besten waren sie frisch aus dem Ofen, aber man konnte sie auch kalt servieren. Aber Besucher der Insel rümpften ausnahmslos die Nase, ließen das Fleisch auf dem Teller liegen und baten um eine Serviette, um sich den Geruch von den Fingern zu wischen.

»Man bricht sie einfach auseinander und salzt sie«, erklärte Zelda. »Ich mache das schon.« Nervös zerteilte sie die Vögel mit den Fingern. Hier waren sie fehl am Platz. Es tat ihr Leid, die Vögel herzurichten, nur damit sie verschmäht wurden.

Dana trug das Gericht zum Büfett und kündigte es an wie ein Butler.

»Dana, wie kannst du nur!«, rief eine der Frauen und erklärte, es seien wilde Jungvögel, die aus dem Nest gestohlen werden, wenn die Alten auf Futtersuche sind.

»Sarah!«, protestierte Dana. »Übertreib nicht! Hier auf der Insel ist es eine Delikatesse. So viele werden nicht gegessen, dass sie vom Aussterben bedroht wären.«

»Das weiß man nie«, entgegnete Sarah. »Ich habe gehört, dass jedes Jahr fast alle Jungvögel gefangen werden. Wie sollen die Vögel da überleben? *Und*« – stolz über ihr Wissen sah sie sich triumphierend um – »sie fliegen jedes Jahr nach Alaska und kommen wieder zurück. Ein Wunder!«

Zelda stand an der Küchentür und schaute zu. Alle versammelten sich um die Platte mit den Vögeln. Schweigend, als erinnerten sie sich an menschliches Fehlverhalten, betrachteten sie die Vögel. Dana drehte sich Hilfe suchend zu Zelda um, die sich zu einem Lächeln zwang und ans dunkle Fenster trat. Was hatte ich erwartet?, fragte sie sich. Vergiss nie: Schuster bleib bei deinem Leisten. Sie sah hinüber zum Tisch, gerade rechtzeitig, um zu sehen, wie ein langer Arm durch die Gruppe griff und sich ein Bein und einen Flügel nahm.

Gespannt sahen alle Rye beim Essen zu. Sarah zog überrascht die Augenbrauen hoch. »Das hätte ich nicht von dir gedacht …«

»Köstlich!«, rief er und zwinkerte Zelda über die Köpfe hinweg zu. Sie lächelte dankbar – den Vögeln zuliebe.

Sich die Finger leckend, wandte er sich an Sarah. »Und soweit ich weiß, sind sie nicht gefährdet. Die Einheimischen essen sie schon seit Jahrtausenden, und die Population ist immer noch stabil. Und es ist noch nicht einmal grausam. Hier leben und sterben sie. Das ist sicher besser als jede Massentierhaltung. Aber vielleicht bist du ja Vegetarierin?«

Sarah schwieg.

»Nein? Ach so …« Er nahm sich einen Teller und bediente sich.

Es herrschte gespanntes Schweigen. Cassie warf den Kopf in den Nacken und lachte laut. »Wunderbar! Ich liebe Streit! Früher gab es auf Partys immer Streit. Männer prügelten sich, die Leute stürmten hinaus und schworen, nie wieder zu kommen.« Herausfordernd blickte sie jedem Gast in die Augen. »Da war wenigstens etwas los!« Wie ein Kind schmollend fuhr sie fort: »Heutzutage wird alles so langweilig. Dana, sei ein Schatz und gib mir eine dieser Möwen.« Sie zwinkerte Sarah und Rye zu. »Prost, ihr beiden, ihr seid noch so jung.«

Zelda nahm sich einen Teller, ging um den Tisch herum und bediente sich. Trotz des Kloßes im Magen hatte sie Hunger und nahm sich von den Speisen, die sie noch nie gegessen hatte.

»Kosten Sie davon«, empfahl Rye und reichte ihr eine Platte mit rohem Gemüse und eine Schale mit einer braunen Paste. »Dip«, sagte er. »Ich hatte keine Ahnung, was das ist, und habe Dana gefragt. Sie sagt, man macht es aus Kapern, Oliven und ... Sardellen, glaube ich. Es schmeckt sehr gut.« Er nahm eine Karotte und tauchte sie in die Paste. Als er sie zum Mund führte, rutschte der Klecks Paste fast von der Karotte. Geschickt fing er ihn mit der Zunge auf.

Er kaute mit einem breiten Grinsen.

»Leben Sie in Melbourne?«, wollte Zelda wissen und hoffte, dass es gelassen und höflich, aber nicht zu freundlich klang.

»Hin und wieder«, antwortete Rye bereitwillig. »Ich bin beruflich viel unterwegs und wohne zur Untermiete, weil ich nicht oft zu Hause bin.«

»Was machen Sie beruflich?«, fragte Zelda und bedauerte, verraten zu haben, dass sie Matrose war.

»Ich bin Umweltberater«, antwortete er. »Ich werde von Regierungen gebeten, Empfehlungen über Landnutzung und Ähnliches abzugeben. Meistens geht es dabei um die Küste und das Meer.« Er schwieg und blickte Zelda dabei unentwegt an, als wolle er noch mehr sagen. Aber offensichtlich hatte er sich anders entschieden. Zelda starrte auf ihren Teller.

Rye nahm sich eine Auster, schlürfte sie aus und drehte die Schale in der Hand hin und her. Mit gesenktem Kopf und ziemlich ungeschickt machte sich Zelda über ihr Essen her.

»Wein?« Sarah tauchte mit einem neckischen Augenaufschlag neben Rye auf. »Rot oder Weiß?«

Rye prüfte die Flaschen in ihrer Hand. »Ich empfehle Ihnen den Rotwein«, sagte er zu Zelda. Daraufhin wandte sich Sarah an Zelda.

»O ... Hallo.« Sarah schenkte Zelda ein süffisantes Lächeln und füllte ihr Glas. »Hoffentlich schmeckt er Ihnen.«

»Tasmanien«, fuhr Rye fort. »Dana hat ein neues Weingut entdeckt.«

Er suchte Dana, erhaschte ihren Blick und hob nickend das Glas. Sie lächelte und tat es ihm gleich.

»Sind Sie schon lange mit Dana befreundet?«, fragte Zelda.

»Wir kennen uns schon seit der Kindheit. Ich war auf demselben Internat wie ihr Bruder, Geelong-Gymnasium.«

»Sie hatten sicher Heimweh«, meinte Zelda und dachte an Freunde, die in Tasmanien im Internat waren.

Rye trank einen Schluck Wein. Versonnen runzelte er die Stirn. »Ich vermisse Indien. Dort bin ich aufgewachsen.«

»Indien«, wiederholte Zelda träumerisch und sah im Geiste Paläste mit weißen Kuppeln und vergoldeten Elefanten, die in Hitze und Staub flimmerten.

»Wie ist es dort?«, fragte sie. »Ich meine, können Sie sich noch daran erinnern?«

»Ja, ich ging mit sechzehn Jahren fort und fahre so oft wie möglich dorthin. Manchmal habe ich auch beruflich in Indien zu tun.«

»In Indien?«

»Im Augenblick arbeite ich für hiesige Behörden. Ich

entwickle Projekte zur Erhaltung der Küste. Eine amerikanische Millionärin, die ihr Geld mit Imbissständen gemacht hat und etwas Gutes tun will, finanziert alles.« Dabei lächelte er zynisch.

»Mein Vater stammt aus Amerika«, sagte Zelda.

Rye nickte, als wüsste er es bereits.

»Jetzt ist er natürlich Australier«, fügte sie rasch hinzu. »Meine Mutter war auch Amerikanerin. Sie starb bei einem Verkehrsunfall, als ich noch klein war.« Besorgt, zu viel zu reden und zu viele Fragen zu stellen, senkte sie den Blick.

»Das tut mir Leid.«

»Ach, ist schon gut«, beruhigte ihn Zelda und drehte verlegen das Glas in der Hand. »Ich war noch so klein, dass ich mich nicht an sie erinnern kann.«

Rye sah sie an. Ihre Blicke trafen sich.

»Wissen Sie, dass Sie sehr schöne Augen haben?«, sagte er sehr leise.

Während sie nach passenden Worten suchte, tauchte Dana auf und bat ihn mitzukommen. Zelda blieb am Fenster stehen. Bei dem Gedanken an Ryes Worte und seinen Blick wurde ihr warm ums Herz. Sie dachte an James und Drew, aber das war nicht mit der Freude, Hoffnung und Angst zu vergleichen, die sie in diesem Augenblick empfand.

Kurz nach Mitternacht machte sich Zelda fertig, um zu gehen. Die anderen unterhielten sich immer noch. Sarah und der Maler winkten ihr quer durchs Zimmer zum Abschied zu.

Cassie kam zu ihr und küsste sie auf beide Wangen. »Wir haben uns wohl in einem früheren Leben kennen gelernt«, erklärte sie. »Eine andere Erklärung fällt mir nicht ein. Ich bleibe noch einen Monat bei Dana. Sie müssen versprechen, dass Sie wiederkommen.«

Dana und Rye brachten sie zur Tür.

»Ich habe mich über deinen Besuch sehr gefreut«, sagte Dana.

»Ich auch«, fügte Rye hinzu und sah Zelda direkt in die Augen. »Ich reise morgen früh ab. Aber wenn sie je nach Melbourne kommen ...« Er lächelte und zuckte verlegen die Schultern.

»Sieh es doch mal von dieser Seite, Rye«, meinte Dana grinsend. »Wenn du in einem Paradies lebtest, würdest du dann nach Melbourne gehen?«

Rye lachte. »Ich glaube nicht, aber man weiß ja nie.« Er drehte Dana den Rücken zu und wandte sich an Zelda. »Das ist kein Witz«, sagte er leise, »ich würde Sie gerne wiedersehen.«

Zelda wusste keine Antwort und nickte nur stumm.

Alle winkten zum Abschied. Dana und Rye blieben an der Tür stehen, als sich Zelda über den Rasen entfernte. Die kühle Nachtluft roch nach Meer. Wie ein alter Freund umarmte sie der laue Wind und zog sie mit sich.

Auf dem Heimweg zur Nautilus Bay lächelte Zelda. Während sie auf die dunkle Straße schaute, sah sie Ryes graugrüne Augen und die schlanken braunen Hände mit dem Weinglas vor sich. Dann dachte sie an Drew und bekam ein schlechtes Gewissen. Aber das hielt nicht lange an. Ihre Gedanken wanderten zu den langen heißen Sommertagen am Strand mit ihrer Freundin Sharn und den Liebesromanen, die nach Sonnencreme und Öl rochen. Sie konnten nicht genug davon bekommen – gut aussehende Fremde, sehnsüchtige Blicke, im Mondlicht erwachte Liebe. Fantasien entstanden: der Insel entfliehen, zu fernen Ländern mit exotischen Namen reisen, sich in Männer verlieben, die sie nicht kannten. Heute Abend fühlte sich Zelda wie ein Kundschafter, der von einer Reise in eine andere Welt zurückkehrte. Sie stellte sich vor, wie sie Sharn mit leuchtenden Augen von Liebe, Zauber und romantischen Nächten erzählte und dass diese Welt tatsächlich existierte. Natürlich würde sie dabei lachen und scherzen, um sich keine Blöße zu geben.

Kurz bevor die Hütte in Sicht kam, hielt Zelda den Jeep an und ging zum Strand hinunter. Sie wollte den Rest des Abends genießen, die Ereignisse noch einmal Revue passieren lassen, die Blicke und Worte, die sie spüren ließen, dass sie etwas Besonderes war.

Der lange Strand lag weich und grau im hellen Mondschein. Angeschwemmter Tang bildete eine dunkle Grenze zum Meer. Hinter den Dünen, geschützt durch große Felsbrocken, wiegten sich die hohen Stieleichen im Wind. Darüber erhob sich ein steiler kahler Berg, der in einem schroffen Gipfel endete. Zelda kannte den Berg, der sich dunkel vom Himmel abhob, genau, jeden Felsvorsprung, jeden Spalt. Du gehörst hierher, hatte James viele Male erklärt. Stets klang es wie ein Segen, ein Beweis für Sicherheit und Liebe. Aber nun erschienen ihr die Worte wie eine Drohung, wie eine Verurteilung. Ja, sie gehörte hierher, zu James und Drew. Für einen Mann wie Rye, der aus einer anderen Welt kam, gab es hier keinen Platz.

Eine Welle, weit höher als die vorherigen, rollte an Land und brach sich tosend. Weiße Gischt wurde über den Strand gespült und erreichte fast Zeldas Füße. Sehnsüchtig blickte sie aufs dunkle Meer hinaus. Die Wellen wurden länger – die Flut kam. Mit ausgebreiteten Armen begrüßte sie das unermesslich tiefe Meer. Plötzlich sah sie eine mächtige Welle auf sich zurollen. Eine tollkühne Macht drängte sich in ihr Leben, brach alles auf und öffnete ihr einen unbekannten Weg – eine leere Seite, die beschrieben werden musste.

Sie wandte sich ab und ging langsam hinauf zur Hütte. Nur noch wenige Stunden, dann war Rye wieder fort. Die strahlenden Augenblicke der Nacht waren nur Funken, die in der Dunkelheit erloschen. Das Leben ging weiter und nahm seinen Lauf.

Weiße Rauchschwaden, blasse Fetzen vor einem dunkelblauen Himmel, stiegen aus dem Schornstein. Zelda sah erstaunt, dass noch Licht brannte. James war wohl aufgeblieben und wartete auf sie. Plötzlich hatte sie ein schlechtes Gewissen. Sie hätte nicht so lange ausbleiben dürfen.

Sie ging über den Hof zu dem erleuchteten Fenster und lehnte sich vorsichtig über einen Stapel Fangkörbe, Bojen und zusammengerollte Netze, um hineinsehen zu können. James saß mit dem Rücken zu ihr auf seinem Stuhl, den Kopf nach vorn geneigt. Vermutlich las er ein Buch oder studierte seine Seekarten. Das sandfarbene Haar war frisch geschnitten. Helle Haut wölbte sich im Nacken. Neben ihm stand eine Flasche Bourbon. Das niedergebrannte Feuer tauchte die friedvolle Szene in einen sanften Schein. Zelda blieb noch einen Augenblick stehen, bevor sie sich entschloss zur Hintertür zu gehen. Zögernd betrat sie das Haus.

Als James sie bemerkte, stand er abrupt auf. Dabei rumpelte der Stuhl unsanft über den Boden. Blass und mit grimmigem Blick drohte er ihr mit einem Blatt Papier wie mit einer Waffe.

»Was ist denn los?«, fragte Zelda. »Habe ich etwas falsch gemacht?« Sie senkte den Blick und entdeckte einen zerrissenen Umschlag auf dem Boden. Es war der Brief, den sie hereingebracht hatte.

James setzte sich schwerfällig, ließ das Schreiben auf den Tisch fallen und starrte es an. Während der langen Minuten des Schweigens versuchte Zelda herauszubekommen, was geschehen war. »Sag schon, was ist passiert?«, forderte sie ihn auf.

James wandte sich ab und starrte ins Feuer. »Hiermit möchten wir Sie davon in Kenntnis setzen, dass der als Nautilus Bay bezeichnete Landstrich als Schutzgebiet der Kategorie zwei eingestuft wurde«, sagte er in der Amtssprache, wobei er Zelda mit roten, entzündeten Augen ansah.

»Was bedeutet das?«, fragte Zelda behutsam.

»Das heißt, dass sie die Pacht nicht verlängern. Wir müssen hier raus. Und dann reißen sie die Hütte ab.« Kurzes wütendes Schweigen. »Sie ›sanieren‹ das Gebiet und vernichten alle Spuren menschlicher Gegenwart.«

»Warum?« Zelda runzelte nachdenklich die Stirn. »Ich verstehe das nicht. Der Pachtvertrag läuft doch über einen langen Zeitraum, oder nicht? Es wird Jahrzehnte dauern, bis ...«

»Uns bleiben noch drei Jahre«, sagte James ohne Umschweife.

Zelda erschrak. Die Worte trafen sie wie ein Schlag.

»Aber das können sie doch nicht tun! Fast alle haben Pachtverträge, die immer wieder verlängert werden. Deswegen pachtet man doch die Grundstücke«, sagte sie aufgebracht. Neben James' verzweifelter Gewissheit klang ihre Stimme kläglich. »Es ist unser Heim! Sie können uns doch nicht einfach hinauswerfen!«

»Doch, das können sie, Zelda«, erwiderte James. »Ich kenne jemanden, dem das passiert ist, aber ich wollte dich nicht beunruhigen. Charles hat mich vor ein paar Tagen auf der Gemeindeversammlung gewarnt. Aber jetzt« – er schnippte mit dem Finger gegen den Brief – »ist es zu spät. Ein Erlass des Parlaments. Es ist wegen des Fetzenfischs.«

»Der Fetzenfisch?«, murmelte Zelda wie betäubt. Als Kind war sie oft mit Taucherbrille und Schnorchel am Anlegesteg geschwommen und hatte sich fasziniert die anmutigen Kreaturen angesehen, die wie verirrte Seetangstücke im Wasser schwebten. Sie waren sehr selten, und es war ein Glück, sie so nahe am Haus zu haben.

»Wie du weißt, laichen sie nur in unserer Bucht«, fuhr James fort. »Nun, ein gottverdammter hochnäsiger Akademiker hat die Nautilus Bay als Schutzgebiet vorgeschlagen. Und Päng! Das war's! Hau ab, Madison, die Fetzenfische sind wichtiger!«

Entgeistert starrte Zelda ihn an und bemühte sich krampfhaft, einen Sinn in seinen Worten zu finden. Irgendjemand hatte ihnen ein Schreiben geschickt, in dem behauptet wurde, sie hätten in ihrer eigenen Bucht nichts mehr zu suchen und dass eines Tages Männer kommen würden, um ihr Haus abzureißen und alles wegzutragen, was auf die Anwesenheit von Menschen hinwies. Sie schluckte, Angst schnürte ihr die Kehle zu. Von Veränderung zu träumen war eine Sache. Aber den Boden unter den Füßen zu verlieren und den Wind zu spüren, der durch die Wände blies, die sie bisher beschützt hatten, war eine andere.

Sie spürte James' Blick und suchte verzweifelt nach Worten. »Immerhin haben wir noch drei Jahre. So lange müssen wir ja nichts ändern.«

Ihre Blicke trafen sich. Beide wussten, dass es nur leere Worte waren. Das Wissen um ihren nun begrenzten Aufenthalt warf seine Schatten voraus. Bereits in diesem Augenblick entglitt ihnen das Leben, das sie bisher miteinander geführt hatten.

»Ich kenne den Schweinehund«, sagte James bitter. »Er wurde mir letzten Monat bei der Gemeinde vorgestellt. ›Das ist Rye Sterling.‹ Alle waren freundlich. ›Freut mich, Sie kennen zu lernen.‹ Verlogenes Schwein!«

Zelda wurde heiß, ungläubig starrte sie ihn an. Nein, dachte sie, das kann er nicht gewesen sein … Aber gleichzeitig wusste sie, dass es wahr war. Nun fiel ihr wieder ein, wie verlegen er war, als wollte er ihr etwas Wichtiges sagen – bestimmt nicht, dass sie schöne Augen hatte und dass er sie gern wiedersehen wollte …

Sie senkte den Kopf. Tränen tropften ungehindert auf den alten fleckigen Dielenboden. Was hatte man von einem Fremden schon zu erwarten?

James nahm sie in den Arm. »Ist schon in Ordnung«, beruhigte er sie. Ihre Tränen linderten seinen Schmerz und machten ihm Mut. »Weine nicht, mein Engel. Wir haben immer noch uns.« Er beugte sich über sie und küsste sie sanft auf die Stirn. Zelda schmiegte sich an seine kräftige Gestalt. Ja, sie hatten immer noch einander. Nur das zählte.

»Und wir werden kämpfen!« James löste sich aus der Umarmung und ging mit großen Schritten durch den Raum. »Du weißt doch, dass ich der hartnäckigste Rechtsanwalt im ganzen Viertel war. Sie glauben, sie hätten es mit einem stiernackigen Fischer zu tun.« Er lachte heiser. »Sie bekommen etwas mehr, als sie für die Nautilus Bay ausgehandelt haben. Madison gegen Fetzenfisch. Ich habe bereits einige knifflige Fälle gewonnen – und werde auch diesen gewinnen. Du wirst schon sehen.«

2

Zelda ging gemächlich durch die Gänge des kleinen Supermarkts und überflog auf der Suche nach neuen Artikeln die vertrauten Regale mit Konservendosen, Gläsern und Päckchen. Sie dachte an die Speisen, die sie bei Dana zum ersten Mal gekostet hatte. Noch nach Wochen konnte sie sich genau erinnern: das reiche Aroma der getrockneten Tomaten, die salzige Paste aus Oliven und Sardellen ... Cassie, die alte Dame, mit blond gefärbtem Haar, Dana ganz in Schwarz, mit lächelnden dunkelroten Lippen. Und Rye, der sich mit ihr über Indien und Rotwein unterhielt, ohne die Fetzenfische und die Nautilus Bay auch nur zu erwähnen.

Verärgert runzelte Zelda die Stirn und verdrängte die unangenehmen Gedanken. Sie durchsuchte das Regal für Marmelade und Brotaufstriche nach einem Glas Erdnussbutter, dessen Verfallsdatum noch nicht abgelaufen war. Dann wählte sie eine Dose Schinken und ging weiter zu den Zeitungen. Kleine weiße Schilder oben rechts auf den Zeitungen und Illustrierten verrieten den Abonnenten. Es gab *Fishing World* für Doktor Ben, *Life Magazine* für Mrs. Carlsons und *National Geographic* für den Schuldirektor. Daneben lag ein Stapel *Woman's Weekly*. Zelda nahm eine, blättert darin und las einen Artikel über das Scheitern der königlichen Ehe. Ein Foto zeigte die frisch vermählte Prinzessin Diana, das junge ebenmäßige Gesicht in eine Wolke aus weißem Tüll gehüllt. Aschenbrödel war zu einer wunderschönen Prinzessin erwacht. Auf dem Foto daneben umklammerte sie ihre beiden Söhne und schaute blass und mit angsterfüllten Augen in die Kamera.

Zelda betrachtete noch einmal das erste Foto – Diana als Braut in einem langen, fließenden Kleid mit passend gekleideten Blumenmädchen – und versuchte, sich vorzustellen, wie ihre Hochzeit mit Drew wohl sein würde, wenn es so weit war. Eines wusste sie sicher: Drew war es egal, was sie trug. Wenn man ihn ließe, würde er in Jeans und Arbeitshemd erscheinen. Genau wie James. Aber Lizzie würde sich schon darum kümmern und Anzüge aus Tasmanien kommen lassen, die man dort ausleihen konnte. Zeldas Kleid wollte sie nach eifrigem Studieren etlicher Ausgaben von *Today's Bride* selbst schneidern. Wenn eine Hochzeit bevorstand, reiste eine Schachtel mit alten Illustrierten für Braut und Bräutigam, zusammen mit Resten von Spitzen und Bändern, um die Insel. Auch gebrauchte Babykleidung und Kinderwagen wanderten von Hand zu Hand wie der Stab einer nie enden wollenden Staffel.

Bei dem Gedanken an die Zukunft wurde Zelda unwohl. Sie sah alles klar vor sich. Zuerst wurde sie Drews Frau und dann eine junge Mutter, die Spielgruppen organisierte und in der Schulkantine half. Sehnsüchtig zählte sie die Tage bis zum Erscheinen ihrer abonnierten Illustrierten, um wenigstens ein bisschen von der Welt zu erfahren, dem anderen Leben, an dem sie nicht teilhaben konnte. Immerhin wusste sie, zu wem sie gehörte, wer sie war und wo sie hinging. Das war viel wert.

Auf dem Weg zum Jeep blieb Zelda einen Moment stehen, um durch das Fenster ins Büro des Gemeinderats zu sehen. Sie hoffte, einen Hinweis auf Ryes Besuch zu entdecken. Anscheinend hatte er sich für seinen einwöchigen Aufenthalt hier ein Büro eingerichtet. »Er war kein schlechter Kerl«, sagten die Leute. »Schade, dass er die Sache mit Jimmys Haus machen musste.«

Mrs. Temple, die Vorzimmerdame, winkte Zelda durch die gläserne Trennwand zu. Der Gemeinderatssekretär, Mr. Jones, stand neben ihr. Er hob die Hand zum Gruß. Sie sind nervös, dachte Zelda, als gäbe es eine ansteckende Krankheit – die Fetzenfischseuche.

Langsam fuhr sie nach Hause. Das Dröhnen des Motors und das Klappern des Blechs vertrieben ihre Gedanken. Sie parkte vor der Hütte. James war noch nicht zu Hause, denn aus dem Schornstein stieg kein Rauch. Sie warf einen Blick auf die Einkaufstüte. »Kauf etwas Schönes«, hatte er gesagt. Damit meinte er entweder Erdnüsse, Schokolade, getrocknete Früchte oder Käseecken und Cracker. Sie hatte alles gekauft, dazu eine Tüte Chips.

Zelda stieß mit dem Fuß die Tür auf, die gegen ein Hindernis krachte und wieder ins Schloss fiel. »Mist!« Sie versuchte es noch einmal mit dem Absatz ihres Stiefels, aber die Tür ging trotzdem nicht weiter auf. Also stellte sie die Einkaufstüte ab und schob den Kopf durch den Türspalt, um zu sehen, was den Eingang versperrte.

Eiskalte Panik ergriff sie. Zwischen Tür und Wand eingeklemmt lag James, zusammengekrümmt und mit dem Gesicht nach unten, auf dem Boden. Zelda beobachtete seinen Rücken, um zu sehen, ob er noch atmete.

»Dad!«, schrie sie. Sie bemühte sich um Fassung und rief wieder: »Dad?« Der rechte Arm war ausgestreckt, wie bei einem schlafenden Kind. Der andere Arm lag seitwärts am Kopf, daneben eine Spritze. Der Kolben war herausgezogen, die Kammer halb voll mit klarer Flüssigkeit.

Zelda lehnte den Kopf gegen die Tür und sah nur noch die Spritze. Worte schossen ihr durch den Kopf. Überdosis. Drogen. Selbstmord. Irrtum. Aber das passte nicht zu James. Es war unmöglich, wahnwitzig, verrückt. Verzweifelt wandte sie sich ab und blickte auf den Rasen, die Wäscheleine und den Holzstapel. Alles schien merkwürdig klar und unwirklich. Sie atmete in kurzen harten Stößen, der Albtraum war Wirklichkeit geworden.

Sie musste etwas unternehmen. Mit einem Holzscheit schlug sie das Küchenfenster ein. Das Glas fiel in großen Scherben ins Spülbecken. Zelda schwang sich auf das Fensterbrett und in die Küche hinein. Hin und her gerissen zwischen Hoffnung und grenzenloser Leere blieb sie stehen. Dann ließ sie sich zu Boden sinken und berührte James mit zitternder Hand. Heiße Tränen liefen ihr übers Gesicht. Sie strich über das glatte kühle Ölzeug, dann über sein Hemd. Puls. Atmung. Puls. Atmung. Wie eine Zauberformel sprach sie diese Worte, als sie Hals und Gesicht abtastete. Zu Tode erschrocken hielt sie inne. Bitte, lieber Gott, bitte nicht …

Er war kalt. Hals und Gesicht waren kalt. Sie steckte die zittrigen Finger in den offenen Mund, vorbei an den harten, regelmäßigen Zähnen, wo die Zunge lag – nass, weich und kalt.

Sie wich zurück, kroch auf Knien über den Boden. Hinter sich spürte sie die harte feste Wand. Dort blieb sie starr vor Entsetzen sitzen.

Der Tod hatte sie überrascht und mit sinnloser Gewalt alles Licht gelöscht. Im Geiste sah sie überfahrene

Wombats steif und halb verwest auf der Straße liegen, Kängurus, die wie Kruzifixe an ihren langen Schwänzen von der Schiffsreling baumelten, ihre Hündin Bluey, die schlaff in ihren Armen hing, bevor sie sie zusammen mit Fressnapf, Halsband und ihrem letzten angeknabberten Knochen in eine abgesägte Apfelkiste legten, ihre tote Mutter am Straßenrand aufgebahrt, unversehrt und immer noch so schön, dass sogar Schaulustige weinten. Aber James, der mächtig und schwer auf dem Holzboden lag, über den er tagtäglich in die Hütte gestampft war, ruhte sich nur aus und würde gleich aufspringen: »Hallo, mein Engel! Ich bin wieder da!«

»Nein!«, schluchzte Zelda, von Weinkrämpfen geschüttelt, als der Schmerz aus ihr herausbrach.

Auf Wiedersehen, Engel.

»Nein!« Sie hielt sich die Hand vor den Mund, als wollte sie das Leben daran hindern zu entweichen. »Lieber Gott, lass ein Wunder geschehen. Bitte ... Ich kann nicht ... Verlass mich nicht!«

Unter größter Anstrengung zog sie James' Leiche von der Tür fort. Sie mochte seine Beine nicht berühren, die nackt in Arbeitsshorts steckten, und griff ohne viel Erfolg in Wolle und Ölzeug. Dann bekam sie die Schultern zu fassen und rollte ihn zur Seite. Sie wollte ihn ansehen, als könnte sie ihn irgendwie dazu bringen, aufzuwachen. Für einen Augenblick fasste sie Hoffnung. Das war nicht James. Ein Fremder lag dort auf dem Boden. Aber dann wurde ihr klar, dass sein Gesicht angeschwollen war. Wieder dachte sie an die Spritze. Fragen schwirrten ihr durch den Kopf, aber sie verdrängte sie, denn sie konnte keinen klaren Gedanken fassen. Benommen wie nach einem Albtraum blieb sie neben ihm sitzen und versuchte, sich zu beruhigen. Sie musste warten, bis es vorüber war.

Die Sonne stand schon hoch am Himmel. Das Blechdach dehnte sich und knarrte in der Hitze. Fliegen surrten durch das zerbrochene Fenster und blieben träge als dunkle Wolke in der Luft stehen. Wildgänse zogen auf ihrem Weg in die Berge vorbei. Ihre langen traurigen Rufe waren weithin zu hören.

Schließlich stand Zelda auf und verließ die Hütte, um vom Flugplatz aus Doktor Ben anzurufen. Sie konnte kein Wort der Erklärung sagen, starrte die Männer am Schalter nur wortlos und mit aufgerissenen Augen an und griff an ihnen vorbei nach dem Hörer. Sie hörten ihr zu und umringten sie hilfsbereit. Aber niemand konnte ihr helfen.

Ben kam schnell. Gleich danach kam auch Ray Ellis, der Polizist. Sie eilten zu James und suchten wie Zelda nach einem Lebenszeichen. Nach einer Weile schüttelte Ben traurig den Kopf. Ellis schlug Zelda vor, sich vor die Hütte zu setzen, aber sie weigerte sich. Stattdessen blieb sie bei Doktor Ben und sah ihm zu, wie er die Spritze untersuchte. Dann kniete er neben James nieder und suchte die nackten Beine ab. Sanft strich er über das feine krause Haar.

»Hier«, sagte er schließlich bedächtig. »Ich habe es gefunden.«

Einen Moment glaubte Zelda voller Hoffnung, er würde jetzt eine Therapie vorschlagen, seine große schwarze Arzttasche öffnen und wie stets alles wieder in Ordnung bringen.

»Ein Bienenstich«, sagte Ben. »Der Stachel steckt noch. Hier.« Er zeigte auf James' linke Wade. Dort befand sich eine kleine rote Schwellung, aus der ein winziger schwarzer Stachel herausragte.

»Bienenstich?«, wiederholte Zelda wie betäubt.

Ben schaute stirnrunzelnd auf. »Hast du es etwa nicht gewusst?«

»Was denn?«

»Dass er auf Bienenstiche allergisch reagierte und dass ein Stich tödlich sein konnte!« Ben erhob ärgerlich die Stimme: »Er hätte es dir sagen müssen!«

Zelda starrte ihn an und versuchte, den Sinn seiner Worte zu verstehen, die aus einer anderen, fernen Welt zu kommen schienen.

»Wollen Sie damit sagen, dass eine Allergie ... die Ursache war?«, fragte Ellis.

Ben nickte langsam. »Schwere allergische Reaktion. Er hätte stets Adrenalin bei sich haben müssen, besonders hier draußen. Aber nach Eintritt der allergischen Reaktion ist es schwierig, sich das Adrenalin zu spritzen.« Er senkte die Stimme. »Es war zu spät.«

Die Worte trafen Zelda wie ein Peitschenhieb. Mein Gott, wenn sie nicht im Supermarkt gewesen wäre, hätte sie ihn retten können!

»Dann kannten Sie seinen Zustand?«, fragte Ellis. Er beugte sich über Bens Schulter und machte sich Notizen.

»Ja, vor ein paar Jahren ist es schon einmal passiert. Glücklicherweise war er gerade in der Stadt und konnte noch rechtzeitig zu mir in die Praxis kommen. Ich habe ihn gewarnt! Ohne Behandlung wäre er damals schon gestorben! Dann zeigte ich ihm, falls er wieder gestochen würde, wie er sich die Spritze setzen musste.« Während er sprach, ließ er Zelda nicht aus den Augen. Doch dann senkte er den Blick. Er konnte die Trauer in ihren Augen nicht länger ertragen. Die kleine Zelda, die er auf die Welt gebracht hatte – hier, in diesem Zimmer. Sie hatte keine Mutter und nun auch keinen Vater mehr.

»So ist das nun mal«, sagte Ellis kopfschüttelnd. »Die Menschen nehmen nichts ernst.« Er bückte sich und untersuchte die Schwellung an James' Bein. »Es ist nicht zu glauben, nur ein winziger Stich! Tagtäglich werden Menschen gestochen.«

»Es ist nicht das Gift«, erklärte Ben. »Die allergische Reaktion ist tödlich.« Er wandte sich an Zelda. »Es ist bestimmt sehr schnell gegangen. Er ist bewusstlos geworden und hatte keine Schmerzen.« Draußen hörte man Motorengeräusche. Er richtete sich auf. »Das ist der Pater«, sagte er mit Erleichterung. »Und Drew ist bei ihm.« Mit hängenden Schultern blickte er Zelda in die Augen und sah plötzlich sehr müde aus. »Es tut mir schrecklich Leid. Ich ...« Seine Stimme versagte.

Ellis ging zu Zelda und legte den Arm um ihre Schultern. Zelda spürte die harten metallischen Dienstabzeichen auf dem Rücken. »Wenn ich etwas für dich tun kann ... Du weißt ja, wir alle helfen dir gern.«

Zelda befreite sich, ging zum Kamin und schaute in das erloschene Feuer. Als die Holzscheite noch hell loderten, war James noch bei mir gewesen, dachte sie. Sie betrachtete sein leeres Whiskyglas auf dem Kaminsims und nahm es in die Hand. Am Rand sah man noch den Abdruck seiner Lippen. Äußerlich war sie ruhig, aber innerlich schrie sie auf, rang unter einer düsteren Wolke von Schmerz und Ungläubigkeit nach Atem.

Hinter sich bemerkte sie das Knirschen von Drews neuen Stiefeln und das Rascheln seiner Jeansjacke. Sie drehte sich um, verbarg das Gesicht an seiner Schulter und sog den vertrauten Geruch von Motoröl und verbranntem Holz ein. Der feuchte salzige Stoff drückte sich an ihre Wange. Es ist wahr! Es ist wirklich geschehen. Dad ist tot. Er ist von uns gegangen.

Drew beugte sich über sie. Seine blonden Locken

fielen über ihr schwarzes Haar. Er hielt sie sehr fest, wiegte sie wie ein Kind. Dabei weinte er, und seine Brust hob und senkte sich. »Jimmy«, sagte er und blickte zum Himmel. Tränen rannen über beide Wangen. »Jimmy ...«

Ellis, Ben und Pater Eustace trugen James ins Schlafzimmer und legten ihn auf sein Bett. Sie falteten seine Hände über der Brust und strichen das Haar glatt.

»Drew soll Zelda mit zu sich nach Hause nehmen«, sagte Ellis.

Ben schüttelte den Kopf. »Sie wird Jim bestimmt nicht allein lassen.«

Alle schwiegen. Die drei Männer standen dicht nebeneinander in dem kleinen Raum. Sie hörten ihren eigenen Atem – ein langsamer stetiger Rhythmus, der sie von der stillen Gestalt, die vor ihnen lag, unterschied.

»Am besten rufen wir Lizzie an«, schlug Pater Eustace vor. »Sie war immer wie eine Mutter für Zelda.«

»Gut«, stimmte Ellis zu. »Sie kann ihr helfen, alles zu regeln.«

»Ja«, meinte Ben. »Das ist sicher das Beste.«

Sie sahen sich an, bevor sie den Kopf zu einer Gedenkminute senkten – wie immer, wenn der Tod sie zusammenbrachte.

Zelda saß wortlos in der Ecke der Reparaturwerkstatt in Lindsays Tankstelle. Gleich daneben zerlegten Craig und Pete den Wagen des Schuldirektors. Der Hund lag hechelnd in der Sonne und sah ihnen bei der Arbeit zu.

»Zelda.« Lindsay beugte sich über sie und streckte die Arme aus, um ihr aufzuhelfen. Der Duft frischer Seife lag über dem Geruch von Fett und Benzin. Zelda schaute mit trüben geschwollenen Augen zu ihm auf.

»Du weißt doch, dass du dich jetzt nicht um ... das alles kümmern musst«, beruhigte Lindsay sie. In seinem freundlichen Ton lag ein leichter Tadel. Es war nicht richtig, kaum eine Stunde nachdem Ellis ihm von James' Tod erzählt hatte, unangemeldet zu ihm zu kommen.

Zelda stand wortlos auf und folgte ihm ins viel zu kleine, mit Unterlagen und Ersatzteilen voll gestopfte Büro. Es hatten gerade noch zwei Stühle und ein Schreibtisch Platz.

»Bitte, setz dich.« Lindsay wischte den Stuhl mit einem Lumpen ab und drückte Zelda darauf. Er war höflich, beinahe förmlich, behandelte sie wie eine Fremde und nicht wie eine Freundin, die seit Jahren bei ihm tankte.

Zelda betrachtete seine grobknochige Gestalt. Sie erinnerte sich daran, wie er ihr im letzten Sommer geholfen hatte, den Motor des Jeeps zu zerlegen.

»Du bist ja ein toller Kerl«, hatte sie gescherzt, als er sich unter das Chassis legte. »Und die langen Beine ...«

»Normalerweise hättest du dich anmelden müssen«, erklärte Lindsay. »Dann hätte ich mich umziehen können.«

»Das ist unwichtig«, entgegnete Zelda müde. »Mir macht es nichts aus.«

Lindsay suchte nach Worten. »Das könnte jemand anders für dich erledigen. Lizzie oder Drew. Oder du könntest alles mir überlassen.«

»Nein, ich will es selbst tun.«

»Ich verstehe.« Er griff in das hohe Regal und nahm ein großes Buch aus Kunstleder heraus, das wie ein Fotoalbum aussah. Er öffnete es. Auf der ersten Seite befand sich das Farbfoto eines Sargs aus glänzend rotem Holz mit vergoldeten Kanten. »Luxusausführung«, murmelte er und blätterte schnell weiter. »Dieser ist auf der

Insel eher gebräuchlich«, kommentierte er das nächste Bild. »Einfach, aber würdig.« Er suchte in ihrem ausdruckslosen Gesicht nach einer Antwort. »Mittlere Preisklasse.« Plötzlich wurde er unsicher. »Schau … ich … wir müssen auch über finanzielle Dinge sprechen. Ich meine, es wäre besser, wenn jemand anders zu mir käme. Du solltest nicht an solche Dinge denken.«

»Geld spielt keine Rolle«, antwortete Zelda bestimmt. »Ich will jetzt noch keine Entscheidung treffen. Ich möchte nur sehen, was es gibt.«

»Ach so!« Lindsay fiel ein Stein vom Herzen, und die Sorgenfalten auf dem roten Gesicht verschwanden. »Schön, das ist in Ordnung. Möchtest du etwas trinken? Rauchen? Wasser?«

Zelda schüttelte den Kopf und legte sich das Buch auf den Schoß. Konzentriert blätterte sie die Seiten um, betrachtete Glanzfotos von Särgen, Grabsteinen, Gedenktafeln und Blumengebinden.

»Natürlich machen wir hier auf der Inseln nicht alles selbst.« Lindsay schaute ihr über die Schulter, als betrachte er die Auswahl mit ihren Augen. »Wir bieten zusätzliche Dienste an. Eine persönliche Note, verstehst du? Zum Beispiel einen Grabredner, der bei der Beerdigung etwas über die Krankheit sagt. Jimmy war Amerikaner, nicht wahr?« Plötzlich hatte er eine Idee. »Wo liegt deine Mutter begraben? Manche Menschen möchten gern zusammen begraben werden.«

»Irgendwo in Melbourne. Aber er ist *hier* zu Hause.«

»Ja, natürlich.« Lindsay nickte. »Nun gut, alles andere werden wir mit dem Pater regeln. Ellis hat mir erzählt, dass Doktor Ben bereits den Totenschein ausgestellt hat. Ist Jimmy … ist er noch in eurer Hütte?«

Zelda nickte.

»Ich schicke sofort jemanden hin.«

»Nein!«, rief Zelda schnell. »Nein, es hieß, er könne bis morgen bleiben.«

Lindsay sah sie fragend an. »Wer hat das gesagt?«

»Ellis und Pater Eustace.«

»O ja, natürlich kann er bis morgen bleiben«, sagte er zögernd. »Wohnst du zurzeit bei Drew?«

»Vielleicht.« Sie stand auf und gab ihm das Buch zurück. »Vielen Dank. Ich muss es mir noch überlegen.« Eigentlich wollte sie sagen: »Am besten lassen wir das Ganze.« Aber sie hatte keine andere Wahl.

Lindsay lächelte traurig und nickte. »Ich werde bei Drew anrufen und mich erkundigen, wie es dir geht.« Vorbei an den rauchenden Jungs, die den Hund mit abgenagten Knochen einer gebratenen Möwe fütterten, begleitete er sie zur Tür.

»Auf Wiedersehen«, sagten die Männer ernst und verlegen.

Zelda bedankte sich. Tränen stiegen ihr in die Augen. Mit gesenktem Kopf ging sie weiter. Als sie die Tür der Toilette erreichte, stürzte sie hinein, beugte sich über das Waschbecken und bespritzte sich das Gesicht mit kaltem Wasser. Sie hörte Geräusche von aufeinander schlagendem Metall. Die Männer waren schon wieder an der Arbeit. Sie trocknete sich das Gesicht mit dem Ärmel ab und wollte gerade gehen, als Stimmen durch die Wand drangen.

»So ein kräftiger Kerl wie Jimmy, von einem Bienenstich niedergestreckt. Das kann doch nicht wahr sein!«

»Armer Hund.«

Zelda erstarrte.

»Arme Zelda. Man sagt, dass sie wegen der Geschichte mit den Fetzenfischen auch noch aus der Hütte ausziehen muss …«

»Ich dachte, die Pacht läuft erst in drei Jahren ab.«

»Ja, aber der Vertrag endet entweder nach Ablauf oder mit dem Tod des Pächters.« Eine kurze Pause entstand. Der Hund winselte. »Das habe ich jedenfalls gehört.«

Zurück in der Hütte, bemerkte Zelda, dass jemand Pappe vor das zerbrochene Fenster genagelt hatte. Es sah nach Drew aus – sauber und praktisch. Er hatte bestimmt krampfhaft nach etwas gesucht, das er für sie tun konnte. Verwirrt und verletzt, konnte er nicht verstehen, dass sie allein sein wollte. Sie trug es ihm nicht nach, sie verstand es selbst nicht. Das tiefe Schweigen und die Stille um James hatten auf sie abgefärbt. Sie fühlte sich aus der Gemeinschaft ausgeschlossen und entsetzlich weit weg.

Sie trank einen großen Schluck aus der halb leeren Flasche Bourbon.

Dann ging sie zu James' Zimmer, blieb jedoch an der Tür stehen. Langsam wanderte ihr Blick über die schweren Stiefel auf der Matratze, über seine nackten Beine und den mit einer Wolldecke bedeckten, gewölbten Körper. Dort ließ sie den Blick ruhen. Ihre herabhängenden Hände verkrampften sich. Sie konnte ihn nicht ansehen.

Dad?, sagte sie stumm, als unterhielten sie sich wie jeden Abend, wenn er nach Hause kam. Du hättest das Buch sehen sollen, das Lindsay mir gezeigt hat. Fotos von Särgen und Blumengebinden … Sie lachte hysterisch auf, als sie sich James in Ölzeug und fleckigem Wollpullover in einem dieser polierten Särge vorstellte.

Du willst mich wohl auf den Arm nehmen, hörte sie ihn sagen. Ich hoffe, du meinst das nicht ernst!

Sie versuchte, sich zu erinnern, ob James jemals über die Beerdigung oder das Grab ihrer Mutter gesprochen hatte. Aber soweit sie wusste, hatte er nur einmal gesagt, dass ihm Gräber nichts bedeuteten. Die Erinnerung zählte. Erinnerungen an ihr Leben – Dad und Mum, Dad und Zelda – hier in der Hütte am äußersten Ende der Nautilus Bay. Die Heimat der Fetzenfische, Schutzgebiet Kategorie zwei ...

Zelda ging zu James' Schreibtisch und zog die Schubladen auf. Alles war sauber in beschrifteten Umschlägen geordnet: »Fischerverband«, »Einkommensteuer« und »Zelda – Verschiedenes«. Dann fand sie einen Umschlag mit der Aufschrift: »Fetzenfisch, Korrespondenz und Rechtslage«. Sie kippte den Inhalt auf dem Tisch aus und betrachtete die Briefe, Zeitungsausschnitte und von Hand geschriebenen Notizen. Sie fand ein Dokument auf grauem Regierungspapier, überflog das Gedruckte und konzentrierte sich auf wichtige Sätze wie Sanierung des Gebiets ... Entfernung der bestehenden Wohn- und Wirtschaftsgebäude ... nach Ablauf der Pacht ... oder Tod des Pächters.

Tod des Pächters. Es stimmte also!

Zelda lehnte sich an die Wand und schloss die Augen. Im Geiste sah sie Beamte des Umweltschutzministeriums, die sich wie Ameisen über die Hütte hermachten und mit Teilen von Dach, Wänden und Fußboden davonhasteten. Sie stellte sich vor, wie sie alte Zahnbürsten, Zollstöcke und Taschenmesser in Rissen und Spalten, auf dem Dachboden und unter den Fußbodendielen fanden, sich über selbst gemachtes Spielzeug amüsierten, in alten Briefen herumschnüffelten, ihre Gemüsepflanzen und die Kräuter hinter dem Haus ausrissen, den Schornstein und den Herd, der ihnen jeden Abend Behaglichkeit und Wärme gespendet hatte, abrissen. Sie würden nicht sofort kommen, das wusste Zelda. Sie würden warten, bis sie gepackt hatte und ausgezogen war. Aber das Todesurteil war gesprochen, und die Zeit lief ab.

Zurück im Wohnzimmer, legte sie eine von James' Schallplatten auf. Mit zitternder Hand setzte sie die Nadel auf. Dann stellte sie sich an den Kamin und lehnte den Kopf gegen den Sims. Die kraftvolle Stimme einer Sängerin erfüllte die Stille.

Sie hatte alle Leute überreden können, sie heute Abend allein zu lassen. Morgen würde alles von vorn beginnen. Kondolenzbesuche. Verabredungen. Blumen. Kirche. James hätte das alles nicht gewollt. Sie wollte das auch nicht. Sie schaute sich in der Hütte um, in der selbst gezimmerte Möbel standen und stapelweise Angelzeug herumlag. Dieses Haus gehörte zu James. Tränen stiegen ihr in die Augen. Es musste einen besseren Weg geben, sich von all dem zu verabschieden …

Reglos blieb sie stehen und dachte nach. Als die Musik zu Ende war, wusste sie, was sie wollte. Sie ging hinaus und kehrte mit einem Stapel Plastikbehälter, in denen sonst Fische transportiert wurden, zurück. Sie stellte sie in die Mitte des Raums und begann, Bücher, Werkzeug, Kleidung, Küchengerät, Tassen und Teller und besondere Dinge, wie das Hackbrett aus Kiefernholz mit den eingeschnitzten Namen, JAMES UND ZELDA 1979, einzupacken. Dann den silbernen Kerzenständer, der zu besonderen Anlässen auf den Tisch gestellt wurde, eine schöne und zerbrechliche Muschel, die sie sorgfältig in Wolltücher einwickelte, und James' Schatzkiste mit den ihm heiligen Seekarten. Zuletzt nahm sie eine alte Lederschreibmappe mit einer rosa Schleife in die Hand. Sie enthielt ein Bündel Fotografien. Die meisten zeigten Zelda – Ausschnitte aus ihrem Leben: Geburtstagspartys, Gelegenheiten, zu denen man Sonntagskleider trug, wie ihre Schulabschlussfeier und ihr erster Tag auf See ... Sie sah sie kurz durch. Als sie auf einem der Fotos James entdeckte, zog sich ihr vor Schmerz das Herz zusammen.

Ganz unten fand sie zwei Fotos von Ellen. Zelda kannte die Fotos. Es waren die einzigen Andenken, die ihr von der Mutter, die sie so früh verloren hatte, geblieben waren. All die Jahre hatte sie sich die Fotos immer wieder angesehen, in der Hoffnung, etwas Neues zu entdecken. Auf einem hielt Ellen Zelda im Arm und lächelte sanft in die Kamera. Das Foto strahlte eine merkwürdige Ruhe aus, als ob sie außerhalb von Zeit und Raum zusammen existieren würden, wie Maria mit dem Kind.

Auf dem anderen Foto stand Ellen am Kai wie ein Mannequin für Arbeitshosen.

»An ihr sehen die Hosen aus, als seien sie von einem weltberühmten Designer«, hatte Lizzie einst das Bild kommentiert. »Ellen hatte eine ganz besondere Art. Jeder suchte ihre Nähe.«

Sie sah aus wie Zelda: Gesicht, Figur, Haare und das wunderschöne Lächeln.

Als sie ihre Mutter betrachtete, trübten Tränen ihren Blick. Ein dumpfer Schmerz erfüllte sie, eine Ahnung, dass James sie betrogen und verlassen hatte, er hatte sie verlassen, um bei seiner großen Liebe zu sein. Schließlich war seine Tochter nur ein Abbild, eine Erinnerung an die eine Frau, die vor ihm gegangen war. Zelda schob die Fotos zurück in die Schreibmappe und fluchte, als das unterste am Futter hängen blieb. Sie zog es heraus. Es war ein Familienfoto, ein Porträt von Ellens Vater – Zeldas Großvater. Ein lachender Mann mit den kecken Gesichtszügen seiner Tochter. Auf der Rückseite stand sein Vorname: Harlan. Das war alles. Früher hatte dieses Bild stets Zeldas Neugier geweckt, aber jetzt schien es bedeutungslos, leer wie alles andere ...

Zelda trug die Plastikbehälter zum Anlegesteg und verstaute sie auf dem Boot. Dann ging sie noch einmal durch das Haus. Schließlich blieb sie an James' Bett stehen. Das weiche goldene Licht der Abendsonne berührte sein wächsernes, vom schimmernden Haar umrahmtes Gesicht. Zelda zog das Messer aus seinem Gürtel und schnitt eine dicke Locke ab.

Tränenüberströmt beugte sie sich über ihn. »Lebe wohl, Daddy.« Dann ging sie ohne sich noch einmal umzudrehen hinaus.

Draußen nahm sie einen Benzinkanister und goss Benzin um die Hütte.

Dann zündete sie ein Streichholz an.

Mit scharfem Zischen entzündete sich das Benzin.

Helle Flammen schossen die Benzinspur entlang, flackerten auf und sprangen schnell auf die Hütte über.

Zelda stand am Strand und sah zu, wie die Hütte brannte, ein helles Leuchtfeuer vor dem dunkler werdenden Himmel. Als nichts mehr übrig war als verkohlte Pfosten und Stümpfe, ging sie hinunter zum Boot und fuhr aufs Meer hinaus.

3

Im Morgengrauen holte Zelda eine Reuse nach der anderen ein und stapelte sie an Deck. Sie reihte die Bojen auf, wickelte die Leinen ordentlich auf und leerte die Ködereimer, als wäre die Fangsaison zu Ende. Völlig unbeteiligt, mechanisch und ohne Plan erledigte sie die Arbeit.

Als alle Körbe an Bord waren, steuerte sie eine kleine Bucht an und warf auf der windgeschützten Seite einer felsigen Landzunge den Anker aus. Dann trug sie die Plastikbehälter, die sie aus der Hütte geholt hatte, zur vorderen Kajüte und verstaute sie nebeneinander in der Koje. Als die Arbeit getan war, kontrollierte sie, ob sich Lebensmittel und Ölzeug an Bord befanden. Nun konnte sie die Kajüte verschließen. Ihr Blick fiel auf die Mappe, in der James seine Seekarten aufbewahrte. Sie nahm sie an sich, klemmte sie vorsichtig zwischen die Beine und bückte sich, um das Vorhängeschloss vor die Kajüte zu hängen.

Zurück im Ruderhaus, betrachtete sie, eine Tasse Tee in der Hand, die über dem Horizont aufgehende Sonne, die wie ein riesiges Eidotter aufbrach und sich über das Meer ergoss. Es war totenstill. James hatte diese stille Tageszeit am meisten geliebt. Lächelnd hatte er ihr erzählt: »Weißt du, Engel, ich habe den ersten Sonnenaufgang erst erlebt, als ich bereits älter war als du. Wie findest du das?«, oder: »Stell dir vor, ich habe jeden Morgen in einem Büro mit verschlossenen Fenstern und Papierpflanzen verbracht.« Dann sah er zum Himmel und sagte inbrünstig: »Solltest du wirklich da oben sein, lieber Gott, danke ich dir von ganzem Herzen.«

Zelda dachte an Lizzie. Sie würde für James' Seele beten, wie sie es für Heilige und Märtyrer tat. Ihre Körper existierten schon lange nicht mehr, wie James waren sie begraben oder verbrannt worden. Aber sie sind immer noch lebendig, tröstete sich Zelda, und blickte in die aufgehende Sonne. Lieber Gott, beschütze meinen Dad. Bitte, nimm dich seiner an.

Sie lehnte sich an die Wand und betrachtete die Mappe mit den Seekarten. Plötzlich verspürte sie den Drang, sie zu öffnen, um die Dinge sehen und berühren zu können, die James so viel bedeutet hatten. Mit dem Taschenmesser brach sie das Scharnier auf und hatte sofort ein schlechtes Gewissen. Aber die Mappe konnte ja nicht immer verschlossen bleiben, und der Schlüssel, den James in der Hütte versteckt hatte, war jetzt nur noch ein Klumpen Metall. Sie schlug die Mappe auf. Obendrauf lagen einige viel benutzte Karten. Es waren Karten der Inselgruppe Furneaux – ihrer Inselgruppe. Auf den Karten stand, dass Ortskenntnisse erforderlich sind, um sicher navigieren zu können. James hatte eigene Eintragungen über Riffs, Untiefen, Schutzhäfen und Wracks vorgenommen. Die Notizen erinnerten Zelda an gemeinsame Fahrten. Sie legte die Karten vorsichtig zurück und wischte sich die Tränen aus den Augen.

Als sie sich nach vorn beugte, um sie näher zu betrachten, stieß sie gegen ihren halb vollen Becher. Aus dem Augenwinkel sah sie, wie er umkippte. Schnell griff sie zu und konnte ihn gerade noch auffangen. Dabei fiel die Mappe herunter und die Karten flatterten auf den Boden. Sie kniete nieder, sammelte sie sorgfältig wieder ein und entdeckte einen vergilbten Zeitungsausschnitt. Es stand nichts Wichtiges auf der Seite, nur etwas über den Schlussverkauf eines Geschäfts, von dem sie noch nie etwas gehört hatte. Dann drehte sie den Ausschnitt um und erschrak. Die Frau auf dem Foto sah aus wie sie! Ihre Augen, ihr Mund, ihr Haar! *Es war ihr Gesicht!* Über dem Bild stand die Schlagzeile: LIBERTY FINDET NEUE ANHÄNGER. Der Artikel darunter war fast gänzlich abgerissen, nur eine Zeile war noch zu lesen:

BERICHT AUS RISHIKESH, INDIEN
Ein Jahrzehnt, nachdem die amerikanische Primaballerina verschwand, während Gerüchte …

Zelda las die Zeile immer wieder. Kein Zweifel, die Frau auf dem Foto war Ellen! Aber warum wurde sie Liberty genannt? Primaballerina! Es passte nicht zu dem, was Zelda über sie wusste. Und Indien? Stammte der Artikel aus einer Zeit, bevor sie auf die Insel gekommen waren? James hatte Indien nie erwähnt. Überhaupt hatte er nur selten von Ellen oder ihrem gemeinsamen Leben gesprochen. Wenn Zelda Fragen stellte, wurde er still, traurig, fast ärgerlich. Und diese Stimmung hielt tagelang an und bedeutete unerträgliche Langeweile für sie. Schon bald hatte Zelda gelernt, nicht an der Vergangenheit zu rühren.

Fast alles, was sie über Ellen wusste, hatte Lizzie ihr erzählt.

»Immerhin war sie deine Mutter. Du hast ein Recht

darauf, alles über sie zu erfahren«, hatte sie gemeint und missbilligend die Lippen geschürzt. »Ellen war Tänzerin, und zwar eine sehr gute. Sie hat in New York gearbeitet und alle großen Solopartien getanzt: Schwanensee, Nussknacker, Giselle … Alle! Und außerdem tanzte sie noch in modernen Tanzensembles, wie sie es nannte.«

»War sie berühmt?«, fragte Zelda.

»Ich glaube nicht«, lachte Lizzie leise und traurig. »Aber sie war eine wundervolle Tänzerin! Ich habe sie einmal in unserem Melkstall tanzen sehen. Sie wartete auf mich und bemerkte nicht, dass ich hereinkam. Damals sah ich zum ersten Mal, dass sie etwas ganz Besonderes war. Wenn sie tanzte, blühte sie richtig auf!«

»War ich auch dabei?«

»Ja«, antwortete Lizzie, »ich glaube, du warst auch dabei. Du hast in der Tür gestanden und mit großen Augen zugesehen. Damals warst du noch ein kleines Kind. Aber du hast es gespürt, diesen Zauber in ihren Bewegungen, das verklärte Gesicht …«

»Warum gab sie das alles auf, um hier zu leben?«, fragte Zelda.

»Sie hatten genug Geld, ein schönes Leben und berühmte Freunde. Aber leider waren sie nicht glücklich«, antwortete Lizzie, als würden Märchen immer wahr. »Du musst dir James nur ansehen, dann weißt du, wo er hingehört.«

»Und Ellen – Mummy –, war sie hier glücklich?«

Lizzie dachte eine Weile nach. »Nicht so glücklich wie James. Jedenfalls nicht die ganze Zeit.« Mehr sagte sie nicht dazu.

Wieder betrachtete Zelda das Foto. Es war nicht gestellt, denn Ellen sah nicht direkt in die Kamera. Sie musste damals ungefähr so alt gewesen sein wie Zelda, aber das war nur eine Vermutung. Sie las noch einmal die Textzeile. »Verschwunden«, stand da. Vermutlich bezog sich das auf die Zeit, als Ellen und James Amerika verließen und auf die Insel kamen. James hatte ihr erzählt, dass sie ohne ein Wort zu sagen alle Brücken hinter sich abgebrochen hatten. Aber was geschah zehn Jahre danach? Zu dieser Zeit war Ellen bereits tot. Sie muss zweimal verschwunden sein! Und was waren das für Gerüchte? Zelda schwirrte der Kopf. Die vielen Fragen verdrängten ihre Trauer. Plötzlich wurde sie ärgerlich auf James, als hätte er sich absichtlich davongemacht und ein heilloses Durcheinander hinterlassen.

In der Hoffnung, etwas zu finden – wenn auch nur einen winzigen Hinweis –, drehte sie den Zeitungsausschnitt um. Ihr Blick wanderte von den letzten Zeilen einer Geschichte zum Ende des Artikels. Dann dachte sie über die einzelnen Satzfetzen nach. Es war ein Bericht über die Schüsse auf Ronald Reagan. Damals hatte James gesagt, es sei eine Schande und dass der Kerl ein schlechter Schütze sei. Als sie das ihrer Lehrerin erzählt hatte, war diese außer sich vor Entrüstung gewesen, dass jemand so etwas sagen konnte.

Zelda lehnte sich zurück und suchte Halt an der Wand. Miss Smith hatte die Lehrerin geheißen. Vierte Klasse … Also war sie damals neun Jahre alt gewesen!

Ellen, ihre Mutter, konnte zu diesem Zeitpunkt also nicht tot gewesen sein!

Zelda klopfte an Danas Haustür. Das laute Hämmern schallte durchs Haus. Sie wartete einige Minuten, lief dann ums Haus und blickte durch die Fenster. Im Wohnzimmer brannte Feuer, aber das Haus schien leer zu sein. Als sie das Fenster des Gästezimmers erreichte, blieb Zelda stehen und presste das Gesicht gegen die

Scheibe. Auf dem Bett lagen Kleider aus Seide und überall auf dem Boden hochhackige Schuhe. Erleichtert atmete sie auf. Cassie hatte die Insel also noch nicht verlassen.

Sie ging wieder zurück zur Haustür, setzte sich auf die Treppe und wartete. Dann dachte sie an die Party und erinnerte sich, wie die alte Dame sie angesehen und behauptet hatte, sie zu kennen. Vielleicht kannte sie jemand, der so aussah wie sie …

Sie gestattete sich nicht, den Gedanken zu Ende zu denken und noch mehr Hoffnung zu schöpfen. Stattdessen zog sie die Knie unters Kinn, barg den Kopf auf den Armen und versuchte, sich auszuruhen. Aber ihr knurrte der Magen. Der Hunger übertönte den dumpfen Schmerz, der ihren Körper erfüllte. Sie hob den Kopf und ließ den Blick über den Garten wandern. Um die Granitfelsen hatte man sorgfältig heimische Pflanzen arrangiert. Alles fügte sich gut in den Hang ein, war aber zu perfekt und wirkte wie manikürte Wildnis. Hinter der Wiese führte ein schmaler Pfad zu einem kleinen Teich. Als Zelda sich zur Seite lehnte, entdeckte sie eine Reihe verblichener Liegestühle. Ein roter Fleck stach ihr ins Auge.

»Dana?«, rief sie und rannte los.

Als sie näher kam, hob eine Hand im weißen Handschuh den breiten Rand eines Strohhuts und gab den Blick auf die Eulenaugen einer Sonnenbrille und rote Lippen frei.

»Hallo, Liebste! Ich bin es!« Cassie lachte hell auf. »Sie hätten mich unter dem Hut sicher nicht erkannt.« Sie senkte die Stimme und gestand: »Ich habe eine Sonnenallergie und darf mich nicht der Sonne aussetzen.«

Zelda sah sie Hilfe suchend an. »Ich muss unbedingt mit Ihnen sprechen …«

Der drängende Ton veranlasste Cassie, ihre Sonnenbrille abzunehmen und sich aufzurichten. »Was, um Himmels willen, ist so wichtig?«, fragte sie. »Nicht weinen, Sie bekommen nur rote Augen. Setzen Sie sich.« Sie steckte eine Zigarette zwischen Zeldas Finger und ignorierte ihre Ablehnung. »Dann haben Sie etwas zum Festhalten.« Sie hörte ruhig zu, als Zelda von James' Tod, den Seekarten und dem herausgerissenen Zeitungsausschnitt mit den unzusammenhängenden Worten erzählte, und nickte hin und wieder.

»Natürlich!«, rief Cassie und betrachtete den Zeitungsausschnitt ganz genau. »Als ich Sie in der Dior-Bluse sah, wusste ich, dass ich Ihr Gesicht schon einmal gesehen habe. Aber wer kommt schon darauf? Libertys Tochter – hier, auf dieser gottverlassenen Insel?« Sie blickte auf und betrachtete Zeldas Gesicht. »Und Sie tanzen auch!« Sie schüttelte den Kopf. »Das ist unglaublich …«

»Aber so hieß sie nicht«, unterbrach Zelda.

»Das war ihr Künstlername«, erklärte Cassie, »wie Twiggy. Kennen Sie das englische Model?« Zelda schaute sie verständnislos an. »Na, egal«, fuhr Cassie fort. »Ich erkläre es Ihnen. Sie müssen wissen, dass Liberty – Ihre Mutter – nicht nur eine bekannte Tänzerin war. Sie war eine Berühmtheit!« Cassie suchte nach den richtigen Worten und blickte dabei zum Himmel. »Man könnte sagen, sie machten sie zu einer Art Teenageridol. So hat man sie auch genannt.« Als sie Zeldas neugierigen Blick sah, kniff sie die Augen zusammen. »Reines Marketing. Wenn man sich nicht wehrt, machen sie alles Mögliche. Das ist natürlich schon lange her, eine uralte Geschichte in einer schnelllebigen Welt.« Sie zeigte auf den Zeitungsausschnitt. »Sogar dieser …«

»Ich muss sie finden«, unterbrach Zelda sie.

»Ja, natürlich, meine Liebe.« Cassie nickte zustimmend. »Wenn jemand nicht gefunden werden will, ist das jedoch nicht einfach. Sie könnten sich an die amerikanische Botschaft wenden. Schicken Sie ihnen eine Kopie des Zeitungsausschnitts.«

»Nein, ich fahre nach Indien!«, sagte Zelda laut und bestimmt, um ihre Unsicherheit zu verbergen. »Ich fange dort an, wo das Foto gemacht wurde.«

Wortlos betrachtete Cassie sie eine Weile, steckte eine neue Zigarette in die Zigarettenspitze und sagte schließlich: »Ich denke, dieser Plan ist so gut wie jeder andere.« Dann beugte sie sich vor und legte die Hand fest auf Zeldas Arm. »Aber hören Sie mir gut zu!«

»Ja.«

»Sehen Sie mich an, mit mir ist nicht mehr viel los. Aber zu meiner großen Zeit habe ich einen Film nach dem anderen gedreht. Ich war Schauspielerin und bin durch die ganze Welt gereist. Ich besitze Häuser und weiß nicht mehr, wo sie stehen.« Sie lachte bitter auf. »Jetzt bin ich auf dem Höhepunkt meines Wissens und Könnens, mit allen Vorteilen meiner Erfahrung, und kann es nirgendwo anbringen. Niemand geht ins Kino, um eine alte Frau zu sehen, nicht wahr? Aber das ist nicht der Punkt. Mein Vater war Kassierer bei einer Bank, meine Mutter arbeitete in einem Waschsalon. Sie träumten von einem kleinen Backsteinhaus auf einem ordentlichen Grundstück. Natürlich habe ich ihnen ein Haus geschenkt. Zelda, sehen Sie mich an. Sehe ich aus wie die Tochter eines Kassierers und einer Wäscherin?«

»Nein«, antwortete Zelda. »Sie sind … nein.«

»Das meine ich!« Cassie faltete zufrieden die Hände – sie hatte das Richtige gesagt. »Suchen Sie Ihre Mutter mit allen verfügbaren Mitteln. Aber denken Sie daran, Sie haben keine Ahnung, was Sie erwartet. Vielleicht kann Sie Ihnen helfen. Vielleicht müssen Sie ihr helfen. Vielleicht mögen Sie sich nicht. Suchen Sie nur nicht die Antwort auf die Frage, wer Sie sind.« Sie blickte Zelda in die Augen. »Wann haben Sie das letzte Mal richtig gegessen?«

Zelda zuckte die Schultern.

»Auf geht's. Beim Essen überlegen wir, was zu tun ist.«

4

Zelda holte einige Sachen vom Boot, übernachtete bei Dana und Cassie und fühlte sich, als wäre sie zum Feind übergelaufen. Dann rief sie Drew und Lizzie an, um ihnen zu sagen, wo sie war. Ihre Stimme klang verzweifelt, aber sie war nicht in der Lage, ihnen zu erklären, warum sie lieber bei Fremden blieb als bei Freunden. Sie willigte ein, täglich anzurufen, lehnte es jedoch ab, persönlich mit ihnen zu sprechen. Eigentlich wollte sie auch ihre Freundin Sharn anrufen, änderte jedoch ihre Meinung, da sie ihr nichts zu sagen hatte. Die einzige Person, die ihr neben Dana und Cassie noch einfiel, war Ellis, der Polizist. Sie setzte sich mit ihm an den Teich und hörte ihm zu, während er immer wieder um den heißen Brei herumredete, damit er James' Namen nicht aussprechen musste. Trotzdem wollte er ihr sagen, dass sie die Hütte nicht hätte anzünden dürfen. Sie habe sich schwerer Vergehen schuldig gemacht, erklärte er, und könne von Glück sagen, dass er derjenige sei, der über weitere Maßnahmen zu entscheiden habe. Er wolle noch einmal ein Auge zudrücken, zum Besten aller. Schließlich könne er ihre Gefühle gut verstehen, vor allem wegen der Geschichte mit den Fetzenfischen. Er verstehe jedoch nicht, warum sie nicht unten am Badger

Head bei Drew und Lizzie wohnte, aber das sei allein ihre Sache, meinte er zum Schluss.

Durch Zufall hatte sie plötzlich Rye am Telefon. Eigentlich hatte sie einen Anruf des Bankdirektors erwartet und hob den Hörer ab.

»Zelda«, rief er überrascht, »Sie sind ja immer noch hier!« Als ginge ihn das etwas an! »Mit James, das tut mir sehr Leid.«

»Woher wissen Sie das?«, fragte Zelda ohne Umschweife.

In Ryes Antwort schwang ein merkwürdiger Unterton mit. »Ich bekam einen Anruf vom Gemeinderat. Sie sagten mir, Sie … Sie hätten die Hütte in Brand gesteckt.«

»Ja, das stimmt.« Sie unterdrückte ihren Zorn. »Ich wollte nicht …«

»Ich verstehe«, unterbrach Rye. »Alle sind … wir sind alle … überrascht, das ist alles. Zelda, dass James gestorben ist, tut mir wirklich sehr Leid.«

»Sie hätten wenigstens etwas sagen können«, platzte Zelda heraus.

»Ich weiß, ich hätte es Ihnen erzählen müssen.«

»Sie wollten uns rausschmeißen!«

»Ich dachte, es würde erst viel später passieren«, antwortete Rye. »Als ich die Empfehlung aussprach, wusste ich nicht, dass Ihr Pachtvertrag schon so alt war. Natürlich hat niemand angenommen, die andere Klausel würde … Ihr Vater würde …« Er klang, als stünde er direkt neben ihr. Vermutlich stand er in der Telefonzelle vor dem Pub, wo Mücken seine Füße zerstachen und die zerrissenen Telefonbücher nach fettigem Fisch und Chips rochen. »Dana sagte, Sie haben vor, nach Indien zu gehen?«

»Ich *werde* nach Indien gehen. Wir sind schon dabei, alles zu organisieren.«

»Das ist gut« – er schien erleichtert – »dann haben Sie jemanden gefunden, der mit Ihnen geht.«

»Nein.«

»Ich habe Dana ausdrücklich gesagt, dass Sie nicht allein fahren können. Das ist keine Reise nach Melbourne.«

»Ich danke Ihnen«, sagte sie kühl, »aber das geht Sie nichts an.«

»Werden Sie meinen Rat befolgen?«

»Nein«, sagte Zelda leise. Zum Teufel mit ihm! »Nein!«, schrie sie. »Erzählen Sie mir nicht, was ich zu tun habe.« Eigentlich wollte sie den Hörer auflegen, hielt ihn aber zornig fest.

»Zelda, sind Sie noch da?«, fragte er nach einer Weile freundlich und besorgt.

»Ja«, antwortete sie. »Aber ich fahre trotzdem nach Indien.«

Nachdenklich legte sie den Hörer auf, hob ihn jedoch gleich wieder hoch – aber er war nicht mehr da.

Eine Woche nach James' Tod fand Dana einen Strauß Nelken in einem Eimer vor der Haustür. Am Henkel klebte ein Umschlag, auf dem in Schönschrift Zeldas Name stand. Dana brachte die Blumen mit der Karte zur Veranda, wo Zelda und Cassie gerade frühstückten.

»Sie sind für dich.« Dana gab Zelda den Brief.

Zelda sprang auf, als sie die Handschrift erkannte. »Drew ...« Ihr wurde warm ums Herz. Plötzlich hatte sie das Bedürfnis, den steilen Hang hinunter und über die Ebene zur Bucht zu laufen, wo Drew gerade seinen morgendlichen Tauchgang beendete. Wahrscheinlich machte er gerade das Boot klar und spritzte seine Tauchanzüge mit Wasser ab. Sie sehnte sich nach der Berührung seiner Lippen, nach seinen starken Händen auf ihrer Schulter.

Sie riss den Umschlag auf und begann zu lesen. *Liebe Zelda, ich hoffe, dieser Brief erreicht dich noch rechtzeitig.*

Der Ton war steif und förmlich. Offensichtlich hatte die Notwendigkeit, diese Worte aufzuschreiben, die Distanz zwischen ihnen noch vergrößert. Zelda überflog den Brief und versuchte, den Inhalt zu verstehen.

Drew schrieb, er habe lange nachgedacht, bevor er diesen Brief schrieb. Er verstehe ja, dass sie ihre Mutter suchen wolle, könne jedoch nicht begreifen, warum sie es so eilig habe. Es erschien ihm nicht richtig, da James erst vor kurzem gestorben war. Er bat sie, nicht zu fahren. Sie sollte warten, um Zeit zum Nachdenken zu haben. Er konnte sich sogar vorstellen, mitzugehen, wenn alles gut vorbereitet war. Aber – und das müsse sie verstehen – es sei nicht richtig, dass sie allein fahren wolle. James hätte das sicher nicht gewollt, und Lizzie sei auch sehr unglücklich darüber. Es sähe ihr nicht ähnlich, so zu handeln. Es sei doch sinnlos.

Zelda, schrieb er weiter und hatte dabei den Stift fest auf das Blatt gedrückt. *Ich bitte dich, hier zu bleiben. Ich liebe dich, das weißt du. Drew.*

Zelda starrte in die Ferne. Weder Dana noch Cassie sagten ein Wort. In der Stille hörte man das Flattern der Vögel, die sich um den besten Platz auf der Dachrinne stritten.

Schließlich erhob sich Zelda und ging ins Haus. In der Diele nahm sie den Hörer ab und wählte die Nummer des Reisebüros in Melbourne.

»Mein Name ist Zelda Madison«, sagte sie, als ein Mann ihren Anruf entgegennahm. »Meine Freundin Cassie hat vor ein paar Tagen mit Ihnen gesprochen …«

»Richtig, ich erinnere mich«, antwortete der Mann.

»Sie hat für Sie einen Flug nach Indien gebucht. Was kann ich für Sie tun?«

»Ich möchte früher fliegen. So bald wie möglich.« Zelda staunte über ihre eigene Selbstsicherheit.

»Ich werde sehen, was ich für Sie tun kann.« Während der Mann im Computer nachsah, entstand eine Pause. »Ich habe am fünfzehnten April noch einen Platz frei. Das wäre am Freitag.«

»Den nehme ich. Vielen Dank.« So einfach war das.

Zelda lächelte erleichtert. Nun konnte sie nichts mehr abhalten. Die Reise hatte bereits begonnen.

»In Ordnung«, fuhr der Angestellte des Reisebüros fort. »Haben Sie alles für die Reise vorbereitet? Pass, Impfungen? Wenn Sie hier wären, würden wir Sie bitten, in unser Büro zu kommen.«

»Wir haben bereits alles besorgt.«

Cassie hatte alles in die Hand genommen. Sie wusste, wie man Dinge beschleunigte. Liebster, begann sie ein Gespräch, Sie glauben ja nicht, in welchen Schwierigkeiten wir hier sind. Hoffentlich können Sie uns helfen …

»In Delhi ist es heiß. Packen Sie sich Sommersachen ein!«, empfahl der Mann im Reisebüro. »Ich war schon einmal dort und bin fast verdurstet. Was gefällt Ihnen denn nicht an *Good Old Queensland?*«

Einen Moment herrschte Schweigen.

»Ich will meine Mutter besuchen«, sagte Zelda. Sie ließ sich die Worte auf der Zunge zergehen und empfand gleichzeitig Freude und Schmerz.

»Ah«, sagte der Mann. »Das ist etwas anderes. Nun ja, es war mir ein Vergnügen, Zelda. Gute Reise« – er lachte – »und grüßen Sie Ihre Mutter.«

Zelda legte auf und wurde nachdenklich.

Mummy! Mutter! Ellen!

Immer wieder sagte sie diese Worte, als könnten sie die Wirklichkeit herbeizaubern. Ein Gesicht, eine Stimme, eine Person. Früher hatten die Mädchen sich oft die Werbung in einer Illustrierten angesehen: das Bild einer offenen Handtasche, den Inhalt verstreut davor. Man musste versuchen, die Besitzerin der Tasche zu beschreiben, indem man die Dinge, die sie mit sich herumtrug, wie ein Puzzle zusammensetzte. Alte Theaterkarten, Glücksbringer, Lippenstift, Visitenkarten, Fotos, Tampons, Kondome – und vieles mehr. Sharn beschrieb dann stets den Inhalt ihrer Handtasche, wenn sie reich, berühmt und weit weg wäre. Zelda hatte einen anderen Traum. Sie fand die Handtasche einer Mutter und im Innern sich selbst: das alte abgegriffene Foto der geliebten Tochter. Um das Foto herum lagen verstreut Dinge, die ihr zeigten, wie ihre Mutter war. Aber jetzt ist alles anders, dachte Zelda, jetzt werde ich meine richtige Mutter kennen lernen.

Teil zwei

5

Flinders Island, 1972

Am Griff des verstaubten Koffers hingen an Bindfäden etliche zerfledderte Anhänger teurer Hotels. Auf einigen konnte man noch den Hotelnamen und die Zimmernummer lesen, aber die meisten klammerten sich nur noch mühsam an ihre Ösen. Ellen schob sie achtlos zur Seite, als sie den Koffer mit beiden Händen auf das Bett hob. Sie beugte sich vor, um einen kleinen goldenen Schlüssel ins Kofferschloss zu stecken, hielt jedoch inne und lauschte, denn sie glaubte, jemanden kommen zu hören. Aber es war nur der Ruf einer Wildgans aus dem Wald und das Zischen eines Wasserkessels.

Sie ging zum Fenster, schaute durch die vom Wind zerzausten Äste einer Stieleiche, ließ den Blick über den geschwungenen weißen Strand schweifen und folgte den Konturen eines alten Anlegestegs bis zu einer vertäuten Boje. Der kleine weiße Ball tanzte auf dem ruhigen Meer, auf dem kein einziges Boot zu sehen war.

Ellen kehrte zum Koffer zurück, schloss ihn auf und hob langsam den Deckel. Eine Duftwolke stieg auf und verflüchtigte sich schnell. Der Geruch von verkohltem Holz, Ölzeug und verdorbenem Fischblut war stärker. Mit einer schnellen Kopfbewegung warf sie das lange schwarze Haar, das ihr ins Gesicht gefallen war, in den

Nacken und durchsuchte den Koffer. Nachdenklich fuhr sie mit der Hand über die Stapel ordentlich zusammengefalteter Kleider. Erstaunt zog sie einen langen Wildlederstiefel hervor. Sie befühlte den Schaft und den Fuß und legte ihn zur Seite. Gleich darauf fand sie den zweiten. Sie schob bis zum Ellbogen die Hand hinein und beförderte ein schmales Päckchen zu Tage, das in weißes Seidenpapier gewickelt war.

Sie ging zum Tisch, säuberte ihn von alten Brotkrumen und legte das Päckchen darauf. Die windstille Luft trug die Schreie der Möwen, die hoch am Himmel ihre Kreise zogen, bis ins Haus. Mit spitzen Fingern nahm sie eine Ecke des Seidenpapiers und hob es hoch. Eine Plastikpuppe rollte heraus und blieb mit dem Gesicht nach unten liegen. Der schlanke blasse Körper war nackt, nur ein Büschel dunkelroter Haare krönte den Kopf. Auf dem Rücken der Puppe war ein Wort in die Plastikhaut geritzt, das aussah wie eine Narbe. *Liberty* stand dort, und dahinter in winzigen Buchstaben: *zum Patent angemeldet.*

Ellen nahm die Puppe in die Hand. Ihre gebräunte Haut bildete einen starken Kontrast zu dem matten pfirsichfarbenen Plastik. Nachdenklich drehte sie die Puppe um. Augen sahen in gemalte Augen, ungeschminkte trockene Lippen waren zu einem glatten roten Puppenlächeln verzogen.

»Endlich habe ich dich gefunden.« In dem spärlich möblierten Zimmer klang Ellens Stimme blechern und laut. Sie nahm den kleinen filigranen Kopf zwischen Zeigefinger und Daumen, drückte ihn langsam zusammen und beobachtete, wie sich das Gesicht wie in einem Zerrspiegel verzog. Als es dünn und hässlich war, ließ sie los. Ein erschrecktes Silberfischchen kam unter dem Tuch hervor und flüchtete über den Tisch. Ellen griff ein

Buch, schlug kräftig zu und wartete. Dann hob sie es langsam hoch. Das Insekt klebte am Umschlag, ein kleiner Fleck mitten auf dem Titel: *Der Antarktis-Führer*. Rasch wischte Ellen das Buch mit dem Ärmel ab. Plötzlich hielt sie inne. In der Ferne war schwach Motorengeräusch zu hören. Sie nahm die Puppe, lief zum Koffer, legte alles an seinen Platz zurück, warf den Deckel zu und schob ihn wieder unter das Bett.

Draußen lehnte sie sich an die geschlossene Tür und sah zu, wie ein alter grauer Landrover den Feldweg heraufkam. Jedes Mal, wenn er die hohen Buckel und tiefen Furchen überwinden musste, heulte der Motor auf. Sie hatte schon einige dieser verrosteten und verbeulten Jeeps mit den kräftigen Kängurustoßstangen unten am Hafen gesehen. Als der Wagen in der Nähe der Hütte hielt, erkannte Ellen den Fahrer an seinem strohblonden Haar und dem gebräunten Gesicht. Sie winkte kurz. Er hob zwei Finger zum Gruß, bevor er sich zurücklehnte und mit einem Ruck die Handbremse anzog.

»Guten Tag«, rief er und stieg aus, wobei er den Kopf einziehen musste. Er wischte sich die Hände am Kakioverall ab und fuhr sich durch das Haar, um die gelben Strähnen zu bändigen. »Ellen? Ich bin Tas, unten vom Hafen.«

»Natürlich«, nickte Ellen. »Sie sind Lizzies …«

»… Cousin«, warf er ein und stocherte verlegen mit den Fingernägeln in den Zähnen herum.

Ellen wandte sich ab, ihr Blick folgte einem kleinen braunen Vogel. Er schwebte tief über dem Garten und flatterte dann in Richtung Berge davon. Der ferne Schrei eines Strandläufers wehte vom Strand herüber.

»Kommen Sie zurecht?« Tas deutete mit dem Kopf auf Hütte, Garten und Meer. »Wie es scheint, haben Sie sich schon eingelebt.«

»Ja. Es ist alles in Ordnung«, antwortete Ellen. Mit einem Blick zur Hütte fügte sie hinzu: »James ist noch nicht da.«

»Das macht nichts.« Tas machte eine ruckartige Kopfbewegung zum Landrover. »Ich bringe nur ein paar Köder für James. Ich lasse sie hier.«

Ellen ging zum Landrover hinüber. Die offene Ladefläche war voller Kängurukadaver. Samtige Schwänze kreuzten sich, Beine ragten in die Luft, kleine Fliegenschwärme schwebten über glasigen Augen.

»Wir haben gestern Merzvieh ausgesondert«, kommentierte Tas, als er auf die Ladefläche kletterte und die steifen Kadaver über die Kante schob. Er warf ihr einen flüchtigen Blick zu. »Es macht Ihnen doch nichts aus?«

»Nein«, antwortete Ellen schnell, »natürlich nicht.«

Tas grinste, wobei sich sein Gesicht in feine Falten legte. »Man weiß ja nie. Mit manchen Leuten, die es hierher verschlagen hat, ist nicht viel los.« Mit einem Blick auf ein kahles Stück Land auf der anderen Seite der Hütte fragte er: »Gemüsegarten?«

Ellen nickte. »Ja, das habe ich mir jedenfalls in den Kopf gesetzt. Aber auf dem Platz wächst viel Unkraut. Ich habe schon Wochen damit zugebracht, es auszureißen.«

Tas schüttelte den Kopf. »Reine Zeitverschwendung. Sie müssen Unkrautvernichtungsmittel einsetzen, sonst werden Sie es nie los.« Er schwang den letzten Kadaver über die Wand der Ladefläche. Mit einem dumpfen Geräusch landete er auf dem Boden und blieb mit dem blassen Bauch nach oben liegen. »Lassen Sie sich von Jimmy helfen, man darf nicht zu viel Gift nehmen.« Er musterte Ellen, die weite Männerkleidung trug, von oben bis unten. »Jedenfalls nicht, wenn Nachwuchs unterwegs ist.«

Ein Lächeln huschte über Ellens Gesicht.

»Sehen Sie zu, dass es ein Junge wird!« Er grinste breit. »Jimmy wird schon bald einen Matrosen brauchen.« Er rieb sich die Hände, bog den Kopf in den Nacken und suchte den Himmel ab. In seinen Augen spiegelte sich das klare Blau des Himmels. »Es wird bald regnen.«

»Tatsächlich?«, fragte Ellen zweifelnd. Die Sonne schien kräftig, und sie spürte die Wärme auf Gesicht und Hals.

»Sehen Sie dort die Wolkenformation?« Tas stellte sich hinter sie und streckte den Arm über ihre Schulter nach vorne. Er roch nach Motoröl und Fett. »Nein, nicht hier – dort drüben.« Er zeigte mit dem Finger auf eine Bergkette, die wie eine Festung in den Himmel ragte. »Unterhalb lösen sich die Wolkenränder auf. Sehen Sie das? Das ist Regen. Er wird uns gut tun und die Wassertanks füllen. Nun ja« – er ging zum Landrover zurück – »ich muss jetzt fahren. Sagen Sie Jimmy, dass ich morgen früh am Hafen bin.«

»Natürlich, danke.« Ellen sah ihm nach. Er fuhr den holprigen Weg hinunter, wobei er den Kopf aus dem Fenster steckte, um rechtzeitig den großen Schlaglöchern ausweichen zu können. Sie blieb vor der Hütte stehen, bis der Wagen nicht mehr zu hören war. Schließlich blieb nur das sanfte Rascheln der Bäume, das ferne Plätschern der Wellen am Strand und das Summen der Fliegen.

Der Regen kam, hämmerte aufs Hüttendach, sammelte sich in der Regenrinne und stürzte in kleinen Wasserfällen zu Boden. Ellen rollte ein Handtuch zusammen und legte es vor die Tür, um das hereinströmende Wasser aufzuhalten. Dann legte sie Feuerholz nach und setzte sich mit einem Becher schwarzen Tee an den Tisch. Um das feine Aroma des Darjeelings trotz des Petroleumgeruchs genießen zu können, beugte sie sich tief über die Tasse. Langsam ließ sie den Blick durch den Raum wandern. Eine altbekannte Reise ohne Überraschungen. Alte verrußte Balken, bunte Vorhänge, an die Wand genagelte, getrocknete Kräutersträuße, ein Stapel alter Zeitungen zum Feuermachen. Die Bücher im Regal waren fast alle in Leder gebunden. Hier und da mischte sich ein grellbuntes Taschenbuch darunter. Auf dem glatt geschliffenen, eingelassenen Holzfußboden lag kein Teppich.

Sie blickte auf einen kleinen schmalen Spiegel neben der Tür. Er hatte schon blinde Flecken. Sie stand auf und stellte sich davor. Er war so schmal, dass sie immer nur ein Auge, die halbe Nase und den halben Mund sehen konnte. Der Regen hatte das Tageslicht verschluckt. Ihr Spiegelbild war farblos und trist. Etwas Make-up würde es wieder zum Leben erwecken, dachte Ellen. Ein wenig Lidschatten, Rouge … Aber das Gesicht war ungeschminkt – das ungeschminkte Gesicht einer ungeschminkten Lügnerin. Die Worte fügten sich wie von selbst zusammen. Aber James dachte anders. Ungeschminkt ist gut. Sei einfach du selbst. Das ist alles, was ich mir wünsche.

Ellen ging näher heran. Das Auge wurde größer und größer, bis es alles andere verschluckte. *Das ist alles, was ich mir wünsche …*

Sie erschrak und stieß einen kleinen Schrei aus, als die Tür aufsprang und gegen die Hüttenwand krachte.

»Verdammt, es gießt in Strömen!« Wasser tropfte von den schweren Stiefeln auf den Boden.

»James«, hauchte Ellen. »Du hast mich erschreckt.«

Als er ihre Stimme hörte, drehte er sich um. Er drückte ihr einen großen Karton gegen die Brust. »Ich habe das Boot in der Stadt gelassen und bin getrampt.« Dicke triefende Haarsträhnen hingen ihm ins Gesicht. »Damit habe ich nicht gerechnet.« Er ging zum Tisch und stellte den Karton ab.

»Na ja«, sagte Ellen weise. »Wenn du den Himmel beobachtest, wirst du nicht vom Regen überrascht.«

James schnaubte. »Was weißt du schon vom Himmel?«

»Mehr als du«, entgegnete Ellen lachend und warf dabei den Kopf in den Nacken.

»Nun ja, was soll's.« James winkte ihr, ohne sich umzudrehen. »Komm her! Ich habe dir etwas mitgebracht.«

Ellen erschrak und ging zu ihm. Eiskalt lief es ihr den Rücken hinunter.

»Komm schon.« James nickte ihr aufmunternd zu. »Mach den Karton auf, obwohl es eigentlich nicht nur für dich ist.«

»O Gott!« Ellen wich angeekelt zurück. »Wenn es etwas Essbares ist, bring es zuerst um.«

James lachte. Er beugte sich über den Karton und tat, als spräche er mit dem Inhalt. »Hör nicht auf sie. Sie ist nicht bei Sinnen. Wer würde schon dieses süße kleine« – er öffnete den Karton und hob einen kleinen braunen Welpen heraus – »Hündchen essen.« Der Hund hing mit hängendem Kopf, ausgestreckten Beinchen und hervortretenden Augen an seinem Nackenfell. Ellen trat einen Schritt zurück.

»Nein«, sagte sie. »Ich will ihn nicht anfassen.« Sie verschränkte die Arme und versteckte die Hände. »Ich habe Angst vor Hunden.«

»Nicht doch, das ist doch nicht möglich!« James sah sie erstaunt an. »Vor Carters Dalmatinerhündin hattest du auch keine Angst.«

Ellen sah ihn stirnrunzelnd an. »Nun … Ich weiß auch nicht. Ich habe nur … Vielleicht, weil es ein Welpe ist. Ich weiß, es ist dumm.« Sie lachte verlegen.

Wieder hielt ihr James den Hund hin. »Komm schon, nimm ihn!«

Ellen nahm den Welpen auf den Arm und hielt den kleinen warmen Körper fest. Sie konnte die Rippen spüren. Unter dem locker sitzenden Fell lag ein zarter zerbrechlicher Brustkorb. Dahinter schlug das kleine Herz. Man könnte ihn leicht erdrücken, wenn man nicht aufpasst, dachte sie. »Woher hast du ihn?«

»Es ist ein Rüde. Ich habe ihn in der Milchbar vom alten Joe gekauft. Es ist ein Queensland Heeler und heißt Bluey wie sein Vater. Ich werde ihn für das Baby abrichten.« Ellen setzte den Welpen auf den Boden und trat zurück. Steif und ängstlich blieb der Welpe stehen. »Joe wollte mir einen alten Wasserbehälter als Hundehütte geben. Aber ich sagte ihm, dass er zu uns ins Haus darf.« James nahm ein Küchentuch vom Haken und trocknete sich die Haare. »Weißt du, was er mir geantwortet hat? ›Verrückter Hippie, du hast ja keine Ahnung.‹ Ich dachte schon, er wollte ihn wieder zurückhaben!« James bückte sich, hob den Hund auf, streichelte den weichen braunen Kopf und fuhr mit den Fingern zärtlich über die kleinen Ohrspitzen. Mit glänzenden Augen und immer noch nassem Gesicht sah er Ellen an. »Wir werden eine richtige Familie sein, Ell. Ma, Pa, Hund und das Baby.«

Ellen ging zum Fenster und sah hinaus in den Regen. »Tas war da und hat tote Kängurus gebracht. Sie liegen da draußen am Wassertank.«

»Gut. Ich kann sie gut gebrauchen. Was noch?«

»Wie bitte?«

»Was ist heute noch passiert?«

»Nicht viel.« Sie machte eine Pause und drehte sich zu ihm um. »Ich war bei Ben. Doktor Ben.«

»Ist alles in Ordnung?« Schnell setzte er den Hund wieder auf den Boden und kam zu ihr.

»Ja, ja, alles in Ordnung. Aber ich habe im Wartezimmer gesessen. Du weißt doch, Bens Frau bekommt immer ihre Zeitschrift aus Melbourne …«

»Marian heißt sie«, unterbrach James. »Warum kannst du dir keine Namen merken?«

»Nun ja, da lag eine alte Ausgabe von *Teen* herum … Die muss ungefähr vor zwei Jahren erschienen sein, kurz nachdem Liberty herauskam. Sie war groß auf der Titelseite. Zwei Mädchen aus der Oberschule haben sie sich angesehen.«

»Und was dann?«, fragte James gespannt.

»Es ist alles in Ordnung«, sagte Ellen, »sie haben mich nicht erkannt. Ich wollte nur sagen, dass es sehr merkwürdig war. Sie unterhielten sich über Liberty, meinten, kurze Haare stünden ihr gut und so weiter. Dann blickte mir eines der Mädchen direkt ins Gesicht.« Ellen stieß ein hohes, spitzes Lachen aus. »Sie fragte mich nach der Uhrzeit.«

»Bist du sicher?«

»Ja.«

»Mist … Was ist mit der Zeitschrift?«

»Ich habe sie an mich genommen und verbrannt.«

»Sehr gut.«

Das Feuer knisterte und sprühte Funken. »Sehe ich … ich meine, sehe ich immer noch …« Ellen zögerte.

»Ich glaube nicht!«, antwortete James glücklich. »Würdest du sonst hier leben, am Ende der Welt? Eine Station vor der Antarktis? Und dazu noch eine werdende Mutter?« Er legte den Arm um ihre Schulter. »Du bist frei! Das war der Beweis!« Er stieg über den Hund und ging mit großen Schritten zum Küchenschrank. »Das müssen wir feiern!«, rief er und nahm eine Flasche Champagner aus dem Schrank. Sorgfältig blies er den Staub von der Flasche und sagte über die Schulter. »Leider haben wir keinen Sektkühler, gnädige Frau. Oh, bevor ich es vergesse, ich habe Dave in der Milchbar getroffen. Er sagte, die Mädchen wollen sich treffen, um dir zu Ehren ein Fest zu planen. Morgen wird jemand kommen und mit dir darüber sprechen.«

»Wovon redest du?«, fragte Ellen erstaunt.

James zuckte die Schultern. »Das weiß ich nicht so genau. Irgendein Polterabend, ein Baby-Polterabend. Ich glaube, das ist eine Party.« Er trennte die Metallfolie vom Korken.

»Du machst wohl Witze! Da gehe ich bestimmt nicht hin.«

»Aber natürlich gehst du hin! Das kannst du nicht ablehnen!«

»Du wirst schon sehen!«

James stellte die Flasche ab und drehte sich um. Barsch befahl er: »Du *wirst* dort hingehen. Ich lasse nicht zu, dass du unseren Ruf ruinierst. Wir leben hier. Unser Kind wird hier aufwachsen!« In einer hilflosen Geste breitete er die Arme aus. »Du musst dich daran gewöhnen, dass du kein Star mehr bist. Hier bist du nur eine ganz normale Frau und Mutter wie die anderen.« Seine Stimme wurde sanfter. »Das wollten wir doch, Ellen. Das wollten wir beide, erinnerst du dich?«

»Ja.«

»Ja, was?«

»Wir wollten fliehen und gemeinsam ein neues Leben beginnen, an einem Ort, wo wir sein können, wie wir sind.« Wie ein Kind, das ein Gedicht für Erwachsene aufsagt, ohne es richtig zu verstehen, kamen die Worte aus ihrem Mund.

»Stimmt«, bestätigte James, »deshalb sind wir hier.«

Ellen bückte und streckte sich, um ihren Rücken zu entlasten. »Ich halte mich nicht für etwas Besonderes«, sagte sie schleppend. »Ich bin auch nicht besser als sie. Es ist nur ...« Sie unterbrach sich, und einen Augenblick lang sprach keiner von beiden.

»Nun, es ist keine große Sache«, sagte James schließlich. »Du gehst einfach hin und bist ein bisschen nett. Das kannst du doch gut. Vielleicht macht dir die Party sogar Spaß.« Er nahm zwei Gläser aus dem Küchenschrank und putzte sie mit einem aus der Hose hängenden Hemdzipfel. Als er sie gegen das Licht hielt und nach Schlieren suchte, pfiff er leise durch die Zähne. »Übrigens«, fragte er plötzlich, »ist Tas noch geblieben?«

»Wie bitte?«

»Hast du Tas hereingebeten und ihm einen Drink angeboten?«

»Nein«, antwortete Ellen schnell. »Ich habe ihn nicht eingeladen. Du warst nicht da, und ich dachte, es wäre dir nicht recht.«

James nickte. »Ja, ich weiß. Aber bei Tas ... Ich möchte nicht unhöflich erscheinen.« Er wandte sich wieder der Champagnerflasche zu.

Ellen sah ihn wortlos an. Der Hund schnüffelte an ihren Füßen. Sie schloss die Augen und zog die Zehen zusammen, um der warmen feuchten Schnauze zu entgehen. Der intensive Welpengeruch stieg ihr in die Nase und blieb wie ein stummer Schrei in der Kehle stecken.

Mit lautem Knall schoss der Sektkorken an die Decke. Der Welpe jaulte auf und rannte wie ein Blitz zur Tür.

James hielt das Glas hoch. »Auf dein Wohl«, sagte er grinsend. »Auf die Freiheit …«

6

Die Scheinwerfer schnitten lange Lichtkegel in die Dunkelheit. Der Jeep holperte die Piste hinunter. Ellen beugte sich weit vor, umklammerte das Lenkrad und starrte angestrengt nach vorne, um sich einen Weg durch Felsbrocken, Spalten und tiefe Reifenspuren zu bahnen. Plötzlich sprang ein dunkler Schatten vor die Motorhaube. Ein dumpfer Schlag erschütterte die Karosserie, dann holperte der Wagen über ein Hindernis. Ellen erschrak fürchterlich.

»Mein Gott!«, stöhnte sie, »nicht schon wieder!« Sie legte den Rückwärtsgang ein und fuhr zurück, bis die Scheinwerfer das zuckende junge Känguru erfasst hatten. Dunkles Blut spritzte auf den grauen Schotter der Straße. Das verletzte Tier kroch langsam in den Busch zurück und zog dabei die Hinterläufe nach. Sie wusste, dass sie seinem Leben ein Ende setzen musste, sonst verendete es qualvoll.

Den Blick starr nach vorn gerichtet fuhr sie weiter. Das nächste Mal fuhr der Jeep mit einem Rad über einen kleinen weichen Hügel. Sie bremste und fuhr mehrmals vor und zurück, bis im Scheinwerferlicht nur noch eine rote, haarige Masse zu sehen war.

Ellen legte den Kopf aufs Lenkrad. So ist das wirkliche Leben, würde James sagen, auf der Fifth Avenue sieht man keine platt gefahrenen Waschbären. Warum? Weil sie dort vertrieben wurden. Siehst du, was ich meine? Die Stadt ist tot.

Langsam fuhr sie weiter. Endlich entdeckte sie Lizzies Haus. Die hellen Fenster schickten ihr Licht wie kleine gelbe Sterne, die dicht über dem Boden hängen, durch das Dickicht.

Ellen und Lizzie hatten sich unten an der Fischfabrik kennen gelernt. James wog gerade den Wochenfang ab, und Tas überprüfte seine Rechnung. »Nicht schlecht für einen verwöhnten Städter«, sagte er anerkennend.

»Ich schaffe das schon, darauf kannst du Gift nehmen!«, entgegnete James grinsend.

»Hey!«, rief Tas laut über den Kai. Jemand winkte ihm zu. Erst als sie näher kam, erkannte Ellen, dass es eine Frau war. Wie bei allen Inselbewohnern hatten Sonne, Wind und Salz ihre Spuren auf dem Gesicht hinterlassen, aber sie sah immer noch jung aus. Ende zwanzig, schätzte Ellen, vielleicht Anfang dreißig.

»Hallo.« Die junge Frau grüßte alle mit einem herzlichen Lächeln.

»Meine Cousine Lizzie«, stellte Tas sie vor. »Das ist Jimmy und ... Helen? Aus Amerika.«

»Ich habe schon viel von Ihnen gehört«, sagte Lizzie. »Sie haben doch *Humble Bee* gekauft, nicht wahr?« Sie deutete mit dem Kopf auf die in Reih und Glied vertäuten Krebsfangboote.

»Wir lassen euch zwei jetzt allein, dann könnt ihr euch in Ruhe unterhalten«, sagte Tas.

Tas ging mit James ins Büro und überließ die Frauen ihrem Schicksal. Einen Augenblick schauten sie sich wie Kinder, die zufällig im selben Sandkasten sitzen, schweigend an.

Ellen musterte Lizzie von oben bis unten und lächelte höflich, aber distanziert. Carter würde Lizzie nicht mögen, dachte sie. Schade um die Frau, würde er sagen. Gut gebaut, schöne Zähne, reine Haut, hübsche Augen, schöner Mund, aber zu dick, kein Make-up, ungepflegte Augenbrauen, zu langes Haar. Obendrein trug sie Männerhosen, die mit einem Stück Schnur in der Taille zusammengezogen waren, und ihr fleckiger Pullover hatte ausgefranste Ärmel. Aber merkwürdigerweise stand ihr die Aufmachung, genau wie der alte Schal, der wie eine Krawatte um den Hals hing.

»Das ist typisch Tas!«, sagte Lizzie schließlich mit einem Schulterzucken. »Mein Gott, ich komme gerade vom Boot und sehe furchtbar aus.«

»Ich auch«, antwortete Ellen. »Ich war mit James draußen …«

Die Worte blieben ihr im Hals stecken, als Lizzie ihren Samtmantel und ihre Seidenhose musterte. »Ich habe leider nichts anderes mitgebracht«, sagte sie verlegen. »Wo kann man diese Kleidung kaufen? Ich meine diese … Arbeitskleidung?«

»Sie meinen das, was ich trage?«, fragte Lizzie zweifelnd. »Die kann man nicht kaufen, die klaut man von seinem Alten.« Sie lachte. »Eigentlich sind das Sachen für Bauern und Viehzüchter.« Sie deutete mit dem Kopf auf ein paar Geschäfte. »Ich kann Ihnen die Geschäfte zeigen, wenn Sie wollen. Ich meine, jetzt gleich. Tas kann mich nachher mit dem Auto mitnehmen. Die beiden brauchen bestimmt noch eine Ewigkeit.«

»Vielen Dank, aber ich habe kein Geld dabei.«

»Das macht nichts, Sie haben Kredit«, meinte Lizzie.

»Sie meinen American Express?«

Lizzie kicherte. »Das glaube ich nicht. Nein, sie

schreiben es einfach auf. Ihr Mann kann es ja das nächste Mal bezahlen.«

Sie gingen am Rathaus und an der alten Festhalle vorbei die Straße hinunter.

Lizzie sah Ellen von der Seite an.

»Zuerst kaufen wir einen Hut für Sie. Und dann müssen Sie Hals und Nacken bedecken, sonst holen Sie sich einen Sonnenbrand.«

Ellen fuhr sich mit der Hand über den Hals. »Eigentlich trage ich mein Haar immer offen«, meinte sie.

»Wann ist es denn so weit?«, fragte Lizzie. »Ist es Ihr erstes Kind?«

Ellen nickte. »Ich bin im fünften Monat.«

»Bei meinem ersten Kind habe ich gelitten wie ein Hund. Meine zweite Schwangerschaft war ein Kinderspiel, bis auf den letzten Monat, als sie ihren Fuß gegen einen Nerv drückte. Ich konnte nicht mehr laufen!«

»Bis jetzt geht es mir gut«, antwortete Ellen rasch. »Ich merke die Schwangerschaft kaum.«

Die Straße wurde steiler. Schon bald musste Ellen stehen bleiben, um Luft zu holen. Lizzie blieb geduldig neben ihr stehen. Sie schauten aufs Meer, wo sich zwei kleine Inseln in den Ozean schmiegten.

»Ich habe gehört, dass Sie sich in der Nautilus Bay ein Blockhaus gebaut haben«, begann Lizzie. »Als wir noch Kinder waren, haben wir dort immer gezeltet. Das war ein Leben!«, fügte sie heiter hinzu. »Jetzt ist es nur noch Schufterei.«

Ellen betrachtete Lizzie verstohlen. Sie sah müde aus. Aber ihre gelassene Art ließ vermuten, dass sie immer wieder Mittel und Wege fand, die viele Arbeit zu schaffen.

»Ich habe gehört, dass Sie Tänzerin waren. Stimmt das?«, fragte Lizzie.

Entschlossen setzte Ellen ihren Weg fort.

»Ja.«

Lizzie seufzte. »Davon habe ich immer geträumt, als ich noch zur Schule ging. Spitzenschuhe und Tutus. Allerdings weiß ich auch, dass es harte Arbeit ist. Waren Sie berühmt?«, scherzte sie.

»Nein«, log Ellen. Das fiel ihr nicht schwer, also fuhr sie fort: »Nur wenige schaffen es, als Solotänzer um die ganze Welt zu reisen. Ich war nur eine von vielen kleinen Tänzerinnen. Sie wissen schon, die Balletttänzerinnen, die alle gleich aussehen und im Hintergrund bleiben. Zum Schluss war es ziemlich eintönig.«

»Bestimmt nicht so langweilig wie Muscheln aufbrechen«, entgegnete Lizzie.

»Wahrscheinlich haben Sie Recht.« Sie sahen sich an und lachten so offen und herzlich wie alte Freundinnen.

Lizzies Haus stand auf einem niedrigen Hügel. Überall rosteten alte Autos vor sich hin, und es roch stark nach Schafdung. Eine nackte Glühbirne hing über der Hintertür. Ellen zog den Pullover über ihren Bauch und ging zur Tür. Nervös fuhr sie sich mit der Zunge über die Lippen. Am Fenster neben der Tür ließen die Jalousien einen Spalt frei. Rasch warf sie einen Blick hinein.

Direkt vor sich sah sie ein breites Hinterteil in einer Herrenhose, die so eng war, dass sich die Ränder der Unterhose abzeichneten. Dahinter standen auf einem Klapptisch Speisen auf verschiedenen Tellern und Platten: Torten, Blechkuchen, kleine Törtchen, Sandwiches, Teegebäck. Der Aschenbecher in der Mitte quoll schon über. Überall saßen Frauen auf Stühlen oder Kissen, rauchten, plauderten und lachten. Ellen betrachtete die Gesichter. Die meisten kannte sie nicht. Sie werden mich weder mögen noch akzeptieren, dachte sie. Ich bin hier überflüssig. Rasch griff sie nach dem Medaillon mit dem Bild ihres alten Freundes Eildon. Sie trug es immer bei sich. Er war ihr Talisman und beschützte sie in der Dunkelheit. Trotzdem hatte sie Angst.

Sie drehte sich um und betrachtete zögernd den Jeep. Sie könnte wieder abfahren und behaupten, es ginge ihr nicht gut. Aber James würde das niemals akzeptieren und vor Wut kochen. Sie zog das Band aus dem Haar. Die dunklen Locken fielen wie ein weicher schwerer Umhang auf ihre Schultern. Langsam ging sie auf die Tür zu. Sie hatte keine andere Wahl, sie musste hineingehen. Bis jetzt hatte ihr immer jemand gesagt, was sie zu tun hatte: Madame Katrinka mit ihren alten rauen Händen und vor Stolz lauter Stimme, oder Carter mit einer langen Liste von Partys. (Du *wirst* hingehen, du *wirst* die neueste Mode tragen, du *wirst* stehen bleiben und lächeln). Und James …

Sie erschrak. Quietschend wurde der Fliegenschutz aufgestoßen. Lizzie erschien auf der Schwelle. »Ellen! Wir haben uns schon gewundert, wo Sie bleiben. Kommen Sie doch herein!« Sie nahm Ellens Arm und zog sie ins Haus. »Ich hoffe, es wird Ihnen nicht zu viel. Wir machen das immer so. Tas findet auch, dass Sie bei dieser Gelegenheit die anderen Frauen kennen lernen können. Wenn das Baby erst einmal da ist, brauchen sie bestimmt Hilfe.«

Ellen ging hinter Lizzie her ins Wohnzimmer. Ihr breiter Rücken schirmte sie vor den Blicken ab. Doch plötzlich stand sie ungeschützt mitten im Zimmer. Gespräche verstummten, Zigaretten unterbrachen ihren Weg zum Aschenbecher, Augen wanderten von Gesicht zu Bauch und wieder zurück.

»Hört alle her! Das ist Ellen«, rief Lizzie und musterte sie, als sähe sie Ellen zum ersten Mal. »Sie können sich bestimmt nicht an alle erinnern. Das ist Pauline. Sie haben sie im Postamt getroffen. Susie kennen Sie ja schon. Das ist Kaye, die neue Lehrerin, Mavis und Elsie, Tasmans Mutter. Das ist meine Tante Joanie und Jan aus Stackys Marsh …« So stellte sie ihr eine nach der anderen vor.

Ellen lächelte und blickte jeder Frau kurz und aufmerksam in die Augen, die Herzlichkeit und Wärme ausstrahlten.

»Wir haben Ihnen einen Platz freigehalten.« Lizzie führte Ellen zu einem hohen Armsessel, der wie ein Thron etwas abseits, jedoch in Reichweite der Speisen stand. Ellen nahm Platz. Sie sah sich um und entdeckte bestürzt, dass jeder Gast ein kleines Päckchen mitgebracht hatte. Überall im Raum lagen sie, in blassgelbes, grünes, cremefarbenes oder weißes Papier gewickelt, wie kleine Vogelnester auf den Schößen der Frauen oder unter Stühlen.

»Ich denke, wir beginnen gleich mit der Geschenkübergabe«, sagte Lizzie, »falls jemand früher gehen muss.«

»Die Ältesten zuerst!«, rief eine tiefe raue Stimme neben Ellen. »Das ist für Sie, meine Liebe.«

Elsie, die sie mit den gleichen blauen Augen ihres Sohnes ansah, überreichte ihr lächelnd das erste Geschenk. Es war in weiches, leicht zerknittertes Papier eingepackt, das offensichtlich mehrmals benutzt worden war. Ungeschickt packte Ellen eine winzige gelbe Strickjacke aus.

»Sie ist wunderschön!«, sagte sie zu Elsie und vermied es, auf die großen rauen Hände zu sehen. »Haben Sie es selbst gestrickt?«

»Aber natürlich, Liebste. Ein oder zwei bringe ich wohl noch fertig.«

Alle lachten. Ellen drehte sich besorgt um, aber Elsie strahlte.

»Sie spotten über die Farbe. Es ist kein Babygelb.«

»Halten Sie die Jacke doch hoch«, bat Lizzie sie.

Aus jeder Ecke kamen anerkennende Worte. Plötzlich steckte ein Mann den Kopf durch die Tür.

»Hallo Mädchen«, grüßte er grinsend. »Ich brauche wohl nicht zu fragen, wo Mick ist … Unten im Pub, nicht wahr?«

»Stimmt«, antwortete Lizzie, »und er darf erst nach der Sperrstunde wiederkommen.«

»Du bist aber streng.« Neugierig sah er sich im Raum um. Sein Blick fiel auf Ellen. Obwohl sie ihn nicht ansah, spürte sie seine Neugier – genau wie bei den namenlosen Kellnern, Taxifahrern, Lieferanten, und sogar Ärzten, die mitten in der Nacht zu einem Patienten gerufen wurden. Alle merkten, dass sie nicht dazugehörte – ihre Augen verrieten es.

»Mach, dass du wegkommst«, befahl Lizzie. Der Mann zog den Kopf zurück und machte hinter sich die Tür zu.

Jemand nahm die kleine Strickjacke und gab sie herum. Dann wurde ihr das nächste Päckchen überreicht. Zwei kleine gestrickte Hemdchen mit cremefarbenen Bändern. Dann ein Nachthemd, eine Strickmütze, gehäkelte Schühchen. Für jedes Geschenk bedankte sich Ellen artig und fand ein paar freundliche Worte. Neben ihrem Sessel häuften sich die winzigen Babysachen. Dann übergab die Lehrerin ihr ein in buntes Papier gewickeltes Geschenk.

»*Der Wind in den Weiden*«, kommentierte sie, als Ellen das Buch auspackte. »Wahrscheinlich haben Sie es als Kind auch gelesen.«

»Ja«, antwortete Ellen ausweichend und blätterte darin herum. »Die Bilder sind sehr schön.«

Als sie aufblickte, stand Lizzies andere Tante mit einem großen Bündel vor ihr. Ellen packte drei farblich aufeinander abgestimmte Strampelhosen aus.

»Das wäre nicht nötig gewesen«, sagte Ellen und hielt eine nach der anderen hoch. »So viel Arbeit.« Sie musste Stunden über Stricknadeln, Wolle und Häkelhaken verbracht haben. Und das alles für eine Fremde ...

»Ein Baby ist das Wertvollste auf der Welt«, meinte eine alte Frau ernst. »Das Erste kommt nur einmal.« Aus alten trüben Augen, die in tausend kleine Fältchen gebettet waren, blickte sie Ellen prüfend an. »Wenn das nicht der Mühe wert sein soll, dann weiß ich es nicht.«

»Sind alle fertig?«, fragte Lizzie und sah sich um. »Gut, dann bin ich an der Reihe. Ich hatte kein Papier ...« Sie nahm einen Stapel Stricksachen vom Kaminsims und kniete sich vor Ellens Sessel. Dann faltete sie vorsichtig einen Ausgehanzug auseinander. Die Schühchen hingen schon an den Hosenbeinen, Handschühchen waren mit Bändern an die Ärmel gebunden, sogar ein Kapuze gab es, und er war von oben bis unten geknöpft. Der Anzug hatte die Form eines kompletten Kindes und lag da, als wäre das Kind gerade wie eine sich häutende Schlange herausgeschlüpft.

Lange betrachtete Ellen den kleinen hellen Anzug auf dem braunen Teppich. Verträumt lächelnd betrachtete sie die leere Kapuze und stellte sich das glückliche Lächeln eines kleinen Jungen vor, der sie aus James' Augen ansah.

»Gefällt es Ihnen?«, fragte Lizzie erwartungsvoll. »Ich habe es in einer Zeitschrift entdeckt und ein Schnittmuster daraus gemacht. Ein Bein ist etwas länger geworden.«

»Es sieht aus wie ein wirkliches Baby«, rutschte es Ellen heraus.

Alle lachten. Die Stimmung war freundlich, und Herzlichkeit erfüllte den Raum. Dann wandten sich die Frauen wieder ihren Drinks und Gesprächen zu.

Ein Teller mit Buttergebäck tauchte vor Ellen auf. Sie bediente sich.

»Kürbisgebäck«, erklärte Elsie.

»Nehmen Sie noch eines«, meinte eine andere. »Sie müssen jetzt für zwei essen.«

Im Zimmer war es warm und laut. Es roch nach heißen Würstchen, Rauch und Parfüm. Lizzie brachte Ellen eine Tasse Kamillentee und meinte, das würde ihr gut tun. Ellen bat um ein Kissen für ihren Rücken und legte ihre Arme hinter den Kopf.

»Das ist eine gute Idee«, meinte Elsie. »Ruhen Sie sich ein wenig aus.« Zu Lizzie gewandt: »Sie hat keine Familie und braucht eine komplette Ausrüstung.« Dann tätschelte sie Ellens Schulter. »Haben Sie schon an Kinderbett, Kinderwagen, Windeln und alles andere gedacht?«

Ellen sah sie verständnislos an.

»Vielleicht möchte sie alles neu kaufen«, warf Lizzie rasch ein.

»Das wäre pure Verschwendung!«, widersprach Elsie. »Es gibt genug Zeug auf der Insel. Kistenweise Babywäsche! Einiges hat Flecken, aber das meiste ist brauchbar. Gestern habe ich den Jüngsten von Roberts gesehen. Er trug einen Pullover, den ich für Bobbie gestrickt hatte. Dann trug ihn Sally. Danach ging er zu den Brownings – von einem Kind zum andern. Sechs oder sieben Kinder haben den kleinen Pullover getragen.« Sie drehte sich um und sah Ellen an. »Ich finde das schön. Sie nicht?«

»Doch«, stimmte Ellen zu. Es war nett gemeint. Die Idee, die Sachen von einem Kind zum anderen weiterzureichen, vermittelte Geborgenheit, Sicherheit und Zuverlässigkeit.

»Schaut sie euch an!«, rief Elsie. »Keine Frau ist so schön wie eine Schwangere.« Sanft wie ein Priester, der seinen Segen gibt, tätschelte sie Ellens Hand.

Satt, warm und gestärkt lächelte Ellen in sich hinein. James hatte Recht. Wie alle anderen würde sie eine normale, viel beschäftigte, müde, aber glückliche Mutter sein. In dem kleinen Blockhaus unten am Meer wird sie ihre Kinder aufziehen, ihnen nach der Schule Milch und Kekse reichen, zerrissene Hosen ausbessern und aufgeschürfte Knie behandeln. Wie eine Löwin würde sie ihre Kinder lieben und beschützen und von ihnen geliebt werden. Endlich wendete sich alles zum Guten.

7

Ellen betrachtete das schlafende Kind. Liebevoll ließ sie den Blick über die rosigen Wangen und die dunklen Locken wandern, die das elfenbeinfarbige Gesicht einrahmten. Winzige blaurote Äderchen durchzogen die Augenlider, der feucht glänzende Mund war leicht geöffnet. Kaum sichtbar hob und senkte sich die kleine Brust.

»Zelda«, rief Ellen leise, »es ist Zeit, aufzustehen!«

Zelda räkelte sich schläfrig und drehte sich noch einmal um. Der zarte zusammengerollte Körper nahm unter der Bettdecke noch nicht einmal die Hälfte des großen Betts ein und sah etwas verloren aus.

Ellen schaute sich im Zimmer um. Dort in dem Alkoven auf einem Häschenteppich hatte Zeldas erstes Bettchen zwischen Kleidern und Windeln gestanden, nicht größer als eine Apfelsteige. Merkwürdig, die Jahre waren so schnell vergangen, und doch kam es ihr wie eine Ewigkeit vor.

Sie sah auf die Uhr. »Komm schon, mein Engel«, sagte sie mit Nachdruck. »Du musst jetzt aufstehen.« Sie fasste Zelda bei den schmalen Schultern und schüttelte sie, bis sie die Augen aufschlug – ihre Augen. »Hallo, du Hübsche. Schenkst du mir ein Lächeln?«

Zelda gähnte verschlafen und streckte Arme und Beine aus. Dann lächelte sie und setzte sich auf.

»Braves Mädchen«, lobte Ellen. »Komm, zieh das an.« Sie hielt ihr einen dicken Pullover hin.

»Nein.« Zelda schüttelte den Kopf. »Den will ich nicht anziehen, der kratzt.«

»Komm schon, ohne den Pullover wirst du dich erkälten.« Schnell zog sie dem Kind den Pullover über den Kopf.

Schmollend steckte Zelda die Arme in die Ärmel. »Wo ist mein Trainingsanzug?«

»Nass«, antwortete Ellen. »Hast du es vergessen? Du hattest ihn am Strand an.« Sie trat einen Schritt zurück und ließ Zelda aus dem Bett klettern.

Schwanzwedelnd tapste Bluey herein. Er drängte sich an Ellen vorbei und schleckte Zelda zur Begrüßung einmal übers Gesicht. Zelda zog ihn lachend am Ohr.

»Bluey, raus!« Ellen nahm ihn am Halsband und zog ihn zur Tür. Er weigerte sich und stemmte alle vier Pfoten in den Boden. »Raus hier!« Seine Krallen hinterließen tiefe Kratzer auf den Dielen. Als sie die Tür hinter ihm schloss, kam ihr Zelda auf dem Dreirad von Lizzies Söhnen entgegen.

»Du weißt doch, im Haus wird nicht Fahrrad gefahren!«, schimpfte Ellen.

Zelda fuhr weiter im Kreis herum und schaute triumphierend über die Schulter.

»Bring es sofort hinaus«, sagte Ellen ruhig.

Aber Zelda drehte noch eine Runde im Zimmer. Als sie an Ellen vorbeikam, gab diese dem Dreirad einen Schubs. Es machte einen Satz und kippte um. Zelda fiel vom Rad, schlug mit dem Kopf auf die scharfe Kante des Holzkastens und blieb mit den Füßen zwischen den

Rädern ausgestreckt auf dem Fußboden liegen. Mit weit geöffnetem Mund rang sie nach Luft. Ellen blieb erschrocken stehen. Zelda schrie schrill und durchdringend. Draußen fing Bluey aufgeregt an zu bellen. Dann sprang die Tür auf, und James stürzte mit zwei Reusen und den Arm voller Angelzubehör herein.

»Was ist denn hier los?« Er ließ seine Ladung fallen, eilte zu Zelda und kniete nieder. »Zelda!« Vorsichtig nahm er das Mädchen auf den Arm und fuhr ihr zärtlich durchs Haar. Blutverschmiert kam die Hand wieder zum Vorschein.

»Mein Gott, sie blutet! Hol mir ein Handtuch!« James sah sich nach Ellen um. Sie stand genau hinter ihm. »Um Gottes willen, Ellen!« Zelda schrie immer noch wie am Spieß. »Hol mir etwas zum Verbinden!«

Hastig zog Ellen das Laken vom Bett. James riss es ihr aus der Hand und presste es gegen den Kopf des Kindes. »Ist ja gut, Zelda. Daddy ist ja bei dir. Jetzt wird alles wieder gut.«

Ellen richtete sich auf. Hilflos ließ sie die Arme hängen.

»Hol den Jeep!«, befahl James. »Die Wunde ist tief. Wir müssen mit ihr zu Ben fahren.«

Im Auto erstarb das Geschrei zu leisem Wimmern. Mit der einen Hand drückte Ellen Zelda sanft an sich, mit der anderen presste sie das Laken auf die Wunde. Wie benommen starrte sie durch die Windschutzscheibe auf die Straße und betrachtete die triste Winterlandschaft. Das Hochwasser hatte die Koppeln überflutet, und die Schafe standen dicht gedrängt an den Zäunen und Gattern.

»Wie ist das passiert?«, fragte James, ohne den Blick von der Piste zu nehmen, denn er fuhr schnell und musste auf die Schlaglöcher achten.

Ellen antwortete nicht. Das Motorengeräusch mischte sich mit Zeldas Wimmern.

»Ich weiß nicht«, meinte Ellen schließlich ausweichend. »Ich habe es nicht gesehen. Sie ist vom Dreirad gefallen.«

»Du musst besser auf sie aufpassen.« James runzelte die Stirn und warf einen Seitenblick auf Zelda.

Ellen schwieg und tätschelte Zelda den Rücken. Zelda hörte auf zu schreien und steckte den Daumen in den Mund.

Doktor Bens Praxis befand sich in einem Nebengebäude des Wohnhauses. James nahm Ellen das Kind ab und trug es hinein. Ellen folgte ihm zögernd.

Das ist meine Aufgabe, dachte sie, *ich* müsste mich schützend über Zelda beugen und ihre Hand halten. Warum streckt sie die Arme nicht nach mir aus? Warum lässt sie sich nicht von mir beruhigen? Ich bin doch ihre Mutter!

Als sie ins Wartezimmer ging, waren James und Zelda nicht mehr da. Bens Frau Marian saß hinter der Anmeldung.

»Sie sind sofort hineingegangen«, sagte sie. Im Wartezimmer saßen mehrere Patienten. Neugierig sahen sie Ellen an.

»Ich weiß, wie Sie sich fühlen«, flüsterte Marian ihr freundlich zu. »Sie brauchen kein schlechtes Gewissen zu haben. Kinder in dem Alter sind eine Katastrophe! Wenn Sie wüssten, wie viele Schnitte und Schürfwunden wir jeden Tag behandeln müssen …«

Ellen nickte wortlos.

Marian deutete auf eine Tür mit der Aufschrift »Behandlungszimmer« und sagte: »Gehen Sie ruhig hinein.«

Ellen öffnete die Tür. Sofort schlug ihr das angsterfüllte Schreien des Kindes entgegen. Erschrocken blieb sie stehen. Die Schreie gingen ihr durch Mark und Bein. Ben, der eine leere Spritze in der Hand hielt, drehte sich um.

»Das Schlimmste ist vorbei«, sagte er. »Jetzt spürt sie nichts mehr.«

Ellen nickte benommen. Wie durch einen Schleier sah sie Bens Hände vor sich. Eine lange glänzende Nadel zeigte nach oben. Es roch nach Desinfektionsmitteln. Sie lief zum Spülbecken und übergab sich.

»Entschuldigung«, sagte sie. »Ich weiß nicht, was mit mir los ist ...« Sie hielt sich den Mund zu. Die Luft schien glasklar zu sein, alle Linien und Kanten des Raumes traten scharf hervor. Ben, Zelda, James – alle sahen wie hell leuchtende Glasfiguren aus. Die Wand hinter ihr drückte kalt und hart gegen ihren Rücken.

James, der sich über Zelda beugte, sah sie vorwurfsvoll an.

»Es sind nur ein paar Stiche«, erklärte Ben beruhigend. »Sie müssen nicht zusehen.« Er öffnete die Tür und winkte Marian herbei. »Könntest du Ellen im Haus eine Tasse Tee servieren?«

Marian ging voraus. Eine Tür trennte das weiße sterile Behandlungszimmer vom Wohnhaus mit den glänzend polierten Balken und orientalischen Teppichen. Die Tür schloss sich hinter ihnen und schluckte die Schreie.

»Kommen Sie.« Marian führte Ellen in die Küche. Die Sonne schien herein und tauchte alles in gleißendes Licht. Es roch nach frisch gebackenem Brot. Sie stellte den Kessel auf den Herd und nahm Tassen und Untertassen aus dem Schrank.

»Setzen Sie sich und atmen Sie tief durch.« Sie warf Ellen einen fürsorglichen Blick zu. »Zelda geht es gut, es sind ja nur ein paar Stiche …« Da Ellen schwieg, fuhr sie fort. »Bald tobt sie wieder fröhlich herum.«

Als hätte sie gerade eine Migräne überstanden, bei der die Erinnerung an den Schmerz noch nachwirkte, lehnte sich Ellen benommen zurück. An der Wand hingen sauber aufgereiht glänzende Kupferpfannen. Die Fenster schmückten karierte Vorhänge, und in einem Glasschrank stand handbemaltes Tongeschirr. Offensichtlich stammte die Küche aus einem Katalog und passte eigentlich nicht hierher. Nur eine Angelspule, die auf dem Regal thronte, stammte von der Insel.

»Entschuldigung«, sagte Ellen höflich, da Marian auf eine Antwort wartete. »Ich habe nicht zugehört.«

»Ach, das macht doch nichts. Ich habe gefragt, ob Sie hier Familie haben.«

»Nein«, antwortete Ellen.

»Leben sie alle in Amerika?«, fragte Marian ohne Umschweife.

Ellen blickte durch die Terrassentür auf einen Hinterhof. »James' Familie lebt in Washington DC«, wich sie aus. »Ich habe keine Verwandte.« Kurzes Schweigen entstand. Aus dem Behandlungszimmer drang kein Laut herüber.

»Das tut mir Leid.« Marian reichte ihr einen Becher Tee. »Ich habe ihn selbst gemacht.«

Ellen kostete den Tee und lächelte.

»Den Becher«, fügte Marian schnell hinzu.

»Er ist sehr hübsch.« Ellen rutschte verlegen auf dem Stuhl hin und her und schluckte den heißen Tee so schnell wie möglich hinunter.

»Meine neue Frauenzeitschrift ist gekommen.« Marian zeigte auf einen Stapel Zeitschriften und lächelte verlegen. »Ich versuche auf dem Laufenden zu bleiben, obwohl sich die Mühe nicht lohnt. Ich glaube, Ben will für immer hier bleiben. Aber ich sehne mich nach Kunstausstellungen, Cafés, Einkaufsbummel und gute Musik.« Nach einer kleinen Pause wechselte sie das Thema. »Ben hat mir erzählt, dass Sie Tänzerin waren. Fehlt Ihnen das nicht? Die Bühne, die Spannung, interessante Leute?«

»Hm …« Im Garten kratzte eine schwarze Katze in der Erde.

»Haben Sie berühmte Leute kennen gelernt? Jemanden, von dem ich schon einmal gehört oder gelesen habe? Erzählen Sie!«

»Nun ja, wissen Sie« – Ellen runzelte die Stirn – »ich kann mich nicht mehr erinnern …«

Als das Telefon klingelte, entfernte Marian sich. Ellen stand auf und stellte ihre Tasse in die Spüle. Als sie aus dem Fenster blickte, entdeckte sie James im Garten. Er stand mit Zelda auf dem Arm zwischen hohen Büschen und rankenden Weinreben in der warmen Wintersonne. Das Kind schlief, den Kopf an seine Schulter gelegt. Das Bild erinnerte Ellen an ein Gemälde, das im Speisesaal der Tanzschule hing. Es zeigte Jesus mit lockigem Haar und Hippie-Sandalen. Auch er hielt ein Kind im Arm, ein kleines hübsches Mädchen mit blonden Locken und englischer Kleidung. »Das Leiden der Kinder führt dich zu mir«, stand darunter.

Zelda war aufgewacht und räkelte sich in James' Armen. Er küsste sie zärtlich auf die Stirn. Sie gehören zusammen, dachte sie. Die kleine, von Wind und Sonne braun gebrannte Zelda, gesund ernährt mit Möwen, frischem Fisch und Bauernmilch, und James, groß und kräftig mit abgehärteten Händen. Er stand breitbeinig da, als wäre die Erde ein schwankendes Bootsdeck. Sie sind auf dieser Insel zu Hause.

Am Abend saß Ellen am Kamin und sah James zu, wie er Zelda eine Gutenachtgeschichte vorlas. Schon lange waren ihre Tränen versiegt, Haare verdeckten die genähte Wunde.

»Und der kleine Bär sagte: ›Wer schläft in meinem Bettchen?‹«, las James mit hoher Kinderstimme.

Zelda grinste und blickte zu Ellen hinüber. »Daddy ist ein kleiner Bär!«

Kopf an Kopf saßen die beiden da, während James weiterlas. Sein sandfarbenes ungeschnittenes Haar lag in blassen Strähnen auf ihren dunklen Locken. Ellen betrachtete ihre Gesichter. Sie hat mein Haar, dachte sie, meine Augen, meinen Mund, meine Nase. James ähnelt sie überhaupt nicht. Sie ist mir wie aus dem Gesicht geschnitten.

»Und was ist dann passiert?« James war am Ende der Geschichte angekommen.

»Und wenn sie nicht gestorben sind, dann leben sie noch heute«, antwortete Zelda stolz.

James lachte. »Genau wie wir. Gib Ellen einen Kuss.«

Zelda ging zu Ellen und legte den Kopf in ihren Schoß. »Entschuldigung, Ellen«, sagte sie leise.

Ellen schaute sie erstaunt an. »Wie bitte?«

»Das Dreirad war böse und ist im Haus herumgefahren.«

Nur der Schrei einer Eule unterbrach das gedrückte Schweigen. Ellen warf James einen Blick zu. »Es war ein Unfall, dafür konntest du nichts.« Zärtlich strich sie Zelda das Haar aus dem Gesicht.

»Gute Nacht, Mummy.«

»Gute Nacht, Baby.« Ellen nahm sie sanft in den Arm. Der reine warme Geruch des Kindes stieg ihr in die Nase. Sie drückte sie an sich. »Ich hab dich lieb, mein Engel.«

James schmiegte sich an Ellens Körper. Mit einer Hand streichelte er zärtlich ihre Wange, während die andere unter die Bettdecke glitt. Sie fand die kleinen weichen Brüste, verweilte dort liebkosend und wanderte dann langsam über den Bauch abwärts.

»Warte – du ruinierst ja mein Buch!« Ellen wandte sich ab und hielt das Buch hoch.

James drückte sie wieder hinunter. »Wen stört das? Die Welt ist voller Bücher.« Er legte sich auf sie und versuchte, ein Knie zwischen ihre Schenkel zu schieben.

»Kein Chance«, lachte Ellen und spannte Waden und Oberschenkel an. Die Muskeln waren steinhart und durchtrainiert.

James umfasste Schulter und Bein und drehte sie auf den Bauch. Dann legte er sich wieder auf sie. Ihre Körper berührten sich von Kopf bis Fuß.

»Zieh die Vorhänge vor«, sagte Ellen über die Schulter.

»Wie bitte?«

»Nun, dann mach wenigstens das Licht aus.«

»Heilige Kuh!« James rollte zur Seite und griff nach dem Lichtschalter. »Glaubst du wirklich, die Leute kommen hier heraus und warten, bis sie etwas zu sehen bekommen?«

Ellen sagte nichts, drehte sich um und blieb still liegen. Der Schein des Feuers hüllte ihren Körper in sanftes Rosa. Durch den Vorhang drang Zeldas gleichmäßiger Atmen.

James schwebte über ihr und betrachtete ihren blassen, schlanken Körper. Das Zwielicht verlieh ihrer Haut einen zauberhaften Glanz. Ihre Augen waren dunkel und kindlich groß. »Du bist immer noch ein kleines Mädchen«, sagte er und küsste sie zärtlich auf die Nase. »Ich wette, du hast dich kaum verändert. Ich kann mir gut vorstellen, wie du mit Pferdeschwanz und Zahnspange ausgesehen hast.«

»Ich bin kein kleines Mädchen mehr«, protestierte Ellen. »Ich bin sechsundzwanzig Jahre alt und habe eine dreieinhalbjährige Tochter.«

»Hattest du eine Zahnspange?«, fragte James. »Ich dachte immer, deine Zähne wären perfekt. Hast du mich etwa belogen?«

Ellen sah ihn missbilligend an. »Nein.«

»Weißt du das genau?«, scherzte er.

»Ja, das weiß ich genau.«

»Meine Damen und Herren – eine Sensation!«, rief James. »Ellen erinnert sich!« Ein Anflug von Verärgerung huschte über sein Gesicht. »Ich weiß nicht, warum du so verschwiegen bist. Manchmal frage ich mich, ob du noch eine andere Seite hast, die du gewissenhaft verbirgst, ein anderes Leben.« Er lachte. »Vielleicht wirst du von der CIA gesucht. Aber dafür bist du eigentlich zu jung.«

»Ich *hatte* ein geheimes Leben«, antwortete Ellen lächelnd. »Ich war reich und berühmt. Hast du das vergessen? Schön, sexy …«

»O ja, wie komisch!«, rief James. »Sexy Ellen! Jugendliches Sexsymbol! Verführerischer Blick! Komm, nimm mich. Toll! Und jetzt liegst du einfach nur da.«

Ellen befreite sich von ihm und drehte sich auf die andere Seite. Sie starrte gegen die Wand und schluckte, ein lautes Geräusch im Kopf. »Als ich noch jemand anders war – ich meine, etwas anderes gemacht habe – war ich dir auch nicht gut genug. Du hast immer gesagt, ich schauspielere.«

»Hast du auch!«, beharrte James. »Ich höre immer noch, wie der Direktor dir die Sätze einpaukt!«

»Siehst du, ich kann tun, was ich will, dir kann ich

es nicht recht machen.« Ellen schloss die Augen und schwieg lange. Plötzlich fühlte sie sich alt und müde.

»Komm, lass uns nicht streiten, Ell«, meinte James schließlich. »Komm schon, komm zu mir.« Er zog sie an sich und strich ihr zärtlich übers Haar. Dann wanderte seine Hand die Schulter entlang, bis sie die kleine feste Brust umfasste.

Eine Beutelratte kratzte auf dem Dachboden. Bluey wachte auf, lief zur Tür und winselte.

Ellen erschrak und verspannte sich.

»Es ist alles in Ordnung, nur ein Opossum«, beruhigte James sie.

Ellen starrte in die Dunkelheit. »Das ist es nicht«, sagte sie schließlich, »es ist das Winseln des Hundes. Es ist …« Sie suchte nach dem richtigen Wort, obwohl sie genau wusste, dass es in der Dunkelheit zwischen ihnen stehen bleiben würde. Stattdessen versuchte sie ein Lachen. »Es ist, als säße man beim Zahnarzt im Wartezimmer.«

»Das ist dumm, Ellen.« James wandte sich von ihr ab und zog die Decke über die Schultern. »Wie willst du Zelda zu einem mutigen Menschen erziehen? Du musst lernen, dich zu beherrschen. Hey, nimm's nicht so schwer!«

Ellen spürte, dass er auf eine Antwort wartete. Sie stieß ein leises Lachen aus.

Es schien ihm zu genügen. Er deckte sich zu und entspannte sich seufzend. »Na, dann träume schön …«

Ellen betrachtete die dunkle Erhebung seines Körpers neben sich und hörte ihn gleichmäßig und tief atmen. Was er wohl träumte? Vermutlich hatte er ruhige, sanfte Träume. Er schrie im Schlaf niemals auf, hatte niemals Angst. Sie dachte wieder an den Behandlungsraum, an Zeldas angsterfüllte Schreie. Die Hand. Die

Nadel. Die plötzliche Helligkeit. Alles hatte so unwirklich ausgesehen. Das erinnerte sie an etwas.

Sie hörte Carters klare kräftige Stimme, die durch eine wilde New Yorker Nacht drang. »Ich mag das Leuchten in deinen Augen nicht.« Dann durchsuchte er ihre Handtasche und fand die in Folie gewickelten, kleinen Pillen.

»Auch noch von der Straße!« Carter schüttelte den Kopf. »Ich bin dein Agent, nicht deine Mutter, und ich habe nur zwei Regeln: versäume nie eine Verabredung und nimm keine Drogen! Steig ein!«

Die lange schwarze Limousine mit den weichen tiefen Sitzen. Dort wollte sie für immer bleiben und nie wieder nach Hause gehen.

Tränen stiegen ihr in die Augen, sammelten sich im Augenwinkel und liefen die Schläfe hinunter. Sie hatte schon seit Jahren kein LSD oder andere Drogen mehr genommen. Das Denken fiel ihr schwer, und sie spürte, wie das Gehirn in seinen Windungen nach Worten suchte.

Mit mir stimmt etwas nicht. Vielleicht werde ich wahnsinnig. Wie Schwester Annunciata. Eingeschlossen in einem Gartenhaus murmelte sie den ganzen Tag vor sich hin und kam nur heraus, um das schmutzige Geschirr vor die Tür zu stellen. Sie hatte niemanden, der sie liebte, keinen Mann, keine Kinder. Nur das dünne goldene Band um ihren Finger. Nur Gott.

Reglos lag Ellen neben James im Bett. Kalte Furcht ergriff sie, als sie sich vorstellte, allein sterben zu müssen. Verlassen ... Sie starrte in die Dunkelheit und suchte Trost bei den Schatten vertrauter Gegenstände. Aber die Gedanken gingen ihr nicht aus dem Kopf und schürten ihre Angst. Vorsichtig, um James nicht zu wecken, stand sie auf und schlich ins Wohnzimmer. Dort zündete sie eine Kerze an und setzte sich.

Die Flamme schien hell und warm. Das mutige Flackern beruhigte Ellen. Fasziniert betrachtete sie die Flamme und bemerkte das heiße Wachs, das ihr auf die Hand tropfte, nicht. Sie zwang sich, tief und gleichmäßig zu atmen. Langsam nahm ihre Angst ab und verschwand schließlich ganz.

8

Die aufgehende Sonne überzog die Berge mit einem goldenen Schimmer, aber die nächtlichen Schatten hingen noch in den Baumwipfeln. Silbrigweiß wie eine Mondsichel umrahmte der Strand das Meer.

Ellen lief vor James und Zelda her. Plötzlich sprang sie mit weit gespreizten Armen und Beinen in die Luft. Den Kopf hielt sie dabei hoch, den Rücken gestreckt. Unter ihren Füßen spürte sie den harten kühlen Sand. Dann sprang sie noch einmal, drehte sich in der Luft und berührte kaum den Boden, bevor sie wieder abhob.

Am Ende des Strandes, wo der Sand den grauen Granitfelsen wich, wartete sie auf die beiden. Die Wangen rot vor Anstrengung rang sie nach Atem.

»Du siehst aus wie eine Fee«, rief Zelda schon von weitem.

Ellen blickte an ihr vorbei zu James. »Ich verlerne es«, sagte sie.

Sie sprangen von Fels zu Fels, suchten sich ihren Weg durch das Geröll und schauten in tiefe, mit purpurroten Muscheln übersäte Spalten. An einem Bergsee machten sie Rast, aßen Muffins mit Marmelade und beugten sich über das Schilf, um die Seeanemonen zu sehen, die in kleinen Gruppen ihre dünnen Arme aus dem Wasser reckten.

»Tas nennt sie Blutsauger«, sagte James. Er bückte sich und stieß eine mit dem Finger an. Sofort schloss sich die Pflanze und zog ihre Arme ein. Zelda lachte fröhlich und wollte es ihm nachmachen, aber bevor sie die Pflanze berührte, jauchzte sie und zog die Hand wieder zurück.

»Wir sollten umkehren«, sagte Ellen und beobachtete die Krümel, die ins Wasser fielen und kreisförmige Wellen erzeugten. »Ich habe noch einiges im Freien zu erledigen, bevor es zu heiß wird.«

»Mir wird es nie zu heiß«, rief Zelda. »Nicht wahr, Daddy?«

James ließ den Blick über das Meer schweifen und dann landeinwärts zu den Bergen mit den vom Wind zerzausten Hochlandsträuchern. »Es ist das Ende der Welt«, scherzte er und wandte sich zu Ellen. »Als wären wir die einzigen Menschen auf der Welt.«

»Ich wünschte, es wäre so«, sagte Ellen.

»Warum?«

»Ich weiß nicht. Es wäre … viel einfacher. Keine Sorgen, niemand würde verhungern oder erfrieren.«

James sah sie an und schüttelte den Kopf. »Das mag ich so an dir, Ell. Ich weiß nie, was du vorhast.« Er verdrehte die Augen. »Stille Wasser sind tief, hat meine Mutter immer gesagt. In deinem Kopf muss sich ein ganzer See befinden.«

Schweigend gingen sie nebeneinander her. Sogar Zelda hörte auf zu schwatzen. Am wolkenlosen Himmel stieg die Sonne immer höher und begleitete sie auf dem Weg nach Hause.

Stille Wasser sind tief. Ellen schaute in die tiefen dunklen Felsspalten. Dort verbarg sich das Böse. James hatte Recht. Man wusste nie, was sie vorhatte. Plötzlich blieb sie stehen und kniete nieder. »Komm her, James! Sieh doch mal!«

Er kam, Zelda an der Hand, die sich vorsichtig einen Weg zwischen den scharfen Entenmuscheln hindurchbahnte, zu ihr.

»Dort unten ...« Ellen zeigte auf einen kleinen Sandfleck zwischen den Felsen. Dort lag eine weiße Muschel. Auf dem dunklen Basalt strahlte sie, als käme Licht aus ihrem Inneren.

»Das ist eine Nautilus«, erklärte Ellen ehrfürchtig.

»Was meinst du?«, fragte James.

»Ich habe in Joes Museum etwas über sie gelesen. Man findet sie nur alle sieben Jahre.« Sie sah auf. »Eigentlich dürfte sie nicht hier sein. Joe sagt, es sei erst vier Jahre her.«

James bückte sich und hob die Muschel auf. Vorsichtig legte er sie auf seine Handfläche. »Das ist ein gutes Omen«, meinte er mit einem Lächeln in den Augenwinkeln. »Vielleicht bringt sie uns sieben Jahre Glück.« Er drehte sie um und gab sie Ellen. »Fühl mal. Erstaunlich, wie leicht sie ist.«

Ellen ließ die Fingerspitzen vorsichtig über das farblose filigrane Gehäuse gleiten. Es war dünn wie Papier. Sie stellte sich vor, wie dieses zerbrechliche Kunstwerk durch das tiefe dunkle Meer gereist war, an Riffs und Felsen vorbei, ein Spielball unberechenbarer Fluten.

»Gib sie mir!«, rief Zelda und streckte die Hand aus.

»Du kannst sie dir ansehen. Aber nicht anfassen!«, sagte Ellen. Sie bückte sich und barg die Muschel in beiden Händen.

»Nein, gib sie mir!«, rief Zelda. »Ich möchte sie auch einmal halten.«

»Nein, du darfst sie dir nur ansehen.«

»Gib sie ihr. Sie macht sie schon nicht kaputt«, sagte James.

»Daddy hat es erlaubt.« Zelda fixierte Ellen mit dunklen ärgerlichen Augen.

»Na gut«, gab Ellen nach, »hier hast du sie.«

Zelda trat ein paar Schritte zurück und täuschte Interesse vor. Dann hielt sie sich die Muschel ans Ohr. »Sie funktioniert ja gar nicht. Man kann das Meer nicht hören.« Enttäuscht hielt sie James die Muschel hin. »Hier hast du sie wieder, Daddy.«

James nahm ihr die Muschel aus der Hand und verstaute sie neben den übrig gebliebenen Muffins vorsichtig in Ellens Rucksack. »Lass uns gehen. Ich möchte rechtzeitig zur Flut wieder zurück sein. Es wartet Arbeit auf uns.«

Als sie den heimatlichen Strand erreichten, sahen sie Lizzie und ihre Jungen. Sie saßen auf einem Felsen und hatten Angeln ausgeworfen. James winkte ihnen zu, ging jedoch weiter zum Anlegesteg, wo die *Humble Bee* an ihren Tauen hin und her pendelte.

»Wir haben keine Zeit zum Angeln«, ermahnte Ellen Zelda, als sie zu ihren Freunden gingen. »Wir sagen nur Hallo.«

Lizzie stand auf und kam ihnen entgegen. »Hallo!«, rief sie. »Wo seid ihr schon so früh gewesen? Ich habe euch vermisst.«

»Wir haben einen Spaziergang gemacht«, antwortete Ellen. Sie half Zelda auf den großen flachen Felsen, wo die drei Jungen gespannt auf ihre Schwimmer starrten. »Schon etwas gefangen? Sammy? Mickey? Drew?«

»Nee«, riefen die Jungen wie aus einem Mund, ohne sich umzudrehen.

Zelda zwängte sich zwischen Drew und Mickey, zog die Knie an und stützte den Kopf auf die Ellbogen.

»Ich habe heißen Tee mitgebracht«, sagte Lizzie. »Drew, du passt auf Zelda auf, während wir Tee trinken. Verstanden?«

»Na klar, Mummy.«

Ellen folgte Lizzie bis zum Ende des Felsens, wo der Strand begann. Im spärlichen Schatten eines großen Baumes lag eine Decke im Sand, auf der unordentlich Strandschuhe, Kricketschläger, Bälle, Handtücher und Beutel herumlagen.

»Jungs …«, meinte Lizzie schulterzuckend und räumte die Sachen von der Decke, damit sie sich setzen konnten. Dann packte sie eine Thermosflasche aus und schenkte Tee in zwei Becher.

Ellen setzte sich neben sie und nippte an dem heißen Gebräu.

»Schau Zelda an«, lächelte Lizzie. »Auf der einen Seite Mickey, auf der anderen Drew. Sie schwebt im siebten Himmel!« Dann wurde sie plötzlich ernst. »Wenn ich wüsste, dass es ein Mädchen würde, bekäme ich schon morgen ein viertes Kind.«

»Tatsächlich?«

»Aber ja! Ich hätte liebend gern ein Mädchen.«

»Warum eigentlich?«

»Ich denke, weil ich dann jemanden hätte, der nach mir kommt. Wenn ich dich und Zelda ansehe … Sie ist dein Ebenbild.« Über den Rand ihres Bechers sah sie Ellen in die Augen. »Das muss etwas ganz Besonderes sein.«

Ellen antwortete nicht.

»Stimmt doch, nicht wahr?«

»Nun ja«, antwortete Ellen langsam, jedes Wort überlegend. »Irgendwie ist es befremdlich.« Sie senkte die Stimme, obwohl die Kinder nicht in Hörweite waren. »Ich glaube, sie ist mir zu ähnlich.«

»Wie meinst du das?«

»Oh, eigentlich ist es nicht wichtig.«

»Doch, es ist wichtig. Ich sehe es dir an. Was ist los?«

»Ich kann es nicht erklären.« Ellens Blick schweifte in die Ferne. Auf dem Meer tanzte ein Boot, ein winziger schwarzer Fleck auf der riesigen Wasserfläche.

»Versuche es.« Lizzie gab nicht auf.

Ellen kaute verlegen an einem Finger. »Nun ja, es ist nur ... Glaubst du an Telepathie?«

»Ja, ich denke schon.«

»Vielleicht ist es so etwas. Manchmal sieht mich Zelda an, als würde sie ...« Ellen versagte die Stimme.

Lizzie beugte sich vor und sah ihr in die Augen. »Als würde sie was?«

»Nun ja, sagen wir mal, sie steht auf einem Felsen. Dann höre ich sie sagen: ›Du willst, dass ich hinunterfalle und mir den Kopf aufschlage.‹ Oder wenn ich ein heißes Bügeleisen in der Hand habe ... Oder die Autotür zuschlage. Ich ... Es kommt von außen, oder aus meinem tiefsten Inneren.« Ihre Stimme wurde immer leiser. »Manchmal denke ich, ich täusche nur vor, dass ich sie liebe, dass ich eine fürsorgliche Mutter bin. Aber tief in meinem Innersten hasse ich sie.«

Lizzie riss bestürzt die Augen auf. »So etwas darfst du nicht sagen!«, stieß sie hervor. »Das meinst du nicht ernst. Du musst unbedingt mit James sprechen. Du brauchst Urlaub.«

Ellen nickte und hob ein Stück Treibholz auf, das neben ihr im Sand lag. Wind und Wasser hatten die Maserung ausgewaschen. Gedankenverloren versuchte sie, mit den Fingernägeln einen Splitter herauszuziehen.

»Schau, Ellen«, sagte Lizzie bestimmt, »überlass Zelda mir und mach einen Ausflug aufs Festland. Geh einkaufen oder ins Kino. Für uns, die hier aufgewachsen sind, ist es gut. Aber die anderen müssen hin und wieder wegfahren, sonst werden sie *küstig.*« Sie grinste, um zu zeigen, dass sie einen Witz gemacht hatte.

»Was ist das?«, fragte Ellen erstaunt.

»Wenn Kühe zu lange auf einer Weide am Meer stehen, lassen sie den Kopf hängen und werden ein wenig verrückt, weil dem Gras wichtige Mineralstoffe fehlen. Dann sagen wir, sie sind *küstig.*«

»Oh, vielen Dank.«

»Gern geschehen.« Lizzie lächelte verschmitzt. »Aber im Ernst, ich finde ...« Plötzlich ertönte ein Freudenschrei, und sie drehte sich um. »Sie haben etwas gefangen!«, rief sie erfreut und sprang auf. »Passt auf! Nicht dass mir einer von euch ins Wasser fällt! Habt ihr mich verstanden?«

9

Die Sonne glänzte und streute Diamanten aufs Meer. Zelda stand knietief im Wasser und sprang quietschend über die flachen hereinrollenden Wellen. Ellen saß am Strand, schaute zu und spielte mit den Zehen in den schäumenden Wellenspitzen.

»Ich möchte schwimmen lernen«, rief Zelda.

»Daddy wird es dir beibringen«, antwortete Ellen. »Ich weiß nicht, wie man das macht.«

»Ich zeige es dir. Komm doch! Bitte!«

Ellen stand langsam auf, zog ihren Morgenmantel aus und ließ ihn in den Sand fallen. Dann watete sie durch das Wasser.

Zelda betrachtete Ellens nackten Körper. Ihr Blick wanderte von einer Brust zur anderen und dann zu den Schamhaaren. »Mummies tragen Badeanzüge«, erklärte sie.

»Einige tun das«, antwortete Ellen. »Aber deine nicht. Jedenfalls nicht an unserem Strand.«

»Warum?«

»Weil uns hier niemand sehen kann.«

»Lizzie trägt immer einen Badeanzug.«

»Ich weiß.« Ellen seufzte. »Ich dachte, du wolltest schwimmen lernen.«

Zelda nickte und zeigte aufs Meer. »Wir müssen weiter hineingehen.« Den Blick auf den fernen Horizont gerichtet, wateten sie nebeneinander durch das Wasser. Zelda hielt sich mit einer Hand an Ellens Oberschenkel fest, um das Gleichgewicht nicht zu verlieren. »Nun musst du mich halten.«

Sie lag auf Ellens ausgestreckten Armen. Ihre Haut war glatt und schlüpfrig vom Sonnenöl, die dünnen Gliedmaßen schwebten im Wasser.

»Und nun?«, fragte Ellen.

»Du musst mich halten, damit ich schwimmen kann.« Krampfhaft reckte Zelda den Kopf hoch. »Lass mich nicht untergehen.« Die dunklen eindringlichen Augen sahen zu Ellen auf. Dann verzog sie vor Anstrengung das Gesicht und fing wie ein Hund wild an zu planschen.

Ellen hielt die Arme steif und blickte über Zeldas Kopf hinweg zum Horizont. Dort war das Meer kalt und tief, und dunkle Gestalten bedrohten wehrlose Schiffe.

Plötzlich fing Zelda an zu keuchen und wie wild um sich zu schlagen. Dann schrie sie, hustete, schluckte das salzige Wasser, kämpfte verzweifelt gegen den Sog, der sie unweigerlich in die Tiefe zog. Das kleine Gesicht kippte nach hinten – ein weißer Mond im dunklen Wasser.

Ellen schloss die Augen. Sie wusste, was jetzt kam. Es spielte sich vor ihren Augen ab wie eine bekannte Melodie. Ihre Hände drückten den kleinen warmen Kopf unter Wasser. Haare wirbelten wie Seetang umher. Gliedmaßen strampelten ohne Erfolg. Schwache Finger zerrten an großen starken Händen. Ohren füllten sich mit Wasser. Der leise tödliche Klang des tiefen Meeres …

Ein endloser Todeskampf, bei dem nichts oder alles wirklich zu sein schien.

Nein! Erstarrt blieb Ellen stehen und nahm ihre ganze Kraft zusammen. Dann presste sie die Arme an den Körper, widersetzte sich mit aller Kraft dem Ruf, bis sie es schaffte, sich von der vernichtenden Melodie zu lösen.

Suchend sah sie sich um. Die Wellen schlugen über dem Kopf des Mädchens zusammen und spülten es fort, als wäre sie nie da gewesen.

Zelda! Der Schrei erstickte, denn er war tief vergraben wie der Schrei eines Albtraums, der sich erst durch den Schlaf kämpfen musste, bevor er gellend die Luft durchschnitt.

»Zelda!« Verzweifelt warf sich Ellen ins Wasser und griff nach dem kleinen Körper. Endlich bekam sie Zelda zu fassen und zog sie hoch – zurück an die Luft und den weiten Himmel. Zelda hustete, die kleine Brust hob und senkte sich. Noch immer schlug sie vor Angst mit den Armen um sich.

»Mummy!«, schluchzte sie und brachte das Wort nur mühsam zwischen Hustenanfällen heraus. »Mummy!«

»Es ist alles wieder gut. Mummy ist ja hier und hält dich fest.« Zelda schlang die Arme um ihren Nacken. Warm und nass lag das kleine Gesicht an ihrer Brust.

Am Strand sank Ellen mit dem Kind im Arm in den Sand. Sie presste Zelda an sich, schmeckte das Salz auf ihrer Haut, rieb die kalten, weichen Muskeln. Tränen liefen ihr übers Gesicht.

»Du bist mir wie ein glitschiger Fisch aus den Armen geglitten«, sagte sie leise schluchzend.

»Mummy …«

»Ist ja gut, mein Engel.«

Lange saßen sie so im Sand. Die Sonne brannte ihnen

auf den Schultern. Hoch am Himmel zogen Möwen ihre Kreise. Schließlich beruhigte sich Zelda und befreite sich aus Ellens Armen.

»Mummy? Nicht weinen, Mummy.«

Ellen starrte auf den glitzernden Sand. Millionen von Körnchen, jedes wie ein Edelstein geschliffen, begruben ihre Füße. Am liebsten wäre sie im Sand versunken und für immer verschwunden.

»Ich möchte nach Hause«, sagte Zelda. Wieder begann sie zu weinen, die Unterlippe zitterte, Tränen schimmerten auf dem ängstlichen Gesicht. Rückwärts gehend sagte sie: »Kommst du, Mummy?«

Ellen starrte auf den Sand, ihr Haar wehte im Wind.

Langsam drehte sich Zelda um und ging fort.

10

»Kann ich Ihnen wirklich nichts bringen?« Die Stewardess beugte sich über Ellen und lächelte, wobei sich nur der rote Lippenstiftmund verzog.

Ellen schloss die Augen hinter der Sonnenbrille. Nach einer Weile entfernte sich die Stewardess und hinterließ eine Duftwolke. Ellen kannte das Parfüm, L'air du Temps hieß es. Hauch der Zeit …

Dann erschien ein Steward. »Gnädige Frau, kann ich etwas für Sie tun?«, fragte er höflich distanziert.

Ellen schüttelte den Kopf. Sie spürte, dass sie beobachtet wurde. Ich habe vergessen, den richtigen Platz zu reservieren, ich sitze auf 2B, dachte sie, um sich abzulenken und auf andere Gedanken zu bringen. Früher hatte sie immer auf 1B gesessen und dafür gesorgt, dass 1A frei blieb, wenn sie allein reiste. So stand es in ihrem Vertrag. Einmal war ein Fehler passiert. Damals hatte sie sich geweigert zu fliegen. Carter unterstützte solche Dinge, er meinte, das gehöre zu ihrem Image. Carter … Im Geiste sah sie ihn mit dem Hörer in der Hand am Telefon stehen, heiter und umsichtig wie immer. Hoffentlich holt er mich ab, dachte sie.

Eine Stewardess hielt den Vorhang zur Seite, der die Economy Class von der Business Class trennte, und ließ ein junges Mädchen in den vorderen Teil des Flugzeugs. Ellen drehte sich um und betrachtete sie. Sie hatte ein offenes intelligentes Gesicht. Das ordentlich gescheitelte Haar war zu gleich langen Zöpfen geflochten. Der lange Rock schwang beim Gehen hin und her und streifte Arme und Armlehnen. Die Tür zum Cockpit öffnete sich einen Spalt und gab den Blick auf uniformierte Rücken und den blauen Himmel frei. Dann war sie verschwunden.

Ellen ließ den Kopf hängen. Das schwarze Haar fiel ihr wie ein Vorhang vors Gesicht. Die Hände lagen steif und reglos im Schoß.

Engel.

Aufsteigende Tränen legten sich wie ein schützender Schleier über ihre Gedanken, sammelten sich in den Augenwinkeln und liefen über die Wangen. Ellen schob die Sonnenbrille hoch, schloss die Augen und presste die Finger auf die Lider. Aber immer mehr Tränen stiegen auf und mit ihnen scharfe und schmerzliche Bilder …

Lizzie, wie sie sich über Zeldas dunklen Schopf beugt und ihr Eiscreme, neue Kleider und Geschichten am Kamin verspricht.

Dann Lizzie, wie sie Ellen zuwinkt und ruft: »Am Nachmittag bringe ich sie wieder. Dann hast du Zeit, ein paar Dinge zu erledigen.« Ein Schatten des Zweifels huscht über ihr Gesicht. »Geht es dir gut?«

Ellen sucht nach einer Antwort, nickt jedoch nur.

»Schau«, sagt Lizzie freundlich, »ich weiß, wie es ist, wenn man den Überblick verliert. Nimm dir Zeit, versprochen? Zelda, lauf und gib Mummy einen Kuss.«

Das Kind hüpft über den Hof. Das lange schwarze Haar wippt hin und her. Sie bleibt vor Ellen stehen und grinst. »Bis später«, flötet sie. »Ich darf den ganzen Tag bei Lizzie bleiben!«

Ellen beugt sich hinunter, sieht in das kleine Gesicht, das sich ihr entgegenstreckt, und fühlt nichts. Sie wagt nicht, zu atmen, und drückt nur wortlos die Lippen auf die warme weiche Haut.

Das Kind windet sich aus ihrer Umarmung und läuft davon.

Ellen geht zur Hütte zurück und umklammert mit beiden Händen den Türpfosten. Reglos sieht sie zu, wie Zelda in Lizzies Auto steigt. Hinter den schmutzigen Fenstern des Autos verschwimmen die Gesichter, die bereits wie Geister verblassen …

Die Hupe ertönt, und das Auto fährt davon. Zwischen den Bäumen taucht immer wieder ein roter Fleck auf, bis er sich schließlich im blauen Dunst des sommerlichen Nachmittags verliert.

Ellen ringt nach Luft, als wäre um sie herum ein Vakuum entstanden. Sie sackt auf der Türschwelle zusammen. Minutenlang bleibt sie bewegungslos sitzen, bis sie sich schließlich erhebt und in die dunkle Hütte tritt. Auf sie warten der leere Koffer unter dem Bett und der noch nicht geschriebene Brief. Das leere weiße Blatt liegt bereits auf dem Tisch.

Carter holte Ellen an der Passkontrolle ab. Rasch zog er sie beiseite und musterte sie eine Weile, bevor er sie umarmte.

»Babe«, raunte er glücklich. »Ich freue mich sehr, dich wiederzusehen. Herzlich willkommen in New York. Herzlich willkommen zu Hause. Zum Wagen geht es hier entlang.«

Ellen legte den Kopf an seine Schulter. »Ich fühle mich wie erschlagen.«

Als sie in die Stadt fuhren, sah Ellen schweigend aus dem Fenster und betrachtete den vorbeiziehenden Verkehr. Alles war grau und schmutzig. Nichts hatte sich verändert. Rein gar nichts. Sie spürte Carters Blicke.

»Ellen«, sagte er schließlich, »wenn ich irgendetwas für dich tun kann … Wenn du reden möchtest …« Seine Stimme klang ungezwungen, fast desinteressiert, aber die Augen verrieten Neugier.

»Nein, danke«, antwortete Ellen hastig. »Aber ich bin froh, dass du gekommen bist. Du warst der Einzige, den ich anrufen wollte.«

Carter sah sie einen Moment fragend an. Dann wischte er ihre Worte lächelnd mit einer Handbewegung fort. »Du hast ja keine Ahnung, wie viele Besprechungen ich absagen musste, wie viele Karrieren ich gnadenlos auf Eis gelegt habe, nur um dich abzuholen.«

»Kannst du mich in ein Hotel bringen?«

»Ich denke schon, dass wir ein paar alte Hotels überreden können, dich aufzunehmen«, scherzte er und tätschelte ihr den Arm. »Es ist für alles gesorgt. Zuerst ruhst du dich aus. Um sieben Uhr schicke ich einen Wagen, dann gehen wir wie in alten Zeiten in ein gutes Restaurant.«

Ellen lehnte sich in dem tiefen weichen Sitz zurück und schloss die Augen.

Der Wagen bog in die breite geschwungene Auffahrt des Hotels ein und hielt vor dem Eingang. Portier und Hotelboy begleiteten Ellen in die Lobby und auf ihr Zimmer.

Sie öffneten die Tür zu einer Suite, machten Licht und nannten sie Miss Kirby.

»War ich schon einmal hier?«, fragte sie Carter.

»Ja, schon oft. Es ist deine alte Suite, sie ist nur renoviert worden. Und draußen steht ein neuer Wolkenkratzer.« Er ging zum Fenster. »Von hier aus konnte man früher die Freiheitsstatue sehen.«

Ellen ging zu ihm, stutzte jedoch, als sie den Blumenstrauß im Schlafzimmer sah – ein Hoffnungsschimmer, der sogleich wieder erstarb. Er war bestimmt von der Hotelleitung, vielleicht auch von Carter oder seiner Sekretärin.

»Ja, dort hinter dem Turm ist sie.« Er zeigte kurz in die Richtung und drehte sich um. »Schlaf dich aus, Babe.«

»Ja, natürlich.«

»Ich lasse dir Perrier aufs Zimmer bringen.«

»Vielen Dank.«

Ellen begleitete ihn zur Tür. Ihr Blick verfinsterte sich. »Oh, Carter, ich brauche Geld. Irgendwo muss noch Geld sein, aber ich weiß nicht, was damit passiert ist, nachdem wir weggegangen sind. James hat sich um alles gekümmert.«

Carter blieb abrupt stehen. »Liebes, ich habe Geld für dich *gescheffelt*. Es liegt auf deinem Konto.« Er streckte die plumpe Hand aus und zählte an den Fingern ab: »Tantiemen für die Puppen. Junge Mode. Werbung. Zinsen. Du bist reich.« Ein Anflug von Zweifel huschte über sein Gesicht. »Wie viel brauchst du? Du bist doch nicht in Schwierigkeiten?«

Ellen schüttelte den Kopf. »Nein, ich brauche nur Geld zum Leben. Du weißt ja, wie teuer die Stadt ist.«

»Natürlich, noch nicht einmal das Atmen ist umsonst.« Er nahm ein Bündel Geldscheine aus der Geldbörse und legte sie auf das Sideboard. »Nimm das fürs Erste. Ich werde Lois bitten, alles andere für dich zu regeln.«

»Danke.« Ellen nahm das Geld an sich.

»Nicht der Rede wert.« Carter schwieg und kniff besorgt die Augen zusammen. »Ist es erlaubt zu fragen, wo du die ganze Zeit gewesen bist?«

Ellen erstarrte mitten in der Bewegung. Sie hatte diese Frage zwar erwartet, aber nicht so schnell. Verzweifelt suchte sie nach Worten, aber ihr Kopf war leer – ein schmerzliches Nichts. Als sie aufsah, hatte sie Tränen in den Augen.

»Entschuldige«, murmelte Carter. »Nimm es dir nicht so zu Herzen. Versprochen? Wir haben viel Zeit.« Er nahm die Speisekarte des Zimmerservice und hielt sie ihr hin. »Hast du Hunger?«

»Nein, danke.«

Sie schwiegen verlegen. Dann zuckte Carter hilflos die Schultern. »Was soll ich sagen, Babe? Schön, dich wieder hier zu haben.«

Ellen lag unter einem Berg duftenden Seifenschaums. Sie atmete tief durch und entspannte sich langsam. Ihr erstes Bad seit Jahren. Ihr Blick fiel auf verspiegelte Wände, Frotteehandtücher, Plüschsessel, Teppichböden. Das war ihre Welt. Zumindest war sie es vor einigen Jahren gewesen und würde es jetzt wieder sein. Sie war es gewöhnt, zu kommen und zu gehen oder von einem Leben, von einem Ich, zum anderen zu springen. Je tiefer der Einschnitt, umso mehr schmerzte es. Das war alles.

Langsam ließ sie sich unter den Schaum sinken und spürte das Wasser auf ihren Wangen. Sie schloss die Augen und tauchte in die weiße Gischt. Ihr Haar schwamm auf der Oberfläche, bis es langsam versank. Wie Tang schwebte es im Wasser und legte sich über Augen und Mund. Panische Angst ergriff sie und breitete sich bis in die Nervenspitzen im ganzen Körper aus. Lieber Gott, hilf mir! Die kleinen Hände griffen ins Leere, der schreiende Mund stand weit offen. *Mummy!* Ellen erstarrte, konnte sich nicht bewegen, zu groß war die Qual. Stattdessen stellte sie sich dem Schmerz, hielt das bloße Fleisch in die sengende Flamme und wartete, bis er sich allmählich in Taubheit und dann in ein großes Loch verwandelte.

Ellen sah, wie Carter aufstand, als der Kellner sie an den Tisch führte. Köpfe drehten sich nach ihr um – gewöhnliche, verwöhnte, suchende Blicke nach Berühmtheiten. Verunsichert musterten die Leute ihre normale Kleidung und fragten sich wohl, ob es der letzte Modeschrei war.

Carter starrte sie entgeistert an. Sie trug ihr Haar offen. In langen Strähnen fiel es über die Schultern und schwang bei jedem Schritt hin und her. Mit hoch erhobenem Kopf ging sie auf ihn zu. Sie war ungeschminkt, aber die Lippen waren rosig, die Haut glatt und braun gebrannt, die Augen glänzten und ihr Blick war klar.

Er lächelte, sagte jedoch nichts. Der Kellner bot ihr einen Stuhl an, verbeugte sich kurz und verschwand.

»Eine bessere Aufmachung hätte ich mir für dich nicht vorstellen können«, sagte er frei heraus. »Aber, zum Teufel! Du siehst aus wie ein Geschöpf des Himmels!«

Ellen wischte sein Kompliment mit einem Lächeln fort.

»Nicht doch, es ist mein voller Ernst!«, protestierte Carter und schenkte Veuve Clicquot, einen Champagner mit makellosem Bukett, in drei Gläser. »Das ist es! Der neue Ellen-Look!«

»Und was soll das sein – der neue Look?«, fragte Ellen in vorgetäuscht nachsichtigem Ton, mit dem sie ihr Unbehagen überspielte.

Er zwinkerte ihr zu, als mache er einen Scherz. »Eva«, erklärte er, »dem Garten Eden entsprungen.«

Ellen lachte. »Carter, hör zu.« Sie beugte sich vor und sah ihn an, zog sich jedoch sofort wieder zurück, als ihr einfiel, dass er ihr beigebracht hatte, mit dieser Geste einer Person das Gefühl zu vermitteln, man interessiere sich für sie. »Ich weiß nicht, ob ich wieder tanzen, als Model arbeiten oder etwas anderes machen will. Ich brauche Zeit, um das herauszufinden.«

Carter nickte, legte ihr die Hand auf die Schulter und drückte sie sanft. »Lass dir ruhig Zeit. Es gibt keinen Grund zur Eile. Ich kann warten.«

Ihre Blicke trafen sich. In seinen Augen entdeckte sie den alten Carter, den Mann, der stets Intrigen schmiedete und andere rücksichtslos ausnutzte. Plötzlich fühlte sie sich einsam und verlassen.

»Ziggy, wie geht es Ziggy?«, fragte sie. »Vor drei oder vier Jahren entdeckte ich ihr Foto in einer Zeitschrift, einem australischen Magazin. Ich wollte es nicht glauben ...« Sie unterbrach sich, als sie seinen lauernden Blick sah. »Arbeitet sie noch?«

»Nein.« Carter sah sich um, als suche er einen Ausweg. »Es ging ihr nicht gut.«

»Ziggy? Sie war noch nie krank!«, rief Ellen überrascht aus.

»Nun ja« – Carter zuckte die Schultern – »sie war nervös, glaube ich, hochgradig gestresst.«

»Du meinst, sie hatte einen Nervenzusammenbruch?«, drängte Ellen.

»Ich kenne die Einzelheiten nicht«, antwortete Carter in absichtlich ruhigem, höflichem Ton. Er wusste, wie man mit verstörten Frauen umgeht. »Ich habe sie schon eine Ewigkeit nicht gesehen. Ich glaube, sie befindet sich in einer Klinik in New England, in der Gegend, wo du aufgewachsen bist.«

Ellen schwieg und ließ ihn nicht aus den Augen. Sie

wollte mehr wissen. Um Zeit zu gewinnen, schenkte er sich Champagner nach.

Schließlich sagte er: »Ich muss irgendwo ihre Adresse haben. Ach ja, ich habe ihr Blumen geschickt.« Plötzlich erhellte sich sein Gesicht. »Michael!«

Ellen drehte sich um und erblickte einen großen Mann, den Trenchcoat überm Arm und eine alte Aktentasche in der Hand, in einem verknitterten Anzug. Niemand hob den Blick, als er an den Tischen vorbeiging.

»Ellen, du erinnerst dich doch an Michael Holland?«, sagte Carter und winkte dem Kellner nach einem zusätzlichen Stuhl. Ellen sah ihn an und lächelte unverbindlich.

»Nein.«

»Aber natürlich kennst du Michael! Michael, setz dich bitte.«

Der Mann sank auf den Stuhl, als hätte er nach einer langen Reise endlich sein Ziel erreicht. »Hallo«, begrüßte er Ellen und sah ihr kurz und aufmerksam ins Gesicht, ohne ein Zeichen des Erkennens. Dann wandte er sich an Carter. »Wo ist sie?«

Carter stutzte und fing an zu lachen. »Du bist ein Witzbold, Holland.« Er zeigte auf Ellen. »Schau sie dir an! Sieht sie nicht phantastisch aus? Ich wette, du hast sie kaum erkannt.«

Michael blickte Ellen erstaunt an. »Entschuldigen Sie … Ich habe Sie wirklich nicht erkannt. Es muss schon einige Jahre her sein.«

Ellen nickte. »Dann sind wir bereits zwei.«

Carter bestellte eine weitere Flasche Champagner und bat um Speisekarten. »Holland, Sie essen natürlich mit uns.«

Ellen betrachtete ihn erstaunt und zweifelnd.

»Michael schrieb damals für das *Teen*-Magazin diese Katzenmann-Story über dich. Aber das ist schon ziemlich lange her.«

Ellen nippte an ihrem Glas und senkte den Blick. Sie erinnerte sich an das Interview. Eifrig und ernsthaft hatte Holland viele Fragen gestellt und alles in sein zerfleddertes Notizheft stenografiert. Jung und nervös, aber schon in der Lage, ihre eigene Nervosität zu überspielen, saß sie mit übereinander geschlagenen Beinen auf einem hohen Stuhl und beantwortete höflich alle Fragen. Und er fand, wonach er gesucht hatte: vom Aschenbrödel zum Star, eine neue Pavlova und die perfekte Traumfrau für Fans. Durch ihn erfuhr die Welt, dass ihr Tanzunterricht von einem kauzigen alten Mann bezahlt wurde, der mit vierundsiebzig Katzen in einer baufälligen Villa lebte. Alles hatte damit begonnen, dass ein kleines Mädchen wie alle anderen Schüler von der Schule nach Hause ging. Was man von der Geschichte auch halten mochte, sie schlug ein wie eine Bombe. Holland hatte die Fotos auf dem Schulgelände geschossen und die Kamera in dem Augenblick auf sie gerichtet, als ihre dunklen Augen bei der Erinnerung an frühere Zeiten feucht wurden und um die zarten Lippen ein Lächeln spielte. Dort hatte Carter sie entdeckt.

»Es war einer meiner besten Artikel«, sagte Michael.

Carter hob ruckartig den Kopf, als hätte er eine gute Idee. »Weißt du, Holland wäre genau der Richtige, wieder eine Story über dich zu machen. Ellens Rückkehr. Wie findest du das?«

»Vielen Dank! Das hört sich an, als wäre ich ein Marsmensch«, protestierte Ellen. Nun war sie es, die nach einem Fluchtweg Ausschau hielt. Carter, dachte sie, du lässt aber auch keine Chance aus.

Der Journalist hatte bereits seinen Notizblock herausgenommen. Ellen sah ihm in die Augen und fragte sich, wie er wohl die Möglichkeit einschätzen und seinen Artikel aufbauen würde. Er könnte Teile der alten Katzenmann-Story verwenden, über Gegenwart und Vergangenheit schreiben, auf ihr plötzliches Verschwinden anspielen und fragen, warum sie nach all den Jahren zurückgekommen war ...

Michael lehnte sich mit spitzem Bleistift gespannt über den Tisch. »Wissen Sie«, begann er, »Sie haben sich überhaupt nicht verändert – nach all den Jahren. Wo waren wir damals? Ich glaube, in einem kleinen Café.« Er grinste. »Sie bestellten sich einen Espresso und mochten ihn dann nicht.«

»Wirklich?«, fragte Ellen. »Solche Dinge kann ich mir nicht merken.«

»Na ja«, entgegnete Michael, »aber ich. Journalisten vergessen nie etwas.« Er warf Carter einen Blick zu, und Carter nickte aufmunternd. »Ich kann mich noch an jedes Wort erinnern«, fuhr er fort. »Die Story begann, als Sie zehn Jahre alt waren. Damals hatten Sie noch keinen einzigen Tanzschritt gelernt. Es war im Sommer neunzehnhundertfünfzig.«

Ellen stieß abrupt den Stuhl zurück und stand auf. »Es tut mir Leid, aber Sie müssen mich entschuldigen. Ich fühle mich nicht wohl.«

Carter erhob sich und eilte ihr fürsorglich zu Hilfe. »Ich fahre dich sofort nach Hause.«

»Nein, vielen Dank.« Ellen schüttelte seinen Arm ab, den er ihr auf die Schulter gelegt hatte. »Ich nehme ein Taxi.« Sie lächelte mühsam. »Es ist alles in Ordnung. Bitte entschuldige mich jetzt.«

Sie ließ die wartenden Taxis stehen und ging über die Straße zu einem kleinen Park. Häuser, Gehwege und Straßen war dunkel und grau. Nur das gelbe Licht der

Straßenlaternen wies ihr den Weg. Sogar der nächtliche Himmel, der sonst die Lichter der Stadt reflektierte, zeigte ein tristes, diesiges und sternenloses Grau.

Sie ging zwischen den Bäumen hindurch in den Park, wohl wissend, dass es nicht ungefährlich war. Aber das einsame, leere Hotelzimmer mit den wenigen Habseligkeiten, die auf dem großen Plüschbett so verloren aussahen, konnte sie jetzt nicht ertragen.

Sie entdeckte eine kleine Bank unter tief hängenden Ästen und setzte sich. Aus der Ferne drang der Verkehrslärm herüber. Die Luft war erfrischend und roch nach nassem Gras. Es war fast dunkel. Sie dachte an Carter und Holland, die über die Teller gebeugt ihr Essen verzehrten. Sie hatte den Journalisten sofort erkannt, obwohl er seit ihrer ersten Begegnung vor vielen Jahren in dem kleinen Café sichtlich gealtert war. Das Footlight Café!

Ellen schloss die Augen und sah die ordentlich um die Holztische platzierten Metallstühle vor sich. Sie versuchte, die Bilder zu verdrängen, aber ihr Gedächtnis spielte ihr einen Streich. Nun sah sie sich auf einem hohen Stuhl in der Ecke sitzen. Der schwarze Kaffee, in dem sie immer noch rührte, war schon lange kalt.

»Wie alt waren Sie, als Sie zu tanzen anfingen?«, hatte er gefragt.

»Zehn.«

Das war zehn Jahre her – fast ein ganzes Leben.

Ellen starrte in die Dunkelheit, folgte mit den Blicken den Ästen und versuchte, sich Figuren auszudenken. Aber die Worte und Bilder kehrten immer wieder.

Ein kleines, blasses, ernstes Mädchen kam aus der Schule. Wie immer ging sie allein …

11

Blühende Obstbäume bildeten ein Dach über der schmalen Straße. Das Gras am Rand war frisch und saftig. Es hatte gerade erst aufgehört zu regnen. Ellen passte auf, dass sie nicht auf den rotgrünen giftigen Efeu und in die schlammigen Pfützen trat. Makellos weiße Kniestrümpfe bedeckten die dünnen Beine, der Blazer war zugeknöpft, und der Strohhut saß immer noch an seinem Platz, obwohl die Schule schon lange außer Sichtweite war. In der Hand hielt sie einen Lorbeerzweig. Beim Gehen zupfte sie die feinen weißen Blütenblätter und die roten Ranken vom Stiel und ließ sie hinter sich auf die Straße fallen.

Auf der anderen Straßenseite folgte ihr ein großes braunes Pferd. Sie blieb stehen und riss eine Hand voll saftiges Gras aus. In kleinen Portionen fütterte sie das Pferd und spürte sein samtiges suchendes Maul auf der Hand. Groß und stark stand das Pferd vor ihr. Sie stellte sich vor, wie es sie trug, über Zäune und Bäche sprang, Straßen und Highways überquerte, immer weiter in unbekannte Gegenden, wo sie niemand finden würde …

Das Pferd schüttelte schnaubend den Kopf und versprühte grünen schaumigen Speichel. Ein Tropfen landete auf dem weißen Strumpf. Sofort rieb sie den Fleck mit der Innenseite ihres Rocks ab. Dann ging sie den üblichen Weg am Kanal entlang und betrachtete den breiten Wasserlauf und die Enten, bis ihr Blick auf etwas Braunes fiel. Sie kletterte den Hang hinunter zum Ufer, um es sich genauer anzusehen. Es war ein mit einem Strick zugebundener Kartoffelsack. Auf der einen Seite entdeckte sie eine Ausbuchtung und stieß leicht mit dem Fuß dagegen. Erschrocken wich sie zurück, als es sich bewegte. Sie starrte das Bündel an. Ihr wurde schlecht. Vermutlich war es nass und blutig, mit vor Angst aufgerissenen wunden Augen, und kratzte und biss. Ellen lief davon und sah sich auf der Straße ängstlich nach Hilfe um. Hinter sich hörte sie ein schwaches Miauen. Sie kehrte wieder um.

»Kitty, Kitty, Kitty?«, rief sie entsetzt.

Beim Klang ihre Stimme hörten die Bewegungen auf. Der Sack blieb reglos und abwartend liegen. Rasch bückte sich Ellen und hob ihn auf. Schlaff und nass schlug er gegen ihre Beine. Sie rannte zurück auf die Straße und einen Hügel hinauf. Dort stand, von dunklen hohen Kiefern umgeben, ein großes Haus.

Der Kies der Auffahrt knirschte unter ihren Füßen. Das Herz schlug ihr bis zum Hals. Sie rannte einen Seitenweg entlang über feuchtes Laub, vorbei an einem ungepflegten, mit rostigem Maschendraht eingezäunten Tennisplatz. Dann lief sie um den großen Swimmingpool herum, der mit eleganten blauen und goldenen Kacheln ausgelegt war. Das Wasser war jedoch dunkel und schlammig, und dicke Goldfische lungerten zwischen verfaulten Wasserrosen herum. Ellen konzentrierte sich auf ihren Weg und hatte Angst, das dunkle Nass könnte sie hinabziehen, wenn sie hineinsah.

An einer alten Hütte, die wie die Miniatur einer Alpenhütte aussah, blieb sie endlich stehen. Wie alles andere auf dem Grundstück war auch sie verfallen. Die kleinen Fensterläden mit dem ausgeschnittenen Herz in der Mitte hingen wie betrunken in ihren rostigen Scharnieren.

Sie trat ein, kniete nieder und löste den Knoten. Ihr Blick schweifte durch den Raum. In der Ecke entdeckte sie einen Haufen Gerümpel. Schnell zog sie einen Karton heraus, legte ihn mit Zeitungspapier aus und darüber ein altes Handtuch, das sie an einem Haken unter einer zerfallenen Schwimmhaube fand. Dann hielt sie den Atem an, nahm das untere Ende des Sacks und schüttelte ihn zuerst sanft, dann heftiger.

»Komm schon!«

Eine kleine Katze fiel auf den Boden. Sie rollte herum, krabbelte auf die Füße und blieb mit aufgestelltem Schwanz steif stehen. Ellen starrte sie entsetzt an. Die erbärmliche Kreatur zitterte am ganzen Körper. Das weiße Fell klebte an den fleischlosen Gliedmaßen, der kleine Brustkorb hob und senkte sich. Mit den hervorquellenden Augen und den großen aufgestellten Ohren sah sie wie eine Ratte aus. Schwankend lief das Tier auf sie zu. »Nein, geh weg!« Ihr wurde übel. Das Tier war hässlich, täppisch und schmutzig. Am liebsten hätte sie es wieder in den Sack gesteckt und im grünen Wasser des Kanals versenkt.

Die Katze schaute sie an. Ein Auge war hellblau wie der Sommerhimmel, das andere haselnussbraun. Sie öffnete das winzige Maul zu einem langen, stummen Schrei.

Ellen seufzte, ihre Augen füllten sich mit Tränen. »Komm her …«

Sie kniete neben dem Kätzchen und rieb es mit dem Handtuch trocken. Vorsichtig ließ sie die Hände über den schwachen Körper gleiten. Dann setzte sie die Katze in den Karton und rannte hinaus. Minuten später kam sie mit einer Flasche Milch zurück. Sie goss etwas in eine alte Untertasse und stellte sie vor das Kätzchen. In der Tür drehte sie sich noch einmal um. Die weiße Kreatur streckte sich und schleckte mit der rosa Zunge gierig die Milch auf.

Ein warmes Gefühl durchströmte sie, und sie fühlte sich wie eine große starke Heldin, als sie zum Haus hinüberging.

An diesem Abend kam Margaret erst spät nach Hause. Ellen wartete wie immer mit den ordentlich erledigten Hausaufgaben vor sich auf ihre Mutter. Die schmutzigen Kniestrümpfe hingen gewaschen zum Trocknen auf dem Speicher, die Schuhe waren blank geputzt und nur noch ein wenig feucht. Die neuen sauberen Kniestrümpfe saßen faltenfrei. Dennoch hatte sie beim Knirschen der Reifen auf dem Kies einen Kloß im Hals. Sie hörte die hochhackigen Schuhe zuerst auf dem Parkettboden der Diele, dann leiser im Esszimmer, bis sie an der Tür zur Küche hielten.

»Hallo, Margaret«, sagte Ellen ohne aufzusehen. Sie roch den Zigarettenrauch und das Parfüm, das immer in einem Flakon auf Margarets Schminktisch stand. Madame Rochas. Einen Augenblick lang schöpfte sie Hoffnung. Dieser Duft hatte sie begleitet, als Margaret ihr am Strand ein Eis gekauft und wie eine Freundin mit ihr gelacht und gespielt hatte. In ihrem neuen Badeanzug war sie so schön, dass Ellen weinen musste …

Aber das bedeutete heute nichts mehr. Margaret stand in der Tür, in der einen Hand eine lange schwarze Zigarettenspitze, in der anderen einen geöffneten Brief, und runzelte die schöne Stirn. Ellen wagte nicht, sie anzusehen, denn sie wusste, dass Margaret es hasste, wie ein Muttertier beäugt zu werden. Aber der Brief beunruhigte sie, obwohl sie sicher war, nichts angestellt zu haben.

»Sehr gut!« Margaret schürzte zufrieden die Lippen. Ohne Anerkennung musterte sie flüchtig Ellens Haltung, Kleidung und Handschrift. »Es geht um die Ferien.« Sie machte eine Pause, um Ellen auf die Folter zu spannen. »Du wirst jeden Tag zur Schule gehen.«

Ellen verbarg ihre freudige Überraschung. Schule! Keine langweiligen Tage sauber, still und allein im Haus, an denen sie nur das Ende der Ferien herbeisehnte.

»Es findet auch Tanzunterricht statt. Ballet am Vormittag, Volkstanz am Nachmittag. Du kannst an beidem teilnehmen, wenn du willst.«

»O nein, bitte nicht!« Ihr Protest erstarb, als Margaret sie lächelnd ansah und Rauch aus den glänzenden roten Lippen blies.

»Widersprich nicht, Liebes. Du bist ein tollpatschiges Kind, wie alle kleinen Mädchen.« Ihre Augen ruhten auf Ellens abgekauten Fingernägeln. »Es wird dir sicher nicht schaden.«

Später am Abend stand Ellen am Fenster, drückte die Stirn an das kühle Fenster und lauschte der Radiomusik, die von unten heraufdrang. Dann trat sie einen Schritt zurück und betrachtete ihr Spiegelbild. Zu große Augen, zu dicke Augenbrauen, zu hohe Stirn. Blasser Teint und dunkles Haar. Nichts glich Margaret oder dem freundlichen schlanken Mann, der auf dem Hochzeitsbild an der Wand im Flur neben ihrer Mutter stand.

Ich bin die Tochter eines Kobolds, dachte Ellen. Sie haben mich bestimmt in der Wiege vertauscht, oder mein Vater ist der ungeschickte und tollpatschige Charlie Chaplin. Ich gehe nicht in die Tanzstunde, versprach sie sich trotzig, und die Augen wurden zu tiefgründigen dunklen Brunnen. Ich verstecke mich einfach.

Sie zählte die Tage. Noch zwei Monate. Acht Wochen Warten und Langeweile …

Sie lehnte sich wieder an die Scheibe und blickte an ihrem Spiegelbild vorbei in die Dunkelheit. Ihr Blick fiel auf die kleine Hütte hinter den dunklen Kiefern, in dem das kleine warme Kätzchen mit dem Bauch voller Milch eingerollt schlief. Ohne mich wäre es gestorben, dachte sie und fühlte sich wieder groß und stark. Dieses Gefühl schloss sie in ihr Herz wie ein heimliches Licht, das sie vor der Dunkelheit schützte.

Morgens vor der Schule hatte sie keine Zeit, nach dem Kätzchen zu sehen. Sie musste die Küche aufräumen und versuchte, sich auf die Arbeit zu konzentrieren, denn Margaret bürstete in der Küche sorgfältig eines ihrer teuren Kostüme. Aber ihre Gedanken schweiften immer wieder ab. Ging es dem Kätzchen gut? Was sollte sie nur mit ihm machen? Sie spielte mit dem Gedanken, es in der Hütte zu lassen und jeden Tag zu füttern, bevor Margaret nach Hause kam. Sie könnte es auch im Garten laufen lassen. Hier gab es genug streunende Katzen. Aber Margaret würde es sicher herausbekommen – sie bekam immer alles heraus.

Als der Wagen schon vor der Schule hielt, dachte sie noch darüber nach. Margaret hielt nicht etwa draußen auf der Straße, wo alle anderen parkten, sondern blieb immer mit laufendem Motor direkt vor dem Haupteingang stehen. Lehrer und Eltern nickten ihr zu, sie schenkte ihnen ein kurzes strahlendes Lächeln.

»Mach's gut, Liebling.« Sie beugte sich vor und küsste ihre Tochter.

Ellen spürte die neidischen Blicke. Margaret war die perfekte Mutter: jung, schön und eine angesehene Kinderärztin, die für ihre Arbeit bewundert wurde.

»Wisch dir das Gesicht ab«, ermahnte sie Ellen mit leisem Unterton. Ellen hob die Hand zu der Stelle, wo sie den Lippenstiftabdruck ihrer Mutter vermutete. Sie blickte ihr kurz in die Augen und rieb sich den roten Fleck von der Wange.

»Heute Abend komme ich spät nach Hause«, sagte Margaret und überprüfte ihr Make-up im Rückspiegel.

In der Mittagspause lief Ellen in die Bibliothek und lieh sich das Branchenbuch aus. Züchter? Tierheime? Wonach suchte sie eigentlich? Dann sprang es ihr in die Augen: Katzenschutzgesellschaft – ein Heim für Katzen. Das war genau das Richtige!

Nach der Schule lief sie, so schnell sie konnte, nach Hause und ging sofort in die Hütte. Das Kätzchen erkannte sie und strich ihr wohlig schnurrend um die Beine. Sie hob es hoch, setzte es in den Karton und schloss den Deckel.

Mit dem Karton unterm Arm lief sie ins Haus und rief ein Taxi. Dann ging sie in die obere Etage und holte ihr Weihnachtsgeld, das sie in einem Kuvert unter den Schreibtisch geklebt hatte. Sie bewegte sich wie in Trance und wusste, dass sie es nicht wagen würde, dächte sie nur eine Sekunde darüber nach …

Das Taxi hielt vor dem Haus und hupte. Ellen erschrak. Kalter Schweiß lief ihr über den Rücken, als sie hinunterging.

Sie gab dem Fahrer den Zettel mit der Adresse. »Wie lange wird die Fahrt dorthin dauern?«, fragte sie stirnrunzelnd und imitierte dabei die kühle Stimme ihrer Mutter.

»Es ist nicht sehr weit, wenn wir die Abkürzung nehmen. Etwa fünfzehn Minuten.«

»Bitte beeilen Sie sich«, bat Ellen. »Ich habe noch eine Verabredung.«

Der Taxifahrer grinste, hob die Hand an die Mütze und fuhr los. »Yes, Ma'am!«

Er deutete mit dem Kopf auf den Karton. »Entlaufene Katze?«

»Nein, es ist ein junges Kätzchen, das ich in einem Sack am Kanal gefunden habe.« Die Worte sprudelten hervor wie ein Geständnis. »Es ist abgemagert und braucht Futter. Ich kann es nicht behalten. Meine Mutter mag kein Tier im Haus. Jedenfalls habe ich die Adresse im Telefonbuch gefunden. Katzenschutzgesellschaft – ein Heim für Katzen.« Sie unterbrach sich und sah ihn zweifelnd an. »Meinen Sie, man wird das Kätzchen aufnehmen und versorgen?«

»O ja, sie werden es schon nehmen«, begann der Fahrer, »ich glaube, sie werden …« Er unterbrach sich.

»Was?«, fragte Ellen ängstlich.

»Nun ja, sie werden versuchen, ein gutes Zuhause für das Kätzchen zu finden. Das wäre wohl das Beste, nicht wahr?«

»Wie meinen Sie das?« Ellen runzelte die Stirn. »Und wenn sie nichts finden? Behalten sie es dann nicht?«

»Nur eine Weile. Dann wird es wohl eingeschläfert.«

»Sie meinen, es wird umgebracht?« Ellens Stimme wurde vor Entsetzen ganz leise.

»Sie haben keine andere Wahl«, sagte der Fahrer ernst. »Weißt du, es gibt einfach zu viele Katzen. Sie können nicht alle behalten …«

Ellen starrte schweigend auf die Straße. Den Karton auf ihren Knien hielt sie fest an sich gedrückt. Das Kätzchen ist so mager, dachte sie, deshalb ist der Karton so leicht. Sie blickte aus dem Fenster. Bäume, Häuser, Tore und Auffahrten rauschten vorbei. Ihr Blick fiel auf ein verwittertes Schild an einem Briefkasten.

»Halten Sie hier«, rief sie schnell.

Der Fahrer drehte sich verblüfft um. »Wie bitte?«

»Halten Sie an, ich möchte aussteigen.«

»Hör auf mich, Kleine, es ist bestimmt das Beste, das Kätzchen ins Katzenheim zu bringen.«

»Nein, ich habe mich anders entschieden. Halten Sie bitte an, ich möchte aussteigen.«

»Nun gut, dann fahre ich dich wieder nach Hause ...« Er wendete den Wagen.

»Nein, vielen Dank«, antwortete Ellen. »Ich kann über die Felder laufen. Sehen Sie, dort hinten?« Sie zeigte auf eine Kieferngruppe, die auf einem Hügel stand.

Der Fahrer hielt und ließ sie aussteigen, das Fahrgeld lehnte er ab. »Zeig deiner Mutter das Kätzchen. Du wirst sehen, sie kann bestimmt nicht Nein sagen!«, schlug er ihr freundlich vor. »Aber geh bitte sofort nach Hause!«

Ellen lächelte und blieb mit dem Karton unterm Arm stehen, bis der Wagen um die nächste Kurve verschwunden war. Dann ging sie die Straße zurück. Schon bald erreichte sie eine lange kurvige Zufahrtsstraße. Am Schild neben dem Briefkasten blieb sie stehen. Darauf stand in roter abgeblätterter Farbe: KÄTZCHEN IN GUTE HÄNDE ABZUGEBEN.

Das Haus war wie Margarets Haus groß und alt. Aber während bei ihr zu Hause nur die Wirtschaftsgebäude vernachlässigt wurden, verfiel hier der gesamte Besitz. Vor dem Eingang lagen zusammengerollt zwei schlafende Katzen. Das ist ein gutes Zeichen, dachte Ellen. Sie klopfte energisch an die Haustür.

Lange passierte nichts. Noch nicht einmal die Katzen

ließen sich stören. Ellen fragte sich, ob sie den Karton einfach vor die Tür stellen und weglaufen sollte. Aber das wollte sie nicht. Dann hörte sie leise Schritte, und die Tür öffnete sich. Ein alter Mann stand in einem düsteren Flur, umringt von Dutzenden von Katzen, die um seine Beine strichen. Starker Katzengeruch und leises Schnurren erfüllten die Luft.

»Mein Gott!«, rief der Mann aus und breitete die Arme aus, als wollte er sie umarmen. »Du kommst bestimmt wegen einer Katze! Komm herein, komm herein!«

»Warten Sie, ich ...«

Aber er ging bereits mit großen Schritten, gefolgt von allen Katzen, den Flur entlang.

Ellen folgte ihm und drückte den Karton fest an ihre Brust. Sie gingen an schummrigen Räumen mit langen Samtvorhängen, matten Kronleuchtern, chinesischen Sofas, persischen Teppichen, ausgestopften Tieren und Vasen voller getrockneter Blumen vorbei. Bunte Kristallgläser standen verloren in kleinen Grüppchen auf polierten Tischen und Anrichten, als hätte man sie erst kürzlich dort stehen lassen. Alles war mit einer dicken Staubschicht und Katzenhaaren überzogen. Sämtliche Holzflächen zeigten tiefe Kratzspuren, Stoffe und Tapeten hingen in Fetzen herunter.

Dann betraten sie einen hellen Wintergarten, der nur mit drei langen Tischen und passenden Holzstühlen möbliert war. Durch die offenen Fenster wehte eine frische Brise. Auf den Tischen zwischen gestapelten Körben, Bürsten, Flaschen, Büchsen mit Flohpulver und Katzenfutter standen überall schmutzige Teekannen.

Ellen blieb an der Tür stehen. »Entschuldigung«, sagte sie so höflich sie konnte, »aber ich will keine Katze abholen, ich habe eine mitgebracht.«

Der Mann drehte sich langsam um und blickte sie

erstaunt an. Zwischen den dicken Augenbrauen bildete sich eine nachdenkliche Falte.

»Ich habe sie am Kanal gefunden und gerettet«, fuhr Ellen fort. »Sie ist fast verhungert. Aber ich kann sie nicht behalten. Sie müssen sie nehmen! Bitte!« Sie stellte den Karton auf den Tisch und hob vorsichtig den Deckel.

»Moment mal.« Der Mann eilte herbei. »Du kannst sie nicht einfach freilassen, sie wird davonlaufen.«

»Ist schon gut«, sagte Ellen, griff hinein und hob das Kätzchen aus dem Karton. »Vor mir hat sie keine Angst.«

Vorsichtig drückte sie das Kätzchen an die Brust.

»Schau dir das an«, sagte der Mann. »Es ist eine Glückskatze.« Er streichelte den kleinen Kopf. »Siehst du? Sie hat ein blaues und ein braunes Auge.« Ellen nickte. Dann tastete er den kleinen Körper ab, runzelte ärgerlich die Stirn und schnalzte leise mit der Zunge. »Arme Kreatur. Sie ist fast verhungert!«

»Ich habe das Kätzchen erst gestern gefunden und ihm etwas Milch gegeben«, sagte Ellen schnell.

»Braves Mädchen. Du hast Glück gehabt, Kätzchen«, sagte der Mann freundlich. Er nahm das Tier und drehte es auf den Rücken. »Es ist ein Kater. Wie heißt er denn?«

»Ich weiß es nicht.«

»Nun ja, wie kann es dein Kätzchen sein, wenn du ihm noch nicht einmal einen Namen gegeben hast?«

»Sie haben mich falsch verstanden«, sagte Ellen streng. »Er kann nicht mein Kater sein, ich darf ihn nicht …«

»Oh, natürlich ist er dein Kater. Du hast ihm das Leben gerettet! Ich werde schon für ihn sorgen, aber er bleibt dein Kätzchen.«

»Sie meinen, ich darf ihn besuchen?«, fragte Ellen vorsichtig.

»Aber natürlich, wann immer du möchtest.« Der Mann breitete wieder die Arme aus und hieß sie willkommen.

Ellen lächelte und riss vor Freude die Augen auf, als sie seine Worte begriff. Nun gab es keine langen Stunden mehr, in denen sie still dasitzen und warten musste, bis Margaret endlich nach Hause kam. Stattdessen würde sie nach der Schule heimlich ihr Kätzchen besuchen – wie andere Kinder, die bei ihren Schulfreunde in der warmen Küche Kuchen aßen und Milch tranken.

»Du bist jederzeit herzlich willkommen«, versicherte ihr der Mann.

Ellen betrachtete ihn eine Weile, bevor sie den Mund aufmachte. »Aber es muss ein Geheimnis bleiben.«

»Natürlich, du kannst dich verkleiden oder einen falschen Namen annehmen, wenn du willst. Übrigens, ich heiße Eildon.« Er streckte die Hand aus. Auf der alten Haut waren überall rote Kratzspuren zu sehen.

Ellen nahm die Hand und spürte ihre Wärme. »Ich bin Ellen. Ich bin zehn Jahre alt.«

Sie nannten das Kätzchen Perdita, »die Verlorene«. Wenn Ellen den Kater nach der Schule besuchte, folgte er ihr auf Schritt und Tritt, schnurrte und strich ihr um die Beine, während sie Eildon bei der Hausarbeit half. Gemeinsam fütterten sie verwaiste Katzenbabys, suchten in Katzenohren nach Zecken und befreiten langhaarige Perserkatzenschwänze von Kletten. Danach wuschen sie Futternäpfe, spülten Teekannen und strichen Kräuter gegen Flöhe auf gewebte Katzenhalsbänder. Nach getaner Arbeit setzten sie sich in den staubigen Salon und tranken gemeinsam Tee. Zucker oder Milch waren nicht erlaubt, aber die feinen Porzellantassen waren bis zum Rand mit der goldgelben Flüssigkeit gefüllt. Gottes Nektar nannte Eildon den Tee, und Ellen konnte sich gut vorstellen, dass er die Wahrheit sprach. Am Montag gab es Darjeeling, Jasmin am Dienstag, dann Ceylon, Assam und russischen Caravan. Wenn sie genüsslich ihren Tee schlürften, tauschten sie manchmal Geschichten über Katzenfamilien aus. Aber meistens saßen sie schweigend da, umgeben vom Miauen kleiner Katzenkinder und dem Rascheln der Blätter, wenn draußen der Wind in die Äste der Bäume fuhr.

»Es ist Zeit, zu gehen«, sagte Eildon stets nach der zweiten Tasse. »Wir wollen ja nicht, dass du zu spät nach Hause kommst …«

Pünktlich, wenn Margarets Wagen in die Einfahrt einbog, hatte Ellen das bereitgestellte Essen gegessen, das Geschirr abgewaschen, Hausaufgaben gemacht und saß sauber und ordentlich am Tisch. Wenn sie hörte, wie sich der Schlüssel im Schloss drehte, die Tür aufging, die hohen Absätze den Flur entlangklapperten, starrte sie nervös auf ihre Hände und hatte Angst, ihre Augen würden ihr Geheimnis verraten.

Um die Gedanken an Perdy, Eildon und das große alte Haus zu vertreiben, dachte sie an die Ferien, die ihre Schatten vorauswarfen. Tanzunterricht! Ballett und Volkstanz, morgens und nachmittags, jeden Tag, während der gesamten Ferien! Mit den Gedanken kamen die Bilder und die Hoffnungslosigkeit. Die Zeit steht nicht still, sagte sie sich und vergrub die Flamme ihres kleinen Geheimnisses sicher im Herzen. Zeit vergeht. Die Tage wurden kälter und kürzer. Das Ende des Schuljahres war nicht mehr weit. Es gab kein Entrinnen.

12

Die Mädchen sahen zu, wie Ellen ihren neuen rosafarbenen Gymnastikanzug, den passenden Wickelpulli und die Satinschuhe anzog. Sie sagten nichts, aber Ellen spürte ihre neidischen Blicke.

Neben ihr zog sich Caroline um und steckte die dünnen Beine in hautenge schwarze Strumpfhosen. Sie sprach über Ellens Schulter mit zwei Mädchen, die hinter der vorgehaltenen Hand tuschelten.

»Seht euch mal Nicola an!« Caroline machte eine Kopfbewegung in Richtung eines Mädchens, das einen warmen schwarzen Wollanzug mit leicht ausgebeulten Knien trug. »Selbst gestrickt! Von Mom! Ich würde lieber sterben ...« Sie blickte auf Ellens rosa Satinschuhe mit den langen Schleifen zum Zubinden. »Du Glückliche, deine Mutter ist die Beste!«

»Ich weiß«, entgegnete Ellen und fuhr leise fort, »abgesehen davon, dass sie mich nirgendwo hingehen lässt. Ich bin nur hier, weil sie arbeiten muss und wissen will, wo ich mich aufhalte.« Sie senkte den Blick, als ob sie sich wegen ihrer Worte schämen würde.

Caroline nickte weise. »Weil du keinen Dad hast. Sie hat nur noch dich und hütet dich deshalb wie den eigenen Augapfel. Jedenfalls hat das meine Mom gesagt.«

Ellen blickte erstaunt auf. »Das hat sie tatsächlich gesagt?«

»Ja«, nickte Caroline. »Nicht zu mir, aber zu Mrs. Edwards.«

Ellen bückte sich, um ihre Schuhe zuzubinden, und versuchte, sich zu erinnern, wie die Dame im Schuhgeschäft es ihr gezeigt hatte. Aber unter den strengen Blicken Margarets, die sich beklagte, wie viel Arbeit kleine Mädchen machten, hatte sie sich nur schwer konzentrieren können.

In der Tür erschien eine Frau. Sie war groß, hielt sich sehr gerade und trug weite Kleidung und Lederslipper. Das lange schwarze Haar war im Nacken zu einem Knoten zusammengebunden.

»Hallo, Mädchen«, sagte sie energisch und lächelte streng. »Ich bin Miss Louise. Seid ihr fertig?« Sie ließ den Blick über die Mädchenschar schweifen, bis er auf Ellen fiel. Einen Augenblick lang taxierte sie den kleinen Körper und zog dabei leicht die Augenbrauen hoch. Ellen errötete und kaute nervös am Daumen.

Dann wanderte der Blick der Frau weiter. »Du, das Mädchen in dem gemusterten Pullover«, sagte sie. »Zieh ihn aus. Dann dürft ihr alle hereinkommen.« Als sie sich umdrehte und den Raum verließ, blieb es still.

Caroline zog hinter ihrem Rücken eine Grimasse und stöhnte laut: »Das ist ja schlimmer als Schule. Ich komme bestimmt nicht wieder.«

Die Frau wartete, bis sich alle im Tanzsaal aufgestellt hatten. Ellen blickte ihr rasch ins Gesicht, als sie an ihr vorbeiging. Aus der Nähe sah sie nicht ganz so streng aus. Sie hatte sich auf jedem Lid einen dicken schwarzen Strich gemalt, der in den Augenwinkeln schräg nach außen verlief, und roch nach Talkpulver. Als sie ihr zulächelte, senkte Ellen verschämt den Blick.

Eine Wand des Tanzsaals bestand aus einem durchgehenden Spiegel mit einer Stange davor. »Nun, Mädchen«, rief Miss Louise, »sucht euch einen Platz an der Stange und stellt euch so wie ich hin.« Sie drehte die Füße nach außen und legte eine Hand elegant auf die Stange.

Die Mädchen beeilten sich, ihre Position einzunehmen. Ellen stellte sich ans äußerste Ende. Die Lehrerin machte langsame Bewegungen mit Armen und Beinen und zählte dabei. Die Mädchen hörten aufmerksam zu und machten es, so gut sie konnten, nach. Konzentriert und ernst gingen sie an die Arbeit. Louises feierliches Auftreten hatte Getuschel und Gekicher verstummen lassen. Ihre tiefe melodische Stimme mit dem französischen Akzent verwandelte Sprache in Musik, und die Mädchen hingen fasziniert an ihren Lippen.

Ellen bemühte sich, die flüssigen Bewegungen nachzuahmen, und fühlte sich dabei furchtbar unbeholfen. Ihr hautenger Anzug gab alle Kanten ihres knochigen Körpers preis, und sie wünschte sich, wie die anderen Mädchen einfache Turnkleidung zu tragen. Ob Margaret wohl gewusst hatte, wie peinlich es war, als unbeholfene Anfängerin wie eine Ballerina auszusehen? Sie senkte den Kopf und betrachtete die Spitzenschuhe. Aber sie konnte sich noch nicht einmal hinter dem langen Haar verstecken, das sonst wie ein schützender Vorhang ihr Gesicht verdeckte. Margaret hatte ihr Haar zu einem strammen Knoten zusammengesteckt und mit spitzen Nadeln fixiert. Die Kopfhaut tat ihr immer noch weh von der Prozedur.

Ellen merkte plötzlich, dass sie beobachtet wurde, und hob den Kopf.

»Ellen«, sagte die Lehrerin. »Komm her.«

Ellen gehorchte. Hoffentlich wirft sie mich hinaus,

dachte sie. (Wirklich, Mrs. Kirby, malte sie sich die Erklärung der Lehrerin aus, es wäre schade um die Zeit. Es tut mir Leid, aber ...) Dann spürte sie Louises Hand fest, aber sanft auf ihrem Körper.

»Hoch ... und nun strecken. Spürst du das?« Ellen nickte. »Nun streck den Fuß und dreh die Hüfte heraus. Noch einmal. Spürst du das?«

Ja. Ellens Mundwinkel zuckten und verzogen sich zu einem erstaunten Lächeln.

»Sehr gut.« Louise nickte ihr kurz zu. »Sehr gut, Ellen. Du bleibst hier vorn stehen ...«

Ellen studierte die große aufrechte Gestalt der Frau und gab sich Mühe, sie nachzuahmen. Hin und wieder betrachtete sie sich erstaunt im Spiegel. Sie entdeckte ihren Körper völlig neu. Tatsächlich! Wie eine Marionette, ein Wesen von fremder Anmut und Schönheit, befolgte er ihre Anweisungen.

Louise stellte sich wieder neben sie, positionierte ihre Arme zu elegant geschwungenen Bögen und arrangierte die Finger.

»So«, erklärte sie Ellen, »so musst du sie halten, Ellen. Streck deinen Hals. Es muss aussehen wie ein Schwan. Mädchen, schaut ihr zu.« Sie lächelte in die Reihe konzentrierter Gesichter. »Jetzt seid ihr noch alle hässliche Entlein, aber jede kann ein Schwan werden. Übt zu Hause vor dem Spiegel. Eins, zwei, drei und vier. Jeden Abend. Wie ein Abendgebet.«

Am Schluss der Stunde verbeugte sie sich würdevoll und klatschte in die Hände. »Vielen Dank, meine Damen.«

Die zwei Wochen vergingen wie im Traum unter Anstrengung, Schweiß und süßen Erfolgsmomenten. Ellen erkannte schon bald, dass die Bewegungen nicht natürlich waren. Die Arme wurden gehoben, aber die Schultern blieben dabei gesenkt. Der Hals beugte sich, jedoch mit geradem Rücken. Sie lernte, jedem einzelnen Teil ihres Körpers Befehle zu geben, auf Gehorsamkeit, saubere Ausführung und Disziplin zu achten. »Wenn du etwas machst, dann mache es richtig«, war einer von Margarets Lieblingssprüchen – und es funktionierte. Das war die erste Stufe. Alles andere fügte sich nahtlos aneinander, und der Bewegungsablauf erfolgte wie von selbst. Manchmal zog sich das Gesicht in eine eigene abgeklärte Welt zurück und lächelte, obwohl Zehen und Waden sich schmerzhaft verkrampften.

Louise ließ Ellen auch weiterhin vor der Gruppe tanzen und trieb sie zu immer größeren Leistungen an. Die festen Hände forderten mehr Streckung, mehr Aufrichtung, mehr Geschmeidigkeit. Die anderen Mädchen beobachteten sie neidisch. Sie war die Auserwählte und wurde nun zu einem neuen Menschen geformt. Jeden Tag entfernte sich Ellen ein bisschen mehr von der Gruppe.

Auf dem Heimweg nach der Tanzstunde erschien Ellen die Straße wie eine große breite Bühne. Wenn sie hochsprang und in der Luft herumwirbelte, sah ihr das Pferd zu und nickte zustimmend.

Von seiner Katzentruppe umringt, lächelte Eildon zustimmend und klatschte Beifall.

»Das kann ich gut«, erzählte ihm Ellen stolz.

»Aber ja«, antwortete er, »du bewegst dich wie eine Katze!«

Die Ferien vergingen viel zu schnell. Nach der letzten Tanzstunde nahm Louise Ellen beiseite.

»Ellen«, begann sie fast wehmütig, als hätte sie schlechte Nachrichten. »Du hast den Körper einer Tänzerin. Er hätte es verdient, ausgebildet zu werden.«

»Kommen Sie in den nächsten Ferien wieder?«, fragte Ellen hoffnungsvoll. »Es hat mir Spaß gemacht.«

»Nein, du verstehst nicht«, sagte Louise. »Ich habe etwas Besonderes mit dir vor. Demnächst eröffnet eine neue Ballettschule, in der nach den Methoden der berühmten kaiserlichen Ballettschule in Russland ausgebildet wird und die ein Internat ist. Nur sehr begabte Schüler werden aufgenommen.« Freude wärmte ihre Stimme. »Aus ganz Amerika werden die größten Talente zusammenkommen. Die Ausbildung ist hervorragend, und es ist an alles gedacht. Die erste echte amerikanische Ballettschule!« Sie fasste Ellen bei den Schultern, ihre Augen leuchteten. »Ich werde dich zum Vortanzen für ein Stipendium vorschlagen. Die Chance, schon so jung anfangen und alles andere aufgeben zu können, hatte ich nie!«

»Meine Mutter wird es mir nicht erlauben«, unterbrach Ellen. »Ich brauche gar nicht erst zu fragen.«

»Darüber mach dir jetzt noch keine Sorgen. Wenn du angenommen wirst, ist das eine so große Ehre, dass deine Mutter ihre Meinung ändern wird«, sagte Louise. Ellen schüttelte den Kopf, aber die Frau war nicht davon abzubringen. »Ich habe es schon oft erlebt«, beharrte sie. »Nun ja, in dieser Gegend findet das Vortanzen erst in einigen Monaten statt. Ich sorge dafür, dass du hier während der Schulzeit vortanzen kannst. Auf diese Weise brauchen wir deine Mutter nicht zu behelligen. Einverstanden?«

Ellen nickte.

»Noch etwas«, fügte Louise hinzu, »nimm in der Zwischenzeit keinen anderen Tanzunterricht. Es ist besser, wenn du« – sie runzelte die Stirn und suchte nach den richtigen Worten – »unberührt bleibst.«

Als es schließlich so weit war, erschien Louise in

Ellens Klassenzimmer. Ein aufgeregtes Raunen ging durch den Raum, als einige der Mädchen sie erkannten. Sogar der Lehrer freute sich über ihren Besuch. Er schien enttäuscht, als Louise darum bat, mit Ellen sprechen zu dürfen.

Sie gingen den Korridor hinunter.

»Du brauchst nicht nervös zu sein«, sagte Louise. »Wenn du es dennoch bist, verberge es. Es ist wichtig, bei einer Aufführung seine Angst beherrschen zu können. Ohne diese Fähigkeit ist eine Tänzerin nutzlos.«

Ellen ging still neben ihr her. Sie würde einfach tun, was man von ihr verlangte, ordentlich und höflich, so wie sie erzogen worden war. Außerdem stand nichts auf dem Spiel, denn Margaret würde nie ihre Einwilligung für die Ballettschule geben.

Als sie in den Tanzsaal kam, warteten bereits drei Männer in dunklen Anzügen auf sie. In der Nähe stand eine schlanke junge Frau, die etwas bei sich trug, das wie ein Erste-Hilfe-Koffer aussah. Bei ihrem Anblick wurde Ellen vor Nervosität übel. Louise führte sie zu den Männern. »Hier ist die Schülerin Ellen Kirby, zehn Jahre alt. Mach einen Knicks, Ellen …«

Die Männer waren ungeduldig und wollten endlich zur Sache kommen. Ihren Gesichtern war anzusehen, dass sie nicht viel erwarteten.

»Ellen muss sich nur noch umziehen«, erklärte Louise.

Ellen kam aus der Garderobe und wollte mit dem Übungsprogramm beginnen, aber darauf kam es den Männern offensichtlich nicht an. Sie musterten ihren Körper eingehend, befahlen ihr, sich zu strecken, zu dehnen, zu drehen, und kommentierten ihre Gelenkigkeit. Dann öffnete die schlanke Frau den Koffer und nahm ein Maßband heraus. Ellen versuchte, dem

Geruch nach Desinfektionsmitteln auszuweichen, ließ sich jedoch bereitwillig Gliedmaßen, Kopfumfang, Taille und Hüften messen. Einer der Männer schrieb alles sorgfältig in ein Notizheft. Er verglich die Maße mit einem Diagramm, blieb stehen und betrachtete Ellen eingehend aus tief liegenden Augen. Sein Blick blieb auf den leichten Wölbungen ihrer Brüste hängen.

»Hat ihre Menstruation schon eingesetzt?«, fragte er Louise.

»O …« Sie hob unsicher die Hand. »Ich habe vergessen zu fragen.« Sie eilte zu Ellen, beugte sich zu ihr hinunter und flüsterte: »Hast du schon deine Monatsblutungen?«

Ellen hob langsam den Kopf, um Zeit zu gewinnen. Verblüfft und fragend sah sie Louise an und hatte Angst, für etwas, das sie nicht getan hatte, beschuldigt zu werden.

»Nein, hat sie nicht«, rief Louise.

Der Mann nickte zufrieden. »Nun, Ellen, erzähl mir von deiner Mutter.«

Ellen zuckte zusammen, als hätte sie eine Ohrfeige erhalten.

»Ist sie groß, dick?«

»Sie ist … mächtig«, begann Ellen, schwieg jedoch, als Louise in schallendes Gelächter ausbrach.

»Nein, das ist sie nicht! Ich bin ihr schon begegnet. Sie ist groß – nicht zu groß – und wunderbar schlank.«

»Und dein Vater?«, fuhr der Mann fort. »Wie groß ist er?«

Ellen starrte auf den Boden. »Ich kenne meinen Vater nicht«, sagte sie leise.

Sein Name wurde zu Hause nie erwähnt, und Ellen hatte gelernt, keine Fragen zu stellen. Nur ein einziges Mal, bei einem der seltenen Ausflüge mit ihrer Mutter, hatte sie es gewagt. Margaret und sie hatten fröhlich die Geschäfte nach schönen Kleidern durchstöbert und ein neues Parfüm gekauft.

»Da du schon ein großes Mädchen bist«, hatte Margaret gesagt, »darfst du auch mit deiner Mutter ins Café gehen!«

Sie setzten sich in ein elegantes Café, unterhielten sich bei Wiener Kaffee und einer dreistöckigen Cremetorte.

Jetzt, dachte Ellen, ist der richtige Zeitpunkt gekommen. »Margaret, was ist eigentlich mit meinem Daddy passiert?«

Eisiges Schweigen schlug ihr entgegen und vertrieb den Sonnenschein. Margarets Gesichtsausdruck wurde hart und entsetzlich traurig. »Dein Vater hat uns verlassen, als du noch ein Baby warst. Ich habe alles getan, um ihn zu halten. Aber er sagte, er könne es nicht ertragen, dich jeden Tag um sich zu haben. Jedenfalls waren das seine Worte. Dein Anblick machte ihn krank und unglücklich, deshalb ging er fort.« Margaret hatte dabei echte Tränen in den Augen. »Er ist einfach verschwunden.« Sie seufzte tief. Ellen griff nach ihrer Hand, aber Margaret zog sie zurück und drückte sie fest an die Brust.

Louise führte Ellen auf die andere Seite des Saals und befahl ihr, auf die Männer zuzugehen, sich vor ihnen zweimal umzudrehen und dann wieder zu ihr zu kommen.

Ellen tat, was man ihr sagte, und spürte die Blicke der Männer. Ihr mögt mich auch nicht, dachte sie und stellte sich vor, dass sie wie ein trockenes Blatt im Feuer verdörrte und im Rauch verging. Aus Rache versteckte sie sich hinter der anmutigen und schönen Marionette. Hebe den Kopf, senke die Schultern, neige den Kopf und lächle. Vergiss nicht, du bist ein hässliches Entlein, das sich in einen schönen Schwan verwandelt hat. Alle lieben dich …

Durch den Schleier ihrer Konzentration hörte sie Stimmen.

»Ausgezeichnet!«

»Jawohl!«

»Das ist der Körper einer russischen Ballerina, meine Freunde!«

13

Wochen später kam der Brief, adressiert an Ellen, in der Schule an. Die *American Academy of Classical Ballet* gewährte Ellen Livingstone Kirby zu Beginn des nächsten Semesters ein Stipendium und einen Ausbildungsplatz.

Ellen wartete, bis Margaret sich von der Arbeit erholt hatte, bevor sie ihr den Brief von der Ballettschule gab, zusammen mit einem Brief von Louise, in dem stand, welche Ehre es war und wie stolz sie alle auf Ellen waren.

Margaret ließ den Brief fallen und brach in lautes anhaltendes Gelächter aus. Ellen bekam es mit der Angst zu tun und wünschte, sie hätte den Brief in den Swimmingpool mit den Seerosen geworfen, wie sie es eigentlich vorgehabt hatte. Margaret würde Sie jetzt sicher bestrafen.

Plötzlich hörte Margaret auf zu lachen, verzog den Mund zu einer Grimasse und riss die Augen auf. Offensichtlich rang sie nach Fassung.

»Möchtest du dort hingehen?«, fragte sie ohne Umschweife.

Sag nein! Sag nein! Sag nein! Ellen schlug das Herz bis zum Hals.

Sie nahm ihren ganzen Mut zusammen. »Ja, ich möchte auf diese Schule gehen. Ich will Tänzerin werden.«

Ellen wandte sich ab.

»Dann musst du nicht mehr hinter mir herräumen«, fuhr Ellen fort und schwieg abrupt, als ihr ein Gedanke in den Sinn kam. Vielleicht wollte Margaret sie nicht verlieren! »In den Ferien kann ich ja nach Hause kommen, wie alle anderen, die im Internat sind.«

Margarets Gesichtsausdruck war nichts zu entnehmen. Sie hielt den Brief hoch und las ihn noch einmal. »Was haben wir denn hier?«, amüsierte sie sich. »Einverständniserklärung … Verzicht auf Schadensersatzansprüche … Eltern oder Vormund, bitte unterschreiben.« Sie holte einen Kugelschreiber aus ihrer Tasche und setzte sorgfältig ihre Unterschrift unter das Dokument. Dann faltete sie das Blatt zusammen, warf Ellen einen kurzen harten Blick zu und gab es ihr.

Den Brief feierlich wie eine heilige Opfergabe vor sich hertragend, ging Ellen auf ihr Zimmer. Am liebsten hätte sie auf der Treppe vor Freude getanzt. Sie konnte es nicht erwarten, Eildons vor Stolz glühendes Gesicht zu sehen, Perdy auf den Arm zu nehmen und fest an sich zu drücken. Tränen schossen ihr in die Augen und nahmen ihr die Sicht. Sie stolperte über die oberste Stufe. Mehr als alles auf der Welt hätte sie sich gewünscht, dass Margaret sagte: »Gut gemacht«, und ihre Tochter stolz und liebevoll in den Arm nahm.

Später kam Margaret mit einem Glas weißen Schnaps in der Hand in Ellens Zimmer.

»Ich hoffe, du hast nicht schon gepackt?« Sie lachte bitter und zog die Mundwinkel nach unten. »Es ist dir wohl klar, dass du nicht fährst, oder?«

Ellen wusste, dass ihre Mutter einen Trumpf aus dem

Ärmel ziehen würde, und blieb ganz still stehen. Es gab immer einen Trumpf.

Margaret seufzte. »Wenn es wirklich ein volles Stipendium wäre, könnte ich dich wohl kaum zurückhalten. Ich will deiner Ausbildung nicht im Wege stehen. Aber wenn du nach dieser aufgeblasenen Einleitung weiterliest, wirst du sehen, dass das Stipendium den Unterhalt und die erforderliche Ausstattung nicht beinhaltet. Wer weiß, was das kostet. Bestimmt mehrere Hundert Dollar pro Semester. Du weißt, dass ich keine zusätzlichen Kosten übernehmen kann. Ich arbeite schon jetzt genug.« Mit einem Ausdruck des Bedauerns zuckte sie die Achseln. »Es sei denn, du hast eine geheime Geldquelle. Es tut mir Leid, Liebling, ich fürchte, es bleibt ein Traum – allein fortzuziehen.« Sie starrte Ellen an. Furcht stand in ihren Augen. Dann drehte sie sich um und ging zur Tür. Plötzlich fiel ihr das Glas aus der Hand und zersprang in tausend Scherben. Überall im Zimmer lagen die Splitter herum, und ein strenger Geruch breitete sich aus.

Ellen sah ihr nach, hörte ihre Schritte auf der Treppe. Sie rannte – rannte vor ihr davon.

In den nächsten Tagen kam Margaret wie üblich spät nach Hause. Sie überprüfte Ellens Hausaufgaben, inspizierte ihre Hände und verbrachte den Rest des Abends lesend in ihrem Arbeitszimmer. Allmählich kehrte im Haus wieder Ruhe ein, als hätte es den Brief nie gegeben und keinen verrückten Traum, der sich zwischen sie drängte. Ellen versuchte, sich einzureden, dass es vorbei sei und man die ganze Sache am besten vergaß.

Als sie Eildon besuchte, spürte er sofort, dass etwas nicht stimmte, und drängte sie, ihm alles zu erzählen. Als sie ihm von dem Stipendium berichtete, glänzte sein

Gesicht vor Stolz und Freude. Ungeachtet der jungen Katzen sprang er auf und ergriff Ellens Hände. »Gut gemacht!«, sagte er und zerquetschte ihr dabei fast die Finger. »Das ist mein Mädchen!«

»Aber ich kann nicht auf die Ballettschule gehen«, sagte Ellen bitter. »Man muss den Unterhalt und die Ausstattung selbst bezahlen, und das kann sich Margaret nicht leisten.«

Eildons Lächeln gefror. »Hat sie das gesagt?«, fragte er ungläubig.

Ellen nickte. »Wir haben eine Menge Ausgaben. Sie arbeitet jetzt schon sehr viel.«

»Zu viel«, bestätigte Eildon ohne die geringste Sympathie. Er bückte sich und streichelte eine Katze, die ihm um die Beine strich. »Möchtest du denn auf die Schule gehen?«, fragte er ganz ruhig.

»Ich möchte Tänzerin werden«, antwortete Ellen. »Das ist endlich etwas, das ich kann …« Sie holte tief Luft. »Aber sie lässt mich nicht. So ist das nun mal. Sie ändert niemals einen Entschluss.«

»Diesmal wird sie«, entgegnete Eildon entschlossen und kniff ärgerlich die Augen zusammen.

»Wie bitte?« Ellen rutschte nervös auf dem Stuhl hin und her.

»Ich mag ja ein wenig abgerissen aussehen«, meinte er, »aber ich habe immer noch gute Kontakte.«

Sie schwiegen. Das Schnurren der Katzen durchbrach die Stille. Dann sagte Eildon fast heiter und gelassen: »Deine Mutter ist eine angesehene Kinderärztin.«

Ellen nickte. »Die Leute kommen von weit her, um sich von ihr behandeln zu lassen.«

»Ja«, sagte Eildon. »Ich habe gehört, dass sie sogar für einen Ehrensitz auf der Harvard University vorgeschlagen wurde.«

»Sie ist die erste Frau, die das geschafft hat«, erklärte Ellen und hob stolz das Kinn.

»Hm ...« Eildon verzog den Mund zu einem dünnen Strich. »Merkwürdig, dass sie so viel Zeit damit verbringt, anderen Kindern zu helfen, und dich den ganzen Tag allein lässt.« Er streichelte einen dicken alten Kater, der zusammengerollt auf seinem Schoß lag. Die Berührungen waren zu kräftig, so dass die Katze schließlich flüchtete. »Wie man es auch betrachtet«, fuhr Eildon fort, »es ist eine Schande. Wie alt bist du? Zehn? Elf? Für mich ist das Vernachlässigung.«

Ellen starrte ihn schockiert aus großen Augen an. Mit offenem Mund rang sie nach Worten. Schließlich platzte sie heraus: »Aber Margaret muss so lange arbeiten. Es gibt so viele kranke Kinder, und sie wird im Krankenhaus gebraucht.«

»Nun, es wird Zeit, dass mal jemand darüber nachdenkt, was du brauchst«, entgegnete Eildon ernst. »Ich glaube, ich muss mich mal mit Dr. Margaret unterhalten. Und wenn das nichts bringt, spreche ich mit meinen Kollegen von der Harvard University. Sie sind sicher der gleichen Meinung wie ich.«

»Nein, tu das nicht!«, bettelte Ellen. »Sie wird sonst sehr böse.«

»Ich auch«, antwortete Eildon. Er beugte sich vor und sah Ellen direkt in die Augen. »Mach dir keine Sorgen. Es wird alles gut, das verspreche ich dir.«

»Aber du darfst nicht ...«, begann Ellen wieder, dann versagte ihr die Stimme.

»Vertrau mir«, beschwor Eildon sie. »Es wird alles gut. Du wirst schon sehen.« Die blassblauen Augen ließen nicht von Ellen ab, bis sie endlich nickte. »Braves Mädchen«, sagte er lächelnd.

Ellen nahm Perdy auf den Arm und drückte ihn an

sich. Sie sah ihm in die Augen – in ein blaues und ein braunes. »Weißt du, Margaret hat mich lieb«, hauchte sie. Der Satz schwebte so leicht in der Luft wie ein Katzenhaar. »Ganz bestimmt.«

Eildon blickte sie zärtlich an. »Natürlich hat sie dich lieb. Aber sie muss sich ihrer Aufgabe widmen. Sie kann unmöglich auch noch für dich sorgen. Wir brauchen ein gutes Internat für dich. Die Ballettschule wäre genau das Richtige!«

»Aber wir haben kein Geld«, widersprach Ellen, auf ihrem Gesicht spiegelte sich Hoffnung und Ungewissheit wider.

»Zum Teufel mit dem Geld!« Eildon grinste und machte eine Handbewegung in Richtung Wohnzimmer. »Ich habe eine Menge wertvollen Trödel, der hier nur vergammelt. Ich werde für alles aufkommen.«

»Das kannst du nicht machen«, begann Ellen, aber Eildon beugte sich vor und verschloss ihr sanft mit zwei Fingern den Mund. Sie spürte seine raue Haut auf den Lippen.

»Du kannst alles haben«, rief er. »Mein Pferd und mein Königreich für ein Lächeln!« Er machte eine Verbeugung und klatschte bittend in die Hände.

Ellens Mundwinkel zitterten. Ihre Augen füllten sich mit Tränen. In kleinen Bächen rannen sie über die heißen Wangen. Aber dann verzog sich ihr Mund zu einem glücklichen Lächeln, das die Furcht verdrängte.

Am Tag des Abschieds stand die Sonne hoch am blauen Himmel, und die Luft war klar. Am Bahnhof drängten sich die Menschen. Gepäckträger schlängelten sich zwischen den herumstehenden Fahrgästen, Schaulustigen und Abschied nehmenden Freunde hindurch. Überall standen Gepäckstücke.

Margaret stand am Bahnsteig und klopfte mit einem der teuren hochhackigen Schuhe nervös auf den Steinboden. Eildon stand gelassen und still neben ihr. Ellen stellte sich vor sie und sah von einem zum anderen. Unbeholfen ließ sie die Arme hängen. Die neue steife Schuluniform scheuerte an ihren Beinen. In der Innentasche ihres Blazers steckte ganz nah an ihrem Herzen eine kleine Karte mit ihrem Passfoto, auf der stand: Studentenausweis der *American Academy of Classical Ballet*. Als wäre er der Beweis für eine schlimme Tat, hatte sie ihn sorgfältig versteckt.

Grimmig lächelnd und mit einem Nicken, als hätten sie ein Geschäft abgeschlossen, übergab Margaret Eildon das Gepäck ihrer Tochter.

Der Schaffner pfiff. Eildon verstaute das Gepäck im Zug und kam mit einem Lächeln auf den Lippen wieder heraus. »Jetzt heißt es Abschied nehmen.« Er zog Ellen an sich und umarmte sie ganz fest. Wie immer roch er nach Tweed, Katzen und Kräutern. »Pass gut auf dich auf«, flüsterte er ihr ins Ohr. »Und schreib mir, hast du gehört?«

Jetzt war Margaret an der Reihe. »Auf Wiedersehen, Ellen.« Ein Kuss auf die Wange. Das Kratzen eines steifen Baumwollkragens. Erschrocken wich Ellen zurück. Angst schnürte ihr die Kehle zu. Sie roch kein Parfüm! Nicht die Spur eines Geruchs! Sofort fühlte sie sich schuldig, als bedeute das Margarets Tod. Getötet, betrogen, wieder allein gelassen.

Aus dem Fenster ihres Abteils wirkten Margaret und Eildon viel kleiner. Wie ein Ehepaar standen sie dicht nebeneinander. Ellen stellte sich vor, es wären ihre Eltern, die sich liebten und sie sehr vermissen würden.

Der Zug setzte sich in Bewegung. Die beiden winkten, und Ellen winkte zurück. Sie öffnete den Mund, um auf

Wiedersehen zu rufen, aber sie brachte kein Wort hervor.

Sie saß im Zug, wurde hin und her geschaukelt und stieß regelmäßig mit dem Kopf gegen die harte, kalte Fensterscheibe. Schlaff lag die Fahrkarte in ihrer feuchten Hand. Sie ließ die Schultern hängen, und heiße Tränen rollten ihr über die Wangen, während sie der Zug immer weiter fortbrachte. Sie fühlte sich leer, wie taub, zerrissen vor Schmerz, Furcht, Verlust und einem winzigen Schimmer Hoffnung.

14

Ellen fuhr langsam durch die Landschaft New Englands und blieb hin und wieder stehen, um auf die Karte zu sehen. Carter hatte ihr ein Fax mit einer unleserlichen Wegbeschreibung zu dem Sanatorium geschickt, in dem sich Ziggy zurzeit befand. Auf den schmalen kurvigen Straßen war der Weg nicht leicht zu finden.

Während die Landschaft an ihr vorbeizog, versuchte Ellen unbeteiligt zu bleiben. Der Wagen bot ihr Sicherheit und schirmte sie von der Außenwelt ab. Dennoch tauchten alte Bilder auf: das braune Pferd und das warme samtige Maul auf ihrer Handfläche, die dunkelroten, zerquetschten Beeren, die vom Rotdornbusch gefallen waren, große, feuchte Ahornblätter, die wie Regenschirme aussahen, tollpatschige Enten, die auf dem ruhigen Wasser schwammen, brach liegende Felder, auf denen junge Bäume zu einem neuen Wald heranwuchsen, und kalte schmucklose Häuser mit riesigen Fassaden und langen Reihen gleich großer Fenster.

Ihre Gedanken kehrten zu Ziggy zurück. Sie versuchte sich vorzustellen, wie sie blass und krank im Bett lag, aber sie sah sie nur mit wehendem Haar hinter sich herlaufen, Abenteuerlust in den grünen feurigen Augen. Sie rief sich andere Bilder von Ziggy ins Gedächtnis – verschwommen und zögernd fielen ihr Gesprächsfetzen und schallendes Gelächter ein. Aber nirgends fand sie Hinweise auf Sanatorien, Ärzte und Selbstaufgabe.

Sie waren zehn Jahre alt und teilten sich ein Zimmer in der neuen Ballettschule. Es war eine kleine unbeheizte Dachkammer mit Blick auf die alten Bäume des umgebauten Klosters. Im Winter schworen sie sich, das Fenster zuzunageln oder Decken davor zu hängen, denn sie spürten die Kälte besonders schmerzlich, weil ihre Betten am Fenster standen. Im Sommer verhängten sie es mit Tüll, um die Mücken fern zu halten, und ließen es Tag und Nacht offen. Wenn sie flüsternd im Dunkeln lagen, wiegte sie das Rauschen der Bäume in den Schlaf.

»In diesem Zimmer wohnten früher Nonnen«, erklärte Ziggy oft. »Ihre Betten standen an demselben Platz wie unsere, aber sie mussten auf dem nackten Holzbrett schlafen. Jeden Abend knieten sie zum Beten nieder und schlugen sich mit kleinen Peitschen auf den Rücken, um das Fleisch zu kasteien.« Die beiden Mädchen wussten nicht, was »kasteien« bedeutete, aber es klang sehr vornehm.

Ihr Leben wurde von einem strikten Tagesablauf bestimmt. Die Glocken der alten Kapelle läuteten bei jedem Wechsel. Sie trugen schlichte, von der Schule gestellte, schwarzweiße Kleidung – Gymnastikanzüge, Westen, Pullover und Strumpfhosen. Alles musste in der richtigen Kombination zu den richtigen Gelegenheiten getragen werden. Das Essen wurde im Speisesaal an langen Tischen eingenommen. Schweigend verspeisten sie das karge Mahl. Niemand bat um Nachschlag. Ihre Gedanken drehten sich um die Kunst der totalen Selbstbeherrschung.

Trotz der harten Arbeit und der vor Heimweh und Müdigkeit durchweinten Nächte fühlten sie sich geehrt, die Schule besuchen zu dürfen. Sie waren die Auserwählten, die Elite. Auf die wenigen, die es schafften, die Tortur bis zum Ende durchzustehen, warteten Ruhm und Ehre ... Wir heiraten nicht, schworen sich Ziggy und Ellen. Wir widmen unser Leben dem Tanz.

Abends saßen sie gebeugt unterm Fenster, badeten sich die wunden Füße, zählten die dunkelroten Blutergüsse und beweinten die Blasen und verkrampften Muskeln – alles Zeichen ihrer Hingabe und Ehre.

Sie erfanden neue Wege, ihren Körper zu trainieren: Schultern senken, Bänder dehnen, Beine noch mehr spreizen. Sie setzten sich mit angezogenen Knien vor die Kommode und steckten die Füße unter die schwere Schublade. Auf diese Weise konnten sie beim Strecken den Spann belasten. So saßen sie Seite an Seite, bis ihre Zehen knallrot wurden und schmerzten. Sie erfanden neue Positionen für die Dehnung der Muskeln, zogen sich gegenseitig die Gliedmaßen lang und drehten sie, um so eine noch stärkere Dehnung zu erreichen. Sie machten eine Zeit aus und versprachen einander, nicht früher aufzuhören. Sie lernten, trotz verzerrter Gesichter, Schmerzensschreie und Tränen nicht nachzugeben. Wenn es zu schlimm wurde, wandten sie sich ab. Aber sie gaben nie auf und hielten immer zusammen.

An besonderen Tagen – freien Abenden, Ausflügen, Erntedankfesten – durften die Schülerinnen Besuch empfangen. Es gab immer Mädchen, die keinen Besuch bekamen. Aber Ellen war die Einzige, die stets allein blieb. Sie habe ja nur ihre Mutter, erklärte sie den anderen, und die sei sehr beschäftigt. Sie müsse arbeiten, reisen, Vorlesungen halten, oder sie hielte sich gerade in Europa auf.

Ziggys Mutter hingegen schien nur für ihre Tochter zu leben und brachte ihr eine fast schon romantische Liebe entgegen. So oft wie möglich erschien Lucy im Pelzmantel und langem Seidenschal, den Arm voller Pakete, in der Schule. Bei jeder Bewegung knisterte buntes Seidenpapier, das duftige Blusen, Cocktailkleider und Slips verhüllte. Zahllose Geschenke wurden auf den schmalen Nonnenbetten ausgepackt.

»Was denkt sie sich dabei?«, fragte Ziggy stets ärgerlich, wenn sie die Sachen hinter der ordentlich gestapelten, schwarzweißen Schulkleidung im Schrank verstaute.

An ihren Geburtstagen – sowohl Ziggys als auch Ellens – rang Lucy der Schulleiterin jedoch die Erlaubnis ab, sie ausführen zu dürfen.

»Ihr dürft essen, was ihr wollt«, sagte sie gönnerhaft. »Schaut gar nicht erst auf die Speisekarte, bestellt, wovon ihr immer geträumt habt!«

Der Kellner wartete mit dem Stift in der Hand und nahm mit stoischer Ruhe die merkwürdige Speisenfolge auf. Zuerst weigerte sich der Koch, die Bestellung auszuführen. Schließlich machte er sich kopfschüttelnd an die Arbeit, und der Maître verdoppelte dann die Rechnung. Lucy legte noch ein großzügiges Trinkgeld darauf, und alle waren glücklich und zufrieden.

Lucy fühlte sich auch für Ellen verantwortlich, um die sich nur ein reicher exzentrischer Onkel kümmerte, ein leidenschaftlicher Katzenliebhaber. Er schickte ihr merkwürdige Geschenke: lustige alte Schals und Broschen, von denen Ellen behauptete, sie gefielen ihr. Lucy war gerührt, aber sie wusste, dass Ellen sich nach ihrer Mutter sehnte.

»Nenn mich Lucy«, sagte sie schon bald, »und betrachte mich als deine …« In diesem Moment ließ sie ihr

Selbstvertrauen im Stich, und die Beziehung erhielt nie einen Namen.

»Ihr werdet beide große Tänzerinnen«, sagte sie oft mit einem wissenden Lächeln. »Meine Mädchen! Die ersten echten Ballerinas aus Amerika.« Stolz erzählte sie Ziggy und Ellen, jemand hätte mal gesagt, sie hätte das Zeug zu einer guten Tänzerin gehabt. Bedauernd fügte sie hinzu, dass sie nie eine Chance bekommen hätte. Ziggy und Ellen lächelten verständnisvoll. Sie wussten, dass sie Ziggys Erfolge als ihre eigenen betrachten und nicht enttäuscht werden würde.

Dann fingen Ziggys Zehen an zu schmerzen. Es war nicht der übliche Schmerz von wunden Füßen und Blasen. Der Schmerz war so stark, dass sie es nicht mehr ertragen konnte.

»Du musst es der Oberin sagen«, riet ihr Ellen schließlich, als Ziggy mit Tränen in den Augen vor sich hinstarrte.

Die Oberin fuhr persönlich mit Ziggy nach New York zu einem Orthopäden. Er machte Röntgenaufnahmen und sagte ohne Umschweife, dass Ziggy ihr Leben lang hinken würde, wenn sie nicht sofort mit dem Tanzen aufhörte. Man könne leider nichts machen, erklärte er ruhig. Es läge daran, dass ihre großen Zehen zu lang wären. Daraus resultiere, erläuterte er den Befund anhand der Röntgenbilder, dass die großen Zehen zu stark beansprucht würden, wenn sie auf der Spitze tanze. Die Gelenke hielten der Belastung nicht stand. Sie seien bereits stark geschädigt, es müsse qualvoll sein.

Ellen und Ziggy hörten wortlos zu. Die katastrophale Nachricht erdrückte sie und erfüllte sie mit hilfloser Wut. Nach all den qualvollen Strapazen stellte sich heraus, dass einer ihrer Körper ein Verräter war. Ziggy versuchte, sich eine Zukunft ohne Tanzen vorzustellen, und schaffte es nicht. Ellen versuchte sich das Tanzen ohne Ziggy vorzustellen, und konnte es nicht.

Die Wohnung des Ausbildungsleiters befand sich in der obersten Etage der Ballettschule. Hier wurde eine Konferenz abgehalten und Ziggys Fall besprochen. Ellen begleitete sie und hielt ihre Hand. Ziggy war vor Anspannung ganz steif. Man führte sie in einen luxuriösen Salon. Sie setzten sich auf antike Stühle mit goldenen Löwenkopffüßen. Erstaunt sahen sie sich um. Unglaublich, dass hier oben, direkt über ihren Köpfen, eine solche Welt existierte! Welch ein Kontrast zu den langen kalten Fluren und nackten Fußböden, die sie gewöhnt waren! Dann die herzlichen Worte voller Mitgefühl der Lehrer und Tutoren, die sonst nur Befehle gaben (mehr Höhe, mehr Abstand, mehr Beweglichkeit und bitte lächeln! Das muss gehen, Mädchen! Streng dich an! Bist du etwa eine Kuh? Oder die Tochter einer Kuh?).

Man setzte Ziggy auf eine Couch und wies sie an, die Füße hochzulegen. Wie eine Leiche, die ihrer eigenen Beerdigung beiwohnte, lag sie da, blass und still, die Lippen zu einem wächsernen Lächeln zusammengepresst.

Dann stürzte Lucy herein. Wütend und ärgerlich bestand sie darauf, Ziggys Füße und die Röntgenbilder zu sehen.

»Aber sie hat nur noch ein Jahr!«, schrie sie den Tanzlehrer erbost an. »Man muss doch etwas tun können! Eine Operation oder etwas anderes!« Ihre Stimme klang schrill vor Verzweiflung.

»Ich fürchte, in diesem Fall nicht«, sagte der Tanzlehrer. »Es gibt leider keine Hoffnung.«

Lucy starrte Ziggy an. Bedrücktes Schweigen breitete sich aus. Panik stand in den Augen der Frau. Ellen sah sie an und begriff plötzlich, dass Ziggys Mutter alles und jeden opfern würde, um sich ihren Traum zu erfüllen.

Auch Ziggy begriff es. Sie senkte den Blick und betrachtete die Maserung der kleinen Quadrate des Parketts.

Es folgte ein freudloses Jahr. Ellen wohnte nun allein in der kleinen Kammer und hatte niemanden mehr, der sie anspornte, noch härter zu trainieren, oder sie nachts weckte, wenn sie im Schlaf weinte. Wie ein Tier im Winterschlaf wartete sie nur noch auf das Ende des Semesters. Mit unmenschlicher Anstrengung bereitete sie sich auf die Prüfung und ihr Solo bei der Abschlussvorführung vor. Danach würde sie sich vor Publicity nicht retten können, sagten alle. Sie sei die Beste der ersten Ballerinas, die in Amerika ausgebildet wurden.

In der Zwischenzeit war Ziggy nach New Hampshire zurückgekehrt. Schon bald hielt sie es zu Hause nicht mehr aus und zog nach New York. Carter entdeckte sie in einem Café. Ihm fiel ihre große schlanke Figur auf, die sich mit seltener Anmut zwischen den Tischen bewegte. Er wartete, bis er ihr Gesicht sehen konnte. Sicher waren die Augen ausdruckslos, die Haut unrein, oder sie war zu alt. Aber als sie sich umdrehte, sah er, dass sie wunderschön war. Mit einer langsamen geschmeidigen Bewegung warf sie den Kopf in den Nacken und lachte. Eine Fee, dachte Carter bewundernd.

Als Carter ihr vorschlug, sie zu einem international bekannten, hoch bezahlten Model zu machen, lachte sie ihn aus. »Ich sehe dich bei Chanel, St. Laurent, Gaultier«, schwärmte er. »Du bewegst dich wie eine Fee.«

Ziggy hörte auf zu lachen. »Sie machen wohl Witze.«

»Stellen Sie mich auf die Probe«, forderte Carter, der damals viel schlanker und ziemlich attraktiv war.

Wilde Schlagzeilen begleiteten den großen Galaabend der Ballettschule: »Debüt des amerikanischen Traums«, »Die Crème de la Crème der ersten amerikanischen Ballettschule«, »Kultureller Höhepunkt der Demokratie«.

Zur Premiere der *American Academy of Classical Ballet* kamen nur geladene Gäste. Die Eintrittskarten waren im ganzen Land begehrt und wurden auf dem Schwarzmarkt gehandelt und sogar gestohlen. Jeder, der etwas mit Tanz, Theater, Jugend, Bildung oder Mode zu tun hatte, wollte unbedingt dabei sein. Andy Warhol hatte die Fotos für die Programme gemacht, und die ersten Abzüge wurden direkt an die Archive und Museen der ganzen westlichen Welt verschickt.

Am Morgen versammelten sich die Tänzer und Tänzerinnen feierlich im Speisesaal und sahen sich wieder den Männern gegenüber, die vor Jahren ihre kleinen zitternden zehnjährigen Körper begutachtet hatten.

Das ist eure große Chance, hatte man ihnen gesagt. Die ganze Welt sieht euch zu. Heute Abend werdet ihr mit eurem Tanz in die glorreiche Geschichte der großartigsten Nation der Welt eingehen. Wir haben euch alles gegeben. Enttäuscht uns nicht.

Schließlich war es so weit. Alle versammelten sich hinter der Bühne. Die Tänzer schwiegen angespannt und gingen nervös auf und ab. Die Leute von der Produktion rannten wie Mäuse durch die Gänge, überprüften Körper, Kostüme, Make-up und Beleuchtung. Die Tanzlehrer gingen von einem zum anderen und versuchten, Ruhe auszustrahlen, obwohl es auch für sie eine wichtige Prüfung war.

In der Zwischenzeit hatte sich Ellen, die Solotänzerin,

fertig geschminkt und angezogen für die Eröffnungsszene, davongestohlen. Sie stand in der Beleuchtungskabine und beobachtete das Publikum.

Dritte Reihe hinten, zwölfter Platz links. Da war sie! Hoch aufgerichtet, die Arme auf die Armlehnen gelegt, blickte sie nach vorn.

»Sehen Sie sie?«, rief Ellen dem Techniker zu. Er stellte sich hinter sie und sah ihr über die nackte Schulter. »Dritte Reihe hinten, zwölfter Platz. Über dem Sitz hängt ein weißer Pelzmantel.«

»Locken?«

»Ja, das ist …« Ellen fuhr herum, ihre Augen leuchteten. »Das ist meine Mutter. Sie ist hier!«

»Alle Mütter sitzen da draußen, meine Liebe. Ich wette, sie ist nervös und furchtbar stolz.«

»Nein, Sie verstehen mich nicht«, entgegnete Ellen leise. »Sie war noch nie hier. Sie hat mich noch nie tanzen sehen.«

»Du machst wohl Witze?«, fragte der Techniker verblüfft. »Warum denn nicht?«

Ellen hörte seine Worte kaum.

»Diesmal habe ich ihr geschrieben, bitte, bitte komm!«, fuhr sie fort, »und sie ist tatsächlich gekommen!«

Der Mann zuckte die Schultern. »Na ja, ich glaube, das ist etwas anderes.« Er fuhr herum, als ein Mann in einem schwarzen Anzug hereinplatzte.

»Hier sind Sie! Noch zehn Minuten! Man hat Sie bereits aufgerufen!« Er zeigte mit dem Finger auf Ellen. »Bitte …« Er rang nach Luft und versuchte, sich zu beruhigen. »Miss Kirby, würden Sie bitte von links auf die Bühne gehen? Und achten Sie bitte auf die Stufen!«

Ellen wartete mit einstudiertem Lächeln hinter den Kulissen. Sie spürte die Blicke der anderen Tänzer, die sich über ihre Gelassenheit wunderten. Sie wussten nicht, dass der Abend für sie bereits voller goldener Sterne hing. Ein unschätzbarer Moment!

Sie ist hier ... Sie ist gekommen ... um mich zu sehen!

»Gib einfach dein Bestes«, machte ihr Katrinka, die hinkende russische Tanzlehrerin, Mut.

»Natürlich«, sagte Ellen.

Katrinka stellte sich hinter sie und legte ihre rauen Hände auf Ellens schmale, in Satin gehüllte Hüften. Für die jungen Mädchen war sie das Schreckgespenst der Zukunft: ein Gesicht voller Falten, ein von Erinnerungen an große Zeiten und Verlust getrübter Verstand. Als die Musik einsetzte, verstärkte sie den Griff um Ellens Taille, stellte sich mit ihr zusammen in Position und wartete auf ihren Einsatz. Dann gab sie Ellen frei wie eine Taube, die sich in die Lüfte erhebt.

Ellen flog in atemberaubenden Pirouetten auf die Bühne. Sie war wild vor Freude und doch auch gelassen, ihr Herz schlug gleichmäßig und ruhig. Sie konnte sich auf die Kraft verlassen, die sie in den Jahren des harten Trainings und der strengen Disziplin erlangt hatte und die mit jedem kleinen Triumph über Schmerz und Schwäche gewachsen war. Alles, was sie besaß, schenkte sie dem Menschen, der in dem dunklen Raum in der dritten Reihe saß, dem all ihre Liebe galt, ihre Seele, ihr Leben.

Mutter.

Als Ellen die Bühne wieder verließ, empfing sie Katrinka mit Tränen in den Augen. »Du bist ein Engel, ein Engel mit Flügeln.«

Aber Ellen schob sie beiseite und rannte in die Beleuchtungskabine. Vor ihrem nächsten Solo gab es ein kurzes Divertissement. Es stand im Programm, und Margaret wartete sicher ungeduldig darauf, dass die anderen Tänzer fertig wurden, um ihre Tochter noch einmal zu sehen.

Ellen spähte in den Saal. Dritte Reihe hinten … Der weiße Pelz …

Aber der Platz war leer!

Bühnenlicht ergoss sich über die ersten Reihen. Tatsächlich, sie war weg!

Das Bühnenbild wechselte, und es wurde heller. Ellen starrte angestrengt auf Margarets Platz. Aber auch der Pelzmantel war weg. Das Programm mit Ellens Foto lag achtlos auf dem Sitz.

Schockiert und wie betäubt begann sie ihren nächsten Tanz. Ihr Körper machte seine Sache gut, mechanisch und akkurat. Ganz allmählich schöpfte sie wieder Hoffnung. Margaret war vermutlich zur Toilette gegangen. Vielleicht fühlte sie sich nicht wohl. Sie würde sicher zurückkommen. Wahrscheinlich saß sie längst wieder auf ihrem Platz. Ellens Körper schmerzte vor Sehnsucht. So musste es sein!

Als sie ihren Tanz fast beendet hatte, setzte die Musik für einen Augenblick aus, und sie schaute entgegen jeder Regel ins Publikum, aber nicht mit dem ausdruckslosen Blick eines Darstellers, der auf das Publikum hinabsah, sondern mit nacktem, ungeschminkten Flehen – das einen Takt zu lange dauerte. Die Zuschauer waren gerührt, und tosender Applaus füllte den Saal. Ellen tanzte blind weiter, folgte der eingeübten Choreographie. Als es endlich vorbei war, rannte sie schluchzend von der Bühne – direkt in Katrinkas Arme.

»Was ist los? Was? Sag es mir!« Sie umfasste Ellens Schultern, schüttelte sie und sah sie an.

»Sie ist weg!«

»Wer ist weg?«

»Mama«, schluchzte Ellen. »Mama ...« Noch nie hatte sie Margaret Mom oder Mama genannt. Sie war nicht mehr da. Aber sie war gekommen, um ihre schöne graziöse Tochter, die von allen geliebt und bewundert wurde, zu sehen. Es war ein Neubeginn. Nichts war mehr wie früher.

»Hör auf, dich wie ein kleines Kind zu benehmen«, rügte Katrinka. »Du musst wieder auf die Bühne.« Über die Schulter sagte sie zum Produktionsleiter: »Hol die Maskenbildnerin. Sag ihr, sie soll eine der Masken aus der Garderobe mitbringen.« Sie stellte Ellen wie eine Puppe gerade hin und wischte ihr das Gesicht mit dem Rocksaum ab. »Nicht weinen. Du bist doch ein großes Mädchen«, beruhigte sie Ellen mit sanfter Stimme und festem Griff.

Die Maske wurde gebracht. Sie wischte Ellen noch einmal die Tränen ab und setzte ihr die Maske auf.

»Nun ist es gut«, sagte sie. »Du bist nicht mehr Ellen. Du bist niemand, nur eine amerikanische Ballerina.«

Als der Aufruf kam, schickte sie Ellen zurück auf die Bühne. Beim Tanzen blieb ihr keine Zeit zum Weinen. Schmerz und Enttäuschung trieben sie zu Höchstleistungen an. Als sie am Schluss auf den Boden sank, bis das Gesicht das glatte Holz berührte, glaubte sie, nie wieder tanzen zu können.

Das Publikum erhob sich und applaudierte. Blumen regneten vom Himmel. Programme raschelten, als die Leute nachsahen, wer sie war und woher sie kam. Kritiker kritzelten Hymnen auf ihre Notizblöcke und amüsierten sich über die Ironie, dass jemand, der so nackt war, eine Maske trug.

Während der Applaus anschwoll, machte sich in Ellen ein Gefühl der Leere breit. Mit Tränen in den Augen musste sie daran denken, wie Margaret aufgestanden und Stufe für Stufe den Gang hinuntergegangen war, ohne sich umzudrehen.

Nein! Geh nicht! Verlass mich nicht. Ich brauche dich. Ich liebe dich, schrie ihr Herz.

Du bist doch meine Mutter!

Unter dem alten übermalten Schild, auf dem einmal in goldenen Buchstaben *Shangri La* gestanden hatte, hing klein und unauffällig ein Messingschild: *Marsha Kendall Clinic.* Zu beiden Seiten des Gebäudes befanden sich Pagoden mit Drachenköpfen. Ein chinesischer Bogen aus dicken grauen Steinplatten stand vor dem Aufgang, und den Garten schmückte ein kleiner Marmortempel neben einem Teich, in dem sich der Himmel spiegelte.

Ellen ging unter dem Bogen hindurch und stieg die Treppe hinauf zum Eingang. Sie war noch nicht ganz oben, als sich die Tür öffnete und die Morgensonne auf chinesische Teppiche und Vasen voll tropischer Blumen fiel.

Ein Mann mit diskret unbeteiligtem Gesichtsausdruck empfing sie. »Guten Morgen, Ma'am.«

Ellen trat ein. Unter ihren Füßen spürte sie den dicken weichen Teppich. Es roch nach Bienenwachspolitur, Mandelkuchen und frischem Kaffee. Sie blieb stehen und betrachtete die gerahmten Fotos an der Wand – das Meer, Berge und Wasserfälle –, alle weich gezeichnet und im Nebel verhangen. Sie stellte sich vor, wie der Künstler sich alle Mühe gab, das Schild an der Tür und die damit verbundenen Qualen und Erniedrigungen zu lindern.

»Kann ich Ihnen helfen?«, fragte der Portier.

»Ja.« Ellen drehte sich um und sah ihn an. »Ich möchte eine Freundin besuchen, die sich in dieser Klinik befinden soll. Ihr Name ist Ziggy Somers.«

»Natürlich, Ma'am.« Ein Hauch Sympathie ließ die ansonsten unpersönliche Stimme weich klingen. »Zum Empfang bitte hier entlang.« Er zeigte zum Ende des Flurs.

Als Ellen an die offene Tür klopfte, blickte eine junge Frau mit einer Kalligraphiefeder in der Hand von einem Terminkalender auf, der mit hübscher blumiger Schrift beschrieben war.

»Ich möchte Frau Ziggy Somers besuchen«, sagte Ellen höflich.

Die junge Frau lächelte freundlich. »Ja, natürlich, Sie waren ja schon einmal hier …«

»Nein, ich war noch nie hier«, entgegnete Ellen.

Plötzlich wurde die Frau nervös. »Entschuldigung, ich dachte nur, ich hätte Sie schon einmal gesehen. Bitte, nehmen Sie doch Platz.« Sie nahm ein Buch vom Schreibtisch und blätterte darin. »Wir sehen es nicht gern, wenn unsere Besucher unangemeldet hierher kommen«, sagte sie. »Wir müssen die Privatsphäre unserer Patienten wahren. Ihren Namen bitte?«

»Ellen Madison. Nein – Kirby. Ellen Kirby.«

»Aha …« Die Frau nickte mit einem Anflug von Interesse. »Augenblick bitte, ich muss erst nachsehen.«

An der Wand hing ein großes Porträt in einem Goldrahmen, das den ganzen Raum beherrschte. Es zeigte eine gut aussehende Frau mittleren Alters im Profil. Ernst blickte sie zur rechten unteren Bildecke. Das Haar war zu einem festen Knoten gebunden, die Kleidung einfach und praktisch. Aber der Hintergrund zeigte eine dramatische Landschaft mit drohenden Sturmwolken, durch die helle Sonnenstrahlen brachen.

»Marsha Kendall«, murmelte die Frau respektvoll. »Sie ist erst im letzten Herbst verstorben. Sie war eine Heilige.«

Als Ellen sich umschaute, entdeckte sie das ernste Profil der Frau überall: auf Briefpapier gedruckt, in eine Silbervase graviert, in die Lehne eine Ledercouch geprägt, auf Tassen und Untertassen und als Stickerei auf einem Handtuch. Darunter standen stets in schnörkeliger Schrift die Initialen M. K.

»Ich bin untröstlich«, sagte die Frau entschuldigend. »Ihr Name befindet sich nicht auf Miss Somers' Besucherliste.«

»Was wollen Sie damit sagen?«

»Für jeden Patienten wurde im Einvernehmen mit der Familie und dem Therapeuten eine Besucherliste erstellt. Nur diese Personen erhalten eine Besuchserlaubnis.«

»Aber ich bin zum ersten Mal hier«, erklärte Ellen. »Sie kann mich nicht angegeben haben, denn ich war in Europa. Ich bin gerade erst zurückgekehrt.«

»Ich bedaure.«

»Wie bitte?«

»Ich bedaure.«

»Aber ich weiß, dass sie sich freut! Ich bin ihre beste Freundin und extra aus New York gekommen«, flehte Ellen.

»Ich verstehe, Ma'am«, sagte die Frau höflich. »Ich kann Ihren Namen bei der nächsten Fallbesprechung gern weitergeben. Wenn Sie mir bitte Ihre Adresse geben würden?«

Mit geübter Gelassenheit blickte sie Ellen, der die Worte im Hals stecken blieben, ins Gesicht.

»Die *Marsha Kendall Clinic* muss für absolute Sicherheit sorgen«, fügte die Frau ruhig hinzu. Ellen stellte sich den unpersönlichen Portier vor, der sich plötzlich als Kung-Fu-Meister entpuppte, verloren geglaubte Liebhaber, Geschwister, Söhne und Väter hinauswarf und durch den chinesischen Bogen am Marmortempel vorbei vom Hof jagte.

»Soll ich Ihre Adresse nun aufnehmen oder nicht?« Die Frau tauchte die Feder in ein Tintenfass, strich die überflüssige Tinte sorgfältig ab und wartete gespannt auf eine Antwort.

»Nein, machen Sie sich keine Mühe.«

Entschlossen ging Ellen den Flur zurück, an dem Portier vorbei zum Ausgang. Er sah ihr erstaunt nach, als sie über den Rasen schritt, in ihr Auto stieg und durch das schmiedeeiserne Tor davonfuhr.

Kurz danach parkte sie den Wagen am Straßenrand und stieg aus. Vorsichtig ging sie um das giftige Efeu herum in den angrenzenden Wald. Schon nach wenigen Minuten sah sie die Feuer speienden Drachen auftauchen und erreichte kurz darauf einen hohen Zaun.

Ziggy, dachte sie, als sie auf die unteren Äste einer großen Kiefer kletterte, du hättest sicher nichts dagegen. Aber heute bin ich diejenige, die über den Zaun klettert, anstatt wartend am Fenster zu stehen.

Wo bist du gewesen, Ziggy!

Ich hatte eine Mitfahrgelegenheit in die Stadt.

Du bist wohl verrückt. Sie werden uns hinauswerfen.

Nein, das werden sie nicht. Wir sind zu gut.

Ich habe damit nichts zu tun, Ziggy!

(Lächeln) Aber du würdest ohne mich sterben.

(Lächeln) Sei vorsichtig – bitte!

Ellen sprang über den Zaun, brachte Haar und Kleidung in Ordnung und schlich gebückt über das Gelände zur Rückseite des Gebäudes. Auf einer Bank saß ein alter Mann, der auf seine Hände starrte. Gott sei Dank hörte er sie nicht. Sie ging an Marsha Kendalls Statue, die mit

Vogelkot und Flechten bedeckt war, vorbei. Dann fand sie die Hintertür und schlich sich ins Haus.

Hier zeigte dic luxuriösc Einrichtung Anzeichen medizinischer Autorität. Neben Mahagoni und Elfenbein gab es rostfreien Stahl und weißes Porzellan. Die tropischen Pflanzen blühten, aber in ihren Duft mischte sich der Geruch von Desinfektionsmitteln. Ellen zögerte, hielt sich die Nase zu und schluckte, bevor sie hastig den langen Korridor hinunterging. Auf beiden Seiten befanden sich Zimmer. An jeder Tür hing ein Schild mit Bezeichnungen von Bäumen: Myrte, Blutweide, Ahorn, Buche, Zypresse, Kiefer.

Nur eine einzige Tür stand offen. Ellen blieb stehen und schaute hinein. Der Raum sah aus wie eine Hotelsuite mit Couchtisch und bequemen Sesseln. Aber hinter einer spanischen Wand lugten die Beine eines Krankenhausbettes hervor, und vor den Fenstern befanden sich statt Vorhängen und Gardinen verschnörkelte Gitter. Merkwürdig, alle Möbel waren rund und ohne scharfe Ecken und Kanten.

Als sie Schritte auf dem Korridor hörte, hielt sie die Luft an. Ein Mann mit blassem ausdruckslosen Gesicht kam ihr entgegen. Es war ein berühmtes Gesicht, aber sein Name fiel ihr nicht ein. Er beachtete Ellen nicht, und sie sah an ihm vorbei.

Von den anderen Flügeln des Gebäudes drangen Geräusche herüber, die von den dicken Teppichen, Vorhängen und Wänden verschluckt wurden. Ellen hielt den Atem an. Dann atmete sie vorsichtig ein und aus ...

Sie bog in den nächsten langen Korridor ein. Auch hier waren alle Türen geschlossen. Sie drehte an mehreren Türknöpfen, aber alle Zimmer waren abgeschlossen. Plötzlich gab eine Tür nach, doch das Zimmer war leer. Nur ein Paar hochhackige lila Slipper lag mitten im

Zimmer. Hastig setzte sie ihre Suche fort, versuchte, hier und da eine andere Tür zu öffnen. So würde sie Ziggy nie finden. Aber vielleicht traf sie eine Schwester oder einen Patienten, die ihr helfen würden. Plötzlich stutzte sie. Kastaniensuite! Der große Baum vor ihrem Zimmer in der Ballettschule damals war auch eine Kastanie! Ziggy und sie hatten gern die herumliegenden Kastanien, die sich in der Hand so warm und weich anfühlten, aufgesammelt. Sie drehte den Messingknopf, und die Tür schwang auf.

Im Bett schlief eine Frau. Das schöne schwarze Haar lag in langen Strähnen auf dem weißen Laken. Ellen trat leise ein und betrachtete sie. Arme und Gesicht waren mit Hautabschürfungen übersät. Nur Augenlider und Lippen bildeten glatte Oasen. Unter der verkrusteten Haut konnte man die feinen Gliedmaßen erahnen. Sie muss einmal wunderschön gewesen sein, dachte Ellen. Plötzlich regte sich die Frau und zog unwillig die Augenbrauen zusammen. Langsam hob sie die Hände zum Gesicht. Die Nägel an den verkrampften Fingern waren sehr kurz. Plötzlich riss die Bewegung ab, zwei dicke Stofffesseln hielten sie zurück. Sie öffnete die tiefbraunen Augen und lächelte.

»Entschuldigung«, murmelte Ellen und ging rückwärts wieder hinaus. »Ich suche jemanden.«

Auf dem Korridor drehte sie sich um und rannte auf eine Tür mit einem kleinen Frauenkopf zu, der Marsha Kendall nicht im Entferntesten ähnelte. Es war die Damentoilette.

Sie stürzte an beleuchteten Spiegeln vorbei in eine der Kabinen. Dann kniete sie sich über die Toilettenschüssel und würgte. Aber außer den brennenden Tränen, die ihr in die Augen stiegen, kam nichts. Der trockene harte Husten zerriss ihr fast die Lungen.

»Lass dich einfach gehen, Engel.« Kraftlos und ungeniert drangen die Worte aus der Nebenkabine herüber. »Dann fühlst du dich besser.«

Ellen hob den Kopf. »Entschuldigung, haben Sie etwas gesagt?«

Keine Antwort.

Ellen zuckte mit den Schultern. »Ist da jemand?« Plötzlich schoss es ihr durch den Kopf. *Engel!* Sie sprang auf den Toilettendeckel, stellte sich auf die Zehenspitzen und blickte über den Rand der Trennwand.

Auf dem geschlossenen Toilettendeckel saß eine Frau, die wie eine Marionette aussah. Die langen Gliedmaßen steckten in hautenger schwarzer Kleidung und waren merkwürdig verschränkt. Der Kopf hing nach vorn, als wäre er für den zarten Hals und die dünnen Schultern zu schwer. Eine Baskenmütze bedeckte das Haar.

»Hm …«, hüstelte Ellen, um sich bemerkbar zu machen. Der Kopf drehte sich zur Seite und zeigte ein blasses hageres Gesicht. Diese wunderschönen dunkelgrünen Augen!

Lange starrten sie einander an und trauten ihren Augen nicht. Dann richtete sich die steife Gestalt qualvoll auf, stellte sich auf den Toilettensitz. Sie musste sich an der Trennwand festhalten, um nicht das Gleichgewicht zu verlieren. Gesicht an Gesicht, Hand in Hand standen sie sich gegenüber, spürten ihren Atem, die warme Haut.

»Mein Gott, Ziggy!«, flüsterte Ellen. »Was haben sie mit dir gemacht?«

Ein Zittern ging über Ziggys Gesicht, sie schluchzte. Dann schloss sie die Augen, und ein Lächeln huschte über das blasse Gesicht. »Ellen … Ellen … Ellen …« Mit Tränen in den Augen blickte sie auf. »Ich wusste, dass du kommst.«

Ellen atmete tief durch und zwang sich ein kleines Lächeln ab. »Nun ja, vielen Dank, dass du meinen Namen beim Portier hinterlassen hast.«

Sie standen nebeneinander vor den Waschbecken. Früher hätten sie sich umarmt und geküsst, dann den Lippenstift von der Wange gewischt und bewundernd ausgerufen: »Du siehst großartig aus!«

Jetzt hingen die Worte unausgesprochen in der Luft, und die Umarmung blieb aus. Ellen brachte es nicht fertig, Ziggys geschundenen Körper anzusehen. Die spitzen Knochen schienen fast die viel zu große Haut zu durchstoßen. Sie konnte sie nicht einmal berühren. Stattdessen schaute sie ihr in die Augen, das einzig Vertraute, das von Ziggy übrig geblieben war.

»Carter hat mir gesagt, wo du bist«, sagte Ellen.

»Das wundert mich«, lachte Ziggy. »Er ist böse auf mich. Um mir das zu sagen, hat er sich extra hierher bemüht. Dann schickte er eine Woche lang Rosen. Rosen! Was sagst du dazu?«

Ellen musste lächeln, denn sie erinnerte sich, dass sie Rosen immer als Symbol hilfloser Schönheit verachtet hatten, besonders die langstieligen, bei denen sorgfältig alle Dornen entfernt wurden. »Warum bist du hier?«, fragte sie.

»Man sagt, ich würde sonst verhungern«, sagte Ziggy frivol.

»Nein, ich meine, in dieser Toilette.«

Ziggys Gesichtsausdruck wurde hart, die grünen Augen zogen sich zu einem schmalen Schlitz zusammen. »Ich musste pinkeln.«

»Na schön.« Ellen beugte sich über das Waschbecken und tat, als müsse sie sich eine Wimper aus dem Auge entfernen. »Können wir diesen Ort verlassen und in dein Zimmer gehen?«

»Ja«, antwortete Ziggy zögernd, »ich glaube schon. Aber ich habe Besuch.« Sie richtete sich mühsam auf und grinste. »Es ist Mommy. Sie wird sich bestimmt freuen, dich wiederzusehen. Komm mit!«

Ziggy ging langsam voraus und stützte sich bei jedem Schritt mühsam an der Wand ab. Ellen folgte ihr, ohne sie anzusehen. Vor einem der Baumzimmer blieb Ziggy stehen, um Ellen den Vortritt zu lassen.

Ellen trat ein und stutzte. Vor Ziggys Schrank kniete eine Frau und durchsuchte die Schubladen.

»Lucy!«, rief sie.

Schuldbewusst fuhr Lucy herum. »Ellen, Liebling!«

Sie umarmten sich, wobei Lucy pastellfarbenen Lippenstift auf Ellens Wange hinterließ.

»So braun gebrannt habe ich dich fast nicht erkannt!«, rief sie. »Du siehst großartig aus!«

»Danke«, antwortete Ellen, »du aber auch. Du hast dich überhaupt nicht verändert.« Aber irgendwie sieht sie alt aus, dachte sie, als hätte sie eine Gesichtslähmung. Wahrscheinlich hat sie sich liften lassen. Sie stellte sich vor, wie der Chirurg Lucys Falten geglättet und die Gesichtshaut bis zu ausdrucksloser Jugendlichkeit zurückgezogen hatte. Ziggy wankte ins Zimmer.

»Ziggy, wo bist du so lange gewesen?«, fragte Lucy. »Ich wollte schon nach dir suchen lassen.«

Ziggy ließ sich erschöpft in einen Sessel fallen. »Lass mich in Ruhe«, sagte sie müde.

Lucy biss sich auf die Lippen und wandte sich an Ellen: »Bist du noch mit James verheiratet?«

Ellen wusste keine Antwort auf diese Frage. Schließlich schüttelte sie wortlos den Kopf.

Lucy neigte den Kopf leicht zur Seite und sah sie streng an. Peinliches Schweigen entstand. Erdrückende Geräusche von draußen erfüllten das Zimmer. »Du liebe

Zeit«, meinte sie beschwichtigend. »Wir haben alle unsere Probleme, oder nicht?« Dann brach sie in Tränen aus.

»Hör auf, Mommy«, sagte Ziggy ärgerlich, ohne aufzusehen.

Ellen ging zum Fenster und lehnte den Kopf gegen die kühle Scheibe. Sie hörte, wie Lucy im Zimmer umherging, Tasche, Mantel und Regenschirm einsammelte und nach dem Autoschlüssel suchte. Als sie sich zum Abschied umdrehte, hatte sie plötzlich Mitleid mit dieser Frau, die verwirrt und niedergeschlagen auf ihr einziges Kind blickte, dem sie so bereitwillig ihr ganzes Leben gewidmet hatte und das jetzt nur noch ein erbärmliches Wrack war.

»Bring mich hinaus, Ellen«, flehte Lucy und beugte sich vor, um Ziggy einen flüchtigen Kuss auf die Baskenmütze zu geben.

Ellen begleitete sie hinaus. Schweigend gingen sie bis zum Ende des Korridors. Dort blieb Lucy stehen, drehte sich plötzlich um und fasste Ellen bei den Schultern.

»Seit drei Jahren mussten wir sie immer wieder hierher bringen, und zwei Mal wäre sie fast gestorben. Alle haben die Hoffnung aufgegeben. Man kann offensichtlich nichts mehr für sie tun. Im Nebenzimmer lag eine berühmte Sängerin. Sie hatte Geld und Liebe im Überfluss und hat sich trotzdem zu Tode gehungert. Niemand versteht, warum. Sie war so erfolgreich, und Carter hatte noch viel mit ihr vor.« Ein kleiner Hoffnungsschimmer ließ ihre Augen aufleuchten. »Ellen, du bist ihre beste Freundin. Vielleicht kannst du …« Aber als sie Ellen betrachtete und merkte, dass sie auch nicht besonders gut aussah, beendete sie den Satz nicht und senkte traurig und resigniert den Blick.

Ellen nickte mechanisch.

Lucy brachte gerade noch ein schwaches Lächeln zustande. »Nun ja, wir wohnen immer noch in derselben Stadt. Du rufst uns an, nicht wahr?«

»Natürlich«, antwortete Ellen. »Lucy, kannst du meinen Namen auf die Besucherliste setzen lassen, bevor du gehst? Man hat mich nicht hereingelassen.«

Als Ellen zurückkam, war Ziggys Zimmer verschlossen. Sie lauschte an der Tür und hörte leise Stimmen.

»Komm schon ...«, sagte jemand in beruhigendem Ton wie zu einem ängstlichen Kind. »Nur einen kleinen Happen.«

Eine andere Stimme ärgerlich: »Es reicht jetzt. Das macht sie immer, wenn ihre liebe Mutter da war. Ich habe ihrem Therapeuten schon ein paar Mal gesagt, dass wir die alte Hexe von ihr fern halten müssen.«

Leises Gelächter.

»Wahrscheinlich bezahlt sie die Rechnung.«

Ellen ging am Empfang vorbei zum Ausgang und warf einen letzten Blick auf Marsha Kendall. Die junge Frau hinter dem Empfangstisch hob den Kopf und nickte kurz. Der Portier lächelte ihr höflich zu.

Draußen badeten Vögel im Tempelteich. Die Wellen zerstörten das beschauliche Bild des Himmels.

15

In einer schummrigen Bar tunkte Ellen ein Mais-Chip in eine Schale Salsa und schob es in den Mund. Sie bog den Kopf in den Nacken und spülte den scharfen Chili mit einer Flasche Bier von der Zunge. Sie war der einzige Gast. Der Kellner stand hinter dem kleinen schmuddeligen Tresen vor einer Batterie Tequila-Flaschen mit blassen, eingelegten Würmern auf dem Flaschenboden und ließ sie nicht aus den Augen. Ellen drehte sich um und bestellte mit einer Handbewegung noch ein Bier. Freudlos nickend griff er hinter sich in den Kühlschrank, ohne den Blick von Ellen abzuwenden. Dann brachte er Bier, dazu Zitronenscheiben, und legte eine fettige Speisekarte auf den Tisch.

Ellen schüttelte den Kopf. »Nein, danke.«

»Doch essen«, beharrte der Kellner. »Bier und Essen ist gut. Nur Bier ist nicht gut.« Sein Blick klebte förmlich auf Ellens Gesicht. Sie schaute auf ihre Hände und wünschte, er würde endlich wieder verschwinden.

»Taco? Enchilada?«, bot er an.

»Na gut, wenn Sie unbedingt wollen.«

»Ich mach das. Ich bringe, was Sie wollen.«

Er verschwand in der Küche und machte sich erfreut an die Aufgabe. Ellen lehnte sich zurück und blickte zur Decke. Rauch und Alter hatten sie geschwärzt, und Speiseflecken taten ein Übriges. Vermutlich hatten Liebespaare im Streit mit gebackenen Bohnen und Chili um sich geworfen.

So haben wir uns nie benommen, dachte sie traurig. Wir waren immer ruhig und höflich. Während sich James stets für die Familie verantwortlich fühlte, hatte sie sich immer mehr von ihm entfernt, bis das lähmende Schweigen sie erdrückte.

Und nun war alles zu Ende. Vorbei. Nur Erinnerungen waren ihr geblieben, wie ein Film, der immer wieder von vorn beginnt und den sie nicht sehen wollte …

Zuerst sieht man die Frau. Sie schreibt ihrem Geliebten einen Brief, denn ihr fehlt der Mut, ihm die Wahrheit ins Gesicht zu sagen. Sie ist eine Gefahr für ihr eigenes Kind und muss ihn verlassen. Wahrscheinlich ist sie schlecht oder wahnsinnig oder beides. Sie schreibt sich ihren ganzen Kummer von der Seele. Verzweifelt zerknüllt sie das Blatt und fängt noch einmal von vorn an. Was ist schief gelaufen? Wie? Warum?

Dann kommt der Mann nach Hause – zu früh. Er entdeckt den gepackten Koffer und den zerknüllten Brief. Sie erstarrt vor Angst. Er streicht den Brief glatt und liest.

»Das ist nicht wahr!«, brüllt er. Aber seine Augen zeigen, dass er es glaubt. Stille Wasser sind tief, tief und schwarz. Für ihn war sie schon immer unberechenbar.

»Ich wusste, dass du gehen würdest«, sagt er schließlich. »Gott sei Dank ist es jetzt vorbei.« Er seufzt, fast erleichtert. Die unvermeidbare Katastrophe ist eingetreten, aber die Qual ist nicht schlimmer als das Warten darauf.

In diesem Augenblick sieht die Frau, wie er zerbricht, sich verändert, sie loslässt, die restliche Liebe auslöscht. Er zerschneidet das letzte Band, das ihnen geblieben war, und wirft es fort. Ihm bleibt nur das Kind – das Einzige, was seine Augen aufleuchten lässt.

»Verschwinde«, sagt er. »Lass uns in Ruhe und komm nie wieder.«

Hier endete die Geschichte. Aber da waren noch mehr Szenen, immer wiederkehrende Ausschnitte – Fäden, die zu dem Ort führten, wo alles begann.

Sie lernten sich in seinem Büro kennen. Der Raum war mit polierten Holzpaneelen getäfelt, und die soliden Möbel hätten aus einer Kapitänskajüte stammen können. Sie saßen sich an einem breiten Eichentisch gegenüber. Die glänzend polierte Tischplatte wies unzählige Kratzer und Brandflecken auf.

»Was kann ich für Sie tun?«, fragt er und wirft einen prüfenden Blick auf ihren rechten Ringfinger, sucht einen hellen Streifen auf der zarten Haut!

»Es ist … nur eine Kleinigkeit«, sagt sie. »Ich möchte, dass Sie sich einen Vertrag zwischen mir und meinem Agenten ansehen, bevor ich ihn unterschreibe.«

»Und um wen handelt es sich?« Er sieht sie mit unverhohlenem Interesse an. Sie hat wunderschöne große dunkle Augen.

Sie erwidert den Blick. Er hat strohblondes Haar. »Es ist Mr. Meroe«, antwortet sie, »Carter Meroe.« Sie spricht den Namen leise aus, als würden die verräterischen Worte wie ein Echo durch die ganze Stadt wandern und ihn erreichen.

Er zuckt die Schultern. »Kenne ich Sie? Ich meine, Carter gehört zu den ganz Großen …«

»Nein, ich habe gerade meine Ausbildung beendet – auf der *American Academy of Classical Ballet*. Aber er hat etwas über mich gelesen. Im Magazin *Teen* erschien ein Interview mit mir.«

»Natürlich!« Er schlägt mit der Hand auf den stabilen Tisch. »Die Katzenmann-Story! Die erste amerikanische Ballerina!« Er lächelt gezwungen. »Carter hat auch überall seine Finger im Spiel.«

»Er hat eine Menge für mich getan«, sagt sie.

»Dessen bin ich mir sicher!«

»Ich habe ihm alles zu verdanken. Es ist nur, dass ich …«

»Natürlich. Sie brauchen einen juristischen Beistand, damit Ihre Interessen geschützt werden. Jemand, der auf Ihrer Seite steht.« Er beugt sich vor und sagt freundlich und verbindlich: »Sie können sich auf mich verlassen.«

Aufmerksam betrachtet sie sein Gesicht und seinen Mund, um sich einzuprägen, wie diese Worte aus seinem Mund gekommen waren. Entspannt lehnt sie sich zurück. Der weich gepolsterte, üppige Ledersessel wirkt wie eine schützende Festung und gibt ihr ein Gefühl von Sicherheit und Wärme.

So fing alles an. Aber die Zeit der Sicherheit kam erst später. An einem kalten Novembermorgen …

Gestank und Lärm des Berufsverkehrs empfingen Ellen, als sie mit James das Mietshaus verließ, in dem sie wohnte. Sie lächelte dem Portier kurz zu und ging eilig über den Gehweg. Plötzlich blieb sie wie angewurzelt stehen. Vor ihr befand sich ein knallroter Berg. Jemand hatte ihren Wagen unter Hunderten von Rosen begraben. Überall dunkelrote Rosen – auf dem Dach, der Kühlerhaube, der Straße.

Ellen schluckte. Ihr Magen begann sich unweigerlich zu verkrampfen. Charles! Typisch Charles …

James ging mit großen Schritten zum Wagen, bückte sich und steckte den Schlüssel ins Schloss. »Was soll der Blödsinn?«, fragte er stirnrunzelnd und beförderte die Rosen wie Abfall in den Rinnstein.

Ellen biss sich auf die Lippen. Wegen James hatte sie Charles verlassen. Die Beziehung hatte ihr nie viel bedeutet, aber sie wurde Charles nicht los. Er liebte sie immer noch ... sehnte sich nach ihr ... konnte nicht ohne sie leben ...

Sie fuhren ab. Eine Rose hatte sich im Scheibenwischer verfangen. Der Fahrtwind riss die Blütenblätter ab. Ellen blickte zu James hinüber. Einen Ellbogen aus dem Fenster gelehnt, eine Hand am Steuer, pfiff er eine fröhliche Melodie. Er spürte ihren Blick und grinste. Sie lachte befreit. In diesem Moment wusste sie, dass sie ihn liebte und bei ihm bleiben wollte. Bis ans Ende ihres Lebens!

Die mexikanische Bar füllte sich zur Mittagszeit mit Gästen, aber Ellen bemerkte sie kaum. Traurig starrte sie auf ihre Hände auf dem weißen Tischtuch. Worte formten sich zu Gedanken, drängten in den Vordergrund, wollten gehört werden.

Das war keine Liebe ... Du hast ihn nicht geliebt!

Bei dem Gedanken erschrak sie. Unerwartet hart traf sie die Wahrheit. Sie hatte geglaubt, James zu lieben, und wollte für immer bei ihm bleiben. Jetzt erkannte sie, dass sie nur so sein wollte wie er – stark und unbekümmert, mutig und frei.

Carters Gesicht tauchte auf, sein wissendes mitleidiges Lächeln. Sie hatte noch seine Worte im Ohr: Ich habe es dir von Anfang an gesagt, meine Liebe. Das konnte nicht gut gehen. Aber du wolltest ja nicht auf mich hören.

An diesem Tag hatte Ellen den Mann von *American Plastics* kennen gelernt. Damals hatte Carter sein Büro noch mitten in der Stadt gehabt. Die Luft in seinem Zimmer war stickig und kalt. Die dicken Teppiche und schweren Vorhänge, die von der Decke bis auf den Boden reichten, verschluckten die Verkehrsgeräusche.

Ellen stand auf dem Gehweg vor dem Haus. Sie spürte ihren großen kräftigen Leibwächter Rex hinter sich, der sie beschützte. Trotz der Abgase holte sie tief Luft. Dann blickte sie kurz zum dritten Stock hinauf und ging zum Eingang.

Am Fahrstuhl wartete eine Sekretärin auf sie. »Sie sind der Leibwächter, nicht wahr?«, fragte sie Rex freundlich. Er nickte, und sie bedeutete ihm, auf einem der freien Stühle Platz zu nehmen. »Bitte folgen Sie mir, Miss Kirby.« Eingezwängt in einen viel zu engen, kurzen Rock trippelte sie durch das Foyer. Dabei klapperten ihre hohen Absätze laut über den Marmorboden. Ellen folgte mit leichten Schritten. Ihre langen Beine steckten in zitronengrünen Strümpfen.

»Gehen Sie ruhig hinein«, sagte die Sekretärin und musterte Ellen von oben bis unten. Ihr unverbindlich-höfliches Lächeln erstarrte. Dann drehte sie sich endlich um und ging.

Ellen trat ein. Sie konnte gerade noch ihre Hände davon abhalten, den kurzen Rock hinunterzuziehen. Sie wusste, dass er sich kürzer anfühlte, als er war.

»El-len.« Carter zog ihren Namen in die Länge, als müsse er eine Distanz überwinden. Er empfing sie mit offenen Armen und küsste sie auf die Wange. Sein unrasiertes Kinn kratzte, und er roch nach Moschus-Aftershave. Sie lächelte ihn kurz an und blieb neben einer Zimmerpalme stehen.

Carter zögerte einen Moment und setzte sich dann

wieder in seinen Sessel. »Schön, dich zu sehen.« Schweigend begutachtete er ihre Figur. Sein Blick blieb auf der Stelle haften, wo die Beine aufhörten und der Lederrock anfing. »Isst du auch genug?«, fragte er mit einem Seitenblick.

Ellen zupfte ein langes dünnes Blatt aus einem der Palmwedel und ließ es in den Topf fallen. Dann zog sie mit einem Blick auf Carters Bauch, den er mit einem alten Ledergürtel im Zaum hielt, die Augenbrauen hoch. Jedes Jahr schnallte er den Gürtel ein Loch weiter. An jedem Loch stand mit Kugelschreiber: 1966, 1967, 1968.

»Ich weiß, ich weiß«, grinste Carter. »Aber ich muss für meinen Beruf nicht schön sein.« Er griff nach einem Notizblock. »Um Himmels willen, Ellen, setz dich endlich. Bitte!« Er wartete ab, bis sie auf einer langen Ledercouch Platz genommen hatte. »Mr. American Plastics wird jeden Moment hier sein.« Er lehnte sich ein wenig vor. »Vielen Dank für dein pünktliches Erscheinen.«

Ellen zog eine Augenbraue hoch. »Ich bin immer pünktlich. Ich glaube nicht, dass ich mich schon einmal verspätet habe.«

Carter überlegte, ob er noch etwas zu dem Thema sagen sollte. Er blickte verlegen auf die Uhr. »Mittlerweile«, meinte er schließlich, »weiß ich nicht, ob ich mich noch auf dich verlassen kann.«

Ellen betrachtete ein Foto der Freiheitsstatue, das über ihm an der Wand hing. Vor einem kitschigen Sonnenuntergang glänzte das gekrönte Haupt in goldenen Sonnenstrahlen.

»Ich weiß, dass du James nicht magst«, begann sie, »aber ich sehe nicht ein, was …«

»Ich habe nichts gegen ihn«, unterbrach Carter. »Aber er ist nichts für dich. Das weiß ich genau. Und du weißt, dass ich Recht habe! Ich habe immer Recht.«

»Du kennst ihn ja kaum.«

Carter winkte ab. »Das muss ich auch nicht. Ich habe genug von ihm gehört und gelesen. Außerdem ist er mir schon oft begegnet. Schwarzes Hemd und Jeans zu jeder Gelegenheit und Jahreszeit. Die typische Ihr-könnt-mich-mal-Einstellung. Für wen hält er sich eigentlich? Für Bob Dylan?«

Ellen lachte und hörte nicht auf, bis Carter sich ebenfalls zu einem Lächeln herabließ. Aber er war noch nicht fertig. »Ellen, du kannst dir einen Mann, der Fotografen attackiert, nicht leisten. Diese Jungs sind deine Freunde. Ohne sie wärst du nur eine« – angestrengt suchte er nach dem richtigen Ausdruck – »eine kleine Tänzerin, mehr nicht.«

»Es war in einer kleinen Bar.« Ellen betrachtete ihre Fingernägel, während sie sprach. »Wir wollten allein sein. Und du« – sie blickte ihm wütend in die Augen – »du warst der Einzige, der wusste, wo ich war.«

»Hey, hey!« Carter hob abwehrend die Hand. »Gib nicht mir die Schuld! Wenn ich schon jemandem einen Tipp gebe, dann bestimmt nicht Smithies. Ich kann ihn nicht ausstehen.« Er brach in schnarrendes Gelächter aus. »Ich hätte nur zu gern sein Gesicht gesehen, als James ihm die Kamera vom Rücken riss und ihm den Film um den Hals wickelte.«

Das Telefon summte. Ellen rutschte auf der Couch hin und her, so dass das Leder knarrte.

Carter griff nach dem Hörer. »Ja? Bitten Sie ihn herein. Nein, wir möchten keinen Kaffee. Und sagen Sie ihm, dass Miss Kirby bereits auf ihn wartet.« Er legte auf. »Er ist hier.«

Earl Hollister schwitzte trotz der moderaten Zimmertemperatur. Mit ausgestreckter Hand ging er auf Carter zu, stutzte jedoch verunsichert, als er Ellen bemerkte.

»Setzen Sie sich, Earl.« Carter deutete auf einen der Stühle. »Ich muss Ihnen Miss Kirby nicht vorstellen. Sie haben sie sicher schon auf vielen Fotos gesehen. Und wer Sie sind, wissen wir bereits.«

Earl lächelte unsicher. »Dann können wir ja gleich zur Sache kommen«, sagte er und ließ die Schlösser seines Kunststoffaktenkoffers aufspringen. Er wandte sich an Ellen. »Unser Designer hat ausgezeichnete Arbeit geleistet. Es wird Ihnen gefallen.« Er nahm eine Zellophanschachtel mit knallroter Beschriftung und amerikanischen Stars and Stripes heraus. »Ich dachte, ich zeige Ihnen die männliche Puppe zuerst – es ist alles fertig. So bekommen Sie am besten einen Eindruck, was wir mit dem Konzept bezwecken.« Er hielt die Schachtel hoch, damit Ellen und Carter sie betrachten konnten. Darin stand eine Puppe in Astronautenkleidung vor einer Mondlandschaft aus Karton. Den Raumhelm hatte man an die Puppenhand gebunden, damit man das selbstsichere Lächeln sehen konnte. »Sie ist ungefähr so groß wie die Barbiepuppe Sindy. Selbstverständlich ist die NASA-Ausrüstung bis ins kleinste Detail authentisch. Gut getroffen, nicht wahr?«

Carter suchte Ellens Blick. »Sicher, es könnte kein anderer sein. Kleiner Schritt für den Mann, riesiger Sprung für die Menschheit, nicht wahr?«, zitierte er.

Ellen verstand nichts.

»Neil Armstrong«, fügte Carter rasch hinzu.

Ellen zuckte die Schultern. »Nun, wahrscheinlich hatte ich zu viel um die Ohren.« Earl sah sie entgeistert an.

»Du weißt doch, der Bursche, der auf dem Mond war«, klärte Carter sie auf.

Ellen nickte. »Ach ja, richtig.«

»Also, das ist das männliche Pendant zur Puppe

Liberty.« Earl war nicht mehr zu stoppen. »Beide werden gleichzeitig auf den Markt gebracht.«

»Lassen Sie mal sehen«, sagte Carter.

»Selbstverständlich.« Earl griff geflissentlich in den Aktenkoffer, zog das Objekt heraus, sah Ellen direkt ins Gesicht und streckte es ihr entgegen. »Das ist für Sie.« Er grinste. »Ich meine, das *sind* Sie!«

Ellen starrte auf die nackte Plastikpuppe. Eine lange Pause entstand. Sie spürte, wie sie automatisch ihre Gesichtszüge veränderte – die Augen wurden groß, die Mundwinkel gingen nach oben, das Kinn hob sich –, um dem gemalten Gesicht zu entsprechen. Die beiden Männer warteten schweigend. »Das ist … unglaublich«, sagte sie erstaunt. »Ich meine, das … bin ja ich.«

»Aber natürlich«, stimmte Earl zu und lächelte stolz.

»Sieh sie dir genau an.« Carter nahm Earl die Puppe aus der Hand und legte sie Ellen vorsichtig auf den Schoß.

»Das Haar … Darüber muss ich mit Ihnen noch reden«, sagte Earl hastig und blickte sich nervös im Raum um.

»Es ist rot«, bemerkte Carter.

»Ja, es ist rot. Wir wissen natürlich, dass Ihr Haar nicht rot ist, Miss Kirby. Wir waren nur alle der Meinung … das lange schwarze Haar …« Er unterbrach sich, um tief Luft zu holen. »Es entspricht zwar dem Ballerina-Look, aber unsere Firma meint, dass es zu sehr einer … Russin gleicht.« Das gedämpfte Geklapper einer Schreibmaschine unterbrach das anschließende Schweigen. »Wir haben auch an kurzes oder lockiges Haar gedacht. Aber langes Haar entspricht eher dem Teenager-Idol. Deshalb …«

»Sie möchten also, dass Miss Kirby sich die Haare

färben lässt, damit sie so aussieht wie die Puppe?«, fragte Carter.

»Nun, ich glaube … Ja, das müsste sie wohl.«

»Meinen Sie, ich soll ständig rote Haare tragen«, fragte Ellen, »oder nur, wenn ich Werbung mache?«

»Honey«, sagte Carter aalglatt, »du wirst Liberty *sein*, und zwar die ganze Zeit. Das war der Grundgedanke! Hast du es vergessen? Armstrong ist ein richtiger Mensch, so wie du. Du wirst nicht mehr Ellen Kirby heißen, sondern nur noch Liberty.«

»So ähnlich wie Twiggy«, ergänzte Earl und hüstelte verlegen.

Carter warf ihm einen wütenden Blick zu und wandte sich wieder an Ellen. »Mit den Haaren, das liegt natürlich in deinem Ermessen – wie immer.«

Ellen nahm die Puppe in die Hand und ließ das Nylonhaar durch ihre Finger gleiten. Die langen Strähnen waren in kleinen ordentlichen Büscheln auf dem Kopf befestigt. Missbilligend verzog sie den Mund.

»Es ist immerhin nicht knallrot.« Earl beugte sich vor und presste nervös die Fingerspitzen aufeinander. »Sie müssen Ihre dunkelbraunen Haare nur tönen lassen. Wir haben uns von einem Haarstilisten beraten lassen.«

»Es geht nicht um die Haarfarbe«, entgegnete Ellen. »Aber der Kopf schimmert durch, er ist zu weiß. Man kann die Haarwurzeln sehen und das ist hässlich.«

»Gut«, sprang Carter schnell ein. »Sie lassen die Kopffarbe ändern, und dann ist alles in Ordnung. Was ist mit der Kleidung?«

»Damit kann ich dienen.« Erleichtert breitete Earl die Entwürfe – Skizzen von Ellen als Puppe in Partykleid, Diskorock, Hosenanzug, Lederjeans und Cowboybluse mit Fransen – auf Carters Schreibtisch aus. Auf jedem

Kleidungsstück befanden sich kleine gelbe Margeritenköpfe.

»Es war eine gute Idee, die Kleidung von Young Designs entwerfen zu lassen«, lobte Earl. »Sie fertigen sämtliche Stücke auch in Miss Kirbys Größe an. Später wird es sogar eine komplette Liberty-Ausstattung für junge Leute geben. Aber das ist Sache der Designer.« Er breitete noch mehr Skizzen aus: Reitkleidung, Skianzüge, Tennisausstattung und Kletterausrüstung. »Wir haben auch daran gedacht. Wenn man die Puppe entsprechend anzieht, kann man alles damit machen.«

»Aber ich – Liberty – *kann* diese Dinge nicht«, warf Ellen ein.

»Wie meinen Sie das?« Ein verblüfftes Stirnrunzeln löste das verbindliche Lächeln ab. »O, Sie meinen die *Puppe* kann das nicht?« Er blickte Carter Hilfe suchend an.

»Sie hat Recht«, meinte Carter. »Eine Tänzerin darf nicht Ski fahren oder reiten. Wegen der Verletzungsgefahr gibt es viele vertragliche Einschränkungen.« Mit einem Kopfnicken deutete er auf Ellen. »Solche Beine sind viele Millionen wert. Niemand kann sich einen Unfall leisten. Aber das wissen nur Insider.«

»Ja, ja, das ist überhaupt kein Problem«, stimmte Earl hastig zu. »Nun, es wurde auch an ein Brautkleid gedacht. Vielleicht etwas mit ...«

»Nein«, unterbrach Carter. »Keine Braut! Wir sprechen hier über ein jugendliches Image. Das kommt nicht in Frage! Sagen Sie ihnen das!« Er legte demonstrativ die Hände auf den Schreibtisch und stand auf. »Ich denke, das war's wohl für heute.«

Earl streckte die Hand nach der Puppe aus.

»Ich würde sie gern behalten«, bat Ellen.

»Ja, aber ...«, begann Earl.

»Geben Sie Ihrem Herzen einen Stoß«, sagte Carter, »Schon bald haben Sie mehr als genug zum Spielen.«

Als Earl gegangen war, bestellte Carter Eiskaffee und rührte für Ellen Orangenpulver in ein Glas Wasser.

»Das ist ein neues Getränk.« Er reichte ihr das Glas. »Es wurde für das Astronautenprogramm entwickelt. Wie findest du es?«

Ellen zuckte die Schultern. »Es ist okay.«

»Es soll besser sein als echter Orangensaft.« Carter trank gierig seinen Eiskaffee. Dann nahm er ein leeres Blatt Papier zur Hand. »Also, wir haben Neil Armstrong, der Fußabdrücke auf dem Mond hinterlassen hat, und Liberty, eine amerikanische Ballerina, die auf allen Bühnen der Welt tanzt. Er ist stark, mutig – ein Siegertyp. Sie hat diese Eigenschaften auch, aber sie ist weiblich, feingliedrig und schön.« Er ließ Ellen nicht aus den Augen. »Keine Frage – das wird ein Erfolg. Die siebziger Jahre sind deine große Zeit, Kleines. Dein Name wird in aller Munde sein.«

»Du meinst Liberty«, entgegnete Ellen.

»Natürlich Liberty. Freiheit, Erfolg, die Früchte harter Arbeit. Du wirst ein Symbol für den *American Way of Life*. Das ist eine große Ehre.« Er hob würdevoll den Kopf. »Und deshalb musst du jetzt sehr vorsichtig sein. Die Sache mit James Madison macht mir große Sorgen. Er ist gegen Tradition, gegen die bürgerliche Gesellschaft und, ich wette, auch gegen den Vietnamkrieg. Mit anderen Worten: Er ist unamerikanisch.«

Leise, eigentlich zu sich selbst, sagte Ellen: »Er liebt mich.«

»Um Himmels willen, Ellen«, entrüstete sich Carter, »jeder liebt dich! Alle wollen dich haben.« Er breitete die Arme aus. »Du kannst jeden Mann haben.«

»Er interessiert sich nicht für meinen Erfolg, auch

nicht für Mode und solche Dinge«, fuhr Ellen fort. »Er ist anders als die anderen. Er will *mich.*«

»Aha!« Carter nickte viel sagend. »Honey, was glaubst du eigentlich, wie viele schöne und erfolgreiche Frauen mir das schon gesagt haben? Deine Einstellung ist falsch. Du brauchst einen Mann, der hinter dir steht und *mit* dir zusammenarbeitet, nicht gegen dich. Das bist du dir schuldig. Denk doch an die jahrelange harte Arbeit. Du brauchst einen Mann, der deinen Beruf ebenso schätzt wie dich. Ohne deinen Beruf bist du nichts. Und James Madison wird dich nicht unterstützen. Er ist einfach nicht der richtige Mann für dich.«

Carter schloss die Schreibtischschublade auf und nahm eine dünne blaue Mappe heraus. Er senkte die Stimme. »Schau, ich stehe mit meiner Meinung nicht allein da. Schließlich ist es nicht das erste Mal, dass ich mit solchen Dingen zu tun habe. In diesen Fällen lasse ich die betreffende Person von einem Psychologen beobachten, die Familienverhältnisse untersuchen und Kollegen befragen.« Carter schlug energisch auf die Mappe. »Es ist alles hier drin, Ellen. Unglückliche Familie. Nervöse Mutter. Strenger Vater. Was kann man da schon erwarten? Tatsache ist, dass er unter mangelndem Selbstvertrauen leidet. Mit deiner Selbstsicherheit wird er nie zurechtkommen. Dass du bewundert, ja sogar begehrt wirst, ist eine Bedrohung für ihn. Die Folge sind Eifersucht und Misstrauen. Noch nicht einmal dein Geld wird er akzeptieren.« Die Sätze waren druckreif, die Worte gut überlegt. Er unterbrach seinen Redefluss, um Raum für eine Antwort zu lassen, aber Ellen schwieg, ihr Gesichtsausdruck verriet nichts. Carter seufzte. »Vielleicht ist es verfrüht, aber ich warne dich lieber zu früh als zu spät. Es wird nicht gut gehen. Du wirst an dieser Beziehung zerbrechen, und wenn du ihn heiratest, wird er deine Karriere zerstören. Und vergiss nicht, er ist auch als Rechtsanwalt nicht erfolgreich. Er weiß, wie er bekommt, was er will – auf seine Art.« Carter hielt Ellen die Mappe hin. Eisiges Schweigen entstand. Man hätte eine Stecknadel fallen hören können. »Wie gesagt, es ist eine alte Geschichte. Lies es, wenn du willst.«

Ellen schüttelte den Kopf und wandte sich ab. Sie legte die Hände in den Schoß und wippte mit einem Fuß.

Carter betrachtete sie eine Weile, seufzte dann plötzlich und schlug die Hände vors Gesicht. »Ellen, verzeih mir. Ich gehe immer ein bisschen zu weit. Aber du bist selbst schuld. Meine Freunde würden sich das nicht bieten lassen, sie würden sich umdrehen und gehen. Du hingegen bleibst einfach sitzen und lässt mich reden.«

Ellen sah ihn verdutzt an. »Ich habe mich an deine Monologe gewöhnt. Du belehrst mich doch ständig.«

»Ja, ich weiß, ich weiß.«

»Du sagst immer, es sei deine Pflicht.«

Carter schüttelte den Kopf. »Ich werde aus dir nicht schlau, Ellen. Deshalb mache ich mir ständig Sorgen um dich. Die Sache mit James – ich will dich doch nur vor einem großen Fehler bewahren.« Seine Stimme wurde ernst, fast heiser. »Wäre ich älter, würde ich sagen, ich liebe dich wie meine Tochter. Und so meine ich das auch.« Er ging um den Schreibtisch herum, blieb vor ihr stehen und wartete, bis sie ihn ansah und mit einem Lächeln nachgab.

Ein leichter Regen schlug sanft gegen das Fenster. Ellen nahm die Puppe, bog ein Bein nach hinten und ließ sie in der Luft tanzen. Das rote Haar schwang steif von einer Seite zur anderen.

»Als Kind mochte ich keine Puppen«, sagte sie nachdenklich. »Natürlich hatte ich welche, ich habe aber nie mit ihnen gespielt.« Sie schüttelte den Kopf und runzelte die Stirn.

Carter berührte sie sanft an der Schulter. »Komm, lass uns essen gehen.« Er grinste. »Bevor du so berühmt bist, dass du nicht mehr ausgehen kannst, ohne auf Schritt und Tritt von Journalisten verfolgt zu werden.«

Natürlich war es zu spät. Carters Worte über James waren in den Wind gesprochen. James hatte von Ellen bereits Besitz ergriffen wie kein anderer Mann. In der Öffentlichkeit war er heiter, aufmerksam und zärtlich. Aber er sorgte bei jeder Gelegenheit dafür, dass er Ellen für sich allein hatte. Sie verließen Partys, noch bevor alle Gäste da waren, sahen sich Filme oder Theaterstücke nicht zu Ende an, ließen üppige, noch warme Mahlzeiten auf weiß gedeckten Terrassentischen einfach stehen.

Wenn sie endlich allein waren, war er wie ausgewechselt. Er wollte sie nackt, ohne Make-up, die Haare offen. Er entblätterte sie, als wolle er sich an ihrem Busen nähren. »Ich will nur dich«, flüsterte er leidenschaftlich, wenn sie miteinander schliefen, und fuhr mit dem Finger oder der Zunge in sie hinein, auf der Suche nach ihren verborgenen Seiten. »Ich will dich ganz für mich allein.«

Fasziniert von seiner unersättlichen Sehnsucht, träumte auch Ellen seinen Traum. Sie öffnete sich, entblößte Gesicht und Körper und verbarg sorgfältig die nagende Furcht, dass es ihm nie genügen würde, auch wenn sie ihm alles, was sie hatte und was sie war, opferte.

Obwohl ihre Beziehung erst begonnen hatte, sprach James bereits davon, ihr seinen Samen einzupflanzen, um ein Kind zu zeugen – ihr gemeinsames Kind. »Wir gehören zusammen«, schwor er ihr, »und werden uns nie trennen.«

Wenn sie ihm in die Augen sah, riss die Flut seiner strahlenden Träume sie mit. Gleichzeitig war seine Umarmung stark und fest wie ein schützender Hafen, in dem ihr die kalten Winde und hässlichen Stürme des Lebens nichts anhaben konnten.

Ellen starrte angestrengt aus dem Fenster des mexikanischen Restaurants. Sie versuchte, sich auf die Passanten zu konzentrieren, fragte sich, wer sie waren, wo sie hingingen, was sie gekauft hatten. Aber es hatte keinen Zweck. Ihre Gedanken gingen eigene Wege. Sie sah die Insel und die Hütte, der Ort, der ihr Paradies werden sollte – weit weg von der restlichen Welt. Und Zelda, das Kind, das sich James gewünscht hatte, sollte das gemeinsame Glück perfekt machen.

Zelda.

Sie hatte ihr heiter und glücklich zum Abschied zugewinkt – zum allerletzten Mal. Sie spürte noch, wie sie sich anfühlte, wie sie roch, wie sie schmeckte.

Ich liebe dich, mein Engel, dachte sie. Du fehlst mir so sehr.

Warum bist du dann hier? Ein stechender Schmerz durchfuhr sie. Warum musstest du weggehen?

Karl.

Sie schloss die Augen und versuchte, sich an sein Gesicht zu erinnern. Karl Steiger, der Choreograph, der Mann, der sie aus der klösterlichen Sicherheit der Tanzschule in die große weite Welt entführt hatte. Sie sah ihn vor sich. Mit schief gelegtem Kopf, gekreuzten Beinen und verschränkten Armen lehnte er an der Wand und sah sie mit seinen braunen Augen unentwegt an.

Zwei Tage vor ihrem achtzehnten Geburtstag hatte man sie ins Büro des Direktors bestellt, wo er auf sie wartete. Sie schwitzte, und ihr Gesicht glänzte vom morgendlichen Training. Schweißgeruch lag auf ihrer Haut und hing hartnäckig in ihrem alten schwarzen Pullover, den sie vergebens mit duftendem Waschmittel gewaschen hatte.

»Hallo, Ellen«, begrüßte Karl sie, als sie eintrat. Sie sah ihn von der Seite an und ging zögernd zu Madame Katrinka. Sie wusste nicht, ob sie einen Knicks machen sollte, obwohl sie längst keine Schülerin mehr war und nur ein paar zusätzliche Unterrichtsstunden nahm.

»Das ist Karl Steiger«, stellte Katrinka ihn vor und blickte dabei aus dem Fenster auf den leeren Hinterhof. Trotz ihres russischen Akzents war ein ablehnender Unterton herauszuhören. »Der Vorstand hat entschieden, dich an ihn auszuleihen.«

Ellen sah kurz auf, bevor sie den Blick wieder senkte.

»Mr. Steiger ist vom New York Modern Dance Ensemble«, fuhr die ältere Frau fort. »Er will einen modernen Tanz für dich choreographieren.« Ihre scharfe Stimme täuschte nicht über ihre Gefühle hinweg.

Hört auf mich, Mädchen, hatte sie oft gesagt. Lasst die Finger vom modernen Tanz. Schmutzige, nackte, eingedrehte Füße. Auf dem Boden herumrollen. Ihr seid richtige Tänzerinnen – vergesst das nie!

»Du hast jeden Morgen an seinen Proben teilzunehmen und für eine Spielzeit von fünf Tagen aufzutreten.« Katrinkas Stimme war freundlich und traurig, wie jemand, der ein geliebtes Haustier in schlechte Hände geben muss.

Wahrscheinlich wusste sie, dachte Ellen später, dass er vor jeder Probe Marihuana rauchte und die Hälfte der

Zeit nicht tanzte und unterrichtete, sondern Tee trank, nachdachte und sich unterhielt.

Zur ersten Probe ging Ellen in Karls Privatstudio. Erstaunt stellte sie fest, dass sie die einzige Tänzerin war.

»Ich muss zuerst mit dir anfangen«, erklärte Karl mit sanfter und klarer Stimme. »Mein Tanz ist eine Metamorphose. Du bist eine klassische Tänzerin. Perfektion beherrscht deinen Körper. Ein starrer Stil und konservative Kostüme engen deine Persönlichkeit ein. In meinem Tanz wirst du dich ändern – dich befreien. Du wirst dich verwandeln! Und der Tanz folgt der Verwandlung. Es ist wie die Verwandlung von Aschenbrödel oder dem hässlichen Entlein.«

Ellen lachte, als sie daran dachte, Ziggy alles haarklein zu erzählen. Man glaubt es kaum! Karl Steiger ist ein verrückter Hippie!

Eigentlich hatte sie damals gleich wieder gehen wollen. Aber er hatte ihr die Briefe von der Akademie gezeigt. »Einmalige Chance«, hatte darin gestanden. »Zeitgemäß und für beide Teile von Vorteil. Sehr zu empfehlen.«

Als Karl mit ihr zu arbeiten begann, vermied es Ellen, in den Spiegel zu sehen, und widmete sich ganz den neuen Bewegungsabläufen – natürlich und ungeschult oder absichtlich ungeschickt und hässlich. Sie sah sich schon eine Tinktur schlucken, die ihren Körper für immer einfärbte. Sie fühlte sich von ihren Lehrern betrogen, aber auch schuldig wegen des Nervenkitzels und der Freude an den fremdartigen Bewegungen wilder, verbotener Ausgelassenheit.

Als wäre der Tanz etwas Schändliches, das man verbergen musste, arbeiteten sie weiter allein. Schließlich fragte sie Karl, wann die anderen Tänzer dazukommen würden. Karl erzählte ihr, dass er mit ihnen in einer Gruppe probte und sie erst bei der Vorstellung zusammenkämen.

Ellen verließ der Mut. »Tanzen wir noch nicht einmal bei der Generalprobe gemeinsam?«

»Nein«, antwortete Karl kühl. »Es gibt keine Generalprobe. Ich werde dich für die Premiere vorbereiten und einfach auf die Bühne schicken. Während der Vorstellung werden sich deine Kostüme ändern, aber ich sage dir nicht, wie.«

»Das ist verrückt«, rief Ellen aus.

»Nein«, entgegnete Karl, »nur neu.«

So kam es, dass Ellen bei der Premiere in einem schlichten Umhang in der Garderobe saß und passend für die erste Kulisse, deren Entwurf am Spiegel klebte, geschminkt wurde. Ein nasser Pinsel fuhr über ihre geschlossenen Augenlider und hinterließ eine schwarzen geschwungenen Strich, gefolgt von einer Puderquaste. Kalter Klebstoff und anschließend kitzelten schwere, lange gebogene Wimpern ihre Wangen. Ganz allmählich entspannte sie sich und ließ die Armlehnen los, die sie nervös festgehalten hatte. Hinter ihr stand Karl, wie immer an die Wand gelehnt.

»Okay, Honey, die Eröffnung.« Die Maskenbildnerin trat zurück und betrachtete ihr Werk. Karl wartete, bis sie zufrieden nickte, und überprüfte alles noch einmal selbst.

Ellen betrachtete sich wortlos im Spiegel. Das war also die Maske für den ersten Akt: eine Raupenballerina mit traditionell geschminktem Gesicht – raffiniert und schön, aber nichts Besonderes. Im zweiten und dritten Akt sollte sie sich entpuppen, ihre neu gewonnenen Flügel ausbreiten und davonfliegen, für immer verwandelt.

Als der Vorhang fiel, blieb Ellen vor Angst zitternd

stehen. Das Schweigen des Publikums umgab sie wie eine zähe schwüle Wolke. Sogar Karl, der im Seitenflügel stand, sah angespannt und unsicher drein. Der Vorhang ging auf, und er bedeutete ihr mit einem Kopfnicken, vorzulaufen und sich zu verbeugen. Kein Partner war da, der sie an die Hand nahm und das Publikum zum Applaus einlud. Es war allein ihre Geschichte. Karls Geschichte.

Ellen nahm ein Murmeln wahr. Aber es war nicht das übliche Raunen, das beginnt, wenn der Applaus versiegt und prickelnde Hände nach Mantel und Programm griffen. Es war ein leises aufgeregtes Stutzen, das übergangslos zu einer ersten Applauswelle anschwoll, die noch stärker wurde, als die ersten Zuschauer sich von ihren Sitzen erhoben und in lauten Jubel ausbrachen.

Blumen fielen auf die Bühne. Mitten unter den üblichen Rosen befanden sich Hunderte von großen gelben Margariten, die zu denen passten, die sich auf ihrem Kostüm befanden. Das hat Karl arrangiert, dachte Ellen – aber der Beifall war ehrlich gemeint.

Sie verbeugte sich tief und ergab sich dem herzlichen und tröstenden Tumult. Ich war gut, sagte sie sich. Ich war gut. Aber trotz der Erleichterung spürte sie, wie sich wieder einmal ein Meer der Einsamkeit und Leere in ihr ausbreitete.

Karl führte sie an den Bühnenrand ins Scheinwerferlicht und spielte dabei mit einer Hand mit dem Amulett, das um ihren Hals hing.

»Hey, Honey«, sagte er und drückte ihr die Hand. »Sie fanden es toll.«

»Zugabe! Zugabe!«, forderte das Publikum.

»Mach weiter«, sagte Karl.

»Was soll ich tun?«, fragte Ellen ängstlich. Sie hatte keine Zugabe vorbereitet.

»Fang einfach an«, ermutigte er sie ruhig. »Das Orchester steigt dann schon ein.«

Als sich das Publikum beruhigt hatte und wieder setzte, blieb Ellen verwirrt stehen. Sie wusste nicht, wo sie beginnen sollte. Unbewusst fing sie noch einmal von vorn an. Es war ein schwieriger Teil, aber rein klassisch. So konnte sie sich auf die Früchte ihrer gewissenhaften Ausbildung verlassen – sechs Stunden täglich, sieben Jahre lang.

Erst als sie langsam mit den ersten Tanzschritten begann und auf die Musik wartete, bemerkte sie, was sie getan hatte. Sogar Karl, der am Bühnenrand stand, drehte sich überrascht um, als sie mit fehlerloser Präzision die *Giselle* tanzte – in gestreiftem Pullover, durchsichtigem Minirock, Kurzhaarperücke und Strümpfen mit großen gelben Margariten.

Am Schluss des Tanzes musste sie auf den Boden sinken. Dabei schob sich der steife Rock über ihre Hüften. Als sie den Kopf beugte und das Gesicht an die Knie schmiegte, wartete sie atemlos auf den Vorhang. Karl ging zu ihr und blieb vor ihr stehen. Aber sie wich seinem Blick aus.

»Nun, so etwas nenne ich Aufwertung«, sagte er gedehnt. »*Giselle* im Minirock! Verrückt!«

Ellen sah ihn an. Beifall hatte wieder eingesetzt.

Blitzlicht, leises Klicken, wieder Blitzlicht. Eine Kamera auf der Bühne? Ellen sprang auf die Füße. Blitz. Klicken. Blitz. Klicken. Sie wollte sich hinter Karl verstecken, der jedoch zur Seite trat.

»Werft ihn hinaus!«, schrie Karl, als Wachmänner hinter dem Vorhang einen Mann entdeckten. Er nahm Ellens Arm und führte sie zum Seitenflügel. »Es wird in allen Zeitungen erscheinen«, erklärte er glücklich. »Die ganze Stadt wird von uns reden.«

»Oh«, erwiderte Ellen. »Ich weiß nicht …«

»Du bist noch zu jung, um das zu verstehen«, sagte Karl. »Darauf habe ich fünfzehn Jahre gewartet. Pass auf, das wird eine Schlagzeile: Die erste amerikanische Ballerina im modernen Ballett!« Er lächelte gnädig, als man ihm Glückwünsche zurief. »*Giselle* im Minirock!«

Mit einem Seitenblick auf Tänzer, Freunde, Kritiker und Reporter beugte sich Karl vor und küsste sie länger als nötig auf den Mund. Dabei versuchte er, mit der Zunge ihre Lippen zu öffnen. Champagnerkorken knallten, und süßer weißer Schaum regnete auf sie herab.

Ellen blickte sich um. Karl hat Recht, dachte sie. Sie mögen mich. Sie begehren mich. Hoffnung und Erleichterung erfüllte sie, als könnten ihr diese Fremden, die sich mit herzlichem Lächeln und bewundernden Worten um sie scharten, die Sicherheit und Liebe geben, nach der sie sich so sehr sehnte.

Der Kellner stellte aufmunternd nickend einen großen Teller warmer Speisen auf den Tisch.

Der geschmolzene Käse bildete kleine Teiche. Tomaten, Fleisch, Sauerrahm und klein geschnittene, grüne Paprikaschoten lagen auf einem blassen Maisfladen. Tausende von Kalorien, dachte sie, vermutlich reicht das für die nächsten drei Tage.

Sie musste an Ziggy denken, die abgemagert mit tief liegenden Augen in einer Klinik versteckt wurde und verhungerte. Sie schlug die Augen auf und erblickte ihr Spiegelbild in der Fensterscheibe. Auf der goldenen Haut lagen weiche Schatten, das Haar fiel in sanften Wellen auf ihre Schultern. Sie sah auffallend gut aus, als wollte ihr Körper instinktiv die innere Finsternis verbergen.

Sie zerteilte die belegte Tortilla und stopfte sich den Mund so voll, dass die Sauce am Kinn hinunterlief.

Es schmeckt gut, sagte sie sich und aß, Ziggy zum Trotz, die sich anscheinend gegen das Essen entschieden hatte und nun nicht mehr zurück konnte. Lucy hatte ihr Ziggys Zustand in einem langen deprimierenden Telefonat beschrieben. Sie müsse tief verborgene Probleme haben, sagte sie. Das müsse ans Licht gebracht, diskutiert und behandelt werden. Alle, die sie lieben, müssten mithelfen.

Als Ellen Ziggy ein zweites Mal in der Klinik besuchte, ging sie geradewegs am Empfang vorbei zu ihrem Zimmer, um keine Zeit zum Nachdenken zu haben.

Sie öffnete die Tür, trat ein und merkte, dass sie im falschen Zimmer war. Es war dunkel und leer. Die Fenster blickten nicht in den Garten, sondern in ein anderes Zimmer. Ellen trat näher an die Trennscheibe und sah vier weiß gekleidete Männer vor einem Bett, auf dem ausgestreckt eine blasse Gestalt lag. Sie erschrak, als sie Ziggys Baskenmütze auf dem Boden entdeckte. Auch Lucys Blumenstrauß mit den bunten Schleifen stand auf dem Couchtisch und Ziggys Kleidung lag herum.

Ellen setzte sich auf einen Drehstuhl neben dem Fenster. Bei ihrem letzten Besuch war ihr ein breiter Spiegel aufgefallen. Er hatte das Zimmer größer und heller erscheinen lassen. Jetzt wusste sie, wozu der Spiegel diente: man konnte vom Beobachtungsraum in das Zimmer sehen, ohne dass es jemand merkte.

Mit aufgerissenen Augen lag Ziggy auf dem Bett und warf den Kopf hin und her, als ein Mann sich ihr mit einer Spritze näherte. Die anderen hielten sie an Armen und Beinen fest, wobei sie beruhigend auf sie einredeten.

Nein, schrie Ellen innerlich auf. Gib nicht auf! Lass das nicht mit dir machen! Panik ergriff sie. Der Mann mit der Spritze drehte sich um und machte sich bereit. Ellen schluckte und wandte sich ab. Plötzlich erinnerte sie sich an den bernsteinfarbenen Tropfen, der an der Nadel immer größer wurde, bis er herunterfiel. Das Bild war in ihrem tiefsten Innern entstanden, kam aus dem Nichts und übergoss sie mit eiskalter Furcht.

Traurig ließ Ellen die Schultern sinken. Mit feuchten Augen beobachtete sie, wie sich einer der Männer mit langen durchsichtigen Schläuchen über Ziggy beugte. Er legte ein Schlauchende neben ihren Mund, führte den Schlauch bis hinter das Ohr und dann hinunter zum Magen. Mit der Länge zufrieden, machte er das Schlauchende mit einer Salbe geschmeidig und führte es in Ziggys Nase ein.

»Verdammt!«, unterbrach eine Männerstimme die Stille.

Ellen fuhr hoch und sah sich verwirrt um. Dann entdeckte sie einen kleinen Lautsprecher in der Wand.

»Richtet sie auf und haltet den Kopf nach hinten«, befahl der Mann.

Seine Assistenten eilten zu Hilfe. Ziggy war eine Marionette in ihren Händen, völlig willenlos.

»Nun lass mal sehen …« Er öffnete Ziggys Mund und blickte hinein. »Da ist er ja.« Vorsichtig schob er den Schlauch immer tiefer hinein. Ziggy hustete, qualvolle Krämpfe schüttelten ihre Schultern, die von Knien in weißen Hosen niedergedrückt wurden.

»Verdammt!« Er zog den Schlauch zurück und versuchte es wieder. Jetzt röchelte und würgte Ziggy. Ihre ans Bett gebundenen Hände klammerten sich an der Bettdecke fest.

»Geschafft! Schließt sie an.«

Plötzlich wurden sie gestört – der Portier trat ein und schloss hinter sich die Tür ab. Er durchsuchte den Raum. »Ist niemand hereingekommen?«, fragte er.

Die Männer schüttelten den Kopf.

Er entspannte sich. »Gut. Entschuldigung, ich habe jemanden in das Gebäude gehen sehen und dachte, ihr hättet Besuch.«

Sie legten Ziggy behutsam zurück auf die Matratze. Einer der Männer steckte den Schlauch in einen Beutel trüber Flüssigkeit, der an einem Stahlständer hing. Sie blieben noch eine Weile stehen und beobachteten, wie die Flüssigkeit in ihre Nase floss.

»Wer ist der Nächste?«, fragte der Leiter der Gruppe.

»Silberbirke, Blutweide und Mahagoni.«

Ellen lehnte sich an die Glaswand. Die Mischung aus Salz und Zucker sickerte in Ziggys ausgemergelten Körper und brachte ihm lebensnotwenige Energie. Es war erbarmungslos, sinnlos und menschenverachtend. Warum ließ man sie nicht in Ruhe? Es wäre doch viel einfacher, wenn man sie sterben ließe. Plötzlich hatte sie eine Idee, eine verführerische Vorstellung. Sie, Ellen, könnte der Welt entfliehen. Warum nicht? Sie spielte einen Moment mit dem Gedanken und erfand zwei Szenen. In der einen wurde sie gerettet. Besorgte Gestalten in weißen Kitteln umringten sie und gaben nicht auf, bis sie wussten, was ihr fehlte. In der anderen Szene hatte sie es tatsächlich geschafft, sich das Leben zu nehmen. Aber nicht wie Ziggy – langsam und würdelos. Sie wollte auch nicht nach Luft ringend und keuchend in die Dunkelheit sinken. Für sie müsste es spektakulär sein und schnell gehen, bei vollem Bewusstsein mit dem Drang zum Sterben. Sie stellte sich den Tod vor, der wie eine Droge in ihren Körper eindrang, durch die Venen floss, bis er ihr Herz erreicht hatte.

Adieu, James.
Adieu, Zelda.
Engel.
Liebling.
Ganz zum Schluss brach es aus ihr heraus.
Mommy liebt dich.

16

»Ich möchte mich verabschieden.« Ellen stand vor Ziggy, die, in eine malvenfarbene Kaschmirdecke mit dem Monogramm der Klinik gewickelt, mit gekreuzten Beinen auf dem Boden saß.

Mit einem müdem Augenaufschlag blickte Ziggy auf. »Wo willst du hin?«

»Ich weiß nicht, aber hier halte ich es nicht länger aus«, antwortete Ellen. Langes Schweigen. Nervös kaute sie auf der Lippe und schaute, den Blick auf den Horizont gerichtet, aus dem Fenster. »Ich meine nicht nur diese Gegend«, fügte sie hinzu. »Ich meine New York. Amerika.«

»Gehst du zu James zurück?«, fragte Ziggy vorsichtig.

»Nein.«

»Warum nicht?«

»Ich ...« Ellen unterbrach sich. Plötzlich sehnte sie sich nach der alten, starken und fröhlichen Ziggy. Wie lächerlich, jetzt in Ziggys zerbrechliche Arme zu fallen, um sich auszuweinen! »Das zu erklären, würde zu lange dauern.«

Ziggy prustete los. »Du könntest ja wenigstens anfangen. Pass auf, dass ich noch lebe, wenn du fertig bist!«

Verwirrt warf sie ihr einen bösen Blick zu. Dass sie

noch Witze über ihre Krankheit machen konnte, die sie langsam, aber sicher zerstörte!

»Lass uns auf den Balkon gehen.« Mühsam stand Ziggy auf. »Dort haben wir wenigstens frische Luft.«

Wie früher setzten sie sich nebeneinander auf den Boden und betrachteten die Bäume.

»Fangen wir von vorn an«, sagte Ziggy. Bei dem Gedanken an frühere Zeiten und die vergangenen Jahre schloss sie die Augen. »Du bist einfach verschwunden! Alle glaubten, es gäbe einen Skandal. Die Presse brannte schon darauf. Aber sie konnten nur dein leeres Haus fotografieren! Carter hat mich nicht in Ruhe gelassen, da er glaubte, ich wüsste, was du vorhattest.«

»Wir hatten nichts geplant«, sagte Ellen hastig. »Wir sind einfach fortgegangen. James hatte einen Agenten beauftragt, der den Verkauf des Hauses regelte. Wir haben unsere Koffer gepackt und sind in ein Taxi gestiegen.«

»Du hast mir noch nicht einmal eine Postkarte geschickt«, sagte Ziggy mit einer Mischung aus Vorwurf und Bewunderung.

»Wir haben mit niemandem Kontakt aufgenommen und auch nicht von früheren Zeiten gesprochen. Es sollte ein klarer Schnitt sein – so haben wir es gewollt.«

»Das ist ja unglaublich!« Vor Begeisterung bekam Ziggy leuchtende Augen. »Weißt du, ich habe dich sehr beneidet. Jeder redet vom Aussteigen, will nur noch für sich leben und tun, was er will. Aber du hast es wirklich getan! Du warst ganz oben, wo jeder sein möchte. Wie hat es sich angefühlt, alles hinter sich zu lassen?«

Ellen dachte einen Moment nach. »Ich erinnere mich nicht. Ich glaube, ich habe überhaupt nichts gefühlt, ich bin James einfach gefolgt.« Sie runzelte die Stirn und dachte an diesen Tag zurück. »Ich kann mich allerdings genau an den Tag erinnern. Es war mein letzter Arbeitstag. Ich hatte ein Foto-Shooting für Liberty. Irgendetwas mit Kamelen.«

Der lange schwarze Wagen bahnte sich langsam einen Weg durch den Berufsverkehr. Ellen lehnte sich zurück und betrachtete die vorbeifliegenden nächtlichen Lichter.

»Sie hatten wohl einen schweren Tag, Miss Kirby«, bemerkte der Chauffeur freundlich.

Ellen nickte. Er fuhr sie nun seit fast einem Jahr und hatte Anspruch auf eine Unterhaltung. Ich habe eine Tochter, genauso schlank wie Sie, hatte er ihr erzählt. Deshalb wusste er alles über vernünftige Ernährung, warme Kleidung und dass man *immer* aufpassen musste, wer hinter einem herging.

»Wo spielte es denn heute?«, wollte er wissen.

»Liberty in Persien.«

Er schüttelte den Kopf. »Was werden sie sich noch alles einfallen lassen. Wie sah die Kulisse aus?«

»Oh ... dicke Teppiche, Männer, die Wasserpfeifen rauchten, Bauchtänzerinnen, verschleierte Frauen, die auf Kissen lagen – solche Dinge. Und natürlich Liberty.«

Der Fahrer bog in eine Auffahrt ein und manövrierte den Wagen vorsichtig zwischen den Marmorpfosten hindurch. Er hielt, damit die Wachposten ihre Gesichter erkennen konnten.

»Ich bringe Sie hinein«, sagte er bestimmt, als Ellen die Beine aus dem Wagen schwang.

Aber dann öffnete sich die Eingangstür, und James erschien.

Der Chauffeur tippte sich an die Mütze. »Guten Abend, Mr. Madison.«

»Hallo«, begrüßte Ellen ihn kurz. Sie hielt den Kopf gesenkt und ging an James vorbei ins Haus. »Rühr mich nicht an, ich bin noch geschminkt.«

Im Badezimmer wischte sie sich mehrere Schichten Creme und Puder mit Watte und Reinigungslotion aus dem Gesicht. Dann reinigte sie sich mit Seife und einem Rasierpinsel, der eigentlich für Herren gedacht war, die Gesichtshaut.

Nach einer Stunde kam sie mit nassem Haar, warm eingewickelt in einen Bademantel, wieder heraus und ließ sich auf die Couch fallen.

»Bring mir einen Drink, Honey«, rief sie James zu, der in der Küche stand.

»Hol ihn dir selbst.«

Sie überlegte eine Minute, griff dann zum Telefonhörer und wählte. »Freddie?«, rief sie in den Hörer. »Bist du das, Freddie? Mix mir doch bitte einen Wallbanger und lass ihn mir ins Wohnzimmer bringen. In Ordnung?«

James blieb an der Tür stehen. »Hast du eine schönen Tag gehabt?«, fragte er kühl.

»Nein«, antwortete Ellen. »Carter lässt mich wieder jeden Unsinn machen. Er hatte eine Zeitung damit beauftragt, einen Tag im Leben von … zu beschreiben. Kannst du dir das vorstellen? Sie wollten sogar in mein Haus kommen.«

»Oh, alle wollen in dein Haus kommen«, sagte er zynisch und deutete auf einen Stapel Blumensträuße, die in der Ecke lagen. »Ich glaube, die auch.«

Ein Diener in Livree brachte ihr den Drink. Ellen setzte ihre Initialen unter den Laufzettel und entließ ihn mit einer Handbewegung.

»Das ist doch kein Hotel«, meinte James und machte hinter sich die Tür zu.

»Doch, das ist ein Hotel.«

»Okay, du hast Recht«, antwortete James. »Muss wohl so sein, weil wir hier so wenig Zeit verbringen.«

Ellen schwieg, trank das Glas in einem Zug aus und griff nach einer Zigarette.

»Wie kannst du tanzen und trotzdem rauchen?« James sah sie ungläubig an.

»Es ist kein richtiges Tanzen«, entgegnete Ellen müde. »Ich muss nur Pose stehen. Aber« – sie lachte – »Carter meint, ich verdiene an einem Tag mehr Geld als jede andere Frau in den Vereinigten Staaten.«

»Nun, das bedeutet natürlich etwas.«

Ellen blickte ihn an und versuchte vergeblich, seine Gedanken zu lesen. »Lass uns fortgehen«, schlug sie vor.

»Und wohin?«

»Ich weiß nicht … ausgehen. Was möchtest du gern tun?« James schwieg einen Augenblick und baute sich dann vor ihr auf. »Ich möchte am liebsten meine Akten nehmen und in die Bucht werfen. Dann würde ich gern« – er warf einen Blick auf die lebensgroße Skulptur einer Tänzerin, die in der Ecke stand – »dem Ding da die Finger abschneiden.«

Ellen setzte sich auf und kicherte. »Ich mag sie auch nicht. Sie zeigt mit dem Finger auf uns.«

»Und dann«, fuhr James fort, »dann möchte ich angeln.«

»Angeln? Das ist nicht schwierig. Du kannst jederzeit und überall angeln.«

James ging zum Fenster und blickte auf die Lichter der Stadt. »Ellen, ich mag unseren Lebensstil nicht. Er ist nicht gut für uns. Ich denke, wir sollten etwas dagegen unternehmen.«

Ellen legte die Beine hoch, streckte sich aus und schloss die Augen. »Wir haben das schon so oft besprochen, und bis jetzt ist nichts dabei herausgekommen.« Ihre Stimme klang leise und traurig wie bei einem enttäuschten Kind. In Samt gehüllt, die langen nassen Haare fast bis auf den Boden hängend, wirkte sie wie eine zerbrechliche Porzellanfigur.

»Nein, diesmal meine ich es ernst«, fuhr James fort. »Wie du weißt, habe ich für dich den Vertrag gemacht. Es ist ein Exklusivvertrag. Du darfst zwar nicht für andere tanzen oder als Model arbeiten, aber du musst *nicht* für Young Designs arbeiten, und du musst auch *nicht* die Liberty-Werbung machen.« Er ging durch den Raum, öffnete seinen Aktenkoffer und nahm eine braune Papiertüte heraus, in der sich ein großes Buch befand. »Du brauchst noch nicht einmal zu arbeiten. Ich auch nicht.« Er zerriss die Tüte. Es war ein Atlas.

Er legte ihn auf den Tisch und schlug die Seite mit der Weltkarte auf. »Wir gehen fort, Ellen. Wir suchen uns einen Ort, den wir mögen und – verschwinden einfach.«

Als Ellen die Bedeutung seiner Worte begriff, starrte sie ihn ungläubig an. Sie versuchte sich vorstellen, wie es wäre, alles hinter sich zu lassen. Carter. Tanzen. Kameras. Menschenmassen. Den ständigen Druck, heiter und schön, tüchtig und perfekt zu sein. Bilder von Freiheit schwebten ihr vor und erfüllten sie plötzlich mit Sehnsucht.

»Meinst du das tatsächlich ernst?« Gespannt setzte sie sich wieder auf.

»Ja, es ist mein voller Ernst.«

»Das hattest du schon lange vor!« Ellens Augen leuchteten, als sie sich über den Atlas beugte. »Ich liebe die Berge«, sagte sie sehnsüchtig.

James zuckte die Schultern.

»Nicht zum Skifahren oder so etwas«, fügte Ellen hastig hinzu. »Nur zum Anschauen. Ich möchte sie am Horizont sehen oder hinter dem Garten.«

»Gut.« James war einverstanden und nickte.

»Was möchtest *du*?«

»Ein Fischerboot.«

Sie studierten die Karte und fuhren mit den Fingern von Norden nach Süden. Eine Stunde verging. Der livrierte Diener erschien wieder mit gegrilltem Fisch auf Silberplatten.

»Das nennen sie nun frisch ...«, bemängelte James.

Sie diskutierten die Möglichkeiten – zu heiß, zu feucht, zu kalt, zu trocken. Zu fremdländisch, sagte Ellen immer wieder, ohne erklären zu können, was sie damit meinte.

Schließlich fanden sie, was sie gesucht hatten. Eine kleine Insel vor der südlichen Küste Australiens – Tasmanien. Sie schlugen eine Karte mit größerem Maßstab auf. Es gab zwei größere Städte, eine im Norden und eine im Süden. Ellen wollte eine Münze werfen.

»Warte mal«, unterbrach James sie. »Schau, hier!« Unter seinem Daumen gab es noch eine Insel, ungefähr in der Mitte zwischen Tasmanien und dem Festland. Sie war so klein, dass sie auf der Karte fast nicht zu sehen war.

»Wie heißt sie?« Ellen nahm die Hand weg.

»Flinders Island.«

»Das ist es«, entschied James.

Sie lächelten einander an und sahen sich dabei tief in die Augen.

»Was sollen wir da?«, fragte Ellen zweifelnd.

»Nun, wir werden uns endlich richtig kennen lernen«, antwortete James. »Ich meine, wer wir wirklich sind.« Ein Lächeln huschte über Ellens Lippen. »Ich mache keine Witze«, fuhr James fort. »Wir müssen endlich einmal allein sein. Wir sind fast ein Jahr verheiratet und kennen uns kaum.«

Ellen senkte den Blick und sah auf den rustikalen Teppich, den der Designer so sorgfältig ausgesucht hatte. Sie dachte einen Moment nach. Dann blickte sie lächelnd auf.

»Was nehmen wir mit?«

»So gut wie nichts.«

»Seid ihr dann direkt auf diese Insel geflogen?«, fragte Ziggy und beugte sich gespannt vor.

»Ja, wir haben noch nicht einmal übernachtet, bevor wir aus dem großen Flugzeug in ein sehr kleines umgestiegen sind.« Ellen schwieg und kaute auf der Unterlippe. »Es war ein wunderschöner Ort, aber es war nicht leicht, sich einzuleben. Der Busch, wilde Tiere, das Meer. Außerdem hatte ich fast nichts zu tun.« Sie blickte Ziggy an und verzog den Mund. »Kannst du dir das vorstellen? Es gab nichts zu tun! James war immer beschäftigt. Er kaufte sich sofort ein Fischerboot und fuhr übers Meer, um Krebse zu fangen. Dann wurde ich schwanger.«

»Du hast ein Kind bekommen?«

»Ein Mädchen, Zelda.« Leise erzählte sie ihr, wie es war, ein Kind zu bekommen, und wie schön es war, wenn sich die kleinen Hände vertrauensvoll und unschuldig nach ihr ausstreckten. Es war wie im Paradies.

»So habe ich es mir immer vorgestellt«, sagte Ziggy.

»Ja, aber …« Ellens Blick verfinsterte sich, und sie leckte sich nervös die trockenen Lippen. »Das, was mich mit Glück erfüllte, die Art, wie sie die Arme nach mir ausstreckte, wenn sie aufwachte oder die kleinen Zehen einzog – brachte diese Gefühle mit sich …« Sie unterbrach sich, suchte nach den richtigen Worten. »Als würde man sich einen Film ansehen. Die Szene ist ganz normal, aber mit der Beleuchtung stimmt etwas nicht oder mit dem Ton – und man weiß schon, dass gleich etwas Schreckliches passiert. So ähnlich war es, nur schlimmer.« Ellen schüttelte traurig den Kopf. »Ich habe es selbst nicht verstanden und konnte es auch niemandem erzählen. Ich hatte eine Freundin – Lizzie. Ich wollte es ihr erklären, aber sie verstand mich einfach nicht. Sie dachte, ich brauche eine Erholungspause oder so etwas. Und James … Ich habe es einfach nicht fertig gebracht.«

»Nein«, fiel ihr Ziggy ins Wort, »so etwas hättest du James nie erzählen können.«

Ihre Bestimmtheit überraschte Ellen. »Warum sagst du das?«

»Du wolltest schon immer dem Bild entsprechen, das sich James von dir machte, und hattest Angst, es abzulegen.«

Erstaunt blickte Ellen sie an. »Wie meinst du das? Welches Bild von mir?«

Ziggy zuckte die Schultern. »Dasselbe, das alle von dir haben. Der Traum von der großen amerikanischen Primaballerina. Graziös, stark, gesund, schön. Du weißt schon, Mut und Freiheit vereint. Großzügiges Lächeln und großzügiges Herz.«

Ellen dachte eine Weile nach. »Vielleicht war es einmal so. Aber das haben wir alles hinter uns gelassen, hier, in Amerika.«

»Nun, du hast es sicher durch ein anderes Bild ersetzt und dich nicht getraut, es zu durchbrechen. Das hast du schon immer so gemacht, und du hattest auch immer Angst.«

Ellen sah sie von der Seite an. »Woher weißt du das alles?«

»Von meinem Therapeuten. Dasselbe hat er von mir behauptet.«

»Ach so!«

»Nun ja, das nur nebenbei«, fuhr Ziggy fort. »Du bist ja nicht davongelaufen, nur weil du hin und wieder Angst hattest.«

»Nein, es war mehr als das.« Ellen senkte den Blick. »Dieses … Gefühl … begann, meinen Verstand und mein Handeln zu beherrschen. Ich konnte es nicht voraussehen. Ganz plötzlich hatte ich einen Gedankenblitz und sah mir selbst zu, wie ich etwas tat.« Plötzlich sank sie zusammen und schlug die Hände vors Gesicht. »Ich wusste nicht, woher es kam. Und dann …« Sie fing an zu schluchzen, ein trockenes Weinen ohne Tränen.

»Was dann?«, drängte Ziggy. »Erzähl doch weiter.«

»Ich kann nicht!«

»Du kannst«, forderte Ziggy sie sanft auf. »Du musst!«

»Ziggy, es ist schlimmer, als du denkst.« Ellens Stimme wurde vor Schmerz sehr leise. »Ich habe versucht, sie umzubringen.«

Reglos und stumm vor Entsetzen hörte Ziggy zu.

»Ich habe versucht, sie umzubringen … meine Zelda«, wiederholte Ellen, um sicherzustellen, dass sie gehört wurde. »Ich habe sie beinahe ertränkt. Im Meer.«

Ertränkt. Das Wort klang genauso, wie es war: verloren in der Dunkelheit, endgültig.

»Es ergibt keinen Sinn«, fügte Ellen hinzu und stand unvermittelt auf. »Ich verstehe es selbst nicht. Wie kann ein anderer Mensch verstehen …«

Ziggy lehnte den Kopf an die Wand. Nach einer Weile sagte sie: »Ich weiß, dass manche Probleme so groß werden, dass man sie nicht mehr lösen kann. Sieh mich an! Als würde man mitten in einem Albtraum aufwachen. Zuerst bist du erleichtert, denn es ist ja nur ein

Traum. Aber dann geht der Traum weiter. Es ist nicht real, wie du weißt, aber es ist da … und tut genauso weh.«

Schweigend saßen sie da. Die Bäume um sie herum wiegten sich im Wind.

»Wohin willst du?«, fragte Ziggy schließlich.

»Ich weiß nicht – nur weg.« Ellen versuchte, heiter und unbeschwert zu klingen. »Weg von den Ahornbäumen, Schindeldachhäusern, Autos, vergiftetem Efeu …«

»Carter«, fügte Ziggy hinzu.

Ellen lachte. »Marsha Kendall …«

Ziggy sah sie entgeistert an.

»Ich habe nur einen Witz gemacht!«

»Ja, das ist es!« Ziggy beugte sich vor. »Lass uns fortgehen.«

»Sei nicht dumm, Ziggy. Sieh dich doch an!«

»Mir geht es schon viel besser.«

»Du bist krank«, sagte Ellen behutsam. »Jemand muss sich um dich kümmern.«

»Du kannst dich doch um mich kümmern.«

»Ich bin kein Arzt. Ich habe nicht einmal einen Erste-Hilfe-Kurs gemacht.«

»Ich bin nicht krank.«

»Doch, das bist du!« Ellens Stimme wurde streng. »Du bist ein Wrack. Schau dich an, du kannst kaum stehen. Sie würden dich nicht einmal in ein Flugzeug einsteigen lassen.« Ziggy ergriff ihren Arm, und sie spürte ihre knochigen Finger.

»Nimm mich mit, Ellen!«, flehte Ziggy. »Ich muss hier raus!«

»Aber was ist mit Lucy?«

»Lucy!« Sie lachte bitter.

Ellen runzelte verwundert die Stirn. »Ihr wart euch doch immer so nah. Was ist passiert?«

Sie blieb ihr die Antwort schuldig, zog sich hoch, drehte sich um und ließ den Blick über die saubere Einrichtung wandern, bis sie in den großen Spiegel schaute. Verächtlich verzog sie den Mund.

»Du schuldest mir etwas, Ellen«, stieß sie hervor.

Ihre Augen sagten: Ich habe dich hinter der Scheibe entdeckt. Du konntest nicht einmal Witze erzählen oder Geheimnisse erfinden. Du hast immer gewartet, bis du allein in der Toilette warst, damit dich niemand beim Pinkeln hört. Du hast im Traum geschrien und bist tränenüberströmt aufgewacht. Ich war deine Freundin und habe immer zu dir gehalten. Ich habe bei offener Tür vor deinen Augen gepinkelt. Ich habe dich gerettet.

»Zuerst musst du wieder essen«, sagte Ellen.

Ein Lächeln huschte über Ziggys Gesicht. »Ja, natürlich«, antwortete sie.

»Ich meine es ernst«, sagte Ellen im Befehlston. »Ich werde mich neben dich setzen und dir dabei zusehen.«

Plötzlich fühlte sie sich ruhiger und sicherer – gestärkt durch die Schwäche und das Flehen ihrer Freundin. Das Blatt hatte sich gewendet.

Ziggy nickte immer noch lächelnd. »Nun, wohin sollen wir verschwinden? Du bist doch der Experte.« Sie kicherte. »Stell dir Carters Gesicht vor, wenn er feststellt, dass er dich schon wieder verloren hat.«

Teil drei

17

Ellen legte den Kopf auf den Arm und versuchte, sich in dem leisen gleichmäßigen Brummen des Motors zu verlieren, das Gemurmel von den hinteren Sitzen auszublenden und noch einmal einzuschlafen. Ziggy hatte noch nicht geschlafen, genauso wenig wie ihre Begleiterin. Stattdessen drehte und wendete sie sich ruhelos, da sich ihre fleischlosen Knochen schmerzhaft in den Polstersitz bohrten. Ellen schloss die Augen und dachte an den Tag, als sie Ziggy von der Klinik abgeholt hatte und alles ganz anders kam ….

Ziggy hatte am Eingang auf sie gewartet, als ihr Wagen in die Auffahrt einbog. Sie war nervös und konnte Ellen kaum in die Augen sehen. In der Hand hielt sie zwei Tickets und zwei Pässe.

»Schau, Ellen …«, begann sie, dann versagte ihr die Stimme.

Ellen wartete schweigend. Sie glaubte, sie würde ihr erklären, dass sie es sich anders überlegt hatte, und fragte sich, ob sie auch allein fahren würde, konnte sich jedoch nicht entscheiden.

»Ich möchte, dass du …« Ziggy schaute sich um. Wie auf ein Zeichen trat jemand aus dem Schatten der Bäume hinter dem Tempel. Langsam schlenderte eine

Frau über den frisch gemähten Rasen. Lächelnd kam sie näher.

»Hallo«, entgegnete Ellen auf ihre stumme Begrüßung und betrachtete verstohlen ihren Körper. Sie hatte schwarzes Haar und strahlend blaue Augen, aber irgendwie sah sie aus wie Ziggy. Sie hatte den gleichen, zu groß erscheinenden Kopf, zu lange Beine, hervorstechende Knie, die gleichen mageren Arme mit durchscheinenden Venen.

Ellen wandte den Blick ab, verdrehte demonstrativ die Augen und blickte zum Himmel.

»Das ist Skye.« Ziggy holte Luft und stieß hastig hervor: »Ich habe ihr versprochen, dass sie mitkommen kann – nach Indien.«

In der Stille pfiff ein kleiner Vogel und planschte im Tempelteich.

Ellen erstarrte. »Was?«

»Ich sagte, sie wird mitkommen.«

Ellen brach in lautes Gelächter aus.

Ziggy redete, als wären sie alle Gäste auf einem öffentlichen Fest. »Skye ist aus L A – Hollywood. Ihr Vater ist Richard Fountain. Du weißt schon, der Zeitungsriese. Sie war mit Al Macy verheiratet, aber den wirst du nicht kennen. Sie hat viel … nun ja, sie kann natürlich für sich selbst bezahlen.«

Ellen blickte sie entgeistert an. Verlegen fing Ziggy an zu stammeln. »Wir waren immer zusammen und haben auch die Therapie gemeinsam gemacht. Sie hat herausgefunden, dass ich fortgehe. Ich kann sie nicht hier zurücklassen. Ellen, sie ist schon seit Jahren hier. Ich musste zustimmen.«

»Nun ja, du hast vielleicht ja gesagt«, entgegnete Ellen, »aber das ist nicht möglich! Wir fahren in weniger als eine Woche. Ich habe alles organisiert – für uns zwei.

Es ist zu spät, um alles zu regeln: Impfungen, Pass, Tickets.«

Ziggy hob den dürren Arm. »Mach dir keine Sorgen, wir haben alles im Griff. Sie besitzt immer noch einen gültigen Reisepass, und ich habe schon einen Platz für sie gebucht.« Ihre Blicke trafen sich. In Ziggys Augen blitzte eine Spur ihres alten Kampfgeists auf, bevor sie den Blick wieder senkte.

»Zum Teufel, Ziggy!«, platzte Ellen ärgerlich heraus. »Das ist Wahnsinn! Du bist wahnsinnig! Ihr seid alle beide wahnsinnig!« Sie wandte sich an Skye. »Wie kommst du darauf, dass ich dich mitnehmen möchte? Das will ich bestimmt nicht!«

Ziggy und Skye ließen ihren Blick nicht von Ellen. Ihr verzweifeltes Schweigen hüllte sie ein, machte sie reich und privilegiert, als gäbe es ein unsichtbares Band zwischen ihrem festen Fleisch und der gelblichen faltigen Haut und den hervorstechenden Knochen ihrer geschundenen Körper.

»Ich verstehe euch ja«, sagte Ellen, »aber ich kann euch nicht helfen. Sicher gibt es jemanden, der …«

Übergroße Augen aus geschrumpften Gesichtern blickten sie an.

»Bitte, lass mich nicht zurück.« Skyes Stimme war sanft und leicht gedehnt. »Ich habe schon alles versucht. Ich werde hier verrecken.« Knochige Finger fuhren zum Mund. Ellen konzentrierte sich auf die Hand und vermied den Blickkontakt.

»Wir müssen sie mitnehmen!«, flehte Ziggy mit schriller Stimme. »Ich habe es ihr versprochen …«

Skye schwieg und senkte den Kopf wie eine Margerite, die auf die Morgensonne wartet. Abgemagert bis auf die Knochen, hatte ihr Gesicht die würdevolle, quälende Schönheit einer Flüchtenden ohne jede Hoffnung.

Sie begann zu schluchzen. Die dünnen Schultern bebten, als sie, das Gesicht unter einem Schleier langer schwarzer Haare verborgen, in sich zusammensank. »Hier werde ich sterben.«

Ellen blieb wie versteinert stehen und betrachtete den Wald weit hinter der Klinikmauer. Sie verschränkte die Arme, versteckte die Hände und verdrängte den Gedanken an vier verzweifelte Arme, die sich ihr entgegenstreckten und um Rettung flehten, bevor sie langsam im Treibsand versanken. Verloren … nur weil sie nicht helfen konnte.

»Wahrscheinlich wirst du sowieso sterben«, sagte sie unverhohlen.

Ziggy lächelte. »Ich wusste, dass du uns helfen würdest.«

Skye faltete die Hände, ihre Augen glänzten. »Danke. Oh, mein Gott, ich danke dir.«

»Moment mal …«

»Du wirst es nicht bereuen.«

»Um Gottes willen, Ziggy. Das ist völlig verrückt!«

»Nein, du wirst schon sehen. Es wird alles wieder gut.«

Der Steward steuerte auf Ellen zu und blieb beunruhigt neben ihrem Sitz stehen. Schließlich beugte er sich hinunter und sagte leise: »Ma'am? Ihre Begleitung scheint mit dem Essen nicht zufrieden zu sein. Gibt es ein Problem? Ich habe keine Bestellung für spezielle Speisen.«

»Aha.« Ellen unterdrückte den Drang, aufzustehen und über die Rücklehne nach hinten zu sehen. »Wie meinen Sie das – unzufrieden?«

»Nun ja, Ma'am, sie lehnen alles ab, was wir ihnen anbieten. Wir haben alles versucht …«

»Machen Sie sich keine Sorgen«, unterbrach Ellen ihn.

»Sie mögen nichts. Sie sind krank.« Er wich entsetzt zurück. »Keine Angst, es ist nicht ansteckend.« Sie massierte sich müde den Nacken. »Wie lange dauert es noch bis zur Landung?«

»Vier Stunden, Ma'am. Wir servieren gleich ein leichtes Mahl.«

»Könnten Sie mir einen Drink bringen? Ein Bloody Mary, bitte?«

»Selbstverständlich, Ma'am.«

»Mit einem doppelten Wodka, bitte.«

Ellen stand auf. Sie war sich der neugierigen Blicke der wenigen Fluggäste, die in der ersten Klasse noch wach waren, bewusst. Sie starrten sie nicht ihretwegen an, sondern wegen ihrer Begleitung – diesem Pärchen aus Haut und Knochen, die wie Flüchtlinge aussahen, jedoch Louis-Vuitton-Taschen und Designer-Anzüge trugen, die lose an ihren ausgemergelten Körpern hingen.

Ellen drehte sich nach ihnen um. Die langen Glieder hingen nutzlos über Arm- und Fußstützen, die dünnen Körper wurden von Kissen gehalten. Sie sahen aus wie Stoffpuppen, die zu viel von ihrer Polsterung verloren hatten. Skye hatte ein offenes Magazin auf dem Schoß. Ihre Hand lag wie eine Klaue neben der Großaufnahme einer Frau mit einem pfirsichfarbenen Gesicht. Als sie Ellen bemerkte, lächelte sie gezwungen. Ellen fühlte sich wie ein Tyrann, der angstvollen Respekt und ergebene Freundschaft forderte.

»Wir landen in vier Stunden«, sagte sie. »Das ist am frühen Morgen, nach Ortszeit. Wahrscheinlich gibt es nirgendwo etwas zu essen. Also, wenn sie die nächste Mahlzeit bringen, esst es bitte. Und geht noch einmal zur Toilette, bevor wir aussteigen. Bitte!« Es war ihr peinlich, sie wie Kinder zu behandeln, deshalb lächelte sie ihnen aufmunternd zu. Aber sie waren ja auch wie Kinder – schwach, unbeholfen, verletzlich und wehrlos sich selbst und der Welt ausgeliefert. Ellen schüttelte zweifelnd den Kopf. Wie sollten sie das nur überstehen? Es wäre weniger bedrohlich, wenn ihr Reiseziel sauber und gut organisiert wäre, wie zum Beispiel die Schweiz. Aber aus Gründen, die ihr jetzt vage und fragwürdig erschienen, hatten sie sich für Indien entschieden.

Die indische Bergstation hatte zuerst in der Mitte auf Ellens und Ziggys Liste gestanden und war dann immer weiter nach oben gerückt, nachdem sie Zürich, Johannisburg, Lissabon, Bali und Iles of Man gestrichen hatten.

Der Mann vom Reisebüro hatte Simla empfohlen. Das lag am Fuße des Himalaja. Es war einmal die Sommerresidenz der britisch-indischen Regierung gewesen, wo die Frauen und Kinder der Regierungsbeamten den Sommer verbrachten, um der sengenden Hitze in Delhi zu entfliehen und Gartenpartys zu veranstalten. Hier versammelten sich kleine Gruppen, tranken Gin Tonic aus Bombay und erzählten an kühlen Abenden von Zuhause …

Simla hatte sie gesund erhalten – altmodisch, ehrenwert, aufrecht und schön. Ein kleines Stück England.

Während sie Karten und Reiseführer durchblätterten, entdeckte Ziggy Mussoorie. Dort gab es das gleiche saubere kühle Klima wie am Himalaja, außerdem Berge, englische Villen und Schweizer Chalets. Aber hier, las Ziggy, hatten sich indische Prinzen mit ihren Mätressen niedergelassen, während die in Ungnade gefallenen Ehefrauen ihr Leben in kargen Hütten auf steilen Felsen fristen mussten. Playboys lungerten herum, und es kursierten Geschichten über Menschen, die in düsteren Kanälen verschwanden, und über Liebespaare, die sich in verlassenen Ruinen versteckten. Es gab auch Gerüchte von Morden und Harems.

Aus diesem Grund stellte man dort nicht allzu viele Fragen. In Mussoorie konnte man vergessen, wer man einmal gewesen war oder wer man sein sollte. Hier konnte man untertauchen.

»Das ist es!«, hatte Ziggy erklärt. »Dort gibt es sogar ein Savoy.«

»Du machst wohl Witze.«

»Nein, wirklich. Anscheinend hat dort eine englische Prinzessin einmal eine Gartenparty veranstaltet.«

»Nun ja, aber ich finde die Idee, nach Indonesien zu gehen, immer noch gut«, meinte Ellen. Sie schaffte Bilder von Kokospalmen und weißen Stränden herbei. »Die Gewürzinseln …«

Ziggy schaute verträumt in die Ferne. »Mein Großvater lebte am Missouri, hoch oben in den Bergen. Er war ein richtiger Bergmensch, wild und lustig, voller Liebe und herzensgut.« Das Lächeln glättete ihre hohlen Wangen. »Ich habe meinen alten Opa vom Missouri sehr gern gehabt. Ich glaube, das ist ein gutes Zeichen.«

Ellen lachte. »Verrückt!«

Wie Mussoorie.

Als das Flugzeug landete, bemühten sich die Stewards um die drei Frauen und halfen ihnen, Handgepäck, Hüte, Mäntel und Zeitschriften einzusammeln.

Als Ellen im Gang stand, hatte sie plötzlich das Bedürfnis, zu ihrem Sitz zurückzulaufen. Das Flugzeug war sauber, bequem und hatte eine Klimaanlage. Das keimfreie Essen wurde von freundlichen, braun gebrannten amerikanischen Stewards, die Geldscheine in der Tasche hatten und nach Aftershave rochen, serviert. Aber Ziggy und Skye bahnten sich bereits einen Weg zu ihr, und hinter ihnen drängten sich wartend die Fluggäste aus der Economy-Klasse. Als Ellen die zwei abgemagerten Frauen wie eine Nonne aus dem Flugzeug schob, warfen sie ihr aufmunternde Blicke zu und klopften ihr beim Vorbeigehen kurz auf die Schulter.

Bei der Einwanderungsbehörde betrachtete der Zollbeamte lange Ziggys Papiere. Immer wieder glitt sein Blick vom Passfoto zu Ziggy und zurück. Ellen trat vor und stellte sich neben sie.

»Bitte warten Sie hinter der Markierung, Madam«, sagte er mit einer Handbewegung.

Sie kehrte in die Schlange zurück und bat Skye um ihren Pass. Auch sie versuchte wie der Zollbeamte, zwischen dem hohlen Gesicht neben ihr und dem zauberhaften, nur ein paar Jahre alten Passbild eine Ähnlichkeit zu finden. Nicht nur die runden Wangen und der glatte Hals waren verschwunden. Es waren das gehobene Kinn und der Blick aus kristallklaren Augen. Etwas in ihr – die Wurzel, die Lebenslinie – war verwelkt und abgestorben.

Ellen blickte auf und entdeckte den Leiter der Einwanderungsbehörde. Mit einer Kopfbewegung beförderte sie das lange Haar in den Nacken und ging entschlossen auf ihn zu. Sie stellte sich zwischen ihn und die anderen Beamten und setzte ein bezauberndes Lächeln auf.

»Ich hoffe, Sie können uns helfen«, bat sie und senkte die Stimme. »Diese Frauen sind zur medizinischen Behandlung hierher gekommen. Wie Sie sehen, sind sie sehr krank.«

»Krank?«, wiederholte der Beamte scharf. »Was wollen sie dann hier? Sie sollten nach Amerika zurückkehren.«

»In Amerika können sie nicht geheilt werden«, erklärte Ellen traurig. Sie zog ein Entlassungsschreiben der Marsha-Kendall-Klinik hervor. Der Beamte nahm das Schreiben entgegen. Neugierig betrachtete er den gold glänzenden Briefkopf. Der Brief beschrieb den Zustand der Frauen als nervöse Essstörung mit dem Zusatz, dass sie außer ihrer Unterernährung frei von ansteckenden Krankheiten wären.

»Essstörung. Essen. Störung«, wiederholte der Beamte, als suche er nach dem Sinn dieser Worte. Er verglich die im Schreiben aufgeführten Namen mit den Pässen und bedeutete seinem Untergebenen mit einem Kopfnicken, die Papiere abzustempeln.

»Essstörung?«, zweifelte der Beamte. »Sie essen und bleiben trotzdem so dünn?«

»Nein, sie können nicht essen.«

Der Beamte schüttelte ungläubig den Kopf. »Sehr ungewöhnlich.«

»Ja«, stimmte Ellen zu. »Sehr.« Sie lächelte. »Vielen Dank für Ihre Hilfe.«

»Es war mir ein Vergnügen, Madam.« Er tippte an die Mütze und ging – nicht klüger als vorher.

Als sie am Gepäckband ankamen, konnten sie nur zwei der sechs Koffer finden. Ellen beobachtete ihre Begleiterinnen von der Seite. Wie verwelkte Pflanzen hingen sie über ihren Gepäckwagen. Allein machte sie sich auf den Weg zum Schalter der Pan American Airlines. Um zwei Uhr morgens war der Flughafen menschenleer, still und nur sparsam beleuchtet. Ellen durchquerte einen verdunkelten Warteraum und blieb vor einem schlafenden Mann in Militäruniform stehen, der ausgestreckt auf dem Boden lag. Er hatte das Gesicht mit seiner Mütze bedeckt und die Hände über der Brust gefaltet. Wahrscheinlich träumte er von einem eigenen Swimmingpool. Geräuschvoll schlurfte eine Reinigungsfrau im tristen weißen Kittel durch den Warteraum, während sie mit einem Mopp langsam den Boden wischte.

»Entschuldigen Sie bitte, zum Pan-Am-Büro?« Ellens Stimme schallte laut durch die verlassene Halle.

Die Frau fuhr herum und sah Ellen mit großen braunen Augen in einem glatten, honigfarbenen Gesicht an. Ihr Lächeln entblößte zwei Reihen strahlend weißer Zähne.

»Pan Am? Gepäckbüro?«, wiederholte Ellen. Für einen Moment konnte sie es sich nicht verkneifen, wie Carter automatisch den Wert dieser frappierend schönen Augen, des Bilderbuchgebisses und des erstaunlichen Lächelns abzuschätzen.

Die Frau schüttelte den Kopf und streckte die Hand aus. Ellen sah die Schwielen und die rissige Haut und zog einen Geldschein aus der Tasche. Als er seinen Besitzer wechselte, kam es zu einer kurzen Berührung.

Ellen sah sich noch einmal um. Die Frau betrachtete den Geldschein, richtete sich auf und blickte ihr erstaunt nach. Es muss wohl ein großer Schein gewesen sein.

Als sie zurückkam, suchte Ziggy sie schon.

»Ellen! Wir haben sie gefunden!«, rief sie. »Diese Dame hat uns geholfen.« Sie nickte in Richtung einer unglaublich dicken Inderin, die neben Skye stand und ihren Mann und ihre Söhne anwies, die Koffer auf die drei Gepäckwagen zu laden. Neben ihr wirkten die Männer klein und schwächlich, als hätte sie ihnen den Lebenssaft ausgesaugt und sich so ihren außergewöhnlichen Leibesumfang verschafft. Skye starrte mit nach unten gezogenen Mundwinkeln angeekelt auf die drei Rollen Fett, die nackt zwischen dem Oberteil und dem Rock des rotgoldenen Saris hervorquollen. Über einem riesigen

Doppelkinn trug sie den Kopf hoch und wedelte in königlicher Manier mit der Hand, die schwer an einer gehörigen Portion Fleisch und goldenen Armringen zu tragen hatte.

»Ist alles da?« Ellen zählte die Koffer und bedankte sich mit einem Lächeln bei der indischen Familie.

Sie versuchte, sich zu konzentrieren und im Voraus zu planen. Früher war sie immer träumend durch den Flughafen gewandert, wohl wissend, dass jemand anders alles im Griff hatte. Wagen konnten warten, für Sicherheit war gesorgt, Hotels waren bereits gebucht und Getränke kalt gestellt. Sie musste nur die Zeit überbrücken und konnte mit undurchsichtiger Miene hinter dunkler Sonnenbrille die normalen Passagiere mit verwischtem Make-up und zerknitterter Kleidung beobachten, die sich nach ihr umdrehten. Diesmal war es anders. Diesmal musste sie alles planen und in die Hand nehmen. Und nun hatte sie – dank Ziggy – auch noch auf zwei kranke Frauen aufzupassen.

Über ihrem Kopf bemerkte sie einen Pfeil, der nach links in Richtung Zoll zeigte. »Gehen wir«, rief sie Ziggy und Skye zu. Dann ging sie den beiden Frauen voraus und achtete darauf, dass sie ihr auch folgen konnten.

Sie sehen wenig Vertrauen erweckend aus, stellte Ellen fest, dünn wie Drogensüchtige und reich wie Dealer. Es war also kein Wunder, dass ihr Gepäck durchsucht wurde. Ihre Koffer wurden auf dem schmutzigen Tresen aufgereiht und geöffnet. Kleider flogen herum, seidene Damenunterwäsche glitt durch braune Finger, spitze Absatzschuhe balancierten auf Handflächen. Bücher wurden durchgeblättert, das Innenfutter überprüft und Kulturtaschen sorgfältig entleert.

Ellen vermied es, Skyes Sachen anzusehen. Sie wollte nichts über sie wissen, nicht ihren Geschmack und auch nicht ihre Vorlieben. Für sie war sie nur ein Name und ein Körper. Ellen lächelte müde. Sie war auf den ältesten Anhaltertrick der Welt hereingefallen. Eine Person steht am Straßenrand, streckt den Daumen heraus, zeigt ein Bein und ein Lächeln, die anderen warten hinterm Busch, bis ein Wagen anhält und die erste Person einsteigt. Dann kommt die zweite Person lässig hervor, als wäre sie schon immer dort gewesen. So wird aus einem eine ganze Gruppe.

Zufällig blickte sie dem Beamten, der ihren Koffer durchsuchte, in die müden Augen. Er warf einen kurzen Blick auf ihre Brust, bevor er den schwarzen BH wieder in den Koffer legte.

»Was ist das?«

Ellen fuhr herum. Einer der Männer schwenkte eine kleine Flasche vor Skyes Gesicht. Sie hatte sofort ein schlechtes Gewissen und drehte sich Hilfe suchend nach Ellen um.

»Und das?« Zwei weitere Flaschen wurden aus der Spitze eines Schuhs ans Tageslicht befördert. Dann noch eine, und noch eine. Alle waren sorgfältig versteckt worden. Zwei weitere Beamte kamen hinzu. Einer hatte goldene Schulterklappen. Er besah sich die Anhänger und zog misstrauisch eine Augenbraue hoch.

»Magnesium … Sulfat?«

»Glaubersalz«, sagte Skye kleinlaut und senkte beschämt den Blick.

»Wofür ist das?«, fragte der Beamte. Er öffnete eine der Flaschen und roch daran. Dann ließ er einen Tropfen der Flüssigkeit auf seinen kleinen Finger gleiten und probierte.

Skye weigerte sich, seine Frage zu beantworten. Personal und Reisende unterbrachen ihre Gespräche und warteten gespannt.

Schließlich sprach Ziggy. »Es ist ein Abführmittel.«

Der Mann sah sie verdutzt an.

»Wenn man das nimmt, muss man zur Toilette gehen«, erklärte sie verlegen.

Alle brachen in Gelächter aus.

»Aber in diesem Fall«, lachte der Vorgesetzte, »können Sie sich auf den Delhi-Bauch verlassen.«

Das Gelächter wurde lauter, als er die Flaschen aufsammelte – sieben an der Zahl –, und Skye dabei nicht aus den Augen ließ, als könne er ihre Gedanken lesen.

»Sagen Sie mir bitte, warum Sie so viele Flaschen von dieser Substanz bei sich haben?«, fragte er in dienstlichem Tonfall.

»Das gehört zu unserer Krankheit.« Ziggy zeigte auf das Entlassungsschreiben der Klinik, das offen auf dem Tisch lag. Er nickte, woraufhin ihm einer seiner Untergebenen das Schreiben vors Gesicht hielt, damit er es lesen konnte.

»Haben Sie ein Rezept?«, fragte er Skye.

»Nein, natürlich nicht«, antwortete Ziggy. »Dafür braucht man kein Rezept, das kann man in jeder Drogerie kaufen.«

Bei dem Wort Drogerie wurden seine Augen groß. »Drogen? Drogerie?«

»Apotheke«, verbesserte Ziggy rasch.

Wortlos betrachtete er die Flaschen. Dann blickte er zu Ellen. »Sind Sie für die beiden Damen verantwortlich?«

»Nun – so kann man das nicht sagen«, begann Ellen, gab jedoch auf und zuckte die Schultern. »Ich denke schon.«

Er musterte sie von oben bis unten. Sie war eher unauffällig gekleidet. Wahrscheinlich eine bezahlte Begleitung, dachte er.

»Verzeihen Sie, Madam«, sagte er schließlich und wandte sich an Skye. Dabei runzelte er wie ein Richter bei der Urteilsverkündung die Stirn. »Die Drogen werden konfisziert.«

»Aber es sind keine Drogen!«, protestierte Skye verzweifelt, als die Flaschen vor ihren Augen in einer Papiertüte verschwanden. »Das ist nicht illegal. Sag ihm, dass er sie mir nicht wegnehmen darf!«

»Natürlich darf er das«, antwortete Ellen und wandte sich an den Beamten. »Sie braucht sie nicht. Behalten Sie die Flaschen ruhig.« Plötzlich fühlte sie sich sehr kraftvoll. Sie vermied Skyes Blick, als die Beamten halfen, die Sachen wieder in die Koffer zu packen. Dann konnten sie die Sperre passieren. Der Vorgesetzte blieb an der Seite stehen, die Daumen durch die Gürtelschlaufen der Kakihose gesteckt, wippte leicht hin und her und beobachtete sie durch halb geschlossene Augen.

Während sie ihre Gepäckwagen einen langen schummrigen Korridor entlangschoben, schwand die Wirkung der Klimaanlage und mit ihr die Neutralität eines internationalen Flughafens. Unzählige Fluggäste hatten roten Betelsaft an die Wände gespuckt. Eine riesige Kakerlake kreuzte ihren Weg. Und vor ihnen warteten Gepäckträger in abgerissenen Uniformen. Eifrig sprangen sie herbei. Der Aufenthalt beim Zoll hatte die Frauen vom Rest der Reisenden abgesondert, und nun waren sie für die Männer ein Geschenk des Himmels: müde, hilflos, weiblich, fremd, die Gepäckwagen voller Samsonite-Koffer. Das verhieß gutes Trinkgeld, zusammengefaltetes amerikanisches Geld – Gold aus Papier …

»Bleibt hier«, sagte Ellen und ging allein zum ersten und ältesten Gepäckträger. »Träger für uns«, befahl sie mit ungerührter Miene, »und ein Taxi.« Sie wusste, dass sie gegen die guten Sitten verstieß, aber das war ihr egal, denn sie wollte endlich hier raus.

Der alte Mann engagierte drei Gepäckträger und ernannte sich selbst zum Führer. Er roch nach Schweiß, Gebratenem und Holzkohle.

»Haben Sie ein Hotel reserviert?«, fragte er Ellen.

Sie nickte. »Oberoi. Oberoi Maidans.«

»Oh!« Er schüttelte zweifelnd den Kopf. »Das ist sehr weit. Altstadt. Nehmen Sie ein anderes Hotel. Hilton ist sehr gut.« Bei dem Gedanken an die Provision für drei Zimmer, vielleicht sogar drei Suiten, erhellte sich sein Gesicht.

»Wir haben bereits reserviert«, widersprach Ellen bestimmt. »Ich will nur ein Taxi.«

Der Gepäckträger machte eine großmütige Handbewegung. »Kein Problem. Das Hoteltaxi wartet. Hier entlang, Mem-Sahib.«

Er hielt die Glastür auf und Ellen trat ins Freie. Hitze schlug ihr entgegen, erdrückte sie, raubte ihr die Sinne, bis sie glaubte, sie würde sich in den schwülen Abgasen und Düften einer indischen Sommernacht in Luft auflösen.

Die Fahrt verbrachten sie schweigend, Ellen vorn, die anderen hinten. Alle starrten vor sich hin, dösten oder sahen aus dem Fenster und betrachteten die vielen kleinen Kochstellen am Straßenrand, dicke Baumstämme mit ausladenden Ästen, herrenlose Kühe und Lastwagen, Autos, Karren und Fahrräder. Die Umrisse tauchten wie Traumbilder aus dem Flimmern der Hitze auf und verschwanden gleich wieder. Plötzlich fuhr Ellen hoch. Mein Gott! Überall lagen Menschen: auf dem Gehweg, auf Autos, unter Rikschas, auf nackten Bettgestellen vor Hütten und Geschäften. Tausende! Ellen schluckte. Eine

Welle von Mitleid und Furcht erfasste sie. Hatten sie denn keine Wohnung?

Ellen wandte sich an den Fahrer: »Diese vielen Menschen, die unter freiem Himmel schlafen …«, dann versagte ihr die Stimme.

»Ja, Mem-Sahib«, antwortete der Fahrer höflich. »Es ist noch nicht Morgen.«

Ellen lag auf dem Doppelbett und streckte die Beine aus. Dann drehte sie sich langsam um. Sie spürte die weichen Baumwolllaken auf der Haut. Licht fiel durch die Löcher in den Vorhängen. Sie griff nach ihrer Armbanduhr. Es war schon fast Mittag. Sie verdrängte ihre Sorge um Ziggy und Skye und sagte sich, dass die beiden in einem Vier-Sterne-Hotel wohl einige Stunden auf sich selbst aufpassen konnten. Bestimmt würden sie in der Lobby unter dem hohen Moghul-Gewölbe sitzen, nervös auf den fremden Himmel blicken und sich ängstlich aneinander geschmiegt leise unterhalten. Sie waren freiwillig mitgekommen und gaben sich gegenseitig Halt. Traurig schloss Ellen die Augen. Bittere Einsamkeit legte sich schwer auf ihre Schultern. Sie war allein.

Sie dachte an Zelda und James, wie sie dicke Sandwichs in die Mittagssonne hinaustrugen, an der warmen Hüttenwand lehnten, schweigend aßen und auf das weite blaue Meer hinausblickten, das sich von der Meerenge über den Golfstrom bis nach Amerika erstreckte – wo Mummy war.

Ellen biss sich in die Hand. Vergesst mich nicht. Bitte!

Sie stellte sich vor, wie Zelda fragte: Daddy, wann kommt Mummy wieder?

Sie kommt nicht wieder, Engel. Wir müssen ohne sie auskommen.

Ellen lag reglos da und wagte kaum, zu atmen. Eine Eidechse schlängelte sich bedächtig an der Decke entlang. Vielleicht. Ein Gedanke schlich sich ein, dünn und schwach wie das Licht, das durch die Schlitze der Vorhänge drang. Vielleicht, wenn Zelda älter und selbständig war, wenn sie kein Kind mehr war, das die Mutter brauchte, sondern eine gleichberechtigte Person im Haushalt. Vielleicht würde die Zeit kommen …

Nein. Ellen schloss die Augen. Ein stechender Schmerz durchfuhr sie, als ihr James' Worte wieder einfielen.

»Du darfst nie wieder kommen, Ellen. Das ist dir doch hoffentlich klar, nicht wahr?«

Dabei kniff er vor Zorn, Hass und Furcht die Augen zusammen.

»Wir werden uns ein Leben ohne dich aufbauen, Ellen. Du verschwindest aus unserem Leben. Ein für alle Mal!«

Sie drehte sich um, klappte die Speisekarte des Zimmerservice auf und nahm den Telefonhörer ab.

»Was kann ich für Sie tun, Madam?«

»Bringen Sie mir bitte Kaffee. Aber starken!«

»Jawohl, Madam.«

»Was ist im frischen Fruchtsalat?«

»Mangos.«

»Und was ist die Frucht des Tages?«

»Mango.«

»Aha. Ich nehme es.«

»Welche, Madam?«

»Äh – Mango, des Tages.«

»Ja, Madam. In zehn Minuten.«

Ellen räkelte sich und drückte den Rücken durch wie eine Katze. Dann schloss sie die Augen und versuchte, sich zu entspannen. Nach dem Frühstück wollte sie ein paar Runden im Swimmingpool schwimmen. Die Verantwortung für die zwei Frauen würde sie früh genug wieder übernehmen müssen. Sie zog die Mundwinkel nach unten. Ellen und Verantwortung! Was für ein Hohn! Immerhin, sie machte ihre Sache nicht schlecht. Wenn sie nicht genau wusste, was sie tun sollte, stellte sie sich vor, was Carter, James oder die frühere starke Ziggy getan hätten, und machte es wie sie. So einfach war das. Und je öfter sie vorgab, eine andere zu sein, umso stärker und selbstbewusster fühlte sie sich.

In Gedanken ging sie noch einmal den Plan durch. Morgen früh musste sie die beiden pünktlich zum Bahnhof bringen. Dann mussten sie acht Stunden in Hitze und Staub mit dem Zug durch die Ganga-Ebene fahren. In Dehra Dun würden sie in ein Taxi umsteigen. Sie musste daran denken, die Reifen zu überprüfen, bevor sie einstiegen. Schließlich waren es drei Frauen mit ihrem gesamten Gepäck. Danach ging es direkt den steilen Berg hinauf. Und mit jeder Serpentine würden sie ihrem Ziel näher kommen.

18

Ellen folgte dem alten Mann. Die harten Sohlen seiner nackten Füße schlurften geräuschvoll über den mit Laub bedeckten Boden. Am Rand des schmalen Pfads fiel der Hang steil ab und verschwand in einer weißen Dunstglocke, die über dem Tal hing. Es war, als wanderten sie durch eine Traumlandschaft.

Der Mann sah über die Schulter, lächelte aufmunternd und zeigte auf den Berg. »Dort ist es! Bald sind wir da.«

Sie erreichten ein gusseisernes Tor, das halb offen zwischen zwei bröckeligen grauen Pfählen auf verwitterten Sockeln hing. Das Tor war kein wirkliches Hindernis, denn es gab keinen Zaun, nur hohe Bäume und darunter dichte Büsche. Ellen blieb stehen, um sich ein wenig auszuruhen. Der Mann kehrte um und wartete. Ruhig und gleichmäßig atmend ließ er den Blick in die Ferne schweifen.

»Wie heißen Sie?«, fragte Ellen, um das Schweigen zu brechen.

»Ich heiße Djoti, Mem-Sahib«, antwortete er. »Nicht sprechen, ausruhen. Wir sind in großer Höhe, und Sie sind nicht daran gewöhnt.«

Ellen betrachtete ihn aus den Augenwinkeln. Er trug

einen abgetragenen Arbeitsanzug und hatte das Seil der Kulis über die abgearbeiteten Schultern gelegt. Seine Hände hatten dicke Schwielen, und tiefe Falten durchzogen sein Gesicht. »Sie sprechen gut Englisch«, sagte sie.

»Natürlich«, antwortete er und grinste vor Freude. Dabei entblößte er seine schlechten braunen Zähne. Aber das Lächeln verwandelte sein Gesicht zu einem Bild sanfter Schönheit. »Ich kann auch schreiben und lesen. Ich war Laufbursche und habe für die Mem-Sahibs Nachrichten überbracht. Oft lasen sie mir vor, was auf dem Zettel stand, damit ich es auch erklären konnte. Dann habe ich beim Gehen die Nachricht studiert und mir die Worte gemerkt. Und schon bald konnte ich Englisch!« Er lachte – sein cleverer Trick hatte funktioniert.

Sie machten sich wieder auf den Weg, und Djoti erzählte weiter. »Ich werde auch Ihr Laufbursche sein. Sie werden Hilfe brauchen. Wie Sie sehen, gibt es hier kein Telefon und keine Taxis. Alles muss zu Fuß erledigt werden.«

Das stimmte. Die Hauptstraße verlief vom Flugplatz mitten durch die Stadt, die zwischen den Bergen lag. Zu einigen Hotels, Internaten und Villen führten befahrbare Wege. Auch ins Hinterland führten Straßen. Aber die meisten Wege waren nur mit Rikschah, zu Pferd oder zu Fuß passierbar. Hier, außerhalb von Mussoorie, kamen Fahrzeuge nur bis zu dem kleinen Hospital. Dann musste man zwischen blühenden Bäumen und Vogelgesang auf rutschigem Laub den steilen Berg hinaufgehen.

Der Ort war in wunderschönes Rot und Lila getaucht: Jakaranda-Bäume mit malvenfarbenen Blüten, lilafarbene Bougainvillea, hellrote Rhododendren und langstielige Iris mit dunkelroten Köpfen. Hier und da fegten Straßenkehrer das Laub zu kleinen Haufen zusammen und zündeten es an, wobei sich der duftende Rauch in die windstille Luft erhob. Ellen sah sich um. Trotz des steilen Anstiegs fühlte sie sich leicht und entspannt, als schlendere sie durch einen raffiniert angelegten Garten in eine Welt freundlicher Schönheit und Sicherheit.

Kompletter Wahnsinn, dachte Ellen. Das Haus schien für ihre Zwecke ideal, aber sie konnte sich nicht vorstellen, dass Ziggy und Skye sich den steilen Pfad herauf- und hinunterkämpften. Andererseits war die Auswahl nicht sehr groß. Bisher hatte sie kein geeignetes Haus gefunden – zu klein, zu nah am Bazar, zu heruntergekommen, zu ... Sie konnten ja nicht ewig im Hotel bleiben und sich über die staubigen Toilettensitze und alten Jagdtrophäen, die über den Eingängen hingen, lustig machen. Ellen zuckte resigniert die Schultern. Dann mussten die beiden eben getragen werden. Leichte Arbeit für die Kulis, die tief gebeugt unter der schweren Last von Holz und Metall ihre Tage fristeten.

Sie näherten sich dem Haus. Überall im Wald blühten Gartenblumen. Zwischen Ranken und unter Büschen lugten Kornblumen und gelbe Lady-Bank's-Rosen hervor. Über den Wipfeln tauchte die dunkelgrüne Spitze des Dachfirsts auf. Dann erblickte sie eine lange Hausmauer mit üppig weiß blühenden Glyzinen, die sich um eine Reihe kleiner Fenster mit Fensterläden rankten. Der Weg führte über einen ungepflegten Rasen direkt zu einem Marmorbrunnen, der trocken und voller Laub war. Vor ihnen lag eine lange, breite Veranda mit grün gestreiften zerfledderten Markisen.

Sie stiegen die Stufen hinauf und blieben zwischen den verwitterten Korbstühlen stehen. Ellen sah sich um.

»Es ist sehr alt, Mem-Sahib«, erklärte Djoti. »Gestern ist es zwar gründlich gereinigt worden, aber es ist nicht mehr das, was es einmal war.« Er zog einen Bund großer alter Schlüssel aus den Falten seiner Kleidung, öffnete eine Terrassentür und zog die Vorhänge zurück. Sie trat ein. Stickige moderige Luft und der Geruch von Bohnerwachs und Fliegenspray schlug ihr entgegen. Sie betrachtete die schweren Vorhänge, die orientalischen Vasen, das dunkle polierte Holz, die Perserteppiche, die in Leder gebundenen Bücher, gerahmte Porträts und das blasse Pastell getrockneter Bergblumen, und ließ alles auf sich wirken. Dann wandte sie sich ab. Ein alter Schmerz schnürte ihr die Kehle zu. Hier gab es keine zerbrochenen Weingläser und Kratzspuren auf der Polsterung. In der Luft schwebten keine Haare. Hier miauten und schnurrten keine Katzen. Und doch beschwor das Haus Bilder von alten Teekannen und herumliegenden Katzenhalsbändern, von weichem Fell an den Beinen und den hellen freundlichen Augen eines echten Freundes herauf.

Ellen spürte Djotis Blick, der ihr wie ein fernes Leuchtfeuer den Weg wies, aber die Erinnerung an Eildons verlassenes Wohnzimmer ließ sie nicht los.

Der liebe Eildon! Damals hatte er ihr versprochen, sich um ihre Ausbildung zu kümmern. Im staubigen Sonnenlicht, mit Perdy auf dem Arm, stand er da. Du kannst alles von mir haben, hatte er gesagt, du brauchst mich nur zu fragen. Also hatte sie ihm ordentlich zusammengeheftet sämtliche Rechnungen geschickt. Anfangs waren es nur Schuhe, Schleifen, Tutus, meterweise Tüll, Gymnastikanzüge und Strümpfe gewesen. Später wurden die Beträge größer: Semestergebühren, Reisen, Kleidung, Arzthonorare. Mit dem Vermerk »bezahlt« schickte er sie alle zurück. Manchmal enthielten sie zusätzliche Notizen wie »Mamas Silberleuchter«, »ein Chippendale-Sideboard« oder »erinnerst du dich noch an die Audubon-Drucke?« Dann sah sie ihn vor sich, wie er durch die Räume wanderte, um glücklich das nächste Opfer auszusuchen und Carroll, den Antiquitätenhändler anzurufen. Ich habe eine Freundin, hörte sie ihn mit geheimnisvollem Lächeln sagen. Sie ist verdammt teuer, das muss ich schon sagen. Aber sie ist jeden Cent wert!

Dann war er plötzlich nicht mehr da. Die unbezahlten Rechnungen kamen zurück. Niemand nahm den Telefonhörer ab. Schließlich ließ Carroll sie wissen, dass Eildon gestorben war und seinen ganzen Besitz einer Horde Katzen vermacht hatte. Ellen hatte die ganze Nacht ihr Gesicht in den Kissen vergraben und geweint. Aber für sie war er nie wirklich gestorben. Sie spürte, dass er bei ihr war, überall und immer, ewig alternd und nie alt – wie Gott. Und nun hatte sie ihn hier wieder gefunden – am Ende der Welt.

Sie lächelte Djoti zu. Das Haus fühlte sich warm und stark an. »Ich mag es«, sagte sie.

Er schlenderte zum Fenster und zog an einer Seidenkordel. Das Rollo sprang ihm aus den Händen. Mit traurigem Stirnrunzeln blickte er ihm nach. »Die Familie kam jede Saison aus Delhi hierher. Es waren Engländer. Dann kam plötzlich niemand mehr – seit zehn Jahren.«

»Und wer ist der Eigentümer?«, fragte Ellen erstaunt.

Djoti schüttelte bedächtig den Kopf. »Es gibt keinen Eigentümer, Mem-Sahib. Nur einen Laufburschen.«

Schon früh am nächsten Morgen kam Ellen mit Ziggy und Skye wieder. Sie waren gut gelaunt, unterhielten sich und lachten viel und laut, während sie Huckepack den Hang hinaufgetragen wurden. Die Kulis hielten die Frauen an den dünnen Schenkeln fest und beugten sich vor, um ihre Köpfe in respektvollem Abstand zu denen ihrer Passagiere zu halten. Angelockt durch die Hoffnung auf regelmäßige Arbeit, leichte Traglast und gutes Trinkgeld, wollten sie mit gleichmäßig geschmeidigem Gang und züchtig niedergeschlagenen Augen einen guten Eindruck hinterlassen. Ein langer Zug mit Proviant und Gepäck folgte: Koffer, Lebensmittel aus dem Dorfbazar, eine Gasflasche und ein Kühlschrank, über den sie lange gestritten hatten. Ellen dachte, der Kuli würde den schweren Kühlschrank gemeinsam mit einem Kollegen den Hang hinaufschleppen, und hatte ihn doppelt bezahlt. Aber er bestand darauf, ihn allein zu nehmen. Nun wankte er wie ein Käfer unter der schweren Last den Pfad hinauf und versank fast im Schlamm.

Ellen ging neben Djoti hinter der langen Reihe Träger her. Sie war sich bewusst, dass sie nichts zu tragen hatte. Die Sonne stand bereits hoch am Himmel und brannte ihnen auf den Kopf. Zikaden füllten die Luft mit trägem Zirpen.

»Das sind ihre Nachbarn.« Djoti zeigte auf ein Blechdach über den Bäumen. Es erhob sich wie das Segel einer einsamen Yacht über dem grünen Meer. »Der Oberst und Mrs. Stratheden. Sie waren schon einmal hier. Das ist schon lange her. Nun sind sie alt und heimgekommen. Und dort drüben« – er deutete auf eine silberne Turmspitze, die weiter weg stand – »das ist das Haus von Ravi Nair, einem berühmten indischen Filmstar. Er sieht sehr gut aus, ist sehr reich und hat noch keine Frau.« Er warf Ellen einen schnellen Blick zu. »Man sagt, dass er für den Bau seines Hauses drei Millionen Rupien ausgegeben hat. Die Arbeiter haben alle

Wände mit Spiegeln verkleidet. Sogar die Decke – in Ravi Nairs Schlafzimmer«, fügte er hinter vorgehaltener Hand hinzu.

Ellen ächzte. »Erzählen Sie mir nichts. Das klingt nach einer Person, die ich kenne.«

Djoti lächelte. »Sie werden das alte englische Ehepaar mögen.«

Die Verteilung der Zimmer war nicht schwierig. Ziggy wollte jemanden in ihrer Nähe, möglichst im Nebenzimmer. Skye auch. Also entschieden sie sich für die beiden nebeneinander liegenden Zimmer im ersten Stock. Ellen zog im Parterre in das frühere Arbeitszimmer des Hausherrn. Froh über den Abstand, war ihr jedoch klar, dass sie dadurch ihre Rolle als Hausherrin, Reiseleiterin oder sogar Mutter noch festigte. Als sie sich Tee eingießen wollte, fiel ihr ein altes Spiel aus der Schulzeit ein. Die Mädchen hatten sich schüchtern und verlegen gegenseitig die Frage gestellt: Willst du Mutter werden? Ellen hatte dabei immer einen Kloß im Magen und gezwungen gelächelt.

Während die anderen beiden auspackten und sich in ihren Zimmern einrichteten, stand Ellen still in ihrem Zimmer und blickte aus dem Fenster. Direkt vor dem Haus schützte ein massives Geländer vor dem steilen Abhang. Es war, als befände man sich am Ende einer flachen Welt, wo die Wirklichkeit jederzeit im Abgrund verschwinden könnte.

Ellen öffnete eine alte Truhe und fing an, ihr Zimmer auszuräumen. Jagdtrophäen, Gewehre, Cricket-Andenken und Stapel von Büchern über Vögel und Politik. Sie hörte nicht auf, bis sie den Raum in einen neutralen Zustand versetzt hatte. Plötzlich klopfte es leise. Skye stand an der offenen Tür. Sie musste den Kopf einziehen, um sich nicht zu stoßen, und hatte ein großes blaues Satinlaken über dem Arm, das bis auf den Boden reichte.

»Wir haben Laken mitgebracht«, begann sie schüchtern, »diese sind für dich. Es sind Satinlaken.« Sie machte eine Handbewegung zum Garten. »Wir dachten, sie trocknen schnell – du weißt schon, wenn man sie auf dem Rasen ausbreitet.«

Ellen betrachtete die Laken. Sie stellte sich vor, dass die ausgebreiteten Laken ihre Geheimnisse preisgeben würden – bis in Ravi Nairs verspiegeltes Schlafzimmer. »Vielen Dank. Prima!«

Skye blieb stehen und leckte sich verlegen die Lippen. »Es ist … schön hier. So viele Blumen.« Sie öffnete den Mund, als wollte sie noch etwas hinzufügen, drehte sich jedoch um und ging.

Ellen sah ihr nach. Wie ein Gespenst verschwand sie im Flur.

Djoti richtete es ein, dass seine Frau Prianka für sie kochte. Sie sprach nur ein paar Worte Englisch, aber sie hatte schon für Fremde gearbeitet und beherrschte einige Rezepte für einfache Menüs. Die Söhne wurden zum Feuerholzsammeln und Saubermachen eingestellt, die Nichten zum Einkaufen und Waschen. Die kleineren Kinder halfen im Garten.

»Wir sind alle da«, sagte Djoti jeden Morgen und breitete stolz die abgearbeiteten Hände aus. Ellen lächelte dankbar.

Im Laufe der Zeit schätzte sie die Hilfe des alten Mannes mehr und mehr. Stets kam er mit Vorschlägen, bevor ein Problem entstand oder Vorsorge getroffen werden musste, vermittelte ihr jedoch stets das Gefühl, sie hätte daran gedacht. Wenn sich ihre Blicke trafen, wussten beide, dass sie das Spiel durchschaute.

»Mem-Sahib, wir machen uns Sorgen über die Wasserknappheit. Amerikanische Damen waschen sich gern und zu oft.«

»Tatsächlich?«

»Ich habe die Kulis gerufen, damit sie den zweiten Tank füllen.«

»Gut, vielen Dank, Djoti.«

»Jawohl, Mem-Sahib. Sie haben Recht. Es ist klug, rechtzeitig daran zu denken.«

Er ging wie ein Kommandeur, der in seinen Truppen nach Störungen suchte, durch das Haus und über das Grundstück, schickte ein Kind, um Skye beim Blumenpflücken in den Wald zu begleiten, zeigte einem seiner Jungen, wo man auf das Blechdach klettern konnte, um Handtücher zum Trocknen auszulegen, und wies Ellen an, sich in die volle Badewanne zu stellen und die Flöhe aus ihrer Kleidung zu schütteln.

Während der Mahlzeiten hielt er kurze Vorträge.

»Mem-Sahibs, ich bitte Sie, nachts nicht die Fenster offen zu lassen, sonst kommen zu viele Motten herein.

Schütteln Sie vor dem Anziehen die Schuhe aus.

Lassen Sie kein Essen herumliegen, es lockt die Affen an.

Stellen Sie immer eine Kerze ans Bett, falls der Strom ausfällt.

Halten Sie sich von den Hunden fern. Sie könnten Tollwut haben, und wenn Sie gebissen werden, kann Sie nichts mehr retten.«

Ziggy und Skye hörten mit offenem Mund zu. Ellen spürte, dass sie jede neue Gefahr und jede Unannehmlichkeit als ein Stück ihres Weges heraus aus der sicheren, sauberen, vorbestimmten Welt von Marsha Kendall begrüßten. Sie sammelten Beweise für ihre gelungene Flucht in eine aufregende, neue Welt, wo andere Gesetze herrschten. Sie könnten im Wald einem Tiger über den Weg laufen. Sie könnten in einen Erdrutsch geraten oder auf dem steilen Pfad stolpern und den Abgrund hinunterstürzen. Alles könnte passieren.

Sie könnten wieder gesund und stark werden. Sie könnten glücklich sein.

Es gab keine Gespräche über Mahlzeiten, essen, schlucken, es im Magen zu behalten. Es gab keine Waagen und keine Aufzeichnungen über Gewichtszunahme. Es gab im ganzen Haus nur einen mannshohen Spiegel – und der stand in Ellens Zimmer hinter der Tür mit dem Gesicht zur Wand. Die Mahlzeiten wurden angeboten, dann ohne Kommentar abgeräumt, gegessen oder nicht gegessen. Niemals betrat Ellen ohne anzuklopfen ihre Zimmer und wartete auch nicht lauschend vor der Toilette. Sie wusste, dass sie nach jahrelanger sinnloser Zählerei von Kalorien, die in den Toiletten sowieso wieder ausgespuckt wurden, und dem Durchsuchen der Zimmer nach Abführmitteln, eine andere Methode brauchten. Dies war ihre letzte Chance. Sie würden gewinnen oder verlieren oder zwischen beidem hin und her pendeln, aber zu ihren eigenen Bedingungen.

Eines Morgens brachten Priankas Nichten Schlafanzüge und große Kaschmirtücher aus dem Bazar mit. Sie breiteten alles auf der Veranda aus und boten sie zum Verkauf an. Djoti erklärte, die traditionelle Baumwollkleidung ließe sich nach der hiesigen Methode besser reinigen. Die Mem-Sahibs probierten alles an, tauschten Ober- und Unterteile und lachten und stritten wie Kinder. Ellen wollte Blau. Ziggy, die von den Pariser Laufstegen kam, wählte gelbe Hosen und ein bunt besticktes Oberteil. Skye stolzierte in einem erdfarbenen Webtuch über einem braunen Anzug, der wie ein Pyjama aussah, über den Rasen.

In den Händen mehlige Fladen, sah Prianka Skye von der Küchentür aus zu. »Sehr gut«, rief sie und nickte zustimmend. »Wunderschön. Indisches Mädchen.«

»Sie sieht wie eine Nonne aus«, sagte Ellen.

»Oder wie eine Heilige«, meinte Ziggy. »Sie sollte auf einem Nagelbett schlafen« – ihre Stimme klang unschuldig, aber aus ihren Augen blitzte der Schalk – »oder monatelang nichts essen.«

Ellen stutzte verwundert. Aber Ziggy warf den Kopf in den Nacken und lachte.

Djoti schaltete sich in das Gespräch ein und kicherte. »Jawohl! Sehr dünn, wie heiliger Mann. Hier sind zwei amerikanische Sadhus …« Seine Stimme erstarb in pfeifendem Husten. »Sie müssen nach Rishikesh wandern, in die Stadt der Heiligen.« Er verschluckte sich vor Lachen und brachte nur mit Mühe heraus: »Dort werden Sie sehr … modern sein!«

Ziggy stemmte die Hände in die Hüften und lachte schallend. Dann lehnte sie sich an den Verandapfosten und ließ den Blick über den Garten schweifen. »Ich werde einen neuen Garten anlegen«, verkündete sie. »Gleich dort, hinter dem Springbrunnen.«

Alle Türen und Fenster standen offen. Frische sonnige Luft strömte in die Räume und ließ die Gardinen flattern. Auf sämtlichen freien Flächen standen Vasen mit frischen Blumen. Skye hatte die kräftig duftenden Blüten im Wald von den Bäumen geschnitten. Sie blieben lange frisch, hielten ihre leuchtenden Köpfe aufrecht und verbreiteten einen würzig-scharfen Duft.

Auf dem Rasen vor dem Haus stand Ziggy auf einen Spaten gelehnt und schaute drei jungen Burschen beim Umgraben ihrer neuen Parzelle zu. Zwei andere sammelten Steine für die Umrandung. Mit Händen und Füßen versuchte sie, ihnen Anweisungen zu geben und mit ihnen zu sprechen, obwohl Djoti ihr erklärt hatte, dass sie kein Englisch verstanden. Noch verwirrender wurde es, weil die jungen Männer stets aufmerksam zuhörten und eifrig »Jawohl, Mem-Sahib!« sagten, bevor sie, ohne eine Miene zu verziehen, davongingen.

Ellen stand im oberen Stock am Fenster und schaute zu. Ihr wurde warm ums Herz. Wie lebendig ihre Freundinnen wieder geworden waren. Obwohl Ziggy immer noch dünn und schwach war, hing sie nicht mehr lustlos herum und betrachtete die Welt aus halb geschlossenen zynischen Augen. Stattdessen lächelte sie wieder. Vorsichtig berührte sie alles, erforschte die Formen und die Strukturen, als wäre sie lange taub oder blind gewesen. Obwohl sie die meisten Speisen immer noch ablehnte, aß sie Priankas Fladenbrot, weil es nach Erde und nicht wie Brot schmeckte.

Angespornt durch ihr Vorbild, aß Skye auch wieder. Sie war immer noch sehr still, machte aber Spaziergänge im Wald und pflückte Blumen.

Ihre Fortschritte gaben Ellen Kraft. Sie fühlte sich stärker und sicherer, als würde die beginnende Genesung der beiden auch ihr Heilung bringen. Zufrieden betrachtete sie die friedliche Szene. Sie hatten das Paradies gefunden, das sie sich erträumt hatten.

Unten im Garten ging Ziggy in die Mitte der Parzelle, schaute sich um und plante die Bepflanzung. Die Jungen hörten zu graben auf, als Djoti mit einem großen Paket, über das er gerade noch hinwegsehen konnte, auf dem Pfad erschien. Das aufgebrochene Paket glänzte in der Morgensonne.

Ellen lehnte sich aus dem Fenster, um besser sehen zu können. Sie schluckte schwer, und ihr Herz fing wild an zu schlagen, als sie das glänzende Zellophan entdeckte.

Schnell rannte sie die Treppe hinunter, sah im Geiste schon die kleine weiße, mit einer Stecknadel befestigte Karte und den vertrauten »Fleurop«-Stempel. Wie eine Wüstenblume nach einem Regen blühte ihre Fantasie auf: James, der mit leiser strenger Stimme seine Nachricht am Telefon diktierte.

Ellen, mein Liebling.

Würden Sie das bitte buchstabieren, Sir? Ein L oder zwei?

Wir können ohne dich nicht leben.

Ist das alles, Sir?

Bitte, komm nach Hause. Wir schaffen es. Ich bin ganz sicher. Wir lieben dich, James und Zelda.

Gut, das habe ich aufgenommen. Ich lese es Ihnen noch einmal vor.

Djoti übergab Ziggy das Bouquet und nickte. Ziggy ließ die Arme hängen und starrte ungläubig auf den Blumenstrauß. Dann entdeckte sie den Umschlag, auf dem mit ordentlicher Handschrift stand: Ziggy Somers. Mussoorie. Versuchen Sie es im Hotel Savoy.

Ellen stellte sich neben Ziggy. Vor Enttäuschung, aber auch Erleichterung brannten ihr die Augen. Djoti schaute sie an und wartete auf Anweisung.

»Lass uns nachsehen, von wem sie sind«, sagte Ellen mit der beruhigenden Stimme einer Krankenschwester, bevor sie dem Patienten Schmerz zufügt. Sie löste die Karte ab und drehte sie um.

»Ziggy, Liebling«, las sie, »bitte melde dich bei uns. Dein Vater kann vor Sorge um dich nichts mehr essen. Wir vermissen unser kleines Mädchen so sehr. Ziggy, mein Liebling, die Blumen sollen dich an mich erinnern. Mein Schatz, ich liebe dich. Deine immer an dich denkende Mommy Lucy.«

Während Ellen die Zeilen vorlas, spürte sie, wie die

Heiterkeit und Wärme von Finsternis verdrängt wurde und sich Verzweiflung, Umklammerung und Besitzanspruch breit machten.

Ziggy ließ alles schweigend geschehen. Dann nahm sie das Bouquet und packte die Blumen aus. »Orchideen«, sagte sie verächtlich.

»*Sie* hat sie sicher nicht ausgesucht«, warf Ellen ein und wollte den geschriebenen Worten die Wirkung nehmen, sie anonym machen. »Ich nehme an, sie wurden per Luftfracht von Singapur nach Delhi geschickt.«

Beide Frauen konnten den Blick nicht von den wunderschönen wächsernen Blüten lassen. Echte Überlebenskünstler. Luftdicht eingeschlossen und in Eis gepackt hatten sie die weite Reise durch Hitze und Staub bis Mussoorie unversehrt überstanden.

»Woher weiß sie, dass wir hier sind?«, fragte Ellen.

»Ich habe es ihr erzählt«, antwortete Ziggy durch die zusammengepressten Zähne. »Ich wollte nicht und hätte es ihr auch nicht gesagt.« Sie streckte die Hand aus, berührte die kühlen Blumen, machte plötzlich eine Faust, zerbrach die Stiele und zerdrückte die Blüten. Dann schleuderte sie das Bouquet mitten in den halb fertigen Garten und ging mit gesenktem Kopf und hängenden Schultern davon.

»Sie mag die Blumen nicht«, bemerkte Djoti verwundert und bestürzt.

Ellen schwieg einen Moment und sagte dann nachdenklich: »Nein, sie mag ihre Mutter nicht.« Dann blickte sie hilflos zum Haus. Kurz nachdem Ziggy im Haus verschwunden war, wurden das Fenster ihres Zimmer geschlossen und die Vorhänge zugezogen.

Aufgeschreckt von dem Lärm, den Ziggy verursachte, als sie ins Haus stürzte und dabei die Korbstühle umstieß, erschien Skye auf der Veranda. Wortlos blickte sie auf die herumliegenden Orchideen und das zerknüllte Zellophanpapier. Furcht und Sehnsucht standen in ihrem Gesicht.

Ellen blickte auf Lucys Karte, die auf dem Rasen lag, und rief Djoti. »Ich möchte nicht, dass so etwas noch einmal passiert«, sagte sie. »Von jetzt an möchte ich alle persönlichen Briefe und Sendungen zuerst durchsehen, bevor wir sie verteilen.«

»Jawohl, Mem-Sahib«, antwortete Djoti und verbeugte sich ehrfürchtig.

»Und schaff das bitte weg.« Sie zeigte auf den Blumenstrauß, der zerstört auf dem Rasen lag.

19

Ellen widerstand dem Drang, den Arzt des Missionshospitals zu rufen, und hoffte, dass die zerstörerische Wirkung, die Lucys Blumen und Karte gehabt hatten, nicht anhalten würde. Aber die Tage, in denen Ziggy nur noch still im Bett lag und an die Decke starrte, wurden zu Wochen. Von ihrem Trübsinn angezogen wie eine Spinne von der Dunkelheit, wich Skye nicht mehr von ihrer Seite. Sie brachte ihr Blumensträuße, die in den Vasen dahinwelkten. Der von der Morgensonne gewärmte Platz im Esszimmer blieb leer, denn sie kam nicht mehr aus ihrem Zimmer. Prianka deckte stets für drei, kochte jedoch schon bald nur noch für eine Person.

Es war Djoti, der empfahl, den Arzt zu holen, und Ellen willigte schließlich ein. Sie stand am Springbrunnen neben Ziggys verlassenem Garten und wartete. Endlich hörte sie Stimmen, dann tauchten die Männer auf dem Weg auf. Atemlos vor Anstrengung kam der Arzt quer über den Rasen direkt zu Ellen. Er sah aus wie ein übernächtigter, vom Vorabend übrig gebliebener Partygast – trübe Augen und blass, das Haar ungekämmt. Seine Kleidung hatte Stil, war jedoch zerknittert und zeigte Schweißflecken. Eingehend betrachtete er ihr blasses

Gesicht und die rot unterlaufenen Augen. Sie hatte auch nicht geschlafen.

»Ich bin Ellen«, sagte sie ohne Umschweife und atmete tief durch, denn sie wusste, was jetzt kam. Zuerst besorgte Worte und dann Vorwürfe. Er musste sie für verrückt halten, dass sie mit zwei anderen Frauen, die ihr langsam unter den Händen wegstarben, hier oben allein wohnte. Was, um Himmels willen, hatte sie sich wohl dabei gedacht, Menschen aus luxuriösen Kliniken zu holen, wo man für Geld jeden Komfort haben konnte, falls eine Heilung nicht mehr möglich war? Sie musste verrückt, dumm oder grausam sein!

»Dr. Cunningham. Paul«, sagte der Arzt von hinten, als er Ellen zum Haus folgte. »Es tut mir Leid, aber ich konnte nicht früher kommen. Das war wieder einmal ein Tag …«

Ellen blickte über die Schulter. »Ist alles in Ordnung?«, fragte sie. »Sie sehen nicht gut aus.«

»Ich habe die ganze Nacht nicht geschlafen«, antwortete er und rieb sich das Gesicht. »Ein schwerer Fall. Ich habe es kommen sehen, aber man gewöhnt sich nie daran.«

»Was ist denn passiert?«, fragte Ellen höflich.

»Eine Frau aus einem Dorf kam zu uns. Ihr Baby ist im Geburtskanal stecken geblieben.« Er schüttelte verständnislos den Kopf. »Nun ja, es war schon lange tot, und die Verwesung hatte bereits eingesetzt. Sie erzählte mir, dass sie vier Stunden vom Dorf bis zur nächsten Straße laufen musste. Dann hat sie ein Lastwagen bis zur Kreuzung mitgenommen. Die restlichen zehn Kilometer bis zur Klinik musste sie wieder laufen.« Er redete ununterbrochen und fand kein Ende. »Ich habe es vaginal nicht herausgebracht, also musste ich einen Kaiserschnitt machen. Ich fing mit einem normalen Einschnitt an, fand das Baby jedoch in Steißlage in der oberen Hälfte des Uterus.« Plötzlich unterbrach er sich. »Entschuldigung, das dürfte Sie ja wohl nicht interessieren.«

»Wird die Mutter überleben?«, fragte Ellen und hatte Bilder von aufgeschnittenen, in Desinfektionslösung getränkten Körpern, blutigen Händen mit Nadel und Faden, vor Augen. Der Arzt in Operationskittel und Maske über sein Werk gebeugt – ein Gott mit zwei Gesichtern: Schlächter und Retter zugleich.

Paul zuckte die Schultern und täuschte Gelassenheit vor. »Sie bekommt Antibiotika, intravenös. Glücklicherweise hat sie noch vier andere Kinder. Sie sind alle schon über fünf Jahre alt und haben gute Überlebenschancen«, schloss er mit nervösem Lächeln.

Ellen führte ihn ins Haus. Er blieb auf der Schwelle stehen und betrachtete die verschwenderische Einrichtung.

»Das sind nicht unsere Möbel«, klärte ihn Ellen auf. »Wir sind noch nicht lange hier, erst zwei Monate.«

Vor einem Vorderlader, der schräg an der Wand hing, blieb er stehen. »Ich habe schon von Ihnen gehört«, sagte er nachdenklich. »Auch, dass zwei von Ihnen krank sind.«

»Eigentlich waren wir nur zu zweit, meine Freundin und ich«, sagte Ellen hastig und sah ihm in die Augen. »Dann wollte die andere Frau auch mitkommen, obwohl ich dagegen war.« Sie biss sich auf die Lippen. Eigentlich wollte sie sich zurückhalten, damit er sich nur um seine Arbeit kümmern konnte. Im Grunde wollte sie nur Beruhigungsmittel von ihm, den Rest schaffte sie schon allein.

Paul lehnte sich an die Wand und senkte den Blick. »Nur um den Klatsch von der Realität zu unterscheiden – Ihre zwei Begleiterinnen leiden an Anorexie, nicht wahr? Schon lange? Chronisch?«

»Ziggy war während der letzten drei Jahre mehrfach im Krankenhaus. Zweimal wäre sie fast gestorben. Skye ist schon länger krank.«

»Dann werden sie Ihnen im Krankenhaus auch gesagt haben, dass die Aussichten schlecht sind«, sagte er ohne Umschweife. »Die Chance für eine Heilung ist ...«

»Als wir hier ankamen«, unterbrach Ellen, »sah es gut aus. Sie hatten sich erholt und fingen sogar wieder zu essen an. Zwar nicht viel, aber es wurde immer mehr. Dann kam Post von Ziggys Mutter und hat alles zunichte gemacht. Nichts, was ich sagte, hatte irgendeine Wirkung. Seitdem sind sie« – sie lachte bitter – »liegen sie im Bett. Und das alles nur wegen ein paar Blumen von Zuhause.«

»Ich bin in dieser Sache kein Fachmann«, begann Paul. »Ich muss gestehen, wenn ich in den Fachblättern darüber lese, denke ich immer, Gott sei Dank gibt es diese Krankheit hier nicht. Aber ich habe ein Gedächtnis wie ein Elefant, und das ist gut so. Diese Blumen von Zuhause, zum Beispiel, von einer der Mütter ... Ich kann mich erinnern, dass Anorexie meistens mit Familienproblemen verbunden ist, vor allem mit der Mutter.« Paul entspannte sich ein wenig, als die medizinische Terminologie ganz selbstverständlich die Stille durchbrach. »Die Patienten verhalten sich oft sexuell ambivalent. Sie wollen sich ihr Fleisch abhungern, um wieder Kind zu sein. Durch den körperlichen Stress hört die Menstruation auf, was natürlich eine Belohnung für ihr Verhalten darstellt.«

»Aber das muss nicht zwangsläufig mit den Müttern zu tun haben«, warf Ellen ein.

»Nun ja, einige Studien haben gezeigt – wenn Sie so

wollen –, dass weiblich zu sein bedeutet, wie seine Mutter zu werden. Und davor haben sie Angst.«

»Sie meinen« – Ellen musste schlucken – »sie haben Angst, Mutter zu sein?«

»Vielleicht nicht Mutter schlechthin, aber es könnte mit ihren Müttern zu tun haben. Leider ist das nur eine Theorie, und es gibt nicht viel Literatur über diese Erkrankung. Was auch dahinter steckt, es ist sehr mächtig. Diese Patienten würden buchstäblich lieber sterben als nachgeben.« Er blickte Ellen in die Augen. »Einige von ihnen sterben tatsächlich. Das ist Ihnen doch klar, oder?«

»Ja, natürlich«, antwortete Ellen kleinlaut. »In der Klinik hat man mich darüber aufgeklärt.«

Mit fragendem Gesichtsausdruck betrachtete Paul ihr ruhiges gelassenes Gesicht. »Verrückt ist nur«, fuhr er fort, »dass sie dabei ausgesprochen stark sind. Um den eigenen Körper verhungern zu lassen, braucht man ein großes Maß an Selbstbeherrschung! Eigentlich will ein Teil von ihnen überleben, aber sie können nicht mehr zurück, wenn es einmal so weit gekommen ist. Deshalb ist es so schwierig …«

»Haben Sie vorhin nicht gesagt«, unterbrach Ellen und stellte sich ihm in den Weg, »dass es Frauen gibt, die es nicht schaffen, Mutter zu sein? Dass sie zwar wissen, was es bedeutet, aber dass sie es nicht … können?« Ihre Stimme wurde schrill und laut vor Aufregung. »Sie tun alles, um eine gute Mutter zu werden, aber irgendetwas stimmt nicht und sie …« Ihre Stimme erstarb zu einem Flüstern. »Sie schaffen es einfach nicht.«

Paul runzelte die Stirn. »Es gibt immer mehrere Gründe für ein Problem«, antwortete er behutsam. »Aber Psychologie ist nicht mein Fach. Ich bin Allgemeinmediziner.« Er blickte an Ellen vorbei zur Treppe, die in die obere Etage führte. »Natürlich werde ich alles tun, um zu helfen.«

Zuerst betraten sie Ziggys Zimmer.

»Verdammt, ich habe keinen Arzt gerufen!« Die Worte kamen aus dem ungemachten Bett, sobald das Licht anging.

»Er ist extra vom Missionshospital heraufgekommen«, entgegnete Ellen mit drohendem Unterton.

»Er soll wieder verschwinden.«

Paul ignorierte die Bemerkung und stellte sich ans Fußende des Betts. Ohne sich aus der Ruhe bringen zu lassen, betrachtete er die abgemagerten Arme auf der weißen Bettdecke, die hohlen Wangen und die übergroßen wütenden Augen.

Ohne ein Wort drehte er sich um und verließ das Zimmer.

Nebenan lag Skye zusammengekrümmt auf dem Bett. Als der Arzt in ihre Nähe kam, blickte sie mit einem Ausdruck von Furcht und Sehnsucht auf.

»Bitte, lassen Sie mich in Ruhe«, flehte sie wie ein kleines Mädchen, das beim Fangenspielen mit dem Rücken an der Wand steht und nicht mehr weglaufen kann.

»Keine Frage«, meinte Paul, als er mit Ellen die Treppe hinunterging, »sie können nicht hier bleiben.« Seine Stimme wurde hart und strafte die sanften Augen Lügen. »Im Hospital haben wir nicht genug Betten. Wir brauchen sie für die Armen, die keine andere Zuflucht mehr haben. Ich gebe Ihnen einen guten Rat: Reisen Sie ab, solange Sie noch dazu in der Lage sind.«

»Sie meinen, zurück nach Amerika?« Ihre Worte klangen hohl. Zurückgehen, das machte doch keinen Sinn!

Paul nickte. »Ja, zurück nach Amerika. Oder wenigstens nach Delhi.« Er berührte Ellen sanft an der Schulter und fügte hinzu: »Sehen Sie, es war einen Versuch wert. Sie wissen, dass Sie alles getan haben, was in Ihrer Macht stand. In der Zwischenzeit werden Beruhigungsmittel helfen. Sie bekommen sie im Bazar. Ich schreibe Ihnen einige Präparate auf.« Er zog einen kleinen Notizblock aus der Tasche und kritzelte einige Namen darauf. »Der Himmel weiß, was sie auf Lager haben. Gehen Sie zu dem Mann neben dem Wahrsager, gegenüber von dem Bäcker.«

»Bäcker?«

»Na ja, sozusagen. Ich glaube, sie verkaufen Fladenbrot.«

Ellen lachte. »Das ist Indien …«

Prianka erschien mit einem Tablett und brachte heißen Tee. Freundlich begrüßte sie den Arzt und sprach Hindi mit ihm. Prianka strahlte ihn an, als wäre er ihr Schöpfer. Sie stellte das Tablett vorsichtig auf den niedrigen Tisch, machte eine Verbeugung und ging.

»Sieh dir das an …« Paul hob die schwere chinesische Teekanne hoch und drehte sie langsam um. »Wir hatten genau die Gleiche – zu Hause.« Er behielt sie eine Weile in der Hand, bevor er sie schweren Herzens wieder hinstellte.

»Wollen Sie nicht einschenken?«, schlug Ellen vor und schob ihm die Tassen hin.

Paul nickte und unterdrückte ein Gähnen.

Schweigend saßen sie auf dem alten Sofa und tranken den schwarzen würzigen Tee aus den feinen Porzellantassen mit Goldrand. Über ihnen hing ein verblasstes Porträt von Queen Elizabeth. Umrahmt von edlem Hermelin und blauen Ordensbändern, blickte sie abgeklärt auf sie herab.

Unter dem Duft von Kardamom und Nelken fing Ellen den Geruch von Schultoilette, Schmierseife und kaltem

Schweiß auf. Sie betrachtete Paul verstohlen. Der unordentliche offene Kragen und das unrasierte Kinn erweckten den Eindruck von Zerstreutheit, der so gar nicht zu den feinen Gesichtszügen passte. Was für einen Eindruck sie wohl auf ihn machte? Ungeschliffen und unfertig. Wahrscheinlich hielt er sie für eine exzentrische Dame mit ihren neurotischen Freundinnen.

»Leben Sie schon lange hier?« Plötzlich hätte sie gern gewusst, ob er sie tanzen oder ihr Bild in der Zeitung gesehen hatte. Allerdings war er Missionar. Missionar – schwarze Bibeln, knienden Menschen, einfaches Essen und lächelnde Kannibalen mit Knochen im Haar.

»In Indien oder Mussoorie?«

»Beides.«

»Ich stamme aus Kalkutta. Hierher bin ich vor etwa zehn Jahren gekommen.«

»Wollen Sie damit sagen, dass Sie Ihr ganzes Leben in Indien verbracht haben?«, fragte Ellen erstaunt.

Paul lächelte. »Fast. Meine Eltern waren Missionare in Kalkutta. Sie wollten mich nicht in ein Internat geben, also blieb ich bei ihnen, bis ich in London Medizin studierte. Ich hasste England – die Kälte, und dass alles zu einer bestimmten Zeit getan werden muss. Nun ja, so ist das nun mal, alter Junge!« Er imitierte den Oxford-Akzent.

Ellen lachte. Ihre alte Lebendigkeit, kribbelnd wie kalte Hände am warmen Feuer, kehrte zurück. Plötzlich fiel ihr auf, dass die Krankheit im Haus und die Qual des Vergessens wie ein dunkler Schatten über ihr und ihrer Lebensfreude lagen. Sie sehnte sich danach, endlich wieder frei zu sein.

Paul verdrängte seine Müdigkeit und genoss es, mit ihr Tee zu trinken. Sie wünschte, er würde bleiben, würde sie von hier fortbringen. Sie wollte ihn. »Leben

Ihre Eltern noch in Kalkutta?«, fragte sie gedankenlos, während sie Tee einschenkte.

Paul zögerte. »Nein, sie zogen nach Bangladesh. Vor einigen Jahren sind sie dort bei einer Überschwemmung ertrunken.« Trotz seiner ruhigen und festen Stimme war sein Schmerz nicht zu überhören.

Ellen schloss die Augen und sah zwei hilflose Menschen, die wie Puppen vom brodelnden Wasser hin und her geworfen wurden. Die alles verschlingende Flut ... »Oh, das tut mir sehr Leid«, sagte sie rasch, »ich hätte nicht gefragt, wenn ich ...«

»Sie fehlen mir sehr.«

In der Stille war das Ticken der Schweizer Uhr besonders laut zu hören.

»Sind Sie verheiratet?«, fragte Ellen, um das peinliche Schweigen zu brechen. Natürlich ist er mit einer liebevollen ernsten Frau mit starkem Herzen und tröstenden Händen verheiratet, dachte sie.

Paul sah ihr in die Augen. Sie wand sich innerlich. Er könnte ja meinen, sie würde ...

»Nein«, antwortete er resigniert. »Wer möchte schon so leben?«

Er umklammerte die Tasse und starrte auf seine Hände. Sie waren feingliedrig und weich, aber zugleich fest und stark. Ellen stellte sie sich in den Latexhandschuhen der Chirurgen vor. Und seine hellbraunen Augen riefen Bilder von Qual und Schrecken wach. Mein Gott, ein im Mutterleib verwesendes Baby!

Auch in Margarets Augen hatte stets der Schrecken ihrer kleinen Patienten gestanden. Aber sie schien aus ihren Leiden Kraft zu schöpfen. Gab es einen Notfall, wurde sie lebendig. Plötzlich klapperten ihre Absätze geschäftig über den Fußboden, wenn sie ihren weißen Mantel über den Arm warf, die Arzttasche griff und davoneilte, während Ellen auf der harten Couch saß und ihr zusah. Wie eine Heldin zog sie in den Krieg.

Paul schien nur noch müde und traurig, als wäre er in ein ungewolltes Spiel geraten, das er nicht beenden konnte, obwohl er das Ende herbeisehnte.

»Sind Sie verheiratet?«, fragte er.

»Wie bitte?«

»Sind Sie verheiratet?«

Ellen sah ihn entgeistert an. »Ja ... Na ja, eigentlich nicht. Ich bin ... wir haben uns getrennt. Für immer.« Plötzlich hatte sie das Bedürfnis, ihm alles zu erzählen. »Ich habe eine kleine Tochter. Zelda« – ihre Stimme wurde sehr leise – »Sie ist ... sie lebt bei ihm.«

Paul blickte ihr kurz in die Augen. Seine zusammengekniffenen Augen und dünnen Lippen verrieten sein Missfallen. »Sie vermissen sie sicher sehr«, meinte er mit sarkastischem Unterton.

Ellen senkte den Blick und sah verlegen auf ihre Hände, an denen zwar kein Blut, aber Schuld klebte. Vermutlich dachte er an Liebhaber, Träume, Zukunftspläne und Unzufriedenheit. Aber so ist es nicht, hätte sie gern erklärt. Sie verstehen mich nicht. Niemand kann mich verstehen. James nicht, Ziggy nicht und auch Zelda nicht. Egal, was James ihr erzählt hatte, welche Gründe er ihr genannt hatte, sie wird mir immer die Schuld geben, mich verachten, mich hassen ...

»Es tut mir Leid«, sagte Paul, trank seinen Tee aus und erhob sich. »Ich habe Sie schon zu lange aufgehalten.« Jetzt war er wieder der ruhige und besorgte Arzt. »Ich möchte noch einmal betonen, wie wichtig es ist, dass Sie mit den beiden Damen so schnell wie möglich abreisen.«

»Ja, vielen Dank«, antwortete Ellen mechanisch, als sie ihn zur Tür brachte. »Vielen Dank für Ihren Besuch.«

»Nicht der Rede wert«, meinte Paul. »Djoti kann die Rechnung abholen.«

Ellen leckte das Salz auf, das sie sich auf die Hand gestreut hatte, warf den Kopf in den Nacken, trank einen Schluck Tequila aus der Flasche und biss anschließend kräftig in eine Zitronenscheibe. Die Kombination von Schärfe und Säure entzündete ein Feuer auf ihrer Zunge. Sie verzog das Gesicht. Als die Wirkung nachließ, senkte sie den Kopf und lehnte sich an die Hauswand. Riesige Motten schwirrten um ein helles Fenster und schlugen mit den puderigen Flügeln gegen die Scheibe. Der Schein einer einzigen Lampe ergoss sich über die dunkle Veranda, lag silbern auf Ellens dunklem Haar und brach sich in der halb leeren Flasche in ihrer Hand.

Sie atmete langsam aus. Erschöpft und leer, hatte sie das Gefühl, vor einer undurchdringlichen Mauer von Fehlschlägen zu stehen. Sie musste aufgeben und zurückgehen. Aber hatte sie eigentlich etwas anderes erwartet?

Ein Bild stand ihr vor Augen. Margaret, ihre Mutter, die freundlich und mitleidig lächelte.

Was hast du erwartet, Ellen?

Der Verandapfosten schien zu schwanken und den Garten mit sich fortzureißen. Wie ein Gespenst in weißem verzauberten Licht schwebte Margaret über ihr.

Tollpatschiges, nutzloses, leichtsinniges, schmutziges Mädchen. Armes Ding!

Ihre Stimme durchdrang die Stille.

Kein Wunder, dass dein Vater fortgegangen ist.

»Nein!«, schrie Ellen dem Gespenst entgegen und schüttelte entschieden den Kopf.

Armes Kind. Er konnte dich einfach nicht mehr er-

tragen. Schon dein Anblick machte ihn krank. Deshalb hat er uns verlassen.

Der Wind seufzte in den Wipfeln. Arme Margaret. Das Leben ruiniert, vom Glück verlassen.

Nein! Mit hilflosen Gesten griff Ellen nach der Lichtgestalt. In ihrem Kopf brannte hell und klar ein Feuer, durchdrang alte Fronten, alte Meinungen, Ansichten, Urteile. Es war nicht die Wahrheit! Er musste eigene Gründe gehabt haben. Gründe, die mit Margaret zu tun hatten oder mit ihm selbst. Niemand würde alles, was er besaß und liebte, wegen eines unschuldigen Babys verlassen, das erst zwei Monate alt war.

Es sei denn, dachte Ellen plötzlich, er war wie ich, hin und her gerissen zwischen Liebe und Hass, auch ein Opfer der Krankheit, die wie ein böser Fluch auf ihrer Familie lag. Vielleicht hatte er sich schweren Herzens von seiner Familie losreißen müssen, unfähig, es Margaret zu erklären.

Ellen erinnerte sich an das Hochzeitsfoto, auf dem ein blasser blonder Mann schüchtern neben seiner jungen Frau stand. Kaum vorstellbar, dass auch er – genau wie sie – gehen musste, um das geliebte Kind zu schützen.

Sie blickte zum Mond, der wie ein Juwel in unglaublicher Entfernung am samtblauen Himmel hing. Niemals würde sie die Wahrheit über ihren eigenen Vater erfahren. Wen sollte sie fragen? Als Ellen die Ballettschule beendet hatte, war das Haus bereits verkauft und Margaret war nach England gezogen, ohne eine Adresse zu hinterlassen. Ellen spürte noch den Verlust, die Angst und die große Erleichterung, die sie empfand, als ihr klar wurde, dass Margaret sie endgültig verlassen hatte. Endlich war es vorbei!

Aber sie hatte auch ihre Geheimnisse mitgenommen.

Die Fragen würden Ellen ihr Leben lang begleiten – eine unüberwindbare Finsternis in ihrem Innern hinterlassen. Es durfte nicht sein! Diese nicht heilende, endgültige und erbarmungslose Wunde war unerträglich!

Ellen stand auf und blickte, vom Licht geblendet, in den Garten. Plötzlich wusste sie: Das würde sie Zelda nicht antun! Zelda sollte wissen, wo ihre Mutter war, und eines Tages auch erfahren, warum sie sie verlassen musste. Was es für Zelda bedeute, wusste sie nicht. Aber es war besser als nichts, besser als ewiges Schweigen. Eltern dürfen nicht verschwinden, weil die Wunde, die sie hinterlassen, sonst niemals heilt.

Ellen blieb, halb wach, halb schlafend, auf der Veranda sitzen, bis das erste Licht der aufgehenden Sonne den Himmel verzauberte. Dann ging sie in ihr Zimmer und setzte sich an den Schreibtisch.

»Lieber James«, schrieb sie entschlossen mit zitternder Hand. »Ich muss ihr unbedingt schreiben. Du musst es erlauben! Sie ist auch meine Tochter! Ich liebe sie.«

Sie blickte in die goldene Morgensonne. Unter ihrer Hand lag wie Balsam das kühle Briefpapier. Schon jetzt fühlte sie sich gestärkt.

Sie träumte davon, was sie ihr schreiben könnte. Lange Briefe würden es sein, in denen sie sich über Neuigkeiten, ihr Leben, ihre Gefühle austauschten. Natürlich würde sie die Worte sorgfältig wählen, um nichts falsch zu machen. Sie wagte es sogar, sich eine Antwort von Zelda zu erhoffen. Eines Tages würden sie wieder zusammen sein.

Die morgendlichen Geräusche nahmen zu. Aus der Küche war das Geklapper von Priankas Pfannen zu hören. Draußen hackte jemand Holz. Nur im oberen Stock blieb alles still. Ellen dachte an Ziggy und Skye, die sich, eingewickelt in Laken, im Schlaf unruhig hin und her wälzten. Ihr fiel der Rat des Arztes ein, das Haus zu verlassen. Hilflos sah sie sich um. Sie fürchtete sich davor, zu packen und auszuziehen. Plötzlich hatte sie eine Idee. Glasklar stand sie vor ihr. Wenn sie einen Weg fand, Ziggy und Skye zu helfen, sie zu retten, anstatt aufzugeben, wäre das ein sicheres Zeichen, dass sie selbst sich geändert hatte. Es würde sie zu einem Menschen machen, auf den man sich verlassen konnte. So wie Lizzie. Dann wäre sie eine richtige Mutter!

Der winzige Samen schlug Wurzeln. Genährt von der Wärme der Hoffnung, wuchs er schnell zu einer Pflanze heran. Es schien einfach und gerecht, ein Geschäft mit dem Schicksal: Konnte sie Ziggy und Skye retten, wäre Zelda für sie nicht verloren.

Am nächsten Morgen marschierte Ellen in Ziggys Zimmer und zog die Vorhänge auf.

»Steh auf!«, befahl sie ihr. »Wir gehen zum Bazar, einkaufen. Draußen wartet schon ein Kuli. Oder soll ich ihn heraufholen?«

Ziggy lag schweigend im Bett. Es fiel ihr schwer, zuzuhören und zu denken, deshalb sagte sie nichts.

»Na gut«, sagte Ellen. Sie öffnete das Fenster und winkte einem Mann, der auf dem Rasen stand. »Gleich ist er hier.«

Mühsam richtete sich Ziggy auf und fuhr sich verwirrt durch das unordentliche Haar. Sie trug nur ein kurzes Seidenjäckchen, das schlaff über Haut und Knochen hing.

Ellen nahm saubere Kleidung aus dem Schrank und warf sie ihr zu. »Zieh das an«, sagte sie gequält und schluckte angeekelt, wobei sie sich mit einer Hand an der Wand abstützte.

»Was ist los mit dir?«, fragte Ziggy.

»Nichts.«

»Tatsächlich? Ich habe auf dem Rasen eine Flasche liegen sehen.« Sie lächelte zynisch. »Das Kokain der Armen.«

»Was?«

»Tequila. Wo, um Himmels willen, hast du ihn her?«

»Djoti hat ihn im Savoy bekommen.«

Es klopfte leise an der Tür. Ellen stand auf. Ziggys Kopf flog herum. »Lass ihn ja nicht herein!«, rief sie. »Ich bin nicht angezogen!«

»Dann beeil dich!«, befahl Ellen kaltherzig.

Ziggy zog sich tatsächlich an. Langsam und täppisch wie eine Möwe an Land bewegte sie ihre abgemagerten Glieder und ließ Ellen dabei nicht aus den Augen.

»Warum schickst du nicht Djoti oder Prianka zum Einkaufen?«, fragte sie schließlich. »Ich hasse das Tal. Es ist heiß, und es gibt viele Bettler. Ich kann diese Männer mit ihren Dosen nicht ausstehen!«

Ellen öffnete die Tür und winkte den Kuli herein. Mit gesenktem Blick und hängenden Armen ging er auf Ziggy zu.

»Mem-Sahib?«

»Raus hier! Alle beide!« Ziggy war weiß vor Wut.

»Nein«, entgegnete Ellen gelassen. »Und wenn ich sechs weitere Kulis rufen muss und dich an Händen und Füßen fessele – du wirst nicht einen Tag länger im Bett bleiben! Du kommst mit!«

Ziggy riss vor Erstaunen die Augen auf. »Aber was willst du denn dort?«

»Einkaufen, zum Beispiel. Den Tempel besichtigen. In den Bazar gehen. Mit der Seilbahn fahren. Was Touristen tun, wenn sie Mussoorie besuchen – oder Indien. Du hast dieses Haus nicht verlassen, bis auf ein paar Übernachtungen im Hotel. Pass auf, dass du dich nicht bald in Amerika wiederfindest. Also«, sie holte tief Luft, »es wird Zeit, dass du mal herauskommst und …«

»Moment mal!«, unterbrach Ziggy und hielt die Hand hoch, als wolle sie Ellens Pläne stoppen. »Ich weiß, was du vorhast. Du glaubst, Lucy hat mich aus der Bahn geworfen und du könntest es wieder in Ordnung bringen, indem du mich zu diesem gottverdammten Bazar schleifst! Vergiss es, Ellen! Das klappt nicht!« Das Zittern in der Stimme ließ sie jung und verloren erscheinen. »Ich war schon einmal in diesem Zustand, da hilft nichts mehr.«

Tränen schossen ihr in die großen grünen Augen. Der Kuli starrte verlegen auf seine Hände.

»Dann ist es ja egal, nicht wahr?«, entgegnete Ellen kaltschnäuzig. »Wenn nichts mehr hilft, kannst du ja auch mitkommen.«

»Mist! Du meinst es wirklich ernst …« Ein kurzes hilfloses Schweigen entstand. Ziggy blieb verblüfft stehen. So durfte niemand mit ihr sprechen! Sie war Luft für sie. Dann schnippte sie mit den Fingern. »Du!«, rief sie dem Kuli zu. »Geh! Verschwinde! Sofort!«

Er blieb, wo er war.

»Ich habe ihm gesagt, dass er dich nicht ernst nehmen darf«, erklärte Ellen, »weil du verrückt bist. Er wird nicht auf dich hören. Ich habe ihm doppelten Lohn bezahlt.«

»Aha, Gefahrenzulage.« Ziggy lachte. Das wilde Gekicher passte zu den fiebrig glänzenden Augen. »Oh, das ist gut, Ellen. Das hätte ich nie von dir gedacht …«

Ellen drehte sich um und verließ das Zimmer. Ziggy starrte ihr entgeistert hinterher, hob die verkrampfte Hand und zupfte verlegen an ihren Haaren. Es verging einige Zeit, bis sie endlich dem Kuli winkte und sich breitbeinig hinstellte, um hochgehoben zu werden.

Schweigend gingen sie durch den Wald bis zum Hospital, wo die Straße endete. Ellen bezahlte den Kuli und schickte einen Boy, um einen schlafenden Taxifahrer zu wecken.

»Jawohl, Mem-Sahib«, sagte der Fahrer unterwürfig und blinzelte in die Sonne. »Wohin möchten Sie?«

»Wir wollen zum Bazar.«

»Natürlich, kein Problem.«

Ziggy kletterte ins Taxi und sank schlaff in die Polster.

Ellen setzte sich neben sie, achtete jedoch auf einen deutlichen Abstand zwischen ihnen.

Der Fahrer beobachtete sie im Rückspiegel, als er den Wagen die steile kurvige Straße hinunterrollen ließ.

Kein Wort kam über ihre Lippen. Wer würde zuerst das verbissene Schweigen beenden? In alten Zeiten war es immer Ellen gewesen …

Sie blickt von der Hausaufgabe auf, unterbricht ihr geistesabwesendes Gekritzel, lässt Ziggy nicht aus den Augen, die eine Nadel in ihre rosa Satinschleife sticht.

Es tut mir Leid … Zig?

Keine Antwort.

Bitte, Ziggy! Ich habe es doch nicht so gemeint.

Ein langsamer Augenaufschlag. Stimmt das auch?

Ja, es tut mir wirklich Leid.

Ein kurzes Nicken und der Anflug eines Lächelns. Na gut.

Freundschaft?

Klar. Freundschaft.

Langsam bahnte sich das Taxi einen Weg durch die Menschenmenge. Heute war Markttag. Ellen sah an den neugierigen Gesichtern vorbei, die sich an die

Scheiben pressten. Unzählige kleine Stände säumten den Straßenrand, als führe man an einer ununterbrochenen Reihe offener, mit Waren voll gestopfter Schränke vorbei: leuchtend bunte Saris, Bettdecken, Säcke mit Gewürzen, Gläser mit Zuckerbrot, Armreifen an Schnüren und Kisten mit Silberschmuck. In regelmäßigen Abständen wurden Softdrinks aus warmen, staubigen Dosen verkauft: Limca, Thums Up und eine Art Coca-Cola. Eine Kodak-Reklame lugte hinter einem Stapel Ledersandalen hervor. Verblichene Poster zeigten Jeans im westlichen Stil, getragen von einem westlich gestylten, indischen Mädchen mit nacktem Bauch, daneben eine Schmiede, eine dunkle, verrauchte Höhle mit vagen Schatten, und der matte Glanz geschmiedeten Metalls.

Eine Kuh blieb mitten auf der Straße stehen und weigerte sich, Platz zu machen. Die Luft flimmerte und es wurde heiß und stickig im Wagen. Ellen kurbelte das Fenster herunter. Der Geruch und der Lärm der Menschenmenge strömten herein. Ziggy bedeckte Mund und Nase mit dem Ärmel und schloss die Augen. Sie hielten neben einem Laden, der Wanderstöcke verkaufte, die an langen Latten hingen und sämtliche Wände bedeckten. Einige waren blass und neu, andere gebraucht, mit einer Sammlung Blechplaketten und schön verziertem, geschnitztem Knauf. In der Mitte hing ein Panoramafoto, Schnee bedeckte die fernen Gipfel.

»Himalaya«, sagte der Fahrer. »Hier, sehen Sie … dieser Berg … von Mussoorie. Aber nicht heute. Es ist … derselbe Staub.«

»Dunst«, verbesserte Ellen.

»Dreck«, meinte Ziggy.

Die Kuh schlenderte zur Seite, und der Wagen setzte sich wieder in Bewegung.

»Bring uns zum alten Tempel.«

»Jawohl, Mem-Sahib. Es ist nicht weit. Hier, sehen Sie.« Er zeigte auf einen schmalen Eingang. Zweifelnd blickte Ellen in die Richtung. »Ist es ein berühmter Tempel?«

»Sehr berühmt, Mem-Sahib. Der Tempel von Nanda Devi.«

»Ich sehe mich mal um«, wandte sich Ellen an Ziggy. Sie warf dem Fahrer, der sie immer noch im Rückspiegel beobachtete, einen Blick zu. »Du wartest hier. Ich bin gleich wieder da.«

Sie ging durch den Eingang und einen schmalen Heckenweg entlang, bis sie zu einem halb offenen Tor aus dicken Gitterstäben kam. Hier blieb sie stehen, schaute ins Dunkle und atmete alten Weihrauch ein. Eine in orangefarbene Tücher gehüllte Gestalt regte sich. Dann gingen Lichter an – eine Reihe nackter greller Glühbirnen. Ein alter Priester saß im Alkoven neben einer elektrischen Schalttafel. Er verbeugte sich und winkte Ellen herein.

»Bitte, ziehen Sie die Schuhe aus«, sagte er und kam auf sie zu. Als sie die Schnürsenkel ihrer Stiefel öffnete, sah sie zu ihm auf. Er trug mehrere Schichten Kleider – Rock, Hemd, Halstuch, Umschlagtuch, Turban, Schultertasche – alles in verschiedenen Orangetönen. Auf den zusammengewürfelten, lässigen Stil wäre jeder Designer stolz gewesen.

Als sie auf Socken hinter ihm ins schummrige Allerheiligste tappte, spürte sie den harten kalten Marmorboden unter den Füßen. Er betätigte einen weiteren Schalter und nacktes Licht fiel auf einen Schrein.

Ellen stand vor einer wachshäutigen Göttin in goldenen Kleidern. Ihre Augen aus Bastseide glänzten dunkel. Auf ihren Lippen lag der Anflug eines Lächelns. Ein Kranz aus Ringelblumen hing in dichten goldenen Falten um den grazilen Hals. Das königliche Haupt war leicht geneigt und verlieh ihr eine Aura von Güte, die in krassem Gegensatz zu dem langen Messer in ihrer Hand stand. Rotes Wachs war wie Blut über die silbernen Schuhe gelaufen und hatte auch die weiße Wand befleckt. Unzählige rosa, rote und gelbe Blütenblätter lagen zu ihren Füßen.

»Nanda Devi ist die Göttin, die Seligkeitsspenderin«, erläuterte der Priester. »Die wunderschöne Mutter, die Leiden nimmt und Segen schenkt. Sie liebt alle Menschen, aber besonders« – er wandte sich an Ellen – »schöne Damen.«

»Warum hat sie ein Messer in der Hand?«, fragte Ellen. In dem stillen schummrigen Tempel klang ihre Stimme laut und aufdringlich.

Der Priester wackelte unverbindlich mit dem Kopf. »Das symbolisiert ihre Macht«, meinte er schulterzuckend. »Sie muss sehr stark sein.«

Ellen sah zu der Göttin auf. Was verbarg sich hinter der abgeklärten Schönheit der Madonna? Wildheit? Unterschwellige Gewalt? Nichts an ihr war echt, aber sie symbolisierte das wirkliche Leben voller Hoffnung und bitterer Enttäuschung, Sanftheit und Verwegenheit, Freude und Furcht. Das Gute und zugleich das Böse.

Wunderschöne Mutter …, dachte Ellen und betrachtete suchend das zeitlose Gesicht. Die Worte wurden zu Bildern, Schnappschüssen, Visionen. Sie sah sich selbst, die zwischen Liebe und Furcht hin und her gerissene Mutter, und Zelda, die jauchzte und lachte, dann plötzlich angsterfüllte Augen und Keuchen. Zelda schlägt um sich und versinkt im Meer. Doch dann gewinnt die gute starke Mutter und nimmt das Kind in ihre schützenden Arme.

»Wunderschöne Mutter«, flüsterte Ellen ehrfürchtig. Schöpferin und Zerstörerin zugleich – die, die Leben schenkt und nimmt …

»Geheiligt, geheiligt«, sang der Priester.

Ellen blickte ihn verständnislos an, als er ihr die Hand entgegenstreckte.

»Ach ja, das habe ich vergessen«, entschuldigte sie sich und griff in ihren Geldgürtel.

Der alte Mann verbeugte sich dankend und ließ die Göttin wieder in den Schatten tauchen.

Ellen zog ihre Stiefel an und trat in die helle wärmende Sonne und den geschäftigen Lärm der Straße.

Sie bahnte sich ihren Weg durch die Menge zum Wagen, aber Ziggy und der Fahrer waren nicht mehr da. Nur das Taxi stand noch dort. Ellen sah sich suchend um und entdeckte Ziggys Blondschopf, der über die anderen Köpfe ragte. Als sie näher kam, hörte sie ihre Freundin sagen: »Ich habe kein Geld, aber meine Freundin kommt gleich und bezahlt alles.«

Ellen blieb in der Menge stehen und beobachtete, wie Ziggy an einem Stand mit Backwaren mit dem Besitzer diskutierte. Auf dem Ladentisch stapelten sich goldgelbe klebrige Kuchen, während weiter hinten auf einem kleinen Ofen frische gebacken wurden. Neben ihr stand ein kleiner Junge in zerfetzten Shorts. Ellen trat einen Schritt beiseite, um ihn besser sehen zu können. Die mageren Beine ragten wie Stelzen aus seinem angeschwollenen Bauch. Große schwarze hungrige Augen in einem schmutzigen, tränenüberströmten Gesicht blickten zu Ziggy auf.

»Das Kind hat Hunger, verdammt noch mal! Was ist los mit Ihnen?«, schrie sie wütend und fuchtelte wild mit den dünnen Armen. Der Standbesitzer sah sich verlegen grinsend um.

»Eine Rupie«, sagte er und streckte dabei seinen Zeigefinger in die Luft.

Dann erschien der Fahrer auf der Bildfläche. »Mem-Sahib, kann ich Ihnen helfen?«

»Gib ihm etwas Geld«, bat Ziggy. »Die andere Mem-Sahib wird es dir zurückgeben.«

Der Taxifahrer zog eine Münze aus der Hosentasche und legte sie auf den Ladentisch. Daraufhin hielt der Standbesitzer ihnen lächelnd zwei der klebrigen Kuchen hin. Gierig starrte der kleine Junge auf die gelben Kuchen. Mit spitzen Fingern nahm sie die klebrige Masse entgegen und betrachtete sie einen Moment angeekelt. Vor Hunger und Schmerz fing das Kind an zu weinen und wimmerte vor sich hin.

»Nein, nein, weine nicht«, beruhigte Ziggy den kleinen Jungen, bückte sich und legte die Kuchen in seine kleinen ausgezehrten Hände. »Hier, nimm! Ist ja gut, sie sind beide für dich.«

Sofort biss der Junge in einen der Kuchen, kaute angestrengt und schluckte den Bissen gierig hinunter. Dabei hielt er den Kuchen mit beiden Händen fest und schaute sich ängstlich um, als könnte ihm jemand seinen Schatz entreißen. Er war älter, als er aussah, und durch die Unterernährung zum Krüppel geworden. Aber Ellen sah nicht ihn an. Sie beobachtete fasziniert Ziggy, die sich über das Kind beugte und mit offenem Mund und erstaunt aufgerissenen Augen auf den Kuchen starrte, den sich der Junge mit beiden Händen in den Mund stopfte.

Einige Leute lachten, als er mit ausgestreckten Händen mehr verlangte. Plötzlich tauchte ein älterer Junge neben Ziggy auf.

»Gib mir einen Dollar«, bat er grinsend. »Amerika. Richard Nixon. Sehr gut.« Ziggy ignorierte ihn. Wild gestikulierend überredete sie den Verkäufer, ihr einen großen Kuchen zu überlassen. Der Fahrer durchsuchte die Taschen nach Münzen und blickte dabei Hilfe suchend über die Schulter. Als er Ellen entdeckte, winkte er sie herbei.

Ziggy gab dem Jungen den Kuchen. Der zögerte einen Moment ungläubig, als fürchte er einen Trick. Dann griff er mit beiden Händen nach dem Kuchen, presste ihn an die Brust und stürmte davon. Fassungslos sah Ziggy ihm nach.

Einer der Zuschauer rief dem Standbesitzer etwas zu, was lautes Gelächter auslöste, das wie eine Welle durch die Menschenmenge ging. Besorgt blickte der Taxifahrer zu Ziggy hinüber.

Sie fuhr herum. »Was sagen sie?«

»Es ist nur …«. Er zuckte die Schultern. »Sie wundern sich, dass Sie dem Bettelkind den Kuchen gegeben haben, und fragen sich, wer *Sie* füttert?« Er grinste verlegen und breitete hilflos die Arme aus. »Es sind Dorfbewohner. Sie wissen nichts über Amerikaner.«

20

Ellen schaute aus dem Küchenfenster. Skye saß auf der Veranda und sah müßig einer Gruppe Kulis zu, die tief gebeugt unter schweren Reissäcken über den Rasen gingen. Als sie an ihr vorbeikamen, hielt sie sich ihren Schal vor die Nase und wandte sich ab. Neuerdings beschwerte sie sich, wenn es nach Gebratenem, reifen Früchte oder brennendem Laub roch. Sogar die süßen Düfte des Gartens störten sie.

Ellen presste unwirsch die Lippen zusammen, als sie sich an Prianka wandte. »Wie viel Reis?«, fragte sie die alte Frau und betonte dabei jedes Wort. »Reicht das für sechzig Leute?«

»Sechzig?«, wiederholte Prianka und hielt zuerst zehn, dann sechs Finger hoch.

Ellen schüttelte den Kopf und hielt sechsmal zehn Finger hoch.

Priankas Augen weiteten sich. »Sehr großes Essen!« Die Fragen standen ihr ins Gesicht geschrieben, aber sie begnügte sich mit einem Nicken zum Esszimmer und einem Kopfschütteln. »Zu viele. Nicht gut.«

»Wie viel Reis?«, wiederholte Ellen bestimmt.

Mit halb geschlossenen Augen begann Prianka zu zählen. Dann ging sie in die Speisekammer, stieg auf einen Stuhl und hob fünf riesige Kochtöpfe vom Regal, auf denen eine dicke Staubschicht lag, weil sie schon seit Jahren nicht mehr benutzt worden waren. Argwöhnisch zeigte sie auf einen Sack Kartoffeln, der schon am Morgen gebracht worden war.

»Aloo masala – sechzig?«, zweifelte sie. Ellen lächelte ihr aufmunternd zu. Sie runzelte die Stirn, und die Lachfalten verschwanden aus ihrem Gesicht. »Djoti, komm her«, befahl sie. »Ich … nix verstehen.« Sie warf Ellen einen Blick zu und verschwand im Garten.

Um halb sechs Uhr abends fanden sich die ersten Gäste ein. Schweigend blieben sie vor dem Garten stehen, bis Djoti sie hereinwinkte. Um sechs Uhr war der hintere Teil des Gartens bereits voller Menschen. Die mageren Gestalten bildeten kleine Gruppen, standen in Paaren herum oder warteten allein. Vor der Veranda bildete sich eine lange Schlange.

Ellen betrachtete die Szene vom Fenster aus und schätzte die Anzahl der Leute. Die orangefarbenen Roben und Turbane der heiligen Männer hoben sich von den graubraunen Lumpen der Armen und Obdachlosen ab. Sie waren in der Überzahl. Auch einige heilige Frauen in unscheinbaren weißen Saris aus grobem Stoff waren gekommen. Die verschiedenen Gruppen vermischten sich und wanderten wie Partygäste durch den Garten. Die untergehende Sonne verlieh der ärmlichen Szene einen merkwürdig goldenen Glanz. Monotone Gebetsgesänge begleiteten das Gesprächsgemurmel. Alte, bis zur Geschlechtslosigkeit verwelkte Menschen in unscheinbaren Umschlagtüchern stützten sich auf Stöcke oder saßen auf dem frisch gemähten Rasen, um den gebeugten Rücken und die in schmutzige Bandagen gewickelten, verkrüppelten Füße auszuruhen. Junge Männer und Frauen mit verkümmerten Muskeln und hohlen Wangen wandten den Blick nicht von der Küche ab. Mütter drückten ihre Babys an die magere Brust, während ältere Kinder sich an die Beine der Erwachsenen klammerten und mit weit aufgerissenen Augen auf das Haus starrten.

Ellen trat vom Fenster zurück und beobachtete die vielen hungrigen Menschen. Ihr Blick fiel auf einen verwegen aussehenden Mann mit langen Korkenzieherlocken, die mit rotem Schlamm beschmiert waren. Ein gelber Farbstrich zierte Stirn und Nasenrücken. Sein Oberkörper war nackt, und unter der losen, mit grauer Asche bedeckten Haut konnte man die Rippen zählen. Auf einem Bein stehend, blickte er in die Ferne. Anscheinend machte ihm die heraufziehende abendliche Kühle nichts aus. Ellen erkannte in ihm einen Wandermönch, der ein heiliges Gelübde abgelegt hatte, jedoch keinem Kloster angehörte. Djoti hatte ihr erklärt, dass sie von einem heiligen Ort zum anderen pilgerten.

Ellen ließ den Pilger nicht aus den Augen. In dem Leben, das er hinter sich gelassen hatte, war er vermutlich einmal ein erfolgreicher Geschäftsmann gewesen, der mit dem Flugzeug durch die Welt geflogen war und in den besten Hotels übernachtet hatte. Wahrscheinlich hatte er irgendwo in Indien eine Familie, ein Haus, Enkelkinder, Haustiere, einen Fernseher und weiche Betten. Und nun war er hier, trotz seines Reichtums ein Bettler, der sich auf einen Wanderstab stützen musste. Frei von familiären Pflichten, Freunden, Geschäften und Besitz, konnte er sich seiner spirituellen Suche widmen, nach Belieben umherziehen, in Ashrams und Tempeln um Brot bitten, an heiligen Flüssen und Stätten schlafen und meditieren, bis das Ende seiner Tage gekommen war und sein Körper, seine letzte Zuflucht, als leere Hülle zurückblieb.

Ellen trat näher ans Fenster und suchte den jungen Priester, den Djoti und sie gestern vor dem Tempel getroffen hatten. Sie hatten auf der Treppe vor dem Eingang gestanden, während Djoti leise mit ihm sprach. Um sie herum standen Bettler mit leeren Blechtellern und Schüsseln in der Hand und starrten sie unverwandt an. Ellen drehte sich nervös um, als Djoti, anscheinend auf seinen Argumenten bestehend, die Stimme erhob. Der Mönch antwortete mit entschiedenem Kopfschütteln.

»Was ist los?«, mischte Ellen sich ein. »Hält er uns für verrückt?«

»Nein«, antwortete Djoti. »Es kommt öfter vor, dass fromme Menschen Essen für die Armen spenden. Aber es wurde bisher nur hier, im Ashram, ausgegeben.« Er zeigte auf ein zerfallenes dreistöckiges Gebäude hinter dem Tempel mit einer Veranda, auf der Wäscheleinen voller verblichener orangefarbener Stoffe und etwa hundert tropfende Lendenschurze hingen. »Dort gibt es einen Hinterhof. Er schlägt vor, dass die Mönche dort eine Tafel mit Ihrem Namen aufstellen, so dass jeder Sie für die edle Spende segnen kann. Wenn Sie es wünschen, können Sie die Speisung jemandem widmen, den sie in den Segen mit einschließen würden. Er sagt, sie machen es immer so.«

Djoti blickte den Mönch an, der zustimmend nickte.

»Nein«, entgegnete Ellen, »sie sollen in unser Haus kommen.«

Djoti gab ihren Wunsch weiter. Der Mönch schwieg.

»Werden sie kommen?«, fragte Ellen.

Djoti zuckte die Schultern. »Ich denke, man wird sie einladen.«

Ellen hätte gern mehr erfahren, aber der Mönch drehte sich wortlos um und entfernte sich.

Ein großer Vogel schwebte in den Garten und ließ sich auf dem stillgelegten Marmorbrunnen nieder. Der junge Mönch stand neben einer Gruppe vor dem Haus, eine Hand auf die Schulter eines Kindes gelegt. Er hob den Kopf, als hätte er ihre Gedanken gelesen. Ihre Blicke trafen sich. Er winkte ihr freundlich zu.

Es war nur eine kleine Geste, die jedoch wie Wellen in einem Teich wirkte. Ein Raunen ging durch die Menge. An der Veranda sank eine Frau auf die Knie und streckte die Arme zum Himmel. Andere folgten ihrem Beispiel, knieten nieder und küssten ehrfürchtig den Boden. Schon bald lagen alle auf den Knien, nur der Mönch blieb stehen.

Die Hand noch immer zum Gruß erhoben, stand Ellen wie versteinert am Fenster. Dann sprang sie entsetzt zur Seite und presste den Rücken gegen die Wand. »Mist …«, zischte sie und ahnte, dass die hungernden Menschen sie als Reinkarnation der Königin oder vielleicht sogar des Papstes verehrten. Sogar für Liberty wäre hier die Grenze gewesen. Nach einer Weile lugte sie vorsichtig um die Ecke und stellte erleichtert fest, dass die Menschen ihre unterwürfige Geste beendet hatten und wieder zu ihrem normalen Geplauder zurückgekehrt waren. Dabei stellten sie sich vor der Veranda auf und hielten ihr Essgeschirr in den Händen.

Ellen trat vom Fenster zurück. Das alles kam ihr sehr vertraut vor. Sie erinnerte sich an ihre Soloauftritte und das erhebende Gefühl, wenn das Publikum applaudierte, nach ihr verlangte und sie auf den Wogen der Herzlichkeit und Bewunderung schwebte. Trotzdem griff der Zweifel eiskalt nach ihrem Herzen. Sie war eine Betrügerin. Sie hatte nicht für die Menschen getanzt, sie waren nur Beiwerk, Teil der Maschinerie gewesen, und ihre Huldigungen und ihr Geld hatte sie nicht verdient.

Sie blickte auf die wartenden Menschen im Garten. Das hier war anders. Hier dankten die Menschen ihr für die Speisen und entfernten sich rasch, einfach und unschuldig wie Kinder nach einem Tischgebet.

Ellen ging zur Treppe und begegnete Skye, die aussah, als wäre sie gerade erst aufgestanden. Sie trug einen zerknitterten Punjabi-Pyjama, und ihr ungekämmtes Haar fiel ihr vor das fahle Gesicht und über die knochigen Schultern. Die Tochter eines Millionärs unterschied sich kaum von den armseligen Menschen dort draußen.

»Was ist los?«, fragte sie mit ängstlich aufgerissenen Augen. »Diese vielen Menschen …«

»Zeit für das Abendessen«, sagte Ellen nur. »Unten! Übrigens, hast du Ziggy gesehen?«

Skye schüttelte den Kopf und spähte über das Treppengeländer.

Ellen warf einen Blick in beide Zimmer, gab dann auf und ging hinunter. Ziggy wird schon irgendwo sein, beruhigte sie sich, ihr kann nicht entgangen sein, was hier los ist.

Prianka kam in die Küche und freute sich, als sie Ellen sah. Djoti hatte ihr erklärt, dass Ellen im Namen des Ashrams eine Speisung durchführte. Sie und ihre Töchter hatten den ganzen Tag gearbeitet, natürlich hatte auch Ellen geholfen. Plötzlich trat der persönliche Helfer des Swamis in die Küche. Mit Räucherstäbchen segnete er die Speisen, dann die Köchin und schließlich den gesamten Haushalt. Prianka traten vor Stolz Tränen in die Augen, während Ellen schweigend wie ein vergessener Besen in der Ecke stand.

Nun schwenkte Prianka beide Arme als Zeichen, dass

die Berge Reis und Currykartoffeln fertig waren. Sie rief Djotis Boys in die Küche, drückte ihnen saubere Blechnäpfe in die Hand und füllte sie. Ellen schaute unentschlossen zu. Sollte sie sich zurückziehen oder auch Essen an ihre Gäste austeilen? Schließlich nahm sie Prianka einen Napf mit Kartoffeln aus der Hand und trug ihn hinaus auf die Veranda.

Sie blickte auf ihre Füße, die gleichmäßig über die Fliesen schritten. Nur auf die Quadrate treten und nicht auf die Fugen, sagte sie sich, sonst holt dich der Bär. Merkwürdig, wie tief diese uralte Angst saß. Mehr als einmal hatte sie sich geweigert, auf dem Gehweg zu tanzen, und sich nicht um die murrenden Fotografen geschert …

Die heiligen Männer waren zuerst dran und warteten geduldig vor der Veranda. Ihr monotoner Gesang erhob sich über das Gemurmel der Menge. Die meisten von ihnen hatten hohe Blechkannen mit Henkeln. Sie stellten sie ordentlich in einer Reihe auf die Veranda. Djotis Boys gingen von einem Essgeschirr zum anderen und füllten sie mit Reis oder Curry. Die Männer nahmen das Essen in Empfang, hörten auf zu singen und machten für die Nächsten Platz. Das Gesicht dem Haus zugewandt, ließen sie sich in einer Reihe auf dem Rasen nieder und kreuzten die Beine, als folgten sie einem bestimmten Ritual. Nachdem alle Platz genommen hatten, begannen sie mit den Fingern zu essen und unterhielten sich dabei angeregt. Die heiligen Frauen, die als Nächstes ihre Mahlzeit erhielten, stimmten mit weicher Stimme einen Betgesang an.

Ellen nahm den Platz eines Boys ein, der in die Küche gegangen war, um seinen Eimer aufzufüllen. Sie schaute sich um, aber sie konnte Skye nirgends entdecken, und auch von Ziggy war nichts zu sehen. Wahrscheinlich stehen sie am Fenster hinter dem Vorhang und schauen heimlich zu, dachte sie.

Als sie damit begann, die gelben Kartoffeln mit dem roten Chili auszugeben, wünschte sich Ellen, sie hätte sich für Reis entschieden. Dann gäbe es pro Person nur eine Kelle und jeder würde die gleiche Menge erhalten. Aber bei dem Kartoffel-Curry musste sie unter den Augen der hungrigen Menschen die Portionen einteilen, damit niemand zu kurz kam. Trotzdem war sie so großzügig wie möglich, fühlte sich dabei jedoch nicht wohl. Prianka hatte ihr eingebläut, dass es nur reicht, wenn sie es sorgfältig aufteilte.

Der würzige Duft der Speisen überdeckte den Schweißgeruch und einen anderen Duft, den Ellen kannte – ein schweres Moschusparfüm, das zusammen mit Haschisch, rauchgeschwängerten Räumen und lauter Musik der Vergangenheit angehörte. Bob Dylan. Van Morrison. The Eagles. Wohl wissend, dass man Menschen und Ereignisse vergaß, Düfte jedoch im Gedächtnis blieben und jahrelang an Freud und Leid erinnerten, folgte sie dem Duft und beugte sich über das Geländer. Hier war es wieder, nur stärker. Ja ... es war Patchuli! Es kam aus einer Flasche mit der Aufschrift »Ätherisches Öl«. Man tupfte es sich aufs Handgelenk, aber schnell roch alles danach, was man an sich trug – die schwarzen Gymnastikanzüge und sogar die weißen Schulhandtücher.

Mit Patchuliparfüm eingesalbt, hatten sie und Ziggy sich aus der Ballettschule gestohlen, wenn es dunkel war. Ziggy dachte sich immer die wildesten Sachen aus, und sie erschienen uneingeladen auf Partys, Bällen, in Clubs oder auf privaten Festen. Überall umschwirrten die Männer die beiden Mädchen wie Motten das Licht, denn sie waren sehr schön. Sie flirteten und scharten Verehrer um sich, jedoch nur, um sich gegenseitig zu beeindrucken. Damals waren sie stark und unbesiegbar. Das Leben war ein Spiel, und ihnen gehörte die Welt.

Wir werden wieder so stark wie früher sein, dachte Ellen. Verdammt, Ziggy, wach endlich auf! Ich will dich wiederhaben! Und ich werde dich zurückholen!

Ellen vermied den Blickkontakt mit ihren Gästen. Sie wollte kein Aufsehen erregen, aber auch nicht unhöflich erscheinen. Also richtete sie ihren Blick auf die Kinder, die weiter hinten standen und warteten, bis die Älteren fertig waren.

Ein kleines Mädchen hatte offensichtlich Durchfall, ihre Beine waren voller Kot. Ein Junge hustete, der ausgemergelte Körper wurde immer wieder von Krämpfen geschüttelt. Plötzlich krümmte er sich zusammen und spuckte Blut ins Gras.

Ellen unterbrach ihre Arbeit und blieb mit dem Eimer in der Hand stehen. Wieder einmal horchte sie in sich hinein, ob sie die alten Wunden spürte, den alten Schmerz. Die Kinder taten ihr Leid. Sie war außer sich über ihren schlechten Zustand, dennoch hatte sie kein Bedürfnis, sie zu beschützen, wie beim Anblick eines molligen Babys im Kinderwagen. Aber den bösen Impuls, ihre dunkle Seite, den Wunsch, zu zerstören, zu verletzen, spürte sie auch nicht. Es war, als hätten die Bettelkinder, die in einer erbarmungslosen Welt lebten, das Böse bereits hinter sich gelassen. Nun waren sie in Sicherheit – oder verloren. So oder so, jedenfalls waren sie ganz anders als Zelda und schon gar nicht wie das verlassene Kind in ihren Träumen, das schluchzend und frierend allein in einem leeren Zimmer lag. Während sie die Bettelkinder betrachtete, überkam sie ein Gefühl der Befreiung wie ein süßer warmer Sommerregen. Gelöst und ohne Furcht konnte sie ihnen zulächeln und sie sogar berühren.

Ellen sah in den Eimer. Der Rest reichte nicht mehr für zwei ganze Portionen. Sollte sie zwei kleine oder eine große Portion daraus machen? Als Nächstes war ein junger Mann dran. Seine dünnen Arme waren mit rotem Ziegelstaub bedeckt. Er hat Arbeit, dachte sie. Aber warum hat er dann nicht genug zu essen? War er vielleicht kein richtiger Bettler? Egal, er war viel zu dünn, um Ziegelsteine zu schleppen. Rasch schüttete sie das restliche Essen in seine Schale und ging in die Küche.

Ziggy kam ihr mit einem Eimer Curry entgegen. Beide blieben stehen und starrten einander schweigend an. Ellen atmete erleichtert auf und lächelte zufrieden. Ziggy half mit – ihr Plan hatte geklappt.

Ellen drehte sich um und zeigte auf die Reihe, an der sie gerade aufgehörte hatte. »Mach dort weiter«, sagte sie nur, »mein Eimer ist leer.«

Ziggy nickte und humpelte mit dem schweren Eimer, den sie kaum tragen konnte, davon. Aber sie gab nicht auf. Bei ihrem Anblick verstummten die hungrigen Menschen und glaubten, ihnen erschiene eine Göttin – die Reinkarnation einer Bettlerin mit goldenem Haar und Kleidern aus gelber Seide. Einer von Djotis Boys kam ihr zu Hilfe, aber sie schickte ihn mit einer knappen Handbewegung fort. Hundert anerkennende Blicke folgten ihr, als sie sich die Reihe entlangschleppte. Ihr ausgemergelter Körper symbolisierte ihre Schwäche, aber auch ihre unerschütterliche Hoffnung. Als sie die Schalen füllte, bedankten sich die Hungernden mit einem Lächeln. Und sie erwiderte das Lächeln, wobei ihr das blonde Haar ins Gesicht fiel.

Am nächsten Morgen erschien Ziggy im Esszimmer. Sie war gekämmt und trug saubere Kleidung. Als Prianka frisches Fladenbrot brachte, nahm sie sich eines und legte es auf ihren Teller. Es dauerte eine Weile, bis sie kleine Stücke davon abriss und langsam anfing zu essen. Ellen bemühte sich, nicht hinzusehen, und schenkte Tee ein.

Keine der beiden sprach den gestrigen Abend an. Die Erinnerung an das Lächeln, die dankbaren Worte und die sauber ausgeleckten Schalen verband sie.

Als der Tisch bereits abgeräumt war, schlurfte Skye, nur mit einem Morgenrock bekleidet, herein. Wortlos setzte sie sich ans Kopfende des Tisches und blickte Ziggy und Ellen fragend an.

»Wir werden es wieder machen«, unterbrach Ellen das Schweigen. »Am nächsten Freitag.« Sie wartete auf Ziggys Antwort und lächelte froh, als sie nickte.

Skye starrte sie ungläubig an. »Aber sie sind furchtbar schmutzig! Und dieser Gestank ...« Dann riss sie sich zusammen. »Ich meine, eigentlich habe ich ja nichts dagegen, wenn man Menschen hilft. Mein Vater sagte immer, dass man ein Zehntel seines Vermögens abgeben soll. Aber wir müssen sie doch nicht hierher einladen!«

»Doch, das müssen wir«, sagte Ellen. »Es geht dabei auch um uns. Wenn wir ihnen helfen, hilft das auch uns.« Ellen wurde unsicher. Mein Gott, dachte sie, ich rede wie ein Sonntagslehrer.

Skye lachte zynisch. »Ich mache da nicht mit!« Trotzig hob sie das Kinn. Die Geste wirkte gespielt, unpassend, wie gestohlen.

Nachdenklich sah Ellen auf ihre Hände. Was würde Carter in dieser Situation tun? Oder James? Wie erreichten sie die Zustimmung anderer zu ihren Plänen?

Die nächsten Worte kamen mit einer Ruhe und Bestimmtheit aus ihrem Mund, die sie selbst überraschte. »Es wird dir nichts anderes übrig bleiben. Wir haben kein Personal. Ich habe ihnen an diesem Tag frei gegeben.« Sie warf Ziggy einen viel sagenden Blick zu und fuhr mit ihrer Notlüge fort. »Die Kulis werden die Lebensmittel liefern. Wir – und zwar alle drei – kochen. Um sechs Uhr, egal, ob das Essen fertig ist oder nicht, werden unsere hungrigen Gäste zur Mahlzeit erscheinen.«

Sprachlos starrte Skye sie an. Ihrem Gesicht war anzusehen, dass sie angestrengt nachdachte. Der Gedanke an fünfzig hungrige Vogelscheuchen, die hier ankamen und kein Essen vorfanden, war unerträglich, aber die Aussicht, diese Menge an Lebensmitteln zu verarbeiten, zu kochen und auszuteilen, war auch nicht besser.

»Ziggy! Sag doch was!« Skyes Stimme wurde schrill.

Ziggy zog eine Augenbraue hoch und schwieg.

»Nun gut, ich werde jedenfalls nicht mitmachen.« Skye hielt sich am Stuhl fest, als gäbe ihr die solide Lehne Kraft. »Ich werde einen Kuli rufen, und … ich weiß nicht, ich werde …« Ihre Stimme versagte. Seit ihrer Ankunft hatte Ellen alles geregelt. Skye besaß kein Geld. Sie konnte nur in ihrem Zimmer bleiben oder sich im Wald verstecken. Aber Ellen würde sicher nicht zögern, einen Kuli zu schicken, um sie zurückschleppen zu lassen.

Skye starrte Ellen an. Ihre Augen brannten vor Zorn. »Du bist ja verrückt«, rief sie barsch. »Irgendetwas stimmt nicht mir dir. Du bist …«

»Halt den Mund, Skye«, sagte Ziggy leise. Sie hatte einen Briefbeschwerer in der Hand und ließ die Glaskugel über den Tisch rollen. Die eingegossenen kleinen Blumen glänzten wie Silberdollars in der Sonne. Dann blickte sie Ellen an und sagte: »Ich finde deinen Plan gut.«

Skye fing an zu weinen. »Mir wird bestimmt schlecht.«

Ziggy stoppte die Glaskugel. »Das ist ja nichts Neues, nicht wahr?«

Ellen lächelte dankbar über Ziggys Unterstützung. Plötzlich hatte sie die Vision, dass Ziggy und sie wieder zusammenhielten, beide gleich stark, gleich verantwortlich. Ein neuer Anfang …

Am Tag des nächsten Essens waren Ziggy und Ellen schon früh auf den Beinen. Auch Skye stand auf. Sie saß herum und weigerte sich, bei den Vorbereitungen zu helfen. Aber allein wollte sie auch nicht bleiben.

Ellen trug ihr auf, das Gemüse zu putzen. Nun saß Skye mit einer Schüssel auf dem Schoß auf der Veranda und schälte Kartoffeln, allerdings unter Wasser, um den Stärkegeruch zu vermeiden. Angeekelt verzog sie das Gesicht, als sie das nasskalte, weiße Fleisch berührte. Mehr als einmal wollte sie aufstehen und gehen. Aber der leere Rasen vor ihr erinnerte sie daran, was ihnen bevorstand.

In der Zwischenzeit schufteten Ellen und Ziggy in der Küche.

»Meinst du, es macht ihnen etwas aus, noch einmal die gleichen Gerichte zu essen?«, fragte Ziggy, als sie über den Ofen gebeugt Priankas Gewürze röstete.

»Wie bitte?«, lachte Ellen. »Meinst du, sie möchten à la carte essen?«

Ziggy grinste.

»Hast du schon etwas gegessen?«, fragte Ellen vorsichtig.

Ziggy antwortete nicht.

»Aber du musst etwas essen.«

»Würde ich ja, wenn Prianka mit Fladenbrot gekommen wäre.«

Ellen lächelte ihr über die Schulter zu. »Sieh mal in den Kühlschrank. Sie hat heute früh welche gebracht.«

Pünktlich um sechs Uhr war die erwartete Schar da, und die Frauen begannen mit dem Austeilen. Aber der Menschenstrom riss nicht ab. Immer mehr Menschen kamen aus dem Wald und versammelten sich auf dem Rasen. Mit Bestürzung stellte Ellen fest, dass sich die Zahl der Hungrigen fast verdoppelt hatte. Das Essen würde nicht für alle reichen. Sie bekam ein schlechtes Gewissen, als hätte sie diese armen hoffnungsvollen Menschen betrogen. Aber immerhin schienen die vielen Menschen Skye zum Handeln bewegt zu haben. Tapfer und ohne eine Miene zu verziehen, ging sie die Menschenreihe entlang und erfüllte ihre Pflicht wie ein Kind, das eine bittere Medizin schlucken muss und es schnell hinter sich bringen will.

Die Bettler starrten Ziggy und Skye unverhohlen an – reiche Ausländer mit vor Hunger ausgezehrten Körpern. Sie verbeugten sich und bezeugten den Frauen den nötigen Respekt, den Menschen verdienten, die den Weg der Demut gewählt hatten – obwohl das stattliche Haus nicht mit einer nackten kalten Höhle zu vergleichen war.

Ellen blieb in der Küche. Sie verbrauchte sämtliche Reisvorräte, kochte Hülsenfrüchte und Gemüse und verarbeitete alles andere zu einem Curry. Aber es reichte immer noch nicht. Kulis würden Stunden brauchen, um Lebensmittel vom Markt heraufzubringen. Die geordnete Versammlung würde sich, vor Hunger und Enttäuschung aufgebracht, in ein Chaos verwandeln.

Es musste etwas geschehen. Vielleicht konnte man den Ashram bezahlen, damit die restlichen Leute dort mit Nahrung versorgt würden, oder ein kleines Café und einen hilfsbereiten Reishändler finden. Alle Lösungen waren einigermaßen brauchbar. Aber dann würde Ziggy wieder schwach werden und gemeinsam mit Skye darauf warten, dass jemand anders alles regelte. Sie mussten endlich aufwachen und selbst die Verantwortung übernehmen. Nur so konnten sie beweisen, dass sie gerettet waren.

Ellen verließ die Küche durch die Hintertür und ging auf ihr Zimmer. Sie mochte nicht an die Kinder denken, die geduldig warteten, bis sie an der Reihe waren und nicht ahnten, dass nichts mehr übrig war, wenn sie vor der Veranda ihre kleinen Schalen hinhielten.

Sie setzte sich aufs Bett und starrte auf das Muster aus vielen gleichen Rosen an der Wand. Jemand kam ins Zimmer. Auf dem dünnen Teppich waren leichte Schritte zu hören. Skyes französisches Parfüm lag in der Luft.

»Wir haben bald nichts mehr zu essen«, sagte sie mit einem eindringlichen Unterton. »Sie sind … hungrig.« Das Wort klang aus ihrem Mund sehr merkwürdig, als hätte sie aus einem Wörterbuch gelernt, wie man es ausspricht. »Und die Kinder haben bis zuletzt gewartet.« Jetzt wurde ihre Stimme hoch und schrill vor Sorge.

»Ich kann es nicht ändern«, erklärte Ellen. »Es ist nichts mehr da.«

»Aber …« Skye starrte sie wortlos an und versuchte, sich leere Regale und leere Kühlschränke in einer Welt ohne Supermärkte vorzustellen. Eine Zauberwelt – sauber und ohne Lebensmittel – in der niemand essen konnte. Aber dann dachte sie an die Kinder, die mit verbeulten Blechschüsseln und Schalen geduldig warteten und die Hoffnung nicht aufgeben wollten. »Wir müssen etwas tun«, flehte sie.

»Nun ja«, meinte Ellen ungerührt, »dann sieh zu, was du tun kannst.«

»Aber« – Skye riss wütend die Augen auf – »*du* hast das alles eingefädelt, und *du* musst auch eine Lösung finden!«

»Was macht Ziggy?«, hörte sich Ellen sagen.

»Sie gibt das letzte Essen aus. *Den letzten Eimer!* Was sollen wir nur machen?«

»Das ist eure Sache.« Ellen folgte mit dem Fuß einem Muster im Teppich und betrachtete ihre Zehen, die eine Runde nach der anderen drehten, um Skye nicht ansehen zu müssen.

Schließlich drehte Skye sich wortlos um und ging. Ellen legte eine Schallplatte auf. Der langweilige Walzer übertönte die gedämpften Geräusche, die von draußen hereindrangen. Dann streckte sie sich auf dem Bett aus und schloss die Augen.

Nach einigen Minuten kam Skye wieder. »Wir wollen nur wissen, ob wir Geld im Haus haben«, sagte sie schroff. »Haben wir Geld? Bargeld?«

»Ja, mehr als genug«, antwortete Ellen, griff in ihre Bluse, zog eine Geldbörse heraus und reichte sie ihr, ohne die Augen zu öffnen. »Rupien und Dollar.« Skye nahm die Geldbörse wortlos entgegen und verschwand.

Die Schallplatte war abgelaufen. Das leise rhythmische Kratzen der Nadel auf dem Plattenteller hatte die Melodie abgelöst. Schon bald war es im Haus und auf dem Rasen still. Schließlich stand Ellen auf und ging langsam in den Garten.

Der Rasen war leer und sauber. Die achtzig Besucher hatten nichts als ihre Fußabdrücke auf dem Gras zurückgelassen. Auch die Küche war leer. Nur der Ofen glühte in der Dämmerung. Dann sah sie die zwei Gestalten auf der Veranda. Schulter an Schulter saßen sie schweigend da und blickten auf den Pfad, wo vermutlich kurz zuvor der letzte Gast verschwunden war.

Langsam ging Ellen zu ihnen. Sie sagten kein Wort. »Ist euch eine Lösung eingefallen?«, fragte sie in bewusst heiterem Ton.

»Ja«, antwortete Ziggy leicht erstaunt, »wir hatten eine Idee. Wir haben uns auf die Veranda gestellt und gefragt, ob jemand Englisch spricht. Und dann kam dieser merkwürdige alte Mann auf uns zu, völlig verdreckt und zerlumpt. Aber er trug orangefarbene Kleidung wie die Mönche. Und dann sagte er« – sie schaute auf ihre Nasenspitze und versuchte, mit nasalem, englischem Akzent zu sprechen – »›Womit kann ich Ihnen dienen?‹« Von der eigenen Geschichte gerührt, blickte sie zu Ellen auf. »Stell dir vor, er war halbnackt und seine Haut war mit …«

»… Asche eingeschmiert«, beendete Skye den Satz. »Er war wie ein Höhlenmensch mit Asche eingerieben.«

Ziggy übernahm wieder die Gesprächsführung. »Ich bat ihn, für uns zu dolmetschen. Also sprachen wir mit dem Mann aus dem Ashram. Er sagte, die Kinder und die anderen, die nichts mehr bekommen haben, könnten kommen. Die Ashramküche erwartet einen Bus voller Pilger aus … Wo waren sie her?«

»Gangotri«, antwortete Skye mit ehrfürchtiger Stimme. »Das ist ein heiliger Ort, wo der Ganges aus der Erde bricht.«

»Ja, richtig – Gangotri. Also zogen alle davon. Wir haben den Ashram gut bezahlt, und alle waren zufrieden.«

»Gut.« Ellen war ein wenig komisch zu Mute, denn sie wusste nicht, was die beiden von ihr hielten. Sie setzte sich neben Ziggy, senkte den Kopf und ließ das lange

Haar, das von der morgendlichen Kochaktion immer noch nach gebratenen Zwiebeln und Gewürzen roch, vor das Gesicht fallen. Plötzlich bekam sie Hunger. Das Wasser lief ihr im Mund zusammen, als sie an doppelte Hamburger, dicke Steaks und scharfe Nachos dachte. Und das Fleisch der frisch gefangenen Krebse! James hatte sie immer in gewürztem Mehl gewendet und über dem offenen Feuer gebraten. Mit Blick auf das Meer, aus dem sie kamen, wurden sie dann verspeist. Eine göttliche Speise!

Nach einigen Minuten drang Licht durch die Bäume und tanzte den Pfad entlang. Es war Djoti, der fröhlich eine Sturmlaterne schwenkte. Sein breites heiteres Lächeln begrüßte sie, noch bevor sein Gesicht zu sehen war.

»Mem-Sahibs«, rief er, in der Hand einen zugedeckten Kochtopf. »Ich habe gehört, dass Ihnen das Essen ausgegangen ist.«

»Ich glaube nicht, dass der kleine Topf uns viel weitergeholfen hätte«, meinte Ziggy ohne Anflug von Sarkasmus. Ihr Lächeln war herzlich und gelöst.

Djoti wischte ihre Worte mit einer Handbewegung fort. »Kein Problem, sie sind alle im Ashram. Aber Sie müssen auch etwas essen.« Er hob den Topfdeckel an und schnupperte den duftenden Dampf, der in die kühle Luft aufstieg. »Linsen. Ich habe sie gebeten, es nicht zu scharf zu machen und keine Peperoni hineinzutun.« Dann schnürte er ein Stoffbündel auf. Die frisch gebackenen Fladenbrote waren noch warm.

Ellen stand auf und setzte sich neben ihn. Ziggy folgte – und Skye ebenfalls. Sie bildeten einen kleinen Kreis um den Topf. Das gelbe Licht der Laterne warf ihre Schatten auf den Rasen.

Ellen nahm ein Fladenbrot und reichte es Ziggy. Skye

zögerte einen Moment, die Hände in den Schoß gelegt, streckte dann die Hand aus und nahm sich ebenfalls ein Fladenbrot. Sie schaute Djoti zu, der das Brot mit den Fingern zerteilte und in die Linsen tauchte, und tat es ihm gleich. Feierlich wie ein junges Mädchen bei der Kommunion führte sie das Stück Fladenbrot zum Mund.

Aus Angst, den Zauber des Moments zu zerstören, schlug Ellen die Augen nieder. Sie hörte Skye kauen und schlucken, bevor sie ihre Hand abermals zum Topf ausstreckte. Aus den Augenwinkeln beobachtete sie Djoti. Ob er wohl wusste, was er getan hatte? Ausgerechnet in dem Augenblick, als Ziggy und Skye noch unter dem Eindruck der schrecklichen Bilder ungewollten Hungers standen, hatte er Essen heraufgebracht.

Ihre Blicke trafen sich, und Djoti zog lächelnd kleine rote Peperoni aus der Hosentasche. Eine steckte er in den Mund, die andere bot er Ellen an. »Chili«, sagte er, »Chili fehlt.«

Alle aßen langsam und kauten sorgfältig.

Ellen blickte zu Ziggy hinüber, suchte ihren Blick, aber sie war tief in Gedanken versunken.

Schließlich brach Ziggy das Schweigen. »Weißt du, warum so viele Menschen zu uns gekommen sind, Ellen? Der Mann vom Ashram erzählte uns, dass sich die Nachricht von einer fremden Swami – das bedeutet Lehrerin – im ganzen Land verbreitet hat. Sie sagen, die Lehrerin habe Schülerinnen, die sich der Überwindung der Fleischeslust verschrieben hätten. Sie haben sich zwar gern von uns helfen lassen, aber eigentlich wollten sie zu dir.« Sie blickte Ellen an. »Ich mache keine Witze! Er meinte es ernst!«

Ellen lachte. Die scharfe Peperoni auf der Zunge trieb ihr Tränen in die Augen. »Du willst mich wohl auf den

Arm nehmen.« Ziggys Gesicht strahlte vor Begeisterung. »Nein, es stimmt tatsächlich.«

»Was hat der Mann vom Ashram gesagt?«

»Er sagte, dass hier sehr oft merkwürdige Dinge passieren.«

Djoti nickte bedächtig. »Hier sind wir den Göttern, dem ewigen Schnee und seinen Kindern, den heiligen Flüssen, sehr nahe. Merkwürdige Dinge werden geschehen. Niemand kann das bestreiten.«

Ellen blickte ihn an, aber sein Gesicht war zu einer Maske erstarrt. Sie schauderte. Die Kälte der hereinbrechenden Dunkelheit fuhr ihr in die Knochen.

21

Von nun an saßen sie jeden Abend mit gekreuzten Beinen auf der Veranda und bildeten einen kleinen Kreis um das einfache Mahl aus Fladenbrot und Linsen. Manchmal leistete Djoti ihnen Gesellschaft, aber meistens aßen die drei Frauen allein, entspannt und schweigend.

Sowohl Ziggy als auch Skye aßen das, was ihnen vorgesetzt wurde, und baten manchmal sogar um einen Nachschlag. Ellen beobachtete sie vorsichtig. Hin und wieder war sie versucht, zu glauben, dass sie gesiegt hatte – dass Ziggy und Skye ihre Krankheit überwunden hatten. Aber sie fürchtete, dieser zweite Höhenflug würde enden, sobald der erste Optimismus verflogen war. Als Vorsichtsmaßnahme ermahnte sie Djoti, alle Briefe und Postkarten zuerst ihr zu bringen und aufzupassen, dass ihn niemand bemerkte, wenn er die Blumensträuße oder Pakete brachte.

Sie begann sehnsüchtig auf Djoti zu warten, wenn sie allein war. Wenn sie in ihrem Zimmer las oder Musik hörte, blickte sie immer wieder aus dem Fenster oder zur offen stehenden Tür. Erschien er dann endlich auf dem Flur oder spürte sie in einer ruhigen Ecke des Gartens auf, erstarrte sie vor Angst und Hoffnung. Briefe für Ziggy und Skye, schlicht an »Pflegeheim Mussoorie, Indien« adressiert, und mehrere Telegramme und Postkarten kamen, auch ein weiterer Blumenstrauß von Lucy. Aber nichts von James – nur gähnendes Schweigen, das ein Loch in den Tag riss.

Ellen schrieb »Zurück an den Absender« auf die Briefe und warf die eleganten Lilien den Hang hinunter. Die Telegramme sah sie nur flüchtig durch. Die meisten waren von Lucy, eines kam von Skyes Vater. Sie enthielten nichts Dringendes, nur Tiraden der Liebe und Sorge, also verbrannte sie sie in Priankas ständig brennendem Ofen. Wenn sie die verglühenden Wörter sah, empfand sie Schuldgefühle, doch sie musste es tun, zum Wohle aller Beteiligten.

Inzwischen war wieder Leben ins Haus eingekehrt. Die oberen Fenster standen offen, und Schmetterlinge tanzten an den im Wind flatternden Gardinen vorbei in die Zimmer. Ziggy beschäftigte sich wieder mit ihrem Garten und grub ihn sogar eigenhändig um, nachdem sie wieder zu Kräften gekommen war. Skye machte lange Spaziergänge im Wald, in Begleitung einer Schar lachender Kinder. An anderen Tagen wanderte sie durchs Haus, las in den Büchern oder spielte gefühlvollen Jazz auf dem Klavier. Eines Morgens erschien Djoti mit einem weißhaarigen Dienstmann vom Savoy-Hotel. Stundenlang beugte sich der Mann hoch konzentriert über das Klavier und stimmte es nach Gehör. Er lehnte sogar Priankas Tee ab und hörte nicht auf zu arbeiten, bis die letzte Saite gestimmt war.

»Vielen Dank, Madam«, sagte er nachdenklich, als Skye ihm mehr als einen Jahreslohn in die Hand drückte. »Es war mir ein Vergnügen. Früher musste ich viele Klaviere stimmen, aber heute gibt es kaum noch welche.«

Mit einem seligen Lächeln auf den Lippen schritt er über den Rasen zum Pfad – Skyes Musik begleitete ihn.

Auch weiterhin fand einmal in der Woche das öffentliche Essen statt. Sie kochten für sechzig Personen und vereinbarten mit dem Ashram, diejenigen selbst zu versorgen, für die das Essen nicht reichte. Alle waren damit zufrieden. Bettler, heilige Männer und Frauen, Eltern mit ihren Kindern standen auf dem Rasen und beobachteten die Fremden, während sie unter sich regelten, wer zu den sechzig gehören sollte, die zuerst zu essen bekamen. Das System funktionierte reibungslos – mit einer Ausnahme: Skye bestand darauf, dass die Kinder zuerst aßen.

Die meisten Gerüchte gelangten durch Prianka ins Haus. Sie war es auch, die Ellen erzählte, wie sich die Geschichten über sie veränderten. Nun erzählte man sich, dass die fremden Frauen wegen einer schweren Krankheit so dünn gewesen seien. Die Swami Mem-Sahib hätte sie mit ihrer großen Weisheit und Güte geheilt. Man könne es mit eigenen Augen sehen, denn jede Woche würden sie kräftiger und gesünder. Nanda Devi, die Schöne Mutter, hatte ihre Gebete erhört.

»Das ist wahr«, sagte Ziggy. »Dich hat tatsächlich der Himmel geschickt.«

»Sag so etwas nicht«, protestierte Ellen rasch.

»Du hast uns das Leben gerettet«, fügte Skye hinzu. »Niemand kann das leugnen. Wir saßen in dieser fürchterlichen Klinik fest.« Bei dieser schmerzlichen Erinnerung wurden ihre schönen blauen Augen groß. »Wir wären immer noch dort – oder unter der Erde.«

»Nun, du musst Ziggy danken. Es war nicht meine Idee«, entgegnete Ellen. Aber hinter ihren Worten hörte sie eine weitere Stimme, einen stillen, warmen und hoffnungsvollen Gesang.

Du hast ihnen geholfen. Du hast sie gerettet. Die Leute halten dich für gut.

Skye fing an, Ellen auf Schritt und Tritt zu folgen. Sie wartete den richtigen Moment ab, leckte sich die Lippen und atmete tief ein – ein schnelles, nervöses Keuchen, als wollte sie etwas sagen. Doch dann atmete sie seufzend wieder aus und wartete auf die nächste Gelegenheit.

Schließlich fragte Ellen, was sie denn wolle.

»Nichts«, antwortete Skye kleinlaut.

»Das stimmt doch nicht, du versuchst doch, mir etwas zu erzählen. Sag es mir einfach.«

»Darf ich?«, fragte Skye wie ein schüchternes Kind, das um Erlaubnis bat, bevor es sich einen Keks nahm.

»Aber ja, du kannst mir alles erzählen.«

»Nun gut. Als wir noch bei Marsha Kendall waren«, begann sie, »meinte Dieter, der Therapeut, der Grund meiner Krankheit käme ... Du weißt schon, das Übliche. Meine Eltern waren sehr streng. In unserer Familie durfte man nicht weinen oder um etwas bitten. Man musste immer ordentlich, still und höflich sein. Mama wollte, dass Papa stolz auf uns war, auf mich und meinen Bruder. Nur durch harte Arbeit ist er so reich und berühmt geworden, und deshalb hat er auch brave Kinder verdient, meinte sie.« Skye machte eine Pause und wartete, bis Ellen ihr mit einer Geste bedeutete, weiterzusprechen. »Nun ja, Dieter meinte, ich würde schon zurechtkommen, es sei denn, ich heirate jemanden wie Papa. Al, mein Mann, war sehr erfolgreich – er verkaufte in New York Grundstücke – und sehr konsequent, auch mit mir. Jeden Morgen schwamm er mehrere Kilometer und war stets in Topform. Ich glaube, ich wollte auch so werden wie er, um mithalten zu können. Also besuchte ich Schönheitssalons, Fitnessstudios und nahm Tennisstunden.« Sie lachte kläglich. »Kennst du die Serie im *Reader's Digest* – verbessere deine Schlagfertigkeit? Ich habe alles für ihn getan. Und dann hat er« – sie schluckte schwer – »mich wegen einer anderen Frau verlassen. Ich habe sie zusammen gesehen, in einem Einkaufszentrum vor der Tierhandlung. Dort standen sie und sahen sich kleine Kätzchen an. Sie war schlank, jung und schön und hatte ein zauberhaftes Lächeln. Man musste sie immerzu ansehen. Nun ja, Al zog mit ihr in ein neues Haus und ließ mich zurück. Natürlich hat er mir viel Geld gegeben. Das tut er immer noch – jede Woche.« Sie lachte bitter. »Als wäre er mir etwas schuldig. Ich hasse ihn dafür, aber ich liebe ihn auch.«

Sie machte eine Pause. Bevor sie weitersprach, war das leichte Keuchen wieder zu hören. »Als ich in der Zeitung las, dass eine Frau ihren Mann bei einem Unfall verloren hatte, beneidete ich sie. Er kann sie wenigstens nicht wegen einer anderen Frau verlassen. Wenn das geschieht, fühlt man sich wie Dreck. Und schließlich weißt du nicht mehr, was du antworten sollst, wenn dich jemand fragt, ob du Weißwein oder Champagner möchtest. Man hat überhaupt keinen eigenen Willen mehr.«

Sie schwieg abrupt, als wäre der sprudelnde Wortschwall plötzlich versiegt.

»Warum hast du mir das alles erzählt?«, fragte Ellen behutsam.

»Nach der Therapie mit Dieter wurde mir klar, dass meine Mutter mich dazu erzogen hatte, anderen alles recht zu machen. Heute verstehe ich das. Aber ich möchte endlich vergessen, was einmal war. Ich möchte die Vergangenheit ausradieren und noch einmal von vorn beginnen.« Skyes Augen weiteten sich vor Sehnsucht. »Du sollst mir zeigen, wie man vergisst.«

Ellen senkte den Blick, denn sie befürchtete, Skye würde gleich anfangen zu weinen. Aber sie hatte sich getäuscht. Skyes Gesicht strahlte vor Hoffnung und Klarheit, so dass man ahnen konnte, wie schön sie eigentlich war – strahlend blaue Augen, helle reine Haut und wunderschönes dunkelbraunes Haar. Verdammt, dachte Ellen, sie erwartet, dass ich die Antwort einfach so aus der Tasche ziehe.

»Skye«, begann sie vorsichtig, während sie nach einer vernünftigen Lösung suchte. »Ich bin keine Therapeutin. Ich weiß wirklich nicht …« Plötzlich hatte sie eine Idee. Eigentlich war es nur eine Frage, aber damit konnte sie wertvolle Zeit überbrücken. »Was macht eigentlich dein Bruder? Erzähl mir von ihm.«

»Nicky kam eines Tages zu Weihnachten aus dem College und erzählte uns allen, er sei schwul – ein Homosexueller. Einfach so, beim Abendessen! Papa bekam fast einen Herzanfall. Mama weinte. Natürlich warfen sie ihn hinaus und brachen jeglichen Kontakt zu ihm ab. Wir haben jahrelang nichts mehr von ihm gehört. Kurz nach meiner Hochzeit traf ich ihn zufällig auf einem Wohltätigkeitsball. Ich habe ihn in der Menge sofort erkannt, denn er war schon immer einen Kopf größer als alle anderen. Er stellte mir seine Frau vor und zeigte mir ein Bild von seinen Kindern, das er in der Brieftasche bei sich trug.«

»Er war also gar nicht schwul?«

»Nein, überhaupt nicht. Aber es hat funktioniert. Mit diesem Trick konnte er sich von der Familie befreien und die Vergangenheit hinter sich lassen.« Mit wehmütiger Stimme fügte sie hinzu: »Weißt du, man konnte spüren, dass er wirklich … glücklich war.«

Später gesellte sich Ellen zu Ziggy, die auf der Veranda stand und die abendlichen Düfte des Gartens genoss, die sich mit dem Duft von geröstetem Kümmel und Koriander aus der Küche vermischten.

»Ich habe mit Skye gesprochen«, sagte Ellen nebenbei, »über ihre Familie.«

»Die ganze Familie ist Gift für sie«, schimpfte Ziggy. »Am schlimmsten sind ihre Eltern. Ihren Exmann oder den geliebten Bruder Nicky habe ich nie kennen gelernt. Aber die Alten, Patty und Richard – Mr. und Mrs. American Dream –, kamen immer mit einer gemieteten Limousine und dunklen Sonnenbrillen ins Krankenhaus, so sehr schämten sie sich für ihre eigene Tochter. Sie haben Skyes Leben zerstört.«

»Wer hat ihren Aufenthalt in der Marsha-Kendall-Klinik bezahlt?«, fragte Ellen.

Ziggy zuckte die Schultern. »Ich glaube, sie selbst. Sie würde von ihrer Familie kein Geld nehmen. Nach ihrer Scheidung bekam sie eine große Abfindung. Al stinkt vor Geld. Er verkauft Traumhäuser an Stars und verkauft sie wieder, wenn sie sich scheiden lassen. Gutes Geschäft.«

Wie früher in der kleinen Nonnenkammer der Ballettschule und später auf dem Balkon der Klinik saßen sie nebeneinander auf der Veranda und betrachteten die Bäume.

»Familien sind der Grund für viele Probleme«, erklärte Ellen. »Nimm dich und Lucy. Dir geht es ohne sie viel besser.«

Ziggy schwieg lange, bevor sie anfing zu sprechen. »Als wir in der Ballettschule waren, hast du mir erzählt, dass deine Mutter dich gehasst hat.«

Ellen verspannte sich und drehte sich erstaunt um. »Wie bitte?«

»Du hast mir unter Tränen erzählt«, fuhr Ziggy fort, »dass dein Vater sie kurz nach deiner Geburt verlassen hat – deinetwegen! Kurz danach hast du alles abgestritten und gemeint, es sei gar nicht wahr.«

Ellen lachte und verzog nervös den Mund. »Das ist nicht wahr! Ich meine, es stimmt, dass mein Vater fortging, weil er kein Baby um sich haben wollte. Manche Männer können das Schreien und die Windeln eben nicht ertragen. Aber Margaret ...« Ellen ließ nervös den Blick schweifen. »Sie hat mich geliebt, mir Geschenke mitgebracht und mich mitgenommen, wenn sie ausging. Sie war sehr besorgt und wollte immer genau wissen, wo ich war. Die Leute haben gesagt, wir waren uns zu nahe, weil wir nur uns hatten.« Ellen dachte einen Moment nach. Ein warmes Lächeln erhellte ihr Gesicht. »Ich weiß noch, wie sie mich auf die Ballettschule schickte. Es war ihre Idee. Vorher hat sie mich noch von oben bis unten neu eingekleidet. Gymnastikanzüge, Schuhe, Wickelpullover, passende Haarschleifen. Alle Mädchen waren neidisch. Später ist sie viel herumgereist und hat Vorlesungen gehalten. Dann zog sie nach Europa, und ich habe sie nur noch selten gesehen.«

»Du hast sie überhaupt nicht zu Gesicht bekommen. Sie hat dich in der Ballettschule nie besucht – nicht ein einziges Mal in sechs Jahren!« Ziggy blickte Ellen von der Seite an. »Der alte Mann mit den Katzen, der hat deine Rechnungen bezahlt! Alle Leute fanden das äußerst merkwürdig. Natürlich habe ich immer zu dir und Margaret gehalten. Aber ...«

»Nun ja, Eildon wollte mir etwas Gutes tun. Er war ganz allein auf der Welt und hat mich irgendwie adoptiert.«

»Ja«, warf Ziggy mutig ein. »Weil du wie eine Waise

leben musstest.« Sie kaute auf den Lippen, runzelte die Stirn und fuhr fort: »Sieh mal, Ellen, ich war verblüfft über das, was du in der Klinik von Zelda erzählt hast. Vielleicht hat es etwas mit Margaret zu tun. Du warst so traurig, deshalb habe ich nichts dazu gesagt. Aber möglicherweise gibt es da etwas, weißt du …«

»Du bist genauso schlimm wie Skye«, sagte Ellen und lachte bitter. »Du hast zu viel Zeit mit Therapie verbracht.« Sie stand auf, streckte sich und wollte gehen.

»Du hast mir auch einmal erzählt …«, rief Ziggy ihr nach. Ellen blieb stehen, drehte sich jedoch nicht um. Ziggy wählte ihre Worte sehr sorgfältig und fuhr fort: »dass Margaret sehr wütend auf dich war, weil du etwas angestellt hattest. Dann hat sie dir mit Gewalt eine Spritze verpasst. Du hattest schreckliche Angst und dachtest, sie würde dich umbringen.«

Ellen ging kopfschüttelnd davon, als wollte sie verhindern, dass die Worte sie erreichten.

»Danach hattest du noch monatelang Albträume!« Ziggys Stimme verfolgte sie.

Als sie den Rasen überquert hatte, ging Ellen den Pfad hinunter. Der Winter war bereits hereingebrochen, und abends war es im Wald schon sehr kalt. Nach einer Weile blieb sie stehen und setzte sich auf einen umgefallenen Baum. Sie starrte auf ihre Schuhe, die sich in die dunkle Erde pressten. Ein roter Tausendfüßler krabbelte über die Gummisohle aufs Oberleder. Die unzähligen Beine bewegten sich perfekt aufeinander abgestimmt. Waren es hundert? Ellen bückte sich und fing an zu zählen. Zwei, vier, sechs, acht, zehn, zwölf … Aber die Bilder der Vergangenheit verschwanden nicht. Sie konnte ihnen nicht entfliehen – die offene Arzttasche auf dem Wohnzimmertisch, der scharfe Geruch, der sich im Zimmer verbreitete, Margaret suchend über ihre Tasche gebeugt, das Klappern der Ampullen und das Knistern der Verpackungen.

»Krempel deinen Ärmel hoch!« Margarets Stimme ist traurig gedämpft.

Tapp, tapp. Finger schnippen gegen die Spitze der kleinen Glasampulle.

»Bitte nicht!«

»Es ist die einzige Möglichkeit, dich zur Ruhe zu bringen.«

Klack. Die Spitze bricht ab. Die scharfe Nadel fährt hinein und saugt die Flüssigkeit auf.

Sie blickt auf. Wo ist ihr Gesicht? Es ist verschwunden! Aber ihre Hand, diese große kräftige Hand, hält die Spritze mit der Nadel nach oben und schiebt den Kolben hoch, bis ein Tropfen Flüssigkeit austritt.

Jetzt ist sie so weit. Der Arm schwenkt herum, hält die Spritze im richtigen Winkel bereit.

»Nein! Nein! Was ist da drin?«

Sie lächelt. Gift.

»Du willst mich umbringen …«

»Sei nicht dumm.«

Vorsichtig nimmt sie einen Wattebausch und reinigt die Haut. Infektion ist ihr Feind. Sie hasst Schmutz. Sie hasst Unbeholfenheit. Sie hasst, sie hasst! Dann setzt sie die Spritze an und entleert die Flüssigkeit in den dünnen weißen Arm.

Danach hat die Haut rote Druckstellen von den großen kräftigen Fingern und man kann den winzigen Einstich sehen.

Mir ist schlecht.

Das Zimmer dreht sich, verschwimmt.

Lieber Jesus, gütiger Jesus, ich will nicht sterben!

Ich will nicht einschlafen.

Ich will nicht aufwachen.

Djoti erwartete Ellen oben am Pfad. Sorgen überschatteten sein Gesicht, als er ihre von den vielen ungeweinten Tränen geröteten Augen sah.

»Ich habe etwas für Sie«, sagte er und griff in die Tasche. »Ein Telegramm.«

Als er ihr das Telegramm übergab, trafen sich ihre Blicke. »Ich hoffe, es sind keine schlechten Nachrichten.«

Er blieb neben ihr stehen, denn er wollte sie nicht allein lassen. Sie war etwa so alt wie seine älteste Tochter, die mit ihrem Mann in einem fernen Dorf lebte. Er hasste den Gedanken, dass auch sie Probleme haben könnte, weit weg von Zuhause.

»Mem-Sahib, falls Sie mich brauchen, finden sie mich hier.« Er hob den Arm und zeigte auf das Haus.

Ellen blickte ihm nach.

Das Telegramm lag dünn und kalt in ihrer zitternden Hand. Sie riss den Umschlag auf und zog das gefaltete Blatt Papier heraus. Plötzlich war ihr Kopf blutleer – wie vor einer großen Explosion …

SCHREIB NIE WIEDER – STOP – DU HAST ES VERSPROCHEN – STOP – ZELDA WIRD DIE BRIEFE NICHT ERHALTEN – STOP – DU MUSST SIE VERGESSEN – STOP – JAMES MADISON

Du musst sie vergessen.

Splitter steckten in Ellens Fingern, und die mit Blasen bedeckten Handflächen waren entzündet. Sie stand vor dem Holzstoß, bückte sich und lud sich schwere Holzscheite auf den Arm. Als der Stapel wuchs, kippte sie die Last gegen den Körper. Hartes Holz presste sich durch ihre dünne Bluse auf die empfindliche Brust. Das letzte Stück Holz passte gerade noch unter ihr Kinn. Sie stemmte die Absätze in den Boden, hob die Last auf und trug sie zum Holzschuppen.

Den ganzen Nachmittag arbeitete sie schweißgebadet in der kalten Luft und versuchte, sich mit diesem langsamen und mechanischen Tanz abzulenken – vor und zurück, auf und nieder. Ich muss weitermachen, dachte sie, sonst gebe ich mich auf. Sie sah sich schon wie die anderen im Bett liegen, jegliches Essen verweigernd, sich in eine betäubende, sinnlose Erlösung hungern, um den schmerzlichen Erinnerungen zu entkommen, dieser brennenden Leere – Zelda, für immer verloren.

Ins Nichts versinken. Verschwinden …

Der Gedanke erfüllte sie mit eisiger Angst. Ihr Herz pochte wild. Sie blieb an der Tür des Holzschuppens stehen und strich sich mit der Hand übers Gesicht, als müsse sie prüfen, ob es sie noch gab, ob sie noch lebte, schmutzig und schwitzend.

Ich muss weitermachen, befahl sie sich, und an die harte eintönige Arbeit zurückkehren. Ziggy und Skye brauchen mich, verlangen nach mir. Sie führte ein großes Haus, war die Mem-Sahib, die den Armen zu essen gab. Die Menschen liebten sie. Sie konnte nicht einfach zusammenbrechen und wieder zu einem Nichts werden. Sie musste einen Weg finden, mit dem Schmerz fertig zu werden, durfte nicht aufgeben.

22

Der Schnee kam früh, legte sich sanft auf die Villen und Häuser von Mussoorie und überzog die schmutzigen Slums hinter dem Bazar mit weißem Zuckerguss. Vor dem Hospital gaben die Missionare Säcke voller Reis und grobe Militärdecken aus, die von der Erdbebenhilfe übrig geblieben waren. Die Nachricht verbreitete sich schnell, und schon bald war das Klinikgelände mit zerlumpten Bettlern und obdachlosen Familien überfüllt. Sogar die heiligen Männer und Pilger waren gekommen.

Auf dem Rasen vor Mem-Sahibs Haus stellte Djoti große leere Benzinfässer auf, die zur Belüftung Löcher im Boden hatten. Am Tag des Essens zündeten die Boys die behelfsmäßigen Öfen an, damit die Gäste sich an ihnen wärmen konnten. Sogar wenn es schneite oder eisiger Hagel gegen das Haus schlug, kamen die Menschen in Decken gewickelt aus dem Schutz des Waldes, die Blechschalen und Schüsseln an sich gedrückt. Immerhin konnten sie mit einer warmen Mahlzeit in ihre provisorischen Hütten und spärlichen Schlupflöcher zurückkehren.

Meistens schien die Sonne, und die drei Frauen des Hauses zogen mehrere Lagen Kaschmirwolle übereinander und stiegen den Berg hinauf, um die Aussicht zu genießen. Der Wald war kalt und düster. Keuchend vor Anstrengung kämpften sie sich an eingeschneiten Toren und Pfählen vorbei den Pfad hinauf und stießen dabei weiße Atemwolken aus. Aber wenn sie das offene Plateau erreichten, tauchte der Sonnenschein ihre roten Wangen und Nasen in wohlige Wärme und verlieh den Gesichtern ein dunkles, goldenes Braun.

Die eisige Kälte vertrieb den Nebel, verwandelte den Abgrund in ein sanftes grünes Tal und enthüllte das Geheimnis des fernen Horizonts. In der klaren Luft konnten sie zerklüftete braune Bergketten mit einzelnen dunklen Baumgruppen erkennen und dahinter den funkelnden, grenzenlosen Himalaya. Wie eine Fata Morgana lag er vor ihnen – schneeweiße Gipfel und felsige Zacken in lilafarbene Wolken getaucht, darüber ein azurblauer Himmel. Auf einer Aussichtsplattform blickten sie nacheinander durch ein uraltes Fernrohr. Dort lebte in einer winzigen Hütte ein alter Mann, der tagsüber Eintrittsgeld von den Touristen verlangte und nachts den Platz bewachte. Jedes Mal begrüßte er sie ehrfürchtig und blieb neben ihnen stehen, während sie durch das Fernrohr blickten.

»Hier wohnt Gott«, sagte er und zeigte auf die Berge. »Das ist das Haus Gottes.«

Die kalte Luft war Champagner für ihre Lungen. Sie lachten, bauten einen Schneemann und verloren sich in Schneeballschlachten. Lange, schrille Schreie durchschnitten die Luft, wenn der Schnee auf blasse Winterhaut traf, schmolz und zwischen warmen Brüsten hinunterlief.

Die Tage auf dem Plateau regten den Appetit an, und wenn die Sonne unterging, liefen, schlitterten und fielen sie den Pfad hinunter zum Haus. Dort versammelten sie sich in Priankas Küche, aßen warmes Fladenbrot und heißen Reispudding, den Djoti für die Lieblingsspeise aller echten Engländer hielt.

Bald hatten sie sämtliche Bücher im Haus gelesen. Ellen entdeckte eine alte Bücherei in der Nähe des Savoys. Sie mussten Schlange stehen, ihren Pass vorlegen, Unterschriften leisten und Geld bezahlen, bevor ihnen eine Inderin mit spitzen Lippen einen Mitgliedsausweis ausstellte und ihnen erklärte, dass die Bücher bei Rückgabe auf Schäden überprüft würden.

Unter ihren Argusaugen wanderten Ellen, Ziggy und Skye an den gläsernen Schaukästen vorbei, in denen wertvolle, in Leder gebundene Bücher lagen. Dabei bewegten sie sich mit größter Vorsicht, um die verstaubten Geister in den hohen Lesesesseln nicht zu stören oder die auf den polierten Tischen ordentlich ausgelegten englischen Journale nicht durcheinander zu bringen.

Abends saßen sie unter der lächelnden Queen im Wohnzimmer und lachten über Titel wie *Jeder Millimeter ein Brite* oder *Geliebtes Land, geliebtes England*. Dann gab es noch ein Buch über *Menschen und Geister* und einen dicken Schmöker mit dem Titel *Ursprung der Vorstellung von Gott*. Sie lasen und unterhielten sich, Skye spielte improvisierte romantische Jazzakkorde, während das Feuer lichterloh brannte. Abgeschnitten von der Welt fühlten sie sich frei und sorglos. Vor ihnen lagen nur das nächste Essen, die wenigen häuslichen Pflichten, der nächste Gang zum Bazar, die nächste Bergwanderung. Bald kam der Frühling und dann der Sommer – die Zeit glitt fugenlos und ungebrochen in die Zukunft.

Früh am Morgen herrschte eine andere Stimmung. Die drei versammelten sich im Wintergarten und setzten sich im Schneidersitz auf den Boden, als würden sie sich auf das Frühstück vorbereiten. Wortlos und konzentriert betrachteten sie meditierend den Sonnenaufgang.

Ellen war die Gesprächsleiterin. Die beiden warteten geduldig, bis sie die ersten Fragen stellte, die sie in die Vergangenheit führten …

Das tägliche Ritual hatte damit begonnen, dass Ellen versuchte, Skye den Weg ins Vergessen zu zeigen, den Ausweg aus der Vergangenheit. Ziggy wollte auch mitmachen, und so kam es, dass sie sich jeden Morgen zum Gespräch einfanden.

»Wen siehst du vor dir?«, fragte Ellen meistens zu Beginn.

»Ich bin bei Nicky«, antwortete Skye erstaunt über ihre Entdeckung. »Wir streiten uns. Es geht um etwas, das er angestellt hatte und mir in die Schuhe schob.«

»Wo bist du?«

»Im Garten unseres Sommerhauses in den Bergen. Es ist Frühling. Überall sind Blumen, auch die Bäume blühen. Auf dem Rasen liegen Plastikbecher. Rote und gelbe …«

Als Nächstes sah Skye ihren Vater auf der Couch. Er sieht sich seine eigenen Interviews im Fernsehen an. Dann ihre Freundin Caroline, die sich neben dem schmalen harten Bett im Schulschlafsaal auszieht.

Ziggy sah Lucy, die Arme voller Einkäufe, und Ellen sah Carter, der gleichzeitig zwei Telefonate führt und dabei junge Bohnen aus der Dose isst.

Wenn alle ihre Erlebnisse erzählt hatten, schwiegen sie eine Weile. Der Wind rauschte in den Wipfeln. Dann zerlegten sie sorgfältig die Bilder und schnitten die Menschen heraus. Übrig blieben Bilder von Gärten und Fernsehgeräten, von Lebensmitteln, Einkäufen, Autos, Stränden, Flughäfen – diese Bilder durften bleiben. Aber nun waren sie leer, die Menschen verschwunden – entwurzelt, entwirrt, herausgerissen.

Danach ging das Leben wie gewohnt weiter. Der Wind blies die Spuren im Gras fort. Auf leeren Sofas wurden zerdrückte Kissen wieder prall und rund. Schuhschachteln und Taschen voller neuer Kleidung verstaubten in Zimmerecken. Die Luft war klar und ohne Stimmen.

Dieser Teil der Vergangenheit war fort – oder zumindest in den Hintergrund getreten.

Am Schluss der Sitzung wartete das Frühstück im Esszimmer. Mit entspannten Gesichtern, ruhigem Blick, gestärkt und ein wenig selbstsicherer, setzten sie sich an den Tisch.

Sie mussten sich wie Sandsäcke gegen die morastige Flut der Vergangenheit stemmen.

Es war nicht leicht. Geliebte, Eltern, Brüder, Schwestern – Zelda – kamen immer wieder zurück. Manchmal schien es fast unmöglich, sie auszulöschen. Aber die drei im Kreis sitzenden Frauen gaben nicht auf. Angst, Schmerz, Trauer, Hoffnung, Liebe, Kraft – alles, was sich in ihrem Inneren aufgestaut hatte – wurden herausdestilliert und zu einem einzelnen Strang aus purem, eisernem Willen verwandelt.

Mit fortschreitendem Winter wurden die Sitzungen kürzer, bis sie schließlich ganz aufhörten.

»Wen siehst du?«

»Niemanden, ich sehe niemanden.«

»Wo bist du?«

»Nirgends. Ich bin nicht mehr da.«

Nun konnte sie nichts mehr berühren. Sie ruhten im süßen Balsam des Vergessens, schritten leicht und heiter mit dem Wind der Leere und Freiheit im Rücken durch die Zeit.

An einem warmen Morgen saßen sie auf der Veranda und tranken Tee aus Tontassen. Der Frühling kündete sich an. Auf den kahlen Bäumen schwollen die Knospen an, und dünne grüne Spitzen brachen durch die nackte Erde.

Plötzlich bemerkten sie einen hellroten Flecken zwischen den Bäumen, dort, wo der Pfad zu Ende war.

»Es kommt jemand«, rief Skye ängstlich und schaute sich rasch nach Ellen um.

Eine Gestalt mit einem schweren Rucksack und einem Turban auf dem Kopf tauchte am Rand der Wiese auf. Die schmale Figur verriet trotz des Turbans, dass es sich um eine Frau handelte. Sie war Ausländerin. Ellen, Ziggy und Skye hielten ihre Tassen fest und starrten sie schweigend an.

»Hallo«, sagte die Frau, als sie den Springbrunnen erreicht hatte. Ihr Gruß war heiter und freundlich, aber anscheinend hatte sie dafür ihre letzte Kraft verbraucht. Sie hielt den Blick gesenkt, als sie sich die Stufen hocharbeitete und ihren Rucksack abnahm. Dann setzte sie sich auf den Boden, lehnte sich erschöpft an die Wand und schloss die Augen.

Ellen sah sich fragend um, aber die beiden anderen zuckten nur hilflos die Schultern. Niemand kannte sie.

»Entschuldigung, suchen Sie jemanden?«, wandte sich Ellen an die fremde Frau.

Es verging einige Zeit, bis die Frau antwortete.

»Ich bin von Rishikesh heraufgekommen. Ich wollte dort im Ashram übernachten, aber sie haben mich hinausgeworfen. Ich hörte, hier wäre Platz.« Sie sprach ohne Betonung, wie jemand, der zum ersten Mal etwas vorliest. »Ich heiße Kate.«

Ellen runzelte die Stirn und wusste nicht, was sie sagen sollte. Sie warf Skye einen unsicheren Blick zu.

»Ich lass wohl am besten noch etwas Tee bringen. Sehen Sie, Kate, ich weiß nicht, was Sie gehört haben, aber dies hier ist nur ein Privathaus …«

Kate blickte auf. Ihre Augen waren gerötet, die Lider geschwollen. Eine Iris war blaugrün, die andere braun – wie bei einer streunenden Glückskatze.

»Ich möchte die Swami sprechen, die Leiterin«, murmelte sie.

Skye kicherte.

»Hier gibt es keine Swami«, entgegnete Ellen ohne Umschweife. »Dies ist kein Ashram und auch keine Herberge.«

»Ich *muss* hier bleiben«, beharrte sie.

»Unten in Mussoorie gibt es einige billige Hotels«, sagte Ellen. »Sie haben sicher noch Zimmer frei.«

»Ich habe kein Geld«, erklärte Kate leise.

Ellen lächelte erleichtert. »Kein Problem. Ich gebe Ihnen etwas. Trinken Sie eine Tasse Tee mit uns, dann rufe ich einen Boy, der Sie hinunterbringt.«

Als Antwort ließ Kate sich langsam auf den Holzboden gleiten und rollte sich wie ein Fötus zusammen.

»Bitte, schicken Sie mich nicht weg.« Flehend streckte sie einen Arm aus – mit einer langen Reihe Einstiche.

Ellen starrte entsetzt auf den Arm. Ihr wurde übel. Sie stand auf und ging ans andere Ende der Veranda.

Ziggy und Skye folgten ihr. Sie steckten die Köpfe zusammen und blickten auf die einsam auf dem Boden liegende Fremde.

»Sie ist ein Junkie«, flüsterte Ziggy. »Das riecht man zehn Meilen gegen den Wind.«

»Was glaubt sie, wer wir sind?«, zischte Skye. »Das Rote Kreuz? Eine verdammte Absteige?«

Ellen staunte über ihre Vehemenz. Es war noch gar

nicht lange her, als Skye selbst so schwach und hilflos gewesen war.

»Sie sieht krank aus«, warf Ziggy ein.

»Wir könnten sie ins Hospital schicken«, schlug Ellen vor, »zu Paul Cunningham, diesem Arzt. Er kann ihr bestimmt weiterhelfen.« Aber dann schüttelte sie den Kopf und lächelte kläglich. »Ich glaube nicht, dass ihn diese Idee begeistern würde.«

Ziggy sah sie nachdenklich an. »Ich finde, sie sollte bleiben«, sagte sie bestimmt. »Wir haben genug Platz, und wir haben Zeit.« Sie wandte sich an Ellen. »Vielleicht kannst du ihr helfen? So, wie du uns geholfen hast.«

Skye schnaubte. »Junkies ist nicht zu helfen. Sie wird sich im Badezimmer den Schuss setzen und uns bestehlen.«

»Sie sieht ziemlich schlecht aus«, sagte Ellen zögernd. »Wir wissen nicht einmal, wer sie ist.«

»Was soll's?«, entgegnete Ziggy mutig. »Dann lassen wir sie eben bewachen, wie sie es bei Marshall Kendall gemacht haben.«

»Das ist doch nicht dein Ernst!«, protestierte Ellen.

»Nein, du hast Recht, das geht nicht.« Aber Ziggy war nicht zu bremsen. »Dann versuchen wir eben etwas anderes, etwas völlig Neues.«

»Nie und nimmer, vergiss es!« Ellen sah sie streng an. »Ich werde Djoti bitten, eine Lösung zu finden. Jedenfalls kann sie nicht hier bleiben. Zwei kranke Frauen reichen mir. Das mache ich nicht noch einmal durch.«

»Aber sieh uns doch an!«, rief Ziggy aus. »Sieh doch, was aus uns geworden ist!«

Behutsam musterten sie sich gegenseitig und spürten plötzlich eine große Nähe. Sie waren glücklich. Sie hatten alles über sich erfahren und es gemeinsam mit den anderen wieder vergessen. Nun waren sie eine Art Familie – unabhängig und frei, sich trotzdem vertraut und glücklich.

Die zusammengerollte Gestalt hustete.

»Ich hole Djoti«, meinte Ellen. »Er kann sich um sie kümmern.«

Aber als Djoti herbeigerufen wurde, erschrak er. »Sie ist Amerikanerin!«, sagte er besorgt.

»Nein, sie klang wie eine Engländerin, könnte aber auch aus Irland sein.«

»Sie ist Ausländerin.« Djoti war sich ganz sicher. »Wenn ich sie mitnehmen soll, muss ich sie bei der Polizei melden.«

»Das kannst du nicht machen!«, entgegnete Ellen schnell.

»Was sollen wir tun?« Djoti zog ratlos die Schultern hoch.

Schließlich wurde beschlossen, dass Skye mit Ziggy ein Zimmer teilen sollte und Kate das andere Zimmer bekam. Nun war eine Fremde im Haus. Ziggy meinte, es wäre besser, Schmuck, Andenken und andere bewegliche Wertsachen, die in den Zimmern herumlagen, wegzuschließen. Während Kate schlief und Ellen mit Skye einen Spaziergang machte, verbrachte sie den Nachmittag damit, alles in Kisten und Truhen zu packen, und wies Djotis Boys an, sie auf dem Dachboden zu verstauen.

Als Ellen und Skye zurückkamen, waren sie entsetzt über der Veränderung. Skye bestand darauf, die Vasen wieder auszupacken, und beschwerte sich, dass es nicht mehr gemütlich wäre. Aber als sie durch die leeren sauberen Räume ging, war sie plötzlich sehr erleichtert. Überall hatte man die Präsenz der Familie aus Delhi gespürt – mit all ihren Verstrickungen, Sorgen und Freuden. Sie hatten sich in dem Haus wie Besucher, Untermieter oder Durchreisende gefühlt. Nun gehörte das Haus ihnen.

Während der langen Tage und Nächte von Kates Entzug wechselten sie sich bei der Pflege ab, wischten Schweiß von der Stirn, gossen Wasser zwischen die zusammengebissenen Zähne und hielten sie fest, wenn sie sich vor Schmerzen verkrampfte und fast wahnsinnig wurde.

Als das Schlimmste vorüber war, setzte sich Ellen eines Morgens zu ihr ans Bett. Kate hörte Ellen aufmerksam zu, beantwortete ihre Fragen, brachte Stück für Stück ihre Vergangenheit ans Licht, nannte Namen, Orte, Ereignisse. Nachdem alles erzählt war, versiegelten sie es und schlossen es sorgfältig weg.

Langsam kam sie wieder zu Kräften, und ihre Augen erstrahlten in neuem Glanz.

»Siehst du?«, sagte Ziggy zu Ellen. »Ich hatte Recht. Ich wusste, dass du ihr helfen kannst.« Sie standen auf der Veranda und sahen Kate zu, die im Gemüsegarten Unkraut jätete.

»Was du sagst und tust, funktioniert«, fuhr Ziggy fort. »Nun sind wir schon zu dritt.« Sie kniff die Augen zusammen und dachte nach.

Ellen schwieg. Ziggys Lob rührte sie, aber sie spürte, dass mehr dahinter steckte. Ein Plan oder ein Weg, und sie ahnte, dass es bald Realität werden könnte. Dann würde es langsam, aber sicher der einzige Weg in die Zukunft – Ziggys Weg. Ellen runzelte die Stirn und verdrängte den Gedanken. So war es früher immer gewesen, beruhigte sie sich, aber heute war alles anders. Sie drehte sich zu Ziggy um und schenkte ihr ein dankbares Lächeln.

Einige Wochen später, an einem kühlen nebligen Abend, sah Ellen Kate im Garten unter einem Baum sitzen. Stille umgab ihren Körper, eine Aura der Ruhe, die von den langsamen Bewegungen der Arme und dem Heben und Senken der Brust nicht beeinflusst wurde. Das Gesicht war zu einer Maske erstarrt. Ellen beobachtete sie aus der Distanz. Minuten wurden zur Stunde, ohne dass sie es merkte, als wäre Zeit nur das Flackern einer brennenden Kerze.

»Das war Yoga«, erklärte Kate ihr später auf ihre Frage. »Ich habe es gelernt, als ich im Ashram war. Man muss üben, aber nach einer Weile kann man seinen Verstand verlangsamen.« Sie grinste verlegen. »Sonst würde ich mit einer Geschwindigkeit von hundert Stundenkilometern denken! Und zwar die ganze Zeit – außer wenn ich stoned bin.«

»Kannst du mir das beibringen? Uns?«, fragte Ellen und blickte sie erwartungsvoll an.

Kate runzelte zweifelnd die Stirn. »Ich weiß nicht. Ich bin Anfängerin und weiß kaum etwas darüber. Außerdem kann ich so etwas nicht gut – vor einer Gruppe stehen.«

»Das macht nichts. Zeig uns einfach das, was du kannst«, beharrte Ellen und blickte ihr dabei direkt in die Augen. War es Carter, der gesagt hatte, wenn man jemanden überzeugen will, muss man seine Stimmlage nachmachen? Und natürlich soll man auch lächeln, um ihn für sich einzunehmen.

»Falls ich es mache«, sagte Kate, »wäre es vielleicht einfacher, wenn wir es irgendwo im Haus machen würden …«

Ziggy half ihnen, die letzten Möbel aus dem Wohnzimmer zu räumen. Nur ein paar Kissen blieben in einer Reihe auf dem Perserteppich liegen. Die schweren

Vorhänge wurden zurückgezogen, damit sie freie Sicht auf die fernen Berge hatten.

An den nächsten Abenden saß Kate am Fenster vor den Frauen, die sich im Raum verteilt hatten. Skye saß ganz hinten in der Ecke und schaute mürrisch aus dem Fenster, um allen zu zeigen, dass sie nicht mitmachen wollte.

Kate war schüchtern und nervös. Sie gab unklare Anweisungen und bewegte sich geziert. Aber trotzdem spürte man die Harmonie. Es ging darum, durch Bewegung Ruhe und durch Schweigen Kraft zu finden.

Ellen nahm jede Kleinigkeit in sich auf und genoss die fremdartige Methode. Kraftaufwand ohne Strapaze und Strafe, Erfolg ohne Maßstab oder Publikum. Sie wollte mehr, aber Kate war wie ein Tourist, der den Sprachführer nur halb verstanden hatte. Die tatsächliche Sprache, das Herz und die Seele, ging weit über ihre Fähigkeiten hinaus.

Bei dem nächsten Essen bat Ellen Djoti, den jungen Mönch aus dem Ashram zu ihr zu bringen.

»Ich möchte Yoga lernen«, begann sie, und Djoti übersetzte.

»Aber natürlich«, antwortete der Mönch. »Sie können es bei unserem Yogi lernen, er ist ein Meister auf diesem Gebiet.« Einladend breitete er die Arme aus. »Sie können Tag und Nacht bei ihm studieren, wenn Sie wollen. Die Menschen hier verehren Sie sehr. Sie sind bereits eine Lehrerin, deshalb müssen Sie den Weg der Erleuchtung gehen.« Während er sprach, ließ er Kate nicht aus den Augen, die mit einem Eimer Reis an der Reihe der Hungernden entlangging und es wie Skye machte. Die neue Hausbewohnerin war als Folge einer monatelangen schlechten Ernährung und eines Hepatitisanfalls immer noch zu dünn. Aber ihre

Augen leuchteten, und die rosigen Wangen versprachen Genesung.

Auf dem Nachhauseweg von einem ihrer Besuche im Ashram bahnte Ellen sich mechanisch einen Weg durch die Menge und stand auf dem Markt plötzlich vor dem Arzt des Hospitals.

»Oh, hallo«, grüßte Paul.

Beide traten einen Schritt zurück, um den Höflichkeitsabstand zu wahren.

»Wie geht es Ihnen?«, fragte Ellen. Er sah gut aus, nicht mehr so müde, und lächelte fröhlich.

»Gut. Und Ihnen?«

»Auch gut.«

»Wir haben uns lange nicht gesehen.«

»Ja, das stimmt.«

Beide nickten und schauten sich um, als wollten sie das Schweigen mit den Dingen überbrücken, die sie betrachteten.

Nach einer Weile ergriff Paul wieder das Wort. »Gestern habe ich Ihre Nachbarin Mrs. Stratheden vor der Bank getroffen. Auf meine Frage, ob sie wisse, wie es Ihnen geht, sagte sie, Sie hätten aus dem Haus eine Hippie-Kommune gemacht.« Er schüttelte lachend den Kopf. »Ich muss schon sagen, sie war nicht sehr erfreut darüber!«

»Wir sind doch keine Kommune!«, protestierte Ellen. »Es ist nur jemand zu uns gezogen, das ist alles.«

»Machen Sie sich darüber keine Sorgen«, meinte Paul und bedeutete ihr, ihn ein Stück zu begleiten. »Edith akzeptiert Sie nur, wenn Sie eine alte Britin sind und Gurkensandwich zum Tee servieren.« Er sah Ellen von der Seite an und betrachtete aufmerksam ihr Profil. »Aber vielleicht tun Sie das ja?«

Ellen grinste. »Nein, das ist nicht Priankas Stil.«

»Nun ja«, fuhr Paul fort. »Was Sie dort oben auch machen, es scheint zu funktionieren. Ich habe Ihre Freundinnen auf dem Bazar gesehen. Man erkennt sie kaum wieder.«

»Ja, das stimmt«, antwortete Ellen, »sie haben sich gut entwickelt.«

Langsam und im Gleichschritt gingen sie nebeneinander her. Ein Eselskarren fuhr vorbei und drängte sie näher zusammen. Trotz des Gestanks von Schmutz und Dung fiel Ellen der scharfe Geruch von Desinfektionsmitteln auf. Es erschien ihr wie eine leise Warnung, die ihr jemand ins Ohr flüsterte.

»Was haben Sie als Nächstes vor?«, wollte Paul wissen.

Ellen zuckte die Schultern. »Ich weiß nicht«, antwortete sie und musste sofort an Ziggy denken. »Ich denke, wir machen einfach so weiter, dann werden wir schon sehen.«

»Nun, dann werden sich unsere Wege vermutlich wieder kreuzen«, meinte Paul. Er lockerte seinen Hemdkragen und schielte zum Himmel. »Gelegentlich habe ich einen freien Tag. Vielleicht könnten wir« – er unterbrach sich und lächelte verlegen – »miteinander essen gehen. Zur Auswahl stehen einige schreckliche Cafés.«

»Ja, warum nicht? Das wäre schön.« Ellen nickte unverbindlich lächelnd. Sie erinnerte sich an die Zeit, als sie und Ziggy sich völlig unbefangen mit Männern verabredeten, die sie auf ihren heimlichen Ausflügen aus der Ballettschule kennen lernten. Sie nahmen Einladungen zu Bällen, Partys, Essen und Rundfahrten an, obwohl sie wussten, dass Proben, Tanzstunden und pure Erschöpfung ihre gesamte Zeit ausfüllten.

Aber hier und jetzt war das etwas anderes. Eigentlich

konnte Ellen tun und lassen, was sie wollte. Andererseits wusste sie, dass es in ihrem jetzigen Leben, das sie sich gemeinsam aufgebaut hatten, keinen Platz für Besuche oder Essen mit einem Arzt gab, den sie zufällig auf der Straße traf. Neue Freunde bedeuteten neue Erinnerungen, Hoffnung und Schmerz. Genau diese Schicksalsschläge hatten sie alle nur schwer verarbeitet, und deshalb alte Bindungen gelöst, um ein neues Leben beginnen zu können.

Als sie den Pfad zum Hospital erreichten, drehte sich Paul um und sah Ellen in die Augen. Sie erwiderte seinen Blick bewusst zurückhaltend. Verwirrt über ihre plötzliche Reserviertheit, versuchte er, ihre Gedanken zu lesen. Hatte er sie vielleicht gekränkt? Zweifelnd kniff er die Augen zusammen. »Nun, dann auf Wiedersehen«, verabschiedete er sich höflich und ging.

Ellen ging allein weiter und vermutete, dass er sie weder besuchen noch durch Djoti eine Nachricht schicken würde. Er würde sie in Ruhe lassen. Trotz eines Gefühls des Verlustes war sie erleichtert, denn sie konnte mit klarem Verstand und leerem Herzen zu Ziggy und den anderen zurückkehren.

Als der nächste Winter kam, hatte das Haus fünf Bewohner. Ruth war dem Gerücht eines westlichen, weiblichen Gurus gefolgt und an einem kalten Nachmittag aufgetaucht. Sie behauptete, auf spiritueller Suche zu sein, dabei sah sie eher aus wie ein normaler Tourist. Sie war voller Leben und Lachen. Ziggy und Skye überredeten Ellen, sie für eine Weile aufzunehmen. Die Geschichten aus ihrem Leben auf einer Schafsfarm im australischen Busch waren eine echte Bereicherung an den langen Abenden am Kamin. Ihre Schulausbildung hatte sie per Fernstudium erhalten, zwischen Viehtrieb und Schafschur. Sie wusste noch weniger über die Welt als Ellen und Ziggy, deren Tanzstunden wenig Zeit für Naturwissenschaft, Geographie, Geschichte oder aktuelle Themen gelassen hatten. Aber Ruth konnte über ihre Unwissenheit, ihre Fehler und ihre eigenen Witze lachen und riss alle mit.

Ellen hörte ruhig zu und nahm den weichen gedehnten australischen Akzent und die zwanglose Art in sich auf. Erinnerungen an Lizzie, Dr. Ben und die anderen Inselbewohner wurden wach. Es dauerte nicht lange, und sie musste wieder an Zelda denken. Zwei Jahre waren bereits vergangen, und sie war bestimmt groß und kräftig geworden. Sicher hatte sie ihren Sprachschatz erweitert und neue Ideen, Pläne und Interessen … Ruths sprudelnde Erzählungen machten es schwierig, die qualvollen Erinnerungen zu verdrängen. Ellen zwang sich, zu bleiben und zuzuhören. Es war, als würde sie die Hand ins Feuer halten. Irgendwann würden die Nerven sicher absterben und keinen Schmerz mehr empfinden.

Als alle mit Ruths Bleiben einverstanden waren, nahm Ziggy Ellen beiseite und schlug vor, Ruth die Hausordnung zu erklären – keine Briefe, keine Fotos, keine ausländische Kleidung und vor allem nicht von Zuhause und der Vergangenheit sprechen, außer bei den besonderen Sitzungen mit Ellen. Es gab auch Pflichten zu erfüllen, Hausarbeiten, bei den Essen mithelfen, am Yogaunterricht teilnehmen.

Als Ruth das hörte, riss sie die Augen auf. »Ich wusste doch, dass dies kein normales Haus ist.«

Ziggy verkniff sich eine Bemerkung.

Ruth sah Ellen mit ernsten Augen und verlegen lächelnd an. »Du wirst mich auslachen, aber vor ein paar Tagen wusste ich plötzlich, an wen du mich erinnerst.

Mein kleine Schwester besaß die Puppen, die alle Teenager haben. Sindy, Barbie und eine Twiggy-Puppe. Mummy hat sie immer in Melbourne bestellt. Dann schickte meine Tante eine aus den Staaten. Es war eine Ballerinapuppe mit vielen verschiedenen Kleidern. Ihren Namen weiß ich nicht mehr. Aber« – Ruth lachte über sich selbst – »du erinnerst mich an diese Puppe. Merkwürdig, du siehst aus wie sie.«

Ziggy schenkte ihr ein kühles Lächeln. »Vergiss nicht, wir sprechen nicht über Dinge, die wir zurückgelassen haben. Schwestern, Puppen … wen interessiert das?«

23

Ziggy erschien mit zwei Tassen Tee, die sie auf einem lackierten Tablett balancierte, in Ellens Zimmer. Unter dem Arm trug sie eine Rolle Papier mit ausgefransten gelben Rändern. Sie setzten sich nebeneinander aufs Bett. Ziggy schlug eine alte Karte von Mussoorie auf. »Wir müssen uns nach einem neuen Haus umsehen.« Sie nippte an ihrem Tee und blickte Ellen über den Rand ihrer Tasse an. »Ich habe in jedem Zimmer zwei untergebracht, und sogar die Abstellkammer ist belegt. Kate ist in den Schuppen gezogen.« Sie sah sich die Karte an. »Wir brauchen ein viel größeres Haus mit Unterbringungsmöglichkeiten für die Dienstboten. Unser Personal könnte von außerhalb kommen, dann können wir auch diese Zimmer belegen. Vielleicht finden wir sogar ein altes Internat. In dieser Gegend gibt es etliche alte Schulen.« Sie schaute erwartungsvoll auf.

Ellen antwortete nicht, sondern griff in die Tasche und holte einen Umschlag hervor. »Das ist heute gekommen.«

Ziggy zog den Brief heraus und überflog ihn. Das dicke Briefpapier trug ein Wasserzeichen und war mit der Hand geschrieben. Eine Falte erschien auf ihrer Stirn. »Jerry McGee. Der Name sagt mit etwas. Wer ist das?«

»Du warst wohl zu lange im Urwald!«, antwortete Ellen. »Er war der Stargitarrist der Band *The Shout*.«

»Er möchte seinen Sohn Jesse schicken«, sagte Ziggy nachdenklich.

»Wie alt ist er?«

»Jerry McGee muss schon über vierzig sein«, meinte Ellen. »Ich schätze, Jesse ist ungefähr zwanzig. Was meinst du, wie hat er wohl von uns erfahren?«

»Wer weiß? Vielleicht von Carter. Du kannst Gift darauf nehmen, dass er mit Lucy Kontakt hat. Demnächst wird er Provision verlangen, wenn er Kunden schickt!«

Ellen lächelte kurz, stand auf und ging im Zimmer auf und ab. »Ich weiß nicht, Zig«, sagte sie schließlich und deutete mit dem Kopf auf die Karte, die ausgebreitet auf dem Bett lag. »Es ist alles schon so festgefahren. Die vielen Leute hier. Was ist, wenn wir woanders leben und etwas anderes tun wollen?«

Ziggy starrte sie an. »Was würden wir schon tun? In die Staaten zurückgehen, am Pool liegen und Bridge spielen? Zu Modenschauen und Premieren gehen? Den Wirtschaftsteil lesen? Wir sind zu alt, um zu arbeiten. Wir wären … niemand.« Sie beugte sich vor. Ihre Augen glänzten vor Begeisterung. »Hier tun wir wirklich etwas.« Eindringlich blickte sie Ellen direkt in die Augen. »Vor allem du. Du rettest Menschen, rettest Leben. Bedeutet dir das nichts?«

»Natürlich bedeutet mir das etwas«, entgegnete Ellen. »Ich will mich nur nicht übernehmen. Die Leute kommen hierher und erwarten, dass ich ihnen helfe. Sie zählen auf mich. Manchmal fühle ich mich, als säße ich in der Falle. Das macht mir Angst.«

Das war die Wahrheit. Wenn sie an den wachsenden Haushalt und ihre Stellung als Leiterin dachte, wusste sie nicht mehr, wie es dazu gekommen war. Einerseits genoss sie es, gebraucht und bewundert zu werden, andererseits beschlich sie die Angst, etwas darzustellen, was sie nicht war, und früher oder später als Betrügerin entlarvt zu werden.

»Die Menschen haben schon immer auf dich gezählt«, fuhr Ziggy fort. »Carter, die Ballettschule, Karl. Das hat dich noch nie gestört.«

»Sie wollten alle nur, dass ich tanze oder als Model auftrete. Ich sollte etwas *tun*. Diese Menschen erwarten, dass ich jemand *bin*. Das ist nicht dasselbe. Ich will sie nicht enttäuschen …«

»Hör zu«, sagte Ziggy bestimmt. »Hier tauchen Leute auf, weil sie von dir gehört haben, und sie bleiben, weil sie feststellen, dass es wahr ist.«

Ellen lachte. »Du sprichst von mir, als wäre ich eine Zirkusattraktion.«

Ziggy zuckte grinsend die Schultern. »Dafür kann ich nichts! Außerdem bin ich nicht deiner Meinung. Das hier ist auch nichts anderes als das, was du früher gemacht hast. Ich glaube, es hat alles mit dieser – du weißt schon – ›besonderen Eigenschaft‹ zu tun, nach der Carter immer gesucht hat. Und die Kritiker – wie haben sie es noch genannt?« Mit gezierter, theatralischer Stimme fuhr sie fort: »Die Privatsphäre der Seele – hintergründig, undurchschaubar, mit einer fremdartigen, hinreißenden Anziehungskraft. Erinnerst du dich?«

»Das war purer Unsinn.«

»Nein, war es nicht. Ist es nicht. Es ist wahr. Frag doch Kate, Ruth oder die anderen. Vertraue ihnen, wenn du dir selbst schon nicht traust.«

Es entstand ein kurzes angespanntes Schweigen. Skye spielte einen Ragtime auf dem Klavier. Ziggy beugte sich vor und stellte ihre Tasse auf das Tablett. »Übrigens müssen wir bei der Bank in Mussoorie ein neues Bankkonto eröffnen.«

Ellen blickte erstaunt auf. »Warum? Auf meinem Konto ist Geld genug.«

»Ja, aber die Leute oder ihre Familien wollen einen Beitrag leisten. Wenn wir einen Unkostenbeitrag erheben, können wir hier viele Dinge verbessern, anstatt für alles selbst aufzukommen. Das ist die beste Lösung.« Sie wartete, bis Ellen nickte. »Man sagt, dass die meisten Heilmethoden besser wirken, wenn sie tatsächlich etwas kosten. Mit anderen Worten, wenn die Leute Geld dafür bezahlen.«

Ziggy stand auf, drehte sich langsam um die eigene Achse und streckt die langen schlanken Arme zur Decke. Ellen musterte sie von oben bis unten. Jetzt war sie wieder Carters »Mädchen für Außenaufnahmen« – eine blonde, grünäugige, gesunde Schönheit. Kaum vorstellbar, dass sie sich beinahe zu Tode gehungert hätte. Während Ellen sich an Ziggys Anblick erfreute, beschlich sie eine Vorahnung, als hätte Ziggys wachsende Stärke ihre eigene Energie verbraucht und sie schwach, schutzlos und ohne Willen zurückgelassen.

»Ich lass dir die Karte da«, rief Ziggy über die Schulter und ging. »Schau dir die verschiedenen Gebiete an. Wir brauchen ein Haus, zu dem eine Straße führt. Für Autos, meine ich. Wirst du das tun?«

»Ja, natürlich.«

»Gute Nacht.«

»Gute Nacht.«

»Schlaf gut.«

»Danke, du auch.«

Ziggy drehte sich um. Ihre Blicke trafen sich. Beide dachten an die Nonnenkammer mit dem großen kalten Fenster und an das Gekicher im Dunkeln, wenn sie sich gruselige Geschichten erzählten, bis Ziggy entschied, dass es Zeit war, ins Bett zu gehen.

Ich gehe jetzt ins Bett.

Ja, gute Nacht, Ziggy.

Gute Nacht.

In der Stille war nur die flache Atmung zu hören.

Bist du noch wach, El?

Ja?

Rate mal, was ich heute Morgen gesehen habe …

Ellen stand am Fenster und schaute zu, wie die weißen feinen Schneekristalle unaufhörlich vom dichten dunklen Himmel fielen. Im Haus wurde es still, die letzte Stimme verstummte und das letzte Lachen erstarb. Ellen behielt die Wollsocken an, kletterte ins Bett, kuschelte sich in die Kissen und zog die Bettdecke hoch. Dann schloss sie die Augen, streckte sich vorsichtig aus und ignorierte die Kälte, die sich wie blutleere Hände um ihren Kopf legte.

Der Wind wurde stärker, rüttelte an den Scheiben und heulte ums Haus. Ellen zog die Decke bis über beide Ohren. Er grollte und dröhnte, bis er plötzlich zu atemloser Stille erstarb. Erschrocken warf Ellen die Bettdecke zurück, blieb still liegen und lauschte angestrengt. Lange hörte sie nichts. Dann war es wieder da: Das schwache Heulen eines Hundes durchdrang die stürmische Nacht. Ellen erstarrte, aber sie bekämpfte die aufsteigende Angst und den Drang, aufzuspringen und davonzulaufen. Ich hasse Hunde, dachte sie. Das ist alles. James' Hund mochte ich auch nicht …

Aber das Fenster zog sie magisch an. Sie stand zitternd in der Kälte und sah angestrengt in die Dunkelheit. Irgendetwas regte sich in ihrem Unterbewusstsein, weit weg und schwach wie das ferne Rollen eines nahenden Zugs. Noch immer starrte sie aus dem Fenster. Langsam kam es näher, wurde deutlicher und klarer. Der Schnee, der weiß auf dem Fenstersims lag und in langen Schleiern über den schwarzen Himmel jagte, brachte es immer näher. Der Hund schrie seinen Schmerz in die eiskalte Nacht. Leise, verzweifelte Schreie, die im Heulen des Windes untergingen.

Schweißperlen standen auf ihrer Stirn. Ihr Herz klopfte wie wild. Sie atmete stoßweise und bekam kaum Luft, als sie versuchte, in die Hülle der Sicherheit und des Vergessens zu schlüpfen – davonzukommen …

Warte. Eine schwache Stimme drang durch den Sturm. *Hör doch!*

Nein, lauf weg!

Ellen zögerte, konnte sich nicht entscheiden. Vor ihr lagen zwei Wege: der eine – breit und ausgetreten, ein sicherer Fluchtweg, der andere – ein schmaler steiniger Pfad, der ins Ungewisse führte …

Du bist stark! Du bist frei! Jetzt kannst du es wagen!

Sie lehnte den Kopf gegen die eisige Fensterscheibe, schloss die Augen und sah sich im Ashram-Tempel. Gleichmäßig und bestimmt fielen die Worte des Yogis in die Stille und nahmen sie bei der Hand …

Eins ist alles. Das ist Weisheit. Konzentriere dich auf einen Punkt, den Bindu. Beginne die innere Reise und ziehe dich von allem Äußeren zurück.

Ihre Gedanken wanderten zurück und arbeiteten sich durch die Schichten der Erinnerung.

Lösche alle Gedanken, Gefühle und Wahrnehmungen.

Überschreite die Grenzen deines Verstands und deiner Wahrnehmung.

Finde die absolute Ruhe. Höre dem Objekt deiner Konzentration zu. Ein Wort, eine Farbe, ein Geräusch.

Ein Schrei in der Dunkelheit …

Die Sonne fiel auf den verschneiten Garten und tauchte die mit Schnee bedeckten Sträucher in goldenes Licht. Ellen warf den Ball noch einmal. Sammy stürmte hinter ihm her. Seine Pfoten hinterließen kleine Fußspuren im weißen Schnee.

»Bring!«, rief Ellen. Aber Sammy schaute sie an, wedelte mit dem Schwanz und rannte mit dem Ball im Maul in den Wald.

»Nein, Sammy! Komm her!«, rief Ellen und lief hinter ihm her. »Hierher, Sammy. Guter Hund!«

Der Hund schlüpfte durch den Zaun und trottete unter den hohen Kiefern davon. Ellen betrachtete ängstlich ihre Schuluniform, schob die schneebedeckten Büsche zur Seite und folgte ihm.

»Sammy! Komm her!«, rief sie immer wieder. Ihre Stimme war weinerlich und schwach und kam gegen das Knirschen des Schnees kaum an. Dann blieb sie stehen. Offenbar hatte er Spaß an der Jagd. Sie blickte zurück zum Haus und biss sich nervös auf die Lippen. Dann stieß sie einen langen Pfiff aus, wieder und wieder.

Schließlich kam Sammy mit hängenden Ohren und eingezogenem Schwanz zurück. Unterwürfig sah er sie an und legte ihr den Ball zu Füßen. Ellen griff ihn am Halsband und nahm ihn auf den Arm. »Dummer Hund!«, sagte sie mit zitternder Stimme. »Du bringst uns nur in Schwierigkeiten.«

Den kleinen Hund fest an die Brust gedrückt, lief sie zurück zum Haus. Sammy hob die kalte Schnauze und leckte ihr das Kinn. »Ungezogener Hund«, schimpfte Ellen lächelnd, als seine warme feuchte Zunge über ihre Wange fuhr. Plötzlich erschrak sie. In der Auffahrt stand ein rotes Auto. Margaret! Erstarrt blieb sie einen Moment stehen und schlich dann über den Rasen zur Haustür. »Hoffentlich merkt sie nichts«, betete sie. »Bitte, lieber Gott!«

Aber Margaret war schon da. Sie stand oben am Fenster und schaute ihr zu. Auch ihr war der Schrecken anzusehen, aber auch der Ärger. Ihr Gesicht war blass und angespannt, die Augen hart und zusammengekniffen. Ängstlich blickte Ellen zu ihr auf und hielt den sich windenden und winselnden Sammy fest im Arm. Margaret verschwand vom Fenster. Am liebsten wäre sie mit Sammy weggelaufen. Aber sie war nur ein Kind, und man würde sie wieder zurückbringen. Dann würde alles nur noch schlimmer.

Sammy im Arm, stand sie zitternd vor der Haustür und tat alles, um sauber und ordentlich auszusehen. Die Zöpfe wurden in den Nacken geworfen, die Kleider geglättet, die Füße nebeneinander gestellt. Als sich der Türknopf drehte, sah sie ängstlich auf die immer größer werdende Öffnung. Margarets Gesicht war starr und ausdruckslos. Ellen sank das Herz, aber sie blieb ganz still stehen.

»Wo warst du?«, fragte ihre Mutter leise. »Ich habe dich überall im Haus und im Garten gesucht.«

»Sammy ist in den Wald gelaufen«, antwortete sie und versuchte, höflich und ruhig zu klingen. »Ich musste ihn suchen.«

»Habe ich dir nicht gesagt«, begann Margaret, »dass du das Haus nicht verlassen darfst, wenn ich nicht da bin?«

»Ja, Margaret.« Ellen sah auf Margarets hochhackige blutrote Schuhe. Sie schauderte.

»Du hättest stürzen können, und ich hätte nicht gewusst, wo ich dich suchen soll. Ellen, du bist acht Jahre alt!« Margaret klang traurig – wieder einmal enttäuscht. »Ich werde dir eine Lektion erteilen. Komm herein.«

Ellen ging einen Schritt auf die Tür zu.

»Setz den Hund ab.«

Erschrocken blickte sie auf.

»Aber, er ...« Ellen blieb das Wort in der Kehle stecken. »Er darf doch ins Haus. Ich bringe ihn sofort in die Wäschekammer.«

Margaret versperrte ihr den Weg. »Du kommst ins Haus und lässt den Hund draußen.«

»Aber es schneit!«

Ein langer Arm ergriff das Halsband, zerrte den keuchenden und strampelnden Hund aus Ellens Arm und warf ihn hinaus. Er landete auf dem Rücken und rappelte sich mit seinen kurzen Beinen nur mühsam wieder auf. Dann setzte er sich hin und wedelte freundlich, aber irritiert mit dem Schwanz.

Margaret nahm Ellen bei der Schulter, zog sie ins Haus und warf die Tür hinter sich zu.

»Wann wirst du endlich lernen, das zu tun, was von dir verlangt wird?« Ihre Stimme wurde schrill vor Ärger.

Ellen starrte auf die Tür. Der Hund fing leise an zu winseln und kratzte mit der Pfote bettelnd an der Tür.

»Geh auf dein Zimmer«, befahl Margaret kalt.

»Bitte! Ich werde alles tun, was du verlangst. Ich verzichte ein ganzes Jahr auf mein Taschengeld und mache alles sauber. Ich werde nie wieder ungezogen sein. Bitte ...« Tränen rannen ihr über die Wangen. Sie klammerte sich an Margarets Jacke, aber sie ging ungerührt weiter. »Er friert bestimmt!«

»Das wird dir eine Lehre sein, Ellen.«

»Nein! Nein!« Ein langer Schrei breitete sich wie eine riesige, aufbäumende Schlange, die sich erhob, in ihrem Inneren aus und nahm ihr fast die Luft. Dann schallte er durchs ganze Haus und hörte nicht mehr auf.

Plötzlich drehte sich Margaret um und gab ihr eine schallende Ohrfeige. »Hör auf!«

Ellen presste eine Hand gegen die brennende Wange und biss sich auf die Lippen. Vielleicht würde Margaret ihre Meinung noch ändern und den Hund ins Haus lassen, wenn sie still und brav war. Vermutlich wollte sie ihr nur einen Schrecken einjagen. »Es tut mir Leid, Margaret«, sagte sie kleinlaut, ging langsam hinauf in ihr Zimmer und schloss leise die Tür hinter sich.

Sie ging sofort ans Fenster. Unten auf der Treppe saß Sammy und blickte sehnsüchtig auf die geschlossene Tür. Sie hob die Hand, um ans Fenster zu klopfen und ihn zu rufen. Aber vielleicht war es besser, wenn er das Warten aufgab und davonlief, um sich an einem warmen Platz zu verstecken. Später, wenn Margaret es ihr erlauben würde, könnte sie ihn immer noch hereinrufen.

Mit hängendem Kopf setzte sie sich aufs Bett und betrachtete den weichen rosa Teppich mit dem Muster aus Teddybären und Schaukelpferden. Sie zählte sie, vom Fenster bis zur Tür. Dann versuchte sie, die Anzahl der Teddys im ganzen Zimmer zu schätzen, dann die vielen Schaukelpferde mit dem dummen Lächeln im Gesicht ...

Die Zeit verstrich, und die Sonne ging unter. Lange Schatten breiteten sich im Zimmer aus. Draußen fing Sammy an zu bellen. Nach einer Weile ging das ärgerliche Bellen in langes schwermütiges Heulen über. Ellen kniff die Augen zusammen und hielt sich die Ohren zu. Trotzdem drang das jämmerliche Geheul zu ihr durch.

Wieder trat sie ans Fenster. Es schneite. Die dicken Flocken führten vor dem dunklen Himmel einen wilden Tanz auf. Die Bäume im Garten waren nur noch schwarze spitze Gestalten. Und dort war Sammy – ein kleiner dunkler Fleck im weißen Schnee.

»Lauf weg«, flehte Ellen. »Lauf zu einem anderen Haus. Versteck dich im Holzschuppen.« Aber er wartete auf sie, dass sie zu ihm kam und ihn hereinließ, den Schnee von seinem Rücken rieb und ihn in den weichen warmen Korb legte.

Schließlich nahm sie allen Mut zusammen und ging hinunter. Margaret saß im Wohnzimmer und las unter der Stehlampe Fachzeitschriften. Warmes Licht fiel auf ihr Gesicht. Als Ellen eintrat, blickte sie fragend auf, als wäre nichts gewesen.

»Es schneit«, sagte Ellen.

»Ja?«

»Sammy wartet vor der Tür. Bitte, darf ich ihn hereinlassen?«

»Nein, Ellen. Der Hund bleibt draußen. Vielleicht lernst du es auf diese Weise, ein für alle Mal.«

Bitter und wütend starrte Ellen sie an. »Aber du hast ihn mir geschenkt. Du hast ihn mir zum Geburtstag gekauft.«

»Ich habe ihn *an* deinem Geburtstag gekauft«, korrigierte Margaret sie, »damit du Gesellschaft hast, wenn ich nicht zu Hause bin, und nicht dauernd fragst, ob du draußen spielen oder nach der Schule deine Freundin besuchen darfst. Damit ich genau weiß, wo du bist. Damit ich dich anrufen kann. Damit du mich anrufen kannst, wenn etwas passiert.« Sie schwieg, um ihre Worte wirken zu lassen. »Stattdessen finde ich dich im Wald!« Sie wandte sich wieder ihrer Zeitschrift zu. »Der Hund war wirklich keine gute Idee.«

»Willst du, dass er draußen erfriert?« Ellens Stimme war vor Entsetzen kaum zu hören. »Du willst ihn sterben lassen!«

»Reiß dich zusammen, Ellen!« Margaret blätterte um und las weiter.

»Nein!«, schrie Ellen. »Ich hasse dich! Ich hasse dich! Ich wünschte, du wärst tot!«

In der Stille heulte Sammy. Margaret zog eine Augenbraue hoch. »Was hast du gesagt?«

Gelähmt vor Angst und nach Worten suchend, die das Gesagte ungeschehen machen könnten, starrte Ellen sie an …

Entschuldigung. Es tut mir Leid. Ich werde es nie wieder tun, Margaret. Mutter. Es tut mir so Leid. Ich hab dich lieb. Die Worte waren da, kreisten in ihren Gedanken – aber diesmal brachte sie sie nicht heraus.

»Nun gut«, seufzte Margaret resigniert und ging hinaus. Mit ihrer bereits geöffneten Arzttasche kehrte sie zurück.

»Kremple deinen Ärmel hoch«, sagte sie und wühlte in der Tasche.

Ellen sah, wie sie eine kleine Ampulle und eine Spritze aus der Tasche nahm. »Was ist das?« Panische Angst schnürte ihr die Kehle zu.

»Nur so kann ich dich zur Ruhe bringen.« Margaret schnippte gegen die Ampulle, saugte mit der Spritze die Flüssigkeit auf und hielt sie hoch, bereit, sie anzusetzen.

»Nein, bitte nicht!« Erstarrt blieb sie stehen und sah Margaret mit aufgerissenen Augen an, als sie auf sie zuging. »Du wirst mich auch umbringen«, flüsterte sie in panischer Angst.

»Sei nicht dumm.« Margaret nahm ihren Arm und säuberte ihn mit einem Tupfer. Die Nadel durchstach die Haut, hob das dünne Fleisch an und bohrte sich in die Vene.

Sie lauschte in die Nacht und hörte das traurige Wimmern des Hundes, der draußen im Schnee auf sie wartete, während die dunklen Wolken der Bewusstlosigkeit sie davontrugen.

Auf Wiedersehen, Sammy. Auf Wiedersehen, kleiner Hund.

Mein einziger Freund.

Der nächste Tag brach herein. Sonnenlicht durchflutete Ellens Zimmer. Das Fenster war ein strahlender hellblauer Fleck. In tadelloser Schuluniform stand sie am Fenster und blickte über den einsamen Garten.

Sie ging hinunter, aß langsam und sorgfältig ihr Frühstück und versuchte, nicht auf Sammys leere Schüssel zu sehen, die neben der Hintertür stand. Margaret war bereits für die Arbeit gekleidet und trug ein rotes Kostüm mit passender Weste. Sie schwieg abweisend und versteckte sich hinter dunkler Brille und kaminrotem Lippenstift.

Als sie zum Auto gingen, blieb Ellen einen Augenblick stehen und sah sich suchend um. Aber außer ein paar Vogelspuren war auf dem weißen Rasen nichts zu sehen. Der Wagen stand über Nacht draußen. Eine dicke Schneeschicht bedeckte Dach und Motorhaube. Margaret hatte bereits die Windschutzscheibe vom Eis befreit. Ellen wartete, bis sich die Beifahrertür öffnete. Dann kletterte sie auf den Sitz und blieb kerzengerade sitzen, während Margaret den Wagen langsam wendete. Dort, wo der Wagen gestanden hatte, blieb ein freier Flecken zurück. In der Mitte lag ein kleiner schwarzer Hund, der sich unter dem warmen Motor zusammengerollt hatte.

Ellen sprang aus dem Wagen, stolperte, fiel und kam

nur mühsam wieder auf die Füße. Aus dem Augenwinkel sah sie, dass Margaret erstaunt den Mund aufriss. Dann war sie bei Sammy und starrte auf sein schwarzes gefrorenes Fell. Zitternd streckte sie die Hand aus und strich ihm über den Kopf. Er war eiskalt.

»Sammy ...«, flüsterte sie und zog an seinen kleinen Pfoten. Aber sie waren steif gefroren. Er war tot.

Sie ging zum Auto zurück, klopfte sorgfältig den Schnee von den Schuhen und zog die Strümpfe hoch. Dann stieg sie schweigend ein.

»Ich hole dich von der Schule ab«, sagte Margaret. »Warte bitte draußen auf mich.«

»Ja, Margaret.«

»Und komm nicht zu spät.«

»Nein, Margaret.«

Ellen starrte in die Dunkelheit. Es war wieder still geworden. Wahrscheinlich war der Hund weitergezogen oder hatte ein Zuhause gefunden. Der Sturm hatte sich gelegt, und der blasse Mond hing am eiskalten Himmel. Aber Ellen sah nur Margarets Gesicht, das so viele Jahre in Vergessenheit geraten war ...

Sie betrachtete die schmalen grünen Augen, die blonden Augenbrauen, sah den verschmierten Lippenstift in den Mundwinkeln und einen kleinen weißen Flaum auf der Oberlippe. Das Naseninnere war dunkelrot von kleinen geplatzten Adern. Ihre Zähne waren klein und scharf. Wenn sie lächelte, konnte man den Gaumen sehen.

Das verschlossene Gesicht verblasste, und ein anderes Bild entstand: Margaret in der Sonne am Swimmingpool, hinter ihr die offene Tür des Badeschuppens, die in frischem Hellgrün, genau wie die Fensterläden mit dem kleinen ausgesägten Herzen, gestrichen war.

Auf Haken hingen Handtücher zum Trocknen. Bunte Badeanzüge lagen auf dem Boden.

Margaret streckte die langen, rasierten Beine aus und bewegte die Zehen. Das glitzernde Wasser spiegelte sich in der Sonne. Glänzende Punkte tanzten auf ihrer braunen Haut. »Ich gebe dir noch einmal Schwimmunterricht«, sagte sie und hob den Kopf, auf dem ein Turban aus Handtüchern thronte.

Ellen stand in der Schuppentür, sah sie an und ließ nervös einen Fuß über den gekachelten Fußboden gleiten. Sie lächelte zaghaft, wünschte sich, von ihrer Mutter in den Arm genommen zu werden und ganz nahe ihre Stimme zu hören. Aber sie wusste, dass Margaret angewidert zurückweichen würde, wenn sie Angst bekam, Wasser schluckte und prustend um sich schlug.

»Komm schon.« Margaret glitt in den Pool und hielt die Arme auf. Ellen ließ sich ins kalte Wasser fallen und atmete den Duft von Sonnenöl, Chlor und Haarspray ein.

Margaret hielt sie auf beiden Armen und befahl ihr, wie ein Hund zu paddeln, so wie sie es gelernt hatte. »Lass den Kopf oben! So ist es richtig. Braves Mädchen!« Dann schob sie Ellen von sich weg. »Und nun stoße dich mit den Beinen ab.«

Ellen grinste, gab sich große Mühe und merkte plötzlich, dass sie schwamm. »Ich kann es!«, rief sie fröhlich.

Margaret zog die Arme weg und ließ sie los. Ängstlich drehte sich das Kind nach ihr um und versuchte verzweifelt, mit Paddeln und Stoßen gegen das Sinken anzukämpfen.

Margaret lachte. »So geht das. Stoßen! Anziehen! Weiter so!«

Dann war ihre Stimme weg. Nur klickende Unterwassergeräusche waren zu hören. Ellen blies die Backen auf und versuchte, die Luft anzuhalten, bis die Arme sie wieder auffingen. Aber es waren keine Arme da. Verzweifelt fing sie an, mit Armen und Beinen um sich zu schlagen. Plötzlich traf ein Fuß auf den Boden des Pools. Sie stieß sich ab. Ihre berstenden Lungen verlangten verzweifelt nach Luft. Aber sie stieß mit dem Kopf gegen ein Hindernis, das sie unter Wasser hielt. Sie hob die Arme hoch, riss und kratzte an den langen kräftigen Fingern. Aber sie ließen nicht los und stießen sie hinunter – wieder und wieder.

Während sie mit ihrer ganzen Kraft um ihr Leben kämpfte, kroch die entsetzliche Gewissheit in ihr hoch und blieb wie eine Speerspitze in ihrem Herzen stecken.

Es war Margaret!

Sie wollte sie also doch umbringen.

Dann lösten die Hände plötzlich ihren Griff. Ellen drehte sich auf den Rücken und blickte zur Wasseroberfläche hinauf. Der Anblick war wunderschön, wie das Paradies oder das Angesicht Gottes.

Ellen stolperte verwirrt durch das dunkle Haus zu Ziggys Zimmer. Leise weinend stand sie im Flur.

»Ziggy!«, keuchte sie. »Ziggy, wach auf …«

Ziggy regte sich. »Ja? Was ist denn?« Sie schlug die Augen auf, setzte sich auf und tastete nach der Lampe. »Was ist denn los?«

Ellen schüttelte verzweifelt den Kopf und streckte Hilfe suchend den Arm aus. »Hilf mir«, flüsterte sie. Von Weinkrämpfen geschüttelt, fiel sie Ziggy in die Arme.

»Was hast du?« Aber Ellen antwortete nicht. Also hielt Ziggy sie im Arm und wiegte sie wie ein Kind. »Ist schon gut, mein Engel. Lass es heraus, lass es gehen.« Sie glitt zur Seite und machte Ellen Platz, so dass sie sich neben sie legen konnte. Dann zog sie die Bettdecke hoch und streichelte ihr übers Haar.

Schließlich beruhigte sich Ellen. Seite an Seite lagen sie im Bett, blondes und dunkles Haar wie Sonne und Mond. Ziggy wollte Licht machen, aber es gab keinen Strom. Mit einem Streichholz zündete sie eine Kerze an. Warmes Licht fiel auf ihre Gesichter.

»Ich kann mich an alles erinnern«, sagte Ellen leise. »An Margaret ... Und was sie mir angetan hat.« Sie konnte nicht weitersprechen und fing leise an zu weinen.

Ziggy nahm schweigend ihre Hand. Im Zimmer herrschte zeitlose Stille. Die Kerze flackerte und schickte kleine Lichtkegel zur Decke.

Schließlich brach Ziggy das Schweigen. »Möchtest du es mir erzählen?«

Ellen nickte. Sie wischte sich mit der Hand übers Gesicht und atmete tief durch. »Es geht nicht nur darum, was sie mir angetan hat. Das ist schon lange her, vorbei, zu Ende. Aber ... jetzt weiß ich es. Alles, was mit Zelda passiert ist ... Das war sie – Margaret!« Sie befreite sich aus Ziggys Arm und sprach in die Stille des dunklen Zimmers. »Zelda war das kleine Mädchen, und ich war ihre Mutter. Margaret! Ich war es nicht, es kam von ihr!«

Ziggy nickte im Halbdunkeln und schwieg lange. »Aber das ist vorbei«, sagte sie schließlich. »Das ist Vergangenheit, und du solltest das alles auch dort lassen.«

»Nein!« Ellen drehte sich um, stützte den Kopf auf die Arme und blickte Ziggy in die Augen. »Es ist nicht vorbei, denn es gibt Zelda. Wenn ich das vorher gewusst hätte, wäre alles anders gekommen. Ich hätte alles anders machen können, ganz sicher! Und ich wäre nie fortgegangen!«

»Aber du bist fortgegangen«, widersprach Ziggy. »Du

hast sie zurückgelassen. Das ist nun einmal geschehen, und es gibt kein Zurück mehr.« Sie setzte sich auf, um Ellen ansehen zu können. »Wahrscheinlich ist es gut, dass du dich an alles erinnerst. Ganz bestimmt. Nun kannst du es abschließen und vergessen. Es existiert nicht mehr.« Sie nahm Ellen bei den Schultern und grub die Finger in ihre Haut. Der Schmerz verlieh ihren Worten Nachdruck. »Das ist die Regel. Es hat bei uns allen funktioniert. Verdammt, Ellen, du selbst hast sie aufgestellt!«

»Das ist etwas anderes«, begann Ellen, aber Ziggy fiel ihr ins Wort.

»Nein, Ellen, das ist nichts anderes. Bestimmt nicht. Das ist *deine* Chance, stark zu sein.«

»Nein«, murmelte Ellen. »Ich bin nicht stark und werde es auch nie sein.«

»Doch, du bist stark. Du musst stark sein!« Mit sanfter Stimme fügte sie hinzu: »Wir helfen dir dabei.« Dann legte sie sich wieder hin und zog Ellens Kopf auf ihre flache Brust. Sanft und beruhigend redete sie auf sie ein. »Wir helfen dir dabei, Ellen. *Wir* sind nun deine Familie.«

Im ersten Licht der Morgendämmerung schlich Ellen in ihr eigenes Zimmer. Sie schob einen schweren Sessel vor die geschlossene Tür, wickelte sich in eine Decke und begann zu schreiben.

Sie schrieb alles auf. Die Geschichte von Margaret und Ellen, und Ellen und Zelda.

Dann schrieb sie ein kurzes Begleitschreiben.

Lieber James,
Das ist alles wahr. Bitte glaube mir.
Alles hat sich geändert.
Ich muss zurückkommen.

Nach dem Frühstück verkündete Ellen, dass sie zum Ashram-Tempel gehen wolle. Dies war der einzige Platz, wo sie stets allein hinging. Ziggy sah sie fragend an, nickte und gab ihr einen Abschiedskuss. Die anderen spürten ihren Schmerz, wussten aber nicht, wie sie sich verhalten sollten und schwiegen betreten.

Ellen ging zum Ashram, wie sie gesagt hatte. Aber zurück nahm sie nicht den steilen Pfad zum Haus hinauf, sondern ging zum Hospital.

Am Haupteingang machten ihr die Dorfbewohner ehrfürchtig Platz. Als sie an ihnen vorbeiging, roch es trotz heißem Öl, Knoblauch und Schweiß nach Desinfektionsmittel.

»Ja bitte, Mem-Sahib?« Eine Inderin begrüßte sie durch das Fenster in einer provisorischen Wand, die das Empfangszimmer vom Flur trennte. »Was wünschen Sie?« Während sie sprach, klapperte sie mit einem Vorhängeschloss, das die hölzerne Abdeckung eines großen schwarzen Telefons sicherte.

»Ich möchte zu Dr. Cunningham«, antwortete Ellen. »Ich komme außerhalb der Sprechstunde. Es handelt sich um eine persönliche Angelegenheit. Es dauert nicht lange.«

»Bitte gehen Sie ins Wartezimmer.« Die Frau zeigte auf eine Tür.

Trotz der wartenden Menschenmenge vor der Tür saßen nur zwei Patienten im Wartezimmer, jeder in einer Ecke. Eine Ansammlung verschiedener Stühle und niedriger Tische trennten die beiden. Ellen nickte freundlich grüßend einer gut gekleideten Asiatin zu. Vermutlich handelte es sich um die Mutter eines Internatschülers. Genau gegenüber saß ein alter Mann mit gesenktem Kopf und blickte in eine Zeitschrift, die er – verkehrt herum – in den großen rauen Händen hielt. Ellen setzte sich in die Mitte und sah sich um. An den Wänden hingen Plakate mit medizinischen Ratschlägen und religiösen Texten. Ihr Blick fiel auf ein Foto von den Bergen. Quer über dem Himmel stand:

Er gibt Schnee wie Wolle;
Er streut Reif wie Asche.
Er sendet sein Wort, da schmilzt der Schnee.
Er lässt seinen Wind wehen, da taut es.
Psalm 147, 16 und 18

Den Sinn des Psalms verstand sie nicht. Trotzdem spendete er Trost. So zerschmilzt es. Sie berührte den dicken Umschlag ihres Briefs durch den Stoff der Umhängetasche. Hoffnung durchströmte sie.

»Mem-Sahib?« Die Sprechstundenhilfe steckte den Kopf durch die Tür. »Hier entlang, bitte.«

Sie führte Ellen an Patienten in grünen Krankenhauspyjamas vorbei und den langen Flur entlang. Einige lungerten nur herum und beobachteten neugierig die Leute, andere bewegten sich auf Krücken vorwärts oder stützten sich schwerfällig und mit schmerzverzerrtem Gesicht an der Wand ab. Ellen vermied es, durch offen stehende Türen zu sehen, in denen sie mittelalterliche Schrecken vermutete: Menschen mit Elefantenfüßen, Zysten von der Größe eines Kinderkopfes, von der plastischen Chirurgie unbeachtete Missbildungen, Leprakranke mit klauenartigen Händen …

Dann kamen sie an eine Tür mit der Aufschrift »Labor«.

»Warten Sie bitte einen Moment, Dr. Paul kommt gleich«, sagte die Frau und wischte mit dem Handtuch über einen Drehstuhl, der neben einem Glasschrank stand.

»Möchten Sie eine Tasse Tee?« Ein junger Inder in einer ehemals weißen Jacke blickte sie über ein Tablett hinweg an, auf dem sich Röhrchen mit dunklem Blut und gelbem Urin und Tongefäße mit weichem, braunem Stuhl befanden. Auf dem Schreibtisch stand ein Laborbecher aus Glas mit milchigem Tee.

Ellen lächelte höflich. »Nein, vielen Dank.«

»Bitte, machen Sie es sich bequem«, sagte der Labortechniker und widmete sich wieder seiner Arbeit. Ellen sah sich die großen Weckgläser an, die aufgereiht im Glasschrank standen. Geschwüre und Zysten und lange, geringelte Würmer schwammen in Formaldehyd. In einem anderen Regal standen konservierte Föten, winzige, noch nicht vollständig ausgebildete Babys, von der eigenen Nabelschnur stranguliert. Sie ging näher heran, um sich die perfekten Miniaturhände, die friedlich geschlossenen Augen, zarten Hälse und rosigen Köpfe anzusehen. Sie sah die Äderchen, die als feines Netzwerk durch die blasse, transparente Haut schienen. Eines der Babys war deformiert, seine Glieder verzerrt und verkrüppelt. Trotzdem sah es aus wie ein Mensch, fast freundlich.

Paul betrat mit großen Schritten das Zimmer und blieb überrascht stehen, als er sie sah. »Ellen!« Er betrachtete ihr Gesicht, bemerkte die geröteten Augen und das müde Gesicht. »Was machen Sie hier? Sind Sie krank?« Während des kurzen Schweigens dachten beide an ihre letzte Begegnung.

»Entschuldigen Sie«, sagte Ellen. »Mir wurde gesagt, ich kann hier warten. Ich … Ich möchte Sie gern sprechen.«

Paul fuhr sich nervös durchs Haar. »Aber natürlich. Warten Sie schon lange? Man hat mir nicht gesagt, dass Sie hier sind.«

»Nein, erst ein paar Minuten«, antwortete Ellen. »Ich möchte Sie etwas fragen. Ich dachte, Sie könnten mir vielleicht weiterhelfen … Es wird nicht lange dauern.« Sie sprach schnell, fühlte sich fehl am Platz und war verlegen.

Paul schob den sauberen Ärmelaufschlag seines Arztkittels hoch und sah auf die Uhr. »Es ist fast Mittag«, sagte er. »Ich bekomme mein Essen immer auf mein Zimmer serviert. Das Krankenhausessen ist nicht mal schlecht. Ich habe mich daran gewöhnt. Möchten Sie auch etwas essen? Ich meine …?«

Ellen beäugte ihn unsicher. »Ich möchte Sie nicht lange aufhalten.«

»Aber, aber … Es wäre mir ein Vergnügen.« Mit einer Armbewegung schloss er den Raum, die Arbeit und das Hospital in die Einladung mit ein. »Das wäre mal etwas anderes …«

Ellen zuckte die Schultern. »Na ja, warum eigentlich nicht?« Sie errötete. Aber dann entspannte sie sich, und ein Lächeln erschien auf ihren Lippen. Sie sollte ohnehin nicht hier sein, also hielt sie auch nichts davon ab, zu bleiben. Plötzlich wünschte sie sich weit weg von zu Hause und hoffte, dass äußere Einflüsse sie auf einen anderen Weg bringen würden. »Vielen Dank, gern.«

Ihre Blicke trafen sich kurz.

»Salim!«, rief Paul den Labortechniker. »Ich möchte zu Mittag essen. Könntest du Mandi bitten, für zwei Personen zu servieren?«

Der Mann nickte. »Natürlich, sofort.«

Paul ging einen Flur entlang, und Ellen folgte ihm. Eine indische Krankenschwester lief rufend mit einem Klemmbrett hinter ihm her. Rasch überflog er ein Mitteilungsblatt und kritzelte etwas darunter. Das Krankenhaus war unübersehbar sein Reich, hier war er zu Hause und trug das Stethoskop wie eine Auszeichnung um den Hals.

»Vielen Dank, Herr Doktor.« Die Schwester musterte Ellen von oben bis unten und nahm das Klemmbrett entgegen.

»Wir sind da.« Paul nahm einen Schlüsselbund aus der Tasche und schloss die hinterste Tür des Flurs auf. Er trat zur Seite und ließ Ellen eintreten. »Mein Zuhause.«

Er ging sofort zum Waschbecken und schrubbte seine Hände und Unterarme sorgfältig mit Wasser und Seife. Ellen sah sich um. Das Zimmer war groß, hell und nur spärlich mit Schreibtisch, Kleiderschrank, Tisch und Stühlen und einem ordentlich gemachten Einzelbett möbliert. Neben dem Bett auf dem Boden lag eine dicke abgegriffene Bibel. An der einen Wand hingen gerahmte Fotos, an der anderen stand ein Bücherregal aus Backsteinen und Brettern. Leuchtend bunte indische Teppiche verliehen dem Raum eine gute Atmosphäre. Trotzdem erinnerte das Zimmer sie an ein Büro, ein Internatszimmer oder an ihr eigenes Haus oben auf dem Berg.

»Leben Sie hier?«, fragte sie.

»Früher hatte ich eine eigene Wohnung.« Paul ließ frisches Wasser ins Becken laufen und bedeutete Ellen, sich auch die Hände zu waschen. »Aber als einziger Arzt muss ich jetzt hier wohnen.«

»Ich habe nur Inder gesehen. Gibt es hier noch andere … äh …?«

»Weiße?«, fragte Paul belustigt. »Nur sehr selten. Im Augenblick bin ich hier der einzige Ausländer.«

Es klopfte leise an die Tür, und eine Frau mit einem Tablett trat ein. Die beiden sahen zu, wie sie die Schüsseln auf den Tisch stellte und frisches Wasser in Messingbecher goss. Sie warf ihnen einen tadelnden Blick zu, als wären sie ungezogene Kinder.

Als sie weg war, setzten sie sich zu Tisch und wurden plötzlich verlegen.

»Sprechen wir ein Tischgebet«, meinte Paul.

»Natürlich.« Ellen faltete die Hände und senkte den Blick. Schweigend beteten sie. Nach ein, zwei Minuten blickte sie unsicher auf. Paul zerriss bereits sein Fladenbrot.

»In der Küche muss es eine Revolution gegeben haben«, lachte er, als er Ellen einen Teller und ein Fladenbrot reichte. »Sie haben tatsächlich Besteck mitgeschickt. Greifen Sie zu.« Er aß wie die Einheimischen mit den Fingern und stippte das Brot in eine Schüssel mit Curry. »Montags gibt es immer Erbsenpüree. Es schmeckt nicht schlecht.«

»Es schmeckt sogar sehr gut«, erwiderte Ellen höflich.

Sie aßen schweigend, kauten befangen und verzogen die Mundwinkel zu einem verlegenen Lächeln, wenn sich ihre Blicke trafen.

»Wie läuft es auf dem Berg?«, fragte Paul. »Ich habe gehört, dass sich die Anzahl der Bewohner wieder einmal erhöht hat.«

Ellen nickte. »Wir denken daran, in ein größeres Haus umzuziehen. Wir brauchen unbedingt mehr Platz.«

Paul nickte schweigend und aß weiter. Ellen leckte sich schnell einen Klecks Soße vom Handrücken.

»Wenn alles in Ordnung ist, was kann ich dann für Sie tun?«, fragte Paul im vertraulichen Ton des Arztes und blickte sie dabei aufmunternd an.

»Ich möchte Sie um einen Gefallen bitten«, antwortete Ellen. »Ich habe einen sehr wichtigen Brief, den ich nach Australien schicken muss. Aber er ist zu lang, um ihn als Fax zu senden. Vielleicht wissen Sie, wie ich ihn am schnellsten dorthin befördern kann?«

»Eigentlich nicht«, antwortete Paul. »Aber ich muss am Freitag nach Delhi. Ich könnte ihn mitnehmen, wenn Sie es wünschen, und ihn als Luftpost aufgeben.«

»Ach, das wäre wunderbar. Vielen Dank.« Ellen sah auf ihre Hände und kratzte verlegen mit der Gabel auf dem Tisch herum.

»Ist alles in Ordnung?«, fragte Paul. »Sie sehen … müde aus.«

Ellen blickte auf. Er war so sanft, höflich und weise. Am liebsten hätte sie ihm alles erzählt … »Ja, mir geht es gut.« Sie legte den Brief zusammen mit einem Bündel Geldscheine auf den Tisch. »Ich muss jetzt gehen. Ich hoffe, es ist genug Geld. Ich bin Ihnen sehr dankbar.«

»Ist schon gut.«

»Der Brief ist sehr wichtig.«

»Ich werde ihn wie meinen Augapfel hüten.« Paul hob scherzhaft die Hand zum Schwur.

Ellen lächelte überrascht über das Gefühl von Wärme, das sie für ihn empfand. Es war fast so, als hätten die Erinnerungen, die in der Nacht aus ihr herausgeströmt waren, einen lange versiegten Brunnen wieder zum Sprudeln gebracht.

»Übrigens, ich ziehe fort«, erklärte Paul. »Fort aus Mussoorie.«

Ellens Lächeln erstarrte. »Meinen Sie für immer? Schon morgen?«

»Nein. Ich fahre nach Delhi, um einiges zu regeln. In einem Monat bin ich hier mit meiner Arbeit fertig. Dann ziehe ich nach Bangladesh, um ein Hospital zu leiten, das mein Vater einmal gegründet hat.«

»Bangladesh …«, wiederholte Ellen nachdenklich. »Wo ist das? Ist es weit weg?« Plötzlich fasste sie wieder

Hoffnung. Wenn er gehen konnte, dann konnte sie das auch. Sie könnte zurück nach Australien gehen und nach Zelda suchen – ihre eigene Tochter wiedersehen, von Angesicht zu Angesicht.

»Früher gehörte es zu Ost-Pakistan.«

»Oh, ein anderes Land!«, platzte Ellen heraus und wurde rot.

»Meine Arbeit übernimmt Dr. Laska. Ich bin sicher, dass er Ihnen helfen wird.«

»Ja. Nun dann, auf Wiedersehen.«

»Sorgen Sie sich nicht um den Brief, ich passe schon auf ihn auf. Und«, ermunterte er sie freundlich, »wenn Sie jemals in den Osten kommen, schauen Sie doch bei mir vorbei.« Er griff in die Tasche und gab Ellen eine kleine weiße Karte. »Hier werden Sie mich finden.«

Die Karte war in einfacher Schrift gedruckt:

Dr. Michael Cunningham MB. BS. (Lond)
Drew Obst. RCOG
Bagherat Community Hospital
Bagheret
East Pakistan

»Michael Cunningham. Ihr Vater ...«

Paul nickte. »Er hatte sich immer gewünscht, dass ich seine Nachfolge antrete.«

Kurzes Schweigen entstand. Paul lächelte müde. »Manchmal frage ich mich, ob ich je eine andere Wahl hatte.«

»Wollten Sie denn nicht Arzt werden?«

»So einfach ist das nicht. Ich habe wohl nie eine andere Möglichkeit in Betracht gezogen. Und nun, da er tot ist, erscheint es mir noch wichtiger.«

Ellen nickte. »Sie haben ihn bestimmt sehr verehrt.«

»Ja«, antwortete Paul nachdenklich. »Ja, das ist wahr. Aber tun das nicht alle Kinder? Söhne wollen wie ihre Väter werden, und Mädchen bewundern ihre Mütter …«

Ellen sah ihn gedankenverloren an. Erinnerungen drängten sich in ihr Bewusstsein. Margaret, Mutter. Zelda, Tochter. Sie selbst dazwischen – sowohl Tochter als auch Mutter. Unsichtbare Bande hielten sie zusammen – Wut und Freude, Liebe und Angst … Schmerz schnürte ihr die Kehle zu. Sie zwang sich zu einem Lächeln und suchte nach einem Gesprächsthema. »Erzählen Sie mir von Ihrer neuen Heimat. Ist es dort schön?«

»Es ist ein flaches, tief liegendes Land, das häufig überflutet wird. Das war früher schon so und ist nichts Besonderes. Aber dann geriet alles aus dem Gleichgewicht, weil flussaufwärts in Nepal große Wälder abgeholzt wurden. Nun fließt der Regen einfach bergab und lässt die Flüsse anschwellen. Wenn die Flut dann das Delta erreicht, brechen die Deiche. In Kalkutta war man die Überschwemmungen leid und baute einen Staudamm, was in Bangladesh alles nur noch schlimmer macht. Die Flüsse treten über die Ufer, tragen die fruchtbare Erde ab und schwemmen Sand aufs Land. Ganze Dörfer werden weggerissen. Hütten, Tiere, die Ernten, Menschen.« Plötzlich hörte er auf zu sprechen. In der Stille war das ferne Schreien eines Kindes zu hören.

Ellen ließ ihn nicht aus den Augen und erinnerte sich wieder, was er ihr an dem Morgen erzählt hatte, als er in ihr Haus kam. »Ihre Eltern«, sagte sie behutsam.

Paul nickte. »Bagharet liegt etwas höher. Aber sie waren gerade zu Besuch in einem Dorf. Ich glaube, sie wollten helfen, über Vorsorge sprechen und beten.« Er lächelte traurig. »Wissen Sie, die Einheimischen verehren die Flüsse sehr, besonders den Ganges. Er war die heilige Mutter, der Lebensspender. Nun hat er sich gegen sie gerichtet, und sie leben in ständiger Angst vor dem Fluss.«

Ellen blickte zu Boden. »Wahrscheinlich wundern sie sich darüber und suchen nach dem Grund.« Heilige Mutter. Lebensspender. Todesengel.

»So ist die Welt. Ein seltsamer Ort.«

Er stand auf und stellte das schmutzige Geschirr auf das Tablett. Ellen half ihm dabei.

»Aber Sie werden den Menschen trotzdem helfen, nicht wahr?«

Paul zuckte die Schultern. »An solchen Orten erzielt man kaum Fortschritte. Man kann nur erste Hilfe leisten, hungrigen Kindern Vitaminspritzen geben oder Hornhauttransplantationen bei Menschen durchführen, die erblinden, weil es keine Medikamente gegen einfache Infektionen gibt. Mehr kann man nicht tun, aber immerhin ist das auch eine Art von Hilfe.«

Wieder schwiegen beide verlegen. Ellen nahm ihren leeren Messingbecher in die Hand und betrachtete das eingravierte Muster. Dann blickte sie auf und fragte stirnrunzelnd: »Werden Sie nie müde, anderen Menschen zu helfen und Dinge in Ordnung zu bringen, die Sie nicht beeinflussen können?«

»Natürlich. Die ganze Zeit!« Paul grinste. »Aber immer, wenn ich die Nase voll habe und aufgeben will, scheint etwas zu passieren. Wie dieses …« Er griff in die Tasche und holte einen kleinen Stoffbeutel heraus, der mit einer Schnur zugezogen war. »Ziehen Sie einmal an dem kurzen Ende der Schnur.«

Ellen befolgte seine Anweisung, und der Beutel öffnete sich. In ihm befand sich ein kleiner Papierstreifen. Er sah aus wie ein Ausschnitt aus einem Schulbuch. Auf den blauen Linien standen zwei Wörter in einer fremden Schrift.

»Heute Morgen erschien eine Frau in der Klinik«, erklärte Paul. »Ich habe sie vor zwei oder drei Jahren operiert. Sie heißt Paminda. Ihr Aufenthalt in der Klinik dauerte sehr lange, und in dieser Zeit entdeckte sie ihre Liebe zu Büchern, Schriftstücken, Formularen – alles, auf dem etwas geschrieben stand. Als sie entlassen wurde, sagte sie mir, sie wolle lesen und schreiben lernen. Von ihrem Dorf bis hierher sind es zwei Tagesmärsche, aber sie hat den weiten Weg auf sich genommen, um mir zu zeigen, dass sie Wort gehalten hat.« Er deutete mit einer Kopfbewegung auf den Papierstreifen. »Es ist ihr Name, den sie selbst geschrieben hat.«

»Und bevor sie in die Klinik kam, hat sie nie daran gedacht, zur Schule zu gehen?«, fragte Ellen verwundert.

»Bevor sie in die Klinik kam«, antwortete Paul, »war sie blind.« Er streckte die Hand nach dem kleinen Stoffbeutel aus.

Ellen spürte den weichen, leichten, selbst gewebten Stoff auf der Handfläche, als er ihr den Beutel aus der Hand nahm.

»Verstehen Sie, was ich meine?« Mehr sagte er nicht. In dem Papierstreifen und dem fein genähten Beutel lag der Samen der Hoffnung, der ihm half, den Mut zum Weitermachen nicht zu verlieren.

Irgendwo in der Klinik läutete es. Paul sah auf seine Armbanduhr.

»Ich muss jetzt gehen.« Ellen stand auf. Ihr Blick fiel auf den Brief, der auf dem Tisch lag. »Vielen Dank für Ihre Hilfe.«

»Nicht der Rede wert«, sagte Paul. »Gern geschehen.«

Sie tauschten bedauernde Blicke. Sie hatten den Zeitpunkt und den Ort verpasst, wo sich ihre Wege hätten kreuzen können.

»Nun …« Ellen suchte nach einem Abschiedswort. »Viel Glück für Ihr weiteres Leben.«

»Danke, das wünsche ich Ihnen auch.« Er brachte sie zur Tür.

Als sie festen Schrittes den dunklen Flur hinunterging, spürte sie seinen Blick im Rücken.

24

Ziggy und Ellen saßen auf dem Rücksitz des Taxis und betrachteten die vorbeiziehende Landschaft. Der letzte Schnee war geschmolzen, und die Berge waren schon grün. In den Dörfern außerhalb von Mussoorie saßen alte Männer vor den Hütten in der Sonne.

Der Taxifahrer lehnte sich weit aus dem Fenster und sah vor sich auf die Fahrbahn. »Straße nicht gut«, schimpfte er.

»Fahr weiter«, beharrte Ziggy. »Es ist nicht mehr weit.«

»Straße nicht gut«, wiederholte er.

»Schon gut«, beruhigte Ellen ihn. »Den Rest des Weges können wir laufen.«

Sie stiegen aus und setzten ihren Weg auf dem schmalen Trampelpfad zu Fuß fort. Hohe Bäume waren über ihren Köpfen zusammengewachsen, und dickes Unterholz säumte den Pfad.

»Wir müssten die Straße reparieren lassen«, sagte Ziggy, »und noch einige andere Dinge.« Sie drehte sich um, ihre Augen leuchteten vor Begeisterung. »Du wirst schon sehen, es ist ein Traum!«

Hinter der letzten Kurve standen die ersten Nebengebäude. Sie hatten keine Dächer mehr und waren halb verfallen. Verkohltes Holz auf dem Lehmboden ließ erkennen, wo früher einmal die Kochstellen gewesen sein mussten.

»Keine Sorge, der Rest sieht nicht so aus«, beruhigte Ziggy sie. Sie lief voraus, blieb plötzlich stehen und streckte den Arm aus. »Dort ist es.«

Plötzlich öffnete sich vor ihnen ein natürliches Amphitheater, eine weitläufige flache Mulde Weideland mit wilden Büschen. Auf der gegenüberliegenden Seite auf dem ansteigenden Hang sah man die Fassade eines alten ehrwürdigen Gebäudes mit griechischen Säulen und Bogenfenstern. Es stand auf einem Felsen, nur den Himmel hinter sich.

»Der Makler meinte, es stamme aus der Zeit der Regentschaft«, sagte Ziggy. »Was auch immer das heißt … Die Bögen sollen mongolisch sein.« Sie sah Ellen an. »Ist das nicht wundervoll?«

»O ja«, hauchte Ellen. »Es ist traumhaft.«

Sie gingen durch die Grasmulde zum Haus hinauf, das sich, Ehrfurcht gebietend und stabil auf dem Felsen verankert, vor ihnen erhob und die Geheimnisse vieler Jahre barg. Allerdings waren Fensterscheiben zerschlagen und die Türen aus den Angeln gerissen. Sämtliche Mauern waren mit Graffiti beschmiert und zeigten tiefe Risse.

»Es ist ziemlich heruntergekommen«, sagte Ellen zweifelnd.

»Nur Kosmetik«, antwortete Ziggy fest. »Die Wände sind stabil, wie fast das ganze Dach. Vor einigen Jahren gab es hier ein Erdbeben, und das Rote Kreuz machte das Gebäude zu einem Lazarett. Deshalb wurden die Wasserleitungen repariert, elektrischer Strom gelegt und die Gesindegebäude neu eingedeckt.« Sie zeigte auf zwei Häuser mit langen Fensterreihen.

»Das ist viel Platz für Dienstboten«, kommentierte Ellen. »Du hast doch gesagt, es sei eine Art Regierungsgebäude gewesen.«

Ziggy grinste. »Das stimmt auch. Hier war das königliche Amt für statistische Erhebungen untergebracht. Aber der Leiter war – sagen wir mal – ein wenig exzentrisch. Böse Zungen behaupten, er habe hier einen Harem gehalten.«

»Du schwindelst«, protestierte Ellen.

»Nein, das hat mir der Makler erzählt. Und natürlich gibt es hier auch Geister.« Ziggy blickte Ellen viel sagend an. »Es gefällt dir, nicht wahr?«

»Es ist wunderschön«, antwortete Ellen. »Die Säulen vor dem blauen Himmel …«

»Also nehmen wir es? Bis zum nächsten Winter haben wir es so hergerichtet, dass wir einziehen können. Sogar der Name ist perfekt – Haus Everest. Wir könnten uns passendes Briefpapier drucken lassen, vielleicht sogar Ansichtskarten …«

»Nein, Moment mal!«, unterbrach Ellen ihren Redefluss. »Ich habe zwar gesagt, ich würde mitkommen und es mir ansehen, aber ich werde noch keine Entscheidung treffen.«

»Ja, natürlich.« Ziggy lächelte zuversichtlich. »Na ja, irgendetwas müssen wir tun. Es werden immer mehr Leute kommen. Das wirst du nicht verhindern können, auch wenn es dir nicht gefällt.«

Ellen fuhr sich mit den Fingern durchs Haar. Stirnrunzelnd blickte sie in die Ferne. Ein langes, beredtes Schweigen entstand. Sie war unentschlossen und der Logik von Ziggys Plänen hilflos ausgeliefert. Gleichzeitig klammerte sie sich an die schwache, insgeheim gehegte Hoffnung, dass sie doch noch einen Brief von James erhalten würde, der ihr die Rückkehr in ein anderes Leben anbot, in das Leben eines normalen Menschen, einer glücklichen Mutter …

»Nun ja«, sagte sie schließlich, »wenn ich nicht mehr da bin, müsst ihr eben ohne mich auskommen.«

»Fang nicht wieder davon an!« Ziggy wischte ihre Worte mit einer kurzen Handbewegung fort und winkte. »Komm hier herein …«

Sie traten in den kühlen Schatten der Eingangshalle, stiegen über heruntergefallenen Putz, Vogeldreck und verkohltes Feuerholz.

»In dieser Gegend gibt es gute Handwerker«, meinte Ziggy und ging voraus. »Man sagt, der Filmstar Ravi Nair hätte an seinem Haus auch viel machen müssen.« Sie öffneten die Tür zu einem Zimmer, das erfüllt war von staubigem Sonnenlicht. »Wir könnten ihn fragen.«

Ellen folgte ihr in den großen hellen Raum. Die Wände verliefen zuerst rechtwinklig, wie bei einem normalen Raum, öffnete sich aber dann zu einem weitläufigen Bogen. Die Fenster schienen geradewegs in den Himmel zu blicken. Neben der Tür befand sich ein schwarzes Loch, das ehemals ein Kamin gewesen war. Die Umrisse des fehlenden Kaminsimses waren im abbröckelnden Putz noch zu sehen.

»Siehst du das?« Ziggy zeigte auf den feinen Stuck, der die Wände von der Decke abgrenzte. »Wie bei einem griechischen Tempel.«

Ellen trat ans Fenster und schaute hinaus. Vor dem Haus war kaum noch Platz. Steil fiel der Felsen in ein weites Tal hinab, das etwa dreihundert Meter unter ihnen lag.

Ziggy blieb hinter ihr stehen. »Überleg doch mal! Hier zu leben! Weit genug weg von Mussoorie, damit wir unsere Privatsphäre wahren können, und dennoch für Besucher erreichbar. Ein kleines Königreich. Wir könnten uns eine Küche mit einem richtigen Koch leisten. Den Garten werden wir neu bepflanzen und einen Springbrunnen und Statuen aufstellen.« Ihre Worte schallten in die Welt hinaus, die zu ihren Füßen lag. »Wir schließen einen langfristigen Mietvertrag ab und schaffen uns unser eigenes Paradies.« Mit einer freundschaftlichen Geste legte sie den Arm um Ellens Schulter.

Sie schwiegen eine Weile. Dann sah Ellen auf die Uhr. »Wir müssen zurückfahren.«

Sie drehte sich um und wollte gehen, als Ziggy sie zurückhielt.

»Warte, ich habe einen Brief für dich.« Ziggy klang beunruhigt. »Er kam per Express, deshalb hat der Postvorsteher ihn selbst gebracht. Ich habe den Empfang bestätigt. Djoti wollte ihn dir geben, aber ich dachte, es wäre besser, wenn ich das tue.« Sie zog einen Umschlag aus der Tasche. »Von James.« Gespannt blickte sie Ellen an. »Ich vermute, es ist die Antwort auf deinen Brief.«

Ellen blieb wie erstarrt stehen. »Mach ihn auf.« Vor Aufregung brachte sie die Worte kaum heraus.

»Soll ich ihn vorlesen?«, fragte Ziggy leise.

Ellen nickte stumm.

Ziggy schlitzte den Umschlag auf, entnahm ihm mehrere Blätter und faltete sie auseinander. »Hier steht …« Sie holte tief Luft und las den Brief vor.

»Liebe Ellen. Nachdem du weg warst, fragte Zelda ständig, wann du wiederkommen würdest. Zuerst gab ich ihr ausweichende Antworten. Sie war noch klein, und ich dachte, sie würde bald vergessen. Aber dem war nicht so. Ich wusste nicht, wie ich es ihr erklären sollte. Schließlich sagte ich ihr, dass du bei einem Ver-

kehrsunfall ums Leben gekommen bist. Es schien das Beste zu sein. Somit muss sie nie den wahren Grund für dein Verschwinden erfahren. Du wirst das sicher verstehen.

Dein Brief erklärt vieles, aber es ist zu spät für uns und zu spät für Zelda. Du darfst nicht zurückkommen. Ich kann es nicht zulassen. Ich möchte dir nicht drohen, aber um mich klar auszudrücken, lege ich eine Kopie des Briefs bei, den du mir zum Abschied geschrieben hast. Aufgrund dieses Briefs erging eine gerichtliche Verfügung, die dir jeglichen Kontakt mit deiner Tochter verbietet. Auch dieses Schreiben lege ich bei.

Es tut mir Leid, aber ich tue, was ich für richtig halte. Zelda ist noch ein Kind. Verzeih mir. James.«

Schrille Vogelrufe durchbrachen die Stille wie ein Echo der Verzweiflung.

»Hier sind die … Dokumente.« Schweigend überflog Ziggy die anderen Seiten. »Und hier ist noch etwas.« Sie hielt ein paar Fotos in der Hand.

Ein kleines Mädchen beugte sich über eine Torte mit brennenden Kerzen. Die Augen leuchteten vor Begeisterung. Sie hatte die rosigen Wangen aufgeblasen, um die Kerzen auszupusten und sich etwas zu wünschen.

Ellen machte eine ruckartige Bewegung nach vorn, ließ dann aber die Arme ratlos hängen.

»Mein Gott, sie sieht aus wie du«, rief Ziggy erstaunt.

Hinter dem Mädchen stand ein Mann. Man sah ihm an, dass er auf seine Tochter stolz war. Auf Zeldas rotem T-Shirt war seine Hand zu sehen, die zärtlich den nackten Hals berührte.

Ellen stieß ein hartes Keuchen aus. Ihr Blick wanderte über das Bild, nahm begierig jede Einzelheit auf und kehrte immer wieder zu den großen dunklen Augen zurück. »Sie sieht glücklich aus, nicht wahr?«, sagte sie schließlich.

»Ja, sie sieht fantastisch aus.« Ziggy verstärkte den Griff um Ellens Schulter und zog sie vom Fenster weg. »Lass uns nach Hause gehen.«

»Nein!« Ellen befreite sich aus ihrem Griff. »Ich will nicht.« Ihre Stimme war heiser vor Schmerz. »Ich kann nicht mehr ...«

»Doch, du kannst.« Ziggys Worte waren freundlich, aber bestimmt. »Du musst weitermachen, einen anderen Weg gibt es nicht mehr.«

»Nein«, stöhnte Ellen. »Ich kann nicht.«

Ziggy packte sie an beiden Schultern, drehte sie herum und sah ihr streng in die Augen. »Sieh mich an!«, forderte sie. »Ich bin bei dir und werde dir helfen.« Sie atmete tief und gleichmäßig aus und ein und fuhr mit beruhigender, mütterlicher Stimme fort: »Es hat sich nichts geändert. Wir machen weiter wie bisher.«

Ellen sah ihr in die Augen. Sie waren hell und klar wie kleine grüne Glasperlen und strahlten Herzenswärme und Mitgefühl aus. Aber da war noch etwas anderes, was sich scharf und stark in den Vordergrund drängte. Ellen runzelte nachdenklich die Stirn. Sie hatte es schon einmal gesehen und gespürt ...

Dann war es plötzlich da: Lucys Gesicht, die berechnenden, hell aufblitzenden Augen, als sie ihre Zukunftspläne für Ziggy beschrieb – ihren Lebenstraum. Ziggy war ihre Marionette gewesen, der man ein Manuskript in die Hand drückte und sie dann auf die Bühne schickte, damit Lucy sich im Erfolg ihrer Tochter sonnen konnte – bis Ziggys körperlicher Widerstand begann und der Traum zu einem Albtraum wurde. Jetzt war sie die Marionette, und Ziggy hatte ihren Bühnenauftritt bereits vorbereitet. Sorgsam und unauffällig hatte sie Ellen dazu gebracht, die Rolle der Swami, der Lehrerin und Führerin, anzunehmen. Sie war diejenige, die Fremde ins Haus zog – genau wie Liberty, die einst Theater und Stadien füllte.

Ellen kehrte zum Fenster zurück und blickte auf den Hang. Sie versuchte, klare Gedanken zu fassen und durch die lähmende Wolke von Schmerz und Verwirrung zu dringen. Hatte ihre Freundin sie betrogen und benutzt? Oder wusste sie nur, was das Beste für sie beide war? So oder so, Ellen wusste, dass Ziggy nur durch sie diejenige bleiben konnte, die sie war. Sie war ihre Schöpfung, und in ihrem Schatten fühlte sie sich sicher und stark. Ellen konnte sich verweigern, sich befreien. Aber wofür? Was sollte sie dann tun? Ihr Blick fiel auf das Foto in ihrer Hand. Es zerriss ihr fast das Herz. Sie war allein auf dieser Welt, hatte niemanden mehr.

Plötzlich sank sie in tiefe Traurigkeit. Vor ihr lag der steile Abhang – die Versuchung einer letzten Reise, der unerbittliche Fall ins Leere. Dann spürte sie Ziggys festen Griff auf der Schulter, der sie sanft zurückzog.

»Ist schon gut«, flüsterte sie ihr leise ins Ohr und wiegte sie wie ein Kind.

Ellen legte den Kopf an die Schulter ihrer Freundin. Ruhe breitete sich in ihrem Innern aus, bis endlich Tränen in die brennenden Augen traten.

Schweigend fuhren sie nach Mussoorie zurück. Ellen umklammerte den Brief und die Fotos, saß jedoch steif auf dem Rücksitz des Taxis, den Blick starr nach vorn gerichtet. Ziggy rückte dicht an sie heran und beobachtete sie von der Seite. Schon bald erreichten sie den Stadtrand und schlängelten sich durch die chaotische Menschenmenge des Bazars. Im Taxi herrschte angespanntes Schweigen. Neugierig beobachtete der Fahrer sie im Rückspiegel.

Ellens Gesichtsausdruck war distanziert und leer. Schließlich brach sie das Schweigen. »Du kannst alles vorbereiten. Wir werden dort einziehen.«

Ziggy atmete tief durch und lächelte. »Ach, wenn du Djoti siehst, sag ihm doch bitte, dass ich dir den Brief gegeben habe. Du weißt, wie er ist. Er nimmt seine Pflichten immer sehr ernst ...«

Sie stiegen aus und gingen den Pfad hinauf zum Haus.

Der Wald war kühl und wohltuend. Ellen ging langsam. Die schweren, dicht belaubten Äste, das dicke Moos und die Jahrhunderte alten Bäume, deren Altersringe sich unter der Rinde verbargen, gaben ihr Kraft. Ziggy ging hinter ihr. Die gedämpften Schritte hatten den gleichen Rhythmus. Erst als sie sich den steilen Anstieg hinaufkämpften, wurden die Schritte ungleichmäßig, bis sie endlich den sauber ausgeschnittenen Rand des Rasens erreichten.

Mitten auf dem frisch gemähten Rasen stand ein hoch gewachsener Junge oder junger Mann. Neben ihm lag ein großer ausgebeulter Rucksack verlassen auf dem Rasen.

»Er ist ja noch ein Kind!«, rief Ziggy aus.

Der Blick des Jungen ging an ihr vorbei zu Ellen. Er blieb ruhig stehen, als hätte er Angst, sich zu bewegen. Dann kam er wortlos auf sie zu.

»Hallo«, sagte Ellen.

Unterdrückte Tränen und Hoffnung schimmerten in seinen Augen.

»Ich bin Ellen.«

»Ich weiß, wer Sie sind«, entgegnete der Junge.

»Und wer bist du?«, fragte sie freundlich.

»Der Sohn von Jerry McGee«, antwortete er.

»Jesse«, sagte Ziggy.

Er nickte, schaute auf seine Stiefel und bohrte mit dem Fuß Löcher in den Rasen. »Ich wollte nicht kommen, eigentlich wollte ich nach Hause.«

Ellen antwortete nicht. Sie legte ihm den Arm um die Schultern und führte ihn zum Haus.

Ziggy schulterte seinen Rucksack und folgte ihnen.

Die Leute sagen, du bist ein guter Mensch. Sie sagen, du bist weise und stark. Du brauchst nichts, aber sie brauchen dich.

Ellen nahm alles, was man über sie sagte, in sich auf. Sie verband die Worte zu einem Schutzschild gegen den Schmerz, baute damit eine Rüstung, die sie aufrecht hielt.

Sie ging im Schutz der Bäume, am Rand des tiefen Waldes spazieren. Am Ende des Rasens stand das Haus. Das untere Stockwerk war dunkel, bereit für die Nacht. Aber die oberen Fenster standen noch offen. Motten und Falter tanzten in dem Licht, das sich aus den Zimmern in die Dunkelheit ergoss. Nur die Fliegengitter, die der umsichtige Djoti vor die Fenster genagelt hatte, hielten sie davon ab, ins Haus einzudringen. Leise Abendgespräche drangen zu ihr herüber. Frauenstimmen, die flüsternd Schmerz linderten, Trost und Sicherheit spendeten. Wir sind da, sagten sie. Wir brauchen dich und du brauchst uns.

Wieder stiegen Ellen Tränen in die Augen. Sie verließ den Schutz der Bäume, trat auf den gepflegten Rasen und ging an Ziggys Garten vorbei. Als sie auf die Veranda kam, sah sie rechts und links der Tür die unordentlich abgestellten Schuhe: Kates Ledersandalen, mehrere Paare bestickter indischer Slipper, Ruths Riemenschuhe, Skyes Stiefel und ganz außen Jesse McGees Turnschuhe.

Es stimmt, dachte sie. Sie sind meine Familie. Hier gehöre ich her. Sie musste weitermachen und würde weitermachen. Ihre Hoffnung war ihr Rettungsanker, ihre Träume der sichere Hafen.

Teil vier

25

Neu-Delhi, Indien, 1993

Zelda wachte auf. Nur langsam wich der Schlaf in ihrem Körper einem Gefühl von Einsamkeit. Sie sah sich in dem einfachen Zimmer um: pastellfarbene Vorhänge, weißes Porzellan, Fernseher. Es hätte überall sein können.

Neben der Tür lehnte ihr Rucksack wie ein Torso ohne Gliedmaßen an der Wand. Ihr Blick blieb auf dem verblichenen Stoff hängen. Dunkle Flecken zeugten von Lagerfeuern und Fahrten auf Pritschenwagen. Auf der Verschlussklappe waren noch die Reste einer abgewetzten amerikanischen Flagge zu sehen. Der Rucksack hatte einst James gehört. Mit ihm war er von zu Hause fortgegangen, um das College zu besuchen. Er gehörte zu ihm wie seine rechte Hand, hatte er einmal gesagt. Als sie zum ersten Mal mit ihrer Schulklasse in ein Zeltlager fuhr, hatte er ihr den Rucksack geschenkt, ihn an ihre schmalen Schultern angepasst und die Riemen gekürzt. Für Zahnbürste, Schlafsack, Nachthemd und Taschenlampe war er viel zu groß und hing schlapp an ihrem Rücken. Du siehst aus wie eine Schildkröte, hatte er gesagt und sie auf die Wange geküsst.

Nun stand der alte schäbige Rucksack auf dem Boden, das einzige Stück, das ihr von ihm geblieben war.

Zelda warf sich herum und presste das Gesicht in die Kissen. James war tot, von ihr gegangen.

Mutter lebte. Sie war hier. Die Worte wirkten wie eine Zauberformel, die aus Hoffnung und Schmerz ein Band aus Stacheldraht und Samtschleifen flocht, das sich in ihrem Innern wand, ihr Herz verwundete und ihr als Angst – oder Freude – in den Kopf stieg. Sie blieb reglos liegen, starrte an die weiße Decke und betrachtete die spinnenförmigen Risse im Putz.

Du musst über den Dingen stehen, sagte sie sich. Du musst tapfer sein, Daddys kleines Mädchen. Du darfst keine Gefühle zeigen.

Allmählich verwandelte sich der Schmerz in trübsinnige Dunkelheit und legte sich auf ihre Seele, bereit, jederzeit wieder emporzusteigen, halb geformte Worte zu zerschneiden, ihr den Atem zu rauben, ihr Herz zum Zerspringen klopfen zu lassen. Viele Stunden im Flugzeug hatte sie dem Dröhnen der Triebwerke gelauscht, die Meile um Meile verschlangen, sie immer weiter weg brachten – und immer näher …

Nun waren sie im selben Land. Ellen, Mutter, Mummy. Und Zelda. In Indien.

Indien? Sie erinnerte sich an Drews scharfe Stimme am Telefon, die den Schmerz kaum verbergen konnte. Was weißt du schon von Indien?

Keen's Currypulver aus Indien (nur eine einzige Messerspitze für den ganzen Topf), indische Kricketspieler, indische Tinte, Tramper vom Festland in indischen Röcken und Ledersandalen (James hatte sie Hippies genannt und verdammte Spinner). Und Lizzies »Briefmarken für Indien«, an denen noch die abgerissenen braunen Fetzen von den Briefumschlägen klebten. Die Mission verkaufte sie an Briefmarkensammler und schickte das Geld an die »Kleinen Schwestern unserer Jungfrau

Maria«, indische Nonnen, die wie Engel durch die Slums von Kalkutta schwebten, ausgesetzte Babys einsammelten, sie wuschen, fütterten und in ordentlich aufgereihte Betten legten.

Zelda schloss die Augen und dachte an ihre Ankunft. Wieder hatte sie die heißen Straßen von Kalkutta vor Augen, auf denen überall schlafende Menschen wie Leichen nach einer Katastrophe herumlagen. Dunkelhäutige, dunkel gekleidete Polizisten mit geschulterten Gewehren hatten im Schutz des Schattens gestanden – die Augen viel zu weiß. Sie sah die Scheinwerfer der Taxis auf den Wachhäuschen mit der Aufschrift »Delhi Police«. Ihr Motto: »Wir vergessen Sie nie und sind immer für Sie da.«

Wir vergessen Sie nie und sind immer für Sie da. Es klang wie eine Inschrift auf einem Grabstein, wie der Abschied eines Selbstmörders oder ein Satz, den ein Mörder auf den Spiegel eines Zimmers schmiert, bevor er sein Opfer umbringt.

Zelda duschte rasch und zog saubere Kleider an. Dann trank sie ein Glas Wasser mit Jod. Es schmeckte nach Schwimmbad und Ärzten und erinnerte sie an Rye. Zwei Tage bevor sie die Insel verlassen hatte, war für sie ein Paket angekommen. Es enthielt einen Stoffbeutel mit einer Flasche Jod, einer Tube Insektenschutzmittel, ein Moskitonetz, Medikamente, einen Geldgürtel, Karten, Hoteladressen und Namen und Telefonnummern von Leuten, die sie anrufen konnte, wenn sie Hilfe brauchte – und ein Buch: *Indien – Überlebenshilfe für Touristen*. Von Käfern im Bett bis zum richtigen Essen konnte man hier alles nachlesen. Zelda schaute Delhi und Rishikesh nach und fand an den Rand gekritzelte Notizen. Die großzügige, schräge Handschrift stimmte mit der des beigefügten Briefs überein – drei Seiten Vorsichtsmaßnahmen und Ratschläge:

Sie hätten vorher Erkundigungen einholen sollen.

Die Menschen ziehen in Indien sehr oft um. Wenn Sie nach Rishikesh kommen, sind sie vielleicht nicht mehr dort. Was machen Sie dann?

Zelda hatte den Brief mit wachsendem Ärger gelesen. Was bildete er sich eigentlich ein? Für wen hielt er *sie* – für eine dumme Ziege, die nicht einmal wusste, was für ein Wochentag heute war? Sie wusste, worauf sie sich einließ. Aber sie wusste auch, dass sie schnell fort musste, bevor der Alltag sie wieder einholte. Zuerst hatte sie die Seiten zerreißen und verbrennen wollen, hob sie jedoch wegen der nützlichen Hinweise auf, und weil ganz am Schluss stand, dass er sich noch an die Farbe ihrer Augen erinnerte.

Passen Sie auf sich auf, Zelda, schrieb er. *Ich wünsche Ihnen, dass Sie sie finden.*

Ihr Rye.

Zelda trat in die warme Luft des Flurs. Dieser Teil des Hotels war alt, und der Flur glich eher einer langen Terrasse mit einem Gewölbe, dessen verrammelte Türen nach draußen führten. Fernes Gelächter drang, wie die schleichende Hitze, durch das dunkle Gemäuer. Am Ende des Flurs lag ein kleiner offener Gesellschaftsraum mit einer Raucherecke, Ledersesseln und einem Glasschrank mit alten Büchern. Zelda ging an dem Schrank vorbei und betrachtete die Fotos an der Wand. Sie zeigten Szenen aus der britischen Kolonialzeit: Krocket, Polo, Picknick und Jagden. Auf einem der Fotos kniete ein Weißer mit einem Tropenhelm in Siegerpose vor einer Gruppe von vierzig Treibern, Fährtenlesern und Jagdhelfern. Nur ein einziges erlegtes Tier war zu sehen – ein schlaffer, mit dunkelrotem Blut beschmierter Tiger.

Schließlich erreichte sie eine breite Treppe, auf der ein schwerer Teppich lag. Langsam stieg sie in die kühle Fünf-Sterne-Luft der Lobby hinunter. Im Hintergrund lief gedämpfte Musik, und Topfpalmen ließen ihre blassen steifen Wedel hängen. Auf den Ledercouchen, vor denen jeweils zwei Sessel standen, saßen Paare oder kleine Gruppen. Zelda spürte die Blicke, aber sie ging unbeirrt weiter zur Rezeption. Sie hätte lieber ihre übliche Kleidung – Jeans, T-Shirt und Stiefel – angezogen, aber Rye hatte in seinem Brief helle, unauffällige und leichte Kleidung empfohlen, die Arme und Beine bedeckte und vor Insektenstichen schützte. Dana hatte einen cremefarbenen Leinenanzug aus ihrem Kleiderschrank gezogen, den Cassie sehr passend fand. Aber offensichtlich war er zu perfekt, stellte Zelda fest, denn sie sah aus wie ein Überbleibsel aus der Kolonialzeit oder eine Romanfigur.

Der Mann an der Rezeption blickte auf, als sie näher kam. Ein Schild an seiner Jacke wies ihn als »Manager of the Day« aus.

»Guten Morgen, Madam. Haben Sie gut geschlafen?«, fragte er höflich lächelnd.

»Ja, danke.« Zelda schlief immer gut. Während andere Farn schnitten und sich trockenes Gras für ein Lager suchten, konnte sie auf dem nackten Boden schlafen und musste sich nur eine kleine Mulde für ihre Hüften graben. »Ich möchte Geld wechseln«, sagte sie und warf einen Blick auf die Wanduhr. Es war fast Mittag. In ihrem Reiseführer stand, man solle erst nach 11:00 Uhr Geld wechseln, sonst bekäme man den Kurs des Vortags berechnet und musste einen saftigen Aufschlag bezahlen. »Ich habe Reiseschecks, ausgestellt auf amerikanische Dollar«, erklärte Zelda. Sie nahm einige aus der Geldbörse und gab sie dem Mann.

»Wollen Sie die alle eintauschen?«, fragte der Manager erstaunt.

»Nun ja« – Zelda wurde unsicher – »eigentlich schon.«

Bedächtig füllte er einige Formulare aus. Nach einer Weile gab Zelda es auf, ihm zuzuschauen, und warf einen Blick auf die Zeitung, die offen auf dem Tresen lag. Als sie bemerkte, dass es eine englischsprachige Zeitung war, sah sie näher hin. Es war der Anzeigenteil voller Kleinanzeigen.

Wir erwarten im Juni keinen Schnee, las sie. Aber über einen klugen und guten Fabrikanten wären wir glücklich. Es wäre von Vorteil, wenn er in Delhi wohnte. Die Dame ist achtundzwanzig Jahre alt, 1,65 Meter groß, schlank, sensibel und wohlhabend. Antworten unter Chiffre 91564, Times of India, New Delhi 2.

Zeldas Blick wanderte weiter und suchte sich Sätze aus den vielen Anzeigen heraus.

Passender Partner für hübsches Sindhi-Mädchen gesucht, 32 Jahre alt, arbeitet bei Air India, Kaste kein Hindernis. Antwort mit Horoskop, Geburtsort und -zeit erbeten.

Helle Haut, gut aussehend, zieht ein Bein leicht nach.

Kluges, gebildetes Mädchen, 30, geschieden.

Äußerst attraktive intelligente Dame, häuslich, religiös, 34, Greencard-Besitzerin, sucht Zweisamkeit mit gut situiertem, jungem Mann in Amerika/Indien.

Der Manager bemerkte ihr Interesse und sah auf. »Ich suche eine Frau«, sagte er würdevoll. »Für meinen zweiten Sohn. Er ist Arzt.«

Zelda lächelte höflich. Große, schlanke junge Frau, 21, kräftig und gesund. Gute Schwimmerin. Guter weiblicher Matrose. Kann auch tanzen.

Der Manager zählte geschickt einen Stoß Banknoten ab. »Bitte hier, hier und hier unterschreiben.«

»Danke.« Zelda rollte die Scheine zusammen und verstaute sie in der Tasche. »Können Sie mir sagen, wie ich nach Rishikesh komme? Und zwar so schnell wie möglich?«

»Rishikesh?« Der Mann sah sie fragend an. Eine kleine Sorgenfalte erschien auf seiner Stirn. »Reisen Sie allein?«

»Ja«, antwortete Zelda. »Ich will meine Mutter besuchen. Sie lebt dort.« Mit einem raschen Lächeln überspielte sie ihre Unsicherheit und Aufregung. Meine Mutter besuchen. Sie lebt dort. Es klang so vertraut, so normal, so wirklich.

Bitte, bitte, du musst dort sein ...

»Aha!« Er beruhigte sich wieder. »Dann haben Sie ja keine Schwierigkeiten.« Er schüttelte traurig den Kopf. »Manche jungen Mädchen reisen allein durch Indien. Rishikesh ist eine bekannte Hindu-Stadt, wie Sie wissen. Dort gibt es viele Tempel, Herbergen und Ashrams. Aber es gibt auch Orte, wo man besser nicht hingeht. Dort werden Fremde ausgenommen.« Ein fragender Ausdruck erschien auf seinem Gesicht. »Aber Ihre Mutter? Ist sie auf Ihren Besuch nicht vorbereitet?«

»Nein«, antwortete Zelda schnell. »Es soll eine Überraschung sein.«

»Aha, ich verstehe«, entgegnete er zweifelnd.

»Aber ich habe dort auch noch andere Freunde«, fügte Zelda hinzu, »Freunde der Familie.«

»Gut, gut.« Jetzt schien er beruhigt. »Bitte entschuldigen Sie, aber in welcher Klasse reisen Sie?«

»Wie meinen Sie?«

»Der Tageszug ist billiger, aber er hat keine Klimaanlage. Man kann keinen Platz reservieren, und er ist immer sehr voll. Die Fahrt dauert acht Stunden. Sie müssen in Hardwar aussteigen und ein Taxi nach Rishikesh nehmen. Es ist nicht …«

»Wann fährt er ab?«, unterbrach ihn Zelda und klopfte nervös mit dem Fuß auf den Boden.

»Heute ist er bereits weg. Morgen fährt kein Zug. Sie müssen bis übermorgen warten.«

»Das dauert mir zu lange«, meinte Zelda.

»Dann haben Sie keine andere Wahl. Die Nachtzüge sind in dieser Jahreszeit schon lange vorher ausgebucht. Sie müssen die ganze Strecke mit dem Taxi fahren. Das wird ungefähr fünfzig Dollar kosten.« Er wartete ihre Reaktion ab. Sie nickte zustimmend. »Die Fahrt wird etwa acht Stunden dauern.« Er blickte sie streng an. »Nachts können Sie jedoch nicht fahren. Heute ruhen Sie sich besser aus und reisen morgen früh ab.«

Zelda runzelte die Stirn und schwieg. Der Mann legte entschlossen die Hände auf den Tresen.

»In Ordnung«, stimmte sie schließlich zu. »So werde ich es machen.«

Er nickte zufrieden. »Ich selbst werde das Taxi und den Fahrer für sie aussuchen. Ich schlage vor, dass Sie früh abfahren, dann ist es noch nicht so heiß. Wenn Sie Ihre Rechnung schon heute begleichen, kann ich Sie um sechs Uhr wecken.«

»Vielen Dank.« Zelda beobachtete ihn, wie er eine Notiz in sein Buch schrieb. Trotz der tiefen Lachfalten um die Augen sah er müde aus. »Ich wünsche Ihnen, dass Sie eine gute Frau für Ihren Sohn finden.«

Er sah erstaunt auf. »Es gibt viele gute Frauen«, entgegnete er. »Das Problem ist mein Sohn. Er möchte sich seine Frau selbst aussuchen.« Resigniert zuckte er die Schultern, und Zelda, erfüllt von Mitgefühl, nickte zustimmend und suchte nach passenden Worten.

»Wahrscheinlich weiß er am besten, was …«

»Das sagt er auch immer!«, antwortete der Mann leicht verstimmt und machte eine Handbewegung, als wolle er das Problem vom Tisch wischen. »Kann ich noch etwas für Sie tun?«

»Vielleicht können Sie mir sagen, wo ich etwas essen kann.«

»Jawohl, Madam.« Nun war er wieder im Dienst. »Sie können dort drüben in der Kaffeestube zu Mittag essen oder etwas beim Zimmerservice bestellen, wenn Sie es wünschen.«

Zelda nickte. Bevor sie ging, sagte sie noch: »Sie bestellen mir das Taxi, nicht wahr? Es ist sehr wichtig für mich, mein Reiseziel schon morgen zu erreichen.«

»Aber natürlich. Sie können sich auf mich verlassen.«

Die Kaffeestube war mit zitronengelben künstlichen Weinreben geschmückt. Sie liefen quer über die gestreifte Markise und die weiß gestrichenen Spaliere und sollten wohl dem eleganten Namen, *Die Terrassen-Patisserie*, der auf einem Schild in der Ecke stand, Rechnung tragen. Die Tische standen vor breiten Terrassentüren, die auf eine richtige Terrasse hinausgingen, auf der echter Wein blühte. Aber die Luft flimmerte vor Hitze, und niemand saß draußen.

Ein Kellner führte Zelda zu einem kleinen Tisch, der mit schwerem Silberbesteck und hellgrünen Servietten gedeckt war. »Kommt noch jemand dazu?«, fragte er höflich.

»Nein.«

Er gab ihr eine Speisekarte und ging. Zelda überflog sie ohne großes Interesse. Sie war zwar hungrig, hatte jedoch auf nichts Appetit. Als sie von der Karte aufsah, bemerkte sie ein kleines indisches Kind. Es stand an ihrem Tisch und blickte sie aufmerksam mit großen ernsten Augen an. Es trug ein nagelneues buntes Kleid, das noch die Falten der Verpackung aufwies und mindestens eine Nummer zu groß war. Das Kleid war zur Seite gerutscht und entblößte die magere braune Schulter.

»Hallo.« Zelda lächelte ihr zu und sah sich nach ihren Eltern um. Die einzigen Gäste weit und breit waren eine blonde Frau und ein glatzköpfiger Mann mit rotem Bart, die ihre Köpfe in die Speisekarte steckten und sich leise unterhielten.

»Alle Kinder mögen Pfannkuchen. Die bestellen wir«, meinte der Mann.

»Ich weiß nicht«, antwortete die Frau stirnrunzelnd und beugte sich über die Speisekarte. »Ich finde Ei und Toast gesünder.« Plötzlich blickte sie auf und rief beunruhigt: »Sally? Sally?« Als sie sich suchend im Restaurant umschaute, entdeckte sie das kleine indische Mädchen. »Da bist du ja. Komm her, Liebling. Komm her zu uns.« Das Mädchen rührte sich nicht und blieb verwirrt stehen.

»Geh schon«, sagte Zelda und drehte das Kind um, so dass sie die Frau sehen konnte. »Nun geh schon.«

Die Augen des Kindes wanderten zwischen Zelda und der Frau hin und her. Der Kellner kam und sprach sanft in einer Sprache mit dem Mädchen, die sie zu verstehen schien. Sie lief zu ihm und klammerte sich an seinem Hosenbein fest.

»Entschuldigen Sie bitte«, sagte er zu Zelda und bückte sich, um die dünnen Arme von seinem Bein zu lösen.

Die blonde Frau kam und nahm das Kind auf den Arm. »Komm schon, Süße. Daddy bestellt Pfannkuchen und Eis für dich.« Sie lächelte Zelda freundlich zu. »Ist sie nicht reizend?«

»Ja«, antwortete Zelda kurz.

»Sie ist unsere neue Tochter«, erklärte die Frau und legte den blonden Kopf an die seidigen schwarzen Locken.

»Ich heiße Amanpree«, sagte das Kind in fremdländischem Singsang. »Ich bin vier Jahre alt. Ich spiele gern mit dem Ball. Ich helfe gern beim Wassertragen.«

»Kluges Mädchen«, sagte die Frau und senkte den Kopf, wobei sich das Kinn in die fetten Halsfalten presste, als sie in das kleine Gesicht sah. Nach einer Weile wandte sie sich wieder an Zelda. »Ich bin Maree«, stellte sie sich vor. »Und das ist Steve, mein Mann. Wir sind aus Australien – Sydney. Wo kommen Sie her?«

»Ich komme auch aus Australien, Flinders Island.«

Maree schaute verständnislos. »Das kenne ich gar nicht.«

»Die Insel liegt zwischen Victoria und Tasmanien.«

»Ach so. Jetzt erinnere ich mich. Es wurde einmal im Fernsehen im Wetterbericht erwähnt.« Maree setzte das Kind ab und zeigte auf Steve, der mit einem Stück Brot winkte wie mit einer Karotte. »Wir holen unsere Adoptivtochter ab.« Sie lachte nervös. »Eigentlich spreche ich fremde Leute nie an, aber ich bin so glücklich. Wir haben Jahre darauf gewartet. Ich kann noch gar nicht glauben, dass wir hier sind – mit ihr.« Ihre Augen schimmerten feucht.

»Wo haben Sie das Kind her?«, fragte Zelda.

»Aus dem Waisenhaus Heiliges Herz«, antwortete Maree. »Natürlich hatten wir vorher schon alles geregelt. Zuerst wollten wir ein Baby. Aber viele sind krank, wissen Sie. Einige sterben sogar, bevor sie zu Hause ankommen. Und die älteren Kinder bleiben meistens übrig. Niemand will sie haben. Schrecklich, wenn sie zusehen müssen, wie die kleineren Kinder abgeholt werden und sie nicht. Man schickte uns ein Foto von

Sally – Amanpree. Ihre Mutter ist tot, und ihr Vater sitzt im Gefängnis. Sie hat niemanden mehr. Wir haben uns sofort in sie verliebt.« Maree beugte sich vor und senkte die Stimme. »Steve ist im siebten Himmel. Er hat sofort unser Haus ausgebaut, für sie ein Schaukelpferd gemacht, Spielzeug – alles.« Sie lächelte wieder. Die Freude übermannte sie. »Wir wollten schon immer Kinder …« Dann riss sie sich zusammen. »Tut mir Leid, ich rede zu viel. Und Sie sind?«

»Zelda.«

»Machen Sie hier Urlaub?«

»Nein. Ich will meine Mutter besuchen.« Zelda schwieg und hatte plötzlich das Bedürfnis, ihr zu erklären, dass sie ihre Mutter nicht kannte und genau wie Sally Amanpree ein kleines Mädchen gewesen war, als ihre Mutter sie verlassen hatte. Sie war nicht gestorben, sondern gegangen und hatte sie einfach zurückgelassen …

»Sie … ist mal hier, mal dort«, sagte Zelda ausweichend. »Natürlich habe ich mein eigenes Leben – die Arbeit und alles andere. Aber wir besuchen uns, wann immer wir können.«

»Natürlich tun Sie das!«, bestätigte Maree. »Ich wette, Sie können es kaum erwarten, sie wiederzusehen.«

»O ja.« Zelda lächelte freundlich. »Wir schreiben uns natürlich. Aber das ist nicht dasselbe.«

»Nein, sicher nicht!«, stimmte Maree zu. »Nun, ich wünsche Ihnen beiden viel Glück und eine wunderschöne Zeit.« Plötzlich hörte sie ein Geräusch und drehte sich um. Das Kind stand auf einem Stuhl, nahm Messer und Gabeln vom Tisch und ließ sie einzeln zu Boden fallen. Steve las in der Speisekarte. Maree hob mit einer hoffnungslosen Geste die Arme. »Kinder!«

Zelda wartete, bis sie gegangen war, und schaute in

die Speisekarte. Die Schrift verschwamm vor ihren Augen, die sich mit Tränen füllten.

»Ja, Madam?«, sprach sie der Kellner etwas verhalten von hinten an.

»Pfannkuchen mit Eis, bitte«, bestellte Zelda.

»Es tut mir Leid, Madam, es ist schon Nachmittag. Frühstück gibt es um diese Zeit nicht mehr. Wenn Sie Pfannkuchen möchten, empfehle ich Ihnen Masala Dhosa, indische Pfannkuchen.«

»Na schön, dann nehme ich das.«

Der Kellner ging, und sie starrte auf den grünen Rand des Tellers.

»Miss Zelda Madison?«

Beim Klang ihres Namens erschrak sie. »Ja?«

Ein Hotelpage gab ihr ein Schreiben. »Ein Fax für Sie, Madam.«

Zelda nahm es fassungslos entgegen und begann zu lesen. Die Nachricht war in langer geschwungener Schrift quer über die ganze Seite geschrieben:

Denke während deiner »langen Suche« ständig
an dich, meine Liebe. Sei tapfer. Sei stark.
Bleib dir treu.
Deine alte Freundin
Cassie.

Sie faltete das Blatt zusammen und hielt es fest in der Hand. Die Worte der alten Dame gaben ihr Kraft. Cassie wusste Bescheid und verstand sie. Während Zeldas Aufenthalt in Danas Haus hatte sie offen bei ihren Telefonaten zugehört – ihre gestammelten Erklärungen, ihr langes Schweigen und lautloses Weinen.

»Wer war am Apparat«, wollte sie wissen, wenn Zelda den Hörer aufgelegt hatte.

Dann starrte Zelda an die Decke, Tränen liefen ihr über die Wangen, während sie antwortete: »Es war Drew, mein Freund. Ich liebe ihn. James mochte ihn auch.«

Oder ein anderes Mal:

»Es war Lizzie, Drews Mutter. Auch sie liebt mich. Sie wollen, dass ich bleibe und abwarte.«

»Du darfst nicht länger warten«, antwortete Cassie fest. »Die Zeit ist gekommen. Beginne deine Reise. Was immer du auch findest, mehr kannst du nicht tun.«

Zelda strich das Fax glatt und legte es neben den Teller. Es war ein Zauber, ein Glücksbringer, den sie immer bei sich tragen würde. *Sei tapfer. Sei stark. Bleib dir treu. Wir sind immer für dich da …*

Zelda saß auf dem Rücksitz des Taxis, das Gepäck neben sich. Eine dunkle Sonnenbrille und die über den Kopf gezogene Kapuze ihres indischen Gewands schirmten sie von der Welt ab. Sie sah aus dem Fenster. Hohe Bäume säumten die breite Straße. Menschen schliefen auf dem nackten Boden, das Gesicht verborgen und mit den eigenen Kleidern zugedeckt. Geduldig und reglos wie Statuen warteten Bettler auf Passanten. Heilige Männer sangen monoton Gebete. Nach einer Weile wurde die Straße schmaler. Die Stille wich einem geschäftigen Treiben. Marktfrauen stellten kleine Brennöfen auf. Studenten in weißen Hemden standen herum und tranken Tee aus Tontassen, umringt von zerlumpten Kinder.

Bereits um sieben Uhr drängten sich schwer beladene Ochsenkarren, Fahrräder, Lastwagen und alte Busse ohne Fensterscheiben auf den Straßen. Motorroller, auf denen ganze Familien saßen, bahnten sich ihren gefährlichen Weg durch das Getümmel. Der Vater fuhr, hatte ein oder zwei Kinder vor sich, die Mutter saß mit wehendem bunten Sari auf dem Rücksitz.

Zelda holte ihre Wasserflasche hervor und trank einen großen Schluck. Dabei bemerkte sie, dass sie der Fahrer im Rückspiegel beobachtete. Er grinste und zeigte dabei seine schneeweißen Zähne.

»Er ist ein umsichtiger Fahrer«, hatte der Hotelmanager behauptet. »Deshalb haben wir ihn genommen. Außerdem ist er ein weitläufiger Verwandter von mir und spricht gut Englisch. Sie haben bereits den vollen Fahrpreis bezahlt. Trotzdem können Sie ihm ein Trinkgeld geben, wenn Sie möchten. Aber nicht mehr als zwanzig oder dreißig Rupien.« Er hatte sich unterbrochen und den Fahrer streng angesehen. »Er wird Sie nach Rishikesh ins Holy Ganges Hotel bringen. Dort ist schon alles für Sie geregelt. Nun können Sie die Fahrt genießen …«

Nach etwa einer Stunde wurde die Straße wieder breiter. Schon bald hatten sie die Vororte der Stadt hinter sich gelassen, die von Äckern, Wiesen und kleinen Dörfern unter schattigen Bäumen abgelöst wurden. Es war heiß und staubig, roch aber merkwürdig süßlich. Einige Lastwagen überholten sie, die mit grünen Pflanzen beladen waren.

»Das ist Zuckerrohr«, rief der Fahrer über die Schulter. »Süß.«

Auf großen Feldern streckten Sonnenblumen ihre braunen, gelb umrandeten, schweren Köpfe der aufgehenden Sonne entgegen. Auf dunklen, frisch gepflügten Feldern arbeiteten Bäuerinnen in grellbunten Röcken und Umschlagtüchern. Wie kleine exotische Vögel schwebten sie über der schwarzen Erde.

Am Vormittag hielt der Fahrer an einem kleinen Straßencafé. »Hineingehen?« Er deutete auf das Café. »Tee. Erfrischungsgetränke. Toilette.«

Zelda nickte. Sie kämpfte mit dem Griff der Wagentür und stieg mit steifen Gliedern aus. Eine Staubschicht lag auf ihren Kleidern, die an der feuchten Haut klebten. Braune Gesichter, große Augen und dünne Körper tauchten lautlos auf und umringten sie. Sie blieb stehen und warf einen Blick auf ihren Rucksack auf dem Rücksitz.

»Kein Problem«, sagte der Fahrer und zeigte auf einen kleinen Jungen, der auf die Stoßstange geklettert war. »Er passt schon auf.«

»Danke.« Zelda ging zum Café hinüber. Die Blicke der Kinder folgten ihr.

Im Café war es zwar dunkel, aber auch nicht kühler. Ein Ventilator drehte sich gemächlich unter der Decke. Hinter dem Tresen stand ein alter Mann. Er trug einen verblichenen rosa Turban, der nur lose zu einem Wust zusammengebunden auf seinem Kopf thronte. Er deutete auf eine magere Auswahl verstaubter Flaschen. »Limo? Thums up? Soda?«

Zelda zeigte auf ein gelbes Getränk und hielt ihm einige Scheine hin.

»Woher kommen Sie?«, fragte jemand von hinten. Sie drehte sich um und blickte in das dunkelhäutige Gesicht eines jungen Mannes mit fast schwarzen Augen.

»Flinders …« Sie unterbrach sich. »Australien.«

»Aha«, nickte er ernst. »Amerika. George Bush.«

Zelda lächelte höflich. Nachdem sie mit dem Ärmel den Staub vom Flaschenhals entfernt hatte, trank sie einen großen Schluck gelber Limonade. Dann drehte sie sich um und wollte zum Wagen zurückgehen.

»Mem-Sahib! Mem-Sahib!«, rief der alte Mann hinter dem Tresen. »Nein! Nein!«

Zelda blieb stehen. Er zeigte auf die gelbe Flasche

und schüttelte den Kopf. Sie runzelte erstaunt die Stirn und suchte in der Tasche nach Geld.

»Flasche nicht mitnehmen«, sagte der junge Mann hilfsbereit. Wieder sahen sie sich in die Augen. Diesmal glitt sein Blick vorsichtig zu Zeldas Brüsten hinab und wieder zurück zu ihrem Gesicht. Sie trank die Limonade aus und stellte die Flasche auf den Tresen zurück.

»Gut, mein Freund ...«, rief ihr der Mann nach. Gelächter folgte ihr in die staubige Hitze.

Die achtstündige Reise wurde ohne erkennbaren Grund zu einer zehnstündigen.

»Sind wir bald da?«, fragte Zelda immer wieder. »Wie lange noch?«

Der Fahrer wackelte nur unverbindlich mit dem Kopf. »Es ist weit. Delhi. Rishikesh. Weit. Genießen Sie die Fahrt.« Dabei nahm er die Hände vom Steuerrad und breitete die Arme aus. »Sie erholen sich, ja?«

Schließlich lichtete sich der Wald. Felder und Häuser tauchten rechts und links der Straße auf.

»Bald sind wir in Rishikesh«, verkündete der Fahrer. Dann bog er ohne Vorwarnung in eine breite Allee ein.

Das Holy Ganges Hotel sah aus wie ein Bürogebäude mit geschmücktem Eingang. Die Mauern waren gelbbraun und zeigten Schmutzstreifen. Trübe Fenster blickten vom ersten Stock herab. Blasse Töpfe mit müden Kakteen schmückten eine breite Treppe, die zu zwei Glastüren führte.

Der Taxifahrer nahm Zeldas Geld mit einem Kopfnicken und bedeutete ihr, ins Hotel zu gehen. »Boy bringt Gepäck«, sagte er und zeigte auf den Rucksack.

»Nein danke, das schaffe ich schon allein«, entgegnete Zelda, zog den Rucksack an einem Riemen heraus und warf ihn sich über die Schulter. »Vielen Dank und auf

Wiedersehen.« Sie spürte seinen Blick im Rücken, als sie die Treppe hinaufstieg. Ryes Worte fielen ihr wieder ein. *Nimm stets einen Gepäckträger. Es ist kleinlich, keinen zu nehmen. Sie brauchen die Arbeit.* Verlegen drehte sie sich noch einmal um und sah, wie ein Boy zum Wagen lief. Wie angewurzelt blieb er stehen, ließ ratlos die dünnen Arme hängen und starrte sie ungläubig an. Sie wandte sich ab und ging rasch weiter.

Die Lobby war leer. Sie stellte den Rucksack ab und blieb einen Moment vor dem Ventilator stehen, der die verschwitzte Haut wohltuend kühlte. Dann ging sie zur Rezeption. Der Tresen, auf dem ein großes schwarzes Telefon stand, wurde von Neonröhren in grelles bläuliches Licht getaucht. Als ob es ihr galt, fing es plötzlich an zu klingeln. Niemand kam. Es klingelte und klingelte. Gerade als es aufhörte, eilte ein Mann herbei. Erstaunt darüber, dass sie den Hörer nicht abgehoben hatte, blickte er von Zelda zum Telefon.

»Ich habe ein Zimmer reserviert«, sagte Zelda. »Für Zelda Madison.«

»Ja, Mem-Sahib. Wir haben Sie erwartet. Schon gestern. Aber das ist kein Problem.« Er hob ein großes Buch auf den Tresen und schlug es auf. »Ihr Zimmer ist fertig. Aber zuerst müssen Sie sich eintragen. Ihren Pass, bitte.« Er blickte auf. Rasch musterte er ihr Gesicht. »Sie kommen wohl aus Delhi und sind sicher müde.«

»Ja.«

Er schlug mit der Hand auf eine Klingel und sah erwartungsvoll auf. Der Boy von draußen erschien, immer noch mit hängenden Armen. Der Mann gab ihm einen Schlüssel, an dem eine große Messingkugel hing. Er blickte Zelda von der Seite an. »Besonderes Zimmer, nur für Sie. Blick auf den Fluss.«

»Vielen Dank. Hat es eine Dusche?«
»Natürlich. Sogar heißes Wasser, hoffe ich.«

Zelda stand unter der Dusche und ließ Wasser über das Gesicht laufen. Gemäß Ryes Warnung hielt sie den Mund fest verschlossen. Sie stellte sich vor, dass Amöben wie kleine Fische herumschwammen und nur auf die Chance warteten, in ihren Körper einzudringen. Die Hotelseife war rot, klein und hart und roch nach Schulwaschräumen. Sie wusch sich den Schweiß von der Haut, stellte das Wasser ab und trat aus der Dusche und zurück in die Hitze. Dann rief sie den Zimmerservice an.

Während sie auf Antwort wartete, wurde ihr bewusst, wo sie sich befand. Zelda in Indien, nackt wie eine Diva, nur in ein Handtuch gewickelt …

»Ja«, antwortete sie gelassen. »Zimmer zwölf. Können Sie jemanden mit eine Flasche Limonade hochschicken? Vielen Dank.« Mit dem Hörer in der Hand blieb sie stehen, griff nach ihrer Brieftasche und nahm eine kleine weiße Visitenkarte heraus. Mr. Ranjit Saha, stand darauf, 97 Veer Bhadra Road, Rishikesh 249201, Apparat 516. Rasch wählte sie die Nummer, um nicht darüber nachdenken zu müssen, was sie sagen wollte. Stattdessen dachte sie an Ryes Notiz: *Ranjit ist ein alter Familienfreund und kennt jeden. Ruf ihn an, wenn du dort bist.*

Ihr Kopf schnellte hoch, als in der Leitung eine Stimme zu hören war. »Hallo? Hallo?« Sie unterbrach einen langen Satz in einer Sprache, die sie nicht verstand. »Kann ich bitte Mr. Ranjit Saha sprechen?«

Keine Antwort.

»Ranjit Saha?«, wiederholte Zelda.

»Ich bedaure, Ranjit Saha ist nicht zu Hause, Madam. Rufen Sie bitte morgen wieder an. Guten Abend.«

Zelda umklammerte mit feuchten Händen den Hörer. Morgen. Der eine Tag erschien ihr wie eine Woche. Sie konnte nicht so lange warten und nichts tun, jetzt, da sie endlich hier war! Aber es gab keinen anderen Plan, keine Spur, der sie folgen konnte. Also musste sie sich die Zeit vertreiben.

Sie setzte sich auf die Bettkante und sah sich um. Dieses Zimmer hatte nichts Indisches, es sei denn, man hielt das verblichene Poster eines bengalischen Tigers für typisch indisch. Er blickte gelassen auf die Ikonen westlicher Kultur: einen kunststoffbeschichteten Schminktisch, eine Tagesdecke aus Brokat, lose Drähte, die aus der Lampe heraushingen.

Nun ja, immerhin bin ich hier, dachte Zelda, in Rishikesh.

Rishikesh, die Stadt der Heiligen, die Stadt, in der Ellen lebte.

»Nachricht aus Rishikesh, Indien.« Zelda betrachtete die Schlagzeile auf dem vergilbten Zeitungspapier.

»LIBERTY« FINDET NEUE ANHÄNGER.
NACHRICHT AUS RISHIKESH, INDIEN.
Ein Jahrzehnt war der amerikanische Superstar
des Balletts verschwunden, und Gerüchte über …

Sie kannte jedes Wort, jeden Buchstaben, sah die Form des herausgerissenen Zeitungsartikels, der aussah wie ein Kontinent ohne Ecken, vor sich.

Sie ging zum Fenster und schaute hinaus. Vor dem Haus blühten ein paar bunte Blumen in einem kleinen kargen Garten. Wenn sie sich weiter hinauslehnte, konnte sie durch den weißen Dunst der Hitze sogar den Fluss sehen. Die Schatten wurden weich und lang, die Dämmerung brach herein.

Als es an der Tür klopfte, hob sie den Kopf. Rasch zog sie sich etwas über und öffnete vorsichtig die Tür. Ein junger Mann in dunkelroter Uniform lächelte sie freundlich an.

»Ich bin der Jemand«, sagte er.

»Wie bitte?« Zelda runzelte verblüfft die Stirn.

»Ich bin der Jemand, der mit der Limonade geschickt wurde.« Mit einem Tablett, auf dem er eine Flasche balancierte, ging er an ihr vorbei ins Zimmer.

»Vielen Dank.« Zelda unterschrieb die Rechnung und gab ihm ein Trinkgeld. *Stets Trinkgeld geben*, stand in Ryes Brief. *Ein oder zwei Rupien. Wenn du es nicht tust, geht nichts mehr.*

Der Mann nickte. »Ich komme wieder«, sagte er fröhlich. »Mit Glas und Flaschenöffner.«

Zelda betrat den leeren Speisesaal und blieb verblüfft stehen. Die hohen Fenster gaben den Blick auf eine traumhafte Aussicht frei – eine Theaterkulisse, wie sie nicht schöner hätte sein können: sanfte, pastellfarbene Hügel vor einem unglaublichen Sonnenuntergang, und der Fluss, der sich wie ein Band durch den aufsteigenden Dunst schlängelte – der heilige Ganges.

Zelda ging an den Tischen vorbei zum Fenster. Eine dichte Moskitowolke umschwirrte das Licht. Sie lehnte den Kopf an die kühle Scheibe und betrachtete fasziniert die verträumte Landschaft.

Ein großer Mann in orangefarbenem Gewand trat aus einem schattigen Garten und ging zum Flussufer. Er hielt ein Licht in den Händen, eine kleine gelbe Flamme, die gleichmäßig in der windstillen Luft brannte und erst zu flackern anfing, als er es langsam hin und her schwang. Er hob das Gesicht, blickte in den letzten Glanz der untergehenden Sonne und begann zu singen.

Wie ein fernes Echo drang seine sonore Stimme durch das geschlossene Fenster. Zelda versuchte, einzelne Worte des Gesangs zu verstehen.

»Es ist Puja, die Zeit der Segnung.« Die Stimme kam von hinten und war tief und sanft. Zelda drehte sich um. Vor ihr stand eine Inderin in buntem Seidensari. »Es findet immer bei Sonnenaufgang und Sonnenuntergang statt«, fuhr sie fort. Sie hatte einen leicht amerikanischen Akzent. »Es ist der Hotelpriester, ein heiliger Mann. Er vollzieht die Segnungen im Namen aller.«

Zelda nickte. »Der Fluss ist wunderschön.«

Die Frau senkte den Kopf, als hätte Zelda ihr ein Kompliment gemacht. Dann sahen sie zu, wie der Priester Blumen in den Fluss streute. Die gelben Blüten hüpften auf und ab und trieben mit der Strömung davon.

»Ich sollte Sie jetzt essen lassen«, sagte die Frau und wollte gehen.

»Einen Moment bitte«, rief Zelda. Sie holte einen gefalteten Umschlag aus der Tasche. »Ich möchte Sie etwas fragen.«

Die Frau zog eine Augenbraue hoch und zuckte überrascht die Schultern. Zelda breitete sorgfältig den Zeitungsartikel aus, strich ihn glatt und zeigte auf Ellens Foto. »Ich suche diese Frau.«

Die Frau betrachtete das Foto und lachte. »Aber das sind doch Sie!«

»Nein …«, widersprach Zelda.

»Aha, dann ist es Ihre Schwester. Lebt sie hier in Rishikesh?«

»Ich weiß nicht«, antwortete Zelda. »Als das Foto gemacht wurde, war sie wohl hier, aber das ist schon zwölf Jahre her.«

Die Frau runzelte nachdenklich die Stirn. »Wenn Fremde herkommen, wohnen sie in Ashrams. Aber die meisten bleiben nicht lange. Sie kommen, sehen sich das Land an und gehen wieder. Natürlich gibt es Ausnahmen. Manche bleiben auch länger und nehmen sogar Sannyas.« Sie sah sich das Foto genauer an.

»Sannyas …«, wiederholte Zelda leise und dachte an Danas Bücher über Indien, die sie gelesen hatte, und die langen Gespräche mit ihr und Cassie, in denen sie sich gefragt hatten, wo Ellen sich wohl aufhalten könnte.

»Das stammt aus der Hippiezeit«, hatte Dana behauptet. »Sie hat dort sicher einige Zeit verbracht und ist dann weitergezogen. Ich wette, dass sie wieder in den Staaten ist.«

Cassie war anderer Meinung. »In den Staaten hätte man sie schon längst entdeckt. Sie war überall bekannt. Ich glaube, Zelda hat Recht – sie muss in Indien sein. Aber was meinen Sie mit ›Liberty findet neue Anhänger‹? Es hört sich an, als hätte es mit Politik oder Religion zu tun. Oder vielleicht Menschenliebe? Gute Taten und Hilfe für die Armen …«

Die Diskussion endete immer am gleichen Punkt. Cassie zuckte die Achseln und breitete in einer hilflosen Geste die Arme aus. »Was auch passiert, es ist ein wundervolles Abenteuer. Vergiss das nie, Zelda. Am Ende zählt nur das.«

Die Inderin hielt das Foto ins Licht und sah leicht verärgert wieder auf. »Warum ist Ihre Schwester in der Zeitung?«, wollte sie wissen. »Hat sie etwas angestellt? Eine Straftat?«

Zelda schwieg und kaute verlegen an den Fingernägeln. In der Ferne hörte man Trommeln und Gesang. Hinter der Küchentür klapperte das Personal mit Töpfen und Pfannen.

Die Frau trug das Foto zu einer Lampe. Zelda folgte ihr und wartete geduldig.

»Wenn man Sannyas nimmt, entsagt man seinem weltlichen Leben für immer«, erklärte die Frau schließlich. »Man beschreitet einen spirituellen Weg. Einige Ausländer haben das geschafft. Aber … ich glaube, sie nicht.«

»Warum?«, fragte Zelda überrascht.

Die Frau zeigte mit ihrem langen, schlanken Finger auf das Foto. »Hier, das Kleid. Es ist zwar aus indischem Stoff, aber es ist kostbar. Es könnte aus Benaresseide sein. Sannyasins tragen alle Kleider aus selbst gewebtem, indischem Baumwollstoff.«

»Nun, dann muss es andere Gründe geben, warum Ausländer hier bleiben.« Zeldas Stimme zitterte.

»Möglich«, antwortete die Frau. »Ich bin nicht aus Rishikesh. Ich besuche hier nur meine Schwester.«

»Falls meine … ich meine, diese Frau hier ist, wo kann ich sie finden?«

»Gehen Sie morgen früh zur Ufertreppe. Dort ist der Badeplatz. Hier finden sich alle ein, um sich segnen zu lassen. Falls sie gläubig ist, könnten Sie sie dort antreffen.« Als der Kellner mit der Speisekarte kam, senkte sie den Blick. Er verbeugte sich vor den beiden Frauen, warf einen Blick über den Speisesaal, wählte einen Platz am Kopfende eines langen Tisches aus und führte Zelda dorthin.

»Guten Appetit!« Die Frau lächelte und eilte mit wehendem Sari davon.

Zelda blickte sich um. Es gab nur lange Tische. Wahrscheinlich kamen die Gäste nur in großen Gruppen, wie im Golfclub auf der Insel, wo sich alle Einheimischen trafen und sich bei Steaks und Pilzen in Buttersauce unterhielten und lachten – Drew, Lizzie und Sharn und manchmal sogar James.

James. Dad. Sie sah sein Gesicht vor sich. Stark, hager

und braun gebrannt, von der Gischt noch feucht. Die vom Wind zerzausten Haare thronten wie eine Krone auf seinem Kopf. Sie schloss die Augen. Das war der alte James, wie sie ihn kannte und liebte. Ihn wollte sie in Erinnerung behalten. Aber es waren Fragen aufgetaucht, die sich in einer dunklen Wolke von Verwirrung und Wut aufstauten. Er hatte behauptet, Ellen sei tot. Warum? Wie konnte er das nur tun? Wer gab ihm das Recht? Zelda schlug die Karte auf und studierte die fremden Namen: Puri Bhaji. Kashmiri dum Alu. Raita Dahi. Aber sie konnte sich nicht ablenken. Warum? So viele Jahre, in denen Ellen lebte – ihre eigene Mutter …

Zelda dachte an das Foto von Ellen mit dem Baby im Arm und versuchte, sich so weit wie möglich zurückzuerinnern. Als Ellen fortging, war sie fast vier Jahre alt. Eigentlich müsste sie sich an gemeinsame Zeiten erinnern können, an Dinge, die sie miteinander gemacht hatten, Szenen vor sich sehen. Aber es gab keine Bilder. In den vielen Jahren hatte sie immer wieder versucht, tief verborgene Erinnerungen aufzudecken. Alles, was sie je finden konnte, war ein merkwürdig beunruhigendes Gefühl, so als würde sie sich etwas mehr als alles andere wünschen und nie bekommen. Vermutlich waren es Gedanken an einen toten Menschen, und die Sehnsucht nach ihrer Mutter. Aber sie zerbrach sich den Kopf darüber, ob nicht mehr dahinter steckte. Vor einigen Jahren hatte sie mit Lizzie darüber gesprochen. Schließlich war sie dabei gewesen, als Ellen noch bei Zelda war und später verschwand.

»Du hast sie furchtbar vermisst«, hatte Lizzie ihr erklärt. »Ich glaube, dass du alle Erinnerungen an sie verdrängt hast. Und James wollte unbedingt, dass du sie vergisst.« Sie runzelte die Stirn. »Er hat allen verboten, sie in deiner Gegenwart zu erwähnen. Ich fand es nicht richtig. Aber auch er hat sehr um sie getrauert.« Der Schatten eines Lächelns erschien auf ihren Lippen. »Du bist ihre Mutter, sagte er zu mir, das hätte Ellen auch gewollt.«

Zerrissen zwischen Liebe und Schmerz, schloss Zelda die Augen. Lizzie hatte so viel für sie getan und ihr viel gegeben. James auch – er hatte versucht, seiner Tochter die Liebe zu geben, die sie brauchte. Und doch hatte das Verschwinden ihrer Mutter ein großes Loch hinterlassen, ein Loch des Zweifels und der Unzufriedenheit. Sie hatte keine Wurzeln, hinter ihr war nichts als Leere, bis auf einige spärliche Anhaltspunkte, Bruchstücke, die sie hier und da aufschnappte und wie Relikte einer Heiligen im Herzen aufbewahrte …

Der Kellner, der die Bestellung aufnehmen wollte, riss sie aus ihren Gedanken. Sie zeigte auf einige Gerichte auf der Speisekarte und wartete, bis er in der Küche verschwand. Dann dachte sie wieder an Ellen, zählte die gesammelten Hinweise und Fakten und alles, was ihr je erzählt worden war, auf.

Mutter, begann sie. Ellen. Ellen Madison.

Tänzerin.

Amerikanerin.

Bei einem Verkehrsunfall auf dem Festland ums Leben gekommen. Sie war einkaufen gegangen, aber James konnte ihr nie sagen, was sie gekauft hatte. »Bist du ganz sicher?«, hatte Zelda Jahre später gefragt, in der Hoffnung irgendetwas zu erfahren. »Vielleicht ein Stofftier, ein Puzzle, ein Kleid für ein vierjähriges Mädchen?«

»Sie starb schnell«, hatte James ihr erzählt, »und ohne zu leiden.«

Ein anderes Mal hatte er hinzugefügt, sie sei auf dem

Festland begraben. Er hätte es schnell hinter sich bringen wollen und lege keinen Wert auf Beerdigungen und Grabsteine. Ellen würde immer im Herzen derer bleiben, die sie liebten.

Nur ein Blatt Papier existierte noch: eine Sterbeurkunde. Aber die kam erst zur Sprache, als Drews Großmutter zehn Jahre später in ihrem Bett starb.

»Was ist mit Mummy?«, hatte Zelda wissen wollen. »Wo ist ihre Sterbeurkunde? Drew meint, jeder bekommt eine, wenn er stirbt. Kann ich sie sehen?«

Betretenes Schweigen. Dann ein tiefer Seufzer. James hatte die Augen aufgerissen. »Natürlich. Natürlich kannst du sie sehen. Aber nicht hier, nicht jetzt. Ich werde … dir eine Kopie besorgen.« Er hatte hastig und unüberlegt gesprochen. »Die kannst du dann behalten. Ich verstehe dich ja. Du willst es genau wissen, mit eigenen Augen sehen.«

Er hatte Wort gehalten. Einige Wochen später hatte er Zelda die Kopie einer Sterbeurkunde gegeben.

Todesursache: Verbluten, Milzriss, Darmperforation, unkontrollierbare innere Blutungen. Folge eines Verkehrsunfalls.

Zelda hatte die Worte wieder und wieder gelesen und dann James mit verzerrtem Gesicht angesehen. Ihr wurde schlecht. Verbluten. Es klang böse und endgültig, wie eine Tat des Teufels.

James hatte nur resigniert die Schultern gezuckt. »Sie hat so viel Blut verloren, dass sie daran gestorben ist.«

Dann hatte er eine Flasche Bourbon geöffnet, sich eingeschenkt und aus dem Fenster gestarrt – ein Zeichen, dass das Gespräch beendet war. Er wollte mit sich und seinen Gedanken allein sein.

Allein mit seinen Lügen.

Zelda senkte den Blick und nahm das Besteck mit der Prägung »Holy Ganges« von der weißen Tischdecke.

Lügen, jahrelang aufgebaut und sorgfältig aufrechterhalten. Sogar eine gefälschte Sterbeurkunde. Warum? Warum war es ihm so wichtig, dass Ellen nicht mehr existierte? Oder war Wut und Schmerz der Grund? Etwas, was nicht mehr aufzuhalten war, wenn es einmal in die Welt gesetzt war? Ein Betrug, um die Wahrheit für immer zu verschleiern …

Welche Lügen gab es *noch*?

»Erzähl mir von Ellens Familie.« Zelda erinnerte sich, wie sie an einem Weihnachtsfest ihren ganzen Mut zusammennehmen musste, um die Wand des Schweigens zu durchbrechen, die James um sich aufgebaut hatte.

»Was meinst du damit?«, fragte er und runzelte die Stirn, als machten ihre Worte keinen Sinn.

»Meinen Großvater und meine Großmutter.«

Zelda ließ James nicht aus den Augen und zwang ihn zu einer Antwort.

»Da gibt es nicht viel zu erzählen.«

»Aber du musst etwas über meine Großeltern wissen!«

James seufzte. »Nun ja, Ellen war ein Einzelkind. Ihre Mutter, Margaret, ließ sich bald nach ihrer Geburt scheiden.« Und schon vertiefte er sich wieder in sein Buch, ein Zeichen, dass die Unterhaltung beendet war.

»Wie ist sie?«, drängte Zelda. »Ich meine Margaret.«

»War, nicht ist. Sie lebt nicht mehr. Ich habe sie nie kennen gelernt.«

»Noch nicht einmal bei eurer Hochzeit?«

»Nein, aber das habe ich dir schon erzählt. Zu unserer Hochzeit kamen nur wenige Freunde. Familie war nicht dabei, vor allem nicht ihre.«

»Warum gerade ihre nicht?«

James brummte verärgert und beugte sich vor, um das Feuer zu schüren.

»Ich will es aber wissen«, flehte Zelda. »Schließlich bin ich kein Kind mehr. Ich bin fast sechzehn!«

James schloss die Augen und dachte einen Moment nach. »In Ordnung«, sagte er schließlich, »wenn du es unbedingt wissen willst, erzähle ich es dir.« Barsch fügte er hinzu: »Du wirst schon sehen, was du davon hast. In Familiengeschichten stochert man nicht herum. Ellen hätte nie zugegeben, dass ihre Mutter ein niederträchtiges gemeines Biest war. Aber das ist die Wahrheit. Sie war reich, selbstsüchtig und frustriert darüber, dass ihr Mann sie verlassen hat und sie ihr Kind allein aufziehen musste.«

Er machte eine Pause.

»Ich vermute«, begann Zelda vorsichtig, »dass es nicht leicht für sie war.«

James schnaubte. »Sicher. Aber für ihren Mann war es auch nicht leicht, mit einem Kind in einem Haus zu leben, das nicht sein eigenes war. Nein, ich würde mich auch bedanken. Dieses Kind wurde gezeugt, als er nicht zu Hause war.«

»Du meinst ...?«

»Richtig«, fuhr James fort. »Das Kind war die Folge eines Ehebruchs. Und auch noch mit seinem besten Freund!« James schüttelte verständnislos den Kopf. »Wie du siehst, ein zweifacher Betrug ... Man erzählt sich, er habe den Anblick des Kindes nicht ertragen, weil er seine Frau zu sehr liebte. Er hielt es nicht mehr aus, deshalb ging er fort und kam nie zurück. Margaret gab dem Kind – also Ellen – die Schuld.« Das Feuer knisterte und sprühte Funken. »Es ist eine traurige und hässliche Geschichte. Aber ich habe dich ja gewarnt.«

»Arme Ellen«, sagte Zelda. »Aufzuwachsen mit der Gewissheit …«

James beugte sich über den Tisch, um sich einen Drink einzuschenken, und stieß mit der Flasche gegen das Glas. »Zerbrich dir nicht den Kopf darüber, Zel.« Seine Stimme wurde weicher. »Sie hat es nicht gewusst. Ich habe es erst vor ein paar Jahren erfahren. Margaret starb in einem Altersheim. Anscheinend nahm sie dem Heimleiter das Versprechen ab, die Papiere an ihre verloren gegangene Tochter zu schicken. Irgendwie haben sie unsere Adresse herausbekommen. Früher konnte man seine Spuren verwischen, aber das war vor dem Computerzeitalter. Trotzdem hatten sie einen Haufen Arbeit damit. Und das alles nur, um einen Stapel alter Briefe weiterzuleiten.« Er schwieg. Eine Sorgenfalte erschien auf seiner Stirn. Dann stand er auf, ging in sein Zimmer und kam mit einem Umschlag in der Hand zurück. »Dieses Foto war dabei.« Er gab es Zelda. »Du kannst es behalten, da du dich offensichtlich sehr dafür interessiert.«

Zelda öffnete den Umschlag und nahm ein Foto heraus. Sie sah in leuchtend schwarze Augen – ihre Augen. Sie brauchte nicht zu fragen.

»Das ist er«, sagte sie leise. »Ihr richtiger Vater. Mein … Großvater.« Das Wort kam ihr nur schwer über die Lippen.

»Harlan«, erklärte James leicht höhnisch. »Sein Name steht auf der Rückseite.«

»Er sieht aus wie ich – wie wir«, meinte Zelda, die den Blick nicht von dem Gesicht des Mannes lassen konnte.

James gab keine Antwort. »Typisch Margaret«, sagte er, um das Thema zu wechseln. »Das sah ihr ähnlich. Sie konnte es nicht ertragen, zu sterben, ohne eine letzte Gemeinheit und diese auch noch mit einem Haufen Entschuldigungen und diesem Es-tut-mir-Leid-Unsinn zu verbrämen.« Er lachte frostig. »Man kann sich nicht so einfach dafür entschuldigen, sein ganzes Leben ein schlechter Mensch gewesen zu sein! Was macht es für einen Sinn, den ganzen Mist auf Ellen abzuladen, obwohl sie schon seit Jahren nichts miteinander zu schaffen hatten?« Er starrte auf seine vor Wut geballten Fäuste.

»Warum ist es so gekommen?« Zelda bemühte sich, ungezwungen zu klingen und ihre Neugier zu verbergen, damit James weitererzählte.

»Na ja, Ellen ging fort, auf ein Internat. Ich glaube, sie haben sich entfremdet. Im Leben einer Tänzerin ist kein Platz für eine Familie.« James ließ den Blick durch die Hütte schweifen. Dann sah er zum Fenster hinaus auf das weite Meer. »Deshalb sind wir hierher gezogen. Das war die beste Entscheidung, die ich je getroffen habe.«

Dabei beließ er es.

Arme Ellen. Mit Schuld beladen, ohne es zu wollen und ohne zu wissen, warum.

Dampfende bunte Gerichte auf glänzendem, rostfreiem Stahl glitten auf den Tisch. Zelda bemerkte sie kaum. Sie blickte auf den Fluss. Lautlos. Gelassen. Heilige Mutter.

Was hatte diese dunkle und traurige Geschichte wohl für Ellen bedeutet, fragte sie sich. Und was würde es für sie bedeuten, endlich die Wahrheit zu erfahren? Sie erinnerte sich an den lachenden Mann – Harlan. Sein Foto lag sicher zwischen Schecks und Pass in ihrer Tasche. Wenn ich sie gefunden habe, werde ich es ihr zeigen und ihr alles erzählen, dachte sie.

Bei dem Gedanken an die verlorene Tochter, die aus dem Nichts wieder auftauchen würde, musste sie lächeln. Sie konnte die Lücken in Ellens Vergangenheit, die dunklen Ereignisse, die ihr Leben bestimmt hatten, schließen und brachte Neuigkeiten vom unbekannten Vater und der verstorbenen Mutter, die sie gern um Verzeihung gebeten hätte …

In Gedanken verloren blieb sie lange sitzen und beobachtete, wie sich die Dämmerung als geheimnisvolles Laken über den tiefen, ewig fließenden Fluss legte.

26

Im schwachen Licht des Morgengrauens war alles grau und verschwommen. Nur goldgelbe Ringelblumen, rosa Rosen und weißer Jasmin durchbrachen die Eintönigkeit der grauschwarzen Landschaft. In langen Girlanden schmückten sie die Stände und säumten den Weg zum Pass. Hier und da warf eine nackte Glühbirne ihr gelbes Licht auf kleine Haufen Weihrauch, ordentlich zusammengelegte Handtücher und Körbe voller leerer Plastikflaschen. Zelda machte in der kühlen Luft einen Spaziergang. Unter dem süßlichen Duft des Weihrauchs und der Blumen lag etwas Stärkeres, Schmutziges, Animalisches ...

Zwei große, weit offene Eisentore empfingen auf dem Weg zum Pass den nie abreißenden Menschenstrom: Männer, Frauen, Kinder, Heilige und Bettler. Geschützt von der breiten Krempe ihres Huts, betrachtete Zelda die vorbeiziehenden Gesichter. Alle hatten dunkle Augen, dunkles Haar – Inder.

Bei einer alten Frau mit schlohweißem Haar oder einem Mann, dessen dunkle Haut hellrote Flecken aufwies, verweilte ihr Blick etwas länger. Dann blieb sie stehen und starrte auf einen Mann, der nur mit einem orangefarbenen Lendenschurz bekleidet war. Seine

Brust war vollständig mit grauer Asche eingeschmiert, und er war so mager, dass man die Rippen zählen konnte. In seiner sehnigen Hand hielt er einen eisernen Dreizack. Sein Gesicht war unter dem wild wachsenden Haar und dem verfilzten Bart kaum zu erkennen. Seine glühenden, durchbohrenden Augen blickten in die Ferne. Er schaute aus wie der Botschafter eines fernen fremdländischen Königreichs. Zelda drehte sich um und sah ihm nach, bis er im Nebel verschwand. Ihre Verwunderung wurde immer größer, als sie sich wieder den Toren zuwandte und sich in der drängenden Menge verlor.

Der Weg führte an weiteren Ständen vorbei, vor denen auf kleinen Podesten hagere Gestalten im Schneidersitz saßen, Männer mit bunten Streifen auf dem Gesicht und in orangefarbenen Roben und Frauen in rein weiße Tücher gewickelt, die, tief über einen Stein gebeugt, Pulver herstellten und zu Farben vermischten. Zelda blieb stehen, um einem jungen Mann zuzusehen, der sich an einem der Stände einen roten Punkt auf die Stirn malen ließ. Das schweißnasse Haar klebte ihm am Kopf. Er faltete die Hände und beugte sich vor, um einige Münzen auf einen Metallteller zu legen. Als er sich wieder aufrichtete, trafen sich ihre Blicke. Rasch wich sie seinem Blick aus und betrachtete den fernen Wald. Aus den Augenwinkeln bemerkte sie, wie er stehen blieb und ihr noch lange nachsah …

Sie setzte ihren Weg fort und ließ den Blick über die Menge schweifen, von rechts nach links, von links nach rechts. Als sie ein großes rotes Gesicht unter blondem Haar entdeckte, blieb sie erstaunt stehen und versuchte, näher heranzukommen.

»Hallo!«, rief sie freundlich, als sie sich fast in Reichweite des Mannes befand. Seine breiten Schultern und kräftigen Muskeln spannten sich unter dem verwaschenen kurzärmeligen Baumwollhemd. Er drehte sich um, nickte jedoch nur kurz und ging sofort weiter. Mit finsterem Blick fummelte er an seiner Kamera herum. Zelda wusste, was das bedeutete. Erinnere mich nicht daran, dass ich ein Tourist bin, wollte er sagen, genau wie die Leute vom Festland, die im Sommer auf die Insel kamen. Verschwinde und lass mich in Ruhe, ich möchte dazugehören.

Sie bahnte sich einen Weg bis zu einer großen Steinterrasse, die sich bis zum Flussufer erstreckte. Nachdem sie sich aus dem Gedränge gelöst hatte, setzte sie sich auf eine Steinstufe und stützte den Kopf auf die Arme. Eine große schwarze Krähe hüpfte auf sie zu und stieß dabei mit dem Schnabel in die Luft. In der Nähe stand ein Heiliger in einem Steinpavillon und sang ein Gebet. Die Luft trug seine kräftige Stimme über die Bettler hinweg, die ausgestreckt auf ihren Habseligkeiten schliefen, bis hin zu den Badenden, die durch den grauen Fluss wateten. Am Ufer verstreut lagen ihre bunten Kleider. Menschen ruhten sich auf großen Felsbrocken aus, ließen sich in der warmen Sonne trocknen und wickelten geschickt Saris aus langen Tüchern um ihren Körper. Andere bahnten sich mit Handtüchern über dem Arm und Flusswasser in Plastikflaschen in der Hand einen Weg zur Terrasse.

Hoch aufgerichtet vor dem aschgrauen Himmel blickte eine Gruppe Marmorgötter und Göttinnen mit langen fließenden Roben und Haaren von einem Steinpodest auf die Menge herab. Zelda kamen sie merkwürdig vertraut vor wie Darsteller aus griechischen Sagen – edle Köpfe, strenge Gesichter, glatte reine Haut. Als sie sich umdrehte, blickte sie in die großen braunen Augen eines kleinen Kindes. Das Lächeln auf ihren Lippen gefror. In jeder Wange des Kindes steckte ein Nagel, eine rostige Eisenspitze, die in einem Krater rohen Fleisches verschwand. Das verfilzte Haar fiel über die mageren, mit Narben übersäten Schultern. Es sah aus, als wäre es mit einer Geißel gezüchtigt worden.

»Rupie, bitte. Rupie, bitte«, bettelte das Mädchen und streckte ihr einen Tontopf entgegen.

Stumm vor Schreck starrte Zelda sie an.

»Rupie«, wiederholte das Kind und schüttelte den Topf. Ihre Lippen verzogen sich zu einem Lächeln, wobei eine krustige Wunde aufbrach und schneeweiße Babyzähne entblößte. Sie trat näher heran.

Zelda wich zurück. »Ja, ja, ist ja schon gut.« Sie griff in die Tasche und zog einen Geldschein heraus. Wie ein Blitz schoss die kleine Affenhand hervor und schnappte sich den Schein. Das Kind sprang zurück, kreuzte die Hände auf der Brust und verbeugte sich.

»O Gott.« Zelda schluckte schwer, ihr wurde übel. »Jesus …« Entsetzt starrte sie auf ihre Hand, auf der sie die kurze Berührung der trockenen heißen Haut des Kindes spürte. Ängstlich wischte sie sie an ihrer Hose ab, als klebten Keime einer grauenhaften Krankheit daran.

Wie Möwen bei einem Picknick tauchten plötzlich von überall her zerlumpte kleine Vogelscheuchen mit dünnen Armen und großen dunkeln Augen auf. Schweigend starrten sie voller Hoffnung auf ihre Tasche. Zelda stand auf und wollte sich davonstehlen. Aber die schweigende Gruppe, die nach ungewaschener Haut und schmutziger Wäsche roch, blieb ihr auf den Fersen. Millionen von Fliegen umschwärmten die Kinder und labten sich an ihren Wunden und eitrigen Augen. Eine Fliege landete auf Zeldas Wange. Ihre Hand glitt hektisch in die Tasche und suchte nach Geld. Viel war nicht darin, das wusste sie. Das meiste Geld hatte sie in

Kleider eingenäht und in den Stiefeln versteckt. Leider fand sie nur große Scheine, aber keine Münzen. Unzählige Hände streckten sich ihr entgegen. Verzweifelt sah sie sich um und bemerkte, dass sich auch Erwachsene nach ihr umdrehten. Einige blieben sogar stehen, unterbrachen ihren Weg zum Fluss und hörten auf zu beten. Ein Raunen ging durch die Menge, das noch mehr Gesichter, noch mehr Augen anzog. Aber was sahen sie? Zelda schoss herum. Was ging hinter ihr vor? Aber dort war nichts, nur leere Stufen und umherstolzierende schwarze Krähen. Sie blickte über die Köpfe hinweg in die Ferne auf den friedlichen Wald, der sich auf der anderen Seite des Flusses erstreckte …

Plötzlich kam ihr ein Gedanke. Sie meinen mich! Mich starren sie an! Was habe ich nur falsch gemacht? Ihr Herz fing wie wild an zu klopfen.

Das Raunen wuchs zu lautem Gemurmel an, das schon bald die Gebete des Priesters übertönte. Die Gruppe der Gaffer schwoll an, als sich die Badenden vom Ufer dazugesellten. Einige waren noch nass und hatten es so eilig, dass sie sich beim Gehen die Kleider anzogen.

Misstrauisch blickte sie in die Gesichter der Menschen, die in ihrer Nähe standen. Aber Ärger oder Wut konnte sie nicht entdecken. Einige zeigten erstaunt auf sie und nickten oder wackelten mit den Köpfen. Die meisten starrten sie aus leuchtenden Augen fasziniert an, als wäre sie vom Himmel gefallenen. Erstaunlich, sie war doch nur eine normale Touristin …

Zelda senkte den Blick und sah hilflos auf ihre abgetragenen Stiefel. Auf der einen Schuhspitze befand sich ein großer Tintenfleck, der von einem echten Tintenfisch stammte. Immer mehr Stimmen und Gesichter versammelten sich und bildeten eine dichte, ständig wachsende Wand um sie herum. Sie ahnte, dass sie versuchen musste, sie zu durchbrechen, bevor sie zu stark wurde. Ihr Herz klopfte wie wild. Am liebsten wäre sie davongelaufen. Sie schnappte nach Luft, die viel zu dünn schien. Dann drehte sie sich um und stolperte die Stufen hinauf. Erschreckt flatterten die Vögel auf. Aber auch hier stand sie vor einer unüberwindbar scheinenden Menschenwand. Sie suchte sich eine Stelle aus und machte sich bereit, sich durch die Menge drängen zu müssen. Aber als sie vorwärts stürzen wollte, schmolz die Wand plötzlich und die Menschen wichen zur Seite. Sie nahm ihren ganzen Mut zusammen und beschritt den sich immer wieder vor ihr öffnenden Weg.

Ich tue einfach so, als müsste ich an einem bissigen Hund vorbeigehen, dachte sie. Wenn ich ihn nicht beachte, lässt er mich vielleicht in Ruhe …

Plötzlich schoss ein Arm aus der Menge und griff nach ihrer Bluse. Zelda stieß einen Schrei aus und machte einen Satz. Dann hatte sie nur noch die Eisentore vor Augen und fing fast an zu laufen. Jemand schob ihr ein kleines Kind in den Weg. Rasch wich sie ihm aus und setzte ihren Weg unbeirrt fort.

Endlich schaffte sie es, die Menge hinter sich zu lassen. Das Gewicht der Blicke im Rücken, lief sie auf ein Eisentor zu. Aber dann bemerkte sie, dass es nicht die Tore zum Pass waren, sondern der Eingang zu einer weiteren Terrasse. Zögernd blieb sie stehen und sah sich rasch um. Ihr Blick fiel auf eine Weiße, eine junge Frau in weißem Sari mit heller Haut und Sommersprossen. Mit großen Augen, grau wie der Fluss, blickte sie Zelda kurz an und senkte sofort wieder den Blick. Sie wollte zu ihr gehen, aber die Frau drehte sich um und eilte davon.

Zelda folgte ihr und ging dicht hinter ihr her. Der

Saum ihres Saris schleifte durch den Staub, und ihre Sandalen klapperten über das Pflaster.

Plötzlich spürte Zelda, dass die Menge sie ziehen ließ. Die faszinierten Blicke wurden wieder normal, und die Menschen wandten sich ab. Sie verlor das Gleichgewicht, als hätte der Bann der Blicke, der plötzlich nachließ, sie aufrechterhalten. Nur die gleichmäßigen Schritte der Frau, die sich eilig von ihr entfernte, zog sie vom Pflaster fort in das staubige Grau.

Nachdem sie die Tore passiert hatte, überquerte die Frau eine geschäftige Straße und bog in einen schmalen Fahrweg ein. Dort blieb sie stehen. Zelda ging um sie herum, um sie ansehen zu können. »Verzeihen Sie, dass ich Ihnen gefolgt bin. Aber ich ...« Die Frau blickte nur stumm an ihr vorbei. Zelda atmete tief durch und versuchte es noch einmal. »Ich muss wohl etwas falsch gemacht haben. Ich weiß nur nicht, was. Nur ...« Fragend runzelte sie die Stirn. »Ich gab diesem Kind etwas Geld. Sie war ... sie hatte überall Narben am Körper und Nägel im Gesicht.« Sie konnte ihren eigenen Worten kaum glauben.

Die Frau griff in die Falten ihres Saris, zog Notizblock und Stift heraus und schrieb schnell, aber gut leserlich etwas auf. Dann gab sie den Notizblock Zelda.

»Ich habe ein Schweigegelübde abgelegt«, las Zelda. »Das Mädchen ist das Kind eines heiligen Mannes, ein Asket. Durch diese Züchtigungen wird sie als Heilige wiedergeboren. Es war richtig von Ihnen, sie zu segnen.«

Zelda starrte ungläubig auf den Zettel und glaubte zu träumen. Ihr Blick suchte die grauen Augen der Frau und ließ sie nicht mehr los.

»Warum haben sich die vielen Menschen um mich herum versammelt?«, fragte sie. »Was haben sie über mich gesagt?« Sie gab ihr den Notizblock zurück. Die blasse Hand fing wieder an zu schreiben. Zelda las die Worte, sobald sie auf dem Papier erschienen.

»Ich spreche nicht Hindi, also kann ich es Ihnen nicht sagen. Vielleicht haben sie irgendetwas in Ihnen gesehen.«

»Ich verstehe nicht, was Sie meinen«, entgegnete Zelda.

Die Frau zuckte die Schultern. »Wir alle haben etwas Göttliches in uns«, schrieb sie und lächelte verklärt.

Zelda nickte höflich und wich ihrem Blick aus. Sollte sie sich einfach verabschieden und gehen? Aber es war immer noch zu früh, Ranjit anzurufen, und etwas anderes hatte sie nicht vor.

»Ich bin Zelda«, sagte sie schließlich. »Ich bin gerade erst in Rishikesh angekommen. Ich suche jemanden. Vielleicht können Sie mir helfen?«

Die Frau nickte und schrieb. »Ich bin Anandi. Das bedeutet Freude. Ich bin hier, um Ihnen zu helfen.«

Sie wartete, bis Zelda die Zeilen gelesen hatte, und grinste über das ganze Gesicht. Zelda glaubte schon, sie würde gleich lachen und zugeben, dass sie sich nur einen Scherz erlaubt hatte. Stattdessen blickte sie Zelda forschend an und fing wieder an zu schreiben. »Haben wir uns schon einmal getroffen?«

Zelda schüttelte den Kopf. »Ich bin erst gestern angekommen und war seitdem im Hotel.« Anandi nickte, drehte sich zu den Toren um und bedeutete Zelda, ihr zu folgen.

Sie gingen nebeneinander her. Zelda gab auf, sich den Weg zu merken. Sie konnte ja später einfach zum Fluss gehen. Von dort würde sie schon wieder zum Hotel finden. Dann dachte sie sich Fragen aus, die man auch ohne Worte beantworten konnte.

»Ich habe am Fluss keine Fremden gesehen«, sagte sie. »Bis auf einen. Gibt es hier viele Touristen?«

Anandi zeigte auf die Sonne, die immer noch tief am Himmel stand, und mimte eine Schlafende.

»Meinen Sie, dass die Fremden erst später aufstehen?«

Anandi nickte.

»Vielleicht hätte ich warten sollen.« Zelda verlangsamte ihren Schritt und wollte stehen bleiben.

Anandi schüttelte den Kopf und zeigte auf das Ende der Straße.

»Sind Sie schon lange in Indien?« Gemeinsam setzten sie ihren Weg fort.

Anandi nickte nur kurz.

»Sind Sie Amerikanerin?«

Anandi blickte sie an und machte eine abwertende Handbewegung. Zelda schwieg verlegen, offensichtlich redete sie zu viel.

Endlich erreichten sie einige weit auseinander stehende, blassgelbe Gebäude, die zwar noch nicht alt waren, aber wie das Holy Ganges Hotel bereits ziemlich heruntergekommen. Sie gingen durch einen mit Ornamenten verzierten Marmorbogen, den eine dicke Schmutzschicht bedeckte. Er war völlig fehl am Platz, als hätte man ihn irgendwo ausgeborgt. Anandi zeigte auf ein Schild mit der Aufschrift »Shaktiananda Ashram«. Darunter stand: »Bitte leise sprechen und nur dann, wenn es unbedingt nötig ist.«

Anandi führte Zelda auf ein großes eingezäuntes Grundstück. Dort begegneten sie schweigenden Männern in orangefarbenen Roben und Frauen, die wie Anandi in tristem Weiß gekleidet waren. Einige nickten zum Gruß, aber die meisten waren in Gedanken vertieft. Zelda bewegte sich langsam und bedächtig. Ihre

Augen, die bei jedem Gesicht, an dem sie vorbeiging, hoffnungsvoll aufleuchteten, konnten ihre Ungeduld nicht verbergen. Sie wollte endlich etwas unternehmen, um mit der Suche zu beginnen. Vielleicht sollte sie Ranjit anrufen oder zur Polizei gehen. Als sie um die Ecke eines Gebäudes bogen, wäre sie fast mit einem alten Mann zusammengeprallt. Den Kopf tief über ein Bündel gebeugt, das er fest an die Brust presste, humpelte er eilig davon.

»Entschuldigung«, murmelte Zelda automatisch. Dann blieb sie überrascht stehen und drehte sich noch einmal um. Über die Schulter des Mannes blickte sie ein Kind an, ein kleines blauäugiges Mädchen mit rosa Haut und blonden Locken. Mit der einen Hand umklammerte es eine schmutzige Babyflasche mit bläulicher Milch, die andere fuhr unkoordiniert durch die Luft. Zelda stand wie angewurzelt da, bis Anandi ihren Arm nahm und sie fortzog.

»Meine Mutter muss hier gewesen sein«, sagte Zelda. »Aber ich weiß nicht genau, wann. Es ist mindestens zwölf Jahre her.« Sie sprach hastig, denn der Anblick des Kindes trieb sie zur Eile. »Ich muss sie finden. Sie ist etwa vierzig Jahre alt und sieht aus wie … wie ich. Zumindest sah sie so aus, als sie so alt war wie ich. Sie ist Amerikanerin und heißt Ellen Madison.«

Anandi blieb stehen und nahm ihren Block heraus. »Keine Angst«, schrieb sie. »Sie werden finden, was Sie suchen.«

Zelda packte sie bei den Schultern und rief ungeduldig: »Was sagen Sie da? Kennen Sie sie etwa?«

Anandi lächelte nur geheimnisvoll und ging weiter.

Sie kamen an ein anderes Gebäude, über dessen Eingang »Speisesaal« stand. Die breite Flügeltür stand weit offen. Metallisches Klappern und Gesang drangen aus dem Haus. Neugierig warf Zelda einen Blick hinein. Menschen saßen in langen Reihen auf dem Boden. Jeder hatte einen Blechteller vor sich. In einer Ecke befand sich eine große Tafel. Darauf stand in Hindi und Englisch: »Die heutige Mahlzeit wurde von Mr. Madhu Sudhanan Nair, Bombay, in Andenken an seine geliebten Eltern gespendet.« Ein Mann ging die Reihen entlang und teilte einen braunen Brei aus, der einen erdigen Geruch verströmte. Zelda verspürte plötzlich Hunger, aber gleichzeitig wurde ihr übel.

Anandi ging auf ein großes Gebäude zu, offensichtlich das Hauptgebäude. Es hatte wunderschöne Stuckverzierungen und war in hellen Pastellfarben gestrichen. Bevor sie eintraten, schlüpfte sie aus ihren Sandalen und zog das Kopftuch tiefer ins Gesicht. Dann musterte sie Zeldas Hut und nickte zustimmend, zeigte jedoch stirnrunzelnd auf ihre Stiefel.

»Ach so, ich soll sie wohl ausziehen? Werden sie auch nicht gestohlen?«, fragte Zelda unsicher und löste die Schnürsenkel. Stiefel unbeaufsichtigt herumstehen zu lassen, das ist genauso leichtsinnig wie einen Rucksack im Busch aufzuhängen, dachte sie. Ohne Schuhe fühlte sie sich nackt und unsicher. Anandi wischte ihre Bedenken mit einer Handbewegung fort und wartete, bis Zelda ihre Stiefel ausgezogen und die aufgerollten Geldscheine herausgenommen hatte.

Sie traten ein. Nackte Füße glitten lautlos über den kühlen Boden, und zwei winzige Gestalten standen in einer riesigen Halle. Schwere Düfte hingen in der Luft. Die hohen weißen Wände wurden von aufgemalten Sprüchen geschmückt, die wie Bibelverse einer Sonntagsschule klangen:

Denke wie ein Genie. Arbeite wie ein Pferd. Lebe wie ein Heiliger.

Der Wunsch nach Zerstreuung und Macht ist das größte Hindernis auf dem Weg zum geistigen Frieden.

Nur der, der gehorcht, kann befehlen.

In der hintersten Ecke stand ein Schrein mit einer lebensgroßen männlichen Statue, um die ein roter Umhang geschlungen war. Davor brannte Weihrauch. Anandi nahm Zelda an die Hand und führte sie dorthin, fiel auf die Knie und berührte mit der Stirn den Boden. Dann beugte sie sich über ihren Notizblock und schrieb. Dabei rutschte ihr das Tuch vom Kopf und entblößte einen roten Lockenschopf. Zelda betrachtete den Schrein, dachte jedoch an ihre Stiefel und hoffte, dass sie immer noch vor der Tür standen. Anandi sah sie aus tiefgründigen grauen Augen an und gab ihr den Block.

»Das ist unser Meister, unser Guru«, las Zelda und blickte erstaunt auf. Ein Lächeln huschte über Anandis Gesicht. »Seine Weisheit ist unermesslich. Du brauchst nicht weiter zu suchen. Alles, was du suchst, findest du hier.«

Zelda starrte auf die Worte. Immer nur Worte! Um sie herum gab es nur Worte! Auf der Wand, auf dem Notizblock, in ihren Gedanken – nur Worte!

Alles, was du suchst, findest du hier.

Sei tapfer, sei stark, bleib dir treu.

Wir sind immer für dich da.

Sie gab ihr den Block zurück, drehte sich um und ging. Hinter sich hörte sie das eilige Kratzen des Bleistifts auf Anandis Block. Es hörte erst auf, als sie vor dem Gebäude stand und in die grelle Morgensonne blinzelte.

Ranjits Haus war still, und es wirkte unbewohnt. Aber man öffnete ihr, als sie klopfte. Ein Mann in weißer Uniform führte sie durch einen dunklen Flur in einen kühlen Salon. Er wollte ihr den Hut abnehmen, aber sie behielt ihn lieber auf dem Schoß.

»Mr. Saha kommt sofort«, meinte er und ließ sie allein.

Zelda machte es sich in dem gepolsterten Korbstuhl bequem. Dicht neben ihr stand eine Topfpalme. Durch die herabhängenden Wedel betrachtete sie die dunklen Gemälde an der Wand. Die kleinen Fenster wurden von den schweren Samtvorhängen fast erdrückt. Eine große alte Uhr tickte auf einem mit Spitzendeckchen verzierten Kaminsims.

Leise wie eine Katze betrat ein Boy das Zimmer. Ohne Zelda anzusehen, stellte er ein Erfrischungsgetränk und eine Schale mit einer Art Salzgebäck auf den Tisch und verschwand wieder.

Zelda nippte an dem Getränk und erinnerte sich an Ryes Warnung, nur aus Flaschen mit gedruckten Aufklebern zu trinken, die man zuvor selbst geöffnet hat. Ihr Hunger wurde stärker, und sie nahm sich eine Hand voll von dem vermeintlichen Salzgebäck, das wie Erbsen aussah. Es brannte höllisch auf der Zunge. Sie verschluckte sich und musste husten.

»Willkommen in Rishikesh«, unterbrach eine kühle Stimme ihren Husten.

Zelda drehte sich um. Hinter ihrem Stuhl stand ein Mann. In dem dunklen Zimmer konnte sie sein Gesicht kaum erkennen. Erschrocken sprang sie auf.

»Nein, bitte erschrecken Sie nicht«, beruhigte er sie. »Ich werde Ihnen ein wenig Gesellschaft leisten.«

Er setzte sich, lehnte sich zurück und legte die Hände auf die Knie. »Rye hat mir von Ihnen geschrieben«, sagte er ohne Umschweife. »Ich weiß, dass Sie Ihre Mutter suchen. Sie soll neunzehnhunderteinundachtzig hier gewesen sein. Glauben Sie mir, sie ist bestimmt schon vor langer Zeit wieder abgereist.« Er hob die Hand, um einer Unterbrechung vorzubeugen. »Lassen Sie mich erklären. In den sechziger und siebziger Jahren kamen viele Menschen nach Rishikesh. Sogar die Beatles waren hier und saßen zu Füßen des Maharischis, allerdings nur kurz. Auch Filmstars und sogar deren Geschwister. O ja, wir waren sehr berühmt.« Seine Stimme klang heiter, jedoch mit einer Spur Zynismus. »In Goa war es noch schlimmer, aber glauben Sie mir, auch wir haben unser Fett abbekommen. Amerikaner, Deutsche, Franzosen – alle Nationalitäten – liefen herum und gaben vor, gläubig zu sein. Dabei waren sie nur spärlich bekleidet, nahmen Drogen und hatten mit jedem Sex. Dies ist eine heilige Stadt. Ihr Verhalten war völlig inakzeptabel. Und die armen Kinder! Es war zum Erbarmen! Falls Ihre Mutter tatsächlich hier war, sollten Sie Gott danken, dass sie Sie nicht mitgebracht hat.« Er holte tief Luft, und sein Atem pfiff dabei. »Gott sei Dank sind die meisten Hippies wieder weg, zurück zu Luxusleben und Materialismus, wo sie hingehören.« Nach einer kurzen Pause fuhr er mit gesenkter Stimme fort: »Sicher hat es Ihre Mutter auch so gemacht. Sie sagen, sie wäre einundachtzig hier gewesen? Nun, das war schon das Ende der Hippiewelle. Danach war der Spuk vorbei.«

»Aber einige Fremde sind immer noch hier«, entgegnete Zelda traurig und den Tränen nahe. »Ich habe sie doch gesehen.«

»Ja, das ist richtig«, antwortete Ranjit. »Es gibt immer wieder neue Attraktionen. Einige Gurus denken sich neue Methoden aus. Aber es kommen nur junge Leute, die noch schnell eine Weltreise machen und Erfahrungen sammeln wollen, bevor sie aufs College gehen.« Nachdenklich runzelte er die Stirn. »Wie alt ist Ihre Mutter jetzt?«

»Vierundvierzig«, antwortete Zelda leise.

Ranjit breitete die Arme aus. »Dann kann sie nur noch hier sein, wenn sie eine Gläubige geworden ist. Sehr wenige meinen es mit dem Glauben ernst, das sind meistens spirituelle Menschen. Aber falls Ihre Mutter tatsächlich eine Gläubige geworden ist, rate ich Ihnen, Ihre Suche aufzugeben. Dann hat sie ein Gelübde abgelegt und ihrem weltlichen Leben entsagt – und das schließt Sie mit ein.«

In der Stille tickte die Uhr plötzlich sehr laut. Ein Hahn krähte. Zelda hob das Glas an die Lippen und versuchte, ruhig zu bleiben. Aber ihre Hand zitterte. »Ich glaube nicht, dass sie Sannyas genommen hat«, sagte sie bestimmt.

»Ich fürchte, dann ist sie auch nicht hier.«

Sie bemühte sich, so gelassen wie möglich zu wirken. »Dann muss ich herausfinden, wo sie war. Vielleicht weiß jemand etwas über sie. Ich brauche nur irgendeine Spur …«

Ranjit lachte. »Es tut mir Leid, aber das ist schier unmöglich. Diese Ashrams sind keine amerikanischen Colleges. Menschen kommen und gehen. Einige verkaufen ihre Pässe, um sich Drogen zu besorgen, und nehmen neue Namen an.« Er schnaubte verächtlich. »Namen von Göttern – das finden sie schön. Sarawati, Yuddhistra, Abhimanyu. Nein, nein. Ich kann Ihnen nur empfehlen, zur amerikanischen Botschaft in Delhi zu gehen.« Ein Sonnenstrahl fiel auf sein Gesicht.

Zelda bemerkte, dass er in ihrem Gesicht nach einer Antwort suchte. Aber sie hatte nur ein trauriges Lächeln für ihn übrig.

Ranjit brach das Schweigen. »In diesem Zimmer ist es wegen der Einrichtung so dunkel. Ich besitze viele alte kostbare Stoffe und Gemälde, die man vor Tageslicht schützen muss.« Er zeigte auf Zeldas Glas. »Möchten Sie noch eine Limonade?«

»Nein, vielen Dank.«

»Sie sind mit Rye befreundet, nicht wahr?«, fragte er, wartete die Antwort jedoch nicht ab. »Ich kenne seinen Vater. Ein großartiger Mann. Wir haben gemeinsam viele Berge bestiegen.« Er schwieg einen Moment und schwelgte in Erinnerungen. »Bei seiner letzten Expedition, der Besteigung des Nanda Devi, war ich auch dabei. Diesen Gipfel werde ich nie vergessen. Das riesige Felsmassiv steht dort wie ein Denkmal für den großen Mann. Ein schöner Grabstein. Schließlich ist er dort ums Leben gekommen. Haben Sie Ryes Mutter kennen gelernt?«

»Nein«, antwortete Zelda. »Eigentlich kenne ich Rye kaum. Ich habe ihn nur ein einziges Mal getroffen.« Der Abend bei Dana schien lange her zu sein und gehörte zu einer anderen Welt.

»Aha«, meinte Ranjit weise. »Einmal kann schon ausreichen, nicht wahr? Seine Mutter schreibt mir oft von ihm. Aber er? Ihn interessiert nur das Meer!« Plötzlich wurde er nachdenklich. »Berge – das könnte ich ja noch verstehen. Aber eine riesige Wasserfläche?« Verständnislos schüttelte er den Kopf. »Passen Sie gut auf sich auf, er könnte Ihnen das Herz brechen.«

Verwirrt starrte Zelda ihn an. Die Suche nach Ellen hatte alles andere verdrängt, auch die Gedanken an Rye und Drew. Aber Ranjits Worte hatten sie getroffen. Alle Frauen verliebten sich in ihn und ließen sich von seinen wunderschönen Augen betören …

»Ich glaube, diese Gefahr besteht nicht«, erwiderte Zelda schroff. »Ich mag ihn noch nicht einmal und habe ihn auch nicht gebeten, Ihnen zu schreiben.« Sie stand auf.

Ranjit kicherte leise. »Jetzt sind Sie wütend.«

»Ich bin nicht wütend«, widersprach Zelda, aber ihre Stimme bebte vor Zorn. »Es ist nur … ich …«

Ranjit sprang auf. »Bitte, verzeihen Sie mir. Ich wollte Sie nicht verärgern. Rye ist …«

»Verstehen Sie doch, Rye interessiert mich nicht. Ich möchte nur meine Mutter finden.« Zelda ging mit großen Schritten zur Tür und öffnete sie. Von der Sonnenterrasse strömte grelles Licht in den Raum. »Verdammt, das war die falsche Tür«, murmelte sie. Sie drehte sich um und sah, dass Ranjit ihr gefolgt war. »Entschuldigen Sie bitte, es tut mir Leid.«

»Warten Sie.« Er ging um sie herum, um sie bei Licht zu betrachten. Sie rieb sich rasch mit dem Handrücken die Tränen aus den Augen. »Mein Gott …« Die Worte blieben ihm im Hals stecken, und er trat überrascht zurück.

»Was ist?«, fragte sie. »Was ist los?«

»Nichts«, wehrte Ranjit ab. »Es ist nichts. Einen Augenblick dachte ich nur … Schon gut. Setzen Sie sich doch wieder. Es ist fast Mittag.« Er versuchte es mit einem Lächeln. »Meine Frau ist eine wunderbare Köchin.«

»Vielen Dank, aber ich habe noch viel vor«, lehnte Zelda ab. Als sie hastig zur anderen Tür gehen wollte, stieß sie mit dem Fuß gegen einen kleinen Tisch, der daraufhin umfiel.

»Warten Sie, vielleicht kann ich Ihnen doch helfen«, stieß Ranjit hervor.

Zelda blieb stehen. Zwischen ihnen lag unbeachtet der umgestürzte Tisch.

»Ich habe gute Kontakte und kann mich in den Ashrams umhören und mit den Bibliothekaren sprechen. Vielleicht kann sich jemand an Ihre Mutter erinnern. Es wäre besser, wenn Sie hier übernachten, anstatt im Hotel. Das wäre Rye sicher auch nicht recht.«

Ranjit legte flehend die Hände zusammen. »Erlauben Sie mir, Ihnen zu helfen. Sie brauchen Unterstützung.«

»Das ist sehr freundlich von Ihnen.« Fassungslos über Ranjits völlig veränderten Ton und seinen Eifer runzelte Zelda die Stirn. Sie brauchte Zeit zum Nachdenken. »Aber ich muss zurück zum Hotel. Ich komme am Nachmittag wieder.«

»Nein, nein, Sie brauchen nicht ins Hotel zu gehen«, widersprach Ranjit. »Ich kann Ihr Gepäck abholen lassen.« Er versperrte ihr den Weg. »Es ist nicht gut, als Frau allein durch Rishikesh zu gehen. Bitte, bleiben Sie hier!«

»Mir passiert schon nichts.« Zelda glitt an ihm vorbei in den Flur und setzte ihren Hut auf.

»Na gut. Ja … setzen Sie den Hut ruhig auf. Es ist … sehr heiß, und Sie sind die Hitze nicht gewöhnt. Sie sollten auch eine Sonnenbrille tragen.«

Zelda holte eine Sonnenbrille aus der Tasche und setzte sie auf.

»Versprechen Sie mir, dass Sie wiederkommen?«, fragte Ranjit ängstlich. »Gleich?«

»Ja, bestimmt.«

Das Taxi wartete schon vor dem Haus. Als Zelda einstieg, stand Ranjit an der Tür, lächelte gezwungen und winkte ihr zum Abschied.

Die Mittagssonne brannte erbarmungslos auf die Stadt. Standbesitzer, Rikschahfahrer, Bettler und Heilige standen dicht gedrängt im spärlichen Schatten. Hier und da trotzte jemand der Hitze und bespritzte die staubige Erde mit Wasser. Zelda sah in den Rückspiegel und suchte den Blick des Fahrers. Dann machte sie eine Handbewegung, als wolle sie trinken, und zeigte zum Straßenrand.

»Trinken?«, schlug der Fahrer vor. »Ja? Etwas Kaltes?«

Zelda nickte und der Wagen hielt. Der Fahrer rief einem Jungen, der dösend über den Tisch eines kleinen Standes lehnte, etwas zu. Der Junge antwortete mit einem Schulterzucken und zeigte auf eine Reihe bunter Getränke.

»Schon gut, ich gehe selbst«, beschloss Zelda.

Sie wählte wieder die gelbe Limonade und gab dem Jungen Geld. Der Junge betrachtete den Geldschein und ging zum Taxi, um zu wechseln. Sie lehnte sich an den Stand und trank gierig die kühle Flüssigkeit. Dabei sah sie die Straße hinunter zu Ranjits Haus und wunderte sich, warum er sich so plötzlich verändert hatte. Hatte er nur ein schlechtes Gewissens, weil er sie verärgert hatte, oder steckte mehr dahinter? Konnte sie ihm vertrauen? Er war hartnäckig und unverschämt gewesen ... Zelda dachte nach. Was hatte sie erwartet? Auch Rye hatte sie betrogen. Warum sollten seine Freunde anders sein?

Sie drehte sich um und stellte die Flasche zurück. Leuchtend bunte Kränze aus Ringelblumen, die über einer Reihe gerahmter Bilder hingen, erregten ihre Aufmerksamkeit. Das erste Gemälde zeigte eine Göttin mit Dutzenden von Armen, die sternenförmig über ihrem Kopf verteilt waren. Daneben hing ein modernes Foto von einem lächelnden Inder mit langem Haar. Er trug eine große Sonnenbrille mit quadratischen Gläsern. Mitten auf seiner Stirn befand sich ein roter Punkt. Auch über dem nächsten Foto hing ein Kranz aus frischen Blumen. Der Junge war ihrem Blick gefolgt und schob die Blumen höflich zur Seite. Zelda erstarrte.

Sie sah in ihr eigenes Gesicht, in ihre eigenen dunklen, tiefgründigen Augen. Schwarze geschwungene Augenbrauen, blasse Haut. James nannte es immer das Charlie-Chaplin-Gesicht. Schwarz und weiß.

»Nanda Devi. Nanda Devi«, rief der Junge und zeigte mit dem Finger auf das Foto.

»Nanda Devi?«, wiederholte Zelda leise, fast flüsternd. Benommen wie nach einem Traum fragte sie: »Wer ist das?«

Mein Gott, dachte sie, *was* ist sie? Eine Heilige? Eine Göttin? Unheimlich. Unfassbar. Sie sah gelassen und abgeklärt aus. Ihre Augen blickten freundlich, die Lippen waren sanft geschwungen, und die Hände ruhten in ihrem Schoß.

»Rishikesh?«, hauchte Zelda.

Der Junge wackelte mit dem Kopf, eine perfekte Mischung aus Ja und Nein.

»Ich muss zu ihr!«, rief Zelda laut. »Wo ist sie? Sag es mir!«

Der Junge rief dem Taxifahrer etwas zu. Sie wechselten einige Worte und lachten. Der Junge zeigte auf das Taxi, dann auf Zelda und schließlich wieder auf das Foto. »Zwanzig Rupien«, verlangte er. »Los, fahren wir!«

Zeldas Augen wurden groß. »Zwanzig Rupien? Um zu ihr zu fahren?« Der Kopf des Jungen fing wieder an zu wackeln. Sie bückte sich, suchte im Stiefel mit klammen Fingern nach Geld und zog einen Packen Geldscheine heraus. Dann nahm sie zwei Scheine aus dem Bündel und steckte den Rest in ihre Tasche. Mit großen Augen beobachtete der Junge, wie das Geld wieder verschwand. Dann nahm er die ihm angebotenen zwei Scheine entgegen, hielt sie fest in der Hand und sprang auf den Vordersitz. Zelda nahm auf dem Rücksitz Platz.

Als sich der Wagen in Bewegung setzte, drehte sich der Junge um. Er zeigte auf ihre Sonnenbrille und sagte: »Für mich!« Er tat so, als würde er sich einen Fleck auf die Stirn malen, und brach in lautes Gelächter aus. »Ich bin ein großer Mann, ein Gott!« Der Fahrer stimmte in das Gelächter ein.

»Ist es weit weg?«, unterbrach Zelda das Gelächter. »Langer Weg?«

Der Fahrer blickte in den Rückspiegel und schüttelte den Kopf. »Nicht weit.«

Zelda nahm den Hut ab und lehnte sich an die schmutzige Fensterscheibe. Gedankenfetzen schwirrten ihr durch den Kopf. Ellen ... mit Blumen geschmückt wie eine Göttin ... Deshalb haben sie mich alle angestarrt! Sie haben mich erkannt, unten am Fluss ... Auch Ranjit Saha hat mich erkannt ...

Nach einer kurzen Fahrt durch die belebten Straßen bremste der Wagen und blieb vor einer hohen weißen Mauer, auf der Kletterpflanzen wucherten, stehen. Über der grünen Grenze war das obere Stockwerk eines weißen Gebäudes zu sehen. Lange Reihen kleine Fenster und Fensterläden ließen es wie ein Krankenhaus oder eine Schule aussehen. An der schlichten schmalen Tür in der Mauer hing ein Schild: »Haus der Schönen Mutter. Bitte treten Sie ein.«

27

Rosa Marmortreppen führten auf einen Weg. Ein Meer weißer Kieselsteine war sorgfältig in geschwungene Linien geharkt worden. Kleine Bäume, auf denen Vögel zwitscherten, standen am Wegrand und spendeten spärlichen Schatten.

Zelda ging am Haus entlang und betrachtete die Fassade. Das Gebäude war drei Stockwerke hoch und hatte viele Fenster. Die blauen Fensterläden aus Holz waren geschlossen. Nur ein Fenster im oberen Stockwerk stand offen. Der Vorhang war halb zugezogen, und ein Tuch oder Handtuch hing über dem Fenstersims, der einzige Hinweis, dass hier jemand wohnte. Zelda blieb stehen und betrachtete nachdenklich den Innenhof. Alles war sauber und aufgeräumt: kein Abfall, keine Gartenstühle, keine Fahrräder, keine leeren Teetassen. Keine Anzeichen des täglichen Lebens. Nur ein wehmütiges Klagen in der Ferne, das Weinen eines Neugeborenen.

Der Kiesweg führte auf einen Vorhof, auf dessen glattem Marmorboden lebensgroße Statuen standen. Von weitem erinnerten sie Zelda an die Statuen, die sie an der Ufertreppe gesehen hatte. Aber als sie näher kam, erkannte sie die christliche Mutter Maria unter einem wallenden Umhang, das Haupt demütig gesenkt. Das steinerne Gesicht strahlte Ruhe und Freude aus. In ihrem Schoß lag das Jesuskind mit nackten Armen und Beinen. Etwas weiter weg stand die alte verwitterte Statue eines molligen indischen Jungen. Er lächelte verschmitzt und zeigte mit einem Arm zum Himmel. Daneben befand sich eine elegante vielarmige Göttin. Ihr langes Haar ergoss sich über die zierlichen Schultern. Wie Schlangen umrahmten die geschmeidigen Arme ihren Kopf. Am Eingang des Gebäudes stand noch eine Statue. Zelda ging näher heran und erschrak, als plötzlich eine braune Hand mit einem weißen Tuch Vogeldreck von der steinernen Schulter wischte.

»Entschuldigung«, rief Zelda. Die Hand verschwand. Ein Inder in blassblauer Uniform trat hervor und blieb steif neben der Statue stehen.

»Guten Tag. Was kann ich für Sie tun?«, fragte er in einem merkwürdigen Singsang.

Zelda nickte zum Gruß und sah sich die Statue genauer an. Dann ging sie um sie herum, um sie von vorn zu betrachten, und blieb wie angewurzelt stehen. Es war, als stünde sie vor einem Spiegel – einem seltsamen Spiegel, der Fleisch zu Stein werden ließ und die Farben des Lebens zu weißem Marmor machte. Schulter an Schulter, gleich groß, standen sie da und blickten sich durch eine dunkle Sonnenbrille hindurch in die Augen. Zelda brachte vor Staunen den Mund nicht mehr zu. Dann lehnte sie sich an die Statue. Ihre warme Haut berührte die kühle harte Blässe.

»Schöne Mutter«, erklärte der Mann und wischte mit dem Tuch über den steinernen Arm. »Aber sie ist nicht da.«

Er zeigte auf den Eingang und machte Zelda auf eine breite, wunderschön bemalte Holztür aufmerksam. Der

Türrahmen bestand aus glänzendem, ziseliertem Messing. Davor stolzierte ein Pfau auf und ab und schlug sein Rad, wobei er die ganze Pracht seiner glänzenden blauen Brust und der schillernden Schwanzfedern zeigte.

»Informationen gibt es dort.« Der Mann stieß seinen spitzen Finger in die Luft. »Sie dürfen sich Broschüren mitnehmen.«

Rasch stieg Zelda die flachen Stufen bis zum schattigen Säulengang hinauf. Neben der Tür stand ein Korb voller Broschüren. Zelda beugte sich über den Pfau und nahm eine Broschüre heraus. Das blassblaue Papier war dick und weich. Wie die Queen auf einer Briefmarke, prangte Ellens Antlitz, in Gold geprägt, auf der ersten Seite der Broschüren. Die filigrane Arbeit zeigte ihr feines Haar und sogar ihre langen geschwungenen Wimpern.

Als sie eine der Broschüren aufschlug, stieg ihr ein feiner Duft in die Nase, eine undefinierbare Aura, würzig, süß, dabei leicht und klar. Etwas Derartiges hatte sie noch nie gerochen.

Neugierig überflog sie die erste Seite. »Sommerprogramm … Unterbringung in Mussoorie … eine halbe Stunde Fahrzeit … Alpine Aussicht … Ankunft im Haus Everest …«

»Alles in Ordnung?«, rief der Mann ihr zu. »Wollen Sie nach Mussoorie. Taxi?«

»Ist sie dort?«, rief Zelda.

»Ja.« Er zeigte auf eine ferne hohe Bergkette, deren Gipfel im Nebel verschwanden. »Dort.«

Zelda lief die Stufen hinunter, über den Marmorboden des Vorhofs und den knirschenden Kiesweg entlang. Die Broschüre in ihrer Hand war warm und feucht geworden.

Die Straße wand sich durch etliche Serpentinen steil den Berg hinauf. In jeder Kurve standen Reklameschilder für Flitterwochen-Suiten, Luxusapartments, Hotels und Restaurants – alle in fehlerhaftem Englisch. Auf den grellbunten Schriftzügen lag eine dicke Schicht weißen Straßenstaubs, wodurch sie alt und schäbig aussahen. Auf den Leitplanken zwischen den Kurven hatte man Schilder mit einfacher schwarzer Aufschrift befestigt.

DAS LEBEN ANDERER HÄNGT VON IHNEN AB.
FAHREN SIE BITTE VORSICHTIG!
VERMEIDEN SIE UNFÄLLE!
LIEBER SPÄTER ANKOMMEN ALS NIE!

Die Slogans mit dem Stempel »Verkehrsüberwachung Indien« wiederholten sich viele Male. Zelda las sie immer wieder und suchte in den dubiosen Warnungen Anzeichen von Hoffnung.

LIEBER SPÄTER ANKOMMEN ALS NIE!

Sie blickte aus dem Fenster. Neben dem Straßenrand, nur wenige Zentimeter von den Wagenrädern entfernt, ging es steil ins Tal hinab. Sie lehnte sich zurück und schloss die Augen. Inzwischen kannte sie jedes Wort der Broschüre auswendig. Eigentlich war es nur ein Zeitplan mit Namen, Anfangszeiten und Orten. Meditation, Yoga, Frühstück, Mittagessen, Tee, Abendessen. Zu bestimmten Zeiten lief ein so genanntes Programm. Dann gab es noch etwas, das Satsanga genannt wurde. Das fand täglich um 19:45 Uhr in der großen Halle mit der Schönen Mutter statt.

Mit … der Schönen … Mutter. Zelda las die Worte wieder und wieder. Es gab keinen Zweifel. Heute, um 19:45 Uhr, würde Ellen im Haus Everest sein.

Unter der Information über Satsanga stand in kleiner Schrift: Besucher in blauer Kleidung (einschließlich Jeans) werden nicht zugelassen. Parfüm, ausgenommen Shahastra, ist nicht erlaubt.

Das war alles – keinerlei Erklärungen oder Informationen über das Haus. Der einzig brauchbare Hinweis stand am Anfang der Seite: Shahastra – Der Weg zur Unwissenheit.

Unwissenheit. Es klang mysteriös, beruhigend, friedlich. Gedanken, die rückwärts wanderten. Zuerst wissen und dann nicht wissen. Nicht wissen, dass James mit geschwollenem Gesicht tot auf dem schmutzigen Holzboden gelegen hatte. Nicht wissen, dass er jahrelang gelogen hatte. Nicht wissen, dass Ellen nicht bei einem Unfall ums Leben gekommen, sondern fortgegangen war. Nicht wissen ... keine Sorgen ... niemals weinen ...

Zelda richtete sich auf und blickte hinauf in das dunstige Blau des Himmels. Sie versuchte, nach vorn zu schauen und die schmerzlichen Gedanken hinter sich zu lassen. Sie stellte sich vor, wie sie den Weg zum Haus Everest hinaufwandert. Ich bin gekommen, würde sie sagen, deine einzige Tochter. Deine einzige Tochter? Vielleicht hatte Ellen noch mehr Kinder, Halbschwestern, Halbbrüder? Es könnte sogar einen Stiefvater geben. Warum nicht?

Zelda dachte nach. Sie wusste viel zu wenig, also musste sie vorsichtig an die Sache herangehen. Zuerst die Lage peilen, hatte James immer gesagt.

Dann sah sie Ranjits Gesicht vor sich. Sie erinnerte sich an seine heftige Reaktion, als er ihr Gesicht bei Licht betrachtet hatte. Mit Nachdruck hatte er ihr geraten, Hut und Sonnenbrille zu tragen und sofort wiederzukommen. Er wollte unbedingt verhindern, dass man sie als Tochter der Schönen Mutter erkannte – so viel war klar. Aber warum? Eine leise Vorahnung beschlich sie. Was steckte hinter seiner Sorge? Als sie keine Antwort fand, versuchte sie den Gedanken zu verdrängen.

Die Straße schien endlos. Das Motorengeräusch des Wagens, der sich mühsam den Berg hinaufarbeitete, machte sich in ihrem Kopf breit und vertrieb die schlimmen Gedanken. Die Luft, die durch die offenen Fenster hereinströmte, wurde immer kühler. Auch die Bäume wurden höher und grüner. Dann tauchten Häuser auf, die wie Pappschachteln an einem fast senkrechten Hang hingen. Oberhalb der Häuser verschwand der Berg im Dunst.

»Savoy?«, fragte der Fahrer.

»Savoy?«, antwortete Zelda zweifelnd. »Hotel Savoy?«

»Ja, Madam. Alle gehen ins Savoy.«

Savoy. Der Name beschwor Bilder von Zigaretten in langen Zigarettenspitzen, Martinis bei Sonnenuntergang, Wohlstand und Romanzen herauf. Sie wusste auch, wo diese Bilder herkamen – aus den Romanen von F. Scott Fitzgerald: *Zärtlich ist die Nacht, Die Schönen und die Verdammten, Der große Gatsby.* Zelda hatte sie alle gelesen sowie alles von ihm und über ihn, was sie in der Insel-Bücherei bestellen konnte. Es hatte damit angefangen, dass sie sich bei James über ihren Namen beschwert hatte.

»Zelda – Tusnelda, rufen die Kinder in der Schule mir nach«, hatte sie sich beklagt.

»Gib nicht mir die Schuld«, war James' Antwort gewesen. »Das war die Idee deiner Mutter. Ich fürchte, sie hat dich nach der Frau von Scott Fitzgerald genannt. Wer das war? Irgendein Schriftsteller, der Schundromane geschrieben hat. Sie sind beide schon tot. Seine Frau war Tänzerin, bevor sie ihn heiratete. Deshalb fühlte Ellen sich ihr verbunden. Am Ende verlor sie den Verstand. Arme alte Zelda. Und dann brach in ihrem Irrenhaus auch noch ein Feuer aus, bei dem sie verbrannte.«

Von nun an schätzte Zelda ihren Namen sehr, denn ihre eigene Mutter hatte ihn ausgesucht. Dabei stellte sie sich ein winziges rosiges Baby an weichen Brüsten vor. Zelda und Ellen. Mutter und Kind.

»Mussoorie«, verkündete der Fahrer und bog links in einen belebten Bazar ein. Die Stände am Straßenrand boten die übliche indische Kleidung, grellbunte Getränke sowie Kodakfilme, Wollpullover und verschiedene Geschenkartikel und Andenken feil.

Zelda warf einen Blick auf ihre Armbanduhr. »Ich habe es eilig.«

Der Fahrer nahm in einer hilflosen Geste beide Hände vom Lenkrad. Die Straße war voller Menschen: Händchen haltende Paare, große Familien, die sich für ein Foto aufstellten, Männer mit überladenen Eselskarren, Kulis, die riesige Koffer auf dem Kopf balancierten, kleine Jungen mit ihren Ziegen. Das Taxi kroch an einer Konditorei und einem weißen Tempel vorbei, bevor es vor dem Kashmiri-Warenhaus nicht mehr weiterging.

»Warten Sie«, rief Zelda plötzlich und sprang aus dem Taxi. Der Fahrer lächelte nachsichtig und war erstaunt, dass sie schon wenige Minuten später wiederkam. Sie trug ein dunkelbraunes Umschlagtuch und eine dazu passenden Hose.

»Vielen Dank«, keuchte Zelda, bückte sich und stopfte das restliche Geld wieder in die Stiefel. Der Wagen fuhr weiter.

Hohe alte Bäume und ein verblichenes Schild markierten den Eingang zum Savoy. Der Wagen kroch an einem Gebäude vorbei, das wie ein Spielzeugbahnhof aussah, die steile Auffahrt hinauf. Ein uniformierter Beamter stand vor dem Gebäude und hielt Wache. Über seinem Kopf hing ein Schild mit der Aufschrift »Savoy-Postamt.« Hier begann eine andere Welt, wo rote Schwertlilien an den Wegen standen und weit ausladende Bäume ein Laubdach bildeten. Zuerst waren grüne Türmchen zu sehen, dann rote Blechdächer und grüne Giebel. Das Taxi hielt in einer Parkbucht. Von hier aus blickte man auf Tennisplätze, Teegärten und überdachte Spazierwege. Unten, in einem gekiesten Innenhof, säuberten Männer in dunkelgrüner Uniform große rote Teppiche. Über ihnen turnte ein Boy geschickt wie ein Affe über das Blechdach und legte weiße Handtücher zum Trocknen in die Sonne.

Ein müder alter Gepäckträger schlurfte zum Taxi und öffnete Zelda die Tür. »Willkommen im Savoy, Madam.«

Er verbeugte sich ehrfürchtig, wobei seine Höflichkeit wie ein Schutzschild wirkte, das ihn vor den unwürdigen Mädchen in verwaschenen Jeans und Sonnenbrillen schützte, die sonst hier ankamen. Ohne einen Blick ins Auto zu werfen, wusste er schon, dass er gleich viel zu voll gestopfte, schäbige Koffer ins Haus tragen musste, nicht zu vergleichen mit den Lederkoffern und den in Messing gefassten Truhen, mit denen einst englische Prinzessinnen, indische Staatsmänner, Maharadschas, Generäle und Damen angereist waren.

Zelda trat einen Schritt zurück und wandte sich verschämt ab, als er sich umständlich ihren Rucksack über die Schulter warf. Dann ging er voraus bis zum offenen Eingang und ließ sie eintreten.

Der Vorraum war dunkel und kühl. Sie stand vor einer

langen Wand, in der sich eine Reihe vergitterte Schalter befanden. Über jedem hing ein Messingschild: Kasse, Reservierungen, Verschiedenes – wie bei einer Bank in einem Western.

»Kann ich Ihnen helfen?« Die Stimme erklang hinter dem Schalter Reservierungen.

Zelda trat näher und spähte durch das Metallgitter. »Ich hätte gern ein Zimmer.«

»Haben Sie reserviert?« Die Stimme floss gesichtslos durch das Gitter. Vielleicht ein Inder, vielleicht auch nicht.

Zelda verneinte. »Ich hatte gehofft …«

»Natürlich, kein Problem.« Eine Hand bewegte sich, Gold glitzerte. »Für Besucher des Everest-Hauses haben wir immer ein Zimmer frei. Wir haben über tausend Zimmer zur Verfügung. Was Sie auch wünschen, wir können damit dienen. Besondere Kost, Wäschedienst, Taxifahrten zum Everest-Haus, einfach oder hin und zurück.«

Zelda blickte ihn nachdenklich an. »Woher wissen Sie, dass ich dorthin will?«

Der Mann lachte. »Wer kommt schon hierher? Inder nur in den Ferien und ein paar Kolonialisten, die in der Vergangenheit leben. Ihren Pass, bitte.«

Zelda gab ihm den Pass. Als er offen auf dem Tisch lag, warf sie einen Blick darauf. Das Foto sah ihr nicht sehr ähnlich. Durch das Blitzlicht glänzte ihre Haut, und sie sah aus wie ein erschrecktes Känguru, das mit weit aufgerissenen Augen mitten auf der Straße im Scheinwerferlicht stand.

»Vielen Dank. Das ist für Sie.«

Er ließ den Pass zusammen mit einer blauen Broschüre durch das Gitter gleiten. Zelda blickte auf das goldene Haupt. Wie ein Siegel prangte es auf der Broschüre. Shahastra, der Weg zur Unwissenheit.

»Vielen Dank, ich habe schon eine.«

Die Broschüre wurde durch einen großen Messingschlüssel ersetzt. »Zimmer neunundsechzig. Der Boy wird es Ihnen zeigen.« Noch während er sprach, ließ er eine Hand auf die Klingel fallen.

Zelda drehte sich um und ging.

»Einen Moment, bitte«, rief ihr der Mann nach. »Ihr Name ist doch Madison, nicht wahr? Ich glaube, ich habe ein Telegramm für Sie.« Papier raschelte im Halbdunkeln, dann wurde ein blauer Umschlag unter dem Gitter hindurchgeschoben. »Das ist für Sie. Es ist über Rishikesh gekommen und von einem Mr. Saha weitergeschickt worden.«

Zelda nahm den Umschlag an sich und betrachtete ihn mit gemischten Gefühlen. Dann ließ sie den wartenden Boy einfach stehen, ging hinaus und riss ihn hastig auf.

Absender: Drew Johnstone.

Sie sah den Namen und dachte einen Moment nach, bevor sie das Telegramm las.

LIEBE ZELDA, KOMM ZURÜCK - STOP - ICH MÖCHTE DICH HEIRATEN - STOP - SAG JA - STOP - LIZZIE RICHTET DIE HOCHZEIT AUS - STOP - DU MUSST DICH SOFORT ENTSCHEIDEN - STOP - EIN FÜR ALLE MAL - STOP - ICH LIEBE DICH - STOP - DREW

Zelda starrte auf das Telegramm. Als hätte sie es nicht verstanden, las sie den Text immer wieder.

Komm zurück. Ich möchte dich heiraten.

Mit dem Telegramm in der Hand stand sie da und versuchte, ihren alten Traum zu träumen und wieder die

Wärme zu spüren, die immer in ihr aufstieg, wenn sie sich vorstellte, wie sie und Drew sich ein Haus für ihr gemeinsames Leben bauten, wie sie Lizzie die Nachricht überbringen und sie vor Glück weinen würde, wenn sie ihre neue Tochter umarmte und ihr erlaubte, Mutter zu ihr zu sagen, worauf sie so lange gewartet hatte.

Aber alles war nun unglaublich weit weg – wie eine Szene aus dem Leben eines anderen Menschen. Zelda las die Worte noch einmal: »Du musst dich sofort entscheiden – stop – ein für alle Mal.«

Du musst …

Ein Wirrwarr von Gefühlen erfasste sie – Bestürzung und Schuld, gemischt mit Ärger. Sie wollte nur etwas Zeit für sich, um ihre Mutter zu suchen. Nun bekam sie dieses Telegramm. Es war nur ein Stück Papier mit ein paar Zeilen. Und doch spürte sie die Macht, die ihre Finger nach ihr ausstreckte und sie in die alte, vertraute Welt zurückzog.

Sie blickte auf. Der Hotelboy hatte sie die ganze Zeit nicht aus den Augen gelassen und lächelte, als sich ihre Blicke trafen, wobei er strahlend weiße Zähne entblößte.

»Guten Morgen, Madam«, sagte er. »Ich hoffe, Ihnen gefällt es in Indien.«

Indien. Als sie an die riesige Entfernung dachte, die zwischen ihr und der Insel lag, atmete sie erleichtert auf. Sie befand sich in einem fremden Land, weit weg von zu Hause. Sie hatte ihre eigenen Pläne, und keiner konnte sie zwingen, sie aufzugeben. Sie allein traf die Entscheidungen.

Sei tapfer. Sei stark. Bleib dir treu.

Sie faltete das Telegramm zu einem kleinen Quadrat zusammen und vergrub es tief in ihrer Tasche.

Zelda und der Hotelboy folgten dem alten Gepäckträger. Er war groß, mager und kam mit dem schweren Rucksack nur langsam voran. Als sie eine breite Treppe erreichten, beobachtete Zelda ihn heimlich und hoffte, der Boy würde ihm helfen. Aber der war damit beschäftigt, den großen Schlüssel um den Finger zu wirbeln.

Sie gingen an einer Reihe Fenster und Türen vorbei. Fast alle waren geschlossen. Dann stießen sie auf ein Paar Beine, die in Jeans steckten. Jemand hatte sich ungeniert auf dem Boden ausgestreckt. Ohne seinen Schritt zu verlangsamen, stieg der Gepäckträger über die Beine hinweg. Der Boy tat es ihm gleich. Nur Zelda blieb stehen. Auf der Türschwelle saß eine blonde Frau und rauchte.

»Hallo«, grüßte Zelda sie freundlich.

Die Frau nickte, blies Rauch in die Luft und hob die Hand. »Lassen Sie das Klo in Ihrem Zimmer überprüfen.« Sie schlug dabei langsam die Augen auf, als wäre jede andere Bewegung zu anstrengend. »Bevor die beiden wieder weg sind.«

»Danke«, sagte Zelda.

Die Frau zog eine Augenbraue hoch. »Gern geschehen.«

Der Boy öffnete den einen Flügel einer Terrassentür und ließ Zelda eintreten. Sie ging an ihm vorbei und stand in einem altmodisch eingerichteten Wohnzimmer mit Kamin, schwerer Couchgarnitur, Couchtisch und einem großen polierten Schreibtisch. Das Zimmer sah aus, als stamme es aus einem englischen Landhaus, nur ohne Plüsch. Keine Blumen, keine Spitzendecken, keine Gemälde, nur klobige Möbel und abgelaufene Teppiche. Ein röhrender Hirsch mit riesigem Geweih hing über dem Kamin und bewachte den gesamten Raum. Der edle Kopf hatte sich über die Jahre ein wenig gesenkt, aber irgendein Handwerker hatte ihn mit Draht unter dem Kinn wieder hochgebunden.

»In Ordnung? Gefällt es Ihnen?« Der Boy machte eine ausladende Armbewegung, die den ganzen Raum einschloss.

»O ja!« Es gefiel ihr tatsächlich, denn es war anders als die üblichen Hotelzimmer, irgendwie echter, als hingen Kleider in den Schränken und lägen richtige Briefe auf dem Schreibtisch. »Aber ... eh ... was ist mit den Toiletten?« Sie lächelte verlegen. »Funktionieren sie auch?«

Sie folgte dem Hotelboy durch das Schlafzimmer in das beleuchtete Badezimmer. Es war weiß gekachelt, alt und verkalkt. Die Fenster waren vergittert, Scheiben fehlten, aber an beiden Seiten hingen Vorhänge. Der Boy hob den Klodeckel hoch – Staub wirbelte durch die Luft – und betätigte den Abziehhebel, den er daraufhin in der Hand hielt. Ein dünnes Rinnsal lief aus dem Wasserbehälter. Der Boy schüttelte bedauernd den Kopf.

»Keine Sorge«, meinte er, »ich repariere es sofort.« Er führte Zelda zurück ins Zimmer und wartete auf ein Trinkgeld. Dann grinste er breit und machte sich davon.

Der ältere Gepäckträger hatte vergeblich versucht, Zeldas Rucksack auf den wackeligen Gepäckständer zu platzieren und stellte ihn daneben auf den Boden.

»Wollen Sie auch zum Everest-Haus?«, fragte er höflich, als Zelda nach Münzen für ein Trinkgeld suchte. »Ein beliebtes Ziel unserer Gäste.«

Überrascht über sein gutes Englisch drehte sie sich um. »Kennen Sie sie? Die Schöne Mutter?«

Der Gepäckträger nickte. »Natürlich.«

»Wie ... wie sieht sie aus?«, fragte Zelda gespannt. »Haben Sie sie schon einmal gesehen?«

»Aber natürlich«, antwortete der alte Mann. »Ich bin

seit vielen Jahren mit ihr bekannt. Sie lebte in Landour in einem großen Haus mit einem Klavier.« Seine höflich distanzierte Art wich einer Begeisterung, die seine Züge weicher und seine Hände lebhafter werden ließ. »Sie hat allen geholfen, Indern wie Fremden. Sie gab ihnen zu essen oder machte sie gesund, je nachdem, was die Menschen brauchten.« Zelda hörte interessiert zu. Seine Augen leuchteten. »Ich war selbst schon einmal dort, als ich zu krank zum Arbeiten war. Alle bewunderten und liebten sie.« Überwältigt von seinen eigenen Worten hörte er gar nicht wieder auf und beachtete Zelda kaum. »Dann sind sie mit allen Leuten ins Everest-Haus gezogen. Sie brauchten eine größere Unterkunft, denn es kamen viele Fremde und alle wollten bleiben. Aber« – er holte tief Luft – »es ist ein weiter Fußweg. Deshalb haben wir sie schon lange nicht mehr gesehen.«

Zelda ging um ihn herum, nahm die Sonnenbrille und den Hut ab.

Der Mann fuhr fort. »Und im Winter, wenn es hier sehr kalt ist, ziehen sie nach Rishikesh, zu einem anderen …« Verwirrt unterbrach er sich, blickte Zelda in die Augen, betrachtete ihr Gesicht, ihr Haar, ihre Figur. Langes Schweigen folgte. »Mein Gott, Sie …« Er schluckte schwer und konnte nur mit Mühe weitersprechen. »Verzeihen Sie … Aber Sie sehen aus wie sie.«

»Sie ist meine Mutter.« Entgeistert starrte er sie an. »Sie ist meine Mutter«, wiederholte Zelda. »Ich bin ihre Tochter.«

Einen langen, endlos langen Moment blieb er wie versteinert stehen. Dann verneigte er sich tief und verließ fluchtartig das Zimmer.

Sie blickte ihm verwundert nach. Dann fielen ihr seine Worte wieder ein: »Alle bewundern sie. Sie half jedem. Sie lieben sie.«

Ein Lächeln huschte über ihre Lippen. Die Worte erfüllten sie mit einem warmen Gefühl.

Zelda hockte sich in die leere Badewanne und wusch sich rasch unter dem Kaltwasserhahn. Das Wasser prickelte auf der Haut, und sie fühlte sich sauber und erfrischt. Anschließend zog sie einen Pyjama an, wickelte sich in das braune Umschlagtuch und betrachtete sich im großen Garderobenspiegel. Der handgewebte Stoff kratzte ein wenig auf der Haut. Er roch eigenartig fremd und scharf nach natürlichen Färbemitteln und leicht nach Weihrauch, den sie aus dem Warenhaus kannte. Dann zog sie das Umschlagtuch über den Kopf und vor das Gesicht, so dass Wangenknochen und Kinn bedeckt waren. Der Kontrast der braunen Haut zum dunklen Haar wurde noch viel weicher, weniger auffallend. Das war nicht mehr sie.

Sie nahm das Bündel Geldscheine aus dem Stiefel. Nachdenklich ging sie einige Minuten auf und ab. Wo sollte sie das Geld nur verstecken? Dann fand sie in einer der Schreibtischschubladen ein Verzeichnis des Hotelservice. »Lassen Sie keine Wertgegenstände im Zimmer«, las sie. »Sie können Ihre Wertsachen im Hotelsafe deponieren. Auskunft erhalten Sie am Schalter in der Lobby.« Sie sah auf die Uhr. Etwas Zeit blieb ihr noch. Außerdem konnte sie sich ein Taxi rufen lassen, während sie das Geld abgab.

Als sie wieder ins Wohnzimmer kam, war die Terrassentür offen. Männer in grünen Uniformen standen aufgereiht mitten im Zimmer und verneigten sich schweigend. Der Erste hatte einen Stapel schneeweißer Handtücher im Arm, oben drauf zwei Rollen Toilettenpapier und Seife. Der Nächste trug ein Kissen und sauber gebügelte Bettwäsche, die nach Kampfer roch. Hinter ihm stand ein Mann neben einem bequemen Polstersessel mit einer reich verzierten Lampe in der Hand. Der Letzte trug einen riesigen Blumenstrauß, hinter dem er fast verschwand.

Zelda blieb wie angewurzelt stehen und sah ihnen erstaunt zu, wie sie durchs Zimmer huschten. Schnell und ohne zu sprechen stellten sie ihre Last ab und verwandelten wie professionelle Dekorateure das Zimmer. Eine Goldbrokatdecke bedeckte die Couch, bestickte Tischdecken verzierten alle Tische und Simse, eine Lampe warf ihren rosa Schein auf den Polstersessel. Große Krüge mit Schwertlilien und rosa Azaleen, hängenden Glyzinen und krausem Jasmin auf den Tischen rundeten das Ganze ab. Als die Männer fertig waren, verschwanden sie sofort wieder. Keine Hand wurde aufgehalten, um Trinkgeld entgegenzunehmen. Nur freundliche Blicke, als würden sie eine alte Freundin willkommen heißen.

Die breite Straße hinauf zum Everest-Haus war offensichtlich neu gebaut worden. Aber weit und breit waren keine Häuser, Farmen oder Hütten zu sehen, nur dichter Wald mit hohen blühenden Bäumen und wuchernden Büschen. Es wurde rasch dunkel. Der Nebel, der den Blick in die Ferne unmöglich machte, bildete eine dichte graue Wand, die allmählich schwarz wurde.

Zelda überprüfte das Umschlagtuch und zog es noch mehr ins Gesicht. Sie dachte an Anandi, die mit ausdruckslosem Blick dasselbe getan hatte. Zelda hatte einen neuen Taxifahrer. Er vermied es, sie anzusehen, und hatte noch kein Wort gesprochen. Als der Hotelmanager ihm erklärte, dass sie in der Nähe, aber außer Sichtweite des Everest-Hauses abgesetzt und zwei Stunden später an derselben Stelle wieder abgeholt werden wollte, nickte er nur. Und als er am Straßenrand hielt, um sie aussteigen zu lassen, nickte er wieder.

Zelda ging schnell bis zur nächsten Kurve. Sie war erstaunlich ruhig, konnte jedoch kaum denken und planen.

Nach der Kurve stand sie plötzlich an einem weiten natürlichen Amphitheater, das unter ihr ein riesiges geschwungenes Becken bildete, bis das Land abrupt vor dem blauen Himmel endete. Dort, am Rande des Felsens, erhob sich ein großes weißes Gebäude. Die Marmorsäulen und Giebel glänzten in der Dämmerung. Helles einladendes Licht schien aus den Fenstern. Es musste wohl die große Halle sein, wo Satsanga abgehalten wurde.

Sie neigte den Kopf zur Seite und lauschte dem leisen Gesang, der aus dem Gebäude kam. Begleitet von Trommeln und Glocken, sanft, aber kräftig wie Herzschläge, klang die Melodie über das verlassene Land. Ein Windstoß erfasste ihr Umschlagtuch und schlug es ihr ins Gesicht. Sie stieg den Hang hinunter. Niedrige Büsche und runde Felsbrocken bildeten einen natürlichen Garten, gepflegt und doch wild. Er kam ihr bekannt vor … Sie hielt den Atem an. Er sah aus wie die vom Wind geformte Heidelandschaft der Insel mit den zerklüfteten Granitfelsen, die sich wie altertümliche Mahnmale erhoben – die Bühne ihres Lebens, Heimat genannt.

28

Der Schein des Vollmonds, der zum Greifen nahe schien, zeigte ihr den Weg durch den Garten. Langsam und vorsichtig bahnte sich Zelda ihren Weg durch die niedrigen Büsche und Felsbrocken. Der Saft des zertretenen Laubs versprühte seinen Duft, und die Enden ihres Umschlagtuchs blieben immer wieder an spitzen Zweigen hängen. Aus sicherer Entfernung und in stoischer Ruhe sah ihr ein Schwarm Krähen zu.

Als sie näher kam, bemerkte Zelda, dass sich hinter der großen Halle auf der Felskante noch andere Gebäude befanden, die alle dunkel waren. Die unbeleuchteten Fenster und Türen bildeten ein schwarzes Muster in den grauen Mauern. Ein hoher Zaun trennte sie von Naturgarten, Straße und Wald. Die Halle lag wie ein riesiges Pförtnerhaus vor dem Anwesen und bewachte den einzigen Weg in das umzäunte Grundstück.

Als sie die Auffahrt erreichte, hörten Musik und Gesang auf. Am Eingang der Halle klapperten ihre Ledersandalen leise über den glatten Steinfußboden.

Die breite Tür war geschlossen, und Zelda blieb zögernd unter dem hohen Eingangsbogen stehen. An beiden Seiten hingen kleine Petroleumlampen. Insektenwolken umschwirrten die bläulichen Flammen. Der

Schein fiel auf eine weiße Fassade, die ein Mosaikbogen zierte: Pfauenvögel und Bäume aus azurblauen und jadegrünen Steinen. Ein Märchenpalast am Rande eines dichten Urwalds, eine Illusion, die sich mit dem nächsten Sonnenuntergang auflösen würde.

Unter dem Licht der Lampen stand ein hoher dunkler Ständer voller Schuhe: Sandalen, Stiefel, Riemenschuhe, Samtslipper und sogar hochhackige Schuhe. Zelda schlüpfte aus ihren Sandalen. Erstaunt runzelte sie die Stirn, als sie ihre Schuhe neben ein Paar Reebok-Turnschuhe stellte. Es war noch nicht neunzehn Uhr, aber offensichtlich waren schon alle da, und sie kam zu spät. Jetzt konnte sie nicht mehr in der Menge untertauchen und musste allein hineingehen. Sorgfältig ordnete sie das Umschlagtuch und stellte sicher, dass es ihr Gesicht bedeckte. Die Enden band sie fest um die Taille, um sich vor der Kühle der Nacht zu schützen. In der Nähe schrie ein Pfau. Sein Wehklagen durchdrang die geheimnisvolle Stille. Als Antwort erklang lauter Gesang aus der Halle. Das Lied der Menschen, die hierher gehörten, traf sie wie Spott, während sie allein draußen in der Nacht stand.

Ihre Füße trugen sie durch den gewaltigen Torbogen zu der hohen blauen Flügeltür. Sie drückte mit beiden Händen dagegen, aber sie öffnete sich nicht. Dann entdeckte sie die Umrisse eines kleineren Eingangs in einer der großen Türen. Sie lehnte sich dagegen. Diesmal gab sie nach. Lautlos wurde der Spalt größer und lud sie zum Eintreten ein. Nach einem Schritt über die Schwelle war sie im Haus.

Es war kalt und dunkel. Der schwere Duft eines süßen fremdartigen Parfüms hing in der Luft – Shahastra, der Duft der Unwissenheit. Er vermischte sich mit dem Geruch von brennendem Eichenholz. Aber es war immer noch niemand zu sehen. Sie befand sich in einem Vorraum. Seitlich stand ein langer Tisch. Auf der sauberen weißen Tischdeckc hatte man kleine Päckchen Weihrauch und Holzkohlestückchen ordentlich ausgelegt. Am Kopfende standen Körbe mit hellblauen Orchideenblüten und glänzenden dunkelblauen Pfauenfedern. Kleine, kunstvoll mit filigranen Pfauen- und Blumenmotiven bemalte Klötze, die aussahen wie Miniaturziegelsteine, trugen Preisschilder in Rupien und Dollar. Sie setzte ihren Weg fort und stand vor der nächsten Tür.

Der Gesang war nun sehr nahe. Ein gleichmäßiges Trommeln begleitete kräftige klare Stimmen – viele Stimmen. Zelda dachte an die Zeit zurück, als dreißig Gläubige in der Inselkapelle Kirchenlieder gesungen hatten. Der dünne, zarte Klang hatte sich fast im Wimmern der Orgel verloren. Sie blickte auf die Tür. Es mussten sich Hunderte von Leuten in der Halle versammelt haben. Angst schnürte ihr die Kehle zu. Trotzdem zwang sie sich, weiterzugehen. Vorsichtig drückte sie gegen die Tür. Sie schwang auf. Erschrocken machte sie einen Schritt vorwärts.

Im Halbdunkel empfing sie der an- und abschwellende Gesang. Sie blieb stehen und überblickte ein Meer von Menschen, die alle mit gekreuzten Beinen auf dem Boden saßen und sich im Rhythmus der Trommeln wiegten.

»Hier entlang«, flüsterte ihr jemand ins Ohr. Ein Arm legte sich um sie und schob sie sanft nach links. Dort übernahm sie ein anderer Arm und führte sie zu einem kaum sichtbaren freien Platz auf dem Teppich.

Zelda machte es den anderen nach, setzte sich aufrecht mit gekreuzten Beinen auf den Boden und legte die Hände auf die Knie. Dann richtete sie sich noch mehr auf und reckte den Hals, um den vorderen Teil der Halle sehen zu können.

Aber außer einem niedrigen, blau beleuchteten Podium, auf dem ein Glastisch voll großer blassgelber Blüten stand, war nichts zu entdecken. Der Rest des Raumes lag im Dunkeln.

Plötzlich hörte die Musik auf. Ein Trommelwirbel begleitete den ausklingenden Gesang. Als es wieder still war, wurden die Scheinwerfer, die in einer Reihe an der Decke hingen, langsam heller. Zelda setzte sich auf, kniete fast und kümmerte sich nicht um die bösen Blicke der anderen. Endlich würde sie sie sehen …

Neben dem Tisch stand ein Glasstuhl. Darauf saß jemand im Schneidersitz. Zuerst konnte Zelda nur die Silhouette erkennen, dann fiel Licht auf eine Frauengestalt – dunkle Augenbrauen, dunkles Haar, blasse Haut. Sie richtete sich auf und lächelte ein herzliches Willkommen. Sie ließ den Blick so lange über die Menschenmenge schweifen, bis sie jeden Einzelnen angesehen hatte. Raunen und Flüstern folgten ihrem Blick. Zelda sank in sich zusammen und blickte zu Boden. Schweiß lief ihr über die Stirn. Sie bekam eine Gänsehaut und fing an zu zittern. In ihrem steifen Körper klopfte ihr das Herz bis zum Hals. Unausgesprochene Worte folgten einem geheimen Rhythmus: sie ist es, sie ist es, sie ist es …

Plötzlich das Rascheln von Kleidern und Klimpern von Armreifen. Um sie herum standen alle auf und gingen zum Mittelgang. Viele hatten Blumen in der Hand, langstielige blaue Orchideen, oder die bemalten Holzklötze, die vor der Halle verkauft wurden, wieder andere trugen kleine Pakete oder zusammengefaltete Blätter.

Auch Zelda stand auf und wurde mit den anderen langsam vorwärts geschoben. Sie streckte sich und versuchte, über Köpfe und Schultern hinwegzuspähen. Aber das Podium war nicht zu sehen. Stattdessen sah sie, dass es in der Nähe des Podiums einen Bereich gab, in dem alle Personen blau gekleidet waren – unterschiedliche Blautöne und unterschiedliche Kleidung, aber es gab keine andere Farbe. Eine Reihe von Männern in schwarzen Umhängen, die wachsam ihre Blicke über die Menschen gleiten ließen, schützte die blaue Gruppe vor den vielen Besuchern.

Als sie näher an das beleuchtete Podium kam, senkte Zelda den Kopf und verbarg ihr Gesicht hinter dem Umschlagtuch. Vor ihr fanden sich die Menschen zu Paaren zusammen, die nacheinander an das Podium traten. Zelda sah zu, wie sie sich ehrfürchtig vor dem Glasstuhl verneigten und ihre Geschenke in die aufgestellten Körbe legten. Danach gingen sie mit gesenktem Haupt und gefalteten Händen auf ihre Plätze zurück.

Zelda spürte, wie jemand, ohne sie zu berühren, an ihrer Seite erschien. Schon bald waren auch sie an der Reihe. Sie traten vor und beugten sich über die Körbe. Zelda streckte die leere Hand aus und versuchte, über den Korb hinweg den nackten schlanken Fuß der Frau zu berühren. Fast hatte ihre zitternde Hand ihr Ziel erreicht. Haut berührte Haut … Da schoss ein dunkelblauer Arm vor, um ihre Hand wegzustoßen.

»Nein, lass sie.« Die Stimme war leise und sanft. Zelda hob das Gesicht und öffnete ihre Augen.

Hier bin ich …

Der Arm verharrte in seiner Stellung, als ein Schock sie erfasste. Diese Augen, diese geheimnisvollen eisblauen Augen!

Die Frau beugte sich vor und öffnete erstaunt die Lippen. Ein Zittern lief über ihr Gesicht.

Zelda starrte sie an, unfähig, sich zu bewegen. Ihr Begleiter kehrte in die Menge zurück und ließ sie allein über den Korb gebeugt stehen. Ein Raunen ging durch die Menge, aber sie hörte es nicht. Sie zitterte. Nur ein Gedanke schoss ihr durch den Kopf: Sie war es nicht! Diese Frau war nicht Ellen!

Die fremde Frau sprang auf und stieß dabei den Stuhl um. Die Menschen machten es ihr nach und standen nacheinander alle auf. Sie rang um Fassung. Ihr Gesicht nahm wieder einen ruhigen Ausdruck an, und auf den Lippen erschien das verklärte Lächeln. Rasch stellten sich die schwarzen Männer schützend vor die Frau, schoben sie, während sie der Menge immer noch zulächelte, langsam rückwärts zu einem Gang hinter dem Podium und brachten sie in Sicherheit.

Zelda verschwand eilig in der Menge, ein unbekanntes Wesen in unauffälligem Braun bahnte sich den Weg durch die Halle und drängte sich zum Ausgang hinaus. Dann fing sie an zu laufen, riss eine andere Tür auf. Mit lautem Knall, der durch den dunklen Flur schallte, fiel sie hinter ihr zu.

Ängstlich blieb sie stehen, schaute sich um und bemerkte, dass sie durch die falsche Tür gegangen war. Ohne zu überlegen lief sie weiter. Wieder sah sie das Gesicht der Frau vor sich – ein fremdes Gesicht. Das starke Make-up ließ sie aus der Ferne wie Ellen aussehen. Aus der Nähe betrachtet war sie eine andere. Aber sie hatte auf dem Podium gesessen, also war sie die Schöne Mutter. Das machte doch keinen Sinn …

Zelda hörte auf zu laufen und kam an einem Alkoven voll blauer Blumen vorbei. Eine Wand war mit geschnitztem Elfenbein verziert. Auch Gemälde hingen hier. Ein kurzer Blick darauf erinnerte sie an die Statuen in Rishikesh. Auch sie zeigten das mollige verspielte Kind und die mehrarmige Göttin, umgeben von indischen Adeligen, mit Juwelen geschmückten Elefanten und barbusigen Prinzessinnen.

Eine große Doppeltür lag vor ihr, und sie blickte zögernd über die Schulter zurück. Sie wusste nicht, was sie tun sollte. Ein Teil von ihr wollte fort, an die frische Luft. Aber ihr war klar, dass die Statue in Rishikesh Ellen darstellte, genau wie das Bild an dem Getränkestand und das in Gold geprägte Antlitz auf den Broschüren. Ellen *war* die Schöne Mutter, nicht die fremde Frau auf dem Podium! Irgendwo musste sie sein, und sie musste sie finden!

Hinter ihr fiel die Tür ins Schloss. Sie saß in der Falle. Es roch nach abgestandenen Gewürzen und Shahastra. Matter Mondschein fiel durch die Stoffrollos. Weiter vorn schien eine blaue Lampe. Zelda blieb stehen, um ihre Augen an die Dunkelheit zu gewöhnen. Ein schwarzer Teppich führte durch den langen Raum. Von beiden Seiten blickten sie Hunderte von schimmernden Augenpaaren an. Helle Glieder in steifen Posen und blasse Ovale – Gesichter, eines neben dem anderen.

Sie ging zurück zur Tür, tastete am Türrahmen entlang und fand einen Schalter. Eine lange Reihe Scheinwerfer spendete schwaches gelbliches Licht. Langsam und ängstlich drehte sie sich wieder um und sah, dass an den Wänden hohe Regale voll großer Puppen standen, die fast bis unters Dach reichten. Es waren Kinderpuppen. Man konnte es an der Kleidung, den zu großen Köpfen, den runden Gesichtern und den flachen Brüsten erkennen. Merkwürdige, dunkelhäutige Kinder mit gehetzten Augen, fast nur Mädchen.

Zelda betrachtete jede Puppe einzeln. Sie waren von Hand gemacht, in Gips modelliert, gekleidet und bemalt. Aber es schien nicht nur die Arbeit eines Künstlers zu sein. Einige der Puppen waren gut proportioniert und sahen wie richtige Kinder aus, andere plump und entstellt. Aber alle Gesichter waren sorgfältig von sicheren Händen, die mit Lippenstift und Wimperntusche umgehen konnten, gemalt: feine Münder und Wimpern, zart gerötete Wangen und hohe Wangenknochen. Auch das Haar der Puppen war sehr gut gemacht – echtes Haar, unechtes Haar, gemaltes Haar. Blond oder dunkel, gelockt oder glatt, kurz oder lang.

Leise schritt Zelda über den dicken Teppich. Sie atmete im Rhythmus ihres Herzschlags – Lebenszeichen, die in dieser Totenstille fehl am Platz waren. Eine ehrfürchtige Atmosphäre erfüllte den Raum, als hätte man eine altertümliche Grabstätte mit religiösen Figuren oder Totems eines primitiven Stammes entdeckt.

Die Regale wurden durch eine Samtkordel vom Gang getrennt. Zelda ließ die Hand beim Gehen darüber gleiten. Die Kleidung der Puppen bestand aus indischen Stoffen: gefärbte, bestickte, bedruckte und bemalte Seide und Baumwolle, die man zu T-Shirts, Jeans und Röcken verarbeitet hatte – normale Kleidung für normale Kinder aus einer realen Welt. Eine der Puppen hatte sogar eine Zeitung aus beschriebenem Reispapier in der Hand. Eine andere hatte eine Katze auf dem Arm, wieder eine einen Vogel mit echten Federn auf der Schulter.

Als Zelda ihren Weg fortsetzte, wurde ihr klar, dass die Puppen viele Jahre lang gesammelt worden waren. Die Figuren am Anfang des Regals waren neu und hell, aber weiter hinten wurden sie immer staubiger und waren mit Spinnweben überzogen.

Am Ende des Raums befand sich eine weitere Doppeltür. Zelda blieb stehen und drehte sich noch einmal um, denn ihr war ein kleines schwarzweißes Gesicht und der Körper eines kleinen Mädchens aus staubigem, weißem Gips aufgefallen. Sie war fast nackt und trug nur einen weißen Badeanzug mit einem Muster aus Seesternen und Seepferdchen. Das schwarze Haar fiel in Strähnen über die schmalen Schultern, als wäre es nass. Ein gestreiftes Handtuch hing über ihrem angewinkelten Arm. Die Augen waren dunkel und trüb vom Staub. Im blauen Licht der Lampen sah sie einsam und verlassen aus. Zelda betrachtete sich die Puppe genauer und entdeckte, dass sie ein Armband trug, eine gemalte Goldkette mit einem Namensschild. Sie bückte sich und wischte den Staub ab. Kalter Schweiß stand ihr auf der Stirn, als sie den ersten Buchstaben erkannte. Ein *E* in schöner geschwungener Schrift. Dann folgten *LLEN*.

Ellen.

Zelda trat einen Schritt zurück. Die Puppe kam ihr merkwürdig bekannt vor. Nicht der Badeanzug oder das Handtuch, sondern der Körper des Kindes, das nasse Haar, das Gesicht. Und der Ausdruck in den Augen – die Sehnsucht gepaart mit Angst. Ein seltsames Gefühl zog sie an und stieß sie gleichzeitig ab.

Ich will dich.

Ich habe Angst vor dir.

Geh weg.

Verlass mich nicht.

Das Kind war Ellen. Aber irgendwie wusste Zelda, dass die Puppe auch sie selbst darstellte. Plötzlich verspürte sie den Wunsch, das Kind einzuwickeln und es in Sicherheit zu bringen. Aber das wäre nur ein weiteres Andenken, ein Hinweis, mehr nicht.

Sie musste sich an der Samtkordel festhalten. Ihre Fingernägel bohrten sich in ihre Handfläche, ihre Füße suchten unter dem dicken Teppich nach festem Boden. Alles war so unwirklich: die große Halle mit dem hohen symmetrischen Gewölbe, der Raum voll Puppen und das Kind Ellen, die Flure mit wertvollen Gemälden und verschwenderischen Blumen, das schwere Parfüm, das in der Luft hing. Alles fügte sich zu einer Aura des Friedens, der Schönheit und der Harmonie zusammen. Shahastra. Der Weg zur Unwissenheit. Er versprach Zuflucht vor dem Leben – die Flucht vor Schmerz, Lügen und endlosen Geschichten.

Obwohl sie sich zu dieser Vision von Frieden und Befreiung hingezogen fühlte, spürte Zelda dennoch, dass etwas Dunkles dahinter steckte. Sie stellte sich den Zustand der Unwissenheit wie das Treiben auf dem stillen weiten Meer vor. Nichts als Wasser, in dem sich der blaue Himmel spiegelte. Das Wiegenlied der sanften Wellen, die sich am Ufer brachen. Die warme Sonne auf der Haut … Aber darunter, in der Tiefe, herrschte eine andere Welt: Dort lauerte etwas Unheimliches, das sie jederzeit in die Tiefe ziehen und vernichten konnte.

Zelda ging zu der schweren Tür und zwängte sich durch den engen Spalt, froh, der düsteren Halle mit den unheimlichen Puppen und dem Shahastra-Duft, der ihr den Verstand zu rauben schien, entrinnen zu können.

Als sie bemerkte, dass sie sich in einem weiteren Flur befand, lief sie auf ein halbdunkles Foyer zu. Plötzlich hörte sie Stimmen, blieb stehen und presste ihren Körper gegen die Wand.

»Es sind alle da«, sagte eine Frau mit leicht amerikanischem Akzent. »Die Gründungsmitglieder: ich, Skye und das ist Kate, dahinter Ruth …«

»Und das ist sie«, unterbrach eine Männerstimme.

»Ja.« Es entstand eine kurze Pause. »Das ist sie. Es ist ein altes Foto, aber sie hat sich nicht sehr verändert. Da wir keine Fotoapparate mehr erlauben, müssen wir uns nach den Gemälden richten, wenn wir etwas Zeitgemäßes wollen. Aber wenn ihr sie sehen würdet, sie hat das gewisse Gesicht …«

»Wurde das Foto hier gemacht?«, fragte der Mann.

»Natürlich nicht!«, erwiderte die Frau. »Das war im alten Haus auf der anderen Seite von Mussoorie.«

Zelda spähte um die Ecke, bis sie die zwei Sprecher sehen konnte. Sie standen mit dem Rücken zu ihr vor einer Reihe gerahmter Bilder. Die Frau war groß und schlank und hatte langes, mit grauen Strähnen durchzogenes, strohblondes Haar. Sie trug einen grünen Sari aus schwerer Seide, der in großzügigen Falten bis auf den Marmorboden fiel. Der Mann trug einen schwarzen Anzug.

»Und wer steht hinter ihr?« Er zeigte mit dem Finger auf das Foto.

»Wie bitte? Ach, der! Das ist nur ein alter indischer Diener. Ich weiß nicht, wie der auf das Foto gekommen ist. Eigentlich habe ich ihn nie bemerkt.« Sie legte die Hand auf die eine Hälfte des Fotos. »Ich denke, man kann ihn herausschneiden.« Die Frau drehte sich zur Seite und lächelte ihrem Begleiter zu. Sie hatte grüne Augen wie der Sari, das Gesicht eines Pin-up-Girls und eine wie in Stein gemeißelte Figur, an der schon das Alter nagte.

»Nun, wie lange kannst du so weitermachen?«, fragte der Mann vorsichtig, bekam jedoch keine Antwort. »Ziggy?«, forderte er.

»Ich weiß es nicht genau«, antwortete sie und drehte sich wieder zur Wand. Sie senkte die Stimme, so dass Zelda sich anstrengen musste, um sie zu verstehen. »Skye macht ihre Sache gut.« Sie zuckte die schlanken Schultern. »Vielleicht können wir sie nach und nach als eigene Persönlichkeit einführen und die andere einfach … ausklingen lassen … Ich meine, ohne großes

Aufsehen zu erregen.« Ein spindeldürrer Arm hob sich und ließ eine glänzende Armbanduhr sehen. »Satsanga geht gerade zu Ende. Wir sollten hinübergehen.«

Die zwei gingen durch das Foyer und verschwanden durch eine Tür.

Zelda lehnte an der Wand, ließ sich die Worte noch einmal durch den Kopf gehen und versuchte, sich einen Reim darauf zu machen. Ellen war in dem Everest-Haus gewesen, so weit war alles klar. Aber jetzt war sie nicht mehr hier, und sie machten ohne sie weiter.

Du wusstest, dass so etwas passieren konnte, dachte Zelda. Alle wussten es – Lizzie, Drew, sogar Rye. Sie erinnerte sich an seine Worte: Wenn du endlich dort bist, wirst du sie nicht antreffen. Die Menschen in Indien sind nicht sesshaft, sie ziehen weiter.

Sie ging zu dem Foto, das an der Wand hing, aber noch bevor sie dort war, fiel ihr ein anderes Bild auf – ein buntes Aquarell in romantischem indischen Stil. Es war Ellen, die Schöne Mutter. Sie schwebte auf blauen Wolken. An diesem Ort, wo es weder Leid noch Tod gab, war sie glücklich und zufrieden. Wie Perpetua und Felicitas, Lizzies Heilige, dachte Zelda. Löwen hatten zwar ihre Körper gefressen, aber ihre Seelen strahlten bis in alle Ewigkeit.

Wir sind immer für Sie da – aber tot.

Zelda blickte sich um und suchte nach einem Ausgang. Ein merkwürdiges Gefühl, das immer stärker wurde, stieg in ihr auf. Sie musste so schnell wie möglich fort, weit fort, bevor es ausbrach und sie verschlang …

Sie rannte zurück und durch die Halle, bemerkte weder die Stimmen noch Gesichter und Arme. Mit gesenktem Kopf und wehendem Umschlagtuch bahnte sie sich einen Weg durch die Leute, lief an dem Schuhständer vorbei, drängelte sich durch eine tanzende Gruppe und stolperte durch den Naturgarten. Ihre nackten Füße stießen gegen raue Felsen, und Zweige zerrissen ihre Kleidung. Sie floh in den Wald mit seinen feuchten Blättern, glatten Ästen und moosigem Boden. Hier, in der beruhigenden Stille, war sie endlich sicher.

Der Taxifahrer erschrak, als sie ans Fenster klopfte, und schaltete die Scheinwerfer ein. In einer Sekunde erfasste er Zeldas zerkratztes Gesicht, ihre schmutzigen nackten Füße und zerrissenen Kleider. Er blickte die Straße hinab, als suche er nach einem Weg, sich ihrer zu entledigen. Rasch öffnete Zelda die Wagentür und glitt auf den Rücksitz.

»Fahren Sie«, sagte sie ruhig. »Zurück zum Hotel.«

Der Fahrer drehte sich um und blickte sie an.

»Ich habe meine Schuhe vergessen«, entschuldigte sie sich und brachte ein zaghaftes Lächeln zustande. »Außerdem bin ich durch den Wald gelaufen.«

Er zuckte zweifelnd die Schultern, drehte sich wieder um und ließ den Motor an. Er fuhr schnell. Offensichtlich wollte er sie bald loswerden.

»Der Wald ist nicht gut«, sagte er entschuldigend nach Minuten des Schweigens. Zelda antwortete nicht. Wegen einer gebrochenen Sprungfeder saß sie steif in ihrem Sitz und sah in Gedanken verloren auf die dunkle Straße.

Schon bald tauchten die brennenden Kochstellen und erleuchteten Hütten in der Dunkelheit auf. Plötzlich musste der Fahrer scharf bremsen, um nicht mit einer Kuh zusammenzustoßen. Danach fuhr er etwas langsamer, eine Hand ständig auf der Hupe. Zelda kurbelte das Fenster herunter und atmete den Geruch der Holzfeuer ein. Gelächter und das leise Murmeln abendlicher Gespräche drangen durch die Nacht. Ein Junge trieb auf einem schmalen Pfad Ziegen nach Hause.

Zelda legte den Kopf auf den Arm. Zuhause … Der Geruch von nasser Wolle über dem Kamin, das Zischen des alten verrußten Kessels auf dem Ofen, brutzelnder Fisch in der Pfanne, vor dem Herd ausgestreckte Beine, Witze und Geschichten bei einem Glas Bourbon.

Ich will wieder nach Hause, dachte Zelda, dort gehöre ich hin. Ich werde auf dem Schiff wohnen und mit Reusen Krebse fangen, bis ich genug Geld für ein kleines Stück Land gespart habe. Plötzlich sah sie schmerzlich klar Drews Gesicht vor sich. Verzweifelt schloss sie die Augen. Alles hatte sich verändert – sie konnte nicht mehr zurück. Aber hier hatte sie auch nicht viel zu erwarten …

Der Fahrer drehte sich zu ihr um, als er in die Auffahrt zum Hotel einbog. Dann verlangsamte er das Tempo, bis er nur noch Schritttempo fuhr.

»Ah!«, rief er aus und lehnte sich nach vorn über das Lenkrad. Die Straße war voll Menschen. Männer, Frauen und Kinder. Es waren keine Gäste oder Bedienstete. Die hageren Körper trugen die Uniform der Armen – vom jahrelangen Tragen ausgebleichte Farben und Muster. Dutzende zu Kränzen geflochtene Ringelblumen leuchteten golden in der Dunkelheit. Es waren die Gleichen, die es auch an den Ständen unten an der Ufertreppe gab.

Es muss ein religiöses Fest sein, dachte Zelda. Sie ließ sich tiefer in ihren Sitz sinken und war dankbar, dass die Dunkelheit sie vor neugierigen Blicken schützte. Das Schaukeln des Wagens wirkte beruhigend. Sie wünschte, es möge nie aufhören, sie davontragen, fort von Gedanken und Gefühlen.

Nach einer Weile fing der Fahrer wie wild an zu hupen und scheuchte die Leute an den Straßenrand. Dicht gedrängt standen sie mitten auf dem Weg und kümmerten sich nicht um das Taxi. Ihr Blick hing an den Lichtern des Hotels, die durch die Sträucher drangen.

Vor ihnen wurde die Auffahrt durch zwei hohe Eisentore versperrt. In der Nähe stand mit dem Rücken zur Menge ein uniformierter Wachposten. Beim Klang der Hupe fuhr er herum und starrte auf das herannahende Taxi. Der Fahrer lehnte sich aus dem Fenster und rief ihm etwas zu, woraufhin ihm der Wachposten schreiend antwortete. Kurz darauf gesellte sich eine Gruppe Hotelpersonal in grünen Uniformen dazu. Schreiend trieben sie die Menge zurück und öffneten das Tor, um das Taxi einzulassen.

Vor dem Hauptgebäude gestikulierten aufgeregt Gäste und Bedienstete und zeigten auf die vor den Toren wartenden Menschen. Zelda deutete auf den hinteren Teil des Parkplatzes. Der Fahrer nickte zustimmend und ließ sie im Schatten der alten Bäume aussteigen. Wortlos nahm er das Fahrgeld entgegen und fuhr eilig davon.

Zelda blieb einen Moment stehen, um sich zu sammeln. Dann betrat sie von hinten das Hotel und ging zu ihrem Zimmer, wobei sie Hauptgänge vermied. Sie ging schnell, denn sie wollte nur noch in ihr Zimmer, das wie ein alter Freund auf sie wartete. Hier konnte sie endlich wieder zur Ruhe kommen.

Als sie fast an der Tür war, sah sie eine Blumengirlande, die jemand auf die Türschwelle gelegt hatte, und blieb zögernd stehen. Aber die Vorhänge der Flurfenster waren zugezogen, und das Zimmer lag in schützender Dunkelheit. Sie trat an die Zimmertür und zögerte erneut. Rasch überprüfte sie die Fenster des Flurs, ob sie verschlossen waren. Dann drehte sie automatisch den Türknauf und bemerkte erstaunt, dass die Tür nicht verschlossen war. Sie seufzte erleichtert und schlüpfte hinein.

Im Zimmer hing der süße Duft von Blumen. Außerdem roch es stark nach Weihrauch, und im Dunkel glühte ein winziger roter Punkt. Als sich ihre Augen an die Dunkelheit gewöhnt hatten, fand Zelda den rosa Lampenschirm und streckte den Arm aus, um das Licht anzumachen. Doch plötzlich bewegte sich etwas, und sie erschrak.

»Ist da jemand?«, fragte sie ängstlich. Das Licht ging an. Sie fuhr herum. An der Tür zum Schlafzimmer stand ein alter Mann mit schlohweißem Haar. Sein Gesicht war dunkel und ledern. Er betrachtete sie lange, lächelte dann freundlich und gab ihr die Hand.

»Zelda«, murmelte er. »Zelda.« Langsam, fast feierlich wiederholte er ihren Namen. »Endlich sind Sie da, nach so langer Zeit.«

Zelda erwiderte schweigend seinen Blick. Seine Stimme klang wie Balsam, wie der flüsternde Wind. Er betrachtete sie von oben bis unten. Sie ließ es geschehen und wartete geduldig.

»Seit Jahren bete ich für Sie. Endlich sind Sie da.« Seine Stimme klang leise und mild – eine alte Stimme, die krächzte und raschelte wie trockene Blätter. Das indische Englisch, ein eigentümlich weicher Singsang, ging ihm leicht von der Zunge. »Ich habe für Sie Weihrauch angezündet und in meinen Träumen nach Ihnen gerufen. Dann habe ich schon nicht mehr daran geglaubt. Und nun sind Sie hier. Und Sie …« Seine Stimme versagte. Schweigend, mit hängenden Schultern und einer Geste der Hilflosigkeit stand er da. »Und Sie sehen aus wie sie – genauso, wie sie vor vielen Jahren ausgesehen hat, als sie hier ankam!«

»Wer sind Sie?«, flüsterte Zelda. »Kennen Sie mich?«

Er nickte. »Ich bin Djoti, der alte Diener.« Er suchte nach Worten, wusste nicht, wie er beginnen sollte. Dann seufzte er und breitete immer noch lächelnd die Arme aus. »Ich habe Ihnen viel zu erzählen. Es ist so viel passiert, ich …«

»Wissen Sie, wo sie ist?«, fiel Zelda ihm ungeduldig ins Wort.

»Natürlich. Ich bringe Sie zu ihr«, antwortete Djoti.

Zelda riss vor Angst und Hoffnung die Augen weit auf. Sie öffnete den Mund, um etwas zu sagen, aber Djoti hob die Hand. »Das Haus, in dem sie lebt, ist sehr weit weg. Wir kommen nur zu Fuß dorthin und müssen durch den Wald gehen. Das ist nachts unmöglich. Wir machen uns morgen früh auf den Weg.« Er sah sie ernst an. »Glauben Sie mir, wir haben keine andere Wahl.«

Zelda leckte sich über die Lippen und atmete tief durch. »Na gut. Aber … ich meine … lügen Sie mich bitte nicht an. Bitte!«

Djoti berührte ihren Arm, eine kurze, aber bestimmte Geste. »Sie werden sie wiedersehen«, sagte er. »Deshalb sind Sie doch gekommen, nicht wahr? Um nach so langer Zeit wieder mit ihr zusammen zu sein.«

Langes Schweigen. Aus der Ferne hörte man Gelächter. Dann ergriff Zelda wieder das Wort. »Bis vor ein paar Wochen wusste ich nicht einmal, dass sie noch lebt.«

Ein paar Wochen? Tausend Jahre?

Djoti nickte. »Ihr Vater hat Ihnen erzählt, sie wäre tot, nicht wahr?«

Zelda richtete sich auf. »Woher wissen Sie das?«

Djoti zuckte die Schultern. »Ich war ihr Diener. Briefe, Telegramme – alles ging durch meine Hände. Und Ellen, sie hat auch …«

»Was für Briefe?«

»Sie hatte Ihren Vater in einem Brief darum gebeten, Ihnen schreiben und Sie besuchen zu dürfen. Aber er hat es nicht erlaubt.«

Zelda stand stocksteif da und nahm gierig jedes Wort des alten Mannes in sich auf. Djoti ging im Raum umher, nahm vor Verlegenheit Dinge in die Hand und stellte sie wieder hin, um ihrem Blick auszuweichen. Dann presste er ein Kissen gegen die Brust und strich mit der rauen Hand über den Samt.

»Es gab einen Gerichtsbeschluss«, fuhr er fort. »Also musste sie es akzeptieren. Es fiel ihr sehr schwer, und sie wollte mit niemandem darüber sprechen. Aber mit viel Geduld habe ich sie dann doch zum Sprechen gebracht. Sehen Sie« – er lächelte entschuldigend – »meine Tochter ist so alt wie Ellen. Sie lebt in einem Dorf, weit weg von hier. Ich habe ihr immer gewünscht, dass sie Freunde hat, wenn es ihr einmal schlecht gehen sollte. Außerdem« – seine Stimme wurde weich – »bin ich auch ein Vater und kann nachempfinden, wie es ist, sein Kind zu verlieren.«

»Sie hat mich nicht verloren«, sagte Zelda leise. »Sie ging fort.«

Djoti schwieg einen Moment. »Trotzdem hat sie Sie geliebt.« Um seinen Worten Nachdruck zu verleihen, nickte er. »Ja, das hat sie.«

Zelda hing an seinen Lippen.

»Sie besaß ein einziges Foto von Ihnen. Darauf waren Sie noch ein kleines Kind«, fuhr Djoti fort. »Es wurde an Ihrem Geburtstag gemacht. Es war ihr wertvollster Besitz, das Einzige, was ihr noch blieb. Sie ist die Schöne Mutter geworden. So hat sie es gewollt. Dafür hat sie alles geopfert. Ich bewunderte sie. Sie tat, was eine große Lehrerin tun muss, aber ich habe sie sehr vermisst.

Und« – er runzelte unsicher die Stirn – »um ehrlich zu sein, für sie war es nicht das Richtige. Für sie selbst, meine ich.«

»Sie müssen mir sagen«, sagte Zelda nachdenklich, »wer – ich meine was – ist sie? Ich begreife es nicht. Ich war im Everest-Haus, um sie zu sehen. Aber jemand anders war dort, nicht sie.«

»Das ist eine lange Geschichte.« Djoti bedeutete ihr, sich zu setzen. Zelda ließ sich auf dem Sessel nieder, ohne ihn aus den Augen zu lassen. Er setzte sich ihr gegenüber auf die Couch.

»Wissen Sie, seit bekannt wurde, dass die Tochter von Nanda Devi hier ist, hört der Strom von Menschen nicht mehr auf«, erklärte er gelassen, als wäre es ein Wetterbericht. »Natürlich lässt das Hotel sie nicht herein.«

»Ich habe sie gesehen.« Zelda sah die zerlumpte Menschenmenge vor sich – Ellens Freunde. »Sie haben mich nicht bemerkt«, berichtete sie. »Sie haben nicht einmal ins Taxi gesehen.«

Djoti nickte. »Der Hotelmanager wollte nicht, dass sie hier warten, und hat ihnen gesagt, Sie hätten sich bereits zum Schlafen zurückgezogen. Aber die Leute hoffen immer noch, dass Sie sich zeigen. Wer weiß? Vielleicht tun Sie es ja noch.«

»Was wollen sie von mir?«, fragte Zelda misstrauisch.

»Nichts«, antwortete Djoti. »Sie wollen die Tochter von Nanda Devi willkommen heißen. Ich werde versuchen, es Ihnen zu erklären …

Als sie hier in Mussoorie am anderen Ende der Stadt, in Landour, lebte, half sie sehr vielen Menschen. Vor dem Hotel stehen Kinder, die gestorben wären, wenn Ellen ihren Müttern nicht mit Lebensmitteln, Medikamenten oder Geld geholfen hätte. So etwas vergisst man nicht. Außerdem hat sie im Ashram ihre Sprache gelernt. Deshalb konnte sie persönlich mit ihnen sprechen und zuhören. Sie war ihre Freundin. Schon bald nannte man sie Nanda Devi. Andere, die Englisch sprachen, gaben ihr den Namen Schöne Mutter. Das war vor vielen Jahren. Diese Dorfmenschen haben sie schon sehr lange nicht mehr gesehen, aber sie haben sie nicht vergessen.« Er machte eine Pause und lehnte sich zurück. »Nachdem sie alle ins Everest-Haus gezogen waren, ging sie nicht mehr aus. Sie war nicht mehr im Bazar oder im Ashram zu sehen, und man traf sie auch nicht mehr in den Dörfern. Auch ich habe sie schon lange nicht mehr gesehen. Früher, als sie noch in Landour lebte, und noch kurze Zeit im Everest-Haus, habe ich für sie gearbeitet. Das war, bevor sie in Rishikesh den Ashram gründeten und die Winter im Tal verbrachten. Es war Ziggys Idee. Sie gehörte zu der ursprünglichen Gruppe und war für alle verantwortlich. Sie wollte, dass die Besucher der Ashrams religiöse Visa bekamen, damit sie problemlos so lange in Indien bleiben konnten, wie sie wollten. Deshalb eröffneten sie den Ashram in Rishikesh, der heiligen Stadt.

Ich wollte nicht ständig mit ihnen herumziehen. Dazu war ich schon zu alt. Außerdem habe ich auch Familie. Also musste ich meinen eigenen Weg gehen.« Djoti schwieg und blickte auf seine im Schoß gefalteten Hände. »Aber das war nicht alles. Ziggy mochte mich nicht, deshalb sorgte sie dafür, dass man mich zurückließ. Ellen wollte, dass ich blieb.« Sein Gesicht legte sich in Falten, und man sah ihm plötzlich sein Alter an. »Damals fing sie an, alle persönlichen Dinge hinter sich zu lassen. Nur ihre Schüler zählten noch. Ihnen gab sie alles. Nichts blieb übrig, nicht einmal für sie selbst. Und auch nichts für einen alten Inder wie mich. Also verlor ich sie aus den Augen. Trotzdem habe ich sie nie vergessen. Ich sah sie nie wieder, nur Bilder von ihr.« Er lachte bitter. »In den Bazaren werden Tassen mit ihrem Gesicht verkauft. Und sogar Puppen, die aussehen wie sie! Sie müssen im Ausland hergestellt worden sein, denn sie haben zwar ihr Gesicht und tragen blaue Kleider – aber das Haar ist rot! Meine Frau Prianka sparte etwas Geld und kaufte sich eine. Aber ich befahl ihr, sie wieder einzupacken. Was sollen wir mit einer Puppe, fragte ich sie. Unsere alte Freundin ist nicht mehr hier. Wir haben genug Götzen, um die wir uns kümmern müssen!«

Zelda teilte sein Lächeln. Seine schlichten Worte beruhigten sie. Plötzlich klingelte das Telefon. Aufdringlich zerstörte es die friedliche Atmosphäre im Zimmer. Beide starrten es an, unternahmen jedoch nichts. Schließlich hörte es wieder auf. Djoti beugte sich vor und machte das Licht aus. »Falls jemand kommt«, flüsterte er.

Im Dunkeln war jedes Geräusch klar und deutlich zu hören. Als er sich wieder zurücklehnte, gaben die Sprungfedern ein hässliches Geräusch von sich.

»Erzählen Sie weiter«, forderte Zelda ihn auf.

»Ja. Vor gar nicht langer Zeit kam ein Boy zu mir und erzählte, dass Nanda Devi im Krankenhaus liegt. Ich beeilte mich, zu ihr zu gehen. Aber man sagte mir, sie sei nicht da. Mein ganzes Leben lang war ich Diener und weiß, welche Lügen hinter einfachen Worten stecken. Die Wahrheit war: Man hatte sie in der Nacht vom Everest-Haus in das Krankenhaus gebracht. Aber niemand durfte sie besuchen. Ihre eigenen Leute wuschen sie und kochten für sie. Die Schwestern berichteten, sie wäre sehr krank. Der Arzt nannte es einen Zusammenbruch. Wie ein Auto?, dachte ich. Sogar ein altes Auto bricht nicht zusammen, wenn man es pflegt. Wenn das so ist, sagte ich zu Prianka, wie werden sie sich dann jetzt um sie kümmern?« Zelda konnte nur den Umriss seines Kopfes sehen, den er nachdenklich schüttelte. »Nach einiger Zeit hörte ich, sie erhole sich nicht. Wir machten uns große Sorgen. Wir mussten immer wieder daran denken, wie sie dort lag und versteckt wurde. Wir mussten etwas unternehmen. Also« – Djoti machte eine Pause und fuhr triumphierend fort – »haben wir sie entführt! Ja, das haben wir getan! Drei Sadhus halfen uns dabei. Wir mussten eine kleine Überflutung im Krankenhaus arrangieren, um die Schwestern abzulenken. Dann wickelten wir sie wie eine Tote in Laken, und die Sadhus trugen sie weg. Ich beobachtete alles vom Wald aus. Es war sehr schwierig. Obwohl sie es eilig hatten, mussten sie wie Priester sehr langsam gehen.«

Zelda saß ungeduldig auf der Stuhlkante und drängte ihn, weiter zu sprechen.

»Wir brachten sie in ein kleines Haus in den Bergen«, fuhr der alte Mann fort. »Oberst Stratheden – es war sein Jagdhaus, aber dann starb er, und es geriet in Vergessenheit. Vor etwa zwei Monaten brachten wir sie dorthin. Sehen Sie? Sie haben Ihre Mutter im Everest-Haus gesucht. Aber sie ist verschwunden, hat sich buchstäblich in Luft aufgelöst!« Er lachte. »Sie wollen sie unbedingt wieder zurückholen und haben überall nachgefragt, wo sie sein könnte. In allen Ashrams, Herbergen, Hotels. Sogar in Delhi, Kalkutta und Goa. Mein Freund im Postamt erfährt alles. Deshalb kann sie nicht auf Dauer dort bleiben.«

Die Couch krächzte wieder, als Djoti sich Zelda zuwandte. Seine weißen Zähne schimmerten, als er lächelte. »Deshalb sind Sie gekommen! Deshalb sind Sie hier!« Er beendete seine Rede mit einem kräftigen, klaren Ton, der lang in der Luft schwebte, bevor die Dunkelheit ihn verschluckte.

»Aber, ist sie … geht es ihr gut?« Zelda erkannte ihre eigene Stimme kaum. Es schien unglaublich, nach so langer Zeit von Ellen zu sprechen, als wäre sie real und nahe.

»Sie leidet unter Träumen«, antwortete Djoti. »Es sind kein Albträume, aber danach ist sie immer sehr traurig. Viele Jahre hatte sie nicht mehr geträumt. Nicht einen einzigen Traum. Jahrelang studierte sie Yoga. Yogis können ihren Verstand kontrollieren, sogar im Schlaf. Ellen besaß diese Fähigkeit. Völlige Kontrolle. Wegen dieser Fähigkeit konnte sie den fremden Besuchern bei ihren Problemen helfen. Aber dann wurde ihr Körper zu schwach. Sie konnte nicht essen und hatte Schmerzen. Trotz der Erschöpfung schlief sie nicht, aus Angst vor Träumen. Sie wusste, dass ihre Kräfte sie verließen. Ihr Verstand wollte wieder frei sein. Sie hatte Angstzustände und zwang sich tagelang, wach zu bleiben. In diesem Zustand kam sie ins Krankenhaus. Aber dort wurde sie unter Drogen gesetzt.« Vor Empörung war er laut geworden. »Sie hasste Drogen. Und Krankenhäuser. Sogar den Geruch von Desinfektionsmitteln. Seit ich sie kenne, hasste sie diese Dinge. Ich war froh, dass ich sie von dort fortbringen konnte. Statt der fremden Schwestern und Ärzte kümmerte sich nun ihre alte Freundin Prianka um sie. Gemeinsam saßen sie am Kamin in Oberst Strathedens Haus. Prianka ließ sie keinen Augenblick allein und umsorgte sie wie ein kleines Kind. Sie streichelte sie, kochte für sie, fütterte sie und rieb ihr den Schmerz aus dem Körper. Prianka liebte sie und wer« – Djoti lachte – »wer kann der Liebe einer alten Frau schon widerstehen?

Ich besuchte sie, sooft ich konnte. In dieser Zeit fing sie an, über ihre Träume zu sprechen. Es waren lange Träume, ganze Geschichten. Einige handelten von Ihnen, Zelda. Andere gingen zurück in die Zeit, als Ellen ein kleines Mädchen war und in Amerika lebte. Besonders diese Träume machten sie traurig. Sie wurde den Gedanken nicht los, dass ihre Mutter ihr für etwas die Schuld gab, was sie nicht getan hatte. Es verfolgte sie. Aber ihr fiel nicht ein, was es sein konnte.« Djoti wurde ärgerlich. »Was kann ein Kind schon getan haben, fragte ich mich, dass sich die Liebe einer Mutter in Hass verwandelt? Dafür gibt es keine Antwort, erklärte ich ihr. Du musst an deine Tochter Zelda denken. Sie ist irgendwo auf dieser Welt. Deine Mutter – wer weiß?« Mühsam erhob er sich. Seine dunkle Silhouette hob sich vom schwarzgrauen Fenster ab. »Ich hatte Recht, jetzt sind Sie da. Aber jetzt muss ich gehen, damit Sie sich ausruhen können. Morgen komme ich wieder.«

»Nein!«, rief Zelda und sprang auf. Plötzlich spürte sie, dass er die einzige Verbindung zum nächsten Morgen war, der einzige Beweis, dass die Sonne wieder aufgehen würde. Sie hielt ihn am Arm fest. »Lassen Sie mich nicht allein, bitte!«

»Aber ich muss«, entgegnete Djoti überrascht. »Ich werde schon lange zu Hause erwartet.«

»Nehmen Sie mich mit«, flehte Zelda. »Ich kann auch dort schlafen, irgendwo. Dann können wir am Morgen gleich losgehen.« Sie beugte sich vor und machte Licht, damit sie Djotis Gesicht sehen konnte.

Er lachte, sein Blick wanderte durch das Zimmer. »Sie haben ja keine Ahnung«, sagte er. »Mein Heim ist eine Hütte. Es gibt keinen Strom und kein fließendes Wasser. Wir schlafen auf Matten auf dem Boden.«

»Aber ich habe auch in einer Hütte gewohnt«, beharrte Zelda. »Wenn es regnete, lief das Wasser unter der Tür durch, und der Sturm drückte den Rauch durch den Schornstein zurück ins Haus. Sie war sehr klein und so nahe ans Meer gebaut, dass Dad vom Fenster aus eine Angel auswerfen konnte …« Sie versuchte zu lächeln, aber ihre Lippen zitterten, und Tränen stiegen ihr in die Augen.

»Weinen Sie nicht«, tröstete Djoti sie wie einst Cassie.

Seine Stimme war voller Mitleid. Zelda drehte sich um, damit er sie nicht weinen sah. Er blieb ruhig hinter ihr stehen. Dann hörte sie, wie er im Zimmer umherging und ihre Sachen in ihren Rucksack stopfte. Als er alles eingesammelt hatte, warf er sich die Ladung über die Schulter und wartete wortlos an der Tür.

29

In der Nähe von Landour waren die Waldwege sauber gekehrt. Überall schwelten kleine Haufen trockenen Laubs und verwelkter Blumen und schickten duftende Rauchschwaden in die stehende Luft der Dämmerung. Die kleinen Feuer waren unbeaufsichtigt. Vermutlich hielten sich Straßenkehrer in der Nähe auf, stets gegenwärtig und doch unsichtbar.

Tiefer im Wald wurde der Weg unwegsam und schlüpfrig, aber bunte Blüten brachten Farbe in die Baumwipfel, und Vögel zwitscherten in den hohen Ästen. Djoti ging voraus und sah von Zeit zu Zeit über die Schulter zurück.

»Aufpassen, nicht stolpern!«, warnte er. Am Wegrand ging es steil ins Tal hinab. »Hier sind schon viele Menschen zu Tode gekommen«, sagte er. »Pferde auch. Alle sind den Hang hinuntergestürzt.«

Auf dem Weg zeigte Djoti immer wieder auf weit entfernte Häuser: Rauchwolken, Giebel und Dächer, Bäume, die nicht aus dieser Gegend stammten. Er blieb stehen, um ihr die verkohlte Ruine einer einst stolzen Villa zu zeigen. Ein junges Liebespaar, Inder einer hohen Kaste, war davongelaufen, erzählte er, und hatte hier Unterschlupf gefunden. Aber dann hatte der Blitz ins Haus eingeschlagen, und sie waren verbrannt. Nun wohnten ihre Seelen hier und besangen nachts ihre Liebe …

Weder Djoti noch Zelda sprachen während des Weges über Ellen. Beide genossen die Ruhe und den Frieden, die ihnen erlaubten, die stürmische Zeit des Schmerzes, der Hoffnung und Erinnerungen hinter sich zu lassen.

Am Vormittag waren sie an den letzten Häusern von Landour vorbeigekommen, und der Pfad wand sich nun in engen Serpentinen steil den Berg hinauf. Schon bald atmeten sie so schwer, dass sie nicht mehr sprechen konnten. Zelda blieb stehen, zog sich den Pullover aus und band ihn um die Hüfte. Er war alt, und die Ellbogen waren schon durchgescheuert. Aber sie liebte die Farbe – Graublau, wie der Winterhimmel. Früh am Morgen hatte sie ihn aus dem Rucksack gezogen, während Djoti und seine Familie draußen warteten, damit sie sich anziehen konnte. Zuerst wollte sie die braune Hose anziehen, entschied sich dann aber doch, keine indische Kleidung zu tragen. Also zog sie ihre alten Jeans, Stiefel, Buschhemd, Hut und den blauen Pullover an. Die abgewetzten Jeans und das Gewicht des Ledergürtels um die Taille gaben ihr mehr Selbstsicherheit. Um den Hals hatte sie sich James' alten Schal gebunden, der von Sonne und Wind völlig verblichen war. Die Touristin war verschwunden. Jetzt war sie wieder Zelda, Jimmys Tochter und Drews Freundin von der Nautilus Bay.

Djoti hatte sie erstaunt von oben bis unten angesehen, als er ihr eine Tontasse mit süßem gewürzten Tee gab. »Sie sehen aus wie ein junger Mann«, meinte er, nickte aber zustimmend, als er die festen Stiefel sah. »Der Weg ist steinig. Sie werden sie brauchen«, sagte er, obwohl er selbst barfuss ging.

Zelda ging hinter Djoti und blickte auf seinen Rücken.

Er ist ein alter Mann, dachte sie, eigentlich müsstest du ihm meilenweit voraus sein. Sie versuchte, sich die Seitenstiche wegzumassieren. Dann begann sie, die Schritte zu zählen, wie sie es immer getan hatte, wenn sie Drew nicht folgen konnte. Fünfzig. Weitere fünfzig. Nur noch einmal fünfzig. Schritt für Schritt, bis es geschafft war.

Plötzlich blieb Djoti stehen und drehte sich um. »Wir sind da«, erklärte er.

Zelda starrte ihn ungläubig an. »Wie bitte?«

»Schauen Sie zwischen den Bäumen hindurch. Dort ist es: Oberst Strathedens Jagdhaus.«

Zeldas Blick folgte Djotis ausgestrecktem Arm. Zuerst konnte sie nur Bäume, Blätter, Büsche und den Himmel sehen. Dann, fast verloren im Hintergrund, entdeckte sie die Umrisse eines Blockhauses.

»Es ist sehr klein«, erklärte Djoti, »und es hat keinen Anstrich.«

Ihre Blicke trafen sich. Zelda geriet in Panik und wusste nicht weiter. Das Ende der langen Reise war zu plötzlich gekommen.

»Gehen Sie nur weiter«, flüsterte Djoti. »Ich bleibe hier.«

»Nein«, bat Zelda. »Bitte, bringen Sie mich zu ihr.«

Doch Djoti verließ wortlos den schmalen Weg und winkte ihr zu.

Der Weg zum Haus führte um eine enge Kurve zu einer kleinen Lichtung, auf der eine alte verwitterte Hütte stand. Das Dach war mit Schindeln gedeckt, die hölzernen Fensterläden hingen schief in den Angeln. Ausgebleichte weiße Schädel mit langen Geweihen verzierten den Eingang. Über einer Tür aus grob gehobelten Planken entdeckte Zelda zwei rostige Gewehre. Als sie weiterging, blieb ihre Bluse an den wilden Pflanzen hängen, die den ungepflegten Garten überwucherten. Mit einem Ruck befreite sie sich und schlug dabei gegen einen hin und her schwingenden Fensterladen. Der Schlag verhallte, danach war es wieder totenstill.

Zelda drehte sich um und hoffte insgeheim, Djoti würde doch mitkommen. Aber er war nirgends zu sehen. Die Stille zog sie wie ein Vakuum, das gefüllt werden musste, weiter. Sie folgte einem schmalen Trampelweg, der sie um die Hütte herumführte. An einem offenen Fenster blieb sie stehen und schaute in die Hütte hinein. Auf einer Wäscheleine hingen ein Hemd, eine Pyjamahose, Unterwäsche, Socken – alles in verschiedenen Blautönen. Rasch ging sie weiter und trat fest auf. Sie wollte die Stille stören, gefunden, zuerst gesehen werden.

An der Ecke blieb sie stehen. Langes schwarzes Haar fiel über den Rücken einer großen Frau, die sich über ein Stück frisch umgegrabener Erde beugte. Blasse Arme stießen den Spaten kräftig in die Scholle.

»Djoti?«, drang eine Stimme zu ihr herüber. »Bist du es?«

Als niemand antwortete, richtete sich die Frau auf, drehte sich um und fuhr sich mit dem blassen Arm über die Stirn und hinterließ eine erdige Spur auf ihrer Haut. Der Arm erstarrte und blieb wie ein Schutzschild vor der grellen Sonne auf der Stirn liegen.

»Nein, ich bin es«, unterbrach Zelda das erstaunte Schweigen. Hoch über ihren Köpfen durchschnitt ein Vogelschrei die Luft, der in der Ferne beantwortet wurde.

Ihre Blicke trafen sich, rissen sich los, wanderten über Gesicht und Körper, bevor sie sich wieder vereinten. Tränen nahmen ihnen die Sicht. Langsame zögernde Schritte brachten sie näher und näher, wie ein Tanz, der einem stummen Lied folgte.

Sie fassten sich an den Händen, sanken in die weiche Erde, die sie umschloss wie der Sand am Meer – an einem weißen Strand auf einer fernen Insel – vor so vielen Jahren. Sanft schien die Sonne auf ihre Köpfe, Quelle der Wärme und des Lebens – die Mutter.

Danksagungen

Mein tiefer Dank gilt Roger Scholes, der mich bei den Recherchen zu dieser Geschichte auf meinen langen Reisen über Land und Meer und viele Seiten Papier begleitet hat …

Außerdem möchte ich meiner Agentin Jill Hickson, Nikki Christer und Madonna Duffy von Pan Macmillian Australien, Kay Ronai und Clare Visagie für ihre unschätzbare Hilfe danken.

Auch stehe ich zutiefst in der Schuld meiner Familie und Freunde, die mir auf vielfältige Weise geholfen haben.

Katherine

Scholes

Die Regenkönigin

Roman

Aus dem Englischen
von Margarethe von Pée

Weltbild

Für Clare, Andrew und Hilary,
die in der Kindheit mit mir
von einer Heimat in die andere gezogen sind –
von Tansania nach Tasmanien …

Prolog

Dodoma, Tansania, Ostafrika 1974

Auf dem Friedhof der anglikanischen Kirche standen zwei Särge zur Beerdigung bereit. Einer von ihnen war fast einen Fuß länger als der andere, aber abgesehen davon waren sie völlig identisch – einfache Kisten aus unbearbeitetem Sperrholz. Neben den Särgen stand Bischof Wade, dessen mächtiger Bauch sich unter der roten, mit Goldfäden bestickten Robe wölbte. Seine blasse Haut war gerötet, und der Schweiß lief ihm von der Stirn.

Er blickte über die Menschenmenge. Die Leute säumten die Wege und füllten die Zwischenräume zwischen den Gräbern; sie saßen auf den Ladeflächen und Dächern der Landrover, die vor dem Friedhof parkten, und selbst in den Ästen der alten Mangobäume, deren Kronen dem Friedhof Schatten spendeten, hingen sie.

Vorn standen die Missionare, zusammen mit ein paar anderen Europäern und einem halben Dutzend Journalisten mit Kameras und Notizblöcken. Hinter ihnen drängten sich die westlich gekleideten Afrikaner aus der Stadt und der Mission und eine Gruppe von Indern mit Turbanen und in Saris. Die Landbevölkerung bildete den äußeren Ring – ein Meer von schwarzen Köpfen, in bunte Gewänder gekleidet und mit Decken.

Der Bischof hob die Hand und wartete, bis die Menge

verstummt war. Dann begann er aus einem Buch zu lesen, das ihm einer seiner afrikanischen Ministranten hinhielt. Seine kräftige, klare Stimme übertönte das Wirrwarr kleinerer Geräusche: Husten und Füßescharren, schreiende Säuglinge und das ferne Geräusch eines Lastwagens, dessen Schaltung malträtiert wurde.

»Nackt und bloß sind wir auf die Welt gekommen, und nackt und bloß werden wir sie wieder verlassen …«

Er las noch ein paar Zeilen, doch dann brach er ab, weil er spürte, dass in der Menge etwas vor sich ging: unmerklich hatte sich die Aufmerksamkeit verlagert. Als er hochblickte, riss er erstaunt die Augen auf. Im hinteren Teil des Friedhofs war eine Gruppe von Kriegern aufgetaucht – langgliedrige Männer mit schlammverkrusteten Haaren und Halsketten aus bunten Perlen. Sie drängten sich durch die Menge bis nach vorn zu den Leuten aus der Mission. Die Spitzen ihrer langen Jagdspeere, die sie hoch über den Köpfen schwangen, funkelten in der Sonne.

Mitten unter ihnen befand sich eine weiße Frau. Ab und zu konnte man sie zwischen den bloßen Schultern der Männer erkennen – dann leuchteten kurz blasse Haut, ruhige Augen und rote lange Haare auf. Erstauntes Murmeln folgte ihr in Wellenbewegungen auf ihrem Weg durch die Menge.

Nicht weit vom Bischof entfernt blieben die Krieger stehen. Auch die weiße Frau stand still vor den Särgen, ohne sich um die Unruhe, die sie verursacht hatte, zu kümmern.

Sie war eine seltsame Erscheinung, groß und schlank, in khakifarbener Buschkleidung, die von Schweiß und Staub beschmutzt war. Im Gegensatz zu den anderen Frauen in der Menge trug sie Hosen. Um die Taille hatte sie einen breiten Munitionsgürtel aus Leder geschlungen. Sie stand ganz still, mit unbeweglichem Gesicht, den Blick starr geradeaus gerichtet.

Der Bischof fuhr in seiner Lesung fort. Als er fertig war, verkündete er, dass der Chor jetzt ein Kirchenlied singen würde. Dabei drehte er sich absichtlich zu den Sängern um, in der Hoffnung, dass auch die Menge ihnen ihre Aufmerksamkeit zuwenden würde. Aus den Augenwinkeln jedoch sah er immer noch nur zu deutlich die schweigende Frau, die vor den Särgen stand ...

»Führe mich, o großer Jehova, als Pilger durch dieses dürre Land.«

Klar und deutlich erklangen die Worte und vereinten die Vielzahl der Stimmlagen zu einer einzigen komplexen Stimme.

»Brot des Himmels. Brot des Himmels. Nähre mich, bis ich gesättigt bin ...«

Beim letzten Vers des Liedes gab der Bischof einem seiner Ministranten einen Wink. Daraufhin trat ein Mädchen aus der Menge vor, geführt von einer der Missionarsfrauen.

Sie trug ein frisch gebügeltes, blaues Kleid. Der weite Rock bauschte sich um ihre Knie, als sie vortrat. Sie hielt den Kopf gesenkt, und ihre dunklen Haare fielen ihr ins Gesicht. In den Armen trug sie zwei zerrupfte Blumensträuße aus wilden Orchideen, Sonnenblumen, Gartenblättern und Unkraut – ganz offensichtlich hatte das Mädchen die Blumen selbst gepflückt.

Als die kleine Gestalt auf die Särge zutrat, begann eine afrikanische Frau hinten in der Menge laut zu jammern. Andere schlossen sich ihr an, und bald übertönten ihre Klagen den Chor. Es war fast so, als habe die Beerdigung bis jetzt dem Bischof und seiner Gemeinde gehört, aber der Anblick des Kindes, das an die Särge seiner Eltern trat, löste einen kollektiven Schmerz aus, der sich in der

Liturgie nicht fassen ließ. Tiefe, ursprüngliche Trauer überwältigte die Menge.

Kate stand zwischen den beiden Holzkisten. Sie legte den ersten Blumenstrauß auf den Sarg ihres Vaters und rückte ihn sorgfältig auf der Mitte des Deckels zurecht. Dann drehte sie sich um zu dem anderen Sarg, in dem die Leiche ihrer Mutter lag. Sie blickte auf die Bretter, als versuche sie hindurchzusehen. Ob sie wohl die Augen offen hat?, fragte sie sich. Oder sind sie geschlossen, als ob sie schliefe …

Sie hatte die Leichen nicht mehr sehen dürfen. Sie hatten gesagt, sie sei ja noch ein Kind. Niemand hatte hinzugefügt, dass die Körper von Macheten aufgeschlitzt worden waren, aber Kate wusste, dass es so war.

Auch die Gesichter?, wollte sie fragen.

Aber offenbar hatte niemand von ihr erwartet, dass sie etwas sagte. Sie wollten, dass sie weinte, schlief, aß, Tabletten schluckte. Alles – nur Fragen durfte sie nicht stellen.

»Es ist ein Segen, dass du nicht da warst«, sagten sie immer wieder. »Gott sei Dank warst du hier im Internat. Wenn man daran denkt …«

Ein Journalist drängte sich durch die Menge und richtete seine Kamera auf sie, um den Augenblick einzufangen, wenn das Kind den zweiten Blumenstrauß niederlegte. Kate starrte ihn mit steinernem Gesicht an, als er sich vorbeugte, um sie besser ins Bild zu bekommen. Worte kreisten in ihrem Kopf wie ein Zauberspruch und hielten sie vom Denken ab.

Halte dein Herz fest. Es ist Gottes Wille.

Halte dein Herz fest.

Sie dachte die Worte auf Swahili – mit der Stimme der afrikanischen Hausmutter, die sie aus dem Schulbüro begleitet hatte, nachdem man es ihr gesagt hatte. Man hatte es ihr einfach so gesagt. Ein Mann bewegte die Lippen, Worte kamen heraus.

»Etwas Schreckliches ist geschehen ...«

Halte dein Herz fest.

Kate blickte auf und begegnete dem ruhigen Blick der rothaarigen Frau. Sie kam ihr irgendwie vertraut vor, aber die Verbindung war nicht stark genug, um die Erstarrung des Mädchens zu durchdringen. Nach einem kurzen Moment wandte Kate die Augen ab und blickte über den Friedhof hinaus. Die Bäume waren sattgrün. Die Erntezeit stand kurz bevor. Sie stellte sich den Mais auf den Feldern vor. Er reichte ihr bis über den Kopf. Die gelben Maiskörner wurden dick in ihren seidengesäumten Muscheln. Nur noch wenige Wochen, und die Hungerzeit würde wieder einmal vorüber sein ...

Kate ging zurück zu ihrem Platz neben der Frau des Arztes und blieb dort ganz still stehen, den Blick auf ihre Schuhe gerichtet – das glänzende schwarze Leder war staubig von dem feinen roten Sand.

»Sollen wir nach Hause gehen?«, flüsterte Mrs. Layton ihr ins Ohr. Kate blickte sie verwirrt an. »Ich meine, zu mir nach Hause«, fügte die Frau hinzu. »Du brauchst nicht mehr länger hier zu bleiben.« Sie versuchte, dem Kind zuzulächeln, aber ihre Lippen bebten.

Mrs. Layton nahm Kates Ellbogen und schob sie durch die Menge. Ein junger Mann mit Notizblock und Kamera eilte ihnen nach.

»Entschuldigung«, begann er, als er Kate eingeholt hatte. Er hatte ein freundliches Gesicht, aber bevor er noch etwas sagen konnte, scheuchte Mrs. Layton ihn fort.

»Reden Sie mit dem Bischof«, sagte sie zu ihm. Dann führte sie Kate rasch weg.

Als die Beerdigung vorüber und das letzte Lied gesungen war, begann sich die Gemeinde zu zerstreuen. Reporter eilten zu ihren Interviews, während die Missionare in kleinen Grüppchen herumstanden, als wollten sie nicht wahrhaben, dass der Gottesdienst beendet war.

Der junge Journalist trat auf den Bischof zu. Der Mann stand immer noch neben den beiden Gräbern und blickte auf die aufgeworfenen Erdhügel.

»Bischof Wade, ich habe ein paar Fragen …«, begann der Journalist.

»Die Mission hat eine Erklärung herausgegeben«, schnitt ihm der Bischof das Wort ab.

Der junge Mann nickte. Er hatte das Dokument vor zwei Tagen gelesen. Es hatte lediglich den Mord an zwei Missionaren, Dr. Michael Carrington und seiner Frau Sarah, in einer abgelegenen Station im Westen, nahe der Grenze zu Ruanda, bestätigt. Ein Motiv für die Morde war nicht bekannt. Dann hatte lediglich noch dagestanden, dass ein dritter Europäer, der zur Zeit des Zwischenfalls zu Besuch in der Station gewesen war, nicht verletzt worden sei. Das war alles. Eine weitere »Information«, die sich jedoch trotzdem rasch in Dodoma herumgesprochen hatte, wurde nicht erwähnt. Offenbar war das weibliche Opfer vor seinem Tod nackt ausgezogen worden, und man hatte ihr bizarrerweise, so ging das Gerücht, ein Ei in den Mund gestopft.

»Es gibt noch einige Punkte, zu denen ich gerne ein paar Details wissen würde«, sagte der Journalist.

Der Bischof blickte zustimmend auf. Er sah müde und erschöpft aus, jetzt, da er die Beerdigung hinter sich gebracht hatte. Der Journalist vermutete, dass er ihm wahrscheinlich nicht allzu viele Fragen stellen konnte.

»Können Sie bestätigen, dass ein Ei …«, begann er. Der Bischof warf ihm einen gequälten Blick zu, aber der junge Mann fuhr fort. »In … Mrs. Carringtons … Mund war?«

Der Bischof nickte. »Da der Überfall Ostern stattgefunden hat, sollte es wahrscheinlich eine Anspielung auf die christliche Sitte des Eierversteckens zu dieser Zeit sein.« Seine Stimme klang monoton, als rezitiere er lediglich eine Antwort, die er vorbereitet hatte. »Auf der ganzen Welt, wo immer die Liebe Gottes gepredigt wird, gibt es Menschen, die mit Hass darauf reagieren.« Er holte tief Luft. Der Journalist blickte auf seinen Notizblock und stellte noch eine Frage.

»Wie alt ist das Mädchen?«

»Zwölf.«

»Was geschieht mit ihr?«

»Sie wird nach Australien zurückkehren. Es gibt keine nahen Verwandten, und der Missionssekretär wird ihr Vormund werden. Man wird gut für sie sorgen, und sie wird auf die besten Schulen gehen.«

Der Journalist machte sich Notizen. »Wie kommt sie damit zurecht?«, fragte er.

»Sie ist stark«, erwiderte der Bischof bekümmert. »Wir können nur beten, dass ihr Glaube ihr hilft.«

Ein weiterer Journalist tauchte neben ihnen auf – ein älterer Mann mit spärlichem grauem Haar und einem erhitzten Gesicht. Als er den Mund öffnete, um etwas zu sagen, schüttelte der Bischof den Kopf.

»Genug. Bitte …« Er wandte sich ab.

Der neu Hinzugekommene ließ sich jedoch nicht abschrecken und stellte seine Frage. »Die andere Person, die zu Besuch war. Es war eine Frau, nicht wahr – eine Miss Annah Mason?«

»Ja, das stimmt«, erwiderte der Bischof und wandte sich zum Gehen.

Beide Journalisten hefteten sich an seine Fersen.

»Hat sie den Mord mit angesehen? War sie dabei?«, fragte der ältere Journalist. Ohne die Antwort des Bischofs abzuwarten, fuhr er fort: »Wie kommt es denn, dass sie sie nicht mal angerührt haben? Ich meine, wenn man bedenkt, was den anderen beiden passiert ist ...«

Der jüngere Journalist verzog entsetzt das Gesicht bei dieser Frage, aber er lief trotzdem weiter neben den beiden her.

»Und diese ... Miss Mason ... stimmt es, dass sie zu Ihren Missionaren gehört und dass man sie gezwungen hat, ihren Dienst zu quittieren? Können Sie mir sagen, warum?«

Der Wortschwall des Mannes brach plötzlich ab, als der Bischof sich umdrehte. Er war ein großer Mann, und jetzt war sein Gesicht vor Zorn ganz starr. Beide Journalisten traten einen Schritt zurück.

Der Bischof ließ sie einfach stehen und ging.

»Sie war nämlich hier, wissen Sie«, sagte der Grauhaarige. »Miss Mason.« Er leckte sich über die Lippen, als freute er sich schon auf ein kühles Getränk.

Der andere Journalist blickte sich um. »Haben Sie mit ihr gesprochen?«

»Das wollte ich zuerst.« Der Mann kratzte sich an der Nase. »Aber dann hat mir einer ihrer Leibwachen seine Speerspitze gezeigt, und die sah sehr scharf aus.« Er schüttelte den Kopf. »Schade.« Dann schob er seinen Bleistiftstummel in die Hosentasche und ging achselzuckend davon.

Kate saß in einem sonnendurchfluteten Wohnzimmer mit Fremden, die ihr etwas zu essen anboten. In ihrem Mund schmeckte alles nach kaltem Blei. Nach ein paar mühsamen Bissen schob sie ihren Teller weg.

Dann ging man mit ihr in einen Lagerraum, in dem einige Truhen aufgereiht standen. Mrs. Layton erklärte ihr, jemand in der Station Langali habe die Habseligkeiten ihrer Familie eingepackt und hierher geschickt. Die Kisten würden demnächst nach Australien verschifft. Sie reichte Kate ein paar Dinge, die man für sie beiseite gelegt hatte – Dinge, von denen Mrs. Layton annahm, dass das Mädchen sie gerne bei sich haben wollte. Die Bibel ihres Vaters und die wenigen Schmuckstücke ihrer Mutter.

»Danke«, sagte Kate. Sie warf kaum einen Blick darauf und ließ alles einfach zu Boden fallen. Dann trat sie zu einer der Truhen und sah sich an, was eingepackt worden war. Sie holte eine ihrer Puppen heraus – es war diejenige, die man jedes Jahr zu Weihnachten, in ein weißes Tuch gewickelt, als Jesus in die Krippe gelegt hatte.

»Du kannst sie auch mitnehmen«, schlug Mrs. Layton vor. Kate sah ihr an, dass ihr die Vorstellung gefiel, dass eine Puppe sie trösten könnte.

Sie warf die Puppe zurück in die Kiste und blickte in einen Pappkarton voller alter Kleider.

»Das sind Sachen, die du wohl nicht behalten musst«, sagte Mrs. Layton. »Hauptsächlich Kleider. Wir werden sie den Afrikanern geben.« Stirnrunzelnd beugte Kate sich vor und ergriff ein paar Schuhe. Sie gehörten Sarah. Ihre Alltagsschuhe – die Schuhe, die sie trug, wenn sie in der Küche, im Krankenhaus und auf dem Gelände herumlief. Sie waren sauber geputzt, aber ganz weich und abgenutzt. Kate drückte sie ans Gesicht und atmete den herben Geruch von getrocknetem Schweiß ein.

Nach einer Weile trat Mrs. Layton zu ihr und legte ihr die Hand auf die Schulter. »Weine ruhig, Liebes. Es ist besser, es herauszulassen.«

Kate hielt den Kopf gesenkt. Sie konnte nicht weinen. Die Tränen schienen in ihr festzustecken, in einem harten Klumpen Schmerz, der ihr im Hals saß.

Allein in ihrem kahlen Gästezimmer, kniete Kate sich vor das Bett, um zu beten. Sie konnte nicht denken, empfand nichts. Sie fühlte sich leer und verloren – als ob auch sie nicht mehr lebte. Sie fragte sich, ob das wohl an der Tablette lag, die Dr. Layton ihr gegeben hatte. Nach ein paar Minuten stand sie wieder auf. Ihr Blick fiel auf Sarahs Schuhe, und sie zog sie an. Sie waren ihr viel zu groß, und wenn sie versucht hätte, darin zu gehen, wären sie ihr von den Füßen gefallen. Kate setzte sich still auf die Bettkante und ließ sich von den abgenutzten Schuhen trösten. Sie spürte die Konturen, die die Füße ihrer Mutter hinterlassen hatten, unter ihren eigenen Füßen. Fast konnte sie sich vorstellen, dass Sarah sie gerade ausgezogen hatte. Dass sie noch warm waren ... Es beruhigte sie, zumindest so lange, bis die Tablette ihre Wirkung tat und den Schmerz betäubte.

Schläfrig legte Kate sich ins Bett und schlüpfte zwischen die gespannten Laken. Dann hörte sie, wie die Tür aufging. Rasch schloss sie die Augen. In Erwartung einer weiteren Umarmung versteifte sie sich – schon wieder ein Fremder, der sie berührte. Die Mutter von jemand anderem.

Aber die Gestalt neben ihrem Bett roch nach kalter Asche und Butter. Kate blinzelte.

»Ordena?«, flüsterte sie den Namen ihrer alten Ayah. Nein, sagte sie sich, das kann nicht sein. Wer sollte sie denn hierher gebracht haben? Den ganzen Weg von Langali ...

»Habe ich dich nicht als kleines Kind in meinen Armen gehalten?«, antwortete die Frau.

»Du bist gekommen«, hauchte Kate. Sie konnte es kaum glauben.

»Ganz richtig, ich bin gekommen.« Ordena nahm Kate in die Arme. Langsam und sanft wiegte sie sie, als sei sie wieder ein Baby. Vor und zurück schaukelte die alte Amme im gleichmäßigen Rhythmus eines afrikanischen Wiegenlieds. Nach und nach wich die Starre von Kate, und sie schmiegte sich in die vertraute Umarmung. Und endlich flossen die Tränen.

Teil eins

1

Melbourne, Australien, 1990

Neben Kates Ellbogen tauchte ein Silbertablett mit Champagnergläsern auf. Sie nahm eines und stellte es vorsichtig neben ihre Papiere.

»Danke.« Sie blickte auf und las das Namensschild an der Bluse der jungen Krankenschwester. *Meg McCausland*, stand dort, *Aushilfe*. »Kommen Sie von der Agentur?«

Meg nickte. »Ich war vor ein paar Monaten schon einmal hier. Ich dachte, über Weihnachten sei es vielleicht ruhiger.«

Kate schüttelte den Kopf. »Nein, da haben wir am meisten zu tun.« Leiser fuhr sie fort: »Sie sagen ihren Freundinnen, sie führen über Weihnachten weg – und dann kommen sie hierher. Neujahr können sie dann wieder nach Hause.«

Meg grinste. »Faltenlos und um Jahre verjüngt! Keine schlechte Idee vermutlich – wenn man es sich leisten kann.«

Lächelnd trank Kate einen Schluck Champagner. Die kalten Bläschen prickelten auf ihrer Zunge, aber der Nachgeschmack war voll und weich. Sie blickte auf die Uhr und wandte sich wieder ihren Papieren zu.

Meg blieb in der Nähe und füllte neues Duftöl in eine

Schale. Sie hielt das Fläschchen hoch und las laut, was auf dem Schildchen stand.

»*Weihrauch aus Bethlehem – für Weihnachten.*« Sie seufzte. »Jedes Jahr ringe ich mich wegen der Bezahlung zu dieser Schicht durch. Und wenn es dann so weit ist, bedauere ich es.« Sie drehte sich zu Kate um. »Was ist mit Ihnen? Haben Sie keinen Urlaub bekommen?«

»Mir macht es nichts aus, Weihnachten zu arbeiten.« Kate unterbrach ihre Arbeit nicht. »Ich bin nicht religiös.«

»Aber was ist mit dem Weihnachtsessen?«, fragte Meg. »Fehlt Ihnen die Familienfeier nicht?«

Kate schüttelte den Kopf. Sie beugte sich vor und nahm ein paar welke Blütenblätter weg, die aufs Telefon gefallen waren.

»Dann wohnen Ihre Eltern wohl nicht in Melbourne?«, fuhr Meg fort.

»Nein.«

»In einem anderen Bundesstaat?«

Kate ordnete die Unterlagen. Sie spürte, dass Meg auf eine Antwort wartete.

»Sie sind tot«, erwiderte sie abrupt. »Sie sind vor Jahren bei einem Unfall ums Leben gekommen.«

Entsetzt und verlegen starrte Meg sie an. »Es tut mir Leid«, sagte sie. »Es tut mir wirklich Leid.« Sie schwiegen beide. Irgendwo im Gebäude wurden Weihnachtslieder gesungen.

»Ist schon gut«, erwiderte Kate, die Mitleid mit der jungen Frau bekam. Sie nahm einen Plan und hielt ihn ihr hin. »Sie machen jetzt besser weiter. Ms James wartet darauf, dass ihr Verband entfernt wird. Sie liegt in Suite zwei. Die Patientinnen haben es nicht so gern, wenn man sie warten lässt.«

»Das habe ich schon gemerkt.« Meg wirkte erleichtert

über den Themenwechsel. »Ehrlich, ich weiß gar nicht, wie Sie das die ganze Zeit hier aushalten. Es wird ja gut bezahlt, aber trotzdem …«

»Mir gefällt es hier«, erwiderte Kate.

Meg zog die Augenbrauen hoch. »Sie meinen – das alles?« Sie blickte sich in dem üppig eingerichteten Raum um. Im Willoughby Center für Schönheitschirurgie wurden keine Kosten und Mühen gescheut. Selbst der Weihnachtsbaum passte farblich zur Einrichtung – er war beige und mit goldenen Cherubinen und babyblauen Bändern geschmückt.

»Nein«, erwiderte Kate hastig, »das nicht. Mir gefällt die Tatsache, dass die Menschen hier sein wollen. Sie kommen aus freiem Willen. Es ist nicht wie in einem echten Krankenhaus, es gibt keine Notfälle. Alles ist unter Kontrolle …«

»Warum sind Sie denn Krankenschwester geworden, wenn das Ihre Meinung ist?«, fragte Meg.

Kate schwieg einen Moment und sagte dann achselzuckend: »Die übliche Geschichte, vermutlich. Florence Nightingale …«

»Ach so.« Meg nickte. »Sie meinen die Männer in den weißen Kitteln.«

Lächelnd schüttelte Kate den Kopf. Sie kannte viele Krankenschwestern, die es darauf anlegten, sich einen Arzt zu angeln, aber sie gehörte nicht dazu.

Ein Licht blinkte auf, und Meg verschwand auf die Station.

Kate widmete sich wieder ihrem Schreibkram. Sie beeilte sich jetzt, und ihre Handschrift wurde unleserlich. Wenn Meg zurückkam, beschloss sie, würde sie schon fort sein. Sie hatte genug von unverblümten Fragen und der Erwartung, dass sie darauf antwortete. Wie sind Sie auf die Idee gekommen, Krankenschwester zu werden?, hatte Meg wissen wollen. Kate lächelte grimmig und fragte sich, was die Frau wohl dächte, wenn sie die wahre Antwort kennen würde: Kate hatte nie Krankenschwester werden wollen. Die Wahl war für sie getroffen worden, als sie erst fünfzehn Jahre alt gewesen war; das Schicksal hatte ihren Weg unwiderruflich vorgezeichnet …

Kate hatte auf dem Rasen im Schulgarten gelegen, als sie ins Büro der Direktorin gerufen wurde. Es war nicht ungewöhnlich für sie, dass man sie zu Miss Parr bestellte. Die Mission überließ der Schule die meisten Angelegenheiten, die ihr Wohlergehen betrafen, und man rief sie regelmäßig, um mit ihr alles Mögliche zu besprechen, von Geburtstagspartys bis hin zu neuen Sportsachen. Heute jedoch hatte Kate ein unbehagliches Gefühl. Ostern stand vor der Tür und damit der unerwähnte, ungefeierte Jahrestag ihrer Ankunft in der Schule. Kate Carrington – das junge Mündel der Mission. Ein mürrisches Mädchen mit einem Koffer, ohne Familie und ohne Zuhause; eine Ausländerin, die das Geld in Cents und Shilling zählte und ständig in Swahili verfiel …

Mit der Aufforderung der Sekretärin in der Hand, trat Kate an Miss Parrs Tür. Nachdem sie sich die Haare zurückgestrichen und ihren Rock geglättet hatte, klopfte sie an.

»Herein«, ertönte Miss Parrs tiefe Stimme.

Als Kate den Raum betrat, sah sie sich einem großen Mann in einem marineblauen Anzug gegenüber. Sie wusste sofort, dass er nicht von der Mission kam – der Sekretär und seine Kollegen trugen entweder Safarianzüge aus Nylon oder Sportjacketts und Hose. Höflich schüttelte sie dem Mann die Hand.

»Wir kennen uns schon«, sagte er. Bei diesen Worten

beugte er sich zu ihr hinunter. In seiner Stimme lag eine Traurigkeit, die Kate den Magen zusammenschnürte.

»Mr. Marsden ist Journalist«, warf Miss Parr ein. »Er hat dich vor ein paar Jahren interviewt wegen dem, was deinen Eltern zugestoßen ist. Jetzt möchte er eine Fortsetzung seines Berichts schreiben. Der Sekretär der Mission billigt es.« Sie warf Kate einen durchdringenden Blick zu. »Aber du sollst natürlich selbst entscheiden. Wenn du nicht willst, musst du nicht.«

Kate verspürte kurz Erleichterung. Miss Parr sagte nie etwas, was sie nicht auch meinte. Wenn Kate sie darum bäte, würde sie den Mann einfach wieder wegschicken. Aber dann fiel Kate ein, was sie über den Missionssekretär gesagt hatte – er wollte, dass sie das Interview gab. Jahrelang hatte die Mission alles für Kate bezahlt – Schule, Urlaub, Zahnarztbesuche, Friseur, sogar ihre Hauskatze. Die Organisation war auf Schenkungen und Geldspenden angewiesen, das wusste Kate, und man hatte ihr gesagt, dass die erste Geschichte über sie tausend Dollar eingebracht habe. Das Gleiche würde möglicherweise jetzt auch wieder passieren.

»Mir macht es nichts aus«, sagte Kate zu dem Journalisten und rang sich ein Lächeln ab.

Der Journalist stellte Fragen über Kates Freundschaften, ihre Hobbys, ihre Lieblingsfächer in der Schule und machte sich Notizen auf seinem Block. Kate beantwortete jede seiner Fragen ausführlich, weil sie sich schon vor der nächsten fürchtete. Ihr war klar, dass der Mann nicht wirklich an Einzelheiten ihres Alltags interessiert war. Früher oder später würde er auf den Punkt kommen. War sie glücklich? Hatte sie die Vergangenheit hinter sich lassen können – oder hatte die Tragödie von Langali ihr Leben zerstört? Die Panik saß ihr wie ein harter, kalter Kloß im Hals. Aber die direkten Fragen kamen nicht, und auf einmal merkte Kate, dass der Journalist nicht den Mut hatte, sie ihr zu stellen. Sie begann sich zu entspannen. Während sie von ihrer Katze erzählte, blickte sie dem Mann über die Schulter. Auf dem Baum draußen vor dem Fenster saß ein Vogel, baumelnde Würmer im Schnabel, auf dem Nest mit seinen Jungen.

Schließlich klappte der Mann sein Notizbuch zu und nickte Miss Parr zu – doch dann fiel ihm noch eine abschließende Frage ein. »Und was willst du tun, wenn du mit der Schule fertig bist?«

Kate starrte ihn einen Moment lang an, dann blickte sie zu Boden. Es war eine einfache, faire Frage, aber sie hatte keine Ahnung, was sie darauf antworten sollte. Wenn sie versuchte, sich ihre Zukunft vorzustellen, kam sie ihr genauso leer und ohne Bezug zu ihr vor wie ihre Vergangenheit. Nur die Gegenwart schien eine gewisse Form oder Bedeutung zu haben. Aber diese Gedanken würden Miss Parr sicher nicht gefallen. Am St. John's College sagte man den Schülern immer, wie wichtig es sei, nach vorn zu blicken und sich Ziele zu setzen.

»Ich möchte Krankenschwester werden«, hörte sie sich sagen. Die Worte kamen erstaunlich sicher und kraftvoll. »Ich möchte in Afrika arbeiten, wie meine Eltern.«

In dem Schweigen, das folgte, hörte man nur das scharrende Geräusch, mit dem der Stift des Mannes über das Papier glitt. Draußen schrien die kleinen Vögel nach mehr Futter.

»Danke.« Der Journalist strahlte. »Das ist wundervoll.«

In der Woche darauf war der Artikel erschienen. Obwohl die Frage nach Kates Zukunftsplänen nur einen Bruchteil des Interviews ausgemacht hatte, bildete sie jetzt das Herzstück des Artikels. In der Zeitung war ein großes Foto von Kate, die ihre Katze ans Gesicht gedrückt hielt, und darunter stand in fetten Buchstaben die Schlagzeile:

Tapfere Tochter tritt in die Fußstapfen der Eltern.

Der Artikel wurde von vielen Leuten gelesen. In den Wochen und Monaten, die folgten, gratulierte man Kate immer wieder zu ihrem Mut und ihren Plänen. Und damit schien ihre Zukunft besiegelt zu sein. Wann immer sie in Erwägung zog, ihre Pläne zu ändern, kam es ihr vor wie ein Verrat am Vermächtnis ihrer Eltern. Der Mission. Gott. An allem, was eine Rolle spielte.

Kate parkte auf ihrem üblichen Platz unter dem dichten Blätterdach einer Linde. Während sie den Weg zum Haus hinaufging, betrachtete sie die Fassade des schmalen viktorianischen Reihenhauses. Das Haus wirkte trist und unbewohnt. Das vordere Schlafzimmer stand leer, und die Vorhänge waren nur selten zurückgezogen. Der einsame Weihnachtsschmuck – ein kleiner Kranz an der Tür – wirkte irgendwie fehl am Platz.

Im Flur war es dämmerig und still. Kate hängte ihre Tasche und ihre Jacke auf und ging direkt zum Wohnzimmer im hinteren Teil des Hauses. Dort öffnete sie die Terrassentüren und trat in ihren Garten.

Die Nachmittagsschatten waren schon länger geworden, aber die Sonne wärmte immer noch. Kate stand auf ihrer Terrasse und spürte die Sonnenstrahlen auf ihren Schultern. Lächelnd blickte sie sich um. Der Sommer war dieses Jahr nach einem regenreichen Frühling früh gekommen, und die Mischung aus Hitze und Feuchtigkeit hatte alles wild wuchern lassen. Immergrüne Gewächse, Stauden und einjährige Pflanzen, alles stand in Blüte. Die Buchsbaumhecke war frisch geschnitten, die Pfade von Moos und Unkraut befreit, und jeder Zentimeter

Erde war sorgfältig mit Mulch bedeckt. Nie hatte der kleine Garten schöner ausgesehen.

Kate schlenderte über den Gartenweg und betrachtete jedes Beet. Sie blieb stehen, um die Knospe einer altmodischen Rose zu bestaunen, berührte die noch fest geschlossenen Blütenblätter, deren samtige Haut blass rosa schimmerte. Fast konnte sie den verborgenen Duft schon riechen.

Da erschütterte plötzlich ein lauter Knall die Luft. Kate erstarrte und blickte auf. Der Lärm war verklungen, aber er schwang in der Stille noch nach. Sie kannte dieses Geräusch. Sie irrte sich ganz bestimmt nicht. Das war ein Schuss gewesen – und er war in der Nähe abgefeuert worden, nicht weit entfernt.

Kate rannte zum Gartenzaun. Wenn sie sich auf die Zehenspitzen stellte, konnte sie zum Nachbarhaus blicken. Zuerst wirkte alles normal – das große, ungepflegte Grundstück, das Herrenhaus mit den heruntergelassenen Rollläden, die Hintertür, die ein wenig offen stand. Kate blickte durch den Garten, und ihre Augen weiteten sich, als sie neben dem Jacarandabaum eine Gestalt am Boden liegen sah. Und daneben lag ein Gewehr mit einem langen Lauf.

Kate rannte am Zaun entlang. Irgendwo, das wusste sie, gab es eine Stelle, wo man drei Bretter beiseite schieben und sich hindurchquetschen konnte. Es dauerte eine Weile, bis sie die Stelle fand, da sie hinter einer Gruppe von Stechpalmen verborgen lag. Hastig zwängte sie sich durch die Büsche, ohne darauf zu achten, dass sie Äste abbrach. Sie machte sich Sorgen. Vielleicht hätte sie zuerst ins Haus laufen und einen Krankenwagen rufen sollen. Als sie sich durch den engen Spalt quetschte, blieb sie mit dem Rock ihrer Schwesterntracht an einem Nagel hängen.

In dem großen Garten rannte sie zu dem Jacarandabaum. Als sie näher kam, erkannte sie ihre Nachbarin. Die Frau war erst kürzlich eingezogen, aber Kate hatte sie bereits über den Zaun hinweg gesehen – eine große, einsame Gestalt mit wilden grauen Haaren, die sie zu einem unordentlichen Knoten aufgesteckt hatte.

Als Kate sie erreichte, untersuchte sie sie sofort auf eine Wunde oder Blut, fand aber nichts. Die Frau lag einfach nur keuchend da.

»Sind Sie in Ordnung?«, fragte Kate.

Die Frau drehte den Kopf. Große graugrüne Augen musterten Kate – nicht ausdruckslos, sondern forschend. Ein langer Augenblick verging. Dann begann die Frau sich aufzurichten, wobei sie sich an den Ästen des Baumes festhielt. Kate blieb neben ihr stehen, unschlüssig, ob sie ihr helfen sollte oder nicht. Die Frau strahlte Unabhängigkeit aus. Als sie, immer noch außer Atem, endlich aufrecht stand, drehte sie sich zu Kate um und lächelte zittrig. Dann wies sie triumphierend auf eine große schwarze Schlange, die sich in zwei Hälften unter einem Strauch wand. Kate blieb in sicherer Entfernung von der verwundeten Schlange stehen. Der Kopf, das wusste sie, konnte immer noch zubeißen. Es überraschte sie, hier in Parkville eine Schlange zu sehen. Wahrscheinlich ist sie vom Bach heraufgekommen, dachte sie, und hat den verwilderten Garten für eine Art Buschlandparadies gehalten.

»Sind Sie in Ordnung?«, wiederholte Kate. Ihre Nachbarin atmete noch immer keuchend und hielt sich am Baum fest. Kate vermutete, dass der Rückstoß des schweren Gewehrs sie umgeworfen hatte.

»Ja, gleich, mir geht es nicht so gut, wissen Sie.« Die Frau mied Kates Blick, als ob ihr Zustand ihr peinlich sei. Kate stellte fest, dass sie trotz ihrer grauen Haare nicht alt war. Sie schätzte sie auf Anfang Fünfzig. Es war allerdings schwer zu sagen, weil sie das harte, alterslose Aussehen eines Menschen hatte, der viele Jahre in der Sonne verbracht hat.

Die Frau gab Kate zu verstehen, dass sie sie stützen sollte. Bevor sie ihren Arm ergriff, hob Kate das schwere Gewehr auf, wobei sie automatisch überprüfte, ob der Lauf leer war, obwohl es gerade erst abgefeuert worden war. Der Geruch von Gewehröl drang ihr in die Nase, und mit ihm stieg eine Erinnerung auf – ein Bild aus den Tiefen der Vergangenheit …

Heiße Sonne auf trockenem Gras. Ein kleines Mädchen, das langsam und vorsichtig, leise wie eine Katze vorwärtsschleicht. Keine knackenden Zweige oder raschelnden Blätter. Ihre Augen sind fest auf die Hand ihres Vaters gerichtet. Stopp!, signalisiert er. Eine hektische Handbewegung. Er hat etwas gesehen. Sie erstarrt mitten im Schritt. Er hockt sich hin, zielt – feuert. Und dann ist es auf einmal nicht mehr still. Er grinst. Sie lacht laut. Heute Abend werden sie etwas Gutes essen …

Das kalte Gewicht des Gewehres zerrte schwer an Kates Arm, als sie auf ihre Nachbarin zutrat. Die plötzliche Nähe machte sie verlegen. Eine Strähne des grauen Haars streifte ihre Wange, und sie atmete einen schwachen Hauch von Schweiß, vermischt mit einem schweren Parfüm ein.

Sie traten auf die hintere Veranda und gingen zu einem hölzernen Gartenstuhl. Er war unter dem Dach hervorgezogen und stand an einem Kreis aus Ziegelsteinen mit halb verbrannten Holzscheiten und rauchender Asche.

Kate kannte diese Feuerstelle. Die Frau hatte gleich am Tag, nachdem sie eingezogen war, das erste Feuer entzündet. Als Kate den Rauch bemerkt hatte, hatte sie angenommen, dass ihre neue Nachbarin Gartenabfälle verbrannte, aber als sie verstohlen über den Zaun gespäht hatte, saß die grauhaarige Gestalt am Lagerfeuer und starrte in die Flammen. Stunden später saß sie immer noch so da. Und dann, in der Abenddämmerung, waren ein Kessel und ein Campingkocher aufgetaucht, und die Frau hatte angefangen zu kochen.

»Soll ich jemanden für Sie anrufen?«, fragte Kate, als sie den Stuhl erreicht hatten.

»Nein, nein, es geht schon. Ich bin es gewöhnt, allein zu sein.« Sie konnte den Akzent der Frau nicht einordnen – er war weder australisch noch britisch, besaß allerdings Anklänge von beidem und einen Unterton von noch etwas anderem.

»Nun.« Kate blickte sich um und überlegte, was sie noch tun konnte. »Soll ich Ihnen ein Glas Wasser holen?«

»Danke.« Als die Frau lächelte, erschienen Lachfältchen in ihren Augenwinkeln, und Kate dachte, dass sie früher einmal sehr schön gewesen sein musste. Sie war es eigentlich immer noch. Ihre Haare waren dick und glänzend, und sie hatte die starken Knochen, die ein Gesicht auf natürliche, gute Weise altern lassen. Offensichtlich trug sie Gartenkleidung – zerschlissene Khakihosen und ein zerknittertes Leinenhemd. Anscheinend feierte sie heute auch nicht Weihnachten.

»Im Kühlschrank ist frischer Limonensaft.« Die Frau wies auf die Hintertür. »Und auf dem Regal in der Küche stehen zwei Gläser.«

Von der Hintertür aus gelangte man direkt in eine altmodische Küche. An der einen Wand stand ein mit Holz befeuerter Herd und in der Mitte ein blank gescheuerter Pinienholztisch. Abgesehen davon gab es nur noch die Spüle und ein paar Einbauschränke. Es standen keine Tassen, Schüsseln oder Töpfe herum, keine Flaschen oder Dosen. Es gab überhaupt keine Spuren von Essen.

Selbst dafür, dass die Frau erst vor kurzem eingezogen war, wirkte der Raum seltsam leer.

Kate öffnete die Kühlschranktür. Auch er war fast leer. Ein paar Karotten, ein Apfel, ein Päckchen Butter – und eine weiße Porzellanteekanne. Kate schüttelte den Kopf. Die Frau muss verrückt sein, dachte sie. Sie schießt auf Schlangen, kocht draußen und stellt ihre Teekanne in den Kühlschrank. Als Kate jedoch den Deckel der Kanne abhob, stieg ihr der Duft von frisch gepresstem Limonensaft in die Nase. Dicke Scheiben der grünschaligen Frucht schwammen in der Flüssigkeit. Kate sah aus dem Fenster. Die Frau saß immer noch in dem Stuhl, in den Kate sie gesetzt hatte. Sie schlief jedoch nicht, sondern saß kerzengerade da und blickte zur Hintertür. Offensichtlich wartete sie darauf, dass Kate zurückkam.

Kate schenkte zwei Gläser Saft ein und trug sie nach draußen. Die Frau wies sie an, sie auf die Erde neben der Feuerstelle zu stellen, und sich dann einen Stuhl von der Veranda zu holen. Als Kate saß, trank sie einen kleinen Schluck Saft. Er war kalt und sauer – nur leicht gesüßt – und sehr erfrischend. Es war noch die Spur eines anderen Aromas darin enthalten. Kate trank noch einen Schluck und versuchte, es zu identifizieren.

»Basilikum«, sagte die Frau.

»Ah.« Kate nickte.

Schweigend saßen sie da, tranken und sahen dem Rauch zu, der immer noch aufstieg. Kate atmete den Geruch des erlöschenden Feuers ein – die alte Asche, die von der Sonne wieder erhitzt worden war. Er war ihr vertraut, aber fern, er gehörte zu einer anderen Welt. Die Grillfeuer, an denen sie jeden Sommer saß, wurden immer wieder frisch entzündet und dann weggeräumt. Solche Feuerstellen waren jedoch etwas anderes. Man hielt sie am Brennen, um nachts die Löwen fern zu halten und um tagsüber zu kochen. Sie hatten ein längeres Leben. Die Ascheschichten bauten sich auf, markierten jeden Tag, der verging, jede Mahlzeit, jede Geburt, jeden Tod …

In der Ferne ertönte Glockenläuten. Die beiden Frauen blickten einander an – ein gemeinsamer Gedanke, den sie nicht aussprachen. Es war Weihnachten. Und beide waren sie allein.

»Mein Name ist Jane.«

»Ich bin Kate.«

Wieder Schweigen. Kate bemerkte, dass an einem Obstbaum in der Nähe eine knochige braune Ziege angebunden war. Sie kaute an einem der unteren Äste und suchte mit ihren weichen Lippen nach zarteren, frischeren Blättern.

»Sie wird mir das Gras kurz halten«, sagte Jane. »Der Garten ist ein bisschen verwildert.«

Kate nickte höflich lächelnd. Das war eine leichte Untertreibung. Im letzten Jahr hatte das Haus leer gestanden und der Garten war völlig zugewuchert. Kate beobachtete, wie die Ziege einige Blätter abriss. Wenn sie in dieser Geschwindigkeit weitermachte, würde sie den gesamten Garten in null Komma nichts abgefressen haben. Ihr fiel ein, was für eine Aufregung das Eintreffen der Ziege verursacht hatte. Die Anwohner der Straße hatten sich bei dem Makler beschwert, mussten aber zu ihrem Schrecken erfahren, dass die Frau nicht einfach nur einer der vielen Mieter war, die das Haus im Laufe der Jahre bewohnt hatten, sondern dass es ihr gehörte. Sie war die Eigentümerin und gerade erst aus Übersee zurückgekehrt. Wenn sie sich ein Tier im Garten halten wollte, so war das einzig und allein ihre Angelegenheit. Binnen kurzem besiedelten auch Hühner den Garten –

man konnte sie in den Bäumen schlafen sehen, und in der Morgendämmerung krähte der Hahn. Und ständig hing Holzrauch in der Luft. Die Anwohner begannen, Kate auf der Straße anzusprechen und ihr Fragen über die neue Nachbarin zu stellen. Kate beschloss, ihnen nichts davon zu erzählen, dass die Frau seit ihrer Ankunft praktisch draußen gelebt hatte. Manchmal hatte sie sogar auf der Veranda geschlafen. Sie hatte das Gefühl, das ginge die anderen nichts an. Und sie wollte sich auch nicht an dem Klatsch beteiligen.

»Wie lange wohnen Sie schon hier?«, fragte Jane Kate und wies mit dem Kopf auf das kleine Reihenhaus.

»Oh, lange schon …«, erwiderte Kate vage. »Immer mal wieder.«

Jane blickte sie prüfend an. »Woher wussten Sie, dass es ein Loch im Zaun gibt?«

Kate zögerte, sah aber nicht ein, warum sie ihr nicht die Wahrheit erzählen sollte. »Ich habe es selbst gemacht. Als Kind habe ich hier im Garten gespielt. Das Haus stand leer.« Sie ließ ihren Blick über den großen Garten wandern. »Es war so, als hätte ich ein ganzes Königreich zum Erforschen.«

»Also sind Sie hier aufgewachsen?«, fragte Jane.

»Eigentlich nicht. Es gehörte zwar meiner Familie, wir haben aber nur zwei Jahre hier gewohnt.« Kate überlegte krampfhaft, wie sie das Thema wechseln könnte.

»Vermutlich haben Sie dort ›Haus‹ gespielt?« Jane wies quer durch den Garten auf eine knorrige alte Trauerkirsche.

Kate warf ihr einen überraschten Blick zu. »Ja.«

Jane lächelte, und ihr Gesicht wirkte auf einmal jugendlich schön. »Wenn im Sommer die Blätter dicht waren, sind Sie hineingekrochen und haben sich wie abgeschnitten von der Welt gefühlt.«

Kate blickte sie an. Genau so war es gewesen.

»Ich habe als Kind auch in diesem Garten gespielt«, erklärte Jane. »Es war das Haus meiner Großmutter.«

In einem nahen Baum begann eine Grille zu zirpen. Ein Huhn scharrte vor der Hintertür. Kate hatte keine Lust, sich weiter zu unterhalten. Jane offensichtlich auch nicht. Aber das Schweigen zwischen ihnen war nicht peinlich. Wie sie dasaß, das leere Glas, das langsam warm wurde, in ihrer Hand, fühlte sich Kate wie hypnotisiert vom Frieden des späten Nachmittags.

Nach einer Weile beugte sich Jane vor zu einem Klapptisch neben ihrem Stuhl, und Kate stellte fest, dass dort ein altertümlicher Plattenspieler stand. Der mit grünem Leder bezogene Kasten war zerbeult und fleckig. An einem der Griffe hing noch der zerfetzte Aufkleber einer Fluggesellschaft. Als Jane den Deckel hob, und Kate den Plattenteller und den glänzend schwarzen Plattenarm sah, durchzuckte sie Erkennen. Als sie ein Kind war, hatten sie auch so einen Plattenspieler gehabt. Er war damals neu und makellos gewesen – ein geheiligter Familienschatz, den sie nicht berühren durfte.

Ein Kratzen und Rauschen ertönte, und dann waren die ersten Takte einer berühmten Arie zu hören. Die Stimme einer Frau drang voll und kräftig durch den Garten und rief eine tiefe, namenlose Sehnsucht hervor.

Während sie lauschte, blickte Kate zu ihrem Haus. Es aus diesem Blickwinkel zu sehen erinnerte sie daran, wie sie früher in ihrem geheimen Garten gesessen und den Ort betrachtet hatte, an dem sie und ihre Eltern lebten. Sie hatte gerne so getan, als sei sie eine Fremde. Sie beobachtete Zeichen ihres Daseins – die Gardinen an den Fenstern, die Wäsche auf der Leine – und suchte nach irgendeinem Anzeichen dafür, dass sie keine gewöhnlichen Australier waren, die ein ganz normales Leben führten. Sondern dass sie eine verkleidete Missionarsfamilie waren.

Die Carringtons hatten fast zwei Jahre hier gewohnt, während Kates Eltern sich weiterbildeten. Obwohl sie Heimweh nach Afrika hatten, wurde das neue Leben der Familie rasch von der Freude bestimmt, in Australien zu leben. Ohne dass Ordena oder Tefa ihnen halfen, kochten, putzten und kauften sie zusammen ein. Kein Krankenhaus rief Michael an den Abenden weg, und sie hatten Zeit, Gesellschaftsspiele zu spielen und miteinander zu reden. Sie gingen ins Kino und zum Essen in Restaurants. Und sie kamen sich bei diesen neuen Erfahrungen sehr nahe.

In Kates Erinnerung war das Zwischenspiel zu einer goldenen Ära geworden. Sie war dankbar dafür, dass die Mission das kleine Haus für sie erhalten hatte und dass sie wieder hierher zurückkehren durfte, nachdem sie die Schule beendet hatte. Mit großer Sorgfalt hatte sie jede Spur der Mieter, die es in den letzten Jahren bewohnt und mit ihren fremden Erinnerungen beschmutzt hatten, getilgt.

Als Kate aus ihren Erinnerungen hochschrak, sah sie, dass Jane sie beobachtete. Sie lächelte rasch und hoffte, dass ihr Gesicht nichts von ihren Gefühlen verriet.

»Ich sollte jetzt gehen.« Sie stand auf, aber Jane bedeutete ihr, das Ende des Lieds abzuwarten.

Die Stimme verweilte bei den letzten Noten und dehnte sie, als wolle sie den Moment nicht verstreichen lassen. Schließlich verklang der letzte Ton, und Kate stand erneut auf.

»Ich finde schon allein hinaus«, sagte sie. Sie wies auf das Tor, das in den Vorgarten führte.

Jane schien sich jedoch erholt zu haben und bestand darauf, Kate zu begleiten. Als sie sich verabschiedete, berührte sie Kate sanft und zögernd am Arm.

Kate blickte sich nicht mehr um, aber sie spürte, dass die Frau ihr nachsah. Sie merkte, dass sie versuchte, sich anmutig zu bewegen, so wie es ihr als kleines Kind beigebracht worden war – ihre Ayah hatte beschlossen, den tollpatschigen Gang des Kleinkinds zu verbessern.

Mach deinen Hals lang. Halte deine Arme locker. Stell dir vor, du trägst einen Wassertopf auf dem Kopf …

Kate öffnete das hohe Holztor in dem Zaun und trat aus der wuchernden Wildnis in einen ordentlichen viktorianischen Vorgarten. Ein Gärtner war damit beauftragt, den vorderen Teil des Gartens in Ordnung zu halten; langweilig aussehende Büsche und Sträucher standen ordentlich in Reih und Glied, was zu der soliden Fassade des Hauses passte. Von der Straße aus, dachte Kate, vermutete niemand die verborgene Wildnis, die doch so nahe war.

In ihrem eigenen Garten wandte Kate ihre Aufmerksamkeit dem Teich zu, den sie neben der Hintertür anlegen wollte. Mit einem Maßband begann sie die Fläche auszumessen. Es war so wenig Platz, dass alles ganz genau stimmen musste. Sie arbeitete langsam und sorgfältig, bis von der anderen Seite des Zauns die Takte eines neuen Lieds herüberdrangen. Überrascht blickte sie auf. Die Melodie war lebhaft und fröhlich, mit dominanten Bässen; völlig anders als die Arie, die sie vorher gehört hatte. Kate erkannte das Lied, weil sie in der Klinik Bänder mit Musik der sechziger Jahre abspielten. *Puppet on a String* von Sandy Shaw. Jane spielte offensichtlich einen Hit aus ihrer Jugend – aus der Zeit, als sie sich noch auf ihre Zukunft gefreut hatte, die voller strahlender Hoffnungen vor ihr lag. Ob sie das so geplant hatte?, dachte Kate, ganz allein zu leben … Kate durchzuckte der Gedanke, dass es ihr auch so gehen würde. Sie würde auf sich selbst angewiesen sein. Der Gedanke war seltsam tröstlich, weil ihr das Gefühl, von anderen isoliert zu sein, schon vertraut war.

Sie hatte dieses Gefühl zum ersten Mal verspürt, als man sie nach Dodoma ins Internat geschickt hatte. Damals jedoch war Jesus noch ihr allgegenwärtiger Freund gewesen; und zu Hause warteten ihre Eltern. Langali war weit weg von Dodoma – aber sie wusste, dass sie letztendlich wieder dort hinkam. Langali und Dodoma, Zuhause und Schule, gehörten zur selben Welt.

Als Kate das nächste Internat in Melbourne besuchen musste, war alles anders geworden. Dort war sie wirklich allein gewesen; ihr Zuhause gab es nicht mehr, ihre Eltern hatte Jesus zu sich genommen. Ein toller Freund war das! Aber irgendwie hatte sie auch das überstanden. Und schließlich hatte sie die Freiheit, die Bindungslosigkeit mit sich brachte, schätzen gelernt. Sie hatte gelernt, allein zu sein, ohne sich einsam zu fühlen.

Kate blickte über den Zaun und sah die dünne Rauchfahne, die von der Feuerstelle aufstieg. Seltsam, daran zu denken, dass sie und Jane hier nebeneinander wohnten, jede für sich allein. Zwei Menschen, eine Generation auseinander und völlig unverbunden – abgesehen von dem seltsamen, bedeutungslosen Zufall, dass sie früher einmal unter der gleichen alten Trauerkirsche Haus gespielt hatten.

2

In den Regalen von Kates Küche waren ordentlich beschriftete Blechdosen aufgereiht. Sie stand davor und packte ihre Einkaufstaschen aus, wobei sie jedes Teil sorgsam an seinem Platz verstaute. Sie war fast fertig, als es an der Vordertür klopfte. Rasch räumte sie die letzten beiden Päckchen weg. Wieder klopfte es, laut und drängend.

Kate öffnete die Tür, eine höfliche Entschuldigung auf den Lippen. Es war ungewöhnlich, dass jemand einfach ohne Vorwarnung hereinschneite, und sie erwartete eigentlich, einem Vertreter oder Marktforscher gegenüberzustehen. Aber stattdessen stand ihre Nachbarin vor der Tür. Jane trug immer noch die gleichen Sachen wie zuvor, aber sie hatte sich zusätzlich einen bunt bedruckten Schal um den Hals geschlungen. Die Haare hingen lose auf ihre Schultern. Sie sah viel stärker und fröhlicher aus – jünger.

»Könnte ich mir vielleicht eine Tasse Zucker borgen?«, fragte sie.

Einen Moment lang blickte Kate sie nur an und fragte sich, ob sie das wirklich ernst meinte. Dann fiel ihr ein, wie leer die Küche gewesen war.

»Natürlich«, lächelte sie. »Ich hole ihn.«

Sie ging den Flur entlang und stellte irritiert fest, dass Jane ihr folgte. Als sie das Wohnzimmer betraten, blieb Jane stehen, und Kate sah, wie sie das Zimmer prüfend betrachtete. Aufmerksam ließ sie den Blick über die modernen skandinavischen Sessel und den Tisch, auf dem eine Vase mit fast entblätterten Gerbera stand, wandern. Es gab nur einen Gegenstand im Zimmer, der fehl am Platz wirkte: ein grob geschnitzter, afrikanischer Elefant, der auf dem Kaminsims stand.

Jane ging direkt darauf zu.

»Wo haben Sie den her?«, fragte sie und nahm ihn so vorsichtig in die Hand, als sei er ein kostbares Kunstwerk.

»Eine Freundin hat ihn mir geschenkt«, erwiderte Kate. Jedes Jahr zu Weihnachten bestellte Lucy Geschenke aus dem Katalog einer Hilfsorganisation, ethnische Handarbeiten aus der ganzen Welt. Kate hob diese Geschenke immer sorgfältig auf, und wenn Lucy dann das erste Mal nach den Feiertagen da gewesen war, warf sie sie weg.

Jane stellte die Schnitzarbeit wieder auf den Kamin und wandte ihre Aufmerksamkeit einigen Zeichnungen zu, die an eine Korktafel gepinnt waren. Es war eine Serie von Gartenzeichnungen, die in der unteren Ecke alle die gleiche Signatur trugen: Kate Creigh. Die Pläne unterschieden sich voneinander – auf einigen waren Brunnen, auf einigen Pergolen, gestutzte Hecken oder sorgfältig platzierte Bänke –, aber es waren immer große, formale Gärten.

Kate überließ Jane der Betrachtung der Zeichnungen und ging in die Küche. Sie nahm ein neues Paket Zucker aus dem Schrank.

»Hier, bitte«, sagte sie, als sie wieder an die Stelle zurückkam, wo sie Jane verlassen hatte. Aber dort war sie nicht mehr. Stattdessen stand sie an der Verandatür und blickte in den Garten.

Der Garten hinter dem Haus war sehr schmal. Er hätte sich gut für eine Anlage im Cottagestil geeignet, mit Beeten voller selbst gezogener Blumen und Kräuter. Aber Kate hatte ihn so entworfen, dass er, so hoffte sie jedenfalls, wie das Fragment von etwas Größerem wirkte – eine kleine Ecke eines großzügigeren Gartens. Die Idee war bemerkenswert gut gelungen. Zwischen den ordentlichen Hecken, den überwucherten Rändern und den breiten Pfaden konnte man ein Gefühl von Wohlbehagen und Proportion empfinden, das normalerweise nur in größeren Gärten zu erreichen war. Man durfte nur nicht auf den Zaun blicken.

Jane neigte nachdenklich den Kopf, während sie den Garten betrachtete. Sie richtete den Blick auf die Stelle, die für den Teich vorbereitet war.

»Das wird so ziemlich das Letzte sein, was hier noch hereinpasst«, kommentierte sie.

Kate antwortete nicht. Der Gedanke daran, dass der Garten fertig sein könnte, bereitete ihr keine Freude. Solange sie sich erinnern konnte, hatte die Arbeit daran ihre Wochenenden und Urlaube ausgefüllt.

Nach einem Moment des Schweigens wandte Jane sich zum Gehen. »Danke für den Zucker«, sagte sie.

Kate begleitete sie zur Haustür. Dort blieb Jane auf der Schwelle stehen, als wolle sie noch etwas sagen, verabschiedete sich jedoch dann.

Stirnrunzelnd schloss Kate die Tür. Die Frau legte ein seltsames Verhalten an den Tag – als wenn sie etwas zu verbergen hätte oder etwas zurückhalten würde. Kate spähte ihr durch den Türspion nach. Langsam ging die große Gestalt den Weg entlang. Am Briefkasten blieb sie stehen. Sie warf einen raschen Blick über die Schulter und holte dann einen Brief heraus, der darin lag. Prüfend musterte sie den Umschlag. Kate kniff die Augen zusammen. An der Adresse, die sie las, war nichts Geheimnisvolles. Offensichtlich war Jane nur an einem interessiert: an Kates Namen.

Ihrem falschen, angenommenen Namen …

In Australien hatte Kate als Tochter von ermordeten Missionaren einen gewissen Status genossen. Die Mädchen in der Schule hatten sie beneidet, weil sie mit etwas so Edlem und weit Entferntem in Verbindung stand. Es hatte ihr eine Popularität eingebracht, die sie erleichtert hingenommen hatte. Später jedoch, als sie entdeckt hatte, dass nicht jeder die Ansichten über Missionarsarbeit, mit denen sie aufgewachsen war, teilte, bekam sie Zweifel – akzeptierte jedoch immer noch, dass sie in erster Linie stets das Carrington-Mädchen bliebe. Die Tragödie von Langali war der Hintergrund, vor dem sich ihr ganzes Leben abspielen würde.

Und dann, vor ungefähr fünf Jahren, hatte sich alles geändert …

Der Postbote hatte Kate ein kleines, flaches Paket gebracht. Sie hatte es aufgemacht, während sie durch ihren Garten schlenderte. Ein Buch und ein Umschlag waren darin gewesen. Auf dem Buch hatte nur der Titel gestanden. *Das Buch über moderne Märtyrer.*

Kate hatte es angestarrt, und ein kaltes, ungutes Gefühl war in ihr aufgestiegen. Sie hatte den Umschlag hinten in das Buch gesteckt und sich die Titelseite angesehen. Der Autor hatte ihr mit seidig blauer Tinte eine Widmung hineingeschrieben. *Mit Seinem Segen, Rev. Christopher White.*

Ungefähr in der Mitte des Buches war ein Lesezeichen eingelegt. Kate schlug das Kapitel sechs auf.

Die Tragödie von Langali.

Als Kate zu lesen begann, nahm sie zunächst die Worte auf und die Gedanken folgten erst ein wenig später. Der Autor begann mit einer Beschreibung von Dr. und Mrs. Carrington. Zuerst Michael. Er wurde dargestellt als der klassische heroische »Dschungelarzt«, stark, erfahren und kompetent. Kate war das Bild nur zu vertraut. Es spiegelte ihre eigene kindliche Sicht des Vaters als makelloses, starkes Wesen – fast übermenschlich und mit Sicherheit anders als jeder andere Mann, den sie kannte.

Sarah Carrington war einfacher gezeichnet. Sie wurde als sanfte, ergebene Ehefrau und Mutter beschrieben, die ihren Mann unermüdlich in seiner Arbeit unterstützte. Kate las die Beschreibung mit wachsender Enttäuschung. Reverend White sprach genauso von seiner Mutter wie die Leute in der Mission. Kate erinnerte sich an eine fröhlichere, lebhaftere Frau, aber ihre kindliche Perspektive kam ihr fern und unzuverlässig vor. Sie hatte das Gefühl, diese Interpretation hier akzeptieren zu müssen: dass Sarah ein Mensch gewesen war, der immerzu nur gab und kaum ein eigenes Leben führte, der Typ Frau, die Kate am wenigsten bewunderte oder mochte.

Im Text wurde lobend hervorgehoben, wie sich die Missionare für ihre Arbeit aufgeopfert hatten und dass sie bis in den Tod treu im Glauben gewesen seien. Es wirkte so, als sei es unvermeidlich gewesen. Gott hatte Sarahs und Michaels Tod beschlossen. Ihr Märtyrertum war nicht einfach nur der Schlusspunkt ihres Lebens, sondern im Gegenteil der Höhepunkt, der allem, was vorher gewesen war, eine besondere Bedeutung verlieh.

Und was ist mit mir?, hätte Kate am liebsten gefragt. Sie hatten ihr Kind zurückgelassen. War sie denn nebensächlich? Ein unnötiges Überbleibsel? Ein amerikanischer Evangelist, den sie einmal kennen gelernt hatte, fiel ihr ein. Der junge Mann hatte seine ganze Karriere auf der Tatsache aufgebaut, dass er der Sohn von Missionaren war, die am Amazonas umgebracht worden waren. Kate verstand die Verzweiflung, die sie hinter seinem fröhlichen Lächeln spürte, und sie verstand sein Bedürfnis, in dem tragischen Drama seiner Eltern seine eigene Rolle zu finden. Anscheinend musste man entweder daran teilhaben oder sich genau in die entgegengesetzte Richtung bewegen. Einen Mittelweg gab es nicht.

Nun wandte sich Reverend White den Umständen des Mordes an den Carringtons zu. Kate ging hinein und setzte sich. Mit zitternden Fingern blätterte sie die Seiten um. In wenigen Absätzen beschrieb Reverend White die Ereignisse, die sich in Langali zu Ostern 1974 zugetragen hatten. Er schrieb nichts, was Kate nicht schon wusste.

Nach der Aufzählung der Fakten jedoch gab Reverend White zahlreiche Gerüchte wider, die zur Tatzeit im Umlauf waren. Es wurde behauptet, so schrieb er, dass man Sarah Carrington ein Ei in den Mund gestopft habe. Kate hielt im Lesen inne und schluckte schwer. Das Herz klopfte ihr bis zum Hals. Am liebsten hätte sie nicht weitergelesen, aber sie konnte dem Drang nicht widerstehen. Der Autor behauptete, die Geschichte mit dem Ei habe er in den Polizeiberichten nachprüfen können. Es war offenbar ein Ei aus dem Dorf – typisch klein –, und es war hart gekocht und gefärbt. Eine Schüssel mit ähnlich verzierten Eiern hatte man auf dem Esstisch gefunden. Die Verbindung zu Ostern schien offensichtlich, und man hatte das Ei im Mund der Frau als Zeichen dafür interpretiert, dass der Anschlag antichristliche Gefühle ausdrücken sollte.

Reverend White war allerdings nicht dieser Ansicht. Er führte an, dass Eier bei afrikanischen Zauberritualen eine besondere Bedeutung haben. Und nicht nur das – und hier wurde sein Tonfall aufgeregt –, sondern es hatte auch im Polizeibericht gestanden, dass man einen »einheimischen Fetisch« am Tatort gefunden habe. Es war eine Puppe mit – wie es üblich ist – echtem Menschenhaar. In diesem Fall handelte es sich jedoch um rotes, glattes Haar. Wie das Haar des Gastes im Haus der Carringtons, Annah Mason.

Zur Zeit der Tragödie hatten viele Leute nicht verstehen können, warum gerade dieser Frau, die – ihrem eigenen Bericht zufolge – den Mördern genauso unbewaffnet und verletzlich wie ihre Gefährten gegenübergestanden hatte, nichts passiert war. Im Polizeibericht stand lediglich, sie habe einen schweren Schock erlitten. Sie wirkte verwirrt und konnte viele Fragen der Polizei nicht beantworten. Tatsache war jedoch, dass es keine vernünftige Erklärung für ihr Überleben gab.

Reverend White hielt Annah Mason für einen seltsamen Gast bei den Carringtons. Gewiss, sie hatte früher einmal mit ihnen zusammengearbeitet, weil sie auch in Langali stationiert gewesen war, aber danach war sie aus der Mission gejagt worden. Die Gründe dafür waren nicht ganz klar. Bischof Wade, der damals dort im Amt war, hatte einige wichtige Akten verlegt. Reverend White hütete sich davor, Annah Mason öffentlich irgendeines Vergehens zu bezichtigen, aber er deutete an, dass die Geschichte der Tragödie von Langali ein dunkles Geheimnis barg, das möglicherweise nie gelüftet werden könnte.

Kate starrte verwirrt auf das Buch. Was wollte Reverend White damit sagen? Dass der Tod ihrer Eltern etwas mit Zauberei zu tun gehabt hatte? In ihrer sauberen, modernen Küche kam ihr allein schon der Gedanke an Zauberei fern und fast absurd vor. Und doch lief ihr ein Schauer über den Rücken, und Ängste, die weit in ihre Kindheit zurückreichten, stiegen in ihr auf. Halbvergessene Erinnerungen an einen Kreis, der auf den staubigen Weg gezogen worden war, umgeben von kreisförmigen Linien aus Fußabdrücken, an eine Reihe blutiger Steine, die mit einer Schnur zusammengebunden waren. Und Ordenas Panik beim Anblick eines Schaffells, das an einem Baum hing. Dann gab es die Geschichte, die Kate im Dorf über eine schwarze Hexe erzählt wurde, die nackt auf einer Hyäne – mit einer brennenden Fackel, die mit Hyänenbutter gespeist wurde –, durch die Nacht ritt. Danach hatte Kate ihre Mutter gefragt, ob man Hyänen wirklich melken könnte. Sarah hatte über die Vorstellung gelacht. Aber Kate hatte gespürt, dass man ihr einen Einblick in etwas Geheimes, Dunkles und Mächtiges gestattet hatte.

Kate rieb sich mit den Händen übers Gesicht, als ob sie dadurch die Gedanken auslöschen könnte. Dabei stieß sie das Buch mit dem Ellbogen vom Tisch, es klappte auf, und der Umschlag fiel heraus.

Kate hob ihn auf und öffnete ihn. In ihm befanden sich zwei Briefbogen. Auf dem ersten Brief war das vertraute Missionswappen. Er enthielt nur eine kurze Mitteilung, in der stand, dass der beigefügte Brief bereits vor einigen Jahren eingetroffen sei, dass der Sekretär aber beschlossen habe, ihn zurückzuhalten, bis Kate achtzehn war. Erst kürzlich habe man ihn in Kates Akte entdeckt und ihn ihr deshalb zusammen mit Reverend Whites Buch geschickt.

Kate ließ die Mitteilung der Mission einfach zu Boden fallen und entfaltete den Brief. Ein mit der Hand geschriebener Name stand darüber.

Annah Mason.

Kate erstarrte. Sie wollte eigentlich nicht weiterlesen, wusste aber, sie musste es tun …

In dem Brief stand einfach nur, dass Annah Mason gerne mit Kate Kontakt aufnehmen würde. Sie sei Sarahs engste Freundin gewesen, und es gäbe Dinge, die sie Kate gerne erzählen würde. Annah Mason bat sie, ihr an die angegebene Adresse zu antworten, wenn sie diesen Brief erhielte. Das war alles.

Kate blickte auf die schwungvolle Handschrift. Ihr Blick blieb an der Adresse hängen.

Kwa Moyo. Murchanza Post Office. Tansania.

Murchanza! Der Nachbarort von Langali …

Ein scharfer Schmerz durchfuhr sie beim Anblick des vertrauten Namens. Kate konzentrierte sich auf die anderen Wörter. Kwa Moyo. Sofort fiel ihr die Übersetzung ein. Heim des Herzens. Was auch immer es sein mochte – ein Dorf oder eine Farm vielleicht –, sie hatte noch nie davon gehört.

Kate begann, in der Küche auf und ab zu laufen. Sie versuchte, ruhig und umsichtig zu denken. Wer war diese Frau? Kannte Kate sie? Auf dem Weg nach Uganda waren manchmal Missionare durch Langali gereist. Und über die Jahre hatten viele Krankenschwestern im Krankenhaus gearbeitet. Aber so angestrengt Kate auch nachdachte, an eine Annah konnte sie sich nicht erinnern. Auch nicht an eine Schwester Mason. Oder Miss Mason.

Kate blieb am Fenster stehen und starrte blicklos auf ihren Garten. Ein Teil von ihr wollte die Verbindung zu dieser Frau herstellen, die den Mord an ihren Eltern erlebt und ihren letzten Tag mit ihnen verbracht hatte. Aber sie hatte Angst vor dem, was sie dann erfahren würde. Warum sollte sie den Schmerz, den sie sowieso schon empfand, noch größer machen? Es gab nur eine Realität, und daran war nichts zu ändern. Es war die Realität ihrer Albträume – das Blut auf dem Fußboden, die Entsetzensschreie in der Nacht, die zerhackten Glieder. Die Albträume, wegen denen sie früher an keiner Metzgerauslage vorbeigehen konnte und wegen denen sie sich keinen der Filme ansah, in die ihre Freunde gingen. Die Albträume, die sie früher zu verdrängen versucht hatte, indem sie nach Autounfällen und Straßenschlachten ganze Nächte auf der Intensivstation arbeitete. Später hatte sie versucht, das Entsetzen zu kanalisieren, indem sie die Kunst perfektionierte, Wunden wieder zusammenzunähen. Aber nichts hatte geholfen. Das Entsetzen und der Schmerz waren immer noch da. Mit den Jahren hatte sich nur eine Wahrheit als sicher erwiesen, und Kate hatte ihre Lektion gelernt: Sie konnte nur überleben, wenn sie den Schmerz tief in sich vergrub und vergaß.

Halte dein Herz fest.

Kate zerknüllte den Brief in der Faust. Wut stieg in ihr auf. Warum sollte sie zulassen, dass diese Frau einfach so in ihr Leben einbrach und den Schmerz wieder aufwühlte, den sie so sorgsam verborgen hatte? Für wen hielt sie sich? Bat Kate einfach, mit ihr reden zu können, als sei sie eine Freundin.

Kate trat durch das Wohnzimmer zum Kamin. Eine dekorative Pyramide aus Pinienzapfen und Brennholz lag dort aufgeschichtet für den Sommer. Sie hielt ein Streichholz daran und entzündete sie.

Als die Flammen hochschlugen, warf sie den Brief von Annah Mason ins Feuer. Sie sah zu, wie er sich an den Rändern wölbte und schwarz wurde. Die Tinte brannte grün. Danach zerriss sie Reverend Whites Buch und warf es ebenfalls, Seite für Seite, in die Flammen und sah zu, wie es verbrannte. Sie bewegte sich erst wieder, als der letzte Rest zu Asche verglüht war.

Dann ging sie hinaus und kaufte sich eine Zeitung. Sie überflog die Todesanzeigen und suchte sich einen neuen Namen aus. Marianne Creigh. Es lag eine grimmige Ironie darin, sich den Namen einer fremden Toten anzueignen. Als Kate sich jedoch daran machte, die Formulare auf der Meldebehörde auszufüllen, merkte sie, dass sie sich von ihrem Vornamen nicht trennen konnte. Das war der Name, den ihre Eltern für sie ausgesucht hatten. Also nahm sie ihn schließlich mit in ihr neues Leben und ließ nur ihren berühmten Nachnamen zurück.

Noch am selben Tag schrieb sie an die Mission, dass sie nie wieder Post von ihnen zu erhalten wünschte. Dann schrieb sie an Annah Mason, sie wünsche keinen Kontakt mit ihr, weder jetzt noch in Zukunft. Und schließlich packte sie alles im Haus zusammen, das mit ihrer Vergangenheit zu tun hatte – alles, was sie an Afrika, die Mission und das Christentum erinnerte –, und verschloss es in einer Metallkiste, die sie in die äußerste Ecke des Speichers verbannte.

Die neue Kargheit im Haus gefiel ihr. Kate genoss das hohl klingende Geräusch, das ihre Schritte auf den Böden machten, auf denen jetzt keine afrikanischen Teppiche mehr lagen. Die blanken Wände ohne Bilder und Schnickschnack entsprachen ihrer Gemütslage. Leer und bloß. Sie konnte eine neue Seite in ihrer Geschichte aufschlagen.

Kate blickte immer noch durch den Türspion, als Jane den Briefumschlag wieder in den Briefkasten steckte. Die grauhaarige Frau runzelte leicht die Stirn, als sei sie ein wenig verwirrt oder unsicher.

Kate ging wieder zurück in die Küche. Warum überprüfte ihre neue Nachbarin ihren Namen?, fragte sie sich. Was hoffte sie zu erfahren? Kate war beinahe geneigt, sie als Exzentrikerin abzutun – leicht verrückt. Aber es war etwas an Jane, das diese Schlussfolgerung nicht zuließ. Es war etwas Ernstes um sie, etwas Tiefes und Starkes, das man nicht so einfach übergehen konnte.

Kate pflückte verblühte Blüten von einem Strauch und warf sie in ihren Korb. Ein papierner, alter Duft stieg zu ihr auf. Sie hatte kaum die Hälfte des Strauches gesäubert, als sie spürte, dass sie beobachtet wurde. Sie blickte hoch und sah, dass ihre Nachbarin über den Zaun spähte. Einen Moment lang war sie irritiert über die Zudringlichkeit – erst gestern hatte sie sich Zucker geborgt –, aber ihr Ärger verflog, als sie den herzlichen Ausdruck auf dem Gesicht der Frau sah.

»Guten Morgen«, rief Jane. Sie ließ ihren Blick durch den Garten schweifen und folgte dem großzügigen Verlauf des Weges, der am Zaun abrupt endete. »Ich habe gerade gedacht, dass Sie mehr Platz brauchen könnten. Ich brauche nicht den ganzen Garten.« Jane lächelte. »Wir könnten den Zaun versetzen.«

Kate starrte sie an und versuchte, die Worte zu verstehen. Niemand verschenkte einfach so einen Teil von seinem Grundstück. Und doch klang es wie ein ernsthaftes Angebot. Sie wusste nicht, was sie sagen sollte.

»Wir könnten einen Vertrag aufsetzen«, fuhr Jane fort, »damit Sie wissen, woran Sie sind. Schließlich wollen Sie ja sicher nicht einen Garten anlegen, um ihn letztendlich wieder zu verlieren. Ich habe mir alles genau überlegt.« Sie schwieg, aber sie lächelte. Das kleine, geheime Lächeln einer Verführerin.

Kate erwiderte ihren Blick und versuchte, in den klaren, graugrünen Augen zu lesen. Sie schüttelte den Kopf.

»Danke, das ist ein sehr großzügiges Angebot. Aber das kann ich unmöglich annehmen.«

»Denken Sie mal darüber nach«, schlug Jane vor. »Sie könnten dieses Stück haben.« Sie markierte mit der Hand eine Linie, bevor sie sich umdrehte und wieder aufs Haus zuging.

Kate sah ihr nach. Dann stellte sie sich auf Zehenspitzen an den Zaun, um sich das Stück anzusehen, auf das Jane gedeutet hatte. Sie sah förmlich vor sich, wie dadurch der Garten auf ganz natürliche Weise erweitert werden könnte. Dann hätte sie sogar Platz für einen richtigen Teich mit einer gepflasterten Einfassung. Und für Terrakottatöpfe mit Lotuslilien …

Entschlossen verdrängte Kate die Vorstellungen von Raum, Licht und Bewegung und ging wieder zurück. Sie konnte Janes Angebot nicht annehmen. Und doch war es da – verlockend, quälend. Kate ging ins Haus, ohne ihre Arbeit am Strauch fortzusetzen.

Als sie das Wohnzimmer betrat, blies eine leichte Brise vom Garten herein. Die Gartenpläne flatterten zu Boden. Rasch sammelte Kate sie auf, aber sie sah sie nicht an.

3

Der seit Jahren nicht bearbeitete Boden war verklumpt und hart. Kate ließ die Hacke fallen und zog ihre Lederhandschuhe aus. Es war Schwerstarbeit, den Boden vorzubereiten, und heute war es warm. Ihre Bluse war feucht vor Schweiß, sie hatte Blasen an den Händen und ihre Schultern schmerzten. Aber sie hatte bereits Fortschritte gemacht. Ein paar Beete waren schon angelegt, und die Pfade waren markiert. Bald würde es an der Zeit sein, den Klempner zu rufen, damit er den Brunnen installieren konnte. Und dann musste sie sich entscheiden, ob sie das Wasser von ihrem Haus oder von Janes holte.

Es war jetzt fast ein Monat vergangen, seit Kate das Angebot ihrer Nachbarin angenommen hatte. Sie hatte sich dazu entschieden, als Jane ihr einen Vertrag gezeigt hatte. Als sie die Vereinbarung schwarz auf weiß vor Augen sah, war es ihr endlich plausibel vorgekommen.

In einem ersten Schritt war der morsche Zaun entlang der alten Grenze zwischen den Gärten entfernt worden. Kate hatte sich immer noch nicht daran gewöhnt, wie ungeschützt ihr Haus jetzt dadurch wirkte. Ein neuer Zaun war errichtet worden, damit die Hühner und die Ziege nicht in das neu angelegte Gelände eindringen konnten, aber es war nur ein Drahtzaun, durch den man hindurchsehen konnte. Kate hatte vor, sobald wie möglich dort Kletterpflanzen zu setzen. Im Augenblick jedoch richtete sich all ihre Energie darauf, den Boden für die späte Sommerpflanzung vorzubereiten.

Als die Nachmittagssonne heißer wurde, hörte Kate mit dem Hacken auf und wandte sich dem Teil des Grundstücks zu, der schon so weit vorbereitet war, dass sie ihn düngen konnte. Sie lag gerade auf den Knien und verteilte die Düngekügelchen, als sie das Knirschen leiser Schritte auf dem trockenen Sommergras hörte. Überrascht blickte sie auf, als Jane mit einem Tablett, auf dem zwei Gläser mit Limonensaft standen, auf sie zukam.

Bis jetzt hatte Jane sie in dem neuen Stück Garten in Ruhe arbeiten lassen. Sie war an ihrer Feuerstelle geblieben, hatte Musik gehört oder sich mit ihren Aufgaben beschäftigt. Im Laufe der Zeit hatte Kate ihre ursprüngliche Angst verloren, dass Jane sie ständig stören würde – sie hatte sogar den Wunsch verspürt, etwas mehr Kontakt zu ihr zu haben. Sie hätte ihr gerne die kleinen Erfolge in dem neuen Garten gezeigt, die sie mit jemandem teilen wollte. Beim Umgraben hatte sie ständig zu ihr hinübergeblickt und gehofft, Jane würde ihre Blicke erwidern, damit sie winken konnte. Sie hatte sogar überlegt, ihr einen Strauß Blumen zu bringen, mit dem sie ihre spartanische Küche dekorieren konnte. Aber jetzt war Jane aus eigenem Antrieb gekommen.

»Sie sehen so aus, als könnten Sie eine Pause gebrauchen«, rief Jane.

Kate lächelte. Das kalte, saure Getränk war ihr sehr willkommen.

Jane reichte ihr eines der Gläser, lehnte sich an den Zaun und betrachtete Kates Arbeit.

»Was kommt da hinein?«, fragte sie und wies auf ein kreisrundes Beet.

»Eisbergrosen«, antwortete Kate. »Und Veilchen als Randbepflanzung.«

»Sonst nichts?«

Kate schüttelte den Kopf. Es würde sauber wirken, fast streng.

»Sie haben gerne alles an seinem Platz, nicht wahr?«, sagte Jane, und Fältchen bildeten sich in ihren Augenwinkeln, als sie ein Lächeln unterdrückte.

Kate nickte. »Vermutlich ja.«

Behagliches Schweigen entstand, als beide ihren Saft tranken.

Dann sagte Jane: »Ich hatte früher einmal einen Garten, aber er war nicht so wie dieser.« Sie blickte sich in ihrem von der Ziege verwüsteten Garten um. »Auch nicht wie dieser.«

»Wie war er denn?«, fragte Kate.

»Nun, er war ... eben ganz anders ...«, erwiderte Jane. Ein Schatten glitt über ihr Gesicht, und man sah ihr ihren inneren Schmerz an.

Das Schweigen wurde dicht und schwer. Jane drehte sich abrupt um und ging zur Feuerstelle zurück. Die Gläser ließ sie einfach stehen.

Als Kate das nächste Mal aufblickte, loderten die Flammen an der Feuerstelle hoch auf. Jane stand direkt davor, ohne sich vor der Hitze zu schützen, und legte immer noch mehr Holz hinein.

Der Deckel des Plattenspielers war geschlossen. Von der Feuerstelle stieg eine dünne Rauchsäule auf. Nur das Meckern der Ziege unterbrach die Stille.

»Hallo!«, rief Kate, als sie sich Janes Stuhl näherte.

Jane stand auf und schob sich eine lose Haarsträhne hinters Ohr. Sie sah so aus, als habe sie geschlafen.

»Es tut mir Leid, Sie stören zu müssen«, sagte Kate.

»Ich wollte nur fragen, ob Sie etwas dagegen haben, wenn ich die Bäume spritze.« Sie wies mit der Hand auf beide Gärten. »Es ist immer besser, das ganze Gelände zu spritzen. Dann kann sich das Ungeziefer nicht ausbreiten.« Sie streckte ihr die Dose Pestizide entgegen, die sie mitgebracht hatte.

Jane blickte auf das Schild. »Wenn Sie die richtigen Pflanzen zusammensetzen, dann brauchen Sie so ein Zeug nicht.«

Kate antwortete nicht. Das war der erste Rückschlag in der Vereinbarung mit ihrer Nachbarin. Sie holte tief Luft und fuhr fort: »Es ist äußerst effizient. Ich verwende es jedes Jahr.«

»Wie wäre es, wenn Sie es mal mit Pyrethrum versuchen«, schlug Jane vor. »Es wird aus Chrysanthemen gewonnen, ist sicherer und wirkt auch.«

»Gerne. Wenn Ihnen das lieber ist«, stimmte Kate sofort zu. Sie lächelte erleichtert. Sie wollte keinen Streit mit Jane haben. Dass sie sich jetzt den Garten teilten, hatten sie zu Freundinnen gemacht, aber die Freundschaft war noch jung, und Kate befürchtete, dass sie unter raueren Bedingungen welken könnte wie eine Rose aus dem Treibhaus. »Ich komme morgen noch einmal, wenn Ihnen das recht ist.« Sie wandte sich zum Gehen.

»Warten Sie.« Jane legte Kate die Hand auf den Arm. Sie war überraschend kühl. »Bleiben Sie doch zum Tee. Er ist fast schon so weit.« Mit einem Stock begann sie, in den glühenden Kohlen herumzustochern. Zwei mit weißer Asche bestäubte, schwarze Brocken tauchten in der Glut auf. Jane manövrierte einen von ihnen auf einen emaillierten Teller. Sie reichte ihn Kate und wies dann auf den Klapptisch. Neben dem Plattenspieler standen ein Teller mit Butter und ein Salzstreuer. »Bedienen Sie sich … Vorsicht … sie ist bestimmt heiß.«

Kate setzte sich. Ihr fiel auf, dass der zweite Stuhl immer noch genau da stand, wo sie ihn bei ihrem ersten Besuch hingestellt hatte. Vielleicht hatte Jane ihn ja absichtlich dort stehen lassen. Niemand sonst schien sie länger zu besuchen. Nur gelegentlich sah Kate jemanden das Haus betreten und dann durch die Haustür wieder verlassen. Aber nie blieb jemand lange. Offensichtlich hatte die Frau weder Familie noch Freunde.

»Möchten Sie Messer und Gabel?«, fragte Jane.

Kate zögerte mit der Antwort. Die Frage klang beiläufig, aber es lag eine Intensität in Janes Blick, die sie nervös machte. Sie hatte das Gefühl, irgendwie getestet zu werden.

»Nein, danke.« Kate brach die schwarze Kruste mit den Fingern auf und enthüllte das dampfende Innere einer Süßkartoffel. Die Holzkohle färbte ihre Hände schwarz. Das Gefühl und der Anblick waren ihr sofort irgendwie vertraut. Damals waren ihre Finger kürzer und dicker gewesen. Und die Nägel immer schmutzig …

»Man kann sie nur so essen«, meinte Jane zustimmend. Sie ließ ihre eigene Kartoffel in der Glut liegen, lehnte sich in ihrem Stuhl zurück und sah ihrem Gast beim Essen zu. Kate biss ein Stück von der Süßkartoffel ab und fächelte sich Luft in den Mund, weil sie noch viel zu heiß war. Jane lachte, als ob der Anblick ihr Freude machte. Eine Zeit lang schwieg sie, dann breitete sie die Arme aus, um auf den Himmel, den Garten und das Feuer zu zeigen. »Es ist ein wunderschöner Tag, nicht wahr?«, sagte sie.

Kate blickte sie an. Janes Augen strahlten, ihre Lippen waren feucht, und sie lächelte.

»Ja«, stimmte Kate zu, obwohl sie die Bemerkung verwirrend fand. Es war zwar ein klarer Sommertag, aber das Wetter war schon mindestens seit einer Woche unverändert. Offensichtlich freute sich Jane über irgendetwas anderes. Und obwohl Kate keine Ahnung hatte, was das sein konnte, erwiderte sie Janes Lächeln.

Die Abendluft war vom Duft der Rosen geschwängert. Kate atmete tief ein und genoss den Duft, während sie auf Janes Haustür zuging. Vor zwei Tagen hatte sie eine Notiz von Jane an ihrer Schubkarre gefunden. Sie hatte sie, mit genauer Uhrzeit, für heute zum Abendessen eingeladen und ganz besonders darauf hingewiesen, dass sie bitte durch die Vordertür kommen solle. Um Antwort hatte sie nicht gebeten. Offensichtlich war ihr aufgefallen, dass auch Kate in ihrer Freizeit meistens allein zu Hause war, genau wie sie. Sie waren vom gleichen Schlag.

Kate hatte keine Ahnung, was sie von dem Abend erwarten sollte. Früher am Tag hatte sie Jane an der Feuerstelle gesehen, wie sie einen Vogel rupfte, dass die grauen Federn nur so herumflogen. Dann, später, war ihre Nachbarin mit einem langen, cremefarbenen Abendkleid über dem Arm aus dem Haus getreten und hatte es an einen Ast der alten Quitte zum Lüften gehängt.

Kate blickte an sich hinunter – sie trug ein ärmelloses Etuikleid in einem tiefen, leuchtenden Rot, das gut zu ihren Haaren passte. Sie hatte sich zweimal umgezogen, bevor sie endgültig ihre Wahl getroffen hatte. Dann hatte sie sich endlos lange mit ihrem Make-up aufgehalten und zwei Versuche unternommen, ihre Haare aufzustecken. All das war mit einer nervösen Erregung geschehen, die eher zu einer ersten Verabredung mit einem Mann als zu einem Abendessen mit einer älteren Nachbarin passte. Aber es war etwas seltsam Faszinierendes an Jane. Kate fühlt sich mehr und mehr zu ihr hingezogen, als ob die Frau über eine besondere Anziehungskraft verfügen würde. Heute Abend, so hoffte

Kate, würde sie endlich mehr über Jane erfahren – wie sie ihr Leben verbracht hatte, wo und mit wem …

Auf Kates Klopfen hin wurde die Haustür sofort aufgerissen. Jane stand lächelnd auf der Schwelle und bat ihren Gast herein. Benommen starrte Kate sie an. Die große Frau trug cremefarbene Seide. Ihre aufgesteckten Haare ließen ihren Hals lang und anmutig erscheinen. Um ihren Hals lag eine Kette aus afrikanischen Perlen – Bernsteinkugeln, die in ihren gelben, roten und orangefarbenen Schattierungen das Licht einfingen und wie kleine Feuer funkelten.

»Lassen Sie uns sofort ins Esszimmer gehen«, sagte Jane. Selbst ihre Stimme klang anders, besonders.

Kate folgte ihr durch den Flur. Das einzige Geräusch waren ihre Schritte und das leise Rascheln des langen Seidenrocks.

Das Esszimmer war von über einem Dutzend Kerzen erhellt, die überall herumstanden und dem Raum die Atmosphäre eines Tempels verliehen. Das Essen, das schon auf dem langen Eichentisch bereitstand, war angeordnet wie eine Opfergabe. In der Mitte stand eine mächtige Silberplatte, auf der das gebratene Huhn in einem Kranz von mit Asche überkrusteten Süßkartoffeln lag. Auch eine Schüssel Spinat mit Erdnüssen stand da und eine weitere Schüssel mit weißem Maisbrei – Ugali.

Kate blickte wie erstarrt auf das Essen und plötzlich verstand sie alles. Das Kochfeuer, das Gewehr, den Elfenbeinreif, den Jane immer trug, die Bernsteinperlen – selbst die Bougainvillea an der Hintertür – alles wies auf Afrika hin. Und Kate hatte gewusst, dass ihre Nachbarin in Übersee gelebt hatte. Warum hatte sie nicht schon vorher die Verbindung hergestellt? Oder hatte sie sich nur geweigert, sie zu sehen …

»Sie können sich hierher setzen.« Jane zog den Stuhl

vor einem der beiden Plätze, die sie gedeckt hatte, zurück. An jedem Platz stand ein cremefarbener Porzellanteller mit schmalem Goldrand und eine gefaltete Serviette. Es gab kein Besteck.

Kate setzte sich gehorsam. Ihre Gedanken rasten. Jane war keine Missionarin, sagte sie sich – alles an dem Verhalten der Frau, ihre Kleidung, selbst das Haus bewiesen das. Sie gehörte nicht zu der Welt, die Kate hinter sich gelassen hatte. Alles würde in Ordnung kommen …

»Ich hole rasch den Champagner aus dem Kühlschrank«, sagte Jane. Als sie den Raum verließ, warf sie Kate einen kurzen Blick zu.

Kate blieb unbeweglich sitzen. In dem Wissen, dass sie und Jane die gleiche Heimat hatten, stieg ein plötzliches Sehnen in ihr auf. Heiß und stark breitete es sich wie ein Fieber in ihrem Blut aus. Sie wäre am liebsten zu Jane gerannt und hätte ihr alle Gedanken und Gefühle anvertraut, die sie so lange verborgen gehalten hatte. Die Frau kannte Afrika, und doch hatte sie nichts mit der Mission zu tun. Zum ersten Mal könnte Kate offen mit jemandem reden, der sie vielleicht verstand. Sie könnte die Wahrheit darüber erzählen, was es bedeutete, als Tochter von Märtyrern aufzuwachsen – und Jane würde ihre Geschichte vielleicht aus einem völlig anderen Blickwinkel betrachten. Dass die Missionsidee vollkommen fehlgeleitet war. Dass ihre Eltern ihr Leben vergeudet hatten, ihren Tod vergeudet hatten. In all dem Schmerz lag keine Bedeutung verborgen.

Kate ließ den Kopf sinken. Es würde so gut tun, jemandem das Herz ausschütten zu können … etwas von dem Schmerz zu teilen … Sie stellte sich vor, wie Jane neben ihr stehen würde. Sie mit dem Seidenkleid streifen würde. Den herb-schwülen Duft ihrer Haut. Die schmalen Arme, die sich um Kates Körper schlingen und sie fest halten würden, während sie nach Worten rang.

Als sie Janes Schritte hörte, blickte Kate auf. Ihr Blick fiel auf eine afrikanische Schnitzerei, die auf der Anrichte stand. An den unnatürlichen Körpern sah sie sofort, dass es Shetani waren. Geschnitzte Geister. Sie spürte, dass sie sie beobachteten, sie warnten. Wenn du erst einmal das erste Wort ausgesprochen hast, sagten sie zu ihr, dann weißt du nicht mehr, wohin es führt. Das Ende ist nicht abzusehen …

Jane stellte die Champagnerflasche in einen Eiskübel und setzte sich auf den anderen Stuhl. Sie wirkte ein wenig atemlos, ihre Augen waren sehr hell.

»Ich spreche ein Tischgebet«, sagte sie.

Kate senkte den Kopf, schloss aber nicht die Augen. Jane auch nicht. Sie beobachtete Kate aufmerksam, während sie sprach.

»Gott hat uns heute gesegnet«, sagte sie auf Swahili. »Wir haben Nahrung für beide Hände. Lasst uns beginnen. Amen.«

Die Worte fuhren wie ein Messer durch Kates Körper. Wir haben Nahrung für beide Hände! Das war ihr eigenes Tischgebet. Ihre Ayah, Ordena, hatte es für sie gemacht. Niemand sonst sagte es. Niemand sonst kannte es. Nur die Carringtons.

Jane versuchte zu lächeln, scheiterte aber kläglich. Sie wirkte plötzlich angespannt, fast ängstlich. »Ich bin Annah Mason.«

Es herrschte Totenstille.

Kate saß wie erstarrt; ihr Gesicht war eine Maske des Entsetzens. Als sie schließlich sprach, klang ihre Stimme dünn und kindlich. »Ich kenne Sie nicht.«

Jane holte tief Luft. Ein Keuchen der Überraschung oder des Schmerzes.

»O doch, du kennst mich. Ich war Sarahs – deiner Mutter – beste Freundin. Deshalb bin ich hier.« Jane blickte Kate an. »Ich bin aus Afrika hierher gekommen, um dich zu suchen.« Sie sprach jetzt langsam und deutlich, als wäge sie jedes Wort ab. »Es gibt nämlich Dinge, die du wissen musst. Dinge, die ich dir sagen muss.«

Kate blickte sie verwirrt an und bemühte sich, Sinn in die Sätze zu bekommen, die die Frau sagte. Ein einziger Gedanke beherrschte sie.

Sie war dort und sie ist nicht gestorben.

Vage Erinnerungen an *Das Buch über moderne Märtyrer* gingen ihr durch den Kopf. Hexerei. Fetisch. Eine Frau, die aus der Mission verwiesen wurde …

»Ich kenne Sie nicht«, wiederholte Kate. Aber die ersten Zweifel rührten sich bereits, noch bevor sie die Worte ausgesprochen hatte. Diese Augen … Waren sie ihr nicht immer schon so vertraut vorgekommen? Und Ordenas Tischgebet …

»Es ist kein Zufall, dass wir Nachbarn sind«, sagte die Frau, Annah Mason. »Dein Haus hat früher mir gehört. Ich habe es deinen Eltern geschenkt.« Annahs Augen wurden weich. »Eigentlich eher Sarah. Sie machte sich Sorgen, dass sie nirgendwohin zurückgehen könnten, wenn sie erst einmal pensioniert waren. Und sie war meine beste Freundin, weißt du. Ich hätte ihr alles gegeben. Ich habe sie geliebt.«

»Hören Sie auf«, unterbrach Kate sie. »Ich will das alles nicht hören.« Der Schmerz baute sich hoch vor ihr auf, und gleich würde er über sie hereinbrechen.

»Du musst«, erwiderte Annah.

Kate blickte zur Tür. In drei Schritten könnte sie aus dem Zimmer sein. Weg.

Annah hustete und hielt sich die Serviette vor den Mund. Ihre Schultern bebten, als der Krampf sie erschütterte. Und es hörte nicht auf. Anscheinend konnte sie nichts dagegen tun.

Unwillkürlich blickte Kate sie besorgt an. »Kann ich etwas für Sie tun? Brauchen Sie ein Glas Wasser?«

Nach Luft ringend, schüttelte Annah den Kopf. Kate saß still in auf ihrem Stuhl. Sie fühlte sich durch die Schwäche der Frau manipuliert. Jetzt konnte sie nicht mehr gehen.

Sobald Annah wieder sprechen konnte, fuhr sie fort: »Die Mission hat mir nicht erlaubt, Kontakt mit dir aufzunehmen. Sie sagten, sie wollten dir die Aufregung ersparen. Also wartete ich, bis du älter warst. Dann habe ich dir einen Brief geschrieben …«

»Den ich beantwortet habe«, unterbrach Kate sie. »Ich habe geschrieben, dass ich nie wieder etwas von Ihnen hören wollte. Das habe ich doch wohl sehr deutlich gemacht.«

Annah nickte. »Deshalb musste ich schließlich hierher kommen. Um einen Weg zu finden …«

Kate kniff die Augen zusammen. »Deshalb haben Sie mir den Garten geschenkt! Um sich mit mir anzufreunden. Sie haben vorgegeben, jemand anderer zu sein.« Die Worte blieben ihr im Hals stecken. »Sie haben mich getäuscht.« Plötzlich hasste sie diese Frau mit ihren hoch gesteckten Haaren und dem schimmernden Kleid. Sie wollte Jane in ihren Khakihosen, mit den Ascheflecken und den strähnig herunterhängenden Haaren …

»Das musste ich doch.« Annahs Stimme war fest, aber sie sah sie flehend an. »Wenn ich einfach an deiner Tür aufgetaucht wäre, hättest du mich weggeschickt.«

Kate starrte sie an. Sie dachte an die vergangenen Wochen. Ihre Nachbarin hatte ganz langsam Verbindung zu ihr aufgenommen, und es hatte sich eine Freundschaft daraus entwickelt. Sie sah, wie die Frau sich gezwungen hatte, langsam vorzugehen und ihren Eifer im Zaum zu halten. »Sie haben Recht«, erwiderte Kate kalt, »ich hätte Sie weggeschickt. Ich will nicht an die Vergangenheit erinnert werden. Sie ist vorbei. Ich habe sie hinter mir gelassen.«

»Das kannst du nicht«, erklärte Annah.

Kate stand auf und schob ihren Stuhl so heftig zurück, dass er gegen die Anrichte stieß. Einer der geschnitzten Geister fiel zu Boden. Kate stützte sich auf den Tisch und sah Annah mit plötzlicher Wut an.

»Sagen Sie mir nicht, was ich kann oder nicht kann! Sie wissen ja nicht, wie es ist, wenn man versucht, nur in der Gegenwart zu leben! Weil man das nämlich nie völlig kann.« Atemlos keuchte sie. »Ständig passieren irgendwelche Dinge. Es geht Ihnen gut, und eines Tages steigen Sie in die Straßenbahn. Ein Schwarzer steht neben Ihnen. Es ist Hauptverkehrszeit und er wird gegen Sie gedrückt. Seine schwarze Haut berührt Ihre. Sie können seinen Atem spüren ... Dann fangen sie an zu überlegen, was damals passiert ist. Sie können nicht aus der Straßenbahn aussteigen. Sie können nicht von ihm abrücken. Sie wissen, dass Ihnen gleich schlecht wird.« Jetzt flüsterte sie nur noch. »Es macht Sie krank.«

Annah beugte sich in ihrem Stuhl vor. Ihre Augen waren gerötet von unvergossenen Tränen. »Ich kann dir helfen, Kate. Wenn du mich nur mit dir reden ließest. Wenn du dir erzählen ließest, was wirklich geschehen ist.«

»Nein«, stöhnte Kate, »ich will es nicht wissen. Es ist mir egal.«

»Du musst es aber wissen. Ich werde es dir erzählen« – Annahs Stimme klang rau – »um Sarahs willen.«

»Hören Sie auf!« Kate wich vom Tisch zurück und taumelte durch das Zimmer, wobei sie einen der Kerzenleuchter umstieß. Als sie an der Tür ankam, rief Annah ihr nach: »Du wirst immer ein Kind des Landes sein. Daran ist nichts zu ändern.«

Kate hielt mitten in der Bewegung inne. Die Worte klangen wie ein Zauber, ein Segen – oder wie ein Fluch. Als sie sich umblickte, sah sie, dass Annah, die immer noch auf ihrem Stuhl saß, die Hand nach ihr ausgestreckt hatte.

Kate schüttelte den Kopf. Sie hatte das Gefühl, zu ersticken. Sie drehte sich um und rannte hinaus.

Sie durchquerte den dunklen Garten und blieb erst stehen, als sie ihre Haustür erreicht hatte. Dort zog sie den Schlüssel aus der Tasche. Tränen liefen ihr übers Gesicht. Sie lehnte den Kopf an das Holz.

Annahs letzte Worte hallten in ihrem Kopf wider.

Du wirst immer ein Kind des Landes sein. Daran ist nichts zu ändern.

Ein Welle des Schmerzes schlug über ihr zusammen, und sie schloss die Augen. Wie sie diesen Ausdruck geliebt hatte. *Kind des Landes*. Die Afrikaner bezeichneten damit die Europäer, die in ihrem Land geboren worden waren. Als Mädchen hatte sie sich dadurch für etwas Besonderes gehalten. Es verband sie enger mit dem Afrika, das sie liebte – den stacheligen Kronen der Dornenbäume, die sich scharf gegen den Himmel abzeichneten, wenn die Sonne unterging, den rosafarbenen Flamingos, dem Geruch nach Staub und gepresstem Kuhdung in der Luft, den Büscheln von Elefantengras, das sich weit wie ein knotiger Teppich erstreckte. All diese Dinge gehörten zu ihrer Welt. Ihrem Land. Ihrer Heimat.

Der Welt, die sie geliebt und verloren hatte.

In den folgenden Tagen überließ Kate den neuen Garten sich selbst, ohne sich darum zu kümmern, dass das Unkraut wucherte und die frisch umgegrabene Erde wieder hart wurde in der Sonne. Sie machte Überstunden in der Klinik und suchte Zuflucht in der zeitlosen Welt teurer Parfüms, dicker Teppiche und beruhigender Hintergrundmusik. Sie tauchte tief in die Details des Lebens ihrer Patienten ein: die Ehe, die eine Frau retten wollte, indem sie sich verjüngen ließ, der Job, den man behalten wollte, die schmerzliche Erinnerung an ein Kind, das nicht zur Welt hatte kommen dürfen. Manchmal gelang ihr das für ein paar Stunden, aber dann blickte sie auf und sah Janes – Annahs – Gesicht vor sich. Sie rief sie zurück nach Langali. Bat sie, alles noch einmal zu sehen. Die Schreie zu hören, das Entsetzen zu spüren, das Blut zu riechen …

Als sie sich schließlich einen Tag freinehmen musste, beschloss Kate, einmal richtig auszuschlafen. Aber dann wurde sie sehr früh vom Meckern der Ziege geweckt. Sie stellte sich vor, wie das Tier an seinem Strick zerrte und vergeblich versuchte, an ein besonders saftiges Blatt heranzukommen. Sie stand auf und frühstückte. Die Ziege meckerte immer noch. Da sie es unmöglich ignorieren konnte, ging Kate nach draußen, um nachzuschauen, was los war. Aus dem Schatten der Bäume an ihrem Haus spähte sie zum Nachbargarten hinüber. Die Ziege war in der Nähe der Feuerstelle angebunden. Sie hatte um sich herum alles aufgefressen. Kate runzelte die Stirn. Es kam ihr unwahrscheinlich vor, dass ihre Nachbarin das Tier absichtlich so lange an einer Stelle anband. Sie trat näher, bis sie den Stuhl sehen konnte. Er war leer. Und auch das Feuer war völlig erloschen – nicht das kleinste Rauchwölkchen stieg aus der Asche auf.

Vorsichtig ging Kate durch den Garten auf die Ziege zu. Hoffentlich sah sie niemand. Sie wollte dieser Frau nicht begegnen. Eines Tages würde sie sich der Tatsache stellen, dass Annah Mason jetzt nebenan wohnte – aber jetzt noch nicht.

Die Ziege machte erfreute Sprünge, als Kate näher trat.

»Du hast Hunger, was?«, murmelte sie und löste den Strick. Sofort rannte die Ziege davon.

Kate blickte sich um. Die Hintertür stand offen. Die Teekanne mit dem Limonensaft stand auf dem Klapptisch. Der Deckel des Plattenspielers war aufgeklappt. Auf der Drehscheibe hatte sich eine dünne Staubschicht gesammelt. Kate runzelte die Stirn. Sie begann, sich Sorgen zu machen.

»Hallo? Sind Sie da?« Unsicher rief sie: »Annah?« Der neue Name hing fremd in der Luft. Niemand antwortete.

Kate eilte zur Hintertür. Vorsichtig trat sie in die Küche, blickte sich um und ging dann weiter in den Flur. Ihre Schritte hallten laut in dem stillen Haus. Hastig lief sie vom Esszimmer, in dem noch halb heruntergebrannte Kerzen standen, in ein Badezimmer, eine Kammer, ein Wohnzimmer. Schließlich gelangte sie in das Schlafzimmer der Frau.

Die Laken auf dem Bett waren zerwühlt. Schmutziges Geschirr stand auf einem Nachttisch, daneben eine Vase mit einer verblühten Blume und eine Ansammlung von Tablettenschachteln und Arzneiflaschen. Als sie vom Flur aus das Zimmer betrat, wehte Kate ein so zauberhafter Duft in die Nase, dass sie trotz ihrer Besorgnis mitten in der Bewegung innehielt und tief einatmete. Sie beugte sich über den Nachttisch. Der Name auf einer Schachtel fiel ihr ins Auge. M.S. Contin. Auf den anderen Schachteln stand Morphiumlösung, Stemetil. Alle drei verschreibungspflichtige Medikamente trugen den Namen derselben Patientin: Miss Annah Mason. Kälte stieg in ihr auf. Es gab nur einen Grund, warum solche Medikamente für den Hausgebrauch verschrieben wurden – hier sollte jemandem der Verlauf einer tödlichen Krankheit erleichtert werden, weil es keine Hoffnung auf Heilung mehr gab.

Die Schlussfolgerung war ganz klar und unvermeidlich. Annah war sehr krank. Sie würde sterben.

Bilder von Annah tauchten vor Kates geistigem Auge auf. Ihre erste Begegnung – Annah, die schwer atmend auf dem Boden lag. »Es geht mir nicht gut«, hatte sie gesagt. Aber dann auch Annah, die in ihrem Feuer stocherte, die Ziege fütterte, sich an ihrer Musik freute. Annah in ihrem langen cremefarbenen Kleid, in dem sie wunderschön aussah. Ihre Krankheit hatte sie tief in sich verborgen. Nach außen hin wirkte sie tapfer und stark, als halte ein inneres Feuer sie aufrecht.

Wo ist sie?

Die Frage drängte sich in Kates Gedanken. Sie rannte aus dem Zimmer.

Wieder draußen, suchte sie den verwilderten Garten ab. Alles wirkte normal. Die Ziege verschlang gerade die verkohlte Schale einer Süßkartoffel. Die Hühner schliefen in dem Baum neben dem hinteren Zaun. Doch dann sah sie etwas an der Stelle, wo früher der Zaun gestanden hatte – ein farbiger Fleck in der grünen Wildnis.

»Annah!« Kate rannte hin. Die Gestalt lag ausgestreckt auf dem Bauch im Gras. Sie war barfuß und trug nur ein blaues Baumwollnachthemd. Als sie näher kam, konnte Kate den Kopf der Frau erkennen, da er zur Seite gedreht war. Graue Haarsträhnen fielen über eine blasse Wange.

Sie kniete sich neben die Frau und war wie erstarrt vor Schreck, als sie kein Lebenszeichen feststellte. Doch dann hörte sie durch das Zirpen der Grillen und das ferne Rauschen des Verkehrs Annah schwach atmen. Ihr Atem ging flach und schnell. Kate presste die Finger an

Annahs Hals, suchte ihren Puls. Er war schwach, aber regelmäßig.

»Können Sie mich hören?« Keine Antwort.

Kate drehte Annah in die Seitenlage. Als sie sie anhob, konnte sie die Knochen unter der Haut fühlen. Sie hatte gar nicht gewusst, dass die Frau so dünn war.

Annah sah beinahe friedlich aus, so wie sie dalag, eine Hand unter dem Gesicht. Der rasselnde Atem klang wie sanftes Schnarchen. Sie trug immer noch die Bernsteinperlen.

»Es dauert nicht lange«, sagte Kate. »Ich bin gleich wieder da.«

Sie lief zu ihrem Haus, um einen Krankenwagen zu rufen. Mit zitternden Fingern wählte sie die Notrufnummer. Nervös trat sie gegen die Schranktür, während sie ihre Adresse durchgab.

Zurück bei Annah, kniete sie sich wieder neben sie.

»Gleich kommt der Krankenwagen«, sagte sie und streichelte über die schmale Schulter.

Der Klang ihrer Stimme schien zu der Frau vorzudringen. Annah stöhnte leise und versuchte, den Kopf zu heben.

»Bitte nicht«, sagte Kate. »Liegen Sie still.«

Annah riss die Augen auf und sah Kate direkt an. Kate erstarrte. Die beruhigenden Worte erstarben ihr auf den Lippen, so sehr erschreckte sie die tiefe Verzweiflung auf dem Gesicht der Frau. Annah bewegte die Lippen, als wolle sie etwas sagen. Das Rasseln ihres Atems wurde lauter. Dann brach sie wieder zusammen und lag mit geschlossenen Augen ganz still da.

Es dauerte einen Augenblick, bis Kate merkte, dass Annah nicht mehr atmete – es war auf einmal totenstill.

»Nein. Bitte«, flehte Kate. Tränen brannten ihr in den

Augen. Was sollte sie nur tun, sie wusste nicht … Aber dann gewann die Krankenschwester in ihr die Oberhand. Sie beugte sich über die Patientin, prüfte den Puls und schloss erleichtert die Augen, als sie ihn ganz schwach spürte. Dann bog sie Annahs Kopf nach hinten, sodass das Kinn trotzig nach oben ragte.

Rette mich, wenn du kannst …

Kate holte tief Luft, dann presste sie ihren Mund auf Annahs und atmete aus. Immer wieder ließ sie ihren Atem in Annahs Mund strömen, pausierte zwischendurch, um das Ergebnis zu beobachten.

In jeder Pause lauschte sie auf den Krankenwagen. Nichts. In der Stille kamen ihr die kleinen Geräusche schrecklich laut vor. Das Kratzen von Stoff an Stoff. Haare, die sich aneinander rieben. Das Gras, das unter ihren Knien nachgab.

Annahs Lippen waren blass, aber sie wurden nicht blau.

Endlich hörte sie in der Ferne das Martinshorn. Es wurde immer lauter, bis es schließlich ganz nahe abrupt abbrach.

»Hier hinten!«, schrie Kate. Sie hörte, wie Türen aufgingen, zugeschlagen wurden. Kurz darauf trat ein Sanitäter neben sie.

»Gut gemacht«, sagte er und schob sie beiseite. Er drückte Annah den Sauerstoffschlauch in den Mund.

Kate hockte sich neben ihn. Ihre Hände zuckten in dem vergeblichen Bemühen, ihm zu helfen.

»Ist schon in Ordnung«, meine Liebe.« Der Mann beugte sich über Annah. »Sie können sie mir überlassen.«

Kate wich zurück und lehnte sich gegen den Quittenbaum. Sie hielt sich an einem Ast fest, noch immer vor Panik und Nervosität zitternd. Als eine Stimme an ihr Ohr drang, zuckte sie zusammen.

»Ist das Ihre Mutter?«

Kate blickte in das mitfühlende Gesicht eines Sanitäters. »Nein, ich bin nur die Nachbarin.« Tränen traten ihr in die Augen.

Der Mann legte ihr die Hand auf die Schulter. »Es geht jetzt schnell. Wir haben sie stabilisiert und fahren sie sofort ins Krankenhaus.«

Kate blickte ihm nach. Sie hatten eine Decke über Annah gelegt. Ihr Gesicht war von einer Sauerstoffmaske bedeckt.

Sie schnallten Annah auf einer Trage fest und trugen sie weg. Kate folgte ihnen. Eine Menschenmenge drängte sich um den Krankenwagen und blickte ihnen neugierig flüsternd entgegen.

Der nette Sanitäter tauchte wieder neben Kate auf. »Sie können später im Krankenhaus anrufen und fragen, wie es ihr geht.«

Sie schoben Annah bereits auf der Trage in den Krankenwagen hinein. Plötzlich ertrug Kate den Gedanken nicht, dass sie dort allein sein sollte, während ein Fremder ihre Hand hielt.

»Ich komme mit«, sagte sie, und ohne eine Antwort abzuwarten, kletterte sie hinten in den Krankenwagen.

Seit Jahren schon hatte Kate keinen Fuß mehr in ein Krankenhaus gesetzt. Sie hatte ganz vergessen, wie es roch – abgestanden, nach Desinfektionsmitteln und aufgewärmtem Essen. Krankenschwestern und Ärzte liefen auf dicken Gummisohlen wie Langstreckenläufer durch die Gänge.

Kate saß auf einer Bank in einem öden Korridor und wartete darauf, dass ihr jemand etwas über Annahs Zustand mitteilte. Wenn sie an die Medikamente auf Annahs Nachttisch dachte, dann war ihr durchaus klar, dass es sich nur um eine zeitweilige Rettung handeln konnte. Sterben würde sie so oder so, egal, an was für einer Krankheit sie litt. Deshalb war Annah vermutlich auch nach Melbourne zurückgekehrt – um zu Hause zu sterben. Allerdings machte das nicht so recht Sinn, da die Frau seit ihrer Ankunft alles getan hatte, um so weiterzuleben wie in Afrika – als ob das weit entfernte Land ihr wirkliches Zuhause sei. Und sie hatte anscheinend auch keine Freunde hier. Abgesehen von Kate.

Ich bin aus Afrika gekommen, um dich zu suchen.

Kate schloss die Augen, als ihr Annahs Worte wieder einfielen. Und nach und nach dämmerte es ihr: Annah wollte die letzten Monate ihres Lebens nicht deshalb in Australien verbringen, weil es ihr Wunsch war, sondern weil sie Kate unbedingt etwas sagen musste. Etwas, was Kate nicht hatte hören wollen.

Fast zwei Stunden vergingen, bis eine Krankenschwester erschien und Kate zu Annahs Zimmer brachte. Als Kate an das Bett trat, taumelte sie entsetzt zurück. Die Frau sah so zerbrechlich aus mit all den Schläuchen in den Armen und der Nase; über dem Gesicht lag eine Sauerstoffmaske, und ihr Atem wurde vom stetigen Zischen des Respirators gestützt. Es war kaum zu glauben, dass dies die gleiche Person sein sollte, die noch vor kurzem nur in der Gesellschaft ihrer Ziege und ihrer Hühner im Garten campiert hatte.

Kate blickte kaum auf, als jemand ins Zimmer trat. Papier raschelte, ein höfliches Hüsteln ertönte. Als sie sich umdrehte, stand sie einem jungen Arzt gegenüber, der ein Klemmbord voller Notizen in der Hand hielt.

»Ich bin Dr. Johnson«, sagte der junge Mann mit einem kleinen Lächeln. »Ich habe gehört, Sie sind eine Freundin der Patientin?«

»Was fehlt ihr?«, unterbrach Kate ihn.

Der Arzt schwieg und überlegte offensichtlich, wie viel er ihr sagen konnte.

»Ich bin Krankenschwester«, fügte Kate hinzu. »Ich weiß, dass sie sehr krank ist.«

»Ja«, erwiderte der Arzt, »sie hat eine Lungenentzündung. Aber ... das ist lediglich eine weitere Komplikation. Ich habe mit ihrem Hausarzt gesprochen, wir haben ihn über ihre Rezepte ausfindig gemacht. Sie hat Krebs.« Er blickte Kate an. Sie nickte und versuchte, so auszusehen, als wüsste sie Bescheid.

»Im fortgeschrittenen Stadium«, ergänzte der Arzt. »Endstadium.« Wieder nickte Kate. Sie bemühte sich um ein ausdrucksloses Gesicht, aber ihr Herz klopfte schmerzhaft. Dr. Johnson warf der Patientin einen Blick zu und senkte die Stimme. »Sie wird sowieso nicht mehr lange leben. Eine solche Krise kann auch ein Segen sein.« Er seufzte. »Die Frage ist ... ob wir eingreifen sollen. Oder sie gehen lassen sollen ...«

»Wie meinen Sie das?«, fragte Kate.

»Nun, nach der Lungenentzündung kann sie vielleicht nicht mehr allein zu Hause leben. Das ist häufig der Fall. Und sie hat wohl keine Verwandten, wie ihr Hausarzt uns sagte. Niemand kümmert sich um sie.«

»Sie hat mich«, erwiderte Kate mit fester Stimme.

»Sie sind nur eine Nachbarin ...«

Kate wirbelte herum und sah dem Mann direkt in die Augen. »Nein, das bin ich nicht. Ich kenne sie seit meiner Kindheit. Sie war die beste Freundin meiner Mutter. Und sie ist auch meine Freundin.« Der Arzt trat einen Schritt zurück. »Ich kümmere mich um sie. Ich habe Ihnen ja gesagt, dass ich Krankenschwester bin.«

»Schon gut, schon gut«, beschwichtigte der Arzt sie. »Ich glaube Ihnen.«

»Sie müssen alles tun, was in Ihrer Macht steht«, verlangte Kate. »Sie müssen sie retten.«

»Ja, ja, natürlich.« Der Arzt kritzelte etwas auf einen Rezeptblock. Als er kurz aufblickte, begegnete er Kates fragendem Blick. »Intravenöse Antibiotika«, sagte er.

»Was noch?«, fragte Kate.

»Alles.«

Kate lächelte. »Danke.«

Der Arzt hielt im Schreiben inne und betrachtete Kate eindringlich. »Es ist mir ein Vergnügen.«

Als er gegangen war, zog Kate sich einen Stuhl ans Bett und setzte sich. Nur ein einziger Gedanke, ein einziges Gefühl beherrschte sie – sie wünschte sich verzweifelt, dass die Frau, die vor ihr im Bett lag, überlebte. Nicht, weil sie Annah Mason war, nicht, weil Kate wissen wollte, was sie ihr unbedingt sagen wollte. Ihr ging es nur um Annah. Irgendwie war es ihr gelungen, einen versteckten Teil von Kate zu erreichen. Es war ein beängstigendes und schmerzliches Gefühl, aber zugleich warm und stark. Bei Annah zu sein war so, als käme sie dem Kern des Lebens nahe. Als berühre sie etwas Kostbares, das Kate nicht verlieren wollte.

Sie berührte die sonnengegerbte Haut auf Annahs Unterarm – die nächst gelegene Stelle am Körper der Frau, die nicht von Schläuchen und Pflastern bedeckt war. Am Handgelenk bemerkte sie einen Streifen blasserer Haut. Dort hatte Annah immer ihren Elfenbeinreif mit dem schwarzem Muster getragen. Kate blickte zum Nachttisch. Dort lag der Reif zusammen mit der Bernsteinperlenkette in einer Stahlschale. An beiden hing ein Schildchen mit dem Namen und der Nummer der Patientin.

Als sie sich wieder Annah zuwandte, fiel ihr Blick auf eine dunklere Stelle, die unter dem am Hals offen stehenden Krankenhaushemd zu sehen war. Etwas Dunkles auf blasser Haut.

Vorsichtig zog Kate das Hemd beiseite.

Erstaunt öffnete sie den Mund. Auf der zarten Haut von Annahs rechter Brust war ein blauschwarzes Muster von drei gekrümmten Linien zu sehen, die in die Haut eingeritzt und mit Asche geschwärzt worden waren.

Eine rituelle Narbe.

Kate starrte sie an. Sie hatte solche Narben oft genug an Afrikanerinnen gesehen. Aber bei einer weißen Frau …

Sie bedeckte die Stelle wieder und lehnte sich auf ihrem Stuhl zurück. Ihr fielen die Vermutungen ein, die in *Das Buch über moderne Märtyrer* über Annah Mason geäußert worden waren. Stumm blickte sie auf das Gesicht ihrer Freundin. Sie hatte die Augen friedlich geschlossen und behielt ihre Geheimnisse für sich.

Kate blieb an Annahs Bett sitzen. Sie weigerte sich, etwas zu essen, und ging auch nicht auf die Vorschläge ein, doch nach Hause zu gehen und dort zu warten, bis sie benachrichtigt würde. Aufmerksam betrachtete sie die Infusion, die in die Hand der Frau gelegt worden war, und beobachtete die Flüssigkeiten und Medikamente, die unablässig in den bewegungslosen Körper tropften.

Der Tag verging. Schwestern kamen und gingen, äußerten ihr Mitgefühl und wechselten Infusionsflaschen, aber der Zustand der Patientin blieb unverändert. Kate begann zu beten und ging weit in die Vergangenheit zurück, um sich die Formulierungen ins Gedächtnis zu rufen.

»Himmlischer Vater, ich bitte dich, dieser Frau Kraft zu geben und sie zu heilen.«

Früher einmal war beten für Kate so selbstverständlich gewesen wie atmen, aber jetzt brachte sie nicht mehr als diese sperrigen, fremden Wörter hervor.

Sie sagte sich, dass sie vielleicht den Wunsch aufgeben müsste, zu beten und zu hoffen. Vielleicht wäre es besser, sich auf das Schlimmste vorzubereiten. Loszulassen …

Auf dem Weg durch Annahs Garten füllte Kate den Wassertrog der Ziege und goss ein paar Pflanzen. Dann ging sie ins Haus, bewegte sich langsam durch die stillen Räume und suchte nach Schlüsseln, damit sie die Hintertür abschließen konnte. Sie war sehr müde und freute sich auf eine gute Tasse Tee, nachdem sie den ganzen Tag lauwarmen Kaffee aus Styroporbechern getrunken hatte.

Da Kate weder in der Küche noch im Flur Schlüssel fand, ging sie in Annahs Schlafzimmer. Die Sanitäter hatten alle Medikamente vom Nachttisch geräumt, und dabei war ein gerahmtes Farbfoto zum Vorschein gekommen, das jetzt an der Wand lehnte.

In plötzlichem Wiedererkennen trat Kate auf das Foto zu. Sie kannte dieses Bild. Es war im Familienalbum der Carringtons, das sie ebenfalls auf den Speicher geräumt hatte. Es war eine Nahaufnahme von zwei jungen Frauen, die die Köpfe zusammensteckten. Eine von ihnen war Sarah, die jung, entspannt und glücklich aussah. Die andere war ihre lächelnde, rothaarige Freundin, Kates Patentante. Tante Nan.

Kate zog scharf die Luft ein.

»Annah …«, flüsterte sie den Namen in die Stille.

Dann nahm sie das Foto, trat damit ans Licht und musterte es. Die Wangen der Frau waren schmaler, das rote Haar war grau geworden. Aber die klaren Augen und der großzügige Mund hatten sich kaum verändert. Jetzt, wo sie die Verbindung herstellen konnte, sah sie die Ähnlichkeit deutlich. Es gab keinen Zweifel. Annah Mason war Tante Nan.

Kate starrte auf das Bild. Sie hatte nur wenige Erinnerungen an diese Frau. Eigentlich kannte sie Tante Nans Gesicht von diesem Foto. Sarah hatte es sich häufig angesehen, während sie Kate Geschichten über ihre Patentante erzählte. Kate wusste, dass ihre Mutter Tante Nan als ihre beste Freundin bezeichnete, obwohl die beiden Frauen sich nur noch selten gesehen hatten, nachdem Tante Nan in eine andere Missionsstation versetzt worden war. Aber so war das eben bei der Missionsarbeit. Zuerst kam die Pflicht, und Freundschaften mussten sich anpassen.

Verwirrt runzelte Kate die Stirn. Der Eindruck, den sie von Tante Nan gehabt hatte, passte einfach nicht zu dem, was sie von Annah Mason gehört hatte. Nach Sarahs Erzählungen war Tante Nan immer nett, gut und klug gewesen.

Allerdings war das nicht die ganze Wahrheit, fiel Kate ein. Ihr bestgehüteter Schatz in der Kindheit war ein Geschenk von ihrer Patentante gewesen (und es war ihr immer noch kostbar, obwohl sie es ebenso wie alle anderen Erinnerungen an Afrika auf den Speicher verbannt hatte). Ein aus Stein geschnitztes Chamäleon. Das Geschenk hatte in der Mission einen Skandal ausgelöst, und um es behalten zu können, hatte Kate so tun müssen, als habe sie es verloren. Denn, wie jeder in Afrika wusste, war das Chamäleon ein Symbol für das Böse.

Kate legte den Bilderrahmen beiseite und sah sich im Zimmer um. Da es nur spärlich möbliert war, fielen Annahs persönliche Habseligkeiten sofort auf: ein Mikroskop in einem angeschlagenen Holzkasten, ein paar khakifarbene Kleidungsstücke, eine Haarbürste mit silbernem Rücken. Dann fand Kate eine in verblichenes Pergament eingeschlagene Schreibmappe, die von einem Band zusammengehalten wurde. Kate zögerte kurz, aber dann machte sie sie auf und fand darin einen unversiegelten Umschlag aus dicker cremefarbener Pappe. Sie zog die Papiere heraus, die darin steckten.

Dies ist der Letzte Wille und das Testament von Annah Mackay Mason …

Kate überflog das Dokument. Fast sofort fiel ihr Blick auf ihren eigenen Namen. Ihren alten, wirklichen Namen – Kate Carrington.

Die einzige Erbin von Haus und Grundstück.

Kate schluckte, als sie nach dem Datum des Testaments suchte. Es war vor fast zwanzig Jahren aufgesetzt worden. Die ganze Zeit über hatte Annah vorgehabt, ihrer Patentochter dieses Haus und den Garten zu vererben. Nicht nur den Streifen Land, den sie ihr schon gegeben hatte.

Am Ende des Testaments war vor zwei Monaten noch ein Nachsatz angefügt worden. Er enthielt Anweisungen zu Annahs Tod. Ihre Asche sollte zurück nach Afrika gebracht werden – nach Hause nach Kwa Moyo. Kate starrte auf die Worte. Das war der Beweis. Annah hatte gewusst, dass sie nicht nach Afrika zurückkehren würde. Als sie hierher gekommen war, um Kate zu suchen, hatte sie akzeptiert, dass sie einsam sterben würde, in einem Land weit weg von zu Hause. Und ihr Opfer war völlig umsonst gewesen. Kate hatte sie nicht reden lassen. Und jetzt lag die Frau bewusstlos im Krankenhaus, und die Ärzte sprachen von einem friedlichen Tod.

Plötzlich musste Kate das dämmerige, stille Zimmer verlassen. Sie ließ die Hintertür unverschlossen und rannte, ohne auf die Pflanzen zu achten, durch den Garten.

Als sie an ihre eigene Hintertür kam, hörte sie das Telefon klingeln. Eilig schloss sie auf und ergriff den Hörer.

Lass sie am Leben sein, flehte sie stumm. Lass sie nicht tot sein.

Die Frauenstimme am anderen Ende der Leitung war ruhig und knapp.

»Ms Mason hat das Bewusstsein wiedererlangt«, teilte sie ihr mit. »Wir haben das Beatmungsgerät abgestellt, sie atmet allein. Kommen Sie bitte, wenn Sie können. Sie hat nach Ihnen gefragt.«

Der Arzt stand an der Tür und wirkte sehr zufrieden mit sich. Er wollte etwas zu Kate sagen, aber sie stürmte an ihm vorbei.

Ihr Blick fiel sofort auf Annahs Gesicht. Auf die graugrünen Augen, die jetzt offen standen. Und auf das dichte graue Haar, das vielleicht noch einen schwachen rötlichen Schimmer hatte.

»Kate«, murmelte Annah, »du bist gekommen.« Sie sprach Swahili.

Tränen traten in Kates Augen, als sie in der gleichen Sprache antwortete: »Ist es nicht richtig, dass ich hier bin?«

»Es ist richtig«, flüsterte Annah. Etwas von ihrer alten Stärke lag in der dünnen Stimme. »Ich möchte mit dir reden. Es ist das Letzte, was ich noch tun muss.«

In den folgenden Tagen blieb Kate an Annahs Seite. Sie riet ihr, sich auszuruhen und erst wieder zu Kräften zu kommen, bevor sie anfing zu erzählen.

»Wir haben Zeit«, versprach Kate. »Du kommst hier heraus …«

Annah fügte sich, weil sie merkte, dass sie schon nach ein paar Worten außer Atem geriet und erschöpft war. Sie schlug vor, Kate solle die Zeit nutzen, um über ihr eigenes Leben zu erzählen. Sie lag ganz still und lauschte aufmerksam, als Kate von ihrer Arbeit, ihren

Freunden und dem letzten Mann erzählte, den zu lieben sie sich verzweifelt bemüht hatte, aber es war ihr nicht gelungen …

Annah aß und schlief unmäßig wie ein Soldat, der alle Kräfte für den letzten Angriff sammelt. Eines Morgens bat sie Kate, in ihr Haus zu gehen und ein paar Päckchen mit getrockneten Kräutern, Wurzeln und anderen Ingredienzien an sich zu nehmen, die sie aus Afrika mitgebracht hatte. Nach ihren genauen Anweisungen kochte Kate sie zu einem dicken, dunklen Gebräu. Während sie in dem Topf rührte, stellte sie sich vor, wie ihr der Autor von *Das Buch über moderne Märtyrer* über die Schulter sah. Als der Sud fertig war, füllte sie ihn in eine Flasche und nahm diese, in einer braunen Papiertüte versteckt, mit ins Krankenhaus. Die hausgemachte Medizin gab Annah neue Kraft, und der Arzt sagte, Kate könne sie jetzt endlich mit nach Hause nehmen.

Entgegen allen ärztlichen Anweisungen bestand Annah darauf, draußen in ihrem Gartenstuhl zu sitzen. Sie bat Kate, das Feuer anzuzünden, damit sie den Holzrauch riechen und einatmen konnte, obwohl er sie zum Husten brachte. Kate blieb bei ihr, schenkte von Zeit zu Zeit Limonensaft aus der alten Teekanne ein und suchte die Platten aus, die sie auf dem alten Plattenspieler spielten. Als es dunkel wurde, holte sie die Petroleumlampe aus der Küche und stellte sie zwischen sie.

Als das Feuer niedergebrannt war und es um sie herum still wurde, wurde Annah unruhig. Sie beugte sich in ihrem Stuhl vor und blickte Kate eindringlich an.

»Ich glaube«, sagte sie, »es ist an der Zeit, dass du meine Geschichte hörst.«

Teil zwei

4

Tanganjika, Ostafrika, 1962

Annah lag, eingewickelt in ein weißes Laken, das feucht von Schweiß und mit Rußflecken gesprenkelt war, in der engen Koje. Obwohl es noch früh war, war sie hellwach, sie fand einfach keine Ruhe. Immer wieder gingen ihr die chaotischen Erinnerungen an den Vortag durch den Kopf: die frühmorgendliche Fahrt durch die Straßen des alten Daressalam, die Verwirrung auf dem Bahnhof, wo das Gepäck vom Rücken der Träger verschwand. Überall dunkle Gesichter. Ein Leprakranker, der mit seiner klauenförmig verunstalteten Hand um Essen bettelte.

Plötzlich klopfte es an ihre Abteiltür. Annah setzte sich auf und schlug das zerknüllte Laken zurück.

»Ja?«, rief sie unsicher.

»Frühstück, Madam«, ertönte eine muntere Stimme vom Gang her.

Annah zog sich rasch ihren Morgenmantel über und setzte sich an das von einer Jalousie bedeckte Fenster. »Herein«, sagte sie über den Lärm der Lok.

Ein Mann mit einem roten Turban trat in das kleine Abteil. Er trug ein Tablett mit einem Silberservice. Annah erkannte den jungen Sikh, der ihr am Abend zuvor das Bett gemacht hatte. Er hielt die Augen höflich abgewendet, als er das Tablett auf den Tisch vor ihr stellte.

»Wir sind während der Nacht hoch hinaufgefahren«, erklärte er. Der Singsang seines Akzents passte zu den Schlingerbewegungen des Zuges. »Hier ist die Luft trockener und angenehmer.«

»Wo sind wir?«, fragte Annah. Ohne eigentlich eine Antwort zu erwarten, schob sie die Jalousie hoch. Der Anblick verschlug ihr den Atem.

Draußen lag ein weites, offenes Land.

Kahle rote Erde mit Felsen.

Dornenbäume mit grünen Wipfeln, deren anmutige Äste gegen einen porzellanblauen Himmel ragten.

»In der Hochebene von Tanganjika, Madam«, erwiderte der Inder.

»Ja«, hauchte Annah. Erregung stieg in ihr auf. »Ja!«

Endlich …

In den vorangegangenen Tagen der Reise hatte Annah das tropische Grün der Küstenlandschaft betrachtet und nach Anzeichen dafür gesucht, dass etwas anderes auftauchen würde. Aber die Nacht war über eine weitgehend unveränderte Landschaft hereingebrochen. Und jetzt war mit dem Morgen die vollständige Verwandlung eingetreten, die sie ersehnt hatte. Hier lag es, draußen vor ihrem Fenster: das Afrika ihrer Träume. Das Land, auf das sie schon seit so vielen Jahren gewartet hatte, um es endlich betreten zu können.

Der Sikh versuchte, Annahs Interesse auf das Frühstückstablett zu lenken. Sie merkte kaum, wie er ihr Tee einschenkte und Toastscheiben bereitlegte. Wie gebannt betrachtete sie die Landschaft, die draußen vorbeizog.

Ein kleiner Ort tauchte auf. Eine Ansammlung von lang gestreckten, niedrigen Lehmhütten. Ein Affenbrotbaum stand dort, mit seinem dicken Stamm und den verzweigten Ästen. Ein Kral für das Vieh, eingezäunt mit

Dornbüschen. Ziegen. Buckelige Brahmin-Kühe. Ein rot gekleideter Hirte stand groß und still daneben.

Annah lächelte.

»Sind Sie schon einmal hier gewesen?«, fragte der Sikh höflich. »Freuen Sie sich, dass Sie wieder zurückgekehrt sind?«

Annah blickte ihn an. »Nein.« Sie schüttelte den Kopf. »Ich bin zum ersten Mal in Afrika.« Aber es kam ihr so vor, als stimmten ihre Worte nicht. Sie kannte alles hier schon so gut – und sie liebte es bereits. »Meine Tante war hier«, erklärte sie. »Sie hat es in ihren Briefen beschrieben.« Sie blickte auf die vorbeiziehende Landschaft. Ihr war, als ob sie Elizas Worte sähe, als ob ihnen plötzlich Leben eingehaucht worden sei.

Der Sikh legte ein frisches Handtuch an das Porzellanbecken in der Ecke des Abteils, dann verbeugte er sich und ging.

Annah trank einen Schluck von dem heißen schwarzen Tee. Er schmeckte leicht bitter, war aber sehr erfrischend.

»Chai«, sagte sie, um ihr Swahili zu testen. Sie blickte auf das Milchkännchen. »Maziwa.« Da ihr Elizas warnende Worte über ungekochte Milch und Tuberkulose eingefallen waren, trank sie ihren Tee lieber schwarz. Sie musterte die Toastdreiecke und die hellgelbe Marmelade. Die konnte sie wahrscheinlich bedenkenlos essen, dachte sie. Und auch die Banane, die sicher in ihrer eigenen Schale ruhte.

Annah lehnte sich auf ihrem glatten Ledersitz zurück und aß ihr Frühstück, während draußen die Landschaft vorbeizog. Dann griff sie in ihre Handtasche und holte ein Bündel Briefe heraus. Sie breitete sie auf dem Tisch aus – Papierbögen mit Eselsohren, vergilbt vom Alter. Jede Seite war bedeckt mit einer schrägen Handschrift in blauer Tinte, hier und dort unterbrochen von Zeichnungen, Karten und Diagrammen.

Annah überflog die Briefe, las vertraute Wörter und Sätze noch einmal – Einblicke in eine Welt, die vor fast zehn Jahren ihre Fantasie entzündet hatten. Sie war gerade erst sechzehn gewesen, als sie die Briefe ihrer Tante auf dem Speicher entdeckt hatte. Fast vom ersten Wort an hatten die Geschichten vom Leben als Dschungelkrankenschwester in Tanganjika sie in ihren Bann gezogen. Wie gerne wäre sie auch an einem solchen Ort gewesen – in einem wilden Land, wo Leoparden unter dem Schlafzimmerfenster grollten, Kampfwunden von Nomadenkriegern gereinigt und verbunden werden mussten und wo im Schein von Petroleumlampen Operationen durchgeführt wurden.

Annah legte die Seiten, die sie gelesen hatte, weg. Das letzte Blatt Papier in dem Bündel mit Briefen war nicht von Hand geschrieben, sondern die Mitteilung vom Hauptquartier der Inlandsmission von Tanganjika, mit einem offiziellen, maschinegeschriebenen Briefkopf. Darin wurde formell mitgeteilt, dass Eliza Thwaite unerwartet an Malaria gestorben war. Das Dokument war auf den 16. November 1937 datiert. Ein Schauer lief Annah über den Rücken, als sie das Schreiben in der Hand hielt. Genauso war es ihr auch gegangen, als sie es zum ersten Mal gelesen hatte. 1937 …

Das Jahr ihrer Geburt.

Annah schloss die Augen. Sie hockte wieder auf dem staubigen Speicher mit dem Bündel Briefen in der Hand. Ihr Herz klopfte leise, sie atmete gleichmäßig. Und auf einmal hatte sie gespürt, dass da noch etwas war. Wärme, die sie umgab, eine geräuschlose Präsenz.

Und mit diesem Gefühl kam die Erkenntnis – ihr war

auf einmal ganz klar, dass sie in Elizas Fußstapfen treten würde.

»Ich werde gehen«, flüsterte sie in die Stille. »Nimm mich ...«

Während ihre Lippen die Worte formten, hatte sie das Gefühl, von der Wärme eingehüllt zu werden. Sie versuchte, sich das Wesen vorzustellen, an das sie sich wendete. Der Gott von Elizas Briefen, der sie zur Missionsarbeit aufforderte.

Himmlischer Vater. König der Könige. Herr der Herren ...

Diese Bezeichnungen kannte sie aus zahlreichen Schulgottesdiensten, und sie kamen ihr leicht über die Lippen. Das Bild jedoch, das sich in Annahs Kopf formte, war das einer Frau. Einer Frau in Buschkleidung, die Haare zu einem Knoten gewunden, ein schwarzes Baby in den Armen.

Eliza ...

Annah blickte auf. Das Tempo des Zuges hatte sich verlangsamt. Er schnaufte jetzt um eine lang gezogene Kurve. Durch das Fenster konnte sie die Lok sehen, mit der weißen Rauchwolke, die wie eine Haarmähne hinter ihr herwehte. Sie wirkte tapfer und stark, wie sie so unermüdlich vor sich hindampfte. Annah lächelte. Das Bild passte zu ihrer Stimmung. So sah sie auch sich selbst, eine tapfere, junge Frau, die der ersten wirklichen Herausforderung ihres Lebens gegenüberstand.

Als der Zug den Stadtrand von Dodoma erreichte, prüfte Annah noch einmal ihre Erscheinung. Schon vor einer Stunde hatte sie sich auf die Ankunft vorbereitet. Sie hatte sich saubere, gebügelte Kleider angezogen, sich die Haare gebürstet und Hände und Gesicht gewaschen. Dann hatte sie vor dem kleinen, halb blinden Spiegel gestanden und das Lächeln einstudiert, das sie beim Aussteigen aufsetzen wollte. Sie wollte freundlich, aber nicht zu forsch wirken, selbstbewusst, aber nicht aufdringlich. Auch jetzt übte sie das Lächeln, während sie in ihrem faltenlosen Rock dasaß und versuchte, die Schweißbäche zu ignorieren, die ihr über den Rücken rannen.

Sie lenkte sich ab, indem sie aus dem Fenster blickte. Seitdem Eliza hier gewesen war, hatte sich Dodoma auffällig verändert. Es gab in der Stadt einige moderne, westliche Gebäude und geteerte Straßen. Sogar eine Kathedrale war da, und Annah erhaschte einen Blick auf ihre Kuppel hinter den dicht belaubten Wipfeln der Flammenbäume. Irgendwo da draußen, sagte sie sich, war das Krankenhaus von Dodoma. Sie konnte es kaum erwarten, es kennen zu lernen. Der Stolz der Mission – ein modernes Krankenhaus, an der Stelle erbaut, wo früher nur eine Buschstation gewesen war. Gegründet und geleitet von einer Frau – Schwester Eliza Thwaite.

Der Zug fuhr in den Bahnhof ein und hielt mit kreischenden Rädern an. Der Bahnsteig war voller Afrikaner, die große Bündel auf dem Kopf und Hühner in Holzkäfigen trugen. Die Frauen, in bunt bedruckte Stoffe – Kitenges – gewickelt, trugen genauso viel wie die Männer und hatten oft zusätzlich noch ein schlafendes Kind auf dem Rücken. Annahs Blick wanderte über das bunte Treiben und blieb an ein paar weißen Gesichtern hängen. Ein Stück abseits stand etwa ein Dutzend Europäer. Annahs Magen zog sich nervös zusammen. In dem letzten Schreiben war angekündigt, dass sie auf dem Bahnhof von einem Empfangskomitee begrüßt werden würde. Wahrscheinlich waren das die Leute. Aber so viele hatte sie nicht erwartet …

Mit einem letzten Ruck kam der Zug zum Stehen. Annah blieb in ihrem Abteil und blickte auf die Gruppe der Europäer. Sie schwatzten miteinander, die Frauen mit den Frauen und die Männer mit den Männern. Man sah ihnen sofort an, dass sie Missionare waren, keine Touristen, die auf Safari gingen, oder Farmer, die sich hier getroffen hatten. Es war aus der Art zu erkennen, wie sie angezogen waren und wie sie da standen und aus dem Ausdruck ihrer Gesichter. Sie wirkten vernünftig und praktisch, zuverlässig und selbstbewusst – eine Gruppe von Menschen, die sich ihrer ernsten Aufgabe bewusst waren, die aber auch wussten, dass sie für die Herausforderungen, die sie zu bewältigen hatten, gut gerüstet waren. Stolz stieg in Annah auf, als sie daran dachte, dass sie bald auch zu ihnen gehören würde.

»Schwester Mason?« Ein Mann steckte seinen Kopf ins Abteil.

Annah stand rasch auf. »Ja … hallo.«

»Ich bin Jack Masters, der Missionssekretär.« Statt ihr aus dem Wagen zu helfen, kam der Mann herein. Einen Moment lang blickte er Annah stumm an. Dann lächelte er.

»Willkommen in Zentral-Tanganjika.«

Annah erwiderte sein Lächeln, allerdings ganz normal und nicht so, wie sie es einstudiert hatte. Anscheinend spielte das aber auch keine Rolle. Jack Masters blickte sie kaum an, sondern musterte besorgt ihren Koffer und ihre Reisetaschen, die noch auf der Ablage lagen. Annah versuchte, sich an die Richtlinien der Mission zu erinnern, und fragte sich, ob sie etwas falsch verstanden und vielleicht zu viel mitgebracht hatte.

»Die Sache ist …« Jack wirkte verlegen. Er sah Annah nicht an, als er fortfuhr: »Anscheinend müssen Sie weiter. Morgen. Der Bischof …«

»Weiter?«, wiederholte Annah verständnislos.

»Es hat eine Änderung gegeben. Wahrscheinlich wäre es am besten, wenn wir Ihre Sachen hier lassen. Im Bahnhofsbüro sind sie sicher untergebracht. Und morgen …«

»Nein«, unterbrach Annah ihn. »Das muss ein Irrtum sein. Ich bin die neue Krankenschwester. Für das Krankenhaus in Dodoma.« Fast hätte sie gesagt, Elizas Krankenhaus. »Ich werde hier bleiben.« Plötzlich stieg Panik in ihr auf, ihre Stimme klang dünn und kläglich. Flehend blickte sie den Mann an, damit er ihr bestätigte, dass sie in Dodoma bleiben würde.

Jack Masters wich zur Abteiltür zurück. »Hören Sie, Schwester Mason. Sie sind müde und haben wahrscheinlich Hunger«, sagte er beruhigend. »Mrs. Menzies hat ein Frühstück für Sie vorbereitet. Danach gehen Sie zum Bischof, und er wird Ihnen alles erklären.« Er wandte sich um und rief nach einem Gepäckträger.

Es dauerte ein paar Sekunden, bis Annah ihre Gedanken gesammelt hatte. Dann stellte sie sich vor den Mann.

»Mr. Masters«, begann sie.

»Jack«, warf er ein.

Annah nickte. »Jack.« Sie war ein wenig größer als er und achtete sorgfältig darauf, ihn nicht zu sehr von oben herab anzublicken. »Sie werden sicher verstehen, dass ich mein Gepäck nicht hier lassen möchte. Ich wäre Ihnen sehr dankbar, wenn ich es einfach mitnehmen könnte – bis ich den Bischof gesehen habe.« Sie rang sich ein Lächeln ab.

Jack hob ergeben die Hände. »Na gut, wenn Ihnen so viel daran liegt. Es ist eigentlich wirklich egal. Daudi wird sich darum kümmern.«

»Danke.« Annah atmete erleichtert auf. Der Bischof würde den Irrtum sicher aufklären, und wenn sie ihr Gepäck hier ließe, wäre das nur eine zusätzliche Komplikation. Heute Abend würde sie auspacken und sich im Schwesternwohnheim des Dodoma-Krankenhauses einrichten. Bestimmt …

»Und wie ist es mit Frühstück?«, fragte Jack. »Mrs. Menzies macht die besten Scones im ganzen Land.«

Annah nickte. »Danke. Ich habe wirklich Hunger.« Das stimmte nicht. Ihr war übel. Hoffentlich war dieses Willkommensfrühstück rasch vorüber, damit sie zum Bischof gehen konnte.

Sie folgte Jack und trat auf den Bahnsteig. In den wenigen Minuten, die seit der Ankunft des Zuges vergangen waren, war es wesentlich leerer geworden. Die Missionare warteten darauf, sie zu begrüßen. Sie streckten ihr die Hände entgegen.

»Willkommen in der Mission«, sagten sie herzlich lächelnd. »Willkommen in der Diözese. Willkommen in Tanganjika.«

Annah wartete darauf, dass jemand sie in Dodoma willkommen hieß. Aber niemand sagte etwas.

»Es ist ganz einfach«, erklärte der Bischof. »Eine unserer Schwestern hat Urlaub genommen. Sie ist auf ein Schiff gegangen. Drei Tage auf dem Tanganjika-See.« Wie ein Tier im Käfig, das nicht weiß, wohin mit seiner Energie, lief er hinter seinem Schreibtisch auf und ab. »Anscheinend hat sie einen Ingenieur, jemanden aus Uganda, kennen gelernt. Sie haben sich ineinander verliebt.« Er schwieg und presste missbilligend die Lippen zusammen. »Sie wollen sich verloben. Und sie hat natürlich gekündigt.«

Annah öffnete den Mund, um etwas zu sagen, aber der Bischof ignorierte sie. »Um diese Schwester zu ersetzen, musste ich drei Versetzungen vornehmen. Das ist keine einfache Angelegenheit. Man muss die Erfahrung, die

Ausbildung und die Dauer der Zugehörigkeit zur Mission berücksichtigen.« Er wies auf eine große Landkarte von Tanganjika, die an der Wand hing. »Schwester Alison wird die Lücke in Berega füllen müssen. Schwester Barbara wird Schwester Alison in Kongwa ersetzen. Und Sie nehmen Schwester Barbaras Stelle ein. So werden wir alle ...«

»Nein! Sie verstehen nicht«, unterbrach Annah ihn. »Ich muss hier sein. Sie können mich nicht irgendwo anders hinschicken.« Verzweifelt sprudelte sie die Worte hervor. »Ich wurde hierher gerufen.« Sie blickte auf die Wand hinter dem Bischof, an der mehrere gerahmte Fotografien hingen. Eins davon war ein Bild von Eliza, der Gründerin der Dodoma-Mission. Annah starrte es schweigend an und betete um Hilfe.

»Ich weiß, wer Sie sind«, sagte der Bischof. Sein Tonfall war kühl. »Und da Sie das Thema schon einmal anschneiden, kann ich es Ihnen ja auch gleich sagen – ich hatte zu Anfang etwas dagegen, dass Sie hierher kommen. Dies ist eine Mission, kein Familienunternehmen. Sie erben hier keine Stelle.« Sein Blick glitt über Annahs Kleid. Es war zwar einfach geschnitten und unauffällig in der Farbe, aber immerhin bei Georges gekauft. Sie trat verlegen von einem Fuß auf den anderen. Ihre Schuhe waren flach und solide, aber italienische Handarbeit. »Als Ihr Name genannt wurde, sah ich ehrlich gesagt zwei Probleme. Zum einen sind Sie Eliza Thwaites Nichte, und zum anderen kommen Sie aus einer reichen Familie. Dennoch habe ich mich von Ihren Qualifikationen und Zeugnissen überzeugen lassen. Aber eine Sonderbehandlung wird Ihnen hier nicht zuteil.«

Annah starrte auf ihre Hände.

Der Bischof schob einen Stuhl beiseite und stellte sich vor die Landkarte.

»Sie sind in Langali stationiert. Dort werden Sie Oberschwester sein. Ihre Qualifikationen entsprechen dieser Position, obwohl Sie keine Buscherfahrung haben. Und das ist das Beste, was ich unter den Umständen für Sie tun kann.«

Annah sah ungläubig zu, wie der Finger des Mannes über die Karte glitt, weg vom geschäftigen Zentrum des Landes mit seinen zahlreichen Missionsstationen und Kirchen hin zu der leeren Landschaft im Westen. Wie erstarrt nahm sie wahr, dass der Finger auch dort noch nicht innehielt, sondern sich bis in die äußerste Ecke von Tanganjika bewegte.

»Es ist hier draußen«, sagte der Bischof beiläufig. »Die nächst gelegene Stadt ist Murchanza. Nicht weit von der ruandischen Grenze entfernt. Heute ist es natürlich die Republik Rwanda, seit sich das Land von Burundi getrennt hat.« Er wies auf die Stelle, wo Ruanda durchgestrichen und mit Bleistift durch den neuen Namen ersetzt worden war.

Aber Annah achtete nicht auf diesen Namen. Ihr Blick wurde von den großen Buchstaben angezogen, die die ganze Region an Tanganjikas westlicher Grenze einnahmen. Belgisch Kongo. Die Buchstaben erstreckten sich über ein riesiges Gebiet, das bis in den Süden reichte.

Kongo.

Das Wort beschwor Visionen von Blutvergießen und Terror herauf. Vor zwei Jahren waren Hunderte von Europäern – Männer, Frauen und Kinder – von den Kongolesen massakriert worden, nachdem Belgien dem Land die Unabhängigkeit geschenkt hatte. Annah hatte in Missionszeitungen Berichte von belgischen Flüchtlingen gelesen, die nach Tanganjika entkommen konnten – stumm vor Entsetzen über die Szenen, die sie erlebt hatten, und nur mit den Kleidern, die sie am Leib trugen, waren sie nach Dodoma gelangt.

»Sie werden dort mit Dr. Michael Carrington arbeiten«, erklärte der Bischof. »Ein sehr erfahrener, hervorragend ausgebildeter Arzt. Es ist eine exzellente Gelegenheit für Sie, vom Besten zu lernen.« Er brach ab und wartete, bis Annah ihn ansah, bevor er fortfuhr: »Und machen Sie sich keine Sorgen, es wird Ihnen auch nicht an weiblicher Gesellschaft mangeln. Es gibt dort auch eine ›kleine m‹.« Annah nickte stumm. Sie kannte diesen Begriff für Missionarsfrauen. Ursprünglich war er aus den Dokumenten der Mission entstanden, in denen nur der Name des Mannes erwähnt wurde. War er verheiratet, wurde ein kleines »m« für »married« hinzugefügt. »Mrs. Carrington – Sarah – ist auch eine wundervolle Person«, fügte der Bischof hinzu. »Sie ist eine große Hilfe für Michael im Krankenhaus. Ich bin sicher, dass sie sich dort, wenn Sie sich erst einmal eingewöhnt haben, sehr wohl fühlen werden.« Die letzten Worte warf er ihr hin wie einen Fehdehandschuh.

Annah stand auf. Trotz des Aufruhrs, in dem sie sich befand, stellte sie fest, dass der Bischof einen ganzen Kopf größer war als sie – ein riesiger Mann. Sie blickte zu ihm auf, wobei sie sich zur Selbstbeherrschung zwang, damit ihre Lippen nicht bebten und sich ihre Augen nicht mit Tränen füllten. »Wann fahre ich?«, fragte sie.

Die Augen des Mannes wurden eine Spur weicher. »Morgen früh geht ein Zug.« Er blickte auf seine Uhr, dann drehte er sich zum Fenster und blickte auf einen grünen Garten, der von einem riesigen Pfefferkornbaum beherrscht wurde. »Sie haben wirklich Glück, wissen Sie«, sagte er. »Die Carringtons sind eines der besten Missionarsehepaare. Und jetzt erwartet meine Frau Sie zum Tee. Ah!« Er wandte sich wieder an Annah, und sein Gesicht hellte sich auf. »Da ist sie ja. Perfekte Zeitplanung, wie immer …«

Es war schattig und kühl unter dem Pfefferkornbaum. Die Stühle und der Tisch schienen absichtlich hierher gestellt worden zu sein, um ein intimes Gespräch zu gewährleisten. Sie waren vom Rest des Gartens abgeschirmt durch die Äste, die fast bis zum Boden hingen.

»Zucker, meine Liebe?«, fragte die Frau des Bischofs und reichte ihr eine Porzellanschale mit einem dekorativen Silberlöffel.

»Nein, danke, Mrs. Wade«, erwiderte Annah. Sie saß aufrecht auf ihrem Stuhl und hielt Teetasse und Unterteller vorsichtig in einer Hand. Die Füße hatte sie an den Knöcheln gekreuzt und anmutig schräg gestellt, wie man es ihr in der Schule beigebracht hatte.

Die Frau nickte zustimmend. »Man nimmt sowieso schon genug Zucker zu sich, ohne ihn noch zusätzlich irgendwo hinzufügen zu müssen.« Sie trank einen Schluck Tee, dann griff sie in einen Korb, der zu ihren Füßen stand, und zog einen weißen Hut heraus. Sie hielt ihn hoch. »Wie finden Sie ihn?«

Der Hut bestand aus kleinen Flecken aus so ziemlich jedem Material: Filz, Stroh, Filetspitze und Leinen. Annah lächelte höflich. »Sehr hübsch.«

Mrs. Wade blickte sie erfreut an. »Ich habe ihn für eine der Krankenschwestern gemacht, die nach Hause in Urlaub fährt. Wissen Sie, hier in Dodoma kann ich mich über Mode besser auf dem Laufenden halten. Ich treffe Leute und bekomme Zeitschriften.« Bewundernd drehte sie ihr Machwerk in der Hand. »Die Damen schreiben mir oft, wie froh sie waren, dass sie den richtigen Hut getragen haben.« Sie schwieg und warf einen Blick auf Annahs

Kleid. »Natürlich sollte man der Mode nicht die Zügel schießen lassen«, fügte sie ein wenig schärfer hinzu. »Ihr Rock, zum Beispiel, sieht mir ein wenig kurz aus.«

Annah drehte sich um, als eine Bewegung in den hängenden Ästen einen Sonnenstrahl durchließ. Eine große Gestalt stand hinter ihr.

»Schwester Barbara!« rief Mrs. Wade aus. »Wir haben gerade von Ihnen gesprochen!«

Annahs Teetasse wackelte auf dem Unterteller, so hastig stand sie auf.

»Ich möchte Ihnen Schwester Annah Mason vorstellen«, sagte Mrs. Wade huldvoll lächelnd. »Wie Sie wissen, übernimmt sie Ihre Stelle in Langali.«

Annah streckte ihre Hand ein wenig aus, für den Fall, dass die andere Frau sie ergreifen und schütteln wollte, aber Schwester Barbara stand da wie ein Fels und sah Annah aufmerksam an. Es war ein anderer Blick als der des Bischofs oder seiner Frau, die nur Annahs Kleidung und Frisur gemustert hatten. Schwester Barbara blickte tiefer in sie hinein, ihr Blick drang bis in ihr Innerstes …

Annah versuchte, den Blick so gleichmütig wie möglich zu erwidern. Im Geiste beschrieb sie Schwester Barbara: alt, übergewichtig, Haare zu kurz … Andererseits jedoch sah Schwester Barbara stark und äußerst zuverlässig aus. Wenn sie jemanden ihr Leben anvertrauen müsste, dachte Anna, hätte sie wahrscheinlich diese Frau gewählt.

»Es wird Ihnen in Langali gefallen«, sagte Schwester Barbara schließlich. »Ich war dort glücklich.«

Annah nickte wie betäubt. Die Vorstellung, nicht in Dodoma zu bleiben, kam ihr immer noch unwirklich vor. Ganz zu schweigen von der Aussicht, so weit nach Westen verbannt zu werden.

»Ich habe mit Ihrer Tante Eliza zusammengearbeitet, wissen Sie«, fügte Schwester Barbara hinzu. »Sie war eine wundervolle Person.«

Annahs Augen weiteten sich vor Interesse. Augenblicklich kamen ihr ein Dutzend Fragen in den Sinn, aber bevor sie die Chance hatte, auch nur eine davon zu stellen, wechselte Schwester Barbara bereits das Thema. »Da ich schon einmal hier bin«, sagte sie, »kann ich mir vielleicht Ihre Sachen ansehen und prüfen, was Sie wirklich brauchen. Langali ist nicht wie Dodoma. Sie müssen mit dem auskommen, was Sie mitnehmen.«

Mrs. Wade nahm Annahs Tasse und Unterteller und stellte sie auf den Tisch. »Was für eine wundervolle Gelegenheit für Sie, meine Liebe.« Sie ließ den weißen Hut auf dem Tisch liegen und trat mit den beiden Frauen aus dem Schutz des Blätterdachs in den strahlenden Sonnenschein.

Annah ging hinter den beiden über den Rasen. Sie dachte an ihren Koffer, der in der holzgetäfelten Halle des Hauses des Bischofs stand, und fragte sich, ob die beiden Frauen wohl das Monogramm erkennen würden, das überall auf dem Leder aufgedruckt war. Louis Vuitton. Ein weiterer Hinweis auf ihre luxuriösen Familienverhältnisse.

Annahs Mutter, Eleanor, hatte den Koffer in das Schlafzimmer ihrer Tochter gebracht, ein paar Wochen, bevor Annah nach Afrika reiste.

»Ich möchte, dass du den hier mitnimmst«, hatte sie gesagt, als sie ihn aufs Bett hievte. »Ich habe ihn in Paris gekauft.«

Der Koffer war fast brandneu, das teure Leder weich und glänzend, mit funkelnden Goldschlössern.

»Mein alter Koffer genügt doch«, hatte Annah gesagt.

Eleanor hatte ihre Worte abgetan. »Louis Vuitton war

früher Ausstatter für Abenteurer. In dem Geschäft in Paris hatten sie ein Foto von einer Betttruhe, die für einen berühmten Forscher gemacht worden ist. Savorgnan de Brazza. Er ist auch nach Afrika gegangen.«

Annah hatte geseufzt. Ihre Mutter war offensichtlich entschlossen, dem Leben, das ihre Tochter gewählt hatte, einen Hauch von Romantik und Glanz zu verleihen.

»Ich bin kein Abenteurer«, hatte Annah protestiert. »Ich werde Missionarin.«

Eleanor hatte den Kopf geschüttelt. »Ich hätte diese Briefe nie aufbewahren sollen. Ich wünschte, ich hätte sie verbrannt.«

Annah hatte sich abgewandt, in der Hoffnung, damit die drohend bevorstehende Flut von Tränen und Anklagen abzuwenden. Aber es hatte nichts genützt …

Weder Mrs. Wade noch Schwester Barbara schienen jedoch an Annahs Koffer etwas Besonderes wahrzunehmen. Sie waren viel mehr an den Kleidungsstücken interessiert, die so sorgfältig eingepackt worden waren.

Schwester Barbara zog einen Rock heraus. »Guter Stoff«, sagte sie anerkennend. »Darauf sieht man keine Schweißflecken.« Sie untersuchte den Saum, um festzustellen, ob man ihn noch herauslassen konnte.

Als Nächstes stieß sie auf Annahs Schwesterntrachten; drei weiße Kleider, brandneu und ordentlich gebügelt und die Häubchen, die keinen praktischen Zweck hatten, ihre Trägerin jedoch als voll ausgebildete Krankenschwester qualifizierten.

»Alles mit Namensschildern versehen?«, fragte Schwester Barbara. Annah nickte. »Gut.«

Mrs. Wade runzelte die Stirn, als sie einen in Leder gebundenen Roman hervorzog, auch eines von Eleanors Geschenken. »*Jenseits von Afrika* von Isaak Dinesen.« Kopfschüttelnd legte sie das Buch zu dem Stapel von

Dingen, die als ungeeignet oder unnötig für das Leben in Langali erachtet worden waren. »In der ›Bibliothek‹ der Carringtons werden Sie genug zu lesen finden.«

Annah sah den beiden zu, hin und her gerissen zwischen Rührung über die Besorgnis der Frauen und Entsetzen darüber, wie sie über ihre Habseligkeiten verfügten. Sie dachte daran, was Eliza darüber geschrieben hatte, dass man seine persönlichen Gefühle überwinden und die Situationen, denen man sich gegenübersah, akzeptieren müsse. Wichtig war wohl, immer daran zu denken, dass es einem höheren Zweck diente. Man bekam dadurch einen stärkeren, besseren Charakter.

Annah blickte auf ihre Hände. Beinahe hörte sie eine leise, kleine Stimme in ihrem Kopf.

Lass es beginnen.

Die Verwandlung hatte eingesetzt.

Und je eher sie begann, desto eher würde sie auch einfach und gereinigt daraus hervorgehen.

Lächelnd nickte Annah, als eines von Eleanors dünnen Seidenhemdchen beiseite gelegt wurde. Dann zog Schwester Barbara ein Jackett unten aus dem Koffer. Es war hellrosa.

»Ziemlich … kühn«, sagte sie zweifelnd.

»Es wird Aufmerksamkeit erregen«, stimmte Mrs. Wade zu.

Annah versuchte, das Jackett durch die Augen der anderen Frauen zu sehen. Aber sie konnte es nur so sehen, wie sie es das erste Mal am Kleiderständer im Geschäft wahrgenommen hatte. Unter den trüben Farbtönen der Herbstkollektion war es ein fröhlicher Farbklecks gewesen – ein kräftiges Pink, das eher an spektakuläre Sonnenuntergänge als an Rosen erinnerte.

»Mir gefällt es«, entgegnete Anna. »Ich möchte es mitnehmen.«

Schwester Barbara und Mrs. Wade blickten sie schweigend an.

»Ich habe es mit Absicht gekauft«, fügte Annah hinzu. »Die afrikanischen Frauen tragen auch kräftige Farben. Ich dachte …«

»Du liebe Güte!« Mrs. Wade schüttelte den Kopf. »Sie brauchen sich doch nicht mit den Afrikanern gleichzumachen, meine Liebe. Das können Sie gar nicht, dazu haben Sie die falsche Hautfarbe.« Sie brach ab, als hätten ihre eigenen Worte sie verwirrt. Stumm sahen die Frauen zu, als Annah das Jackett zusammenfaltete und wieder in den Koffer legte.

»Wenn Sie irgendwelche Zweifel haben«, sagte Schwester Barbara, »dann fragen Sie einfach Mrs. Carrington. Wenn Sie ihrem Rat folgen, liegen Sie nie falsch.« Sie blickte Annah in die Augen. »Und … Gott segne Sie.«

Annah verspürte plötzlich, wie sie unter dem Blick der Frau zu glühen begann. Sie musste an Eliza denken. Eine ältere Frau, die sie lenken und ihr helfen würde. Es würde alles gut werden. Schließlich war sie nicht allein dort draußen in Langali. Gott würde mit ihr sein. Und Mrs. Carrington auch. Sie blickte auf ihren Koffer und schloss ihn. Sie war bereit für die Reise. Sie brauchte sich nicht mehr an ihren Traum zu klammern, sondern musste offen sein für das Neue. Eliza hätte sich der Herausforderung gestellt. Und sie würde es auch tun.

5

In dem Zug nach Westen gab es kein Erster-Klasse-Abteil. Annah saß auf einem harten Sitz, und ein heißer Wind fächelte durch die scheibenlosen Fenster ihr Gesicht. Es roch nach verbrannter Kohle. Ruß bedeckte ihre Haut und ihre Kleidung – nicht die feinen Sprenkel vom Tag zuvor, sondern ein dicker, schmieriger Film. Sie hatte schon versucht, ihn wegzuwischen, aber vermischt mit ihrem Schweiß hatte das große, schwarze Flecken hinterlassen.

Zu Beginn der Fahrt waren auch andere Passagiere in Annahs Abteil gewesen. Eine Gruppe afrikanischer Männer in abgetragener europäischer Kleidung war mit ihr in Dodoma eingestiegen. Annahs Hoffnung, ihr Swahili erproben zu können, wurde jedoch enttäuscht, als sie auf ihre Begrüßung in einem anscheinend einheimischen Dialekt antworteten. Nach ein paar Stationen verließen sie das Abteil. Dann hatte sich eine afrikanische Nonne neben Annah gesetzt. Nachdem sie auf Englisch einen kurzen Gruß gemurmelt hatte, war die Frau fest eingeschlafen. Drei Stunden später wachte sie auf, als der Zug in eine winzige Station irgendwo im mittleren Westen einfuhr. Sie hatte Annah zugenickt und war ausgestiegen. Ein paar andere Passagiere kamen und gingen, als es jedoch dunkel wurde und Annah versuchen wollte, ein wenig zu schlafen, hatte sie das Abteil glücklicherweise für sich allein. Aber sie hatte trotzdem kaum geschlafen.

Jetzt war es Morgen. Die Sonne ging über einer Landschaft auf, die sich langsam, aber stetig veränderte. Die Savanne – Elizas Afrika – verschwand. An ihre Stelle trat eine zerklüftete Hügellandschaft mit sumpfigen Tälern und dichtem Dschungel. Überall war es grün. Nicht die helle, frische Farbe der Küste, sondern ein kräftigeres, dunkleres Grün, das Grün verschlungener Ranken und von Schlingpflanzen überwucherter Baumwipfel.

Die trockene Hitze wich einer dampfenden Feuchtigkeit. Annah spürte, wie der Schweiß aus ihren Poren sickerte und ihren ganzen Körper klebrig bedeckte. Sie war dankbar für die sechs Flaschen Wasser, die sie in dem Korb mit Essen vorgefunden hatte, den Jack Masters ihr mitgegeben hatte. Die Berge von Scones und Sandwiches hatte sie kaum angerührt, aber das Wasser hatte sie schon zur Hälfte getrunken.

Annah versuchte, sich auf ihrem harten Sitz etwas bequemer hinzusetzen. Dann schloss sie die Augen, um trotz Staub und Wind ein wenig zu ruhen. Nach ein paar Minuten döste sie in dem stetigen Schlingern des Zuges vor sich hin.

Die Worte drangen ihr zuerst wie ein Bestandteil ihres Traums ins Bewusstsein, aber dann wurden sie immer deutlicher und rissen sie aus dem Schlaf.

»Ich habe am Yakanyaru geangelt. Oben an der ruandischen Grenze.«

Es war die Stimme eines Mannes, der englisch mit einem amerikanischen Akzent sprach. Er sprach laut, und seine Stimme drang deutlich über den Lärm der Lokomotive.

»Fische gab's genug. Aber all die Leichen, die den Fluss

heruntergetrieben kamen. Babys. Kinder. Frauen. Männer. Afrikaner ...«

Annah blickte zum Gang. Zigarettenrauch wehte ins Abteil – ein dünner, blauer Schleier.

»Manche waren verstümmelt. Ohne Hände, Augen ...«

Immer mehr grässliche Einzelheiten gab er zum Besten. »Die müssen ein ganzes Dorf massakriert haben. Jede gottverdammte Seele.«

Eine zweite Person murmelte eine Antwort.

»Sie nennen es Unabhängigkeit«, fuhr der Amerikaner fort. »Zuerst hatten wir ein Blutbad im Kongo, und jetzt bringen sich die Ruander gegenseitig um!« Er stieß ein freudloses Lachen aus. »Für mich hört sich das so an wie das Gesetz des Dschungels.«

Annah schloss die Augen und sah schwarze Leichen vor sich, die auf einem breiten Fluss trieben. Dann näherten sich Schritte. Als sie die Augen öffnete, stand ein dicker, hellhäutiger Mann im Abteil und wuchtete eine Reisetasche ins Gepäcknetz. Er setzte sich ihr gegenüber hin.

Sie starrte ihn ausdruckslos an. Sie konnte an nichts anderes denken als an das, was er gerade beschrieben hatte.

Der Mann lehnte sich zurück und streckte die Beine aus. »Ich bin Dick Peterson.«

»Guten Morgen«, erwiderte Annah höflich, aber distanziert.

»Gehören Sie zu der Mission?«, fragte der Mann.

»Ja«, sagte Annah.

»Und was sind Sie?« Dick Petersons blaue Augen blickten leicht spöttisch. »Krankenschwester oder Lehrerin? Oder die Frau von jemandem?«

»Ich bin Krankenschwester«, erwiderte Anna. Sie wandte sich ab und blickte auf die vorbeiziehende Landschaft. Ihr wäre am liebsten gewesen, der Mann hätte sie in Ruhe gelassen. Es fiel ihr schwer, ihn von dem düsteren Bericht zu trennen. Es kam ihr so vor, als sei er auch von Finsternis umgeben.

Annah rückte näher ans Fenster. Sie nahm ihre Handtasche und zog ein Buch heraus. Es war Eleanors Exemplar von *Jenseits von Afrika*, das Annah heimlich in eine Seitentasche gesteckt hatte, als Schwester Barbara gerade nicht hinsah. Sie schlug das Buch auf und tat so, als sei sie in die Lektüre vertieft.

Die Zeit verging langsam. Annah versuchte zu schlafen, aber die Albtraumbilder, die der Mann beschrieben hatte, quälten sie. Sie war froh, als der Zug schließlich sein Tempo verlangsamte, und der Amerikaner seine Reisetasche aus dem Gepäcknetz nahm. Wenn er ging, würde er vielleicht seine dunklen Gedanken mitnehmen.

Der Bahnhof war klein, aber geschäftig. Gepäckträger standen mit ihren Holzwagen herum, und es gab einen Stand, an dem Essen und Getränke angeboten wurden. Annah betrachtete sehnsüchtig die Werbung für Coca-Cola und schmeckte das Getränk schon beinahe auf der Zunge – kalt, schwarz und prickelnd.

Der Amerikaner verließ wortlos das Abteil. Annah blickte ihm durch das Fenster nach. Hier schienen viele Leute auszusteigen, und ein leichtes Gefühl der Besorgnis ergriff sie. Es sah fast so aus, als wüssten alle ganz genau, warum sie schon hier den Zug verließen. Sie musste den Drang bekämpfen, ihr Gepäck zu nehmen und ihnen zu folgen.

Als die Lokomotive schließlich ein Pfeifen ausstieß und aus dem Bahnhof hinausfuhr, verspürte Annah Erleichterung. Sie konnte ja nichts tun, sie konnte nur still dasitzen und warten.

Kurz nach Mittag wurde es auf einmal finster. Ohne

Vorwarnung fuhr der Zug in etwas hinein, was anscheinend ein Tunnel war. Es wurde jedoch nicht völlig dunkel, und im Dämmerlicht konnte sie Äste, Blätter und Ranken erkennen. Es war ein dichter, verschlungener Wald.

Ein echter Dschungel, sagte sich Annah. Genau wie im *Dschungelbuch.* Sie versuchte, sich den kleinen Jungen – Mogli – vorzustellen, der sich von Ranke zu Ranke schwang, als könne sie die Dunkelheit draußen zähmen, indem sie sie mit Kindergeschichten verband. Aber hier gab es keine bunten Vögel und schnatternden Affen. Stumm und düster ragten die Bäume auf.

Ab und zu ließ die Dunkelheit nach, wenn die Bäume nicht so dicht standen, und Anna erblickte kurz ein Fleckchen Himmel, so blau und klar wie eh und je, das dann wieder vom Wald verdeckt wurde.

Als sich der Dschungel lichtete, wurde der Zug wieder langsamer. Annah beugte sich aus dem Fenster, und der Wind trieb ihr die Tränen in die Augen. In der Ferne konnte sie eine Ansammlung kegelförmiger Dächer aus Gras erkennen. Beim Anblick der runden Hütten durchfuhr sie leises Bedauern. Elizas Ugogo, der Stamm, bei dem Annah immer arbeiten wollte, lebte in langen, niedrigen Häusern mit flachen Dächern.

Annah holte tief Luft, wobei sie Ruß im Mund spürte. Wenn ihre Berechnungen stimmten, dann war das jetzt der siebte Halt seit Dodoma. Das Ende der westlichen Eisenbahnlinie. Murchanza.

Annah stand neben dem Zug, gegenüber einer alten Holzhütte, an der die Farbe abblätterte. Sie nahm an, dass es das Fahrscheinbüro war, aber es schien seit Jahren nicht mehr benutzt worden zu sein. Wie der gesamte Ort sah es heruntergekommen und verlassen aus. Von einem Bahnhof konnte man sowieso nicht reden, es gab noch nicht einmal einen Bahnsteig, nur festgetrampelte Erde neben den Schienen. Und es gab kein Zeichen für irgendeine Ansiedlung in der Nähe von Murchanza. Annah vermutete, dass hier einfach die Bahnschienen zu Ende waren.

Annah war der einzige Fahrgast, der aus dem Zug ausstieg. Der Zugführer bot ihr seine Hilfe bei ihrem Gepäck an, während der Schaffner und ein anderer Mann die Lokomotive mit Wasser und Brennholz versorgten.

»Werden Sie abgeholt?«, fragte der Fahrer in seinem besten Englisch. Er blickte sich auf dem Bahnhof um, der leer und verlassen war. Eine Frau, die Bananen verkaufte, saß neben einem Stand mit Wasser. Ein Bettler schlurfte heran, einen kleinen Jungen auf dem Arm, der nur ein zerrissenes Unterhemd trug. Er sah Annah aus hellen, wachen Augen an.

»Ja«, erwiderte Annah. »Danke.«

Die drei Männer winkten ihr zum Abschied zu und widmeten sich weiter der Lokomotive. Dann fuhr der Zug mit einer mächtigen Dampfwolke wieder aus dem Bahnhof heraus und verschwand in der Ferne …

Die Nachmittagsschatten wurden länger. Dr. Carrington hätte sie vom Zug abholen sollen, aber sie wusste, dass es viele Gründe für seine Verspätung geben konnte. Schließlich war sie hier in Afrika. Sie machte sich keine Sorgen. Mit dem restlichen Wasser wusch sie sich das Gesicht, dann löste sie ihre langen roten Haare, ohne sich um die Blicke der anderen zu kümmern, und bürstete sie gründlich aus. Danach steckte sie sie wieder zu einem festen Knoten zusammen. Mehr konnte sie im Moment nicht tun, um sich auf ihren neuen Kollegen vorzubereiten.

Obwohl ihr niemand Dr. Carrington beschrieben hatte, hatte Annah eine klare Vorstellung von ihm. Er hatte bestimmt weiße Haare, eine goldgefasste Brille und ein sorgfältig gestutztes Ziegenbärtchen. Ein starkes, edles Gesicht. So ähnlich wie Dr. Albert Schweitzer, der legendäre Arzt und Philosoph, dessen Fotografie in so vielen Lehrbüchern auftauchte. Annah lächelte. Der echte Dr. Carrington war wahrscheinlich klein und dünn und hatte eine Halbglatze.

Annah blickte zu der Bananenverkäuferin und überlegte, ob sie ihr ein paar Fragen über Murchanza stellen sollte. Vielleicht gab es ja einen Ort in der Nähe. Vielleicht sogar ein Telegrafenamt und ein Hotel. Es war unwahrscheinlich, aber ihr war klar, dass sie irgendetwas unternehmen musste, wenn Dr. Carrington nicht auftauchte. Die Bananenverkäuferin sah arm aus. Ihre Kleidung war fadenscheinig und verschlissen. Vermutlich sprach die Frau nur irgendeinen Stammesdialekt, und das Swahili, das Annah fließend beherrschte, würde ihr wenig nützen.

Und dann näherten sich fast lautlos Schritte, die Annah auf dem staubigen Boden eher spürte als hörte. Sie drehte sich um.

»Es tut mir so Leid …« Die Stimme erstarb.

Annah stand einem jungen, großen Mann mit glatter, gebräunter Haut gegenüber. Blonde Haare fielen ihm in die Stirn, fast bis über die klaren blauen Augen.

Der Mann blickte sich rasch auf dem verlassenen Bahnhof um, als ob er sich einen Moment lang fragte, ob noch jemand anderer ihn erwarten könnte. Und Annah wurde klar, dass Michael Carrington, den sie sich wie Albert Schweitzer vorgestellt hatte, offensichtlich Schwester Barbara erwartet hatte. Bei dem Gedanken an ihre beiderseitige Überraschung begann Annah zu lachen. Sie konnte nicht anders. Der Kontrast war einfach zu groß.

Ein paar Sekunden lang starrte Dr. Carrington sie einfach nur an. Sie senkte den Kopf, um ihre Fassung wieder zu gewinnen. Eine lange Strähne ihres roten Haares löste sich und fiel ihr ins Gesicht.

»Es tut mir Leid«, sagte sie atemlos. »Es ist nur … Ich habe erwartet …«

»Ich weiß, ich bin viel zu spät. Ich muss mich entschuldigen«, sagte Dr. Carrington.

Annah blickte ihn an. Er beugte sich verlegen über ihr Gepäck.

»Ich bin wirklich rechtzeitig losgefahren«, fuhr er fort, »aber ein Baum war auf die Straße gefallen. Er hat mich Stunden gekostet. Auf jeden Fall« – er richtete sich auf und streckte seine Hand aus – »willkommen, Schwester Mason. Willkommen in West-Tanganjika.« Er lächelte, ein jungenhaftes Lächeln, das sein ganzes Gesicht erstrahlen ließ und ihn veränderte.

»Danke.« Annah erwiderte sein Lächeln und schob sich die Haarsträhne wieder in den Knoten. Sie gab ihm die Hand, wobei sie sich bewusst war, dass sie sich ganz klebrig anfühlen musste. Aber die Hand des Arztes war genauso feucht und schmutzig vom Staub.

»Ich freue mich, hier zu sein.«

Dr. Carringtons Lächeln erlosch so abrupt, wie es aufgetaucht war. »Ach ja?«, fragte er. »Der Bischof hat mich gewarnt, dass Sie Ihr Herz an einen Posten in Dodoma gehängt hatten.«

Annah suchte nach Worten. Sie konnte ja wohl kaum zugeben, dass sie gerade gelogen hatte. Also würde sie zu einer weiteren Lüge Zuflucht nehmen müssen. »Oh, natürlich wollte ich nach Dodoma«, erwiderte sie. »Aber dann hat der Bischof mir von Langali erzählt … und von Ihnen … und Mrs. Carrington … und Ihrer Arbeit. Und das Wohl der Mission sollte immer über individuellen

Plänen stehen.« Schweigend wartete sie auf ein Zeichen der Zustimmung.

Dr. Carrington nickte. »Nun, es freut mich, das zu hören. Es ist sehr einsam hier. Wir sind die einzigen drei Europäer in dem ganzen Gebiet … wir und Sie. Sie müssen sich vollständig der Arbeit widmen.«

Annah blickte ihn an. Das wollte sie auch. »Natürlich«, erwiderte sie.

»Ich hole den Landrover und lade Ihr Gepäck ein.«

Annah sah ihm nach, als er zum Auto ging. Sie spürte bei ihm eine gewisse Ungeduld. Als sie sich umdrehte, begegnete sie dem Blick der Bananenverkäuferin. Das Gesicht der afrikanischen Frau verzog sich zu einem breiten, wissenden Grinsen.

Die Straße durch den Dschungel war kaum breit genug für den Landrover, und vorwärts zu kommen war ein einziger Kampf. Der Motor dröhnte, und das ganze Fahrzeug bebte, während die Räder sich über den holperigen Weg quälten. Zwar waren die Fenster geschlossen, aber Annah duckte sich jedes Mal instinktiv, wenn sie unter den niedrig hängenden Ästen entlangfuhren.

Dr. Carrington hielt das Lenkrad mit beiden Händen umklammert und hatte den Blick fest auf die Straße gerichtet. Er versuchte erst gar nicht, sich mit Annah zu unterhalten, und obwohl sie sah, dass er sich aufs Fahren konzentrieren musste, machte sie das Schweigen nervös. Schließlich brachte sie die Sprache auf die gewalttätigen Unruhen an der Grenze.

Dr. Carrington lauschte ihrem Bericht, in dem sie ihm wiedergab, was der Amerikaner im Zug gesagt hatte, und nickte ernst. »Seitdem die Belgier weg sind, hat es ständig Unruhen in diesem Gebiet gegeben. Aber das war auch nicht anders zu erwarten. Die Belgier haben sich in diesem Land schrecklich aufgeführt und die Menschen ausgebeutet.« Sein Tonfall war heftig. »Und sie haben die Afrikaner nicht darauf vorbereitet, selbst die Verantwortung zu übernehmen. Sie sind einfach abgezogen und haben alle Hilfsmittel mitgenommen.«

Annah warf ihm einen Blick zu. »Hier steht auch die Unabhängigkeit bevor, nicht wahr?«

»Um die inneren Angelegenheiten kümmern sich die Afrikaner bereits selbst«, erwiderte Dr. Carrington. »Und gegen Ende des Jahres wird die vollständige Übergabe stattfinden. Tanganjika wird eine Republik. Aber Sie brauchen sich keine Sorgen zu machen. Hier ist das etwas völlig anderes. Sie haben einfach eine andere Geschichte.«

Annah nickte. Er sprach mit einer großen Gewissheit, sodass seine Worte sehr tröstlich für sie klangen.

Nach ungefähr einer Stunde begann sich der Wald zu lichten. Die Straße wurde breiter, und die Bäume standen nicht mehr ganz so dicht, sodass mehr Licht hindurchfiel. Annah kurbelte das Fenster herunter, und ein frischer Duft wehte in das Fahrerhaus.

»Sehen Sie mal!«, rief sie aus, als sie ein winziges Tier sah, dass im Gebüsch graste. »Ist das nicht ein Dik-Dik?«

Dr. Carrington blickte in die Richtung, in die sie wies, und trat auf die Bremse.

»Bewegen Sie sich nicht«, sagte er leise.

Das hätte er Annah nicht zu sagen brauchen. Gebannt betrachtete sie das zarte Geschöpf. »Es ist wunderschön«, hauchte sie.

Einen Moment lang standen sie still. Dann griff Dr. Carrington nach hinten und zog ein Gewehr hervor. Er lud es rasch, beugte sich über Annah und zielte aus ihrem Fenster.

Annah drückte sich in ihren Sitz. Ein leises Klicken, und dann dröhnte ein Schuss.

Das Tier zuckte und sank zusammen.

Fassungslos sah Annah zu, wie Dr. Carrington aus dem Wagen stieg und das erlegte Wild zum Wagen brachte. Er präsentierte es ihr wie ein Junge, der etwas gefangen hat. Annah zwang sich zu lächeln.

»Kann man sie ... gut essen?«, fragte sie.

Dr. Carrington nickte. »Gebraten sind sie köstlich. Ein Festessen.«

Zögernd strich Annah mit den Fingern über das seidige Fell des Dik-Dik. Es war noch warm. Ein Zittern überlief das Geschöpf, als ob die Berührung es wieder zum Leben erweckt hätte. Das Dik-Dik hob den Kopf und blickte Annah aus großen Augen an. Es strampelte in den Armen des Arztes, und rosiges Blut sprudelte aus der Wunde. Annah keuchte entsetzt auf.

Dr. Carrington ließ das Tier fallen. »Tut mir Leid«, sagte er, »ich dachte, es sei tot.« Er eilte nach hinten zum Landrover.

Annah hielt den Blick starr vor sich gerichtet und versuchte, sich zu beruhigen. Alle Missionare jagten, das war bekannt. Es gab schließlich keinen Metzger. Sie würde sich daran gewöhnen müssen, dass auf Wild geschossen wurde. Aber sie konnte die Anmut und Schönheit der kleinen Gazelle nicht vergessen. Den Blick aus den lang bewimperten Augen.

Schweigend fuhren sie weiter. Als Dr. Carrington schließlich nach einer geraumen Zeit wieder sprach, klang seine Stimme unnatürlich laut. »Wir sind gleich da«, sagte er.

Annah blickte auf den dichten Urwald, der immer noch die Straße säumte. Es kam ihr unmöglich vor, dass es hier eine Station – ein Krankenhaus, eine Kirche, einen

Ort – geben sollte. Und dann bog der Landrover um eine Kurve, und auf einmal war der Wald zu Ende.

Überrascht riss Annah die Augen auf. Vor ihnen lag ein weites Tal mit Wiesen und Buschland, auf drei Seiten von Wald eingerahmt und an der vierten Seite zu einem Hügel ansteigend. Es sah aus wie ein verborgenes Königreich. Wie aus einem Bild entsprungen, mit sanften, grünen, baumbestandenen Hängen und einem Fluss, der sich mitten hindurch zog.

»Station Langali«, sagte Dr. Carrington, leisen Stolz in der Stimme. Er wies auf eine Ansammlung weiß verputzter Häuser mit Grasdächern auf der einen Seite des Flusses. Annah konnte die langen, niedrigen Gebäude sehen, die wahrscheinlich zum Krankenhaus gehörten. Das Missionshaus stand ein bisschen abseits. Dort war die Schule und die Kirche mit dem Kreuz auf dem Dach. Sie lag wie eine Blockade am Ende der Straße. Eine seltsame Stelle für eine Kirche, dachte Annah flüchtig, aber dann fiel ihr Blick auf eine Baumgruppe mitten auf dem Gelände. Selbst aus der Entfernung kamen sie ihr vertraut vor.

»Diese Bäume ...«, begann sie.

Dr. Carrington nickte. »Gummibäume. Schwester Barbara hat sie gepflanzt.«

Annah blickte sich um. Auf dem Hügel hinter dem Krankenhaus lag ein afrikanisches Dorf. Es sah ordentlich und gepflegt aus, die Rinder standen in ihren mit Dornbüschen eingefriedeten Gehegen, und überall stieg der Rauch von Kochfeuern auf. Hinter dem Ort befanden sich Gärten und Ackerland.

Alles wirkte friedlich und ordentlich. Die Station sah aus wie die Fata Morgana einer Zivilisation mitten in der Wildnis.

»Es ist fantastisch!«, sagte Annah und wandte sich

aufgeregt an Dr. Carrington. »Warum ist hier auf einmal dieses offene Tal?«

»Ich bin mir nicht sicher«, erwiderte er. »Es muss etwas mit Geologie zu tun haben. Ein Teil des Waldes ist allerdings auch gerodet worden.« Er lächelte. »Wir breiten uns langsam aus.«

Schweigend fuhren sie weiter. Es wurde allmählich dunkel. Die letzten Sonnenstrahlen glitten über das Land, warfen lange Schatten und überzogen Bäume, Dächer und Felsen mit weichem Goldgelb. Es war ein magischer Augenblick: die weißen Gebäude vor ihnen, die kleine Holzbrücke über den Fluss, die weit offenen Tore zum Gelände und die Afrikaner, die sich versammelt hatten, um die neue Krankenschwester aus Australien willkommen zu heißen.

Annah stieg aus dem Landrover und war sofort von Kindern umringt. In dem Dämmerlicht sahen sie beinahe alle gleich aus mit ihren krausen dunklen Haaren und der schwarzen Haut. Sie trugen eine Art Uniform – verblichene blaue Hemden und Shorts für die Jungen und einfache Kleider für die Mädchen. Hinter ihnen standen die Erwachsenen, ebenfalls in einfacher, westlicher Kleidung. Manche begrüßten sie auf Englisch oder Swahili, andere lächelten nur. Aber alle – Kinder wie Erwachsene – starrten fasziniert auf Annahs rote Haare.

Ein kleiner Junge streckte mutig die Hand aus und berührte Annahs weiße Haut. Sie bückte sich, um ihn zu begrüßen. Zustimmendes Raunen lief durch die Menge. Als sie wieder aufblickte, sah sie, wie Dr. Carrington das tote Dik-Dik von der Ladefläche hob und es einem Afrikaner reichte. Dieser gab es an ein Kind weiter, das damit davoneilte. Dr. Carrington wirkte erleichtert, so als ob er froh wäre, das Tier endlich los zu sein. Er wischte sich die Hände an der Hose ab und trat auf Annah zu.

»Ich möchte Ihnen meinen Chefpfleger vorstellen«, sagte er rasch. Ein großer, dünner Afrikaner in Khakihemd und -hose kam auf sie zu. »Das ist Stanley Njima. Stanley, das ist unsere neue Oberschwester, Schwester Mason.«

Stanley lächelte und verbeugte sich höflich. Annah fühlte sich sofort zu ihm hingezogen. Er wirkte freundlich und würdevoll, und sein Händedruck war fest und warm.

»Willkommen an diesem Ort.« Er sprach Englisch mit einem starken, afrikanischen Akzent. »Schwester.«

Schwester. Er sagte das Wort langsam und nachdrücklich, als nähme er Annah damit in die Familie auf.

Plötzlich kam Bewegung in die Menge und eine weiße Frau kam mit eiligen Schritten auf sie zu.

»Hallo, hallo. Da sind Sie ja endlich«, ertönte eine helle, freundliche Stimme. »Sie sind bestimmt völlig erschöpft.«

»Sarah …« Ein warnender Unterton lag in Dr. Carringtons Stimme, der sogar Annah auffiel.

Genau in diesem Moment erblickte Mrs. Carrington Annah. Für einen Sekundenbruchteil weiteten sich ihre Augen überrascht, und sie hielt in der Bewegung inne. Fast unmerklich warf sie ihrem Mann einen Blick zu. Aber dann fuhr sie fort: »Hatte der Zug Verspätung? Das passiert oft.«

»Das ist Schwester Mason«, warf Dr. Carrington überflüssigerweise ein.

»Kommt ins Haus«, sagte seine Frau. »Sie sind bestimmt völlig erschöpft.«

Schweigend musterte sie Annah von Kopf bis Fuß, und Annah erwiderte ihren Blick. Mrs. Carrington war jung, schlank und hübsch. Zugleich sah sie jedoch auch genau so aus, wie man sich die Frau eines Missionars vorstellte. Sie trug einfache, vernünftige Kleidung und solide Schuhe. Ihr langes, dunkles Haar war in der Mitte gescheitelt und zu einem festen Zopf geflochten. Ihr Gesicht war offen, mit klaren, großen Augen. Sie wirkte gesund und bodenständig. Und sehr sauber.

Sie führte Annah zum Missionshaus, einem großen, quadratischen Gebäude mit einer breiten Veranda an der Vorderfront. Ein mit Steinen eingefasster Weg aus festgetretener Erde führte zu ein paar Steinstufen. Alles war symmetrisch – die beiden Sessel auf der Veranda, die Blumentöpfe neben der Vordertür. Selbst die Vorhänge schienen alle gleich weit zugezogen zu sein. Als sie die Treppe fast erreicht hatte, wandte sich Mrs. Carrington nach links und ging an der Vorderseite des Hauses vorbei. »Ich bringe Sie zuerst zu Ihrem Zimmer«, rief sie über die Schulter. »Sie möchten sich sicher ein wenig erfrischen, bevor wir essen. Die Boys bringen Ihnen Ihre Sachen.«

»Danke«, sagte Annah.

Sie folgte Mrs. Carrington über einen Pfad, der am Haus vorbei über eine Wiese zu einer kleinen Holzhütte führte.

»Sie werden die Mahlzeiten im Missionshaus einnehmen«, sagte Mrs. Carrington. »Aber hier schlafen Sie.«

Mrs. Carrington öffnete die Fliegengittertür und schaltete das Licht ein. Dann trat sie in die Hütte und winkte Annah, ihr zu folgen.

Das Zimmer wurde von einer elektrischen Birne erhellt, über der ein rosafarbener Lampenschirm hing. Es gab ein schmales Bett mit weißer Baumwollbettwäsche und einem kreisförmigen Moskitonetz darüber, ein Bücherregal, einen Tisch, einen Stuhl und einen Schrank.

Alles war sehr einfach, fast wie die Zelle einer Nonne. Nur ein Gegenstand verlieh dem Zimmer eine heitere Note. Auf dem Boden neben der Tür stand ein bauchiger, bunter Gegenstand, der aussah wie ein riesiger Teewärmer aus Patchwork.

»Darunter ist Ihr heißes Wasser«, erklärte Mrs. Carrington. »Barbara und ich haben die Haube für Sie genäht.« Sie hob sie hoch. Darunter stand ein offener Vier-Gallonen-Zinkbehälter. Früher war vielleicht einmal Kerosin oder Petroleum darin gewesen, aber jetzt war er voller Wasser. »Die Boys bringen Ihnen jeden Abend heißes Wasser«, fuhr Mrs. Carrington fort. »Wenn Sie die Haube darauf lassen, ist es morgens noch warm.« Einen Moment lang schwieg sie und bewunderte ihre Handarbeit.

»Danke, Mrs. Carrington«, sagte Annah. Sie war gerührt über die Geste, obwohl ihr klar war, dass sie nicht persönlich war. Sie war lediglich als Willkommensgruß für die Krankenschwester gedacht, wer auch immer es sein würde.

»Nennen Sie mich Sarah. Und meinen Mann Michael.« Die Worte klangen eher bestimmt als herzlich. »Schließlich sind wir hier alle eine Familie. Es gibt ja sonst niemanden.«

Annah warf Sarah einen Blick zu, aber sie konnte an dem Gesichtsausdruck der Frau nicht erkennen, was sich hinter ihren Worten verbarg.

In diesem Moment tauchten zwei junge Männer auf, gebeugt unter der Last von Annahs Gepäck. Sie sahen aus wie große unbeholfene Schildkröten, und Annah musste unwillkürlich lächeln, als die beiden gleichzeitig versuchten, sich durch die Tür zu drängen.

»Passt auf!«, sagte Sarah. Sie wandte sich wieder an Annah. »Ich lasse Sie jetzt allein, damit Sie sich waschen können. Wenn Sie fertig sind, kommen Sie einfach zum Haus. Ordena, die Haushälterin, hat Ihnen die Suppe warm gehalten.« Sie blieb an der Tür stehen, wo eine Sturmlaterne an einem Nagel hing. »Der Generator läuft bis halb neun. Danach brauchen Sie die Laterne. Bringen Sie sie besser mit, wenn Sie kommen. Wir versuchen zu vermeiden, Sachen aus dem Haus hierher zu schaffen.«

Annah nickte. Sie blickte Sarah nach, dann sah sie sich noch einmal in dem Raum um, der jetzt ihr Zuhause war. Auch auf den zweiten Blick fiel ihr nichts Neues auf. Es gab keinen Hinweis auf die letzte Bewohnerin. Keine Bilder, keine bestickten Deckchen, keine getrockneten Blumen. Nichts.

Annah öffnete ihre Handtasche und zog ein Stück Papier heraus. Vorsichtig entfaltete sie es. Es waren ihre »Missionsanweisungen« – das Dokument, das sie bei der Aufnahmezeremonie erhalten hatte. Bis dahin war sie nur Missionarsanwärterin gewesen, aber als man sie aufgenommen hatte, hatte sich alles geändert. Miss Annah Mackay Mason war nun vollwertiges Mitglied der Tanganjika-Inlandsmission.

Sie legte die »Anweisungen« auf den kleinen Tisch. In diesem anonymen Raum waren sie ein Symbol ihrer selbst. Wie der Union Jack, der über dem Palast der Königin wehte, besagte das Papier: »Sie ist hier, zu Hause.«

Annah blickte aus dem Fenster über das Stationsgelände, und ihr Blick fiel auf einen von Schwester Barbaras Gummibäumen. Irgendwie erschien es ihr bei dem Anblick noch schwieriger, sich diesen Ort als Zuhause vorzustellen. Dabei wirkte die Station selbst viel versprechend. Und die Carringtons schienen freundlich zu sein. Aber Annah konnte nicht vergessen, dass vor der

Lichtung der Dschungel lauerte und dass die Grenze zu Ruanda so nahe war. Sie runzelte die Stirn. Irgendwie würde sie sich daran gewöhnen müssen. Langali war der Ort, der für sie ausgewählt worden war. Ganz gleich, was passierte. Wie eine Ehe …

6

Annah schlüpfte in ihre neue Uniform. Die gestärkte Kleidung fühlte sich kühl auf ihrer Haut an. Sie hatte Hunger. Am Abend zuvor war sie bei den Carringtons fast zu müde zum Essen gewesen. Und die verkrampfte Stimmung beim Essen hatte ihren Appetit auch nicht gerade gefördert. Es war eine seltsame Situation gewesen – drei Fremde, die um einen Tisch saßen und Kontakt zueinander aufnehmen sollten. Annah war froh gewesen, als sie schließlich wieder zu ihrer Hütte zurückgehen konnte.

Michael war ihr bis auf die Veranda gefolgt und hatte gewartet, bis sie ihre Hütte erreicht hatte. Sie hatte seinen Blick im Rücken gespürt, während sie tapfer mit ihrer Sturmlaterne durch die Dunkelheit schritt. Michael war dafür verantwortlich, dass ihr nichts passierte. Er war das Familienoberhaupt, und das bezog sich auch auf sie, da sie keinen anderen Mann – Ehemann oder Vater – hatte, der diese Rolle übernehmen konnte. Es war ein seltsamer, aber doch auch tröstlicher Gedanke, dass dieser Mann, der sie kaum kannte, sich um sie kümmerte. Weder Ehemann, noch Bruder, noch Vater, und doch ein bisschen von allen dreien.

Die Strahlen der Morgensonne strömten durch das

kleine Fenster. Als Annah fertig angezogen und frisiert war, spürte sie bereits, wie der feuchte Schweiß die Kleidung durchdrang. Sie trat in den Sonnenschein hinaus und holte tief Luft. Es war warm und feucht.

Die Afrikaner hielten in ihrer Arbeit inne und begrüßten sie, während Annah auf das Missionshaus zuging.

»Jambo!«

»Jambo, Schwester!«

»Habari!«

Annah erwiderte ihr Lächeln. Wieder war sie sich bewusst, dass alle Blicke auf ihren Haaren ruhten. Wahrscheinlich waren Schwester Barbara und Sarah die einzigen weißen Frauen, die sie jemals gesehen hatten, und beide waren dunkelhaarig, wenn auch Barbara bereits anfing, grau zu werden.

Eine Gruppe von Frauen schälte gerade Bohnen auf der Veranda des Hauses. Als Annah die Treppe heraufkam, traten sie beiseite, um sie durchzulassen. Sie sagten kein Wort. Annah fragte sich, ob sie wohl kein Swahili sprachen oder ob sie annahmen, dass sie es nicht beherrschte.

»Ich sehe, dass ihr gerade Bohnen schält«, sagte sie, wobei sie die Sprachmelodie so anlegte, wie es Swahili erforderte. Die Wiederholung gab der Sprache einen lyrischen Klang, den sie sehr genoss.

Die Frauen blickten bei Annahs Worten erstaunt und erfreut auf.

»Nur Bohnen«, stimmten sie zu.

Sie blickten Annah nach, als sie ins Haus ging.

Auf dem Esstisch lag nur noch ein Frühstücksgedeck. Unter einem Netz standen ein Schüsselchen mit Zucker, ein Krug Milch und ein Plastikschälchen mit Popcorn. An einer Vase mit hellroten Geranien lehnte ein Zettel.

Guten Morgen. Nehmen Sie sich bitte Ihr Frühstück und kommen Sie dann zum Krankenhaus. Sarah

Während Annah das seltsame Popcorn-Müsli aß, blickte sie sich im Zimmer um. Es war einfach eingerichtet, wie die Hütte, und sehr ordentlich. Ihr war schon gestern Abend aufgefallen, dass keine gerahmten Fotografien von Verwandten oder Bilder von zu Hause herumstanden. Es gab auch keine Schmuckgegenstände. An einer Wand stand ein Klapptisch, auf dem sich ein grüner Lederkasten befand. Ein Schallplattenspieler. Annah spürte leises Bedauern in sich aufsteigen. Sie hatte alle ihre Platten zu Hause gelassen – die klassischen Alben, die neue Sandy Shaw, Peter, Paul and Mary. Suchend blickte sie sich um nach einem Hinweis auf den Musikgeschmack der Carringtons, konnte aber keine Platten entdecken.

Während sie einzelne Popcornstücke aus der Milch herausfischte, betrachtete sie die Gardinen – die einzigen wirklich auffälligen Einrichtungsgegenstände. Der Stoff war bedruckt mit gekreuzten Bumerangs und Speeren, den schwarzen Köpfen von Aborigines und winzigen Ayers Rocks. Annah fragte sich, ob Sarah den Stoff ausgesucht hatte oder ob sie ihn vielleicht von irgendwelchen Damen aus der Gemeinde zu Hause geschenkt bekommen hatte. Eine Erinnerung an Australien für die Missionare im dunkelsten Afrika …

Als Annah wieder auf die Veranda trat, waren die Frauen weg, und es war auch nicht die Spur einer Bohnenhülse zu sehen. Annah blickte über das Gelände und sah, dass sich eine Schar Patienten vor der Ambulanz des Krankenhauses versammelt hatte. Sie stellte fest, dass man die Afrikaner in zwei Gruppen einteilen konnte – diejenigen, die europäische Kleidung trugen (vermutlich die Bewohner des Dorfes bei der Mission), und die aus dem Busch, die traditionelle Kleidung trugen (Männer und Jungen in einfarbigen oder gestreiften Stoffen, Frauen in bunt bedruckten).

Auf einer Seite der wartenden Patienten standen die Frauen und Kinder. Mit ihren Kitenges in Regenbogenfarben und unterschiedlichen Mustern wirkten sie wie eine Schar tropischer Vögel. Vor ihnen stand eine einzelne Gestalt, der sie gespannt zuhörten. Blasse Haut, neutral gekleidet: Sarah.

Anscheinend hielt sie eine Rede, aber Annah konnte nicht hören, ob sie medizinischen oder religiösen Inhalts war. In dem kurzen Gespräch, das sie am vergangenen Abend geführt hatten, hatte Sarah ständig von »unserer« Arbeit im Krankenhaus geredet, aber so weit Annah wusste, hatte die Frau des Arztes keine medizinische Ausbildung.

»Schwester Mason!« Sarah unterbrach ihren Vortrag, als sie Annah erblickte. »Sie kommen gerade rechtzeitig. Wir wollten eben anfangen.« Die Frauen und Kinder drehten sich um, um den Neuankömmling zu mustern, und Sarah trat auf Annah zu. Als die beiden weißen Frauen nebeneinander standen, sagte Sarah: »Es ist ein Konzert. Es findet jede Woche statt.«

Annah nickte. Der Gedanke an ein Konzert verwirrte sie, aber das wollte sie lieber nicht zeigen. Stattdessen folgte sie dem Beispiel der anderen Frau und blickte auf die festgestampfte Erde vor der Gruppe. Nach ein paar Augenblicken kamen einige Frauen in Missionskleidung auf die Bühne. Abwechselnd stellten sie einfache Szenen dar, die Grundprinzipien von Hygiene und Ernährung erklärten. Es war ein Mittelding zwischen einer Unterhaltungsshow, bei der auch das Publikum sich mit Ratschlägen einmischte, und einer ernsthaften Darbietung. Während der Auftritte erklärte Sarah Annah mit leiser Stimme einzelne Personen, wies auf Mütter, Kinder und Säuglinge und erläuterte, wie sie sie vor Mangelernährung, Krankheit oder Vernachlässigung gerettet hatten. Als die Szenen zu Ende waren, begannen die Frauen, angeführt von den Akteurinnen, zu singen. Das erste Lied hieß *Mutter, koch das Wasser*, gefolgt von der *Geschichte des Durchfalls*. Außerdem gab es noch eine Version von *Zehn kleine Negerlein*, in der zehn Kinder infolge mangelnder Hygiene dahingerafft wurden. Das Letzte starb an einheimischer Medizin.

Während Annah zuschaute und lauschte, sah sie sich die Schar an. Die Frauen wirkten wie gewöhnliche Afrikanerinnen aus dem Busch, doch ihre Kinder sahen gesund und gut genährt aus. Es gab keine geblähten Bäuche, trockene Haut oder glattes, farbloses Haar, die üblichen Indikatoren für Unterernährung. Die Säuglinge waren sauber, ohne Fliegenschwärme um die Augen oder verschleimte Nasen. Viele der kleinen Körper waren für den Besuch in der Mission mit Öl eingerieben worden. Auch die Mütter hatten sich mit ihrer Erscheinung Mühe gegeben. Einige trugen einen zweiten Kitenge über die Schultern drapiert. Barbusig waren nur die stillenden Mütter. Es war wie eine »Idealszene« aus einem Missionarshandbuch.

Annah merkte, dass Sarah sie beobachtete und auf eine Reaktion wartete.

»Es ist … wundervoll«, sagte Annah. Und das war keine Lüge, denn eine eindrucksvollere Einführung in die Arbeit einer medizinischen Missionsstation konnte sie sich kaum vorstellen.

»Der ›Mütterclub‹ besteht jetzt seit fast sechs Jahren«, erwiderte Sarah stolz. »Und die Kindessterblichkeit ist um siebzig Prozent gesunken.«

Als die Vorführung zu Ende war, blieben die Frauen

sitzen, als weigerten sie sich, zur Kenntnis zu nehmen, dass jetzt nichts mehr folgte. Sarah führte Annah weg und erklärte ihr, sie würde ihr jetzt das Krankenhaus zeigen.

»Wir beginnen am Anfang«, sagte sie und eilte über eine Veranda auf eine blaue Tür zu. Auf dem Schild über der Tür stand »Aufnahme«.

Annah folgte Sarah in einen kleinen, schwach beleuchteten Raum. Als sie sich umblickte, stellte sie überrascht fest, dass es keine Aktenschränke und noch nicht einmal einen Schreibtisch gab. Nur einen Stuhl und eine Liege.

»Hier werden die Patienten gesäubert und bekommen Krankenhauskleidung«, erklärte Sarah. »Wir müssen den üblichen Schmutz entfernen. Manchmal auch Schlammfarbe, die unsere Laken rot färbt. Der einheimische Schmuck muss abgeschnitten werden, weil er Keime enthält. Manchmal ist es ein ziemlicher Kampf, den Patienten davon zu überzeugen, dass es nötig ist.« Sarah durchquerte das Zimmer, während sie sprach, und hob ein Stück Schnur auf, das auf dem Boden lag. Sie drehte das Fragment zwischen den Fingern und warf es dann rasch in einen Abfalleimer mit Deckel. »Außerdem gibt es noch die Fetische der Schamanen und die einheimischen Medizintäschchen. Sie werden auch abgeschnitten. Und verbrannt.« Sie warf Annah einen Blick zu. »In Langali sind wir da sehr rigoros. Wenn die Leute unsere Hilfe wollen, dann müssen sie ihre alten Vorstellungen aufgeben. Sie müssen sich entscheiden.«

Annah nickte. Das klang sinnvoll. Ein Diener konnte nicht zwei Herren dienen.

Sarah fuhr fort, sie habe von Missionarsärzten gehört, die die Plazenta an Verwandte weitergaben, damit sie in ihrer Hütte vergraben werden konnte, um die Vorfahren nicht zu beleidigen. Manche gaben sogar Organe weiter, die bei einer Operation entfernt wurden. Aber so etwas war in Langali nicht erlaubt. Alle Plazentas und Organe wurden sofort zur Müllhalde gebracht. Sarah wies aus dem Fenster über das Gelände zu einer Stelle, wo Geier über einem Erdhügel kreisten.

»Die afrikanischen Kirchenmitglieder unterstützen uns in dieser Angelegenheit«, erklärte Sarah. »Sie haben beschlossen, dass jeder, der an Stammeszeremonien teilnimmt, so lange exkommuniziert werden sollte, bis er abschwört. Allerdings gibt es hier im Dorf kaum Probleme damit – es ist seit Generationen christlich. Schwieriger ist es mit den Leuten aus den anderen Dörfern oder Ansiedlungen im Busch.«

Während sie sprach, führte Sarah Annah durch eine Reihe von Lagerräumen, Büros und Behandlungszimmer. Überall schienen Eimer und Besen zu stehen, Flaschen mit Desinfektionsmittel, Riegel blauer Seife, beaufsichtigt von lächelnden afrikanischen Schwestern in rosa Trachten.

»Die chirurgische Arbeit ist wichtig«, erläuterte Sarah, »aber der Unterricht hat genauso viel Bedeutung. Schmutz und Unwissenheit sind die großen Feinde.« Sarah blieb an einem Notizbrett aus Kork stehen und zeigte Annah eine Reihe von »Vorher«- und »Nachher«-Fotos von Kindern, die vor der Unterernährung gerettet worden waren. Es war ein faszinierendes Zeugnis der alltäglichen kleinen Wunder der Station.

Während Annah zuhörte, stiegen gemischte Gefühle in ihr auf. Das Krankenhaus war außergewöhnlich, vor allem, da es so abgelegen lag. Der Bischof hatte Recht gehabt, sie hatte Glück, dass man sie hierher geschickt hatte. Andererseits hatte Schwester Barbara offensichtlich so einen hohen Standard angesetzt, dass es Annah als Oberschwester schwer fallen würde, ihrem Beispiel zu folgen. Und außerdem gab es noch die Frage nach Sarahs Rolle. Sie zeigte das Krankenhaus, als gehöre es ihr. Und sie wirkte äußerst kompetent, obwohl sie letztendlich nur die Frau des Arztes war.

»Sie bringen sich hier sehr ein«, sagte Annah und ließ die unausgesprochene Frage in der Luft hängen.

Sarah lächelte. »Als ich Michael heiratete, hatte ich die Schwesternausbildung gerade zur Hälfte hinter mir. Ich wollte nicht, dass er auf mich warten musste, als er seinen Ruf nach Afrika erhielt, also habe ich die Ausbildung abgebrochen.« Sie blickte Annah an. »Offiziell bin ich natürlich keine Krankenschwester, aber ich kann ziemlich viel tun. Schwester Barbara hat sich immer auf mich verlassen.«

Annah nickte stumm. Sie konnte weder an Sarahs Stimme noch an ihrem Gesicht erkennen, was sie mit dieser Bemerkung vermitteln wollte. Es gab auch keinen Hinweis darauf, wie die Frau es fand, dass sie ihre eigene Berufsausbildung hatte aufgeben müssen. Sie wirkte einfach ruhig und beherrscht.

Sarah eilte weiter durch einen kleinen, verrauchten Raum, wo die afrikanischen Schwestern, die man in dem dichten Qualm kaum erkennen konnte, mit Zangen Metallinstrumente aus Kerosinfässern mit Wasser holten, das über Holzkohlenfeuern kochte. Nach all der weiß gewaschenen Ordentlichkeit des Krankenhauses wirkten die schwarz verbrannten Fässer und der beißende Gestank des Rauches völlig fehl am Platz. Sarah schien froh zu sein, als sie das Zimmer wieder verlassen hatte. Sie wies auf eine Holztür, auf die ein Teddybär gemalt war. »Meine Lieblingsstation«, sagte sie. »Die Kinderabteilung.«

Sie stieß eine Fliegentür auf und trat in einen großen, sonnigen Raum mit Kinderbettchen, die an der Wand standen. Annah folgte, überrascht vom Frieden und der Ruhe. Einen Moment lang hatte sie das Gefühl, selbst die Säuglinge in Langali gehorchten den Regeln und machten keinen Lärm. Dann aber stellte sie fest, dass das Zimmer leer war. Auch Sarah blickte sich verwirrt um, aber dann sah sie auf die Uhr und nickte.

»Fünf nach halb elf. Sie sind alle draußen und nehmen ihr Sonnenbad.«

Mit offensichtlichem Vergnügen blickte sie sich um. Auf jedem der Bettchen lag eine blau eingefasste Decke. Auf einem Wickeltisch stand eine glänzende neue Waage. Um die weiß gestrichenen Wände zog sich ein handgemalter Fries. »Das war Schwester Barbaras ganzer Stolz und Freude«, sagte Sarah. In ihrer Stimme lag ein wehmütiger Unterton, und sie beeilte sich, ihn zu verbergen, indem sie Annahs Aufmerksamkeit auf zwei Bettchen lenkte, die am anderen Ende des Raumes ein wenig abseits standen. »Diese dort sind für die mutterlosen Kinder. Schwester Barbara hat immer zwei hier behalten, weil die Krankenschwestern an ihnen ihre Mutterpflichten erlernen konnten. Allerdings verwöhnen die Mädchen sie sehr.«

Annah wollte gerade fragen, woher die mutterlosen Babys kamen, als eine Schwester auf Sarah zutrat und sie bat, mit ihr zu kommen, um ihr einen Rat zu geben.

»Natürlich«, erwiderte Sarah bereitwillig. Sie schlug Annah vor, sie solle in der Kinderstation auf sie warten. Annah willigte ein, war jedoch überrascht, dass sie nicht gebeten wurde mitzukommen, da sie schließlich die Leitung der Schwestern übernehmen sollte. Aber Sarah ließ ihr gar keine andere Wahl, da sie bereits davoneilte.

Vorsichtig setzte Annah sich auf die Kante von einem der Kinderbettchen. Sie beschloss, die Zeit zu nutzen, um sich ein paar Notizen zu machen, damit sie sich Sarahs Informationen und Ratschläge merkte.

Ein Geräusch schreckte sie auf. Als sie aufblickte, erstarrte sie. Ein Krieger stand da. Ein großer, schlanker Mann, nackt bis auf einen Lendenschurz. Er hielt einen langen Speer mit einer Metallspitze in der Hand und trat auf Annah zu. Wie gebannt blickte sie dem Mann entgegen. Er wirkte stark und gefährlich. In seinen geschmeidigen Bewegungen lag eine kraftvolle Energie. Annah stand auf und hielt ihren Notizblock vor sich, als sei er ein Schild.

»Kann ich Ihnen helfen?«, fragte sie auf Swahili. Dann jedoch fiel ihr der Sprachunterricht ein. Ihre Lehrer hatte sie oft darauf hingewiesen, dass sie ihre Worte sorgsam wählen müsse. »Kann ich Ihnen helfen?« konnte leicht wie etwas anderes klingen, wie ein unzüchtiges Angebot.

»Kann ich Ihnen meine Hilfe anbieten?«

Der Mann ignorierte ihre Worte. Er stand jetzt ganz dicht vor Annah und betrachtete sie. Sein Blick war beständig, aber nicht intensiv. Eigentlich war er, wie Annah bemerkte, sogar eher desinteressiert: leicht neugierig, als sei die weiße Frau vor ihm ein wenig interessantes Tier im Zoo. Annah hingegen war von der Schönheit des Männerkörpers fasziniert. Seine Muskeln spielten unter der mit rotem Lehm bedeckten Haut. Es sah so aus, als sei er in Bronze gegossen. Die Statue eines Gottes …

»Wewe je! Sie da? Was fällt Ihnen ein?«

Beim Klang von Sarahs Stimme drehte sich der Krieger um. Er blickte sie einen Moment lang an, wobei seine Hand locker seinen Speer umfasst hielt. Dann ging er. Annah blickte ihm nach. Als er verschwunden war, konnte sie seine Abwesenheit fast körperlich spüren.

Sarah runzelte die Stirn. »Er muss aus dem Busch hereingekommen sein. Wandert hier einfach so herum, als ob ihm das Krankenhaus gehören würde ...« Sie schüttelte den Kopf. »Hoffentlich hat er Ihnen keine Angst eingejagt?«

Annah strich die Decke auf dem Bettchen wieder glatt. »Natürlich nicht.«

»Gut. Dann wollen wir weitergehen.«

Auf der Frauenstation trafen sie auf Michael, der gerade seine Morgenvisite machte. Er trug weite Shorts, lange Socken und ein Nylonhemd mit kurzen Ärmeln. Ein Stethoskop hing ihm um den Hals. In fließendem Swahili redete er ernst mit einer Patientin. Bei ihm war sein Oberpfleger Stanley, den Annah bereits bei ihrer Ankunft kennen gelernt hatte. Stanley trug immer noch Khakihose und -hemd. Als Annah die beiden betrachtete, musste sie unwillkürlich an ein Foto in einem der Missionsrundbriefe denken. »Dschungelarzt und afrikanischer Gehilfe bei ihrer schweren Arbeit.«

Michael blickte auf, als die beiden Frauen näher kamen. Er lächelte seiner Frau zu, dann wandte er sich an Annah.

»Guten Morgen. Hoffentlich haben Sie gut geschlafen«, sagte er. Von der Verlegenheit und Spannung des Vortages war nichts mehr zu spüren. Hier im Krankenhaus fühlte er sich ganz offensichtlich wohl. Er wies auf Stanley. »Sie haben meinen Assistenten schon kennen gelernt?«

»Ja.« Annah lächelte den Afrikaner an, der höflich nickte.

»Fast Mittagszeit.« Dr. Carrington blickte auf seine Uhr, dann trat er zu der nächsten Patientin, streckte die Hand nach dem Krankenblatt aus und sagte über die Schulter zu Sarah: »Rede bitte mit der Dame in Bett sechs, ja? Ihr Swahili ist nicht schlecht. Sie ist aus Mbati gekommen. Hatte eine normale Geburt. Alles ist in Ordnung, abgesehen davon, dass sie das Kind unbedingt mit Kuhmilch und Wasser füttern will. Sie behauptet, ihr letztes Kind sei gestorben, weil sie es gestillt hat.«

Sarah trat bereitwillig an das Bett, und Annah schloss sich ihr an. Ein paar Minuten redete Sarah in einfachem Swahili mit der Mutter, aber die Frau schüttelte hartnäckig den Kopf. Einen Moment lang dachte Sarah schweigend nach.

»Sehen Sie es doch einmal so«, sagte sie schließlich. »Warum sollten Sie einem Baby Kuhmilch geben? Ist die Kuh die Mutter des Kindes?«

Die Frau lachte darüber, als ob Sarah einen großartigen Witz gemacht hätte. Aber dann nickte sie nachdenklich. Diese Argumentation leuchtete ihr offensichtlich ein.

Michael hatte sie beobachtet, und jetzt lächelte Sarah ihn, stolz über ihren Erfolg, an. Dann wandte sie sich an Annah. »Manchmal findet man einfach die richtigen Worte, um ihnen etwas begreiflich zu machen«, sagte sie. »Sie müssen versuchen, die Dinge von ihrem Standpunkt aus zu sehen. Das hat mir Schwester Barbara beigebracht.«

Annah nickte. Offenbar machte es Sarah Freude, ihr Wissen zu zeigen. Das war nicht weiter überraschend, schließlich war es bestimmt nicht einfach für sie mit all ihrer Erfahrung, das Krankenhaus ihres Mannes mit einer Frau ihres Alters zu teilen, die offiziell ihre Vorgesetzte war und all die Qualifikationen besaß, die sie nicht hatte. Es würde für die Arbeit in Langali wichtig sein, sie auf ihre Seite zu ziehen. Sie durfte nicht mit ihr konkurrieren, sondern musste sie zu einer Verbündeten machen.

»Warum hat sie das Stillen für den Tod des Babys verantwortlich gemacht?«, fragte Annah.

»Sie sind nie wirklich überzeugt von dem, was wir ihnen über Infektionen beibringen«, erwiderte Sarah. »Sie ziehen ihre eigenen Schlüsse. Wenn sie das Kind vor seinem Tod gestillt hat, dann muss das die Ursache sein. Oder Magie.«

Die beiden Frauen blieben an dem Bett stehen, bis die junge Mutter ihr Kind angelegt hatte, dann winkte Sarah Michael zu. »Wir sehen uns im Haus«, rief sie.

Er blickte von der Patientin, die er gerade versorgte, auf. »Wenn ich in diesem Tempo weitermache, dann bin ich weit hinter der Zeit zurück.«

»Das ist er immer«, sagte Sarah zu Annah, als sie gingen. »Er ist ein unermüdlicher Perfektionist.« Sie lachte. »Er hat Schwester Barbara damit zum Wahnsinn getrieben.«

Es war beinahe schon zwei Uhr, als Michael endlich zum Mittagessen ins Missionshaus kam. Das Essen stand seit Mittag bereit, aber Sarah erklärte, es würde nicht aufgetragen, bevor der Doktor nicht da war.

Beide Frauen blickten beim Geräusch von Michaels Schritten auf dem Weg vor dem Haus auf.

»Ordena!«, rief Sarah in die Küche. »Der Bwana ist da.« Sie hatte den Satz noch nicht zu Ende gesprochen, als Michael auch schon ins Zimmer trat. Ohne stehen zu bleiben, ging er direkt ins Badezimmer.

»Das ist eine unserer Regeln«, erklärte Sarah. »Wenn man von draußen hereinkommt, wäscht man sich sofort, ganz egal, was man getan hat oder wo man war. So wissen wir, dass im Haus immer alles sauber ist. Wir haben uns eigentlich auch die Schuhe ausgezogen, aber ständig hat sie jemand weggenommen. Wahrscheinlich die Hunde aus dem Dorf ...«

Die Küchentür ging auf. Eine dicke Frau trat ins Wohnzimmer. Ihr mächtiger Hintern, der von einem karierten Rock umspannt wurde, passte kaum zwischen die Türpfosten. Sie trug ein mit Schüsseln beladenes Tablett.

»Hallo, Ordena«, sagte Annah, zu der Haushälterin, die sie bereits am Abend vorher kennen gelernt hatte.

»Jambo, Schwester Annah«, erwiderte Ordena. »Jambo, Mrs. Carrington. Jambo, Bwana.«

Annah half der Afrikanerin, das Tablett abzustellen. Der Duft, der aus den dampfenden Schüsseln aufstieg, war ihr vertraut. Gekochte Kartoffeln. Gekochte Karotten. Corned Beef. Weiße Sauce.

»Das sieht köstlich aus«, sagte Annah und verbarg ihre Enttäuschung darüber, dass das Essen so normal war.

»So essen wir nicht jeden Tag«, erwiderte Sarah. »Oft genug müssen wir uns mit dem hiesigen Essen begnügen.«

Michael tauchte wieder auf. Er stand am Kopfende und wartete, bis Sarah ihren Platz ihm gegenüber eingenommen hatte. Dann bat er Annah, sich zwischen sie zu setzen, auf Schwester Barbaras alten Platz. Erst als beide Frauen sich gesetzt hatten, setzte er sich auch. Dann senkte er den Kopf, und gemeinsam sprachen sie das Tischgebet.

»O Herr, segne dieses Mahl und uns zu Deinem Dienste. Amen.«

Wieder wartete er, bis Sarah den ersten Bissen gegessen hatte. Dann griff er selber zum Besteck.

Einige Minuten lang aßen sie schweigend. »Nun«, sagte Michael schließlich, »wie war denn die Führung durch das Krankenhaus?«

»Erstaunlich«, erwiderte Annah. »Es ist gar nicht so, wie ich erwartet hatte. Man sollte nicht meinen, dass wir hier meilenweit von der Zivilisation entfernt sind.«

Michael lächelte erfreut. »Vieles haben wir Schwester

Barbara zu verdanken. Sie ist in den dreißiger Jahren hierher gekommen. Die erste weiße Frau hier in der Gegend.«

»Als sie hier angefangen hat, besaß sie nur eine Teebüchse, einen Klapptisch und einen Hocker, einen Holzofen und einen Topf«, fügte Sarah hinzu.

»Sie hat zwanzig Jahre lang hier allein gearbeitet«, fuhr Michael fort. Sie erzählten abwechselnd, fast wie eine Liturgie, als ob sie eine Legende weitergeben würden. Sie sprachen davon, wie Schwester Barbara einmal einen Leoparden aus dem Krankenhaus verscheucht hatte. Wie sie sich immer geweigert hatte, richtig Swahili zu lernen, und dass sie eine tiefe Abneigung gegen Schmutz und Unordnung hatte.

»Der Anblick eines afrikanischen Tuches in einem Krankenhausbett konnte sie zur Raserei bringen«, sagte Michael.

»Am meisten hasste sie«, fügte Sarah hinzu, »wenn abgekaute Maiskolben auf dem Gelände herumlagen.«

Zuerst war es Annah unbehaglich, diesen liebevoll erzählten Geschichten zu lauschen. Schließlich war sie die Fremde, die hierher gekommen war, um Schwester Barbaras Platz einzunehmen. Aber dann spürte sie, dass die Carringtons erzählten, um ihre alte Kollegin loszulassen und Annah bei sich aufzunehmen. Sie entspannte sich und lachte mit ihnen gemeinsam über die Anekdoten.

Sarah und Michael schienen positiv darauf zu reagieren. Michael begann, von der Zukunft zu reden und malte voller Begeisterung aus, wie Annah und er die Operationen durchführen und auf der Station arbeiten würden, während Sarah mit ihren Programmen für Frauen und Kinder fortfuhr.

Ordena brachte eine Platte mit Mangos herein, die halbiert, entkernt und eingeschnitten waren. Sie dufteten reif und warm.

»Man kann sie nur so servieren«, sagte Sarah. »Sonst ist es eine unglaubliche Schweinerei.«

Schweigend aßen sie die Früchte. Michael war als Erster fertig und wischte sich mit der Serviette den Mund ab.

»Es wird jedoch eine Veränderung geben«, sagte er.

Annah erstarrte mitten in der Bewegung. Sie warf Sarah einen Blick zu. Die Frau blickte errötend auf ihren Teller und lächelte leicht.

Michael stand auf und stellte sich hinter seine Frau. Er legte Sarah die Hände auf die Schultern, und mit großen, dunklen Augen blickte sie zu ihm auf. Der rosige Schimmer auf ihren Wangen machte ihr Gesicht weich, und sie sah einen Moment lang sehr schön aus.

»Wir erwarten ein Kind«, sagte Michael. »In fünf Monaten.«

»Wir haben es noch niemandem gesagt«, fügte Sarah schüchtern hinzu. »Wir wollten warten, bis die gefährliche Zeit vorüber ist.« Ihr Blick begegnete dem Annahs. »Aber es wird sich nicht allzu viel ändern. Ich werde auf jeden Fall weiter arbeiten. Es ist eine gute Gelegenheit, ein Beispiel zu geben.«

»Ja«, stimmte Annah zu. Sarah hatte Recht – eine weiße Frau, die in der Praxis vorlebte, was sie den Afrikanerinnen beibrachte, war ein gutes Vorbild. »Herzlichen Glückwunsch.«

Als sie Sarah da sitzen sah, ihre Hand auf dem Arm ihres Mannes, der wie ein Schutzengel über ihr stand, empfand Annah tiefen Neid. Bis jetzt hatte sie nur den Wunsch verspürt, Krankenschwester in der Mission zu werden. Andere Interessen in ihrem Leben, vor allem Männer, hatte sie als Hindernisse auf ihrem Weg gesehen, die sorgfältig vermieden werden mussten. Aber als sie jetzt Sarah und Michael zulächelte, wusste sie auf einmal, dass die Szene vor ihr genau das war, was auch sie am meisten wollte: einen liebenden Ehemann, eine gemeinsame Aufgabe und dann, irgendwann, ein Kind.

Und damit würde das Bild perfekt und vollkommen sein.

Michael ging voraus und führte die Frauen über einen schmalen, gewundenen Pfad. Es war sein Vorschlag gewesen, dass sie zu dritt einen Abendspaziergang machen sollten, damit Annah ihre neue Umgebung kennen lernte. Das täten die Missionare oft, hatte er gesagt. Wenn man sich an die bekannten Wege hielt und nicht zu weit ging, war es ungefährlich.

Annah blickte auf ihre Füße und suchte nach etwas Schwarzem – einer Schlange, einem Skorpion oder einem Schwarm beißender Ameisen. Dabei lauschte sie auf die Geräusche des Dschungels. Die grüne Wand wurde immer dichter, und aus dem Dämmerlicht drangen Myriaden von Geräuschen – nachts erwachte der Wald.

Der Weg führte zu einer kleinen Hügelkette hinter Langali. Er hatte an der Kirche begonnen. Sarah erklärte ihr, dass es die Überreste einer breiteren Straße waren, auf der einst die arabischen Sklavenhändler durch Langali gekommen waren. Die Missionskirche war darauf gebaut worden, und der Mittelgang entsprach dem Verlauf des Weges – ein Zeichen der Hoffnung gegen die Verzweiflung. Wie viele Menschen waren über diesen Pfad getrottet, mit gebrochenen Herzen und blutenden Körpern. Und hinter sich hatten sie eine Spur von Schweiß, Blut und Leid gelassen.

Annah achtete kaum auf die Umgebung, bis Michael auf einmal stehen blieb und sagte, sie seien jetzt weit genug gegangen. Sie stellte sich neben ihn und blickte von oben auf die Missionsstation. Die Blechdächer glänzten silbern in der Abendsonne. Der Fluss, der bereits im Schatten lag, wand sich wie ein dunkles, geheimnisvolles Band durch die Siedlung. Rauchsäulen stiegen von den Kochfeuern im Dorf auf, das einzige Anzeichen für Leben.

Annah wandte sich der untergehenden Sonne zu. Sie schloss die Augen und genoss die Wärme der letzten Strahlen auf ihrem Gesicht. Seit ihrer Kindheit verspürte sie diesen Impuls, den letzten Sonnenschein des Tages auf der Haut zu fühlen. Sie genoss die Verbindung zwischen sich und der bittersüßen Schönheit der nachlassenden Wärme. Es war wie ein Versprechen auf die Verheißung der Morgendämmerung.

»Das ist Cone Hill.« Michaels Worte durchbrachen das Schweigen. Annah öffnete die Augen. Er wies auf einen Felsen, der sich im Westen aus dem Wald erhob. Er hatte nicht wirklich die Form eines Kegels, sondern war irgendwie weicher. Annah riss erstaunt die Augen auf, als sie feststellte, dass die Konturen sie an eine Brust erinnerten. Eine volle, perfekte Brust. Verlegen wandte sie den Blick ab. Als sie jedoch Michael wieder ansah, blickte dieser bereits in die Ferne hinter Cone Hill.

»Dort draußen ist nichts«, sagte er. »Nur unwegsamer Dschungel bis zur Grenze.«

Annah starrte zum Horizont. Worte kamen ihr in den Sinn, hart und brutal, als ob sie an den Himmel geschrieben wären. Kongo. Rwanda. Die Worte des Mannes im Zug fielen ihr ein, und ein ahnungsvoller Schauer lief ihr über den Rücken.

»Langali ist die Grenze«, fuhr Michael stolz fort. »Ich möchte eine Ambulanz im Westen einrichten. Wir haben schon Kontakte zum nächsten Dorf geknüpft. Ein paar der Stammesältesten sind Christen geworden. Jetzt muss nur noch der Häuptling ebenfalls das Licht sehen …«

Stumm standen sie auf dem Hügel und sahen zu, wie das Licht verblasste und es dunkel wurde. Cone Hill wurde zur Silhouette, eine Brust, die dunkel vor einem purpurfarbenen Seidenhimmel stand.

Schließlich wandte sich Michael zum Gehen. Die beiden Frauen folgten ihm.

Die Feuer von Langali waren nur noch kleine, rote Punkte in der Dämmerung. Die Missionare eilten auf die Ansiedlung zu, die freundlich und einladend dalag. Ein sicherer Hafen inmitten der Wildnis.

7

Die Missionare standen morgens früh auf und begannen den Tag mit einem einfachen Frühstück. Danach versammelten sie sich mit gesenkten Köpfen um den Plattenspieler, während Michael laut aus dem Gebetbuch vorlas. Dann gingen sie an ihre Arbeit, Sarah zu ihrem Unterricht auf dem Gelände, Annah und Michael ins Krankenhaus.

Zunächst begleitete Annah Michael auf der Visite. Sie blieben am Bett jedes Patienten stehen, überprüften Krankenblätter und Behandlung und untersuchten ihn. Danach war es Zeit, sich um die Patienten in der Ambulanz zu kümmern. Hierbei half ihnen Stanley, aber trotzdem erschien es Annah immer wieder wie ein Wunder, dass sie den Andrang überhaupt bewältigen konnten.

Mittwoch- und Freitagnachmittag operierte Michael, wobei ihm Annah assistierte. Sie lernte rasch, wie er gerne arbeitete, und konnte schon bald seine Wünsche erahnen. Sie wusste im Voraus, welches Instrument er benötigte, und wischte ihm in regelmäßigen Abständen den Schweiß von der Stirn. Binnen kurzem waren sie ein eingespieltes Team.

Abends aßen Sarah, Michael und Annah gemeinsam, was Ordena ihnen gekocht hatte. Danach saßen sie friedlich zusammen und lasen oder schrieben im Wohnraum des Missionshauses, während die Hausboys in der Küche lärmend das Geschirr abwuschen. Dann wurde auch der Plattenspieler eingeschaltet – allerdings nur von Michael, wie Annah feststellte, und auch nur, um seine Platten zu spielen. Er besaß nicht viele, aber sie waren sorgfältig ausgesucht. Es gab Händels *Messias* und *Wassermusik*, *Die Brandenburgischen Konzerte* von Bach und die Aufnahme eines walisischen Männerchors, der Hymnen sang.

Wenn der Plattenspieler in Betrieb war, redete niemand. Sarah hörte auf, Briefe und Berichte auf der Schreibmaschine zu schreiben, und sogar die Boys machten weniger Lärm. Annah war sich nicht sicher, ob das nun an der Kraft der Musik lag oder ob es einfach nur Respekt vor den Vergnügungen des Hausherrn war. Sie folgte Sarahs Beispiel und legte das, womit sie gerade beschäftigt war, zur Seite, sobald der Deckel des Geräts angehoben wurde. Sie tat so, als würde sie Michaels Musik genießen, sehnte sich aber insgeheim nach den Platten, die sie zurückgelassen hatte. *Love me tender. Let it be me.*

Einmal in der Woche, wenn die letzten Töne der Musik verklungen und der Plattenspieler wieder sorgfältig verschlossen worden war, holte Michael seine Gewehre hervor. Langsam und methodisch zerlegte er sie und säuberte gewissenhaft jedes einzelne Teil. Verstohlen beobachtete Annah das Ritual. Die vorsichtigen Bewegungen der Chirurgenhände auf den Läufen und Abzugshähnen, das Polieren des Metalls und der warme Geruch von Gewehröl hatten eine hypnotische Wirkung auf sie.

Sonntags gingen die Missionare zum Gottesdienst in der Missionskirche. Gemeinsam schritten sie durch den Mittelgang, über den Weg der Sklaven, bis zum Altar, einem einfachen Tisch, über dem eine von freigelassenen Sklaven bestickte Fahne lag. Worte in blutroter Seide.

Erst in Christus bist du wirklich frei.

Sie setzten sich auf eine der vorderen Bänke, Michael in der Mitte, eingerahmt von den beiden Frauen. Sonntags legte man bessere Kleidung an. Die praktische Arbeitskleidung wurde weggehängt, und Annah und Sarah trugen bunte Kleider und dekorative Hüte. Einmal versuchte Annah, das rosafarbene Jackett anzuziehen, aber obwohl Michael ihr wegen der Farbe ein Kompliment machte, merkte sie an Sarahs Schweigen doch, dass sie die Meinung von Schwester Barbara und Mrs. Wade teilte. Was Michael anging, so trug er immer das Gleiche. Jeden Tag frische lange Socken und Shorts.

Der Gottesdienst wurde vom Prediger der Station abgehalten, einem ernsten, eindringlich sprechenden Mann aus dem Langali-Stamm, der auf der Bibelschule gewesen war. Die Gebete, Lesungen und Kirchenlieder waren identisch mit denen in London oder Melbourne, nur dass sie hier in Swahili übersetzt waren. Allerdings war die andere Sprache nur ein Teil des Unterschiedes, den Annah feststellte. Die Stimmen waren kräftiger, und der Rhythmus der Lieder war anders. Der Gottesdienst war nicht so sehr eine religiöse Zeremonie als vielmehr ein subtiler Tanz, so als ob tief unter der anglikanischen Liturgie der Puls von Afrika schlüge.

Der formale Tagesablauf – die Visite, Bibelstudium, Gebet und der freie Sonntagnachmittag – wurde nie geändert. Nichts wurde hinausgezögert oder ausgelassen, es sei denn, ein medizinischer Notfall machte das erforderlich. Damit mussten sie allerdings bei Tag und bei Nacht rechnen. Im weiten Umkreis gab es kein anderes Krankenhaus und auch keinen anderen Arzt. Michael war oft unterwegs, da er zu Unfällen, plötzlichen Erkrankungen oder Zwischenfällen bei Geburten gerufen wurde. Manchmal musste Annah ihn begleiten. Es klopfte leise an ihrer Tür, sie wachte auf, und dann ertönte die Stimme der Nachtschwester.

»Schwester, Schwester! Kommen Sie, Schwester. Der Bwana braucht Sie!«

Daraufhin zog Annah sich hastig an und eilte schläfrig zur Klinik. Manchmal konnte sie schon ein paar Minuten später wieder zu Bett gehen, aber oft dauerte es auch länger.

Zuerst dachte Annah, dass sie und Michael nach solch langen Nächten ausschlafen könnten. Aber das war nicht der Fall.

»Das habe ich einmal gemacht«, erklärte Michael. »Ich bin zwei Stunden zu spät zu den ambulanten Patienten gekommen. Und in der Zwischenzeit war ein Kind gestorben.« Er wies auf Schwester Barbaras Gummibäume. »Genau da.« Kopfschüttelnd fuhr er fort: »Damals habe ich mir geschworen, dass das nie wieder passieren darf.«

Annah nickte. Sie hatte den Eindruck, dass Michael Carrington ein Mann war, der sorgfältig nachdachte, bevor er eine Entscheidung traf – und dann hielt er sich daran, ganz gleich, was geschah.

Der Operationssaal war der heißeste Raum im ganzen Krankenhaus. Um die Luft steril oder zumindest sauber zu halten, mussten Fenster und Türen geschlossen bleiben. Hier gab es keinen grünen Dschungelgeruch, es roch nur nach Desinfektionsmitteln und ganz schwach nach Schweiß.

Annah blickte zu Stanley, der gerade die Instrumente auslegte. Er trug orangefarbene Gummihandschuhe, und ein grüner OP-Kittel bedeckte seine Khakikleidung. Ihm war bestimmt warm, dachte Annah, aber er sah nie so aus. Selbst am Ende einer langen Operation wirkte er immer noch frisch. Ein Geschöpf in seiner natürlichen Umgebung. Neben ihm kam sich Annah immer wie ein fehlgeleiteter Importartikel vor.

Stanley hob ein großes Instrument aus dem sterilen Bad. Es war eine ordinäre Holzsäge. Annah wandte die Augen ab. Sie wollte nicht an das erinnert werden, was vor ihr lag. Einen Moment lang drehte sich ihr der Magen um. Sie hatte zu Mittag entschieden zu viel von Ordenas Erdnuss-Spinat-Suppe gegessen.

Stanley legte weiterhin die Instrumente zurecht, dann wandte er sich zum Anästhesie-Tisch. Annah sah ihm zu, wie er die Narkose vorbereitete. Es erstaunte sie immer noch, dass dieser Mann aus dem Dorf mit einer Aufgabe betraut war, die normalerweise von einem Arzt ausgeführt wurde. Aber Michael bestand darauf, dass Stanley in diesem Buschkrankenhaus alles über Anästhesie wissen müsse. Als vor ein paar Jahren einmal der Ventilator ausgefallen war, war es Stanley sogar gelungen, aus einem alten Fußball und einer Luftpumpe einen Ersatz zu bauen.

Die Tür ging auf, und eine Pflegerin schob die Patientin auf einer Bahre herein, die der süßliche Geruch von abgestorbenem Fleisch, nur schwach überdeckt von Antiseptikum, umwehte. Annah wurde es übel, und sie schluckte. In den zwei Monaten, die sie nun schon in Langali war, hatte sie den Geruch zur Genüge kennen gelernt, aber sie konnte sich einfach nicht daran gewöhnen.

Das kleine Mädchen auf der Bahre war hellwach. Sie war starr vor Entsetzen und blickte aus weit aufgerissenen Augen wild um sich. Annah fragte sich, ob sie wohl wusste, dass ihr Bein amputiert werden musste. Michael hatte den Eltern erklärt, dass es keine andere Möglichkeit gab. Das Tropengeschwür war zu lange nicht behandelt worden und hatte sich in den Knochen gefressen.

Stanley trat rasch zu dem Kind und redete leise auf sie ein. Das Mädchen blickte ihn an, als sei er ihre einzige Hoffnung auf Rettung. Beruhigend redete Stanley weiter, und nach einer Weile lösten sich die verkrampften Finger, und das kleine Mädchen lag ruhig da.

Michael kam herein, mit hoch erhobenen, behandschuhten Händen, um sicher zu gehen, dass er nichts berührte, obwohl der Raum jeden Tag mit Desinfektionsmitteln gesäubert wurde. »Lasst uns beten«, sagte er und senkte den Kopf.

Stanley blieb bei dem Mädchen stehen und hatte eine Hand auf ihren Körper gelegt, während er mit klarer Stimme betete. Weder Annah noch Michael konnten ihn verstehen, weil die Gebete vor der Operation möglichst immer in der Sprache des Patienten gesprochen wurden. Stanley betete dann in einem der drei oder vier Dialekte, die er beherrschte. Zum Schluss sagten sie alle gemeinsam *Amen*.

Der Arzt begann mit der Operation, indem er einen glatten Schnitt in das gesunde Fleisch über der Entzündung machte. Annah verfolgte den stetigen Weg des Skalpells durch die Haut, die gelbe Fettschicht bis zum blutigen Fleisch – das Rot auf dem Schwarz wirkte seltsam anders als das, was sie gewöhnt war.

Annah tupfte Blut, hielt Klammern und wischte den Schweiß von der Stirn des Arztes. Binnen kurzem lag der Knochen frei, weiß und unschuldig.

»Es geht gut«, sagte Michael. »Heben Sie das Bein jetzt an und halten Sie es fest.«

Annah wappnete sich und legte die Hände um das schmale, mit Tüchern bedeckte Bein. Als sie es in die richtige Position gehoben hatte, begann Michael zu sägen. Annah konnte es nicht riskieren, wegzusehen – es war ihre Aufgabe, genau hinzusehen und bereit zu sein. Also schloss sie halb die Augen, damit sie es wenigstens nicht so deutlich sah. Dem Geräusch jedoch konnte sie nicht entkommen. Sie spürte, wie ihr übel wurde. Der Schweiß lief ihr übers Gesicht. Als sie einen Moment aufschaute, begegnete sie Stanleys Blick. Er sah sie ausdruckslos an, aber Annah spürte, dass er wusste, was sie empfand. Und dass er verstand, dass sie es vor Michael verbergen musste. Der Afrikaner blickte wieder auf die Patientin. Dann begann er mit einer überraschend vollen und tiefen Stimme zu singen. Es war ein Kirchenlied auf Swahili.

Es gibt einen fernen grünen Hügel,
außerhalb der Stadt
Wo der Herr gekreuzigt wurde.
Er starb, um uns alle zu retten.

Michael hielt inne, und seine Augen weiteten sich vor Überraschung. Annah war sich nicht sicher, ob wegen der Tatsache, dass Stanley während einer Operation sang, oder wegen der Wahl des Liedes – ein Klagelied, das nur am Karfreitag in der Kirche gesungen wurde. Jedenfalls war sie dankbar dafür, denn die Stimme überdeckte das Geräusch der Säge, die sich durch den Oberschenkelknochen des Kindes fraß.

Endlich war das Bein durchgesägt. Annah hielt es in der Hand, überrascht darüber, wie schwer es war. Sie trug es zu einem Eimer in der Ecke und ließ es hineinfallen. Auch Stanley war mit seinem Lied zu Ende, und so beiläufig, wie er angefangen hatte zu singen, hörte er auch wieder auf.

Als sie an den Operationstisch zurückkehrte, atmete Annah auf. Das Schlimmste war vorüber. Jetzt folgten nur noch die üblichen Arbeiten, das Nähen, Tupfen, Verbinden. Sauber machen. Aufräumen.

»Gut gemacht, Schwester.« Michael zog seine Maske herunter. »Manche Schwestern halten es nicht aus, bei einer Amputation dabei zu sein.«

Annah zog die Augenbrauen hoch, als sei sie erstaunt darüber, dass es so etwas gab.

»Aber Sie haben den Test ganz bestimmt bestanden«, lächelte der Arzt. »Letzte Woche hat mich der Bischof um einen Bericht über Ihre Fortschritte gebeten. Nach heute werde ich ihm sagen können, dass wir mit Ihnen mehr als glücklich sind.«

Annah schlug die Augen nieder und sog das Lob des Mannes wie eine warme Sommerbrise ein. Sie versuchte, nicht an Stanley zu denken – den stillen, wissenden Zeugen ihrer Schwäche. Aber sie spürte, dass er sie ansah. Als sie aufblickte, mied sie seinen Blick.

Sarah saß vor ihrer tragbaren Olivetti, kerzengerade, und hämmerte in die Tasten.

Früher am Abend hatte auch Annah geschrieben, einen ihrer seltenen Briefe an ihre Mutter. (Eleanor hatte deutlich gemacht, dass sie an mehr als einer gelegentlichen Korrespondenz nicht interessiert war. Sie hatte behauptet, es habe sie erschöpft, all die Jahre an ihre Schwester Eliza zu schreiben. Und wozu? Nur damit dieses Bündel Briefe ihr einziges Kind bewog, ihr Leben wegzuwerfen.) Dieses Mal war Annah das Schreiben leichter gefallen, weil ihr Selbstvertrauen durch die Operation am Nachmittag aufgeblüht war. Beim Abendessen hatte Michael sie noch einmal gelobt, und Sarah hatte ihm bereitwillig zugestimmt. Annah war wirklich ein Gewinn für die Station.

Als sie ihren Brief fertig geschrieben hatte, trat Annah ans Bücherregal. Auf dem obersten Brett entdeckte sie eine verstaubte Schachtel, auf der *Snakes and Ladders* stand.

»Wer möchte das spielen?«, fragte sie.

Sarah hörte auf zu tippen. Michael legte seine medizinische Fachzeitschrift beiseite.

»Ich weiß, es ist ein albernes Spiel«, fügte Annah unsicher hinzu, »aber ich habe es als Kind geliebt.«

»Ich auch«, sagte Michael und trat an den Tisch, um zuzusehen, wie Annah das Brett auspackte. Sie lächelten beide bei dem vertrauten Anblick.

Annah begann, die Figuren aufzustellen.

»Spielst du auch mit?«, fragte Michael Sarah.

Sarah schüttelte den Kopf. »Ich möchte das hier fertig machen.« Mit gerunzelter Stirn hämmerte sie weiter in die Tasten.

Michael warf eine Fünf und gelangte bis kurz vor eine der Leitern.

Annah warf Sarah einen Blick zu, während sie den Würfel in der hohlen Hand schüttelte. In der starren Körperhaltung der Frau und ihrer knappen Ablehnung, am Spiel teilzunehmen, spürte Annah eine Animosität, die ihr nicht zum ersten Mal auffiel. Schon ein paar Mal hatte Sarah sie so seltsam angesehen. Außerdem neigte sie dazu, Annah bei jeder Gelegenheit zu korrigieren, vor allem vor Michael. Oft ging es nur um Kleinigkeiten, zum Beispiel, wenn sie Annah bat, keine afrikanischen Melodien zu summen, bei denen sie den Text nicht kannte. Schließlich konnte man ja nie wissen, worum es ging. Oder sie gab ihr irgendwelche Ratschläge über Hygiene und Sicherheit. Für gewöhnlich sah Annah ein, dass Sarah Recht hatte, aber mit der Zeit stieg ein Gefühl der Antipathie in ihr auf. Dabei hatte die Beziehung zwischen den beiden Frauen so gut angefangen. Als Annah angekommen war, war Sarah freundlich und hilfsbereit gewesen, irgendwann jedoch hatten sich die Dinge geändert.

Annah glaubte, den Zeitpunkt bestimmen zu können, an dem sich Sarah gegen sie gewandt hatte. Als die drei Missionare eines Morgens auf der Frauenstation gewesen waren, war Sarah zu einer der Mütter gekommen, die gerade aufgenommen worden war. Sie stand neben Annah, Michael und Stanley, als eine alte Frau im Bett nebenan auf einmal zu lachen begann – ein gackerndes Altfrauenlachen aus zahnlosem Mund. Dann sagte die Frau etwas. Keiner der Missionare verstand ihren Dialekt, aber eine Woge der Erheiterung ging durch den Saal.

»Was hat sie gesagt?«, fragte Annah Stanley.

Er blickte sie verlegen an und gab keine Antwort. Annah wandte sich zu Michael, aber dieser sah Sarah an.

Die alte Frau lachte immer noch.

»Was hat sie gesagt?«, fragte jetzt auch Sarah.

Stanley blickte zu Boden. Schließlich erwiderte er: »Sie hat gesagt, der Bwana Doktor sei ein glücklicher Mann, weil er zwei so … schöne … Frauen hat.«

Sarah starrte ihn an.

Stanley zuckte die Schultern. »Sie ist eine dumme alte Frau …«

»Ist das alles?«, fragte Sarah.

Stanley runzelte die Stirn. »Sie hat auch gesagt, eine ist schwanger. Und …« Er brach ab, aber Sarah blickte ihn so eindringlich an, dass er schließlich fortfuhr: »Und eine wartet noch.«

Einen Moment lang schwiegen alle. Dann wandte sich Sarah an Annah und rang sich ein Lächeln ab.

»Ärgern Sie sich nicht über sie«, sagte sie freundlich. »Sie machen gerne Witze. Das Beste ist, man ignoriert sie – dann hören sie schon von selber auf.«

Danach war Sarah zurück zu ihrer Frauengruppe gegangen. Annah hatte den Eindruck gehabt, dass ein grimmiger Zug um ihren Mund lag. Und ihr Gang war steif gewesen.

Michael warf die Würfel so, dass sie vom Tisch auf den Boden rollten. Annah begann zu lachen, als er sich auf allen vieren auf die Suche danach machte. Sarah hörte auf zu tippen.

»Ich gehe ins Bett«, sagte sie.

Obwohl es noch früh war, packte Annah das Spiel ein. Sie und Michael konnten nicht zusammen im Wohnzimmer bleiben, wenn Sarah nicht dabei war. Und wenn sich die Carringtons zum Schlafengehen fertig machten, konnte Annah dort auch nicht allein bleiben.

An der Vordertür nahm Annah ihre Sturmlampe vom Haken und zündete den Docht mit einem Streichholz an. Plötzlich war sie sich Michaels Nähe sehr bewusst. Ungeschickt hantierte sie mit dem Glaszylinder, um ihn über die blaugoldene Flamme zu setzen.

Als Michael Annah auf die Veranda folgte, kam auch Sarah hinterher. Sie schmiegte sich an ihn und legte den Kopf an seine Schulter, als sie einander Gute Nacht wünschten.

Annah ging in die Dunkelheit hinaus. Sie spürte die Blicke der beiden in ihrem Rücken. Der warme Schein der Lampe kam ihr wie ein Symbol für die Intimität des Paares vor.

Als sie später in ihrem schmalen Bett lag, konnte Annah durch das Fenster der Hütte das Missionshaus sehen. Ein warmes, rötliches Licht drang durch die Vorhänge von Sarahs und Michaels Schlafzimmer. Annah wartete auf den Moment, wo es ausgehen würde. Und auf einmal überfiel sie ihre Einsamkeit mit aller Macht. Es war ein bittersüßes Gefühl, der Schmerz über ihr

Alleinsein und der süße Traum von einer zukünftigen Liebe. Sie rief sich Szenen voller Nähe ins Gedächtnis und tröstete sich mit der Erinnerung. Die Zeit der Teenagerlieben. Ungeschicktes Fummeln und die Erregung darüber, sich an der Grenze zu etwas Unbekanntem und Ungewissem zu befinden.

Wie damals, als sie mit ihrem Freund aus der Jugendgruppe, Jamie Lester, am Strand geblieben war. Es war Abend, und der Sand war feucht und kalt. Sie lagen nebeneinander und küssten sich mit geschlossenen Augen, um die Fremdheit des anderen besser spüren zu können. Erst nach einer Weile merkte Annah, dass er ihr die Bluse öffnete, und dann traf sie plötzlich ein Schwall kalte Luft, und eine warme Hand tastete sich vorsichtig vorwärts. Auch der BH ging auf, und dann gab es kein Hindernis mehr für die forschende Hand.

Annah erstarrte. In diesem Moment hätte sie ihn aufhalten müssen. Aber Jamie war älter als sie. Er war der Gruppenführer der Jugendgruppe. Er wusste, was er tat.

Beide Hände glitten nun über Annahs Arme. Langsam tanzende Hände, die Kreise über ihre Haut zogen. Annah fühlte, wie ihre Brustwarzen hart wurden. Sehnsüchtig stöhnte sie auf. Jamie hielt inne, und seine heißen Hände lagen bewegungslos auf ihrem Körper. Dann setzte er sich plötzlich auf.

»Es tut mir Leid«, sagte er und fuhr sich mit den Händen durch die Haare, als müsse er die Berührung abwischen. »Ich hätte nicht …« Er blickte aufs Meer, als Annah ihren BH wieder schloss.

»Es tut mir wirklich Leid«, sagte er noch einmal. Annah schwieg. Er rückte ein Stück ab. »Wir gehen besser nicht zusammen zurück«, murmelte er. »Ich gehe als Erster.«

Annah legte sich zurück in den Sand, als er weg war, und blickte wie betäubt in den Sternenhimmel.

Hier in Langali waren die Sterne genauso hell. Annah blickte zum Himmel, aber sie sah nicht die Sternbilder. Sie sah die Kleider, die ordentlich über dem Stuhl hingen; der durch das Moskitonetz gedämpfte Schein der Lampe; Laken, die nach Sarahs Lavendelsäckchen dufteten. Und einen großen blonden Mann, der sich über sie beugte. Schwer. Warm. Hart.

Der Mann beugte sich über den Tisch und schüttelte seinen verbundenen Arm. Maden fielen heraus, weiße, sich windende Würmer. Annah zuckte bei dem Anblick zurück. Eine der Schwestern eilte herbei, wischte die Maden in ihre Hand und trug sie weg.

»Diese Insekten jucken«, beschwerte sich der Mann. Er beugte sich wieder über den Tisch. »Da drinnen sind noch mehr.«

Annah runzelte die Stirn. Es waren nicht die Maden, die sie so unappetitlich fand, sondern der Gedanke, dass sie sich in einer Wunde eingenistet hatten, die sie selbst in Desinfektionslösung gebadet und mit einem sterilen Verband verbunden hatte. Beinahe kam es ihr vor, als habe sich eine anarchische Naturgewalt gegen sie verschworen und koste jetzt ihren Triumph aus. Also griff sie zur Schere und schnitt den Verband auf. Ihr fiel auf, dass die Wunde zwar entzündet war, aber nicht schlecht roch. Überhaupt sah das Fleisch so aus, als ob es gut heilte.

»Schwester, Schwester. Ich muss mit der Schwester sprechen.« Eine Stimme durchbrach Annahs Gedanken. Als sie aufblickte, sah sie einen alten Stammesangehörigen, der sich gegen die Schwestern wehrte, die versuchten, ihn hinten in der Reihe festzuhalten. Es waren viele Leute heute da. Annah behandelte die ambulanten Patienten allein. Sarah, Michael und Stanley waren mit dem Landrover in ein nahe gelegenes Dorf gefahren, um dort eine neue Klinik zu eröffnen.

»Sie müssen warten, bis Sie an der Reihe sind«, rief Annah ihm zu. »Arbeite ich nicht, so schnell ich kann?«

Der Mann riss sich los. Bevor die Schwestern ihn wieder festhalten konnten, stürzte er auf Annah zu. Mit beiden Händen umklammerte er die Tischkante. »Ich bitte Sie«, sagte er. »Mein einziges Enkelkind stirbt. Sie müssen ihn retten. Sie müssen in meine Hütte kommen.« Mit weit aufgerissenen, besorgten Augen blickte er Annah beschwörend an. Seine Lippen zitterten, und der Speichel lief ihm übers Kinn.

Annah blickte auf die Wartenden. Alle Augen waren gebannt auf den Mann gerichtet. Ein Schauspiel.

Die Schwestern traten zu ihm. »Bringen Sie das Kind hierher«, redeten sie beruhigend auf ihn ein. »So lautet die Regel.«

»Nein!«, schrie der alte Mann. Er umklammerte den Tisch noch fester und beugte sich zu Annah. »Ich bitte Sie! Ich flehe Sie bei all meinen Vorfahren an! Kommen Sie mit mir! Sonst wird das Kind sterben!«

Annah konnte die Verzweiflung, des Mannes nicht ignorieren.

»Wie weit ist es?«, fragte sie.

»Nur ein kurzer Weg«, erwiderte der Mann.

Hoffnung glomm in seinen Augen auf. Er ließ die Tischkante los und straffte die Schultern. »Sie kommen mit!«, erklärte er.

Eine der Schwestern trat neben Annah. »Sie müssen hierher kommen«, sagte sie langsam auf Englisch. »So ist die Regel.«

Annah nickte. Sie kannte die Regeln des Krankenhauses. Aber sie brachte es nicht über sich, die Hoffnung des alten Mannes zu zerstören. Als sie aufstand, erstarrte die Schwester hinter ihr. Sie wollte etwas sagen, aber Annah kam ihr zuvor. »Nehmen Sie meinen Platz hier ein«, wies sie sie an. »Tun Sie, was Sie können, und überlassen Sie den Rest mir. Ich bleibe nicht lange weg.«

Keiner der Leute, die warteten, protestierte, als Annah ihre Tasche ergriff und sich zum Gehen wandte. Sie blickten sie lediglich voller Neugier an und verfolgten jede ihrer Bewegungen. Noch als Annah bereits über das Gelände ging, spürte sie ihre Blicke im Rücken.

Die frühe Nachmittagssonne war heiß, und der Pfad, über den der alte Mann Annah führte, war schmal und steil. Besorgt fragte sie sich, wohin sie wohl gingen. Vielleicht in den dichten Dschungel hinein ... Als sie jedoch den Rand der Lichtung von Langali erreichten, stellte sich heraus, dass der Pfad in nördliche Richtung in ein Gebiet führte, das nur leicht bewaldet war. Die Sonnenstrahlen drangen bis zum Boden, und man konnte einige Meter weit durchs Gebüsch sehen. Trotzdem hielt Annah den Blick fest auf den Boden geheftet, wobei sie krampfhaft versuchte, nicht an Schlangen oder an Raubtiere zu denken. Ab und zu blieb sie stehen, um die Fliegen wegzuwischen, die ihr um Nase und Augen schwärmten, und um ihre Tasche in die andere Hand zu nehmen.

Nach kurzer Zeit umringte eine kleine Schar von Menschen Annah und den alten Mann. Von überallher schienen auf einmal Leute aufzutauchen – alle traditionell gekleidet. Sie versuchten nicht, die weiße Frau anzusprechen, aber sie musterten sie und verfolgten jede ihrer Bewegungen. Viele boten ihr an, ihr die Tasche zu tragen, aber Annah lehnte höflich ab.

Der Weg war nicht ganz so kurz, wie der alte Mann versprochen hatte, und während Annah hinter ihm hertrottete, begann sie zu überlegen, ob es wohl klug gewesen war, mit ihm zu gehen. Die Schwestern billigten ihr Verhalten nicht, das war ihr klar. Sie fragte sich, was Michael wohl getan hätte. Sie war sich fast sicher, dass er bei den ambulanten Patienten geblieben wäre, aber vielleicht hätte er auch das Gleiche empfunden wie sie und dem Flehen des alten Mannes nachgegeben …

Schließlich erreichten sie die Siedlung. Vier Hütten, umgeben von Rinderpferchen, auf einer großen Lichtung. Vor der Haupthütte stand eine Gruppe von Menschen. Nackte Kinder liefen herum und spielten, aber die Erwachsenen standen ganz still da.

Annahs Begleiter lief voraus und wies die Leute an, zur Seite zu treten und die Schwester durchzulassen. Dann winkte er ihr.

»Schnell, schnell«, rief er.

Annah musste sich bücken, um durch die schmale Türöffnung zu kommen. Drinnen war es dunkel. Dicker, dunkler Rauch, der Geruch nach Kuhdung und etwas anderem, das Annah sofort als den süßlichen Geruch von Durchfall erkannte.

Nach einer Weile konnte sie vage Umrisse erkennen. Ein Hühnerkäfig, eine Ziege, ein fast erloschenes Feuer, ein Mann, der in einer Ecke hockte. Und dort, auf einem Fellstapel auf dem Boden, saß eine Frau, die ein Bündel in den Armen hielt.

Niemand sagte etwas.

»Jambo«, begann Annah.

»Jambo«, kam die dreistimmige Erwiderung.

Wieder Schweigen. Annah überlegte, ob sie wohl die lange Begrüßungszeremonie durchführen musste, die unter Afrikanern üblich war. Wie geht es deinem Heim? Wie geht es deinem Vieh? Was isst du gerade? Was macht deine Arbeit? Alle Fragen mussten kurz – und positiv –

beantwortet werden. Sie konnte sich lebhaft vorstellen, wie lange das dauern würde.

Wie geht es deiner Familie?

Uns geht es gut. Uns allen geht es gut. Nur das Baby ist krank.

»Zeigen Sie mir das Baby«, sagte Annah. Sie ging an der Feuerstelle vorbei zu dem Fellstapel. Die Mutter legte das Bündel vorsichtig vor sich hin und blickte die weiße Frau an, die auf sie zutrat. Annah sah ihre aufgerissenen, verängstigten Augen.

»Dann wollen wir mal sehen, was?«, murmelte Annah mit ihrer ruhigen Schwesternstimme.

Sie versuchte, in der stickigen, schmutzigen Luft nicht zu atmen, während sie sich über das Baby beugte und es aus den Tüchern schälte. Sie sah sofort, dass das Kind in einem kritischen Zustand war. Es konnte schon gar nicht mehr schreien, es wimmerte nur, als sie ihm den Kopf anhob, um die Drüsen im Nacken abzutasten. Die Haut war heiß und papiertrocken.

»Die Mutter spricht kein Swahili«, sagte der alte Mann, der neben sie getreten war.

Annah blickte zu ihm auf. »Das Baby ist sehr krank«, sagte sie.

Der alte Mann nickte geduldig.

»Wir müssen es ins Krankenhaus mitnehmen.« Annahs Stimme klang fest. Sie hatte sich auf eine Antibiotika-Spritze, ein paar Malariatabletten oder Dehydrierungslösung eingerichtet, aber dieses Kind hier brauchte alle Pflege, die das Krankenhaus bieten konnte, wenn es überhaupt noch eine Chance haben sollte zu überleben.

Annah bückte sich, damit sie der Mutter ins Gesicht sehen konnte. Über die Schulter sagte sie zu dem alten Mann: »Sagen Sie ihr, dass ihr Kind in Gefahr ist. Es könnte sterben.«

»Es hat keinen Sinn, mit ihr zu sprechen«, erwiderte der alte Mann. »Sie wollte sofort zu dem Haus des weißen Medizinmannes gehen, aber ihr Mann hat es ihr verboten. Das letzte Kind, das sie dorthin gebracht haben, ist nicht gesund geworden. Es ist unter Fremden gestorben, unter einem Dach aus Metall, unter dem kein Vorfahre wohnt. Das ist jetzt ihr einziges Kind. Der Vater sagt, es muss hierbleiben.«

Zustimmendes Grunzen ertönte aus der Ecke.

»Ist das der Vater?«, fragte Annah und wies auf die zusammengekauerte Gestalt.

»Ja«, erwiderte der alte Mann. »Er wird seine Meinung nicht ändern. Er hat Angst.«

Annah versuchte noch verschiedene andere Argumente, aber schon bald wurde ihr klar, dass es nichts nützte. In der Zwischenzeit lag das Baby vor ihr und atmete keuchend. Die Mutter begann zu weinen. Zuerst ein leises Weinen, dann ein verängstigtes Schluchzen. Als ob ihr Baby schon verloren sei.

»Sie fleht Sie an, Schwester, ihr einziges Kind nicht sterben zu lassen«, sagte der alte Mann.

Annah versuchte, die Geräusche und Gerüche der Hütte auszublenden, um nachdenken zu können. Sie konnte nicht sagen, was dem Baby fehlte. Sie würde ihm Rehydrierungslösung einflößen und es baden, um die Temperatur zu senken, bevor es Fieberkrämpfe bekam. Dann würde sie ihm Antibiotika geben. Aber auf der Isolierstation natürlich. Annah öffnete ihre Tasche, um nachzusehen, was sie dabei hatte. Die Mutter hörte auf zu schluchzen und blickte sie aus rot geränderten, geschwollenen Augen hoffnungsvoll an. Sie sah noch so jung aus, dachte Annah, fast selbst noch wie ein Kind. Und sie hatte große Angst um ihr Baby.

»Ich tue, was ich kann«, sagte Annah zu ihr. Der alte

Mann übersetzte. Stumm vor Angst starrte die junge Frau Annah an. »Ich verspreche«, fügte Annah hinzu, »ich werde alles tun, was ich kann, damit Ihr Baby nicht stirbt.«

Der alte Mann hob freudig die Hände, als er die Worte weitergab. Die zusammengekauerte Gestalt in der Ecke blickte auf. Die Mutter schrie vor Freude auf und beugte sich dann über ihr Kind, wobei Tränen der Erleichterung über ihre Wangen rannen. Als sie die Reaktion auf ihre Worte sah, hätte Annah sie am liebsten gewarnt, dass sie auch scheitern konnte, dass das Baby trotz all ihrer Bemühungen sterben konnte. Aber das erschien ihr im Augenblick zu herzlos.

Sie wandte ihre Aufmerksamkeit dem Kind zu. Es stand kurz vor einem Krampf. Rasch mischte sie aus Zucker, Salz und abgekochtem Wasser eine Rehydrierungslösung. Dann goss sie Wasser aus ihrer Trinkflasche in eine Schüssel, um kalte Umschläge zu machen. Als sie in ihre Tasche blickte, fiel ihr ein Fläschchen auf. Sie erkannte die goldene Verschlusskappe, das rote Wachssiegel und das vertraute Label. Eau de Cologne, No. 4711. Das war auch eines von Eleanors Geschenken gewesen – die Frau konnte sich nicht vorstellen, dass man irgendwohin ohne Kölnischwasser reisen konnte. Annah öffnete den Deckel und schüttelte den Inhalt des Fläschchens über ihr Kleid. Der scharfe, blumige Duft erfüllte die Hütte und überdeckte die anderen Gerüche. Dankbar atmete Annah ihn ein.

Der alte Mann nickte weise. »Gute Medizin«, sagte er.

Annah blickte ihn verständnislos an. »Es ist so heiß hier drinnen, die Luft ist schlecht. Es sollte ein Fenster geben.«

Ein kurzer Wortwechsel zwischen dem alten Mann und der Mutter. Und dann erhob sich auf einmal der

Mann in der Ecke. Er ergriff einen Speer und stellte sich vor Annah. Sie wich ihm aus, und er drückte den Speer gegen die getrockneten Lehmziegel in der Wand hinter ihr. Nach kurzer Zeit hatte er ein Loch in der Größe eines kleinen Fensters herausgeschlagen. Frische Luft und Licht fluteten herein.

Der Mann blickte Annah erwartungsvoll an.

Sie wischte sich den Staub aus dem Gesicht. »Danke«, sagte sie.

Annah legte das Kind in ihren Schoß und begann, ihm die Salz-Zucker-Flüssigkeit einzuflößen. Das meiste tropfte wieder heraus, aber ein wenig floss doch in den Mund. Mit der anderen Hand rieb sie mit einem feuchten Tuch über die Ärmchen und den Bauch. Sie überlegte kurz, ob sie die Mutter um Hilfe bitten sollte, aber die junge Frau beobachtete sie so verzückt, als führe sie irgendein unvorstellbares Ritual durch. Wahrscheinlich war sie noch nie in Sarahs Mütterclub gewesen. Und in der Hütte war auch kein Anzeichen dafür zu finden, dass jemand das »Ideale Hüttenprogramm« kannte. Es gab keine Schlafplattformen, um Zeckenbisse zu vermeiden, keine Gestelle, um die Kleider zu lüften, und in der Hütte lebten neben den Menschen auch die Tiere.

Die Zeit verging ohne jedes Maß. Trotz der Wickel stieg die Temperatur des Kindes noch höher. Es hatte auch immer noch Durchfall – ein schwaches Tröpfeln, fast farblos, lief an den eingefallenen Beinchen herunter in das schmutzige Tuch. Die Atmung wurde noch mühsamer. Als Annah merkte, dass es einige Zeit dauern würde, bevor sie das Baby verlassen konnte, bat sie darum, dass ein Junge mit einer Nachricht nach Langali geschickt werden sollte. Sie wollte die Carringtons wissen lassen, was sie hier tat, und dass sie vielleicht nicht rechtzeitig zum Tee zurück sein würde. Als ein junger Mann mit ihrem Auftrag losgeschickt wurde, stieg leise Erregung in ihr auf. Das war genau das, was Eliza getan hatte. Leben und Tod lagen allein in ihrer Hand.

Stunden vergingen. Plötzlich entstand vor der Hütte ein kleiner Tumult – erregte Stimmen und das Motorengeräusch eines Fahrzeugs, das vorfuhr.

Dann erschien Sarah in der Türöffnung.

Annah blickte sie erstaunt an. »Wie sind Sie hierher gekommen?« fragte sie. »Es gibt doch gar keine Straße.«

»Ich bin durch den Busch gefahren«, erklärte Sarah. Ihre Stimme klang äußerst entschlossen. »Ich bin gekommen, um Sie abzuholen. Michael behandelt die ambulanten Patienten.« Sie schwieg und holte tief Luft. »Wir dachten, Sie hätten verstanden, dass es bei uns eine absolute Regel gibt. Die Leute müssen ins Krankenhaus kommen. Wir können nicht durch die Gegend rennen und Hausbesuche machen.« Ihre Stimme klang gepresst vor Wut, die sie kaum verbarg.

»Aber ich dachte …«

Sarah unterbrach sie einfach. »Sie haben gar nichts gedacht. Wenn Sie es getan hätten, dann hätten Sie gewusst, welchen Schaden Sie anrichten. Sie unterminieren jahrelanges Training.«

Annah blickte auf das Kind in ihrem Schoß und dann wieder zu Sarah. Sie konnte doch sicher sehen, dass …

»Wir gehen jetzt«, erklärte Sarah.

Annah blieb bewegungslos sitzen.

»Steigen Sie in den Landrover, Schwester Mason«, sagte Sarah kalt.

Annah rührte sich nicht. Sie holte tief Luft und versuchte, Sarah mit ruhiger Stimme ihre Handlungsweise zu erklären, indem sie ihr erzählte, was geschehen war.

Sarah blieb ungerührt. »Wenn der Vater sein Kind nicht ins Krankenhaus bringen will, dann muss er eben mit den Konsequenzen leben. Das müssen Sie lernen.«

Annah schwieg, entsetzt über Sarahs Worte. Sie merkte, dass die junge Mutter den Wortwechsel mit wachsender Angst beobachtete. Sie warf Annah flehende Blicke zu.

»Ich muss bleiben«, erwiderte Annah. Wieder träufelte sie dem Kind Flüssigkeit ein. »Ich habe versprochen, das Baby nicht sterben zu lassen.«

»Was haben Sie?« Sarah starrte Annah entsetzt an. Dann trat sie dicht an sie heran und flüsterte mit erstickter Stimme: »Das müssen Sie zurücknehmen. Sie wissen ja nicht, was Sie getan haben! Nur Gott darf Leben retten ... oder nehmen. Gott oder die mächtigen Medikamente des weißen Mannes. Niemals ein Individuum. Damit erkennt man übernatürliche Mächte an.«

Annah erstarrte. Sie verstand die Logik, die in Sarahs Worten lag, wenn sie daran dachte, welche Wirkung ihre Worte auf die Afrikaner gehabt hatten. Aber jetzt war es zu spät. Sie hatte es gesagt. Das Versprechen war gegeben.

»Ich komme nicht mit Ihnen«, sagte Annah.

Sarah blickte sie eindringlich an und wartete darauf, dass Annah kapitulierte. Aber Annah blieb fest. Schließlich fragte Sarah den Vater, ob er damit einverstanden wäre, wenn sie die ganze Familie im Landrover zum Krankenhaus führe. Der Mann lehnte sofort ab und ließ ihr durch den alten Mann ausrichten, er wolle lieber, dass die andere weiße Dame sein Baby hier im Haus seiner Vorfahren gesund pflege.

Angespanntes Schweigen trat ein. Das Baby wimmerte. Ein Hund bellte. Irgendwo lachte eine Frau.

Sarah drehte sich um und ging. Wenige Augenblicke

später hörte Annah, wie der Landrover ansprang und mit quietschenden Reifen davonfuhr.

In der Stille, die folgte, flößte Annah mit ruhigen, mechanischen Bewegungen dem Kind weiter Flüssigkeit ein. Sie verspürte jetzt keine Erregung und keinen Stolz mehr, nur Angst und Besorgnis darüber, was sie erwartete, wenn sie nach Langali zurückkehrte. Und Angst davor, was ihr geschehen würde, wenn das Kind hier in der Hütte stürbe.

Im Morgengrauen trat die Krise ein – der Moment, in dem sich entscheidet, ob der Patient lebt oder stirbt. Annah hielt das Kind in den Armen. Sie versuchte, den Blicken der Familie nicht zu begegnen, da sie sich darüber bewusst war, dass alle glaubten, sie wende magische Kräfte an. In gewisser Weise hatten sie ja sogar Recht. Sie war nur hier – in Afrika, in dieser Hütte –, weil Gott sie zu diesem Werk der Liebe gerufen hatte. Die Kraft der Liebe war doch sicherlich eine große Macht.

Sie konzentrierte sich auf Liebe. Die Liebe Gottes. Die Liebe der Eltern des Kindes. Und ihre eigene Liebe. Sie schickte diese Liebe in jede Pore des Babys. Und irgendwie funktionierte es. Die trockenen Lippen öffneten sich, um Flüssigkeit aufzunehmen, und das Kind schluckte drei- oder viermal selbstständig. Die Augenlider hörten auf zu flattern. Die Atmung beruhigte sich, und dann schlief es ein. Es war zurückgekehrt.

Annah blickte auf und begegnete den Augen der Mutter. Keine der Frauen sagte etwas, aber sie wechselten einen Blick voll tiefer Erleichterung. Der Vater sprang auf und trat vor. Tränen rannen über sein Gesicht, als er von Emotionen überwältigt auf Annah einredete. Der alte Mann übersetzte.

»Sie haben dem Tod getrotzt! Sie allein haben ihn aus meiner Hütte weggeschickt! Mein Kind lebt!«

In der Aufregung, die nun folgte, versuchte Annah zu erklären, welche simplen medizinischen Techniken sie angewendet hatte, um das Leben des Kindes zu retten. Aber niemand war an ihren Erklärungen interessiert. Rasch verbreitete sich das Wunder in der ganzen Siedlung. Der Trommler machte sich an die Arbeit und schickte mit fliegenden Händen die Neuigkeiten durch den Busch und ließ dann die Hände auf der straff gespannten Kuhhaut ruhen, während er auf die Antworten aus der Ferne lauschte – in Windeseile war die Geschichte in der ganzen Gegend verbreitet.

Als Annah ihr Frühstück verzehrt hatte – eine Kalebasse mit milchigem Tee und ein paar Bananen –, hatte sich bereits eine riesige Menge von Gratulanten vor der Hütte eingefunden. Alle wollten unbedingt die weiße Krankenschwester nach Langali zurückbegleiten. Annah konnte sie nicht davon abhalten. In einer langen Reihe gingen sie hinter ihr her und machten ihre Heimkehr zu einem Triumphzug.

Die frühe Morgendämmerung war wunderschön. Die Sonne stieg hinter den Baumwipfeln empor und warf goldene Strahlen über das Land. Obwohl sie todmüde war, schritt Annah leichtfüßig den Weg entlang, jeder Schritt belebt von dem Wissen um das, was sie geleistet hatte.

Der alte Mann trug ihre Tasche. Andere Mitglieder der Familie waren mit den Geschenken beladen, die man ihr gemacht hatte – gackernde Hühner, die an den Klauen zusammengebunden waren, verzierte Kalebassen, süßer Mais und ein tönerner Kochtopf. Der Vater, der in seinem Schmerz so still und wie erstarrt gewesen war, sang und tanzte jetzt. Er schwang seinen Speer zum Himmel. Es war unmöglich, sich von der Freude nicht mitreißen zu lassen. Annah lächelte. Sie aß die Papayaschnitze, die ihr in die Hand gedrückt worden waren. Sie beugte sich vor, damit die Kinder ihre Haare anfassen und spüren konnten, dass sie echt waren. Zwischendurch sah sie regelmäßig nach dem Baby, das geborgen in den Armen seiner Mutter lag. Es ging ihm gut, aber Annah machte sich immer noch Sorgen. Sie war froh, dass der Vater jetzt endlich eingewilligt hatte, sein Kind dem Krankenhaus anzuvertrauen. Allerdings nur, wenn Annah sich bereit erklärte, es zu pflegen.

Annah verlangsamte ihre Schritte, als sie sich Langali näherten. Die weiß gestrichenen Gebäude sahen so ordentlich aus, vollkommen unberührt von der Erregung der Menschen, die in den Ort kamen. Hier nahm das Leben seinen Lauf wie jeden Tag. Die Putzleute waren bereits bei der Arbeit. Die ambulanten Patienten warteten geduldig. Die Krankenschwestern liefen geschäftig herum. Annah entdeckte Sarah und Michael neben dem Landrover. Einen Moment lang überlegte sie, ob sie sich einfach hinter der Menge verstecken sollte. Aber das war unmöglich. Sie musste den beiden entgegentreten.

»Guten Morgen«, sagte Michael, als Annah näher kam. Er mied den Blickkontakt mit ihr, musterte stattdessen ihren zerknitterten Rock, der voller Schlamm, Schweiß und Durchfall war. »Sie möchten sich sicher gerne umziehen und frühstücken. Danach können wir mit der Visite beginnen.« Seine Stimme klang freundlich, und Annah schöpfte Hoffnung. Sie wagte es nicht, Sarah anzublicken, spürte jedoch, dass die andere Frau sehr still und beherrscht dastand. »Ich nehme in der Zwischenzeit das Baby auf«, sagte Michael und trat zu den Eltern. Anscheinend kannte er die ganze Geschichte bereits. Bestimmt sogar. Irgendjemand hatte ihm sicher die sprechenden Trommeln übersetzt. Sie fragte sich, was sie wohl gesagt haben mochten.

Der Morgen verlief normal. Michael war höflich und kümmerte sich um das Baby, das Annah ins Krankenhaus gebracht hatte. Sarah wahrte Distanz. Erst am Mittag, als sich die drei Missionare im Haus einfanden, sprach Michael über Annahs Entscheidung, zu der Ansiedlung zu gehen und dort zu bleiben, obwohl Sarah sie abholen wollte. Er beurteilte ihre Handlungsweise äußerst kritisch und war offen enttäuscht von ihrem Verhalten. Und doch spürte Annah ein Zögern, als ob er tief im Inneren unsicher wäre. In diesem Fall gab es eine direkte Verbindung zwischen den gebrochenen Regeln und dem geretteten Leben. Aber er musste sich an die Regeln halten. Während Annah ihm zuhörte, warf sie Sarah einen Blick zu. Ihre Augen waren grimmig, und sie reckte entschlossen das Kinn vor. Und ihre Mundwinkel zuckten leicht, als ob die Szene sie befriedigte. Befriedigung – oder vielleicht sogar Freude spiegelten sich in ihrem Gesicht wider.

8

Die Abenddämmerung brach herein. Annah stand auf der schmalen Holzbrücke und blickte auf den Fluss, der tief unten klar dahinfloss. Woher mochte er wohl kommen?, überlegte sie müßig.

Aus dem Westen. Aus Rwanda.

Sie erstarrte. Rasch ging sie ans andere Ufer zwischen die Bäume.

In der letzten Zeit machte sie häufig einsame Abendspaziergänge nach dem Essen, wobei sie dies damit entschuldigte, dass die Carringtons so kurz vor Sarahs Niederkunft miteinander allein sein sollten. Es war eine Erleichterung, von Langali weg zu sein. Weg von Sarahs Feindseligkeit, die sie nur mühsam hinter Höflichkeit verbarg. Und weg von Michaels Versuchen, so zu tun, als sei alles in Ordnung, wo doch jeder wusste, dass die Harmonie auf der Station zutiefst gestört war. Monate waren vergangen, seit sich Annah Sarah in der Buschhütte widersetzt hatte, aber die Kluft zwischen den beiden Frauen war eher noch größer geworden.

Annah konnte sich kaum noch daran erinnern, dass Sarah einmal freundlich und hilfsbereit gewesen war – jetzt erschien sie ihr nur noch schwierig und kalt. Daher war es für Annah eine Überraschung gewesen, eine andere Seite an Sarah wahrzunehmen, als sie eines Morgens auf die Kinderstation gekommen war. Dort hatte sie gesehen, wie Sarah sich über die Wiege eines der mutterlosen Babys beugte. Ihr Gesicht hatte gestrahlt, während sie sich mit dem kleinen Jungen beschäftigte. Sie hatte das Baby gekitzelt und gelächelt, als das kleine Gesichtchen aufleuchtete. Annah hatte sich leise zurückgezogen, weil sie diesen Augenblick nicht stören wollte, und sie hatte Bedauern darüber empfunden, dass diese andere Sarah, die so entspannt und warmherzig war, für sie verloren schien.

Für gewöhnlich hielt sich Annah an die häufig benutzten Wege in der Nähe des Geländes. An diesem Abend jedoch ging sie zum ersten Mal über den Fluss. Nach ein paar Minuten stolperte sie über eine Tonscherbe, die vor ihr aus dem Boden ragte. Sie schalt sich, weil sie so unachtsam gewesen war. Die Scherbe hätte das Leder des Schuhs zerschneiden oder sogar noch Schlimmeres anrichten können. Als sie um die Scherben herumging, fiel ihr der Schaft eines alten Speeres auf, der in den Boden gedrückt war. Und auf einmal sah sie überall Bruchstücke herumliegen, die ganz offensichtlich zu einem Gebäude aus Lehmziegeln gehört hatten. Ein Schauer überlief sie, als sie merkte, dass sie durch ein altes, verlassenes Dorf ging. Beinahe hörte sie die Stimmen der Bewohner durch die Bäume, das Lachen von Kindern und das Gackern der Hühner. Annah ging an den zerfallenen Hütten vorbei. Sie fand eine Perlenschnur, eine Trinkkalebasse mit einem vertrockneten ledernen Tragegurt, ein Rührholz für Brei. Aber sie fasste nichts an. Sie kam sich sowieso schon vor wie ein Eindringling.

Als sie das äußerste Ende des Dorfes erreicht hatte, entdeckte sie einen großen Haufen Flusssteine, die auf der bloßen Erde aufgeschichtet waren. Sie sahen aus wie ein Grabhügel – eine Art von Gedenkstätte, wie man sie normalerweise für schiffbrüchige Seeleute, Fremde, Unbekannte und Ungeliebte errichtet. Allerdings stand kein Kreuz darauf. Die Leute aus dem Dorf beerdigten ihre Toten seit mehr als einer Generation auf dem Friedhof neben der Kirche, wohingegen der Steinhaufen relativ neu zu sein schien. Vielleicht war ja hier ein Hund begraben, dachte Annah. Oder sogar ein Huhn, um das jemand trauerte. Man wusste ja nie, welchen Wert etwas für die Leute hatte.

Annah wollte gerade zurückgehen, als sie plötzlich zwischen den Bäumen eine Hütte entdeckte, die noch unversehrt schien. Sie ging darauf zu. Die Wände waren stabil, und die Pfosten für die Türöffnung waren fest im Mauerwerk verankert. Wenn nicht das Dach eingestürzt wäre, hätte man in der Hütte sogar noch wohnen können.

Annah spähte vorsichtig hinein. Am Mittelpfosten hing ein Tuch, das so aussah, als hinge es seit Jahren dort, aber die Farben waren immer noch leuchtend. Auch ein paar andere Gegenstände standen herum. Ein Kochtopf, schwarz von Ruß, ein Hühnerkäfig, ein ausgefranster Korb. Nichts von Interesse. Annah zuckte zusammen, als es über ihrem Kopf raschelte. Rasch trat sie zurück zur Türöffnung. Wahrscheinlich war es nur eine Ratte oder eine Fledermaus, aber sie hatte trotzdem immer noch eine irrationale Angst davor, dass ihr etwas auf den Kopf fallen und sich in ihren Haaren verfangen könnte. Mit zusammengekniffenen Augen blickte sie in das Dämmerlicht, um zu erkennen, was sie erschreckt hatte. Vom Dach hing alles Mögliche herunter, Bündel von getrockneten Blumen und Kräutern, und auch noch etwas anderes, das sie kaum erkennen konnte … Annah würgte. Es waren Kadaver, entbeint und getrocknet, schwarz von Rauch und mit blassem Staub bedeckt.

Annah verließ die Hütte. Diese Dinge, das wusste sie, gehörten zur einheimischen Medizin. Dunkel und gefährlich. Unberührbar. Undenkbar. Erschauernd machte sie sich daran, den grausigen Ort zu verlassen. Warum ging sie auch allein spazieren …

Es wurde allmählich dunkel, und Annah zuckte zusammen, als sich ein Ast in ihren Haaren verfing, und dann stieß sie beinahe mit einer Gestalt zusammen, die plötzlich vor ihr auftauchte. Groß. Ruhig. Schwarz. Sie keuchte entsetzt auf.

Ein überraschter Ausruf ertönte. »Schwester Annah!«

»Stanley?« Annahs Stimme war scharf vor Angst. Ganz langsam breitete sich Erleichterung in ihr aus. »Sie sind es …«

»Was tun Sie hier?«, fragte der Mann. »Es ist kein guter Ort für Sie.« Seine Stimme klang ein wenig erschreckt.

Annah holte tief Luft. »Ich bin nur spazieren gegangen.«

Stanley antwortete nicht.

»Und Sie?«, fragte Annah.

Stanley schwieg einen Moment, bevor er erwiderte: »Ich bin auch spazieren gegangen. Ich war gerade auf dem Rückweg. Es wird dunkel.«

Annah blickte sich um. »Was ist das hier eigentlich?«, fragte sie. Ihre Stimme klang laut in der Stille um sie herum, die sonst nur durch die erwachenden Insekten gestört wurde.

Stanleys Gesicht war in der Dunkelheit kaum zu erkennen. »Als Schwester Barbara, noch vor meiner Geburt, in dieses Gebiet kam, lebten hier meine Leute. Das war Langali.« Er schwieg. Annah hörte das Geräusch ihres eigenen Atems.

»Und was ist geschehen?«, fragte sie. Sie erinnerte sich an Bilder eines französischen Dorfes, das während der Schwarzen Pest verlassen worden war.

»Schwester Barbara richtete sich auf der anderen Seite des Flusses ein«, erwiderte Stanley. »Als die Leute zum Christentum übertraten, zogen sie auch hinüber. Ein neues Dorf entstand. Je größer es wurde, desto kleiner wurde das alte Dorf. Mit der Zeit gab es das alte Langali nicht mehr.«

Annah blickte über die Schulter zu der Hütte des Medizinmannes – sie stand noch so solide da, als ob sie von einer dunklen Gewalt, die dem Zahn der Zeit widerstand, aufrecht gehalten würde.

»Eine alte Frau blieb zurück«, fuhr Stanley fort. Dann zögerte er.

»Allein?«, fragte Annah. »Hier, allein?«

»Sie war die Schamanin des Dorfes und konnte die Zukunft voraussagen. Sie hatte Angst, dass es für alle bittere Folgen haben würde, wenn sie ihre rituellen Aufgaben vernachlässigte. Also weigerte sie sich, über den Fluss zu gehen und Christin zu werden.« Stanleys Stimme klang sachlich. »Sie blieb hier in dieser Hütte. Die Leute flehten sie an, vor allem die aus der Linie ihrer Mutter. Aber sie ließ sich nicht beirren. Schließlich starb sie. Sie liegt dort drüben.« Stanley wies auf den Steinhaufen.

Annah sah die Umrisse des Grabhügels nur noch schwach in der Dunkelheit. Sie stellte sich die gebeugte Gestalt der alten Frau vor, die dort begraben war, wie sie in ihre Hütte kroch, ihre Rituale durchführte … Bei dem Gedanken daran empfand Annah nur Mitleid. Es kam ihr falsch vor, dass eine alte Frau, zerbrechlich und verletzlich, am Ende ganz allein lebte, nur umgeben von Ruinen. Und das Leben ihres Stammes ging ohne sie weiter, nur ein paar Meter von ihr entfernt – und doch in einer völlig anderen Welt.

»Was für eine traurige Geschichte«, sagte sie.

»Sie war eine eigensinnige Frau«, erwiderte Stanley. »Eine böse Frau. Das Licht ist zu ihr gekommen, aber sie hat die Dunkelheit vorgezogen.« Er schwieg. Als er weitersprach, klang seine Stimme drängend. »Sie sollten jetzt wieder zurückkehren.«

»Ja«, stimmte Annah zu. »Sie machen sich sicher schon Sorgen.«

Stanley ging vor und schob Äste für Anna zur Seite. Sie ging rasch hinter ihm her, dankbar dafür, dass er sie nach Hause begleitete.

Als sie am Missionshaus ankamen, war es stockdunkel. Stanley schien mit der Dunkelheit zu verschmelzen, und sein leises »Gute Nacht« ging unter in den Klängen von Michaels Musik, die aus dem Fenster drang. Es war der walisische Chor. Anna erkannte das Lied. Die Nationalhymne, *Land of My Fathers*. Während sie die Stufen zur Veranda hochging, dachte Annah, wie unpassend dieses Lied hier in Langali eigentlich klang – einem Ort, wo die Missionare niemals wirklich zu Hause sein konnten und wo anscheinend auch die Dorfbewohner nicht wirklich hingehörten.

Ungeduldig tippte Annah mit ihrem Kugelschreiber auf ihr Klemmbrett, während sie zuhörte, wie eine der Schwestern die Behandlung des Patienten erläuterte. Sie machte heute Früh allein Visite. Stanley half ihr zwar dabei, aber es würde trotzdem einige Stunden länger dauern, als sie sich leisten konnten.

Michael war bei Tagesanbruch mit dem Landrover nach Murchanza gefahren. Der Wagen sollte in einer Werkstatt überholt werden, bevor das Baby kam. Offensichtlich gab es dort tatsächlich einen größeren Ort, den man allerdings vom Bahnhof aus, auf dem Annah damals angekommen war, nicht sah. Bei Anbruch der Dunkelheit wollte Michael wieder zurück sein. Annah dachte an die Leckereien, die er möglicherweise aus den Läden der arabischen Händler mitbrachte. Geräucherten Fisch oder getrocknete Früchte. Einmal, hatte er ihr erzählt, hatte er echten Schinken aufgetrieben. Allein bei dem Gedanken daran lief Annah das Wasser im Mund zusammen. Sie würde ihn selbst zubereiten, dachte sie, nur um sich an dem Geruch und dem brodelnden Fett zu freuen.

»Annah.«

Beim Klang von Sarahs Stimme drehte Annah sich um, wobei sie sich innerlich gegen irgendeine Beschwerde oder eine nörgelnde Frage wappnete. Aber als sie das Gesicht der Frau sah, wusste sie sofort, dass etwas nicht stimmte.

»Es kommt«, sagte Sarah.

Das Baby.

Annah blickte sie entsetzt an. »Woher wissen Sie das?«, fragte sie. Beim ersten Mal irrten sich die jungen Mütter oft.

»Das Fruchtwasser ist abgegangen.«

»Wehen?« fragte Annah. »Schmerzhaft?«

Sarah nickte.

»In welchen Abständen?«

»Zehn Minuten.«

Annah schloss die Augen. Es konnte einfach nicht sein, sagte sie sich. Sie hatten doch noch viereinhalb Wochen Zeit. Und Michael war nicht da. Kein Arzt. Kein Vater. Nur sie.

»Die ersten Kinder kommen langsam«, sagte Annah ruhig. »Wahrscheinlich geht das jetzt erst einmal eine

Ewigkeit lang so weiter. Legen Sie sich am besten einfach hin. Ich schicke Ihnen jemand mit einem leichten Schlafmittel.«

Plötzlich krümmte sich Sarah mit schmerzverzerrtem Gesicht zusammen. Annah beobachtete sie teilnahmslos. Am liebsten wäre sie hingegangen und hätte die Frau tröstend in den Arm genommen, aber das wäre falsch gewesen, wenn man bedachte, wie gespannt ihr Verhältnis zur Zeit war. Und Sarah empfand wahrscheinlich das Gleiche. Außerdem war sie nicht hier, um sich von ihr bemitleiden zu lassen. Sie wollte ihre Hilfe als Krankenschwester.

Annah rief eine der afrikanischen Schwestern, eine junge Frau namens Barbari. Sie kam aus dem Missionsdorf und war selbst im Krankenhaus zur Welt gekommen. Schwester Barbara war ihre Namenspatronin.

»Bring Mrs. Carrington ins Missionshaus«, sagte Annah zu ihr. »Vergewissere dich, dass Ordena da ist.« Sie wandte sich an Sarah. »Trinken Sie eine Tasse süßen Tee«, schlug sie vor, »und versuchen Sie, an etwas anderes zu denken.« Sie hatte die Worte noch nicht ganz ausgesprochen, da schämte sie sich schon, weil sie hart und sorglos klangen. Aber es würde Sarah jetzt auch nichts helfen, wenn sie ihre Besorgnis zeigte. Sie spielte es besser herunter, damit die Frau sich entspannte. Und sie konnte nur hoffen, dass Michael rechtzeitig nach Hause kam.

Annah war drei Patienten weiter gekommen, als Barbari zu ihr kam und sie bat, ins Missionshaus zu gehen und nach Sarah zu sehen.

»Ich glaube, das Baby kommt bald«, sagte Barbari. »Ich habe seine Lage überprüft.« Sie lächelte. »Er liegt mit dem Kopf nach unten. Er wird uns keine Probleme machen.«

Annah schüttelte den Kopf. Trotz jahrelanger Ausbildung redete die Krankenschwester immer noch so, als ob das Baby selbst entscheiden könnte, wann es zur Welt kam.

»Wehen?«, fragte Annah.

»Alle fünf Minuten und zehn Sekunden«, erwiderte Barbari. »Sie kommen immer schneller.«

Annah schwieg. Wut stieg in ihr auf. Michael sollte hier bei seiner Frau sein, nicht sie. Es war unfair, dass sie dazu gezwungen war, diese Erfahrung mit Sarah zu teilen. Sie waren weder miteinander verwandt noch Freundinnen. Und doch war Annah nicht so unbeteiligt, wie sie es als Schwester eigentlich sein sollte. Sie zog sich das Stethoskop vom Hals und warf es auf den Tisch.

»Stanley!«, rief sie. Er redete gerade mit einem der Patienten. »Sie müssen allein weitermachen. Ich komme wieder, so schnell ich kann.«

Er nickte, ohne zu fragen, wohin sie ging. Er machte einfach mit seiner Arbeit weiter. Das war einer der Gründe, warum Annah gerne mit ihm zusammenarbeitete. Er verschwendete keine Zeit und keine Energie auf Belanglosigkeiten.

Annah war noch nie im Schlafzimmer des Missionshauses gewesen. Sie hatte nur bei verschiedenen Gelegenheiten einen flüchtigen Blick hineingeworfen und Sarahs Cremetopf auf dem Frisiertisch neben Michaels Schildpatt-Haarbürste gesehen. Jetzt kam es ihr eigenartig vor, einfach so einzutreten, als habe sie das Recht dazu.

Beim Anblick von Sarahs Gesicht erstarrte sie. Ihre Augen waren weit aufgerissen vor Angst. Die Haare hingen ihr in feuchten Strähnen ums Gesicht und wirkten noch dunkler gegen die totenblasse Haut. Sie lag, immer noch völlig angezogen, unbeweglich auf dem Bett.

»Annah«, keuchte Sarah, »irgendetwas stimmt nicht. Ich weiß es.«

Annah blieben die beruhigenden Worte im Hals stecken. Sie trat ans Bett: »Lassen Sie mich mal sehen.« Sarahs Gesicht glänzte vor Schweiß.

»Barbari«, rief Annah, »hilf mir, ihr die Unterwäsche auszuziehen.«

Ihre Stimme erstarb. Helles rotes Blut hatte Sarahs Unterhose durchweicht und sickerte in die Matratze. Annah erstarrte. Es gab keinen Zweifel. Die Plazenta blutete. Die Blutung begleitete die Wehen.

Placenta praevia.

Annah hatte den lateinischen Ausdruck für ihre Schwesternprüfungen lernen müssen. Er bezeichnete eine Plazenta, die sich vor den Muttermund geschoben hatte, statt an der inneren Wand der Gebärmutter zu liegen. Ein Irrtum der Natur. Die Komplikation war recht selten und konnte erst bei der Geburt festgestellt werden. Bei jeder Wehe drückte der Kopf des Kindes gegen die Plazenta, und bald würde sie reißen. Die Mutter würde verbluten, bevor ihr Baby geboren war. Und dann könnte das Baby auch sterben.

Es gab nur eine mögliche Lösung: ein Kaiserschnitt.

Annah presste die Hand auf den Mund, damit ihre Lippen nicht zitterten.

»Was ist los?«, fragte Sarah angsterfüllt.

»Sie bluten«, erwiderte Annah. Sie mied Sarahs Blick, aber die Frau würde wahrscheinlich sowieso wissen, was das bedeutete.

»Aber es war doch alles in Ordnung«, protestierte Sarah. »Es gab überhaupt keine Probleme.« Sie klang wie ein kleines Mädchen, das jemand älteren dazu überreden will, seine Meinung zu ändern.

Annah schwieg. In ihrem Kopf überschlugen sich die

Gedanken. Sie war wie erstarrt, aber sie verlor wichtige Zeit. Sie musste kämpfen …

»Hol Stanley«, sagte sie zu Barbari. »Sag ihm, er soll eine Infusion und Salzlösung mitbringen. Und eine Trage. Beeil dich.«

Barbari blickte sie einen Moment lang an, dann drehte sie sich um und rannte los.

»O Gott, Jesus«, murmelte Annah. Ihr war übel vor Panik. Was sollte sie bloß tun? Sie war Krankenschwester, keine Ärztin. Wie konnte sie überhaupt auch nur daran denken, Sarah zu operieren? Aber es war das Einzige, was sie tun konnte. Eine andere Möglichkeit gab es nicht, um die Blutung zu stillen.

»Wie spät ist es?«, fragte Sarah und wollte sich aufsetzen.

»Liegen Sie still«, befahl Annah. Sie blickte auf die Uhr. »Drei Uhr.«

»Ich will Michael«, sagte Sarah. Sie begann, seinen Namen zu rufen, immer lauter, als könne er sie durch den Dschungel hören. »Michael! Michael!«

»Er kommt nicht«, sagte Annah fest. »Er ist frühestens in zwei Stunden zurück.«

Sarah starrte sie an. Die dunklen angstvollen Augen hefteten sich auf Annahs Gesicht. »Dann sind nur Sie da«, sagte sie.

Annah nickte.

Sarah streckte flehend den Arm aus. »Ich habe Angst«, stöhnte sie. »Lass mich nicht sterben.« Tränen traten ihr in die Augen. »Lass mein Baby nicht sterben.«

Annah war wie betäubt vor Entsetzen. Ihre Lippen zitterten. »Ich bin kein Arzt«, erwiderte sie.

»Du musst uns retten«, sagte Sarah. »Bitte. Ich weiß, dass du es kannst. Du kannst …« Ihre Stimme versagte.

Jesus, Gott, dachte Annah, sie stirbt.

Doch dann begann eine Wehe, und der Schmerz holte Sarah zurück. Keuchend umklammerte sie Annahs Hand. Immer mehr Blut rann zwischen ihren Beinen hervor. Als die Wehe vorbei war, sank Sarahs Kopf schlaff aufs Kissen zurück. Annah blickte zum Fenster, in der Hoffnung, dass Stanley käme. Sie blickte auf die Wiege, die in der Ecke des Zimmers stand. Seit Wochen schon hatte Sarah die Laken gesäumt und bestickt, die jetzt ordentlich gefaltet auf der Matratze bereit lagen. Ordena hatte sie vor diesen Vorbereitungen gewarnt. Keine afrikanische Mutter würde das Bettchen zurechtmachen, bevor das Kind nicht auf der Welt war. Das hieße, das Schicksal herausfordern.

»Wir glauben nicht ans Schicksal«, hatte Sarah verächtlich gesagt. »Wir glauben an Gott.«

Lieber Gott, wir beten zu dir, hilf uns.

Aber nur, wenn es dein Wille ist.

Die letzten Worte mussten sein, schließlich waren viele Missionarsfrauen im Busch gestorben.

Vier Pfleger traten mit einer Trage ins Zimmer, gefolgt von Stanley. An der Tür blieb er einen Moment lang stehen.

»Stanley, hören Sie mir zu«, sagte Annah. »Wir müssen einen Kaiserschnitt machen.« Ungläubig riss Stanley die Augen auf. »Sie stirbt sonst«, fuhr Annah fort. »Und das Baby wahrscheinlich auch.«

Stanley nickte langsam. »Sie sind sicher«, sagte er. Es war keine Frage, sondern eine Feststellung.

»Wir sollten ihr eine Infusion legen«, sagte Annah.

Solange wir noch eine Vene finden, dachte sie.

Stanley machte sich sofort an die Arbeit. Mit sicheren Händen packte er den Tropf aus und befestigte eine sterile Nadel daran.

»Möchten Sie es machen?« fragte er, als er fertig war.

Annah schüttelte den Kopf. Sie wollte gar nichts machen. Am liebsten wäre sie einfach davongelaufen …

Stanley ergriff den weißen Arm und tastete sorgfältig, bevor er die Nadel einstach.

»Fertig«, sagte er.

Annah nickte dankbar. Zumindest floss jetzt etwas in Sarahs Venen – obwohl die Salzlösung schwach und wenig überzeugend aussah im Vergleich zu dem Blut, das aus ihr heraussprudelte. »Wir bringen sie jetzt hinüber.«

Stanley wandte sich an die Pfleger, die in der Ecke kauerten und ganz offensichtlich nichts mit dem zu tun haben wollten, was sich vor ihren Augen abspielte. Er sagte ein paar Worte in ihrem Dialekt zu ihnen. Seine Stimme klang ruhig, aber was auch immer er gesagt hatte, es hatte einen dramatischen Effekt. Innerhalb weniger Sekunden hatten die Männer Sarah auf die Trage gehoben und waren dabei, sie aus dem Zimmer zu bringen.

»Bleib bei mir«, sagte Sarah mit dünner Stimme. »Annah … lass mich nicht allein.«

»Das werde ich nicht.« Annah ergriff die kühle, schmale Hand, wobei sie fast laufen musste, um mit den Pflegern Schritt zu halten. Sie fühlte und dachte gar nichts mehr. Selbst ihre Angst hatte nachgelassen, als ob Sarahs Entsetzen für nichts anderes mehr Raum ließe. Stanley rannte neben ihr her.

»Wir haben nur noch ein paar Minuten Zeit«, sagte Annah zu ihm. »Sie müssen ihr sofort eine Narkose geben. Nur Mull und Äther.«

Stanley nickte. »Ja, Schwester.« Seine Reaktion war so normal, dass sich auch Annah gleich besser fühlte.

»Annah?«, rief Sarah. »Annah, wo bist du?« Ihre Stimme klang zärtlich, als riefe sie nach ihrer Mutter oder ihrer besten Freundin.

»Ich bin hier« erwiderte Annah. Der weiche Klang der

Stimme trieb ihr die Tränen in die Augen. »Alles wird gut«, sagte sie. »Ich bin bei dir.«

Stanley und Barbari kamen mit in den Operationssaal, ebenso wie zwei Schwestern, die hastig gerufen worden waren. Annah spürte, dass sie jede ihrer Bewegungen verfolgten, als sie Sarahs Bauch mit Desinfektionsmittel einrieb. Sie hörte kaum, dass Stanley betete, wobei er gleichzeitig bereits den mit Äther getränkten Mull auf Sarahs Nase und Mund drückte. Um den Blutdruck kümmerten sie sich nicht – wenn er zu tief absank, konnten sie sowieso nichts mehr tun. Aber Barbari drückte einen Finger auf den Puls der Patientin, damit sie alle ihre Bemühungen darauf richten konnten, das Kind zu retten, falls er zu schlagen aufhörte.

Annah ergriff ein Skalpell und setzte es auf Sarahs Haut. Kurz dachte sie an Michael, verdrängte diesen Gedanken dann aber entschlossen und stellte sich stattdessen Mr. Hayworth vor, den alten Gynäkologen, mit dem sie am Royal Hospital zusammengearbeitet hatte. Ganz gleich, was für einen Notfall er vor sich hatte, der Mann war nie nervös geworden und hatte seine Aufgabe mit einer Ruhe erledigt, als ob der Körper der Frau vor ihm nichts anderes als ein kompliziertes Räderwerk wäre. Annah versuchte, völlig distanziert an den Eingriff heranzugehen. Kaiserschnitte waren recht einfach, sagte sie sich. Es war wirklich nicht schwer …

Du musst dich nur beeilen. Beeil dich!

Das glänzende Skalpell glitt leicht in die Haut und zog eine glatte, rote Linie in das Weiß. Sie schnitt in die Fettschicht hinein. Langsame, gleichmäßige Schnitte, ihre Hand durfte nicht zittern. Dann legte sie das Instrument weg und schob mit den behandschuhten Fingern vorsichtig die Bauchmuskeln beiseite. Sie waren von der Schwangerschaft gedehnt, aber immer noch fest.

Ihre Hände glitten zur Gebärmutterwand. Glatt, rosa, hart ... Sie tat so, als sei sie der alte Gynäkologe. Er tastete und drehte, wobei er seinen Lernschwestern jeden einzelnen Handgriff erläuterte. Er schwatzte und erzählte Witze. Und ehe sie es mitbekamen, war alles schon vorbei. Die Gebärmutter war geöffnet und das Baby herausgezogen.

Annah hatte keine Zeit mehr, das Kind abzutasten. Sie zog das glitschige Geschöpf einfach heraus und reichte es Barbari, die neben ihr stand. Der kleine Mund öffnete sich, und ein hoher, lang gezogener Jammerton kam heraus, als ob das Kind irgendwie wüsste, dass es von Panik und Gefahr umgeben war. Annah blickte kaum in das rote, verschrumpelte Gesichtchen, als sie die Nabelschnur abklemmte und durchtrennte. Dann wandte sie sich sofort wieder Sarah zu. Ein Teil der Anspannung fiel jedoch von ihr ab. Zumindest ein Leben gerettet.

Für Michael.

»Ergometrin«, befahl Annah.

Stanley wartete bereits mit der Spritze. Er injizierte das Medikament in den Tropf, während Annah nach der Plazenta tastete. Die war ihr Feind. Aus ihr sickerte Sarahs Leben heraus. Annah blickte auf den Uterus. Das Gewebe wurde weiß, weil die Blutzufuhr durch das Medikament gestoppt wurde. Sie zog leicht an der Plazenta, um zu sehen, ob sie sich schon löste. Einen Moment lang stieg Panik in ihr auf. Dann sagte Stanley: »Atmung regelmäßig, Puls schnell.« In seiner Stimme lag eine Schärfe, die Annah noch nie zuvor gehört hatte. Das brachte sie wieder zu sich. Sie konzentrierte sich auf die Plazenta, spürte, wie sie sich löste, und hob sie heraus. Dann warf sie sie in einen Eimer, der auf dem Boden stand.

Eine Schwester reichte ihr Nadel und Faden. Annah

tupfte und wischte das Blut weg, damit sie erkennen konnte, wo sie anfangen musste, die Wunde zu schließen. Sie merkte kaum, dass Stanley neben ihr stand und Sarahs Blutdruck prüfte.

»Sollen wir ihr Blut geben?«, fragte er.

Einen Moment lang wusste Sarah nicht, was er meinte. War hier nicht überall genug Blut verspritzt? Aber dann wurde ihr klar, dass er eine Transfusion meinte. Sarah brauchte eine Bluttransfusion.

»Ich kriege nur noch neunzig«, sagte Stanley ruhig. Zu ruhig. »Den unteren Wert bekomme ich gar nicht mehr. Der Puls ist sehr schnell.«

Annah versuchte, klar zu denken. Sie wusste, dass man ihr gesagt hatte, welche Blutgruppe Sarah hatte. Und es hatte sich ihr eingeprägt, weil es ungewöhnlich war.

»Sie hat AB«, sagte Annah. »Jeder kann ihr Blut spenden.«

»Wen soll ich denn kommen lassen?«, fragte Stanley drängend. Sie hatten keine Blutvorräte im Krankenhaus – der Kühlschrank funktionierte nicht zuverlässig, und außerdem spendeten nur wenige Afrikaner Blut für Fremde. Annah konnte ihr kaum Blut spenden und zugleich nähen, also würden sie jemand anderen finden müssen. Das Risiko einer angeborenen Blutkrankheit mussten sie dabei eingehen, aber wenn Sarah nicht rasch eine Transfusion bekam, würde sie unweigerlich sterben …

»Ordena«, sagte Annah. »Lass Ordena kommen.« Die Haushälterin war wie eine Freundin der Familie. Annah konzentrierte sich auf ihre Arbeit. Jede Gewebeschicht musste einzeln genäht werden. Der Schweiß rann ihr übers Gesicht, während sie sich zwang, ihre Hände ruhig zu halten.

Stanley gab die Nachricht weiter, aber die Person, die

schon eine Minute später mit Kittel und Maske erschien, war nicht die Haushälterin, sondern eine der jungen Frauen aus Sarahs Mütterclub. Erica. Annah erkannte sie trotz der Maske an ihren schönen, mandelförmig geschnittenen Augen. Ericas Sohn war vor ein paar Wochen mit Malaria eingeliefert worden, und sie hatten das Blut der jungen Frau auf Krankheiten untersucht, bevor sie es für Transfusionen für das Kind benutzten.

»Ich bin gekommen«, sagte Erica einfach, als sie eintrat. »Ich möchte mein Blut geben.«

Stanley blickte sie überrascht an.

Erica streckte ihren Arm aus. »Ich bin die Richtige«, erklärte sie. »Hat mein Blut nicht schon gelernt, meinen Körper zu verlassen und draußen zu fließen?«

Die Schwestern bereiteten die Frau für die Transfusion vor, während Annah zu Ende nähte und sich daran machte, die Wunde zu verbinden. Der Schnitt sah jetzt, wo er geschlossen war, viel kleiner aus. Sauber genäht mit dunklen Stichen, die aussahen wie kleine Fliegen. Tränen traten Annah in die Augen, als sie ihr Werk betrachtete, und vor Erleichterung wurden ihr die Knie weich. Sarahs Worte kamen ihr in den Sinn.

Du wirst uns retten …

Es wurde ganz still im Saal. Die afrikanische Frau lag neben Sarah und beobachtete, wie ihr Blut durch den Schlauch in den bleichen Arm der weißen Frau rann. Das Baby, dick in eine Decke eingehüllt, schlief friedlich an Barbaris Schulter. Stanley nahm den Mulllappen weg, und Annah wartete auf die ersten Lebenszeichen ihrer Patientin. Sie hielt die schlaffe Hand wie eine Mutter oder Freundin. Der Puls schlug nur schwach.

»Komm schon, komm schon«, flüsterte Annah. »Bleib bei uns, Sarah …«

Die Frau begann sich zu regen und drehte den Kopf

langsam von einer Seite zur anderen, als erwache sie aus einem tiefen Schlaf.

Annah beugte sich über sie. Sarahs Augenlider flatterten. Annah winkte Barbari, sie solle das Baby zu ihr bringen. Sie hielt es so, dass Sarah als Erstes das kleine Gesichtchen sehen würde, wenn sie die Augen aufschlug.

Zum ersten Mal sah auch Annah das Kind richtig an. Das Gesicht war immer noch von Blut und Schmiere bedeckt, aber es war perfekt geformt. Wunderschön. Wie eine kleine Elfe.

»Was ist es?«, fragte Annah die Schwester. »Ein Junge oder ein Mädchen?«

»Eine Tochter«, erwiderte Barbari stolz. »Ein schönes Mädchen. Sie wird den Eltern viele Kühe einbringen.«

»Sarah«, sagte Annah, »hier ist dein kleines Mädchen.«

Annah wusste bereits, wie das Kind heißen sollte. Die Carringtons hatten bei der Namenswahl die Bibel zu Rate gezogen und sich schließlich auf David für einen Jungen und Mary für ein Mädchen geeinigt.

Annah lächelte dem kleinen Mädchen zu. »Mary.«

»Nein …«

Alle im Raum erstarrten. Sarah hatte etwas gesagt.

Sie öffnete weit die Augen und blickte sich erstaunt um wie ein Kind, das aus dem Schlaf erwacht und nicht weiß, wo es ist.

Das Baby wimmerte leise, als wolle es Sarahs Aufmerksamkeit auf sich lenken. Staunend betrachtete die Frau das kleine Bündel, das ihr entgegengehalten wurde. Ihr Blick glitt über Nase, Augen, die Wangen und die Stirn. Die kleinen Finger, die sich bewegten. Sie genoss den Anblick. Ihr Baby lebte und war gesund.

Nach ein paar Minuten wandte sie den Blick ab und suchte Annah.

»Du hast es geschafft!«, flüsterte sie. »Du hast uns beide gerettet.«

Annah lächelte. »Du musst dich jetzt ausruhen. Bleib still liegen.«

»Ich möchte, dass du ihren Namen aussuchst«, murmelte Sarah. »Sie gehört auch dir.«

Annah schüttelte den Kopf. Sie wusste nicht, was sie erwidern sollte.

Sarah schloss die Augen und schlief wieder ein. Eine warme Zärtlichkeit stieg in Annah auf, als sie das friedvolle Gesicht betrachtete.

Zwischen uns wird nichts mehr so sein wie vorher, dachte sie.

Dieses Wissen tat ihr gut. Sie hatte das Gefühl, hierher zu gehören, so als ob Sarah und sie jetzt eine Familie wären. Zwar nicht vom selben Blut, aber dennoch Schwestern.

Wieder wurde es still im Saal. Man hörte nur die leisen Geräusche des Blutdruckmessgeräts und der Transfusion. Das leise Atmen des Babys. Das Quietschen eines Lederschuhs.

Nach einer Weile durchbrach das Motorengeräusch des Landrovers die Stille. Niemand bewegte sich. Hier drinnen schien eine andere Realität zu gelten. Was draußen passierte, war fern und irrelevant.

Jemand sollte Michael vorwarnen, dachte Annah. Aber sie konnte sich nicht von der Stelle rühren, geschweige denn dem Mann erklären, was geschehen war. Was sie hatte tun müssen, um seine Frau und sein Kind zu retten …

Im nächsten Moment stürzte Michael herein. Sein Gesicht war kreidebleich vor Entsetzen und Angst. Er blickte von Sarahs bewegungslosem Körper auf Annah und wieder zurück.

Was hast du getan! Er sprach die Worte nicht aus, aber sie standen ihm ins Gesicht geschrieben.

Annah öffnete den Mund, es kam aber kein Ton heraus. Erschöpft lehnte sie sich an die Wand. Es war so, als ob all ihre Kraft jetzt, wo Michael da war, aus ihr wich. Sie fühlte sich schlaff wie eine Stoffpuppe und konnte sich kaum aufrecht halten.

Stanley sagte etwas zu Michael. Die Stimme des Afrikaners klang ruhig und gelassen wie immer. Die beiden Männer beugten sich über Sarah. Dann wandte sich Michael zu Barbari und dem Baby. Die afrikanische Krankenschwester berichtete ihm, was im Schlafzimmer des Missionshauses passiert war.

Das Blut. So viel Blut …

»Hundert zu fünfzig, Schwester Mason.«

Mit klarer Stimme sagte Stanley ihr den Blutdruck an und erinnerte Annah daran, dass ihre Arbeit noch nicht beendet war. Sarah war schließlich immer noch ihre Patientin.

»Danke«, erwiderte Annah mit schwacher Stimme. »Das ist gut.«

Es war gut. Die Krise war vorüber. Sarah befand sich auf dem Weg der Besserung.

Das Baby wachte auf und begann laut zu schreien. Bei dem Geräusch schien Michael überhaupt erst zu begreifen, was geschehen war, während er weg gewesen war. Er wandte sich zu Annah, und seine Augen füllten sich mit Tränen.

Plötzlich stand er ganz nahe bei ihr und legte ihr die Hände auf die Schultern.

»Annah«, sagte er mit erstickter Stimme. Er fand keine Worte.

Sie starrte ihn wie betäubt an.

»Ich habe getan, was ich konnte«, sagte sie schließlich zu ihm. Ein Schluchzen stieg in ihrer Kehle auf. Sie keuchte. »Ich hatte solche Angst.«

Michael nahm sie in die Arme und zog sie fest an sich. Annah ließ den Kopf auf seine Schulter sinken. Sie roch den Staub und den Schweiß auf seiner Haut. Seine Tränen rannen über ihre Wangen. Mit all ihren Sinnen nahm sie ihn auf und verbannte damit den Geruch und den Geschmack von Blut und Angst.

Seine Arme umfingen sie, und alles war gut.

9

Im ruhigen Licht des folgenden Tages bat Sarah Annah noch einmal, den Namen für das Baby auszusuchen, das sie zur Welt gebracht hatte. Michael hatte keine Einwände, also stimmte Annah zu. Nach langem Nachdenken nannte sie das kleine Mädchen Kate. Nur Kate – nicht Katherine. Annah kannte keine andere Person mit diesem Namen, er gefiel ihr einfach deshalb, weil er so kurz und fröhlich klang.

Sarah war nach dem Kaiserschnitt so schwach und erschöpft, dass sie Hilfe bei der Versorgung des Babys brauchte. Sie baten Ordena, die Arbeit als Haushälterin aufzugeben und stattdessen die Ayah des Kindes zu werden. Und obwohl die afrikanische Frau nicht besonders viel Aufhebens um ihre eigenen neun Kinder gemacht hatte, übernahm sie ihre neue Aufgabe mit großer Sorgfalt. Sie begriff, dass das kleine weiße Baby in einem fremden Land zur Welt gekommen war, wo allein schon die Luft, die es einatmete, und auch der Boden unter seinen Füßen gefährlich und fremd war.

Es wurde auch beschlossen, dass Annah aus ihrer Hütte ins Haus ziehen sollte, damit sie Kate nachts zur Seite stehen konnte. Sie schlief im zweiten Schlafzimmer des Missionshauses, und die Wiege stand neben ihrem

Bett. Sie sorgte dafür, dass das Moskitonetz immer sorgfältig in die Matratze gesteckt war und dass die Bettpfosten in Kerosineimern standen, damit das schlafende Baby vor Schlangen, Skorpionen, Ameisen und Zecken sicher war.

Wenn Kate nachts aufwachte, trug Annah sie in das Schlafzimmer der Eltern und wartete dort, während Sarah schläfrig ihr Kind stillte. Sie gewöhnte sich daran, sich im Schlafzimmer des Ehepaares aufzuhalten. Sie roch den Geruch des warmen Bettes, lauschte den leisen, saugenden Geräuschen des Kindes, sah Michael beim Schlafen zu, wie er dalag, eine Hand unter der Wange, als sei er selbst noch ein kleiner Junge. Sie fand es seltsam tröstlich, in dem alten Lehnsessel zu sitzen und sich als Teil der Familie zu fühlen.

Wenn Kate gestillt war, machte es Annah nichts aus, mit dem Säugling über der Schulter durch das stille Haus zu wandern. Sie liebte das Gefühl, das Köpfchen an ihrem Nacken zu spüren, und die kleinen Finger, die tastend über ihr Gesicht fuhren. Sie redete mit dem Baby, erzählte ihm Geschichten und sang ihm Lieder aus ihrer Kindheit vor. Erinnerungen stiegen in ihr auf, die sie schon lange verdrängt hatte. Eleanor, die sich lächelnd über ihre Tochter beugte und sie streichelte. Oder war es eines der Kindermädchen?

Ordena als Haushälterin zu ersetzen war schwierig. Einige Frauen aus dem Dorf bewarben sich um die Stelle, aber als Sarah hörte, dass ein junger, heimatloser Mann ohne Familie aus einem anderen Gebiet gekommen war, wollte sie ihn einstellen. Michael hielt es für unpraktisch, einen Fremden ins Haus zu holen, der sich bei ihnen nicht auskannte, aber Sarah bestand darauf. Irgendwo, so argumentierte sie, hatte dieser junge Mann eine Mutter, die ihn liebte. Wäre Sarah an ihrer Stelle, würde sie auch hoffen, dass sich eine andere Mutter seiner annähme. Michael konnte ihre Beweggründe nicht nachvollziehen, aber letztendlich ließ er Sarah ihren Willen.

Und so übernahm Tefa die Haushaltsführung im Missionshaus. Er gehörte zu einem Stamm großer, schlanker Menschen mit nur schwach gekraustem Haar und so dunkler Haut, dass sie aussah wie Samt. Seine schlaksige Gestalt wurde bald überall in der Mission ein vertrauter Anblick, da er ständig hin und her rannte, um alles so schnell wie möglich zu lernen. Ordena tat ihr Bestes, um ihn anzulernen, wiegte in dem einen Arm das weiße Baby und gab mit dem anderen Anweisungen. Trotzdem dauerte es eine ganze Weile, bevor alles wieder seinen geordneten Gang ging.

Das spielte jedoch nicht wirklich eine Rolle, weil Kate sowieso den ganzen Zeitplan durcheinander brachte. Sie war offenbar der Ansicht, sie könnte essen, schlafen und weinen, wann immer es ihr danach zu Mute war. Nichts war ihr heilig. Weder die Mahlzeiten noch die Gebetsstunden und noch nicht einmal die halbe Stunde am Abend, wenn ihr Vater seine Musik hörte.

Alle wussten, dass Sarah es sich so nicht vorgestellt hatte. Sie hatte sich auf die Mutterschaft durch die Lektüre eines abgegriffenen dicken Buches vorbereitet, das Schwester Barbara zurückgelassen hatte. Es war, hatte die alte Krankenschwester gesagt, so etwas wie die Bibel für Mütter – es enthielte alle Ratschläge, die Sarah brauchen würde. Der Autor, Dr. Trubi King, war ein weltbekannter Experte, was Babys anging. Er glaubte an den Wert eines strengen Zeitplans mit festgesetzten Zeiten für frische Luft, Bewegung und gute Ernährung. Ein Trubi-King-Baby wurde alle vier Stunden gestillt. Dazwischen waren keine Mahlzeiten erlaubt, schon gar nicht während der Nacht. Das Buch war schon ziemlich alt – es stammte aus den zwanziger Jahren –, aber Schwester Barbara hatte gesagt, dass ihrer Erfahrung nach der gesunde Menschenverstand nie unmodern wurde. Er galt gestern, heute und morgen. Wie Gott.

Sarah hatte vorgehabt, sich streng an Dr. Kings Ratschläge zu halten, aber sie hatte nicht mit der zappelnden, schreienden Realität eines Neugeborenen gerechnet. Michael und Annah halfen ihr, wo sie konnten, und versuchten häufig, das hungrige Baby so lange abzulenken, bis die offizielle Fütterungszeit erreicht war. Auch Ordena, die von den seltsamen Maßnahmen sichtlich verwirrt war, tat ihr Bestes, um zu helfen. Aber trotzdem hatte Sarah nur wenig Erfolg mit Trubi Kings Vorschriften.

»Bei ihm klingt das alles viel einfacher, als es in Wirklichkeit ist«, beklagte sie sich bei Annah. »Ich komme mir vor wie ein Versager.«

Sie und Annah sahen dem Baby zu, das im Wohnzimmer auf einer Decke lag und versuchte, seine Zehen in den Mund zu stecken. Eigentlich hätte Kate jetzt gestillt werden müssen, aber die letzte Mahlzeit lag noch nicht lange genug zurück und sie wollte im Moment nur spielen.

Annah war unsicher, wie sie reagieren sollte. Sie erinnerte sich an ein Buch über Säuglingspflege, das sie während der Ausbildung gelesen hatte. Ein amerikanischer Arzt, Dr. Spock, hatte es geschrieben. Er vertrat vollkommen neue Ansichten, die allen überkommenen Vorstellungen widersprachen. Annah hatte es zwar interessant gefunden, aber sie konnte sich nicht vorstellen, dass Sarah seine Ideen gefallen würden, deshalb hatte sie beschlossen, nichts davon zu sagen.

Jetzt jedoch dachte sie noch einmal darüber nach. Kate

war offenbar ganz zufrieden damit, auf der Decke zu liegen und zu spielen. Nur ihre Mutter wirkte angespannt und unglücklich, während sie ihr zusah. Das ergab keinen Sinn.

»Es gibt noch eine andere Methode«, sagte Annah kurzentschlossen. »Du brauchst dich nicht mit Regeln und Vorschriften aufzuhalten. Du musst einfach nur das Kind respektieren und deinem Instinkt folgen.«

Instinkt. Das Wort klang primitiv und unangebracht.

Aber Sarah blickte Annah interessiert an. »Du meinst«, erwiderte sie langsam, »du tust einfach, was du empfindest, und das ist dann richtig?«

»Ja«, sagte Annah und runzelte zweifelnd die Stirn. »Das jedenfalls habe ich gelesen. In dem Buch stand, Mütter sollten sich nicht so viele Gedanken darüber machen, was richtig und was falsch ist. Sie sollten sich einfach entspannen und ihre Babys genießen und das tun, was sie möchten.«

Sarah saß ganz still da. Sie neigte den Kopf leicht zur Seite, als lausche sie aufmerksam. Der Gedanke gefiel ihr offensichtlich, aber es mussten noch viele Barrieren überwunden werden. Schuldbewusst blickte sie zum Regal, wo Schwester Barbaras Buch neben Michaels dicker Konkordanz und der Bibel lag.

In der Zwischenzeit hatte Kate den Kampf mit ihren Zehen aufgegeben und sich stattdessen den Daumen in den Mund gesteckt. Sie hatte die Augen geschlossen und war zufrieden eingeschlafen.

Nach diesem Gespräch versuchte Sarah nicht mehr, Kate in einen festen Zeitplan zu pressen. Sie stillte das Baby, wenn es hungrig war, und ließ es schlafen, wenn es müde war. Und damit wurde das Leben für alle leichter. Innerhalb kürzester Zeit wurde Kate zum lachenden, freundlichen Mittelpunkt im Missionshaus von Langali.

Ein paar Regeln gab es allerdings immer noch. Als Sarah wieder kräftig genug war, kehrte sie zu ihrer Arbeit im Mütterclub zurück. Oft nahm sie Kate mit zum Unterricht und stillte sie vor den afrikanischen Frauen, um ihnen ein gutes Beispiel zu geben. Allerdings achtete sie sorgfältig darauf, dass kein Mann in der Nähe war, wenn sie ihre Bluse aufknöpfte. Und im Missionshaus stillte sie ihr Kind stets im Schlafzimmer. Eines Tages bat sie Annah, mitzukommen und ihr Gesellschaft zu leisten.

»Warum stillst du sie denn nicht einfach hier?«, fragte Annah. »Es stört Kate doch nicht.«

»Darüber mache ich mir auch keine Gedanken«, erklärte Sarah und ging ins Schlafzimmer. »Ich weiß nur nie, wann irgendjemand auftaucht. Tefa rennt dauernd herein und hinaus. Stanley kommt und sucht nach Michael. Und der Eiermann – er taucht einfach ohne Vorwarnung am Fenster auf und klappert mit seiner Gelddose.«

Annah blickte sie fragend an.

Sarah errötete. »Schließlich sind afrikanische Männer auch Männer«, sagte sie.

Annah runzelte die Stirn. »Ich kann dir nicht folgen ...«

»Du glaubst es vielleicht nicht«, sagte Sarah, »aber man hat mir erzählt, dass manche Frauen der Kolonialbeamten ihre Houseboys absichtlich reizen. Sie lassen sich das Frühstück im Schlafzimmer servieren und tragen dabei nur dünne, durchsichtige Nachtgewänder! Manche bitten die Boys sogar, ihnen die Haare zu waschen!«

Annah betrachtete Sarah. Der dunkle Kopf der Frau war über ihr Baby gesenkt, das sie an die Brust legte. Ihre Haut war blass, aber auf ihren Wangen glühte ein warmes Rosa, und ihre Lippen hatten die Farbe von Rosen. Sie sah wie eine zarte Porzellanmadonna aus. Bei dem Gedanken daran, dass sie jemanden zu verführen versuchte, musste Annah unwillkürlich lächeln. Die Vorstellung kam ihr absurd vor. Sarah blickte auf und sah den versonnenen Gesichtsausdruck ihrer Freundin. Sie errötete noch tiefer.

»Ich weiß, dass es albern klingt«, gab sie zu, aber dann musste sie auch lächeln.

Annah begann zu lachen, und nach einer Weile stimmte Sarah in das Lachen ein. Sie lachten so heftig, dass Kate vor Verblüffung die Brustwarze losließ.

Vor der Tür ertönten Schritte, und dann kam Michael herein.

»Was ist so komisch?«, erkundigte er sich, während er zum Schrank trat, um sich ein frisches Hemd herauszuholen. Als er jedoch Sarahs entblößte Brust sah, hielt er mitten in der Bewegung inne. Seine Augen weiteten sich vor Überraschung, als habe er vergessen, dass sie ein Kind stillte.

»Nichts«, antwortete Sarah und rang um Fassung.

Annah senkte den Kopf und ließ ihre roten Haare wie einen Vorhang vor ihr Gesicht fallen. Als sie wieder aufblickte, war Michael weg. Sie und Sarah sahen sich an und fingen erneut an zu kichern. Es war ein albernes Schulmädchenlachen über einen Witz, der gar nicht so besonders komisch war, aber die beiden Frauen konnten sich nicht beherrschen. Sie lachten, bis ihnen die Tränen über die Wangen liefen. Schließlich machte Kate dem Ganzen ein Ende, indem sie wütend zu schreien anfing.

Ordena kam herbeigeeilt. »Was ist los?«, fragte sie anklagend. »Was machen Sie mit ihr?« Sie nahm Kate aus Sarahs Armen und legte sie sich an ihre weiche Schulter. »Ich habe gedacht, diese weißen Frauen hätten sich geändert«, sagte sie laut. »Dass sie beschlossen hätten, dich so glücklich sein zu lassen wie ein afrikanisches Kind.« Sie warf Sarah einen finsteren Blick zu. »Werden Sie bloß nicht abtrünnig«, sagte sie und kniff warnend die Augen zusammen. »Das ist eine Sünde.«

Sie trug das Baby aus dem Zimmer. Schweigend blieben die beiden Frauen zurück. Annah ließ den Blick durch das jetzt so vertraute Zimmer schweifen. Draußen vor dem Fenster standen Schwester Barbaras Gummibäume. Lächelnd dachte sie daran, dass sie sich einst beim Anblick der australischen Bäume ständig erinnert hatte, weit von zu Hause weg zu sein. All das hatte sich jetzt geändert, und die Geburt von Kate hatte sie und Sarah unlösbar zusammengeschweißt. Annah spürte, dass sie wirklich hierher gehörte. Sie fühlte sich geliebt und angenommen. Glücklich.

Auf dem Esstisch stand ein offener Pappkarton. Die Seitenwände waren fleckig und schmutzig, die Klappen verbogen und abgeschabt. Auf der Vorderseite klebten noch die Überreste eines Aufklebers, auf dem in einer kraftvollen Handschrift stand:

Ein Geschenk vom Ostafrikanischen
Missionshilfswerk.
An: Dr. und Mrs. Michael Carrington
Station Langali
z. Hd. des Missionshauptquartiers Dodoma.
Dodoma.

Annah blickte auf den Namen des Ortes, in dem sie einmal unbedingt hatte leben wollen. Wie Recht sie doch gehabt hatte, dachte sie, der Wahl des Bischofs zu vertrauen. Gott zu vertrauen.

»Pack einfach alles aus«, rief Sarah durch das Zimmer. »Wir suchen uns dann aus, was wir wollen.« Ihre Stimme klang erregt wie die eines Kindes vor Weihnachten.

Annah griff in den Karton und holte einige Dosen und Päckchen heraus. Sie reihte sie auf dem Tisch auf und benannte sie laut. »Krabbencocktail. Gelee mit Portwein. Zuckermandeln. Sardinen in Tomatensauce. Tunfisch.« Ihr lief das Wasser im Mund zusammen. »Cracker. Fruchtkuchen. Pfefferschinkenpaste.«

»Keine Kirschen?«, fragte Sarah. Sie rührte gerade Teig. Tefa sah aufmerksam zu, als ob er von ihr ein Geheimnis lernen könnte. Das Nachtschwarz seiner Hände und Arme war von weißem Mehl bestäubt.

»Anscheinend nicht.« Annah tastete in dem Karton und zog ein paar Männerunterhosen und ein Bündel halb aufgebrauchte Buntstifte heraus. Dann stießen ihre Finger auf noch etwas. Ein halb zerdrücktes Osterei. Stücke dunkler Schokolade, vom Alter weiß überzogen, schimmerten durch das Stanniolpapier.

»Aber ich habe ein Osterei gefunden«, sagte sie.

»Ach ja«, erwiderte Sarah, »das habe ich ganz vergessen. Wir haben es Ostern nicht gegessen, weil ich Schokolade überhaupt nicht mehr sehen konnte, als ich schwanger war.«

Sarah reichte Tefa die Schüssel mit dem Teig und trat zu Annah an den Esstisch.

»Weißt du, was, wir fangen mit dem Krabbencocktail an«, schlug sie vor. »Dann Tunfischauflauf mit hart gekochten Eiern. Danach Gelee und Fruchtkuchen.« Sie lächelte verschmitzt. »Den Schinkenaufstrich geben wir auf die Cracker. Und zum Schluss gibt es das Osterei mit Kaffee.«

»Das alles?«, fragte Annah. »Dann bleibt ja kaum noch etwas übrig.«

»Michael hat gemeint, wir sollten richtig feiern«, erwiderte Annah. »Um zu zeigen, dass wir der Angelegenheit positiv gegenüberstehen.« Sie bezog sich damit auf die Tatsache, dass Tanganjika endlich eine völlig unabhängige Republik geworden war, frei von allen kolonialen Fesseln.

»Auf jeden Fall haben wir doppelten Grund zum Feiern, schließlich wollen wir auch Kates Taufe nachholen.«

Annah zog überrascht die Augenbrauen hoch.

»Du musstest operieren, weißt du noch«, sagte Sarah.

Annah nickte. Der Tag der Taufe hatte so schön begonnen. Kate sah in ihrem weißen Kleid, das Sarah aus einem alten Bettlaken genäht hatte, wie eine Braut aus. Der ernste afrikanische Prediger hatte den Gottesdienst geleitet. Annah war die einzige Patin, und er hatte sich Zeit genommen, ihr die Gelübde vorzulesen.

Danach war ein Mittagessen geplant, aber noch bevor der Tisch gedeckt werden konnte, wurden Annah und Michael zu einem Notfall gerufen. Seitdem waren Wochen vergangen, und sie hatten die Tauffeier noch nicht nachgeholt.

»Dieses Mal wird es sogar ein noch größeres Ereignis«, rief Sarah über die Schulter, während sie die Dosen in die Küche trug. »Taufe und Unabhängigkeit in einem.«

Annah lächelte. Sie freute sich schon auf das Festmahl, hatte aber ihre eigenen Gründe dafür. Sie wollte noch einen Anlass hinzufügen …

Auch die Afrikaner bereiteten sich vor. In der Ambulanz war es ruhiger als sonst, und einige der stationären Patienten hatten darum gebeten, nach Hause gehen zu dürfen. Die Missionare erlaubten es ihnen gerne. Sie waren froh, einmal die Chance zu haben, mit ihrer Arbeit fertig zu werden.

Als sich die drei zu ihrem Abendessen niedersetzten, war nur noch ein schwacher, heller Streifen Tageslicht am Horizont zu sehen. Im Haus war es ungewöhnlich friedlich. Kate schlief in ihrer Wiege, und die Küche war leer, da das Personal früher nach Hause gegangen war.

Sarah entzündete ein paar Kerzen – nicht die üblichen, die sie benutzten, wenn der Generator wieder einmal kaputt war, sondern lange, elegante dunkelrote Wachskerzen. Annah goss Mangosaft in die Wassergläser und stellte eines an jeden Platz. Dann setzten sich die beiden Frauen und warteten darauf, dass Michael das Tischgebet sprach.

Statt jedoch ein Dankgebet für das Essen zu sprechen, bat er um Gottes Segen für das neue Land und darum, dass die Unabhängigkeit friedlich nach Tanganjika käme. In seiner Stimme lag ein düsterer Unterton, und als er aufblickte, herrschte einen Moment lang Schweigen. Dann hob Sarah ihr Glas, um einen Toast auszusprechen.

»Auf die Zukunft«, sagte sie. »Auf die Republik Tanganjika. Und auf uns.«

Die drei stießen miteinander an, und dann begannen sie, die Delikatessen zu essen. Sarah erklärte Michael, dass sie heute Abend auch Kates Taufe feierten – den Tag, an dem Annah ein Mitglied ihrer Familie geworden war: Kates Patentante.

Jetzt war der Zeitpunkt gekommen, etwas zu sagen, dachte Annah. Sie legte ihre Gabel auf den Tisch und hob den Kopf.

»Ich habe beschlossen, euch etwas zu schenken«, sagte sie. »Ein Taufgeschenk. Für euch alle.« Sie griff in ihre Tasche und holte eine Fotografie heraus, die sie auf den Tisch legte, damit alle sie sehen konnten. Es war das

Schwarzweißbild eines kleinen, viktorianischen Stadthauses, in dessen Vorgarten ein Gummibaum stand. Sarah und Michael betrachteten es verwirrt.

»Es ist ein Haus in Melbourne«, erklärte Annah. »Ich schenke es euch.«

Die beiden schwiegen erstaunt.

»Meine Großmutter hat es vor Jahren für mich gekauft. Es steht neben dem Familiensitz der Masons, wo sie im Alter gewohnt hat. Sie wollte mich in der Nähe haben.« Annah schwieg. Michael schüttelte bereits den Kopf. Sarah starrte ungläubig auf das Foto. »Ich weiß, dass ihr keine Verwandten habt, von denen ihr etwas erben könnt, und wenn ihr die Mission verlasst, könnt ihr nirgendwo hingehen. Aber ihr müsst jetzt auch an Kate denken.«

»Aber was ist denn mit dir?«, fragte Sarah. »Es ist doch dein Haus.«

»Das ist ein äußerst großzügiges Angebot«, fiel Michael ein. »Ein wundervoller Gedanke. Aber das können wir unmöglich annehmen.«

Annah ignorierte ihn und wandte sich an Sarah. »Als meine Großmutter starb, hat sie mir das große Haus hinterlassen. Also brauche ich dieses hier nicht. Ich möchte, dass es euch beiden gehört.«

Wieder schwiegen alle.

»Das ist keine Laune«, fuhr Annah mit fester Stimme fort. »Ich habe lange darüber nachgedacht. Und« – sie suchte nach einem überzeugenderen Argument – »gebetet. Ich glaube, Gott möchte, dass ihr es bekommt.«

Sarah atmete erleichtert auf. Tränen glänzten in ihren Augen, als sie Annah ansah. »Du weißt gar nicht, was das für mich bedeutet«, sagte sie mit zitternder Stimme. »Wie können wir dir nur danken?«

»Ich tue es nicht nur für euch«, erwiderte Annah. »Ich

habe egoistische Beweggründe.« Michael zog die Augenbrauen hoch. »Wenn wir alt sind und nicht mehr für die Mission arbeiten, möchte ich, dass wir Nachbarn sind.«

Michael lächelte. »Ich kann mir dich nicht alt vorstellen«, sagte er mit einem Blick auf Annahs rote Haare. »Das geht einfach nicht.«

»Es wird aber so sein«, beharrte Annah. »Wir werden über den Zaun hinweg miteinander reden und uns über die jungen Leute beklagen. Kate und ihre Freunde …«

Sarah schob ihren Teller beiseite und ergriff Annahs Hand. Mit der anderen Hand griff sie nach Michaels. »Ich hätte nie gedacht, dass ich einmal so glücklich sein könnte«, sagte sie. »Ich möchte, dass es immer so bleibt. Wir drei zusammen.«

Die drei sahen sich an. Sie wussten, dass Sarahs Wunsch nie in Erfüllung gehen konnte. Vielleicht würden sie im entfernten Melbourne eines Tages Nachbarn sein, aber jetzt waren sie Missionare. Wahrscheinlich konnten sie ein paar Jahre hier zusammenbleiben, aber eines Tages würden sie unweigerlich voneinander Abschied nehmen müssen.

»Ich wünschte, wir wären verheiratet«, sagte Sarah plötzlich. »Wisst ihr, so wie es die Afrikaner machen. Ich wäre die Hauptfrau, und Annah könnte die zweite Frau sein. Dann müssten wir zusammenbleiben.«

Sie lachten. Eine andere Reaktion war gar nicht möglich. Der Vorschlag war zu lächerlich – und doch schwang auch ein ernsthafter Unterton mit.

Schweigend – bis auf vereinzelte Kommentare zum Essen – aßen sie weiter. Sarahs Blick glitt immer wieder zu der Fotografie auf dem Tisch. Annah konnte ihr förmlich ansehen, welche Fragen ihr im Kopf herumgingen. Wie ist es? Wie viele Zimmer sind es? Hat es einen Garten?

»Ich beschreibe es dir«, sagte Annah. Sie holte Papier und Bleistift und begann, einen Grundriss zu zeichnen.

Eine ganze Stunde lang beschrieb sie jedes Detail des kleinen Hauses, bis Sarah schließlich den Nachtisch holte. Der Kuchen war gerade aufgeschnitten, als ein Geräusch die Stille durchdrang. Dumpfes, stetiges Trommeln ertönte aus dem Dorf. Die drei Missionare blickten einander an. Das war nicht der gewohnte, leichte Rhythmus üblicher Unterhaltung, sondern laute, schwere Schläge.

Niemand sagte etwas. Annah dachte an die Gespräche, die sie in den vergangenen Wochen geführt hatten – Spekulationen darüber, was die Unabhängigkeit wohl bringen mochte. Michael hatte erwähnt, dass die Afrikaner, mit denen er gesprochen hatte, sich über das große Ereignis nur vage geäußert hatten. Sie hatten zwar berichtet, dass im Ort Lieder für die Feierlichkeiten einstudiert wurden, aber es waren entweder Kirchen- und Weihnachtslieder oder alte Initiationsgesänge. Neue Melodien waren nicht komponiert worden, was ungewöhnlich war in einer Zeit, in der den Menschen mitgeteilt werden musste, was vor sich ging. Nur ein einziges Wort wurde immer wieder gerufen.

Uhuru! Uhuru!

Freiheit! Freiheit!

Die Trommeln wurden noch lauter, die Schläge schneller. Singstimmen begleiteten den Rhythmus. Man konnte die Wörter nicht verstehen, aber sie klangen wild, sogar bedrohlich. Der Rhythmus wurde immer schneller, und man hörte irres Lachen.

»Sie werden doch nicht trinken, oder?«, fragte Sarah besorgt.

»Nein, nein«, erwiderte Michael. »Das würden die Kirchenältesten nie zulassen.«

Er reichte die Platte mit den Schinkencrackern herum, aber weder Sarah noch Annah nahmen einen.

»Lass uns lieber die Türen verriegeln«, schlug Sarah vor.

Michael schüttelte den Kopf. »Ich glaube nicht, dass das nötig ist«, erwiderte er. »Wir sind hier in Tanganjika, nicht im Kongo.«

Kongo. Bedrohlich hing das Wort in der Luft. Niemand musste die Massaker an den Weißen nach der Unabhängigkeit erwähnen – das Wissen um den Albtraum lag fast greifbar im Raum.

Sie standen vom Esstisch auf, und Michael schlug vor, Musik zu hören. Während er eine Platte aussuchte, holte Sarah Kate ins Wohnzimmer.

»Sie hat geweint«, behauptete sie. »Wahrscheinlich haben die Trommeln sie geweckt.« Aber das Baby kuschelte sich friedlich schlafend in ihre Arme, als sie wieder ins Zimmer trat.

Michael setzte vorsichtig die Nadel auf die Platte, und die ersten Takte eines alten, walisischen Schlafliedes erklangen. Lächelnd lehnte Sarah ihre Wange an das flaumige Köpfchen des Kindes und fiel mit ihrer dünnen Sopranstimme ein.

Schlaf, mein Kind, möge Frieden dich
die ganze Nacht behüten.
Schutzengel wachen über dich
die ganze Nacht.

Bei der zweiten Strophe sangen auch Annah und Michael mit. Sie rückten enger zusammen. Sarah lehnte ihren Kopf an die Brust ihres Mannes. In einem Arm hielt sie Kate, mit dem anderen umfasste sie Annah und zog sie zu sich her. Michael legte seinen Arm um Annah, und sie spürte, wie seine Finger leicht über ihre Schulter strichen.

So standen sie lange zusammen, lauschten der Musik, spürten die Wärme und rochen den puderigen Duft des schlafenden Babys. Das Trommeln in der Dunkelheit schlossen sie aus.

10

Die Ängste der Missionare erwiesen sich als unbegründet. Die Unabhängigkeit vollzog sich in Tanganjika ohne jeden Zwischenfall. Lediglich ein paar weiße Regierungsbeamte wurden durch Afrikaner ersetzt. Es hieß auch, dass zahlreiche schwarze Mercedes ihren indischen Besitzern weggenommen wurden. Ansonsten ging das Leben unverändert weiter.

Auch die Arbeit in Langali machte gute Fortschritte. Das Krankenhaus wurde effizient geführt, und die Lernprogramme zeigten gute Ergebnisse. Michael beschloss, seinen Plan, eine Ambulanz weiter im Westen aufzubauen, voranzutreiben. Er und Annah wollten in ein kleines Dschungeldorf fahren, das ihm als Standort geeignet erschien, und dort einen Tag lang die Leute behandeln. Der evangelische Prediger besuchte das Dorf schon seit über einem Jahr regelmäßig, um den beiden Missionaren den Weg zu ebnen.

»Viele der Bewohner sind bereits Christen«, hatte der Afrikaner gesagt. »Und auch der Häuptling steht kurz vor der Taufe.«

Der Morgen dämmerte, als der Landrover über die alte Sklavenstraße in den Dschungel hineinfuhr. Bald konnte man den Weg nur noch ahnen, und Michael musste häufig aussteigen, um Äste oder Schösslinge wegzuhacken, damit das Fahrzeug weiterfahren konnte. Einmal versperrte ihnen der Stamm eines riesigen Mangobaumes, der umgestürzt war, den Weg.

Annah betrachtete den riesigen Baum, während Michael durch das Unterholz außen herumfuhr. Sie wusste, dass die Mangobäume in diesem Gebiet aus den Samen entstanden waren, die die Sklavenhändler fallen lassen hatten. Ihr kam es seltsam vor, dass etwas so Schönes aus einer so tragischen Geschichte entstanden war. Und doch erschien es ihr auch richtig – das Licht der Hoffnung überstrahlt die Dunkelheit.

Am späten Vormittag gelangten sie zu einer Lichtung. Der grasbewachsene Weg war jetzt einfacher zu befahren, und sie kamen besser voran. Plötzlich tauchten wie aus dem Nichts zwei Gestalten vor ihnen auf – ein alter Mann und ein Junge. Sie liefen vor dem Landrover her, mit den stetigen, rhythmischen Bewegungen von Menschen, die große Entfernungen zu Fuß zurücklegen. Der Junge lief voraus und schwenkte eine Art Rassel über dem Kopf, der alte Mann folgte ihm und stieß schrille Schreie aus. Beide waren seltsam gekleidet – sie hatten Felle umgehängt, an denen Lederriemen mit Stöcken, Knochen und Federn befestigt waren, die beim Laufen auf und ab wippten.

Annah lächelte über den komischen Anblick. »Das müssen fahrende Schauspieler sein oder so etwas«, sagte sie.

Michael schüttelte grimmig den Kopf. »Der alte Mann ist ein Medizinmann, und der Junge wahrscheinlich sein Sklave oder Gehilfe.«

Annah setzte sich auf, damit sie die Afrikaner besser sehen konnte. Obwohl sie jetzt schon seit über einem Jahr in Langali war, war sie noch nie einem Medizinmann begegnet. In Langali waren die Leute daran gewöhnt, direkt in das Krankenhaus des weißen Mannes zu kommen. Seine Medizin war wirksam, und wenn man arm war, brauchte man nur so viel zu bezahlen, wie man sich leisten konnte.

Der Landrover fuhr dicht an das seltsame Paar heran, was den beiden aber offensichtlich nichts ausmachte. Als Michael sie jedoch überholen wollte, blickte der Medizinmann auf – direkt in Annahs Augen. Ein durchdringender Blick, bei dem die Zeit still zu stehen schien. Annah starrte ihn an. Fast unwillkürlich hob sie grüßend die Hand. Sie merkte, dass Michael sie kopfschüttelnd beobachtete, aber der Blick des alten Mannes war von einer solchen Kraft, dass er einfach eine Reaktion erforderte. Und er erwiderte den Gruß der weißen Frau. Auch der Junge lächelte und ahmte den Alten nach, als habe er keinen eigenen Willen. Als der Landrover weiterfuhr, drehte Annah sich um und behielt die beiden im Blick.

»Dieser Junge«, sagte Michael, während er einen Ameisenhügel umrundete, »sollte besser zur Schule gehen.«

Annah hörte ihm kaum zu. Sie dachte daran, wie der alte Mann sie angeblickt hatte, als ob er bis auf den Grund ihrer Seele sehen könnte. Das kluge Gesicht, der faltige Hals prägten sich ihr unauslöschlich ein ...

Sie erinnerte sich an die wenigen Patienten, die zu ihnen gekommen waren, nachdem sie vom Medizinmann behandelt worden waren. Wunden, infiziert von Dungumschlägen, Augen, erblindet von Baumsäften oder Schlangengift, Verbrennungen, Schnitte. Ein Katalog sinnloser Leiden. Ein Fall war ihr besonders im Gedächtnis haften geblieben. Ein Baby mit Verbrennungen auf dem Rücken. Bei der Erinnerung daran zuckte Annah noch immer zusammen. Der kleine Körper war starr vor Schmerzen gewesen, Fingerchen, die hilflos durch die

Luft ruderten, raue Schreie, die erst nachließen, als es Michael gelang, etwas Morphium zu injizieren. Und als er vorsichtig das schmutzige Tuch vom Rücken schälte, sah man, dass er mit schrecklichen Verbrennungen übersät war. Annah hatte jedes Wort behalten, mit dem die Mutter nüchtern die Behandlung des Medizinmannes beschrieben hatte. Wie er Holzstückchen, die er in kochendem Wasser erhitzt hatte, auf die zarte Haut des Babys gedrückt hatte. Um das Fieber zu senken, um Gottes willen ... Michael hatte ihr ganz ruhig erklärt, dass bei einem so kleinen Kind noch keine Hauttransplantation vorgenommen werden konnte, und Annah hatte weinend daneben gestanden, und die Tränen waren ihr auf ihren weißen Kittel getropft.

Der Gedanke an den geschundenen Körper des Säuglings verursachte Annah Übelkeit. Es fiel ihr schwer, sich vorzustellen, dass sie eben noch den Anblick des Medizinmannes und seines Gehilfen amüsant gefunden hatte. Und doch spürte sie trotz ihres Widerwillens eine dunkle Faszination. Eine seltsame Anziehungskraft.

»Tun die Medizinmänner eigentlich jemals etwas Gutes?«, fragte sie Michael zögernd. Er und Sarah redeten ungern über die eingeborenen »Ärzte«.

»Selten«, erwiderte er. »Sie arbeiten hauptsächlich mit Aberglauben und nutzen die Angst und Unwissenheit der Leute zu ihren eigenen Zwecken aus. Und sie lassen sich gut bezahlen für ihre Dienste. Wenn jemand nicht bezahlen kann, wird ihm auch nicht geholfen. Mit Medizin hat das eigentlich wenig zu tun, es geht eher um Zauberei. Magie.«

»Echte Magie?«, fragte Annah. »Ich meine ... haben sie ... Kräfte?«

Michael warf ihr einen ernsten Blick zu. »Wenn sie die haben«, antwortete er, »dann aus einer dunklen Quelle.

Man kümmert sich am besten nicht darum. Man sollte noch nicht einmal daran denken.«

Annah nickte. Er hatte wohl Recht.

Der Landrover rumpelte weiter über den holperigen Grasweg. Die Kühle der Morgendämmerung war nur noch eine ferne Erinnerung, denn mittlerweile war es unerträglich heiß. Annah wischte sich mit einem von Eleanors seidenen Taschentüchern den Schweiß von Gesicht und Nacken. Ein schwacher Duft des Parfüms ihrer Mutter stieg ihr in die Nase.

Nach einer Weile sagte Michael: »Wir müssen darauf vorbereitet sein, dass hier draußen andere Gesetze herrschen, Annah.«

Hier draußen. Auf der Schwelle zum wilden, heidnischen Westen …

Annah nickte. Sie verstand die Warnung. Aber plötzlich stieg auch ein Gefühl wilder, heftiger Erregung in ihr auf.

Das Motorgeräusch des Landrovers drang schon von weitem durch den Busch, sodass im Dschungeldorf bereits alle von ihrer Ankunft wussten. Die Leute standen unbeweglich da und starrten sie an. Kinder lugten hinter Bäumen hervor. Selbst die Hunde lauerten wachsam vor den Hütten.

Michael runzelte verwundert die Stirn. Der Prediger hatte doch bekannt gegeben, dass der Arzt kam. Er und Annah hatten eigentlich erwartet, dass eine Schar von Patienten auf sie warten würde. Stattdessen sah es so aus, als seien sie mitten in die Aktivitäten des Tages hieingeplatzt. Obwohl es noch früh am Tag war, standen schon überall dampfende Kochtöpfe auf den Feuern. Bunte Früchte und Gemüse waren auf Matten gehäuft. Und nicht weit von der Stelle, wo der Landrover gehalten hatte, stand eine alte Frau neben einem Haufen geköpfter Hühner. Ihre Hände waren rot von frischem Blut.

»Es sieht so aus, als ob das hier schwer arbeitende Menschen wären«, bemerkte Annah und wollte die Tür öffnen.

»Warte«, warnte Michael, »steig noch nicht aus.«

Annah blickte ihn überrascht an. Sie war so daran gewöhnt, dass der Arzt überall Herr der Lage war, dass sie einen Moment brauchte, bis sie begriff, dass irgendetwas nicht in Ordnung war – dass er unsicher war, welcher Empfang ihnen wohl bereitet werden würde.

Ein junger Mann trat an die Fahrerseite. Mit starrem Gesichtsausdruck blickte er den weißen Mann an. Nach ein paar Sekunden jedoch breitete sich ein Lächeln auf seinem Gesicht aus.

»Willkommen«, sagte er. »Mein Name ist Noah. Der christliche Lehrer hat gesagt, ihr würdet kommen, und da seid ihr. Leider haben wir heute viel zu tun.« Hilflos zuckte er die Schultern. »Morgen findet eine Hochzeit statt.« Er wies auf die Leute, die in ihrer Arbeit innegehalten hatten und sie immer noch anstarrten. Sein Grinsen wurde noch breiter, als er fortfuhr: »Krankheiten kümmern sich allerdings nicht um unsere Pläne. Sie sind immer gegenwärtig. Das wissen wir ...«

»Wo sollen wir aufbauen?«, fragte Michael.

Noah wies auf die zentrale Lichtung. Dort stand ein riesiger alter Baum. Seine knorrigen Äste berührten fast den Boden, als seien sie über die Jahre für den Stamm zu schwer geworden. Er war von Kletterpflanzen überwuchert. »Am Versammlungsplatz.«

»Schick uns ein paar Leute, um uns zu helfen«, sagte Michael. Annah hörte an seinem Tonfall, dass er verärgert war. Er war hierher gekommen, um seine Hilfe anzubieten, und hatte nicht damit gerechnet, dass er um die Aufmerksamkeit der Leute buhlen musste.

»Ich schicke jemanden«, willigte Noah ein. »Und ich helfe dir auch.« Er rief etwas in der Stammessprache, und sofort kehrten die Leute wieder an ihre Arbeit zurück. Die Frauen, in bunte Kitenges gehüllt, mahlten Korn und legten Feuerholz nach. Nackte Kinder tauchten mit Bündeln von Brennholz hinter den Bäumen auf. Annah kletterte aus dem Landrover, zupfte sich den Rock von den schweißnassen Schenkeln und sah sich um. Die Szene wirkte trotz der Geschäftigkeit zeitlos. Zuerst wusste sie nicht, warum, aber dann merkte sie, dass es hier nichts gab, was nicht afrikanisch war. Keine Kleider und Shorts, keine Plastikschuhe, keine bunten Kämme. Keine Fahrräder. Alles sah so aus, wie es wohl schon immer ausgesehen hatte.

Nach ein paar Minuten tauchten drei junge Männer auf und halfen Annah und Michael dabei, ihre Ausrüstung aus dem Landrover auszuladen. Annah trug in einer Hand ihre Tasche und in der anderen die Holzkiste, die ihr kostbares Mikroskop enthielt – sie hatte es sich nach ihrer Ausbildung von ihren Ersparnissen gekauft. Sie ging zu dem alten Baum und spürte den kühlen Luftzug auf der Haut, als sie in den Schatten der mächtigen Krone trat. Als sie hochblickte, sah sie verblichene, bunte Stoffstreifen, die an die Äste gebunden waren. Rasch wandte sie den Blick ab. Sie sollte sich besser nicht fragen, was sie bedeuteten. Dann fiel ihr Blick auf ein großes, buntes Metallteil, das so an den Stamm genagelt war, dass es auf die Hütten wies. Die Farbe blätterte bereits ab, aber man konnte die Schrift noch lesen. Trink Coca-Cola, stand darauf.

Trotz der Hochzeitsvorbereitungen fanden sich rasch Kranke und Neugierige ein. Schon bald waren Michael und Annah bei der Arbeit, stellten Diagnosen, behandelten und gaben Ratschläge. Der Prediger hatte die Dorfbewohner wirklich gut vorbereitet. Sie schienen keinen Zweifel an der Medizin des weißen Mannes zu haben. Bereitwillig öffneten sie die Münder, damit sie ihnen mit ihren Taschenlampen hineinleuchten konnten, streckten die Arme aus, um Spritzen zu empfangen, und zuckten kaum zusammen, wenn ihnen das Stethoskop über die Brust glitt. Annah stellte fest, dass fast alle Kinder chronisch unterernährt wirkten, was angesichts des Überflusses an Nahrungsmitteln überraschend war. Zweifellos wurde Sarah hier gebraucht. Das nächste Mal sollten sie besser alle zusammen hierher kommen.

Um die Mittagszeit machten Annah und Michael eine kurze Pause. Sie setzten sich auf ihre Klappstühle, tranken das schale Wasser aus ihren Feldflaschen und aßen die Brote, die Ordena ihnen zurechtgemacht hatte. Noah blieb in der Nähe hocken und kaute eine Hand voll gerösteter Bohnen. Er wies auf zwei Halbwüchsige – einen Jungen und ein Mädchen –, die nicht weit von ihnen vor einer der Hütten standen.

»Die beiden heiraten morgen«, sagte er.

Sie waren beide unglaublich schön – schlank und geschmeidig, mit einer Haut wie Kakao. Das Mädchen war in ein Tuch gehüllt, das sich eng an ihren Körper schmiegte, und der Junge trug einen kurzen Lendenschurz um die Hüften. Auf seiner bloßen Brust waren Initiationsnarben zu sehen, die frisch verheilt waren. Das Paar wirkte kindlich und unschuldig, und doch auch stark und würdevoll.

»Es wird eine christliche Hochzeit«, sagte Noah.

»Kommt der Prediger?«, fragte Michael verblüfft.

Noah schüttelte den Kopf. »Wir erwarten einen Pastor.«

»Ein Afrikaner?«, fragte Michael.

»Ja«, erwiderte Noah. »Aber er kommt von weit her.«

Annah wandte sich mit hochgezogenen Augenbrauen an Michael, der nickend erwiderte; »Die katholische Mission unterstützt sie. Sie fahren auf Fahrrädern herum und tauchen überall auf.«

»Es wird eine europäische Hochzeit sein«, fügte Noah stolz hinzu. Er rief etwas in seiner Stammessprache, und kurz darauf tauchte eine Gruppe von Frauen auf, die ein weißes Kleid über den Armen drapiert hatten. Annah starrte es verwundert an. Es war ein Hochzeitskleid mit langem Rock, Rüschen, Spitzen und Schleifen. Eine bizarre Aufmachung für eine Hochzeit im Dschungel. Annah merkte, dass alle Blicke auf sie gerichtet waren, weil man ihr Urteil erwartete. Auf einmal fühlte sie sich an die Frau des Bischofs erinnert, die ihr den selbst gemachten Hut gezeigt hatte.

»Es ist ... sehr hübsch«, sagte sie.

»Europäisch«, wiederholte Noah mit Nachdruck.

»Ja«, stimmte Annah zu, »definitiv europäisch.«

Zufrieden schickte Noah die Frauen wieder weg. Annah versuchte vergeblich, sich die junge Braut in diesem Aufzug vorzustellen, wie sie in der feuchten Hitze des Dschungels in dem Kleid schwitzte. Was der Bräutigam wohl anziehen mochte? Ob wohl irgendwo ein Dreiteiler in den Bäumen hing?

»Wenn ihr morgen gekommen wärt, hättet ihr die Zeremonie sehen können«, sagte Noah bedauernd.

»Wenn wir morgen gekommen wären«, erwiderte Michael trocken, »hätte es während der Hochzeitsfeierlichkeiten Untersuchungen und Behandlungen gegeben.«

Noah dachte über diese Bemerkung ein paar Sekunden lang nach, dann brach er in ein dröhnendes Gelächter aus.

Er krümmte sich noch immer vor Erheiterung, als er wegging.

Erst spät am Nachmittag waren Annah und Michael mit dem letzten Patienten fertig und packten ihre Sachen zusammen. Sie wussten beide, dass sie sich beeilen mussten, wenn sie vor Einbruch der Dunkelheit wieder in der Mission sein wollten. Also gestalteten sie ihren Abschied kurz und schlugen die Einladung, die Verwandten des Brautpaares kennen zu lernen, aus.

Michael fuhr den Weg entlang, konzentriert über das Lenkrad gebeugt. Annah war erschöpft von der Hitze und der Arbeit des Tages, vor allem durch den ständigen Kampf, nur mit Hilfe eines Übersetzers kommunizieren zu können, obwohl die Menschen hier nur einfachstes Swahili sprachen. Aber sie zeigte keine Schwäche, das wäre ihr Michael gegenüber unfair vorgekommen. Plötzlich rutschte der Landrover ab und blieb in einem Schlammloch neben dem Weg stecken. Michael versuchte, den Wagen freizubekommen, aber das linke Rad steckte fest.

Er holte tief Luft, presste die Zähne zusammen und versuchte es noch einmal. Schlamm spritzte gegen die Scheiben, als der Reifen durchdrehte.

»Es hat keinen Sinn«, sagte Annah.

Michael blickte sie schweigend an. Er stieg aus und kam kurz darauf mit schlammbedeckten Händen wieder. »Wir kommen hier nicht ohne Hilfe heraus«, stellte er fest und wischte sich die Hände an den Shorts ab.

Die Sonne versank bereits hinter den Bäumen, und die Insekten begannen sich zu regen.

»Ich muss ins Dorf zurückgehen«, sagte Michael stirnrunzelnd.

»Das ist ein weiter Weg«, erwiderte Annah.

»Wir haben doch keine andere Wahl«, sagte Michael.

»Schließlich können wir nicht die ganze Nacht hier herumsitzen.«

Annah öffnete ihre Tür. »Ich bleibe nicht allein hier.«

»Wir werden aber schnell gehen müssen«, warnte Michael sie.

Annah trat neben ihn. »Meine Beine sind fast genauso lang wie deine«, erwiderte sie und versuchte, mit einem Lachen die wachsende Anspannung zu mildern.

Sie marschierten in einem solchen Tempo, dass sie bald völlig außer Atem und schweißüberströmt waren. Es wurde dunkel. Sarah wartete bestimmt schon auf sie.

Nach einer Weile hörten sie in der Ferne Trommeln. Seltsam, dachte Annah, dass das Geräusch so weit durch die Bäume getragen wurde. Aber der Klang tröstete sie. Sie stellte sich vor, wie sich die Dorfbewohner nach dem langen, anstrengenden Tag entspannten.

Endlich sahen sie den Schein der Feuer durch die Bäume, und Annah seufzte erleichtert auf. Einer ihrer Schuhe rieb an ihrer Ferse und sie freute sich darauf, wenigstens einen Moment lang stehen bleiben zu können. Das Trommeln klang jetzt sehr laut, laut und schnell. Und das Feuer wirkte groß, nicht mehr wie ein Kochfeuer.

Annah hielt in der Bewegung inne, als sie zu den zuckenden Flammen blickte. »Was ist da los?«

»Geh weiter«, erwiderte Michael. »Wahrscheinlich sind es irgendwelche Feierlichkeiten vor der Hochzeit.«

Gestalten tanzten um das Feuer, dunkle Schatten, die im Rhythmus der Trommeln sprangen und herumwirbelten. Die Flammen leuchteten auf schweißglänzender Haut, nackter Haut …

Annah zog scharf die Luft ein. Die Tänzer waren nackt.

Michael packte sie am Arm. »Warte hier«, sagte er. »Beweg dich nicht. Ich bin gleich zurück.«

Annah kauerte sich ins Gebüsch. Das Herz schlug ihr

bis zum Hals. Sie schloss die Augen und versuchte, den Anblick der zuckenden Leiber der Tanzenden zu verdrängen. Die nackte, glatte Haut. Die Trommelschläge wurden immer lauter und schienen ihr direkt in den Kopf zu dringen. Etwas Fremdes, Ungewöhnliches lag in der Luft. Sie hörte das Prasseln des Feuers, den seltsamen Schrei eines kleinen Kindes, aber kein Lachen, kein Plaudern. Nur die Körper, die sich ungehemmt bewegten.

Annah zog sich den Rock über die Beine, um sich vor den Moskitos zu schützen, und spähte durchs Gebüsch. Als sich ihre Augen an die Dunkelheit gewöhnt hatten, konnte sie die Tänzer deutlich erkennen. Sie bewegten sich mit halb geschlossenen Augen, entrücktem Gesichtsausdruck, völlig hingegeben an ihre dunkle Ekstase. Es waren junge Frauen – ihre Brüste und die Perlenketten um ihren Hals hüpften auf und ab, und Männer – Krieger mit bemalter Haut und langen Beinen, deren Genitalien frei schwangen. Wie verzaubert starrte Annah sie an …

Zwei Tänzer lösten sich aus der Menge. Sie bewegten sich aufeinander zu und rieben sich aneinander. Annahs Augen weiteten sich, als sie sie erkannte. Es war das unschuldig aussehende Brautpaar.

Der junge Mann glitt wie eine Schlange über den Körper seiner Braut. Er sank auf die Knie und vergrub den Kopf in ihrem Bauch. Sie packte seinen Kopf und drückte ihn tiefer …

Annahs Lippen teilten sich, ihre Knie zitterten, und Wärme stieg in ihr auf. Gegen ihren Willen stellte sie sich vor, selbst am Tanz teilzunehmen. Sie spürte die Hitze des Feuers, die über ihre Haut strich. Ihr Körper entfaltete sich wie das warme, weiche Innere einer Mango. Sie schloss die Augen, aber das Bild wurde immer stärker. Ihr Körper war eine Feuermango, dargeboten zum Verzehr. Und wie die Trommeln schlug ihr Herz …

Plötzlich spürte sie, dass jemand hinter ihr stand. Erschreckt fuhr sie herum.

Michael.

Er öffnete den Mund, um etwas zu sagen, aber es kam kein Laut heraus. Annah blickte ihn an. Er streckte die Hände nach ihr aus und zog sie an den Schultern hoch.

»Es hat keinen Sinn.« Seine Stimme klang fern, wie von weither, als ob auch er unter dem Bann der Trommeln stünde. »Ich kann Noah nicht finden. Ich finde niemanden, der uns helfen kann.«

Annah nickte. Sie blickte ihn an. Schweißgebadet stand er vor ihr, seine Augen funkelten im Schein des Feuers. Sie konnte ihn riechen. Den grünen Geruch von frischem Schweiß.

Sein Blick glitt über ihren Körper, ruhte auf ihren Brüsten, die sich unter der Bluse, die an ihrem Körper klebte, abzeichneten.

Er trat einen Schritt näher. Der Klang der Trommeln erfüllte die Luft wie ein gewaltiger Herzschlag. Er legte ihr die Hand auf die Schulter, und obwohl es eine normale Geste war, wurde es unter dem Dröhnen der Trommeln auf einmal zu einem sehnsüchtigen Flehen nach mehr.

Mehr …

Langsam glitt die Hand tiefer …

Plötzlich brachen die Trommelschläge ab. Wie erstarrt standen sie da. Und als sie kurz darauf wieder einsetzten, war der Zauber gebrochen. Michael holte tief Luft und wich zurück. Dann drehte er sich um und ging.

Annah folgte ihm in den Dschungel, die Augen fest auf Michaels Rücken gerichtet, stolpernd, weil nur der Mond den Weg erhellte.

Als sie am Landrover ankamen, öffnete Michael für Annah die Tür. Er selbst blieb draußen.

Die Fenster mussten wegen der Insekten geschlossen bleiben, und die Luft im Wagen war stickig. Annah saß wie betäubt auf ihrem Sitz. Im Kopf hörte sie immer noch das Dröhnen der Trommeln. Jetzt schien es sie fast zu verhöhnen. Michael ging neben dem Wagen auf und ab, und ein seltsames, schmerzliches Gefühl stieg in ihr auf.

Schließlich stieg Michael hinten im Landrover ein. Er sagte nichts, aber Annah spürte, dass er angespannt war. Sie hätte ihm gerne gesagt, dass alles in Ordnung war. Nichts war geschehen. Sie hatten nichts falsch gemacht.

Aber da war sie sich nicht so sicher.

Es hatte gerade zu dämmern begonnen, als eine Schar von Jägern am Landrover auftauchte. Müde blickte Annah auf die Gesichter, die sich an den Scheiben drängten. Die Männer schienen nicht aus dem nahen Dorf zu kommen, dazu wirkten sie zu frisch und ausgeruht. Sie konnten unmöglich die ganze Nacht getanzt haben.

»Michael«, rief sie nach hinten, »wach auf.« Das waren die ersten Worte, die sie seit Stunden zu ihm sagte. Die ganze Nacht hatten sie schweigend und wach im Auto gesessen, und erst gegen Morgen waren sie eingeschlafen.

Obwohl die Jäger kein Swahili sprachen, begriffen sie das Problem sofort. Mit vereinten Kräften schoben sie das Fahrzeug wieder auf den Weg zurück. Da sie keine Geschenke dabei hatten, überreichte Michael ihnen zum Dank Verbände. Das schien den Jägern zu gefallen, und sie begannen sofort, sich mit den Mullbinden zu umwickeln.

Während der Heimfahrt ließ die Spannung zwischen Michael und Annah nach, und sie waren beide in der

Lage, unverbindlich miteinander zu plaudern. Allerdings vermieden sie es, über die vergangene Nacht zu reden, und sie überlegten auch nicht, was sie sagen sollten, wenn sie nach Langali zurückkamen – allein schon der Gedanke daran, erklären zu müssen, dass sie die Nacht miteinander verbracht hatten, bereitete ihnen Unbehagen.

Bei ihrer Ankunft wurden die beiden von einer wartenden Gruppe von Leuten begrüßt.

Sarah kam aus dem Missionshaus gerannt, als der Landrover auf das Gelände fuhr. Sie stürzte auf Michael zu und umarmte ihn.

»Ich habe mir solche Sorgen gemacht«, sagte sie. »Natürlich wusste ich, dass euch nichts passiert ist, aber ich konnte einfach nicht anders.«

»Wir waren hoffnungslos festgesteckt«, erwiderte Michael.

Unwillkürlich blickte Annah ihn bei diesen Worten an. Er klang wie ein schuldbewusster Teenager. Aber Sarah schien das nicht aufzufallen. Sie breitete die Arme aus, um auch ihre Freundin zu umarmen.

»Ihr Ärmsten!«, sagte sie. »Ihr seht schrecklich aus, ihr beiden.«

Plötzlich spürte Annah, wie müde, hungrig und schmutzig sie war. Sie wusste gar nicht, was ihr jetzt am liebsten gewesen wäre – eine Dusche, etwas zu essen oder ihr Bett.

»Wir mussten einmal in einem Dorf übernachten«, sagte Sarah. »Bei all dem Rauch und den Flöhen und diesen komischen Lagern wären wir besser im Landrover geblieben. Aber sie bemühen sich so sehr, es einem gemütlich zu machen. Und sie hatten auch sicher zwei leere Hütten für euch …«

»Wir waren nicht im Dorf«, sagte Annah unbedacht.

»Oh …« Sarah blickte sie verwirrt an.

»Wir haben die Nacht im Landrover verbracht.«

Sarah erstarrte. Ein Murmeln ging durch die Gruppe der Umstehenden.

Michael trat zum Landrover und begann, die Ausrüstung auszupacken. Sarah stand einen Moment still da, dann lächelte sie. Sie blickte zum Missionshaus, wo Kate auf der Treppe stand und begeistert rief: »Nannah! Nannah!«

Annah liebte diesen neuen Namen, den ihre kleine Patentochter ihr gegeben hatte.

»Ja, hier ist sie!«, rief Sarah dem Kind zu. »Hier ist deine Tante Nan!« Sie kümmerte sich nicht darum, dass alle Afrikaner auf dem Gelände sie aufmerksam musterten, sondern sagte zu Michael: »Lass die Boys das machen, Lieber. Du musst jetzt etwas essen.«

Sie ergriff Annahs Arm und führte sie zum Haus. Es war eine demonstrative Geste. Niemand sollte auf die Idee kommen, den Zwischenfall falsch zu bewerten, damit nichts ihre kleine heile Welt, die sie mit ihrem Mann, ihrer Tochter und ihrer Freundin teilte, bedrohte.

Sarah hatte Recht, dachte Annah. Sie mussten alle dafür sorgen, dass kein falscher Eindruck entstand. Sie ergriff Sarahs Hand und ging mit ihr gemeinsam zum Haus.

Zwei glückliche Ehefrauen …

Einige Wochen vergingen, und der Zwischenfall wurde nicht mehr erwähnt. Annah spürte, dass Michael es vermied, mit ihr allein zu sein, und es war auch keine Rede mehr von einer Ambulanz im Dschungel, aber abgesehen davon schien alles in Ordnung zu sein. Ungefähr ein Monat war vergangen, als eines Morgens ein Bote aus Murchanza ankam. Sie hatten ihn frühestens in einer Woche erwartet, und sein Eintreffen – völlig erschöpft und keuchend stolperte er auf die Station, in der Hoffnung, hier reichlich mit Essen und Trinken versorgt zu werden – rief Erregung und Spekulationen hervor. Annah beobachtete seine Ankunft von der Kinderstation aus. Sie war erstaunt, weil dringende Nachrichten für gewöhnlich über Funk kamen.

Der Bote verschwand im Missionshaus, und Annah machte sich wieder an die Arbeit. Ein paar Minuten später tauchte er jedoch im Krankenhaus auf. Er schwenkte einen Brief.

»Für Sie, Schwester«, sagte er.

Der Umschlag trug das Siegel des Bischofs – zwei Speere und die Bibel. Eine brennende Furcht stieg in Annah auf, als sie den Umschlag aufriss.

Eleanor ist krank.

Rasch überflog sie den Inhalt des Briefes, wobei ihr Blick an einzelnen Wendungen hängen blieb. Versetzung. Neuer Posten. Mit sofortiger Wirkung.

Ungläubig starrte Annah auf den Brief. Ihre Hand zitterte. Der Inhalt war kurz und eindeutig.

Sie musste von Langali weg. Man hatte sie versetzt.

Nur das zählte. Wohin, warum und wie spielte keine Rolle.

Sie lief zum Missionshaus, wo Sarah, Kate und Ordena gerade das Mittagessen vorbereiteten.

Sarah wurde blass, als sie den Brief las. »Ordena«, bat sie mit leiser Stimme, »geh Michael holen.« Sie zerknüllte den Brief in der Faust. »Er wird etwas unternehmen«, sagte sie zu Annah. »Mach dir keine Sorgen. Das kann er, und er wird es auch tun.« Tränen stiegen ihr in die Augen. »Er muss ...«

Als Michael kam, wartete er, bis Ordena wieder in die Küche gegangen war. Dann sagte er: »Ich weiß, was in dem Brief steht. Ich habe eine Nachricht über Funk erhalten. Annah wird nach Germantown versetzt.«

»Germantown!« Sarah blickte ihn erstaunt an. »Aber sie wollten doch jemanden aus Dodoma dorthin schicken. Das muss ein Irrtum sein.«

»Es ist kein Irrtum«, erwiderte Michael. Langsam fuhr er fort: »Ich wusste, dass das geschieht.«

Die beiden Frauen starrten ihn an.

»Wie lange weißt du das schon?«, fragte Sarah.

»Seit einer Woche.«

Annah stand ganz still da. Sie brachte kein Wort heraus. Informationen über Germantown fielen ihr ein. Eine Tagesreise nach Süden ... eine alte, von den Deutschen verlassene Station ... erst kürzlich von der Mission wieder aufgebaut ... Michael und Stanley hatten nach einem Besuch dort gesagt, dass die Arbeiten fast abgeschlossen seien. Eine Krankenschwester würde bald dorthin geschickt werden.

Eine Krankenschwester. Irgendeine. Nicht sie ...

»Aber ich gehöre doch hierher«, sagte sie leise.

Michaels Lippen zuckten in dem vergeblichen Bemühen, gleichgültig zu wirken. Trotz ihres Schmerzes empfand Annah Mitgefühl für ihn – er war zerrissen zwischen seinen persönlichen Gefühlen und seiner Rolle als Leiter der Station.

»Es ist ein Kompliment an deine Fähigkeiten«, erklärte er, blickte Annah aber nicht an. »Obwohl du erst seit so kurzer Zeit im Busch arbeitest, wirst du schon auf einen Einzelposten versetzt. Natürlich bekommst du später mehr Leute, aber in der Zwischenzeit wirst du merken, wie dankbar die Leute dir dafür sein werden, dass es nach über zwanzig Jahren endlich wieder medizinische Versorgung in diesem Gebiet gibt.«

Niemand sagte etwas.

»Ich habe dafür gesorgt, dass Stanley mit dir geht«, fuhr Michael fort und warf Annah rasch einen Blick zu. »Er wird dir eine große Hilfe sein, und wir kommen hier auch ohne ihn zurecht. Der neue Lehrling lernt schnell.«

Annah wurden die Knie weich. Übelkeit stieg in ihr auf.

Sarah packte Michael am Arm. »Du hättest es uns sagen müssen«, erklärte sie. »Du hättest es verhindern müssen. Du kannst es jetzt immer noch verhindern.«

Michael schwieg. Er hatte die Lippen zusammengepresst, als ob er angegriffen würde. Als ob er dafür verantwortlich wäre.

Und langsam begriff Annah. Sie merkte, dass es Sarah genauso ging. Sarah wich vor ihrem Mann zurück und stellte sich neben Annah. Die beiden Frauen blickten Michael an. Sie konnten nichts sagen, aber das war auch nicht nötig.

»Na gut«, sagte er schließlich. »Ich gebe es zu.« Niedergeschlagen blickte er Annah an. »Ich habe darum gebeten, dass du versetzt wirst.« Seine Stimme brach. »Ich musste es tun.«

Annah konnte sich nicht rühren. Sie hätte am liebsten geweint, geschrien, protestiert, aber sie wusste, dass es keinen Sinn hatte. Sie stand wie erstarrt da, und ein einziger Gedanke kreiste in ihrem Kopf.

Meine Welt zerbricht.

Dann wandte sich Sarah an ihren Mann. Ihre Stimme klang ruhig und gleichmütig. »Du fühlst dich zu Annah hingezogen. Du liebst sie. Und deshalb willst du, dass sie geht.« Es war eine Feststellung, keine Frage.

»Ich liebe dich auch«, erwiderte Michael rau. »Du bist meine Frau.«

»Du liebst uns beide«, fuhr Sarah mit fester Stimme fort. »Wir lieben einander. Wir alle lieben uns. Deshalb sind wir ja auch so glücklich.« Schärfer fügte sie hinzu: »Wie konntest du uns das nur antun? Wie konntest du nur?«

»Es gab keine andere Lösung«, erwiderte Michael.

»Doch«, erklärte Sarah. »Annah hätte wieder in die Hütte ziehen können. Wir hätten eine Küche für sie angebaut, und dann hätte sie sich nicht mehr die ganze Zeit hier im Haus aufhalten müssen.«

Sarah hatte Recht, dachte Annah. Sie hätten etwas verändern können. Irgendetwas hätten sie machen können, alles, aber das ...

»Es hätte nicht funktioniert«, erwiderte Michael kopfschüttelnd. »Und jetzt ist es zu spät.«

Es ist zu spät. Schwer hingen die Worte in der Luft. Sie wussten, dass er Recht hatte. Michael hatte die Versetzung beantragt, und der Bischof hatte gehandelt. Annah musste gehen.

»Ich dachte, man würde dir einen einfacheren Posten zuweisen«, sagte Michael flehend, »vielleicht sogar Dodoma. Dort wolltest du doch immer hin.« Gequält brach er ab.

Annah senkte den Kopf, sodass ihr die Haare wie ein Vorhang vors Gesicht fielen. Tränen rannen ihr übers Gesicht. Sarah trat zu ihr und legte ihr den Arm um die Schultern. Die beiden Frauen wandten sich einander zu und umarmten sich weinend. Michael stand hilflos daneben, während sie sich schluchzend und keuchend umklammerten, als sei der bevorstehende Abschied ein hässliches Kind, dass sie gegen ihren Willen zur Welt bringen mussten.

11

Am Morgen von Annahs Abreise stand der Landrover der Langali-Mission auf dem Gelände bereit. Der Louis-Vuitton-Koffer war auf dem Dach festgezurrt, ebenso wie Annahs Schwesterntasche und der Kasten mit dem Mikroskop. Die in Tücher eingewickelten Bündel von Stanley lagen auf dem Rücksitz. Der übrige Raum war mit Ausrüstungsgegenständen für das Krankenhaus, Körben, Hühnerkäfigen, Kochtöpfen, Küchengeräten, Decken und Tüchern ausgefüllt, die alle Stanleys Frau Judithi gehörten. Sie hatte beschlossen, Langali ebenfalls zu verlassen und im Dorf ihrer Mutter zu wohnen – ungefähr auf halber Strecke nach Germantown –, bis die neue Station etabliert war und sie wieder zu ihrem Ehemann ziehen konnte. Annah war von diesem Vorhaben überrascht gewesen, aber Sarah hatte ihr erklärt, dass die Frau nichts in Langali halte, wenn Stanley erst einmal weg war, da sie keine Kinder hatten.

Als die Zeit zur Abreise gekommen war, versammelten sich alle Mitglieder der Station und Bewohner des Dorfes um den Landrover. Um Annah, Stanley und Judithi drängten sich Ordena, die Kate auf dem Arm hielt, Michael und Sarah, die steif nebeneinander standen, Tefa, Barbari und Erica.

Sie sagten nur wenig. Sarah erinnerte Annah noch einmal daran, dass Ordena ihnen einen Korb voller Essen zusammengepackt hatte und dass in der Thermoskanne hinten im Wagen heißer Tee war. Ihre Lippen bebten beim Sprechen, und Annah schlug die Augen nieder, weil sie ihrer Freundin nicht ins Gesicht sehen konnte. Michael winkte Stanley zu sich an den Landrover.

»Dieser Mechaniker in Murchanza hat den Vergaser nie richtig gereinigt«, sagte er. »Wenn das Benzin nicht mehr durchläuft, müssen Sie auf die Schwimmernadel drücken.«

Stanley nickte geduldig. »Das habe ich doch schon mehr als einmal getan«, erwiderte er.

»Die Reifen sind auch ziemlich abgefahren«, fügte Michael hinzu. »Aber das wissen Sie natürlich auch.«

Annah beobachtete Stanley, der aufmerksam lauschte. Es beruhigte sie, dass zumindest eine vertraute Person bei ihr bleiben würde.

Sie verabschiedeten sich rasch voneinander. Weder Annah oder Sarah und Michael sprachen von Briefen oder Besuchen – der Gedanke an einen so spärlichen Kontakt war für sie alle zu schmerzlich, nachdem sie so lange so eng zusammengelebt hatten. Auch innige Umarmungen gab es nicht mehr. Vor den Afrikanern schüttelten sich die Missionare lediglich lächelnd die Hände und hielten die Tränen zurück. Nur die kleine Kate ignorierte alle Regeln. Sie wand sich in den Armen ihrer Ayah und versuchte, zu Annah zu gelangen.

»Nannah! Nannah!«, rief sie.

Annah gab ihr einen Kuss, umarmte sie kurz und stieg dann ins Auto. Das Kind begann zu weinen.

Stanley saß hinter dem Steuer, Annah auf dem Beifahrersitz neben ihm und Judithi hinten bei ihren Hühnern.

Annah blickte starr nach vorn, als das Auto das Missionsgelände verließ. Im Geiste sah sie alles vor sich, was ihr Zuhause geworden war – das Missionshaus mit seinen Geranientöpfen und den Vorhängen mit den Bumerangs und das zweite Schlafzimmer, das sie mit Kate geteilt hatte. Stanley und Judithi wandten sich beide um, um den Zurückbleibenden zuzuwinken, aber Annah konnte nicht zurücksehen.

Noch lange folgte ihnen Kates lautes Protestgeschrei, bis es schließlich langsam erstarb.

Annah saß schweigend und wie erstarrt im Wagen. Um sie herum war ihr gesamtes Gepäck – der offensichtliche Beweis, dass sie weit weg fuhr.

Und nie mehr nach Hause kam.

Der Gedanke tat ihr weh. Sie fühlte, wie er in ihr anschwoll wie ein bösartiger Tumor und ihr die Luft zum Atmen nahm. Entschlossen wandte sie ihre Aufmerksamkeit Judithi zu.

»Freust du dich, deine Mutter wieder zu sehen?«, fragte sie auf Swahili.

Judithi nickte gleichmütig.

»Dein Ehemann wird dir fehlen.«

Wieder die gleiche Antwort. Annah überlegte, dass sie wohl besser nicht so persönliche Fragen gestellt hätte. Schließlich kannten sich die beiden Frauen kaum.

Sie warf Stanley einen Blick zu. Sie kannte sein Gesicht so gut – die schmalen Züge, die feine Knochenstruktur, die empfindsamen Augen –, und doch war er ihr in vielerlei Hinsicht genauso fremd wie Judithi. Sie wusste noch nicht einmal, was er wirklich dabei empfand, Langali zu verlassen. Als sie ihn gefragt hatte, ob ihm das Vorhaben recht sei, hatte er mit höflicher Begeisterung geantwortet. Annah konnte nur ahnen, wie er die Tatsache einschätzte, dass sein Leben und das seiner Frau von der

Mission und dem weißen Bischof in der fernen Stadt beherrscht wurde.

Bischof Wade. Der Mann, der Annah nach Langali geschickt und sie dann so grausam verbannt hatte.

Aber Michael hatte darum gebeten. Michael hatte es getan.

Annah senkte den Kopf und rieb sich mit den Händen übers Gesicht, als könne sie ihre Gedanken wegwischen. Und doch nagten immer wieder die gleichen Fragen an ihr. Warum hatte Michael nicht wenigstens mit Annah und Sarah über seine Ängste geredet? Sie hätten ihm sicher klar machen können, dass er viel zu extrem reagierte und dass es nicht nötig war, Annah wegzuschicken.

Aber vielleicht, sagte sich Annah, hatte er ja auch Recht gehabt. Vielleicht war ja wirklich etwas Gefährliches, etwas Falsches an der Art, wie sie zusammengelebt hatten. Die drei Missionare in Langali ...

Michael glaubte, eine Sünde begangen zu haben – nicht körperlich, aber im Herzen und im Kopf, was genauso schlimm war.

Und ich sage euch, wer eine Frau mit Begehren anblickt, hat in seinem Herzen schon Ehebruch mit ihr begangen.

Annah musste sich selbst auch fragen, ob sie Michael auf diese sündige Art begehrte. Die Frage hörte sich ganz einfach an, aber sie war schwierig zu beantworten. Sie war eine junge, gesunde Frau. Sie sehnte sich nach einem Mann. Und Michael war der einzige weiße Mann, mit dem sie Kontakt hatte. War es da überraschend, dass ihr sein Gesicht in den Sinn kam, wenn sie an Liebe, an einen Ehemann, dachte?

Und dass sie ihn liebte. Tief und zärtlich.

Rückblickend konnte Annah ganz genau erkennen, wie

die Intimität zwischen Michael und ihr gewachsen war. Aber Sarah war mit einbezogen gewesen. In gewisser Weise war sie sogar der Kern, aus dem sie entsprungen war. Und es war so warm, so nahe gewesen – so gut. Warum hatten sie es verderben müssen? Und wer war schuld daran? Wer war schuld …

Annah stützte den Kopf in die Hand und blickte auf die vorbeiziehende Landschaft. Der Dschungel, der ihr einst so fremd vorgekommen war, wirkte jetzt vertraut; ein Teil von Langali und ihrem alten Leben, das sie hinter sich lassen musste. Die Äste, die gegen den Landrover schlugen, kamen ihr vor wie freundliche Hände, die sie anflehten, nicht zu gehen.

Am späten Vormittag erreichten sie das Dorf von Judithis Mutter, das am Rand des Dschungels lag.

»Wir halten uns nicht lange auf«, versicherte Stanley Annah.

»Nein«, protestierte Annah, »du musst doch jeden begrüßen. Nimm dir die Zeit, die du brauchst.«

Judithi wurde von den Frauen willkommen geheißen und so herzlich umarmt, dass ihr Gesicht fröhlich und lebendig wurde, wie Annah es noch nie zuvor gesehen hatte. Stanley lud das Gepäck seiner Frau aus und wandte sich dann der nicht ganz so überschwänglichen Begrüßung der Männer zu. Annah blieb im Auto. Sie spielte mit den Kindern, die sich um ihre Scheibe drängten und wie immer ihre roten Haare anfassen wollten.

Nach einer Weile kehrte Stanley zum Auto zurück. Als er einstieg, warf Annah ihm einen Blick zu. Sie hatte beobachtet, wie er sich von Judithi verabschiedet hatte. Nach afrikanischer Sitte waren dabei keine Gefühle gezeigt worden, obwohl es Monate dauern konnte, bis das Paar sich wieder sah. Auch jetzt suchte Annah nach einem Anzeichen unterdrückter Gefühle in seinem Gesicht, konnte aber nichts feststellen.

»Wenn wir in Germantown alles so schnell wie möglich aufbauen«, sagte sie, nachdem sie ein paar Minuten gefahren waren, »kann Judithi schon bald zu uns kommen. Das sollten wir ganz oben auf unsere Liste setzen. Es zur ersten Sache machen, die wir erreichen wollen.« Annah fiel das Swahili-Wort für »Priorität« nicht mehr ein, sie hoffte aber, dass Stanley trotzdem verstehen würde, was sie meinte.

Es dauerte eine Zeit lang, bis er ihr antwortete. Und seine Stimme klang ein wenig traurig, als er sagte: »Es gibt ein altes Sprichwort: *Eine Frau kehrt immer gern ins Dorf ihrer Mutter zurück.* Wir sollten uns also keine Gedanken machen. Gott wird uns schon den Weg weisen ...«

Annah nickte. Sie verstand, dass das Thema für ihn damit erledigt war. Sie lehnte sich in ihrem Sitz zurück. Jetzt waren alle Abschiede vorüber, und die Reise konnte wirklich beginnen.

Die Straße wand sich in südöstlicher Richtung aus dem Dschungel hinaus, und je höher sie kamen, desto freier wurde das Land. Annah merkte, dass sie nicht mehr daran gewöhnt war, weit schauen zu können, da Langali mitten im Dschungel gelegen hatte.

In der Hitze des frühen Nachmittags hielt Stanley im Schatten eines Dornenbaumwäldchens an. Annah betrachtete die Äste mit den kümmerlichen Blättern. Das waren Elizas Bäume, die anmutigen Wächter der tiefen Savanne. Nicht weit von ihnen entfernt stand ein alter Affenbrotbaum. Auch von diesen Bäumen hatte Eliza in ihren Briefen geschrieben. Die Afrikaner, hatte sie erklärt, nannten sie »Teufelsbäume«, weil sie glaubten, Gott habe sie richtig herum gepflanzt, aber dann sei der

Teufel gekommen und habe sie alle umgedreht. Und genau so sahen sie auch aus, dachte Annah.

Während Stanley Ordenas Essen auspackte, ging Annah zu dem Affenbrotbaum, um ihn aus der Nähe zu betrachten. Die Rinde sah aus wie Haut, alt und faltig, stellenweise jedoch überraschend glatt wie die Wangen einer alten Frau. Als sie sah, dass der Baum hohl war, beugte sie sich vor, um einen Blick hineinzuwerfen. Ihr Mund öffnete sich zu einem stummen Schrei. Eine Leiche hing darin – lederhäutig, mit weit offenem Mund, knochig. Eine Mumie. Es summten keine Fliegen herum. Der Körper war schon längst ausgetrocknet. Annah trat erschreckt zurück. Als sie herumwirbelte, stand Stanley vor ihr.

»Das ist ein Geisterbaum«, sagte er und zog Annah eilig weg. »Man darf nicht hineinsehen.« Er wies auf den Landrover, wo er den Klapptisch für das Picknick aufgestellt hatte. Gehorsam ging Annah zum Tisch, merkte aber überrascht, dass Stanley ihr nicht folgte. Als sie sich umblickte, sah sie, dass er zu einem anderen Baum lief, einem niedrig gewachsenen Dornenbaum. Er riss einen Ast ab und legte ihn vorsichtig am Fuß des ausgehöhlten Baumstammes nieder. Bevor er merkte, dass Annah ihn beobachtete, wandte sie sich wieder ab. Sie runzelte die Stirn. So unmöglich es erschien, so war sie doch gerade Zeuge eines heidnischen Rituals geworden. Michaels geschätzter Assistent … allerdings hatte es harmlos ausgesehen. Vielleicht, dachte sie, war es ja auch nur ein abergläubischer Brauch gewesen. Aber Stanley war Christ, und Christen sollten eigentlich nicht abergläubisch sein. Michael ging sogar absichtlich immer unter Leitern hindurch und plante Reisen bevorzugt für den dreizehnten des Monats.

Als Stanley zum Essen kam, erwähnte Annah den Affenbrotbaum nicht mehr. Als sie jedoch weiterfuhren, kamen sie schon bald am nächsten vorbei. Bei diesem Baum hing ein erst kürzlich geschlachtetes Tier von einem der Äste herunter.

»In diesem Gebiet herrscht das Böse«, sagte Stanley, als sie vorbeifuhren.

Annah nickte. Michael hatte in dem formellen Ton, den er sich angewöhnt hatte, wenn es um ihre Versetzung ging, erklärt, dass die deutschen Missionare in den vielen Jahren, in denen sie hier gearbeitet hatten, nur wenige Menschen bekehrt hatten. Nachdem sie weg waren, hatte sich nichts geändert.

Annah blickte durch das Fenster. Die Landschaft kam ihr auf einmal feindselig vor, die Äste der Bäume reckten sich wie Waffen in den Himmel. In der Ferne kreiste ein Geier. Erschreckt konzentrierte sich Annah auf das vertraute Innere des Landrovers.

»Warum haben die Missionare hier wohl versagt?«, fragte sie Stanley.

Er zuckte die Schultern. »Das weiß nur Gott allein.«

Verärgert zog Annah die Stirn kraus. Das hatte sie im Krankenhaus so oft als Antwort auf ihre Fragen gehört. Das weiß nur Gott allein. Als ob Annah einfach zum Himmel blicken und ihn um Aufklärung bitten könnte.

»Aber ich habe eine Geschichte gehört«, fügte Stanley hinzu.

Annah nickte. Dann wartete sie schweigend, bis er bereit war, sie zu erzählen.

»Es gab eine weiße Frau in dem Gebiet«, fuhr der Afrikaner nach einer Weile fort. »Es heißt, sie lebte ganz allein in einem großen Haus. Sie war Amerikanerin. Der Häuptling des Dorfes war ihr Freund. Er besaß große Macht. Manche behaupten, die weiße Frau habe den Häuptling gegen die Missionare aufgehetzt.«

Interessiert blickte Annah Stanley an. »Ist sie immer noch da?«

»Ja«, erwiderte Stanley. »Aber nur noch im Grab.«

»Und wer war sie?«, fragte Annah. »Was hat sie hier gemacht?«

»Das weiß nur Gott allein«, sagte Stanley.

Annah starrte in die Ferne. Sie versuchte, sich vorzustellen, wie eine weiße Frau sich mit einem Häuptling anfreunden konnte, und zwar so sehr, dass sie ihn beeinflussen konnte. War sie in seine Hütte gegangen und hatte mit ihm gegessen? Und dabei hatte sie die ganze Zeit allein, ohne Mann – ohne weißen Mann – gelebt, der sie beschützen konnte. Und was hatte sie gegen die Missionare gehabt? Was für ein Vermächtnis hatte sie hinterlassen?

»Jetzt wollen uns die Leute aber«, sagte Annah zu Stanley. Leise Furcht schwang in ihrer Stimme mit, wie bei einem Kind, das sich vergewissern will. »Sie haben uns ja schließlich gebeten zu kommen.«

»Ja, das hat man mir auch gesagt«, bestätigte Stanley. »Die Einheimischen haben den Bischof und auch die Regierung gebeten, das alte Krankenhaus wieder zu eröffnen.«

Ein Gedanke durchfuhr Annah. »Wer hat darum gebeten? Derselbe Stamm, dessen Häuptling mit der Amerikanerin befreundet war?«

Stanley überlegte. »Ja«, erwiderte er dann. »Ich glaube schon. Es sind die Waganga. Ein starker Stamm.«

Annah runzelte die Stirn. »Dann haben sie also ihre Meinung über uns geändert.«

»Nur ein wenig«, erwiderte Stanley. »Sie wollen zwar ein Krankenhaus haben, aber keine Kirche oder Schule.«

Annah nickte. »Für den Moment reicht ein Krankenhaus auch«, meinte sie. Sie versuchte, nicht daran zu denken, wie viel Arbeit vor ihnen lag. Sie würden Schritt für Schritt vorgehen müssen. Langsam und bedächtig erringt man den Sieg. Und sie hatte vor zu gewinnen. Um Michael zu zeigen …

»Allerdings«, fügte Stanley lächelnd hinzu, »wenn eine Kirche entstehen will, kann nur Gott sie aufhalten.«

Erst gegen Abend kam die alte deutsche Mission in Sicht – eine ferne Gruppe weiß getünchter Gebäude am Fuß eines steilen Hügels. Alles sah genauso aus, wie Michael es beschrieben hatte: ordentlich und pittoresk. Es fehlte nur der freundliche Schein eines Feuers oder einer Laterne – irgendetwas, mit dem die Reisenden nach einem langen Tag willkommen geheißen wurden.

Annah stellte sich vor, wie alles vorbereitet war, damit sie gleich die Betten aufstellen konnten. Bettwäsche und Krankenhausausstattung befanden sich in einem abgeschlossenen Lagerraum, der von einem einheimischen Verwalter bewacht wurde. Es gab sogar einen Sender, damit sie mit Langali und den anderen Stationen in Kontakt bleiben konnte. Stanley und Michael waren vor sechs Wochen in Germantown gewesen und hatten dafür gesorgt, dass alles bereit war. Für die neue Krankenschwester, die aus Dodoma hierhin geschickt werden sollte …

In der Abenddämmerung kam es ihr so vor, als ob sie sich der Siedlung nur langsam näherten. Man konnte lediglich die weißen Umrisse der Gebäude erkennen, jedoch keine Einzelheiten wie Türen, Fenster, Fensterläden.

Und irgendetwas stimmte mit den Dächern nicht. Es schimmerte kein Metall in der untergehenden Sonne.

Annah wandte sich stirnrunzelnd Stanley zu. Er sagte

nichts, hatte sich aber über das Lenkrad gebeugt und starrte angestrengt nach vorn.

Als der Landrover auf das Gelände fuhr, blickten die beiden sich erstaunt um. Die Häuser hatten weder Türen noch Fensterläden. Selbst die Fensterrahmen waren herausgerissen worden. Und es gab keine Dächer – nur die Dachbalken waren erhalten geblieben. Die ganze Ansiedlung war geplündert worden.

Alles war still und leer – verlassen wie nach einer Schlacht. Annah und Stanley stiegen aus und wanderten wie betäubt zwischen den Ruinen umher. Aus den Wänden ragten Rohre, wo sich früher einmal die Waschbecken befunden hatten. Sie blickten in die Küche auf die leere Stelle, wo nur noch ein Rußfleck an der weiß getünchten Wand davon kündete, dass hier einmal ein Herd gestanden hatte.

»Ich suche den Verwalter«, sagte Stanley. Aber Annah hörte deutlich den Zweifel in seiner Stimme. Der Verwalter würde nicht mehr da sein – das wussten sie beide. Schuldig oder unschuldig – der Mann war bestimmt schon längst weggelaufen.

Annah blickte sich um. Die Verwüstung war so komplett, dass man sie kaum vollständig erfassen konnte. Wie Michael wohl reagieren würde, wenn er hier wäre? Als sie sich die Wut auf seinem Gesicht vorstellte, brach sie in lautes Gelächter aus. Mit zurückgeworfenem Kopf lachte sie, bis ihr die Tränen kamen.

Plötzlich merkte sie, dass sich eine neugierige Menge versammelt hatte. Die Leute kauerten am Rand des Geländes und beobachteten sie schweigend.

Stanley trat neben sie. »Die Leute haben mir erzählt, was passiert ist. Der Verwalter hat alles verkauft und ist nach Nairobi abgehauen. Das Lager ist leer, selbst der Sender ist weg.« Er senkte die Stimme. »Ich glaube, ein paar von den Leuten hier waren auch daran beteiligt. Sie konnten mir nicht in die Augen sehen.« Stanley schüttelte niedergeschlagen den Kopf. »Andere hingegen sind wütend auf den Verwalter. Sie sagen, der Häuptling ist nicht hier, er ist weit weg. Er hätte nicht zugelassen, dass das passiert.«

»Das ist tröstlich«, erwiderte Annah bitter.

Stanley nickte ernst. »Was sollen wir denn jetzt tun?«

Annah seufzte. »Wir bleiben über Nacht hier, und morgen kehren wir wieder nach Langali zurück.«

Stanley riss die Augen auf.

»Wir haben keine andere Wahl«, fuhr Annah fort. »Es ist doch nicht unsere Schuld.« Sie ging zurück zum Landrover und blickte über das Gepäck. »Hier muss irgendwo ein Zelt sein.« Seit sie und Michael gezwungen gewesen waren, die Nacht im Landrover zu verbringen, gehörte ein Zelt zur Standardausrüstung für die Reise.

»Dort«, sagte Stanley und wies auf ein winziges Eckchen grüner Leinwand, das hinter ein paar Kisten hervorschaute.

»Gut«, sagte Annah. Sie zog es vor, die Nacht im Zelt zu verbringen statt im Wagen. Stanley, das wusste sie, schlief gern im Freien, lediglich von einem Moskitonetz bedeckt, um die Schlangen und Insekten abzuhalten. Er brauchte nur ein Dach über dem Kopf, wenn es regnete. Sie trat nach vorn zum Wagen. Plötzlich fühlte sie sich hungrig, müde und schmutzig. Sie nahm etwas von dem kostbaren Trinkwasser, um sich die Hände anzufeuchten, bevor sie sie mit einem sauberen Handtuch abwischte. Das Tuch duftete nach Sarahs Lavendelsäckchen. Einen Moment lang stellte sich Annah die Freundin vor und ließ sich davon trösten. Dann holte sie aus Ordenas Essenskorb ein Brot, brach es in zwei Hälften und reichte Stanley die eine Hälfte. Er hatte eine geeignete, flache Stelle mitten auf dem Gelände gefunden und war bereits eifrig damit beschäftigt, das Zelt aufzubauen. Annah lächelte. Es sah so aus, als gehöre es zu einer feindlichen Armee, die fremdes Gebiet besetzte, und nicht zu einer Missionarin, die sich auf die erste Nacht an ihrem neuen Posten vorbereitete.

Schlaftrunken rieb Annah sich die Augen. Winzige Sonnenstrahlen huschten durch die kleinen Löcher in der verschlissenen grünen Zeltleinwand. Es roch nach frischem Holzrauch. Und da waren Geräusche – ein Hund jaulte. Oder war es ein Baby? Annah hob den Kopf und lauschte aufmerksam.

Von draußen drang ein stetiges Summen ins Zelt. Das Murmeln leiser Stimmen – vieler Stimmen.

Annah schlug die Decke zurück, kroch zur Fensterklappe und hob sie an.

Das Gelände war voller Menschen. Fünfzig oder sechzig Personen saßen auf der bloßen Erde und blickten geduldig auf das Zelt.

Erschreckt ließ Annah die Klappe wieder sinken. Dann zog sie sich hastig an, kämmte sich die Haare und schlüpfte in ihre Schuhe.

Das Murmeln schwoll zu einem interessierten Raunen an, als sie den Reißverschluss aufzog und aus dem Zelt trat. Sie achtete nicht auf die Leute, sondern sah sich nach Stanley um. Seine vertraute Gestalt – groß, dünn und in Khakifarben gekleidet – hob sich von den anderen Afrikanern ab, die in traditionelle Gewänder gehüllt waren.

»Stanley!«, rief Annah ihm über die Köpfe zu. Er stellte gerade einen der Klapptische neben dem Landrover auf. Daneben standen ein paar Gerätekisten auf der Erde. »Was ist hier los?«

»Sie sind zur Behandlung gekommen«, erklärte Stanley und wies auf die wartende Menge.

Annah starrte ihn an. »Was?«

»In die Ambulanz«, erwiderte Stanley.

»Du machst wohl Witze«, zischte Annah.

Stanley gab keine Antwort. Er holte einen Klappstuhl aus dem Wagen heraus, den er neben dem Tisch aufstellte. Dann warf er Annah einen Blick zu. »Wollen Sie etwa die Kranken wieder wegschicken?«

Annah blickte ihn stumm an. Die Worte des Mannes erinnerten sie an ein Gleichnis aus der Bibel. Sie hatte jetzt die Wahl zwischen zwei Rollen. Samariter oder Pharisäer, Held oder Schurke.

Und die ganze Zeit über beobachteten die Leute sie schweigend.

Seufzend fuhr sich Annah durch die Haare.

»Wo ist meine Tasche?«, fragte sie.

Stanley reichte sie ihr lächelnd. Die Menge schien das als Zeichen aufzufassen. Füßescharrend standen die Ersten auf und traten vor. Die anderen rückten nach.

»Morgen früh brechen wir bei Tagesanbruch auf«, teilte Annah Stanley mit.

Stanley nickte kurz und rief dann den ersten Patienten an den Tisch.

Während die Krankenschwester und ihr Assistent arbeiteten, sahen die Afrikaner ihnen interessiert zu. Sie betrachteten jedes einzelne Teil der Ausrüstung – Stethoskop, Nierenschale, Spritzen – und die Päckchen mit Medikamenten, die Flaschen oder Salbentuben, die Annah oder Stanley anfassten. Jeder Patient versuchte, wenn er an der Reihe war, in gebrochenem Swahili seine Dankbarkeit darüber auszudrücken, dass es wieder ein Krankenhaus in Germantown gab. Die Tatsache, dass alles dem Erdboden gleichgemacht worden war, schien sie nicht zu stören. Immer wieder erklärte Annah, dass das Krankenhaus gar nicht geöffnet habe, dass man es nicht benutzen könne. Es gab keine Ausrüstung, noch nicht einmal ein Funkgerät, mit dem sie Hilfe anfordern konnten. Die Leute hörten ihr zwar zu, aber es schien ihnen egal zu sein.

»Sie sind doch hier«, sagten sie, als sei nur dies von Bedeutung. »Sie sind gekommen. Wir haben endlich wieder ein Krankenhaus.«

Schließlich verlor Annah die Geduld.

»Wir haben kein fließendes Wasser«, sagte sie betont laut, damit ihre Stimme an der lächelnden Frau vorbei auch zu den anderen drang. »Die Wasserhähne, die Becken, sogar die Rohre sind weg. Hier kann man unmöglich arbeiten.«

Ein alter Mann trat vor. Er hatte durchstochene Ohrläppchen, die so lang gezogen waren, dass sie ihm fast bis zur Taille reichten. Verwirrt runzelte er die Stirn. »Ich habe ein langes Leben hinter mir, aber ich habe noch nie ein Haus gesehen, in dem innen Wasser floss«, sagte er. »Das Wasser kann in Kürbissen, in Töpfen, an vielen Stellen auf dich warten.« Gespannt blickte er Annah an und wartete auf ihre Antwort. Sie wich seinem Blick aus. Sie kam sich vor wie ein verwöhntes Kind, das auf seinem Luxusleben besteht. Es war alles relativ, sagte sie sich, das war ja das Problem. Im Royal Hospital hatte sie erlebt, wie Ärzte sich weigerten zu operieren, nur weil die Instrumente falsch angeordnet waren. Aber diese Situation hier war das andere Extrem. Es war doch nur vernünftig, auf den elementarsten Voraussetzungen zu bestehen. Aber wie sollte sie das einem Afrikaner aus einem Buschdorf erklären? Annah sah den alten Mann an. Sie sagte nichts, sondern erwiderte nur schweigend seinen beharrlichen Blick. Schließlich schüttelte der alte

Mann den Kopf, wodurch seine Ohrläppchen in Bewegung gerieten, und kehrte an seinen Platz zurück.

Vor dem Frühstück hatten Annah und Stanley bereits fünfundzwanzig Patienten behandelt. Die Zahl der Wartenden nahm jedoch stetig zu, sodass sie das Gefühl hatten, überhaupt nicht vorwärts zu kommen. Annah und Stanley warfen sich in stummem Einverständnis Blicke zu. Wie sollten sie hier jemals wieder wegkommen? Annah begann zu überlegen, ob sie nicht vielleicht wenigstens eine zeitweilige Basis hier einrichten sollten, verwarf diesen Gedanken dann aber wieder. Die Medikamente und Geräte, die Stanley und sie mitgebracht hatten, schwanden bereits dahin. Jede Kiste im Landrover hatte nur als Ergänzung für das so gut bestückte Vorratslager gedient. Sie hatten zwar Gummiunterlagen, Decken und Nadeln, aber kaum Spritzen, Antibiotika oder Schmerzmittel. Und der Zustand der Gebäude war desolat. Da es keine Türen und Dächer mehr gab, hatten sich Tiere und Vögel eingenistet und alles mit ihrem Kot verschmutzt. Sie würden schon mehr als ein paar Flaschenkürbisse voller Wasser brauchen, um den Ort wieder hygienisch sauber zu machen! Annah und Stanley hatten wirklich keine andere Wahl, als zu gehen. Ganz gleich, wie verzweifelt die Leute versuchten, sie zu überreden, sie würden konsequent bleiben müssen.

»Wir werden bis zum Einbruch der Dunkelheit arbeiten«, verkündete Annah den Leuten, als sie nach einer kurzen Pause, in der sie hastig etwas Ugali hinuntergeschlungen hatte, die Arbeit wieder aufnahm. »Aber morgen müssen wir fahren. Es tut mir Leid. Es muss so sein.« Die Leute nickten höflich, aber Annah spürte, dass sie ihre Worte nicht ernst nahmen.

Am nächsten Morgen stand Annah früh auf, um das Zelt abzubauen und weg zu sein, bevor sich wieder so viele Menschen ansammelten. Als sie jedoch aus dem Zelt kroch und sich verschlafen die Augen rieb, wartete bereits eine kleine Gruppe von Patienten. Als sic sie erblickten, wiesen sie aufgeregt auf den Boden hinter sich. Sie wichen zur Seite, als sie auf sie zutrat, und ihr Blick fiel auf eine Ansammlung der unterschiedlichsten Dinge, die auf einem schmutzigen Krankenhauslaken ausgebreitet waren. Da lagen Wasserhähne, Rohre in verschiedenen Längen, zerknüllte Laken und Decken, eine Toilettenschüssel voller Hühnerkot, die Außentür zum Küchenbereich und vieles mehr. Der alte Mann mit den langen Ohrläppchen kam auf sie zu.

»Sehen Sie«, sagte er stolz, »die Dinge kommen zurück.«

Annah starrte auf den wüsten Haufen, während sich die Leute grinsend und nickend um sie scharten. Auch Stanley tauchte auf. Er wollte etwas sagen, aber Annah schnitt ihm das Wort ab. »Sag besser nichts«, meinte sie. »Sie bauen das Krankenhaus wieder auf.«

Stanley schwieg. Er lächelte nur.

Annah und Stanley gingen langsam um Germantown herum und inspizierten jedes einzelne Gebäude. Diejenigen, die erst kürzlich renoviert worden waren, waren nutzlos, weil ihnen die Blechdächer fehlten. Einige der Anbauten hatten Lehmdächer, die noch intakt waren, aber die Fußböden bestanden lediglich aus festgetretener Erde. Diese Böden konnte man unmöglich sauber halten. Als sie sie betrachtete, fiel Annah jedoch etwas ein, worüber Eliza in ihren Briefen berichtet hatte – eine Beschreibung der schwierigen Umstände, mit denen die Pionierin und ihre Kollegin fertig werden mussten. Sie hatten Stroh oder lange Grashalme auf die Lehmböden gelegt und diesen Belag jeden Tag erneuert. Manchmal hatten sie die Räume lediglich mit einem Reisigbesen ausgekehrt, damit sie wenigstens die Sandparasiten los wurden. Allerdings hatte Eliza ausdrücklich erwähnt, dass die Füße derjenigen, die den Boden fegten, immer zum Schutz mit Paraffinöl eingerieben werden mussten.

Annah folgte Stanley von Haus zu Haus, und es fielen ihr immer mehr von Elizas Ratschlägen ein. Aus Flussschlamm könne man gut Umschläge machen, hatte die Frau geschrieben. Wenn man nicht genug Verbandsmaterial hat, beschleunigt ein Spinnennetz, das man über die Wunde legt, die Heilung. Skorpione braucht man nicht zu fürchten, wenn man in der Hütte ein paar Hühner hält. Koffer sollte man möglichst auf Steine stellen, um Insekten fern zu halten. Man kommt immer mit weniger aus, als man denkt.

Denn mit Gott ist alles möglich.

Annah blieb vor einem der größten Anbauten stehen. Sie wies auf die Grasfläche an der Rückseite.

»Als Erstes werden wir hier eine Grube graben«, sagte sie.

Stanley blickte sie verwirrt an. »Aber sie haben die Toiletten doch zurückgebracht und wieder eingebaut.«

»Hier können wir dann infizierte Wunden waschen«, erklärte Annah. »Wir decken die Grube ab und streuen jedes Mal, wenn wir sie benutzt haben, eine Schicht Asche darüber.« Stanley nickte. »Es gibt eine goldene Regel«, fuhr sie fort, wobei sie Eliza zitierte, »die wir alle einhalten müssen. In den Gebäuden darf *nichts* Schmutziges sein.« Rasch ging sie weiter. Sie konnte es immer noch nicht glauben, dass sie und Stanley überhaupt in Erwägung zogen, unter diesen Bedingungen hier zu arbeiten, aber die Aussicht, eine solche Herausforderung anzunehmen, erregte sie. »Wir müssen den Leuten sagen, dass sie uns Brennholz bringen sollen, damit wir immer genug kochendes Wasser haben, denn bald haben wir keine Desinfektionsmittel mehr.«

Stanley öffnete den Mund, als wolle er etwas sagen, schwieg aber.

»Was ist los?«, fragte Annah.

»Ich habe im Busch eine Pflanze gesehen«, erklärte Stanley und wies mit dem Kopf auf eine Ecke des Geländes, wo Bäume und Sträucher in die Lichtung hineinwuchsen. »Ich kenne diese Pflanze. Wir nennen sie Efeu. Wenn man die Blätter zerreibt und in Wasser einweicht, dann ist das eine gute, keimtötende Medizin.«

Annah runzelte die Stirn. »In Langali haben wir sie aber nicht benutzt, oder?«

Stanley schüttelte den Kopf. »Die Weißen benutzen ihre eigene Medizin. Und diese europäischen Medikamente sind auch gut und stark. Aber hier haben wir so etwas nicht. Wir müssen mit unseren Mitteln auskommen.«

»Wusste Michael über dieses Efeu Bescheid?«

Stanley zuckte die Schultern. »Ich habe ihm nichts davon erzählt.«

»Aber die Afrikaner kennen es?«

»Nein, nur wenige.«

»Und warum kennst du es?«

Stanley schwieg eine Zeit lang. Wieder schien er abzuwägen, ob es ratsam war, etwas zu sagen.

»Hat es dir jemand beigebracht?«, forschte Annah.

Stanley nickte. »Meine Großmutter. Sie kannte viele Heilpflanzen. Aber ich habe nur ein paar davon kennen gelernt, bevor sie starb.«

Annah starrte ihn an. »Willst du damit sagen, dass in Langali jemand gewohnt hat, der einheimische Medizin gemacht hat?«

»Sie hat nicht im Dorf gewohnt.«

Annah blickte Stanley an. Plötzlich fiel ihr der Abend

ein, als sie ihm auf der anderen Seite des Flusses begegnet war – im alten Dorf. Am Haus der Schamanin.

»Sie war deine Großmutter …«, flüsterte Annah.

Stanley erwiderte Annahs Blick. Trotzig hob er das Kinn. »Ich habe sie heimlich besucht. Ich habe ihren Geschichten gelauscht und gelernt, was sie mir beigebracht hat. Ich war der Einzige, der zu ihr gekommen ist.« Seine Stimme wurde weich. »Ich, noch ein Kind damals, war bei ihr, als sie gestorben ist.«

Annah senkte den Blick. Sie wusste nicht genau, wie sie reagieren sollte. Einerseits war sie entsetzt von Stanleys Worten, andererseits gefiel ihr die Vorstellung des treuen Enkels, der bei der alten Frau ausgeharrt hatte.

»Was hat sie dir beigebracht?«, fragte sie. »Welche Geschichten hat sie dir erzählt?«

Wieder dauerte es einige Zeit, bevor Stanley antwortete. »Großmutter kannte viele Sprichwörter. Eines davon lautete: *Weiße Menschen können die Dinge, die schwarze Menschen wissen, nicht verstehen.* Er zuckte die Schultern, dann lächelte er, um seinen Worten die Schärfe zu nehmen. »Ihre Geschichten sind nicht für Ihre Ohren geeignet.«

Annah ging weiter. Hier war sie nun, dachte sie, in einer verwüsteten Krankenstation. Sie hatte keinen Sender und war vollkommen von der Außenwelt abgeschnitten. Und dann stellte sich auch noch heraus, dass Michaels Assistent mit einer Hexe verwandt war. Natürlich war es nicht seine Schuld, und er war ja damals ein Kind gewesen, aber er schien diese Verbindung keineswegs zu bedauern, im Gegenteil, er war beinahe stolz darauf.

Der Anblick einer leeren Flasche, die in einem der dachlosen Gebäude lag, brachte Annah wieder darauf, warum Stanley seine Großmutter erwähnt hatte. Die Efeupflanze. Angenommen, es stimmte, dann verfügten sie hier in Germantown über ein natürliches Antiseptikum. Und wenn sie hier arbeiten wollten, dann mussten sie sich damit begnügen, wenn das Dettol ausging. Woher Stanley auch immer sein Wissen haben mochte, sie mussten den Efeusaft ausprobieren. Sie hatten keine andere Wahl.

Nach ein paar behelfsmäßigen Ausbesserungsarbeiten nahmen Annah und Stanley ihre Arbeit auf. Das Bedürfnis nach medizinischer Versorgung war überwältigend groß, da es seit Jahrzehnten kein Krankenhaus gegeben hatte. Jeden Tag wurden sie von Patienten förmlich überschwemmt, die an Lepra, Malaria, Krätze oder Augeninfektionen litten. Neben den gewöhnlichen Erkrankungen gab es auch seltene Fälle, von denen Annah bisher nur in Lehrbüchern gelesen hatte. Elefantiasis, zum Beispiel, die Fuß und Unterschenkel zu der Dicke eines Baumstammes anschwellen ließ. Und natürlich gab es die allgegenwärtigen unterernährten Kinder und Frauen, die unter den Folgen von schwierigen Geburten litten. In vielen Fällen hatte Annah nichts, womit sie die Menschen behandeln konnte. Aber sie schienen schon zufrieden zu sein, wenn sie untersucht wurden und eine Diagnose gestellt wurde. Und oft konnte Annah zumindest die größten Beschwerden ein wenig lindern.

Fast täglich wurde Annah mit den Praktiken des Medizinmannes konfrontiert: verbrannte Körper, blinde Augen, Kinder mit so hohem Fieber, dass sie halb tot waren. Die Medizin, die sie heilen sollte, hing als Talisman um ihren Hals. Sie dachte viel über die Medizinmänner nach, während sie versuchte, die Opfer zu behandeln. Sie fragte sich, ob sie bösartig oder nur unwissend waren, oder vielleicht beides? War es möglich, dass diese Männer eigentlich wirksame Heiler waren und sie aber nur die Fälle erlebte, in denen sie keinen Erfolg gehabt hatten? Schließlich gab es auch in der westlichen Medizin Kunstfehler und Versagen. Vielleicht waren die einheimischen Heiler wie praktische Ärzte, die auch an die Grenzen ihres Wissens gerieten, wenn sie keine Spezialisten zu Rate ziehen konnten. Sie wusste nur zu gut, wie schwer es war zu sagen: »Es tut mir Leid, ich weiß es nicht, gehen Sie«, wenn man weit und breit der Einzige war, der Aussicht auf Heilung bot.

Und dann kam noch hinzu, dass die Medizinmänner auch spirituelle Gestalten waren. Ihre Macht bezogen sie aus dem Okkulten, wie die Missionare glaubten, und da überraschte es kaum, dass die Wirkung ihrer Behandlung zu dieser dunklen Quelle passte. Annah fand keine Antworten auf ihre Fragen. Sie überlegte kurz, ob sie mit Stanley darüber sprechen sollte, wusste aber, dass es unverantwortlich war, ein solches Gespräch mit einem afrikanischen Missionsangehörigen zu führen. Schließlich war die Einstellung der Mission gegenüber Medizinmännern und einheimischer Heilkunst klar und unmissverständlich. In ihrem Handbuch gab es ein ganzes Kapitel darüber. Schon die Überschrift sagte alles: »Der Feind des Dschungeldoktors«.

Während der Sprechstunden merkte Annah, dass die Zeit einfach nicht ausreichte, um jeden Patienten genau zu untersuchen. Es war ihr jedoch klar, dass von zwanzig Patienten mindestens einer oder zwei ernsthaft krank waren. Da sie die diagnostischen Prozeduren, an die sie gewöhnt war, nicht gründlich genug durchführen konnte, verlegte sie sich darauf, zu Gott zu beten, er möge ihr ein Gespür dafür geben zu erkennen, wann jemand wirklich in Gefahr war. Sie hatte aus Verzweiflung gebetet, aber während sie die endlose Anzahl der Patienten betreute, merkte Annah, dass sie so etwas wie einen sechsten Sinn entwickelte. Wenn jemand an ihren Tisch trat, betrachtete sie ihn einen Moment lang ruhig und erfasste ihn zunächst einmal gedanklich. Und es funktionierte. Sie fand immer heraus, wann sie sich einem Patienten länger widmen musste, um dann letztendlich die richtige Diagnose zu stellen. Allerdings war sie nur selten in der Lage, die Krankheit korrekt zu behandeln.

Sie hatten nur wenige wichtige Medikamente. Manchmal mussten Annah und Stanley gemeinsam entscheiden, ob sie einem Patienten etwas von ihren kostbaren Medikamenten gaben. Sie wollten sie nicht an jemanden verschwenden, der wahrscheinlich starb, oder an jemanden, der vielleicht auch ohne die Behandlung überlebte. Die Entscheidungen waren quälend und unmenschlich, aber sie mussten getroffen werden.

Annah machte sich im Geiste Notizen über ihre Patienten – wie sie aussahen und angezogen waren –, und sie versuchte, sich ständig ins Gedächtnis zu rufen, dass es Menschen waren und nicht nur eine endlose Flut von Problemen. Die Afrikaner, die aufs Gelände kamen, stammten offensichtlich von mehr als nur einem Stamm. Viele waren dunkelhäutig mit typisch negroiden Zügen. Andere jedoch waren hoch gewachsen und hellhäutiger. Sie hatten stolze, edle Gesichtszüge, und sie waren immer nach afrikanischer Tradition gekleidet. Die Männer trugen bunte Perlenketten um den Hals und hatten ihre Körper mit rotem Lehm bemalt. Sie erinnerten Annah an die Massai, die kriegerischen Nomaden der Savanne, deren Ursprünge im Dunkel lagen.

»Wer sind sie?«, fragte sie Stanley eines Abends, als sie den letzten Patienten verabschiedet hatten.

»Es sind Waganga«, erwiderte Stanley.

Annah nickte. Der Stamm, mit dem die amerikanische Frau befreundet gewesen war.

»Sie kommen aus einem Dorf auf der anderen Seite des Hügels«, fuhr Stanley fort. Er wies auf den felsigen Hügel, der sich hinter der Station erhob.

»Warum sind sie so anders als ihre Nachbarn?«, fragte Annah.

»Ich weiß nur, dass sie ein sehr alter, sehr starker Stamm sind«, erwiderte Stanley.

Er machte sich daran, das Abendessen vorzubereiten. Wie immer hatten die Leute Nahrungsmittel als Geschenk für die Neuankömmlinge mitgebracht. Es gab Erdnüsse, Eier, Tomaten, Zwiebeln und Passionsfrucht und heute auch noch einen Topf mit einem Hühnergericht.

»Das Fleisch ist bestimmt in Ordnung, wenn wir es gut kochen«, meinte Annah. Sie beugte sich vor und roch an dem würzigen Eintopf. Stanley packte den Topf und riss ihn weg.

»Fassen Sie es nicht an«, warnte er. »Es könnte vergiftet sein.«

Annah riss überrascht die Augen auf. »Was?«

»Die Medizinmänner sind vielleicht neidisch auf Ihre Behandlung«, erwiderte Stanley. »Und die Hexen könnten befürchten, dass Ihre Anwesenheit ihnen ihre Kräfte nimmt. Diese Leute wünschen Ihnen vielleicht den Tod.« Er hatte bereits begonnen sein eigenes Gericht zu kochen, das nur aus rohen Nahrungsmitteln bestand, die er sorgfältig geschält oder entkernt hatte. Der Hühnereintopf stand am anderen Ende des Kochfeuers. Annah beäugte ihn misstrauisch. Sie dachte an den Medizinmann, den sie auf der Fahrt mit Michael gesehen hatte. Der unheimliche Blick, das Grinsen. Dann dachte sie an Stanleys Großmutter. Ihre Efeulösung hatte sich als wirkungsvoll erwiesen und war zum Hauptbestandteil ihrer Behandlungen geworden. Da er das Thema jetzt schon einmal angeschnitten hatte, beschloss Annah, dass es an der Zeit war, ihm die Fragen zu stellen, die ihr im Kopf herumgingen.

»Es muss doch auch gute Hexen geben«, sagte sie zu Stanley, »genauso wie böse.«

Stanley schüttelte den Kopf. »Als Hexe wird jemand bezeichnet, der anderen Schaden zufügen will. Diejenigen, die Macht und Wissen besitzen und es zum Nutzen anderer anwenden, haben andere Namen.«

»Was für Namen?« Unwillkürlich musste Annah an Michael denken. *Man sollte noch nicht einmal über solche Dinge nachdenken.*

»Regenmacher. Wahrsager. Heiler. Seher. Priester. Ältester. Es gibt viele Bezeichnungen.« Stanley blickte zu einem Haufen frisch geschnittener Efeupflanzen, die darauf warteten, verarbeitet zu werden. »Meine Großmutter war zunächst als Wahrsagerin bekannt, jemand, der die Macht hat, Zeichen zu lesen. Sie war auch eine Heilerin. Aber dann wurde sie zur Feindin ihres Stammes, als sie sich weigerte, mit ihnen den Fluss zu überqueren. Erst dann wurde sie Hexe genannt.«

»Und wenn ihr Medizinmann sagt, was meint ihr dann?«, fragte Annah.

Stanley lächelte. »Dann meine ich einen Afrikaner, der Dinge tut, die Weiße nicht verstehen können.« Lachend beugte er sich über seinen Kochtopf.

Annah lief ein Schauer über den Rücken. Sie hatte das Gefühl, als ob dieser Mann neben ihr, ihr einziger Gefährte, ein Fremder würde. »Erzähl mir von ihrer Macht.« Sie flüsterte fast, als ob sie ein Sakrileg beginge.

Stanley zog die Augenbrauen hoch. »Manche sind nur Gauner. Andere haben große Macht. Manche sind gut. Manche sind böse. Nichts ist einfach.«

»Aber du bist Christ«, sagte Annah.

»Natürlich«, erwiderte Stanley, »bin ich nicht so aufgewachsen?« Er zerbrach Stöcke, um sie ins Kochfeuer zu legen. »Und mir haben die Geschichten, die sie über Jesus erzählt haben, auch gefallen. Wenn er in unser Dorf gekommen wäre, dachte ich, dann hätten wir gesagt, hier ist ein Mann mit viel Macht, die er nie zu bösen Zwecken benutzen wird. Wenn jemand wie er unter uns wäre, bräuchten wir nie mehr Angst haben. Auch unsere Vorfahren würden ihn respektieren und uns nichts Böses tun. Wir würden zufrieden sein.«

Annah schwieg. Sie sah zu, wie der Afrikaner mehr Holz ins Feuer legte, und sie dachte an Michaels Bibel und die Konkordanz, an seine systematische Theologie, die auf jede Frage eine Antwort hatte. Im Vergleich dazu war Stanleys Antwort auf die biblische Geschichte simpel. Zu simpel. Und doch war sie von einer Klarheit, die mitten ins Herz traf.

Während Stanleys Essen auf dem Feuer kochte, öffnete Annah ihre Tasche und überprüfte den Inhalt. Die kostbarsten ihrer schwindenden Vorräte befanden sich darin – die Antibiotika, die Malariatabletten, zwei Ampullen Morphium, ein Lepramedikament und Augentropfen. Kostbar und selten wie Gold.

Stanley beobachtete Annah, als sie die Tabletten zählte. »Ich hatte einen Traum«, sagte er. »Ich habe geträumt, es gäbe einen Medikamentenschrank, der immer voll war. Ganz gleich, wie viele Patienten zur Behandlung kämen, wir müssten sie nie abweisen.« Er blickte Annah an. Seine Augen funkelten im Feuerschein. »Wenn ich einen solchen Schrank hätte, dann würde ich ihn ins Land hineintragen, weit weg von den Missionskrankenhäusern. Ich würde mich unter irgendeinen Baum stellen und die Medizin des weißen Mannes an alle Kranken verteilen.«

Annah lächelte. »Manche Träume werden wahr«, sagte sie leichthin. Stationen, Ambulanzen und Buschkrankenhäuser waren das Beste, was man erwarten konnte. Und es würde immer Gebiete geben, die man nicht abdecken konnte.

»Dieser Traum wird auf jeden Fall wahr werden«, erklärte Stanley. »Meine Großmutter war dabei und hat mir gesagt, dass ich darauf warten soll.«

Annah blickte den Mann an. Er hatte mit einer solchen Gewissheit gesprochen wie der Prediger, wenn er in der Kapelle von Langali auf der Kanzel stand. Und dabei redete Stanley von Träumen und dem Geist einer toten Hexe.

»Wir wollen jetzt das Tischgebet sprechen«, schlug Stanley vor. Er senkte den Kopf und wartete darauf, dass Annah begann.

»Gott segne dieses Mahl und uns in seinem Dienste«, sprach Annah Michaels tägliches Gebet. Leise und dünn verklangen ihre Worte in der Dunkelheit. Mit festerer Stimme beendete sie das Gebet. »In Jesus' Namen. Amen.«

»Amen«, wiederholte Stanley.

Sie schwiegen beide, als Stanley seinen Gemüseeintopf in zwei kleine Schüsseln füllte und einen Topf mit Ugali auf den Tisch stellte. Der duftende Dampf ließ sie ihre Müdigkeit vergessen. Die ersten Sterne standen funkelnd am dunklen Himmel.

12

Die Morgensonne schien warm auf Annahs Nacken, und eine leichte Brise bewegte die Haarsträhnen, die sich aus ihrem Knoten gelöst hatten. Sie arbeitete allein im behelfsmäßigen Krankenhaus, lauschte aber die ganze Zeit auf das ferne Motorengeräusch des Landrovers. Vor einer Woche war Stanley zum nächsten Bahnhof gefahren, der ein paar Stunden entfernt mitten in der Wildnis lag, und hatte ein Telegramm an den Bischof geschickt. Nach langen Überlegungen war Annah zu dem Entschluss gekommen, dass sie am besten so verfahren sollten. Sie wäre gerne wieder nach Langali zurückgekehrt, um das ganze Problem auf Michaels Schultern abzuladen, weil er ja eigentlich immer noch ihr Vorgesetzter war. Aber Langali war zu weit entfernt, als dass einer von ihnen beiden allein dorthin hätte fahren können, und wenn sie zusammen fahren würden, wären die Leute in Germantown davon überzeugt gewesen, wieder verlassen worden zu sein. Also hatte Annah dem Bischof in einfachen Worten ihr Anliegen erklärt und dringend um Hilfe gebeten.

Sie hatte Stanley angewiesen, am Eisenbahndepot auf Antwort zu warten. Binnen kurzem kam ein knappes, ablehnendes Telegramm zurück. Anscheinend hatte Bischof Wade Annahs Nachricht als hysterischen Ausbruch einer verwöhnten jungen Frau interpretiert, die nicht in der Lage war, mit den Herausforderungen auf einem neuen Posten fertig zu werden. Er äußerte deutliche Zweifel an der Richtigkeit ihrer Beschreibung der Zustände in Germantown, und es gab sogar eine Andeutung, dass Annah die Probleme, denen sie sich gegenübersah, irgendwie verdient hatte, weil sie schuld daran war, dass sie Langali hatte verlassen müssen.

Immer wieder hatte Annah das Telegramm des Bischofs gelesen. Die Sätze klangen knapp und unnachgiebig. Wut war in ihr aufgestiegen wie eine dunkle Schlange. Sie hatte eine Antwort formuliert, ihre Position noch einmal klar gemacht und Hilfe verlangt.

Und jetzt erwartete sie Stanley mit einer Antwort zurück.

Es war schon fast dunkel, als der Landrover endlich auf dem Gelände ankam. Steifbeinig kletterte Stanley aus dem Fahrzeug, und Annah sah an seinem Gesichtsausdruck, dass er keine guten Nachrichten mitbrachte.

»Der Bischof ist verreist«, sagte Stanley. »Wir müssen zwei Wochen warten.«

Zwei Wochen. Vierzehn Behandlungstage praktisch ohne Medikamente und ohne Plan für den nächsten Schritt. Annah kam es vor wie eine Ewigkeit. Seufzend rieb sie sich mit den Händen übers Gesicht.

»Aber etwas anderes habe ich erfahren«, sagte Stanley. Annah blickte ihn erwartungsvoll an. »Sie haben mir gesagt, dass wir ein neues Land werden. Wir werden nicht mehr Tanganjika heißen. Wir verbinden uns mit Sansibar und heißen von jetzt an Tansania.«

Annah nickte, erwiderte aber nichts. Die Angelegenheiten der Politiker in Daressalam kamen ihr angesichts der drängenden Probleme, denen sie hier gegenüberstanden, sehr fern vor.

»Tansania«, wiederholte Stanley. Es klang nicht so anmutig wie der alte Name, sondern härter, tapferer – neuer.

»Hoffentlich ist es gut«, sagte Annah höflich.

»Ja«, erwiderte Stanley, »hoffentlich.«

Da sie keine andere Wahl hatten, arbeiteten Annah und Stanley weiter. Die Flut der Patienten nahm nicht ab. Jeden Tag gab es neue Probleme. Ein Leopard, der durch den Wald streifte, hielt die Leute davon ab, Feuerholz zu sammeln. Das Ergebnis war, dass sie nicht genug heißes Wasser für die Umschläge hatten. Ameisen drangen in einen der »Krankensäle« ein und töteten fast ein Kind, das noch nicht einmal mehr schreien konnte, so schnell krabbelten sie in seinen Mund. Schlangen töteten die Hühner, die die Skorpione in Schach hielten. Oft wusste Annah nicht mehr, ob sie lachen oder weinen sollte. Rückblickend wirkte das Krankenhaus in Langali wie ein Traum – ein effizientes Schlachtfeld gegen Krankheiten. Germantown dagegen war schlimmster Grabenkrieg.

An dem Tag, als Stanley die telegrafische Antwort des Bischofs abholen sollte, begann der Regen. Wie aus dem Nichts setzte eine Sintflut ein. Am Morgen war der Himmel noch klar und blau, aber gegen Mittag zogen Wolken auf, und es begann zu regnen.

Annah stand in einem der »Krankensäle« und blickte trübsinnig nach draußen. Hinter sich hörte sie das Murmeln der Patienten.

»So ein Regen außer der Zeit«, sagte einer, »ist ein Fluch, kein Segen.«

»Das stimmt«, erwiderte ein anderer. »Jemand hat ihn verursacht.«

Annah achtete nicht auf das Geschwätz. Für sie spielte nur die Tatsache eine Rolle, dass sich der Fußboden an den Rändern in Schlamm verwandelte.

»Das ist unser letztes Stroh«, sagte sie.

Hinter ihr war auf einmal ein knirschendes Geräusch zu vernehmen. Die Patienten sprangen aus ihren Betten und drängten sich an Annah vorbei zur Tür hinaus. Ungläubig sah sie, wie sich das Dach zu senken begann. Dann krachte es plötzlich, und alles stürzte ein. Ein starker Arm zog Annah hinaus in den Regen.

Stanley wies auf die eingestürzten Lehmplatten und Balken. »Die Termiten haben die Balken ausgehöhlt«, rief er. »Sie konnten das Gewicht des nassen Lehms nicht mehr tragen.«

Fassungslos stand Annah da. Der Regen prasselte ihr auf den Kopf. Schließlich schrie sie: »Wir fahren nach Murchanza. Vielleicht kann uns ja dort jemand helfen. Es muss doch irgendeine Regierungsstelle geben oder eine katholische Mission, irgendjemanden ...«

Stanley nickte. Sein Blick glitt über Annahs schmutzige Kleider und ihre nassen Haare. Missionare zogen sich doch immer um, wenn sie in die Stadt fuhren. »Dann machen wir uns fertig«, rief er durch den Regen.

»Nein, wir fahren so, wie wir sind«, schrie Annah. »Dann glauben sie uns wenigstens, dass wir Probleme haben.«

Nach kürzester Zeit hörte der Regen genauso plötzlich auf, wie er begonnen hatte. Der Himmel wurde wieder klar und unschuldig blau. Stanley erklärte den Leuten Annahs Plan, aber sie wollten sie nicht gehen lassen. Annah gab ihnen zwar das feste Versprechen, dass sie so schnell wie möglich zurückkehren würden, aber den meisten stand der Zweifel ins Gesicht geschrieben. Die Stimmung hob sich jedoch ein wenig, als Stanley ihnen zeigte, dass er und Annah nichts von der medizinischen Ausrüstung mitnahmen. Sie wurde in einem der Lagerhäuser untergebracht und einem Stammesangehörigen zur Aufsicht anvertraut.

Annah empfand ein Gefühl der Erleichterung, als sie Germantown hinter sich ließen. Die dumpfe Müdigkeit der anstrengenden Tage war auf einmal verflogen. Die Straße erschien ihr breit und freundlich. Selbst als der Landrover zu stottern begann und schließlich stehen blieb, machte sie sich noch keine Sorgen.

»Das wird unser übliches Problem sein«, versicherte Stanley ihr und stieg aus. »Ich bringe es wieder in Ordnung. Kein Problem.«

Die Sonne brannte vom Himmel, und von der Kühle des Regens war nichts mehr zu spüren.

»Setzen Sie sich in den Schatten«, schlug Stanley vor. »Es dauert eine Weile.«

Erst wollte Annah nur auf ihn warten, aber dann beschloss sie, einen Spaziergang zum Hügel über Germantown zu machen. Das hatte sie schon die ganze Zeit vorgehabt, um endlich einmal ein Gefühl dafür zu bekommen, wo sie überhaupt war, aber sie hatte es nie geschafft.

Der Weg war steil und felsig, aber Annah wanderte ihn hinauf, ohne außer Atem zu geraten. Seit sie aus Melbourne weggegangen war, war sie fit und stark geworden.

Der Blick vom Gipfel war noch beeindruckender und auch detaillierter, als Annah gehofft hatte. Sie schaute über Germantown mit seinen weiß getünchten Krankenhausgebäuden und den klaffenden Dächern. Bei dem Anblick stieg leise Angst in Annah auf. Sie hatte den Leuten versprochen, zurückzukehren. Und wenn nun der Bischof andere Pläne hatte? Wenn er begriff, dass ihre Beschreibung der Siedlung keineswegs übertrieben gewesen war, dann beschloss er vielleicht, das ganze Projekt abzublasen.

Darüber wollte sie jetzt nicht nachdenken. Entschlossen drehte Annah sich um, um auf der anderen Seite des Hügels hinunterzusehen. Der Fuß war mit dichtem Wald bedeckt, der sich bis zu einem kleinen See erstreckte. Sie erstarrte. Dort stand auf einer Lichtung, nicht weit vom See entfernt, ein rosafarbenes Herrenhaus.

Es wirkte wie eine Fata Morgana. Als ob es aus einer anderen Welt stammte. Annah hatte von solchen Häusern in Kenia gehört, die sich die reichen, weißen Landbesitzer gebaut hatten. Aber hier waren sie in Tanganjika – oder vielmehr Tansania –, mitten in der Wildnis.

Annah wirbelte herum und blickte noch einmal auf Germantown, als wolle sie sich vergewissern, dass sie nicht einem Trugbild erlegen war. Dann drehte sie sich wieder zu dem Gebäude am See um. Es war real. Sie hatte keine Halluzinationen. Da stand das Haus, ein Stück Zivilisation, so nahe an Germantown, dass sie es kaum glauben konnte.

Eilig rannte Annah den Hügel hinunter. Sie kratzte sich die Beine an Dornen auf, ihre Haare lösten sich aus dem Knoten, aber sie achtete nicht darauf. Als sie am Landrover ankam, schlug Stanley gerade die Motorhaube zu.

»Was ist los?«, fragte er. Als Annah ihm erzählte, was sie gesehen hatte, blickte er sie verwirrt an. »Davon hat nie jemand geredet.«

»Es ist das Haus der Amerikanerin«, sagte Annah. Das musste es sein. In diesem entlegenen Winkel Afrikas hatte es nie einen anderen exzentrischen Ausländer gegeben. »Ich möchte hinfahren und es mir ansehen«, fügte sie hinzu. »Nicht weit von hier muss es eine Abzweigung geben.« Noch während sie die Worte aussprach, wurde ihr klar, dass sie nur ihre Neugier befriedigen wollte. Einen anderen Grund für diesen Besuch gab es nicht. Es war Verschwendung von Zeit und von Benzin. Aber sie wollte es trotzdem sehen. Und zumindest einmal schien der Erfüllung ihres Wunsches nichts im Wege zu stehen.

Stanley fand die Abzweigung ohne Schwierigkeiten und sie fuhren eine ganze Weile über eine Straße mit zahlreichen Schlaglöchern. Sie führte durch einen Wald mit hohen Dornenbäumen. Die anmutigen Äste hingen über die Straße und spendeten ihr Schatten. Einige Kilometer lang zog sich der Weg unverändert dahin. Annah begann sich bereits zu fragen, ob sie in die falsche Richtung gefahren waren, als die Straße scharf nach links abbog.

Sie wurde zu einer Auffahrt, die mit Steinen und Sträuchern begrenzt war. Dann hörte der Wald auf einmal abrupt auf, und vor ihnen auf der Lichtung stand das Schlösschen – ein wunderschöner italienischer Palazzo mit Türmchen und Zinnen und hohen Wänden, die in einem rosigen Pink gestrichen waren. Dahinter sah man das schimmernde Blau des Sees, eingerahmt von üppigen grünen Bäumen und Büschen. Annah hielt den Atem an. Obwohl sie das Haus vom Gipfel des Hügels gesehen hatte, war sie auf einen so magischen Anblick nicht vorbereitet gewesen. Rasch blickte sie sich um. Neben dem Haupthaus befanden sich noch zahlreiche Nebengebäude in einem weiträumigen, formal angelegten Park, der mittlerweile zwar zugewuchert war, aber immer noch die klassische Anlage erkennen ließ. Es gab weite, geschwungene Rasenflächen, die für die Jahreszeit erstaunlich grün waren. Sie sahen zwar so aus, als seien sie mit der Sense und nicht mit einem Rasenmäher gemäht worden, waren aber dennoch gut erhalten. Nur ab und zu sah man große schwarze Erdkreise auf dem

Grün. Seltsam, dachte Annah flüchtig, aber ihr Blick glitt rasch weiter.

Der Kies unter den Reifen knirschte, als der Landrover zum Stehen kam. Annah und Stanley blieben einen Moment lang ganz still sitzen, um abzuwarten, ob jemand auftauchte. Alles war ruhig. Es gab keine Hühner, keine Kinder, keine Hunde. Es roch auch nicht nach Holzrauch. Nur friedliche Stille, vom gelegentlichen Kreischen eines Affen im nahen Wald unterbrochen.

Annah blickte auf die Fensterreihen. Die meisten Läden waren geschlossen und die Vorhänge zugezogen, als ob das Haus unbewohnt sei. Aber man sah Möbel durch die Vorhänge, und auf der Veranda standen Korbstühle. Sogar ein alter Sonnenhut hing an einem Haken an der Tür. Annah hatte das Gefühl, dass hier seit langem nichts mehr verändert oder bewegt worden war.

Sie warf Stanley einen Blick zu. Es war seltsam hier. Obwohl das Haus verlassen wirkte, strahlte es nicht die Verzweiflung und Einsamkeit aus, die leeren Häusern normalerweise anhaftet. Sie überlegten noch, ob sie aussteigen sollten, als ein Afrikaner erschien. Langsam trat er zum Landrover. Als er Annah erblickte, riss er überrascht die Augen auf. Er umrundete den Landrover und ging auf Stanleys Seite.

Die beiden Männer begrüßten sich auf Swahili in der traditionellen Weise. Wie ist dein Heim, deine Arbeit, deine Ernte? Was isst du? Annahs Herz sank, als sie die nächsten Worte hörte. Ni mgongwa. Kranke Person. Die Frau des Mannes war krank. Sie schloss die Augen und hoffte, Stanley würde nicht erwähnen, dass sie Krankenschwester war.

»Er ist der Verwalter«, sagte Stanley.

»Wer wohnt hier?«, fragte Annah auf Swahili, wobei sie sich direkt an den Verwalter wandte.

Er blickte sie überrascht an. »Sie sprechen?«

»Nur Swahili«, erwiderte Annah.

»Das ist das Haus von Mama Kiki«, sagte er. Sein Ton war ernst und respektvoll.

»Die amerikanische Frau?«, fragte Annah.

Der Mann nickte. »So hat sie sich genannt. Aber für uns ist sie nur Mama Kiki.«

Annah sah ihn verwirrt an. Der Verwalter redete von der Frau, als ob sie noch lebte.

»Ist sie hier?«, fragte sie zweifelnd.

»Sie ist bei den Vorfahren«, erwiderte der Verwalter. Er schwenkte den Arm in der Luft.

»Und wem gehört das Haus jetzt?«, fragte Annah. Es war ihr klar, dass es unhöflich war, so direkte Fragen zu stellen, aber sie konnte der Versuchung nicht widerstehen. Stanley warf ihr einen warnenden Blick zu. Annah lächelte den Verwalter an.

»Einem weißen Verwandten von Mama Kiki«, erwiderte der Mann. »Er lebt in Amerika. Aber wir, die Waganga, leben hier. Und Mama Kiki war eine von uns.« Während er antwortete, musterte der Verwalter das Gepäck im Landrover. Sein Blick fiel auf Annahs Koffer auf dem Dach.

»Sie haben die gleiche Kiste wie sie!«, sagte er. Wieder sah er Annah an. Neugierig kniff er die Augen zusammen. »Wer sind Sie? Warum sind Sie hierher gekommen?«

»Wir sind Missionare«, antwortete Stanley. Er wies auf das Missionswappen, das sich an der Tür des Landrovers befand.

Der Verwalter trat einen Schritt zurück. »Mama Kiki mochte die Missionare nicht«, sagte er. Seine Stimme klang entschlossen, als wolle er sie bitten, wieder zu fahren.

»Wir sind Mediziner«, warf Annah rasch ein.

Der Verwalter blickte sie aufmerksam an. »Sie sind Ärztin?«, fragte er.

»Nur eine Krankenschwester«, erwiderte Annah.

»Das ist egal«, sagte der Mann mit neu erwachter Begeisterung. »Sie sind mir sehr willkommen. Steigen Sie aus und seien Sie meine Gäste.« Er nickte ihnen zu, aber seine Körperhaltung vermittelte Unbehagen. Als Annah aus dem Auto stieg, fragte sie sich, ob er wohl gegen seine Befehle handelte, indem er sie ins Haus bat.

Aus der Nähe wirkte das Haus genauso bezaubernd wie von weitem. Es gab viele kleine Fenster, überraschende Türbögen, abgeschlossene Höfe und einen alten Brunnen. Alles war gut gepflegt. Unwillkürlich verglich sie den Ort mit Germantown, das nur ein paar Monate lang unbewohnt in der Hand von Einheimischen zurückgelassen worden war.

Der Verwalter führte sie um die Gebäude herum und wies auf alles, an dem sie vorbeikamen. Mama Kikis Lieblingsbaum. Mama Kikis Lesezimmer. Ihr Stuhl, wenn sie sich in der Sonne ausruhte. Er sprach von der Frau, als ob sie immer noch hier wohnen würde.

»Sie hatten eine hohe Meinung von ihr«, bemerkte Annah.

»War sie nicht die Freundin des Häuptlings der Waganga?«, erwiderte der Verwalter. »Hat sie nicht unserem Dorf viele Geschenke gemacht? Ah« – er schüttelte den Kopf – »sie war eine nette Frau. Eine gute Frau. Sie half vielen Menschen. Als sie starb, sagte der alte Häuptling, dass sie von den Vorfahren des Stammes aufgenommen werden würde. In der Schreinhütte wurde ein Hocker für sie aufgestellt. Der alte Häuptling ist jetzt auch zu seinen Vorfahren gegangen.«

»Hat der Stamm Sie zum Verwalter gemacht?«, fragte Annah.

Der Mann lachte. »Nein, das wäre unnötig gewesen. Niemand würde es wagen, Kiki zu beleidigen, indem wir ihr Haus schlecht behandeln. Aber der Verwandte ist einmal aus Amerika gekommen. Er hat gesagt, ein Verwalter müsse sich um das Haus kümmern, bis er beschlossen habe, was er damit tun wolle. Das ist lange her. Vielleicht hat er es ja vergessen. Vielleicht versucht er auch, es zu verkaufen. Wir wissen nichts.«

Annah spähte durch die staubigen Fenster. Sie sah weiß getünchte Wände, an denen romantische Gemälde, Familienporträts, afrikanische Masken und Speere und die Felle wilder Tiere hingen; Holzsofas mit handgeschnitzten Armlehnen und voller Seidenkissen; persische Teppiche; moderne Skulpturen; Kerzenleuchter. Es war ein Einblick in ein Leben, das so völlig anders war als das der weißen Missionare in Afrika. Ein Leben, das eher von Luxus und Exzentrik bestimmt war als von harter Arbeit und Entbehrung. Annah blieb an der Terrassentür zum Esszimmer stehen und betrachtete die lebensgroße Statue eines afrikanischen Mannes. Seine perfekten Proportionen und fein gezeichneten Muskeln erinnerten an Michelangelos *David*, aber diese Figur war aus Ebenholz und nicht aus Marmor. Das dunkle Holz wirkte wärmer und lebendiger. Als ein Sonnenstrahl über die breite Schulter des Mannes glitt, fiel Annah ein afrikanisches Sprichwort ein, das sie einmal gehört hatte. Ordena hatte es gemurmelt, und Sarah hatte die Stirn gerunzelt …

Ein junger Mann ist ein Stück von Gott.

Im hinteren Teil des Gebäudes kamen sie an der Küche vorbei. Annah blickte durch ein Fenster und sah eine ganze Reihe holzbefeuerter Herde. Und lange Regale voller Kochtöpfe und Schüsseln. Ob Kiki wohl rauschende Feste gegeben hatte? Aber wer waren ihre Gäste gewesen? Die Deutschen auf der anderen Seite des Hügels bestimmt nicht. Vielleicht Leute, die aus Nairobi hierher gereist waren. Die Vorstellung solcher Extravaganzen erschien ihr bizarr neben all der Armut, die in der Region herrschte. Aber das war eben ein Teil der Realität des Lebens in Afrika. Ausländer kamen aus vielen Gründen hierher; manchmal einfach nur, um ihrem Heimatland und ihrem Leben zu entfliehen. Viele sahen nicht ein, warum sie hier weniger luxuriös leben sollten, als sie es von zu Hause gewöhnt waren – anders als die Missionare, die zwangsläufig einen Lebensstil annehmen mussten, der dem der Afrikaner, denen sie dienen wollten, ähnelte. Kiki mochte zwar mit den Waganga befreundet gewesen sein, dachte Annah, aber ihren Lebensstil hatte sie sicher nicht übernommen. Als sie sich weiter umschaute, fiel ihr Blick auf ein großes Doppelbecken aus weißem Email. Langsam und stetig tropfte Wasser aus einem der Hähne.

Wasser. Fließendes Wasser.

Jetzt fielen Annah auch die Lichtschalter an den Wänden auf. Hier gab es alles. Licht. Wasser. Platz. Ausstattung.

Der Verwalter unterbrach ihre Gedanken. Plötzlich merkte sie, dass er bei ihr stehen geblieben war. Voller Angst sah er sie an. »Ich bitte Sie«, sagte er, »kommen Sie mit mir.«

Annah blickte ihn verwirrt an.

»Meine Frau liegt im Bett. Sie ist sehr krank. Ich fürchte, sie wird sterben. Bitte kommen Sie.«

»Natürlich«, erwiderte Annah, »sofort.«

Der Verwalter packte sie an der Schulter. »Ich möchte, dass Sie sie gesund machen«, sagte er. »Nicht nur Worte sprechen. Auch nicht zu Ihrem Gott.«

Annah schwieg. Sie spürte, dass er dem Verhalten

der Missionare skeptisch gegenüberstand, vielleicht auf Grund von Kikis Ansichten. Ein Wort der Verteidigung wäre jetzt angebracht gewesen, aber Annah wusste nicht recht, was sie sagen sollte. »Ich hole meine Tasche«, sagte sie schließlich. Die Tasche, in der fast keine Medikamente mehr waren. Nur die Seitentasche war mit dem Gebetbuch wohl gefüllt.

Der Verwalter führte sie zu den Nebengebäuden, die in Wohnhäuser umgebaut worden waren. Auf einer verblichenen Chaiselongue lag eine dünne Frau im Delirium. Sie reagierte nicht auf Annahs Anwesenheit.

Annah erkannte sofort, dass die Frau ernsthaft krank war. Ihre Haut war papiertrocken und heiß, ihre Pupillen erweitert, ihr Herzschlag viel zu schnell, die Atmung flach. Der Verwalter hatte Recht. Seine Frau lag im Sterben.

Als der Mann begriff, was das Schweigen der weißen Frau bedeutete, sank er verzweifelt in die Knie.

»Bitte, tun Sie etwas«, bat er.

»Wir könnten sie mit nach Germantown nehmen«, schlug Stanley vor. »Im Lager waren noch ein paar Infusionen und Salzlösung. Zumindest könnten wir sie mit Flüssigkeit versorgen.«

»Sie ist zu krank für den Transport«, sagte Annah. Eine Idee schoss ihr durch den Kopf. Sie wandte sich an Stanley. Aber er blickte schon an ihr vorbei durch die Tür zum Haus mit all seinen Zimmern. Die großen Wassertanks. Die Fenster, die mit Moskitonetzen bespannt waren.

Ein paar Minuten schwiegen alle. Die Stille wurde nur unterbrochen von dem rasselnden Atmen der Frau auf der Couch.

»Wir könnten das Haus als zeitweiliges Krankenhaus eröffnen«, sagte Annah. Es klang verrückt, aber niemand lachte. »Wir könnten Kikis Sachen sicher verstauen, und wenn wir an einen anderen Ort gehen können, kann alles so wieder hergestellt werden, wie es war.«

Der Verwalter blickte sie schweigend an. Einen Moment lang konnte man erkennen, dass er hin und her gerissen war. Aber dann siegte die Angst um seine kranke Frau.

»Das ist möglich«, sagte er zu Annah. »Ich kann es arrangieren.« Er erklärte, dass er dazu die Erlaubnis von einem Europäer einholen müsse, der in der Nähe von Murchanza wohnte. Er wusste zwar nicht genau, wie lange es dauern würde, bis er Antwort bekam, aber in der Zwischenzeit sollte Annah ihren Plan ausführen.

»Sie müssen mir nur eines versprechen«, sagte er. »Meine Frau muss die erste Patientin sein, die hineingetragen wird.«

Annah willigte ein. Der Schmerz auf dem Gesicht des Mannes berührte sie. Sie wünschte, sie könnte ihn trösten. Stattdessen erklärte sie ihm so sanft wie möglich, dass die Frau trotz all ihrer Bemühungen vielleicht nicht überleben würde.

»Aber hier bei mir«, sagte der Verwalter und spreizte hilflos die Hände, »stirbt sie ja bereits.«

Auf der Fahrt zurück nach Germantown saß Annah steif auf dem Beifahrersitz und starrte aus dem Fenster. Bedrückt überlegte sie, ob ihr spontaner Entschluss richtig war. Es war absurd, so etwas aus eigenem Antrieb zu tun. Sie hatte doch sowieso schon Ärger mit der Mission. Sie stellte sich vor, wie der Bischof vor Wut die Augen zusammenkniff. Aber dann dachte sie an all die kranken Menschen, die Kinder, die immer noch starben, weil sie nicht in einer sauberen, vernünftigen Umgebung aufwuchsen. Warum sollten die Rechte eines lange abwesenden Hausbesitzers oder das Protokoll der Mission wichtiger sein als diese Menschen. Aber Angst hatte sie trotzdem. Die Genehmigung eines afrikanischen Verwalters bedeutete vor dem Gesetz gar nichts. Sie konnte belangt werden wegen unbefugten Eindringens oder sogar wegen Diebstahls. Die Aussicht, in einem afrikanischen Gefängnis zu landen, war Angst erregend. Und Annah konnte nicht darauf hoffen, dass die Mission sie unterstützte, wenn sie wissentlich das Gesetz brach.

Schließlich kam sie jedoch wieder auf ihren Anfangsgedanken zurück – auf den kühnen Entschluss, alles zu riskieren und nicht zu fragen, was es kostete. Deswegen war sie nach Afrika gekommen. Und Jesus hätte genau das Gleiche gemacht, da war sie sich ganz sicher.

Annah warf Stanley einen Blick zu und fragte sich, ob er sich wohl die gleichen Gedanken machte. Vielleicht dachte er aber auch an seine Frau, die im Dorf seiner Mutter auf ihn wartete. Die Aussicht, dass sie zu Stanley nach Germantown kommen könnte, lag nun ferner als je zuvor.

»Was ist mit Judithi?«, fragte Annah. Es war eine Frage nach afrikanischer Art – höflich vage, sodass viele Antworten möglich waren. Stanley schwieg eine Weile. Annah kam es so vor, als überlege er die Antwort gründlich. Schließlich beschloss er zu sprechen.

»Ich will es Ihnen ganz aufrichtig sagen«, erwiderte er. »Ein Afrikaner heiratet aus vielen Gründen. Manchmal hat es etwas mit Liebe zu tun wie bei den Europäern, manchmal aber auch nicht.« Wieder schwieg er. Annah hütete sich, ihm weitere Fragen zu stellen. Sie wartete geduldig, bis er von selbst weitersprach.

»Judithi war die Braut meines jüngeren Bruders Daudi«, sagte Stanley schließlich. »Sie bekamen ein Kind, und dann starb Daudi an Malaria.« Er blickte Annah an. »Nach der Tradition war ich verpflichtet, Judithi zur

Frau zu nehmen, damit Daudis Sohn einen Vater von seinem eigenen Blut hatte, der ihn nicht schlug oder hungern ließ. Meine Mutter hat mich darum gebeten, weil sie den kleinen Jungen sehr liebte. Die Kirchenältesten waren auch nicht dagegen. Sie fanden sogar Worte in der Bibel, die dieses Verhalten guthießen. Also heiratete ich Judithi.« Er runzelte leicht die Stirn, während er konzentriert auf die Straße blickte. »Der Sohn meines Bruders starb ebenfalls«, fuhr er fort. »Gott hat uns kein weiteres Kind geschenkt. Schwester Barbara hat gesagt, dass die Frau meines Bruders nach der ersten Geburt sehr krank war und dass dies der Grund dafür sei.«

Stanley schwieg. Annah nickte. Sie verstand ihn. Er war dem traditionellen Gesetz gefolgt und hatte Judithi des Kindes wegen, das nun nicht mehr lebte, geheiratet. Ein Mann, der kein Christ war, hätte sich einfach eine zweite Frau zugelegt, aber das konnte Stanley nicht. Er stand zwischen den afrikanischen Traditionen und den Regeln des christlichen Glaubens. Sie warf ihm einen Blick zu und sah Schmerz und Bedauern in seinem Gesicht. Nur einen Moment lang ließ er sie hinter die Fassade blicken, dann wurde seine Miene wieder undurchdringlich.

»Es gibt ein altes Sprichwort«, sagte Stanley. »*Eine Frau ist immer froh, wieder im Dorf ihrer Mutter zu sein.*« Ein leichtes Lächeln huschte über sein Gesicht. »Wir brauchen uns also nicht zu beeilen, damit meine Frau wieder umziehen kann.«

Die Leute in Germantown waren überrascht, als der Landrover so schnell zurückkam. Stanley erklärte, dass er und Annah nur ihre Ausrüstung holen und ein neues Krankenhaus an einem Ort eröffnen wollten, das zu Fuß über den Hügel bequem zu erreichen war. Wenn alles bereit wäre, würde der Landrover wieder nach Germantown kommen und diejenigen abholen, die zu krank waren, um dorthin zu laufen. Die Leute nickten verständig bei seinen Worten, aber als er und Annah begannen, den Landrover zu beladen, gerieten sie in Panik, überzeugt davon, dass sie jetzt wirklich verlassen werden sollten. Ein junger Bauer, mit einer Sichel bewaffnet, setzte sich auf den Vordersitz und weigerte sich, wegzugehen. Stanley redete begütigend auf die Leute ein, aber er konnte ihre Ängste nicht zerstreuen. Schließlich schlug Annah vor, dass Stanley den Wagen zu Kikis Haus fahren sollte, während sie mit den Dorfbewohnern zu Fuß über den Hügel ging. Als freiwillige Geisel, sozusagen.

Die Sonne stand schon hoch am Himmel, als Annah aufbrach. Eine lange Reihe von Menschen folgte ihr. Die meisten gingen zu Fuß und trugen Lasten auf den Köpfen – Brennholz, Kochutensilien, Decken und Tücher. Ein paar Kranke lagen auf behelfsmäßigen Bahren, und die Kinder wurden von ihren Müttern getragen.

Auf dem Gipfel des Hügels blieb Annah stehen. Sie blickte auf das zukünftige Krankenhaus. Die Gebäude, solide und stabil, die weiten Rasenflächen, der ruhige See. Während sich die Leute um sie drängten, kam sie sich vor wie Moses, der sein Volk ins gelobte Land führt. Sie hob ihr verschwitztes Gesicht in den Wind und lächelte.

13

Annah stand an einem offenen Fenster und atmete tief die frische Luft ein. Hinter ihr lagen zwei Frauen auf Händen und Knien und putzten den letzten Schmutz vom glänzenden Parkett. Ein junges Mädchen wischte die Fensterbänke ab. Annahs Rücken war steif, und sie war schmutzig. Den ganzen Morgen über hatte sie mit Stanley, dem Verwalter und einigen der Leute, die mit ihr über den Hügel gekommen waren, gearbeitet. Sie hatten Seidenteppiche aufgerollt, Bilder und Wandbehänge abgenommen, und Schreibtische, Anrichten und Regale voller ledergebundener Bücher weggeräumt. Kikis Esszimmer, ihr Wohnzimmer und ein langer, schmaler Anbau waren buchstäblich leer geräumt worden. Nur die praktischen Möbel waren stehen geblieben, und alle kostbaren, dekorativen Gegenstände waren sicher in einem der unteren Schlafzimmer verstaut worden.

Obwohl ihr ganzer Körper schmerzte, fühlte Annah sich nicht müde. Sie war belebt durch das Wissen, dass sie ohne fremde Hilfe eine Lösung für die Probleme in Germantown gefunden hatte. Zuerst war ihr der Plan verrückt erschienen, aber jetzt kam er ihr richtig und sicher vor.

Annah wandte sich vom Fenster ab und blickte durchs

Zimmer. Sie wünschte, Sarah und Michael wären hier, um diese neue »Station« zu sehen. Und um zu sehen, wie bereitwillig die Leute hier hart mit ihr arbeiteten. Sie stellte sich vor, wie die kleine Kate hier durchs Zimmer stolpern und sich darüber freuen würde, wenn die Sonne, die durch die Fenster aus buntem Glas fiel, farbige Muster auf den Fußboden zeichnete. Die Vorstellung tat weh. Es war Zeit, sich wieder an die Arbeit zu machen. Sie hatte sich noch nicht um Kikis Arbeitszimmer gekümmert.

Das Zimmer lag am Ende des Hauptflurs. Es war ein schattiger Raum – selbst mittags gab es keine direkte Sonneneinstrahlung durch das einzelne, kleine Fenster. Das Zimmer wirkte so, als sei es eigens dafür entworfen worden, die Kostbarkeiten vor der grellen Sonne und neugierigen Blicken zu schützen. Zögernd trat Annah ein. Fast hatte sie das Gefühl, beobachtet zu werden, als ob der Verwalter Recht gehabt hätte – die Toten waren nicht im Himmel oder in der Hölle, sondern um einen herum, in der Welt der Lebenden.

Gerahmte Fotografien standen auf dem Schreibtisch, alles Schwarzweißbilder von Kiki – sowohl Studioporträts als auch Schnappschüsse. Annah betrachtete sie aufmerksam: Kiki als junge Frau – mit bloßen Schultern, glänzenden Slippern und einem frechen Lächeln. In den Armen hielt sie ein Löwenbaby mit einem Seidenband um den Hals. Ein anderes Foto zeigte sie in Jagdkleidung mit einem Gewehr. Auf dem nächsten trug sie den Lederhelm und die Schutzbrille eines Fliegers. Dann wieder lag sie fast unbekleidet auf einer Chaiselongue, als ob sie einem Maler Modell säße. Sie war offensichtlich eine Frau mit vielen Gesichtern gewesen – oberflächlich, ernsthaft, verspielt. Sie trug keine Ringe an den Fingern, und kein Mann stand neben ihr. Außer auf einem

Foto, dem letzten, das fast verborgen im Hintergrund stand. Darauf stand Kiki neben einem großen Afrikaner. Er hatte ein Leopardenfell über eine Schulter drapiert und trug den Kopfputz eines Häuptlings. Auf den ersten Blick sah es aus wie das Erinnerungsfoto eines Reisenden. Man konnte sich förmlich die Bildunterschrift vorstellen. »Ich mit dem Eingeborenenhäuptling.« Aber eine nähere Betrachtung enthüllte mehr. In dem Blick, mit dem sich die beiden ansahen, lag Intimität. Es sah so aus, als fühlten sie sich zueinander hingezogen. Und ihre Schultern berührten sich ...

Neben den Fotos stand eine geschliffene Kristallkaraffe, halb voll mit goldbraunem Cognac, daneben ein Cognacschwenker. Alles stand bereit und wartete nur auf sie. Annah schenkte sich etwas zu trinken ein. Plötzlich musste sie an Melbourne denken. Das Haus ihrer Eltern. Die Zeit nach dem Abendessen. Annah lächelte. Was hätte Eleanor wohl mit diesem Haus gemacht? Wertvolle Antiquitäten, Teppiche, Gemälde – Annahs Mutter hätte viel dafür gegeben, sie in ihren Besitz zu bringen –, und das alles bewacht von afrikanischen Dorfbewohnern. Annah hob das Glas an die Lippen. Mit geschlossenen Augen genoss sie das vertraute Brennen auf der Zunge.

»Sollen wir jetzt hier anfangen?«

Beim Klang von Stanleys Stimme zuckte Annah zusammen. Schuldbewusst stellte sie das Glas ab. Aber Stanley hatte es schon gesehen. Sein Blick wanderte von Annahs Mund zu der Karaffe.

»Sie trinken Alkohol!«, sagte er entsetzt.

Annah wurde rot. Für Missionare war Alkohol tabu. Sie mussten in der Lage sein, glaubwürdig über die schlimmen Wirkungen des einheimischen Gebräus zu reden, das in jedem Dorf hergestellt wurde, und deshalb durften sie keine alkoholischen Getränke zu sich nehmen. Noch nicht einmal ein kleiner Sherry vor dem Abendessen war erlaubt. Annah fiel nichts ein, womit sie sich Stanley gegenüber rechtfertigen konnte. Schließlich wandte sich der Mann ab. Aber in den Blicken, die er ihr von Zeit zu Zeit zuwarf, las Annah Zweifel. Sie konnte sich lebhaft vorstellen, was er dachte – dass diese Missionsschwester nicht so war, wie sie zunächst gewirkt hatte. Wir sind ein feines Pärchen, dachte Annah. Der Enkel einer Hexe und eine Missionarin, die trinkt ...

Am Ende des nächsten Tages war Kikis Haus umgestaltet. Im Esszimmer standen einfache Tische und Stühle, wodurch es zu einem behelfsmäßigen »Sprechzimmer« wurde. Die beiden großen Wohnzimmer dienten als »Krankensäle«, nachdem man alle Betten aus den Schlafzimmern heruntergebracht und an der Wand aufgereiht hatte. Die Matratzen hatten sie herausgenommen und auf den Boden gelegt. Dadurch konnten sie doppelt so viele Patienten unterbringen. Weitere »Betten« bestanden aus großen Kissen und Teppichen. Annah hatte zunächst gezögert, die wertvollen persischen Seidenteppiche zu verwenden, hatte sich aber schließlich zu einem Kompromiss durchgerungen und sie einfach umgedreht.

Die Bettwäsche, die Moskitonetze und andere nützliche Gegenstände wurden in einem Zimmer aufbewahrt, das zum »Lagerraum« erklärt worden war. Es gab auch eine »Apotheke«, in der die letzten kostbaren Medikamente und einige Säcke Zucker und Salz verstaut waren, die Annah in der Küche gefunden hatte. Wenn man sie mit gekochtem Wasser mischte, ergaben sie eine perfekte Rehydrierungslösung, die bei Patienten mit Ruhr lebensrettend sein konnte.

In der Küche diente ein Herd zum Abkochen der

Instrumente und zum Erhitzen von Wasser und Umschlägen. Böden und Wände waren mit Efeuwasser abgewischt worden. In einem von Kikis Innenhöfen war die afrikanische Küche eingerichtet worden.

Draußen überwachte Stanley das Reinigen der Brunnen und die Wiederherstellung der Wasserleitung. Er entdeckte einen alten Stromgenerator in einem der Ställe und ein paar Kanister Benzin. Binnen kurzem funktionierte die Maschine. Annah rannte in das Esszimmer, um den Lichtschalter auszuprobieren. Als die Lampen angingen, war sie genauso erstaunt und entzückt wie die Afrikaner, die sie mit großen Augen umringten.

Schließlich war alle Arbeit getan, und das Krankenhaus konnte die ersten Patienten aufnehmen. Viele waren bereits eingetroffen, und ihre Familien lagerten vor den Nebengebäuden. Und bald würde Stanley noch mehr Menschen mit dem Landrover abholen.

Annah nahm sich einen Moment Zeit und stand allein in der Halle. Hier waren die meisten der ursprünglichen Möbel stehen geblieben, und sie hatten ein Ölporträt von Kiki aus dem Esszimmer an die Wand gehängt. Irgendwie kam es ihr passend vor – so wie in den altmodischen Krankenhäusern die Porträts der Gründer an der Wand hingen. Annah blickte in Kikis tief violette Augen. Es lag eine Spur von Humor darin, als ob die Frau Annah daran erinnern wollte, dass es zwar gut sei zu arbeiten und anderen zu helfen, dass aber das Leben aus mehr bestünde. Als Annah sich abwandte, stand sie dem Verwalter gegenüber. Der Mann schwieg, aber an seiner steifen Körperhaltung und seinen verkrampften Händen sah man seine Anspannung.

»Stanley fährt jetzt«, sagte er. »Das Krankenhaus ist eröffnet.«

»Ich habe mein Versprechen nicht vergessen«, erwiderte Annah sanft. »Dann wollen wir jetzt unseren ersten Patienten hereinbringen.«

Seitdem sie von Germantown hierher gekommen war, hatte Annah die Frau des Mannes, Ndatala, mit ihren letzten Antibiotika behandelt. Aber ihr Zustand hatte sich nicht gebessert. Der Umzug ins »Krankenhaus« würde sicher nichts am Verlauf der Krankheit ändern, aber Annah verstand, warum es dem Verwalter so wichtig war. Allerdings fürchtete sie auch, dass er zu viele Hoffnungen damit verknüpfte. Er erwartete ein Wunder. Unbehaglich verzog sie das Gesicht, als sie mit ihm zu seiner Wohnung ging, denn sie hatte den Verdacht, dass er ihr nur wegen seiner verzweifelten Lage erlaubt hatte, Kikis Haus zu übernehmen. Und wenn das so war, dann hatte sie ihn ausgenützt. Aber sie hatte keine andere Wahl gehabt.

Vorsichtig trugen sie Ndatala in einen kleinen Vorraum, der als Isolierstation diente. Annah hob den schlaffen Arm und injizierte noch mehr Antibiotika. Der Verwalter setzte sich an das Bett seiner Frau.

Auf der Schwelle blieb Annah stehen und sah, wie er sanft über die Hand strich, die leblos auf der Matratze lag. Die Liebe des Mannes rührte und überraschte sie. Bereits bevor sie von der Beziehung zwischen Stanley und Judithi erfahren hatte, hatte sie gewusst, dass afrikanische Ehen hauptsächlich auf Stammesverbindungen und praktischen Erwägungen basierten. Frau und Mann, so hatte sie gelesen, waren selten »ineinander verliebt«. Oft verbrachten sie noch nicht einmal besonders viel Zeit miteinander. Aber der Verwalter und seine Frau bildeten offensichtlich eine Ausnahme. Ihre Verbindung schien von einer tiefen Leidenschaft geprägt zu sein.

Als sie aus dem Zimmer ging, begann der Mann zu singen. Es klang wie ein Schlaflied, mit dem eine Mutter ihr Kind beruhigt, nur dass es tiefer, intensiver war. Ein Liebeslied voller Kraft, Mut und Trost. Etwas, an das sich beide klammern konnten, während Ndatala vergeblich gegen den Tod kämpfte.

Annah stieg die Treppe hinauf, in der Hand einen Silberkandelaber mit drei brennenden Kerzen. Unten in den Krankensälen schliefen die Patienten, die sie heute aufgenommen hatten. Eine freiwillige »Nachtschwester« hielt Wache. Annah und Stanley hatten sich gewaschen und gegessen, und jetzt war es endlich Zeit, zu Bett zu gehen.

Annah gähnte, als sie zu dem Zimmer ging, das sie sich ausgesucht hatte. Kikis Schlafzimmer war der große Raum am Ende des Flurs gewesen. Zur Sicherheit hatte Annah noch einmal in die Schränke geblickt. Dutzende von Kleidern und Kostümen hingen dort. Die Schubladen der Kommode waren voller sorgfältig gefalteter, khakifarbener Kleidung – Hemden, Hosen und Buschjacken. Annah hatte ein paar herausgeholt und sie anprobiert. Unter den schwierigen Bedingungen in Germantown und auch hier fand sie ihre Röcke und Kleider unpassend. Sie konnte sich darin nicht so frei bewegen, wie sie gerne wollte. Und sie boten auch nur wenig Schutz vor der Sonne, dem Blut und dem Eiter, mit dem sie bei der Arbeit zwangsläufig in Berührung kam. Annah hatte eine von Kikis Hosen und eine langärmelige Bluse mit zahlreichen nützlichen Taschen anprobiert. Die Sachen passten wie angegossen, als seien sie für sie gemacht worden.

Da sie jedoch nicht in dem großen Bett mit den vier Pfosten schlafen wollte, hatte Annah sich ein kleineres Schlafzimmer am anderen Ende des Hauses ausgesucht und ein paar von Kikis praktischen Möbeln dorthin geschafft. Das Zimmer war sehr einfach, der einzige Schmuck war ein gerahmtes Bild. Es hing in der Mitte auf einer nackten weißen Wand und zog so alle Aufmerksamkeit auf sich.

Es war ein alter Stich auf gelblichem Papier, die detaillierte Wiedergabe einer dunkelhäutigen Frau in einem aufwändigen Kostüm, das anscheinend zu einem Ritual gehörte. Die Frau hatte die Arme zum Himmel erhoben. Ihre Lippen waren halb geöffnet, und sie blickte mit weit offenen Augen nach oben. Die Wolken waren ungewöhnlich genau gezeichnet, und sie passten auf eine seltsame Weise zu der Körperhaltung der Frau. Unter dem Bild stand: Die Regenkönigin von Lovedu, dazu ein erklärender Text, dass man glaubte, die weiblichen Häuptlinge des Lovedu-Stammes seien so eng mit den Naturgewalten verbunden, dass ihre Gefühle sich auf das Wetter auswirkten. Annah las den Text immer wieder. Die Vorstellung faszinierte sie. Sie hatte davon gehört, dass sich das Wetter auf die Laune der Leute auswirkte, aber dass es auch umgekehrt sein konnte, war ihr neu. Sie fragte sich, warum Kiki das Bild wohl hier aufgehängt hatte. Hatte sie ein besonderes Interesse an dieser bizarren Regenkönigin gehabt? Oder hatte ihr einfach nur die exotische Darstellung gefallen? Auf jeden Fall hatte Annah beschlossen, es von der Wand zu nehmen und stattdessen ein Bild von der Kirche in Langali aufzuhängen, das Sarah und Michael ihr zum Abschied geschenkt hatten. Aber immer wieder fiel ihr Blick auf das Bild, von dem ein seltsamer Zauber ausging. Eine Frau, die Wolken, Wind und Himmel berührte … Schließlich hatte sie das Bild von Langali auf das kleine Tischchen neben ihrem Bett gestellt.

Annah setzte den Kandelaber auf einem leeren Bücherregal ab. Die Kerzen verbreiteten ein weiches Licht im Raum und warfen Schatten auf ihre Haut, als sie sich auszog. Während sie ihre Kleider über die Rückenlehne des Armsessels legte, fiel ihr Blick immer wieder auf das große Doppelbett neben dem Fenster. Nach den Nächten im Zelt wirkte es sehr einladend – breit und lang, mit sauberen Laken und Decken, die in der Sonne gelüftet worden waren. Annah legte sich auf eine Seite und zog die Decke über sich. Der unbenutzten Seite wandte sie den Rücken zu, aber sie hatte trotzdem das Gefühl, dass eigentlich jemand neben ihr liegen müsste. Sie hatte noch nie mit einem Mann im Bett gelegen. Aber in ihrem Kopf gab es Bilder von Michael, die ihre Fantasie entzündeten. Mit geschlossenen Augen lag sie da und erkundete mit dem Fuß die leere Seite. Sie stellte sich die Wärme vor, die weiche Berührung von Haut auf Haut …

Draußen im Garten tobte schnatternd eine Affenfamilie in den Baumwipfeln. Vom See drangen die Schreie der Nachtvögel klagend durch die Dunkelheit. Annah lauschte jedoch nicht auf die Geräusche von draußen, sie hörte nur die Stille im Schlafzimmer, das Wispern ihres Atems, das in ihren Gedanken von einem anderen erwidert wurde. Jemand, der gleichmäßig atmend neben ihr lag …

Annah beugte sich über einen Jungen, dessen mit Geschwüren bedecktes Bein gerade gebadet und mit Efeulösung desinfiziert worden war. Aus einem Stück von Kikis Moskitonetzen formte sie ein kleines Zelt darum, damit sich die Fliegen nicht in die offenen Wunden setzten.

»Wir müssen aufbrechen«, sagte Stanley.

Annah blickte ihn verwirrt an. Aber dann fiel ihr ein, dass sie ja heute ins Dorf gehen wollten, um dem Häuptling der Waganga ihren Respekt zu erweisen. Das verlangte die Etikette, und da er darum gebeten hatte, dass das Krankenhaus in Germantown wieder eröffnet werden sollte, hatten sie allen Grund, anzunehmen, dass er sie auch bei dieser zeitweiligen Alternative unterstützte.

»Gut«, stimmte Annah zu. »Ich bin gleich fertig.« Sie lächelte den Jungen an.

»Asante, Mama Kiki«, flüsterte er. »Danke.«

Er war nicht der Erste, der Annah so anredete. Sie konnten sie unmöglich mit ihr verwechseln, obwohl sie Kikis Kleidung trug. Wahrscheinlicher war, dass diese Anrede als Auszeichnung gemeint war. Trotzdem verbesserte sie den Jungen.

»Mein Name ist Schwester Annah.«

Er nickte höflich, wirkte aber nicht überzeugt.

Das Dorf war nicht weit entfernt von Kikis Schlösschen. Stanley hatte einen Jungen beauftragt, mit ihnen zu gehen und ihnen den Weg zu zeigen. Trotzdem achtete Annah sorgfältig auf Schlangen und Skorpione.

Sie freute sich darauf, den Häuptling kennen zu lernen. Sie hatte Berichte über afrikanische Stammeshäuptlinge gelesen, die dreihundert Frauen und einhundertfünfzig Kinder hatten. Sie trugen Löwenfelle und lebten in Lehmpalästen, die von Kriegern bewacht wurden. Als sie in Langali angekommen war, hatte sie darum gebeten, den Häuptling des dort ansässigen Stammes kennen zu lernen, aber er war eine große Enttäuschung gewesen. Ein ganz gewöhnlich aussehender Mann, dessen Statussymbole nur ein schwarzer Regenschirm und ein fleckiger, alter Smoking gewesen waren, den er zu jedem Anlass trug. Stanley hatte Annah jedoch erzählt, dass die Waganga ein mächtiger Stamm waren. Ihr Häuptling, hatte er ihr versichert, würde ein äußerst bedeutender Mann sein. Schließlich hatte er ja auch erfolgreich mit dem Bischof über das Krankenhaus verhandelt und sich dabei geweigert, gleichzeitig eine Kirche auf dem Gelände zu akzeptieren!

Als die Dächer des Ortes auftauchten, wurde Annah ein wenig nervös. Auch Stanley war die Anspannung anzumerken. Er hielt sich sehr gerade, und seine Arme hingen steif herunter. Annah dachte daran, wie sie früher mit Michael in jede Ortschaft gefahren war, in dem sicheren Bewusstsein, freundlich empfangen zu werden. Aber dieser Stamm hier hatte Missionare immer abgelehnt. Was für einen Empfang sie ihnen wohl bereiten würden? Der Häuptling mochte ja nichts gegen ein Krankenhaus in Germantown haben, aber was würde er jetzt sagen, wo sie sich sozusagen vor seiner Haustür niedergelassen hatte? Und dazu noch in Kikis Haus, das die Waganga seit Jahrzehnten unangetastet gelassen hatten. Annah versuchte, sich mit dem Gedanken zu trösten, dass der Verwalter sicher nie etwas erlaubt hätte, was der Häuptling missbilligen würde. Andererseits würde der Verwalter natürlich auch alles tun, um seiner geliebten Frau zu helfen.

Das Dorf der Waganga lag auf einem sanften, mit Dornenbäumen bestandenen Hügel. Die Bäume sahen ungewöhnlich gesund aus, obwohl sie mitten im Dorf standen. Kein einziger der unteren Äste war für Brennholz abgehackt worden. Die konischen Hütten wirkten ordentlich, jede mit einem Tiergehege daneben. Blumen blühten zwischen Maispflanzen, und bunte Schmetterlinge tanzten über den Hirsepflanzungen. Die in farbige Tücher gehüllten Dorfbewohner erledigten gemächlich ihre täglichen Aufgaben. Annah vermutete, dass in den Hütten ähnlich unhygienische Zustände wie anderswo herrschten, aber vom Weg aus betrachtet wirkte die Ansiedlung idyllisch. Der Ort war sehr ursprünglich, völlig unberührt von der Außenwelt. Es gab kein Plastik, keine

Hosen und Hemden, keine Fahrräder. Und auch keine Werbung für Coca-Cola.

Wie immer umringten zuerst die Kinder Stanley und Annah, als sie ins Dorf kamen. Die Teenager waren ungewöhnlich groß, manche sogar genauso groß wie Annah. Ihre noch unreifen Züge strahlten bereits die edle Schönheit aus, die das Kennzeichen des Stammes war.

Auf ihrem Weg zum Dorfmittelpunkt wurden Annah und Stanley mit direkten, zustimmenden Blicken gegrüßt. Einige Leute wiesen in die Richtung, aus der sie gekommen waren. Eine alte Frau tauchte aus einer Hütte auf und starrte Annah erstaunt an. Dann lächelte sie mit zahnlosem Mund und rief: »Kiki! Mama Kiki!«

»Sie irren sich.« Annah schüttelte den Kopf. »Ich bin eine andere weiße Frau.« Sie machte sich Vorwürfe, für den Besuch nicht ihre Schwesterntracht angelegt zu haben. Offensichtlich glaubten diese Leute wirklich, dass Tote wieder lebendig werden konnten. Und sie hatte sich auch noch Kikis Kleider angezogen, als sei sie tatsächlich die verrückte Amerikanerin. Die Freundin des Häuptlings.

Annah und Stanley wurden zu einer großen Hütte geführt, wo sie ein junger Mann begrüßte, der sich als Kitamu vorstellte. In fließendem Swahili erklärte er, er sei der Bruder des Häuptlings. Der Häuptling selbst sei unterwegs zu den Viehherden, weil der Regent, der Onkel des Häuptlings, der bis vor kurzem dem Stamm vorgestanden hatte, sich dort mit ihm treffen wollte. Und deshalb lag die Verantwortung bei Kitamu, obwohl er nur der jüngere Bruder in der königlichen Familie war. Er sah nicht so aus, als ob ihm die Aufgabe gefallen würde.

Annah erzählte ihm von dem Krankenhaus.

Kitamu nickte. »Ja, das weiß ich. Vom ersten Moment an haben wir Sie beobachtet. Ein paar von unseren Leuten sind auch schon zu Ihnen gekommen.« Seine Stimme klang unverbindlich, als stelle er lediglich Fakten fest. Dann herrschte langes Schweigen. Kitamu wirkte nervös. Annah fragte ihn, ob er ihren Plan gutheiße. Seufzend breitete er die Hände aus.

»Ich kann nicht sagen, wie mein Bruder, der Häuptling, darüber denkt. Oder mein Onkel, der Regent. Und ich kann sie nicht fragen. Ich habe ihnen eine Nachricht geschickt und sie gebeten, zurückzukommen. Aber führen Sie Ihren Plan nicht schon durch?«

»Ja«, erwiderte Annah. »Es gibt viele kranke Menschen zu versorgen. Ich brauche Brennholz. Viele Dinge müssen erledigt werden. Ich brauche Ihre Hilfe sofort. Ich kann nicht warten, bis sie zurückkommen.«

Stanley zuckte zusammen, als er Annahs kühne Worte hörte. Kitamu runzelte besorgt die Stirn. Hilfe suchend blickte er sich um. Schließlich sagte er zu, dass er sich darum kümmern wolle. Aber Annah müsse verstehen, dass der Häuptling seine eigene Entscheidung treffen würde, wenn er zurückkäme. Wenn der Häuptling wieder hier war, läge alles in seiner Hand.

Annah lächelte erleichtert. »Danke.«

Kitamu senkte gnädig den Kopf. »Ich werde mein eigenes Regiment Krieger schicken, um Ihnen zu helfen. Sie werden euch auch Eier und Hirse aus unseren Vorratskammern mitbringen. Die Frauen werden mit Brennholz kommen.« Als er zu Ende gesprochen hatte, ging der junge Mann rasch wieder in seine Hütte. Offensichtlich war er froh, dass er das Gespräch hinter sich gebracht hatte.

»Dann lass uns wieder gehen«, sagte Annah zu Stanley. In Gedanken war sie bereits beim Krankenhaus und der Arbeit, die sie dort erwartete.

Als sie durchs Dorf zurückeilte, fiel ihr ein buntes Papier auf, das an einem der Türpfosten befestigt war. Sie trat näher, und ihre Augen weiteten sich vor Überraschung, als sie eine Karte der Londoner Untergrundbahn erkannte. Früher einmal hatte eine solche Karte auch in ihrem Schlafzimmer an der Wand gehangen. Eleanor hatte sie ihr von einer Europareise mitgebracht und sie Annah zusammen mit ihren abgefahrenen Tickets und den Hotelaufklebern geschenkt.

»Jemand war auf Reisen«, sagte Annah zu Stanley. Sie machte nur einen Scherz, konnte sich jedoch nicht vorstellen, wie so etwas hierher gekommen sein mochte. Sie wollte gerade weitergehen, als ihr ein Bündel Kräuter auffiel, das an der Nachbarhütte zum Trocknen hing. Unter den verwelkenden Blättern erkannte sie auch Efeu.

»Sieh mal«, wies sie Stanley darauf hin, »sie benutzen es hier auch.«

Stanley zuckte die Schultern. Offenbar wollte er das Thema nicht vertiefen. Annah rief einen der Halbwüchsigen.

»Sprichst du Swahili?«, fragte sie.

»Nur mit Fremden«, antwortete der Junge. »Mit meinem Volk spreche ich die Stammessprache. Sie ist besser.«

»Ist das das Haus des Medizinmannes?«, fragte Annah ihn.

»Ja«, erwiderte der Junge. »Er beschützt die Menschen vor Gefahren.« Er sprach mit einem Selbstbewusstsein und einer Gelassenheit, die ungewöhnlich waren bei einem so jungen Menschen.

Annah nickte. »Du meinst, er ist ein Heiler.«

»Er befasst sich auch mit anderen Dingen. Mit den Geistern. Er redet mit den Vorfahren und macht Regen. Alles, um die anderen zu beschützen. Sein Name ist Zania.«

Wie auf ein Stichwort trat ein Mann aus der Hütte. Er trug einen Umhang aus Tierfellen, den er über die Schulter zurückgeworfen hatte. Rasch musterte er Stanley und runzelte die Stirn, als er die westliche Kleidung des Mannes sah. Dann glitt sein Blick über die weiße Frau. Annah begrüßte ihn, wobei sie es sorgfältig vermied, über seine Schulter zu blicken, wo etwas Unaussprechliches – eine verzerrte blutige und pelzige Masse – am Türpfosten hing.

»Ich bin eine Medizinfrau«, sagte sie, »und ich würde gerne wissen, wozu Sie diese Blätter brauchen.«

Zania kniff die Lippen zusammen und blickte sie misstrauisch an. Er antwortete nicht.

»Kann er mich verstehen?«, fragte Annah den Jungen.

»Ja.«

Da sie den Medizinmann nicht bedrängen wollte, bat Annah den Jungen, zu Kitamu zu gehen und ihn zu bitten, dass auch Efeublätter zu Kikis Haus gebracht würden.

»Es ist eine sehr nützliche Medizin«, sagte sie. »Sehr gut, um Wunden zu heilen.«

Zania Kopf zuckte hoch. »Das ist gar nichts«, sagte er geringschätzig. »Ich habe Medizinen, mit denen man auch Krankheiten heilen kann.«

Annah lächelte und versuchte, ihre Skepsis zu verbergen. Man hatte ihr einmal von einer »Medizin« gegen Hepatitis erzählt: man kochte ein ganzes Huhn, mit Federn und allem, und aß es dann. Ihre Reaktion schien Zania anzustacheln.

»Ich gebe Ihnen etwas, damit Sie es ausprobieren können«, sagte der Mann. Er verschwand in seiner Hütte und kam mit einem kleinen, in ein Bananenblatt eingewickelten Bündel wieder zurück. »Die Pflanzen müssen zermahlen und geschluckt werden. Sie sind hier drin.« Vorsichtig öffnete Zania das Päckchen. Darin waren Blätter, die mit Schimmel bedeckt waren.

»Danke«, sagte Annah höflich.

Zania lachte. »Sie müssen so aussehen. Ich habe sie absichtlich in grüne Blätter eingewickelt, damit sie ›Haare‹ bekommen.«

Annah steckte das kleine Bündel in die Tasche und verabschiedete sich.

»Ich erwarte Ihre Rückkehr«, sagte Zania streng. »Wollen Sie nicht auch Ihre Medizinen mit mir teilen?«

Annah blickte ihn schweigend an. Ihr wurde klar, dass sie, ohne es zu wollen, einen Pakt mit diesem Mann geschlossen hatte, indem sie sein Medizinbündel akzeptiert hatte. Sie konnte Stanleys missbilligenden Blick beinahe spüren. Und was Michael denken würde, wenn er dabei gewesen wäre, das wagte sie sich erst gar nicht vorzustellen. Warum begriff sie eigentlich immer erst zu spät, wohin ihr Verhalten sie führte?

Sie wandte sich ab, um Stanley zu folgen. Kopfschüttelnd dachte sie darüber nach, wie man eine Arznei verwenden konnte, die man absichtlich hatte verschimmeln lassen. Aber dann fiel ihr etwas ein, was sie in ihrem Lehrbuch der Medizingeschichte gelesen hatte. In einem Labor war ein Fehler passiert, und eine Probe hatte Schimmel angesetzt. Einer Eingebung folgend – oder vielleicht war es auch nur Glück –, hatte der Wissenschaftler beschlossen, diese Probe nicht wegzuwerfen. Und das war auch gut so. Dieser Zwischenfall hatte die Entwicklung der westlichen Medizin verändert. Man hatte das Penizillin entdeckt. Annah hielt inne und blickte über ihre Schulter zurück. Der Medizinmann hockte an seiner Feuerstelle, schob Knochen in der Asche hin und her und verscheuchte die Fliegen.

Der Bruder des Häuptlings hielt sein Wort. Noch am selben Tag erschienen fünfzehn junge Krieger, Kitamus Regiment, vor Kikis Haus. Mit ihnen kamen Frauen und junge Mädchen, die Brennholz, Eier und Milch brachten. Sie versammelten sich auf dem Rasen vor dem Haus und warteten geduldig.

Annah trat auf die Veranda. Es machte sie nervös, diesen starken, jungen Männern Befehle geben zu müssen. Sie zählte einfach auf, wo sie im Krankenhaus Hilfe brauchte. Vielleicht suchten sie sich ja dann ihre Aufgaben selbst aus.

Sie hatte jedoch das Gefühl, ins Leere zu sprechen. Die Männer nickten weder noch sagten sie irgendetwas. Die Frauen blickten zu Boden. Während sie sprach, musterte Annah die Vorräte. Zumindest diese Dinge waren von Wert. Und die Frauen würden wahrscheinlich ein paar Aufgaben übernehmen. Traditionelle afrikanische Männer hingegen waren äußerst wählerisch hinsichtlich der Arbeit, die sie taten. Und bis jetzt sah es nicht so aus, als ob die Krieger eine andere Einstellung hätten.

Wie sich herausstellte, irrte sich Annah jedoch. Natürlich überließen sie das Kochen und Putzen den Frauen, aber sie begannen mit Begeisterung mit der Krankenpflege, vermutlich, weil das ihrer Meinung nach die wichtigste Arbeit an diesem Ort war. Der Anblick von Kranken, der Geruch und die Geräusche, die unweigerlich mit Erkrankungen aller Art einhergehen, machten ihnen nichts aus, und sie verfügten über eine schnelle Auffassungsgabe. Nur selten machten sie Fehler, und sie erledigten ihre Aufgaben mit größter Hingabe. Schließlich gehörten sie zu Kitamus Regiment und wollten ihm keine Schande machen. Annah gewöhnte sich an den Anblick der kaum bekleideten, ockerfarbenen Körper neben den Betten ihrer Patienten. Es war eine Erleichterung, dass sie und Stanley etwas von der Verantwortung abgeben und diesen ungewöhnlichen, aber auch unerschütterlichen Assistenten aufbürden konnten.

Die Zimmer in Kikis Schlösschen waren sauber und trocken, und sie verfügten über den Luxus von Elektrizität und fließendem Wasser. Dennoch blieb das größte Problem, die vielen Patienten praktisch ohne Medikamente und Ausrüstung zu versorgen. Und mit jedem Tag wuchs der Druck. Annah kam sich vor, als ritte sie auf einer riesigen Welle. Mit Hilfe von Stanley und Kitamus Leuten konnten sie für den Moment die Situation noch kontrollieren, aber die Gefahr wuchs, dass alles über ihr zusammenstürzte.

Was ihr am meisten Sorge bereitete, war der Zustand der Frau des Verwalters. Ndatala reagierte nicht auf die Antibiotika-Infusionen, und Annah wusste nicht mehr, was sie tun sollte. Sie hätte gerne einen Arzt – Michael - um Rat gefragt, aber es gab keinen Sender in Kikis Haus. Stanley wollte, sobald Annah ihn für einen Tag entbehren konnte, zum Telegrafenamt fahren, aber selbst, wenn er jetzt sofort fuhr und durch seine Abwesenheit womöglich noch größere Katastrophen verursachte, würde es zu spät für Ndatala sein. Die Frau wurde mit jeder Stunde schwächer.

Ein weiterer langer Nachmittag neigte sich dem Ende zu, und als der letzte Patient gegangen war, eilte Annah zur Isolierstation, um nach Nadatala zu sehen, wie sie das jeden Tag tat. Als sie das Zimmer betrat, befürchtete sie fast, dass ihre Patientin bereits gestorben war. Aber irgendwie hielt die kranke Frau durch. Sie lag ganz still da und atmete leise. Einen Moment lang betrachtete Annah sie, wobei sie den Blick des Verwalters im Rücken spürte. Sie überlegte, was sie zu dem Mann sagen konnte, um ihn von seinem Schmerz abzulenken.

»Was ist mit unserer Arbeitserlaubnis hier?«, fragte

sie. »Sie wollten doch mit diesem Europäer sprechen, der in der Nähe von Murchanza lebt. Der Mann, der für den Besitz hier verantwortlich ist.«

Der Verwalter rieb sich die Augen, die von Schlafmangel gerötet waren. »Das habe ich auch getan«, erwiderte er müde. »Er hat eingewilligt, sich an den Besitzer in Amerika zu wenden und ihm mitzuteilen, dass Sie das Haus mieten wollen.«

»Weiß dieser Europäer, dass wir schon hier sind?«, fragte Annah.

Der Verwalter schwieg eine Weile. Dann sagte er: »Meine Frau ist sehr krank. Sie braucht ein Krankenhaus. Sie braucht Sie.« Hilflos spreizte er die Hände.

Annah nickte. Der Mann hatte gar nichts anderes tun können, als sie zum Bleiben zu ermutigen. Wahrscheinlich hatte er seinen Vorgesetzten noch nicht einmal kontaktiert. Sie beschloss, ihm keine weiteren Fragen zu stellen. Es war wohl das Beste, die Antworten gar nicht erst zu kennen.

Bevor sie das Zimmer verließ, fühlte sie Ndatalas Puls. Es hatte keinen Sinn, den Blutdruck zu messen. Jeder konnte sehen, dass die Frau im Sterben lag. Es war besser, ihm das Unerträgliche gleich zu sagen.

Sie trat auf den Verwalter zu. Er zuckte zusammen, als wisse er schon, was sie sagen wollte. Noch einmal rief sie sich die afrikanischen Wendungen ins Gedächtnis, die Stanley so oft schon gesagt hatte.

»Alles ist verloren, fürchte ich«, sagte sie. »Es ist Zeit für Sie, all Ihren Mut zusammenzunehmen.«

Dann drehte sie sich um und rannte aus dem Zimmer. Tränen liefen ihr übers Gesicht, als sie den Flur entlangeilte. Am Ende lag Kikis Arbeitszimmer. Annah zog den Schlüssel aus ihrer Tasche, schloss auf und schlüpfte hinein.

Sofort fühlte sie sich geborgen. Hier hatten sie fast gar nichts verändert, und die Luft roch immer noch nach altem Leder und Parfüm. Die Fotografien und der Cognac standen immer noch auf dem Schreibtisch. Annah ergriff die Karaffe an ihrem schlanken Hals und setzte sie an die Lippen. Der Alkohol brannte in ihrer Kehle wie ein reinigendes Feuer und verbannte die Angst.

Ich wünschte, du wärst hier.

Der Gedanke durchfuhr sie – klar und doch vage. Sie wusste nicht, nach wem sie sich sehnte. Sarah … Michael … Jesus … Kiki.

Nach irgendjemand anderem.

Jemandem, der sie tröstend in die Arme nahm, sie fest hielt und nie gehen ließ.

Erst spät am Abend konnte Annah endlich die Treppe in ihr Schlafzimmer hinaufsteigen. Müde knöpfte sie ihre Safaribluse auf. Als sie die Hose ausziehen wollte, bemerkte sie eine Ausbuchtung in ihrer Tasche. Das Kräuterbündel des Medizinmannes. Sie trat ans Fenster, in der Absicht, das verschimmelte Päckchen hinauszuwerfen. Aber dann kam ihr plötzlich eine Idee. Schimmel in einer Petrischale. Lebensrettender Schimmel … Und wenn der Medizinmann nun Recht hatte, dachte sie, wenn er zufällig entdeckt hatte, wie man Penizillin herstellt. Die Frau auf der Isolierstation starb. Und dem Mann, der sie liebte, brach es das Herz. Annahs Behandlung hatte keine Wirkung gezeigt. Ob sie wohl Zanias Arznei ausprobieren sollte?

Annah verwarf den Gedanken. Aber als sie in ihrem breiten Bett lag, ging er ihr nicht mehr aus dem Kopf. Sie konnte ihm nicht entkommen.

In der stillen, leeren Küche zermahlte sie die Kräuter in einem Mörser und vermischte sie mit Aspirinsaft.

Sie versuchte, nicht allzu viel darüber nachzudenken, was sie hier tat – denn jetzt konnte sie nichts mehr aufhalten.

Der Verwalter saß immer noch am Bett seiner Frau. Er zuckte zusammen, als sie näher trat. Die große, schlanke Frau in einem langen weißen Nachthemd, die roten Haare, die ihr über die Schultern fielen.

»Sie sind es!«, sagte er überrascht, als habe er geglaubt, einen Geist zu sehen.

Annah zeigte ihm die Arznei. »Es ist nur gegen die Schmerzen«, sagte sie mit fester Stimme. »Nicht zur Heilung.«

Ndatala würgte, als die Schwester ihr die Mixtur zwischen die Lippen zwang. Auch Annah schnürte es die Kehle zu. Was tat sie hier eigentlich? Die Substanz konnte giftig sein! Vielleicht hatte sie auch zu viel genommen oder sie falsch zubereitet.

Aber jetzt war es zu spät. Es war geschehen. Annah verließ das Zimmer. Sie stellte sich vor, wie der dünne Körper von Krämpfen geschüttelt wurde und wie der Tod mit eisigen Klauen nach ihr griff.

Und sie war schuld ...

Als sie endlich einschlief, warf sich Annah von Albträumen geplagt hin und her. Sie war wieder ein Kind. Man hatte sie bei etwas Verbotenem ertappt. Sie wusste nicht genau, was es war, aber Eleanor war böse auf sie. Sie packte sie an den Schultern und schüttelte sie heftig. Schüttelte sie. Ihre Finger gruben sich in Annahs Haut.

»Wachen Sie auf! Wachen Sie auf!«

Annah schreckte hoch. Starr vor Angst blickte sie in ein schwarzes Gesicht.

»Schnell! Sie müssen kommen!«

Sofort war Annah hellwach. Sie sprang aus dem Bett

und rannte die Treppe hinunter. Der Verwalter folgte ihr. Sekunden später stürzte sie in das Isolierzimmer, in dem eine schwach glimmende Laterne hing. Sie drehte den Docht höher und trat ans Bett. Ndatala hatte die Augen geöffnet, und ihre Lippen bewegten sich, als wolle sie etwas sagen. Annah legte die Hand auf ihre Stirn – kühl und trocken. Dann fühlte sie den Puls – regelmäßig und kräftig.

»Sehen Sie?« Der Verwalter tauchte neben ihr auf. »Es geht ihr besser. Sie haben sie gerettet.«

Annah schwieg. Es gibt immer wieder Wunder, sagte sie sich. Manchmal werden Patienten plötzlich gesund, obwohl man alle Hoffnung aufgegeben hat. Aber, wandte eine andere Stimme in ihrem Kopf ein, es kann doch kein Zufall gewesen sein, dass du ihr Zanias Arznei gegeben hast.

Der Verwalter blickte sie erwartungsvoll an. Sie wandte sich ihm zu und lächelte über die unverhüllte Freude auf seinem Gesicht.

»Es scheint ihr viel besser zu gehen«, sagte Annah. »Gott hat sie gerettet.«

Zania hat sie gerettet.

Der Mann hob die Arme und tanzte vor Entzücken durch das Zimmer.

»Wir wollen Gott danken«, schrie er laut durch das stille Haus. »Ihrem Gott, unserem Gott, jedem Gott, den wir kennen.«

In diesem Moment betrat Stanley das Zimmer. Er war noch völlig verschlafen und knöpfte sich gerade das Hemd zu.

»Was ist geschehen?«, fragte er.

Als er die Worte des Verwalters hörte und sah, dass es Ndatala merklich besser ging, blickte er Annah erstaunt an.

»Wir dürfen sie nicht zu sehr anstrengen«, sagte Annah und winkte Stanley, er solle ihr in den Flur folgen.

Als sie allein waren, flüsterte sie: »Ich habe ihr die Arznei aus dem Dorf gegeben.«

Stanley riss die Augen auf. »Von dem Medizinmann?«

Annah nickte. Stanley starrte sie an. Auf seinem Gesicht wechselten sich Entsetzen, Misstrauen und Erstaunen ab.

»Es ist ein Wunder«, sagte er schließlich.

»Ja«, stimmte Annah zu.

Beide schwiegen.

Am nächsten Morgen erwartete Annah fast, die Ereignisse der Nacht nur geträumt zu haben. Aber als sie vorsichtig in den Isolierraum trat, saß die Frau des Verwalters im Bett, aß Brei und schwatzte mit einem von Kitamus Kriegern. Leise zog Annah die Tür wieder hinter sich zu und ging in die Küche, wo sie statt eines Frühstücks hastig ein paar Löffel Ugali aß. Dann lief sie zur Haustür.

Rasch ging sie durch das Dorf direkt auf Zanias Hütte zu. Unterwegs überlegte sie, welche Fragen sie ihm stellen wollte. Hatte er schon ähnliche Wunder erlebt? Hatte er noch andere Medizinen? Als sie näher kam, sah sie den Mann an seiner Feuerstelle sitzen. Beinahe so, als ob er auf sie wartete. Als sie jedoch an ihn herantrat, hörte sie leisen Gesang und sah, dass seine Lippen weiß von Speichel waren. Die knochigen Schultern des Mannes zuckten, während er vor und zurück schaukelte.

Ihr erster Impuls war, stehen zu bleiben oder wegzulaufen. Aber da ihr klar war, dass sie beobachtet wurde, beschloss sie, ihn zu begrüßen.

»Guten Morgen, Medizinmann«, sagte sie. »Ich bin es, die Weiße aus Kikis Haus.«

Eine Zeit lang reagierte Zania nicht. Dann hob er den Blick. Leer und ohne einen Funken des Wiedererkennens starrte er die weiße Frau an.

Annah wich zurück, wobei sie über ein Stück Brennholz stolperte. Zania begann, Worte in einer fremden Sprache zu schreien. Obwohl er durch sie hindurch sah, waren die Worte direkt an sie gerettet. Unfreundlich und wütend. Erschreckt drehte Annah sich um und rannte davon. Die Leute sahen ihr schweigend nach – nicht drohend, aber Besorgnis erregend gleichgültig, als ob sie nicht eingreifen würden, wenn sie hinfiele und sich verletzen oder von wilden Tieren angegriffen würde. Und warum sollten sie auch?, dachte Annah. Schließlich war sie uneingeladen, aus eigenem Antrieb hierher gekommen, um mit dem Medizinmann zu sprechen. Sie hätte vorsichtiger sein müssen. Was hatte Stanleys Großmutter gesagt? *Europäer verstehen die Dinge nicht, die Afrikaner wissen*.

Sie können sie nicht verstehen. Sie können sie nicht wissen.

Und in Unwissenheit liegt Gefahr …

Die Luft im Sterilisationsraum war rauchgeschwängert und von Lärm erfüllt, vom Zischen des kochenden Wassers, vom ständigen Knistern brennender Holzkohle und vom Geplapper der Leute.

»Es muss zehn Minuten lang kochen.« Annah wandte sich an die Frauen, die von Kitamus Kriegern hierher gebracht worden waren. Sie wies auf die Eieruhr, die sie auf den alten Küchentisch gestellt hatte. »Jedesmal, wenn ihr sie umdreht, hebt ihr einen Finger. Dann könnt ihr nichts falsch machen.« Die Frauen nickten, aber Annah war nicht sicher, ob sie sie auch verstanden hatten. Sie wischte sich den Schweiß und den Ruß vom Gesicht und wandte sich an Stanley, der in der Tür stand. Er hatte die Hände hinter dem Rücken verborgen, und in seinen Augen lag Triumph.

»Ich habe etwas«, sagte er. Er hielt einen Gegenstand hoch. Ein solider Bakelitkasten mit Drähten, Knöpfen und Hebeln.

»Ein Sender«, hauchte Annah.

»Er hat gerade erst wieder seinen Weg hierher zurückgefunden«, bestätigte Stanley. »Er war in Germantown abhanden gekommen.« Ein Lächeln breitete sich auf seinem Gesicht aus. »Wenn ich ihn zum Laufen bringe, können wir mit allen sprechen.«

Annah blickte auf das Kurzwellenradio in Stanleys Händen. Es war eine greifbare Verbindung mit der Außenwelt.

»Wir können mit Michael reden«, sagte Annah. »Er wird uns sagen, was wir tun sollen.« Erleichterung überflutete sie, schnell jedoch mischte sich auch Angst dazu. Die Entscheidung, Germantown ohne Erlaubnis zu verlassen und in Kikis Palast zu ziehen, erschien hier und jetzt nur vernünftig. Aber als Annah daran dachte, wie es wohl aus der Ferne betrachtet wirken würde, stiegen Zweifel in ihr auf. Jetzt, wo sie einen Sender hatten, würde sie nicht nur mit Langali, sondern auch mit dem Hauptquartier der Mission Kontakt aufnehmen müssen. Mit dem Bischof. Aber sie hatte Stanley sowieso zum Telegrafenamt schicken wollen. Das Krankenhaus brauchte dringend Medikamente und andere lebensnotwendige Dinge – wie zum Beispiel Geld.

Annah beschloss, zuerst nach Langali zu funken. Michael war immer noch ihr Vorgesetzter, ganz egal, was persönlich zwischen ihnen stand. Und er und Sarah waren immer noch Annahs engste Freunde.

Annah überdachte noch einmal ihre Position. Ja, gab sie zu, sie hatte wahrscheinlich das Gesetz gebrochen.

Aber was war mit dem Gesetz der Liebe? Der Liebe, von der Jesus geredet hatte? Und was war mit Dächern, durch die es nicht hereinregnete, und Tanks, aus denen fließendes Wasser kam?

Michael würde es verstehen, sagte sich Annah. Er selbst musste auch mit schwierigen Situationen fertig werden und schwere Entscheidungen treffen. Annah dachte daran, wie er einmal das Krankenhaus in Langali geschlossen hatte. Die Einheimischen hatten die Mission als selbstverständlich hingenommen – sie hatten ihre Pflicht nicht mehr getan und waren nicht mehr in die Kirche gekommen. Und sie hatten Michaels Warnung, dass es so nicht weitergehen könne, ignoriert. Also hatte er die Station geschlossen. Krankenhaus. Apotheke. Schule. Alles, zwei Wochen lang. Annah konnte sich lebhaft vorstellen, wie er sich in dieser Zeit gefühlt hatte. Die Stationen waren leer gewesen, alle Kranken mussten abgewiesen werden. Die Leute hätten sterben können, und vielleicht war das auch passiert. Aber Michael hatte nicht nachgegeben. Er stand zu seinen Entscheidungen. Und so stark musste Annah auch sein.

Sie kamen ohne Probleme nach Langali durch. Eine Frau mit breitem schottischem Akzent antwortete und erklärte, sie sei die neue Krankenschwester der Station. Die Familie Carrington sei nicht da, sie befinde sich in ihrem lang verdienten Urlaub am Tanganjika-See.

Annahs Herz sank, als sie das hörte. Sie schwieg eine Weile, bis die schottische Frau fragte, ob sie noch da sei. Schließlich hinterließ Annah eine Nachricht für Sarah und Michael, in der sie ihnen die Funkfrequenz angab und sie bat, Kontakt mit ihr aufzunehmen. Danach saß sie ganz still am Gerät und starrte es mit leerem Blick an. Übelkeit stieg in ihr auf, als sie sich die Besitzerin der Stimme – ihre Nachfolgerin – am Funkgerät in Langali vorstellte.

Mittlerweile hatte sich die Frau wahrscheinlich schon in der kleinen Hütte am Ende des Weges eingenistet. Michael passte auf sie auf. Mit Sarah hatte sie sich angefreundet. Und die kleine Kate brachte sie zum Lächeln.

Mühsam zwang sich Annah, das Missionshauptquartier in Dodoma anzufunken. Sie hinterließ eine Nachricht für den Bischof, in der sie erklärte, was sie getan hatte. Sie konnte das Erstaunen des Vermittlers deutlich hören, als er ihre Worte aufnahm.

»Ist das alles?«, fragte er ungläubig.

»Ja. Das ist alles«, erwiderte Annah.

Aber sie wusste, dass das nicht so war. Es würde noch viel mehr kommen.

Sie war kaum wieder an ihre Arbeit zurückgekehrt, als Stanley sie zum Radio rief. Der Bischof wollte Annah sprechen. Er bediente das Gerät selbst, und seine Wut vermittelte sich direkt. Er konnte nicht glauben, was man ihm gesagt hatte. Er erinnerte Annah daran, dass ihre Arbeitserlaubnis nur für ein bestimmtes Gebiet, das neue Krankenhaus in Germantown, galt. Sie bewegte sich außerhalb des tansanischen Gesetzes und konnte nicht erwarten, dass die Mission sie beschützte. Er würde sofort jemanden zu ihr schicken, der die Angelegenheit in Ordnung brächte. Annah versuchte, ihre Handlungsweise zu erklären, aber der Bischof unterbrach sie und sagte, es gäbe nur einen Ort, an dem Annah zu sein habe, und das sei der Ort, an den er sie geschickt habe.

Annah hatte ihre Antwort vorbereitet. »Ich glaube, wenn Jesus sich in meiner Lage befunden hätte …«, begann sie.

»Schwester Mason«, unterbrach sie der Bischof, »Sie sind ein Mitglied meiner Organisation. Sie sind nicht Jesus.«

Und damit war das Gespräch beendet.

Annah ging über den Rasen an den Blumenbeeten entlang. Hier war es still, der Lärm des Krankenhauses – Babygeschrei, das Plappern der Mitarbeiter, klappernde Töpfe in der Küche – wich sanfteren, weicheren Lauten. Bienen summten um die Blüten, Zweige knackten unter ihren Füßen, Eidechsen, die in der Mittagsglut dösten, huschten davon, als sie sich näherte. In dem Frieden und der Schönheit des Parks schien die Tirade des Bischofs in den Hintergrund zu treten. Annah beruhigte sich und begann, den Spaziergang zu genießen. Seit ihrer Ankunft hier hatte sie ohne Unterbrechung gearbeitet, und bis jetzt hatte sie diesen Teil des Parks noch nicht erforscht. Vor ihr stand ein alter Pfefferkornbaum, dessen lange Äste den Boden berührten. Annah schob sie beiseite und trat in das verborgene Heiligtum. Mitten in der Bewegung jedoch erstarrte sie. Eine alte Afrikanerin hockte am Baumstamm und warf Blumen zu Boden. Als sie Annah bemerkte, blickte sie überrascht auf.

»Samaheni«, sagte Annah. »Verzeihen Sie.« Sie wandte sich zum Gehen. Es ging sie nichts an, wenn die Leute an heiligen Bäumen Schreine errichten wollten. Schließlich waren Annah und Stanley medizinisches Personal und keine Prediger.

»Nein, warten Sie. Kommen Sie her und setzen Sie sich.« Die alte Frau sprach Annah in perfektem Englisch an und unterstrich ihre Worte mit einer freundlichen Geste.

Annah schwieg verblüfft – sowohl wegen der Worte als auch wegen des selbstbewussten, vertrauten Tonfalls. Sie trat zu der Frau und setzte sich. Tief in ihr rührte sich eine warnende Stimme. Was tat sie da? Erst ging sie zu einem Medizinmann und verwendete seine Arznei, und jetzt wollte sie auch noch einem heidnischen Ritual beiwohnen?

»Sie ist hier begraben«, sagte die alte Frau. »Miss Kiki.« Sie sprach den Namen voller Bedauern und Wärme aus.

»Sie kannten sie?«, fragte Annah überrascht.

»Ich war ihre Zofe«, erwiderte die Afrikanerin stolz. »Ich habe alles für sie getan.« Sie beugte sich zu Annah vor. »Selbst bei privaten Dingen hat sie sich auf mich verlassen. Wenn Männer sie besuchen kamen, habe ich ihr Liebeszimmer vorbereitet.«

»Liebeszimmer?«, wiederholte Annah, unsicher, ob sie sie richtig verstanden hatte.

»Ja. Ich musste dafür sorgen, dass die Bettdecken zurückgeschlagen waren. Und ich habe immer frische Blumen auf die Kopfkissen gelegt. Das war meine Idee. Rosen waren ihre Lieblingsblumen.«

Annah schwieg. Liebhaber. Männer. Besuche. Rosen auf dem Kopfkissen.

Die Frau lächelte wissend. »Ich habe gehört«, sagte sie, »jemand hat mir gesagt …« Sie brach ab.

»Was gesagt?«, fragte Annah.

»Dass Sie in diesem Liebeszimmer schlafen.«

Annah blickte sie erstaunt an.

»Das Zimmer der Regenkönigin«, fügte die Frau hinzu. »Sie haben sich doch dieses Zimmer ausgesucht.«

Annah erwiderte nichts. Die Begegnung kam ihr unwirklich vor – die hängenden Äste des Pfefferkornbaumes, die seltsame alte Frau, die bunten Blumen. Das Reden von Liebe …

Annah stand auf.

»Mein Name ist Louisa«, sagte die alte Frau. »Wenn Sie eine Zofe brauchen, stehe ich gerne zur Verfügung.«

»Danke«, erwiderte Annah hastig. Als sie durch den Blättervorhang ins Freie trat, fiel ihr auf, wie kühl es dort neben Kikis Grab gewesen war. Eilig lief sie zum

Haus zurück und zurück zur Geschäftigkeit des Krankenhauses.

Einer von Kitamus Kriegern wartete auf Annah, als sie das Haus betrat. Stanley stand neben ihm.

»Da ist eine Nachricht für Sie«, sagte Stanley.

»Von wem?«, fragte Annah. Hoffnung und Angst stiegen in ihr auf. Sie fürchtete einen weiteren Zusammenstoß mit dem Bischof, sehnte sich aber danach, endlich von Michael zu hören.

»Von Kitamu«, erwiderte Stanley.

Annah fiel auf, dass seine Stimme ziemlich angespannt klang.

»Was ist los?«, fragte sie.

»Sie wollen hier auf dem Rasen ein Ngoma abhalten.«

Annah runzelte die Stirn. Der Swahili-Ausdruck bezeichnete eine große Stammesversammlung, bei der getanzt, gesungen und getrommelt wurde. Aber das war noch nicht alles. Laut der Beschreibung im Missionarshandbuch tranken die Gäste auf einem Ngoma auch selbst gebrauten Schnaps, liebten sich und beteten zu ihren Geistern.

»Hier?«, fragte Annah ungläubig. Das Fest vor der Hochzeit im Dschungel war bisher das einzige Ereignis dieser Art gewesen, das sie je miterlebt hatte. Sie wollte diese Erfahrung eigentlich nicht wiederholen.

Der Krieger nickte. »Dieser Grasplatz, der Kiki gehört, ist berühmt«, erklärte er. »Das ist schon so, seitdem sie den Stamm zum ersten Mal eingeladen hat, dort ein Ngoma abzuhalten.« Bei den Worten des Mannes blickte Annah zum Porträt Kikis. Wieder kam es ihr vor, als sehe sie eine Spur von Humor in den Augen. Oder vielleicht war es Mutwillen …

Der Krieger wies auf die schwarzen Steinkreise im Rasen. »Sie können sehen, wo die Feuer entzündet werden«, sagte er. »Und dort drüben, bei den alten Bäumen, sind die Spuren, die die Tänzer hinterlassen haben.«

Annah konnte die Stellen im Rasen erkennen – rund wie riesige Feenkreise.

»Dieses Ngoma ist ein besonderes Fest«, erklärte der Krieger. »Wir empfangen unseren Häuptling, der von den Viehherden zurückkommt.« Er schwieg. »Sie kommen auch«, erklärte er dann.

Annah öffnete den Mund, um abzulehnen. Schließlich war sie Missionarin und durfte noch nicht einmal daran denken, an einer solchen Versammlung teilzunehmen. Aber bevor sie etwas sagen konnte, erwiderte Stanley: »Wir fühlen uns geehrt und kommen gerne.«

Annah starrte ihn entsetzt an. Aber dann leuchtete ihr ein, dass eine andere Antwort gar nicht möglich gewesen wäre. Sie konnten es schließlich nicht ablehnen, den Häuptling zu begrüßen. Das wäre eine offene Beleidigung gewesen. Sie rang sich ein Lächeln ab. »Wann findet dieses – Ereignis – statt?«

»Wir erwarten den Häuptling morgen zurück«, erwiderte der Krieger. »Das Ngoma wird am Abend abgehalten.«

Damit drehte sich der junge Mann um und ging.

Am folgenden Nachmittag schleppten Frauen und Mädchen Brennholz herbei und stapelten sie an den Feuerstellen auf. Aus Kuhhäuten, die über Stangen hingen, wurde ein Pavillon errichtet. Auf den Boden wurden gewebte Matten gelegt. Zur Zeit des Sonnenuntergangs begannen sich die Dorfbewohner auf den Rasenflächen zu versammeln. Fast alle trugen zeremonielle Kleidung – Felle von wilden Tieren, Perlenketten, Kopfputz aus Straußenfedern und Körperbemalung, was die alltägliche Anmut ihrer Haltung noch unterstrich. Die Waganga sahen aus wie ein Stamm edler Krieger.

Annah blickte auf ihre eigene, langweilige und gewöhnliche Kleidung. Sie hatte Kikis Hosen durch ihre ordentliche Missionarstracht ersetzt. Sogar das Missionsabzeichen hatte sie angesteckt. Das war absichtlich geschehen, denn wenn sie einen so hohen Gast begrüßte, dann wollte sie zumindest korrekt aussehen, wie eine achtbare Missionarin. Stanley trug, wie immer, seine Buschkleidung. Er stand auf der Veranda und beobachtete das Treiben. Seine Miene war undurchdringlich. Annah ging durch den Kopf, dass er sich seinen Standplatz mit Bedacht gewählt hatte. Als afrikanischer Missionsangestellter gehörte er nicht auf den Rasen zu den Dorfbewohnern, aber er gehörte auch nicht mit Annah in das europäische Schloss. Er stand zwischen beiden Welten.

Als die Sonne tiefer sank, warf sie ein goldenes Licht über den Park. Die bemalten Körper glänzten. Durch das Summen der Stimmen konnte man den Rhythmus vieler kleiner Trommeln hören. Die Feuer wurden entzündet, und ein paar der Leute begannen zu tanzen. Die Flammen ließen ihre Körper rot aufleuchten und warfen lange Schatten.

Annah stellte sich ans Fenster. Die Wagangas machten einen freundlichen, entspannten Eindruck wie bei einem Familienfest, bei dem alle Generationen zusammenkamen. Selbst die Kranken waren nicht ausgeschlossen worden. Die Krieger hatten einige der Betten auf den Rasen hinausgetragen, sodass auch Annahs Patienten dem Fest beiwohnen konnten. Annah merkte nicht, dass Stanley auf sie zutrat, und zuckte zusammen, als er sie ansprach.

»Wir müssen jetzt zu ihnen hinausgehen«, sagte er, »bevor der Häuptling eintrifft.«

Sie folgte Stanley durch die Menge. Obwohl die Leute beiseite traten, um sie durchzulassen, empfand sie eine leichte Panik. So viele nackte, starke, fremde Körper, die nach Lehm, Kochöl, Schweiß und Rauch rochen.

Als sie den Pavillon erreichten, wurden sie von Kitamu begrüßt. Er machte einen freundlichen Eindruck, war aber auch angespannt. Anscheinend überlegte er noch, wo er Annah platzieren sollte – in den Pavillon wie einen Ehrengast oder an eine weniger auffällige Stelle am Rand des Geschehens. Schließlich entschied er sich für Letzteres. Verlegen stand Annah dort und fühlte sich vollkommen fehl am Platz. Als sie sich umblickte, fiel ihr eine alte Frau auf, die auf einer mit Fellen bedeckten Liege im Pavillon saß.

»Wer ist das?«, flüsterte Annah Stanley zu.

»Das ist die alte Königin«, erwiderte der Mann. »Die Mutter des Häuptlings.«

Annah warf ihr aus den Augenwinkeln einen Blick zu. Die Kleidung der Frau unterschied sie nicht von den anderen, aber an ihren Armen hingen schwere Elfenbeinarmreifen, und um den Hals trug sie eine Bernsteinkette.

Plötzlich kam Bewegung in die Menge, und alle sangen laut einen immer wiederkehrenden Refrain in der Stammessprache.

»Er ist gekommen«, sagte Stanley. »Der Häuptling ist da.«

Annah stellte sich auf die Zehenspitzen, um etwas sehen zu können. Am anderen Ende des Rasens erhoben sich ein Dutzend Speerspitzen über die Köpfe der Menschen. Die eisernen Spitzen glänzten im Feuerschein und bewegten sich auf den Pavillon zu. Als sie näher kamen, erblickte Annah eine Gruppe von Kriegern. Sie standen Schulter an Schulter und in ihrer Mitte erhob sich eine einzelne, große Gestalt.

Der Häuptling.

Er trug einen Umhang aus Leopardenfell, der über der

Brust lose zusammengebunden war. In der Hand hielt er einen blau bemalten Lederschild und einen mit Federn und Bändern geschmückten Speer. Auf seinem fein gemeißelten Gesicht lag ein stolzer, strenger Ausdruck. Annah starrte ihn an. Er kam ihr vor wie eine Erscheinung aus einem Märchenbuch – der mythische, afrikanische Häuptling, der Wirklichkeit geworden war. Sie konnte sein Alter schlecht schätzen. Er hatte die glatte Haut und das feste Fleisch eines jungen Mannes, aber in seinem Gesichtsausdruck lag etwas, was auf größere Reife schließen ließ.

Der Häuptling trat zum Pavillon, begrüßte seine Mutter, seinen Bruder und die anderen Männer. Dann wandte er sich an die Menge. Die Krieger schrien Worte, die Annah nicht verstand. Die Menge antwortete. Dann hob der Häuptling seinen Speer und sprach zu seinem Volk. Seine Stimme war laut und deutlich. Die Stammessprache klang aus seinem Mund melodisch und fremd wie eine nordische oder keltische Sprache.

Nach einer kurzen Ansprache schwieg der Häuptling und winkte jemanden zu sich. Ein Mann trat vom Pavillon neben ihn, mit hoch erhobenem Kopf und einem arroganten Gesichtsausdruck. Er war viel älter als der Häuptling und sogar noch prächtiger gekleidet. Neben dem Leopardenfellumhang hing noch ein Affenfell um seinen Hals, und er trug einen Kopfputz aus Straußenfedern. Die Menge jubelte auch ihm zu, aber es klang verhaltener.

Annah sah, dass Stanley mit seinem Nebenmann flüsterte. Dann wandte er sich zu ihr.

»Das ist der Regent«, sagte er zu ihr. »Der Onkel des Häuptlings. Er hat viele Jahre lang, seit der alte Häuptling tot ist, über den Stamm geherrscht, bis der junge Häuptling sein Amt antreten konnte. Jetzt ist die Zeit gekommen. Heute ist die Aufgabe des Regenten beendet, und der Häuptling übernimmt.«

Der Häuptling hatte seine Rede gehalten, schwang seinen Speer und hob die Faust.

»Waganga!«, schrie er. »Waganga.«

Die Menge nahm den Ruf auf. Ein Lächeln glitt über das Gesicht des Häuptlings und verwandelte ihn für einen Augenblick von einem stolzen Krieger in ein entzücktes Kind. Und doch war es auch ein ernster Moment, und seine Augen blickten wachsam. Der Gesang und die Rufe dauerten noch eine Zeit lang an, und immer wenn es vorüber zu sein schien, ertönte erneut eine Stimme aus der Menge. Schließlich war es vorbei. Die Trommler begannen wieder zu trommeln, und der Häuptling und seine Krieger traten auf die Tanzenden an den Feuern zu. Ihr Weg führte sie dicht an der Stelle vorbei, an der Annah und Stanley standen. Annahs Herz klopfte rascher. Er würde sie unweigerlich entdecken …

Der Häuptling war nur noch eine Armlänge weit entfernt, als er die weiße Frau bemerkte. Er erstarrte, und seine Augen weiteten sich vor Erstaunen. Rasch glitt sein Blick über Annah. Er musterte sie von Kopf bis Fuß und sah ihr schließlich in die Augen. Annah erwiderte seinen Blick und deutete eine Verbeugung an. In diesem Moment eilte Kitamu herbei und redete auf den Häuptling ein. Er wirkte aufgeregt und defensiv. Vermutlich hatte er dem Häuptling noch gar nicht mitgeteilt, dass er eine Weiße eingeladen hatte. Es war auch möglich, dass der Häuptling mit seinen Kriegern direkt von den Viehherden hierher gekommen war und noch nicht wusste, dass eine Missionarin in Kikis Haus ein Krankenhaus eröffnet hatte. Kitamu wich ein wenig zurück. Der Häuptling nickte langsam, wobei er Annah unverwandt ansah. Es sah so aus, als wolle er zu ihr treten, um mit ihr zu reden, aber die Krieger drängten sich ungeduldig um ihn und warteten darauf, dass ihr Häuptling sich den Tanzenden anschloss. Schließlich bedeutete der Häuptling durch eine Geste, dass Annah und Stanley sich zu der Gruppe im Pavillon gesellen sollten, und ging weg. Annah blickte ihm fasziniert nach.

Sie wurde auf einen Hocker neben die alte Königin gesetzt. Die Frau ignorierte sie völlig – sie hatte nur Augen für ihren ältesten Sohn. Er hatte seinen Platz an der Spitze der Krieger eingenommen und bereitete sich darauf vor, sich den Tanzenden anzuschließen. Die alte Frau lächelte beim Anblick der jungen Frauen des Stammes, die sich um ihn drängten und sich ihm darboten.

Von ihrem Platz im königlichen Pavillon aus sah Annah zu, wie die Männer um das Feuer tanzten. Ihre Bewegungen waren anmutig, und zugleich vermittelten sie ihre Freude am Tanz. Das hatte nichts mit der wilden, entfesselten Hysterie zu tun, die Annah in dem Dschungeldorf erlebt hatte.

Ab und zu erhaschte sie einen Blick auf den Häuptling, der immer noch von seinen Kriegern umgeben war. Sie ertappte sich sogar dabei, wie sie nach ihm Ausschau hielt.

Die Krieger lachten. Sie benutzten ihre Körper wie Spielzeuge und freuten sich an den Bewegungen. Schweiß rann über ihre Brust, und wenn sie herumwirbelten und hoch sprangen, spritzten silberne Tropfen durch die Luft. Annah sah, dass eine junge Frau nahe bei dem Häuptling stand. Sein Schweiß spritzte ihr ins Gesicht. Sie zuckte nicht einmal, sondern fuhr sich mit dem Finger über die Wange und leckte ihn dann langsam ab.

Annah hätte sich am liebsten zu den Tanzenden gesellt. Heimlich schlug sie mit einem Fuß den Takt, und die Tanzabende in ihrer Studentenzeit fielen ihr ein. Damals hatte sie oft so still dagesessen und dem Wunsch, sich zu bewegen, widerstanden. Ein Mädchen musste warten, bis es aufgefordert wurde, und die Jungen hatten kleinere Mädchen bevorzugt – weil sie zu ihnen aufblickten und sich sanft an ihre Schultern schmiegen konnten. Stirnrunzelnd rief sich Annah ins Gedächtnis, dass dies hier etwas völlig anderes war. Sie war hier nur Zuschauerin, nur ein Gast. Nicht eine junge Frau mit Träumen und Sehnsüchten.

Sie blickte sich nach Stanley um und sah ihn neben dem Pavillon stehen. Auch er verschlang die Tänzer mit den Augen, stand jedoch unbeweglich da. Eine junge Frau trat auf ihn zu und bot ihm eine Platte mit Maiskolben an. Sie lächelte ihm ins Gesicht und wiegte sich leicht im Rhythmus der Musik in den Hüften. Stanley nahm einen Maiskolben, wandte sich dann aber ab.

Kurze Zeit darauf zog sich die alte Königin zurück. Eine Gruppe von Kriegern hob ihre Sänfte auf die Schultern und trug sie davon.

»Wir können jetzt gehen.«

Annah hörte Stanleys Worte kaum. Sie beobachtete den Häuptling, der zu der Sänfte lief, um seiner Mutter gute Nacht zu wünschen. Sein Körper war sehnig und muskulös. Ein Krieger, kein Student.

»Wir können jetzt gehen«, wiederholte Stanley. »Die alte Königin ist weg. Wir dürfen ihrem Beispiel folgen.«

Annah stand auf und folgte Stanley über den Rasen zu Kikis Haus.

Oben in ihrem Zimmer blickte sie noch einmal auf die Menschenmenge. Säuglinge und Kleinkinder schliefen in den Armen der alten Frauen. Kinder spielten und stritten sich um Maiskolben. Junge Paare verschwanden in den Büschen. Andere tanzten oder sahen zu und gaben ihre Kommentare ab. Alte Männer rauchten Pfeife. Hunde schnüffelten herum. Die Szene wirkte so warm und lebendig – als ob jeder Einzelne zu einer großen Familie gehörte.

Und im Mittelpunkt stand der Häuptling.

Er lächelte, redete und bewegte sich wie ein Gott …

Annah legte sich ins Bett und versuchte zu schlafen. Sie drehte sich vom Fenster weg und schloss die Augen. In der Dunkelheit hörte sie ihren eigenen, flachen, raschen Atem. Das Trommeln erfüllte ihren Körper und löschte jeden Gedanken, alle Angst und Schuld aus.

Sie holte tief Luft, und einen Moment lang drang wie in einem Traum ein Duft in ihre Nase.

Der Duft einer Rose auf ihrem Kopfkissen.

14

Im Morgengrauen war es ungewöhnlich still. Annah schlüpfte in ihre Alltagskleidung – Kikis Bluse und Hose – und ging hinunter, um ihre Morgenvisite zu machen. Durch die Erkerfenster der Hauptstation sah sie nur noch geringe Spuren des Festes, das gestern Abend stattgefunden hatte. Das Gras war niedergetrampelt, aus den heruntergebrannten Feuern stiegen noch dünne Rauchfäden auf, und der Rasen war von kleinen, weißen Flecken übersät. Zuerst wusste Annah nicht, was das war, aber dann sah sie, dass überall sauber abgegessene Maiskolben lagen. Schwester Barbara hätte den Anblick gehasst. Schuldbewusst wie ein Teenager, der eine verbotene Party gefeiert hat, bat sie einen der Küchenboys, sie aufzusammeln.

Als die Visite vorüber war, bereitete sich Annah auf die ambulanten Patienten vor. Sie fragte sich, ob heute wohl viele kommen würden. Vielleicht würde es so sein wie am Neujahrstag in Australien, wenn alle zu Hause blieben und sich ausschliefen. Der zweite Januar hingegen war immer der geschäftigste Tag des Jahres. Sie ging zum Lagerraum, um ein paar Flaschen Efeulösung und saubere Tücher zu holen. Plötzlich hielt sie inne. In der Ferne hörte sie Motorengeräusche. An jedem anderen

Morgen wäre es im alltäglichen Lärm untergegangen, aber in der Stille des heutigen Tages war es nicht zu überhören.

»Stanley!«, rief Annah durch das stille Haus und rannte zum Fenster. »Komm! Rasch!« Ihre Gedanken überschlugen sich, während sie auf die Ankunft des Wagens wartete. Der graue Landrover mit dem Missionswappen. Ein wütender Vertreter des Bischofs …

Aber das Auto, das langsam in die Einfahrt einbog, war ein schwarzer Mercedes. Entsetzt starrte Annah auf das Nummernschild der Regierung von Tansania. Ihr wurde übel vor Angst. Aus den Augenwinkeln sah sie, wie der Verwalter eilig in Richtung Dschungel lief. Einen Moment lang verspürte sie den Impuls, ihm zu folgen, aber dann fasste sie sich. Sie hatte keine Zeit mehr, um nach oben zu laufen und sich umzuziehen, also strich sie sich nur die Haare glatt. Jetzt war der Zeitpunkt gekommen, um zu ihrer Entscheidung zu stehen.

Auf ihrem Weg in die Halle kam sie an einem der kleineren Zimmer vorbei. Ein Kind, das dem Tode nahe gewesen war, als man es aus Germantown hierher gebracht hatte, saß aufrecht in seinem Bett. Der Junge grinste schüchtern und winkte ihr zu. Annah beschleunigte ihre Schritte, reckte entschlossen das Kinn vor, als sie an Kikis Porträt vorbeikam, und trat auf die Veranda.

Stanley stand schweigend neben ihr. Sie wechselten einen kurzen Blick, als sie auf den Wagen zugingen. Ein paar Krieger und andere Schaulustige hatten sich bereits eingefunden. Sie standen in einiger Entfernung und sahen gespannt zu.

Der Fahrer des Mercedes war ein uniformierter Schwarzer. Im Fond saßen zwei Männer – einer weiß, der andere schwarz. Der weiße Mann stieg als Erster aus. Er taumelte förmlich aus dem Auto und blieb dann wie erstarrt stehen, wobei er sich am Türgriff fest hielt. Er war makellos im klassischen Kolonialstil gekleidet: Shorts mit Bügelfalten, lange Socken, Khakihemd. Dem Alter nach war er bereits pensioniert. Ein Kolonialbeamter, vermutete Annah, der immer noch an seinem Posten hing. Aus irgendeinem Grund schien ihn der Anblick von Kikis Haus zu erschrecken. Er hatte ungläubig die Augen aufgerissen und sah so aus, als bekäme er jeden Moment einen Herzanfall.

Auf der anderen Seite stieg ein Afrikaner aus. Ein riesiger Mann mit einem jovialen Gesichtsausdruck. Er ignorierte seinen Reisegefährten und winkte stattdessen majestätisch den Kriegern zu. Der Afrikaner trat auf sie und Stanley zu. Er blickte Annah an, begrüßte dann aber zuerst Stanley auf Swahili. Sie schüttelten sich auf afrikanische Weise die Hände – dreifach und so, dass die Daumen einander umfassten. Dann wandte er sich an Annah.

»Sprechen Sie Swahili?«, fragte er.

»Natürlich«, erwiderte Annah mit ihrem besten tansanischen Akzent.

Der Beamte nickte zustimmend. »Ich bin der Bevollmächtigte für dieses Gebiet«, erklärte er so laut, dass es auch alle Umstehenden verstehen konnten. »Dieser weiße Mann ist der Medizinalbeamte der hiesigen Regierung.« Er verzog die Mundwinkel zu einem Lächeln. »Es hat sich herausgestellt«, fuhr er fort, »dass Dr. Marchant zwei Gründe hat, um heute hier zu sein. Natürlich muss er die gesamte medizinische Versorgung in seinem Gebiet für die Regierung von Tansania überwachen. Aber er hat auch die Verantwortung für diesen Besitz.«

Annah blieb der Mund offen stehen. Der Mann, der sich mit stummem Entsetzen umblickte, war der Europäer aus der nahe gelegenen Stadt, der Vorgesetzte des Verwalters. Und aus seiner Reaktion ging ganz klar hervor, dass der Verwalter ihn keineswegs informiert hatte. Kein Wunder, dass der Afrikaner es vorgezogen hatte, zu verschwinden.

»Ihr Bischof hat uns gesagt, dass Sie hier sind«, fuhr der Bevollmächtigte in bemüht ruhigem Tonfall fort. »Ich hatte sowieso vor, in dieses Gebiet zu fahren, also dachte ich, dass Dr. Marchant und ich uns einmal anschauen sollten, was hier vor sich geht.« Wie auf ein Stichwort blickte Dr. Marchant Annah an, holte tief Luft und setzte zu einer Rüge an.

»Für wen halten Sie sich eigentlich? Sie haben illegal Privateigentum besetzt. Es in ein ›Krankenhaus‹ verwandelt. Sie müssen verrückt sein.« Er trat auf das Haus zu. »Dabei sind Sie noch nicht einmal Ärztin!«

Annah eilte zu ihm. »Ich kann Ihnen versichern«, erwiderte sie, »dass alle Wertgegenstände – alles Zerbrechliche – sicher weggepackt wurden.«

»Sicher!« Dr. Marchant erstickte fast an dem Wort. »Das Haus ist voller ...« Annah spürte, wie der Bevollmächtigte erstarrte, und der Arzt spürte es anscheinend auch. »Voller Leute«, sagte er hastig. Er blieb stehen und sah Annah an. »Ich bin mit jedem Detail dieses Hauses vertraut. Und ich beabsichtige, Sie persönlich dafür haftbar zu machen, wenn irgendetwas fehlt oder beschädigt wird.«

»Waren Sie mit Kiki befreundet?«, konnte sich Annah nicht enthalten zu fragen. Sie forschte in dem faltigen Gesicht nach irgendeinem Anzeichen für eine romantische Vergangenheit – vielleicht war er ja einer der von Louisa erwähnten »Besucher« gewesen.

Der Arzt wandte sich ab. »Nein. Ich bin mit ihrem Vetter zur Schule gegangen.« Sein Ton war eisig.

Stanley hatte in der Zwischenzeit leise mit dem Bevollmächtigten geredet. Der weiße Arzt sah das und bemühte sich sichtlich, seine Emotionen in den Griff zu bekommen. Es standen schließlich wesentlich komplexere Themen zur Debatte als die Interessen eines abwesenden Grundbesitzers. Ein postkoloniales Debakel braute sich zusammen. Dr. Marchant verlangsamte seine Schritte und ließ den Bevollmächtigten vorgehen.

»Ich schlage vor, Sie führen uns durch das ›Krankenhaus‹«, sagte der afrikanische Beamte zu Annah. »Damit wir sehen können, was Sie hier draußen getan haben. Auf eigene Faust. Ohne Erlaubnis.«

Wieder stieg Angst in Annah auf. Seine Worte klangen fast bedrohlich. Trotz seines fröhlichen Gesichts hatte der Mann kalte, berechnende Augen.

»Wir haben Sie nicht erwartet«, erwiderte sie.

Der Beamte lachte kurz auf.

Als sie zu der breiten Treppe kamen, die auf die Veranda führte, schüttelte Dr. Marchant entsetzt den Kopf.

»Kiki würde sich im Grab umdrehen …«, sagte er. Er blickte zu dem Fenster von Annahs Zimmer – dem Liebeszimmer. Annah spürte, wie ihre Wangen zu glühen begannen.

Während sie durch das Haus gingen, warfen sich Annah und Stanley erleichterte Blicke zu. Alles wirkte tipptopp. Das Behandlungszimmer, das Lager, die Küche, der Verbandsraum, die Krankensäle – alles war sauber und ordentlich. Dr. Marchants Gesichtsausdruck wechselte von Wut zu Skepsis, zu Zweifel und Verwirrung, und schließlich gab er mürrische Laute der Zustimmung von sich. Anscheinend fühlte er sich an seine frühen Tage im Busch erinnert. Damals war es hart in Afrika, erklärte er. Ärzte kämpften wie Soldaten an der Front. Sie mussten mit dem Wenigen auskommen, was sie zur Verfügung hatten, und retteten dabei Leben. Es war ein bisschen wie hier.

Die Schar der Zuschauer draußen hatte sich rasch vergrößert. Aber niemand plauderte oder lachte, es herrschte gespanntes Schweigen. Annah vermutete, dass den Leuten klar war, was vor sich ging – dass ihr Krankenhaus in Gefahr war. Manche kamen sogar auf die Veranda und drückten ihre ängstlichen Gesichter an die Scheiben, um das Treiben der Besucher zu verfolgen.

Am Ende der Führung schlug der Bevollmächtigte vor, sie sollten sich auf die Korbstühle auf der Veranda setzen. Die Dorfbewohner hockten in der Nähe, ganz vorn eine Reihe von Kriegern. Der Beamte tat so, als bemerke er sie nicht, aber Annah stellte fest, dass ihm ihre Anwesenheit unbehaglich war. Der Medizinalbeamte dagegen nahm keine Notiz von ihnen.

»Sie haben uns alle in eine schwierige Situation gebracht.« Der Regierungsbeamte wandte sich direkt an Annah, wobei er sie durch ein makelloses Oxford-Englisch verwirrte. »Dies ist ein diplomatischer Albtraum. Sie haben das Haus eines reichen, abwesenden weißen Grundbesitzers ›befreit‹. Sie haben es mit armen Leuten aus dem Gebiet hier gefüllt. Das mag ja noch angehen.« Er schüttelte den Kopf. »Aber Sie müssen verstehen, dass die tansanische Regierung die Rechte des Amerikaners schützen muss, wenn sie ihre Glaubwürdigkeit bei ausländischen Investoren behalten will.«

Ohne vorher um Erlaubnis zu fragen, begann Stanley, die Worte des Beamten in Swahili zu übersetzen, damit auch die Wagangas sie verstanden. Der afrikanische Regierungsbeamte runzelte die Stirn, wusste aber offensichtlich nicht, wie er es verhindern sollte.

»Andererseits«, fuhr er fort, »kann ich keine Kranken hier verjagen, wenn sie sonst nirgendwo hingehen können.« Er wandte sich an die Wartenden. »Lasst uns die Meinung dieses weißen Mannes hören, der der Vertreter des Besitzers dieses Hauses ist.«

Alle Augen richteten sich auf Dr. Marchant. Er blickte Annah finster an. »Sie haben mich in eine unmögliche Lage gebracht«, sagte er. »Ich sitze zwischen allen Stühlen.« Er seufzte ärgerlich. Die Stammesangehörigen wurden unruhig, ihre Speerspitzen funkelten in der Sonne.

Annah wartete wie betäubt darauf, dass der Arzt – oder der Bevollmächtigte – weitersprach. Sie war plötzlich müde und fast dankbar dafür, dass jemand anderer eine Entscheidung traf und vielleicht sogar die Verantwortung für diese Leute hier übernahm. Als sie aufblickte, sah sie, dass auch der Häuptling sich zu der Menge gesellt hatte. Trotz ihrer Besorgnis gab ihr seine Nähe Kraft. Ruhig stand er im Hintergrund. Bei Tageslicht und mit einem einfachen roten Tuch bekleidet, sah er nicht weniger faszinierend aus als auf dem Ngoma. Aufmerksam lauschte er, wie der Arzt und der Beamte weiter über das Schicksal des »Krankenhauses« diskutierten.

Schließlich kamen die beiden Männer zu einer Lösung. Der Reagierungsbeamte schlug vor, das Krankenhaus so lange geöffnet zu lassen, bis alle aufgenommenen Patienten entlassen werden konnten. Das Gesundheitsministerium würde für Medikamente sorgen und die Gehälter bezahlen. Neue Patienten durften jedoch nicht aufgenommen werden. Wenn alle Betten leer waren, musste der ursprüngliche Zustand wieder hergestellt werden. In der Zwischenzeit würde die Regierung die Mission veranlassen, Germantown wieder einzurichten. Der Bevollmächtigte lächelte Annah bei seinen letzten Worten an.

»Das ist überhaupt keine gute Lösung«, protestierte

Annah. Sie redete Swahili, damit Stanley nicht alles übersetzen musste. »Wir müssen das Krankenhaus so lange offen halten, bis es etwas anderes in diesem Gebiet gibt.«

»Unmöglich«, erklärte der Bevollmächtigte.

»Absolut«, stimmte Dr. Marchant ihm zu.

Unzufriedenes Raunen ging durch die Menge. Annah wandte sich an den weißen Arzt, um ihn anzuflehen. In diesem Augenblick jedoch trat der Häuptling vor. Es wurde still.

»Für Germantown war medizinische Versorgung zugesagt«, sagte er auf Swahili. »Jetzt wird sie stattdessen hier angeboten. Das Krankenhaus sollte so lange offen bleiben, wie es gebraucht wird. Ich muss darauf bestehen, dass die Bedürfnisse meines Stammes berücksichtigt werden.«

»Stämme gehören der Vergangenheit an!« Der Regierungsbeamte hob die Stimme. »Ihr seid jetzt Tansanier.«

»Ja, wir sind Tansanier. Aber wir sind auch immer noch Waganga«, erwiderte der Häuptling.

Der Staatsbeamte stand auf und trat ans Geländer. Verwirrt blickte er den Häuptling an.

»Jacob?«, sagte er. »Bist du das?«

Annah drehte sich überrascht um.

»Jacob, mein Freund, ich bin es«, fügte der Staatsbeamte hinzu.

»Ich grüße dich«, erwiderte der Häuptling auf Swahili. Er trat auf die Veranda und streckte ihm die Hand entgegen. »Hier heiße ich Mtemi.«

Der Beamte starrte ihn an, als könne er seinen Augen nicht trauen.

»Wie geht es dir?«, fuhr der Häuptling fort.

Ein Lächeln breitete sich auf dem Gesicht des Bevollmächtigten aus. »Jacob, ich kann kaum glauben, dass du es wirklich bist! Ich dachte, du wärst noch in England. Ich habe dir erst kürzlich an deine Adresse in der Harland Road geschrieben.«

»Ich bin zurückgekommen«, erwiderte Mtemi, immer noch auf Swahili. »Schließlich bin ich Häuptling der Waganga.«

Annah blickte erstaunt zwischen den beiden Männern hin und her. Auch der Arzt musterte verblüfft Mtemis schlammbeschmierten, halb nackten Körper.

»Was tun Sie hier in dieser Aufmachung?«, fragte er auf Englisch.

Mtemi grinste. »Ich war bis gestern bei den Viehherden. Es ist ein Tse-Tse-Fliegen-Gebiet. Der Schlamm ist ein guter Schutz – oder haben Sie das vergessen?«

Der Regierungsbeamte starrte ihn sprachlos an. »Was denkst du dir? Du bist ein Oxford-Anwalt.«

»Vor allem bin ich afrikanischer Häuptling«, erwiderte Mtemi.

Alle Herzlichkeit verschwand aus dem Gesicht des Beamten. »Häuptlinge gehören der Vergangenheit an, wie alle primitiven Dinge.« Jetzt sprach auch er wieder Swahili und hob die Stimme, damit alle ihn verstanden. »Tansanier haben eine Verpflichtung ihrem Land gegenüber. Du hast etwas zu bieten. Du solltest in Daressalam sein.«

Mtemi schüttelte den Kopf. »Vielleicht würde ich so denken wie du, wenn ich auch gleich zu Anfang zurückgekehrt wäre. Aber ich habe alles von einem anderen Land aus beobachtet. Ich stimme nicht mit allem überein, was Nyerere getan hat.« Das Gesicht des Bevollmächtigten erstarrte – er faltete seine riesigen, schwarzen Hände über dem Bauch. »Ich glaube nicht, dass wir die Traditionen verleugnen müssen, um vorwärts zu kommen«, fuhr Mtemi fort. »Wir können das Beste aus beiden Welten haben.«

Bei diesen Worten begegnete sein Blick kurz dem Annahs. Es kam ihr so vor, als habe er den Satz ebenso für sie gesagt wie für den afrikanischen Regierungsbeamten.

Das Beste aus beiden Welten. Die Worte klangen in Annah nach. Hatte der Häuptling das im Sinn gehabt, als er die Mission aufforderte, Germantown wieder zu eröffnen? Ein christliches Krankenhaus, das ein traditionell geführtes Dorf versorgte und dabei auf das Beste aus beiden Kulturen zurückgriff. Das konnte doch sicher nicht funktionieren. Sie dachte an Sarahs Worte. »Sie müssen sich entscheiden.« Aber dann fiel ihr ein, dass schließlich der erste Erfolg in Kikis Haus Ndatala gewesen war. Geheilt durch einheimische Medizin …

Der Bevollmächtigte trat rasch an Mtemis Seite und begann, drängend auf ihn einzureden. Die beiden Afrikaner waren ungefähr gleich groß. Der Beamte, mit seinem engen Hemd und der Hose, wirkte neben dem schlanken, kaum bekleideten Häuptling linkisch und übergewichtig. Nach einer Weile wandte er sich missbilligend ab. Er stellte sich vor die Zuschauer.

»Ich erinnere euch daran, dass die Tage der Häuptlinge vorbei sind«, sagte er. »Unser Präsident hat erklärt, dass ein alter Häuptling, wenn er stirbt, mit einer großen Beerdigung geehrt werden soll. Das ist alles. An seiner Stelle soll kein neuer Häuptling eingesetzt werden.«

Erregtes Gemurmel war zu hören.

»Unser Häuptling ist nicht alt«, rief einer der Krieger. »Seine Herrschaft hat gerade erst begonnen. Und wir, die Waganga, sind glücklich darüber.«

Die Leute jubelten. Der Bevollmächtigte stand eisig schweigend da.

»Lasst uns zum eigentlichen Thema zurückkehren«, sagte Mtemi höflich. Der Regierungsbeamte und der Arzt sahen ihn misstrauisch an. Annah merkte, dass ihnen die Anwesenheit des Häuptlings nicht recht war. Er war immerhin Anwalt, und man konnte nicht wissen, was für einflussreiche Freunde er hatte.

Nach einer weiteren langen Diskussion sicherte der Regierungsbeamte zu, dass Germantown von der Regierung wieder aufgebaut würde, ob nun mit oder ohne die Hilfe der Mission. Das zeitweilige Krankenhaus würde geöffnet bleiben, bis die Arbeiten in Germantown vollendet waren. Dr. Marchant würde für die Versorgung mit Medikamenten verantwortlich sein. Erleichtertes Raunen ging durch die Menge. Der Beamte schwenkte zustimmend den Arm, dann wandte er sich an Annah.

»Ich werde dem Bischof von unserer Vereinbarung berichten.« Er lachte. »Wahrscheinlich wird er über das Ergebnis nicht besonders erfreut sein. Aber wen kümmert das schon? Seine Zeit ist fast vorüber. Und der nächste Bischof der Kirche von England in Tansania wird ein Schwarzer sein.«

Die beiden Besucher nickten dem Häuptling kühl, aber höflich zu und gingen wieder zu ihrem Auto. Annah blickte dem Mercedes nach, der, gefolgt von einer Schar lachender Kinder, davonfuhr. Bald jedoch gaben sie die Verfolgung auf und warfen dem Auto Steinchen nach. Jemand sollte sie richtig erziehen, dachte Annah. Als sie sich umdrehte, sah sie, dass Stanley mit dem Häuptling sprach. Sie überlegte, ob sie zu den beiden gehen sollte. Sie hatte den Häuptling noch nicht wirklich kennen gelernt, war sich aber unsicher, was das Protokoll anging. Aber dann rief einer der Helfer von der Station nach ihr, und sie ging ins Haus.

Als sie wieder aus dem Haus kam, war der Häuptling weg. Nur Stanley stand noch auf der Veranda.

»Worüber hast du mit dem Häuptling geredet?«, fragte Annah so beiläufig wie möglich.

»Er hat mich nach Ihnen gefragt«, erwiderte Stanley.

»Wie meinst du das?« Annah spürte, wie ihr die Röte in die Wangen stieg.

»Er wollte die ganze Geschichte wissen, wie wir hier in Kikis Haus gekommen sind«, erklärte Stanley. »Kitamu hatte ihm schon berichtet, was passiert war. Aber eine Sache hat den Häuptling verwirrt. Er wollte wissen, warum Sie nicht einfach Germantown verlassen haben und zu einer der Missionsstationen gefahren sind, um um Hilfe zu bitten. Warum Sie das alles allein gemacht haben.« Stanley schwieg. »Das hat er mich gefragt.«

Annah versuchte, nicht zu interessiert zu wirken. »Und was hast du gesagt?«

»Ich habe gesagt, wir hätten Angst gehabt, dass niemand mehr nach Germantown käme. Ich sagte ihm, wie froh die Leute waren, endlich wieder eine Krankenschwester und eine Klinik zu haben. Und dass Sie nichts tun würden, um ihre Hoffnungen zu enttäuschen.«

Annah wurde es warm ums Herz bei Stanleys Worten. Er stellte sie gut und stark dar. Sie konnte nicht widerstehen, ihn zu fragen, wie denn der Häuptling darauf reagiert habe.

»Er war sehr beeindruckt«, erwiderte Stanley. »Wirklich sehr beeindruckt.«

Annah lächelte. Sie konnte ihre Freude kaum verbergen. Um das Thema zu wechseln, sagte sie: »Ich kann mir den Häuptling kaum vorstellen, wie er in England studiert und Hose und Jackett trägt.«

Stanley schüttelte den Kopf. »Das ist doch nicht schwer«, erwiderte er. »Ich habe viele gesehen, die die Kleider des weißen Mannes trugen.« Er grinste. »Einmal habe ich sogar einen weißen Mann in einem afrikanischen Gewand mit einem Speer in der Hand gesehen.«

Annah blickte ihn überrascht an. »Tatsächlich?«

»Ja«, erwiderte Stanley. »In einem Jahr hat Dr. Carrington beim Weihnachtsspiel mitgemacht. Er war einer von König Herodes' Soldaten. Die Haut an seinem Körper war sogar noch weißer als auf seinen Armen und in seinem Gesicht. Die Kinder haben sich gefürchtet. Sie dachten, er sei ein Geist.«

Annah lachte bei der Vorstellung. Plötzlich fühlte sie sich wohl in dem Wissen, dass es ihnen gestattet war, hier in Kikis Haus zu bleiben. Der Bevollmächtigte der Regierung, der Medizinaloffizier der Regierung und der Häuptling des Stammes standen – jeder auf seine Art – hinter ihr.

»Sollten wir jetzt wieder einen Besuch im Dorf machen, da der Häuptling zurück ist?«, fragte sie Stanley.

»Der Häuptling wird uns wahrscheinlich einladen. Und wenn nicht, dann wäre es sicher das Richtige. Aber wir sollten erst einmal einen oder zwei Tage verstreichen lassen.«

Annah nickte zögernd. Nach all den Dingen, die sie heute Früh erfahren hatte, war sie äußerst neugierig auf den Häuptling. Was für ein Mensch mochte er wohl sein? Hier in der Wildnis aufgewachsen, dann in England erzogen worden, und jetzt war er wieder hier. Seine Geschichte war kein Einzelfall, das wusste Annah. Viele Missionen unterstützten viel versprechende Schüler bei einem Studium im Ausland, und oft wurden die Söhne von Häuptlingen oder Anführern dazu ausgewählt. Aber es waren immer Christen, und Mtemis Dorf hatte sich dem Einfluss der Missionare widersetzt. Wer hatte für ihn gezahlt? Und warum? Warum machte jemand in Oxford einen Abschluss als Jurist und kehrte dann wieder in sein Heimatdorf zurück, nur um seinen Körper mit Schlamm zu beschmieren wie jeder gewöhnliche Krieger? All diese Fragen gingen Annah durch den Kopf, als sie sich wieder an die Arbeit machte. Und mit den Fragen kamen Bilder des Mannes, der mitten unter seinen Leuten stand, als ihr Häuptling, ihr Anführer, wie in dem Swahili-Sprichwort – *Ein Stück von Gott*.

Annah ging rasch den Flur entlang, in den Händen ein Tablett mit sterilisierten Instrumenten. In Gedanken plante sie bereits die Arbeiten für heute Vormittag. Als Erstes stand ein Kind auf der Liste, dessen Geschwür sie frisch verbinden musste. Dann ein junger Krieger, der sich den rechten Arm gebrochen hatte. Mit dem letzten Betäubungsmittel war es Annah und Stanley gelungen, den Arm einzurichten und zu schienen. Der Krieger musste trotzdem heftige Schmerzen gehabt haben, aber er hatte still auf der Bahre gelegen und kaum gezuckt.

»Habe ich nicht schon meinem Löwen gegenübergestanden?«, fragte er durch zusammengebissene Zähne.

Wie vorauszusehen war, waren Maden in die Wunde eingedrungen – Eier waren auf den Gips gelegt worden, und die kleinen Biester waren hineingekrochen. Annah wollten einen neuen Gipsverband anlegen, aber der Krieger hatte protestiert.

»Ich habe die Mutter gesehen«, erklärte er. »Es war eine Blattlaus, und ihre Nachkommen werden mir bei der Heilung helfen.«

Annah runzelte die Stirn. »Wer hat dir denn das beigebracht?«

»Der Medizinmann. Und ich habe ihm zwei Hühner für sein Wissen bezahlt.«

Anscheinend hatte es keinen Sinn zu widersprechen,

also ließ Annah die Sache auf sich beruhen. Der Patient beklagte sich zwar, dass es juckte, aber der Arm schien erstaunlich schnell zu verheilen, und innerhalb weniger Tage hatte er kaum noch Schmerzen. Heute wollte Annah den Gips entfernen und sich das Ergebnis von Zanias Rat anschauen.

Annah bog um eine Ecke, die Augen fest auf ihre wertvolle Last gerichtet.

»Vorsicht!«

Zwei schwarze Hände griffen nach dem Tablett und brachten sie zum Stehen. Annah blickte in die Augen des Häuptlings. Mtemi. Einen Augenblick lang starrten sich die beiden schweigend an. Annah fiel auf, dass sie zu Mtemi aufblicken musste.

»Entschuldigung«, sprudelte sie atemlos hervor. »Ich habe nicht aufgepasst ...«

Ihr Blick glitt über den Körper des Mannes, der in ein lässiges Gewand gehüllt war. Die dunkelbraune Haut war nicht mehr mit Lehm beschmiert.

»Habari«, begrüßte Mtemi sie auf Swahili. »Hast du Neuigkeiten?«

Annah antwortete auf traditionelle Weise. »Nur gute. Und du?«

»Auch gute«, erwiderte Mtemi mit undurchdringlichem Gesicht. »Was isst du?«

»Nur Ugali«, antwortete Annah. Sie kam sich vor wie ein Schulmädchen. »Wie ist es bei dir?«

»Nur Ugali. Und wie geht es deinem Heim?«

Annah zögerte. Heim? Sie dachte an das Haus ihrer Eltern in Melbourne, an die Schwesternhütte in Langali, ihr Zimmer oben. Ich habe kein Heim, dachte sie. Die Vorstellung schockierte sie. Sie rang sich ein Lächeln ab.

»Wie geht es *deinem* Heim?«, fragte sie den Mann.

»Gut«, erwiderte er und beendete damit den formellen

Teil der Begrüßung. »Es ist gut, dass Sie hierher gekommen sind, um uns zu helfen.«

»Ich tue es gerne«, sagte Annah. Sie war dankbar für die formellen Strukturen des Swahili und die traditionellen Idiome der Sprache. Sie wirkten wie ein Schutzschild zwischen ihr und Mtemi. Sie war unsicher, wie sie mit diesem Mann, der ein afrikanischer Häuptling war und zugleich ein Anwalt, der in England studiert hatte, umgehen sollte.

Mtemi nahm Annah das Tablett ab und ging wortlos neben ihr her in den Krankensaal. Annah warf ihm einen Blick aus den Augenwinkeln zu – die schlanken schwarzen Hände, die Kikis Silbertablett hielten.

Als sie auf die Station kamen, folgte er ihr zu dem Bett des Kindes mit dem Geschwür am Bein. Das kleine Mädchen war eine Waganga. Ihre Mutter war ins Dorf gegangen, um etwas zu essen zu holen, deshalb war sie allein. Sie lag ganz still da und blickte ängstlich zu der weißen Krankenschwester auf. Dann wandte sie ihren Blick dem Häuptling des Stammes zu, der unerklärlicherweise an ihrem Bett aufgetaucht war.

Mtemi sagte etwas in der Stammessprache. Seine Stimme klang sanft und warm. Der Gesichtsausdruck des Kindes entspannte sich und, es zeigte die Andeutung eines schüchternen Lächelns.

Annah warf Mtemi einen dankbaren Blick zu. Es würde viel leichter sein, die kleine Patientin zu behandeln, jetzt, wo sie nicht mehr so ängstlich war. Sie nahm eine Schere vom Tablett und begann, den alten Verband aufzuschneiden. Ihre Hände zitterten, weil sie den Blick des Häuptlings im Rücken spürte. Ihre ungeschickten Bewegungen ließen das Kind aufschreien. Mtemi murmelte beruhigende Worte und bot Annah an, das Bein des Kindes zu halten.

Während sie die Entzündung auswusch und wieder verband, stellte der Häuptling ihr Fragen über die Arbeit im Krankenhaus. Wie immer sprach er Swahili. Annah antwortete in derselben Sprache, wobei sie sorgfältig auf ihre Grammatik achtete. Sie hatte das Gefühl, geprüft zu werden, und sie konnte sich noch gut daran erinnern, wie groß bei ihrer Abschlussprüfung in der Schwesternschule ihre Angst vor Versagen gewesen war.

Als sie den Verband neu angelegt hatte, stellte Mtemi das Tablett auf einen Nachttisch.

»Ich muss jetzt gehen«, sagte er, »aber wenn ich irgendetwas für Sie tun kann, sagen Sie Bescheid.« Er sagte es beiläufig wie ein Freund zum anderen. Annah lächelte ihn an. Sie spürte, dass sie den Test bestanden hatte.

An diesem Abend saßen Annah und Stanley auf der Veranda und aßen Ugali, Spinat und Erdnusseintopf. Beide genossen die friedliche Abenddämmerung und die frische Luft im Garten. Sie sprachen nicht über die Arbeit, sondern erzählten sich Geschichten. Annah hatte Stanley gefragt, ob er sich noch an die Geschichten erinnern könne, die seine Großmutter ihm erzählt hatte. Ein paar davon könne er doch gewiss auch einer Weißen erzählen.

»Ich erzähle Ihnen eine«, hatte Stanley zugestimmt, »aber zuerst müssen Sie mir eine erzählen.«

Annah hatte ihm die Geschichte von Goldilocks und den drei Bären erzählt.

»Diese Geschichte hat der Prediger nie erwähnt«, meinte Stanley.

Annah hatte gelacht. Dann hatte sie ihm erklärt, dass nicht alle europäischen Geschichten aus der Bibel stammten.

Stanley war erstaunt.

»Und jetzt bist du an der Reihe«, hatte Annah gesagt. Und Stanley hatte ihr die Geschichte erzählt, warum der Hahn im Morgengrauen kräht.

Als an diesem Abend die Schüsseln und Teller leer waren, saßen die beiden schweigend da und sahen zu, wie die Motten die Laterne umschwirrten. Heute Abend war Stanley an der Reihe, eine Geschichte zu erzählen, aber stattdessen begann er von den Dingen zu berichten, die er tagsüber im Krankenhaus gehört hatte.

»Die Waganga stellen Vermutungen an, welche von den Dorfmädchen die Frau des Häuptlings werden soll. Der Onkel des Häuptlings, der Mann, den sie den Regenten nennen, weil er den Stamm in Mtemis Abwesenheit regiert hat, hat seine Nichte vorgeschlagen. Es heißt, sie sei ein sehr schönes junges Mädchen.«

»Und … gefällt sie dem Häuptling?«, fragte Annah.

Stanley zuckte die Schultern. »Ich weiß nicht. Es heißt, dass die Nichte des Regenten noch nie aus dem Dorf herausgekommen ist. Und ich kann mir nicht vorstellen, dass ein Mann, der so weit gereist ist und im Ausland studiert hat, ein solches Mädchen heiraten möchte. Andererseits hat der Häuptling die Verpflichtung zu heiraten.«

Er schwieg. Annah vermutete, dass er an seine eigene Heirat dachte, eine Verpflichtung, die jetzt nur noch wenig Bedeutung hatte. Sie beschloss, das Thema zu wechseln.

»Hast du gehört, wie es den Waganga möglich war, den Sohn ihres Häuptlings in England studieren zu lassen?«, fragte sie.

»Ja«, erwiderte Stanley. Er wies auf Kikis Besitz. »Das war sie, diese weiße Dame. Sie hat dem alten Häuptling gesagt, dass eine Zeit kommen würde, in der sich der Stamm den Veränderungen nicht mehr entgegenstellen könnte. Sie würden jemanden brauchen, der die moderne Welt versteht, damit sie weiter existieren könnten. Sie hat alles geplant, und sie hat alles bezahlt.« Stanley blickte über die weitläufigen Rasenflächen vor dem Haus. »Viele Jahre lang ist Mtemi gekommen und gegangen – er war in einem Internat in Nairobi, bevor er nach England reiste –, und es heißt, dass er jedes Mal, wenn er ins Dorf zurückkam, sofort zu den Viehherden gegangen ist und alles getan hat, was auch die anderen Krieger taten. Er blieb ein Waganga. Er wurde kein weißer Mann.«

Annah nickte nachdenklich. Es war schwer, sich vorzustellen, wie es für den jungen, zukünftigen Häuptling gewesen sein musste, in zwei so unterschiedlichen Welten zu leben. Und ebenso schwer war es jetzt, sich vorzustellen, dass er in eine Heirat mit einem jungen Mädchen aus dem Busch einwilligte. Und doch, was für eine andere Wahl blieb ihm, da er hier in diesem abgelegenen Dorf bleiben wollte.

In den nächsten Tagen tauchte Mtemi nicht wieder im Krankenhaus auf, aber seine Krieger kamen fast täglich mit Geschenken.

»Von unserem Häuptling«, sagten sie immer, wenn sie Eier, Brennholz, Hühner, Gemüse und andere Vorräte ablieferten.

Auch Zania erschien mit Taschen voller Kräuter, an denen Annah Interesse geäußert hatte. Als sie ihn dafür bezahlen wollte, erklärte er, das habe der Häuptling bereits getan. Annah erzählte ihm von Ndatalas wundersamer Heilung. Er wirkte erfreut, aber nicht besonders beeindruckt.

»Ich mache Ihnen noch mehr Blätter mit ›Haaren‹«, sagte er.

Annah dankte ihm höflich, aber sie hatte nicht die Absicht, die Arznei noch einmal anzuwenden, es sei denn, ein weiteres Drama um Leben und Tod trat ein. Schließlich war sie ausgebildete Krankenschwester. Sie hatte gelernt, Medikamente nach gedruckten Anweisungen zu verabreichen, und sie hatte nicht vor, mit irgendwelchen Mitteln zu experimentieren.

Ungefähr eine Woche nach Mtemis Besuch im Krankenhaus machte Annah gerade eine kurze Pause und spazierte durch den Park, als sie Stimmen aus dem Generatorschuppen hörte. Sie hatte an diesem Tag ein paar schwierige Fälle aufgenommen, und Probleme mit der Stromversorgung waren das Letzte, was sie jetzt brauchen konnte. Als sie jedoch näher kam, hörte sie Gelächter. Zwei Männer knieten neben dem Generator und überprüften das Gerät. Als sie in den Schuppen trat, blickten sie auf. Einer war Stanley, der andere war der Häuptling.

Stanley sprang auf. »Wir reparieren den Generator«, sagte er.

Auch Mtemi erhob sich. Er begrüßte Annah höflich. Dann streckte er ihr die Hand entgegen, auf afrikanische Weise, mit der Handfläche nach oben. Stanley blickte ihn überrascht an. Es war nicht üblich, dass ein Häuptling einer Frau die Hand schüttelte. Sie drückte ihm leicht die Hand, sah ihn dabei aber nicht an.

Danach begann Mtemi, dem Krankenhaus regelmäßig Besuche abzustatten. Oft sah man ihn, wie er mit den Patienten redete. Er mied Annah jedoch und verbrachte viel Zeit mit Stanley. Annah fragte sich, ob er ihr gegenüber die gleiche Ambivalenz empfand wie sie ihm gegenüber. In gewisser Weise hatten sie viel gemeinsam, und doch lagen Welten zwischen ihnen. Annah fühlte sich zu ihm hingezogen, doch zugleich wollte sie auch Distanz wahren. Allerdings, so sagte sie sich, war es natürlich auch möglich, dass Mtemi lieber mit Stanley redete, weil der Umgang mit Annah unter seiner Würde war.

Andererseits aber vermied er es zwar, mit ihr zu sprechen, ignorierte sie jedoch nicht. Annah spürte immer deutlicher, dass er sie bei der Arbeit beobachtete. Sein Blick folgte ihr überallhin. Schweigend beobachtete er sie, als sie mit einer Gruppe von Müttern lachte und plauderte, als sie mit Zania unter einem Baum saß und Aufzeichnungen verglich, als sie zu Mittag aß oder ein fiebriges Baby in den Schlaf wiegte.

Gelegentlich trafen sich ihre Blicke. Annah lächelte dann, und Mtemi erwiderte ihr Lächeln. Aber ansonsten passierte nichts.

Nach und nach wurde das Leben in Kikis Haus realer. Die alltäglichen Erlebnisse füllten Annah so aus, dass sie kaum noch zum Nachdenken kam. Sie hatte zwar erwartet, dass der Bischof und Langali über Funk mit ihr Kontakt aufnehmen würden, aber es überraschte sie doch, als sie eines Nachmittags in das kleine Zimmer gerufen wurde, in dem Stanley das Funkgerät aufgestellt hatte.

»Wer ist es?«, fragte sie den Boy, der sie geholt hatte.

»Bwana Michael«, erwiderte er.

»Gott sei Dank«, hauchte sie.

Er wird mir sagen, was ich tun soll.

Michaels Stimme, verzerrt vom Sender, klang kühl und distanziert. Er stellte sofort eine Reihe von Fragen. Anscheinend hatte der Bischof ihm schon erzählt, was vorgefallen war, und er konnte es kaum glauben. Vor allem verstand er nicht, warum Annah nicht sofort nach Langali zurückgekehrt war, um seinen Rat zu suchen. Er fügte zwar hastig hinzu, dass er Annahs Sorge um ihre Patienten bewundere, wies jedoch auch darauf hin, dass es einen richtigen und einen falschen Weg gäbe. Die Mission verlangte aus gutem Grund die Einhaltung von Regeln, und der Bischof sei außer sich vor Wut. Annah hörte ihm schweigend zu. Schließlich besann sich Michael und brach mitten in seiner Predigt ab.

»Geht es dir gut?«, fragte er und klang nahe und liebevoll. Ihr alter Freund. Ihr Vorgesetzter.

Annah brach in Tränen aus. Alle Angst, Zweifel und Einsamkeit, die sie bis dahin verdrängt hatte, überfielen sie. Sie beugte sich über das Funkgerät und schluchzte hilflos.

Freundlich und beruhigend begann Michael wieder zu sprechen, als sei ihm Annahs Schwäche Entschuldigung genug. »Ich komme zu dir«, sagte er.

Annah hielt den Atem an. Der Gedanke, dass Michael die Tagesreise von Langali hierher unternehmen wollte, nur um sie zu sehen, erfüllte sie mit Freude. Vielleicht würde er sogar Sarah und Kate mitbringen …

»Die Mission hat sich einverstanden erklärt, Germantown wieder aufzubauen«, fuhr Michael fort. »Ich werde zu gegebener Zeit dorthin fahren, um mich davon zu überzeugen, dass alles in Ordnung ist. Und dann besuche ich dich.«

Annah nickte stumm.

»Ich muss jetzt aufhören«, sagte Michael. »Sarah schickt dir liebe Grüße. Wir schließen dich in unsere Gebete ein.«

Als die Verbindung abbrach, blieb Annah ganz still stehen. Sie fühlte sich auf einmal schrecklich einsam. Sie gehörte nicht hierher. Sie war die einzige Weiße, und alle anderen waren schwarz. Sie sehnte sich danach, endlich wieder mit ihresgleichen zusammen zu sein. Wie war es ihr nur gelungen, sich in diese Lage zu bringen? Rückblickend konnte sie erkennen, welche Entscheidungen sie hierher geführt hatten. Aber sie wusste auch nicht, was sie anders hätte machen müssen …

Michaels Bericht über die Arbeit in Germantown wurde einen Tag später durch eine knappe Nachricht des Bischofs bestätigt. Er teilte Annah mit, dass man es ihr sagen würde, wenn die Patienten in die neuen Gebäude verlegt werden könnten.

Über Annahs Zukunft sagte er jedoch kein einziges Wort.

Annah lag in dem breiten, weichen Bett und blickte zum Fenster, wo ein Mondstrahl die Kanten des Vorhangs vergoldete. Sie zuckte zusammen, als Schritte vor ihrer Tür ertönten. Eine Frau steckte den Kopf herein. Sie gehörte zu den Frauen aus dem Dorf, die als Nachtschwester im Krankenhaus arbeiteten.

»Kommen Sie herunter«, flüsterte sie drängend. »Sie werden gebraucht.«

Annah schloss die Augen. »Hat es nicht Zeit bis morgen Früh?«

»Nein, nein. Sie müssen kommen. Es ist ein Kind. Sehr krank.«

Annah schlug die Bettdecke zurück. »Na, dann wollen wir mal«, sagte sie.

Unten in der Halle stand eine groß gewachsene afrikanische Frau. Sie trug ein Kind auf dem Rücken.

Die »Nachtschwester« erklärte Annah in gebrochenem Swahili: »Die Mutter war vier Tage unterwegs, um hierher zu kommen. Ganz allein.«

Annah führte sie in das Behandlungszimmer. Schuldgefühle stiegen in ihr auf, weil sie sich über die Störung geärgert hatte.

Vorsichtig legte die Frau ihr Kind auf die bereitstehende Liege. Annah warf der »Nachtschwester« einen Blick zu. Das Kind schlief entweder sehr fest, oder es war bewusstlos.

Mit erschöpfter, verängstigter Stimme berichtete die Frau vom Krankheitsverlauf ihrer Tochter.

Annah nahm das schlaffe Ärmchen in die Hand und fühlte den Puls. Die Haut des Körpers war warm und weich, aber sie konnte keinen Herzschlag spüren. Mit der Taschenlampe leuchtete sie dem Kind in die Augen. Keine Reaktion. Das Kind war tot. Wahrscheinlich erst seit kurzem, aber eindeutig tot.

Langsam blickte Annah auf und begegnete dem Blick der Mutter. Die Frau nickte stumm. Mit unendlicher Zärtlichkeit nahm sie den Körper des Kindes in die Arme und ging weg, ohne sich noch einmal umzusehen. Annah traten die Tränen in die Augen. Die leisen Schritte entfernten sich durch die Halle und verloren sich in der Nacht.

Nach langem Schweigen wandte sich Annah an die »Nachtschwester«. »Es war offenbar Diphtherie«, sagte sie. Es erstaunte sie, wie ruhig und nüchtern ihre Stimme klang. »Es gibt eine Impfung dagegen. Nur eine einzige Spritze. Zwei Dollar.« Sie schüttelte den Kopf. Ihre Worte hatten keine Bedeutung. Einer Mutter wie der Frau, die heute Nacht hierher gekommen war, hätte sie genauso gut sagen können, dass es auf dem Mond Käse zu kaufen gab.

Müde stieg Annah wieder die Treppe hinauf. Sie stellte sich vor, wie sich die Mutter jetzt wieder auf den Heimweg zu ihrem Dorf machte, ihre kleine, tote Tochter auf dem Rücken.

Eine Spritze. Zwei Dollar.

Annah lächelte bitter, als sie an den Traum dachte, den Stanley ihr einmal erzählt hatte – die Vorstellung eines Medizinschranks, der nie leer wurde. Gott hatte dafür gesorgt, dass das Ölkännchen der Witwe in der Bibelgeschichte nie leer wurde. Aber das war lange her, und

Heutzutage mussten die Missionskrankenhäuser Wunder bewirken.

Annah legte sich wieder hin. Der Mond schien immer noch hell und erfüllte das Zimmer mit seinem silbernen Schein. Sie schloss die Augen und versuchte, den Gedanken an den Schmerz der jungen Mutter zu verdrängen.

Lieber Gott …

Sie verspürte den Impuls zu beten, fand aber nicht die richtigen Worte. Hier, in Kikis Zimmer, gelang es ihr nicht, an Gott zu denken.

Sie öffnete die Augen wieder, und ihr Blick fiel auf das Bild der Regenkönigin. Während sie es genauer betrachtete, fühlte sie sich auf einmal verbunden mit der dunklen Gestalt, deren Gesten ihre eigene Verzweiflung und Hoffnung zu spiegeln schienen. Das Gefühl widerstrebte ihr, weil sie es falsch und gefährlich fand. Sie wandte sich ab und richtete den Blick auf das einzige andere Bild im Zimmer. Die gerahmte Fotografie der Kapelle von Langali. Ordentlich, weiß und solide. Sicher.

15

Stanley saß bereits hinter dem Steuer des Landrovers, als Annah nach draußen kam. Sie kniff die Augen zusammen vor der blendenden Helle der Morgensonne. Als sie an das Fahrzeug trat, merkte sie, dass Stanley sie von Kopf bis Fuß musterte.

»Was ist los?«, fragte sie.

Stanley schüttelte den Kopf. »Nichts. Sie sehen wunderschön aus. Das ist alles.« Er sprach die Worte gleichmütig und nüchtern aus wie eine Feststellung, nicht wie ein Kompliment.

Annah lächelte. »Danke.« Sie betrachtete sich im Rückspiegel. Ihre frisch gewaschenen Haare hingen offen über ihre Schultern, und sie trug ein schlichtes, ärmelloses Kleid aus türkisfarbenem Leinen, das in der Taille mit einer breiten Schärpe zusammengehalten wurde. Die Farbe stand ihr gut. Sie brachte ihre roten Haare zum Leuchten und verlieh ihrer Haut einen leichten Elfenbeinton.

»Ich hatte Lust auf Abwechslung«, sagte sie. »Schließlich fahren wir ja in die Stadt.«

»Da haben Sie Recht«, stimmte Stanley zu. Er trug zwar seine gewohnte Buschkleidung, aber Annah stellte fest, dass es ihm irgendwie gelungen war, sie waschen und bügeln zu lassen.

Immer mehr Zuschauer fanden sich ein, als Annah in den Wagen stieg, was nicht einfach war, da ihr der enge Rock wenig Beinfreiheit ließ. Kikis Hosen waren wesentlich praktischer. Als sie saß, fuhr Stanley los. Die Kinder rannten schreiend und lachend hinterher. Annah winkte ihnen lächelnd zu und freute sich an ihrem Übermut.

»Ich kann es noch gar nicht glauben«, sagte sie. »Ein ganzer Tag frei!«

Sie verspürte zwar ein leises Schuldgefühl bei diesen Worten, aber sie waren zu der Fahrt nach Murchanza gezwungen. Die Medikamente, die ihnen der Regierungsbeamte versprochen hatte, waren nicht eingetroffen, und Annah hatte beschlossen, dass sie am besten Dr. Marchant persönlich einen Besuch abstatteten, um ihn zum Handeln zu zwingen.

Annah lehnte sich in ihrem Sitz zurück. Sie warf Stanley einen Blick zu. Es war so natürlich für sie geworden, mit ihm zusammen zu sein – so einfach und sicher. Sie blickte auf seine Hände, die auf dem Lenkrad lagen, und ein Gedanke kam ihr in den Sinn.

Ich würde ihm mein Leben anvertrauen.

Ihr fiel auf, dass Stanley sein Missionsabzeichen angesteckt hatte – das emaillierte Emblem der Tanganjika Mission. Es stellte eine Bibel zwischen zwei afrikanischen Speeren dar. Als ob die drei Dinge zusammengehörten. Aber so funktionierte es nicht, dachte Annah. Speere und Schilde, Tänze, Geschichten, Lieder, nicht zu vergessen die einheimische Medizin – alles musste weichen. Die Bibel ließ keinen Raum zum Teilen.

Als sie die Hauptstraße erreichten, bogen sie nach links in Richtung Murchanza ab. Plötzlich tauchte ein Afrikaner am Straßenrand auf, blieb unter einem Baum stehen. Stanley verlangsamte das Tempo, und Annah blickte ins Gebüsch, ob noch mehr Leute zu sehen waren.

Wenn man anhielt, um jemanden mitzunehmen, tauchten unweigerlich noch mehr Personen auf, und ehe man sich versah, war das Auto voller Männer, Frauen, Kinder, Säuglinge, Hühner, Fahrräder …

»Es ist der Häuptling«, sagte Stanley.

»Das ist er nicht«, widersprach Annah, die eine westlich gekleidete Gestalt erkannte.

»Er hat gesagt, er käme mit uns«, erwiderte Stanley, »für den Fall, dass es Probleme gäbe.«

Annah blickte ihn an. Es hatte keinen Sinn, ihn zu fragen, warum er sie nicht vorgewarnt hatte. In Afrika verschwendete man keine Worte und ließ die Dinge geschehen. Und wenn der Häuptling gesagt hatte, er wolle mit ihnen kommen, dann konnten sie es sowieso nicht ablehnen.

Stanley hielt an und begrüßte Mtemi auf eine beiläufige, vertraute Art.

»Du bist sehr gut angezogen«, sagte er. Und das stimmte. Die Kleider des Häuptlings waren brandneu. An den Ärmeln des blauen Hemdes sah man sogar noch die Verpackungsfalten.

Mtemi grinste. »Sehe ich heute nicht wie ein moderner Tansanier aus? Ich könnte sogar Oxford-Anwalt sein! Wir werden sehen, welche Rolle erforderlich ist.« Er redete Swahili, wie immer.

Stanley lachte. Annah betrachtete die beiden überrascht. Offensichtlich hatten sich ihr Assistent und der Häuptling rasch angefreundet.

Mtemi trat an die Beifahrerseite, um Annah zu begrüßen. Sie bemerkte, dass ihm ihr Kleid auffiel. Unbehaglich rutschte sie hin und her und fragte sich, wo der Häuptling wohl sitzen würde. Aber er stieg, ohne zu zögern, hinten ein.

Während der Fahrt blickte Annah starr nach vorn. Es

war zwar unhöflich, sich so von ihm abzuwenden, aber sie war froh, dass ihr Gesicht durch ihre Haare verborgen war. Der Gedanke, mit Mtemi in einem Auto zu sitzen, machte sie unruhig. Schließlich war er kein gewöhnlicher Afrikaner. Die Tatsache, dass er auf der Universität gewesen war und in London gelebt hatte, schien sein Verhältnis zu ihr weniger eindeutig zu machen. Er kam ihr eher gleichgestellt vor.

Mtemi wies auf landschaftliche Besonderheiten hin, schwatzte mit Stanley über die zu erwartende Ernte und stellte Annah Fragen über ihre Erfahrungen in Afrika. Der Mann schien völlig entspannt zu sein. Nach und nach löste sich auch Annahs Anspannung. Sie wandte sich halb um, damit sie ihn ansehen konnte, wenn sie antwortete. Er lächelte häufig, und dann wirkte sein Gesicht jungenhaft und sogar ein wenig spitzbübisch.

Während sie seinen Geschichten und Witzen zuhörte, spürte Annah auf einmal, wie die Anspannung der letzten Monate von ihr abfiel und sie sich leicht und sorglos fühlte. Was hatte sie doch für ein Glück, hier zu sein, durch diese wunderschöne Landschaft zu fahren und das Krankenhaus einmal einen Tag hinter sich lassen zu können. Ein guter Freund saß am Steuer, und hinter ihr saß ein interessanter Fremder. Sie lächelte in sich hinein.

Gegen Mittag kamen sie in Murchanza an. Hütten und Blechschuppen wichen fest gemauerten Gebäuden, je näher sie dem Stadtzentrum kamen. Annah dachte daran, wie sie am Bahnhof angekommen war und sich nicht hatte vorstellen können, dass ein so lebendiger Ort sozusagen um die Ecke lag. Mtemi bat Stanley, an einer der indischen Imbissbuden zu halten. Er verschwand in der Hütte und kam kurz darauf mit einer braunen Papiertüte wieder.

»Samosas«, verkündete er, als er wieder ins Auto einstieg. Er hielt Annah ein kross gebratenes Dreieck an, das vor Fett glänzte. Bevor er es ihr reichte, drückte er einen Limonenschnitz darüber aus.

Annah biss hinein. Unter der Kruste war würziges, fein gehacktes Fleisch und der Zitrussaft rundete den Geschmack ab. Annah hatte das Gefühl, noch nie etwas so Köstliches gegessen zu haben.

»Essen Sie noch eines«, ermunterte sie Mtemi.

Stanley probierte misstrauisch sein Stück, aber dann wollte er auch noch mehr. Annah reichte eine Plastikflasche mit Wasser herum, die sie mitgenommen hatten, und sie tranken alle drei auf afrikanische Art, ohne den Flaschenhals mit den Lippen zu berühren.

»Sind wir nicht gut vorbereitet auf die Begegnung mit dem Doktor?«, fragte Mtemi.

»Ja«, stimmte Annah zu. Aber sie meinte damit nicht das Essen, das sie gestärkt hatte. Ihr war klar geworden, dass die Anwesenheit Mtemis das Treffen mit dem Arzt viel weniger bedrohlich machte.

Ohne Schwierigkeiten fanden sie den weiß getünchten Bungalow des Medizinalbeamten. Dr. Marchant kam heraus, um sie zu begrüßen, und zuckte kurz zusammen, als er Annah in ihrem Kleid zwischen ihren zwei afrikanischen Begleitern erblickte.

»Ich habe Ihre Vorräte hier«, sagte er sofort. »Ich wollte sie gerade losschicken.«

Keiner der drei fragte nach dem Grund für die Verzögerung. Die Medikamente und Geräte waren da, und nur das spielte eine Rolle. Sie brauchten nicht lange, um die beruhigend großen, schweren Kisten in den Landrover zu laden. Anschließend ging Annah ins Haus, um noch einige Papiere zu unterschreiben. Der Arzt zog ein großes Bündel Banknoten aus dem Safe.

»Gehälter«, sagte er und reichte es ihr. »Für eine australische Krankenschwester und einen ausgebildeten afrikanischen Assistenten. Und einen Betrag für allgemeine Kosten.«

Annah hielt den dicken Packen Geld eine Weile unschlüssig in der Hand. Sie wünschte, sie hätte die Hose angezogen, dann hätte sie die Geldscheine in die Tasche stecken können, oder sie hätte wenigstens eine Handtasche dabei gehabt. Schließlich faltete sie das Bündel zusammen und steckte es in ihre Schärpe. Zu spät fiel ihr ein, dass dies die afrikanischen Prostituierten auch immer so machten. Das hatte Stanley ihr einmal erklärt, als eine Gruppe von Afrikanern sie ausgelacht hatte, als sie gefaltetes Geld weitergab.

»Seht mal«, hatten sie gesagt und sich gegenseitig angestoßen, »sie hat ›Frauengeld‹ gegeben.«

Nun ja, schließlich war es ja auch Frauengeld, dachte Annah. Die Frauen kamen mit ihren kranken Kindern ins Krankenhaus. Und ihnen brach am häufigsten das Herz …

Als der geschäftliche Teil der Reise erledigt war, wollte Stanley die Gelegenheit nutzen, um den Landrover in der Werkstatt überprüfen zu lassen. Als er wegfuhr und Annah und Mtemi an der Straße stehen ließ, schauten sich die beiden verlegen an.

»Wir können ja etwas trinken gehen«, schlug Mtemi vor. Obwohl Stanley nicht dabei war, blieb er bei Swahili. Wahrscheinlich war ihm das ein Anliegen – benimm dich in Rom wie die Römer, sprich in Tansania die Landessprache. Wenn er in Oxford sein juristisches Examen gemacht hatte, dachte sie, sprach er vermutlich genauso fließend Englisch wie sie selbst, wenn nicht sogar noch besser.

Mtemi führte sie über die breite, schmutzige Straße

zu einem Gebäude, über dem auf einem handgemalten Schild das Swahili-Wort HOTELI stand.

»Sonst kann man in dieser Stadt nirgendwo hingehen«, sagte er zu Annah, als sie durch eine schmale Tür eintraten.

Innen war es kühl, aber es roch nach billigem Parfüm und Schweiß. Hinter der schwach erleuchteten Bar stand ein Mann, der mit einem schmutzigen Küchenhandtuch müßig nach Fliegen schlug. Zwei afrikanische Frauen – mit grellem Lippenstift und mit Lidschatten geschminkt – standen am Tresen und redeten laut miteinander. Als Annah und Mtemi eintraten, verstummten sie, und der Mund blieb ihnen offen stehen, während sie sie anstarrten. Zuerst musterten sie Annah von Kopf bis Fuß, dann glitten ihre Blicke zu Mtemi. Von irgendwoher im Gebäude erklangen ein paar Töne auf einem ungestimmten Klavier.

»Setzen wir uns hierher«, sagte Mtemi und wies mit dem Kopf auf einen Tisch mit zwei Stühlen in einer Ecke. Dort war ein kleines Fenster, durch das frische Luft hineindrang. Annah setzte sich auf den wackeligen Stuhl. Tausend Fragen schwirrten ihr durch den Kopf. Was sollte sie bestellen? Wer würde bezahlen? Musste sie das Geld aus der Schärpe herausziehen? Hier, vor diesen afrikanischen Frauen, die so aussahen wie Prostituierte …

»Coca-Cola?«, fragte Mtemi. »Limonade?«

Annah zögerte mit der Antwort. Sie merkte, dass sie kein klebrig süßes Getränk wollte. Wonach ihr wirklich zu Mute war, war ein kaltes Bier. Aber es würde einen schlechten Eindruck machen, wenn sie Alkohol bestellte. Aber dann stellte sie sich das Getränk vor. Goldbraun, von weißem Schaum bedeckt …

»Ich hätte gern ein Bier«, sagte sie.

Nur für den Bruchteil einer Sekunde zog Mtemi die Augenbrauen hoch. Dann rief er dem Barkeeper zu: »Tuska mbili.« Zwei Tuskas.

Die Frauen an der Bar kicherten.

»Achten Sie nicht auf sie«, meinte Mtemi. »Sie sind überrascht, dass wir hier sind. Das ist alles.«

Der Mann brachte ihnen zwei Flaschen Bier und zwei schmierige Gläser.

»Trinken Sie besser aus der Flasche«, schlug Mtemi vor.

Es war ein seltsames – dekadentes – Gefühl, das Bier direkt aus der Flasche zu trinken. Eleanor hätte sicher eher das Risiko vorgezogen, durch die Keime im Glas krank zu werden. Aber das Getränk war kühl und würzig. Sie trank langsam, bog den Kopf zurück und genoss das Prickeln auf der Zunge. Auch Mtemi trank. Beide schwiegen. Vielleicht, dachte Annah, empfand der Afrikaner es genauso wie sie. Wenn sie erst einmal anfingen, Fragen zu stellen, würden sie kein Ende mehr finden. Und die Antworten waren komplex.

Mtemi trat zu einer alten Jukebox in einer Ecke des Lokals und warf eine Münze hinein. Die ersten Töne eines Liedes erklangen. Annah erkannte es sofort. Es war vor zwei Jahren in Melbourne äußerst populär gewesen.

»Wie kommt eine solche Platte hierher?«, fragte sie Mtemi, als er wieder an den Tisch zurückkam.

»Händler«, erwiderte er. Er lächelte und zeigte dabei gesunde weiße Zähne. »Das ist Afrika. Man weiß nie, auf was man hier trifft.«

Annah erwiderte sein Lächeln. Sie merkte, dass er sie prüfend betrachtete. Er nickte leicht, als ob er einem Geschenk zustimmte, das ihm überreicht worden war.

Schweigend saßen sie da und lauschten der Musik. Aus den Augenwinkeln sah Annah, wie eine der Frauen versuchte, den Barkeeper zu küssen. Mit einer Mischung aus Ekel und Verwirrung wich er vor ihr zurück. Einen Moment lang war Annah irritiert über seine Reaktion, aber dann fiel ihr ein, dass Afrikaner nicht küssten. Das hatte sie in einem ihrer Missionshandbücher gelesen. Der Autor hatte es als Beispiel dafür genommen, dass Europäer ihre eigenen kulturellen Praktiken nicht überall als selbstverständlich voraussetzen konnten. Eskimos küssten auch nicht, hieß es in dem Buch. Sie rieben die Nasen aneinander. Was Afrikaner stattdessen taten, war allerdings nicht erwähnt worden.

Eine Gruppe von afrikanischen Männern betrat das Lokal. Sie stellten sich an die Bar, tranken Bier und beobachteten Annah und Mtemi aufmerksam. Dann kam eine weiße Frau herein. Sie trug das schlichte, uniformähnliche Kleid einer Missionarin. Ohne Zeit zu verschwenden, verlangte sie eine Flasche Coca-Cola und reichte ihr Geld über den Tresen, wobei sie es vermied, die beiden Frauen anzusehen. Annah starrte sie überrascht an. Es kam ihr ungewöhnlich vor, dass zur gleichen Zeit wie sie eine andere weiße Frau sich in Murchanza aufhielt. Sie wollte aufstehen und die Frau herzlich begrüßen, aber bevor sie einen Schritt machen konnte, sah die Missionarin in ihre Richtung. Das Gesicht der Frau erstarrte. Dann zwang sie sich zu einem kurzen Lächeln, ergriff ihre Coca-Cola-Flasche und eilte davon.

Annah blickte betreten auf ihr Glas. Röte stieg ihr in die Wangen. Sie wusste, dass die Missbilligung der Frau nicht nur der Tatsache gegolten hatte, dass sie in männlicher Begleitung in einem Lokal saß und Alkohol trank – obwohl das allein schon Grund genug gewesen wäre. In Wirklichkeit jedoch ging es darum, dass ihr Begleiter Afrikaner war und dass sie aussahen, als seien sie ein Paar. Und das galt in Missionarskreisen als unerhört. Selbst bei den weißen Regierungsangestellten und den Siedlern war es tabu; weiße Männer nahmen sich manchmal schwarze Frauen – aber nie umgekehrt. Das war eine eiserne Regel. Worauf sie beruhte, hatte Annah nie herausgefunden, aber es hatte sie auch nie interessiert. Bis jetzt …

Sie warf Mtemi einen Blick zu und fragte sich, ob er den Vorfall wohl bemerkt hatte.

Lachend erwiderte er ihren Blick. »Wissen Sie, was«, sagte er. »Ich habe mich eben zum ersten Mal als schwarzer Mann gefühlt, seit ich aus dem Ausland zurückgekommen bin.«

»Es muss sehr seltsam für Sie gewesen sein, wieder zurückzukommen«, erwiderte Annah, ohne ihn anzublicken.

»Ja«, bestätigte Mtemi. »Mir sind viele Dinge aufgefallen, zum Beispiel die Tatsache, dass die Leute es hier nicht immer so eilig haben. Und dass die Krieger in meinem Alter zwar auch älter geworden waren, sich aber überhaupt nicht verändert hatten.« Er lächelte. »Und Sie, Schwester, finden Sie nicht auch, dass dies ein seltsames Land ist?«

»Ja«, erwiderte Annah. Ihre Antwort kam so knapp und sicher, dass sie beide lachen mussten.

Eine weitere Platte wurde aufgelegt, und die Bar füllte sich stetig mit Menschen. Offenbar war ein Bus angekommen oder ein Markt zu Ende gegangen. Die Neuankömmlinge besetzten alle Tische und Stühle oder stellten sich an die Bar, wo der Barkeeper hektisch Getränke auszugeben begann. Wieder wurde eine Platte aus der Jukebox ausgewählt, dieses Mal ein populäres afrikanisches Lied. In kürzester Zeit waren alle außer Annah und Mtemi aufgestanden, Paare hatten sich gebildet, und alle tanzten.

Mtemi und Annah blieben sitzen, und ihre Isolation schuf ein Gefühl der Intimität – als ob sie, wie Liebende, lieber in ihrer privaten Welt allein blieben. Annah überlegte kurz, ob sie sich zu den Tanzenden gesellen sollten, aber dann hätten sie noch mehr wie ein Paar gewirkt.

Als sie aufblickte, begegnete sie Mtemis Blick. Einen Moment lang schien der Eindruck der Nähe real zu sein. Wahr.

Sie tranken aus und gingen.

Auf dem Weg zurück zu Kikis Haus musste Mtemi auch vorn im Auto sitzen, weil hinten im Landrover alles voll war mit Dr. Marchants Kisten und den Einkäufen, die sie erledigt hatten. Annah setzte sich auf den mittleren Platz. Es war ziemlich eng, und da sie Stanley Platz zum Fahren lassen musste, musste sie sich dicht an Mtemi drängen. Sie spürte die Wärme seines Körpers an ihrer Haut. Eine Strähne ihres langen Haares lag rot auf seinem hellblauen Hemd.

Nach zwei Stunden kamen sie an eine Stelle, wo die Straße an einem Fluss entlangführte. Afrikanische Frauen standen am Ufer und wuschen Wäsche. Kinder schwammen lachend im Fluss und bespritzten sich mit Wasser. Im Landrover war es sehr heiß und staubig, und Annah blickte sehnsüchtig auf die Schwimmenden. Der Fluss floss schnell dahin, was bedeutete, dass er frei von Parasitenträgern war.

»Gibt es hier Krokodile?«, fragte sie.

»Hier nicht«, antwortete Mtemi. »Die Leute schwimmen immer hier.«

Annah blickte auf den Fluss und stellte sich vor, wie das Wasser sie kühl umhüllte. Das letzte Mal war sie in Melbourne im Schwimmbad gewesen.

»Ich wünschte, ich hätte einen Badeanzug dabei«, sagte Annah.

Stanley wies nach hinten. »Ich habe Tücher.« Er klang sehr zufrieden mit sich. Annah wusste, dass er gerne derjenige war, der sich um alles kümmerte und alles besorgte.

»Sollen wir anhalten?«, fragte er.

»Besser nicht«, erwiderte Annah. Es kam ihr irgendwie nicht richtig vor …

Aber der Fluss wirkte so verführerisch.

»Sind Sie sicher, dass es hier keine Krokodile gibt?«, erkundigte sie sich noch einmal.

Stanley hielt an. Als sie aus dem Wagen stiegen, gingen die beiden Männer flussaufwärts, um sich von Annah respektvoll zu entfernen. Annah zog hinter den Büschen am Ufer ihr türkisfarbenes Kleid aus und hängte es an einen Ast. Dann schlüpfte sie auch aus BH und Höschen. Ihr nackter Körper kam ihr verletzlich vor, und schnell schlang sie sich das Tuch um, das Stanley ihr gegeben hatte. Sie glitt in das Wasser, das kühl ihre heiße Haut umgab. Als sie untertauchte, genoss sie die wohltuende Stille. Sie tauchte wieder auf, legte sich auf den Rücken und ließ sich einfach treiben. Plötzlich merkte sie, dass sie ein ganzes Stück flussabwärts getrieben worden war. Entschlossen drehte sie sich um und schwamm aufs Ufer zu. Die Strömung war jedoch so stark, dass sie nicht dagegen ankam. Sie geriet in Panik und wollte gerade um Hilfe rufen, als plötzlich jemand neben ihr war. Starke Arme umfingen sie.

Mit sicheren Bewegungen zog Mtemi sie ins flache Wasser und half ihr dann ans Ufer. Schwer atmend sank sie zu Boden, den Kopf auf die angezogenen Knie gelegt. Mtemi hockte sich neben sie. Wasser rann aus ihren Haaren über ihren Rücken, und das Tuch klebte an ihrem Körper.

Besorgt sah er sie an. Sie durchlebte noch einmal den

Moment der Panik, die sie ergriffen hatte, als sie merkte, dass sie gegen die Strömung nicht ankam. Sie dachte daran, wie seine starken Arme sie umfangen hatten und er sie sicher ans Ufer gebracht hatte.

»Danke«, sagte sie. »Ich hatte Angst.«

Mtemis Blick glitt über ihr Gesicht. »Ich dachte, ihr Australier wärt alle hervorragende Schwimmer«, sagte er mit leisem Spott.

Annah lächelte. Ihr Blick fiel auf seinen Arm. Die dunkle Haut war glatt und haarlos. Ganz anders als die Haut der weißen Männer. Auf seiner Brust war ein Mal. Als Annah genauer hinblickte, stellte sie fest, dass es eine Stammesnarbe war. Drei gekrümmte Linien, die tief in die Haut eingeritzt waren. Sie zuckte zusammen. Eine Erinnerung an das andere Ich des Mannes – an den Häuptling, der Tierfelle trug, nicht Hemd und Hose. An den Krieger.

Stanley tauchte ebenfalls auf und musterte Annah besorgt.

»Wir haben nicht auf Sie aufgepasst«, sagte er. »Ich dachte, Sie halten sich wie alle Frauen im flachen Wasser auf.«

Annah nickte beschämt. »Ich habe nicht gedacht, dass die Strömung so stark ist.«

»Na, jetzt sind Sie ja in Sicherheit. Gott sei Dank.« Stanley wies auf die Sonne. »Es ist Zeit, weiterzufahren.«

Als sie wieder im Landrover waren, lachten sie über den Vorfall. Stanley fuhr zügig nach Hause, durch eine Landschaft, die von den letzten Strahlen der Sonne wie mit Gold überzogen war.

Als sie endlich an Kikis Haus ankamen, warf Annah Mtemi einen Blick zu und merkte, dass er sie die ganze Zeit über angesehen hatte. Lächelnd wandte sie sich ab. Die Ereignisse des Tages hatten sie verwirrt. Sie fühlte sich diesem Mann sehr nahe. Morgen würde ihr der heutige Tag sicher wie ein Traum vorkommen. Mtemi würde wieder der Häuptling sein und sie wieder die weiße Krankenschwester. Die Haare zu einem festen Knoten geschlungen, nach Desinfektionsmitteln riechend und in Gedanken nur bei den Bedürfnissen ihrer Patienten.

Gegen Ende des folgenden Nachmittags, als Annah gerade erschöpft und erhitzt die Visite hinter sich gebracht hatte, stand auf einmal Mtemi neben ihr in der Apotheke.

»Ich wollte Ihnen den See zeigen«, sagte er.

Annah hielt in ihrer Arbeit inne. Sie hatte ihn sicher falsch verstanden.

Mtemi grinste sie an. »Keine Angst, wir gehen nicht schwimmen.«

Annah starrte ihn an. Ihr fiel keine Erwiderung ein. Ihr war klar, dass es nicht klug war, zu vertraut mit Afrikanern zu werden. Und private Spaziergänge mit dem Häuptling waren ganz sicher nicht angebracht.

»Ich warte auf Sie am Ende des Parks, wo der Busch beginnt«, sagte Mtemi.

Mit diesen Worten ging er.

Annah holte tief Luft. Ein leiser Duft von Holzrauch und Ockerschlamm lag in der Luft.

Die Stelle, die Mtemi ihr genannt hatte, war leicht zu finden, weil hier englische Sträucher und einst ordentlich gestutzte Hecken in ein Gewirr afrikanischer Schlinggewächse übergingen. Annah schlenderte wartend auf und ab und blickte sich um.

Mtemi war nicht da.

Nach einer Weile wandte sie sich zum Gehen. Sie versuchte, nicht über die Gefühle nachzudenken, die sie überfluteten. Erleichterung, Enttäuschung, Verwirrung …

Als neben ihr ein Ast knackte, fuhr Annah erschreckt herum. Da war der Häuptling. Er trug seine Stammesgewänder und hielt einen Speer in der Hand. Annah erstarrte.

»Ich habe Sie nicht gesehen«, sagte sie und unterdrückte angestrengt das Zittern in ihrer Stimme.

»Ich bin ja auch ein Jäger«, erwiderte der Mann.

Mtemi führte Annah über einen schmalen Pfad zwischen den Bäumen hindurch bis zum Ufer des Sees. Bei dem Anblick, der sich ihr bot, schrie Annah überrascht auf. Sie hatte den See bisher immer nur von weitem gesehen, aber nie die Zeit gefunden, hierher zu kommen. Das Wasser war von einem weichen Milchbraun und gesäumt von schlankem Schilf. In der Ferne standen Hunderte von rosafarbenen Flamingos im flachen Wasser. Man konnte den Frieden der Szene fast mit Händen greifen. Annah konnte es kaum glauben, dass sie nichts von diesem außergewöhnlichen Ort gewusst hatte.

»Lassen Sie uns hier weitergehen.« Mtemi führte Annah am Ufer entlang. Er zeigte ihr Vögel, Tiere, Pflanzen, wusste zu jedem eine Geschichte, wie ein stolzer Grundbesitzer, der einen Gast über seinen Besitz führt.

Sie gingen bis zum anderen Ende des Sees und blieben erst stehen, als sie in die Nähe einer Stelle kamen, von der Mtemi sagte, dass sie von Geistern beherrscht wurde. Annah überlegte, ob sie ihn fragen sollte, wie er sein Studium in Oxford mit dem heidnischen Glauben seines Stammes vereinbarte, aber irgendwie kam ihr die Frage unwichtig vor. Was wirklich zählte, war allein die Schönheit des Augenblicks. Der See mit den rosa Flamingos, der Sonnenuntergang, der den Himmel in glühendes Rot tauchte. Und Mtemi, der wie eine Statue am Ufer des Sees stand.

Er hatte sich auf seinen Speer gestützt, und sein Schultertuch flatterte leicht in der Abendbrise. Weil er den Blick von Annah abgewandt hatte und in die Ferne schaute, nutzte sie die Gelegenheit, um ihn ungehindert zu betrachten. Wie fein der gestreifte Stoff seines Gewandes gewoben war. Um seinen Hals lag eine Bernsteinperlenkette. Muster aus roter Lehmfarbe schmückten seine Haut. Annah blickte auf ihre Beine, die auch von dem roten Uferschlamm bedeckt waren – auf ihrer milchweißen Haut sah er lediglich schmutzig aus. Und Mtemi stand da, als sei er eins mit der Landschaft und allem, was ihn umgab. Plötzlich sehnte sich Annah danach, so zu sein wie er, ein Teil seiner wilden und magischen Welt zu werden …

Zu schnell ging die Zeit vorbei. Mtemi zeigte ihr eine Abkürzung, einen schmalen Pfad, der durch dichtes Unterholz führte, aber Annah verlor rasch die Orientierung. Wie im Traum ging sie hinter Mtemi her. Einmal pflückte er eine Frucht von einem Baum, die Annah nicht kannte. Er brach sie in der Mitte auseinander und hielt eine Hälfte, aus der der Saft tropfte, Annah hin.

Als sie sah, wie er einfach hineinbiss, musste Annah an Sarahs sauber zerteilte Mangoschnitze denken, die man so zivilisiert essen konnte. Sie probierte die unbekannte Frucht auf seine Art. Sie war köstlich. Süß und sauer zugleich, wie Ananas – mit einem Aroma wie die Lychees in der Dose, die Eleanor oft als Dessert serviert hatte. Tief in Annah rührte sich eine warnende Stimme. Sie war ein Kind, das von einem Fremden Süßigkeiten annahm …

Mtemi ging ein Stück weiter, dann blieb er plötzlich stehen, als sie an einem dicken, alten Baum ankamen.

»Hier muss ich mich verabschieden.« Er wies auf

den Weg. »Es sind nur noch ein paar Schritte bis in den Park.«

Annah blickte in die Richtung, in die er zeigte. Außer Schlinggewächsen und undurchdringlichen Busch sah sie gar nichts.

Mtemi lächelte. »Glauben Sie mir«, sagte er.

Annah nickte, dann drehte sie sich um. Ihr gefiel die Vorstellung nicht, allein im Busch zu sein, auch wenn es nur für »ein paar Schritte« war, aber sie wusste, dass es keinen guten Eindruck machte, wenn sie mit dem Häuptling zusammen von einem Spaziergang im Busch zurückkehrte.

»Mögest du eine friedliche Nacht haben«, flüsterte Mtemi die traditionelle Abschiedsformel.

Annah drehte sich noch einmal um. »Du auch. Und alle in deinem Haus.«

In der zunehmenden Dunkelheit konnte sie Mtemi kaum noch erkennen. Eine dunkle Gestalt, die mit den Schatten verschmolz.

Nach kurzer Zeit endete der Weg abrupt am hinteren Teil eines der Nebengebäude – der Häuptling hatte Recht gehabt. Annah ging an der Mauer entlang und lief dann über den Rasen. Sie spürte im Mund immer noch den aromatischen Geschmack der Frucht. Plötzlich war ihr kalt.

Es ist kühl geworden, sagte sie sich. Ein Schauer durchlief sie. Aber dann lächelte sie.

Annah sagte sich, es sei bestimmt besser, nicht so viel an Mtemi zu denken, sondern sich auf ihre Arbeit zu konzentrieren. Trotzdem hielt sie den ganzen nächsten Tag über Ausschau nach ihm. Als er auch bei Sonnenuntergang noch nicht im Krankenhaus aufgetaucht war, beschloss Annah, ein wenig durch den Garten zu spazieren.

Sie schlug den Weg ein, der zum See führte. Ich gehe nur ein bisschen am Ufer spazieren, dachte sie. Die Flamingos gestern waren so schön gewesen …

Sie spürte Mtemis Anwesenheit, noch bevor sie ihn sah. Ihr Herz schlug schneller. Er stand am Ufer und wartete. Auf sie.

»Du bist gekommen«, sagte er.

Der alltägliche Swahili-Gruß bekam auf einmal eine ganz besondere Bedeutung. Annahs Mund war trocken, als sie erwiderte: »Ja, ich bin gekommen.«

Mtemi sah sie an.

»Ich bin gekommen, um mir die Vögel anzusehen«, fügte sie hinzu.

»Sie sind hier«, erwiderte Mtemi und wies auf die Flamingos. Dann rief er plötzlich etwas, und wie ein rosafarbene Wolke flogen die Vögel auf. Annah bog den Kopf in den Nacken und blickte dem farbigen Schwarm nach. Rosa Federn schwebten durch die Luft, fielen wie einzelne Schneeflocken aufs Wasser oder ans Ufer. Eine landete auf Annahs Schulter, und andere blieben vor ihren Füßen liegen.

Mtemi sammelte die Federn auf und reichte sie ihr wie einen Blumenstrauß. Als sie sie entgegennahm, berührten sich ihre Hände. Ihre Blicke begegneten sich. Und wenn Mtemi ein Weißer gewesen wäre, dann hätte er sie in diesem Augenblick sicher geküsst. Stattdessen sah er sie nur an.

»Ich muss zurück«, sagte Annah. Und das stimmte auch. Stanley suchte bestimmt schon nach ihr. Mtemi begleitete sie bis zu dem dicken Baum, und wieder verabschiedeten sie sich dort.

»Ich kann nicht hierher zurückkommen«, sagte Mtemi. »Gestern hat mich jemand mit dir gesehen. Ich bin der Häuptling und muss vorsichtig sein.«

Annah hätte am liebsten gelacht. Und was war mit ihr, der Missionskrankenschwester?

»Und doch bist du heute hier«, entgegnete sie herausfordernd.

Mtemi lächelte. Ein ruhiges, warmes Lächeln. Weiße Zähne im Halbdunkel.

In den folgenden Tagen kam Mtemi jeden Tag ins Krankenhaus. Aber wie auch schon in der Zeit zuvor, hielt er sich von Annah fern und war mehr mit Stanley zusammen. Annah sah sie oft zusammen, ins Gespräch vertieft oder gemeinsam mit etwas beschäftigt. Wenn der Häuptling sie zufällig traf, war er auf vorsichtige Weise höflich, und auch Annah verhielt sich freundlich und distanziert. Und doch, wenn sich ihre Blicke begegneten, konnten sie sich nicht voneinander lösen, als zöge sie ein geheimes Verlangen zueinander.

Eines Nachmittags trat Annah zu Mtemi und Stanley und lud sie ein, mit ihr auf der Veranda Tee zu trinken. Da Stanley dabei war, war die Atmosphäre entspannt und gelöst. Annah fragte Mtemi nach seiner Zeit in London und nach seinen Plänen für die Zukunft. Vor allem darüber redete Mtemi offensichtlich gerne. Voller Leidenschaft sprach er von seinem Ziel: seinen Stamm in die moderne Welt zu führen, ohne die Traditionen und die Vergangenheit aufzugeben, wie es so viele andere Stämme getan hatten. Es störte Annah, dass er davon sprach, wie wichtig es sei, die Vorfahren zu ehren und alte Rituale und Geschichten zu erhalten. Schließlich waren sie doch primitiv und heidnisch.

»Du musst dich nicht entscheiden«, sagte Mtemi. »Du kannst das Beste aus beiden Welten haben. Aus vielen Welten.«

Stanley lauschte aufmerksam und schüttelte ab und

zu den Kopf, um deutlich zu machen, dass er die Meinung des Häuptlings nicht teilte. Auch Annah war nicht einverstanden damit. Andererseits beeindruckte sie die Sicherheit, mit der er seine Ansichten darlegte. Darin erinnerte er sie an Michael. Und es berührte sie zutiefst, dass er sich vor allem an sie wandte, als ob es ihm einzig und allein darum ginge, dass sie ihn verstand. Als ob sie ihm wirklich etwas bedeutete ...

Als sie wieder allein war, kehrten Annahs Gedanken immer wieder zu Mtemi zurück. Sie war fasziniert von dem Mann. Er vereinte so viele Gegensätze in sich, und doch wirkte er vollkommen eins mit sich und seiner Umwelt. Außerdem sah er – selbst für einen Waganga – außerordentlich gut aus.

Annah fragte sich, was Mtemi wohl empfinden mochte. Er fühlte sich zu ihr hingezogen, das wusste sie. Schließlich hatte er sie zum See bestellt. Und er hatte dafür gesorgt, dass das Band zwischen ihnen nicht zerriss.

Ein Teil von Annah beobachtete jedoch ihre Gedanken und Gefühle erstaunt und ungläubig. Sie wusste, dass sie nicht in die Wirklichkeit gehörten. Im Moment allerdings waren Kikis Schloss und das Behelfskrankenhaus Annahs einzige Wirklichkeit. Und ihr alltägliches Leben in diesem exzentrischen Haus wirkte nur ein bisschen weniger bizarr als die Vorstellung, sich in einen afrikanischen Stammesangehörigen zu verlieben.

Sei vorsichtig, warnte eine innere Stimme sie.

Ein anderer Teil von Annah hätte sich am liebsten sofort in diesen wilden Strom gestürzt und sich im Augenblick verloren.

Schließlich würde es ja nicht lange dauern. Wenn Germantown erst wieder aufgebaut war, war die Zeit in Kikis Schlösschen vorbei. Annah konnte auch auf einen anderen, weit entfernten Posten versetzt werden. Und selbst wenn sie in Germantown blieb, nicht weit vom Dorf der Waganga entfernt, musste sich alles ändern, weil sie dann wieder unter der Aufsicht der Mission arbeitete.

Eines Abends stieg Annah auf den Hügel, um einen Blick auf Germantown zu werfen. Als Begleiter nahm sie nur einen Boy mit einem Speer mit.

Der Aufstieg war steil und beschwerlich, und Annah musste ein paar Mal stehen bleiben, um wieder zu Atem zu kommen. Auf dem Gipfel ging sie sofort zu der Stelle, von wo aus sie Germantown sehen konnte.

Ein Schauer durchrann sie. Sie sah auf den ersten Blick, dass die Bauarbeiten fast abgeschlossen waren. Alle Häuser hatten schon wieder Dächer, es gab auch keine klaffenden Türöffnungen mehr, und in die Fenster waren Scheiben eingesetzt. Binnen kurzem würde sie eine Nachricht vom Bischof erhalten, ihre Patienten nach Germantown zu verlegen.

Sie würde nicht mehr viel Zeit haben, um sich von Mtemi zu verabschieden.

Und schon am nächsten Tag bog ein brandneuer Landrover, grau lackiert und mit dem Missionswappen auf der Tür, in die Einfahrt. Hinter dem Steuer saß ein Mann. Blond. Gebügeltes Hemd.

»Michael!«, schrie Annah und erschreckte damit die Patienten. Sie stürzte hinaus. Dann jedoch hielt sie unsicher inne. Sie hätte sich ihrem alten Freund am liebsten in die Arme geworfen, aber es war zu viel passiert, seit sie sich das letzte Mal gesehen hatten. Sie war nicht mehr die Frau, die in das Funkgerät geschluchzt hatte, die Frau, die er aus Langali weggeschickt hatte. Und es ging ihr auch durch den Kopf, dass sein Besuch hier sicher bedeutete, dass ihre Tage in Kikis Haus gezählt waren.

Michael kam langsam auf Annah zu. Stirnrunzelnd musterte er ihre Safarihose, ihre offenen Haare, die seltsame Umgebung.

»Sarah schickt liebe Grüße«, rief er schon von weitem, als wollte er seine Frau wie einen Schild zwischen sie beide halten.

Und dann standen sie einander gegenüber und umarmten sich. Wie ein Kind klammerte sich Annah an Michael, der sich viel zu schnell von ihr löste.

»Wir haben dich alle vermisst«, sagte er mit warmer, sanfter Stimme.

»Ich will alles hören«, erwiderte Annah lächelnd. Tränen standen ihr in den Augen. »Alles, von Kate, Sarah, Ordena und dir.«

Sie tranken Tee auf der Veranda. So wie sie da auf den Korbstühlen saßen, über den Park blickten und lachten und plauderten, hätten sie zu Kikis Gästen gehören können. Nachdem sie sich eine Weile über allgemeine Themen unterhalten hatten, wurde Michaels Gesicht auf einmal ernst.

»Ich mache mir ein wenig Sorgen wegen Sarah«, sagte er.

Annah hob alarmiert den Kopf. »Was ist los?«

»Eigentlich nichts«, antwortete Michael. »Nur, als die Ersatzschwester ankam, ein nettes schottisches Mädchen, hat Sarah verkündet, dass sie nicht mehr im Krankenhaus mitarbeiten wolle. Sie sagte, die afrikanischen Lernschwestern könnten das genauso gut wie sie, was ja in gewissem Maße auch stimmt. Sie meinte, stattdessen wolle sie ihre eigene Arbeit tun.« Michael runzelte die Stirn. Offensichtlich fand er Sarahs Beweggründe verwirrend. »Es sieht ihr so gar nicht ähnlich. Sie hat sich immer so gut angepasst. Das ist eines ihrer Talente. Aber auf einmal bestand sie auf einer Veränderung, und das kam für mich sehr unerwartet.«

Annah nickte, erwiderte aber nichts. Es freute sie insgeheim, dass Sarah nicht mit der Ersatzschwester zusammenarbeiten wollte – es kam ihr vor wie eine loyale Geste.

»Sie hat mit Mutter-und-Kind-Kursen angefangen«, fuhr Michael fort. »Allerdings hält sie den Unterricht nicht im Dorf ab, sondern besucht einzelne Ansiedlungen. Dabei nimmt sie eine der afrikanischen Schwestern mit.«

»Das klingt gut«, erwiderte Annah.

Michael lächelte spöttisch. »Ich dachte mir, dass es dir gefällt«, sagte er. »Wenn ich ehrlich bin, gebe ich dir die Schuld daran.«

Annah blickte ihn fragend an.

»Sie sieht zu dir auf«, erklärte Michael. »Ich glaube, sie will einfach beweisen, dass sie auch allein etwas tun kann.« Der Mann zuckte die Schultern. »Aber vermutlich ist das ja nichts Schlechtes. Wenn sie genug davon hat, kommt sie schon wieder ins Krankenhaus zurück. Und wo wir gerade beim Thema sind, du solltest mir jetzt besser zeigen, was hier so los ist. Ich muss vor dem Mittagessen noch zurückfahren.«

»Gerne«, erwiderte Annah. Nervös führte sie ihn nach drinnen.

Es war allerdings unnötig, sich Sorgen zu machen. Von Anfang an war Michael beeindruckt von dem, was er sah. Er war beeindruckt von Annahs Einfallsreichtum und vor allem von der Art, wie sie alte Techniken einsetzte.

»Schwester Barbara hätte das auch gut gefallen«, meinte er. »Du hast zwar eine unkonventionelle Vorgehensweise und bist manchmal vielleicht schlecht beraten, aber du hast gute Arbeit geleistet.«

»Stanley hat auch eine ganze Menge getan«, erwiderte Annah bescheiden, obwohl sie sein Lob genoss.

»Und ich weiß gar nicht, wie ihr das geschafft habt mit so geringen Mitteln …« Michael schüttelte den Kopf.

Annah spielte kurz mit dem Gedanken, ihm von der Efeulösung und Ndatalas wundersamer Heilung zu erzählen, schwieg aber lieber, weil sie ihm dann hätte eingestehen müssen, dass sie »einheimische« Medizin verwendet hatte.

Während sie neben Michael durch die Räume ging, fühlte Annah sich wieder sicher – die Missionskrankenschwester neben ihrem Arzt. Und als sich auch noch Stanley zu ihnen gesellte, war es fast wie in alten Zeiten. Der Bwana-Doktor. Der afrikanische Assistent. Die Oberschwester.

»Nun, jetzt ist langsam das Ende in Sicht«, sagte Michael, als sie mit der Führung fast fertig waren. »Drüben auf der anderen Seite des Hügels steht die Neueröffnung kurz bevor. Und das ist auch gut so. Der Medizinalbeamte in Murchanza, Dr. Marchant, ist in den Ruhestand gegangen, und wir wissen noch nicht, wer die Stelle jetzt einnimmt. Germantown wird noch mehr Zulauf haben als vorher.«

»Was wird passieren?«, fragte Annah, wobei sie sich um einen beiläufigen Tonfall bemühte.

»In Kürze werden du und Stanley nach Germantown zurückkehren. Du wirst mit Schwester Margaret zusammenarbeiten, die aus Iringa dorthin versetzt wird.«

Annah nickte stumm. Einerseits war sie erleichtert, dass sie unter die Fittiche der Mission zurückkehren konnte, andererseits tat der Gedanke weh, von Mtemi Abschied nehmen zu müssen. Um ihre widerstreitenden

Gefühle zu verbergen, warf sie Stanley einen Blick zu. Ihr kam es so vor, als wisse er, was sie für Mtemi empfand, und als ob auch ihm klar sei, dass das nur zu Problemen führen konnte. Sie sah ihm am Gesicht an, dass er froh war, hier wegzukommen.

Annah war wie betäubt, als sie vors Haus gingen. Und dort stand auf einmal Mtemi vor ihnen, als ob sie ihn herbeibeschworen hätte. Annah fasste sich rasch und stellte ihn vor.

»Das ist der Häuptling der Waganga«, sagte sie zu Michael. »Er ist gerade von seinem Studium in London zurückgekehrt.« Sie wandte sich an Mtemi. »Das ist Dr. Carrington von der Station Langali.«

Die Männer schüttelten sich auf englische Art die Hände.

»Ich habe schon viel von Ihnen gehört«, sagte Michael. »Vom Bischof.«

Eine höfliche Unterhaltung begann, aber Annah merkte, dass Michael Mtemi misstrauisch betrachtete. Schließlich war der Afrikaner der Sohn eines Häuptlings, der sich den Missionaren widersetzt hatte. Wahrscheinlich fragte sich Michael, wie sich diese Haltung mit einem Studium in England vertrug. Mtemi gab nichts preis. Er plauderte gelassen mit Michael und stellte ihm Fragen über Germantown, und auch mit Annah redete er, als ob sie gute Freunde seien. Annah benahm sich betont förmlich und kühl und verkrampfte sich deshalb völlig. Michael blickte sie die ganze Zeit an, als ob er versuche, ihre Gedanken zu lesen.

Sie waren beinahe an der Veranda angelangt, als Michael begann, von der bevorstehenden Schließung des zeitweiligen Krankenhauses zu sprechen.

»Dann stehen wir Ihnen nicht mehr im Weg«, sagte er scherzhaft zu Mtemi.

Mtemi blickte Annah an. Er schwieg. Fast kam es ihr so vor, als erwartete er, dass sie etwas sagte wie: »Du wirst mir fehlen«, oder »Ich hoffe, wir bleiben Freunde«.

Oder …

Annah hatte das Gefühl, man könne ihr ihren inneren Aufruhr am Gesicht ablesen. Michael musterte sie prüfend. In dem angespannten Schweigen, das eintrat, blickte er auf seine Uhr. »Ich muss fahren«, sagte er. Er klang besorgt, so als ließe er sie nur ungern zurück. Mtemi verabschiedete sich und ging. Annah und Stanley folgten Michael zum Landrover.

»Ach, fast hätte ich es vergessen«, sagte er, als er die Fahrertür öffnete. »Sarah hat dir ein Stück von Kates Geburtstagskuchen mitgegeben.« Er reichte ihr ein kleines Päckchen in Wachspapier. Es war schwer. Ein typischer Sarah-Kuchen, voller getrockneter Früchte und Nüsse. Etwas Dauerhaftes.

»Schwester! Schwester!«

Annah zuckte zusammen, als die Stimme des kleinen Jungen ertönte. Sie ließ beinahe die Infusionsflasche fallen, die sie gerade anschließen wollte.

»Was willst du?«, fragte sie.

»Jemand muss mit dir sprechen«, erwiderte der Junge. »Jemand wartet auf dich.«

Annahs Herz machte einen Satz. »Wo?«, flüsterte sie.

»Am See.«

Damit drehte sich der Junge um und rannte weg.

Annah ging auf die Station, wo Stanley einem Baby mit Malaria gerade eine Bluttransfusion angelegt hatte.

»Ich bin kurz weg«, sagte sie zu ihm.

Stanley nickte. Die Arbeit an diesem Vormittag war zwar hektisch wie immer, aber er stellte keine Fragen, wofür Annah ihm dankbar war.

Sie lief über den Rasen zu dem Weg durch den Wald. Erst kurz bevor sie das Ufer des Sees erreichte, verlangsamte sie ihre Schritte und kämmte sich rasch mit den Fingern durch die Haare.

Der Häuptling erwartete sie schon. Er stand am Ufer und blickte zu der Stelle, wo die Geister hausten. Beim Geräusch von Annahs Schritten drehte er sich um.

»Du bist gekommen«, sagte er.

»Ich bin gekommen«, erwiderte Annah.

»Ich suche deinen Rat«, sagte Mtemi. »Wenn du dazu bereit bist.«

Annah zog die Augenbrauen hoch. »Natürlich. Frag mich, und ich werde antworten.«

»Ich hatte eine Auseinandersetzung mit meinem Onkel, dem Regenten«, sagte Mtemi. Dann schwieg er und blickte wieder ans andere Ufer.

Annah wartete geduldig. Sie überlegte, was sie von dem Regenten wusste. Sie hatte ihn das erste Mal auf dem Ngoma gesehen und dann noch einmal im Dorf. Bei dieser Gelegenheit hatte sie Zania besucht, und ihr war eine Gruppe von Männern aufgefallen, die um eine große Hütte herumstanden. Zania hatte ihr erklärt, dass sie dem Regenten dabei halfen, seine Maissäcke für den Markt zu zählen. Der Regent sei ein reicher Mann, hatte er erklärt. Er besaß so viele Säcke, dass er sie in Zehnerpaketen zählen musste. Als der Regent bemerkt hatte, dass die weiße Frau ihn beobachtete, hatte er sie grob weggewinkt. Das wunderte Annah nicht. Sie hatte gehört, dass er in Mtemis Abwesenheit das Krankenhaus in Germantown hatte plündern lassen.

Schließlich drehte sich Mtemi wieder zu Annah um.

»Ich werde Englisch mit dir reden«, sagte er, wobei er die fremde Sprache bereits benutzte. »Du sollst es leicht haben, mich zu verstehen.«

Annah blickte ihn überrascht an. Er sprach Englisch mit einem weichen afrikanischen Akzent und dem melodischen Rhythmus des Swahili. Es klang wunderschön, wie ein Lied.

»Ich muss eine Entscheidung über meine Heirat treffen«, fuhr der Häuptling fort. »Der Regent hat mir seine Nichte angeboten, und er wartet ungeduldig auf eine Übereinkunft.«

Wieder schwieg er. Annah hielt den Atem an. Sie hatte das Gefühl, er müsse ihren Herzschlag hören.

»In den Jahren in London«, sagte Mtemi langsam, »habe ich mich von Frauen fern gehalten. Ich habe sie nie zu nahe kommen lassen.« Er lächelte. »Ich bin nicht das Wagnis eingegangen, mich zu verlieben, weil ich die ganze Zeit über vorhatte, wieder in mein Dorf zurückzukehren und hier zu bleiben. Und das konnte ich keiner englischen Frau zumuten, es wäre zu schwierig. Sie hatten überhaupt keine Vorstellung davon, wie das Leben in einem afrikanischen Dorf ist.«

Annah nickte. Das stimmte. Selbst jetzt noch, nach allem, was sie bisher in Tansania erfahren hatte, waren ihr manche Vorgänge fremd.

Mtemi beschrieb all die Mühen, die eine Frau im Dorf auf sich nehmen musste. Sie musste Wasser tragen, hatte keinen Strom, musste sich mit Flöhen und anderem Ungeziefer herumschlagen, ganz zu schweigen von dem Klatsch in der Großfamilie. Er beobachtete Annah, während er sprach. Sie stand da wie erstarrt – sie wollte unbedingt alles wissen, fürchtete sich aber davor, wohin die Worte führen würden.

»Natürlich«, fügte Mtemi hinzu, »genießt die Frau des Häuptlings einige Privilegien. Aber sie hat auch große Verantwortung.« Er brach ab, als könne er sich nicht dazu überwinden, weiterzusprechen.

Annah schlug die Augen nieder. Sie wusste, dies war der kritische Punkt. Alles was Mtemi gesagt hatte, stimmte. Schließlich erwiderte sie: »Eine weiße Frau könnte das nicht.«

Obwohl die Worte wehtaten, verspürte Annah doch auch eine gewisse Erleichterung. Sie wusste, sie hatte das Richtige gesagt. In Mtemis Augen entdeckte sie die gleichen widerstreitenden Gefühle.

»Wie ist sie denn, die Nichte deines Onkels?«, fragte sie mit gepresster Stimme.

»Sie ist sehr schön«, sagte Mtemi. »Sie wird dem Häuptling eine gute Frau sein. Meine Mutter, die Königin, schätzt sie sehr.«

»Und du?«, rutschte es Annah heraus.

Mtemi zögerte mit der Antwort. »Ich hatte schon immer vor, jemanden aus meinem Stamm zu heiraten.«

Annah nickte stumm.

Schweigend standen sie am Ufer des Sees. Es gab nichts mehr zu sagen. Und doch brachten sie es nicht über sich, sich voneinander zu verabschieden. Sie wollten ihren letzten gemeinsamen Augenblick so lange wie möglich hinauszögern.

Danach hielten Mtemi und Annah sich voneinander fern. Annah wurde etwas über eine bevorstehende Verlobungszeremonie zugetragen, aber dann erfuhr sie, dass es nur ein Gerücht gewesen war. Sie versuchte, so gleichgültig wie möglich zu erscheinen, wenn vom Häuptling die Rede war. Was hatte seine Heirat schließlich mit ihr zu tun?

Aber ihre Gedanken kreisten ständig um ihn.

Ich liebe ihn. Ich liebe ihn.

Wenn Stanley Annah gegenüber Mtemi erwähnte, wurde sein Tonfall vorsichtig und neutral. Er behandelte sie jedoch so liebevoll, dass Annah annahm, er wisse von ihrem inneren Aufruhr. Und als sie sich über den bevorstehenden Umzug nach Germantown unterhielten, äußerte er sich begeistert über die neuen, zweckmäßigen Krankensäle, die sie dort haben würden. Die gut ausgestattete Apotheke. Und irgendwann sogar eine Schule und eine Kirche. Er redete mit ihr wie ein Vater, der die Vorzüge eines Internats hervorhebt, dabei aber doch weiß, dass Sportplätze und Bibliotheken nur ein armseliger Ersatz für die Liebe und Geborgenheit einer Familie sind.

Und dann erhielt Annah eines Tages einen Funkspruch, dass das Krankenhaus in Germantown fertig sei und dass bald ein Wagen eintreffen würde, um Patienten und Ausrüstung hinüberzufahren. Annah und Stanley sollten im Landrover nachkommen, sobald der ursprüngliche Zustand des Hauses wieder hergestellt war. Ihre neue Kollegin, Schwester Margaret, wartete bereits auf sie.

Früh am nächsten Morgen traf der Landrover aus Germantown ein. Ein afrikanischer Fahrer aus Dodoma saß hinter dem Steuer. Er fuhr den ganzen Tag hin und her, bis auch der letzte Krankensaal leer war.

Annah und Stanley blieben in Kikis Haus, um zu überwachen, dass alles wieder an seinen Platz gebracht wurde. Als die Bilder wieder an den Wänden hingen und die Möbel wieder aufgestellt waren, spürte Annah, dass Kikis Geist das Haus wieder in Besitz nahm. Sie ging von Zimmer zu Zimmer und bat die ehemalige Bewohnerin um Hilfe.

Lass mich hier bleiben. Hilf mir, zu gehen. Beschütze mich. Mach mich stark.

Mtemi half mit einer Gruppe seines Stammes bei der Arbeit. Er musste dabei sein – schließlich war er der Häuptling der Waganga, von denen so viele im Krankenhaus behandelt worden waren –, aber er hielt sich von Annah fern.

Als seine Aufgabe beendet war, versammelten er und sein Stamm sich vor dem Haus, um sich von Annah und Stanley zu verabschieden. Der Verwalter und Ndatala weinten, als sie ihnen ihre Abschiedsgeschenke überreichten. Und dann trat Mtemi vor, um ihnen im Namen der Waganga seinen formellen Dank auszusprechen.

»Wir danken euch«, sagte der Häuptling, zuerst in der Stammessprache und dann auf Swahili, »wir danken euch von ganzem Herzen.« Er blickte Annah bei seinen Worten direkt an, und sie sah Tränen in seinen Augen glitzern. »Du bist die zweite weiße Frau, die einen Platz in unserem Stamm errungen hat«, fuhr er fort. Er winkte, und ein Mann trat vor, der einen handgeschnitzten Hocker trug. Annah wollte ihn entgegennehmen, aber Mtemi schüttelte den Kopf. »Dein Hocker wird in der Hütte unserer Vorfahren für dich aufbewahrt. Auch Kikis Hocker steht dort.«

»Auf Wiedersehen und Dank an euch alle«, erwiderte Annah mit erstickter Stimme. »Ich werde die Zeit hier nie vergessen.«

Mit gesenktem Kopf blieb sie stehen. Sie presste die Hände so fest zusammen, dass ihre Knöchel weiß hervortraten.

»Was ist geschehen?«, fragte Mtemi sie leise.

Sie blickte ihn verständnislos an.

»Du hast dich verletzt.«

Annah folgte seinem Blick und sah auf ihre Hand. Sie blutete am Finger. Vage erinnerte sie sich, dass sie sich an einem scharfkantigen Bilderrahmen die Haut aufgeritzt hatte.

»Ich habe mich geschnitten«, erwiderte sie.

Ich verblute innerlich. Ich sterbe …

»Die Wunde muss gereinigt werden«, erklärte Mtemi nachdrücklich.

Er sagte ein paar Worte zu Stanley, der einen Verband und eine Flasche mit Efeulösung aus dem Landrover holte.

Mtemi führte Annah in Kikis Küche. Die Waganga, die vor dem großen Fenster standen, verfolgten gespannt jede Bewegung ihres Häuptlings.

Er nahm Annahs Hand in seine und hielt den Finger unter das fließende Wasser. Dann tupfte er die Feuchtigkeit ab und träufelte Efeulösung auf den Schnitt. Annah spürte ein leichtes Brennen, aber es schien von weither zu kommen. Nur Mtemis Hand, die ihre hielt, war nahe. Warm und stark.

Dann begann Mtemi, Annahs Finger zu verbinden. Sie wagte kaum zu atmen, so vorsichtig war die Berührung des Mannes, so zärtlich. Viel zu schnell war der Verband angelegt.

»Fertig«, sagte er.

Er lächelte Annah an, jedoch nur mit dem Mund. Seine Augen blickten traurig, als er mit heiserer Stimme sagte: »Jetzt kann es heilen.«

»Danke.« Annah erwiderte seinen Blick, dann wandte sich Mtemi wortlos ab und ging hinaus. Er nickte Stanley zu und setzte seinen Weg fort, ohne sich noch einmal umzublicken. Annah stand wie erstarrt da und sah ihm nach, bis er im Busch verschwunden war.

Die Waganga folgten ihrem Häuptling, und schließlich standen nur noch Annah, Stanley und der Verwalter in der Auffahrt neben dem vollbepackten Landrover.

»Ich bin gleich fertig«, sagte Annah.

Sie lief durch den Garten zu Kikis Baum. Dort konzentrierte sie ihre Gedanken auf die tote Frau. Sie versuchte, Kikis Anwesenheit heraufzubeschwören, um sich von dieser starken, unabhängigen Frau Kraft geben zu lassen.

Als sie zu Boden blickte, sah sie etwas Rotes durch die anderen Grabgaben schimmern. Sie bückte sich danach und hob es auf.

Eine blutrote Rose.

Tief atmete sie den süßen Duft ein. Und mit ihm kamen Bilder von Mtemi.

Langsam kam er auf sie zu. Lächelnd. Redend. Mtemi, der ein weinendes Baby aus dem Bettchen hob und es tröstend an seine Brust drückte. Mtemi, der mit dem Speer in der Hand auf dem Ngoma tanzte, der im Wald auf sie wartete.

Er kam ihr wirklicher vor als alles andere in ihrem Leben.

Wahrer, kostbarer …

Am Landrover angelangt, öffnete Annah die Beifahrertür und holte ihren Koffer, ihre Schwesterntasche und die Holzkiste mit dem Mikroskop heraus. Dann wandte sie sich an Stanley.

»Ich komme nicht mit«, sagte sie. Er blickte sie überrascht an. Obwohl er nichts sagte, wusste sie, dass er sie verstand. Dann nickte er langsam.

»Lassen Sie uns beten«, sagte er.

Annah hatte einen Kloß im Hals. Wenn er ihr widersprochen hätte, versucht hätte, sie aufzuhalten, dann wäre es ihr leichter gefallen, sich von ihm zu verabschieden. Sie senkte den Kopf, und Tränen traten ihr in die Augen, als Stanley die vertrauten Worte sprach. Nach der letzten Zeile schwieg er, als wolle er Annah ein letztes Mal Gelegenheit zum Nachdenken geben, bevor er schließlich *Amen* sagte.

Sie schüttelten sich die Hände, dann stieg er in den Landrover, ließ den Motor an und fuhr langsam weg.

Annah wurde es übel vor Panik. Am liebsten wäre sie ihm nachgerannt, um ihm zu sagen, dass sie ihre Meinung geändert hatte. Aber sie rührte sich nicht von der Stelle. Dann war er weg.

Es war geschehen. Sie war allein.

16

Der Pfad zum Dorf wand sich zwischen Felsen und Bäumen steil den Hügel hinauf. Annah kam mit ihrem schweren Gepäck nur langsam voran. Es wäre sicher sinnvoll gewesen, zumindest einen Teil in Kikis Haus zurückzulassen, aber es war alles, was sie besaß, und sie wollte sich nicht davon trennen.

Während des mühsamen Aufstiegs konzentrierte sie sich auf ihre schmerzenden Muskeln und den Griff des Koffers, der tief in ihre Haut einschnitt. Den Blick hielt sie aufmerksam auf den Weg gerichtet, damit sie nicht auf Dornen oder Insekten trat. Auf keinen Fall wollte sie über ihre Entscheidung nachdenken.

Die Kunde, dass die weiße Frau ins Dorf kam, eilte ihr voraus. Als sie die ersten Hütten erreichte, standen schon alle Dorfbewohner da. Annah kannte viele von ihnen gut, weil sie ihre Patienten gewesen waren. Heute jedoch begrüßten die Leute sie nicht so freundlich, wie sie es erwartet hatte. Schweigend beobachteten sie sie, boten ihr jedoch keine Hilfe an. Vermutlich wussten sie nicht, ob und wie sie sie willkommen heißen sollten, dachte Annah. Sie war die Missionarin gewesen, die das Krankenhaus geleitet hatte. Und was war sie jetzt? Sie kam einfach ganz allein mit all ihrer Habe in ihr Dorf.

Mit gesenktem Blick ging Annah direkt auf den alten Baum in der Mitte des Dorfes zu. Sie wurde nur noch von einem Gedanken beherrscht. Sie wollte Mtemi wieder sehen. Mit ihm sprechen. Ihn berühren … Was danach geschehen sollte, wusste sie noch nicht.

Sie stolperte über einen Stein, und als sie sich wieder gefangen hatte und aufblickte, sah sie eine Gruppe von Kriegern am Versammlungsbaum stehen. Sie prüften ein Antilopenfell, das herumgereicht wurde. Einer der Männer entdeckte sie, und plötzlich richteten sich alle Blicke auf Annah. Die Krieger erstarrten mitten in der Bewegung. Und dann trat Mtemi aus der Gruppe heraus.

Freude und Panik stiegen in Annah auf. Langsam stellte sie ihr Gepäck ab.

Zögernd trat der Häuptling auf sie zu. Er runzelte ungläubig die Stirn, als könne er nicht begreifen, was er sah. Annah schluckte. Ihr Mund war auf einmal ganz trocken.

Er will mich nicht.

Aber dann strahlte Mtemis Gesicht plötzlich freudig auf, und er begann, mit großen Schritten auf sie zuzulaufen.

Eine Armlänge von Annah entfernt blieb er stehen und blickte auf ihr Gepäck.

»Du bist gekommen«, sagte er leise und verwundert.

Annah nickte.

Ich bin gekommen.

Sie bewegte die Lippen, aber es kam kein Ton heraus.

Mtemi stand bewegungslos da und blickte sie voller Zärtlichkeit an. Annah war unfähig, auch nur noch einen Schritt zu tun. Es hatte sie ihre ganze Kraft gekostet, hierher zu kommen, und jetzt war sie völlig erschöpft und konnte keinen klaren Gedanken mehr fassen.

Die Dorfbewohner versammelten sich um sie, und alle

starrten mit aufgerissenen Augen den Häuptling und die weiße Frau an.

Mtemis Krieger eilten zu ihm. Obwohl auch sie erstaunt waren, zeigten sie doch deutlich, dass sie hinter ihm standen.

In ruhigem Tonfall sagte Mtemi etwas zu seinem Stamm. Zwar redete er in der Stammessprache, aber Annah verstand den Namen der alten Königin.

Vier von Kitamus Kriegern holten die Mutter des Häuptlings sofort zum Dorfplatz. Neben ihrer Sänfte schritt der Regent. Er bewegte sich steif und hatte die Lippen missbilligend zusammengepresst.

Mtemi ignorierte ihn und wandte sich an seine Mutter. Auf Swahili, damit auch Annah ihn verstehen konnte, sagte er: »Heiße diese Frau willkommen. Sie ist in unser Dorf gekommen, um zu bleiben.«

Die alte Königin kniff zwar die Augen zusammen, nickte aber Annah höflich zu. »Willkommen in unserem Dorf.« Dann wandte sie sich wieder an ihren Sohn. »Wer wird ihr eine Hütte zur Verfügung stellen?«

»Sie wird in meiner Hütte wohnen.«

Alle schwiegen erstaunt. Annah wagte nicht, sich umzublicken.

»Was bedeuten deine Worte?«, fragte die alte Königin misstrauisch.

»Die weiße Frau«, erwiderte Mtemi, zunächst auf Swahili und dann in der Stammessprache, »wird den Häuptling heiraten.«

Ein Raunen ging durch die Menge.

Annah starrte Mtemi an und versuchte, seine Worte zu erfassen. Ehefrau. Weiße Frau. Häuptling.

Ehefrau …

Die Erkenntnis überflutete sie wie eine Welle. Sie wusste nicht genau, was sie erwartet hatte, als sie hierher gekommen war, aber sie hatte eigentlich keinen Plan gehabt. Sie hatte aus einem Impuls heraus gehandelt.

Mtemi lächelte sie an. Er strahlte Stärke aus, Gewissheit, Liebe. Für ihn gab es keinen Zweifel.

Annah erwiderte sein Lächeln. Wärme stieg in ihr auf, eine plötzliche Hoffnung, dass das Unvorstellbare wahr werden könnte. Dass sie und dieser Mann zusammenbleiben könnten.

Mtemi ergriff Annahs Hand. Seine Finger schlossen sich um den Verband, den er ihr in Kikis Küche angelegt hatte. Es war erst kurze Zeit her, und doch lagen Zeitalter dazwischen.

Als sich die Neuigkeiten verbreiteten, strömten immer mehr Menschen zum Versammlungsbaum. Bald hatten sich alle Dorfbewohner eingefunden. Die Frauen und Kinder drängten sich staunend um die weiße Krankenschwester, und Annah streichelte verlegen den Kopf eines kleinen Jungen, der sich an ihr Bein klammerte.

Als sie aufsah, begegnete sie dem Blick der alten Königin, die sie prüfend musterte.

Plötzlich trat der Regent wütend auf Mtemi zu.

»Dein Ansinnen ist unmöglich.« Er spie die Worte förmlich aus. Wie Mtemi sprach er Swahili, damit auch Annah ihn verstand. »Der Häuptling der Waganga darf nicht ohne die Zustimmung des Stammes heiraten. So lautet das Gesetz.«

Mtemi nickte mit ernstem Gesicht. »Das weiß ich«, erwiderte er. »Ich werde eine Versammlung einberufen, damit über meine Heirat gesprochen werden kann.«

Der Regent stieß ein bitteres Lachen aus. »Wir werden nie zustimmen.«

Mtemi achtete nicht auf ihn. Er blieb einfach neben Annah stehen. Seine Krieger schlossen sich noch enger um die beiden. Annah betrachtete ihre ausdruckslosen

Gesichter und fragte sich, was sie wohl vom Vorhaben ihres Häuptlings hielten. Sie wusste, dass sie seine Entscheidung nicht in Frage stellen würden, denn seit seiner Kindheit waren sie miteinander befreundet. Sie würden für Mtemi sterben, genauso wie er für sie. Bewegungslos stand Annah da und starrte zu Boden. Sie spürte den sanften Druck seiner Hand, die ihre hielt, und seine Ruhe und Gelassenheit übertrug sich auf sie.

Die Hütte der alten Königin war geräumig. Drinnen war es dämmerig, und es roch nach Holz und Weihrauch. Annah saß auf einem niedrigen Bett und blickte durch die schmale Türöffnung. Draußen zog ein stetiger Strom von Männern vorbei, die sich mit ihren dreibeinigen Hockern zum Versammlungsbaum begaben, wo sich bereits Hunderte anderer Stammesangehöriger eingefunden hatten.

Annah warf der alten Königin einen Blick zu. Sie saß auf einem anderen Bett aus Tierfellen. Ihr Gesicht war ausdruckslos und gab ihre Gedanken nicht preis. Die Afrikanerin hatte noch kein Wort gesagt, seit sie zusammen in die Hütte gegangen waren. Annah wusste nicht, warum. Vielleicht vermied die alte Frau es ja, Swahili zu sprechen, aber möglicherweise hatte sie auch einen anderen Grund dafür, stumm zu bleiben. Annah fiel ein, dass Mtemi ihr erzählt hatte, seiner Mutter wäre es am liebsten, wenn er die Nichte des Regenten heiratete. Wenn das stimmte, dann missbilligte die alte Königin sicher die Änderung von Mtemis Plänen. Aber vielleicht, dachte Annah, war es ihr auch nicht recht, dass eine weiße Frau einfach so in ihre Hütte eingedrungen war. Sie wandte sich wieder zur Türöffnung und plötzlich fiel ihr ein, dass die Königin nicht zum ersten Mal in dieser Situation war. Wenn die Gerüchte stimmten, dann hatte sie ihren Mann – Mtemis Vater – mit einer anderen weißen Frau teilen müssen. Mit Kiki. Annah stellte sich vor, wie die tote Frau beim Anblick der Szene in der Hütte spitzbübisch lächelte: eine Missionsschwester und ihre afrikanische Schwiegermutter.

»Wer sind deine Leute?«

Annah zuckte überrascht zusammen, als die alte Königin in perfektem Swahili das Wort an sie richtete.

Fragend blickte sie die alte Frau an, unsicher, welche Antwort von ihr erwartet wurde.

»Woher kommen sie?«, fuhr die alte Königin fort. »Werden sie in ihrer Gegend geachtet? Was für einen Brautpreis werden sie verlangen?«

Annah überlegte krampfhaft, was sie antworten könnte, aber nach ein paar Augenblicken machte die alte Königin eine wegwerfende Geste.

»Ich denke viel zu weit voraus«, meinte sie. »Zuerst wollen wir abwarten, wie die Männer entscheiden.«

Kurz darauf begann die Versammlung der Waganga. Die Stimmen drangen klar und deutlich in die Hütte der alten Königin, wo die beiden Frauen saßen und zuhörten.

Annah blickte zu Boden. Sie verstand die Worte nicht. Worte, die über ihre Zukunft entschieden. Viele der Stimmen klangen schrill vor Wut. Ab und zu hörte sie Mtemi sprechen. Seine Stimme unterschied sich von den anderen durch ihre Ruhe und Klarheit.

Schließlich hielt Annah die Spannung nicht länger aus. Sie wandte sich an die alte Königin. »Was geht vor sich?«

Die afrikanische Frau hatte aufmerksam zugehört. »Soll ich es dir sagen?«, fragte sie.

Annah nickte.

Die alte Königin zuckte die Schultern. »Gut.« Sie begann, Teile der Diskussion in Swahili zu übersetzen. Ihr

Sohn, der Häuptling, erklärte sie, wurde beschuldigt, sich bewusst eine Frau gewählt zu haben, die ihm einen Vorwand gab, um seinen Stamm zu verlassen – eine weiße Frau, die Dinge haben wollte, die es im Dorf nicht gab.

»Stimmt das?«, fragte die alte Königin und sah Annah durchdringend an.

»Nein, so ist es nicht«, widersprach Annah. Sie dachte daran, wie das Dorf ausgesehen hatte, als sie es zum ersten Mal gesehen hatte – grün, sauber, natürlich. Ein lebendiger, zugleich aber auch friedlicher und idyllischer Ort. »Die Dinge, die mir etwas bedeuten, sind hier.«

Mtemi ist hier.

Als Nächster sprach der Regent. Er hielt eine lange, leidenschaftliche Rede, bei der die Menge zustimmendes Gemurmel von sich gab.

»Was hat er gesagt?«, fragte Annah ängstlich.

»Kurz zusammengefasst«, erwiderte die alte Frau, »fragt er: ›Wo kämen wir hin, wenn jeder Gesetz und Liebe einfach missachten würde?‹« Fragend zog sie die Augenbrauen hoch, als mache sie sich die gleichen Gedanken.

Annah schüttelte den Kopf. Dieser Ansatz erschien ihr fremd, ja sogar gefährlich. Und doch hatte sie sich für dieses Leben entschieden.

»Jetzt redet jemand anderer«, sagte die alte Königin. »Er sagt, der Sohn des alten Häuptlings habe das Dorf verlassen und sei weit gereist, um die Gesetze des weißen Mannes zu studieren. Dies habe er getan, um sein Volk besser regieren zu können, aber stattdessen missachtet er die Statuten der Waganga, indem er darauf besteht, eine Frau seiner eigenen Wahl zu heiraten.«

Annah hörte, wie Mtemi antwortete. Die Augen der alten Königin weiteten sich, als sie seinen Worten lauschte. Dann zuckte sie zusammen, als sei sie geschlagen worden.

»Was ist los?«, fragte Annah.

Die afrikanische Frau schüttelte stumm den Kopf.

»Sag es mir.« Annah beugte sich vor und umklammerte mit beiden Händen den Rand ihrer Bettstatt.

»Mein Sohn sagt, er bringt die Frau erst in den Stamm, wenn man ihm zustimmt.« Stockend sprach sie weiter. »Aber er will dich nicht aufgeben. Wenn nötig, wird er den Stamm verlassen.«

Annah starrte die alte Frau an und suchte verzweifelt nach einer Erwiderung. »Habe ich das nicht auch bereits getan?«, sagte sie schließlich leise. »Ihm zuliebe mein eigenes Volk verlassen?«

Die alte Königin nickte langsam. »Ja. Aber du bist eine weiße Frau. Wer weiß schon, was dein Volk dir bedeutet?«

Schweigen senkte sich über die Hütte. Annah betrachtete die geschnitzten Bettpfosten und strich mit den Fingern über die tief eingekerbten Linien. Viele Redner sprachen, bevor die alte Frau wieder weiter übersetzte.

Die Auseinandersetzung dauerte bis zum Abend. Mit zunehmender Dauer wurden die Überlegungen praktischer. Konnte die weiße Frau die Pflichten einer Häuptlingsfrau erfüllen? Konnte sie kochen, die Tiere versorgen und auf dem Feld arbeiten? Manche Männer wiesen darauf hin, dass sie bereits gezeigt hatte, wie hart sie arbeiten konnte und wie stark sie war. Annahs Herkunft wurde besprochen. Wie sollte der Stamm überprüfen, ob sie aus einer angesehenen Familie stammte? Dann kam das Thema auf Kinder. Jemand fragte, ob der Stamm bereit war, in Zukunft einen halb weißen Häuptling zu akzeptieren. Mtemi wies darauf hin, dass die Regierung erklärt hatte, die jetzigen Häuptlinge hätten keinen Nachfolger mehr. Daraufhin nahm die Diskussion einen anderen Verlauf, aber der Regent griff ein und kam wieder auf die Frage zurück, ob Mtemi die weiße Frau heiraten dürfe.

»Sie ist alt«, sagte er. »Mindestens über zwanzig.«

Jemand fiel ihm ins Wort, und Annah erkannte Zanias Stimme.

»Alter ist ein Vorteil für die Frau des Häuptlings«, erklärte er. »Er ist weit gereist und hat viel von der Welt gesehen. Wie kann er da zufrieden sein mit einer jungen Frau aus dem Dorf, die seine Geschichten nicht versteht?«

Es ging immer weiter, und bald wurde Annah es müde, den fremden Lauten zu folgen und zu versuchen, ihren Sinn zu verstehen.

»Der Medizinmann unterstützt dich«, sagte die alte Königin. Sie klang überrascht und beeindruckt. »Und auch mein zweiter Sohn, Kitamu.«

Langsam brach die Dunkelheit herein, und viele kleine Feuer wurden angezündet. Eine junge Frau brachte zwei dampfende Kochtöpfe, die sie mit Hilfe von Blätterbündeln trug.

»Das ist Patamisha«, sagte die alte Königin. »Kitamus Frau.«

Patamisha lächelte Annah freundlich an. »Willkommen, meine Schwester.« Aus den Töpfen strömte der Duft von Hühnereintopf, und Annah merkte, wie hungrig sie war. Sie hatte seit dem Morgengrauen nichts mehr gegessen.

Zuerst wurde das Essen der alten Königin angeboten. Annah beobachtete, wie sie mit einer Hand eine kleine Kugel aus Maismehl formte und damit Eintopf aus dem anderen Topf aufnahm. Obwohl Annah diesen Vorgang schon oft gesehen hatte, fand sie ihn immer noch faszinierend. Die Bewegungen waren sicher und effizient, nie wurde etwas verschüttet.

»Du beobachtest mich«, sagte die alte Königin. Ihre Stimme klang scharf. »Du willst wissen, ob das Essen vergiftet ist. Wie du siehst, ist es das nicht. Wir essen aus dem gleichen Topf.«

»Danke«, erwiderte Annah. »Vielen Dank.« Ihr war nicht klar, wofür sie sich eigentlich bedankte. Dafür, dass sie zu essen bekam? Dass sie nicht vergiftet wurde? Oder vielleicht dafür, dass sie langsam spürte, wie die alte Königin sie trotz all ihres Misstrauens und ihrer oft mürrischen Art zu akzeptieren begann?

Nach dem Essen fühlte Annah sich völlig erschöpft von all dem, was geschehen war, und von der Fremdheit, die sie umgab. Sie wollte nur noch schlafen. Die alte Königin bedeutete ihr, sie solle sich einfach auf das mit Fellen bedeckte Bett legen, auf dem sie saß.

Bevor sie einschlief, hörte sie die Stimmen der Männer draußen und die Rufe der Nachtvögel aus dem Wald am See.

Als Annah am nächsten Morgen die Augen aufschlug, stand wie eine Erscheinung eine blasse, blonde Gestalt vor ihr. Mit einem Schlag war sie hellwach und sprang auf.

»Michael!«

»Annah.« Seine Stimme klang sanft, besorgt und ein wenig herablassend.

Stumm blickte Annah ihn einen Moment lang an. »Du bist die ganze Nacht durchgefahren«, sagte sie dann staunend. Die Anstrengung stand ihm ins Gesicht geschrieben.

»Ich bin gekommen, um dich nach Hause zu holen«, erwiderte Michael. Annah wollte etwas entgegnen, aber er ließ sie nicht zu Wort kommen. »Ich glaube«, sagte er ruhig, »dass du zu lange unter zu großem Druck gestanden hast.« Er brach ab, und sein Blick glitt durch die Hütte und über das Bett. Ungläubig schaute er sie an, und sie merkte, dass er trotz seiner mitfühlenden Worte nicht verstehen konnte, wie sie sich in diese Situation hatte bringen können.

»Ich mache mir Vorwürfe«, sagte er. »Ich hätte das voraussehen müssen. Aber jetzt bin ich ja hier.« Er lächelte. »Wenn wir gleich losfahren, sind wir bei Einbruch der Dunkelheit in Langali. Sarah wird sich um dich kümmern.« Als er merkte, dass Annah nicht reagierte, fragte er: »Was ist los?«

»Ich komme nicht mit«, erwiderte Annah. »Ich bleibe hier.«

Michael runzelte die Stirn. »Mach dich nicht lächerlich, Annah. Ich bin die ganze Nacht gefahren, ich bin nicht in der Stimmung für Scherze.«

Annah stand auf. »Ich werde Mtemi heiraten. Den Häuptling.« Sie konnte selbst kaum glauben, was sie da sagte, aber sie sah Michael fest an.

Michaels Gesicht erstarrte. Seine Lippen bewegten sich, aber es kam kein Laut heraus. Schließlich lachte er.

»Das kannst du unmöglich ernst meinen. Du weißt, dass das nicht geht.«

Annah schwieg.

Als ihm die Ernsthaftigkeit der Situation bewusst wurde, holte Michael tief Luft. »Du könntest nie mehr zurückkehren«, warnte er sie. »Du würdest alle Brücken hinter dir abbrechen.«

»Ich weiß, was ich tue«, erwiderte Annah. Plötzlich kam sie sich vor wie ein kleines Mädchen – wie damals, als sie vor ihrem Vater im Arbeitszimmer gestanden und wegen verlorener Schuluniformen, fehlender Hausaufgaben und ihres unaufgeräumten Zimmers Erklärungen hatte abgeben müssen.

»Komm jetzt mit mir«, bat Michael, »und alles ist vergeben und vergessen. Oder« – seine Stimme wurde scharf – »du wirst völlig auf dich gestellt sein.«

»Ich werde nicht allein sein«, erwiderte Annah. »Mtemi ist bei mir.« Die Worte klangen richtig und wahr, so als ob sie immer stärker würde, je mehr Michael sie bedrängte.

Michael starrte sie verständnislos an. Annah sah, wie er um Fassung rang und nach weiteren Argumenten suchte.

»Sieh mal, Annah«, sagte er schließlich, »du bist nicht die erste Missionarin, die einen Afrikaner heiraten will. Es hat auch schon andere Frauen vor dir gegeben. Aber die … Männer … waren zumindest Pastoren oder Missionsangestellte. Und selbst dann ist es unvorstellbar schwer. Wie viele Afrikaner gibt es in Australien? Wie wird er sich einfügen?«

»Wir bleiben hier, im Dorf«, erwiderte Annah. Ihre Stimme zitterte leise.

Entsetzt schüttelte Michael den Kopf. Er schloss die Augen. »Ich verstehe nicht, warum du das tust. Du bist eine attraktive Frau. Früher oder später wirst du jemand anderen kennen lernen. Jemanden …« Er brach ab.

»Der weiß ist?«, ertönte Mtemis Stimme von der Türöffnung her.

Annahs Herz machte einen Satz, als der große Afrikaner die Hütte betrat. Wärme stieg in ihr auf.

Sie trat auf ihn zu und stand unvermittelt zwischen den beiden Männern. Der eine weißhäutig und in Shorts und Hemd, der andere von dunkler Hautfarbe und kaum bekleidet. Annah konnte die Emotionen der beiden förmlich spüren – Feindseligkeit, Eifersucht, oder auch eine Mischung aus beidem.

»Er ist kein Christ«, sagte Michael zu Annah. »Eigentlich geht es nur darum. *Lass dich nicht mit Ungläubigen ein*«, zitierte er aus der Bibel.

Annah starrte auf den Lehmboden. Sie kannte den Vers. Als junges Mädchen hatte sie in der Jugendgruppe viele christliche Liebesromane gelesen. Die Geschichten verliefen immer so, dass das Mädchen seinen nicht christlichen Freund aufgeben musste, dafür aber am Ende einen viel netteren, besser aussehenden Christen bekam. Damals hatte Annah die Romane äußerst einleuchtend gefunden, aber jetzt, wo sie einem wirklichen Mann, einer echten Liebe gegenüberstand, sah sie die Dinge anders.

»Nun«, seufzte Michael, »wenn du wirklich diesen Weg einschlagen willst, dann muss ich dich bitten, bei der Mission zu kündigen. Schriftlich.«

»Gut.« Es überraschte Annah, wie fest und ruhig ihre Stimme klang. »Du musst mir nur Papier und Stift geben.«

Michael durchsuchte seine Taschen. »Ich habe nur einen Stift«, sagte er.

Annah öffnete ihren Koffer. Als sie rasch ihre Sachen durchwühlte, stieß sie auf *Jenseits von Afrika*, den Roman, den Eleanor ihr mitgegeben hatte. Sie riss das Titelblatt ab und schrieb auf die Rückseite: *Hiermit kündige ich, Annah Mason, bei der Tanganjika-Inlandmission*.

Kurz warf sie noch einen Blick auf den Satz, bevor sie Michael das Blatt reichte. Die Worte kamen ihr zu klein und zu gewöhnlich vor, als dass sie eine solche Bedeutung haben konnten. »Warte.« Sie griff noch einmal in den Koffer und holte ein gefaltetes Stück Papier heraus.

Es waren ihre »Missionsanweisungen«, der Beweis ihrer Zugehörigkeit. Ihre Hand zitterte, als sie es Michael rcichte.

Er blickte sie an. Als er das Papier entgegennahm, war das Band zerrissen, die Trennung vollzogen.

»Du kannst deine Meinung immer noch ändern«, sagte Michael.

Annah schüttelte den Kopf.

Die Augen des weißen Mannes wurden hart. »Dann muss ich dir leider sagen, dass unsere Freundschaft beendet ist, Annah. Und das gilt auch für meine Familie.« Abrupt wandte er sich ab und verließ die Hütte.

Annah lief zu einer kleinen Fensteröffnung. Sie sah Michael nach, wie er mit großen Schritten durchs Dorf ging, Kinder und Hunde waren ihm auf den Fersen. Seine Worte hallten in ihrem Kopf.

Unsere Freundschaft ist beendet. Und das gilt auch für meine Familie.

Mtemi stellte sich hinter sie. Er berührte sie nicht, war aber so nahe, dass sie seine Wärme spürte. Schweigend standen sie da, bis Michael verschwunden war.

Annah stieß einen Seufzer aus. Jetzt war sie keine Missionarin mehr. Sie versuchte noch, die Vorstellung zu begreifen, als sie plötzlich ein anderer Gedanke durchfuhr. Sie konnte sich jetzt auch nicht mehr als Christin bezeichnen. Sie hatte sich dazu entschieden, in einem heidnischen Dorf zu leben und den Häuptling zu heiraten. Einen Augenblick lang hatte sie das Gefühl, am Rand eines Abgrunds zu stehen und ins Dunkel zu blicken. Aber dann schob sie den Gedanken energisch beiseite. Es war schließlich etwas anderes. Mtemi war kein gewöhnlicher Afrikaner. Er hatte in Oxford gelebt, und offensichtlich war er in der Lage, beide Welten miteinander zu verbinden. Und wenn sie mit ihm zusammenlebte, würde ihr das auch gelingen. Sie konnte gewinnen, ohne zu verlieren.

Mtemi legte Annah die Hand auf die Schulter. Es war nur eine leichte Geste, aber sie verband sie miteinander. Als sie sich umdrehte, standen sie so dicht voreinander, dass sie Mtemis Atem auf dem Gesicht spürte.

»Hodi!«, ertönte plötzlich eine Stimme, und leise Schritte waren vor der Hütte zu hören. Mtemi trat rasch zur Seite, und einen Augenblick später erschien eine Frau in der Türöffnung. Überrascht blieb sie stehen, als sie Mtemi und Annah am Fenster stehen sah.

»Elia …« Annah lächelte, als sie die ältere Frau erkannte, deren letzte Entbindung sie betreut hatte.

Aber die Afrikanerin ignorierte sie völlig. Sie wandte sich an den Häuptling, wobei sie zwar respektvoll den Kopf senkte, ihm jedoch zugleich auch einen scharfen Blick zuwarf.

»Ist es nicht Zeit zu essen?«, fragte sie.

»Ja. Wir sind bereit«, erwiderte Mtemi hastig.

Wieder kam sich Annah vor wie ein Schulmädchen, das dabei erwischt worden war, wie es Regeln übertrat. Sie spürte den Impuls zu lachen. Während sie sich noch bemühte, ein ernstes Gesicht zu machen, warf Mtemi ihr einen Blick zu. Auch um seine Mundwinkel begann es zu zucken. Elia runzelte missbilligend die Stirn.

Mtemi lächelte die Frau besänftigend an. »Lasst uns gehen.«

Elia trat respektvoll zur Seite, als der Häuptling durch die Türöffnung ging. Aber bevor Annah ihm folgen konnte, drängte sich die Frau dazwischen.

Annah und Mtemi frühstückten mit der alten Königin und einigen anderen Mitgliedern der Familie. Annah erkannte Kitamu, Patamisha und ein paar der kleineren Kinder. Ein junges Mädchen ging herum und goss jedem aus einer Kalebasse Wasser über die Hände. In der Zwischenzeit stellte Elia einen großen Topf mit Ugali in die Mitte.

»Möchtest du eine Schüssel und einen Löffel?«, fragte Mtemi Annah.

Annah spürte, dass alle sie ansahen und auf ihre Antwort warteten.

»Nein, nein«, erwiderte die alte Königin an ihrer Stelle, »sie isst gerne auf afrikanische Art. Wir haben schon aus einem Topf gegessen.« Sie wandte sich an Annah. »Stimmt das nicht?«

Annah lächelte ihr dankbar zu. Sie spürte, dass die alte Frau sie einbeziehen wollte. »Ja, es stimmt.«

Mtemi nahm zwar als Erster von dem Ugali, aber danach aßen alle anderen, ungeachtet der Rangfolge. Annah wusste, dass das ungewöhnlich war. Normalerweise aßen zuerst die Männer, und Frauen und Kinder mussten sich mit dem begnügen, was übrig blieb. Annah fragte sich, ob die Waganga sich schon immer so verhalten hatten oder ob über die Jahre durch Mtemi – oder vielleicht auch durch Kiki – eine Veränderung stattgefunden hatte.

Nach dem Frühstück gab es wieder eine Versammlung. Erneut saß Annah in der Hütte und hörte zu, während die alte Königin übersetzte. Dieses Mal redete Mtemi mehr.

»Er erklärt, es sei gut für die Waganga, eine weiße Königin zu haben«, sagte seine Mutter. »Wenn der Häuptling an ihrer Seite steht, dann zeigt das, dass das Alte und das Neue, die Vergangenheit und die Zukunft, Schwarz und Weiß zusammengebracht werden können.« Annah fragte sich, was die alte Frau wohl davon hielt. Falls sie irgendwelche Zweifel hatte, dann verbarg sie sie gut.

Nach einer Weile sprach wieder der Regent. Seine Rede war lang und wütend, und seine Stimme klang böse.

»Was ist jetzt los?«, fragte Annah besorgt.

»Mein Sohn ist der Häuptling«, erwiderte die alte Königin. Einfache Worte, aber klar und deutlich. Mein Sohn ist der Häuptling. Er darf alles. Mach dir keine Sorgen.

Der Abend war fast schon hereingebrochen, als endlich ein Beschluss erreicht worden war. Als der letzte Sprecher seine Erklärung abgegeben hatte, begannen ein paar der Krieger zu singen – ein einzelnes Wort, das immer wieder gerufen wurde.

»Maji! Maji! Maji!«

Alle fielen ein. Die alte Königin lächelte Annah zu. »Sie sagen ›Regen! Regen!‹. Das bedeutet, dass sie zustimmen.« Stolz reckte sie das Kinn vor. »Mtemi hat gewonnen. Du wirst seine Frau werden.«

Noch bevor Annah die Bedeutung ihrer Worte erfassen konnte, erschien einer der Krieger des Häuptlings in der Türöffnung und wies die beiden Frauen an, ihm zu folgen. Er führte sie zum Versammlungsbaum – Annah ging zu Fuß, und die alte Königin wurde auf ihrer Sänfte getragen.

Mtemis Gesicht leuchtet bei Annahs Anblick auf. Er betrachtete sie so aufmerksam, als wolle er sich jedes Detail ihres Gesichts und ihres Körpers einprägen. Seine Augen strahlten vor Freude.

Als Annah neben ihm stand, begannen wieder alle zu jubeln. »Maji! Maji!« Regen. Regen.

Dieses Mal galt der Ruf ihr. Ein Segen im Namen dessen, was den Waganga am meisten bedeutete: Regen, der das Land fruchtbar machte, die Saat wachsen ließ, den Fluss füllte. Lebensspendend …

Der Regent stand abseits und starrte sie in eisigem Schweigen an. Für ihn war es eine Niederlage, das wusste sie. Eine öffentliche Beleidigung. Der Gedanke an seine Feindseligkeit jagte ihr einen Schauer über den Rücken. Rasch wandte sie sich ab und versuchte, seine Anwesenheit einfach zu vergessen.

Als der Jubel nachließ, nahm Mtemi seine Bernsteinperlenkette ab und ließ sie über Annahs Kopf gleiten. Ihre Haut prickelte, als seine Finger sie berührten. Und dann hing die Kette schwer um ihren Hals. Die Perlen waren warm, als seien sie mit der Wärme von Mtemis Körper durchtränkt. Schweigend wechselten sie einen Blick, der mehr sagte als tausend Worte.

Dann trat Zania vor und schob ihr einen breiten Elfenbeinreif mit schwarzem Muster über die Hand. Die alte Königin nickte zustimmend.

Annah blickte sich um. Fast alle lächelten. Jetzt, da die Anwesenheit der weißen Frau formell gebilligt worden war, wurde sie großzügig willkommen geheißen. Annah war voller Optimismus. Noch nie war ihr ihre Zukunft so golden erschienen. Sie stellte sich vor, was für ein Leben sie hier in diesem wunderbaren Dorf am See mit dem Mann, den sie liebte, führen würde. Wann immer sie wollte, konnte sie die Flamingos beobachten. An den kühlen Abenden würde sie, umgeben von ihrem Volk, am Feuer sitzen.

Und neben ihr säße Mtemi, der Häuptling.

Seine Augen auf sie gerichtet.

Seine Hände auf ihrem Körper.

17

Das Hochzeitsdatum wurde für ein paar Wochen später festgelegt, damit die entfernten Verwandten der Stammesangehörigen eingeladen werden konnten. Annah schickte ein Telegramm an ihre Eltern nach Australien, um ihnen mitzuteilen, dass sie heiraten würde. Ihr zukünftiger Mann sei Anwalt, schrieb sie. Er habe sein Examen mit Auszeichnung in Oxford gemacht, und er sei ein schwarzer Häuptling.

Die Antwort traf postwendend ein. Eleanor bezweifelte, dass ihre Tochter das ernst meinen könne, aber wenn das der Fall sei, so solle sie nicht in Erwägung ziehen, nach Australien zurückzukehren. Ein schwarzer Ehemann, was immer er auch sein mochte, würde nie akzeptiert werden.

Das Telegramm entlockte Annah ein grimmiges Lächeln. Das war typisch Eleanor. Nachdem sie es ein paar Mal gelesen hatte, warf sie es ins Feuer, wo es langsam zu Asche zerfiel.

Annah schlief noch ein paar Nächte in der Hütte der alten Königin, dann bekam sie ihre eigene Hütte. Es war ein Geschenk ihres zukünftigen Ehemannes, aber das erste Mal begleiteten Patamisha und die alte Königin sie dorthin.

Die Hütte war neu und sauber; einfach eingerichtet mit einem afrikanischen Bett, ein paar Hockern und einem niedrigen Tisch. Patamisha wies auf die bunten Tücher, die vor die Fenster gehängt worden waren.

»Die Europäer schmücken ihre Häuser gerne so«, sagte sie ernst. »Ich habe einen schönen Kitenge dafür ausgesucht.«

»Danke. Es sieht sehr hübsch aus.« Annah war gerührt über die Geste. Sie spürte jetzt schon, dass sie und Patamisha Freundinnen werden würden.

Langsam blickte Annah sich in der Hütte um. Der symmetrische Entwurf, die handwerkliche Ausführung und die natürlichen Materialien machten den Raum ruhig und harmonisch. Sie umfasste den soliden Mittelpfosten. Das frisch geschlagene Holz war noch feucht und duftete.

»Bist du zufrieden?«, fragte Patamisha besorgt.

Annah lächelte. »Ja, ich bin zufrieden.«

Nachdem sie ihre Sachen ausgepackt und hinten in der Hütte verstaut hatte, machte Annah sich auf die Suche nach Mtemi. Fröhlich schritt sie durch den Sonnenschein, und schon bald war sie von einer Schar von Kindern umringt. Mtemi stand neben dem Versammlungsbaum. Als er sie sah, trat er zu einem umgestürzten Baumstamm, setzte sich hin und winkte ihr, zu ihm zu kommen.

Annah näherte sich ihrem Bräutigam mit Vorsicht. Als zukünftige Frau des Häuptlings stand sie unter ständiger Beobachtung, und Mtemi hatte sie davor gewarnt, zu vertraulich mit ihm umzugehen. Sie durfte auch nie allein mit einem Mann gesehen werden – noch nicht einmal mit ihm. Ihr Verhalten musste fehlerlos sein, hatte er ihr erklärt, da der Regent ständig nach einer Gelegenheit Ausschau halten würde, um sie in Verruf zu bringen. Während sie seinen Worten lauschte, hatte Annah nur mühsam ihre Überraschung und ihr Entsetzen verborgen. Sie hatte angenommen, dass ihr Leben ohne den Einfluss der Mission freier werden würde. Stattdessen unterlag sie, zumindest bis zur Hochzeit, noch wesentlich mehr Zwängen. Sie und Mtemi waren offiziell miteinander verlobt und doch konnten sie nicht allein zum Flamingosee oder zu Kikis Haus gehen. Nur in Gesellschaft anderer durften sie zusammen sein.

Annah setzte sich eine Handbreit entfernt von Mtemi auf den Baumstamm. Sie tauschten die übliche Begrüßung auf Swahili aus, wobei ein Dutzend Kinder, die von der weißen Frau immer noch fasziniert waren, ihnen zusahen.

In der Stille, die darauf folgte, blickte Mtemi angelegentlich zum Himmel.

»Stell dir vor, wir wären irgendwo anders«, sagte er auf Englisch. »Am See, vielleicht bei Sonnenuntergang. Weißt du noch, wie es ausgesehen hat?«

Annah nickte. Sie hatte den Anblick ganz deutlich vor Augen. Der orangefarbene Himmel, der das Wasser wie Feuer leuchten ließ.

»Wir gehen ganz allein spazieren«, fügte Mtemi leise hinzu. »Meine Hand möchte deine Schulter berühren. Unter deinem weichen Haar.«

Lächelnd schob Annah eine Strähne ihres langen, roten Haares zurück.

Eine alte Frau kam vorbei und winkte. Der Häuptling nickte ihr zu, dann redete er weiter.

»Bald ist es dunkel am See. Und wir sind immer noch da …«

Annah blickte zu einem kleinen Vogel, der auf einer Hütte saß. »Die Luft wird kühl«, sagte sie. »Wir stehen dicht beieinander.«

Mtemi nahm ein Kind auf den Schoß. Er warf Annah

einen Blick zu, fest und sicher. »Wir stehen nicht. Wir haben uns niedergelegt. Dort, wo das Gras dicht und lang ist ...«

Annah hielt den Atem an. »Ja.«

Sie blickte verlangend auf Mtemis Lippen und wartete darauf, dass er weitersprach.

Breite, schön geformte Lippen. Dunkel wie die Haut seines Gesichts. Nur eine leichte Spur von Dunkelrot ...

»Annah«, ertönte die Stimme einer jungen Frau. »Ich suche dich.«

»Sie ist hier«, riefen die Kinder.

Patamisha tauchte auf, das Gesicht fast hinter einem Stapel Kitenges verborgen. »Du musst lernen, dich anzuziehen.«

Annah blickte sie verständnislos an.

Patamisha wandte sich an Mtemi. »Die alte Königin hat mich gebeten, sie zu unterweisen.«

Der Mann nickte seiner Schwägerin zustimmend zu. »Es könnte keine bessere Lehrerin bei den Waganga geben.«

Patamisha strahlte vor Stolz. Sie wandte sich an Annah. »Es ist Zeit. Komm jetzt mit mir.«

Annah stand gehorsam auf und folgte ihr. Sie spürte, dass Mtemi ihr nachsah, und ihr gefiel der Gedanke, dass seine Blicke über ihren Körper glitten. Nach der monatelangen harten Arbeit war sie gesünder, als sie jemals in ihrem Leben gewesen war. Ihre Muskeln waren kräftig geworden und ihr Hintern, obwohl immer noch ein wenig zu üppig, war fest, ebenso wie ihre Schenkel. Nur ihre Brüste waren noch weich.

Patamisha breitete die Kitenges in Annahs Hütte auf dem Bett aus. Sie betrachtete sie nachdenklich, dann wählte sie zwei aus, die nach Annahs Meinung gar nicht zusammenpassten.

»Und jetzt zieh deine Kleidung aus«, sagte sie und wies auf Annahs Bluse und Hose.

Zögernd tat Annah, was sie von ihr verlangte. Als sie in ihrer Unterwäsche dastand, beäugte Patamisha sie neugierig.

»Wofür ist das?« Sie wies auf Annahs BH.

Annah antwortete nicht. Die Antwort würde in einer Welt, in der Brüste hauptsächlich dazu dienten, Babys zu nähren, absurd klingen.

Als Annah den BH abgelegt hatte, musterte Patamisha ihre weißen Brüste mit den rosigen Brustwarzen. Dann betrachtete sie den übrigen Körper, und ein verwirrtes Lächeln breitete sich auf ihrem Gesicht aus.

»Du hast zwei Farben«, sagte sie und trat näher. Mit dem Finger fuhr sie über Annahs gebräunte Körperteile – Schultern, Arme und Halsausschnitt hoben sich gegen das Weiß der verbotenen Körperpartien ab, die immer bedeckt bleiben mussten. Obwohl es nicht kalt war, merkte Annah, wie sich die Härchen auf ihren Armen und Beinen aufstellten.

Ohne den Blick von Annahs Körper zu wenden, griff Patamisha nach einem der Tücher auf dem Bett. Langsam drapierte sie es über Annahs Schulter. Aus den Augenwinkeln sah Annah die dunklen Finger mit den blassen Nägeln, die über die bleiche Haut an ihrer Brust und ihrem Hals glitten.

Dann ergriff Patamisha das zweite Tuch, schlang es fest um Annahs Taille und verknotete es auf der Hüfte. Danach trat sie einen Schritt zurück, um ihr Werk zu betrachten. Unzufrieden mit dem Ergebnis, arrangierte sie die Tücher neu. Schließlich sagte sie: »Jetzt bin ich fertig.«

Annah blickte an sich herunter. Die Tücher schmiegten sich anmutig um ihre Figur, und die beiden Muster, die

Patamisha ausgesucht hatte, passten besonders gut zueinander.

»Ich hätte diese beiden Tücher nic zusammen angezogen«, gab Annah zu. »Aber sie sehen perfekt aus.«

Patamisha zuckte die Schultern. »Ich bin eine Ehefrau aus königlichem Haus«, sagte sie, als sei das die Erklärung für ihr Geschick und ihren guten Geschmack. »Jetzt bist du bereit.«

Annah blickte misstrauisch auf. »Für was?«

Patamisha lachte und zeigte dabei ihre weißen Zähne. »Für dein Leben als Frau der Waganga.« Sie wies auf die Tür.

Annah schüttelte den Kopf. Es war ihr peinlich, mit bloßen Schultern und Knien nach draußen zu gehen. Sie traute den Knoten und Falten nicht – Knöpfe und Reißverschlüsse waren viel sicherer. Außerdem kam sie sich verkleidet vor.

Patamisha bestand jedoch darauf, dass sie wunderschön aussah. Annahs Hintern und ihre Hüften würden die Blicke aller Männer im Dorf auf sich ziehen.

Schließlich schlossen sie einen Kompromiss. Annah zog ihre Bluse wieder an, wobei sie jedoch den BH wegließ, und an Stelle ihrer Hose trug sie einen Kitenge.

Patamisha betrachtete die Zusammenstellung kritisch. »Es ist schon in Ordnung. Aber eines Tages wirst du nur noch afrikanische Kleider tragen.«

»Vielleicht.« Annah nickte. Wenn diese Zeit gekommen war, dachte sie, würde sie die Haare offen tragen, um ihre bloßen Schultern zu bedecken …

In den darauf folgenden Wochen war Patamisha ständig an Annahs Seite. Sie brachte ihr bei, Zutaten vorzubereiten und über offenem Feuer zu kochen, und sie leitete sie bei der Feldarbeit an. Oft sah man die beiden auf den Gemüsefeldern am Rand des Dorfes zwischen den Pflanzen hocken und lachen und schwatzen, während sie Unkraut jäteten oder Raupen einsammelten.

Manchmal waren sie von einer ganzen Schar von Frauen umgeben, und alle plauderten miteinander und erzählten sich Geschichten. Annah stellte fest, dass sie diese neuen Freundschaften in einem Maße genoss, das sie erstaunte. Als Außenstehende hatte sie immer geglaubt, afrikanische Frauen führten ein zurückgezogenes Leben und sähen den Männern lediglich zu. Jetzt entdeckte sie jedoch, dass sie ihr eigenes Leben führten, mit ihren eigenen Angelegenheiten und Geheimnissen. Mit jedem Tag, der verging, fühlte sie sich der Gruppe von Frauen, die sich auf den Feldern trafen, mehr zugehörig. Sie hütete dieses Gefühl sorgfältig und ließ es stetig wachsen.

Annah schob die Äste beiseite, die sich auf ihrem Weg durch den Busch ständig in ihren Haaren verfingen. Insgeheim bedauerte sie, dass sie nicht darauf bestanden hatte, Kikis feste Hose anzuziehen. Aber zumindest trug sie Schuhe, im Gegensatz zu Zania, der leichtfüßig voranschritt und leise vor sich hin pfiff.

Der Medizinmann war schon früh am Morgen zu Annahs Hütte gekommen.

»Es ist Zeit zu gehen«, hatte er gerufen, als ob sie eine Verabredung miteinander hätten. »Ich nehme dich in den Wald mit, um Heilkräuter zu sammeln.« Ein knochiger Arm, an dem ein großer, gewebter Beutel baumelte, schob sich in die Hütte. Annah betrachtete ihn interessiert. Sie wusste, dass ihre Zukunft als Heilerin davon abhing, sich neues Wissen und Fähigkeiten anzueignen.

»Ich bin gleich fertig«, rief sie.

Als sie jedoch ein paar Minuten später aus der Hütte trat, entdeckte sie, dass Zania allein dort stand.

»Nur du und ich?« Sie runzelte die Stirn.

Der Mann machte eine wegwerfende Geste. »Bin ich nicht der Heiler? Derjenige, dem sich alle anvertrauen? Ich darf als einziger Mann allein mit dir zusammen sein.«

Er sprach mit einer solchen Autorität, dass Annah ihm widerspruchslos in den Wald folgte. Erst als sie das Dorf hinter sich gelassen hatten, begann sie sich zu fragen, ob sie das Richtige getan hatte. Doch dann wich ihre Besorgnis einem Gefühl der Befreiung. Es war eine Erleichterung, nicht ständig unter Beobachtung zu stehen. Ganz zu schweigen von dem Drang, dauernd nach Mtemi Ausschau zu halten. Hier draußen gab es nur den Wald und Zania.

Annah beobachtete den Mann, der vor ihr her ging. Er bot einen außergewöhnlichen Anblick – zerrissenes Gewand, drahtige Beine, knochige Arme und baumelnde Amulette. Er wirkte so, als sei er im Wald zu Hause. Selbstbewusst und unbezähmbar. Annah lächelte liebevoll. In den Wochen, die seit ihrer Ankunft im Dorf vergangen waren, hatte sich die freundliche Rivalität zwischen den beiden Heilern in eine funktionierende Partnerschaft verwandelt. Im Anfang waren einige Dorfbewohner zu Annahs Hütte gegangen, wenn sie gesundheitliche Probleme hatten. Andere hatten nur Zania konsultiert, aber viele waren bei beiden gewesen. Und statt zu konkurrieren, hatten Annah und der Medizinmann einander mit Interesse beobachtet, und schon nach kürzester Zeit hatten sie begonnen, einander um Rat zu fragen. Oft konnte Annah ein Problem diagnostizieren, indem sie Blut- oder Urinproben unter dem Mikroskop untersuchte, oder Herz und Lunge mit dem Stethoskop abhorchte. Aber sie hatte keine Medikamente zur Behandlung. Zania dagegen verfügte über zahlreiche selbst gebraute Medizinen und vor allem über die Fähigkeit, sie zum richtigen Zeitpunkt anzuwenden. Zusammen konnten sie wesentlich mehr erreichen als allein. Manchmal jedoch entstanden Lücken, die nur durch importierte Medikamente gefüllt werden konnten, und dann mussten sie die Leute in das neue Krankenhaus in Germantown schicken. Annah schrieb dann mit Holzkohle auf einem Stück Papierrinde eine Art Krankenbericht, den die Familien mitnehmen konnten, und Zania gab ihnen Schmerzmittel für den Weg mit. Jedes Mal sandte ihnen dann Schwester Margaret einen höflichen Brief auf Missionspapier zurück, in dem sie beschrieb, welche Behandlung sie durchgeführt hatte. Annah bewahrte diese Aufzeichnungen in ihrer Hütte auf. Bei ihrem Anblick überfielen sie gemischte Gefühle – bittersüße Erinnerungen an verlorene Freundschaften. Sarah, Michael und die kleine Kate, die so weit entfernt in Langali waren. Und Stanley, nicht weit entfernt in Germantown und doch in einer völlig anderen Welt.

Lange Zeit gingen sie durch den Wald, bevor Zania stehen blieb und seinen Beutel ablegte. Annah trat neben ihn und blickte sich um. Sie standen auf einer geschützten Lichtung, üppig bewachsen mit Sukkulenten und Schlingpflanzen. Ein dumpfer Pilzgeruch lag in der Luft. Zania machte sich sofort an die Arbeit, pflückte Blätter, riss Rindenstreifen ab und grub Wurzeln und Knollen aus. Annah hockte neben ihm und lauschte aufmerksam, während er ihr erklärte, wozu jede Pflanze diente. Sein Vortrag war ausführlich. Zum Beispiel durften Blätter nur nachts oder zu einer bestimmten Jahreszeit gepflückt werden, und die richtige Zubereitung entschied darüber, ob eine wirkungsvolle Medizin oder ein tödliches Gift daraus wurde. Und dann gab es auch noch spirituelle Dinge zu beachten.

»Manche Pflanzen dürfen wir nicht benutzen«, erklärte Zania. »Und bei anderen müssen wir erst die Genehmigung der Vorfahren einholen.«

»Gott lässt im Busch Kräuter für jede Krankheit wachsen. Ursprünglich war das ein guter Plan, aber jetzt gibt es Probleme, weil die Menschen viel mehr reisen und ihre Krankheiten an Orte mitnehmen, die weit entfernt von den dazu passenden Heilmitteln liegen. Deshalb brauchen wir manchmal die Medizin des weißen Mannes, weil sie in Schachteln steckt und überallhin mitgenommen werden kann.«

»Was meinst du damit, dass sie ›ihre Krankheiten mitnehmen‹?«, fragte Annah. Offensichtlich hatte der Medizinmann zumindest eine rudimentäre Vorstellung vom Wesen der Infektionskrankheiten.

»Du weißt sicher, wie ich das meine«, erwiderte Zania. »Die Form einer Krankheit lebt in den Gedanken der Menschen. Wenn sie sie einmal gesehen haben, gehört sie zu ihnen und begleitet sie.«

Annah blickte den Mann an. In Gedanken formulierte sie eine Antwort – eine, mit der sie Zania auf höfliche, freundliche Weise klarmachen konnte, dass er Unrecht hatte. Aber sie fand nicht die richtigen Worte. Plötzlich wurde ihr die absolute Stille des Waldes bewusst, und alles, was sie sicher zu wissen geglaubt hatte, erschien ihr auf einmal weniger gewiss.

Als Zanias Beutel gefüllt war, gingen sie auf demselben Weg wieder zurück. Als sie sich dem Waldrand näherten, hörten sie Gelächter. Tiefes Männerlachen aus vielen Kehlen.

»Die Krieger«, sagte Annah. Ihr Puls beschleunigte sich.

Mtemi …

Die beiden gingen auf die Stimmen zu. Annah stellte sich die Krieger vor, wie sie sich vor Vergnügen auf die Schenkel schlugen. Ständig erzählten sie sich Geschichten oder spielten einander Streiche, weil sie offensichtlich das Leben genießen wollten, so gut es ging. Es kam Annah so vor, als ob Lachen in ihrem neuen Leben das Wichtigste war. Nicht nur das Lachen der Krieger, auch das aller anderen Dorfbewohner und ihr eigenes Lachen. Sie hatte in den vergangenen Wochen mehr gelacht als früher in Monaten.

Bei den Dorfbewohnern in Langali war es genauso gewesen. Annah und die Carringtons hatten angestrengt gearbeitet, aber die Afrikaner nahmen anscheinend alles leichter. Das hatte die Missionare verwirrt und auch geärgert. Schließlich waren doch die Schwarzen diejenigen, die krank, hungrig, arm und unterentwickelt waren …

»Afrikaner lachen gerne«, sagte Annah zu Zania.

»Natürlich!« Der Medizinmann nickte nachdrücklich. »Jeder sollte glücklich sein, wenn er kann! Schließlich kommen die Probleme unweigerlich, und es ist noch Zeit genug, um ernst zu sein.« Er drehte sich zu Annah um.

»Sicher.« Sie nickte. »Alles hat seine Zeit.« Ein Zitat aus der Bibel fiel ihr ein. *Eine Zeit, geboren zu werden, und eine Zeit, zu sterben …*

Und eine Zeit, zu heiraten …

Als sie mit Zania aus dem Wald trat, blieb sie stehen, um die schöne Szene zu betrachten. Unter dem tiefroten Himmel stand eine Gruppe von Kriegern. Hoch gewachsene, schlanke Gestalten mit Speeren über den breiten Schultern. Rote Gewänder und rote Farbe auf dunkel glänzender Haut.

Und obwohl sie sich vor Lachen bogen, wirkten sie würdevoll. Angst einflößend, gefährlich.

Zania rief einen Gruß. Annah blickte sich suchend um, und fast sofort entdeckte sie Mtemi mitten in der Gruppe. Ihr Herz machte einen Satz, als er auf sie zutrat.

»Geht es dir gut?«, fragte Mtemi.

Annah lächelte. »Es geht mir gut.«

»Du siehst gut aus«, fuhr der Häuptling fort. Leiser fügte er hinzu: »Du siehst wunderschön aus.«

Annah spürte, wie ihr die Röte ins Gesicht stieg.

»Ihr habt Fleisch!« Zania wies auf die erlegten Tiere, die auf dem Boden lagen. Annah warf einen Blick darauf. Obenauf lag ein Dik-Dik. Unwillkürlich musste sie daran denken, wie Michael auf der ersten Fahrt nach Langali ein Tier geschossen hatte. Es war nicht sofort tot gewesen ... Seit dieser Zeit hatten sie Dutzende davon verzehrt. Aber obwohl sie köstlich schmeckten, wenn Ordena sie gewürzt und gebraten hatte, hatte Annah sie nie wirklich genießen können.

»Es ist schon in Ordnung«, sagte Mtemi zu Annah, als er ihren nachdenklichen Gesichtsausdruck bemerkte. »Wir haben beide genommen.«

Annah blickte ihn verständnislos an.

»Wir haben das Paar getötet.«

Noch immer schüttelte sie verwirrt den Kopf.

»Man erlegt nie nur eines«, erklärte Mtemi. Er schwieg einen Moment lang, dann sagte er leise: »Sie schließen sich für ein ganzes Leben zusammen. Wenn sie ihren Partner verlieren, müssen sie allein weiterleben.«

Annah blickte auf die kleinen Gazellen. Paare für ein ganzes Leben, vereint selbst noch im Tod.

Wie mochte es wohl kommen, fragte sie sich, dass die meisten Geschöpfe Ersatz suchen, wenn sie ihren Partner verlieren, während andere das ganze Leben miteinander verbringen? Allein weiterzuleben war eine harte Strafe, andererseits jedoch bedeutete es auch, dass das

Band so stark war, dass man sie nur darum beneiden konnte. Wie so viele Dinge in Afrika gab es auch hier zwei Seiten. Sogar der Jäger zeigte Mitleid, indem er das Paar zusammen erlegte.

Das Feuer prasselte und knisterte, als Annah versuchte, es mit einem Stock zu schüren. Sie hatte noch nie gut mit Lagerfeuern umgehen können. In Australien war das Männersache, genau wie das Holzhacken und das Grillen. Aber hier im Dorf war es Frauenarbeit, und Annah war entschlossen, die Aufgabe zu meistern. Sie blies in die Kohlen, und Asche wehte ihr ins Gesicht, als sie die Glut anfachte. Blinzelnd setzte sie sich auf, als eine Gestalt ans Feuer trat.

»Für Sie, Schwester Mason.« Der junge Afrikaner in blauem Hemd und Hose sprach Englisch.

»Wer bist du?«, fragte sie.

»Ich bin ein Bote aus Germantown und soll Ihnen diese Post persönlich aushändigen.«

Er reichte ihr ein zerknittertes, in braunes Packpapier eingeschlagenes Päckchen. Es war adressiert an Schwester Annah Mason, c/o Germantown Mission. Annah erkannte die Handschrift sofort. Sie drückte das kleine Paket an die Brust, und ohne auf die Enttäuschung der Umstehenden zu achten, eilte sie damit in ihre Hütte. Hastig riss sie es auf. Zwei Kopfkissenbezüge lagen darin. Auf einem war in Kreuzstich ein winziges A in eine Ecke gestickt, auf dem anderen ein M. Annah hatte einen Kloß im Hals, als sie das Geschenk betrachtete. Sie stellte sich vor, wie Sarahs dunkler Kopf sich über die Näharbeit beugte. Bestimmt hatte sie während der Sprechstunden im Krankenhaus daran gearbeitet, damit Michael nichts merkte. Und trotz des Schuldbewusstseins, das sie sicher empfunden hatte, hatte sie es gemacht.

Auch ein Brief lag dabei. Er war mit der Hand geschrieben, nicht auf der Schreibmaschine am Esstisch im Missionshaus getippt wie die anderen Briefe. Die Schrift war ungleichmäßig und zeugte davon, dass der Brief heimlich und voller Hast geschrieben worden war.

»Meine liebe Annah«, begann Sarah, »du fehlst mir mehr, als ich sagen kann. Michael hat mir verboten, mit dir Kontakt aufzunehmen, und ich wusste nicht, was ich tun sollte. Schließlich muss ich meinem Mann gehorchen. Und doch wirst du immer meine liebste Freundin bleiben. Ich sehne mich so sehr nach dir – ich kann es kaum ertragen.«

Sarah hatte vier Seiten mit ihrer kleinen Handschrift gefüllt. Sie erzählte von Kates ersten Schritten und dass sie darauf bestand, mit den Händen zu essen. Sie berichtete von Tefas jüngsten kulinarischen Katastrophen und von Ordenas stetiger Freundlichkeit. Dann beschrieb sie ihre Arbeit in den Ansiedlungen, bei der sie entdeckt hatte, wie viel es für sie noch zu lernen gab. Allerdings vermied sie es zu erwähnen, dass Annah sich auch entschlossen hatte, in einer solchen Umgebung zu leben. Sie tat eher so, als habe Annah sich in einen Missionar verliebt, in einen Mann, mit dem sie ein ganz normales Leben führen würde – in einem normalen Haus mit gewöhnlichen Betten und Bettwäsche für »Sie« und für »Ihn«.

Auf der zweiten Seite wandte Sarah sich allgemeinen Neuigkeiten zu. An der westlichen Grenze, schrieb sie, habe man die Missionare angewiesen, Notfalltaschen gepackt zu halten. Man hatte Angst, dass der Konflikt im Kongo sich über den See hinaus ausweitete. Die Stammeskämpfe hatten zwar nichts mit den Weißen zu tun, aber man wusste nie, wohin die Entwicklung führen konnte. Dann gab es noch ein paar Kommentare über Michaels Arbeit im Krankenhaus. Unten auf der Seite war die Tinte verschmiert, als ob Sarah geweint hätte.

Ich vermisse dich so sehr. Manchmal denke ich, ich liebe dich mehr, als ich sollte, und aus diesem Grund mussten wir uns auch trennen. Vielleicht ist es ja das Beste so. Im Moment jedoch tut es mir nur weh.

Ordena, Tefa und die kleine Kate vermissen dich auch.

Mit all meiner Liebe, immer deine Freundin

Sarah.

Annah stiegen die Tränen in die Augen. Sie wickelte die Kopfkissenbezüge in ein sauberes Tuch und legte sie in ihren Koffer. Dann wischte sie sich mit dem Ärmel über die Augen und versuchte, sich zu beruhigen. Wenn sie jetzt nach draußen trat, würden ihre Nachbarn sie aufmerksam mustern.

Sie blickte auf, als es in der Türöffnung dunkel wurde, weil jemand die Hütte betrat.

»Ich grüße dich, Frau des Hauses.«

Es war die alte Königin.

»Ich grüße dich, Mutter«, erwiderte Annah.

Die Frau setzte sich auf das Bett und winkte Annah zu sich heran. Annah fragte sich unwillkürlich, was sie ihr wohl sagen wollte. Als sie das letzte Mal in ihrer Hütte gewesen war, hatte die alte Frau sie eindringlich darauf hingewiesen, sich vor der Hochzeit nie mit einem Mann alleine zu zeigen.

»Ich möchte etwas mit dir besprechen, Tochter«, sagte die alte Königin.

Annah nickte. »Ich höre zu.«

Die alte Königin neigte den Kopf. »Es geht um Geschlechtsverkehr.«

Annah blickte überrascht auf.

»Ich möchte sicherstellen«, fuhr die Afrikanerin fort, »dass deine Mutter dich in allen Dingen, die du wissen musst, unterwiesen hat.«

»Aber ich bin Krankenschwester!« rief Annah aus. »Natürlich kenne ich …« Sie brach ab, weil ihr die Übersetzung für »die Tatsachen des Lebens« nicht einfiel.

»Ah, gut.« Die alte Königin wirkte erleichtert. »Ich wusste nicht, ob die weißen Frauen, die in Krankenhäusern arbeiten, auch etwas darüber wissen, wie man Lust schenkt. Ich habe nur davon gehört, dass ihr Wunden versorgt und Krankheiten heilt – und manchmal auch Schmerzen verursacht.«

Annah blickte sie schweigend an.

»Also ist es dir doch beigebracht worden«, sagte die alte Königin beruhigt. »Du weißt, wie sich eine Frau auf das erste Mal vorbereitet, um keine Schmerzen zu empfinden, und wie sie ihren Körper einsetzt, um den Mann in sich zu halten. Und all die anderen Dinge.« Sie nickte Annah zu. »Solche Fähigkeiten sind natürlich auch für europäische Frauen wichtig. Warum auch nicht?« Sie lehnte sich bequem auf dem Bett zurück und verharrte eine Weile schweigend. Annah war sich bewusst, dass ihre Blicke über ihren Körper glitten und schließlich auf ihren Brüsten ruhten.

»Da ist noch etwas anderes.« Die Stimme der alten Königin klang ernst. »Ich möchte mit dir über die Vorbereitung für die Hochzeitszeremonie sprechen.«

Annah trat nervös von einem Fuß auf den anderen. Sie wusste nicht, welche Rituale die Hochzeiten der Waganga begleiteten. In Missionarskreisen wurde über einige seltsame Praktiken berichtet. Und sie hatte mit Michael das wilde Fest vor der Hochzeit im Dschungeldorf beobachtet. Sicher würde Mtemi sie vor solchen Dingen schützen. Andererseits hatte er ihr oft genug gesagt, wie wichtig es war, die Übergangsriten zu erhalten, weil die Menschen sonst das Gefühl der Identität und Sicherheit in ihrem Stamm verloren. Und sie war diejenige, die ins Dorf gekommen war. Sie hatte die Verpflichtung, es Mtemi so leicht wie möglich zu machen.

Die alte Königin wartete schweigend auf ihre Antwort. Annah warf ihr einen Blick zu. Obwohl Mtemis Mutter ihr gegenüber freundlich und hilfsbereit gewesen war, hatte sie doch auch immer eine gewisse Distanz zu ihrer zukünftigen Schwiegertochter eingehalten, als ob sie sich erst einmal eine eigene Meinung bilden wollte. Annah spürte, dass dies jetzt ein wichtiger Moment war, ein Test, nach dem die Familie sie endgültig beurteilen würde.

»Du musst mich unterweisen, Mutter«, sagte sie. »Meine eigene Mutter ist weit weg.«

Die alte Königin nickte und betrachtete sie aufmerksam.

»In früheren Tagen«, sagte sie, »wäre es meine Aufgabe gewesen … dich … mit den königlichen Linien der Waganga … zu kennzeichnen.« Die alte Frau zog das Tuch von ihrer rechten Brust und enthüllte ein dunkles Muster von drei gekrümmten Linien, die tief in die faltige Haut eingeritzt waren. Annah erkannte das Zeichen sofort – auch Mtemi trug es auf der Brust. Panik stieg in ihr auf.

»Natürlich hat die neue Regierung solche Dinge verboten«, fuhr die alte Königin fort. Sie schwieg und blickte Annah an.

Annah senkte den Blick. Ihr Herz raste. Ihr war klar, dass das eine Herausforderung war. Vermutlich hatten die Stammesangehörigen lange darüber diskutiert, und ihre Entscheidung würde Konsequenzen haben.

»Was bedeutet das Symbol?«, fragte Annah. Sie versuchte, Zeit zu gewinnen, damit sie nachdenken konnte.

Die alte Königin schloss die Augen und erzählte ihr mit leiser Stimme die Geschichte von Mazengo, einem Stammesangehörigen, der vor langer Zeit lebte und ohne Eltern geboren worden war. Er lebte viele Jahre bei den Waganga und half ihnen bei allen Schwierigkeiten. Er brachte Regen, heilte Krankheiten und Wunden, schlichtete Streitigkeiten und gab Ratschläge. Einige Leute wurden eifersüchtig auf seine große Anhängerschar und töteten ihn. Aber sein Geist stieg zur Sonne auf.

Die alte Königin schwieg. Annah beugte sich vor und wartete darauf, dass sie fortfuhr.

»Jetzt ist Mazengo bei Gott«, sagte die alte Königin. »Und zahlreiche heilige Stätten und Rituale der Waganga sind mit seinem Leben verbunden. Wir glauben, dass das Leben auf der Welt eines Tages vorbei sein wird, und dann wird Mazengo die Waganga retten, und zwar die Lebenden und die Toten. Aus diesem Grund muss die königliche Familie das Zeichen tragen, damit Mazengo sie und die Menschen, die zu ihnen gehören, erkennt.«

Die alte Königin richtete ihre hellen Augen auf Annah. Sie schwiegen beide. Dann nickte die weiße Frau zustimmend.

Über das Gesicht der alten Königin huschte ein Lächeln.

Nur wenige Frauen durften Annahs Initiation beiwohnen. Sie fand in der Hütte der alten Königin statt, und die übrigen Waganga, einschließlich Mtemi, warteten draußen.

Patamisha saß hinter Annah und hielt sie fest, während die alte Königin Annahs Brüste entblößte und sanft mit Efeulösung abwusch. Annah schloss die Augen und gab sich ganz der Empfindung hin. Es war so, als würde man von einer Katzenzunge abgeleckt, dachte sie. Sanft, aber doch auch rau. Sie merkte, dass sie weder klar denken noch fühlen konnte. Vor einer Stunde hatte sie einen schmerzstillenden Trank zu sich genommen, den Zania zubereitet hatte. Als er zu wirken begann, hatte ihre Angst nachgelassen, und die Umgebung kam ihr auf einmal seltsam fern vor. Sie war zwar betäubt, nahm aber Details überraschend scharf wahr. Wie diese Katzenzungenbewegungen. Und Patamishas beruhigendes Murmeln flatterte wie eine Motte an ihrem Ohr. Und dann blitzte Annahs eigenes Skalpell auf und drückte sich in ihre Haut.

Ein schneidender Schmerz, der sich langsam nach unten zog.

Stockender Atem um sie herum. Augen, die fasziniert auf das Blut starrten. Das Blut einer weißen Frau, das mitten unter ihnen vergossen wurde. Schockierend rot auf der zarten, blassen Haut.

Wie durch einen Nebel sah Annah, wie ihr Fleisch auseinanderklaffte. Es kam ihr vor wie eine Vision, wie ein Omen für die Öffnung ihres Körpers, die in der Hochzeitsnacht stattfinden würde. Sie hieß das Blut jetzt genauso willkommen, wie sie es dann tun würde. Das Liebesblut, das Blut der Liebe.

Blut einer Liebenden.

Mit einem Tuch wurde die Wunde abgetupft.

Annah schloss die Augen. Ihr ganzer Körper schien sich auf ihre rechte Brust und auf den Verlauf der drei gebogenen Linien zu konzentrieren, die tief eingeritzt waren. Das Zeichen des Königshauses der Waganga.

In die blutigen Linien wurde Asche eingerieben, und die Brust wirkte wie ein Schlachtfeld, als sich das Rot mit dem Grau vermischte.

»Es ist vollbracht.« Die alte Königin hob den Kopf.

Dann begann sie zu heulen, und die anderen Frauen fielen in das hohe, melodische Geräusch ein.

Annah ruhte an Patamishas schlankem Körper und ließ den hellen, Ohren betäubenden Lärm über sich fließen. Ihre Brust pochte und brannte, aber Zanias Medizin hielt den Schmerz in Grenzen.

»Jetzt«, flüsterte Patamisha in Annahs Ohr, »musst du hinausgehen und dich zeigen.«

Annah schüttelte den Kopf. Sie konnte bestimmt noch nicht einmal stehen, geschweige denn laufen.

»Doch, du kannst«, versicherte Patamisha ihr. »Es ist wie der Moment nach einer Geburt. Dein Körper ist aufgerissen worden, aber du bist trotzdem noch stark.«

Die Frauen scharten sich um Annah und halfen ihr auf, sodass sie unmöglich sagen konnte, ob sie allein stand oder gestützt wurde. Langsam bewegten sie sich zur Tür, dann traten sie in den Sonnenschein.

Schweigend sahen die Männer zu, wie Annah langsam vorangeschoben wurde.

»Sieh dir den Regenten an«, sagte die alte Königin. »Er traut seinen Augen nicht. Er hat gehofft, dein Mut würde dich verlassen.«

Plötzlich wichen die Frauen zurück und ließen Annah allein.

Aber sie war nicht allein. Mtemi stand neben ihr, groß und stolz.

Die Krieger hoben zum Zeichen ihres Respekts ihre Speere hoch in die Luft. Dann jubelte die Menge auf.

»Maji! Maji!« Regen! Regen!

Kitamu übertönte die anderen. »Wir heißen unsere Königin willkommen! Wir heißen die Braut unseres Häuptlings willkommen!«

Annah blickte sich um. Selbst in ihrem benommenen Zustand spürte sie tiefe Freude darüber, dass ihr

Platz von nun an bei diesen Menschen sein würde. Sie fühlte sich sicher und geliebt. Selbst die Dornenbäume schienen schützend ihre Kronen über ihr auszubreiten, und der Himmel war von einem sanften, freundlichen Blau.

Annah stand mit Mtemi und den anderen Mitgliedern der königlichen Familie vor einer Menschenmenge, die sich um den Versammlungsbaum geschart hatte. Zania wollte eine Regenzeremonie durchführen. Es war Annahs erster offizieller Auftritt seit ihrer Initiation. Drei Wochen waren seitdem vergangen, und ihre Wunde, die von Zania jeden Tag mit einer Salbe bestrichen wurde, war fast verheilt, und sie hatte keine Schmerzen mehr.

Patamisha hatte Annah geholfen, sich für ihren ersten öffentlichen Auftritt anzukleiden, und sie sorgfältig in feine, alte Stoffe gewickelt, die nach Kampferholz, Weihrauch und Staub rochen. Als die weiße Frau vor das Stammesvolk getreten war, hatte es zustimmendes Gemurmel gegeben. Am meisten jedoch hatte Annah Mtemis Reaktion gerührt. Er hatte sie offen bewundernd angelächelt, als sie zu ihm geführt wurde. Auch er trug Festtagskleider – er sah genauso aus wie in der Nacht des Ngoma.

Die beiden standen dicht nebeneinander und warteten darauf, dass die Zeremonie anfing. Sie berührten sich nicht, aber als Mtemi sich bewegte, streifte sein Leopardenfellumhang Annahs bloßen Unterarm. Eine verstohlene, samtige Liebkosung.

Lachen brandete auf, als der Medizinmann vortrat und einem der Mischlingshunde des Dorfes einen Tritt versetzte, damit dieser vom Baum verschwand. Der Hund hatte das Bein schon gehoben und fiel fast um.

Wütend jaulend schlich er davon. Ein paar Hühner, die friedlich in der Sonne in ihrem Käfig gedöst hatten, fingen aufgeregt an zu gackern.

Der Medizinmann stand hinter seinem rituellen Altar, die Hände auf der Holzplatte, die vom Gebrauch glatt geworden und voller alter Blutflecken war. Er bereitete sich auf das Ritual vor, indem er fünf perforierte Steine – Regenamulette, die er von seinen Vorfahren geerbt hatte – in einer geraden Linie bis zur Mitte des Altars auslegte.

Annahs Blick glitt über das stolze, alterslose Gesicht des Mannes; sein knochiger Körper war mit Fellen behängt, um Hals, Handgelenke und Knöchel hingen Gebeine. Plötzlich musste sie an Stanleys Großmutter denken, die einsame Frau, die sich geweigert hatte, die Lehren der Mission anzunehmen. Entsetzt stellte Annah fest, dass Zania in einer vergleichbaren Situation dieselbe Entscheidung treffen würde. Er liebte sein Volk sehr. Er sorgte für Körper und Geist, wachte über die Geburten, verjagte Dämonen aus den Hütten und bereitete die Menschen auf den Tod vor. Der Gedanke, dass auch aus ihm ein einsamer Vertriebener werden könnte, war unerträglich.

Tief in Gedanken versunken, runzelte Annah die Stirn. Sie nahm kaum noch wahr, wie Zania das Muster der heiligen Steine sorgsam neu anordnete. Kiki hatte vielleicht Recht gehabt, den alten Häuptling darin zu bestärken, sich gegen den Einfluss der deutschen Mission zur Wehr zu setzen. Aber was bedeutete dies für den Wunsch, als Missionar den christlichen Glauben zu verbreiten? Waren sie alle – Schwester Barbara, der Bischof, Sarah und Michael – nur einer Täuschung erlegen?

Tausend Fragen wirbelten durch Annahs Kopf. Es gab keine eindeutige Antwort. Die Sicherheit und Klarheit von Zanias Glauben und das Gleichgewicht und die Harmonie, die sie in dem Dorf erlebt hatte, waren nur Teile des Ganzen. Sie spürte auch noch etwas anderes, eine geheime Ängstlichkeit, die fast jeden Lebensbereich der Waganga berührte. In einem Moment inspirierten die Vorfahren, im Nächsten waren sie böse. Die Dunkelheit konnte freundlich sein, und dann wieder war sie ein fremdes Reich voller Bedrohung. Die Jahreszeiten, der Himmel, der Regen – alles rief Freude und Glück hervor, aber auch Misstrauen und Angst. Dieser lähmenden Angst schien Stanley als Christ entkommen zu sein. Bei ihm verspürte man, im Gegenteil, eine fast greifbare Aura von Frieden und Selbstvertrauen. Und doch war auch seine Position kompliziert …

Annah erstarrte, als plötzlich lautes Gackern ertönte. Zania hatte das erste Huhn am Hals gepackt und aus dem Käfig gezerrt. Der Medizinmann drückte den Kopf des Huhns auf den Altar und hob sein scharfes Messer. Annah wappnete sich. Sie musste zusehen – das wusste sie –, ohne mit der Wimper zu zucken, wenn eine Blutfontäne aus dem Hals schoss und die Flügel im Todeskampf flatterten.

Insgesamt opferte Zania sieben Hühner und verteilte ihr Blut in einer ruhigen, fast geschäftsmäßigen Art über die Steine, bevor er die Kadaver zur Seite warf, damit sie gerupft und gekocht werden konnten. Er blieb hinter seinem blutroten Altar stehen und rief den Himmel an, wobei er eine alte Form des Stammesdialekts benutzte, die nur noch er verstehen konnte. Als er fertig war, blieb er ein paar Minuten lang unbeweglich stehen. Dann sammelte er seine Steine ein, drehte sich um und ging. Das Ritual des Regenmachens war beendet.

Die Stammesangehörigen blieben stehen und verrenkten sich die Hälse, um den klaren, blauen Himmel zu mustern, als ob sie erwarteten, dass Wolken auftauchen würden.

Annah blickte auf die Überreste des Rituals. Überall flogen Federn herum, frische Blutflecken sprenkelten den Staub, und die Luft war geschwängert von dem Geruch des Blutes, das in der Sonne gerann. Man konnte sich nur schwer vorstellen, dass all das Zeremoniell etwas mit dem Heraufbeschwören von Regen zu tun haben sollte.

Leise fragte sie Mtemi: »Kann er wirklich Regen machen?«

Mtemi lächelte. »Ein Medizinmann lernt, das Verhalten von Insekten zu interpretieren und die anderen Zeichen in der Natur zu deuten. Wenn Regen erwartet wird, führt er die Zeremonie durch, um die Vorfahren dazu zu ermuntern, es reichlich regnen zu lassen.«

»Aber es funktioniert doch nicht immer«, erwiderte Annah.

Mtemi schüttelte den Kopf. »Nein. Manchmal gibt es Dürreperioden.«

»Also … Zania ist zwar ein Regenmacher, aber er hat nicht die Macht, es regnen zu lassen.«

Mtemi sah Annah an. »Hat Gott denn die Macht, es regnen zu lassen?«

Annah zuckte zusammen. Seine Frage war viel zu direkt. »Natürlich.«

»Aber wenn Christen um Regen beten«, fuhr Mtemi fort, »sind sie dann nicht in der gleichen Position wie Zania? Es könnte regnen, oder auch nicht. Und Gott erhört dein Gebet sicher eher in der nassen Jahreszeit als in der trockenen …«

Annah wandte sich ab. Teile von Bibelversen kamen ihr in den Sinn.

Bete und dir wird gegeben …

... denn er schickt Regen den Gerechten und den Ungerechten.

Verwirrt runzelte sie die Stirn.

»Auf jeden Fall«, sagte Mtemi, »sind wir hier alle zusammen. Der gesamte Stamm. Wir denken nur an Regen, an nichts anderes. Wie der Regen das Feld nährt, wie das Feld uns nährt. Wir denken an alle guten Ernten, die wir jemals gehabt haben. Und auch das ist Bestandteil der Zeremonie.«

Annah nickte langsam. Sie spürte, dass sie kurz davor stand, eine völlig andere Denkweise zu begreifen: eine, in der ja und nein – oder Tatsache und Fiktion – keine Gegensätze waren, sondern eher unterschiedliche Sichtweisen des gleichen Phänomens.

Die Gedanken waren noch vage und ungeformt, aber sie sah bereits einen Schimmer von etwas Fremdem und Neuem, von etwas Alarmierendem, jedoch auch Reizvollem.

Mtemis Stimme durchbrach ihre Gedanken. »Ich habe einmal gehört, dass die Agricultural Corporation Ranch in Tanganjika Regenmacher engagiert hat.« Annah wandte sich ihm zu, um ihm zuzuhören. »Sie hatten achttausend Rinder zu versorgen, und der Regen blieb aus. Die Regenmacher kamen mit Kisten voller wissenschaftlicher Instrumente aus England angereist. Mit Landkarten und Unterlagen.«

»Haben sie Regen gemacht?«, fragte Annah.

Mtemi antwortete nicht sofort. Er neckte sie mit seinem Schweigen. Dann grinste er breit.

»Sie brauchten lange, um sich vorzubereiten«, sagte er. »Und in dieser Zeit fing es an zu regnen.«

Annah lachte. Am liebsten hätte sie immer weiter gelacht. Das warme Geräusch stieg in ihr auf wie Luftblasen aus der tief liegenden Quelle der Freude, die sich anscheinend in ihr befand. Sie war sich bewusst, dass Mtemi ihr Gesicht betrachtete.

Plötzlich beugte er sich dicht zu ihr. Seine Lippen berührten sie fast.

»Heute Nacht ist Vollmond«, flüsterte er auf Englisch. »Ich möchte, dass du siehst, wie er sich im Wasser spiegelt.«

Er schwieg, blickte in die Runde und nickte beiläufig jedem zu, dessen Blick er begegnete. Dann fuhr er langsam und deutlich fort: »Wenn du gute Nacht gesagt hast und in deine Hütte gegangen bist, warte, bis es im Dorf still geworden ist. Dann komm zu mir ans Seeufer. Dort wo der alte Baum ins Wasser gestürzt ist.« Er wandte den Blick ab.

»Hast du gehört?«, fragte er, dieses Mal wieder auf Swahili.

Annah nickte. Das Herz klopfte ihr bis zum Hals. »Ja, ich habe gehört.«

Am Ufer des silbernen Sees schimmerte der Schlamm wie Seide. Annah spürte seine Kühle unter ihren Füßen. Beim Gehen drückte sich die glatte, feuchte Masse zwischen ihren Zehen hindurch.

Der alte Baum war nicht weit von der Stelle entfernt, wo der Weg aus dem Wald heraustrat. Annah blickte auf die zerklüfteten Schatten, die die Bäume warfen. Suchend sah sie sich um.

Zuerst entdeckte sie den Leopardenfellumhang, die schwarzen Flecken hoben sich dunkel von dem Ockergelb ab. Dann zeichnete sich Mtemis Umriss ab. Annah ging auf ihn zu. Die Vorfreude, die sie empfunden hatte, wurde durch die unwirkliche Atmosphäre gemildert. Fast schien es unmöglich zu sein, dass sie nach so langer Zeit endlich miteinander allein waren.

Sie trug immer noch ihr festliches Gewand – der Stoff umfloss ihre Glieder und hüllte sie in Weihrauchduft ein. Kurz stieg er ihr in die Nase, aber dann nahm sie der erdige Hauch des Sees gefangen.

Wortlos traten die beiden Gestalten aufeinander zu, und dann standen sie schweigend nebeneinander und betrachteten den Vollmond, der am klaren, stillen Himmel stand. Die Szene war von Stille durchdrungen, trotz der Geräusche der Nacht, der Vogelschreie, des Quakens der Frösche und des beständigen Summens der Insekten.

Annah sprach als Erste. Sie war so nervös wie in ihrer Kindheit, als Eleanor darauf bestanden hatte, dass man den Gesprächsfaden nie abreißen lassen dürfe.

»Als ich ein kleines Mädchen war« – Annahs Stimme war leise und zögernd – »glaubte ich, dass es einen Mann im Mond gäbe.«

Mtemi schüttelte den Kopf. »Kein Mann. Es ist ein Kaninchen. Da sind seine Ohren.«

Er wies auf den Mond. Annahs Blick glitt langsam über die Konturen seines Arms.

»Aber ich habe dich nicht hierher gebeten, damit du den Himmel studierst.«

Annah blickte in sein Gesicht, in seine warmen, dunklen Augen. Seine Worte klangen bedeutungsvoll, wild und voller Verheißung …

»Bist du bereit?«, fragte Mtemi. Seine Stimme war leise und tief. »Es liegt an dir.«

Annah starrte ihn verwirrt an. Man hatte ihr so viel über das Befolgen der Stammesregeln gesagt. Konnte es sein, dass sie jetzt doch selbst wählen konnte? Dass der silberne Schein des Mondes oder die ruhige Anmut des Sees sie befreit hatten?

Annah streckte die Hände nach Mtemi aus, zwei blasse

Hände mit Fingern wie Blütenblätter, wie Lilien, die auf dem Wasser trieben.

»Ich bin bereit.«

Er führte sie vom Wasser weg zu einem Streifen mit hohem, trockenen Gras am Waldrand. Dort legte er seinen Umhang hin. Dann trat er dicht vor Annah. Sie traute sich kaum zu atmen und wartete darauf, dass er sie berührte. Aber stattdessen sagte er: »Ich möchte, dass du mich küsst.«

Einen Moment lang war Annah überrascht, aber dann fiel ihr ein, dass die Geste ihm fremd sein würde. Das Wissen machte sie kühner, stärker. Sie umfasste Mtemis Gesicht mit den Händen und streichelte ihm über die Wangen und das Kinn. Mit einem Finger glitt sie über die Konturen seiner Lippen, weich und doch fest. Dann drückte sie ihre halb geöffneten Lippen auf seine. Erinnerungen überfluteten sie – andere Lippen, die sie küssten. Doch jetzt war sie diejenige, die ihn leitete. Und sie folgte dem Ruf ihrer Sinne.

Mtemi zog sie enger an sich, sodass ihre Brüste sich an seine Brust drückten. Er vergrub seine Finger in ihren langen, roten Haaren. Annah schloss die Augen. Auch ihre Hände glitten über Mtemis Körper, und sie spürte die ausgeprägten Muskeln an seinem Rücken und seine glatte Haut, die nur durch den dünnen Stoff verhüllt war. Als ihre Lippen seine Schulter berührten, schmeckte sie Salz.

Es erforderte nur ein paar Handgriffe, um sich des Gewandes zu entledigen, das Patamisha so sorgfältig um sie geschlungen hatte. Der kostbare Stoff fiel um Annahs Füße, und gebadet in Mondlicht stand sie groß und bleich da. Mtemi, der jetzt ebenfalls nackt war, bildete den Gegenpart zu ihrem Schatten, und die Kronen der Bäume spiegelten sich auf seiner Mitternachtshaut.

Mit seiner dunklen Hand berührte er Annahs rechte Brust und strich mit den Fingerspitzen über die geschwärzte Narbe der drei gekrümmten Linien. Dann drückte er seine Lippen auf das Mal. Annah spürte, wie seine warme Zunge über die wulstigen Linien glitt. Sie bog ihren Kopf zurück, und das Mondlicht schimmerte in ihren roten Haaren, die wie ein Fächer ausgebreitet waren.

Mtemi zog sie auf das Leopardenfell. Er kniete sich zwischen ihre Beine und drückte sie auseinander.

Der verborgene Speer.

Ordenas Worte fielen Annah ein, als er in sie eindrang. Fest und sanft zugleich. Eine Berührung, bei der jeder Nerv in ihrem Körper prickelte. Alles andere erschien auf einmal überflüssig, ihre Ohren, die hörten, ihre Beine und Füße, die sich bewegten.

Sie bog sich ihm entgegen und zog ihn tiefer in sich.

Tief drang sein verborgener Speer ein und erfüllte sie.

18

Annah und Patamisha zermahlten abwechselnd Maiskörner in einem ausgehöhlten Baumstumpf. Der Tag war warm, und sie keuchten beide vor Anstrengung.

»Hör nicht auf.« Patamisha grinste. »Die Zeit läuft uns davon.«

Annah lachte. Ein warmes Gefühl der Vorfreude stieg in ihr auf.

Morgen war ihr Hochzeitstag. Die Frauen des Stammes hatten bereits für die ganze Woche Essen vorbereitet, und am Rand des Dorfes war ein Gästelager aufgeschlagen worden. Jeder verfügbare Krieger war auf die Jagd gegangen, damit sie über reichlich frisch erlegtes Wild für das Festmahl verfügten. Auch Mtemi war weg. Annah hatte ihm nachgesehen, wie er im Morgengrauen mit Speer und Bogen und einem Köcher voller Pfeile losgezogen war. Als er an der Wegbiegung angekommen war, hatte Annah sich von ganzem Herzen gewünscht, dass er sich noch einmal umblickte, um sie winken zu sehen. Und im letzten Moment hatte er das auch getan, und sie hatte gespürt, wie sehr sie miteinander verbunden waren.

Wir sind schon jetzt eins.

Jetzt, in diesem Moment, könnte ich mit seinem Kind schwanger sein …

Sie lächelte. Der Hochzeitstag würde den Waganga gehören – dem Stamm, den Kriegern und der königlichen Familie. Und wenn die Hochzeitsnacht kam und sie und Mtemi in die Festhütte mit dem prächtig geschmückten Bett geführt würden, würden sie der Häuptling und die neue Königin sein. Wie richtig und gut war es da doch, dachte Annah, dass der eigentliche Moment ihrer Vereinigung zu einer Zeit und an einem Ort stattgefunden hatte, der nur ihnen beiden gehörte. Ein Mann und eine Frau am Ufer eines silbernen Sees. In den sieben Tagen, die seitdem vergangen waren, hatten sie keine Gelegenheit mehr gehabt, sich noch einmal allein zu treffen. Aber das verzauberte die Erinnerung an diese Nacht umso mehr.

»Sollen wir eine Pause machen?«, fragte Patamisha. »Wir könnten Brennholz sammeln …« Sie brach ab, weil Unruhe entstand. Ein Krieger kam ins Dorf gerannt und brach keuchend zusammen. Die Leute bestürmten ihn mit Fragen, aber er war so außer Atem, dass er nicht antworten konnte. Annah erstarrte, als er, nachdem er sich etwas erholt hatte, Anstalten machte, auf sie zuzukommen.

»Was ist los?«, fragte sie, als er vor ihr stand. Suchend blickte sie sich nach Kitamu um. Wenn es irgendwelche Probleme gab, dann betrafen sie doch sicher ihn und nicht sie.

»Der Häuptling ist zusammengebrochen«, stieß der Krieger hervor.

Plötzliche Angst überfiel Annah.

»Was soll das heißen?«, fragte sie. »Hat er sich etwas gebrochen?«

Der Krieger schüttelte den Kopf. »Der Häuptling ist zusammengebrochen und liegt ganz still da. Es gab keinen Grund.«

»Wo ist er?« Annah bewegte sich in die Richtung, aus der der Mann gekommen war.

»Nein, du musst hier warten.« Der Krieger packte sie an der Schulter. »Sie bringen ihn hierher.« Er blickte Annah an. »Du und der Medizinmann müsst ihn retten.«

Annah unterdrückte ihre Angst und Sorge. »Sie sollen ihn in meine Hütte bringen«, ordnete sie an. Dann wandte sie sich an den Nächststehenden. »Hol Zania.« Sie ergriff Patamishas Hand. »Komm mit mir. Wir müssen Wasser kochen. Wir brauchen Brennholz.«

Wasser. Brennholz. Sie schüttelte den Kopf. Es war lächerlich. Was sie brauchten, war eine Ambulanz und eine Intensivstation. Ein gesunder, starker Mann brach nicht einfach so zusammen, ohne dass ein ernster Grund dafür vorlag.

Die Krieger drängten sich um Annahs Hütte, als Mtemi hereingetragen wurde. Sanft legten sie ihn auf Annahs Bett. Dann traten sie zurück und beobachteten die weiße Frau, die ihn mit dem Stethoskop abhorchte.

Mtemi lag völlig still da, mit geschlossenen Augen. Seine Gesichtszüge waren entspannt. Er sah aus wie eine Statue aus Ebenholz.

Mit zitternden Fingern tastete Annah nach dem Puls an seiner Halsschlagader. Erleichtert schloss sie die Augen, als sie das stetige Pochen fühlte. An ihrer Wange spürte sie den Atem, der aus seiner Nase drang. Er lebte, aber er war bewusstlos.

»Hat er sich den Kopf angeschlagen?«, fragte sie über die Schulter.

Die Krieger antworteten alle gleichzeitig. »Nein. Er ist nur den Weg entlanggegangen. Und auf einmal ist er umgefallen.«

»Hat er etwas gesagt?«

»Nichts.«

Annah überlegte krampfhaft, was die Ursache für Mtemis Bewusstlosigkeit sein konnte, aber ihr fiel nichts ein. Sie schloss die Augen. Panik stieg in ihr auf. Sie versuchte den Mann, der auf dem Bett vor ihr lag, lediglich als Patient zu sehen. Das gelang ihr jedoch nicht, da ihre überwältigende Liebe zu Mtemi alles überdeckte. Ihr Mann.

Sie merkte kaum, dass die Krieger zur Seite traten, um den Medizinmann hereinzulassen.

»Zania!«, keuchte Annah.

»Ich bin gekommen. Ich bin bereit, mit dir zu arbeiten.« Der nüchterne Tonfall des Medizinmannes holte Annah in die Realität zurück.

Sie beugte sich über Mtemi und begann, ihn systematisch zu untersuchen.

»Puls kräftig, aber beschleunigt«, murmelte sie, als stünde jemand neben ihr, der alles aufschrieb. »Atmung rasch. Flach.« Sie tastete ihn ab und suchte nach äußeren Anzeichen – klamme Haut, verspannte Muskeln.

Dass die alte Königin eintraf, nahm sie kaum zur Kenntnis. Die alte Frau stieg schon vor der Hütte aus ihrer Sänfte, humpelte mühsam zum Bett und starrte stumm auf ihren Sohn.

Während Annah Mtemi untersuchte, stand Zania daneben und konzentrierte sich auf die Betrachtung des Körpers.

»Etwas Ernstes ist geschehen«, verkündete der Medizinmann schließlich. »Das sehe ich.« Er wandte sich zum Gehen.

»Wohin gehst du?«, fragte Annah.

»In meine Hütte. Dort sind Dinge, die ich jetzt brauche.«

Annah schüttelte den Kopf. »Wir brauchen richtige Medikamente«, sagte sie. »Wir brauchen einen richtigen Arzt.«

Zania achtete nicht auf ihre Worte, sondern ging einfach.

Annah stöhnte hilflos auf. Der nächste Arzt war Michael, und er war eine Tagesreise weit entfernt. Und Mtemi war nicht transportfähig. Müde rieb sich Annah die Augen. Als sie aufsah, fiel ihr Blick auf Schwester Margarets Notizen, die sie an die Wand geheftet hatte.

Germantown. Dort hatten sie Medikamente. Und vielleicht war die Missionarin ja erfahrener als Annah. Aber sie würden Mtemi auf einer Trage dorthin bringen müssen, und das würde er nicht überleben.

Annah wandte sich an die Krieger. »Wer kann am schnellsten laufen?«

»Chewi«, lautete die Antwort. Der Leopard. Ein besonders großer Mann trat vor.

»Lauf nach Germantown. Berichte Schwester Margaret, was mit deinem Häuptling geschehen ist. Sag ihr, sie soll ihre Medikamententasche mitbringen.« Annah sprach langsam, weil sie wusste, dass der Krieger dann jede Einzelheit behalten würde. »Bitte sie, sofort hierher zu kommen«, schloss Annah. »Fleh sie an.«

Chewi rannte aus der Hütte. Annah blickte wieder auf Mtemi. Gebete gingen ihr durch den Kopf, Bitten um Hilfe, um Kraft. Um ein Wunder. Dass Schwester Margaret mit einem Arzt kam. Mit jemandem, der sich zufällig für ein paar Tage in Germantown aufhielt. »Gott muss mich hierher gebracht haben«, würde er sagen, »weil er wusste, dass es hier einen Notfall gibt.« Vielleicht …

Als Zania wieder kam, schickte er alle außer Annah und der alten Königin aus der Hütte. Selbst Kitamu durfte nicht bleiben.

Die beiden Frauen sahen Zania erwartungsvoll an. Annah blickte sich nach den Beuteln um, in denen Zania seine Medizinen aufbewahrte. Aber er hatte nur ein paar

Amulette und seine Altarplatte dabei. Sie runzelte die Stirn.

Zania schüttelte den Kopf, als er ihren Blick sah. »Mtemi braucht keine Medizin. Er steht unter dem Einfluss eines bösen Geistes.«

Die alte Königin stieß einen Schrei aus.

»Ich werde ihn bekämpfen«, verkündete Zania. Er trat zur Türöffnung und verteilte Amulette auf der Schwelle. Dann beugte er sich hinaus und rief den Umstehenden zu, sie sollten ihm einen brennenden Stock bringen.

»Füll die Hütte nicht mit Rauch«, warnte Annah. »Er braucht frische Luft.«

Sie brach ab, als der Regent in der Türöffnung erschien. Vorsichtig trat er über Zanias Amulette und kam herein.

»Wie geht es meinem Neffen, dem Häuptling?«, fragte er. »Was sagt die weiße Krankenschwester?«

Annah schüttelte stumm den Kopf und spreizte die Hände. Leer. Nutzlos.

»Ich habe Wasser mitgebracht.« Der Regent zog eine Kalebasse aus seinem Gewand hervor.

»Nein, er sollte nichts trinken …«, setzte Annah an. Aber der Mann ignorierte sie und beugte sich über Mtemi. Plötzlich schoss die Hand der alten Königin vor und schlug die Kalebasse zu Boden, sodass das Wasser im Lehmboden versickerte.

Der Regent verzog das Gesicht, sagte aber nichts.

»Er sollte nichts trinken«, fuhr Annah fort, »bevor wir nicht wissen, was ihm fehlt.«

»Gut«, erwiderte der Regent höflich. »Er ist in deinen Händen.« Er wandte sich zum Gehen, aber an der Türöffnung drehte er sich noch einmal um und warf ihr einen harten, bitteren Blick zu, der Annah einen Schauer über den Rücken jagte.

Sie setzte sich ans Bett, beobachtete Mtemi und wartete. Aber es veränderte sich nichts. Unruhig rutschte sie hin und her. Es war unerträglich, so nutzlos zu sein. Im Gegensatz zu ihr saß die alte Königin still da. Sie hockte auf dem Boden am Bettende und hielt mit ihren gichtigen Fingern die Füße ihres Sohnes umklammert.

Zania baute den heiligen Altar unter der Fensteröffnung auf, sodass Sonnenstrahlen darüber glitten. Annah sah ihm zu, wie gelähmt von einer dumpfen Angst.

Das Geräusch eines Landrovers durchbrach die gespannte Stille im Dorf. Annah rannte zur Türöffnung und sah eine grauhaarige Frau in Missionskleidung auf die Hütte zukommen. Sie humpelte leicht, weil sie eine schwere Medikamententasche trug.

»Gott sei Dank …«, murmelte Annah. »Sie sind gekommen.« Die Missionarin musste quer durch das unwegsame Gelände gefahren sein, um so schnell anzukommen. Und sie war allein. Kein vom Himmel gesandter Arzt ging neben ihr.

Schwester Margaret verschwendete keine Zeit mit Begrüßungen. Sie begann sofort damit, Mtemi zu untersuchen, dabei stellte sie Fragen an Annah. Was war geschehen? Hatte sich sein Zustand verändert? Wie hatte sie ihn behandelt? Annah antwortete, so gut sie konnte, aber es gab nur wenig zu sagen. Nach einer Weile drehte sich Schwester Margaret zu Annah. Das Gesicht der Missionarin war ernst.

»Er ist schwer krank, das ist offensichtlich. Ich weiß nicht, was ihm fehlt. Ohne Röntgenuntersuchung oder Blutbild kann man das schlecht sagen.« Ihr Tonfall war nüchtern, aber ihre Augen zeigten Mitgefühl für die Frau vor ihr. »Wir müssen das machen, was wir tun können.«

Schwester Margaret holte eine Infusionsflasche aus

ihrer Tasche, die sie an einem Laternenhaken über das Bett hängte.

»Antibiotika«, sagte sie, stach eine Nadel in Mtemis Handrücken und befestigte sie mit einem Stück Leukoplast. »Und Chinin«, fügte sie hinzu, »für den Fall, dass es zerebrale Malaria ist.«

Annah nickte. Alles, was die ältere Frau tat und sagte, kam ihr sinnvoll vor, aber sie nahm das ganze Geschehen nur verschwommen wahr.

»Er darf nicht bewegt werden«, erklärte Schwester Margaret. Sie schloss ihre Tasche wieder und wandte sich zum Gehen. »In Germantown könnten wir sowieso nicht mehr für ihn tun. Ich fahre zurück und schicke einen Funkspruch nach Langali.«

Rasch ging sie zur Tür. Auf der Schwelle blieb sie stehen und nickte einen kurzen Abschiedsgruß. Sie wirkte überrascht, als nähme sie die Szene in der Hütte erst jetzt richtig wahr – der Medizinmann, die weiße Frau in dem afrikanischen Gewand, der Louis-Vuitton-Koffer, der als Tisch diente, der fast nackte Patient. Annah erwiderte ihren Blick.

»Wir können nur noch beten«, sagte die Schwester.

Als Annah mit Mtemi, Zania und der alten Königin wieder allein war, versuchte sie, den Rat der Missionarin zu befolgen. Sie schloss die Augen, aber die Worte wollten ihr nicht einfallen. Sie verspürte nur Gefühle – Liebe, Angst, Ungläubigkeit. Und Erinnerungsfetzen. Mtemi, wie er lachte, rannte, tanzte. Mtemi, der über ihr lag, der sie zu seiner Frau machte …

Annah öffnete die Augen und blickte auf Zanias Altar. Sie betrachtete die afrikanischen Amulette, und der Gedanke kam ihr, dass die Sammlung unvollständig war. Mtemi gehörte zu zwei Welten, nicht nur zu einer.

Rasch trat sie zu ihrem Koffer und öffnete den Deckel.

Sie holte ihre Bibel und die gerahmte Fotografie der Kapelle von Langali heraus. Sarahs bestickte Kopfkissenbezüge. Und eine alte Postkarte mit einem Bibelvers darauf. *Tue alles mit Liebe.* Unter dem zustimmenden Nicken des Medizinmannes legte sie diese Dinge auf den Altar.

Die ganze Nacht über saß Annah an Mtemis Bett und bemühte sich, Hoffnung aus der Tatsache zu schöpfen, dass sich sein Zustand nicht veränderte. Zania und die alte Königin waren bei ihr. In einem Kohlebecken an der Türöffnung brannte ein kleines Feuer und warf ein warmes Licht über sie. Die drei hingen an jedem Atemzug, der durch die Lippen des Häuptlings drang.

Die Morgendämmerung war noch fern, als Zania aufstand und zum Altar trat. Langsam und entschlossen begann er, seine Dinge einzusammeln.

Annah sprang alarmiert auf. »Was tust du da?«

»Der Häuptling stirbt.« Zanias Stimme war schwer vor Schmerz. »Hier helfen weder Medikamente noch Zauber noch Amulette.« Er wies auf die Infusionsflasche, die mittlerweile halb leer war. »Auch das wird ihn nicht retten. Er ist verloren.«

Annah packte Zania an den knochigen Schultern. »Du hast Ndatala gesund gemacht«, flehte sie. »Sie war schon fast tot. Mtemi ist dein Häuptling. Du darfst ihn nicht aufgeben.«

Zania schüttelte den Kopf. »Ich habe mit den Vorfahren gesprochen. Ich habe die Federn eines ungeborenen Kükens verbrannt. Ich habe alles getan. Es ist vorbei.«

Annah starrte ihn an. Die Gewissheit in seiner Stimme ließ sie verstummen. Dann begann sie zu lachen, ein irres hartes Lachen, das sich schnell in Schluchzen verwandelte.

Die alte Königin erhob sich mühsam und humpelte auf

Annah zu. Sie berührte sie nicht, sie stand nur ganz still da.

Zania drehte den beiden Frauen den Rücken zu, während er weiter seinen Altar abräumte. Nur Annahs Dinge ließ er liegen. Er warf seinem Häuptling einen langen, letzten Blick zu, dann senkte er den Kopf und ging aus der Hütte.

Annah kniete sich neben Mtemi und legte den Kopf auf seine bloße Brust. Sie lauschte seinem Herzschlag, spürte die Wärme seines Körpers. In ihrem Kopf formte sich ein Gebet. Das ist deine Chance, sagte sie zu Gott. Zania hat aufgegeben. Wenn Mtemi überlebt, weiß jeder, dass du ihn gerettet hast. Ich werde es allen erzählen. Und sie werden an dich glauben.

Als Kitamu die Hütte betrat, hob Annah den Kopf. Mtemis Krieger und seine eigenen begleiteten ihn. Hinter den Männern drängten sich die Frauen in die kleine Hütte.

Der Mond warf seinen silbernen Schein über das Bett, auf dem Mtemi lag. Der Mann sah aus wie ein Monument, stark und dauerhaft. Annah betrachtete sein Gesicht, die perfekten Linien seiner Nase, seines Mundes, seiner geschlossenen Augen. Sie richtete all ihre Gedanken darauf, dass er sie aufschlug. Wie ein Kind handelte sie mit dem Schicksal. Sie sagte sich, wenn sie ihm nur noch einmal in die Augen blicken könnte, in seine tiefen, braunen Augen, dann könnte sie ihn retten.

Gegen Morgen bewegte sich Mtemi. Er schlug die Augen auf und blickte Annah direkt an. Die Menschen in der Hütte beugten sich keuchend vor Freude über ihn. Aber Annah erwiderte seinen Blick wie erstarrt. Ein Wort kam ihr in den Sinn – unerwünscht und unausgesprochen.

Lebwohl.

Lebwohl …

Mtemi schloss die Augen wieder und schlief ein. Während die anderen Hoffnung schöpften, ließ Annah den Kopf sinken und weinte.

Helle Flammen ließen die glatte Fläche des Sees orangerot tanzen und zucken. Neben dem Feuer lag auf einer Trage der langgliedrige Körper eines Kriegers. Dunkle Haut, die frisch bemalt war mit den Farben der Jagd. Tongefäße für die Reise standen um die Trage herum. Speere für den Kampf. Königliche Gewänder und Ketten. Und der Leopardenfellumhang des Häuptlings.

Die Luft war erfüllt von Klagelauten. Keine stumme, leise, nach innen gerichtete Trauer, sondern Weinen, Heulen, Schreie. Die Gesichter, bemalt mit der Asche des Begräbnisfeuers, waren verschmiert von Tränen und Speichel.

Nur Annah saß ganz still neben der alten Königin. Schweigend blickte sie auf die Leiche. Auf ihrer blassen Haut wirkte die Asche grau, und ihre roten Haare leuchteten, als stünden sie in Flammen. In ihrem Schoß lag ein weißer Leinenbezug. Ihre Finger glitten über den Buchstaben in der Ecke. M.

Annahs Gesicht, ihre Augen, waren ausdruckslos. Sie sah nur den Mann, der vor ihr lag. Und dieses Bild wollte sie sich für immer einprägen. Undeutlich nahm sie das Klagen der Frauen um sie herum wahr. Das Geräusch schwoll auf und ab wie ein Mantra.

Plötzlich wurde es still, und man hörte nur noch das Knistern des Feuers.

Annah blickte auf. Alle hatten sich vom Feuer und von Mtemis Leiche weg gedreht oder waren sogar aufgesprungen, weil dort, wo der Weg aus den Bäumen mündete, eine Gestalt aufgetaucht war.

Eine weiße Frau mit dunklen, langen Haaren.

Langsam erhob sich Annah.

»Sarah!«

Die Waganga machten der Frau Platz. Sarah schritt zwischen den Reihen hindurch und blickte starr nach vorn. Man sah ihr an, wie unwohl sie sich fühlte. Als sie direkt vor Annah stand, schwankte sie ein wenig, weil sie erst jetzt die Asche im Gesicht der Freundin, ihren schmutzigen Kitenge und die geschwollenen Augen sah. Dann aber fielen sie sich in die Arme. Annah klammerte sich stumm an Sarahs schlanke Gestalt und vergrub ihr Gesicht in den nach Lavendel duftenden Haaren.

Lange standen sie so da. Erst als die Klagelaute wieder einsetzten – dieses Mal auch das hohe Heulen, das sowohl Ausdruck der Freude als auch des Schmerzes sein konnte –, löste sich Annah von ihrer Freundin und zog sie mit sich zu ihrem Platz neben der alten Königin. Sarah warf einen Blick auf die Opfergaben und die Amulette, zögerte aber nur kurz, bevor sie sich ebenfalls mit gekreuzten Beinen niederließ.

Dann betrachtete sie Mtemis hingestreckten Körper. Annah beobachtete sie dabei, wie sie alle Details des geliebten Gesichts aufnahm. Die fein modellierten Züge, den sanften Mund, das starke Kinn, die dunkle, makellose Haut. Und trotz des Schmerzes wallte Stolz in ihr auf.

Tränen glänzten in Sarahs Augen, ihre Lippen zitterten. Es hätte ihr eigener Mann sein können, der dort lag, so liebevoll und sehnsüchtig betrachtete sie ihn. Sie wendete den Blick erst ab, als Zania sich neben sie hockte. Er hatte ein Häufchen Asche in seiner blutbefleckten Hand.

Sarah erstarrte und sah Annah Hilfe suchend an. Zania spuckte auf die Asche und verrührte sie zu einer Paste.

Dann blickte er Sarah abwartend an. Die Menge wurde still, und alle warteten gespannt darauf, was jetzt passierte. Sarah hob ihr Gesicht, um die rituelle Bemalung entgegenzunehmen.

Annah beobachtete die behutsamen Bewegungen, mit denen der Medizinmann die Asche auf Sarahs Gesicht verstrich. Tränen rannen ihr über die Wangen und hinterließen saubere Spuren in den Aschemustern. Die Asche des Begräbnisfeuers ihres Mannes.

Die Asche ihrer Träume.

Als Annahs Aufgabe vollbracht war – sie legte als ihr Geschenk den bestickten Kopfkissenbezug neben die Leiche –, wurden die Krieger zur Totenwache bei ihrem Häuptling allein gelassen.

Patamisha geleitete die beiden weißen Frauen zurück ins Dorf.

»Die Hütte ist gesäubert worden«, erklärte sie auf dem Weg zu Annahs Hütte. »Ihr braucht also keine Angst zu haben, dorthin zurückzukehren.«

»Und wie ist das geschehen?«, fragte Sarah.

»Der Medizinmann hat auf dem Kochfeuer Kräuter verbrannt. Er hat auch drei Hühner getötet und ihr Blut auf die Schwelle verteilt. Wie ich gesagt habe, es ist jetzt alles in Ordnung.«

An der Türöffnung zur Hütte blieb Patamisha stehen, damit Annah als Erste eintreten konnte.

Annah nickte wie betäubt. Als sie über die Schwelle trat, blieb das Blut an ihren Füßen haften. Sarah folgte ihr, wobei sie es vermied, zu Boden zu sehen.

Patamisha blieb draußen. Mit monotoner Stimme sagte sie: »Elia wird euch Tee bringen.« Dann ging sie.

Im Dorf war es unheimlich ruhig. Annah hockte sich in eine Ecke, zog die Knie ans Kinn und ließ den Kopf darauf sinken, sodass ihre roten Haare ihr wie ein Schleier vors Gesicht fielen.

Sarah setzte sich auf einen dreibeinigen Hocker. Es war ihr anzumerken, dass sie sich unwohl fühlte.

»Michael war mitten in einer Operation, als der Funkspruch kam.« Annah hob den Kopf.

»Er konnte unmöglich weg«, fuhr Sarah fort. »Es war ein komplizierter Kaiserschnitt. Zwillinge. Ich habe gesagt, ich führe allein, aber er fand es zu gefährlich, wenn ich mich im Dunkeln auf den Weg mache. Und ich konnte ja sowieso nichts tun.« Sarah schwieg und zupfte an ihrem Rocksaum herum. »Aber ... ich hatte einfach ein starkes Gefühl, dass ich fahren müsste. Also habe ich die Schlüssel genommen und bin losgefahren.« Trotzig hob sie das Kinn. »Ich habe fast zehn Stunden hierher gebraucht. Zweimal habe ich mich verfahren. Und die ganze Zeit über ging mir durch den Kopf, dass Michael am Morgen gar nicht nachkommen konnte, weil ich ja den Landrover hatte. Aber das starke Gefühl hatte ich immer noch. Irgendwie wusste ich, dass es jetzt Zeit war zu fahren. Und dass du mich brauchst.«

Annah nickte, sagte aber immer noch nichts.

Sarah erzählte einfach weiter, von Kate, Ordena, Tefa und ihrer neuen Arbeit in den Siedlungen. Immer wenn sie aufhörte, bedeutetet Annah ihr, weiter zu sprechen. Solange sie ihr zuhörte, wurde ihr die Realität nicht bewusst.

»Ich nehme Kate mit in die Siedlungen«, erklärte Sarah. »Dann sieht es so aus, als sei ich nur eine zufällige Besucherin. Natürlich muss ich sie im Auge behalten – aufpassen, dass sie nichts isst oder nicht mit kranken Kindern spielt. Michael ist nicht so besonders glücklich darüber, dass ich sie mitnehme. Aber« – Sarah brach stirnrunzelnd ab – »ihm wäre sowieso am liebsten, ich würde auch auf der Station bleiben. Er macht sich Sorgen um mich. Er denkt, ich verirre mich im Dschungel oder werde von einem Löwen gefressen.«

Annah ließ sich von den Worten einlullen wie von einem stetigen Strom.

»Was wirst du jetzt tun?«

Sarahs Frage durchbrach ihren zerbrechlichen Schutzschild.

Annah blickte sie verständnislos an.

»Ich könnte dich nach Murchanza mitnehmen«, sagte Sarah, »und dich in den Zug nach Dodoma setzen. Die Mission würde dir sicher helfen. Geh zum Bischof.«

»Ich gehe hier nicht weg.« Annahs Stimme war klar und fest. »Hier ist mein Zuhause.« Sie blickte durch die kleine Hütte. Auf dem Bett konnte man immer noch die Vertiefung erkennen, die Mtemis Körper hinterlassen hatte. Sie konnte sich nichts anderes vorstellen, als hier in dieser Hütte zu bleiben. Hier hatte sie den Kopf auf Mtemis warme Brust gelegt und seinen Herzschlag gehört. Dieser Ort würde ihr Heiligtum und ihre Gedenkstätte werden.

Sarah trat zu ihr. »Ich muss jetzt fahren«, sagte sie sanft. Sie beugte sich vor, um Annah auf den Scheitel zu küssen.

»Sarah ...«, flüsterte Annah. »Hilf mir.« Flehend streckte sie die Arme nach der Freundin aus.

Der Ocker des Lehmbodens befleckte ihre Haut und ihre Kleider, als sie eng umschlungen dasaßen, und ließ sie, zumindest für kurze Zeit, wie Schafe aus der gleichen Herde aussehen.

Die nächsten Tage vergingen wie im Nebel. Annah blieb in ihrer Hütte. Seit Mtemis letztem Atemzug stand für sie die Zeit still.

Die Leute kamen an ihre Tür und brachten ihr Essen, Räucherwerk und Tücher. Annah nahm die Geschenke entgegen und verbarg ihre Verzweiflung hinter einer ruhigen, höflichen Fassade. Ihr war klar, dass hinter den Bekundungen des Mitgefühls eine tiefe Verunsicherung lag. Schließlich wusste niemand, wie sie mit Annah umgehen sollten. Sie war noch nicht die Frau des Häuptlings gewesen, konnte aber jetzt auch nicht in das Dorf ihrer Mutter zurückgeschickt werden. Sie gehörte keinem Mann, trug aber trotzdem das Zeichen des Königshauses der Waganga.

Nur Patamisha, Zania und die alte Königin behandelten Annah wie immer. Sie besuchten sie regelmäßig und versuchten, sie dazu zu bewegen, dass sie sich wusch, etwas aß und redete, nahmen aber auch geduldig hin, wenn sie sich weigerte, und blieben einfach da, um mit ihr zusammen zu weinen.

Ungefähr eine Woche nach Mtemis Tod kam eines Morgens Kitamu in Annahs Hütte. Er war auch vorher schon ein paar Mal zu Besuch gekommen, aber an diesem Tag war er, gemäß seinem Rang, formell gekleidet. Sie begrüßten sich mit vorsichtigen Worten, damit jeder so optimistisch antworten konnte, wie es die Regeln verlangten, und dann setzte Kitamu sich auf den schön geschnitzten Hocker, den er mitgebracht hatte.

»Die Regierung hat ein Gesetz erlassen, dass es keine Häuptlinge mehr geben soll«, sagte er. »Trotzdem bin ich derjenige, der für den Stamm sprechen kann.«

Annah nickte. Es musste einen Führer geben, ganz gleich, was das Gesetz sagte.

»Ich möchte dir sagen, dass du hier im Dorf willkommen bist. Ich werde persönlich für dich verantwortlich sein. Ich werde für dich sorgen und dich beschützen.« Kitamu vermied es, Annah anzusehen, während er sprach. Offensichtlich fiel es ihm schwer, seine Gefühle in Worte zu fassen. Sie rang sich ein ermutigendes Lächeln ab.

»Es stimmt zwar, dass du nicht die Frau meines Bruders, sondern lediglich seine Verlobte warst«, fuhr er fort, »aber ich glaube trotzdem, dass es meine Pflicht ist, Kinder im Gedenken an ihn groß zu ziehen.« Er warf Annah einen raschen Blick zu. »Patamisha wünscht es auch. Und ist sie nicht jetzt schon wie eine Schwester für dich?«

Seine Worte schienen aus weiter Ferne zu kommen. Annah begriff, dass er ihr anbot, sie zu seiner zweiten Frau zu machen. Der Vorschlag hätte sie eigentlich schockieren müssen, aber das tat er nicht. Er erschien ihr lediglich großzügig, praktisch und einfach. Sie blickte ihn an. Hinter seinem verlegenen Gesichtsausdruck entdeckte sie eine Freundlichkeit und ein Mitgefühl, das sie zutiefst rührte. Und obwohl er die gleichen Eltern hatte, sah er seinem Bruder überhaupt nicht ähnlich. Sie hatte das Gefühl, sie könne es ertragen, mit ihm zusammen zu sein.

»Danke«, erwiderte sie. »Ich fühle mich aufrichtig geehrt.«

Kitamu räusperte sich nervös, als er aufstand. »Ich komme wieder, um mit dir über deine Aussteuer zu sprechen. In der Zwischenzeit wird dein Essen auf meinem Herd zubereitet werden.«

Er wandte sich zum Gehen, blieb aber auf der Schwelle noch einmal stehen.

»Manche behaupten, der Tod meines Bruders habe mit Hexerei zu tun.«

Annah nickte. Das wurde bei unerklärlichen Todesfällen in Afrika oft angenommen.

»Ich glaube jedoch, dass er vergiftet worden ist. Ich habe den Onkel des Häuptlings im Verdacht«, fuhr Kitamu leise fort.

»Den Regenten?«, flüsterte Annah. Sie starrte den Mann mit aufgerissenen Augen an.

»Der Regent war wütend, seit Mtemi zurückgekehrt ist und seinen Platz als Häuptling eingenommen hat«, fügte Kitamu hinzu. »Er war seit vielen Jahren an der Macht, und niemand hat sich eingemischt. Er wäre nur zufrieden gewesen, wenn Mtemi seine Nichte geheiratet und sich an seinen Geschäften beteiligt hätte. Aber Mtemi und der Regent haben sich nicht gut verstanden. Ich habe sogar gehört, dass mein Onkel bei der Regierung gegen den Häuptling geredet hat.«

Während sie Kitamu zuhörte, fiel Annah ein, wie der Regent Mtemi Wasser gebracht hatte, als er krank auf ihrem Bett gelegen hatte, und wie die alte Königin ihm die Kalebasse aus der Hand geschlagen hatte. Offensichtlich traute sie dem Mann auch nicht.

»Was denkt deine Mutter, die Königin, in dieser Sache?«, fragte Annah.

Kitamu schüttelte den Kopf. »Sie will nicht darüber sprechen.«

»Vielleicht ist es so auch am besten«, entgegnete Annah. Anschuldigungen und Gerüchte würden nur Unfrieden bei den Waganga stiften, und im schlimmsten Fall würde der Stamm auseinander brechen.

»Du hast Recht«, sagte Kitamu. Respektvoll blickte er die weiße Frau an.

Annah empfand Stolz. Sie stellte sich vor, dass Mtemi ihr über die Schulter blickte und durch ihre Lippen sprach. Er war nicht im Himmel oder in der Hölle oder an irgendeinem Ort dazwischen, sondern immer noch hier in dieser Hütte. Bei ihr.

»Es ist Zeit, dass du dich von der Dunkelheit abwendest und wieder die Sonne siehst!« Zanias Worte drangen durch die Wände der Hütte und weckten Annah. Sie antwortete nicht.

»Ich warte auf dich«, rief Zania wieder. Im nächsten Augenblick flog ein gewebter Beutel durch das Fenster und landete vor Annahs Füßen. Sie erkannte den Beutel zum Kräutersammeln.

»Ich habe keine Eile«, fügte Zania hinzu. »Ich gehe erst, wenn du kommst.«

Nichts würde Zania von seiner Hartnäckigkeit abbringen, das wusste Annah. Sie stand auf, ergriff den Beutel und trat langsam an die Tür. Ein Streifen Sonnenlicht lag über der Schwelle und wärmte ihre bloßen Füße. Sie blinzelte in die Helligkeit. Zu ihrer Überraschung war die Welt draußen bunt und lebendig.

Zania zog sie lächelnd mit sich. Sie kam sich vor wie ein Invalide, zerbrechlich und verletzlich. Nur dass die meisten Invaliden den Wunsch hatten, dass es ihnen wieder besser ging, während sie gar nichts mehr wollte und fühlte. Vor einer Woche hatte ihre Monatsblutung eingesetzt. Sie hatte beobachtet, wie das hellrote Blut an ihrem Schenkel hinunterfloss – der Beweis dafür, dass auch das letzte Band zu Mtemi zerrissen war, dass sie keine Hoffnung mehr haben konnte.

Der Medizinmann führte sie über einen Nebenweg aus dem Dorf hinaus, und Annah registrierte dankbar, dass sie nicht die endlosen Begrüßungen über sich ergehen lassen musste.

»Wir müssen arbeiten«, rief Zania über die Schulter. Stirnrunzelnd blickte er zum wolkenlosen Himmel.

Annah nickte. Sie begriff seine Sorge und dachte kurz über die drohende Dürre nach. Aber sie war noch nicht in der Lage, sich darüber wirklich Gedanken zu machen.

Als sie den Wald erreichten, tauchte Annah erleichtert

in die kühlen, feuchten Tiefen ein. Hier, in der Stille, fühlte sie sich genauso wohl wie in ihrer Hütte.

Sie sammelten nicht so viele Kräuter wie sonst, weil Zania nur bestimmte Pflanzen zum Regenmachen brauchte. Dann gingen sie zum Dorf zurück.

Als sie jedoch die Ansiedlung erreichten, war alles seltsam still. Verlassen.

»Wo sind sie alle?«, fragte Annah.

Zania kniff unbehaglich die Augen zusammen. »Ich weiß nicht.«

Langsam gingen sie auf Annahs Hütte zu. Als sie um die Ecke bogen, blieb Annah wie angewurzelt stehen. Die Pfosten ihrer Hütte waren mit Blut bespritzt worden. Über den Balken hingen Eingeweide, und ein kopfloser Hahn versperrte die Türöffnung.

Auch Zania erstarrte. Dann packte er Annah an der Schulter und zog sie weg. Einen Moment lang schien auch er nicht zu wissen, wohin er sich wenden sollte, aber dann tauchte plötzlich Patamisha auf und flüsterte etwas in der Stammessprache. Die beiden drängten Annah in den Gang zwischen zwei Hütten. Ein Arm schoss vor und zog Annah in den Schatten.

»Ich bin es, Kitamu.«

Annah unterdrückte einen Schrei.

»Der Regent hat den Stamm gegen dich aufgewiegelt«, flüsterte der Mann. »Seine Leute haben das Ritual zur Hexensuche durchgeführt. Der Finger hat auf deine Hütte gewiesen. Du wirst beschuldigt, den Häuptling verhext zu haben.«

Annah schüttelte ungläubig den Kopf. Ihre Freunde konnten sich doch nicht alle gegen sie gewandt haben.

»Manche glauben nicht daran«, fügte Kitamu hinzu. »Aber sie haben eine andere Sorge. Du bist trauernd in der Hütte geblieben. Du hast zu viele Tränen vergossen, und sie sagen, solange du hier bleibst, kann es nicht regnen.« Er zog Annahs Koffer, ihr Mikroskop und ihre Schwesterntasche aus einer Ecke. »Ich habe deine Habseligkeiten gerettet.«

»Nein, ich kann nicht gehen«, protestierte Annah. »Ich bin hier zu Hause. Ich gehöre hierher.« Ihre Stimme brach. »Ich bin eine Waganga.«

»Deshalb musst du tun, was ich sage«, erwiderte Kitamu. »Zum Wohle des Stammes. Du musst jetzt gehen und darfst nie wieder kommen.«

Annah blickte sich nach Patamisha und Zania um. Beide starrten sie mit aufgerissenen Augen entsetzt an, und obwohl sie ihnen flehende Blicke zuwarf, sagten sie nichts.

Kitamu drückte Annah einen Beutel mit ein paar Münzen in die Hand.

»Geh zur Straße, aber durch den Busch.« Dann wandte er sich ab. »Dort fährt ein Bus.«

Die Sonne war heiß. Fliegen umschwärmten Annahs Kopf und ließen sich auf ihrem schweißbedeckten Gesicht nieder. Ihr Koffer war schwer, aber sie ging immer weiter. Nur einmal blieb sie stehen, um eine rosafarbene Flamingofeder aufzuheben. Obwohl sie ihr ein wenig Trost spendete, konnte sie nicht das Gewicht von ihr nehmen, das auf ihr lastete; die verlorene Seele eines Fremden, der ohne Ziel dahinging, allein im afrikanischen Busch, ohne Zuhause, ohne Familie, ohne Vergangenheit, ohne Zukunft.

Ohne Geliebten.

Nur mit einem leeren, gebrochenen Herzen.

Teil drei

19

Tansania, Ostafrika, 1965

Reden und Lachen waren durch die staubigen Dielen zu hören, ebenso wie die Klänge der Musik aus der Jukebox und der Geruch von billigem Parfüm und schalem Bier. Durch das offene Fenster drang der Lärm von der Straße ins Zimmer und die Abgase der Lastwagen, die vorbeifuhren. Annah lag auf einem klumpigen Bett und starrte blicklos an die feuchte Decke. Die Geräusche, die Gerüche, selbst die Wanzen, die sich über sie hermachten, berührten sie kaum. Für sie gingen die Tage unterschiedslos in die Nächte über, in diesem stickigen Zimmer über der Bar, in der in einer anderen Welt und in einer anderen Zeit eine Missionskrankenschwester mit dem Sohn eines Häuptlings gesessen hatte. Beide sauber und elegant in ihren ausländischen Kleidern, und die Luft war erfüllt gewesen von der Erregung über etwas Seltenes und Kostbares, das gerade begann.

Jeden Tag kam der Hotelbesitzer vor das Zimmer und klopfte laut an, um die weiße Frau aus dem Bett zu treiben. Annah ging an die Tür und reichte ihm irgendetwas aus ihrem Koffer – irgendein Objekt statt des Geldes, das sie ihm für das schmutzige Zimmer und das ungenießbare Essen und den Krug Wasser, den der Küchenjunge ihr zweimal am Tag brachte, schuldig bleiben musste. Es kam ihr vor wie ein Kartenspiel, das sie unweigerlich verlieren musste. Wenn sie ihr letztes Besitztum weggegeben hatte, würde sie sterben. Eine nackte, nutzlose Hülle, ausgetrocknet und verhungert. Sie sehnte sich nach diesem Augenblick – Erlösung im friedlichen Vergessen. Und sie fühlte sich dem Moment so nahe, dass sie jeden Morgen überrascht feststellte, dass sie immer noch am Leben war.

Dieses Mal traf Annah das Klopfen unerwartet. Eigentlich hatte sie angenommen, dass der Hotelbesitzer ihr seinen täglichen Besuch schon abgestattet hatte, aber vielleicht war auch schon ein neuer Tag angebrochen, und sie hatte es nicht gemerkt. Mühsam stand sie auf und überlegte, was sie als Nächstes aus ihrem Koffer holen sollte. Dann fiel ihr ein, dass sie zuletzt mit ihrer Armbanduhr bezahlt hatte – ihr Handgelenk fühlte sich seltsam leicht an. Der entzückte Hotelier hatte ihr die Uhr aus der Hand gerissen und war eilig verschwunden, als fürchte er, sie könne ihre Meinung noch ändern. Dieses Mal müsste sie also etwas Kleineres weggeben.

Wieder klopfte es.

Annah wandte sich zur Tür und riss sie ärgerlich auf.

Auf der Schwelle stand ein junger blonder Mann in einem eleganten grauen Anzug. Er sah äußerst gepflegt und selbstbewusst aus mit seinen blauen Augen, der gebräunten Haut und der ordentlichen Frisur. Annah starrte ihn erstaunt an. Auch der Mann wirkte überrascht, als er die Frau mit dem verfilzten roten Haar, der zerknitterten Bluse und dem Kitenge, aus dem ihre dornenzerkratzten, schmutzigen Beine und die bloßen Füße herausragten, musterte.

Er trat einen Schritt zurück und zückte eine kleine weiße Karte.

Annah erkannte das blauweiße Logo sofort. Der springende Fisch. Das vertraute Symbol bedeutete für Afrikaner und Missionare kostbare, fast heilige Güter – Medikamente und medizinische Geräte. Unter dem Logo stand in klaren, einfachen Druckbuchstaben:

Mr. Jed Saunders

Pharmazeutische Vereinigung Amerikas

»Entschuldigung, Ma'am. Ich wollte Sie nicht stören.« Der Mann hatte einen amerikanischen Akzent. »Ich suche jemanden.« Zweifelnd brach er ab, als er an Annah vorbei in das heruntergekommene Zimmer blickte.

Angst stieg in Annah auf. Niemand würde nach ihr suchen. Niemand wollte sie.

»Ich habe gehört, dass eine weiße Frau sich hier aufhalten soll.« Jeds Adamsapfel hüpfte auf und ab, während er sprach. »Sie soll so eine Art Kräuterhexe sein. Das klingt verrückt, ich weiß.« Sein Gesichtsausdruck wurde noch verwirrter, als sein Blick auf Annahs Koffer fiel und er das angesehene Monogramm entdeckte. »Na ja, auf jeden Fall fuhr ich in das Dorf, wo sie sein sollte. Und die Waganga ...«

Annah zuckte zusammen. »Waganga?«

Zania. Patamisha. Die alte Königin.

Mtemis Leute.

Jed nickte. »Der Häuptling da hat mir gesagt, dass eine weiße Frau bei ihnen gelebt hätte, aber sie sei schon vor Wochen verschwunden. Er schlug vor, ich solle in Murchanza fragen, ob jemand wisse, wohin sie gefahren sei. Und der Postmeister hat mir gesagt, dass hier in diesem Hotel eine weiße Frau wohnt.« Er brach ab und ließ seine Frage offen.

Annah blickte den Mann ausdruckslos an. Aber in ihrem Kopf rasten die Gedanken. Warum suchte er sie? Was wollte er von ihr? Sollte sie sich besser nicht zu erkennen geben?

»Ich weiß nichts von einer solchen Frau.«

»Sie haben nicht von ihr gehört? Sie auch nicht gesehen?«, fragte Jed.

Annah schüttelte den Kopf, blickte ihn aber nachdenklich an. So beiläufig wie möglich fragte sie: »Was, um Himmels willen, hat denn diese europäische Frau in einem afrikanischen Dorf gemacht?«

»So genau kann ich das auch nicht sagen. Ein paar haben behauptet, sie sei ihre Königin, die Frau des Häuptlings! Aber andere sagten, sie sei eine Heilerin.« Jed klang ungläubig. »Als ich fragte, was für eine Heilerin, holten sie einen alten Mann, der wie ein Medizinmann aussah. Er redete in den höchsten Tönen von der weißen Frau. Erklärte, sie verfüge über große Kräfte und verstünde von afrikanischen Medizinen genauso viel wie von denen, die in Schachteln verpackt sind. Er hat behauptet, sie hätten zusammengearbeitet.«

Annah zog die Augenbrauen hoch und heuchelte Überraschung. Insgeheim jedoch machte ihr Zanias Lob große Freude , noch verstärkt durch die Tatsache, dass offensichtlich niemand dem Fremden erzählt hatte, warum die weiße Frau aus dem Dorf verbannt worden war. Die plötzliche Gefühlsregung war beinahe schmerzhaft.

»Ich muss diese Frau wirklich finden.« Der junge Mann klang verzweifelt.

Annah erstarrte. »Es tut mir Leid, ich kann Ihnen nicht helfen.«

»Auf jeden Fall vielen Dank.« Jed lächelte unsicher. »Entschuldigen Sie, dass ich Sie belästigt habe.« Er hob die Hand zum Abschiedsgruß und wandte sich zum Gehen.

Annah blickte dem Mann im grauen Anzug nach. Dann ging sie wieder in ihr Zimmer. Aber als sie an der Matratze mit den schmutzigen, befleckten Laken stand, wusste sie auf einmal, dass sie nie wieder in diesen Zustand der Dauerbetäubung verfallen konnte, der ihre Zuflucht gewesen war. Der Fremde an der Tür und das, was er gesagt hatte, hatten zu viele Fragen, zu viele Gefühle aufgewühlt.

Sie lief zum Flur zurück. Jed wollte gerade die Treppe hinuntersteigen.

»Warten Sie!« Ihre Stimme hallte hohl von den nackten Wänden wider. Der blonde Mann drehte sich um. »Ich bin die Frau. Ich bin diejenige, die Sie suchen.«

Jed drehte sich auf dem Absatz um und kam eilig auf Annah zu. Hoffnung und Zweifel spiegelten sich in seinem Gesicht.

»Lassen Sie uns hinuntergehen und reden«, schlug er vor. »Ich lade Sie zum Mittagessen ein. Was Sie wollen.«

»Nein, danke.« Annah bat ihn ihr Zimmer.

Jed musterte sie misstrauisch, als er über die Schwelle trat. Drinnen begann er auf und ab zu gehen. Annah roch Schweiß hinter dem Zitrusduft seines After Shaves, und jetzt fiel ihr auch auf, dass der Anzug staubig war und die Manschetten seines gestärkten Hemdes Schmutzränder hatten.

»Lassen Sie mich erklären, wer ich bin«, sagte Jed. »Ich arbeite in der Forschungsabteilung eines pharmazeutischen Unternehmens. Wir stellen Medikamente her. Antibiotika sind heutzutage die große Sache. Und wir möchten mehr davon finden. So einfach ist das.« Er lächelte sie breit an. »Und wir halten es zumindest für eine Möglichkeit, dass die einheimischen Medizinmänner im Laufe der Zeit über etwas gestolpert sind, das wir gebrauchen könnten. Man hat mich hierher geschickt, um danach zu suchen.« Er seufzte. »Im Konferenzraum hat es sich ganz einfach angehört. Aber jetzt reise ich schon seit Wochen von einem gottverlorenen Nest zum nächsten und versuche, mit den Medizinmännern zu reden. Ich habe in einem Zelt geschlafen, konnte nicht baden. Und das alles für nichts. Meiner Meinung nach sind das alles nur Tricks und Aberglaube. Ich habe keinen einzigen Beweis für ein wirksames Heilmittel gefunden. Das Problem ist nur, ich kann nicht mit leeren Händen zurückkehren.« Er blickte Annah flehend an. »Ich brauche Ihre Hilfe. Selbst wenn Sie mir einfach nur aus Ihrer Erfahrung berichten könnten … Haben Sie diese Typen jemals etwas tun sehen, was *wirklich* funktioniert hat?«

Annah reckte stolz das Kinn. »Ja, das habe ich.«

Sie erzählte ihm die Geschichte von Ndatalas wundersamer Heilung. Dann beschrieb sie weitere Fälle, in denen Zanias Behandlung geholfen hatte, während die westliche Medizin versagt hatte oder einfach nicht verfügbar war.

»Das ist erstaunlich! Wundervoll!« Jed rieb sich erfreut die Hände. »Erzählen Sie mir mehr.«

Annah berichtete ihm noch von weiteren Beispielen, die ihr alle wieder einfielen.

»Und diese Mittel, die Sie beschreiben, stammen alle von dem Medizinmann, der mit mir über Sie gesprochen hat?«, fragte Jed.

»Ja, das ist derselbe Mann«, bestätigte Annah.

»Aber ich habe ihn doch gefragt, ob er Kräuter für seine Medizinen verwendet«, widersprach Jed, »und er hat behauptet, er nähme nur Hühnerblut und Hundehaare.«

Annah musste lachen, als sie sich die Szene vorstellte. Das Geräusch überraschte sie beinahe, so fremd war es ihr geworden, aber etwas in ihr brach auf, als ob zarte grüne Sprossen aus einer trockenen Saat keimten.

Jed zuckte hilflos die Schultern. »Es ist unmöglich, mit

diesen Leuten zu reden. Ich weiß nicht, was ich tun soll. Ich habe gedacht, dass ich vielleicht etwas erreichen könnte, wenn Sie mit mir zurück ins Dorf kämen.«

Annah blickte auf ihre Hände. »Das kann ich nicht«, sagte sie leise.

Jed erstarrte mitten in der Bewegung. »Warum nicht? Offensichtlich haben Sie doch gute Verbindungen dort. Ich sehe das Problem nicht.« Er griff in eine Jackentasche und zog eine Lederbörse hervor. »Ich bezahle Sie natürlich dafür. Was immer Sie verlangen.«

Annah schüttelte den Kopf. »Es hat nichts mit Geld zu tun.«

Jed runzelte die Stirn. Er ging wieder im Zimmer auf und ab und warf ihr von Zeit zu Zeit einen Blick zu, als überlege er, wie er sie umstimmen könnte. »Ich sage Ihnen was«, meinte er schließlich, »ich nehme mir hier ein Zimmer. Sie denken darüber nach. Und morgen Früh komme ich wieder zu Ihnen.«

Annah antwortete nicht. Sie öffnete die Tür und wartete darauf, dass er ging.

Annah lehnte sich gegen die geschlossene Tür. Schon seit Stunden stand sie wie erstarrt da. Unablässig glitt ihr Blick durchs Zimmer und nahm jede Einzelheit wahr. Das zerrissene Moskitonetz, grau vor Schmutz, das Kopfkissen mit gelblichen Ringen von getrocknetem Schweiß, die Staubflocken unter dem Bett. Dinge, die ihr kaum aufgefallen waren, sprangen ihr jetzt ins Auge und zerrten an ihren Nerven. Es kam ihr vor, als habe Jeds Eindringen den Zauber gebannt, der sie umfangen hatte. Und jetzt sah sie alles so, wie es wirklich war – hässlich und fremd.

Plötzlich hielt sie es nicht mehr aus. Sie riss das Fenster auf, um frische Luft und Licht hereinzulassen. Tief atmete sie ein, dann stützte sie sich mit den Ellbogen auf das Fensterbrett und blickte auf die Straße.

Direkt vor dem Hotel stand ein Landrover. Sie wusste sofort, dass er Jed gehörte – das Logo auf der Seitentür war nicht zu übersehen. Der Wagen sah brandneu aus: hellblau und weiß lackiert mit einer ganz dünnen, rötlichen Staubschicht. Durch die Fenster erkannte Annah die Umrisse eines Zeltes und einiger Seesäcke und einen Stapel Campingausrüstung. Die Dinge, die Jed eben so brauchte auf seinen Reisen von Dorf zu Dorf.

Während sie am Fenster stand, formte sich langsam ein Gedanke in Annahs Kopf. Er wurde immer klarer und nahm schließlich Gestalt an.

Der Steinboden war kühl unter Annahs Füßen, als sie durch die Halle ging. Ohne stehen zu bleiben, eilte sie sofort in die Bar, wo sie den Amerikaner treffen wollte. Bevor sie ihr Zimmer verließ, hatte sie sich die Haare gekämmt, sich das Gesicht gewaschen und sich den Kitenge neu gebunden, und doch wirkte sie immer noch fremd und ungepflegt. Eine Gruppe von Afrikanern, die an der Jukebox standen, drehte sich nach ihr um. Sie achtete nicht auf sie, sondern hielt ihren Blick auf den blonden Mann gerichtet, der an der Theke saß.

Jed schaute von seinem Bierglas auf, als sie näher trat. Offensichtlich war er überrascht, sie so schnell wieder zu sehen. Aber dann erinnerte er sich seiner Manieren und sprang auf, um sie zu begrüßen.

»Ich kann Ihnen helfen«, sagte Annah unverblümt. »Ich mache Ihnen einen Vorschlag.«

»Einen Vorschlag?« Jeds Augen leuchteten auf.

Annah nickte. »Geben Sie mir einen Landrover und ein Gehalt, mit dem ich auch noch einen afrikanischen Assistenten bezahlen kann. Garantieren Sie uns Versorgung mit Medikamenten ihres Unternehmens. Wir werden durch das Land reisen und die Leute in entlegenen Gebieten behandeln und unterweisen. Und dabei werde ich die Medizinmänner befragen und Ihnen berichten, was ich herausfinde. Ich werde auch Medizinproben sammeln und sie Ihnen schicken.« Sie redete hastig, ihre Worte überstürzten sich. Es war ein berauschendes Gefühl, nach so langem Schweigen endlich wieder zu reden.

Jed starrte sie fassungslos an. Aber als er begriff, was sie sagen wollte, grinste er erleichtert.

»Gut. Abgemacht.« Er schüttelte Annah die Hand. »Geben Sie mir ein paar Wochen, damit ich alles in die Wege leiten kann. Ich fahre sofort zurück nach Daressalam und sehe zu, was ich erreiche.«

Annah schüttelte den Kopf. Sie musste sofort handeln. Wenn sie warten müsste, würde sie wieder in Lethargie verfallen.

Jeds Lächeln wurde unsicher. »Ich weiß nicht, wie …«

»Ich nehme einfach Ihre Sachen«, unterbrach sie ihn. »Sie können mit dem Zug zurück nach Dodoma fahren.«

Jed blieb der Mund offen stehen. Zweifelnd blickte er sie an. »Ich muss diesen Plan erst mit dem Unternehmen besprechen.«

Annah sah ihn unverwandt an. Dann sagte sie laut und deutlich: »Entweder sofort oder nie.«

Das Hinterzimmer des arabischen Ladens war wie Aladdins Höhle, ein wildes Durcheinander von glitzernden, glänzenden Dingen.

Jed stellte die schwere Tasche ab, die er über der Schulter getragen hatte. Sie war voller Medikamente, deren Verfallsdatum abgelaufen war, für die er im örtlichen Laden eine ungeheure Summe hatte bezahlen müssen. Die übrigen Einkäufe des Morgens – Nahrungsmittel, Streichhölzer, Kerosinkanister und andere Vorräte – hatten sie draußen in der Obhut eines afrikanischen Trägers gelassen. Es hatte Stunden gedauert, bis sie alles beisammen hatten, was Annah brauchte. Dieser stickige Laden, hatte sie Jed versichert, war der letzte Ort, den sie aufsuchen mussten.

»Ich will zwei«, erklärte Annah dem Araber auf Swahili. »Eines für Vögel und kleines Wild und eines für Großwild.«

Der Händler neigte den Kopf und legte ein Gewehr auf die Theke. Dann zog er eine Schrotflinte hervor. Beide waren gebraucht, aber sorgfältig poliert und geölt. »Diese sind sehr gut. Genau das, was Sie brauchen.«

Annah musste die Waffen nicht einmal anfassen, um zu sehen, dass sie bei weitem nicht die Qualität von Michaels Gewehren hatten.

Sie schüttelte den Kopf. Der Araber wandte sich an Jed. Es hatte einige Zeit gedauert, bis der Händler gemerkt hatte, dass er mit der weißen Frau verhandeln musste und nicht mit dem Mann, und trotzdem wandte er sich Hilfe suchend an ihn.

Jed zuckte die Schultern. »Zeigen Sie ihr noch etwas anderes.«

Die nächsten Waffen sahen besser aus. Jed trat vorsichtig einen Schritt zurück, als Annah sie nacheinander anlegte und die Läufe untersuchte.

Wieder schüttelte sie den Kopf. »Sie taugen nichts.«

Als Annah schließlich eine .22 aussuchte, lag die ganze Theke voller Gewehre. Der Araber war tief beeindruckt.

»Sie weiß, was sie will«, sagte er immer wieder staunend. Als er ihr ein Großwildgewehr zur Prüfung reichte, stellte er sich dicht neben sie. Sein Blick glitt über ihren Körper.

»Das ist ein seltenes Holz«, sagte er leise und vertraulich. »Auch die Silberbeschläge sind eine besonders schöne Arbeit.« Seine Finger glitten über den Lauf des Gewehres.

»Legen Sie es einfach auf die Theke«, sagte Jed kalt.

Konzentriert runzelte Annah die Stirn, während sie das Gewehr prüfte.

Schließlich traf sie ihre Wahl. Eine Winchester M70, 375 Magnum.

Der Araber pfiff anerkennend durch die Zähne. »Sehr teuer. Amerikanisches Gewehr. Brandneu.«

Annah wandte sich an Jed. »Die Jeffries würde es auch tun«, sagte sie und wies auf ein gebrauchtes Gewehr, das in gutem Zustand war.

Die beiden Männer wechselten einen Blick, dann straffte Jed die Schultern. »Ich will, dass sie das Beste bekommt«, erklärte er. »Egal, was es kostet.«

Der Araber nickte. »Dann geht es nur noch um die Genehmigung.«

»Regeln Sie das«, wies Jed ihn an. Er knallte eine dicke Brieftasche auf die Theke und zog amerikanische Banknoten heraus. Als der Handel perfekt war, schulterte Annah ihre beiden Gewehre und wandte sich zum Gehen.

»Warten Sie, ich möchte Sie noch zu einer Erfrischung einladen«, sagte der Händler. »Ich habe Pfefferminztee. Oder sogar Kaffee.«

»Nein, danke«, erwiderte Jed. Er eilte hinter Annah her und führte sie am Ellbogen aus dem Laden, als gehöre sie zu ihm.

Es war schon Mittag, als Annah und Jed endlich neben dem blauweißen Landrover standen und sich zum Abschied die Hände schüttelten. Der Hotelbesitzer stand, umgeben von einer Schar von Gästen, in der Tür und beobachtete sie neugierig.

Jed blickte immer wieder in das Innere des Fahrzeugs und fragte Annah, ob sie auch wirklich alles hatte, was sie brauchte. Und würde sie allein zurechtkommen?

Annah versicherte ihm, er brauche sich keine Sorgen zu machen, und stieg ins Auto. »Machen Sie sich keine Gedanken wegen der Arbeit«, sagte sie zu ihm. »Ich lasse Sie nicht im Stich.«

»Danke«, erwiderte Jed.

Annah streckte die Hand nach den Schlüsseln aus. Er grinste, als er sie ihr reichte. »Jetzt kann ich endlich hier abhauen.«

Als er ihr nachwinkte, huschte ein wehmütiges Lächeln über sein Gesicht, und in seinen blauen Filmstar-Augen lag Bedauern.

Langsam fuhr Annah den Landrover auf das Gelände. Es hatte einige Zeit gedauert, bis sie sich wieder ans Fahren gewöhnt hatte, aber jetzt waren ihr alle Handgriffe vertraut. Sie hielt an und blickte sich um. Die renovierten Gebäude und neu angelegten Felder von Germantown waren kaum wieder zu erkennen.

Rasch sammelte sich die übliche Menschenmenge – Patienten und Personal – um den Wagen. Als sie Annah erkannten, setzte verlegenes Schweigen ein. Minuten vergingen, ehe sich Schwester Margaret nach vorn durchkämpfte. Rasch glitt ihr Blick über den Landrover und das Logo auf der Seitentür, dann sah sie Annah an.

Schweigend musterten sich die beiden Frauen. Schließlich sagte die Missionarin: »Willkommen in Germantown.« Sie lächelte freundlich. Annah sah Mitgefühl in ihren Augen, aber es war überdeckt von Besorgnis.

»Danke.« Es war Annah klar, dass alle darauf warteten, dass sie aus dem Wagen ausstieg, damit die üblichen Einladungen ausgesprochen werden konnten – zum Tee, zu Gebeten, zu einer Führung durchs Krankenhaus –, aber sie blieb sitzen und blickte suchend auf die Afrikaner.

»Stimmt irgendetwas nicht?«, fragte Schwester Margaret. Sie warf ein paar Schwestern, die mit weit aufgerissenen Augen miteinander flüsterten, einen vorwurfsvollen Blick zu.

»Ich suche Stanley«, erwiderte Annah. »Ich muss ihn sprechen, und dann fahre ich wieder.«

Schwester Margaret wirkte erleichtert. Rasch sagte sie etwas auf Swahili, und ein Junge rannte los. Als er am Krankenhaus vorbei zu den Nebengebäuden lief, fragte Annah verwirrt: »Wohin will er denn?«

»Er holt Stanley. Wir haben die Aufgaben anders verteilt«, erklärte Schwester Margaret. »Ich habe meinen eigenen Assistenten aus Moshi mitgebracht und auch ein paar meiner besten Schwestern. Wir brauchten ihn im Krankenhaus nicht.«

Annah starrte die Frau ungläubig an. Erneut trat Schweigen ein. Dann kam der Junge triumphierend lächelnd wieder zurück. »Der Lagerverwalter kommt.«

Tränen traten Annah in die Augen, als die vertraute Gestalt in der Ferne auftauchte. Er trug immer noch sein khakifarbenes Buschhemd und die Hose, allerdings waren sie jetzt halb verdeckt durch eine große Schürze. Als er sie erkannte, leuchtete sein Gesicht vor Überraschung und Freude auf, und er begann zu laufen.

Als er am Landrover ankam, umklammerte er mit beiden Händen den Rahmen des offenen Fensters, als wolle er sichergehen, dass der Wagen nicht wegfahren konnte.

»Geht es dir gut?«, begann Stanley mit der formellen Begrüßung. Sie tauschten die vorgesehenen Fragen und Antworten aus, und Annah erkannte an den Augen des

Mannes, dass er von der Tragödie wusste. Am Ende der Begrüßung schwiegen beide.

Dann beugte sich Annah dichter zu Stanley.

»Ich habe dir etwas mitgebracht«, sagte sie. »Den Medizinschrank, der immer gefüllt ist.«

Stanley runzelte verwundert die Stirn, als sie mit dem Kopf nach hinten wies.

Die Leute reagierten überrascht, als Annah aus dem Fahrzeug stieg. Vorher hatte man nur ihr rosa Jackett sehen können, aber jetzt fielen die Blicke der Umstehenden auf den Kitenge, den sie um die Taille geschlungen hatte, die Bernsteinperlen und der Elfenbeinreif, die nackten Beine und die schmutzigen, bloßen Füße. Annah kümmerte sich nicht um das Erstaunen, das ihre Erscheinung hervorrief, und öffnete die Heckklappe. Stanley betrachtete die Campingausrüstung und die medizinischen Geräte, und dann ruhte sein Blick auf einem großen weißen Metallkasten mit einem roten Kreuz auf der Vorderseite.

»Wir können deinen Traum wahr werden lassen«, sagte Annah.

Stanley schüttelte verwundert den Kopf. »Hat meine Großmutter nicht gesagt, dass es so kommen würde?«

»Dann kommst du also mit mir?«, fragte Annah.

»Warten Sie«, warf Schwester Margaret ein. »Sie können nicht einfach hier aufkreuzen und ihn mitnehmen. Er ist Angestellter der Mission.«

Annah blickte sie an. »Sie finden sicher einen anderen Lagerverwalter.« Dann wandte sie sich wieder an Stanley. »Judithi kann auch mitkommen. Wir brauchen eine Köchin.«

»Sie ist nicht hierher gekommen«, erwiderte Stanley. »Sie hat um die Scheidung gebeten, damit sie einen Mann heiraten kann, den sie im Dorf ihrer Mutter kennen gelernt hat.« Er spreizte die Hände. »Du siehst also, ich bin frei.«

Annah hielt ihm die Schlüssel des Landrovers hin. Der blauweiße Anhänger mit dem Firmenlogo glänzte in der Sonne. Stanley stand einen Augenblick ganz still da. Dann legte er beide Hände zu einer Schale zusammen, wie es die Leute vom Land taten, wenn sie etwas Kostbares entgegennahmen, und Annah ließ den Schlüssel hineinfallen.

Schwester Margaret vertrat ihr den Weg. »Sie bringen ihn in eine unmögliche Lage«, protestierte sie. »Sie müssen wenigstens so lange warten, bis ich Dr. Carrington einen Funkspruch geschickt habe.«

Annah blickte Stanley an. Sie sah dem Mann an, dass er hin und her gerissen war. Da er im Schutz der Mission geboren und aufgewachsen war, fiel es ihm schwer, ohne ihren Segen weiterzumachen. Hinzu kam noch, dass das Angebot mehr als vage war. Aber Annah wusste, dass er ihr vertraute, so wie sie ihm. Er blickte auf die Schlüssel in seiner Hand. Eine Sekunde lang dachte Annah, er würde sie ihr zurückgeben, aber dann schloss er die Finger fest darum. Er wandte sich an Schwester Margaret und neigte höflich den Kopf.

»Leben Sie wohl.«

Annah blieb neben dem Landrover stehen, während Stanley eilig seine Sachen zusammenpackte. Niemand rührte sich. Auch Schwester Margaret wartete schweigend, das Gesicht missbilligend verzogen.

Nach ein paar Minuten kehrte Stanley mit einem Tuchbündel unter dem Arm zurück. Er verstaute sein Gepäck hinten im Wagen und stieg dann auf der Fahrerseite ein. Die Afrikaner beobachteten jede seiner Bewegung, offensichtlich unsicher, ob sie ihn beneiden oder bedauern sollten.

Als sie auf die Straße einbogen, probierte Stanley grinsend alles aus – die Scheibenwischer, die Blinker, das Gebläse, die Scheinwerfer.

»Alles gehorcht mir!« Anerkennend pfiff er durch die Zähne. »Wirklich, dieser Landrover ist hervorragend ausgebildet!«

Er wandte sich an Annah. »Wohin müssen wir fahren?«

Annah spreizte die Hände. »Wohin wir wollen.«

Stanley runzelte die Stirn. »Was soll das heißen?«

Annah erklärte ihm, dass sie in Murchanza einen Amerikaner kennen gelernt hatte, der Hilfe bei seiner Arbeit brauchte. Sie erzählte ihm von dem Handel, den sie geschlossen hatten, dankbar dafür, dass Stanley nicht mehr Fragen stellen würde, als sie ihm beantworten wollte. Er hörte ihr einfach nur zu, und als sie fertig war, nickte er langsam.

»Es ist seltsam, dass weiße Männer etwas über afrikanische Medizinen wissen wollen.«

»Ja«, stimmte Annah zu. Wenn sie nicht Jeds Besitztümer in dem brandneuen Fahrzeug vor Augen gehabt hätte, dann hätte sie selbst gezweifelt.

»Aber es gefällt mir nicht«, fuhr Stanley heftig fort. »Es ist nicht klug, an entlegene Orte zu fahren, wo uns niemand kennt, und diejenigen aufzusuchen, die über Wissen verfügen. Es sind nicht alle so wie Zania oder wie meine Großmutter.«

»Wir werden vorsichtig sein«, sagte Annah. »Wir fragen nur nach Medizinen, nicht nach Amuletten oder Magie.«

Stanleys Gesicht blieb verschlossen. Offenbar war er nicht überzeugt.

»Sieh einmal hinter dich.« Annah hielt das Lenkrad fest, damit Stanley sich umdrehen konnte. »Siehst du den viereckigen Kasten unter dem Zeltsack?«

»Ja«, erwiderte Stanley.

»Das ist ein kerosinbetriebener Kühlschrank!« Annah warf Stanley, der wieder das Lenkrad übernahm, einen Blick zu. Sie brauchte ihm nicht zu sagen, was es für sie bedeutete, Dinge kühlen zu können: So konnten sie Medikamente über lange Strecken transportieren, ohne dass sie verdarben. Und sie konnten Menschen behandeln, die anders keine Chance auf Rettung hätten.

»Das ist es wert.« Stanley nickte. »Aber wir müssen um Gottes Schutz bitten.«

Erwartungsvoll blickte er Annah an, aber sie wich seinem Blick aus. Stanley beobachtete sie einen Moment lang, dann wandte auch er sich ab. Er blickte auf ein Bündel Flamingofedern, das am Armaturenbrett im Gebläse steckte.

»Du darfst Gott nicht für deine Schmerzen verantwortlich machen«, sagte er schließlich mit sanfter Stimme.

Das tue ich aber. Er hat Mtemi sterben lassen.

Annah sprach die Worte nicht aus. Mit ausdruckslosem Gesicht starrte sie vor sich hin.

»Dann bete ich«, sagte Stanley fest. »Für uns beide.«

Sie fuhren auf einem schmalen Weg Richtung Süden. Keiner von ihnen wusste, wohin er sie führen würde, nur dass sie früher oder später zu einem Dorf oder einer Ansiedlung kommen würden. Eine gewisse Erleichterung machte sich breit. Sie kamen sich vor wie auf einer neuen Art Safari, ohne Landkarte und ohne festen Plan. Sie mussten nur zwei Dinge im Auge behalten: dass sie Benzin bekamen (allerdings nicht zu oft, weil Jeds Landrover über einen zweiten Benzintank verfügte und sie außerdem auch noch zusätzliche Kanister hatten) und dass sie ab und zu wieder nach Murchanza fahren mussten, um die Muster an Jed abzuschicken und seine Geldanweisungen und die Medikamente in Empfang zu nehmen.

In der ersten Nacht zelteten sie neben dem Weg. Sie bauten zwei Zelte auf und machten sich dann daran, den Rest der Ausrüstung zu untersuchen. Der Amerikaner liebte es offensichtlich luxuriös. Es gab ein Waschbecken aus Leinwand, ein Toilettenzelt, einen zusammenklappbaren Kesselhalter, Stühle und zahlreiche Tische. Und alle diese Dinge waren mehr oder weniger kompliziert zusammenzubauen.

Stanley betrachtete die Ausrüstung, und sein anfangs zweifelnder Gesichtsausdruck wich einem erfreuten Lächeln. »Das sind gute Geschenke. Wir können sie den Häuptlingen und Stammesführern geben. Und dafür bekommen wir dann nützliche Sachen wie Hühner und Körbe. Mangos.«

Während Annah den Landrover wieder einräumte, bereitete Stanley das Abendessen zu. Vertraute Safarigeräusche erklangen, nur dass es dieses Mal nicht darum ging, sich weit weg von zu Hause einzurichten. Sie und Stanley hatten kein anderes Zuhause. Sie konnten nirgendwohin zurück. Waren sie nun frei oder heimatlos?

Als sie ihren heißen Tee aus den glänzenden Stahltassen tranken und der Eintopf auf dem Feuer vor sich hin brodelte, musterte Stanley Annahs Elfenbeinreif, Zanias Geschenk. Sie streckte ihm den Arm entgegen, damit er ihn genau betrachten konnte.

»Was bedeutet das?«, fragte der Mann und wies auf die eingeritzten Zeichen.

»Nichts«, erwiderte Annah. »Das sind nur Muster. Zania hat ihn mir geschenkt.«

Stanley schüttelte den Kopf. »Ein Medizinmann macht keine Muster. Alles muss eine Bedeutung haben.«

Annah sah ihren Armreif mit neuen Augen. Ihr fiel ein, dass Sarah nur ungern afrikanische Schnitzereien gekauft hatte, die etwas anderes als Tiere darstellten, weil sie nicht unabsichtlich etwas Okkultes erwerben wollte. Und sie hatte ihr auch den Rat gegeben, keine afrikanischen Melodien zu summen, damit sie nicht etwas »sagte«, was sie nicht verantworten konnte. Als Annah aufblickte, sah sie, dass Stanley den Elfenbeinreifen misstrauisch betrachtete.

»Es ist mir egal, was die Zeichen bedeuten«, erklärte sie ihm. »Ich nehme ihn auf keinen Fall ab.«

Sie erinnerte sich an den Moment, als Zania ihr den Reif über die Hand gestreift hatte. Mtemi hatte dicht neben ihr gestanden. Der Jubel des Stammes, die sie als ihre zukünftige Königin begrüßt hatten. Maji! Maji! Regen. Regen. Es schien schon lange her zu sein, und doch stand es ihr so deutlich vor Augen. Sie senkte den Kopf, um die Tränen zu verbergen, die ihr in die Augen traten.

Gegen Mittag des folgenden Tages entdeckten Annah und Stanley in der Ferne ein Dorf – ein paar Hütten und der Rauch von Kochfeuern. Sie machten kurz davor Halt, um ihre Zelte aufzuschlagen. Vorher aber gingen sie zu Fuß in die Ansiedlung.

Begeistert wurden sie von Erwachsenen und Kindern begrüßt, die sich rasch um sie scharten, fasziniert von diesen Fremden, die aus dem Nichts erschienen waren – der Afrikaner in der Kleidung des weißen Mannes und die weiße Frau, die zur Hälfte afrikanisch gekleidet war.

Die Leute führten sie zum Stammesoberhaupt, der sie in holperigem Swahili begrüßte. Annah schwieg, als Stanley erklärte, warum sie hier waren. Er zog ein Stethoskop, Verbandsmull und ein paar Tablettenschachteln aus der Tasche und zeigte sie herum wie ein Vertreter. Der Häuptling war sichtlich beeindruckt. Anscheinend hatte er schon von den Wundern gehört, die die weißen Heiler bewirkten.

»Diese Dame«, Stanley wies auf Annah, »bietet euch an, die Kranken im Dorf zu behandeln.«

»Wie sollen wir uns das leisten?« Der Häuptling breitete die Hände aus. »Wir sind ein armes Dorf.«

»Ihr braucht nichts zu bezahlen, noch nicht einmal für die Medizinen«, erklärte Stanley. »Wir bitten euch nur, dass wir mit euren Heilern sprechen können, um gute Dinge von ihnen zu lernen.« Stanley formulierte seine Bitte vorsichtig, damit niemand glaubte, sie hätten etwas mit Hexerei zu tun. Trotzdem verzog das Stammesoberhaupt misstrauisch das Gesicht. Stanley wies auf sein Missionsabzeichen, das er immer noch am Hemd trug. Annah blickte weg und versuchte, nicht darüber nachzudenken, was der Bischof oder Michael und Sarah davon halten würden, dass Stanley seine Verbindung zur Mission dazu nutzte, um mit einheimischen Heilern in Kontakt zu treten.

Nach einer Weile willigte der Häuptling ein, und ein paar junge Krieger halfen Stanley dabei, ein Lager zu errichten. In der Zwischenzeit baute Annah ihr »Krankenhaus« auf. Die Instrumente, die Desinfektionsmittel, Medikamente und Verbände legte sie auf einen Klapptisch. Das Mikroskop wurde auf den abgeflachten Kotflügel des Landrovers gestellt. Als alles bereit war, aß Annah etwas Brot und trank eine Tasse dampfenden Tee – stark, schwarz und mit Honig gesüßt. Die Leute aus dem Dorf hatten sich bereits versammelt. Sie saßen in kleinen Grüppchen auf dem Boden und musterten Annah fasziniert.

Als die Sprechstunde begonnen hatte, gab es keine Pause mehr. Stanley arbeitete mit Annah zusammen. Nur wenige Leute sprachen Swahili, und er musste viel übersetzen. Manchmal zweifelte Annah, ob sie den Patienten überhaupt richtig verstanden. Aber die meisten Dorfbewohner litten an den üblichen Erkrankungen, die leicht zu diagnostizieren waren.

Es wurde schon fast dunkel, als alle Kranken behandelt worden waren. Annah war erschöpft, aber ihre eigentliche Arbeit begann erst jetzt. Der einheimische Medizinmann hatte sie seit Stunden beobachtet. Der Häuptling führte ihn an Annahs Tisch, wo Stanley schon bereit stand und ihm einen Stuhl anbot.

Der alte Mann blieb jedoch lieber stehen. Seine stolze, aufrechte Gestalt war klapperdürr und behängt mit den Zeichen seines Gewerbes – Amulette, Medizinhörner, Rasseln, in Tücher eingewickelte Steine. Mit zusammengekniffenen Augen blickte er Annah an – misstrauisch, zugleich jedoch fasziniert. Er erinnerte Annah so sehr an Zania, dass sie das Gefühl hatte, ihn schon seit langem zu kennen und ihm zu vertrauen. Vielleicht übertrug sich dieses Gefühl auf den Mann, jedenfalls entspannte er sich und begann, offen zu sprechen.

»Es gibt zahlreiche Geheimnisse für gute Medizin«, sagte er. »Nur ein Unwissender sammelt Kräuter, ohne auf die Form des Mondes zu achten. Und nur ein dummer Mann glaubt, man könne starke Medizinen über einem Feuer machen, das mit verwurmtem Holz gespeist wird.«

Ohne dass sie ihn dazu auffordern musste, reichte er Annah drei Kräuterproben, mit denen er allgemeine Krankheiten heilte. Im Gegenzug bot sie ihm dafür Medikamente aus Jeds Vorräten an, die er entzückt entgegennahm. Er setzte sich in den Klappstuhl, wobei er sorgfältig den Faltenwurf seines Umhangs ordnete. Stanley lächelte Annah zu und holte Tee.

Als ihre Arbeit endlich getan war, trat Annah zu Stanley an das Lagerfeuer.

»Ich habe einen Handel gemacht«, sagte er zu ihr. »Die Hocker des weißen Mannes sind jetzt aus Holz.« Er wies auf zwei dreibeinige Hocker, die vor den dampfenden Kochtöpfen standen. »Sie sind sehr gut. Alt und glatt.«

Annah setzte sich. Durch ihren Kitenge spürte sie, wie sich die abgenutzte Oberfläche der Form ihres Körpers anpasste. Der Duft des Eintopfes aus Gemüse und Erdnüssen stieg ihr in die Nase, und sie bekam auf einmal heftigen Hunger. Stanley sprach das Tischgebet, und dann griff sie mit den Fingern in den Topf mit Ugali, formte eine Kugel und nahm damit das Gemüse auf. Ihre Hände rochen immer noch nach Desinfektionsmitteln, und der Geruch vermischte sich mit dem rauchigen Duft des Essens.

»Morgen essen wir Fleisch«, sagte Stanley.

Annah zog die Augenbrauen hoch, denn sie hatten keine Zeit zum Jagen gehabt.

»Der Häuptling hat uns eine junge Ziege gegeben«, erklärte Stanley. »Er ist dankbar dafür, dass wir in sein Dorf gekommen sind. Er hat sogar gesagt, wenn wir bleiben wollten, würde er uns eine Hütte bauen.«

Annah lächelte, um eine schmerzhafte Erinnerung gar nicht erst aufkommen zu lassen – wie Patamisha anmutig die Arme ausgebreitet hatte, als sie Annah die neue Hütte gezeigt hatte. Das Geschenk des Häuptlings für die Frau, die er heiraten wollte …

»Sollen wir morgen Früh aufbrechen?«, fragte sie.

Stanley nickte. »Das ist ein kleines Dorf. Wir haben heute alle behandelt.«

»Dann lass uns früh fahren«, schlug Annah vor, »bevor die Leute sich versammeln.«

Sie würden zum nächsten Dorf fahren, und einem neuen Häuptling begegnen. Lange Schlangen von Patienten. Weinende Babys. Schnüffelnde Hunde. Ein Tag voller Arbeit, und dann erneut die Frage nach einheimischen Medizinen. Annah war erleichtert. Ihre Tage würden so ausgefüllt sein, dass sie keine Zeit hätte, um zurückzublicken. Und nachts würde sie so müde sein, dass sie schlafen konnte. Selbst die langen Stunden der Fahrt konnte sie mit Gedanken an die Patienten, Krankheiten und deren Behandlung überstehen. Ihre Trauer war erträglich. Sie würde existieren können, ohne wirklich leben zu müssen. Und sie würde Stanley dabei helfen, seinen Traum wahr werden zu lassen. Mit jedem Tag, den sie überleben konnte, würden Dutzende von Menschen, die am Leben hingen, gerettet werden. Und dadurch hätte ihr Schmerz zumindest einen Sinn.

20

Ein roter, grün überzogener Fleck schwamm in einem pinkfarbenen Meer.

»Ein Keim ist wie ein sehr kleines Insekt. Und genau wie bei allen Tieren hat jeder seinen eigenen Namen. Dieser kleine Kerl heißt Cholera.« Stanley wies mit dem Finger auf das Bild in seiner Hand. Sein Blick glitt über die Zuhörer, die auf Grasmatten und kleinen Hockern vor ihm saßen. »Kali sana.«

Kali sana. Der Satz hatte viele Bedeutungen: sehr gefährlich, sehr gemein, sehr scharf. Und entsprechend reagierte Stanleys gebanntes Publikum – entsetzt, respektvoll, furchtsam rissen sie die Augen auf und hörten gebannt zu.

Stanley wandte sich dem nächsten Bild zu. Es handelte sich um Vergrößerungen mikroskopischer Aufnahmen, die sie von Jed angefordert hatten. »Dieser hier heißt Tetanus. Wir alle kennen ihn gut, schließlich kann er den Mund eines Mannes so verschließen, dass er vor Hunger stirbt.«

Die Menge zischte zustimmend. Stanley fuhr in seiner Vorführung fort, bis schließlich alle Bakterien und Viren gezeigt worden waren. Dann erklärte er, wie man sie bekämpfen konnte – mit abgekochtem Wasser, Impfungen,

Seifen, Tabletten. Jede der klugen Taktiken wurde von den Zuhörern jubelnd aufgenommen.

Annah sah ihm bewundernd zu. Seit sie unterwegs waren, war es Stanley erstaunlich gut gelungen, mit den Dorfbewohnern ins Gespräch zu kommen. Einmal, als er gerade einen Patienten mit Antibiotikatabletten wegschickte, hatte Annah gehört, wie er zu dem Mann sagte: »Nimm eine bei Sonnenaufgang, eine am Mittag und eine bei Sonnenuntergang. Beschreite nicht den Pfad der Unwissenden und nimm sie alle auf einmal, in der Erwartung, dass es dir dann schneller besser geht!« Eisentabletten nannte er »Medizin für Stärke«. Die Leute hörten ihm aufmerksam zu und nickten bedächtig, weil sie begriffen, was er ihnen sagte.

Auf dieser Versammlung am Nachmittag – die erste Gesundheits- und Hygienestunde, die er abhielt – war Stanley in seinem Element. Er untermalte seine Erklärungen und Erläuterungen mit Geschichten und Witzen, die einen ernsten Kern hatten. Aufmerksam forschte er in den Gesichtern seiner Zuhörer, ob sie seinen Ausführungen folgen konnten.

Dann begann er eine Art Gebet zu sprechen, wobei er nach jeder Zeile eine Pause machte, damit die Leute seine Worte wiederholen konnten.

»Jetzt ist die Zeit gekommen, dass wir unsere Häuser neu errichten.

Lasst uns gute Häuser bauen, mit Fenstern und Türen, durch die saubere Luft eindringen kann.

Lasst uns ein Haus für die Hühner und eines für die Ziegen bauen, damit Menschen und Tiere nicht zusammen schlafen müssen.

Lasst uns die Böden feststampfen, damit keine Zecken eindringen.«

Als keine Mikroskopbilder mehr gezeigt wurden, begannen die Leute, sich nach Annah umzusehen – sie fragten sich wahrscheinlich, warum die weiße Frau so still dasaß und zuhörte, anstatt selbst zu sprechen. Flüsternd wiesen sie auf die Bernsteinperlenkette und den Elfenbeinreif. Annah überlegte, was sie wohl denken würden, wenn sie die Wahrheit über sie wüssten. Schließlich war sie nicht mehr in erster Linie eine weiße Frau, sondern eine Waganga.

Sie konnte ihre Bluse aufmachen und ihnen die Narbe zeigen, dann würden sie es wissen, dass sie eine Frau des Stammes war. Aber dann würden sie auch fragen, warum sie hier und nicht bei ihrem Volk war.

Annah senkte den Kopf. Bilder ihrer geschändeten Hütte stiegen vor ihrem inneren Auge auf, der schreckliche Anblick der zerrissenen Tücher und des Bluts, das von den Pfosten tropfte, geschlachtete Hühner auf der Schwelle, überall Federn …

Annah stand auf und ging weg. Ein Raunen ging durch die Schar der Zuhörer, und auch Stanley zögerte kurz, fuhr dann aber mit seinem Unterricht fort.

Annah holte sich das Gewehr aus dem Landrover. Solchermaßen geschützt konnte sie allein in den Busch gehen.

Sie blieb nicht auf dem Weg, sondern drang in das dichte Gebüsch ein. Dornen zerkratzten ihre gebräunte Haut, aber das war ihr egal. Endlich war sie allein, verborgen. Sie ließ es zu, dass sich das vertraute Gefühl der Verlassenheit in ihr ausbreitete. Es erfüllte ihren ganzen Körper, nahm ihr die Luft zum Atmen und pochte in ihren Adern. Und ihr Schmerz wurde so groß, dass es keine Realität mehr gab, keine Sonne über ihr, keinen festen Boden unter ihren Füßen. Nur der Lauf ihres Gewehres presste sich hart und kalt gegen ihren Rücken. So musste auch sie sein – hart, gefühllos. Aber sie war müde, und am liebsten wäre sie einfach zu Boden gesunken und hätte für immer traumlos geschlafen.

Vom Lager her erscholl Gelächter. Annah hob den Kopf. Stanley sagte etwas, um die Aufmerksamkeit seiner Zuhörer wieder dem Thema zuzuwenden. Die Zusammenhänge zwischen Hygiene und Krankheit, Leben und Tod. Der Grund, warum er und die weiße Schwester hierher gekommen waren.

Annah nahm das Gewehr in die Hand und drang tiefer in den Busch ein, bis sie außer Hörweite war. Dann verlangsamte sie ihre Schritte, ging aber stetig weiter.

Sie hatte keinen Plan. Keine Hoffnung. Kein Verlangen. Sie ging einfach weiter.

Die Vegetation wurde spärlicher, und bald stand sie in der offenen Savanne. Ein Jäger konnte sie aus der Ferne leicht entdecken und erschießen. Und niemand würde sie je finden.

Links von ihr war ein kleiner Hügel. Gedankenverloren ging Annah darauf zu.

Wenn das Messer des Jägers meine Brust öffnet, ist mein Herz nicht mehr da.

Auf dem Gipfel des Hügels blieb sie stehen. Vor ihr lag eine leicht geschwungene Ebene mit Dornenbäumen. Ganz vorn stand ein einzelner, riesiger Affenbrotbaum. Zebras grasten friedlich, und über einen kobaltblauen Himmel segelten weiße Vögel.

Bewegungslos nahm Annah die Schönheit der Landschaft in sich auf. Ihr kam es so vor, als seien all ihre Mädchenträume von Afrika in diesem magischen Anblick konzentriert und als lägen sie ihr zu Füßen wie ein Geschenk.

Der Affenbrotbaum erregte ihre Aufmerksamkeit. Der Stamm war so breit, als vereine er sechs oder sieben Bäume in sich. Ihr fiel ein, wie sie einst in dem ausgehöhlten Baumstamm auf den getrockneten Kadaver gestoßen war. Aber dieser Baum hier sah gesund aus und solide. Er verströmte einen leichten grünen Duft. Annah berührte ihn. Die silbergraue Rinde war überraschend glatt, beinahe weich.

Sie lehnte sich mit dem Rücken an den Baum und blickte über die Ebene. Die späte Sonne tauchte das Land in goldenes Licht. Auch mit geschlossenen Augen sah sie die Farben. Sie spürte die Wärme der Sonnenstrahlen auf ihren Augenlidern und die weiche Rinde an ihrem Rücken. Weichheit, die über der Stärke lag. Wie der Körper eines Mannes.

Sie stand ganz still.

Mtemi war jetzt hinter ihr. Der Baum, der sie stützte. Seine starken Arme umfassten ihre Schultern.

Hab keine Angst.

Ich bin immer bei dir, bis ans Ende der Welt.

Annah blickte zu Boden. Sie dachte daran, wie Mtemis Füße sicher und fest auf der roten Erde gestanden hatten. Zu Hause in seinem Land, in diesem Land …

Tränen traten ihr in die Augen, und das Bild verschwand. Annah ließ sie einfach zu Boden tropfen. Es war, als löste sich etwas in ihrem Inneren und spülte den Schmerz weg.

Langsam stieg eine tiefe Ruhe in Annah auf. Keine blaue, träumerische Ruhe, sondern ein heißer Strahl, der die Dunkelheit durchdrang. Und dann hörte sie von weitem eine Stimme, die ihren Namen rief.

»Annah! Annah!«

Ein Schauer durchrann sie.

Ich bin hier.

Sie blickte auf. In der Ferne stand eine große, schlanke Gestalt in Buschkleidung. Er stand am Waldrand und winkte sie ins Lager zurück. Annah hob die Hand.

Als sie vom Baum wegtrat, fiel ihr Blick auf eine blassrosa Feder.

Das Schild war aus dem flach geklopften Blech eines Kerosinkanisters gemacht worden. Die Farbe der Buchstaben blätterte bereits ab. Murchanza.

Stanley und Annah wechselten einen Blick, als sie daran vorbeifuhren. Sie hatten ihre Rückkehr so lange wie möglich hinausgezögert, aber jetzt brauchten sie dringend Nachschub an Medikamenten. Ihr erstes Paket mit Kräutern und anderen einheimischen Medizinen, sorgfältig geordnet und beschriftet, war bereits gepackt und versandfertig. Es war Zeit, wieder in die Welt zurückzukehren, die sie verlassen hatten.

In Murchanza erledigten sie eilig alles, was sie zu tun hatten, da sie sich darüber klar waren, dass mit jeder Minute, die sie sich hier aufhielten, mehr über sie getratscht wurde. Prostituierte pfiffen ihnen nach, Kinder lachten, und eine afrikanische Nonne wandte das Gesicht ab, als sie an ihr vorbeikamen – der afrikanische Mann und die heruntergekommene weiße Frau. Gefährten.

Der Postmeister behandelte sie mit Respekt, was wohl an der Größe des Paketes lag, das sie erwartete. Aber auch ihn schien Annahs Erscheinung zu beunruhigen. Als sie ihm ihren Pass zur Identifikation reichte, brütete er lange über dem Gegensatz zwischen dem Foto der Krankenschwester im gestärkten Kragen und der ungekämmten Frau vor sich, als versuche er vergeblich, eine Ähnlichkeit zwischen den beiden zu entdecken.

Als sie alles erledigt hatten, verließen sie Murchanza wieder. Annah versuchte, nicht hinzusehen, als sie an der Autowerkstatt vorbeifuhren, in der der Landrover der Mission repariert worden war, oder an den Straßenständen, wo Michael für Sarah bunte indische Armreifen gekauft hatte, oder an den Eisenbahnschienen, die sie vor so langer Zeit hierher gebracht hatten. Es hatte keinen Sinn, an die Vergangenheit zu denken, weil sich alles völlig anders entwickelt hatte.

Wenn sie nicht von Langali weggeschickt worden wäre, hätte sie Mtemi nie kennen gelernt. Die Trauer wäre ihr erspart geblieben, aber auch die Liebe. Sie hätte den Verlust nicht erlitten, aber vorher auch nicht das Gefühl der Zugehörigkeit erlebt. Alles schien miteinander verbunden zu sein.

Es wäre so viel einfacher, so wie Michael zu sein, dachte Annah. Für ihn gab es nur weiß und schwarz. Wenn Annah sich für Mtemi entschied, verlor sie ihren Platz in der Mission und damit auch die Freunde, die sie am meisten liebte. Einfach und klar. Genau das hatte Michael an jenem Morgen in Mtemis Hütte zu ihr gesagt.

»Du wirst nichts mehr mit mir – oder mit meiner Familie – zu tun haben.«

Aber sie war gekommen. Sarah war gekommen, als ich sie am meisten gebraucht habe.

Annah dachte an Sarahs treue Freundschaft. Obwohl sie nicht wusste, wann – und ob – sie ihre Freundin jemals wieder sehen würde, würde sie das Wissen, dass ihre Liebe sich bewährt hatte, immer wie einen kostbaren Schatz hüten. Zumindest das konnte ihr niemand nehmen.

Und da war ja auch noch etwas anderes. Annah war immer noch Kates Patentante, und das konnte auch nicht mehr geändert werden. Annah hatte bei der Taufe dabei gestanden und für das Baby gesprochen. Was für eine Bedeutung ihr Gelübde jetzt noch hatte, konnte Annah jedoch nicht sagen. Als Patin war es ihre Pflicht, dafür zu sorgen, dass Kate als Christin aufwuchs, aber sie war sich ihres Glaubens nicht mehr sicher.

Mit der Zeit hatte die Wut und Verwirrung, die sie bei Mtemis Tod empfunden hatte, nachgelassen, aber sie hatte nie mehr wie früher in der Bibel gelesen oder gebetet. All diese Worte kamen ihr nicht mehr sinnvoll vor, da sie mehr Fragen erzeugten als beantworteten.

Zugleich jedoch spürte Annah eine Stärke und Güte, die von Mtemi herrührte und die auch von einem Gott sprach. Die Geschichten von Jesus' Leben und seine Lehren faszinierten sie nach wie vor, wenn sie sich auch in der Erinnerung mit dem vermischten, was die alte Königin ihr von Mazengo erzählt hatte.

Und dann war da noch Stanleys Glaube, fest und unbeirrt. Er erinnerte Annah ständig daran, wie sicher sie sich einst gefühlt hatte. Ein Teil von ihr sehnte sich danach zurück, aber der andere Teil war sich durchaus der Tatsache bewusst, dass Zania aus der Weisheit seiner Vorfahren die gleiche Gewissheit gezogen hatte.

Sie wünschte sich sehr, endlich Klarheit finden und ausruhen zu können. Manchmal stellte sie sich vor, dass es, so wie Mtemi sich das für seinen Stamm vorgestellt hatte, vielleicht möglich sein könnte, das Beste aus beiden Welten zu haben: diejenige Welt, die sie in Langali zurückgelassen hatte, und diejenige, in der sie seitdem gelebt hatte. Aber das war nur ein schöner Traum. Der christliche Glaube machte deutlich: Es gab nur einen Weg, und man musste sich entscheiden.

Wortlos fuhr Stanley an der Abzweigung nach Langali vorbei. Sie fuhren ohne Pause, bis die Dunkelheit hereinbrach. Erst dann hatten sie das Gefühl, weit genug von der Außenwelt entfernt zu sein.

Es gab keinen Hinweis auf Regen, deshalb beschlossen sie, die Zelte nicht aufzubauen. Sie hängten lediglich ihre Moskitonetze über die ausladenden Äste eines Dornenbaums und rollten ihre Schlafsäcke aus. Und dann schliefen sie zusammen unter den Sternen, und nur ein kleines Feuer brannte zwischen ihnen.

»Verbring die Nacht in Frieden, Schwester«, drang Stanleys Stimme müde und sanft durch die Dunkelheit.

»Und du auch«, erwiderte Annah. »Verbring die Nacht in Frieden.«

Sie lag still da, atmete tief und gleichmäßig, schlief aber nicht. Nicht nur der helle Nachthimmel und das fehlende Zelt hielten sie wach. Annah stellte sich vor, dass an Stelle von Stanley ein anderer Mann dort lag. Nur wenige Meter von ihr entfernt. Sie lauschte seinem Atem und richtete ihre Gedanken darauf, dass er zu ihr kam.

Mtemi, mein Mann.

Fast konnte sie ihn sehen, ein dunkler Umriss in den Schatten der Nacht. Seine Hand hob ihr Netz …

Ob Regenzeit oder Dürreperiode, die Safari ging weiter. Tempo und Richtung der Fahrt wurden bestimmt von den Jahreszeiten und der Sonne. Wenn der Weg durch einen angeschwollenen Fluss versperrt war, suchten sie gar nicht erst nach einem Übergang, sondern fuhren einfach in eine andere Richtung. Es gab keinen Generator, um das Tageslicht zu verlängern. Sie standen mit dem Sonnenaufgang auf und beendeten ihren Tag bei Sonnenuntergang. Das weiße Band, das früher die Stelle markiert hatte, wo Annahs Armbanduhr gewesen war, verschwand. Zeit bekam eine völlig andere Bedeutung. Sie schien als Ganzes zu existieren, verband sie mit der Vergangenheit genauso wie mit der Gegenwart.

Eleanors übergroßer Topf mit Gesichtscreme wurde leer, und sie schenkten ihn einem Heiler. Annah fand heraus, dass Schweiß natürliche Öle in ihrer Haut freisetzte, die den gleichen Zweck erfüllten. Auf ähnliche

Weise ersetzten die Finger das Besteck. Blätter ließen sich als Toilettenpapier verwenden. Tongefäße dienten als Ersatz für verloren gegangene Kochtöpfe. Tücher waren der Ersatz für geschneiderte Kleider. Ihre Ausrüstung schwand dahin, und das Leben wurde einfacher – klarer.

Langsam erkannten sie das Muster des Dorflebens. Es gab die lange Dürreperiode, in der die Menschen von den Vorräten lebten. In ein und demselben Dorf waren nicht alle Bewohner gleich. Einige Kinder hatten zu essen, während andere, die aus faulen oder unglückseligen Familien stammten, in der Dunkelheit die Kochfeuer der Nachbarn heimsuchten. Krankheiten gab es überall.

Gegen Ende der Dürre wurde die Saat vorbereitet. Die Regenmacher lasen die Zeichen der Natur und redeten mit Gott und den Vorfahren. Wenn alles bereit war, begann die Zeit des Wartens.

Schließlich kam der große Regen. Kinder tanzten mit offenen Mündern herum, die Saat spross und wuchs und bedeckte den Boden mit frischem Grün. Wenn alles reif war, kam die Erntezeit. Es gab Feiern, der Hunger war vorbei. Aber die Arbeit hörte nicht auf. Wenn Gott es gut mit dem Stamm meinte und alle in Einklang mit dem Land und den Vorfahren lebten, konnte man noch eine Saat ausbringen. Die Regenfälle wurden kürzer. Eine zweite Ernte. Die Lagerhäuser wurden gefüllt. Nächtelang wurde gefeiert.

Mitten in diesen immer währenden Zyklus brach Sarahs Brief wie eine Stimme aus einer anderen Welt ein. Unerwartet. Wundervoll. Der blassblaue Umschlag wartete mit dem üblichen Medikamentenpaket auf sie im Postamt von Murchanza. Annah erkannte die Handschrift sofort. Sie riss den Brief an sich und trat ans Fenster. Einen Moment lang hielt sie den Umschlag zärtlich in der Hand, dann öffnete sie den Brief mit zitternden Fingern.

Sie lächelte, als sie zu lesen begann. Sarah schrieb, wie sehr sie sich darüber freute, dass Annah offenbar eine Arbeit gefunden habe, und sie hoffte, es ginge ihr gut. Dann erzählte sie Neuigkeiten von Langali – von Michael, Kate und sich selbst – und über ein paar Missionare, von denen sie annahm, dass Annah sie kannte. Sie erwähnte weder ihren Besuch im Dorf noch Michaels Reaktion bei ihrer Rückkehr. Eigentlich schrieb sie so, als sei Annah immer noch Missionarin und nur in einer anderen Station. Annah begann zu hoffen, dass Michael vielleicht seine Einstellung zu ihr geändert haben könnte, aber gegen Ende des Briefes bat Sarah sie, ihr nicht direkt zu antworten, sondern die Antwort einem von Stanleys Briefen an seine Brüder beizulegen.

Der Brief rief gemischte Gefühle in Annah hervor. Sarahs Worte klangen zwar herzlich, aber der Stil war steif. Und trotz des Gefühls der Nähe, das ausgedrückt wurde, lag auch eine Distanz in ihren Worten. Als Annah sich ein paar Stunden später hinsetzte, um ihrer Freundin zu antworten, fiel es ihr schwer, sich ein klares Bild von Sarah zu machen. Schrieb sie an die Sarah, die gegen den Willen ihres Mannes zu ihr gekommen war? An die Sarah, die sie fast wie eine Liebende im Arm gehalten hatte? Oder war Sarah wieder die perfekte Frau des vorbildlichen Missionsarztes geworden? Und so überraschte es sie nicht, als sie ihren Antwortbrief noch einmal durchlas, dass er fast noch gestelzter klang als Sarahs Brief.

Die Briefe, die darauf folgten, vertieften die Freundschaft nicht, sondern bewirkten eher, dass sich die beiden Frauen noch mehr voneinander entfernten. Am liebsten erinnerte Annah sich an die Zeit, als sie miteinander gelebt hatten. Zwei Frauen mit einem kleinen Mädchen, einem gemeinsamen Zuhause, einem Mann, der sie alle liebte, und ohne eine Ahnung von den Schmerzen, die vor ihnen lagen.

Annah verstaute ein Gefäß mit zermahlener Dornenbaumwurzel in ihrem Medizinschrank. Ihr Blick glitt über die Reihen von Medikamentenschachteln, getrockneten Kräutern und Blättertüten mit Pulvern. Wann immer es möglich war, verwendete sie jetzt einheimische Medizinen, da die Leute dazu auch Zugang hatten, wenn sie und Stanley nicht mehr da waren.

Als sie eine Bewegung hinter sich spürte, drehte sie sich um, in der Erwartung, Stanley zu sehen. Stattdessen stand eine Afrikanerin vor ihr, die sie noch nie gesehen hatte. Sie sah sehr alt aus: Ihr Gesicht war faltig, und ihre langen Haare waren weiß. Aber sie hielt den Kopf hoch erhoben und fixierte die weiße Frau aus scharfen Augen. Etwas in ihrer stolzen Haltung erinnerte Annah an die alte Königin. Lächelnd trat sie auf die Frau zu.

Sie wurde mit einer verkrümmten Klaue abgewehrt. Die verbrannten Überreste einer menschlichen Hand.

Annah zuckte zurück und blickte auf die versehrte Haut, die sich bis zum halben Unterarm der Frau erstreckte. Die Wunde war alt und gut verheilt, wenn man bedachte, dass es keine Hauttransplantation gegeben hatte.

»Man hat mich der Hexerei beschuldigt.« Die alte Frau sprach Swahili mit einem breiten Stammesakzent. »Sie haben meine Hütte angezündet. Ich habe noch versucht, meinen Besitz zu retten, aber das Feuer war sehr groß.« Sie lächelte. »Glücklicherweise konnten sich ein paar meiner Sachen selber retten.«

Annah zog die Augenbrauen hoch.

Die Afrikanerin kniff die Augen zusammen. »Sie sprangen aus den Flammen.«

Annah blickte auf ihre eigenen Hände, gebräunt und voller Schwielen, aber gesund. Die Wärme, die sie beim Anblick der Frau empfunden hatte, weil sie der alten Königin glich, war verschwunden. Stattdessen verspürte sie wachsendes Unbehagen. Aber sie zwang sich dazu, weiterzumachen. Schließlich musste die Arbeit getan werden.

»Der Häuptling hat mir gesagt, er schickt mir einen Heiler«, sagte Annah.

»Das bin ich«, erwiderte die alte Frau. »Man hat mich zu Unrecht beschuldigt.«

»Haben Sie denn Medizinen für mich mitgebracht?«

Die alte Frau tippte sich an die Stirn und enthüllte gelbliche Zahnstummel, als sie grinste. »Alles ist hier drin.«

»Wie meinen Sie das?«

»Ich bin eine Zauberin.«

Annah nickte und versuchte, ruhig zu bleiben. Sie hatte schon früher solche Begegnungen gehabt. Momente, in denen sie Unbeschreibliches gesehen hatte, in denen die Antwort auf eine Frage sie zum Frösteln gebracht hatte. Auch Momente, in denen sie das Gefühl gehabt hatte, unwiderruflich in eine andere Wirklichkeit versetzt zu werden. Und doch berührte sie damit nur den Rand dieser unbekannten Welt.

Sie holte tief Luft. »Vielleicht können Sie uns ja helfen.« Sie beschrieb der Frau, wie sie herumreisten, Wissen über traditionelle Heilmethoden sammelten und dafür Medikamente aus Übersee erhielten.

»Hier verschwendest du deine Zeit«, zeterte die alte Frau.

Annah schwieg.

Die Afrikanerin beugte sich vor. Ihr Atem war heiß und seltsam süß wie der einer Kuh. »Im Westen ist das Heim der dunklen Mächte. Dort findest du Dörfer, in denen schon die Kinder Magie lernen.« Annah zuckte unter ihrem eindringlichen Blick zusammen. »Dort wirst du tiefes Wissen finden, noch unberührt von den neuen Ideen. Aber sieh dich vor!« Ein gichtiger Finger stach in die Luft. »Im dunklen Land lauern überall Gefahren. Böse Geister streifen durch die Wälder. Die Straßen haben keine Namen, und es gibt keine eindeutige Richtung. Die Medizinmänner brauen Tränke, die Albträume verursachen. Sie opfern Kinder. Sie verfluchen den Himmel, der ihnen Regen bringt.« Die Frau nickte. »Ja. Dorthin musst du gehen.«

Dorthin musst du gehen.

Die Worte klangen wie ein Urteil.

Als Annah aufblickte, sah sie, dass Stanley angekommen war. Alarmiert blickte er von der Zauberin zu der weißen Frau.

Die alte Frau ignorierte seine Anwesenheit. Unverwandt starrte sie Annah an, und nach einer Weile drehte sie sich einfach um und ging. Die verbrannte Hand baumelte an ihrer Seite.

Stanley blickte Annah fragend an.

»Mach dir keine Sorgen«, versicherte sie ihm hastig. »Dorthin fahren wir bestimmt nicht.«

Ihr Selbstbewusstsein bezog sie aus ihrem Erfolg. Die Muster, die Annah bisher nach Amerika geschickt hatte, hatten Jed begeistert. Einige davon waren auch in den Labors auf Interesse gestoßen, und ein Mittel war bereits ein populäres Produkt geworden. Jed und seine Kollegen waren ebenfalls stolz auf ihre medizinische Versorgung. Kopien der »Vorher«- und »Nachher«-Fotos, die Annah von Dorfkindern gemacht hatte, wurden, zusammen mit dem Jahresbericht, an die Aktionäre verschickt. Das Unternehmen war mehr als zufrieden. Und Annah und Stanley hatten keine Veranlassung, den beschrittenen Weg zu verlassen. Sie blieben in dem Gebiet, das den Orten glich, die sie einst als ihr Zuhause bezeichnet hatten. Seen, Wälder, Dornendickicht, Savannen. Landschaften, die an die Vergangenheit erinnerten.

Heilige Stätten, wo Annah Mtemis Geist spüren konnte. Er war immer bei ihr und wachte über sie.

Er führte sie von Jahreszeit zu Jahreszeit, vom Regen durch die Dürre in den Regen. Durch all die Jahre hindurch, die noch vor ihr lagen.

21

Annah schritt über den schmutzigen Fußboden des Postamtes in Murchanza.

»Sie wissen doch, wie die Kisten aussehen«, rief sie dem Mann hinter dem Tresen ungeduldig zu. »Es sind blauweiße Aufkleber darauf.«

Der Postmeister nickte und durchwühlte weiter den Postsack. »Es muss hier sein. Ich habe es schon gesehen.«

Schließlich fand er das Paket, versteckt unter einem Päckchen, das aussah wie ein blutiges Zebrabein und in Zeitungspapier eingewickelt war. Er hievte es auf den Tresen und legte die Dokumente dazu.

Annah blickte besorgt zum Himmel. Regen war im Anzug – man konnte ihn bereits riechen. Rasch kritzelte sie ihren Namen auf die Papiere. Sie und Stanley waren gezwungen gewesen, ungefähr eine Tagesreise von hier einen Patienten in kritischem Zustand zurückzulassen, weil sie keine Medikamente mehr hatten. Und sie mussten unbedingt zurück sein, bevor der Fluss über die Ufer trat.

»Ich komme mit der Medizin für euren Vater zurück«, hatte Annah die drei ängstlichen Kinder beruhigt, die sich an ihre Beine geklammert hatten. Kinder, die bereits ihre Mutter verloren hatten …

»Ist das Paket, das Sie aufgeben, noch im Landrover?«, fragte der Postmeister.

»Nein«, antwortete Annah. »Heute nehme ich die Post nur mit.«

In den letzten fünf Jahren hatte Annah zahlreiche Päckchen voller Pflanzen, Rezepte und Medizinen nach Amerika geschickt. Aber auf der letzten Reise hatte sie nichts Neues erfahren, obwohl sie weiterhin mit Heilern und Medizinmännern gesprochen hatte. »Machen Sie sich keine Sorgen.« Sie lächelte den Postmeister fröhlich an. »Dafür schicken wir das nächste Mal doppelt so viel.«

Sie hob den Karton auf die Schulter und wandte sich zum Gehen.

»Ich warte auf Ihr großes Paket«, rief der Postmeister hinter ihr her.

Als Annah nach draußen trat, schlug ihr feuchtheiße Luft entgegen. Sie blickte die Straße entlang. Stanley müsste mittlerweile eigentlich schon von der Werkstatt zurück sein, aber das einzige Fahrzeug, das sie sehen konnte, war ein alter gelber Landrover, der auf der anderen Straßenseite stand. Er war vollbepackt, aber nicht mit Staub bedeckt – ein sicheres Zeichen dafür, dass eine lange Safari bevorstand. Annah entdeckte eine braune Gewehrtasche hinter dem Fahrersitz und die Ecke eines Kissens, dessen verblichener Bezug ein Muster aus Bumerangs und Aborigines trug … Erinnerungen stiegen in ihr auf, und ihr Herz begann schneller zu schlagen. Der Wagen zog sie wie ein Magnet an. Sie ging darauf zu und stellte ihr Paket auf der Kühlerhaube ab. Michael? Sarah?

Hinter dem Landrover tauchte ein Mann auf.

»Samueli!« Annah erkannte einen der Dorfbewohner aus Langali.

Samueli erstarrte, als er die weiße Frau sah – schmutzig, barfuß und seltsam gekleidet. »Schwester Mason?«

»Wo sind sie?«, fragte Annah. Ihre Frage war viel zu unverblümt, aber wenn Stanley auftauchte, hatte sie keine Zeit mehr.

»Der Bwana ist nicht da. Sie haben eine lange Sitzung, und ich muss auf den Wagen aufpassen.« Samueli wies mit dem Kopf in das Innere des Fahrzeugs, und als Annah seinem Blick folgte, sah sie, dass auf einer Matratze, die zwischen dem Gepäck lag, ein Kind in einem rosa Baumwollpyjama lag und fest schlief.

Kate.

Annah drückte die Nase an die Scheibe und ließ ihren Blick über die rosigen Wangen, die verschwitzten Haarsträhnen, den kleinen Körper und die sauberen, nackten Füße gleiten. Aus dem Kleinkind war ein Mädchen geworden. Eine Tochter.

Als ob sie merkte, dass sie beobachtet wurde, schlug Kate die Augen auf. Überrascht und ängstlich blickte sie Annah an. Als Annah sie jedoch anlächelte, erwiderte sie das Lächeln und drehte die Scheibe herunter.

»Ich bin es, Tante Nan«, sagte Annah.

Kate starrte sie an und runzelte verwirrt die Stirn. »Ich dachte, du wärst weit weg.«

»Manchmal bin ich das auch«, erwiderte Annah. »Weißt du noch, wer ich bin?«

»Du bist meine Patentante. Mummy hat es mir gesagt.« Nachdenklich musterte das kleine Mädchen sie. »Aber Patentanten müssen einem Geschenke schicken.«

»Ja. Na ja.« Annah suchte verzweifelt nach einer Antwort. »Ich bin keine gewöhnliche Patentante, weißt du.«

Kate musterte Annah interessiert. Ihr Blick glitt über Zanias Armreif und das verknitterte Hemd zu dem Kitenge und den langen, offenen Haaren.

Plötzlich ertönte eine Hupe, und Stanley fuhr in dem staubigen, blauweißen Landrover vor. Drängend wies er zum Himmel. Die ersten Tropfen fielen bereits auf die staubige Straße.

»Ich muss gehen«, sagte Annah zu Kate. »Erzähl mir rasch, wie es euch allen geht. Wohin fahrt ihr – auf Safari?« Tausend Fragen wirbelten ihr durch den Kopf.

»Wir fahren nach Australien«, erwiderte Kate. »Wir werden zwei Jahre in Melbourne wohnen, und dann kommen wir wieder nach Hause.«

Annah blickte sie überrascht an.

»Ich werde zum ersten Mal in die Schule gehen. Wir haben ein Haus da, das Mummy und Daddy noch nie gesehen haben.« Kates Worte gingen in dem Regen unter, der jetzt heftig auf den Wagen prasselte.

Stanley rief nach Annah.

»Ich kann nicht länger bleiben, Kate«, sagte Annah. Sie wollte sich gerade abwenden, als ihr etwas einfiel. Sie zog ein winziges, aus Stein geschnitztes Chamäleon aus ihrer Blusentasche. Ein Heiler hatte es ihr für ein paar leere Flaschen gegeben, und sie hatte es seitdem immer bei sich getragen. Sie reichte es Kate.

»Bestell Sarah – Mummy – schöne Grüße von mir«, sagte sie, »und Daddy auch. Sag ihnen, ich wünsche euch eine schöne Zeit in Melbourne. Hoffentlich gefällt euch das Haus.« Ihre Stimme versagte, und Tränen traten ihr in die Augen. Rasch ergriff sie Jeds Paket und rannte zum Landrover.

Stanley fuhr sofort los, als Annah eingestiegen war. Die Straße wurde bereits schlammig. Auf ihrem Weg durch die Stadt blickte sich Annah ständig um, in der Hoffnung, Sarah irgendwo zu sehen. Aber sie entdeckte kein weißes Gesicht, und schließlich schloss sie schmerzerfüllt die Augen.

Stanley konzentrierte sich auf die Straße, die sich schon bald in einen Sturzbach verwandelte. Er sagte keinen Ton, und auch Annah schwieg.

Als sie am Fluss ankamen, war das braune, schaumige Wasser bereits über die Ufer getreten.

An der Furt hielt Stanley an, und Annah stieg aus. In der Hand hielt sie einen langen Stock, den sie immer dabei hatte, um Schlangen abzuwehren. Der Regen war so heftig, dass sie sofort bis auf die Haut durchnässt war.

»Pass auf!«, schrie Stanley.

Annah watete bis zu den Knien in den reißenden Strom, wobei sie die Wasserhöhe mit dem Stock prüfte. Aus der Nähe wirkte das Wasser rot, als habe jemand Blut hineingossen. Die Strömung zerrte an ihr. Wenn sie noch etwas stärker würde, würde sie sich nicht mehr auf den Beinen halten können.

Sie winkte Stanley. Der Boden der Furt war fest, und anscheinend wurde das Wasser nicht mehr tiefer. Sie ging voraus zum anderen Ufer und wartete, bis auch der blauweiße Landrover sicher den Fluss überquert hatte.

»Wir sind gerade noch rechtzeitig angekommen«, sagte Stanley, als Annah wieder ins Auto stieg. Annah griff nach einem Tuch und rieb sich die Haare trocken.

Da der Fluss jetzt hinter ihnen lag, fuhr Stanley nicht mehr so schnell, achtete aber immer noch aufmerksam auf die schlammige Straße. Langsam ließ der Regen nach. Eine Zeit lang schwieg Annah. Schließlich sagte sie: »Das war der Landrover der Carringtons.«

»Ich habe ihn gesehen.« Stanley nickte.

»Sie sind auf dem Weg nach Australien.«

Stanley riss die Augen auf. »Sie gehen aus Langali weg?«

»Nur für zwei Jahre«, erwiderte Annah.

Zwei Jahre. Eine Ewigkeit. Annah merkte auf einmal, wie viel es ihr bedeutete, dass sie und Sarah unter dem gleichen Himmel lebten. Ihre eigentliche Verbindung lag nicht im gelegentlichen Austausch unpersönlicher Briefe, sondern in dem Wissen, dass sie im gleichen Land lebten. Sie waren miteinander verbunden durch die Flüsse und der gleiche Wind wehte über sie.

»Ich habe ihnen ein Haus geschenkt«, fuhr sie fort. »Es ist mein Zuhause gewesen. Ich kenne jedes einzelne Zimmer und den Garten. Es ist ein seltsames Gefühl, sie dort zu wissen.«

Sie stellte sich vor, wie sie sich Zimmer aussuchten, Möbel umstellten, sich dort einrichteten. Und sie merkte, dass sie sich zwar ausmalen konnte, wie Sarah, Michael und Kate dort wohnten, aber dass sie sich selbst nicht in dem Haus sah. Schlagartig wurde ihr klar, dass sie nie wieder in Australien leben könnte, genauso wenig wie sie zur Mission oder in Mtemis Dorf zurückgehen könnte. Es gab überhaupt keinen Ort, der ihr eine Zuflucht bot. Dieses unstete Leben mit Stanley war ihre einzige Realität.

Annah warf ihrem Gefährten einen Blick zu und bekam Angst. Eines Tages würde der Mann seiner Wege gehen und sie zurücklassen. Er war nicht so gebunden wie Annah. Er hatte bestimmt Geld gespart und konnte sich wieder eine Frau nehmen.

»Möchtest du das eigentlich weitermachen?«, fragte sie abrupt.

Stanley warf ihr einen überraschten Blick zu. »Wie meinst du das?« Er runzelte die Stirn.

Mühsam stieß Annah hervor: »Vielleicht willst du ja aufhören und etwas anderes tun.«

Stanley erstarrte. Er nahm den Fuß vom Gaspedal und ließ den Landrover auslaufen. Sie schwiegen beide, und eine Zeit lang war nur das Geräusch der Scheibenwischer zu hören. Dann seufzte er und senkte den Kopf.

»Es ist vorbei«, sagte er.

Annah sah ihn in stummem Entsetzen an. Sie versuchte, sich die Zukunft vorzustellen, aber da war nichts.

»Du kehrst also auch nach Australien zurück«, fügte Stanley hinzu. »Du willst nicht mehr in Afrika bleiben.«

Annah begriff erst nicht, was er meinte, aber dann breitete sich ein Lächeln auf ihrem Gesicht aus.

»Nein, das meine ich nicht«, sagte sie. »Ich habe gedacht, du wolltest vielleicht nach Hause gehen.«

Nach Hause gehen. Schon die Worte klangen seltsam.

Der Afrikaner schüttelte den Kopf. »Wie meine Großmutter gehöre auch ich nicht mehr zu meinem Volk. Ich habe keine Frau und keine Kinder. Ich habe nur das hier.« Er umklammerte das Lenkrad.

»Dann geht es uns beiden ja gleich«, erwiderte Annah. Erleichterung durchflutete sie. Es war tröstlich zu wissen, dass sie trotz ihrer schwierigen Lage nicht allein waren.

Annah blickte sich im Landrover um: die Zeltsäcke, ihr Koffer, Stanleys Kleiderbündel und die abgegriffene Bibel, die immer neben der Handbremse lag. Ein Kokon aus Metall und Glas. Ein Gefängnis. Ein Zuhause.

Der Postmeister beäugte das Päckchen, das Annah auf den schmierigen Tresen legte. Es war so klein, dass Jeds Adresse fast die ganze Fläche bedeckte und kaum noch Platz für Briefmarken ließ. Auch der Inhalt war nicht besonders aufregend – Pflanzenmuster, die sie schon früher ins Labor geschickt hatten, und ein Pilz, der wie ein Aphrodisiakum wirken sollte. Zumindest war es besser als nichts. Nur …

Sie hatten schon längere Zeit nicht mehr viele Proben an Jed geschickt. Zuerst hatte Annah es darauf zurückgeführt, dass es hintereinander zwei schlechte Ernten gegeben hatte und auch die Heiler Schwierigkeiten hatten, ihre Heilmittel zu finden. Außerdem waren sie in schlechten Zeiten mehr mit Ritualen beschäftigt. Aber im zweiten Jahr wuchs in ihr die Befürchtung, dass es einfach nicht mehr so viele Medizinen zu entdecken gab.

Statt sich um das Päckchen zu kümmern, begann der Postmeister, seinen Postsack durchzuwühlen. »Da ist ein Brief für Sie«, sagte er über die Schulter.

Er reichte ihr einen Umschlag mit dem Unternehmenslogo. Annah blickte sich um, konnte aber kein Paket entdecken. Besorgt riss sie den Umschlag auf, und eine Geldanweisung flatterte zu Boden. Ansonsten enthielt er nur noch einen einzigen Bogen teures Briefpapier. Einzelne Wörter stachen ihr in die Augen.

... nicht mehr erforderlich ...

... letzte Geldanweisung ...

Annah schluckte. Sie zwang sich dazu, den Brief ganz zu lesen.

Das Unternehmen wollte ihre Arbeit nicht länger finanzieren. Sie hielten das Forschungsprojekt für abgeschlossen. Außerdem hatten sie von Stammeskonflikten in Ruanda gehört und bekamen Angst, dass Annah in Gebiete reisen könnte, die zu nahe an der Grenze lagen. Sie fühlten sich für ihre Sicherheit verantwortlich. Statt einer Prämie – in Anerkennung von Annahs wertvoller Arbeit – durfte sie den Wagen und die Ausrüstung behalten. Jed fügte an, dass Hilfsorganisationen mittlerweile die medizinische Versorgung der Landbevölkerung in anderen Teilen Tansanias gewährleisteten und dass er Annah – ebenso wie ihrem Assistenten – jederzeit gerne ein Empfehlungsschreiben ausstellen würde, falls sie sich einer solchen Organisation anschließen wollten.

Hochachtungsvoll, schloss der Brief.

Ihr Mr. Jed Saunders

Annah starrte auf das Schreiben. Die Maschine geschriebenen Worte machten die Entscheidung noch endgültiger. Sie hatte keine Möglichkeit gehabt, etwas dagegen einzuwenden.

Annah ließ das Päckchen einfach auf dem Tresen liegen und ging hinaus. Dieses Gerede von Gefahr war nur ein Vorwand. Es gab schon seit Jahren Auseinandersetzungen zwischen den Stämmen in Ruanda, und irgendwo an der Grenze war ein Flüchtlingslager eingerichtet worden. Aber darüber hinaus hatten die Probleme mit Tansania nichts zu tun. Entscheidend war für das Unternehmen, dass sie keine neuen, interessanten Medizinen mehr hatte liefern können. Auf der Straße blieb Annah stehen. Sie fühlte sich wie betäubt und konnte keinen klaren Gedanken fassen. Auf der anderen Straßenseite beugte sich Stanley gerade über den Motor des Landrovers. Sie hatten das Fahrzeug voll getankt und mit frischen Vorräten beladen. Der polierte Lauf von Annahs Gewehr glänzte in der Sonne.

Als Stanley Annah erblickte, richtete er sich auf und winkte. Mit einem Knall schlug er die Motorhaube zu.

»Yote tayari sasa«, rief er über die Straße. »Alles ist bereit. »Twendeni!«

Lass uns starten.

22

Stanley fuhr über eine holperige alte Straße, die vor Jahren von Goldsuchern durch den Wald getrieben worden war. In der letzten Zeit war sie zwar nur von Tieren und Leuten, die zu Fuß gingen, genutzt worden, war aber immer noch befahrbar und nicht zugewachsen.

Annah rutschte auf ihrem Sitz hin und her und zog den verschwitzten Stoff von der klebrigen Haut weg. Sie reckte sich ein wenig und warf einen prüfenden Blick auf den Kompass, der am Armaturenbrett befestigt war. Die rote Nadel tanzte zwischen Süd und West, jedoch mit einem deutlicheren Ausschlag nach Westen. Seit sie Murchanza verlassen hatten, waren sie stetig in diese Richtung gefahren. Das war vor sechs Stunden gewesen, also mussten sie jetzt ungefähr auf der Höhe von Langali sein. Es gab Annah einen Stich, als sie feststellte, dass sie näher an ihrem alten Zuhause war als jemals zuvor in den letzten Jahren. Sie überlegte, wie lange es schon her war, seit sie Kate im Landrover gesehen hatte. Mittlerweile mussten die Carringtons wohl wieder in Langali sein. Sarah, Michael und Kate – alle im Missionshaus. Annah blickte auf das undurchdringliche Grün des Dschungels und zwang sich, an etwas anderes zu denken. Zum Beispiel, warum sie und Stanley hier an der westlichen Grenze zur Mission, am Rand des dunklen Landes, vorbeifuhren. Jahrelang hatten sie dieses Gebiet gemieden – den sagenumwobenen Ort, wo sich das alte Wissen erhalten hatte und noch schwarze Magie herrschte. Aber jetzt waren sie in einer verzweifelten Situation. Sie mussten Jed dazu bewegen, seinen Entschluss rückgängig zu machen. Wenn ihnen das nicht gelang, konnten sie nicht weiterarbeiten, und ihr Leben auf der Straße würde vorbei sein.

»Etwas verändert sich«, sagte Stanley auf einmal.

»Wie meinst du das?«, fragte Annah.

»Die Bäume werden weniger.«

»Oh. Ich dachte, du hättest irgendetwas gesehen«, erwiderte Annah enttäuscht. Sie wartete ungeduldig darauf, dass irgendein Zeichen ihnen ankündigte, dass sie sich auf neuem Gebiet befanden.

Lange brauchte sie jedoch nicht mehr zu warten. Der Dschungel ging langsam in Buschland über. Bizarre, graublättrige Bäume prägten die Landschaft, und immer häufiger tauchten öde Flecken roter Erde auf. Es wurde zunehmend heißer, und die Luft flimmerte.

Plötzlich hielt Stanley an. Auf dem Weg lag ein Bündel alter Lumpen.

Steifbeinig stiegen sie aus dem Wagen und traten neugierig darauf zu. In Afrika konnten selbst Lumpen von Nutzen sein und wurden eigentlich nicht so einfach liegen gelassen.

Der Staub auf dem Weg dämpfte ihre Schritte. Als sie näher kamen, blieben sie erschrocken stehen. Unter den Tüchern blitzte dunkle, trockene Haut hervor. Grauschwarze Haare. Der Körper eines Menschen.

Annah kniete sich hin und griff nach dem Handgelenk. Der Arm war schlaff, und die Hand hing leblos herunter. Sie wechselte einen Blick mit Stanley.

»Ist er tot?«, fragte er.

Annah wollte gerade nicken, aber dann spürte sie einen schwachen Pulsschlag. Sie hob den Körper in ihre Arme. Die Lumpen verrutschten und enthüllten das faltige Gesicht einer alten Frau.

Stanley rannte zum Landrover, um Wasser zu holen. Als er es über das staubige Gesicht goss, begannen die Augenlider zu flattern.

Die zarte Gestalt war nicht schwerer als ein Kind, und Annah konnte sie leicht zum Wagen tragen. Sie legte sie hinten hinein. Die alte Frau stank beinahe so schlimm wie die Nomadenhirten, die sich in Kuhurin wuschen. Aber hinter diesem vertrauten Geruch entdeckte Annah noch etwas anderes: einen starken, herben Duft nach Zitronenkraut und Pilzen.

»Sie ist sehr schwach«, sagte Stanley. »Weit kann sie nicht gegangen sein. Wahrscheinlich ist ihr Dorf hier in der Nähe.« Er stellte sich neben die Frau und sprach sie in allen möglichen Dialekten an, aber sie antwortete nicht. Schließlich gab er auf und stieg wieder in den Wagen.

Die Frau lag zusammengesunken auf dem Rücksitz. Ab und zu hob sie leicht den Kopf und blickte sich erstaunt um.

Wie Stanley vorausgesagt hatte, gelangten sie schon bald zu ein paar Hütten. Am Rand der Ansiedlung hielt er den Landrover an, und sie warteten darauf, dass Leute auftauchten. Zu ihrer Verwirrung jedoch blieb alles still.

»Ich gehe einmal nachsehen«, sagte Stanley schließlich. Er wollte gerade aus dem Wagen steigen, als ein alter Mann zwischen den Hütten auftauchte und langsam auf sie zuschlurfte.

Stanley rief einen Gruß auf Swahili. »Wie geht es dir, mein Freund?«

Der Mann blickte sich nervös um. »Es gibt nur Schwierigkeiten.« Anscheinend beherrschte er die Sprache nicht so gut, denn als er weiterredete, verfiel er in einen Dialekt.

Stanley bedeutete ihm, dass er ihn verstünde, und übersetzte die Worte des Alten für Annah.

»Er sagt, sie seien ›von Fremden besucht worden, die in böser Absicht kommen‹. Banditen. Sie haben zu essen verlangt. Die Dorfbewohner haben Angst, dass sie wieder kommen, und alle haben sich versteckt, sogar die jungen Männer. Dieser alte Mann kann nicht so gut laufen, deshalb ist er noch hier.«

Mitleidig verzog Stanley das Gesicht, während er weiter mit dem Mann sprach. Schließlich wandte er sich wieder an Annah. »Ich habe ihm gesagt, dass wir bei der nächsten Polizeistation, auf die wir treffen, einen Bericht machen werden. Mehr können wir nicht tun.«

Annah nickte. So weit draußen im Busch konnte man nicht die Polizei rufen. Hier mussten sich die Leute selbst um ihre Sicherheit kümmern.

Der alte Mann warf Annah einen misstrauischen Blick zu.

»Er will wissen, warum wir hier sind«, sagte Stanley zu ihr.

Statt einer Erwiderung stieg Annah aus dem Auto. Sie öffnete die seitliche Hintertür und zeigte ihm die bewegungslose Gestalt der alten Afrikanerin auf dem Rücksitz.

»Wir haben diese alte Frau gefunden«, sagte Annah. Stanley übersetzte. »Kennst du sie?«

Der alte Mann warf einen kurzen Blick in den Wagen, dann zuckte er gleichgültig die Schultern.

»Ist sie aus deinem Dorf?«, forschte Annah.

»Sie ist keine von uns«, erwiderte der Alte. »Sie ist vor

zwei Tagen hierher gekommen, aber wir wollten nicht, dass sie bleibt.«

Annah runzelte die Stirn. »Und warum nicht?«

»Sie ist eine Hexe! Ihre eigenen Leute haben sie verstoßen! Warum sollten wir sie aufnehmen? Wir haben schon genug Probleme.«

»Und woher wisst ihr, dass sie eine Hexe ist?«, fragte Annah.

Der alte Mann blickte sie kalt an. »Wir wissen es eben.«

Stanley warf wütend ein: »Habt ihr denn gar kein Mitleid? Sie war fast tot, als wir sie gefunden haben.«

Der alte Mann erwiderte ungerührt: »Wir haben das Richtige getan. Sie hat uns ja schon Unglück gebracht, nur weil sie vorbeigekommen ist. Früher hat es hier nie Banditen gegeben.«

Annah schlug die Wagentür zu, damit die Frau die groben Bemerkungen nicht hören musste. Dann stieg sie wieder in den Wagen. »Sie nehmen sie sowieso nicht auf«, sagte sie zu Stanley. »Dann können wir auch weiterfahren.«

»Du hast Recht«, erwiderte Stanley. Er verabschiedete sich von dem alten Mann und reichte ihm ein paar Bananen und Süßkartoffeln durchs Fenster.

Schweigend nahm der Alte die Früchte entgegen. Dann ging er wieder zu seiner Hütte.

Sie fuhren wieder los, wobei sie ständig Ausschau nach einem weiteren Dorf hielten. Weder Annah noch Stanley sagten etwas – im Wagen herrschte eine angespannte Atmosphäre, weil der alte Mann von Banditen geredet hatte. In ihren Jahren auf der Straße hatte es ein paar Zwischenfälle mit Räubern gegeben, aber die Situation hatte sich immer durch ein paar »Geschenke« lösen lassen. Banditen gingen mit Europäern vorsichtig um, weil sie eher die Aufmerksamkeit der Behörden erregten.

Trotzdem überprüfte Annah ihren Munitionsgürtel, und das Gewehr lag bereits neben ihr, weil sie eigentlich Wild hatte schießen wollen …

Die Sonne brannte erbarmungslos vom Himmel, und Annah wischte sich den Schweiß von der Stirn.

Stanley warf einen Blick nach hinten auf die alte Frau. »Wie geht es ihr?«, fragte er.

Annah drehte sich um. »Anscheinend schläft sie.«

Wie auf ein Stichwort hob die Frau den Kopf. Sie blickte Annah direkt in die Augen und verzog die Lippen zu einem schwachen Lächeln. Dann setzte sie sich auf und blickte sich um.

Für eine afrikanische Dorfbewohnerin sah die Frau ungewöhnlich alt aus, dachte Annah. Und sie war bis auf die Knochen abgemagert. Warum lief sie wohl in dieser Verfassung durch die Gegend? Sie wäre besser zu Hause in ihrer Hütte geblieben. Wahrscheinlich hatte der alte Mann Recht gehabt – ihr Stamm hatte sie der Hexerei beschuldigt und vertrieben. Während Annah sie betrachtete, wie sie dasaß, sich den Kopf kratzte und hustete, konnte sie sich nicht vorstellen, womit diese Frau eine solche Feindseligkeit hervorgerufen hatte. Was mochte sie wohl Schreckliches getan haben?

Gegen Abend erreichten sie eine kleine Ansiedlung, die abseits vom Weg auf einem niedrigen Hügel lag.

In diesem Dorf hatte es offensichtlich keinen Überfall durch Banditen gegeben. Die Bewohner wirkten entspannt und freundlich, und der Landrover war sofort von Menschen umringt. Stanley stieg aus, und nach der Begrüßung, bei der er schon bald von Swahili in einen fremden Dialekt gewechselt hatte, hob er sanft die alte Frau vom Rücksitz und stützte sie, damit sie stehen konnte. Annah hatte das Gefühl, dass er in ihr etwas von seiner Großmutter wiedererkannte und dass ihm durch sie bewusst wurde, wie rasch ein Mensch in Ungnade fallen kann.

Obwohl Annah den Dialekt nicht verstand, war die Reaktion der Dorfbewohner unmissverständlich. Stanley geriet außer sich vor Wut. Abwechselnd beschimpfte und flehte er sie an. Aber sie ließen sich nicht erweichen. Schließlich half er der alten Frau wieder zurück in den Wagen.

»Kannten sie sie?«, fragte Annah.

»Angeblich nicht«, antwortete Stanley. »Aber auch sie vermuteten, dass sie eine Hexe ist. Warum sollte sie sonst wohl fern von ihrem Stamm sein? Sie wollen auf keinen Fall etwas mit ihr zu tun haben.«

Annah seufzte. »Hast du ihnen von den Banditen erzählt?«, fragte sie.

Stanley nickte. »Ich habe ihnen gesagt, sie sollten vorsichtig sein.« Er schnaubte wütend. »Aber sie hatten nur eines im Kopf – dass wir die alte Frau nicht bei ihnen im Dorf zurücklassen.«

Während sie weiterfuhren, hielt Annah ihr Gesicht in den Fahrtwind. Es war unerträglich heiß.

»Ich wünschte, es würde regnen«, sagte sie erschöpft.

»Um diese Jahreszeit ist es immer so heiß«, erwiderte Stanley. Seine Worte klangen so, als würde die Hitze erträglicher, wenn man sie als Tatsache hinnahm.

Als die Sonne so tief stand, dass sie nicht mehr weiterfahren konnten, hielt Stanley unter ein paar Bäumen an. In einer von Büschen umgebenen Lichtung errichteten sie ihr Lager und beschlossen auch, ein kleines Lagerfeuer zu machen. Falls Banditen in der Gegend waren, würde sie der Rauch zwar verraten, aber das Dorf, das sie überfallen hatten, war ziemlich weit entfernt.

Stanley trug die alte Frau aus dem Landrover und setzte sie neben die Feuerstelle, während Annah rasch etwas zu essen zubereitete. Sie teilten sich das einfache Mahl. Die alte Frau aß langsam und mit konzentriertem Gesichtsausdruck. Mit jedem Bissen schien das Leben in ihren Körper zurückzukehren. Sie richtete sich auf und ihre knochige Gestalt wirkte drahtig und kraftvoll. Schließlich hockte sie sich hin und wischte sich mit dem Handrücken den Mund ab.

»Mein Name ist Naaga«, sagte sie in akzentfreiem Swahili. Ihre Stimme war überraschend tief und volltönend. Freundlich nickte sie Annah und Stanley zu und blickte dann stumm in die Flammen. Jedes weitere Gespräch wäre unangebracht gewesen, und so saßen auch Annah und Stanley schweigend und gedankenversunken da.

Nachdem sie das Kochgeschirr weggeräumt hatten, zogen sich die beiden in ihre Zelte zurück und ließen Naaga draußen schlafen. Obwohl es bereits dunkel war, war es immer noch drückend heiß. Annah wälzte sich schlaflos hin und her. Nach einer Weile bemerkte sie, dass das Kochfeuer wieder aufgelodert war.

Sie zog den Reißverschluss ihres Zeltes auf und blickte nach draußen. Eine dunkle Gestalt tanzte um die Flammen und murmelte dabei eine Art Beschwörungsformel. Naaga. Die alte Frau war fast nackt – nur noch wenige Lumpen hingen an ihrem Körper. Ihre schlaffen Brüste schwangen bei jedem Schritt hin und her, und die welke Haut warf Falten um ihre Knochen. Es wäre ein Mitleid erregender Anblick gewesen, wenn die Bewegungen der Frau nicht so zielgerichtet gewirkt hätten.

»Was tust du da?«, fragte Annah.

Naaga hielt mitten in der Bewegung inne. »Ich rufe den Regen«, erwiderte sie. Aus ihrem Mund klang es völlig selbstverständlich.

Annah blickte zum Himmel. Er war sternenklar, nicht eine einzige Wolke war zu sehen. Da ihr keine Erwiderung einfiel, winkte sie der alten Frau freundlich zu und zog sich wieder in ihr Zelt zurück. Das lodernde Feuer machte die Luft noch heißer, als sie schon war, dachte sie.

Wie sie es auch sonst immer tat, wenn sie unter unangenehmen Umständen irgendwo übernachten musste, schloss Annah die Augen und beschwor ein schöneres Bild herauf. Sie versetzte sich, weg von Hitze, Staub, Krankheit und Schmutz, an einen Ort voller Schönheit und Frieden, wo der Mond einen silbernen Schimmer über den spiegelglatten See warf und wo Flamingos über ihren Kopf hinwegrauschten und rosafarbene Federn auf sie herabsegelten …

Irgendetwas weckte sie. Der Geruch, die kühler werdende Luft oder das Trommeln der Regentropfen auf der Zeltleinwand. Eine Zeit lang lag sie noch im Halbschlaf da, aber dann setzte sie sich kerzengerade auf, als ihr einfiel, was dem Ganzen vorausgegangen war. Ein klarer Himmel und eine dunkle, tanzende Gestalt, die Regen versprach.

Annah zog den Reißverschluss ihre Zeltes auf und spähte in die Dunkelheit.

Regenwolken zogen über den Mond, und nur der orangefarbene Schein des Feuers erhellte die Umgebung. Naaga ließ freudestrahlend den Regen auf sich niederprasseln.

Ein Schauer lief Annah über den Rücken. Nur das Lachen der Frau und das Geräusch des Regens waren zu hören. Es war so, als gäbe es im Moment keine andere Wirklichkeit. Nur die Frau und der Himmel, durch den Regen miteinander verbunden. Naaga hatte die Arme ausgestreckt und erinnerte an ein Kind, das sich seiner Mutter entgegenreckt. Es hätte Annah kaum überrascht, wenn in diesem Moment eine Gestalt aufgetaucht wäre.

Wie gebannt blickte sie auf das Bild, das sich ihr bot. Natürlich konnte es jederzeit unerwartete Regengüsse geben. Das hatte sie selbst schon erlebt. Aber diese Frau hatte den Regen buchstäblich herbeigetanzt!

Naaga merkte, dass die weiße Frau sie beobachtete. Lächelnd breitete sie weit die Arme aus, als wolle sie sagen: »Genieß den Regen! Freu dich daran!«

Auch Stanley tauchte aus seinem Zelt auf und starrte die alte Frau an. Annah musste an Zanias Regenzeremonie denken. Wie Mtemi neben ihr gestanden und mit ihr darüber diskutiert hatte, ob der Medizinmann es wirklich regnen lassen konnte. Was würde er jetzt wohl denken, überlegte sie sehnsüchtig, wenn er hier wäre?

Naaga lachte wieder, ein entzücktes Kichern wie bei einem Kind, dem etwas besonders Schönes gelungen ist. Das Geräusch war ansteckend. Lächelnd blickten Annah und Stanley einander an, und als die Frau wieder zu tanzen begann, einen wilden Freudentanz, folgte Stanley mit leuchtenden Augen jeder ihrer Bewegungen.

Am nächsten Morgen wartete Naaga am Landrover, als Annah aus ihrem Zelt trat. Der Himmel war wieder klar, und der Regen war nur noch eine Erinnerung. Fast fragte sich Annah, ob sie das alles nur geträumt hatte.

Stanley war höflich zu der alten Frau, wahrte jedoch eine gewisse Distanz wie jemand, der am Morgen den Ereignissen der Nacht nicht mehr so recht traut.

Nach einem raschen Frühstück, bei dem ihr Gast wieder hungrig zugriff, bauten sie das Lager ab und fuhren los. In der nächsten kleinen Ansiedlung, die sie erreichten, war alles friedlich und ruhig. Es gab keine Berichte über Banditen und die Reisenden wurden freundlich empfangen. Naaga wurde jedoch erneut abgewiesen.

»Wir wollen sie nicht bei uns haben«, sagte der Häuptling. »Ich möchte euch jedoch einen Vorschlag machen. Vor einiger Zeit ist ein Trupp Jäger durch unser Dorf gekommen, die uns erzählt haben, dass nicht weit von hier Fremde an einem Ort leben, den sie Kloster nennen.« Er zuckte die Schultern. »Vielleicht könnt ihr ja die alte Frau dort lassen.« Er wies den Weg entlang. »Es liegt in dieser Richtung.«

Weder Annah noch Stanley hatten je von einer katholischen Mission in dieser Gegend gehört, aber sie hatten ja auch schon seit Jahren keinen Kontakt mehr zu den hier lebenden Europäern gehabt. Also nahmen sie den Rat der Dorfbewohner an und unterbrachen ihre Fahrt in den Westen, um das Kloster aufzusuchen. Bevor sie ihre »Hexe« nicht los waren, konnten sie nicht erwarten, in den Dörfern freundlich empfangen zu werden und ihre Arbeit tun zu können.

Annah hatte überlegt, ob sie Naaga nicht nach Medizinen fragen sollte, hatte dann aber beschlossen, dass es nicht klug sei, das Band zu der alten Frau noch fester zu knüpfen. Sie schien sich auf dem Rücksitz des Landrovers bereits viel zu wohl zu fühlen. Sie hatte sogar eine Blume gepflückt und sie zwischen Fensterscheibe und Tür geklemmt. Diese kleine Verschönerung wirkte irgendwie so, als ob sie das Fahrzeug in Besitz genommen hätte.

Lange fuhren sie dahin, ohne auf ein Anzeichen für menschliche Besiedelung zu stoßen. Naaga schwieg die ganze Zeit, und auch Stanley und Annah sagten nicht viel.

Am späten Nachmittag überlegte Annah, was sie abends essen sollten. Während sie nach irgendeinem Anzeichen für eine Missionsstation suchte – weißverputzte Gebäude, Wegweiser –, hielt sie gleichzeitig Ausschau nach kleinerem Wild.

Die Straße war einige Zeit am Fuß eines Hügels verlaufen, als der Landrover plötzlich an eine Serpentine kam. Stanley schaltete herunter, und als er um die Kurve fuhr, lag vor ihnen in der Savanne ein faszinierender Fels. Annah zog scharf die Luft ein. Sie erkannte die Form sofort.

Die Brust einer Frau ragte in den Himmel.

»Cone Hill.« Ehrfürchtig hauchte sie den Namen des Wahrzeichens, das sie von Langali aus so oft angesehen hatte.

Stanley nickte langsam. »Ich habe nicht bedacht, dass wir ja ganz in der Nähe sind.«

Annah schloss die Augen und überließ sich der Flut ihrer Gedanken. Sie stellte sich die Missionsgebäude vor, das Dorf, den Fluss, der sich durch das verborgene Tal wand. Ob die Carringtons schon aus Australien zurückgekommen waren? Laut Kate hatten sie es vorgehabt, aber Pläne konnten natürlich jederzeit geändert werden.

»Vielleicht haben die Jäger Langali gemeint«, durchbrach Stanleys Stimme ihre Gedanken. »Aber auf der anderen Seite des Hügels ist eine tiefe Schlucht. Dort kann unmöglich ein Weg verlaufen.«

»Außerdem haben sie doch von einem Kloster gesprochen«, erwiderte Annah.

Stanley runzelte die Stirn. »Vielleicht gab es gar keine Jäger und auch kein Kloster, und sie wollten uns einfach nur loswerden.«

Annah antwortete nicht. Stanley hatte wahrscheinlich Recht, aber sie mussten trotzdem weitersuchen.

Naaga schien ihre Sorgen nicht zu teilen. Schweigend saß sie auf dem Rücksitz und betrachtete die Landschaft.

Die Sonne stand schon tief am Himmel, und Stanley wirkte immer angespannter. Es war unklug gewesen, einfach so drauflos zu fahren. Bald würden sie gezwungen sein, hier in der Ebene ihr Lager aufzuschlagen – zu keiner Zeit eine besonders gute Idee, vor allem jedoch nicht, wenn Banditen in der Gegend waren.

Plötzlich stieß Naaga einen Schrei aus und wies nach vorn. »Dort, seht mal!«

Auf dem Gipfel von Cone Hill waren ein paar dunkle Gestalten aufgetaucht – eine Reihe von Leuten, die sich über den Felsen vorwärts bewegten. Und aus der Ebene darunter stiegen dünne graue Rauchsäulen auf.

Stanley fuhr eine Weile schweigend weiter. Schließlich sagte er unbehaglich: »Da sind viele Feuer, aber ich kann keine Gebäude sehen.«

»Haben wir vielleicht die Abzweigung verpasst?«, fragte Annah.

»Vielleicht.« Stanley zögerte nur kurz und bog dann vom Weg ab, um seitlich den Hügel hinaufzufahren.

Als die Feuer deulich sichtbar vor ihnen lagen, war es fast dunkel. Stanley fuhr langsam auf die Feuer zu. Schließlich gelangten sie an einen »Zaun« aus Dornbüschen. Dahinter waren einige grob zusammengezimmerte Hütten und Schuppen zu erkennen. Die Ansiedlung wirkte irgendwie behelfsmäßig – mehr wie ein Lager als wie ein Dorf, und auf keinen Fall wie ein Kloster.

Stanley fuhr langsamer, und auf einmal tauchten dunkle Gestalten aus Löchern im Dornenzaun auf. Es wurden immer mehr, und schließlich umstanden etwa hundert Menschen das Auto.

»Seht!«, sagte Naaga ehrfürchtig, als stünde sie einer ganz besonderen Rasse gegenüber.

Annah suchte in der Menge nach einem weißen Gesicht, einer Nonne oder einem Mönch, aber sie sah keine Europäer. »Wer sind diese Leute?«, murmelte sie.

»Frauen«, erwiderte Stanley. Seiner Stimme war die Überraschung anzuhören. »Es sind alles Frauen.«

Er hielt an, und sie stiegen aus. Die Hände hielten sie ausgestreckt vor sich, damit jeder sehen konnte, dass sie leer waren – unbewaffnet – und dass sie in friedlicher Absicht kamen.

Annah blieb stehen und schaute sich um. Der Anblick überwältigte sie. Eine riesige Menge zerlumpter, schmutziger, alter Frauen. Kein einziger Mann, keine junge Frau und auch kein Kind. Und die alten Frauen waren auch keine harmlosen Großmütter – fast alle trugen sie Fetische, Medizinbeutel oder Federn um die faltigen Hälse, manche Umhänge aus Tierfellen, die voller Kochen hingen. Ihre Körper wirkten drahtig, hart, und einige von ihnen hatten Waffen – Stöcke, Steine und Speere.

Annah trat einen Schritt zurück. Die alten Frauen verfolgten jede ihrer Bewegungen.

»Vielleicht sollten wir besser nicht hier bleiben.« Stanleys Stimme klang gleichmütig, aber Annah hörte den alarmierten Unterton. Langsam wich sie zum Landrover zurück. In diesem Moment flog die hintere Tür auf, und Naaga fiel heraus. Instinktiv rannte Stanley zu ihr, um ihr aufzuhelfen.

Naaga stützte sich mit einer Hand auf Stanleys Schulter und blickte die schweigenden Frauen an. Sie lächelte verwundert, als könne sie kaum glauben, was sie sah. Eine große Anzahl von Frauen, die alle so aussahen wie sie. Ein paar der Frauen murmelten Willkommensworte. Naagas Lächeln wurde noch breiter, als sie den Gruß erwiderte. Dann sagte sie laut, in einfachem Swahili:

»Diese weiße Frau und dieser Mann an meiner Seite sind gute Menschen. Ich wurde aus meinem Dorf vertrieben, und sie haben mir Wasser gegeben. Niemand wollte mir helfen, aber sie haben mich nicht verlassen.«

Eine Frau trat vor, und die anderen Frauen machten ihr respektvoll Platz. Sie war klein, hatte kräftige Muskeln und helle, tief liegende Augen. In ihrem Mundwinkel hing eine Tonpfeife mit langem Stiel. Obwohl nichts an ihrem zusammengeknoteten, verschlissenen Gewand darauf hindeutete, dass sie sich von ihren Gefährtinnen unterschied, strahlte sie eine natürliche Autorität aus. Höflich neigten Annah und Stanley die Köpfe.

Die Frau wandte sich zuerst an Naaga und tauschte mit ihr die langatmige Begrüßung auf Swahili aus. Die beiden schienen sofort miteinander vertraut, als ob sie einander erkennen würden. Während sie sie beobachtete, wurde Annah auf einmal klar, dass viele dieser alten Frauen »Hexen« waren. Wahrscheinlich sogar die meisten …

Sie blickte auf, als die pfeifenrauchende Frau, die anscheinend die Anführerin war, drei der anderen Frauen anwies, Naaga fortzuführen.

»Nein«, rief Annah unwillkürlich aus. »Wir gehören zusammen.«

Die Anführerin lächelte und enthüllte einen zahnlosen Kiefer. »Seien Sie unbesorgt«, sagte sie freundlich. Sie schwieg und blickte Annah eindringlich an. »Nennen Sie mich Alice.« Nach kurzem Zögern lächelte sie wieder. »Es ist dunkel«, sagte sie. »Sie wollen sicher die Nacht bei uns verbringen.«

Das war weder eine Einladung noch ein Befehl, sondern einfach nur eine Feststellung. Es war tatsächlich völlig dunkel geworden, und es wäre undenkbar gewesen, Fremde hungrig und müde wieder in die Nacht zu schicken. Ob es ihnen oder ihren Gastgebern recht war oder nicht, sie würden bis morgen Früh bleiben müssen.

Alice rief den anderen Frauen etwas zu, und sie eilten sofort auseinander.

»Woher wussten Sie, dass Sie uns hier finden?«, fragte sie Annah und Stanley.

»Ehrlich gesagt wussten wir es nicht«, erwiderte Stanley. »Wir haben nach einem Kloster gesucht, in dem Europäer leben.«

Alice wirkte erleichtert. Als jedoch Stanley die Banditen erwähnte, wurde ihr Gesichtsausdruck gleich wieder aufmerksam.

»Was für Banditen?«, fragte sie. »Was haben sie getan?«

»Sie haben nur Essen genommen«, erwiderte Stanley. »Mehr nicht. Außerdem ist der Ort weit von hier entfernt«, beruhigte er die Frau. »In den anderen Dörfern hat es keine Probleme gegeben.«

Alice nickte. »Dann wollen wir jetzt essen«, sagte sie. »Der Tag war lang.«

Über dem Feuer brieten auf Stöcken aufgespießte Katzenfische. Fett tropfte von der goldbraunen Haut und zischte in den Flammen. Annah verspürte Hunger. Vor ihr lag bereits eine Süßkartoffel auf einem Blatt, aber da die anderen Frauen, die ums Feuer versammelt waren, ihr Essen noch nicht angerührt hatten, nahm Annah an, dass sie auch warten musste.

Grüppchen von Frauen hockten um die zahlreichen Feuerstellen. Alice schien immer noch diejenige zu sein, die die Verantwortung für alles trug. Ständig trat jemand auf sie zu, um sich Anweisungen oder einen Rat zu holen. Annah, Stanley und Naaga saßen neben ihr, und auch wenn sie mit den anderen redete, behielt sie sie die ganze Zeit im Auge.

Annah warf Stanley einen Blick zu. An seiner angespannten Körperhaltung erkannte sie, dass er sich genauso unwohl fühlte wie sie. Die Atmosphäre im Lager war entspannt und freundlich, leises Lachen und Gemurmel drang von den anderen Kochfeuern herüber. Aber der Anblick so vieler seltsamer, alter Frauen war bizarr und beunruhigend.

»Es gibt auch Tee.« Alice wies auf einen Kessel mit kochendem Wasser, der über der Feuerstelle hing. Daneben lagen getrocknete Blätter auf dem Boden, die eher aussahen wie Gras. Aber zumindest gibt es kochendes Wasser, dachte Annah.

Zwei Frauen traten auf Alice zu. Sie trugen eine polierte Holztruhe, die sie vor ihrer Anführerin abstellten.

Alice hob den Deckel und holte einen silbernen Kelch und ein goldbesticktes Tuch heraus, das so aussah, als stammte es von einem kirchlichen Gewand, und der Kelch war ganz offensichtlich ein Kommunionskelch. Annah und Stanley wechselten einen überraschten Blick. Alice schloss den Deckel der Truhe wieder und stellte die beiden Gegenstände darauf. Sie warf eine Hand voll Erde in den Kelch und wandte sich dann an Annah, um ihr das Tuch zu reichen.

»Wollen Sie uns segnen?«, fragte sie. »Sie sind der Gast …«

Annah blickte verständnislos auf das Tuch, auf dem jetzt in Gold gestickte Worte zu erkennen waren. Sie war sich nicht sicher, ob sie die Frau richtig verstanden hatte. Hilfe suchend blickte sie Stanley an.

»Du sollst das Tischgebet sprechen«, bestätigte er und wies auf die eingestickte Schrift. »Sie wollen wahrscheinlich, dass du die Worte liest.«

»Auf Englisch?«, fragte Annah.

»Wenn Sie möchten«, antwortete Alice. »Wir kennen die Bedeutung gut.«

Es wurde still, als Annah aufstand und im Schein des Feuers vorlas.

»Ich bin der Hauch, der alles grün werden lässt.«

Sie warf Stanley einen Blick zu.

»Ich befehle Blüten, goldene Früchte zu gebären.
Ich bin der Regen, der aus dem Tau aufsteigt,
unter dem das Gras lacht
vor Freude am Leben.«

»Amen«, sagten die Frauen unisono.

Danach setzte allgemeines Stimmengewirr und Tellerklappern ein, und das Mahl begann.

Annah blieb stehen und betrachtete das Tuch. Unter dem Text stand ein Name: Hildegard von Bingen, 1098 bis 1179.

Die Worte prägten sich ihr ein.

Ich bin der Regen, der aus dem Tau aufsteigt …

Schweigend aß sie, was ihr angeboten wurde, und hielt ihre Neugier im Zaum. Das Essen war sehr gut gewürzt, und Annah aß mit Genuss.

»Euer Essen schmeckt sehr gut.«

Alice nickte. »Die Nahrung kommt aus dem Garten. Und Gartenarbeit ist unsere Regel. Wir alle tun sie.«

Annah lächelte höflich, war sich aber nicht ganz sicher, was die alte Frau meinte. Gartenarbeit ist unsere Regel …

»Sie haben zu essen«, sagte sie zögernd.

»Schwester Mercy möchte auch, dass Blumen blühen«, erwiderte Alice. »Und manche von uns brauchen bestimmte Pflanzen für Medizinen und Zaubertränke. Aber es geht um mehr. Gartenarbeit ist unsere Regel. Alle Klöster haben Regeln, sagte Schwester Mercy, weil die Menschen dadurch zu Gott finden.«

»Dies ist ein Kloster?«, fragte Annah. Die Worte kamen ihr absurd vor.

Alice blickte zum Cone Hill hinauf. »Ja. Und unser Heim.«

Die Antwort klang so endgültig, dass Annah sich nicht traute, weitere Fragen zu stellen. Alice wies auf Naaga, die ihnen gegenübersaß und kleine Bällchen Ugali in ihren Mund schob.

»Sie wird bei uns bleiben.« Alice stopfte grüne Blätter in ihre Pfeife. »Sie ist eine von uns.«

Annah hob fragend die Augenbrauen.

Alice spreizte die Finger. »Sind wir nicht alle der Hexerei angeklagt und aus unseren Dörfern vertrieben worden?«

Annah riss die Augen auf. »Alle?«

»Einige von uns sind Wahrsagerinnen und Heilerinnen. Einige machen Magie. Andere sind einfach nur Witwen, die keine Söhne haben, die sie beschützen können. Aber eines gilt für uns alle. Unglück ist über unsere Dörfer gekommen, und wir wurden dafür verantwortlich gemacht.«

Annah blickte zu Boden.

Verflucht. Vom Stamm vertrieben.

»Aber jetzt sind wir hier«, erklärte Alice fröhlich. »Alle zusammen. Eine große Familie alter Frauen, die füreinander sorgen.« Zufrieden lächelnd blickte sie sich um. Dann winkte sie einer Frau, die mit einem Stock Süßkartoffeln aus dem Feuer zog. »Mehr zu essen«, rief sie und wies auf ihre Gäste.

Naaga trat neben Annah. Sie hielt einen Blechteller

mit dicken, gerösteten Maiskolben in der Hand und reichte Annah einen. Dann nahm sie sich selber einen und biss hinein, wobei ihr Gesicht vor Freude leuchtete.

»Dies ist ein guter Ort«, sagte sie kauend. »Ich danke euch, dass ihr mich hierher gebracht habt.«

Annah lächelte ihr zu. »Ehrlich gesagt bin ich auch froh darüber.« Naaga lehnte sich gegen einen Baumstumpf und schloss die Augen. Tiefe Zufriedenheit glättete die Falten in ihrem runzeligen alten Gesicht. Kurz darauf war sie eingeschlafen. Einer ihrer Arme lag schlaff und warm auf Annahs Schenkel. Die Berührung löste in Annah eine Erschöpfung aus, die sie in ihrer Angespanntheit bisher nicht bemerkt hatte. Eine Erschöpfung, die sie schon den ganzen Tag verspürt hatte. Und länger.

Der Feuerschein wurde schwächer. Die Luft kühler. Leise wisperten die Stimmen der Frauen. Und der Nachthimmel breitete seinen Frieden über sie aus.

Im Morgenlicht erwies sich die Ansiedlung als groß, chaotisch und von blauen Flecken durchzogen. Annah stand vor ihrem Zelt und blickte sich um. Innerhalb des Dornenzauns gab es mehr als fünfzig Hütten, alle aus Ästen, Stroh und gewebten Matten, die von Sisalseilen und Tuchfetzen zusammengehalten wurden. Als sie näher trat, sah Annah, dass daher die blauen Flecken rührten. Über den meisten Hütten lag neben braungrauen Lumpen und gelegentlichen bunten Kitenges der gleiche blaue Stoff. Ein Stück davon war auch wie ein Sonnensegel an den Dornenzaun geheftet, als ob dort der Eingang wäre. Annah betrachtete es genauer. Allmählich begriff sie, wo sie den Stoff schon einmal gesehen hatte. Die afrikanischen Nonnen trugen ihn sogar in der Hitze Afrikas …

Auf der anderen Seite des Dornenzauns lag ein Garten – ein bunter, fröhlicher Garten, der den Feldern in afrikanischen Dörfern so gar nicht glich. Neben zahlreichen Gemüsesorten wuchsen üppig blühende Blumen, die offensichtlich nur wegen ihrer leuchtenden Farben und ihrer Schönheit angepflanzt worden waren. Annah konnte sich kaum vorstellen, wie aus diesem trockenen, unfruchtbaren Boden eine solche Blütenpracht hervorgehen konnte.

Aus einer der Unterkünfte ertönte ein Geräusch, bei dem Annah erstarrte. Das war unverkennbar das Schreien eines Neugeborenen.

Sie eilte in die Richtung, aus der der Laut gekommen war. Ihre Gedanken überstürzten sich. Alice hatte gesagt, die Frauen in ihrem Lager seien alle aus ihren Dörfern verjagt worden. Das bedeutete eigentlich, dass sie alle alt sein mussten, weil nur alte Frauen der Hexerei beschuldigt wurden. Woher also sollte ein Kind kommen …

Sie lief durch einen weiteren Garten, genauso gepflegt und fröhlich wie der erste. Plötzlich hockte ein Kind vor ihren Füßen. Ein kleiner Junge mit knochigen Schultern, der Unkraut zupfte. Er erstarrte, als er die weiße Frau sah.

»Jambo, toto«, begrüßte Annah ihn.

Unsicher sah er sie einen Moment lang an, dann lächelte er schüchtern. Er hatte noch seine Milchzähne. Die beiden vorderen waren ausgefallen, aber die Nächsten blitzten bereits durch den Kiefer.

»Du arbeitest schwer.« Annah ließ sich ihr wachsendes Unbehagen darüber, dass Alice sie bewusst in die Irre geführt hatte, nicht anmerken. Als sie aufblickte, sah sie, dass auf dem Dach einer Hütte Wäsche zum Trocknen auslag. Unter den Kitenges war auch ein kleines Kleid und winzige Shorts. Annah blickte sich stirnrunzelnd um. Aber im nächsten Moment flog ihr Blick wieder zu dem Dach, auf dem die Wäsche lag. Sie betrachtete die Shorts genauer. Bumerangs, Speere und die Köpfe von Aborigines.

Sarahs Vorhänge.

Unwillkürlich trat sie darauf zu. Der Junge sprang erschreckt auf und wollte davonrennen.

»Ist schon gut. Hab keine Angst«, sagte Annah. Sie griff nach der Schulter des Jungen. Bei ihrer Berührung erstarrte das Kind und stieß einen gellenden Schrei aus.

Eine Frau kam in den Garten gerannt und riss den kleinen Jungen an sich. Seine Schreie verstummten zu einem leisen Wimmern.

Plötzlich waren überall Menschen. Die meisten von ihnen waren alte Frauen, die so ähnlich aussahen wie Naaga und Alice. Aber es waren auch ein paar jüngere darunter. Einige trugen Babys auf dem Arm. Kleinkinder klammerten sich an die Hände ihrer Mütter, und größere Kinder spähten mit aufgerissenen Augen hinter den Rücken der Frauen hervor.

Einige Frauen drängten sich von hinten durch die Menge und stellten sich so vor die anderen Frauen, als wollten sie sie vor Annahs Blicken schützen. Annah erkannte ein paar der Frauen, mit denen sie am Abend zuvor am Feuer gesessen hatte.

»Namni gani sasa?«, fragte eine von ihnen. »Was tust du hier?«

»Ich habe ein Baby schreien hören«, erwiderte Annah.

Ein knochiger Finger wies in die Richtung von Alices Lager.

»Du solltest dort bleiben.«

Die Leute traten beiseite, damit Annah gehen konnte. Bevor sie jedoch den Rückweg antrat, kam Alice angerannt.

»Was ist hier eigentlich los?«, fragte Annah die Afrikanerin.

»Du hältst dich im falschen Teil des Lagers auf«, erwiderte Alice.

Hinter ihr tauchte Stanley auf. Bei seinem Anblick schrie ein kleiner Junge auf und rannte weg. Die jungen Frauen und Kinder musterten den Mann nervös.

»Warum hast du behauptet, hier seien nur alte Frauen?«, fragte Annah.

Alice schwieg. Immer mehr Menschen versammelten sich. Und alle blickten sie ängstlich an.

»Hier gibt es nur alte Frauen«, erwiderte Alice schließlich. »Und ein paar Familien. Wir tun nichts Böses.« Sie brach ab und musterte die weiße Frau mit zusammengekniffenen Augen. Sie wollte sich schon abwenden, da fiel ihr Blick auf Annahs Elfenbeinarmreif.

»Woher hast du das?«, fragte sie.

»Ich habe ihn geschenkt bekommen«, erwiderte Annah abweisend.

Eine knochige Hand packte ihr Handgelenk. Alice betrachtete eingehend das Muster. »Ein Heiler hat ihn dir gegeben.«

»Ja. Er war mein Freund.«

»Von welchem Stamm.«

»Den Waganga.« Annah blickte Alice herausfordernd an und reckte stolz das Kinn vor. »Mein Stamm, zu dem ich gehöre.« Sie zögerte kurz, aber dann öffnete sie ihre Bluse und zeigte Alice die Narbe auf ihrer Brust.

Überrascht blickte die alte Frau sie an. In diesem Moment entstand Bewegung in der Menge. Die Reihen öffneten sich, und zwei Gestalten traten vor. Sie hoben sich deutlich von den anderen ab – sie waren zwar ebenso alt und dünn, aber ihre Gewänder waren aus feinerem Stoff und mit schöneren Mustern. Die Frau wirkte sehr alt oder krank und sie konnte kaum laufen, der Mann war hoch gewachsen und bewegte sich so geschmeidig, als sei er es gewöhnt, lange Wege zu Fuß zurückzulegen.

Plötzliches Erkennen durchzuckte Annah, und ihr Herz machte einen Satz. Ihr Gesicht begann zu leuchten.

Zania und die alte Königin.

Annah rannte auf sie zu. Die Freude verschlug ihr die Sprache.

Das Gesicht des Medizinmannes war alt geworden. Aber beim Anblick seiner Freundin tanzte er fast vor Entzücken.

Die alte Königin tastete mit den Fingern über Annahs Stirn, Nase, Wangen und Augen. Ihr Blick war leer. Sie beugte sich vor, um Annahs Geruch aufzunehmen.

»Tatsächlich, du bist es«, erklärte sie. »Meine Tochter. Du bist gekommen.«

Annah lächelte durch einen Schleier von Tränen. »Ich bin gekommen.«

Ein Moment verging, dann zupfte jemand Annah am Ärmel.

»Hier herüber. Komm, setz dich.«

Annah wurde zusammen mit der alten Königin, Zania, Stanley und Alice zu einer der Hütten geführt. Dort gab es Hocker und ein Feldbett für die alte Frau.

Annah setzte sich neben sie. In der Vergangenheit wäre es undenkbar gewesen, ihre Hand zu ergreifen, aber jetzt hielt die alte Königin sie so fest, als habe sie Angst, sie erneut zu verlieren. Zania setzte sich mit seinem Hocker an Annahs andere Seite.

Stanley hockte sich an die Feuerstelle und stocherte in den Kohlen herum, sodass winzige Funken hochflogen. Auf alle anderen mochte er so wirken, als ob er sich wohl fühlte, aber Annah merkte deutlich, dass er sie beobachtete. Sie spürte seine Ambivalenz wegen ihres Verhältnisses zu Zania und der alten Königin. Ihr Volk …

Alice blieb stehen und beobachtete sie ebenfalls.

Annah wandte sich an Zania. Sie beugte sich vor, als ob ihr ganzer Körper voller Fragen sei.

»Wir haben viele Schwierigkeiten gehabt«, sagte der alte Mann sofort. »Die Regierung hat ein Oberhaupt für unser Dorf bestimmt. Sie haben den Regenten gewählt, und wir haben wieder unter ihm gelitten wie zuvor. Kitamu, Patamisha und viele Krieger sind nach Dodoma gegangen, um Arbeit zu finden. Andere sind über den Hügel nach Germantown gegangen. Wir sind zurückgeblieben.«

»Es gab kein Lachen mehr im Dorf«, warf die alte Königin ein. Ihre Stimme war rau vor Zorn. »Die Krieger wurden faul. Die Mütter vernachlässigten ihre Kinder. Und der Regent! Immer war er da und spazierte herum, als sei er der Häuptling – der Mann, dem ich die Schuld am Tod meines Sohnes gebe!« Sie wandte sich zu Annah. »Mein Herz brach. Ich konnte das alles nicht mehr ertragen. Und meine Augen weigerten sich, noch mehr zu sehen.«

»Ich versuchte, sie zu heilen«, sagte Zania. »Ich spuckte auf den Boden. Ich sprach mit den Vorfahren. Aber es half nichts. Sie redete nur noch von zwei Dingen: von ihrem Tod und von ihrer Tochter. Der Frau ihres Sohnes, des Häuptlings.«

Die alte Königin umklammerte Annahs Hand. »Sie hätten dich nie fortschicken dürfen. Der Regent hat dahinter gesteckt. Er hat den Stamm gegen dich aufgehetzt. Als sie merkten, was er getan hatte, war es zu spät. Du warst weg, und wir konnten dich nicht mehr zurückholen.« Tränen traten in die blicklosen Augen. »Ich wollte nur noch eines. Dich finden und dir sagen, dass du immer noch meine Tochter bist. Die Königin der Waganga.«

Tränen rannen Annah über die Wangen und heilten mit ihrer Wärme die Schmerzen, die sie in all den Jahren in sich getragen hatte. Mit beiden Händen umschloss sie die Hände der alten Königin.

»Wir haben nach dir gesucht«, sagte Zania. »Wir hatten gehört, dass du immer noch nach Murchanza kommst. Also sind wir dorthin gegangen.«

»Ich bin auf einem Esel geritten«, warf die alte Königin ein.

»Viele Monde vergingen, während wir auf dich warteten«, fuhr Zania fort. »Im Anfang hatten wir Geld und zu essen und Schmuck, den wir verkaufen konnten. Aber dann hatten wir nichts mehr, und wir waren hungrig.«

Annah blickte zu Boden. Sie konnte den Gedanken kaum ertragen, dass das stolze Paar in Armut in der Handelsstadt hatte leben müssen.

»Wir wussten nicht, was wir tun sollten. Ich zog meine Stöcke zu Rate, und wir folgten dem Weg, den sie uns zeigten. Wir legten eine weite Reise zurück.« Der alte Mann schüttelte den Kopf bei der Erinnerung daran.

»Und dann stießen sie auf uns«, warf Alice ein. Ungeduldig und angespannt lief sie in der kleinen Hütte hin und her.

»Alice?« Die alte Königin hob fragend den Kopf.

»Ich bin hier«, antwortete Alice.

Die alte Königin starrte in die Richtung, aus der die Stimme kam. »Du kannst dieser Frau vertrauen. Hab keine Angst.«

Alice blickte von ihr zu Annah. Dann wandte sie sich fragend an Zania, damit er die Worte der alten Königin bestätigte.

»Ich würde Annah mein Leben anvertrauen. Und auch

das Leben des Kindes meines Bruders«, sagte Zania nachdrücklich. »Stanley kennen wir als guten Mann. Er ist ein Heiler. Mehr kann ich nicht sagen.«

Alice blickte Annah durchdringend an.

»Ich bürge für ihn«, erwiderte Annah. »Er ist seit vielen Jahren bei mir.«

Die alte Königin zuckte zusammen. »Du hast geheiratet?«, fragte sie mit schmerzerfüllter Stimme.

Annah schüttelte den Kopf. »Er ist nicht mein Mann.« Einen Moment lang herrschte Schweigen. Plötzlich fiel ihr ein, wie Mtemi ihr damals erklärt hatte, dass sie nie nur ein Dik-Dik töteten.

»Sie schließen sich für ein ganzes Leben zusammen«, hatte er gesagt, und seine Stimme war weich gewesen und voller Bewunderung über solche Treue. »Wenn einer getötet wird, bleibt der andere allein.«

Als Mtemi gestorben war, hatte Annah das Gefühl gehabt, auch bei ihr würde es so sein. Und in gewisser Weise war es das auch gewesen. Solange sie lebte, würde ein Teil von ihr immer Mtemi gehören – sein Geist würde immer bei ihr sein, auch wenn es seinen Körper nur noch in ihrer Erinnerung gab.

Aber sie war nicht allein.

Annah blickte zu Stanley. Wie konnte sie die Verbindung zu diesem Mann beschreiben? Er war mehr als ein Kollege, ein Freund oder sogar ein Bruder. In gewisser Weise war er sogar mehr als ein Ehemann.

»Er ist mein Partner«, sagte sie schließlich. Sie blickte Stanley bei diesen Worten an und spürte das Band zwischen ihnen.

»Ihr müsst beide geloben, dass ihr uns nicht verratet«, sagte Alice scharf.

»Wir werden euch nicht verraten«, versprach Annah.

»Das werden wir nicht«, erklärte auch Stanley.

»Dann kommt«, sagte Alice. Sie beugte sich vor und spuckte in den roten Staub am Boden.

Als die Gruppe aus der Hütte trat – nur die alte Königin war zurückgeblieben, um sich auszuruhen –, hatte sich die Menge zerstreut. Alice führte Annah, Stanley und Zania durch das Lager, vorbei an Gärten und Hütten. Die Geräusche des ganz normalen Dorflebens umgaben sie. Babys schrien, Kinder spielten, Hähne krähten. Frauen riefen einander etwas zu. Das dumpfe Geräusch, mit dem Mais zu Mehl zerstoßen wurde. Es fehlten nur die tieferen Töne, stellte Annah fest. Die Stimmen von Kriegern, Vätern – Männern.

Während sie zwischen den Hütten umhergingen, begegneten sie zahlreichen Frauen und Kindern. Die meisten grüßten vorsichtig und warfen Annah und Stanley nervöse Blicke zu. Manche liefen weg. Alice rief ihnen beruhigende Worte nach, aber es nützte nichts.

»Wo sind die Männer?«, fragte Annah leise.

»Alle tot«, antwortete Alice. »Und die älteren Kinder auch. Diese Frauen und ihre Kinder kommen aus Ruanda. Ihre Dörfer wurden überfallen, und sie blieben nur verschont, weil sie im Dschungel Holz gesammelt haben. Sie sind über die Grenze nach Tansania geflohen.« Sie blickte Annah an. »Ihre Stammesfeinde haben geschworen, sie alle zu töten – bis auf das letzte Kind. Es ist ein alter Hass. Viele sind schon gestorben, auf beiden Seiten.«

Annah versucht, das Unfassbare zu begreifen. Wenn sie Berichte von Stammeskämpfen in Ruanda gehört hatte, hatte sie sich nie vorstellen können, wie die Realität dieser Albträume aussah, weil sie immer damit beschäftigt gewesen war, die Kranken zu behandeln, die sie vor sich hatte. Und als sie jetzt damit konfrontiert wurde, konnte sie den Frauen, die ihnen begegneten, kaum noch in die Augen sehen. Sie konnte ihre Angst und ihren Schmerz beinahe mit Händen greifen. Kein Wunder, dass die Leute Stanley anstarrten. Die Anwesenheit eines Mannes musste Angst hervorrufen.

»Sie konnten sich nicht ewig verstecken«, fuhr Alice fort. »Aber sie hatten Angst, dass jemand sie an die Regierung verriet.«

Annah runzelte die Stirn. »Aber ich habe gehört, dass an der Grenze Flüchtlingslager eingerichtet worden sind.«

Alice stieß ein bitteres Lachen aus. »In einem Flüchtlingslager kann man sich nicht so gut verstecken.« Sie schwieg, aber dann verzogen sich ihre Lippen zu einem Lächeln. »Und sind sie hier bei den zahlreichen Hexen nicht besonders sicher?«

»Ja«, stimmte Annah zu, »das sind sie wirklich.«

»Aber sie brauchten Dinge, die wir nicht haben. Die Medizin des weißen Mannes. Milch.«

»Ich wusste, dass Langali in der Nähe ist«, warf Zania ungeduldig ein. »Also erzählte ich Alice davon und ging dorthin.«

Annah starrte ihn verwundert an. »Nach Langali?«

Zania nickte. »Ich stellte mich zu den Stammesleuten, die auf den Doktor warteten. Aber insgeheim blickte ich mich nach der weißen Frau um, und als sie allein war, ging ich zu ihr. Ich bat sie um Hilfe. Ich erzählte ihr, dass sie niemandem etwas von uns sagen dürfe. Noch nicht einmal ihrem Mann.«

»Sarah ...«, sagte Annah. »Und sie willigte ein?«

Zania spreizte die Finger. »Ist sie nicht deine Schwester? Hat sie nicht mit dir neben der Leiche des Mannes geweint, der dein Ehemann werden sollte? Habe ich nicht selbst ihr Gesicht mit der Asche seines Beerdigungsfeuers bemalt?«

Zania schwieg. Nach einer Weile merkte Annah, dass er auf eine Antwort wartete.

»Ja«, hauchte sie, »das ist so.«

Sie blickte über den felsigen Hügel Richtung Langali. Der Himmel war von einem weichen, freundlichen Blau, mit kleinen, weißen Wolken gesprenkelt.

»Ihr müsst jetzt fahren«, unterbrach Alice die Stille. »Ihr könnt nicht länger bleiben. Euer Landrover zieht unnötige Aufmerksamkeit an.«

Annah zuckte zusammen. Sehnsüchtig sagte sie zu Zania: »Wir waren so lange getrennt.«

»Ich könnte den Landrover verstecken«, schlug Stanley vor.

Alice schüttelte den Kopf. »Weiße Menschen fallen überall auf. Jemand hat euch bestimmt hierher kommen sehen. Es ist besser, wenn ihr irgendwo anders auftaucht.«

Annah wusste, dass sie Recht hatte. Neuigkeiten verbreiteten sich in Afrika rasch.

»Wir könnten morgen Früh bei Tagesanbruch fahren«, sagte Annah.

»Nein! Ich kann kein Risiko eingehen. Ihr selbst habt von Banditen berichtet.« Die alte Frau, die eine so schwere Verantwortung trug, blickte Annah besorgt an.

»Wir möchten deine Probleme nicht noch größer machen«, sagte Annah. »Wir fahren sofort.«

Alice führte die Gruppe wieder zu der Hütte, in der die alte Königin saß. Entsetzt hörte sie, dass Stanley und Annah aufbrechen mussten. Gegen jede Etikette umschlang sie die junge Frau und drückte ihren grauhaarigen Kopf an Annahs Schultern. Als sie sich schließlich von ihr löste, ließ sie wie besiegt die Arme sinken.

»Hab keine Angst, Mutter. Ich komme bald wieder zu dir zurück«, versprach Annah. »Mit Sarah.«

Sie warf Stanley einen Blick zu. Sein Gesicht drückte Erstaunen aus. Sie würden nach Langali fahren! Der Plan schien ganz von selbst entstanden zu sein – ohne ihr Zutun.

»Wir warten auf dich«, sagte Zania. Seine Stimme war heiser vor Rührung.

Als der Landrover bepackt war, nahm Annah noch einmal Abschied von den beiden. Dann traten die Frauen aus dem Lager vor, um sich zu verabschieden, und schließlich kam auch noch Naaga.

»Ich möchte dir danken«, sagte die alte Frau leise. »Ich habe dir ein Geschenk gemacht. Du musst es auf deinen Reisen immer mitnehmen.«

Annah sah, dass neben ihrem Sitz ein kleines Päckchen lag.

»Danke, Schwester«, flüsterte sie.

Dann stiegen Stanley und sie in den Landrover, und unter dem Winken der Frauen fuhren sie ab.

Annah sah sich so lange um, wie sie die Frauen sehen konnte. Wie eine graue Krähenschar standen sie auf dem Felsen unter einem blauen Himmel.

23

Annah griff nach Naagas Päckchen und drehte es neugierig in der Hand. Was mochte wohl darin sein? Eine seltene Arznei? Annah hatte zwar weder mit Naaga noch mit den anderen Frauen über ihre Aufgabe gesprochen, weil sie gar nicht an Jed Saunders gedacht hatte, aber die alte Frau schien viele Dinge einfach zu wissen.

»Was ist das?«, fragte Stanley, während Annah das Päckchen öffnete.

»Ein Geschenk«, antwortete Annah. Entsetzt keuchte sie auf, als die Verpackung aufging, und ließ das Päckchen fallen, als habe sie sich die Finger verbrannt. In ihrem Schoß lag eine Fetischpuppe, aus einem Stück Holz geschnitzt und bekleidet mit einem Fetzen blauen Stoff. Das grob bearbeitete Gesicht war freundlich, aber die Haare jagten Annah einen Schauer über den Rücken. Sie waren rot wie ihre eigenen. Vorsichtig berührte sie sie. Es waren ihre eigenen …

Stanley fuhr langsamer und betrachtete das Püppchen entsetzt.

»Naaga hat es gemacht«, sagte Annah mit schwacher Stimme. »Es soll ein Talisman für die Reise sein.«

»Sie hat dein Haar genommen«, erwiderte Stanley.

»Ja.« Annah runzelte die Stirn. Das kam ihr fast gewalttätig vor, obwohl die Frau ihnen so dankbar gewesen war.

»Das bedeutet, sie wollte einen besonders mächtigen Zauber machen«, fügte Stanley hinzu.

»Wahrscheinlich will sie, dass mir nichts passiert.« Annah lächelte schwach und wickelte die kleine Puppe wieder ein. »Ich sollte ihr dankbar sein.«

»Einmal ist ein katholischer Priester nach Langali gekommen«, sagte Stanley. »Er hatte auch eine kleine Puppe dabei, die ihn auf den Reisen beschützen sollte.« Stanley wies auf den Rückspiegel. »Er hat sie hier aufgehängt. Sie hatte auch einen Namen.«

Annah nickte. »Der heilige Christopherus.« Früher einmal hatte sie von solchen Dingen nichts gehalten, aber die Jahre in Afrika hatten sie gelehrt, dass fast alles eine Bedeutung haben konnte. Worte. Menschen. Pflanzen. Tiere. Puppen.

Annah drehte sich um und steckte Naagas Fetisch in die Tasche ihrer Jacke, die immer bereit hing, falls die Abende kühl wurden. Es war das rosafarbene Jackett, das die Frau des Bischofs einst so unpassend gefunden hatte. Es war zwar mittlerweile an vielen Stellen gestopft und abgetragen, aber es leuchtete immer noch in der Farbe Afrikas – wie das Fruchtfleisch einer Guave, ein Sonnenuntergang bei Regen, Flamingos …

Als Stanley auf den Weg nach Langali einbog, stieg Erregung in Annah auf. Ihr Exil ging dem Ende entgegen. Die Zeit war gekommen.

Aber in ihre Vorfreude mischte sich auch Sorge. Sie würden Michael nicht erklären können, warum sie nach all den Jahren plötzlich wieder auftauchten. Während sie sich jedoch vorzustellen versuchte, wie er reagieren würde, merkte sie, dass sie keine Angst mehr vor ihm hatte und dass ihre Freude, Sarah endlich wieder zu sehen, überwog. Sarah, die ihre Freundschaft ein zweites Mal bewiesen hatte.

Annah hatte kaum glauben können, was Zania ihr erzählt hatte. Jede Woche kam die weiße Frau und war sofort von einer Schar von aufgeregten Kindern umringt. Die sanfte Sarah, die Heldin des Lagers der Ausgestoßenen. Mrs. Michael Carrington. Die »kleine m« von Langali …

»Wie kommt sie denn hierher?«, hatte Annah Zania gefragt, weil ihr klar war, dass sie ja wohl kaum fahren konnte.

»Ein paar von uns haben einen Weg für den Landrover durch die Schlucht geschlagen. So haben wir uns die Zeit vertrieben. Einen Teil der Strecke muss sie allerdings laufen, und der Weg ist steil und anstrengend. Aber unsere Schwester Sarah ist sehr stark.«

Unsere Schwester Sarah. Annah konnte sich kaum daran gewöhnen, wie die Leute von Sarah sprachen. Sie bewunderten und respektierten sie.

»Sie hat auch ein Kind zur Welt gebracht«, hatte Alice gesagt. »Deshalb kann sie die Schmerzen dieser Mütter auch verstehen.«

»Hast du ihr Kind gesehen?«, fragte Annah.

»Wir haben sein Gesicht gesehen«, war die Antwort. »Auf Papier eingefangen. Und wir wissen ihren Namen. Leider ist es ein kurzer, hässlicher Name.«

Annah hatte gelächelt. »Kate.«

Annah blickte über die staubige Landschaft und dachte an Alice. Die zarte, alte Frau, die so viel Stärke und Mut bewiesen hatte.

»Alice hat mit mir gesprochen«, sagte Stanley.

Ein wenig überrascht blickte Annah ihn an. Manchmal kam es ihr so vor, als könne er ihre Gedanken lesen.

»Sie hat mir ihre Geschichte erzählt«, fuhr der Mann

fort. »Man hat sie aus ihrem Dorf vertrieben, weil es zwei Jahreszeiten hintereinander nicht geregnet hat. Das war das Jahr der großen Waldbrände. Ich erinnere mich noch daran. Lange Zeit war sie heimatlos. Dann hat ihr jemand von einer katholischen Mission erzählt, die Menschen wie ihr Zuflucht bot. Sie fand den Ort. Eine alte Europäerin lebte dort – Schwester Mercy – und fast hundert ›Hexen‹.« Stanley schüttelte verwundert den Kopf. »Schwester Mercy hat von den Frauen nie verlangt, dass sie ihr Verhalten ändern sollten. Sie hat ihnen einfach nur ein Heim geboten und sie dort leben lassen.« Er warf Annah einen Blick zu. »Seit Alice mir davon erzählt hat, musste ich ständig an meine Großmutter denken. Ein solcher Ort wäre wunderbar für sie gewesen.«

Annah lächelte ihn an.

»Sie haben gut zusammengelebt, diese alten Frauen«, fügt Stanley hinzu. »Sie waren zufrieden. Doch dann starb Schwester Mercy. Lange Zeit passierte gar nichts, aber dann tauchten ein paar weiße Männer auf. Sie wollten die Nonnen besuchen, also zeigte Alice ihnen Schwester Mercys Grab und auch die Gräber der anderen Nonnen, die alt geworden und gestorben waren. Die Männer waren überrascht und wütend. Sie schlossen das Kloster und nahmen alles mit. Die Frauen konnten nur ein paar Dinge retten, die sie in der Holztruhe aufbewahren, die wir gesehen haben.«

Er schwieg und warf Annah einen Blick zu. Seine Augen funkelten belustigt.

»Kaum hatten die weißen Männer ihnen den Rücken gekehrt, sind die alten Frauen sofort wieder eingezogen!«

Annah lachte, als sie sich die Szene vorstellte.

»Aber schließlich hörten Regierungsbeamte, was geschehen war«, fuhr Stanley fort. »Sie warfen sie hinaus und nutzten die Gebäude zu einem anderen Zweck. Deshalb gingen sie nach Cone Hill. Sie siedelten sich hier an und errichteten ihr eigenes Kloster.«

Stanley schwieg. Er lehnte sich in seinem Sitz zurück und fuhr entspannt weiter.

»Ein Kloster mit Gärten«, fügte Annah hinzu. Sie dachte an ihr Gespräch mit Alice über die Regel der Gartenarbeit. »Alle Klöster haben Regeln«, hatte die alte Frau gesagt. »Durch sie findet man zu Gott.« Und dabei trug Alice, »die Äbtissin«, traditionelle Talismane um den Hals. Annah wusste, was sie bedeuteten: einer war ein Zauber, um Löwen abzuwehren, der andere sollte die Leber gesund halten. Wohl kaum im Sinn des Katholizismus. Und doch hatte Alice so geredet, als sei Schwester Mercy immer noch ihre Führerin. Und ihre Gemeinschaft war gut und stark – so dauerhaft, wie Annah sich immer den Geist in Klöstern vorgestellt hatte.

Hatten diese Frauen vielleicht das Unmögliche möglich gemacht, und ihre eigenen Traditionen mit der Weisheit der christlichen Nonnen in Einklang gebracht? Hatten sie den Schlüssel zum Besten aus beiden Welten gefunden und einen neuen Weg beschritten, dem sie alle folgen konnten?

Ein Stück weiter stießen sie auf eine Weggabelung, und Stanley fuhr nach rechts.

»In nordwestliche Richtung«, sagte er nach einem Blick auf den Kompass. »Wir müssten hier auf die alte Sklavenstraße stoßen. Dann können wir nach Osten abbiegen und dem Weg nach Langali folgen.«

Annah nickte. Sie dachte an all die Menschen, mit denen sie sich verbunden fühlte. Sarah, Kate, Michael, Zania, die alte Königin, Stanley. Es würden noch mehr Wunder nötig sein, bevor sie sie alle zusammengebracht hatte, aber ihre Hoffnung begann zu wachsen …

Als der Wald dichter wurde, wurde es überraschend kühl. Annah war froh, dass sie sich heute Früh eine von Kikis Hosen angezogen hatte, da sie keinen sauberen Kitenge mehr gehabt hatte. Jetzt zog sie auch noch ihr rosa Jackett über die Bluse. Es war ein vertrautes und tröstliches Gefühl wie die Berührung eines alten Freundes.

Immer tiefer drangen sie in den Dschungel ein, und Annah dachte, dass sie hier wohl kaum einen Platz finden würden, um ihr Zelt aufzuschlagen. Wahrscheinlich würden sie und Stanley die Nacht im Landrover verbringen müssen. Als sie jedoch gerade überlegten, ob sie einfach irgendwo anhalten sollten, wurde der Weg breiter, und der Wald lichtete sich.

»Wir sind da«, sagte Stanley.

Ein riesiger Mangobaum stand an der Stelle, wo sich die beiden Straßen trafen. Der Weg, den Stanley und Annah gefahren waren, endete hier, und die alte Sklavenroute begann.

Ein alter Wegweiser war an den Baum genagelt, aber man konnte nicht mehr erkennen, was einmal darauf gestanden hatte.

»Sieh mal!« Stanley wies in die Richtung, in die der Wegweiser zeigte. Ein Pfad führte zwischen den Bäumen hindurch, und man konnte eine Hütte erkennen. Stanley bog auf den Pfad ab, und kurz darauf kamen sie zu einer Lichtung.

Dort stand eine kleine, roh zusammengezimmerte Hütte. Tür und Fensteröffnungen waren nur dunkle Löcher, aber das Dach wirkte stabil.

Annah und Stanley stiegen aus und gingen vorsichtig darauf zu. Die Hütte war leer bis auf ein altes Feldbett und einen kaputten Kochtopf. Es stank nach Tierurin, und der Holzboden war voller Fledermauskot.

»Wahrscheinlich haben hier Goldsucher gelebt«, sagte Annah. Aber dann fiel ihr Blick auf ein verblichenes Foto an der Wand. Es war feucht und an den Kanten verschimmelt, aber man erkannte trotzdem noch eine Frau in Buschkleidung, die einen kleinen Schimpansen auf dem Arm hielt. Die Frau sah entschlossen und stark aus. Annah fiel ein Artikel im *National Geographic* ein, den sie in Langali gelesen hatte. Es war eine Geschichte über eine Zoologin gewesen, die bei den Gorillas gelebt hatte. Sarah und Annah hatten sich fasziniert die Fotos der Frau angesehen, die offensichtlich keine Angst hatte, sich ganz allein mitten im Dschungel aufzuhalten. Sie trug verschlissene Männerkleidung und machte sich offenbar über ihre Frisur überhaupt keine Gedanken.

Lächelnd schob sich Annah eine Strähne ihres staubigen Haares zurück. Wie überrascht sie über ihre eigene Entwicklung gewesen wäre, wenn sie damals in die Zukunft hätte sehen können. Und auch Sarahs Weg war nicht vorhersehbar gewesen. Michael hatte die ersten Anzeichen der Veränderung bei seiner Frau wahrgenommen, und Annah konnte sich noch gut daran erinnern, wie er damals in Kikis Haus zu ihr gesagt hatte: »Auf gewisse Weise gebe ich dir die Schuld dafür. Sie versucht zu beweisen, dass sie auch allein etwas tun kann.« Nachdenklich runzelte Annah die Stirn. Was er wohl sagen würde, wenn er wüsste, wohin dies geführt hatte? Sarah kümmerte sich, ohne Erlaubnis der Mission oder der Regierung, um Hexen und Flüchtlinge.

Stanley errichtete in der Mitte der Lichtung eine Feuerstelle. Dann entzündete er die beiden Laternen. Die Sonne versank schon hinter den Bäumen, die tropische Dämmerung war nur kurz. Er pfiff leise vor sich hin, während er arbeitete. Annah wusste, dass der Platz, den sie gefunden hatten, ihm gefiel. Er fühlte sich für ihr Lager verantwortlich und betrachtete es immer als persönliches Versagen, wenn sie keine bequeme Übernachtungsmöglichkeit hatten.

Alice hatte ihnen ein Huhn für die Fahrt mitgegeben. Es war schon gerupft, musste aber noch ausgenommen und gewürzt werden. Annah zog ihre Jacke aus und machte sich im Schein der Laternen daran, den Bauch des Vogels aufzuschneiden.

Der Dschungel war in der Dunkelheit voller Geräusche, und so blickte Annah kaum auf, als ein Zweig knackte. Eine plötzliche Bewegung von Stanley jedoch veranlasste sie, erschreckt aufzuspringen.

»Was ist los?«, rief sie. Sie ergriff die Laterne und leuchtete in Richtung des Landrovers und entdeckte gebückte Gestalten, die heranschlichen.

Die Banditen.

Stanley schrie erstickt auf, und dann ging alles sehr schnell. Annah lief auf den Wagen zu, wo Stanley, den Rücken an die Tür gedrückt, dastand. Er redete fieberhaft auf die Männer ein.

Es waren sechs oder sieben. Einer trug eine alte Armeemütze und eine Hose, die von einem Munitionsgürtel zusammengehalten wurde. Die übrigen trugen Shorts und zerfetzte Hemden. Jeder Mann war mit einer Machete bewaffnet, einige hatten auch noch Speere oder Knüppel dabei.

»Was wollt ihr?«, fragte Annah. Sie versuchte, so ruhig wie möglich zu wirken.

Der Mann mit der Mütze wies auf den Zündschlüssel des Landrovers.

»Den könnt ihr nicht haben«, erwiderte Annah fest. »Ich bin Krankenschwester. Ich arbeite mit kranken Kindern. Ich brauche den Wagen.« Da sie annahm, dass die Männer kein Swahili verstanden, wies sie auf den Medikamentenkasten mit dem roten Kreuz im Landrover.

»Verhandle nicht mit ihnen«, flüsterte Stanley. »Es sind sehr böse Männer.« Ein Knüppel wurde ihm in den Magen gerammt, und er sank zusammen.

Einen Moment lang war es still, und man hörte nur das Summen der Insekten. Stanley stöhnte.

Annah stand da wie erstarrt. Schweiß lief ihr über den Rücken. Die Männer wechselten rasch ein paar Worte, dann trat der mit der Mütze vor. Er hatte eine Wunde am Arm. Annah sah, dass Blut und Eiter durch einen schmutzigen Tuchfetzen sickerte. Er streckte ihr den Arm entgegen.

»Soll ich dir helfen?«, fragte Annah und zwang sich zu einem Lächeln. Sie winkte ihn nach hinten zum Landrover.

Der Mann setzte sich auf die Stoßstange, während Annah ihm einen neuen Verband anlegte. Sie arbeitete langsam und sorgfältig und hielt inne, wenn er vor Schmerzen zusammenzuckte. Die Wunde war ein langer, tiefer Schnitt eines Messers oder einer Machete. Kurz blickte Annah den Mann an, sagte jedoch nichts. Sie goss Efeulösung in eine Nierenschale und begann, das verkrustete Blut und den Eiter abzuwaschen. Der Vorgang war ihr so vertraut, dass sie einen Moment lang glaubte, der Patient würde, wenn sie fertig war, seine Dankbarkeit bekunden und weggehen. Aber dann merkte sie, wie der Mann auf die bloße Haut ihres Armes starrte. Er drehte sich nach seinen Gefährten um und verzog seine dicken Lippen zu einem höhnischen Grinsen.

Am liebsten wäre Annah nie fertig geworden. Aber schließlich hatte sie den neuen Verband angelegt. Der Mann erhob sich und tat so, als ginge er. Annah atmete erleichtert auf. Aber dann drehte er sich plötzlich wieder um, ein hässliches Grinsen auf dem Gesicht. Die anderen Männer pfiffen und schlugen sich lachend auf die Schenkel.

Mit einer einzigen Bewegung riss der Anführer Annahs Bluse auf. Seine Augen traten aus den Höhlen, als er ihre nackten Brüste sah. Er leckte sich über die Lippen. Plötzlich jedoch stutzte er und trat mit der Laterne näher an Annah heran, da er die Narbe auf ihrer rechten Brust bemerkt hatte.

Verwirrt betrachtete er sie, aber dann zuckte er die Schultern, packte Annah bei den Hüften und drehte sie herum, sodass sie halb zwischen den Kisten und Taschen im Landrover lag. Ihr Gesicht war schmerzhaft auf das Metall gepresst. Erst jetzt schien ihm aufzufallen, dass die Frau Hosen trug. Er rief zwei seiner Männer, und Gelächter brandete auf, als sie gemeinsam versuchten, sie auszuziehen.

Annahs Blick fiel auf Stanley. Er stand mit dem Gesicht zu ihr, und einer der Männer hielt ihm ein Messer an die Kehle.

Ihre Blicke begegneten sich. Beide wussten, dass es keinen Sinn hatte, sich zu wehren. Und sie wussten auch, dass sie nach dem Überfall wahrscheinlich getötet werden würden.

Kikis Hosen wurden heruntergerissen, ebenso wie die Missionarsunterwäsche. Dann erstarb das Gelächter. Die Männer starrten fasziniert auf die weiße Haut der Frau. Der Anführer zögerte einen Moment lang, aber dann legte er langsam den Munitionsgürtel ab, der seine Hose zusammenhielt.

Einer der Männer, der ihre Schwesterntasche durchwühlte, stieß einen gutturalen Schrei aus. Annah konnte sehen, dass er ein paar getrocknete Wurzeln und Fetische in der Hand hielt, die einem Seher gehört hatten. Der Anführer winkte ungeduldig ab. Aber wieder schrie der Mann entsetzt auf. Der Anführer ignorierte ihn. Er warf sich mit seinem ganzen Gewicht auf Annah und drückte ihre Hüften gegen die harte Oberfläche einer Kiste. Sie spürte seinen Atem an ihrem Nacken – den Geruch nach schalem Bier. Immer noch fummelte er an seiner Hose herum. Sie schloss die Augen. Plötzlich war der Mann hinter ihr weg. Kühle Luft strich über ihre nackte Haut.

Eine Faust schloss sich um ihren Arm und riss ihn hoch. Jemand wies auf Zanias Armreif.

»Makawi!«, schrie jemand immer wieder. Annah drehte sich um. Der Anführer wurde von zwei seiner Männer festgehalten. Die ganze Bande schrie ihn an.

»Makawi! Makawi!«

Sie wiesen auf den Boden, wo Annahs Sammlung einheimischer Medizin aufgehäuft war. Einer der Männer zeigte auf das geköpfte Huhn, das sie gerade ausgenommen hatte, dann drehte er sich um und blickte ängstlich wieder auf ihren Armreifen und die Narbe auf ihrer Brust.

Langsam begannen die Männer, zurückzuweichen. Der Anführer bückte sich nach seiner Machete, rief einen knappen Befehl, und die Männer drehten sich um und rannten in den Wald.

Stanley und Annah standen da wie erstarrt, aber dann sprangen sie in den Landrover und verriegelten die Türen. Stanley drehte den Zündschlüssel und trat aufs Gaspedal. Aber der Wagen startete nicht. Annah keuchte auf. Mit zitternden Händen griff sie nach ihrem Gewehr und entsicherte es.

Stanley schaltete die Zündung wieder ab. »Es hat keinen Sinn. Der Motor ist abgesoffen. Wir müssen ein bisschen warten.«

»Wer sind diese Männer?«, fragte Annah. Ihre Stimme schien jemand anderem zu gehören, nicht der nackten, zitternden Frau, deren Körper vom Schweiß eines hässlichen Fremden bedeckt war.

Stanley schüttelte den Kopf. »Ich kannte ihre Sprache nicht.« Er erstarrte, als sich im Gebüsch etwas bewegte. Ein Mann mit bloßem Oberkörper stürzte auf die Lichtung und warf etwas zum Fahrzeug. Annahs rosafarbenes Jackett. Dann rannte er wieder weg, so schnell er konnte.

»Warum hat er das getan?« Annah lachte zitterig. Sie spürte, wie Hysterie in ihr aufstieg.

Stanley schwieg. Vorsichtig kletterte er aus dem Wagen und holte das Jackett sowie Annahs übrige Kleidung.

»Es bringt Unglück, eine Hexe zu bestehlen«, sagte er und reichte Annah die Sachen, während er sich wieder hinters Steuer setzte. Seine Stimme war ernst. Das Wort, das er für Unglück verwendete, beschrieb die schlimmste Situation – eine echte Katastrophe, die über mehrere Generationen hinweg anhielt.

Dankbar nahm Annah die Kleider entgegen und zog sich sofort das Jackett über. In der Seitentasche war eine Ausbuchtung. Zuerst konnte sie sich nicht vorstellen, was darin sein sollte, aber dann fiel ihr Naagas Fetischpuppe ein – ihr afrikanischer Sankt Christopherus, der Beschützer der Reisenden.

Der Himmel klarte auf, und der Schein des fast vollen Mondes fiel auf eine unheimliche Szenerie: verstreut herumliegende Campinggegenstände, ein umgestürzter Hocker, die Laterne, eine Wasserflasche. Das Huhn …

»Sieh mal.« Stanley wies über die Lichtung auf den Hauptweg. Am Hügel zog sich das schmale Band der Sklavenroute entlang. Dort bewegten sich die dunklen

Gestalten der Banditen. Speerspitzen und Macheten blitzten im Mondlicht auf.

Annah und Stanley blickten einander an. Worte waren nicht nötig. Die Männer zogen nach Osten. Wenn sie nicht vom Weg abwichen, würden sie schließlich in Langali ankommen.

»Wir müssen sie überholen«, sagte Stanley.

Annah schloss die Augen. Eine Welle der Übelkeit stieg in ihr auf. Der Landrover würde überall im Dschungel zu hören sein, und wenn die Männer den ersten Schrecken darüber, auf eine »weiße Hexe« gestoßen zu sein, überwunden hatten, würden sie bestimmt einen erneuten Überfall planen. Der Gedanke daran, den Banditen noch einmal in die Hände zu fallen, erfüllte Annah mit kalter Angst.

»Dieser Seitenweg führt an der anderen Seite des Lagers vorbei.« Stanley sprach leise, obwohl die Banditen ihn nicht mehr hören konnten. »Er trifft weiter oben auf die Sklavenroute. Wenn wir uns beeilen, sind wir vorher da.«

Stanley startete den Wagen noch einmal, und dieses Mal sprang er an. Verzweifelt schloss Annah die Augen. Heiße Tränen rannen über ihr Gesicht.

Steif und konzentriert saß Stanley hinter dem Steuer. Seine Hände umklammerten das Lenkrad. Er fuhr so schnell er konnte, aber ab und zu mussten sie anhalten, um Äste oder kleinere Bäume aus dem Weg zu räumen.

Minuten wurden zu Stunden, während sich der Wagen mühsam über den schmalen Pfad kämpfte. Und dann endlich lag die Sklavenroute vor ihnen. Ein Wegweiser markierte die Stelle, wo der Weg abbog. Stanley fuhr langsam an die Kreuzung heran und betrachtete aufmerksam den Boden. In beide Richtungen war die Erde glatt, ohne Fußabdrücke. Er warf Annah einen Blick zu.

»Hier ist vor uns niemand entlanggekommen.«

»Gut«, hauchte Annah. »Dann sind wir vor ihnen.« Sie blickte nach Westen, wobei sie fast erwartete, dass die zerlumpte Bande auftauchen würde. Aber nichts rührte sich. Stumm ragten die Bäume auf.

Annah legte den Kopf auf die Arme. Das stetige Schaukeln des Landrovers beruhigte sie und nahm ihr die Anspannung.

Als sie die Augen aufschlug, lag eine weite, baumlose Ebene vor ihr. Der erste Schimmer des Morgenrots zog über die Hügel, auf denen Kühe grasten. Ein wunderschöner, friedlicher afrikanischer Morgen begann, und Annah war auf einmal von überwältigender Dankbarkeit erfüllt, dass sie ein Teil davon war und dies alles noch erleben durfte.

Sie blickte zu Stanley. Er hatte sich in seinem Sitz zurückgelehnt und lenkte mit einer Hand.

»Ich habe geschlafen«, sagte sie schuldbewusst. Sie hätte wach bleiben und aufmerksam in die Dunkelheit spähen müssen.

Stanley lächelte sie an. »Das hat dir gut getan.«

»Soll ich jetzt fahren?«

Der Mann schüttelte den Kopf. »Ich bin nicht müde. Außerdem sind wir gleich in Langali.«

Annah erstarrte. Unvermittelt fiel ihr alles wieder ein, und die Ereignisse der Nacht standen ihr mit entsetzlicher Deutlichkeit vor Augen.

»Halt dich fest!«, schrie Stanley plötzlich und trat heftig auf die Bremse, weil Ziegen aus dem Gebüsch sprangen. Hinter ihnen tauchte ein kleiner Junge auf. Beim Anblick des Landrovers ließ er seinen Stock fallen und rannte entsetzt davon. Stanley rief ihm etwas nach, aber es nützte nichts. Wahrscheinlich war seit Jahrzehnten hier kein Fahrzeug mehr entlanggefahren.

Diese Annahme bestätigte sich, als sie ein kleines Dorf erreichten. Ihre Ankunft wurde mit einer Mischung aus Erstaunen und Entsetzen beobachtet. Entgegen alle Etikette blieb Stanley im Wagen sitzen und ließ den Motor laufen.

»Wir sind Banditen begegnet«, rief er einem alten Mann zu, der, von zwei Kriegern mit Speeren begleitet, an den Wagen trat. »Sie wollten den Landrover stehlen. Es sind sehr böse Männer. Vielleicht kommen sie auch in euer Dorf. Wer weiß das schon?«

Der alte Mann nahm offenbar Stanleys Warnung ernst und neigte den Kopf. Wie aus dem Nichts tauchte plötzlich eine Staude grüner Bananen auf, die Stanley durchs Fenster zog und an Annah weiterreichte. Weitere Geschenke lehnte er ab, und sie fuhren weiter.

Je näher sie der Mission kamen, desto schlechter wurde der Weg, aber er blieb befahrbar. Schließlich bog er scharf nach rechts ab und auf einmal tauchte vor ihnen die Kirche auf.

Wie eine Vision stand sie da, von der Morgensonne in rosafarbenes Licht getaucht. Kerzen brannten in den beiden Fenstern.

Stanley ließ den Wagen auslaufen und schaltete den Motor ab. In der Stille, die folgte, hörten sie, dass in der Kapelle ein Choral gesungen wurde. Schweigend lauschten die beiden. Das Lied war Annah zutiefst vertraut, aber es dauerte einen Moment, bis sie es einordnen konnte. Sie wandte sich an Stanley. »Heute muss Karfreitag sein.«

Überrascht sahen sie einander an. Sie hatten nicht gewusst, dass Ostern vor der Tür stand, und das zeigte deutlich, wie weit sie sich vom Leben in der Mission entfernt hatten. Von ihrem alten Leben.

Stanley startete den Wagen wieder und fuhr an der

Kirche vorbei und an der Außenmauer des Geländes entlang. Annah kam es seltsam vor, dass sie sich Langali so heimlich näherten. Schließlich gelangten sie an eine Öffnung im Zaun und bogen auf das Gelände ab. Jetzt konnten sie vorfahren wie jeder andere Besucher auch.

Stanley parkte neben dem Landrover von Langali. Er warf Annah einen fragenden Blick zu, als erwarte er, dass sie den nächsten Schritt machte. Sie blickte verlegen auf ihre Hände. Ab einem gewissen Punkt konnten sie sich hier nicht mehr gegenseitig helfen, sondern waren auf sich gestellt.

»Ich gehe zum Haus und warte dort auf sie«, sagte Annah.

Stanley nickte. »Ich kümmere mich um den Landrover.«

Jeder mied den Blick des anderen.

Annah ging über den ausgetretenen Pfad zum Missionshaus, wie sie es schon so oft getan hatte. Es war ein eigenartiges Gefühl, an der Tür anzuklopfen, durch die sie früher einfach eingetreten war. Sie stand ganz still und lauschte auf Schritte. Sarah, Kate und Michael waren bestimmt in der Kirche. Aber es war sicher jemand in der Küche, um das Mittagessen vorzubereiten, zu dem Annah als Europäerin auf jeden Fall eingeladen werden müsste. Die Aussicht, Michael in seinem Wohnzimmer gegenübertreten zu müssen, erschreckte sie, aber es war immer noch besser, als wenn die ganze Station dabei zusah.

Niemand öffnete die Tür. Zögernd drückte Annah die Türklinke hinunter und trat ins Haus. Der Duft von frisch gebackenem Kuchen hing in der Luft.

Vorsichtig und leise ging Annah ins Wohnzimmer. Ihr Blick fiel sofort aufs Fenster. Die Vorhänge mit den Bumerangs und Speeren der Aborigines waren verschwunden, und stattdessen hingen jetzt einfarbige, blaue Seidenschals dort. Es gab auch noch andere Veränderungen. Eine bunte Decke lag über der Couch, und oben auf dem Bücherregal standen afrikanische Schnitzereien, darunter waren neben den düsteren Buchrücken von Michaels Bibel und der Konkordanz einige Romane aufgereiht.

Auf der Anrichte stand eine gerahmte Fotografie, an der ein Frangipani-Zweig steckte. Annah erkannte das Schwarzweißbild sofort – ein lächelndes Mädchengesicht.

»Kate«, sagte sie unwillkürlich. Liebkosend fuhr sie mit den Fingerspitzen über das Glas. Ihr Patenkind musste mittlerweile zwölf Jahre alt sein. Sie sah dünner, reifer aus, und sie hatte Sarahs dicke, dunkle Haare und Michaels großzügigen Mund, und immer noch den gleichen Ausdruck in den Augen – den Glauben daran, dass das Leben schön war. Vorfreude stieg in Annah auf, als sie daran dachte, dass sie das Mädchen in Kürze wiedersehen würde.

Als sie Schritte auf der Veranda hörte, drehte sie sich um. Die Tür ging auf, und Sarah trat ein.

Als sie Annah erblickte, blieb sie wie angewurzelt stehen. Dann kam sie wie in Zeitlupe auf sie zu, und im nächsten Moment lagen sie einander in den Armen.

Schließlich löste sich Sarah von Annah und blickte sie zärtlich an. Liebevoll schob sie ihr eine Haarsträhne aus der Stirn, wobei ihr die Schramme auffiel, die Annah bei dem nächtlichen Überfall davongetragen hatte.

»Du bist verletzt!«, rief sie besorgt aus.

»Es geht mir gut«, erwiderte Annah.

»Was ist passiert?«

Annah schüttelte den Kopf. Tränen traten ihr in die Augen, und plötzlich fühlte sie sich schwach und klein.

Sarah zog ihre Freundin wieder in die Arme. »Jetzt bist du hier. Nur das zählt«, murmelte sie. Sie grub ihre Hände in Annahs dicke Haare und barg ihr Gesicht darin, als ob sie sich vergewissern wollte, dass die Freundin wirklich da war.

Als Annah aufblickte, stand Michael auf der Schwelle.

Annah erstarrte, und ihre Arme sanken herab. Sarah drehte sich fragend um, und als sie ihren Mann sah, erstarrte auch sie.

Michael betrachtete Annah von Kopf bis Fuß, und als er ihre Schramme bemerkte, trat er näher, um sie genauer zu untersuchen.

»Bist du in Ordnung?« Sein Ton war unpersönlich, aber nicht kalt.

Annah nickte. Hoffnung stieg in ihr auf, vielleicht würde er sie ja willkommen heißen? »Ja. Danke.«

Michaels Gesicht blieb ausdruckslos, seine Miene verriet nichts. Schweigen senkte sich über das Zimmer. Annah zog ihre Jacke enger um ihre zerrissene Bluse. Sarah stand bewegungslos neben ihr. Schließlich holte Annah tief Luft.

»Stanley und ich sind gestern Abend im Dschungel überfallen worden. Es waren ungefähr sechs Männer, alle bewaffnet. Sie hatten Macheten, Messer und Speere.«

Sarah wirbelte zu ihr herum »Was haben sie dir getan?«

»Nichts. Sie bekamen Angst und rannten weg. Aber sie sind in diese Richtung gelaufen. Wir sind direkt hierher gefahren, um euch zu warnen.«

»Was wollten sie?«, fragte Sarah alarmiert. »Woher kamen sie?«

»Sie wollten den Landrover«, erwiderte Annah. »Woher sie kamen, wissen wir nicht. Stanley kannte ihre Sprache nicht.«

»Und du meinst, sie kommen hierher?«, fragte Sarah. »Bist du sicher?« Sie presste die Lippen zusammen, als ob sie Angst hätte, zu viel gesagt zu haben.

»Ja. Das haben wir gesehen.«

Die beiden Frauen wechselten einen Blick. Ein geheimes Einverständnis.

Dann schloss Sarah die Augen. Michael legte ihr beruhigend die Hand auf die Schulter.

»Wir hatten kürzlich auch ein paar Probleme«, sagte er zu Annah. Sein Tonfall war vorsichtig, höflich. »Banditen sind über die Grenze gekommen. In der letzten Zeit ist die Lage hier ziemlich unsicher.«

»Sie könnten bei Einbruch der Dunkelheit hier sein«, unterbrach ihn Annah. »Wir sind zwar mit dem Auto gefahren, aber auch nur langsam vorwärts gekommen.« Als sie aus dem Fenster blickte, sah sie, dass Stanley den Landrover unter den Gummibäumen geparkt hatte. Dorfbewohner und Missionsangestellte drängten sich um das Fahrzeug, was ihre Angst und ihre Sorge nur noch vergrößerte. Alles war zu normal, zu ruhig.

»Kate«, sagte Annah plötzlich, »wo ist Kate?«

»Sie ist nicht hier«, erwiderte Sarah. »Sie ist in Dodoma im Internat.«

Annah nickte enttäuscht und zugleich erleichtert. Kate war zwar in Sicherheit, aber sie würde sie nicht sehen können. Sie wandte sich wieder an Michael.

»Wo sind deine Gewehre?«

Michael sah sie entsetzt an. Nach kurzem Zögern erwiderte er: »Wir haben keine Gewehre mehr auf der Station.«

Annah runzelte nun fragend die Stirn. »Wie meinst du das?«

»Wir haben beschlossen, eine friedliche Position einzunehmen. Das mussten wir. Wir können nicht weiterarbeiten, wenn wir ständig darauf warten, die Station verteidigen zu müssen.«

»Aber du hast deine Gewehre doch sicher nur weggeräumt?«, fragte Annah.

»Nein. Wir haben sie verbrannt – auf dem Gelände«, erwiderte Michael. »So dass alle es sehen konnten.«

Annah starrte ihn an. »Auch deine Sheridan?« Der kostbare Besitz, den er an zahllosen Abenden so liebevoll gepflegt hatte.

Leichtes Bedauern trat in Michaels Augen, aber seine Stimme klang fest. »Es war das einzig Richtige.«

»Ich habe drei ...«, begann Annah.

»Nein.« Michael hob abwehrend die Hand. »Es gibt eine Regel: keine Gewehre auf dem Gelände, und wir können sie nicht brechen.«

»Aber diese Männer sind gefährlich«, wandte Annah ein. »Sie hatten Waffen. Und sie benutzen sie auch.«

»Wir sind bereits ausgeraubt worden«, erwiderte Michael. »Es ist am besten, sich so kooperativ wie möglich zu verhalten. Aus Vorsicht haben wir nur geringe Vorräte in den Lagern. Den Rest haben wir an allen möglichen Stellen vergraben. Und unser Landrover ist immer ›kaputt‹.« Er wies auf ein Verteilerkabel, das auf dem Kaminsims lag. »Wenn die Männer, die ihr gesehen habt, hier auftauchen, lassen wir sie einfachen nehmen, was sie wollen. Niemand wird verletzt. Und dann gehen sie wieder.«

»Darauf kannst du dich nicht verlassen.« Wut stieg in Annah auf. Michael klang so sicher und vernünftig, dass gar kein Widerspruch möglich war.

Der Mann warf einen Blick auf Annahs zerrissene Kleidung. »Das ist eine Missionsstation. Die Leute wissen, dass sie Gott gehört, und selbst die Schlimmsten zeigen dem Ort gegenüber einen gewissen Respekt. Es ist nicht das Gleiche, wie auf der Straße überfallen zu werden.«

»Du willst also ruhig abwarten, bis sie kommen, und auf das Beste hoffen?«

»Ja. Und beten.«

»Das ist doch Wahnsinn!«

Michael zuckte zurück. Dann kniff er die Augen zusammen. »Nun, so machen wir es hier eben. Das hast du vielleicht vergessen, aber hier gibt es Regeln. Glauben. Und wir halten uns daran.«

Annah blickte ihm in die Augen. Sie sprachen eigentlich nicht mehr über Gewehre oder Banditen. Es ging um etwas ganz anderes. Um ein Thema, das viel weiter zurücklag.

Lass dich nicht mit Andersgläubigen ein ...

Sie waren wieder in Mtemis Hütte. Annah stand zwischen den beiden Männern. Eifersucht und Misstrauen lagen in der Luft.

»Du kommst jetzt mit mir, oder du wirst ganz auf dich allein gestellt sein!«

Annah hatte schon damals gewusst, dass Michael seine Worte immer ernst meinte. Liebe war für ihn keine Entschuldigung für Schwäche, man musste immer das Richtige tun und sich anpassen.

Oder sich nicht anpassen. Und dann wurde man weggeschickt.

Annah blickte auf ihre Hände. Mit den Jahren waren ihre Gefühle ihm gegenüber schwächer geworden. Aber der Schmerz war geblieben, da sie sich insgeheim immer noch nach der Nähe, die sie früher füreinander empfunden hatten, sehnte. Das Dreieck der Liebe, das Michael zerstört hatte. Und jetzt rührte sich der alte Schmerz wieder in ihr.

»Du willst mich hier nicht, oder?«, fragte sie. »Selbst jetzt nicht, nach all den Jahren, die inzwischen vergangen sind.«

Michael erstarrte. Er sagte nichts, aber sein Schweigen war Antwort genug.

Annah seufzte. In Sarahs Augen stand der gleiche Schmerz wie in ihren. Mit letzter Kraft wandte sie sich noch einmal an Michael: »Wir sind gekommen, um euch vor den Banditen zu warnen. Mehr nicht. Wir fahren wieder.«

Sie ging auf die Tür zu. Sarah machte zwei Schritte, als wolle sie sie aufhalten, aber dann war es still.

Annah trat auf die Veranda in die warme, helle Sonne …

Wie durch einen Nebel sah sie den blauweißen Landrover unter den Gummibäumen stehen. Rasch eilte sie darauf zu und drängte sich durch die Umstehenden, ohne auf ihr Getuschel zu achten.

Stanley. Wo bist du?

Wie auf ein Stichwort tauchte er hinter dem Landrover auf.

»Lass uns fahren«, sagte sie mit kaum vernehmbarer Stimme.

Sie stieg in den Wagen und ließ die Haare wie einen Schleier vor ihr Gesicht fallen.

Stanley stieg auf der Fahrerseite ein und schloss die Tür. Er wollte den Wagen gerade starten, als jemand leise an Annahs Scheibe klopfte.

Sarah.

Annah hob den Kopf und blickte in Michaels tiefblaue Augen. Er bedeutete ihr, das Seitenfenster herunterzulassen.

Annah versuchte, die Scheibe herunterzukurbeln, aber es gelang ihr nicht. Also stieg sie einfach aus und stellte sich vor ihn. Die Leute um sie herum beobachteten sie aufmerksam.

Auch Stanley stieg aus dem Wagen und stellte sich neben Annah. Schließlich kam auch noch Sarah angelaufen, das Gesicht verzerrt vor Angst. Annah warf ihr einen Blick zu und schaute dann wieder Michael an. Sie hatte alle Hoffnung verloren, sah ihn stumm und wartend an.

»Geh nicht«, sagte er.

Ein Raunen ging durch die Menge.

Er senkte den Blick. »Es tut mir Leid.« Seine Worte waren leise, fast verloren, aber sie trafen Annah wie ein goldener Sonnenstrahl.

Michael blickte wieder auf und sah Annah in die Augen. Dann wiederholte er, dieses Mal so laut, dass alle ihn hören konnten: »Es tut mir Leid.«

Die Menschen drängten sich enger um Annah und Michael, aber die Bewegungen waren zögerlich, als wüsste keiner, was der nächste Moment bringen würde.

Dann trat Ordena vor und ging direkt auf Annah zu.

»Ich grüße dich, Schwester«, sagte die Ayah. Ihre Lachfältchen waren tiefer geworden, seit Annah sie zum letzten Mal gesehen hatte, aber abgesehen davon war die Frau überhaupt nicht gealtert. Spontan und warmherzig umarmte sie Annah und hüllte sie in ihren Küchenduft nach Butterfett und Holzrauch ein.

Dann löste sie sich von ihr und musterte prüfend ihr Gesicht. »Du bist dünn geworden«, stellte sie fest. Sie drehte sich zu Sarah um. »Sollten wir nicht ins Haus gehen und mit diesen Reisenden unser Essen teilen?« Ihre Frage durchbrach die gespannte Atmosphäre. Plötzlich schien alles ganz normal zu sein. Sarah blickte die Ayah erstaunt an, als habe die Frau gerade ein Wunder vollbacht.

»Natürlich. Danke«, erwiderte sie. Die Leute begannen zu plaudern, Kinder lachten und spielten.

Annah, Michael und Sarah standen nebeneinander. Keiner von ihnen sagte etwas, aber jetzt war es kein gespanntes Schweigen mehr. Sie sahen zu, wie Stanley von seinen Verwandten begrüßt und mit Fragen überschüttet wurde. Ein Kind saß bereits auf seiner Hüfte, und neben ihm stand eine alte Frau. Der Afrikaner lächelte und redete, aber man merkte ihm deutlich an, dass seine eigentliche Aufmerksamkeit Annah galt.

»Lasst uns nicht ins Haus gehen«, schlug Sarah plötzlich vor. »Lasst uns hier draußen essen. Alle zusammen.«

Michael blickte sie überrascht an, auch Ordena war zuerst erstaunt, aber dann nickte sie zustimmend.

»Das ist ein guter Plan«, sagte sie. »Heute ist schließlich ein besonderer Tag.«

Innerhalb weniger Minuten lagen Grasmatten im Schatten von Schwester Barbaras Gummibäumen. Die Dorfbewohner brachten Essen in Sisalkörben: geröstete Pferdebohnen, Pawpaw, Erdnüsse und Kalebassen mit Milch, die mit Graskorken verschlossen waren. Bald darauf wurden Tonschüsseln mit dampfendem Ugali herbeigetragen. Und dann kam Tefa aus dem Haus mit einer großen Platte voller warmer Korinthenbrötchen.

Annah nahm auf einer der Matten Platz. Stanley hockte sich rechts neben sie, die Arme auf afrikanische Art über den Knien. Michael setzte sich mit gekreuzten Beinen neben ihn. Er wirkte verlegen, schien sich aber nicht unwohl zu fühlen. Als man ihm eine Schüssel mit Pferdebohnen reichte, nahm er eine Hand voll und reichte den Behälter dann weiter an Annah. Dabei lächelte er sie an. Er schien überrascht, als ob die Ereignisse des Morgens einen für ihn unerwarteten Verlauf genommen hätten.

»Wir haben einen neuen Entbindungsflügel angebaut«, sagte er zu Annah. »Da drüben.«

»Er sieht groß aus«, erwiderte Annah.

Wieder begegneten sich ihre Blicke. Fast hätten sie

beide laut aufgelacht. Es war aber auch schwierig, nach so vielen Jahren des Schweigens wieder miteinander zu reden.

Michael wandte sich an Stanley, und die beiden Männer begannen ein intensives Gespräch.

Sarah saß neben ihr und reichte ihr ständig Essen. Annah aß hungrig. Die ganze Zeit über wurde sie mit Neuigkeiten versorgt. Wer geheiratet, Hütten gebaut und Rinder erworben hatte. Drei Halbwüchsige, die sie auf die Welt gebracht hatte, kamen zu ihr und erinnerten sie daran, wer sie waren. Sie beugten sich über sie – starke, gesunde Geschöpfe.

Dann trat Erica zu ihr, die bei Kates Geburt für Sarah Blut gespendet hatte. Sie hielt Annah ihr jüngstes Baby hin.

Sarah winkte einer Frau, die am Rand der Menge saß. Sie stand auf – eine große Frau mit honigbrauner Haut und langen Haaren – und kam herüber.

»Das ist Mileni«, stellte Sarah sie vor. »Sie kommt aus einer Mission in Addis Abeba. Sie ist ausgebildete Krankenschwester.«

Annah schüttelte ihr die Hand und begrüßte sie.

»Mileni hilft mir bei meiner Arbeit«, fügte Sarah hinzu.

Annah warf ihr einen fragenden Blick zu. Aber Sarah sagte nichts mehr. Stattdessen nahm sie eine Schüssel mit Mangos und legte einen Schnitz auf Annahs Teller.

Während sie aß, blickte Annah immer wieder zu Stanley. Der Mann beteiligte sich eifrig an den Gesprächen und dem Lachen um ihn herum. Aber ab und zu sah auch er zu Annah hin, und die beiden wechselten einen unbehaglichen Blick, weil sie um die drohende Gefahr wussten. Michael hatte auf ihre Warnungen nicht reagiert. Sarah hatte sich zwar alarmiert gezeigt, aber sie würde auch nichts gegen die Regeln der Station unternehmen.

Die Afrikaner ahnten nichts von der Gefahr, in der sie schwebten. Immer wieder blickte Annah nach Westen, und in Gedanken war sie beim Landrover, der ganz in der Nähe geparkt war. Dort lagen ihre Gewehre und die Munition …

Als die Morgenvisite nicht mehr länger verschoben werden konnte, ging Michael zum Hauptgebäude des Krankenhauses. Kaum war er fort, stand Sarah auf.

»Komm mit mir.« Sie ergriff Annahs Hand und zog sie mit sich fort.

Annah dachte, sie wollte mit ihr ins Haus gehen, aber kurz davor bog Sarah nach links ab und eilte mit ihr zu der kleinen Hütte, in der einst Annah gewohnt hatte.

»Die europäische Krankenschwester ist nicht mehr hier«, sagte Sarah. »Wir benutzen die Hütte jetzt als Isolierstation.«

Drinnen roch es nach Desinfektionsmittel. Sarah schaltete das elektrische Licht ein. Die Wände waren frisch gestrichen worden, und dadurch wirkte der Raum seltsam hell.

Sarah schloss die Tür hinter sich.

»Wir sind bei Alice gewesen«, sagte Annah leise.

Sarah erstarrte. »Ist alles in Ordnung.«

Annah nickte. »Ich habe ihnen viele Medikamente dagelassen. Und etwas zu essen …«

»Gott sei Dank.« Sarah stieß einen erleichterten Seufzer aus. »Als du uns von den Banditen erzählt hast, hatte ich schon Angst, sie wären dort gewesen. Die Männer des feindlichen Stammes suchen nach den Flüchtlingen. Aber wenn sie hierher kommen, dann bedeutet das, dass sie vom Lager nichts wissen. Entweder das, oder es sind wirklich nur gewöhnliche Banditen – das ist am wahrscheinlichsten.« Sie brach ab, als sei ihr ein neuer Gedanke gekommen. »Dann weißt du also von mir …« Ein Lächeln spielte um ihre Lippen. »Du bist schockiert, nicht wahr? Allein die Vorstellung, dass ich auf eigene Verantwortung etwas tue und Michael nichts davon erzähle und dazu noch mit Hexen zusammenarbeite!«

Annah erwiderte ihr Lächeln, wurde aber gleich wieder ernst. »Zania hat mir erzählt, warum er dich um Hilfe gebeten hat und dass du gleich Ja gesagt hast. Wegen mir – wegen uns.«

»Zuerst war das sicherlich der Grund«, entgegnete Sarah. »Aber jetzt …« Sie schwieg und suchte nach den richtigen Worten. »Es liegt an allem Möglichen. Deshalb bin ich hier.« Verlegen zuckte sie die Schultern. »Weißt du, sie haben mir einen Namen gegeben – die Dame mit den Eiern –, weil ich ihnen Hühner mitgebracht und ihnen das Versprechen abgenommen habe, für jedes Kind ein Ei ins Ugali zu geben.«

Annah hörte ihrer Freundin stolz zu.

»Die Frauen waren zuerst nicht einverstanden«, fuhr Sarah fort. »Sie sagten, die Mädchen würden dadurch unfruchtbar, und ich konnte ihnen nicht beweisen, dass sie Unrecht hatten. Aber die Kinder brauchten das Protein. Schließlich bat ich sie, mir einfach zu glauben. Und das taten sie auch.« Sarah lächelte wieder, und ihre Augen leuchteten auf. »Sie vertrauen mir.«

»Und Michael weiß von nichts?«, fragte Annah.

Sarah schüttelte den Kopf. »Ich hasse es, Geheimnisse vor ihm zu haben, jedenfalls so ein großes. Aber je weniger Leute es wissen, desto sicherer sind sie. Außerdem ist das, was ich tue, illegal. Wenn Michael es erführe, müsste er der Mission und der Regierung Bericht erstatten. Wenn alles zufällig herauskäme, gäbe es auch großen Ärger. Aber andererseits, nun ja, ich bin nur die ›kleine m‹ …«

Annah nickte langsam. Das ergab Sinn, aber sie konnte sich vorstellen, was es Sarah kostete, ihre Arbeit vor Michael geheim zu halten.

»Was glaubt denn Michael, wo du hinfährst?«, fragte sie.

Sarah schlug die Augen nieder. »Ich fahre immer mit Mileni weg. Sie begleitet mich, wenn ich Mütter und ihre Babys in ihren Hütten besuche. Alle denken, wir machen solche Besuche.«

»Fährt sie mit dir ins Lager?«

»Wir verlassen Langali zusammen, aber Mileni wartet dort auf mich, wo Zanias Weg beginnt. Ich bin die Einzige, die den Weg kennt, und ich gehe allein dorthin.«

»In den Dschungel!«, rief Annah aus.

Sarah nickte schüchtern. »Wenn mich der Mut verlässt, denke ich an dich und daran, dass du immer das getan hast, was du für richtig hieltest, und dass nichts dich jemals aufgehalten hat.«

Annah lächelte gerührt.

Eine schwarze Krähe flog am Fenster vorbei, und die beiden Frauen sahen ihr nach.

»Ob diese Männer wohl hierher kommen?« fragte Sarah. Plötzlich schien sie all ihre Kraft verlassen zu haben. Sie wandte sich Annah zu,und die beiden Frauen umarmten einander.

In der Dämmerung eilte Annah zur Kapelle. Sie hielt ihr Gewehr eng an sich gedrückt, damit niemand es bemerkte. Trotzdem kam sie sich vor wie eine Gesetzlose. Michael hatte sie ausdrücklich darum gebeten, die Regeln der Station zu respektieren und die Gewehre im Landrover zu lassen. Glücklicherweise war ihr bis jetzt noch niemand begegnet – die meisten Leute waren so früh wie möglich nach Hause gegangen, um ihr Karfreitagsessen vorzubereiten. Auch Sarah war in ihrer Küche und beaufsichtigte Tefas Arbeit. Michael war noch im Krankenhaus und operierte, und so hatte Annah den Augenblick genützt, um unbemerkt aus dem Haus schlüpfen zu können.

Nach dem Willkommensfrühstück und einer Führung durch das Krankenhaus waren sie schnell übereingekommen, dass Stanley und Annah eine Weile in Langali bleiben sollten. Annah als Gast im Missionshaus und Stanley bei der Familie seines Bruders im Dorf. Die Stunden verstrichen ereignislos, und Annah begann zu hoffen, dass die Banditen nach Hause zurückgekehrt waren. Aber als die Nacht hereinbrach, bekam sie erneut Angst. Sie wollte unbedingt handeln.

An der Stelle, wo der Begrenzungszaun an die Kapelle stieß, blieb Annah stehen. Sie legte ihr Gewehr auf die Mauer aus Lehmziegeln und kletterte darüber.

Auf der anderen Seite sprang sie hinunter und landete geräuschlos auf dem mit Blättern bedeckten Boden. Dann stellte sie sich, den Rücken zur Mauer der Kapelle, dorthin. Die Fenster waren dunkel.

Annah zog ihr rosafarbenes Jackett enger um sich. Ihr Ellbogen berührte Naagas Geschenk in ihrer Tasche. Schuldbewusst schob sie es tiefer hinein. Nicht auszudenken, wenn Michael es sehen würde …

Nervös blickte Annah in die Dunkelheit. Man konnte von zahlreichen Stellen aus in das Gelände der Mission eindringen, aber wenn die Banditen auf dem Weg geblieben waren, kamen sie hier an.

Der Abend war friedlich, nur die üblichen Geräusche der Tiere waren zu hören. Aber plötzlich raschelten links von ihr Blätter. Alarmiert entsicherte Annah ihr Gewehr und spähte angestrengt zwischen die Bäume.

Dort, vor ihr, war eine dunkle Gestalt, ebenfalls mit einem Gewehr.

Beide erstarrten. Dann flüsterte jemand: »Nicht schießen. Ich bin es.«

»Stanley!«

Erleichtert atmete Annah auf.

»Wir hatten den gleichen Gedanken«, sagte Stanley.

»Ja«, erwiderte Annah, »das hatten wir.«

Sie lachte zitterig.

»Ich dachte, du wärst im Dorf«, flüsterte Annah.

»Ich bin zurückgekommen.« Er blickte zum Weg. »Mittlerweile müssten sie hier sein.«

»Ja«, stimmte Annah zu. »Es sei denn, sie sind in eine andere Richtung gegangen. Oder sie sind aufgehalten worden.«

Stanley nickte langsam. Seine dunkle Haut und seine Kleidung waren in der Dunkelheit kaum zu sehen, nur das Weiße seiner Augen leuchtete. »Ich werde hier warten.«

»Ich komme zurück, wenn alle ins Bett gegangen sind«, erklärte Annah.

»Ich warte auf dich.« Stanley hockt sich hin und legte das Gewehr über seine Knie.

Annah zögerte. Am liebsten wäre sie hier geblieben und hätte mit Stanley zusammen gewacht. Aber Sarah und Michael warteten auf sie, und sie wollte auch mit ihnen zusammen sein.

Als sie sich zum Gehen wandte, berührte sie Stanley an der Schulter. »Pass auf dich auf«, flüsterte sie.

Stanley senkte den Kopf. »Gott möge mit dir sein.«

»Und mit dir«, erwiderte Annah.

24

Annah lehnte sich im Stuhl zurück und versuchte, sich zu entspannen. Auf Sarahs Drängen hin hatte sie vor dem Abendessen ein heißes Bad genommen. Dann hatte sie sich frisch angezogen und ihre Haare ausgebürstet. Sie fühlte sich so sauber und gepflegt wie schon seit Jahren nicht mehr. Und sie genoss es, mit Michael und Sarah zusammen zu sein. Zugleich jedoch dachte sie ständig an Stanley, der ganz allein in der Dunkelheit saß und Wache hielt.

»Hör mal.« Sarah zog eine Schallplatte aus der Hülle und legte sie auf den Plattenspieler.

»Was ist das?«, fragte Annah Michael, weil sie annahm, er habe seine Sammlung klassischer Musik ergänzt. Er rührte Ostereierfarbe in einer Emailschüssel an und antwortete nicht, sondern blickte zu Sarah hinüber, die über den Plattenspieler gebeugt dastand. Sie sah besonders hübsch aus heute Abend. Die langen Haare hingen offen über ihre Schultern,und sie trug ein kornblumenblaues Kleid, das sie in Melbourne gekauft hatte. Stil und Farbe standen ihr gut. Sie sah so jugendlich und lebendig aus, wie Annah sie noch nie gesehen hatte.

Die ersten Takte eines Schlagers ertönten. Annah zog überrascht die Augenbrauen hoch.

»Sandy Shaw«, sagte Sarah. »*Puppet on a string.*«

Wieder sah Annah Michael an. Früher waren auf dem Plattenspieler nur seine Platten gespielt worden, doch er widmete sich seinen Eierfarben.

Sarah sang den Text mit und klopfte mit einem Fuß den Takt. Obwohl es eine fröhliche Melodie war, handelte der Text von einer Frau, die sich als Puppe sah, die jeder Laune ihres Mannes ausgeliefert war. Offensichtlich machte Sarah diese Vorstellung nichts aus. Sie hatte eine neue Unabhängigkeit gewonnen. Annah fragte sich, wie die Veränderung wohl vonstatten gegangen war, wie Sarah ihre Pläne – und Geheimnisse – durchgesetzt und Michael nach und nach beeinflusst hatte. Das war sicher nicht ohne Konflikte abgelaufen.

Tefa betrat das Zimmer, schweigend und barfuß. Er balancierte ein Tablett in der Hand. Mit der dunklen Haut und den Haaren, die einen Kontrast zu seiner weißen Schürze und seinem strahlenden Lächeln bildeten, sah er beinahe so aus wie ein Kellner im Smoking.

»Er ist mittlerweile ein Profi«, erklärte Sarah und blickte den jungen Mann liebevoll an.

»Der beste Hausboy in ganz Tansania«, ergänzte Michael.

Tefas Grinsen wurde noch breiter. Er stellte das Tablett ab, auf dem eine Schüssel mit Eiern stand. Sechs Eier aus dem Dorf, typisch klein und mit dünner Schale.

»Hast du sie gut gekocht?« fragte Sarah.

Tefa nickte ernst. »Ich habe eines gegessen. Es war hart.«

»Danke.«

»Gute Nacht, Mama. Gute Nacht, Bwana. Gute Nacht, Schwester.« Tefa verschwand wieder in der Küche.

Michael stellte die Farbtöpfchen mitten auf den Tisch. Dann gab er den beiden Frauen Pinsel und Tücher, und sie setzten sich alle hin, um die Eier zu bemalen. Michael malte klare, präzise Linien. Sarahs Muster waren komplizierter und detaillierter, mit winzigen Spiralen und Ringen. Annah ließ einfach Farben wie Wolken am Himmel bei Sonnenuntergang zusammenfließen.

Als sie fertig waren, lagen unterschiedlich bemalte Eier in einer seltsamen, farbigen Einheit zusammen in der Schüssel.

Zufrieden lächelten sie sich an, als sie ihre Kunstwerke betrachteten. Das Symbol für Ostern – ein neuer Anfang.

Auf den Regalen in Kates Zimmer lagen all ihre Kinderschätze. Ein Teddybär, eine Milchkanne aus Blech voll bunter Federn und eine alte Puppe, die es schon vor Kates Geburt im Missionshaus gegeben hatte – ein kleiner Jesus, der jedes Jahr zu Weihnachten in Lumpen gehüllt in die Krippe gelegt wurde.

Annah blickte sich in dem Zimmer um, in der Hoffnung, das steinerne Chamäleon zu finden, das sie Kate beim letzten Mal, als sie sich gesehen hatten, geschenkt hatte. In Murchanza, kurz bevor der Regen einsetzte … Aber sie fand es nicht. Annah fragte sich, ob sie es wohl versteckt oder verloren hatte. Dann jedoch kam ihr ein anderer Gedanke – vielleicht liebte das kleine Mädchen das Geschenk ihrer Patentante so sehr, dass sie es mit nach Dodoma genommen hatte.

Annah hielt sich eine Weile in dem Zimmer auf, um ein paar ihrer Sachen auszupacken. Es musste so aussehen, als ob sie heute Nacht hier schlafen würde – obwohl sie sich aus dem Haus zu Stanley schleichen wollte, sobald Sarah und Michael zu Bett gegangen waren.

»Sie ist gerne im Internat, weißt du.«

Annah wandte sich um. Michael stand in der Tür.

»Sie fehlt uns sehr«, sagte er. »Wir haben sogar schon darüber nachgedacht, dass wir den Dienst quittieren.«

Annah blickte ihn überrascht an. Die Carringtons hatten immer gesagt, sie würden so lange in Afrika bleiben, wie sie dort gebraucht würden.

»Wir dachten, wir könnten Kinder einfach so einfügen in unsere Pläne, in Gottes Pläne«, fügte Michael hinzu. »Vielleicht geht das ja auch. Aber wenn es sich um dein eigenes Kind handelt« – lächelnd spreizte er die Hände –, »dann möchtest du das einfach nicht tun.«

Aus dem Wohnzimmer ertönte Geschirrklappern. Sarah deckte den Frühstückstisch für den nächsten Morgen. Ohne sie entstand eine leichte Verlegenheit zwischen Annah und Michael. Annah fummelte an ihrer Zahnbürste herum, und Michael nahm sich ein Märchenbuch und blätterte es durch.

»Der Bischof hat dich nicht vergessen«, sagte er plötzlich. »Er hat von deiner Arbeit gehört und ist sehr beeindruckt. Er möchte, dass die Mission ein eigenes Safaridoktor-Programm beginnt. Er hat mich gebeten, dir Grüße auszurichten, wenn ich dich sehe.«

Annah blickte angestrengt zu Boden, um nicht zu zeigen, wie sehr diese Worte sie freuten.

»Hast du alles aus dem Landrover geholt, was du brauchst?«

»Ja, danke«, erwiderte Annah. Sie dachte an ihr Gewehr, das sie in Kates Schrank hinter den Kleidern versteckt hatte. Sie hatte es dort hineingeschmuggelt, als sie von der Kapelle zurückgekommen war. Röte stieg ihr in die Wangen, als sie Michaels Blick begegnete. Ob er wohl spürte, dass ein Gewehr im Haus war?

»Brauchst du sonst noch etwas?«, fragte Michael. »Wir möchten, dass du dich wohl fühlst.«

»Es ist alles bestens«, erwiderte Annah. Sarah hatte

ihr bereits ein frisches Nachthemd und einen Topf Feuchtigkeitscreme gebracht, und dann hatten sich die beiden Freundinnen gute Nacht gesagt und sich im Zimmer des kleinen Mädchens umarmt.

»Tefa hat noch Wasser aufgesetzt, bevor er gegangen ist, es sollte also genug da sein.« Michael wandte sich zum Gehen. An der Tür drehte er sich noch einmal um und schaute Annah an. »Ich bin froh, dass du hier bist«, sagte er.

Annah lächelte. »Ja, ich auch.«

Annah betrachtete sich in dem Spiegel, der über dem Waschbecken hing. Im Badezimmer gab es kein elektrisches Licht, lediglich der Schein von der nackten Birne im Flur fiel herein. Sie war jetzt fast vierzig. Mehr als zehn Jahre afrikanischer Sonne hatten ihren Tribut gefordert. Fältchen hatten sich in ihre gebräunte Haut eingegraben, und sie hatte sogar schon ein paar graue Haare. Zum ersten Mal seit Jahren verstand Annah Eleanor und ihr Gejammer darüber, dass ihre Tochter allen hätte die Köpfe verdrehen können, wenn sie nur gewollt hätte.

Der Gedanke an ihre Mutter berührte Annah nicht sonderlich. Das Telegramm, in der Eleanor sie vor der Heirat mit Mtemi gewarnt hatte, war ihr letzter Kontakt gewesen. Seitdem hatte sie zweimal an ihre Eltern geschrieben, aber keine Antwort bekommen. Dadurch wurde Annah nur noch klarer, wem wirklich ihre Liebe galt. Sie dachte an die alte Königin – ihre afrikanische »Mutter« –, die von ihren Freundinnen in Cone Hill versorgt wurde. Nach Ostern wollte Annah mit Sarah ins Lager fahren. Sie würden Essen, Medizin und Geschenke mitnehmen. Die Frau mit den Eiern und die Königin der Waganga …

Annah roch an der Seife. Imperial Leather. Sarahs Lieblingsluxus. Als sie Tefas Stimme hörte, der an der Vordertür nach dem Bwana rief, blickte sie auf. Sie trat ans Fenster und spähte durch den Spitzenvorhang auf die Veranda. Dort stand der junge Mann, fast unsichtbar in der Dunkelheit.

Die Haustür ging auf, und ein Lichtstrahl fiel auf die Veranda. Michael trat hinaus. In diesem Moment sah Annah eine Gestalt hinter Tefa. Sie schrie warnend auf, aber es war schon zu spät. Weitere Gestalten tauchten aus den Schatten auf. Eine Messerklinge blitzte, und Michael sank zu Boden – aus einer Kopfwunde sickerte dunkles Blut.

Erschreckt drehte Annah sich um. Instinktiv fuhr ihre Hand in die Tasche und griff nach der Munition. Durch den Flur sah sie sechs oder sieben Männer, die Tefa vor sich herschoben, in das Wohnzimmer stürmen. Entsetzt erkannte sie den Anführer der Banditen, der immer noch ihren Verband um den Arm trug.

Sarah sprang erschrocken auf. Der Mann packte sie an den Haaren.

»Wo – sind – Frauen? Ruanda-Frauen. Sag!«, herrschte er sie an.

»Ich weiß nicht, was ihr wollt.« Sarahs Stimme klang überraschend fest.

Annah blickte zu Kates Zimmer und schätzte die Entfernung ab. Das Gewehr … Sie behielt die Eindringlinge im Auge und überlegte, wann der beste Moment wäre, durch den Flur zu laufen.

»Du weißt!«, schrie der Mann. »Du bist die Frau mit den Eiern. Du gehst zu ihnen. Du hilfst ihnen. Man hat es uns gesagt.«

Sarah schüttelte den Kopf. Ihr Gesicht war kreideweiß vor Entsetzen, aber dennoch hob sie trotzig das Kinn.

Der Mann war außer sich vor Wut. Mit einer einzigen Bewegung riss er Sarahs blaues Kleid auf.

Geräuschlos rannte Annah zu Kates Zimmer. Michael lag zusammengesunken an der Tür. Daneben kniete Tefa und murmelte flehende Worte. Die silberne Klinge einer Machete blitzte auf.

»Nein!«, schrie Sarah.

Tefa sank zu Boden.

Angstvoll keuchte Annah auf. Sie riss die Schranktür auf und griff nach ihrem Gewehr. Nichts. Es war nicht da. Fieberhaft blickte Annah sich im Zimmer um, aber sie wusste, dass Michael es weggenommen hatte. Er musste gesehen haben, wie sie es hereingebracht hatte, und er ließ nicht zu, dass die Regeln der Station gebrochen wurden.

Wieder schrie Sarah auf, ein erstickter Schrei voller Schmerz und Entsetzen. Annah presste die Fäuste an den Mund. Im Landrover war noch ein Gewehr. Aber sie würde nie im Leben ungesehen bis dorthin kommen.

Plötzlich hörte sie Schritte im Flur. Sie sprang gerade noch hinter die Tür, als einer der Männer eintrat. Mit wilden, blutunterlaufenen Augen blickte er sich kurz um und verschwand dann wieder.

Sarahs Stimme drang aus dem Wohnzimmer, rau vor Schmerzen, aber trotzdem fest. »Ich – weiß – nicht.«

Annahs Gedanken überschlugen sich. Und plötzlich stand ihr ein klares Bild vor Augen. Naagas Geschenk. Tief verborgen in der Tasche des rosafarbenen Jacketts, das in der Diele am Haken hing.

Sie rannte hin und zerrte den Fetisch aus der Jackentasche. Mit der Puppe in der Hand trat sie ins Wohnzimmer.

Sarahs nackter Körper war blutverschmiert und voller tiefer Wunden. Nur ihr Gesicht war noch weiß. So weiß.

Ihre Gliedmaßen zuckten, und mit weit aufgerissenen Augen starrte sie den Mann an, der sich über sie beugte. Sie gab keinen Laut von sich. Man hatte ihr irgendetwas in den Mund gestopft, und ihr Gesicht war verzerrt.

Annah wollte schreien, aber es drang kein Laut aus ihrem Mund. Sie sah sich selbst, wie sie dastand, den Fetisch in der Hand, wie sie ihn wie eine Hexe den Männern entgegenreckte. Schließlich schrie sie. Die Männer drehten sich um und erstarrten vor Entsetzen, als sie sie wiedererkannten. Die Hexe aus dem Dschungel …

Annah schrie sinnlose Worte. Ihre aufgerissenen Augen wirkten schwarz in ihrem bleichen Gesicht.

Der Mann, der über Sarah hockte, sprang auf und wich zurück. Seine dunkle Haut glänzte rot von ihrem Blut.

Ein anderer Mann stürzte entsetzt zur Tür, daraufhin lösten sich auch die Übrigen aus ihrer Erstarrung – blind vor Panik rannten sie ihm nach. Nur der Anführer stand noch da und hielt seine blutbefleckte Machete fest.

Annah rannte zu Sarah. Dabei berührte sie ihn mit dem Fetisch am Arm. Er zuckte zurück, als habe er sich verbrannt, und dann war auch er weg.

Annah kauerte sich neben Sarah, die sie aus vor Schmerz verschleierten Augen unverwandt ansah. Wie ein Kind. Stumm. Annah ergriff Sarahs zerrissenes Kleid und versuchte verzweifelt, die Blutung zu stillen. Aber es war vergeblich. Zu viele und zu tiefe Wunden bedeckten den Körper. Vorsichtig öffnete sie Sarahs Mund, auch die Zähne waren voller Blut, und zog ein zerdrücktes, bunt bemaltes Ei heraus.

Sarah keuchte und versuchte, sich zu bewegen.

»Annah. Halt mich …«

Ihre Worte waren kaum zu verstehen. Annah nahm sie in die Arme, zog sie an sich und sagte: »Alles ist gut. Ich bin hier. Ich habe dich …«

Sarahs Atem strich über ihre Wange. Sie atmete mit ihr, als könne sie sie dadurch am Leben erhalten. Aber Sarah verlor zu viel Blut. Es war nur noch eine Frage der Zeit.

Und dann war es vorbei.

Draußen brach das Chaos aus – Schritte auf der Veranda, Entsetzensschreie. Leute kamen hereingerannt – das Nachtpersonal des Krankenhauses und auch ein paar Patienten. Einige trugen Pangas und selbst gemachte Waffen. Als sie Annah sahen, die Sarahs leblosen Körper in den Armen hielt, blieben sie stehen.

»Eine lebt!«, schrie ein Mann.

Die Worte drangen in Annahs Bewusstsein.

Eine lebt.

Sarah und Michael sind tot. Ich lebe ...

Die Leute starrten auf die Fetischpuppe, die auf dem Boden lag. Eine Frau schrie angstvoll auf und wich zurück.

»Hexe! Hexe!«

»Die Hexe hat sich gerettet!«

Hysterie machte sich breit, aber Annah hörte alles nur wie durch einen Nebel. Einer der medizinischen Assistenten drängte sich durch die Menge. Er scheuchte die erregten Frauen weg und befahl zwei Männern, Ordnung zu schaffen. Dann wusste auch er nicht weiter, angesichts der weißen toten Frau und der anderen, die sie in den Armen hielt. Schließlich zog er seinen weißen Kittel aus und legte ihn über Sarah. Einen der Dorfbewohner wies er an, sein Schultertuch über Tefa zu legen. Dann rief er hinaus: »Deckt den Bwana auch zu.«

»Fasst nichts an«, sagte er immer wieder. »Lasst alles so, wie es ist. Die Polizei muss kommen.« Einige Zeit lang gelang es ihm, ruhig zu bleiben, aber als ein Welpe hereintrottete und begann, das Blut vom Boden aufzulecken, packte er ihn und schleuderte ihn hinaus, sodass der Hund laut aufjaulte.

Danach senkte sich unheimliches Schweigen über den Raum. Annah ließ Sarahs Körper sanft zu Boden gleiten und lehnte sich mit dem Rücken an die Wand. Die Afrikaner beobachteten sie mit weit aufgerissenen Augen. Leise begann sie zu weinen.

Der Assistent trat zu ihr.

»Wir haben einen Schrei gehört, und als wir herauskamen, sahen wir ein paar Männer weglaufen. Vorher haben wir nichts gemerkt.« Hilflos spreizte er die Hände.

Annah nickte stumm.

»Stanley«, murmelte sie. »Er war hinter der Kapelle und hat Wache gehalten.«

»Ich schicke jemanden dorthin«, erwiderte der Mann.

Jemand hielt Annah eine Blechtasse mit Wasser hin. Sie versuchte zu trinken, aber ihre Lippen zitterten so sehr, dass ihr das Wasser über das Kinn lief.

Das Blut, das langsam eintrocknete, spannte auf ihrer Haut.

Sie stellte sich vor, wie Michael auf der Veranda lag, das blonde Haar blutverklebt. Dann schaute sie zu Sarah hin. Sie sah auf einmal so klein aus – und seltsam friedlich.

Annah blickte zu Boden. Sie versuchte, an die Frauen von Cone Hill zu denken, die wegen Sarahs Opfer mit ihren Kindern und Babys in Sicherheit waren.

Die Stille wurde von dumpfen Trommelklängen durchbrochen. Offensichtlich hatten die Nachrichten das Dorf erreicht und jetzt verbreiteten sie die Botschaft mit ihren Tom-Toms überallhin.

Schritte ertönten auf der Veranda. Die Afrikaner drehten sich zur Tür, und auch Annah hob den Kopf.

Stanley stand in der Tür. Sein Gesicht war grau vor Entsetzen. Rasch durchquerte er das Zimmer und kniete sich neben sie.

Bei seinem Anblick brach ein Damm in ihr. Im ersten Moment war sie nur erleichtert, dass ihm nichts passiert war. Wie eine Ertrinkende klammerte sie sich an ihn. Sie schloss die Augen, und das Entsetzen brach wie eine riesige Woge über sie herein.

Starke Arme fingen sie auf und hielten sie umschlungen. Wie ein Kind ließ sie sich von ihm fest halten.

Am Morgen des Ostersamstags ertönten keine Hymnen. Die Kapelle von Langali war leer. Das Missionshaus war abgesperrt, und im Vorgarten war ein behelfsmäßiger Polizeiposten errichtet worden. Man hatte den Dorfbewohnern befohlen, das Gelände zu meiden, während zwei afrikanische Polizisten aus Murchanza die Ermittlungen durchführten.

Sie begannen mit der einzigen überlebenden Zeugin, Annah Mason, der Frau, die ihnen schon einmal aufgefallen war, als sie unrechtmäßig ein Haus in der Nähe von Germantown besetzt hatte.

Annah saß ihnen gegenüber und beantwortete ausdruckslos alle ihre Fragen. Sie erzählte den Polizisten von dem Angriff im Dschungel und dass die Banditen sie irrtümlich für eine Hexe gehalten hatten. Sie erklärte, dass sie und Stanley daraufhin direkt nach Langali gefahren seien, und sie berichtete über den Tag, den sie in der Mission verbracht hatten. Schließlich kam sie zu dem Moment, in dem sie die Banditen an der Tür zum Missionshaus gesehen hatte. Von da ab erzählte sie nur noch das Nötigste, um ihr eigenes Entsetzen zu unterdrücken. Sie erklärte, dass sie ihr verstecktes Gewehr nicht hatte finden können – dass Michael es wahrscheinlich weggenommen hatte – und dass ihr der Fetisch als einzig sinnvolle Waffe vorgekommen sei. Und schließlich erwähnte sie auch noch das blutige Ei, das man neben Sarahs Leiche gefunden hatte.

Als sie fertig war, hatte sie der Polizei alles berichtet, was sie wusste. Die Frauen von Cone Hill erwähnte sie jedoch mit keinem einzigen Wort.

Ein langwieriges Verhör setzte ein. Die Polizisten mutmaßten, dass die Banditen Annah nach Langali gefolgt waren. Vielleicht hatten sie ja die Missionsstation nur angegriffen, weil sie annahmen, sie sei da? Es wäre schließlich nicht das erste Mal, dass jemand starb, weil er eine Hexe beherbergte.

Die Fragen nahmen kein Ende, und schließlich hatte Annah keine Lust mehr, sie zu beantworten, zumal die Polizisten sie anscheinend für hoffnungslos verwirrt hielten. Vielleicht sogar für verrückt.

Annah stand unter Schwester Barbaras Gummibäumen. Sie riss ein Stück lose Rinde ab und zerpflückte es in winzige Fetzen. Sie fühlte sich wie betäubt.

Bis auf die zwei Polizisten, die Annah von weitem beobachteten, war das Gelände leer. Das Verhör war zwar vorbei, aber sie hatten ihr klar gemacht, dass sie keineswegs gehen konnte.

Plötzlich hörte man die Motorengeräusche eines Flugzeuges, und kurz darauf tauchte eine viersitzige Maschine am Himmel auf. Sie kreiste über der Station und landete hinter den Feldern des Dorfes.

Die Polizisten traten näher an Annah heran. Kurz darauf kam ein Kind angerannt und keuchte völlig außer Atem: »Zwei Europäer sind aus Dodoma gekommen. Ein Mann und eine Frau. Der Mann ist sehr groß, vielleicht ist er ja ein Häuptling.«

Eine halbe Stunde später tauchte eine kleine Gruppe

von Dorfbewohnern mit zwei Europäern auf. Eine war eine junge, blonde, grau gekleidete Frau. Neben ihr ging ein großer Mann mit gerötetem Gesicht und aschblonden Haaren. Schon von weitem sah Annah, dass sie keinen der beiden kannte.

Die Frau nickte Annah nur kurz zu, dann eilte sie zum Missionshaus. Ihr Begleiter, der einen zerknitterten Safarianzug trug, kam allein auf Annah zu.

Kurz vor ihr verlangsamte er seine Schritte und musterte sie scharf. Sein Gesicht war ausdruckslos.

»Ich bin Archidiakon Sanders«, stellte er sich vor. »Lassen Sie uns in die Kapelle gehen.«

Tröstend legte er Annah die Hand auf die Schulter. Sie versuchte, nicht zusammenzuzucken.

»Wo ist der Bischof?«, fragte sie, als sie auf die Kapelle zugingen. Plötzlich wünschte sie, er wäre nach Langali gekommen. Michaels Worte fielen ihr ein.

Der Bischof hat dich nicht vergessen …

»Er macht Urlaub in Nairobi. Wir konnten ihn nicht erreichen«, erwiderte der Archidiakon. »Ich kenne natürlich die Carringtons nicht, aber ich versichere Ihnen, dass ich sehr gut verstehe, wie schrecklich das für alle ist.«

Annah starrte blicklos auf den Altar mit dem goldenen Kreuz. Der Archidiakon senkte den Kopf in stillem Gebet. Als er fertig war, wandte er sich an Annah.

»Sie können offen mit mir sprechen. Das müssen Sie sogar. Der Fall wird großes Interesse erregen, und ich muss alle Fakten wissen, so schnell wie möglich.« Er rieb sich nervös die Hände. »Man hat mir gesagt, dass Sie früher hier in Langali mit den Carringtons zusammengearbeitet haben.«

Annah nickte. »Ich war Oberschwester.«

»Dann hatten die Carringtons Sie vermutlich eingeladen? Als alte Freundin?«

Annah schluckte. Es fiel ihr schwer, zu antworten.

Der Mann lächelte mitfühlend, fragte aber trotzdem weiter. War sie häufig hier zu Besuch gewesen? Wie oft? Wer war mit ihr gekommen?

Was war gestern Abend passiert?

Wie?

Warum …

Annah zwang sich zu einsilbigen Antworten, genau wie bei der Polizei, und ließ das Entscheidende weg.

Der Mann nickte ihr ermutigend zu. Aber je mehr sie sagte, desto mehr schien er an Annahs Rolle in der Tragödie zu zweifeln. Schließlich hörte es sich so an, als ob die einzige Erklärung dafür, dass sie völlig unversehrt überlebt hatte, etwas mit einheimischer Hexenkunst zu tun hatte.

»Wo ist denn dieses ›Fetischobjekt‹ jetzt?«, wollte der Archidiakon wissen.

»Sie haben gesagt, es sei im Missionshaus«, antwortete Annah. Ursprünglich hatten die Polizisten Naagas Talisman an sich genommen, aber dann hatten sie beschlossen, dass sie nichts damit zu tun haben wollten.

Der Archidiakon trat an die Tür der Kapelle und rief den Polizisten zu, sie sollten ihm den »einheimischen Fetisch« bringen.

Kurz darauf brachte ein Afrikaner die Puppe. Noch bevor Annah das Gesicht des Mannes sah, wusste sie, dass es Stanley war. Er hatte die Gelegenheit genutzt, zu ihr zu kommen. Allerdings hatte sich vermutlich keiner um die Aufgabe gerissen. Die meisten Afrikaner würden den Fetisch nicht einmal berühren wollen, geschweige denn ihn in die Kirche bringen.

Sie wechselten einen kurzen Blick.

Der Archidiakon blinzelte voller Abscheu, als Stanley ihm den Fetisch reichte, und hielt ihn auf Armeslänge von sich weg. Entsetzt blickte er zwischen Annah und der Puppe hin und her, als ihm die roten Haare auffielen.

»Nehmen Sie das Ding weg!« Er warf Stanley die Puppe zu und bedeutete ihm, er könne gehen.

Der Afrikaner ignorierte ihn jedoch und trat zu Annah.

»Geht es dir gut?«, fragte er auf Swahili.

Annah nickte.

»Ich bleibe draußen vor der Tür, falls du mich brauchen solltest. Wenn du rufst, komme ich sofort.« Die Stimme des Mannes war sanft, aber sie spürte seine Entschlossenheit.

Annah nickte dankbar.

Der Archidiakon beobachtete den Wortwechsel mit hochgezogenen Augenbrauen. Als Stanley ging, verfolgte er ihn mit misstrauischen Blicken.

Als sie wieder allein waren, fuhr er Annah an: »Wollen Sie mir etwa erzählen, dass Sie dieses Werkzeug des Teufels bewusst eingesetzt haben?«

»Ich wollte Sarah retten«, erwiderte Annah. »Ich musste mir ihre Furcht zunutze machen. Und es war meine einzige Waffe.«

Kopfschüttelnd blickte der Archidiakon sie entsetzt an. »Christen können immer noch beten.« Ihm war deutlich anzusehen, wie sehr ihn der Gedanke an Hexerei abstieß, außerdem machte ihn die Ruhe der Frau nervös. Ihm wäre lieber gewesen, wenn sie geweint hätte, in Ohnmacht gefallen wäre, sich trostsuchend an ihn geklammert hätte. Stattdessen blickte Annah ihn einfach nur stumm an.

Eine Weile ertrug er ihren Blick, dann stand er auf und ging weg. Seine Schritte hallten laut in der Stille – die erzwungene Stille einer Mission ohne Missionare, eines Krankenhauses ohne Arzt.

Annah drehte sich um, als der Archidiakon die Tür aufstieß und Sonnenlicht hereinflutete. Ein Stück Realität, das die Bilder des Albtraums durchdrang, die ihr nicht aus dem Kopf gingen. Sarahs blutüberströmter Körper. Starke schwarze Arme, die sie fest hielten. Die erstickten Schreie. Schmerz und Angst.

Und ob ich auch wandelte durch das Tal
der Schatten …
So fürchte ich doch das Böse nicht.

Der Psalm ging noch weiter, aber Annah fielen die Worte nicht mehr ein. Wie eine Beschwörung wiederholte sie immer wieder die eine Zeile. Plötzlich sprach eine andere Stimme die Worte auf Swahili. Eine alte, kräftige Stimme.

Denn du bist bei mir.

Alice …

Annah blickte auf und erwartete fast, die Frau vor sich zu sehen. Aber um sie herum war nur Leere. Stille. Tödliches Schweigen.

Auf dem Gelände roch es nach Eukalyptus. Schwester Barbaras Gummibäume waren abgeholzt worden. Aus dem Holz hatte man Bretter gemacht, die mit Tiersehnen zu Särgen zusammengebunden wurden.

Tefa war bereits auf dem Friedhof der Mission beerdigt worden. Eingewickelt in seine besten Tücher, war er direkt in der Erde begraben worden. Die Leichen der Missionare jedoch sollten mit dem Zug nach Dodoma gebracht werden, um sie dort auf dem Friedhof der Kirche zu beerdigen. Als der Archidiakon das verkündet hatte, waren zunächst alle entsetzt gewesen. Die Carringtons hatten nie in Dodoma gelebt. Ihr Zuhause war

Langali. Annah hatte versucht, den Plan zu verhindern, aber der Archidiakon war nicht davon abzubringen gewesen. Das einzige Zugeständnis, das er sich abringen ließ, war, dass die Leute von Langali die Särge bauen durften.

Annah stand neben den Baumstümpfen und sah den Schreinern bei der Arbeit zu. Das Zusammenbauen der Särge hatte sich zu einem heilenden Ritual entwickelt. Viele Leute nahmen daran teil oder sahen zumindest zu.

Als die Särge fertig waren, legten die Handwerker ihre Werkzeuge nieder und traten zurück. Die Menge seufzte befriedigt und erleichtert auf. Egal, was jetzt passierte, sie wussten, dass ein Teil von Langali Michael und Sarah Carrington, ihren unermüdlichen Helfern und geliebten Freunden, immer nahe bleiben würde.

Stanley hatte ihr Lager auf der kleinen Lichtung im verlassenen Dorf aufgeschlagen. Von dichten Bäumen umstanden, war der Ort die ideale Zuflucht.

Neben Annah und Stanley saß Ordena an den qualmenden Überresten des Kochfeuers. Auf den Steinen stand ein Topf Ugali, kalt geworden und kaum angerührt.

»Diese weiße Frau hat alles durchwühlt«, sagte Ordena mit zitternder Stimme. »Sie hat alles angefasst. Im ganzen Haus.«

Stanley schüttelte den Kopf. »Ein Fremder sollte den Besitz von Toten nicht berühren.«

Annah seufzte erschöpft auf. Sie konnte den beiden nicht erklären, warum die Mission die Sachen der Carringtons einpackte. Aber aus der Sicht der Afrikaner war so etwas einfach falsch. Also versuchte sie, das Thema zu wechseln.

»Ich habe gehört, der Prediger hat dafür gesorgt, dass

die Leute mit dem Lastwagen nach Murchanza gebracht werden, um von dort mit dem Zug zur Beerdigung nach Dodoma zu fahren.«

»Ja, das stimmt«, erwiderte Ordena. »Aber ich würde lieber mit euch fahren, wenn es möglich ist. Ich möchte die anderen lieber meiden.«

»Natürlich«, erwiderte Annah. Ihrem ruhigen Gesicht sah man die Panik nicht an, die bei Ordenas Worten in ihr aufstieg. In Afrika war es undenkbar, einer Beerdigung fern zu bleiben, und abgesehen davon wollte Annah auch dabei sein. Alles, was Sarah und Michael anging, war ihr kostbar. Sie wusste zwar, dass sie sich fremd und fehl am Platz fühlen würde, aber die Zeremonie war schließlich ein Stück von Sarahs und Michaels Geschichte. Andererseits hasste sie den Gedanken, den Leuten von der Mission gegenübertreten und zusehen zu müssen, wie die beiden Särge in die Grube, in die Dunkelheit, gelassen wurden.

Und dann war da auch noch Kate …

Eine Stimme von der Brücke her durchdrang Annahs Gedanken.

»Schwester Annah! Schwester Annah!«

»Wir sind hier«, rief Stanley durch die Bäume.

Blätter raschelten, und Zweige knackten, als eine Gestalt auf die Lichtung trat. Es war der Bruder des afrikanischen Predigers.

»Es gibt auch einen Weg, der von der Brücke hierher führt«, erklärte Stanley.

»Sicher«, erwiderte der Mann. »Aber wer weiß, wer schon darüber gegangen ist?«

Spannung lag in der Luft.

»Was willst du?«, fragte Annah rasch.

»Du sollst zum Funkgerät kommen«, erwiderte der Mann. »Der Archidiakon möchte mit dir sprechen.«

Es knackte in der Leitung, und die Stimme war nicht mehr zu verstehen.

»Sagen Sie das noch einmal«, verlangte Annah.

»Die Missionsverwaltung hat getagt, und wir haben beschlossen, dass Sie am besten nicht an der Beerdigung teilnehmen.«

Annah starrte fassungslos auf das Gerät. Die Afrikaner, die um sie herumhockten, keuchten ungläubig auf.

»Es sind jetzt schon viele Journalisten da. Die Sache hat große Aufmerksamkeit erregt. Unter den Umständen hielten wir es einfach für besser, wenn Sie fernblieben.«

Annah schluckte, dann holte sie tief Luft.

»Haben Sie mich verstanden?«, fragte der Archidiakon.

»Ich habe Sie verstanden«, erwiderte Annah. »Hat der Bischof diese Entscheidung getroffen?«

»Er ist noch nicht zurück. Aber ich bin sicher, dass …«

Annah reichte dem Operator die Sprechmuschel und ging einfach aus dem Zimmer. Sie hörte, wie die Stimme weiterredete, und dann sagte der Operator:

»Ja, Bwana. Ja. Natürlich.«

Annah eilte über das Gelände zum Fluss. Auf einmal fiel ihr eine Frau auf. Die hoch gewachsene Gestalt, die hellbraune Haut und die langen Haare waren ihr bekannt. Als sie näher kam, erkannte sie Mileni. Annah hatte schon die ganze Zeit über mit Sarahs Assistentin reden wollen, hatte sie aber nirgends finden können.

»Mileni!«, rief sie.

Die Frau erstarrte, als sie Annahs Stimme hörte. Dann rannte sie, ohne sich noch einmal umzusehen, davon. Verwundert blickte Annah ihr nach. Sie wusste, dass einige der Dorfbewohner sie für eine Hexe hielten, aber es war unwahrscheinlich, dass auch die junge Krankenschwester deswegen Angst vor ihr hatte. Vielleicht fürchtete sie, ein ähnliches Schicksal wie Sarah zu erleiden. Oder rührte ihre Angst von Schuldgefühl her? Schließlich musste ja irgendjemand von der Frau mit den Eiern berichtet haben.

Annah ging weiter. Es hatte keinen Zweck, darüber zu spekulieren. Was geschehen war, konnte nicht rückgängig gemacht werden.

Als sie sich dem Lager näherte, hielt sie inne. Da war jemand bei Stanley und Ordena. Eine andere Stimme.

Sie versuchte immer noch, die Stimme zu identifizieren, als sie auf die Lichtung trat. Eine alte Frau stand dort.

Alice!

Annah erkannte sie sofort, obwohl sie völlig verändert aussah. Statt ihrer Lumpen und Fetische trug sie einen gewöhnlichen Kitenge.

»Du bist gekommen.« Unwillkürlich breitete Annah die Arme aus, um die Frau zu umarmen. »Weißt du es schon?«, fragte sie.

Alice sah sie an. »Ich habe es im Herzen gefühlt. Ich wusste, dass etwas Schreckliches passieren würde, deshalb bin ich auch hierher gekommen. Und jetzt« – sie blickte zu Stanley – »jetzt weiß ich alles.«

Traurig schwiegen alle.

»Bist du allein?«, fragte Annah schließlich.

»Jemand ist mit mir gekommen«, erwiderte Alice, »aber sie ist schon zurückgekehrt, um die Nachrichten zu überbringen. Wenn eine Todeszeremonie an einem fremden Ort stattfindet, muss zumindest einer von uns dabei sein.« Sie senkte ihre Stimme zu einem Flüstern. »Eine von uns, für die sie gestorben ist.«

25

Annah bemerkte kaum, wie der Wald in Sumpfland und dann in die Savanne überging. Sie nahm nur das Motorgeräusch des Landrovers wahr, der sich auf der langen Fahrt nach Dodoma über die Straßen quälte.

»Wir sind fast in Iringa.«

Stanleys Stimme schien aus Annahs Kopf zu kommen. Sie blickte aus dem Fenster und bemerkte zum ersten Mal die rote Erde, die einzelnen Felsen und die grünen Dornenbäume. Elizas Tanganjika.

»Am späten Vormittag sind wir da«, fügte Stanley hinzu.

Annah drehte sich zum Rücksitz um. Dort schlief Ordena, den Kopf ans Fenster gelehnt, und neben ihr lagen ihre geliebten Plastiksandalen. Auf dem anderen Sitz saß Alice. Hellwach betrachtete sie die Landschaft, die draußen vorbeizog – so versunken, als ob sie ihre Geheimnisse in sich aufnähme.

Als Stanley um eine Kurve bog, trafen sie auf eine Gruppe von Massaikriegern. Die großen, mit Ockerfarbe bemalten und mit ihren Speeren bewaffneten Männer gingen mitten auf der Straße. Als sie den Wagen hörten, traten sie beiseite.

Wie immer hielt Stanley neben ihnen an und begrüßte

sie auf Massai. Annah beobachtete die Krieger – ihre stolze Haltung, das Lächeln, die hellen Augen. Wie die Waganga hielten auch die Massai an der Tradition fest und wehrten sich gegen Veränderungen. Die jungen Männer waren echte Krieger – jeder von ihnen konnte einen Löwen mit einem einzigen Speerwurf erlegen. Annah spürte den Zusammenhalt in der Gruppe und die Würde und Autorität, die sie ausstrahlten. Gleich, dachte sie mit einem bittersüßen Gefühl, werden sie in Lachen ausbrechen. Zuerst einer, dann alle anderen. Sie werden sich vor Vergnügen auf die Oberschenkel schlagen. Und trotzdem werden sie jederzeit kampfbereit bleiben und ihre Umgebung im Auge behalten.

Offenbar hatte Stanley den Kriegern angeboten, sie mitzunehmen. Die Türen wurden geöffnet, und zwei Männer stiegen hinten ein. Sie quetschten sich an Alice vorbei, die sich weigerte, ihren Fensterplatz aufzugeben, und setzten sich neben Ordena, die jedoch nicht einmal richtig aufwachte. Als Annah in den Rückspiegel blickte, sah sie, dass sich vier weitere Krieger aufs Dach schwangen. Jetzt war nur noch einer übrig. Er warf Annah einen Blick zu, dann hockte er sich auf die Motorhaube und setzte sich in den Ersatzreifen.

Stanley fuhr wieder an. Trotz der offenen Fenster roch es Wagen bald nach getrocknetem Rinderblut und Ockerfarbe. Leise männliche Stimmen mischten sich in das Motorengeräusch. Annah verstand kein Massai, aber sie hörte angestrengt zu, weil sie vermutete, dass Stanley ihnen den Grund für ihre Reise erzählte. Sie hielt den Blick starr nach vorn gerichtet, auf den Mann auf der Motorhaube, der mit halb geschlossenen Augen sein edel geschnittenes Gesicht in den Fahrtwind hielt. Die Krieger stellten Stanley eine Frage nach der anderen, und Stanley unterhielt sich angeregt mit ihnen. Wahrscheinlich war er erleichtert, weil es im Auto jetzt nicht mehr so still war.

Nach einer Weile spürte Annah, dass die Krieger sie interessiert betrachteten. Sie beugten sich sogar vor, um Zanias Elfenbeinreif und Mtemis Bernsteinperlen anzusehen.

Der Rest der Fahrt verging wie im Flug. Kurz vor Dodoma hielten sie an, um sich in einem Fluss zu waschen. Stanley strich seine Kleidung glatt, und Ordena band ihr Schultertuch neu. Alice betrachtete ihr schlichtes Gewand mit leichtem Entsetzen. Sie hatte Annah erklärt, dass sie alle Fetische und Amulette abgenommen hatte, bevor sie nach Langali kam, um keine Aufmerksamkeit zu erregen. Aber es kam ihr äußerst befremdlich vor, einer Zeremonie ohne einen einzigen Talisman beizuwohnen.

Die Massai lagerten unter einem Baum. Sie wirkten auch ohne Hilfsmittel sehr elegant. Annah kämmte ihre Haare mit feuchten Fingern durch und blickte dabei auf ihre abgetragene, fleckige Kleidung. Sie hatte in Langali überlegt, ob sie sich einen ihrer alten Röcke anziehen sollte oder vielleicht sogar einen Kitenge, aber in Kikis Bluse und Hose fühlte sie sich immer noch am wohlsten.

Der Landrover fuhr eine breite, von Bäumen gesäumte Straße entlang, an deren Ende die Kathedrale stand. Dutzende von Autos parkten hier und versperrten die Sicht auf den Vorplatz der Kirche. Stanley fuhr langsamer, um nach einem Parkplatz zu suchen. Als sie näher an die Kirche herankamen, sahen sie, dass die Doppeltüren offen standen und Menschen aus der Kirche strömten.

Annah hielt den Atem an. »Es ist schon vorbei!«

»Das verstehe ich nicht.« Stanley schüttelte den Kopf. »Sie müssen früher angefangen haben.«

Annah hörte kaum, was er sagte. Hilflos ballte sie die Fäuste. Sie hatte sich zwar davor gefürchtet, in die Kirche gehen zu müssen, war aber doch bereit dazu gewesen.

»Wir haben nur den Gottesdienst verpasst«, sagte Ordena ruhig. »Und das ist nicht das Wichtigste.« Tröstend legte sie Annah die Hand auf die Schulter.

»Sie hat Recht«, sagte Stanley. Für Afrikaner war die Beerdigung selber das Herz der Begräbniszeremonie, und um diesen Moment zu erleben, waren sie oft tage- oder wochenlang unterwegs.

Annah blickte schweigend aus dem Fenster. Der Friedhof der Kathedrale lag an einem Abhang, und dort standen so viele Menschen, dass sie das Gefühl hatte, das ganze Land sei anwesend. Den äußeren Rand der riesigen Menschenmenge bildeten einheimische Stämme. Ihre schlanken, muskulösen Körper steckten in gewebten Gewändern; Hunde und nackte Kinder spielten zu ihren Füßen. Dahinter gruppierten sich Afrikaner in westlicher Kleidung. Annah erblickte den afrikanischen Prediger und die Leute aus Langali, eine relativ kleine Gruppe, die eng beieinander standen.

Weiter vorn sah sie die Missionare. Sie standen Schulter an Schulter, um sich Kraft zu geben – die Männer, steif und stumm in dunklen Anzügen, die Frauen weinend, mit gesenkten Köpfen.

Mitten in der Menge erhob sich, kaum sichtbar, der Bischof in seinem purpurfarbenen Talar. Und neben ihm stand seine Frau, einen schwarzen Schleier über dem Hut. Und daneben eine weitere vertraute Gestalt: aschblonde Haare, gerötetes Gesicht, Safarianzug.

»Wir müssen jetzt hingehen«, sagte Stanley.

Annah schluckte. Sie hatte plötzlich einen trockenen Hals. Sie hatte gehofft, unbemerkt auf eine der hintersten Bänke in der Kirche schlüpfen zu können, aber jetzt musste sie mitten durch die versammelte Menge. Sie schüttelte den Kopf. Plötzlich hatte sie das Gefühl, nicht mehr weitermachen zu können.

»Ich kann nicht.«

Sie merkte kaum, was um sie herum vorging. Die Krieger stiegen aus dem Wagen und versammelten sich vor dem Seitenfenster.

Einer von ihnen trat vor und öffnete die Tür. Dann sagte er etwas auf Massai zu ihr. Stanley übersetzte leise.

»Die Krieger deines eigenen Volkes sind weit weg. Hab keine Angst, Schwester. Wir beschützen dich an ihrer Stelle und geben dir unsere Stärke.«

Die Krieger geleiteten die Neuankömmlinge durch die Menge, wobei sie sie mit ihren hoch gewachsenen Gestalten abschirmten. Annah ging als Erste, gefolgt von Stanley, Alice und Ordena. Sie schaute starr nach vorn und mied die Blicke der anderen Trauergäste. Trotzdem prägten sich ihr flüchtige Eindrücke ein. Geschwollene Augen. Blasse Gesichter. Verwirrung, Entsetzen, Wut.

Dann tauchte auf einmal das Gesicht des Archidiakons vor ihr auf. Er presste die Lippen zusammen, und unverhüllter Zorn verzerrte seine Gesichtszüge.

Annah jedoch blickte den Bischof an. Auch er starrte erstaunt auf sie und die Krieger. Aber dann nickte er leicht mit dem Kopf. Hastig wandte er sich wieder dem Buch zu, das ein afrikanischer Ministrant ihm entgegenhielt, und fuhr mit seiner Messe fort. Seine Stimme tönte laut und kräftig.

Und dann sah Annah endlich Kate. Die schmale Gestalt stand zwischen den Missionaren. Sie hielt den Kopf gesenkt und schien von der Unruhe um sie herum nichts zu spüren. In den Armen hielt sie zwei Blumensträuße – keine formellen Kränze, sondern zerrupfte Büschel selbst gepflückter wilder Orchideen, Sonnenblumen und Gräser.

Annah nahm jede Einzelheit von ihr auf: die ordentliche Frisur, die schmalen Schultern, die blassen Wangen. Hinter Kate stand ein anderes Kind, das ungefähr gleich alt aussah. Eine Freundin, vielleicht. Hoffentlich eine Freundin …

Kurz darauf drehte Kate sich um und blickte Annah direkt an, als habe sie ihre Anwesenheit gespürt. Die Augen des Kindes waren nicht geschwollen oder nass von Tränen. Sie waren leer, abwesend. Als ob sich das Kind, das immer so gerne gelacht hatte, ganz in sich selbst zurückgezogen hätte. Kurz flackerte Erkennen in ihrem Blick auf, aber dann war es wieder vorbei.

Als Kate ihren Kopf senkte und Annah ihr Gesicht nicht mehr sehen konnte, richtete Annah ihren Blick auf die Gräber und die Särge, die neben den Gruben standen. Michael in dem langen Sarg, Sarah in dem kleineren daneben …

Zögernd ertönten die ersten Takte eines Kirchenliedes, dann wurde der Gesang immer kräftiger, als immer mehr Stimmen einfielen. Worte und Melodie waren Annah zutiefst vertraut, aber sie hatte das Gefühl, weit entfernt von ihnen zu sein, wie in einer anderen Welt.

Als die Hymne zu Ende war, gab es eine kurze Pause, dann trat Kate an die Särge. Alle Köpfe wandten sich ihr zu, und die anwesenden Journalisten zückten ihre Kameras.

Quälende Stille breitete sich aus.

Da erklang aus den äußeren Reihen das hohe Jammern einer afrikanischen Frau. Ihre Schreie durchschnitten die Luft, und als ob ein Bann gebrochen wäre, fielen die anderen Frauen ein. Der Bischof stand ruhig da und blickte Kate an. Sein Gesicht spiegelte die Trauer der Menge wider.

Langsam, wie betäubt, legte das Mädchen die Blumensträuße auf die Särge. Sie wirkte verloren und abwesend. Annah sah ihr mit Tränen in den Augen zu.

Suchend blickte sie sich nach Ordena um. Die Frau weinte leise, den Blick fest auf Kate gerichtet, aber plötzlich zuckte ihr Kopf alarmiert hoch.

»Sie bringen sie weg«, flüsterte sie.

Annah blickte sich um und sah, wie Kate und das andere Mädchen von einer der Missionarsfrauen eilig weggeführt wurden. Sie wandte sich wieder Ordena zu, aber die Ayah drängte sich bereits durch die Menge, um zu Kate zu gelangen.

Erneut las der Bischof etwas aus seinem Gebetbuch, dann trat eine Gruppe von Missionaren vor. Sie hoben die Särge hoch und ließen sie dann in die Gruben hinuntergleiten.

Annah fühlte sich dumpf und schwer. Sie hatte keinen Trost gefunden, keinen letzten Moment der Nähe zu Michael und Sarah, nur fremde Worte und Lieder, und ihr Schmerz schien noch größer zu werden.

Sie blickte auf, als ein Raunen durch die Menge ging.

Alice war an Sarahs Grab getreten. Einer der afrikanischen Prediger wollte auf sie zugehen, aber der Bischof hielt ihn zurück. Schließlich war sie nur eine alte Frau. Eine arme Frau aus dem Dorf und bestimmt harmlos. Trotzdem beobachtete der Ministrant sie wachsam.

Alice blickte auf den Sarg, und tiefe Zärtlichkeit lag auf ihrem Gesicht. Und dann begann sie mit leiser, sanfter Stimme auf Swahili zu singen, wie eine Mutter, die ihr Kind in den Schlaf wiegt.

»Wir haben unsere Kinder gut aufgezogen,
sie sind stark und tapfer geworden.«

Annah zog scharf den Atem ein. Sie erkannte das Lied – es war eines der Lieder, das Sarah für ihren Mütterclub getextet hatte. Die meisten handelten von Gesundheit und Hygiene, aber dieses hier, ihr Lieblingslied, war so etwas wie das Leitmotiv geworden.

Das Lied der Frau mit den Eiern.

Annah stimmte ein, wie von selbst kamen ihr die Worte wieder in den Sinn.

»Tag und Nacht behüten wir sie,
niemand soll sie uns entreißen.«

Irgendwo hinten in der Menge fielen weitere Stimmen ein. Überrascht und erfreut drehte Annah sich um. Das waren die Frauen von Langali! Alices Geste hatte ihnen die Tür geöffnet, und während sie sangen, gehörte ihnen der Augenblick. Sarah.

Fast sah Annah ihre Freundin dort stehen, mit lächelndem Gesicht, ein Kind auf dem Arm. Und neben ihr stand ihr Mann, unermüdlich und stark.

Während Annah sang, wehte plötzlich ein leiser Duft von Lavendel und Eukalyptus heran wie der letzte Hauch von den beiden Menschen, die sie liebte. Tief atmete sie ihn ein, um ihn für ewig bei sich zu behalten.

Die Trauerfeier war vorbei, und die Menge hatte sich aufgelöst. Annah stand mit Ordena, Alice und den Kriegern neben dem Kirchentor. Sie warteten auf Stanley, der herauszufinden versuchte, wohin man Kate gebracht hatte.

Da die Tochter der Carringtons nicht mehr da war, mussten die Journalisten mit dem Archidiakon vorlieb nehmen. Er posierte auf den Stufen der Kathedrale für Fotos und beantwortete bereitwillig alle Fragen.

Der Bischof stand immer noch an den Gräbern und ließ sich Zeit, um seine Bücher zu schließen und seine

Papiere zu ordnen. Er bewegte sich langsam und wirkte alt und erschöpft. Als es nichts mehr für ihn zu tun gab, schaute er auf und sah sich um. Dabei fiel sein Blick auf Annah.

Annah verspürte leise Panik, als der Mann auf sie zukam. Die Krieger drängten sich enger um sie und packten ihre Speere fester.

Als er jedoch vor ihnen stand, breitete der Bischof seine Arme aus und blickte sie so voller Mitgefühl an, dass sie einfach reagieren musste.

Die Krieger wichen zur Seite, als Annah vortrat. Der Bischof sagte nichts, sondern schloss sie einfach nur in seine Arme.

So klammerten sie sich lange aneinander, losgelöst von der Welt.

Doktor Laytons Haus lag hinter einer hohen Manyara-Hecke verborgen. Annah, Stanley, Alice und Ordena gingen durch den Vorgarten mit den hohen Pfefferkornbäumen zur Haustür und klopften. Ängstlich warteten sie. Einer der Hausboys des Bischofs hatte Stanley gesagt, dass Kate Carrington hier die Nacht verbringen sollte, aber sie wussten nicht genau, ob das stimmte.

Die Tür öffnete sich einen Spalt, und eine grauhaarige Frau spähte vorsichtig heraus. Als sie Annah erblickte, zuckte sie zurück.

»Sie können nicht hereinkommen«, sagte sie. »Sie darf niemanden sehen, hat Doktor Layton gesagt.

»Ich bin ihre Patentante«, erwiderte Annah. »Ich möchte sie sehen.«

Die Tür ging noch weiter zu. »Es tut mir sehr Leid.«

»Dann morgen?«

»Leider nicht.« Die Frau sah sich um, als ob sie Beistand suchte. »Das Kind reist morgen Früh nach Nairobi.

Doktor Layton hält es für das Beste, wenn sie so schnell wie möglich nach Australien zurückkehrt. Wir müssen ihr weitere Schrecken ersparen.« Sie lächelte schmallippig und machte Anstalten, die Tür zu schließen. »Auf Wiedersehen.«

»Warten Sie.« Annah trat beiseite und schob Ordena vor. »Sie ist die Ayah der Carringtons. Lassen Sie wenigstens sie hinein. Sie hat sich seit Kates Geburt um das Kind gekümmert.«

Annahs Stimme wurde lauter. Ihre Verzweiflung wuchs. »Sie müssen sie hineinlassen. Wenn es nötig sein sollte, hole ich mir die Erlaubnis vom Bischof.«

Die Frau warf ihr einen abschätzigen Blick zu. »Ich glaube nicht …«

Annah unterbrach sie einfach. »Was ist bloß los mit euch? Kate liebt diese Frau. Sie braucht sie. Lassen Sie sie hinein!« Am liebsten hätte Annah die Person einfach beiseite geschoben, aber Stanley legte ihr warnend die Hand auf den Arm. Angespannt wartete sie.

Schließlich ging die Tür wieder weiter auf.

»Na gut. Aber nur sie.«

Sie brauchten nicht lange, bis sie die Stadt hinter sich gelassen hatten und wieder durch die offene Landschaft fuhren. Hier und dort standen Dornenbäume. Wie Pinselstriche hoben sie sich gegen die rote Erde ab. Der Himmel war tief dunkelblau.

Stanley warf Annah und Alice einen Blick zu. »Wenn wir ohne Pause durchfahren, könnten wir heute Abend unser Lager bei den beiden Affenbrotbäumen aufschlagen.«

Annah nickte. Das war einer ihrer Lieblingslagerplätze. Oft hängten sie nur ihre Moskitonetze in die unteren Äste der Bäume und schliefen unter den Sternen.

»Freitagabend bei Einbruch der Dunkelheit sind wir in Cone Hill«, fügte Stanley hinzu.

Cone Hill. Der Name erweckte gemischte Gefühle bei Annah: Erleichterung, Sehnsucht und Angst. Sie und Stanley würden die schreckliche Geschichte noch einmal durchleben müssen, wenn die Frauen sie mit ihren Fragen bestürmten. Aber sie würden auch ihre Trauer mit ihnen teilen können. Und die alte Königin würde dort sein. Zania auch, und Naaga. Sie waren stark, weise, liebevoll. Sie waren Heiler.

»Das gehört dir.« Stanley reichte Annah ein kleines, in ein Tuch gewickeltes Bündel. »Ich habe es der Polizei nicht zurückgegeben, damit es mich an dich erinnert, falls du ... nicht geblieben wärst.« Seine Stimme schwankte.

Sie lächelten einander liebevoll an. Alice beugte sich vor, um zuzusehen, wie Annah das Päckchen auswickelte.

»Ah!«, schrie sie leise auf, als sie die Puppe sah. »Es ist gut, dass Naagas Geschenk nicht in die Hände von Fremden geraten ist.« Zufrieden lehnte sich die alte Frau zurück.

Annah strich über das rote Haar auf dem Holzkopf. Sie dachte an Kates Puppen und Teddys, die, aufgereiht in ihrem Zimmer, die Heimkehr ihrer Besitzerin erwarteten. Das Mädchen, das bald zur anderen Seite der Welt unterwegs sein würde.

Vielleicht hatten die Missionare ja Recht, dachte Annah. Vielleicht wurde Kate am besten mit den Ereignissen in Langali fertig, wenn sie ein neues Leben in einem anderen Land begann.

Im Moment würde die Tochter von Sarah und Michael glauben müssen, was alle glaubten: dass ihre Eltern christliche Märtyrer waren, die wegen ihres Glaubens getötet worden waren, denn die Frauen von Cone Hill mussten geschützt werden. Aber eines Tages sollte Kate die Wahrheit erfahren – ihre Mutter war kein hilfloses Opfer gewesen, sondern eine tapfere, starke Frau. Sie hatte dem Tod ins Auge geblickt und ihn gewählt, um Liebe und Vertrauen zu bewahren.

»Wenn der Zeitpunkt gekommen ist«, gelobte Annah im Stillen, »finde ich Kate, wo immer sie ist, und erzähle ihr die Geschichte.«

Die ganze lange Geschichte von Schmerz, Liebe und Tod.

Vom Leben …

Teil vier

26

Langali, Tansania, 1990

Kate blickte auf den tiefblauen Indischen Ozean, dreißigtausend Fuß unter ihnen. Sie lauschte dem dumpfen Dröhnen der Flugzeugmotoren und dachte an die zahllosen Kilometer, die sie zurücklegten. Ungeduld und Erregung stiegen in ihr auf. Nur noch elf Stunden …

Sie blickte zum Nebensitz. Annah schlief. Ihre Hände lagen in ihrem Schoß, an einem Handgelenk baumelte Zanias Armreif.

Besorgt musterte Kate sie. Der lange Flug war für die kranke Frau eine einzige Qual. Unter Annahs Augen lagen bläuliche Schatten, und die Schmerzen hatten tiefe Linien um ihren Mund eingegraben. Und doch waren ihre Mundwinkel leicht nach oben gebogen, als ob sie fröhliche Träume habe.

Zärtlichkeit stieg in Kate auf. Sie hatte dieses Gesicht in den letzten Wochen so gut kennen gelernt, während sie am Feuer saßen und Annah ihr die ganze Geschichte erzählt hatte. Sie hatten geweint und miteinander geschwiegen, gegessen, getrunken und geschlafen. Und wie ein Fluss war die Geschichte zwischen ihnen dahingeflossen. Wie ein wilder, tiefer Fluss.

Am Ende hatte Annah sich zurückgelehnt und sich ausgeruht.

Kate hatte gesagt: »Wenn du dich kräftig genug fühlst, fahren wir.«

Verständnislos hatte Annah sie angesehen.

»Ich nehme dich mit zurück«, hatte Kate gesagt. »Nach Afrika.«

Zuerst hatte Annah sie ausdruckslos angeblickt, aber als sie die Bedeutung von Kates Worten erfasste, hatte ihr ganzes Gesicht aufgeleuchtet …

»Möchten Sie etwas zu trinken?« Eine Stewardess beugte sich zu Kate und hielt ihr ein kleines Tablett hin.

»Nein, danke.« Kate schüttelte den Kopf. »Und meine Freundin schläft.«

Die Stewardess warf einen Blick auf Annah. Fragend blickte sie Kate an, als sie die Flasche mit der grünen Flüssigkeit sah, die in der Sitztasche steckte.

»Ein Medikament«, erwiderte Kate. »Von ihrem Arzt verschrieben.«

Die Stewardess lächelte höflich. »Fliegen Sie nach Nairobi?«

»Ja.«

»Auf eine Safari?«

»Nein.« Kate erwiderte ihr Lächeln. »Wir fahren nach Hause.«

In der Kapelle war es kühl. Es roch nach Staub und poliertem Holz. In einer großen Vase am Eingang standen lange Zweige rosafarbener und roter Bougainvillen.

Kate schloss die Tür hinter sich. Sie stand still da und blickte über die leeren Bänke. Obwohl sie froh war, der Menschenmenge, die sie bei der Landung erwartet hatte, entronnen zu sein, wünschte sie sich, dass Annah jetzt bei ihr wäre. Aber sie wartete im Flugzeug darauf, dass man sie auf einer Trage herausholte. Sie hatte darauf bestanden, dass Kate schon einmal vorgehen sollte.

»Nimm dir etwas Zeit für dich allein«, hatte sie gesagt. »Ich bin noch lange genug bei dir.«

Kate hatte ihr in die Augen geblickt und die Botschaft, die darin stand, verstanden. Du musst dem Ort allein entgegentreten. Das kann dir niemand abnehmen. Wir können nur nachkommen ...

Langsam ging Kate durch den Mittelgang. Als sie am Altar ankam, blickte sie sich suchend nach der Plakette um, die dort sein sollte.

Eine frisch polierte Messingplatte funkelte im Dämmerlicht. Kate wappnete sich, als sie sich bückte, um die eingravierten Worte zu lesen.

Im Gedenken an Michael und Sarah Carrington.

Treu bis in den Tod.

Kate las die einfachen Sätze zweimal, aber der traditonelle Text berührte sie nicht. Noch hatte sie ihre Emotionen unter Kontrolle ...

Doch dann bemerkte sie eine weitere Tafel, die daneben angebracht war. Sie war aus Holz, und die Worte, die wie ein Relief darauf geschnitzt waren, waren in Swahili geschrieben.

Keine Frau hat eine größere Liebe,

als ihr Leben für ihre Freunde zu geben.

Kate starrte die Tafel an. Die Worte waren umgeben von Sternen, Vögeln und Blumen, als ob sie von etwas Schönem und Fröhlichem berichteten. Und da stieg der Schmerz in ihr auf, steigerte sich zur Wut, und sie hatte das Gefühl, dass derjenige, der diese Worte geschrieben hatte, ihr Feind war. Sie hatten ihr etwas genommen, ihr aus dem Herzen gerissen und es sich zu Eigen gemacht. Nicht etwas, jemanden. Ihre Mutter ...

Langsam ging Kate wieder auf die Tür zu. Wenn sie jetzt anfinge zu rennen, dann würde sie nicht mehr aufhören können. Sie würde in den Wald rennen und immer weiter laufen, bis sie sich schließlich im tiefen Grün verlieren würde ...

Die Sonne brannte warm auf ihren Schultern, als sie nach draußen trat und den Blicken der wartenden Menschen begegnete. Viele Augenpaare musterten sie forschend – freundlich und mitleidig die Erwachsenen und offen neugierig die Kinder. Kate war klar, dass sie Fragen an sie stellen, ihre Rückkehr feiern, mit ihr reden wollten, sich aber taktvoll zurückhielten.

Kate schlug den Weg zum Missionshaus ein. Langsam ging sie den vertrauten Pfad entlang und atmete tief den Geruch von Ziegendung und verbranntem Kerosin ein. Ihre Schritte knirschten noch genauso auf dem Kies wie vor Jahren, obwohl sie jetzt Schuhe und statt der geflickten Shorts gut sitzende Jeans trug. An einem Busch mit roten Blüten blieb sie stehen und dachte daran, wie sie mit ihren Freundinnen früher immer die Knospen abgezupft hatte. Sie hatten sie in einer Blechschüssel mit Steinen beschwert und somit dickes, dunkles Blut für ihre Krankenhausspiele hergestellt. Ordena hatte das immer missbilligt – sowohl die Tatsache, dass sie mit Blut spielten, als auch die Flecken auf der Kleidung.

Ordena. Seit ihrer Ankunft hatte sie sich überall nach ihr umgeblickt, sie aber nicht entdeckt. Schließlich hatte sie gefragt, wo ihre alte Ayah war.

»Sie ist irgendwo«, war die Antwort. »Sie wird kommen.«

Bis jetzt jedoch war sie noch nicht aufgetaucht. Aber schließlich, rief Kate sich ins Gedächtnis, war sie nach jahrzehntelanger Abwesenheit ohne Vorankündigung aus Australien gekommen. Da konnte sie kaum erwarten, dass der Mensch, den sie am liebsten sehen wollte, hier zu ihrer Begrüßung bereitstand.

Als sie um die Dornbüsche herumgegangen war, blieb Kate stehen. Vor ihr lag ein Feld mit neu gesetzten Maniokstäuchern. In der Mitte konnte man noch die Umrisse eines Fundaments erkennen und auch die Steine, die Sarahs Kräutergarten eingerahmt hatten. Und den Baum – den alten Pfefferkornbaum, der neben dem Wassertank gestanden hatte.

Sonst war von Sarahs Heim nichts übrig geblieben. Annah hatte sie gewarnt, dass es nur wenig zu sehen gäbe. Das Gebäude war vor Jahren abgerissen worden, weil niemand mehr unter dem Dach leben wollte, nach den Morden, die passiert waren.

Kate stand am Rand des Feldes und versuchte, sich das alte Missionshaus vorzustellen: die Fenster, die sich auf die Veranda öffneten, die mit Bumerangs bedruckten Vorhänge, die sich im Wind bauschten, die weiß gestrichenen Fensterläden.

Aber es war zu weit weg, zu viel hatte sich geändert. Nicht nur hier, sondern überall in der Missionsstation. Das Krankenhaus wirkte sehr viel größer, während das Gelände kleiner geworden war. Und nicht weit von Kate entfernt stand ein neues, gemauertes Haus, wahrscheinlich das neue Missionshaus, in dem der jetzige Stationsleiter mit seiner Familie wohnte. Ein Hahn hockte auf dem Geländer der Veranda, und auf dem roten Blechdach waren Kitenges zum Trocknen ausgebreitet. Neben der Eingangstür lagen reife Tomaten, ein Korb voller Eier und ein schlafender Hund.

Kate betrachtete die Szene mit einem Gefühl der Erleichterung. In ihrer Vorstellung war Station Langali unverändert gewesen, als ob die Zeit stehen geblieben sei – aber in Wirklichkeit war das Leben weitergegangen. Während der vergangenen Jahre waren andere Dinge passiert, es gab neue Hoffnungen und Tragödien.

Und das half ihr, ihre eigene Geschichte zu akzeptieren, ohne davon überwältigt zu werden.

Kate wandte sich zu den Wartenden um. Wie auf ein Zeichen rannten Kinder auf sie, redeten lachend auf sie ein. Noch hatte Kate Mühe, ihrem Swahili zu folgen und all ihre Fragen zu beantworten. Und plötzlich entstand Bewegung auf dem Gelände. Vier starke Männer trugen eine Trage auf den Schultern, auf der Annah ruhte. Sie sah erschöpft aus, blickte sich aber zufrieden um. Zahlreiche Leute hatten sich um sie geschart.

Mit den Kindern auf den Fersen, trat Kate auf sie zu und musterte sie besorgt.

»Geht es dir gut?«, fragte Annah.

Kate lächelte erleichtert. »Ja.«

»Dann lass uns gehen.« Sie sagte ein paar Worte auf Swahili zu ihren Trägern und, gefolgt von der Menschenmenge, gingen sie über das Gelände zu dem Weg, der zum Fluss führte.

Kate musste fast laufen, um mit den Trägern Schritt zu halten.

Nach ein paar Minuten griff Annah nach Kates Schulter. Ihre Augen funkelten vor Freude.

»Jetzt wirst du endlich mein wirkliches Zuhause kennen lernen«, sagte sie. »Kwa Moyo.«

Am anderen Ufer des Flusses standen die Bäume noch genauso, wie Kate sie in Erinnerung hatte. Aber dahinter, wo früher die unheimliche Stille des verlassenen Dorfes geherrscht hatte, stieg jetzt der Rauch aus zahlreichen Kochfeuern auf. Die Runddächer von Hütten blitzten zwischen den Bäumen hervor, und man sah blühende Gärten.

Als sie die Brücke überquert hatten, bogen die Träger auf einen breiten Pfad ab, der durch die Bäume zu der

Ansiedlung führte. Kurz bevor sie die ersten Hütten erreichten, bedeutete Annah ihnen, stehen zu bleiben. Sie wies auf eine Lichtung, auf der sich mehrere Steinhügel erhoben.

»Hier liegt Stanleys Großmutter. Neben ihr die alte Königin. Und dort drüben Alice. Naaga.« Annah redete von ihnen, als ob die alten Frauen lebendig vor ihr stünden. Dann zeigte sie auf einen weiteren Hügel, der ein wenig abseits lag. »Das ist kein Grab«, erklärte sie, »sondern eine Gedenkstätte für Bischof Wade.«

Kate nickte. Annah hatte ihr erzählt, dass der Bischof nach Sarahs und Michaels Tod Annahs und Stanleys Verbündeter geworden war. Da sie niemanden hatten, an den sie sich wenden konnten, hatten sie ihn um Hilfe gebeten. Und als sie merkten, dass sie ihm vertrauen konnten, hatten sie ihm die ganze Geschichte erzählt, und der Bischof hatte sofort reagiert. Er ließ das Lager zum alten Dorf umsiedeln und machte seinen Einfluss bei der Regierung geltend, damit die Flüchtlinge in Tansania bleiben konnten. Und er sorgte dafür, dass die Grenze sicherer wurde. Als er in Pension ging, war er allseits beliebt.

Niemand in Kwa Moyo erwartete die beiden weißen Frauen, da Kate und Annah einfach so schnell wie möglich in Australien abgereist waren. Die erste Person, der sie begegneten, ein Halbwüchsiger, starrte sie erstaunt an. Aber dann kamen sie an einer alten Frau vorbei, die im Garten arbeitete. Sie warf ihnen einen flüchtigen Blick zu und hob dann langsam den Kopf. Ihre Augen weiteten sich, als sie Annah erblickte.

»Sie ist es! Sie ist es!« Die Stimme der alten Frau war hoch und durchdringend. »Annah!«

Die Neuigkeiten verbreiteten sich in Windeseile. Plötzlich tauchten von überallher Leute auf, die Annah anstarrten, als sei sie ein Geist.

»Wir haben uns schon verabschiedet«, sagten sie. »Wir fürchteten, dich nie wieder zu sehen.«

Voller Freude drängten sie sich um die Bahre. Die alten Frauen ergriffen Annahs Hände, wobei ihnen Tränen über die Wangen liefen.

Nach und nach richtete sich die Aufmerksamkeit auch auf Kate. Sie spürte, wie sich ihr Magen zusammenzog. Unter diesen Afrikanerinnen waren ein paar der Frauen, für die Sarah gestorben war. Jeden Moment konnte Kate in das Gesicht einer Frau ihres Alters blicken, die mit ihren Eltern aufgewachsen war, weil Kate ihre Eltern verloren hatte …

»Sarah.«

Der Name ging von Mund zu Mund.

Sarah. Sarah. Sarah.

Sie ist gekommen!

Unsere Tochter!

Einzelne Personen traten vor – Mädchen und Jungen aller Altersgruppen.

»Ich bin Katerina, man hat mich nach dir genannt!«

»Ich bin Mikeli.«

»Ich bin Sera.«

»Ich auch.«

Annah berührte Kate an der Schulter. »Viele von uns hier haben ihren Namen zu Ehren deiner Familie«, sagte sie leise. »Es ist nichts in Vergessenheit geraten.«

Jemand drückte Kate ein Baby in die Arme.

»Sie ist gerade geboren«, sagte die junge Mutter stolz. »Die jüngste Sera.«

Kate blickte auf das winzige Gesichtchen, das sich an ihre Brust schmiegte. Eine kleine Hand schloss sich um Kates Finger. Der feste Griff des Lebens.

Als sie aufsah, begegnete Kate Annahs Blick. Die Augen der Frau glänzten feucht.

Die Träger gingen weiter durch Kwa Moyo. Kate blickte sich um. Zu beiden Seiten des Weges standen Obstbäume. Gemüse, Kräuter und Blumen wuchsen in den Beeten. Überall lagen dampfende Komposthaufen.

Annah hatte Kate erzählt, dass die Gemeinschaft sich auch in Kwa Moyo an Schwester Mercys Regel der Gartenarbeit hielt. Mittlerweile wurde in Kwa Moyo mehr Obst und Gemüse produziert, als sie selbst verzehren konnten, und der Überschuss wurde in Murchanza auf dem Markt verkauft. Manche Produkte wurden sogar mit dem Zug nach Daressalam gebracht.

Die Anlage war nicht nur praktisch, sondern auch wunderschön. Es herrschte eine Lebendigkeit, die man fast mit Händen greifen konnte, als ob jede Pflanze sich ihren eigenen Platz hätte suchen dürfen und dafür unermüdlich wuchs und blühte.

»Gefällt dir unser Garten?«, rief Annah Kate zu, als könne sie die Gedanken der jungen Frau lesen.

Kate lächelte. »Ich sehe gar keine Ziegen.«

Annah lachte – ein fröhlicher, kräftiger Laut trotz ihrer Schwäche. »In einen richtigen Garten sollte man nie eine Ziege hineinlassen!« Dann wurde sie wieder ernst. »Ich war hier sehr glücklich.«

Schon bald erreichten die Träger den ältesten Teil der Siedlung. Die Hütten waren hier kleiner und einfacher. Es gab mehr alte Frauen und weniger Kinder. Annah schaute sich aufmerksam um. Ihre Lippen bewegten sich, als ob sie etwas sagen wollte, und ihr Gesichtsausdruck zeigte Besorgnis.

Dann plötzlich riss sie den Kopf hoch und blickte auf einen frisch umgegrabenen Garten. Als Kate ihrem Blick folgte, sah sie eine grauhaarige Gestalt in Buschkleidung, die sich auf eine Schaufel stützte. Ohne auf die Unruhe der Menge zu achten, arbeitete er mit stetigen

Bewegungen ruhig weiter. Annah blickte ihn lächelnd an.

»Stanley«, flüsterte sie. Ein langer Augenblick verging.

Dann richtete sich der Mann auf und drehte sich um. Er blickte zu der Trage und schüttelte langsam den Kopf, als ob er zu träumen glaubte. Dann stürzte er mit langen Schritten auf Annah zu. Stumm stand er vor ihr und berührte sanft ihren Arm, fast vorsichtig, als wolle er sich vergewissern, dass sie real war.

»Gott hat dich zurückgebracht!«, sagte er schließlich mit vor Rührung heiserer Stimme.

Annah nickte. Die Tränen liefen ihr über die Wangen. Eine Zeit lang sahen sie einander nur an.

Vorsichtig ließen die Träger die Bahre zu Boden gleiten.

Annah wies auf Kate. »Diese Frau ist auch nach Hause gekommen. Sie ist Sarahs und Michaels Tochter.«

Stanleys Blick glitt über Kates Gesicht.

»Willkommen in Kwa Moyo, Kate Carrington«, sagte er. Statt der üblichen Begrüßungsformel stellte er ihr nur eine Frage.

»U hali gani moyoni, je? Kweli kweli …«

Wie geht es deinem Herzen? Ehrlich und aufrichtig …

Die Worte drangen Kate bis auf den Grund ihrer Seele.

»Es geht ihm gut, Bruder.« Ein Gefühl der Erlösung überkam sie. »U hali gani moyoni?«, erwiderte sie auf die Frage.

Stanley sah Annah an, als er antwortete: »Meinem Herzen geht es sehr gut.«

Dann hockte er sich neben die Trage und nahm Annah vorsichtig in die Arme. Mit einer Kraft, die man bei einem alten Mann nicht erwartete, hob er sie hoch und trug sie von den Menschen weg zu einer alten Grashütte.

Kate fiel es schwer, Annah einfach gehen zu lassen.

Schließlich war sie ihre Krankenschwester und verantwortlich für ihre Pflege. Aber es kam auch noch etwas anderes hinzu. Jetzt, wo Annah weg war, fühlte sie sich wie eine Außenseiterin: Ihre Haut war zu weiß, sie trug zu viele, zu saubere Kleider, und ihr Swahili hatte sie halb vergessen.

Es war alles schon so lange her …

Plötzlich entstand Unruhe am Rand der Menge. Eine gebeugte Gestalt eilte auf Kate zu.

Und dann hörte sie das Lachen. Das entzückte Kichern, das ihr sofort vertraut war.

Ordena!

Die Leute traten beiseite, und plötzlich stand die alte Frau vor ihr. Die Jahre hatten tiefe Falten in Ordenas Gesicht gegraben, aber ansonsten sah sie unverändert aus.

»Ich wusste, dass du zurückkehren würdest«, sagte Ordena und zog Kate in ihre Arme, in ihren Geruch, in ihre Liebe. »Du musstest eines Tages nach Hause kommen. Schließlich bist du ein Kind des Landes.«

Epilog

Kwa Moyo, 1991

Zania zerdrückte ein Stück duftendes Harz und streute das Pulver über ein Becken mit glühenden Kohlen.

»Das reinigt die Luft«, sagte er, »von Dingen, die man nicht sehen kann.«

Das Sonnenlicht fiel durch die Türöffnung auf Annahs Bett. Als sie zu schwach geworden war, um auf der Trage herumgetragen zu werden, hatte man sie hierher gelegt, damit sie alles sehen und hören konnte, was draußen vor sich ging.

An einer Wand der Hütte lagen Geschenke aufgereiht. Kränze, Schnitzereien, Steine, getrocknete Kräuter – Symbole der Liebe, des Gebets, der Magie. Dazwischen lagen ein paar von Annahs eigenen Sachen, die sie aus Melbourne mitgebracht hatte. Das Mikroskop stand neben dem alten Plattenspieler, daneben der Koffer, über den der Kopfkissenbezug gebreitet war, den Sarah für Annah bestickt hatte. Und das zerlesene Exmplar von *Jenseits von Afrika*, dem mittlerweile Umschlag und Titelseite fehlten. Auf einem niedrigen Tisch neben Annahs Bett stand Schwester Mercys Kommunionskelch und das zusammengerollte Tuch mit den Worten der Nonne …

Ich bin der Regen, der aus dem Tau aufsteigt,
unter dem das Gras lacht
vor Freude am Leben.

Den ganzen Tag über kamen und gingen die Leute aus Kwa Moyo und Langali, einige jedoch blieben ständig an Annahs Seite – Stanley, Kate, Zania, Ordena. Und eine Frau namens Lela, die ihre Heilkünste von Alice gelernt hatte. Sie braute starke Schmerzmittel, die Kate Annah einflößte. Und sie massierte den müden Körper der Frau und linderte die Schmerzen, während ihr Lehrling heilende Gesänge sang.

Es war Zania, der Stanley schließlich sagte, dass der Tode nahe war.

»Sie ist bereit, frei zu sein«, sagte er. »Wir müssen uns darauf vorbereiten, sie gehen zu lassen.«

Stanley streichelte über Annahs Gesicht und redete leise mit ihr. Zania beugte sich über sie und zog ihr sanft Mtemis Bernsteinperlenkette und seinen Elfenbeinarmreif ab. Wie Annah es bestimmt hatte, reichte er Kate den Schmuck.

»Ich trage sie für dich«, sagte Kate zu Annah, obwohl sie sich nicht sicher war, dass sie ihre Worte hörte. Sie nahm eine Flamingofeder von den Geschenken und legte sie über Annahs Herz.

Der Tag neigte sich seinem Ende entgegen. Der Himmel spannte sich blass rosafarben über den Köpfen der Menschen, die sich vor der Hütte versammelt hatten.

Schließlich schlug Annah die Augen auf. Mit letzter Kraft hob sie den Kopf, sodass sie alle sehen konnte. Dann atmete sie langsam aus. Ein sanfter Seufzer ihrer Seele, die ihre Flügel ausbreitete und über das Land flog.

Stille senkte sich über die Hütte.

Draußen begann es zu regnen.

Danksagungen

Ich möchte den zahlreichen Menschen danken, die zu dem Buch *Die Regenkönigin* beigetragen haben.

Zunächst meinen Eltern, Robin und Elizabeth Smith, die mir eine afrikanische Kindheit und zahlreiche Geschichten, die am Abendbrottisch erzählt wurden, geschenkt haben. Während des Schreibens habe ich sie in vielen Dingen um Rat gefragt, angefangen von der Geschichte Tansanias und der Buschmedizin bis hin zu theologischen Fragen und Swahili. Ich danke ihnen für ihre Unterstützung, ohne die ich diesen Roman nicht hätte schreiben können.

Ebenso danke ich meiner übrigen Familie und auch meinen guten Freunden und Nachbarn, deren Interesse und Beistand mich auf der Reise begleitet haben, besonders meiner Schwester Clare Visagie, die mir sehr geholfen hat – nicht zuletzt dadurch, dass sie mehrere Entwürfe des Manuskripts gelesen hat.

Den Menschen, die mir von ihren Erfahrungen in Afrika berichtet und mir manchmal sogar erlaubt haben, persönliche Briefe, Tagebücher und Aufzeichnungen zu lesen, möchte ich ebenfalls meinen Dank aussprechen.

Gaby Naher, die immer an meine Arbeit geglaubt hat, meiner Agentin Fiona Inglis und Cate Paterson und Anna

McFarlane von Pan Macmillan Australia, die mir zahlreiche Ratschläge gegeben und mich ermutigt haben.

Der Familie Ball, die ebenso wie ich afrikanische Wurzeln hat, und vor allem Phyllis Bayldon, die am Ende ihres langen Lebens angekommen ist, bevor das Manuskript fertig gestellt war. Sie war eine Inspiration für mich – eine ständige Erinnerung daran, dass die alte Frau, die vor dir steht, früher vielleicht einmal Krokodile gejagt hat …

Meinen Söhnen, Jonathan und Linden, die ihre Mutter so oft mit unsichtbaren Fremden teilen mussten. Dass es sie gibt, erinnert mich daran, wie kostbar das Leben ist – ein Grund, um Geschichten zu erzählen.

Schließlich gilt mein Dank Roger Scholes. *Die Regenkönigin* ist ein weiteres Kapitel in unserem Leben, das reich an gemeinsamen Geschichten ist. Ich danke ihm sehr für seine großzügige und nie nachlassende Lektoratsarbeit und sein ständiges Drängen, der Geschichte auf den Grund zu gehen. Ein großer Teil der Geschichte gehört ihm.